TOR

ANDREAS ESCHBACH

PERRY RHODAN

ROMAN

DAS GRÖSSTE ABENTEUER

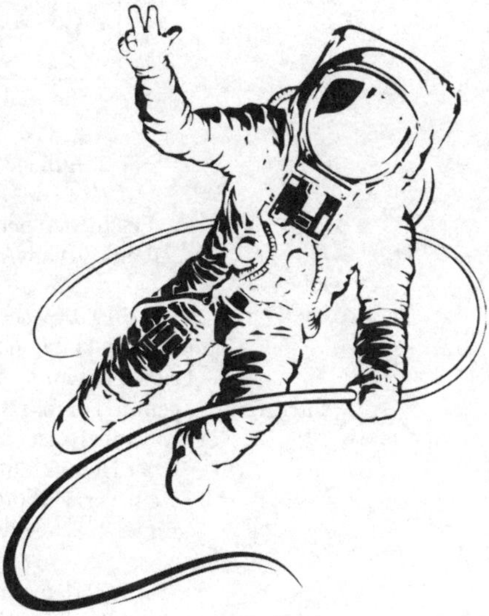

TOR

FSC
www.fsc.org
MIX
Papier aus verantwortungsvollen Quellen
FSC® C083411

2. Auflage März 2019

Erschienen bei FISCHER Tor
Frankfurt am Main, März 2019

Satz: Dörlemann Satz, Lemförde
Druck und Bindung: CPI books GmbH, Leck
Printed in Germany
ISBN 978-3-596-70145-2

DAS GRÖSSTE ABENTEUER (I)

I

Das größte Abenteuer der irdischen Menschheit begann am 4. Oktober 1957 alter Zeitrechnung. An jenem Tag gelang es Menschen zum ersten Mal, einen Satelliten in eine Umlaufbahn um die Erde zu befördern.

Dieser Satellit hieß *Sputnik 1.*

Viele Menschen wissen das heute immer noch – was erstaunlich ist, liegt dieses Ereignis doch fast so lange zurück wie aus damaliger Sicht der Bau der Pyramiden.

Um jedoch wirklich zu verstehen, welch eine Zeitenwende dies bedeutete, genügt es nicht, nur einen Namen zu kennen. Man braucht auch eine Vorstellung davon, wie die Erde zu jener Zeit ausgesehen hat, welche politischen und gesellschaftlichen Strukturen das Leben und das Denken der Menschen des 20. Jahrhunderts prägten. Das vorliegende Werk muss in der Tat auf ein gewisses historisches Vorwissen seiner geneigten Leserschaft hoffen: Es gilt, sich zurückzuversetzen in eine Zeit, in der auf der Erde mehr als tausend verschiedene Sprachen gesprochen wurden. Es gilt, sich vorstellen zu können, wie Menschen ernsthaft glaubten, sie seien allein im Universum. Es gilt, sich hineinzudenken in eine Welt, die zersplittert war in weit über hundert große und kleine, schwache und mächtige Staaten, die in vielfältiger Weise untereinander konkurrierten.

Das ging beileibe nicht immer friedlich vor sich, im Gegenteil. Man stritt um Ressourcen, man stritt um Einflussgebiete, man stritt über weltanschauliche Fragen – und nicht selten arteten derartige Streitereien in bewaffnete Konflikte aus.

Tatsächlich hatte die Menschheit des Jahres 1957 gerade zwei erbitterte Kriege hinter sich. Die Frontlinien dieser Kriege waren erstmals überall auf dem Globus verlaufen, weswegen man sie die *Weltkriege* nannte. In deren Folge hatten sich zwei Machtblöcke entwickelt, nämlich *der Westen* und *der Osten*, die einander nun argwöhnisch belauerten. Und der Zweite Weltkrieg war mit Nuklearwaffen beendet worden: Man darf sich dieses Belauern also durchaus als höchst bedrohlich vorstellen.

Das war die Situation, als am 4. Oktober 1957 um 19 Uhr 28 Minuten und 34 Sekunden damaliger Standardzeit eine 30 Meter hohe und 267 Tonnen schwere Verbrennungsrakete startete. Sie tat dies in der Nähe von Baikonur, einer Stadt im südlichen Kasachstan, zweihundert Kilometer westlich des Aralsees. Damals gehörte dieses Gebiet zu einem Staatenbund namens *Sowjetunion*, der die zentrale Rolle im Osten spielte. Die Nutzlast der Rakete bestand in einer 58 Zentimeter durchmessenden Kugel aus Aluminium, die vier Antennen trug, von denen jede rund zweieinhalb Meter lang war.

Der Start erfolgte ohne jegliche Ankündigung. Erst als feststand, dass das Vorhaben geglückt war, gab man bekannt, dass nun erstmals ein von Menschen geschaffener Satellit die Erde umkreiste, der unablässig Funksignale von sich gab.

Für die Führung der westlichen Zentralmacht, der auf dem amerikanischen Nordkontinent angesiedelten *Vereinigten Staaten von Amerika*, auch *USA* genannt, kam diese Nachricht völlig überraschend. Und sie war ein Schock. Denn: Wer einen Satelliten in eine Erdumlaufbahn schießen konnte, die jeden Punkt der Erdoberfläche überquerte, der konnte auch eine *Bombe* an jeden Punkt der Erdoberfläche befördern. Der Osten hatte damit einen Vorsprung, von dem sich der Westen existentiell bedroht fühlte.

Nach außen hin gab man sich in Washington, der Hauptstadt der USA, gelassen. Hinter geschlossenen Türen jedoch diskutierten Politiker, Militärs und Wissenschaftler überaus hitzig. Was sollte man tun? Was *konnte* man tun?

Rund fünfhundert Kilometer weiter nordöstlich, in der Stadt Manchester im amerikanischen Bundesstaat Connecticut, war zur gleichen Zeit ein junger Mann von 21 Jahren damit beschäftigt, Bauteile aus dem Elektrogeschäft seines Vaters zusammenzulöten. Er versuchte, einen Empfänger zu basteln, mit dem sich die Signale des *Sputnik* auffangen ließen.

Zu jenem Zeitpunkt hätte niemand ahnen können, dass dieser junge Mann in diesem Wettlauf ins All noch eine überaus bedeutende Rolle spielen sollte, am allerwenigsten er selbst. Sein Name war Perry Rhodan.

2

Etwas mehr als 13 Jahre später, am Abend des 21. Juli 1971, schob sich eine dunkle, nach viel Geld und Macht aussehende Limousine durch eine aufgebrachte Menschenmenge im Herzen von Washington, D. C., der Hauptstadt der Vereinigten Staaten von Amerika. Es handelte sich um einen Lincoln Continental Mark III mit getönten Scheiben, auf dessen Vordersitzen zwei bewaffnete Männer des Secret Service Ausschau nach möglichen Gefahren hielten, die ihren Schutzbefohlenen auf dem Rücksitz drohen mochten: Dort saßen Jake und Mary Rhodan, hielten einander an den Händen und konnten nicht fassen, was um sie herum geschah. Es war schon ein Schock gewesen, als Präsident Nixon sie angerufen und – durchaus freundlich – gebeten hatte, ins Weiße Haus zu kommen, aber was sie nun zu sehen bekamen, übertraf ihre schlimmsten Befürchtungen. Rings um das Auto prügelten sich Menschen – Amerikaner wie sie! –, wobei die einen Schilder trugen, auf denen *»Eine Welt – jetzt!«* stand, *»Nie wieder Krieg!«* und dergleichen, die anderen aber Schilder mit Aufschriften wie *»Rhodan – Verräter!«* und *»Mondfahrer an den Galgen!«*.

»O Jake«, flüsterte Mary Tibo Rhodan, die Hand ihres Mannes umklammernd wie einen Rettungsring. »Was haben wir nur falsch gemacht?«

Jake Rhodan war nicht der Mann, der je auf solche Fragen mit billigen Trostworten reagiert hätte. Er dachte vielmehr gründlich darüber nach, ließ alles, was geschehen war, vor seinem geistigen Auge Revue passieren und erklärte schließlich: »Ich glaub nicht, dass wir was falsch gemacht haben. Es ist was falsch *gelaufen*, das wohl schon – aber uns trifft daran keine Schuld.«

Zwei ineinander verkeilte Streithähne prallten krachend gegen das Auto, brachten die tonnenschwere Limousine zum Schaukeln. Eine Tafel mit einem großen Konterfei von Jake Rhodans Sohn, über das jemand eine Zielscheibe gemalt hatte, klebte am Fenster und rutschte quälend langsam abwärts.

»Und Perry auch nicht«, fügte Jake unbeirrt hinzu.

Je näher sie dem Weißen Haus kamen, desto mehr berittene Polizisten patrouillierten. Die Dämmerung brach an. Hier und da hielten Demonstranten brennende Fackeln in Händen, was die ganze Szenerie noch unheimlicher wirken ließ.

Endlich erreichte der Wagen die Zufahrt zum Sitz des Präsidenten. Hunde schnüffelten den Wagen ab. Ausweise wurden vorgezeigt. Durch die offenen Fenster drang das Geschrei der Randale herein und eine Wärme, wie man sie zu dieser späten Stunde nicht gewohnt war, wenn man aus Connecticut kam.

Endlich ein Wink, der Wagen rollte weiter, nur ein paar Schritte bis zum Seiteneingang, dann öffnete man ihnen den Wagenschlag und ließ sie, von mehreren Soldaten abgeschirmt, aussteigen. Eine nervöse Frau in einem teuren Kostüm und mit großen, für Mary Rhodans Augen bestürzend echt aussehenden Perlenohrringen empfing sie, bedankte sich, dass sie es hatten einrichten können, und beteuerte, wie leid es ihr tue, dass heute alles drunter und drüber gehe; sie hätten es ja sicher mitbekommen, die Chinesen mit ihrem Ultimatum, sehr beunruhigend das alles. »Aber der Präsident will Sie beide unbedingt kennenlernen«, bekräftigte sie, »sobald er Gelegenheit dazu findet. Es ist nur gerade unklar, wann das sein wird.«

»*Well*«, erwiderte Jake Rhodan gelassen, »wir haben heute Abend jedenfalls nichts anderes mehr vor.«

Man führte sie durch die überraschend schmalen Flure und Gänge des Weißen Hauses und wollte sie gerade in einen kleinen Raum komplimentieren, in dem Getränke und ein Büfett mit Häppchen bereitstanden, als ein untersetzter Mann mit dichtem, lockigem Haar und einer dicken schwarzen Hornbrille auftauchte und zu der Frau mit den

Perlenohrringen sagte: »Bringen Sie sie gleich runter in die Schutzräume. Wir sind gerade auf DEFCON 1 gegangen. Bis in einer halben Stunde muss das ganze Haus evakuiert und gesichert sein.«

»Oh my goodness«, stieß die Frau hervor.

Jake Rhodan, der einen Moment gebraucht hatte, um in dem Mann Sicherheitsberater Henry Kissinger zu erkennen, fragte: »Können wir vielleicht mal erfahren, was eigentlich los ist?«

Kissinger, schon auf dem Sprung weiter den Flur hinab, blieb stehen und sah ihn an. »Sie sind der Vater, nicht wahr?«

»Ja«, sagte Jake.

»Dann beglückwünschen Sie sich mal zu Ihrem Sohn. Wie es aussieht, ist er gerade dabei, den dritten Weltkrieg auszulösen.«

3

Ich saß an jenem Tag in London im Gefängnis, und zwar in *Her Majestys Prison Pentonville* im Bezirk *Borough of Islington*.

Während sich in Amerika der 21. Juli 1971 seinem Ende zuneigte, waren in London schon die frühen Morgenstunden des 22. angebrochen. Wie an jedem Tag hatte man uns um halb fünf Uhr geweckt. Nach zehn Minuten, um seine Notdurft zu verrichten, sich ein wenig Wasser ins Gesicht zu spritzen und sein Bett zu machen, hieß es wie stets: antreten, sich beim Durchzählen laut und vernehmlich zu Gehör bringen und anschließend in die Kantine marschieren, wo uns das gute englische Gefängnisfrühstück erwartete, bestehend aus faden weißen Bohnen in wässriger Tomatensoße, kaltem, hartem Speck, Würstchen, in denen alles Mögliche enthalten sein mochte, nur kein Fleisch, labberiger Toast und ein Spülwasser von Kaffee.

Nur dass uns das alles an diesem Morgen *nicht* erwartete. Als wir in den Speisesaal kamen, lag die Essensausgabe leer und dunkel da, stattdessen lief der Fernsehapparat, der, geschützt durch ein stabiles Gitter, hoch oben in einer Ecke des Raums hing, und die ganze Küchenmannschaft stand einträchtig versammelt davor.

Besagter Fernsehapparat wurde äußerst selten eingeschaltet, im

Grunde nur, wenn wichtige Endspiele im Fußball oder Rugby stattfanden. Solche Übertragungen wurden stets lange vorher angekündigt; wer sich nicht benahm, musste damit rechnen, davon ausgeschlossen zu werden – und der Apparat war noch nie *morgens* gelaufen.

Das hieß: Irgendetwas noch nie Dagewesenes war passiert oder im Begriff zu geschehen.

Eine atemlose Anspannung lag in der Luft. Niemand kam auf die Idee, wegen des Frühstücks zu randalieren, nicht einmal die ganz harten Burschen, die sonst keinen Anlass vermieden, sich zu streiten. Frühstück war irgendwie gerade völlig unwichtig; das schien jeder zu begreifen, ohne dass es eines Wortes bedurft hätte.

Neben mir hörte ich einen meiner Mitinsassen, den alle nur *Crazy Bruce* nannten, flüstern: »Der Mond. Ich hab's euch immer gesagt, der Mond ist unser Unglück!«

Niemand antwortete ihm. Wir gingen alle einfach weiter, durch die Reihen der Stühle und Tische bis nach vorn, wo sich alle unter dem Fernseher versammelten, Insassen und Küchenleute und Wärter, Schulter an Schulter stehend, alle Blicke auf den Bildschirm gerichtet. Dort verlas gerade ein BBC-Sprecher einen Bericht, die laufenden Ultimaten der Atommächte betreffend, und man konnte sehen, dass seine Hände zitterten.

Crazy Bruce hatte recht, es ging immer noch um die amerikanische Mondrakete und die Krise, die diese ausgelöst hatte, als sie bei ihrer Rückkehr nicht in den USA gelandet war, sondern in China, im hintersten Winkel der Wüste Gobi. Zuerst hatte es geheißen, es sei eine Notlandung gewesen, doch inzwischen sah es eher so aus, als sei das SOS der Mondfahrer nur eine Finte gewesen – doch aus welchem Grund?

Die USA warfen China vor, die Rakete illegal an sich gebracht zu haben. Was China entschieden bestritt.

China warf den USA vor, mit Hilfe ihrer Rakete einen illegalen Stützpunkt auf ihrem Territorium errichtet zu haben. Das wiederum bestritten die USA entschieden.

Ich merkte auf, als der Uhrzeiger, wie jeden Morgen, mit einem unverkennbaren, lauten *Klack!* auf fünf Uhr sprang.

Im selben Moment ließ der Sprecher seine Papiere sinken, legte eine Hand an den Knopf, den er im Ohr trug, und sagte: »*Ladies and gentlemen*, gerade erreicht uns die Nachricht, dass die Volksrepublik China wie angedroht ihre gegen die USA gerichteten Atomraketen in Marsch gesetzt haben soll.« Er lauschte einen Moment, dann fuhr er fort: »Es handelt sich dabei allerdings nur um bislang unbestätigte Gerüchte. Ich rufe unseren Korrespondenten Philip Coyle in Amerika – Philip, wissen Sie Genaueres?«

Das Bild eines pausbäckigen Mannes wurde eingeblendet. Die Telefonverbindung war nicht besonders gut.

»Hallo, Jim. Ich stehe hier zusammen mit etwa hundert Kriegsgegnern an einem Ort außerhalb von Washington, D. C., von dem es heißt, dass hier einige der amerikanischen Atomraketen stationiert seien. Man sieht davon nichts, nur mit Maschenzaun und Stacheldraht umzäunte Wiesen, aber die Menschen hier harren seit Tagen mit Zelten und Plakaten –«

Der Rest des Satzes ging in vielstimmigem Entsetzensgeschrei unter. Als man die Stimme des Korrespondenten wieder hören konnte, sprach er deutlich hastiger und aufgeregter. »… werden Augenzeugen, wie sich hier überall gewaltige Metalldeckel aus dem Erdreich heben, die offenbar bislang die Siloschächte der Raketen verschlossen haben. Das heißt wohl, dass nun so etwas wie höchste Alarmbereitschaft herrscht, wenngleich natürlich zu hoffen ist, dass es nicht zum Äußersten –«

Dann brach ein Höllenlärm los, ein ohrenbetäubendes Krachen, das kein Ende zu nehmen schien. Ich sah unwillkürlich zur Wanduhr, doch die zeigte erst drei Minuten nach fünf Uhr, und ich weiß noch, wie ich dachte: *Schlechter kann ein Tag ja wohl kaum anfangen.*

Endlich ließ das Tosen und Dröhnen nach, und man hörte den Reporter rufen: »London? Die Raketen sind gestartet … Keine Ahnung, ob ihr mich hört, ich bin taub, ich höre mich selber nicht mehr, aber wir sehen noch die Triebwerke am Nachthimmel, dünne Lichtstreifen, die sich rasch entfernen … das Unausdenkbare, es ist geschehen … die Atomraketen sind gestartet!«

»Danke, Philip Coyle.«

Der Sprecher, kreidebleich im Gesicht, legte seine Unterlagen beiseite, wandte sich der Kamera zu und faltete die Hände. »Gott sei uns allen gnädig. Das ist das Ende der Welt.«

STERNZEICHEN

I

Am 8. Juni 1936 um 6 Uhr 31, astrologisch betrachtet also im Zeichen der Zwillinge, Aszendent ebenfalls Zwillinge, brachte die einundzwanzigjährige Mary Tibo Rhodan, Ehefrau von Jakob Edgar Rhodan, genannt »Jake«, im Hartford Hospital in Hartford, Connecticut, einen gesunden Jungen zur Welt. Den Aufzeichnungen zufolge wog er 3050 Gramm und maß 49 cm, der diensthabende Arzt hieß Dr. Frederick Stone, die betreuende Hebamme Grace Pearson, ansonsten ist vermerkt: *Keine besonderen Vorkommnisse, Mutter und Kind wohlauf.*

Dies sei erwähnt, weil es im Lauf der Zeit immer wieder Versuche gegeben hat, die Geburt Rhodans mystisch zu überhöhen: Nichts dergleichen lässt sich belegen. Weder regnete es Rosenblätter, noch erschienen Zeichen am Himmel; es tauchten auch keine geheimnisvollen Männer mit wertvollen Gaben auf oder was immer man sonst versucht hat, Wundersames dazuzudichten, als sei eine glücklich verlaufende Geburt nicht Wunder genug. Tatsächlich war der 8. Juni 1936 einfach ein gewöhnlicher Montagmorgen in Neuengland, der im weiteren Verlauf sonnig bei leichter Bewölkung werden sollte, und man darf vermuten, dass irgendjemand eine Bemerkung gemacht hat wie: »Na, die Woche fängt ja gut an!«

Wäre es ein Mädchen geworden, hätten die Eltern noch eine Weile diskutieren müssen, denn die Mutter hätte das Kind in diesem Fall Alice nennen wollen, der Vater Jane. Aber glücklicherweise war es ein Junge, genau wie es Marys Mutter, Katherine Tibo, vorhergesagt hatte, und dass ein Sohn Perry heißen sollte, darüber waren sie sich seit jeher einig.

»Kein Mittelname?«, fragte der Beamte, der die Geburtsurkunde auszustellen hatte.

»Nein«, erwiderte der frischgebackene Vater.

»Wenigstens ein Initial?«

»Auch nicht«, beharrte Jake Rhodan, der die ganze Nacht kein Auge zugetan und darüber hinaus die Nase voll hatte von Diskussionen über Vornamen.

»Er wird sein Leben lang Probleme haben, wenn's drum geht, ein Formular auszufüllen«, gab der Beamte zu bedenken, in dessen Begriffswelt dem Ausfüllen von Formularen naturgemäß ein hervorragender Stellenwert zukam. »Ein Mann ohne Mittelname ist irgendwie kein richtiger Amerikaner.«

»Abraham Lincoln hatte meines Wissens auch keinen Mittelnamen«, erwiderte Jake Rhodan, »und ich würd' mal sagen, das *war* ein richtiger Amerikaner.«

Der Beamte ließ sich das durch den Kopf gehen. »Schon«, gab er zu. »Aber damals gab's auch noch nicht so viele Formulare.«

Das Gespräch ging noch eine Weile weiter, aber Jake ließ sich nicht beirren, wie er sich überhaupt selten beirren ließ im Leben, und so endete es damit, dass in der Geburtsurkunde schlicht stand:

Name des Kindes: Perry Rhodan

2

Es war ein ziemlich pflegeleichtes Baby, ganz so, als hätte der kleine Perry instinktiv sofort begriffen, was von ihm erwartet wurde, nämlich, viel zu trinken, viel zu schlafen und möglichst schnell größer zu werden. Und genau das tat er, sehr zur Freude und Erleichterung seiner Eltern, die zuvor allerlei schreckliche Geschichten über stundenlang grundlos schreiende Babys und durchwachte Nächte gehört hatten: Nichts dergleichen erlebten sie mit ihrem Sohn. Auch in seinen wachen Stunden hatte Perry Besseres zu tun, als zu schreien, nämlich seine unmittelbare Umgebung gründlich zu erforschen, so gut er konnte, und mit den seltsamen, riesigen Wesen Kontakt aufzunehmen, die ab und zu in seinem Gesichtsfeld auftauchten. Und wenn er es für notwendig befand, sich akustisch zu melden, hatte das immer einen einsichtigen und leicht behebbaren Grund: meistens Hunger – oder das Gegenteil davon.

Uns, die wir versuchen, dem Mysterium Perry Rhodan auf den Grund zu gehen, hilft das nicht weiter, gilt es doch als eine der Binsenweisheiten der Psychologie, dass es eher die Schwierigkeiten und Probleme sind, die eine Persönlichkeit formen: Unter diesem Aspekt betrachtet, gibt uns der Umstand, dass Perry Rhodan ein ungewöhnlich gewöhnliches Baby war, keinerlei Hinweise auf die Kräfte, die den späteren Erwachsenen geprägt haben.

Wenden wir uns also, während das Baby zum Kind heranwächst, zunächst der Betrachtung seines familiären Umfelds zu: Dass die Herkunftsfamilie einen starken Faktor in der Persönlichkeitsentwicklung darstellt, ist schließlich ein weiterer Gemeinplatz der Psychologie.

Beginnen wir mit seinem Großvater, Alois Roden, geboren am 17. Mai 1889 in Scheernsting, einem kleinen, heute nicht mehr existierenden Dorf in Oberbayern, einer Region in Deutschland, einem der Länder im damaligen Europa. Alois war nach Gregor Roden und einer Schwester, Ilse Roden, das dritte Kind des Landwirts Edgar Roden und seiner Frau Martha und muss nach allem, was wir von ihm wissen, ein überaus wissbegieriger, allem Neuen gegenüber aufgeschlossener Mensch gewesen sein. Da er sich keine Hoffnungen auf eine Übernahme des Hofes machen durfte – dieser würde an seinen älteren Bruder gehen –, zog es ihn früh aus Scheernsting fort, und zwar nach München, der bayerischen Landeshauptstadt, wo er das Handwerk eines Elektrikers erlernte: Die allgemeine Einführung des elektrischen Stroms, die sogenannte »Elektrifizierung«, war zu dieser Zeit gerade *das* große Thema der Technik.

Im Juli 1907 heiratete Alois die aus Garmisch-Partenkirchen stammende Gerda Mayr, im Jahr darauf, am 19. Mai 1908, kam der erste Sohn Karl zur Welt, zwei Jahre später, am 5. Oktober 1910, der zweite Sohn Jakob Edgar. Die Familie lebte noch in Scheernsting, aber Alois verdiente gut, sie hatten ein Haus am Stadtrand von München in Aussicht, und ein schönes Leben hätte vor ihnen liegen können, wäre es nicht im Sommer 1914 zu jenem Krieg gekommen, den man später den Ersten Weltkrieg nennen sollte.

Alois, der den Wehrdienst widerwillig über sich hatte ergehen lassen und jeglicher Waffengewalt zutiefst abhold war, wurde eingezogen und zur U-Boot-Flotte abkommandiert. U-Boote stellten damals eine völlig neue Erfindung dar, von der die altgedienten Militärs noch nicht wussten, was davon zu halten und wie sie am besten einzusetzen war; sie sollten sich im Verlauf des Krieges als furchtbare Waffe erweisen, furchtbar sowohl in ihrer Wirkung gegen die Angegriffenen als auch furchtbar für die Insassen, die, eingeschlossen in eine klaustrophobisch enge Stahlröhre und ständig gegen Luft- und Treibstoffmangel kämpfend, nicht selten dem Wahnsinn nahe waren. Alois Roden verbrachte praktisch den gesamten Krieg an Bord des Schiffes U-17, einem der wenigen U-Boote, die das Ende der Kämpfe erlebten, allerdings hätte er die Behauptung, »Glück« gehabt zu haben, weit von sich gewiesen, war doch im letzten Winter des Krieges seine Frau Gerda, als in der Heimat Heizmaterial knapp geworden war, an Tuberkulose erkrankt, an der sie kurz nach Kriegsende starb. Der überlebende Alois Roden stand nun als Witwer mit zwei Söhnen da, acht und zehn Jahre alt, und gewann, während er die Nachrichten über Verlauf und Inhalte der sogenannten Friedensverhandlungen im französischen Versailles verfolgte, den Eindruck, dass der nächste Krieg nur eine Frage der Zeit war.

Aber dieser nächste Krieg, beschloss er, würde ohne ihn stattfinden müssen. Er setzte alle Hebel in Bewegung – und da er seit jeher ein umgänglicher, kontaktfreudiger Mensch gewesen war, verfügte er über eine Menge solcher Hebel – und schaffte es schließlich im Herbst 1919, mit seinen beiden Buben in die USA überzusiedeln.

Bei der Einreise geriet er an einen kreativen Beamten, der es sich angelegen sein ließ, die Schreibweise des Familiennamens Roden zu amerikanisieren, und so wurde aus dem Deutschen Alois Roden der Anwärter auf die amerikanische Staatsbürgerschaft Al Rhodan. (Die Einbürgerung erfolgte am 18. Oktober 1924.)

Al Rhodans Überzeugung, dass gute Elektriker überall auf der Welt gefragt seien, bewahrheitete sich. Er vervollkommnete innerhalb kürzester Zeit das Englisch, das er brockenweise während seiner Zeit in der Marine aufgeschnappt hatte, knüpfte rasch neue Kontakte und konnte sich bald vor Aufträgen kaum retten, erstens, weil die USA eine spürbar aufstrebende Nation waren, in der tüchtige Leute überall gebraucht wurden, und zweitens, weil den Deutschen der Ruf vorauseilte, besonders tüchtig und vor allem zuverlässig zu sein. Die Rhodans wohnten die ersten paar Wochen in einem billigen Hotel, dann fanden sie eine kleine Wohnung am Rand der Riesenstadt New York, und das Geld reichte sogar, um eine Haushälterin einzustellen, eine füllige, resolute Dame, die Rosemary White hieß, obwohl sie schwarz war, und die nicht nur den Haushalt in Ordnung hielt, sondern auch den beiden Jungs Manieren beibrachte – und die englische Sprache: Sie gestattete ihnen nicht, in ihrer Gegenwart Deutsch miteinander zu sprechen, und beanstandete jeden Fehler, den sie an ihrem Englisch bemerkte, was anfangs eine Tortur war, sich aber auf Dauer auszahlte, denn so gelang es auch den beiden Söhnen, denen die Umstellung auf die neue Umgebung mehr zu schaffen machte als ihrem Vater, sich zurechtzufinden und in der Schule bald einigermaßen brauchbare Noten zu schreiben.

Nach der Schule bestand ihr Vater darauf, dass sie beide ein Handwerk erlernten. Nicht, dass Al grundsätzlich etwas gegen das Studieren gehabt hätte, aber, so meinte er, man solle doch besser zuerst eine solide Grundlage legen, und das Handwerk, das sähen sie ja an ihm, habe nun mal goldenen Boden. Jakob folgte dem väterlichen Beispiel und ging bei einem Konkurrenten seines Vaters in die Lehre, um ebenfalls Elektriker zu werden. Sein großer Bruder Karl dagegen, dem das für den Umgang mit Strom nötige abstrakte Denken nicht so lag, fand eine Lehrstelle als Zimmermann, ein Handwerk, das ihm zusagte: »Schließlich hab ich große Hände«, erklärte er.

Al Rhodans Traum war gewesen, eine *richtige* eigene Firma zu gründen, doch dazu sollte er nie kommen, zuerst, weil er immer viel zu viel zu tun hatte, als dass er Zeit für den nötigen Formularkram gehabt hätte, und später, weil er krank wurde: Lungenkrebs, wie der Arzt ihm kurz vor seinem 44. Geburtstag offenbarte. Über die Ursache gab es kaum Zweifel, Al Rhodan war zeitlebens ein starker Raucher gewesen.

Er quälte sich noch eindreiviertel Jahre mit allerhand unwirksamen Behandlungen und starb schließlich im Januar 1932.

Jakob war zu diesem Zeitpunkt 21 Jahre alt, Karl 23. Nach dem Tod des Vaters hielt die beiden nichts mehr in dem immer hektischer werdenden New York, außerdem wollten sie beide mehr sehen von dem Land, in das ihr Vater sie gebracht hatte. Also gaben sie nach der Beerdigung der untröstlichen (von Al testamentarisch durchaus wohlbedachten) Rosemary einen letzten Abschiedskuss und zogen hinaus in die Weiten Amerikas.

Jake bewarb sich auf eine Stellenanzeige einer Renovierungsfirma in Chicago, die einen Elektriker suchte, und bekam die Stelle sofort. Der Job war nicht sonderlich gut bezahlt, aber interessant, und Geld war ihm zu jener Zeit noch nicht so wichtig.

Einer der ersten größeren Aufträge, bei dem er dabei war, beinhaltete die Erneuerung der elektrischen Installationen im Children's Memorial Hospital. In diesem Krankenhaus arbeitete auch eine junge Krankenschwester namens Mary Tibo, und als die beiden sich begegneten, muss es wohl Liebe auf den ersten Blick gewesen sein.

Und das, stellten sie bald darauf fest, war ein Problem.

3

Mary Tibo, jüngste Tochter von Gerald Tibo und Katherine Tibo, geborene Moore, war der Sproß eines alten Geschlechts von Händlern, das seine Wurzeln in Frankreich hatte, genauer gesagt in Lothringen, einer Region an der Mosel, die einst ein eigenes Herzogtum war. Die Familie lässt sich mühelos zurückverfolgen zu einem Urahn namens Louis-Fréderic Thibeau, der während der Herrschaft von Napoleon Bonaparte in allerlei mehr oder weniger dunkle Geschäfte mit Leuten im Dunstkreis des Kaisers verwickelt war. Nach dessen Sturz fand er es ratsam, sich umgehend ins Ausland zu begeben, je weiter weg von Frankreich, desto besser, und landete schließlich in den unlängst unabhängig gewordenen Vereinigten Staaten von Amerika. Auch hier begegnen wir wieder dem Motiv, dass sich ein Familienname in der

Schreibweise änderte, nur war es in diesem Fall Louis-Fréderic selber, der seinen Namen abwandelte, um es eventuellen rachsüchtigen Verfolgern nicht unnötig leicht zu machen, und fortan als Fred Tibo durchs Leben ging.

Sei es, dass dieser Trick funktionierte, sei es, dass es weniger rachsüchtige Verfolger gab, als er befürchtet hatte, jedenfalls blieb er unbehelligt. Er siedelte sich in dem seit dem Bau der Ost-West-Eisenbahnlinie aufstrebenden Chicago an und begründete die Dynastie der Tibos, die von da an in Handelsgeschäften aller Art mitwirkten und allerlei Aufs und Abs erlebten, mal mehr, mal weniger reich waren, immer aber wohlhabend; die nie zu den ganz Großen zählten, aber auch nie in der Versenkung verschwanden.

Dass eine Tibo sich mit einem *Handwerker* einließ, passte ganz und gar nicht in dieses Konzept.

Mary hatte einen Bruder, Michael, der schon verheiratet war, selbst Kinder hatte und längst in dem väterlichen Kontor mitarbeitete, das er einst übernehmen würde, ferner zwei Schwestern, Helen und Eleonore, die mit standesgemäßen Männern aus der besseren Chicagoer Gesellschaft verheiratet oder, in Eleonores Fall, zumindest liiert waren. Mary, die Nachzüglerin, war schon dahingehend aus der Art geschlagen, dass sie, anstatt Klavier spielen und sticken zu lernen und Ausschau nach einer »guten Partie« zu halten, durchgesetzt hatte, den Beruf einer Krankenschwester zu ergreifen. Das hatte man im Kreis der Familie *degoutant* gefunden und seufzend als Marotte abgetan, als eine Laune, die sich zweifellos irgendwann geben würde, spätestens, wenn die hässliche Realität dieses Berufes die Oberhand über die wohlmeinenden Illusionen gewann, was, wie man meinte, unweigerlich war.

Und nun hatte man die Bescherung.

Der Verfasser dieser Zeilen muss an dieser Stelle gestehen, dass es seine detektivischen Fähigkeiten überstieg zu eruieren, was im Einzelnen versucht wurde, um die beiden Liebenden auseinanderzubringen; dafür widersprechen sich die wenigen Aussagen, die dazu getan wurden, zu sehr. Rhodans Eltern zogen es seinerzeit vor, mir gegenüber nur zu erklären, es sei »nicht ganz einfach« gewesen, schwiegen sich aber über alles Weitere aus, und es schien mir unangebracht, bohrende

Fragen zu stellen. Katherine Tibo wiederum, Marys Mutter, ließ sich immerhin zu dem Eingeständnis hinreißen, es seien »wohl Fehler gemacht worden«, und versicherte, nichts gegen ihren Schwiegersohn zu haben, der »sich ja als sehr tüchtiger Mensch und Patriot erwiesen« habe, »im Gegensatz zu seinem Sohn«.

Lassen wir es also bei der Feststellung bewenden, dass sich zwei Liebende getroffen hatten, deren Liebe auf gesellschaftliche und familiäre Widerstände stieß, gegen die sie sich jedoch letztlich durchsetzten – wobei es vor allem, glaube ich, Mary oblag, ihrer Herkunftsfamilie die Stirn zu bieten, um ihr eigenes Glück zu sichern.

Jakob, der sich, seit er in Chicago war, meistens selber als »Jake« vorstellte, weil ihn seine Kollegen ohnehin so nannten, trug seinen Teil dazu bei, indem er eine andere, weitaus besser entlohnte Stellung fand, in Neuengland zumal, von dem Mary seit jeher träumte, genauer gesagt: in Manchester im amerikanischen Bundesstaat Connecticut.

Manchester war damals Sitz zweier großer, weltberühmter Firmen. Die größte und berühmteste war die Seidenfabrik der Cheney Brothers, 1838 von den Brüdern Ward, Rush und Frank Cheney gegründet und im Lauf der Zeit zum weltgrößten Hersteller von Seide aufgestiegen: Geschäftlicher Höhepunkt war der Erste Weltkrieg gewesen, als eine bis dato unvorstellbare Menge Seide für Fallschirme aller Art benötigt wurde. Doch der Krieg war lange vorbei, und zu dem Zeitpunkt, als Jake und Mary Rhodan nach Manchester zogen, ging es mit der *Cheney Brothers Silk Factory* langsam, aber sicher abwärts.

Jake hatte sich jedoch bei der zweiten bedeutenden Firma Manchesters beworben, der Seifen- und Reinigungsmittelfabrik *The Bon Ami Company*, die einen Betriebselektriker suchte, und prompt die Zusage bekommen.

Diese Firma ging auf einen gewissen J. T. Robertson zurück, der 1885 in Glastonbury eine auf Feldspat beruhende, besonders schonende Mineralienseife entwickelt und begonnen hatte, sie mit dem Bild eines frisch geschlüpften Kükens und dem Slogan *Hat noch nie gekratzt* zu vermarkten. 1891 war er mit seinem Betrieb nach Manchester gezogen, wo er die Seife anfangs mit drei, vier Mitarbeitern in einer alten Schrotmühle an der Ecke Oakland / North Main Street herstellte. Als sich Jake Rhodan bewarb, befand sich das Betriebsgelände schon lange an der Hilliard Street, und die millionenschwere Firma mit offiziellem Sitz in New York beschäftigte allein in dieser Fabrik 150 Mitarbeiter, unterhielt aber noch weitere Werke, unter anderem in Kanada.

Wie die gesamte amerikanische Wirtschaft litt auch die *Bon Ami Company* damals an den Auswirkungen der *Great Depression*, einer Wirtschaftskrise, die mit einem spektakulären Börsenkrach am 24. Oktober 1929 begonnen hatte. Sie überstand diese Zeit jedoch relativ gut, genauso wie übrigens später jene noch zu schildernde Krisenzeit, die letztendlich zur terranischen Einigung führen sollte. Tatsächlich gibt es diese Firma heute noch, wenn sie ihren Sitz auch nicht mehr auf der Erde hat: In mindestens drei extraterrestrischen Reichen erfreut sich die *Bon Ami Seife* nach wie vor großer Beliebtheit.

Nachdem Jake Rhodan seine neue Stellung angetreten hatte und auf einmal vergleichsweise gut verdiente, genug, um eine Familie zu unterhalten, wie es damals als unabdingbar betrachtet wurde, heirateten Jake Rhodan und Mary Tibo am 10. August 1934 auf dem Standesamt Manchester.

Dass niemand von Jakes Familie an diesem Ereignis teilnahm, ist verständlich, denn schließlich bestand diese Familie, abgesehen von den Verwandten im fernen Deutschland, zu denen sie längst keinen Kontakt mehr hatten, nur noch aus Jake und seinem Bruder Karl. Karl wiederum arbeitete inzwischen bei der *American Telephone and Telegraph Company*, kurz *AT&T*, und war ständig irgendwo im Amerika unterwegs, um alte Telefonleitungen zu erneuern oder neue zu verlegen, was für ihn bedeutete, im Lauf der Jahre Tausende von hölzernen Masten aufzustellen – und vor allem, dass er selber quasi nie telefonisch zu erreichen war, abgesehen von den Momenten, in denen die Telefontechniker, mit denen er reiste, testeten, ob die neuverlegte Leitung auch funktionierte.

Dass hingegen auch von Marys überaus zahlreicher Familie niemand bei der Trauung zugegen war, darf wohl als deutliches Zeichen verstanden werden, dass das junge Paar zum Tibo-Clan erst einmal nicht nur auf räumliche Distanz gegangen war.

Das Glück war Jake und Mary Rhodan auch weiterhin hold: In einer der vielen Zwangsversteigerungen, die mit dem Niedergang der Cheney Brothers einhergingen, ergatterten sie aus dem Immobilienbestand der einstmals reichsten Familie der Stadt ein malerisch am Nordwesthang des Case Mountain gelegenes Einfamilienhaus, und das zu einem überaus günstigen Preis. Es war nicht nur groß genug für mehrere Kinder, es verfügte auch über einen großen Garten und eine Garage. Eine Garage! Die freilich erst einmal leer bleiben musste, denn einstweilen fuhr Jake noch täglich mit dem Fahrrad zur Arbeit, bis er, dank einer Sonderprämie, imstande war, sich ein Auto zu leisten, einen gebrauchten dunkelblauen 1932er Ford Model B: Im Jahre 1935 noch bei weitem keine Selbstverständlichkeit! Da das Haus weitab des Stadtzentrums lag, erlernte auch Mary das Autofahren, um Jake morgens zur Arbeit fahren zu können, wenn sie das Auto tagsüber benötigte.

So lebten die beiden sich ein, ziemlich auf sich gestellt, knüpften Beziehungen zu Nachbarn und gewannen Freunde in der Umgebung. Karl kam sie kurz nach ihrer Hochzeit besuchen und sorgte dafür, dass sie einen eigenen Telefonanschluss zu besonders günstigen Konditionen bekamen. Der Einzige aus Marys Familie, der sie ebenfalls kurz nach der Hochzeit besuchte, war Marys Großcousin Kenneth Malone, der Sohn ihrer Tante Patricia, der älteren Schwester ihres Vaters, die mit einem gewissen James F. Malone verheiratet war. Kenneth war bei der US Army und ein unverbesserlicher Junggeselle, aber er und Mary verstanden sich seit Kindertagen bestens.

4

Währenddessen durchlebte Jakes Bruder Karl sein eigenes Liebesdrama. Ein größerer Auftrag hatte das Team, zu dem er gehörte, in den Norden Wisconsins geführt, genauer nach Florence County, wo sie, wie er später erzählte, »eine Million Telefonmasten aufstellten, um Bauern miteinander zu verbinden, die kaum den Mund aufkriegen«. Bei einem Fest, das die Männer von AT&T des Abends besuchten, um ein wenig Abwechslung zu erleben, lernte Karl eine gewisse Laura Kelley kennen, mit der er sich so angeregt und so lange unterhielt wie noch nie zuvor mit einer Frau, und danach war er unsterblich verliebt.

Da ihr Auftrag auch beinhaltete, eine Telefonleitung zur Farm des Rinderzüchters Patrick Kelley zu legen, bot sich Gelegenheit, Laura wiederzusehen. Die fand Karl nicht unsympathisch, erklärte ihm aber beizeiten, dass das mit ihnen nichts werden könne, denn sie sei als einziges Kind ihrer Eltern die Erbin der Farm und könne deswegen nur einen Farmer heiraten. Dann werde er eben auf Farmer umlernen, erwiderte Karl, das sei schließlich nichts anderes als das, was sein Großvater auch gemacht habe; er stamme quasi aus einer Rinderzüchterfamilie!

Damit würden ihre Eltern nie einverstanden sein, erwiderte Laura, und außerdem gebe es da schon jemanden, dem sie, nun ja, sozusagen versprochen war.

Karl muss wohl gespürt haben, dass die Verbindung mit diesem anderen (ein Junge von einer rund zwanzig Meilen entfernt liegenden Farm namens Will Buckner) keine Angelegenheit des Herzens war, denn er gab nicht auf, sondern begann erst, Laura Kelley zu umwerben, auf jede Art, die ihm einfiel. Ausschlaggebend wurde aber, dass er ihrem Vater, der von der unglücklichen Romanze nichts ahnte, das Angebot machte, ihm den neuen, dringend benötigten Rinderstall zu einem guten Preis zu bauen. Er nahm unbezahlten Urlaub, engagierte zwei Freunde und errichtete gemeinsam mit ihnen in Rekordzeit ein Prachtstück von einem Stall. Und nicht nur das, er übernahm es auch, die Rinder höchstpersönlich aus dem alten in den neuen Stall zu führen und dort zu versorgen: Wie man das machte, hatte er sich von einem der anderen Farmer, die sie ans Telefonnetz angeschlossen hatten, zeigen lassen.

Patrick Kelley war beeindruckt, und als Karl ihm gestand, dass er dessen Tochter Laura über alles in der Welt liebe und alles auf sich nehmen würde, was nötig sei, um mit ihr zusammen sein zu können, konnte sich dieser das durchaus vorstellen. »Aber die Frage ist natürlich«, schränkte er ein, »was Laura dazu sagt.«

Die brach in Tränen aus vor Erleichterung, denn inzwischen war sie dem unbeholfenen Charme des deutschen Brummbärs erlegen und wäre untröstlich gewesen, ihn nie wiederzusehen. Die beiden heirateten etwa um die Zeit, als Mary Rhodan schwanger war. Karl kündigte bei AT&T, ging bei seinem Schwiegervater in die Lehre und erwies sich als so gelehrig wie noch nie zuvor im Leben: Karl Rhodan hatte seine Bestimmung gefunden.

Dann wären da noch die in Frankreich verbliebenen Thibeaus zu erwähnen, die sich auf lange Sicht als der fruchtbarste Zweig der Familie erweisen sollten. So war zum Beispiel ein gewisser Charles Thibeau einer der bekanntesten und eloquentesten politischen Gegner von Perry Rhodans Politik gegenüber den Kolonien, was nicht nur zu deutlichen Korrekturen dieser Politik geführt hat, sondern unter anderem auch dazu, dass auf vielen Kolonialwelten heute Statuen stehen, die Charles Thibeau darstellen, während bekanntlich von Perry Rhodan keine einzige Statue existiert, da es nicht zu den menschlichen Gepflogenheiten gehört, Denkmäler für noch Lebende zu errichten. Es deutet übrigens nichts darauf hin, dass sich Thibeau und Rhodan damals ihrer entfernten verwandtschaftlichen Beziehung bewusst waren.

Erwähnt werden muss an dieser Stelle auch noch »Oma« Eli, die in Wahrheit keine Großmutter war, sondern eine Großtante von Mary Rhodan, nämlich die jüngste Schwester ihres Großvaters Richard. Elena Thibeau, verheiratete Durkheim, hatte die französische Provinz Lothringen erst nach dem Tod ihres Mannes im Jahre 1939 verlassen, zu einem Zeitpunkt, als dort die von Deutschland drohende Gefahr schon deutlich zu spüren gewesen war. Der Einladung einer Freundin aus Kindertagen folgend, verschlug es sie ebenfalls nach Manchester, wo die beiden alten Frauen in bescheiden möblierten Zimmern in ein und demselben Mietshaus wohnten, ungefähr fünf Kilometer vom Haus der Rhodans entfernt.

Mary Rhodan erachtete es als ihre familiäre Pflicht, sich um die greise Großtante zu kümmern, ein Gefallen, den diese erwiderte, indem sie sich nach Perrys Geburt als Babysitterin betätigte, wenn Mary und Jake einmal einen Abend in Ruhe ausgehen wollten. Sie machte sich ein Vergnügen daraus, dem staunend lauschenden Baby Märchen auf Deutsch und Französisch vorzulesen, und als Jake das mitbekam und meinte, er wolle aber schon, dass sein Sohn ein richtiger Amerikaner werde, erwiderte sie, ein paar Fremdsprachenkenntnisse hätten noch niemandem geschadet. Dass Perry Rhodan auf diese Weise Deutsch oder Französisch gelernt haben soll, ist allerdings ein Gerücht; tatsächlich beherrscht er von beiden Sprachen nur ein paar Brocken, und wir kommen noch dazu, woher.

5

Beenden wir an dieser Stelle die Erkundung von Perry Rhodans weitverzweigter Herkunftsfamilie, obgleich man damit noch lange weitermachen könnte. Es sind nicht unkomplizierte, gleichwohl aber auch nicht untypische Verhältnisse, haben die diversen Kriege und Krisen des 20. Jahrhunderts alter Zeitrechnung doch viele Familien in ähnlicher Weise durcheinandergewirbelt und oft genug auch über den Erdball zerstreut. Stellen wir uns der Frage, ob und gegebenenfalls was uns das Wissen über die Familienverhältnisse, aus denen Perry Rhodan stammt, über ihn als Menschen verraten mag, insofern manche Eigenschaften vererbt und nicht erworben werden (und ignorieren wir für den Moment, dass sich die Gelehrten der gesamten bekannten Galaxis nach Jahrtausenden der Forschung immer noch streiten, in welchem Maße das gilt).

Auf der väterlichen Seite finden wir zunächst die praktische Begabung wieder, die Bereitschaft zu entschlossenem Handeln und hohe moralische Standards, die an die eigenen Taten angelegt werden.

Auf der mütterlichen Seite haben wir die Verbindung zu einer Dynastie von Kaufleuten und Händlern, Leuten also, die es gewohnt waren, in großen Dimensionen zu denken, und auch fähig und willens, zu Tricks zu greifen, um Ziele zu erreichen – beides Elemente, die im Leben Perry Rhodans bekanntlich schon oft eine Rolle spielten. Damit haben wir vielleicht auch einen der inneren Konflikte Rhodans benannt, denn ein Ziel vermittels einer List zu erreichen lässt sich nicht unbedingt immer mit den erwähnten moralischen Ansprüchen in Einklang bringen. Jakob Rhodan war, das glaube ich mit Sicherheit sagen zu können, mit vielen der Handlungen seines Sohnes nicht einverstanden, auch wenn man ihn nie dazu gebracht hätte, das zuzugeben, denn familiäre Loyalität zählte ebenfalls zu den Werten, die er unverbrüchlich hochhielt.

Aber bleiben wir noch eine Weile bei der Mutter, deren Einfluss man meines Erachtens kaum hoch genug einschätzen kann. Wir haben es bei Mary Tibo mit einer Frau zu tun, die sich entschlossen gegen Fremdbestimmung durchgesetzt hat und unbeirrbar ihren Weg gegangen ist: eine Beschreibung, die wortgleich auch auf ihren Sohn passt. Außerdem finden wir bei ihr ein hohes Maß an Hilfsbereitschaft, ein starkes Gefühl der Verpflichtung, anderen zu helfen – und paradoxerweise zugleich die Bereitschaft, das Familienleben dafür aufs Spiel zu setzen und das eigene Kind zu vernachlässigen, wie wir noch sehen werden: Auch das findet sich, wenn auch in abgewandelter Form, bei Perry Rhodan wieder, von dem wohl niemand je behauptet hat, er sei ein guter Vater.

Insbesondere die letztgenannte Schwäche, die zu seinen am häufigsten kritisierten Eigenschaften zählt, lässt sich unmöglich auf ein schlechtes Vorbild zurückführen, denn wenn Jakob Rhodan eines war, dann ein *guter* Vater. Dem Verfasser dieser Zeilen, der von sich bekennen muss, zu den eigenen Eltern nicht das beste Verhältnis gehabt zu haben, wird es unvergesslich bleiben, mit Jake Rhodan am Wohnzimmertisch zu sitzen, einem ruhigen Mann mit klar blickenden Augen und einer gelassenen, die Konsonanten immer ein wenig zu hart betonenden Stimme: Um diesen Vater beneide ich Perry Rhodan!

Was bleibt uns im Moment? Nur die Ahnung, dass die Erbanlagen zwar, wie so oft, eine Rolle spielen, aber das Wesen und das Schicksal eines Menschen dennoch nicht erklären. Folgen wir also weiter dem unbekannten Teil von Rhodans Leben, und schauen wir uns an, welche Ereignisse ihn geprägt haben, in der Hoffnung, auf diesem Weg tiefere Erkenntnisse zu gewinnen über das, was man das »Rätsel Rhodan« nennt.

6

Am 1. Dezember 1937 kam das zweite Kind der Rhodans zur Welt, ein Mädchen diesmal, das sie auf den Namen Deborah taufen ließen.

Nach ihren Erfahrungen mit dem ersten Kind hatten sie der Niederkunft relativ entspannt entgegengesehen. Doch nun mussten sie feststellen, was alle erfahreneren Eltern wissen, nämlich, dass keine zwei Kinder gleich sind und man in gewisser Weise jedes Mal neu anfangen muss. Bei Deborah war *alles* anders als bei Perry. Es fing schon damit an, dass sie nicht ganz richtig im Mutterleib lag und sich die Geburt dadurch schier endlos hinzog, die Mutter viel Blut verlor und das Kind schließlich mit der Zange geholt werden musste; es ging damit weiter, dass man das Baby erst einmal wegen Verdachts auf Gelbsucht im Krankenhaus behielt, ein Verdacht, der sich zum Glück nicht bestätigte. Und als die kleine Deborah endlich zu Hause war, war sie ein äußerst unruhiges Kind, das kaum einmal eine Stunde am Stück schlief, und wenn, dann nur vor Erschöpfung, weil es die übrige Zeit unablässig schrie oder zumindest quengelte. Zudem kränkelte sie ständig, hatte immer wieder Fieber, von dem der Arzt nicht sagen konnte, woher es kam; sie trank schlecht und nahm demzufolge nur zögerlich zu; kurzum, die ersten Monate waren für die Rhodans ein Albtraum. Keiner der beiden schlief in dieser Zeit auch nur eine einzige Nacht durch.

Perry, noch keine zwei Jahre alt, scheint die Ankunft eines jüngeren Geschwisters, zumal von einem, das die Aufmerksamkeit der Eltern so umfassend von ihm abzog, nicht als Bedrohung empfunden zu haben – im Gegenteil, er war offenbar von Anfang an fasziniert von seiner kleinen Schwester. Immer wieder fragte er, was sie denn habe, wieso sie schreie, und konnte stundenlang geduldig an ihrer Wiege sitzen und versuchen, sie zu beruhigen. Wundersame Heilkräfte besaß aber auch er nicht; Deborah ließ sich zwar manchmal eine Weile von ihm ablenken, um dann aber umso heftiger weiter zu schreien, zu quengeln oder zu weinen, gerade so, als müsse sie das Versäumte aufholen.

Nach drei bis vier Monaten ließ dieser »Weltschmerz«, wie Großmutter Katherine es nannte, allmählich nach, erstaunlicherweise etwa um die Zeit herum, als der erste Zahn durchkam, was normalerweise eher die entgegengesetzte Wirkung zu zeitigen pflegt. Wie auch immer, jedenfalls war Deborah ab da gut zu haben, und sie ließ sich auch überaus bereitwillig von ihrem Bruder durch die Gegend schleppen. Die beiden schienen in dieser Zeit eine Art geschwisterliche Geheimsprache zu entwickeln, denn sie lagen oft nur da, schauten einander an, machten seltsame Laute dazu und kicherten dann plötzlich los, als habe einer dem anderen einen guten Witz erzählt.

Deborah erwies sich als höchst intelligentes Kind. Wie es für zweite Kinder nicht untypisch ist, lernte sie, angeregt durch das Beispiel des älteren Geschwisters, alles schneller – sie krabbelte eher, lernte eher laufen und begann auch eher zu sprechen, der Erinnerung des Kinderarztes zufolge von Anfang an in Zweiwortsätzen, was diesen enorm verblüffte. Verblüfft muss auch »Oma« Eli gewesen sein, die berichtete, Deborah habe während einer ihrer fremdsprachlichen Märchenstunden einwandfrei französische und deutsche Wörter nachgesprochen, eine Beobachtung, für die wir allerdings nur ihr Wort haben, denn Deborah war nicht dazu zu bewegen, dieses Kunststück in Gegenwart ihrer Eltern zu wiederholen.

Überhaupt war sie nur schwer zu *irgendetwas* zu bewegen. So zeigte sie beispielsweise noch weniger Sinn für Ordnung als der kleine Perry. Das Konzept, Dinge aufzuräumen, blieb ihr fremd; jedes Spielzeug, an dem sie das Interesse verlor, blieb auf der Stelle liegen, und so herrschte in und um das Haus der Rhodans immer ein buntes Chaos aus Puppen, Holzautos, Bausteinen und dergleichen mehr.

Außerdem vermochte Deborah in einem Spiel völlig aufzugehen. Sie konnte seelenruhig in einer Zimmerecke sitzen und ihrer Puppe die Haare bürsten, während sich der Rest der Familie die Hälse nach ihr wundschrie: Nichts davon bekam sie mit, wenn sie in ihr Spiel vertieft war.

Dies spricht für eine außerordentliche Phantasiebegabung – eine grundsätzlich bewundernswerte, in Deborahs Fall aber leider womöglich eine verhängnisvolle Eigenschaft.

Am 18. Mai 1940 fuhr Mary Rhodan mit beiden Kindern zum Einkaufen. Derartige Ausflüge begeisterten Perry und Deborah immer, zogen sich aber auch immer viel zu lange hin, als dass die beiden nicht irgendwann angefangen hätten, sich zu langweilen. Sobald das Auto an der Auffahrt zur Garage zum Stillstand kam, hatten die Kinder also nichts anderes im Sinn, als so schnell wie möglich hinauszuspringen und sich auf eine der Spielsachen zu stürzen, die rechts und links der Auffahrt im Gras lagen, wo sie sie fallen gelassen hatten.

So geschah es auch an diesem Tag. Perry kehrte zu seinem Holzbagger zurück, Deborah zu ihrer Lieblingspuppe, die den Vormittag unter einem Busch verbracht hatte.

Ihre Mutter war derweil, die Fahrertür geöffnet und mit einem Fuß fast auf dem Asphalt stehend, im Wageninneren auf der Suche nach dem Einkaufszettel, der ihr heruntergefallen war und nun irgendwo zwischen den Sitzen lag. Obwohl der Einkauf schon erledigt war, brauchte sie diesen Zettel noch, da einige Dinge daraufstanden, die sie nicht bekommen hatte, die sie aber dringend benötigte und deswegen auf eine neue Liste für einen weiteren Einkauf andernorts übertragen wollte.

Mary Rhodan bemerkte bei ihrer emsigen Suche nicht, dass sich die Handbremse gelöst hatte, und, da ihr linker Fuß noch einen Fingerbreit über dem Boden schwebte, auch nicht, dass der Wagen allmählich ins Rollen kam. Dass irgendetwas nicht stimmte, fiel ihr erst auf, als sie Perry gellend aufschreien hörte, doch was vor sich ging, begriff sie auch in diesem Moment noch nicht. Sie schreckte nur hoch, bemerkte, dass der Wagen sich bewegte, und sah im Rückspiegel, wie ihr Sohn ausgerechnet *hinter* das bereits rollende Auto zu rennen im Begriff war!

Dieser Anblick versetzte sie in Panik, und entsprechend kopflos reagierte sie. Anstatt nach der Bremse zu greifen und sie wieder anzuziehen, anstatt zu verstehen, dass Perry losgerannt war, um seine Schwester zu *retten*, die wie üblich alles um sich herum vergessend direkt hinter dem Auto saß und ihrer Puppe ein Lied vorsang, sprang Mary Rhodan aus dem Auto, bekam ihren Sohn zu fassen und schleuderte ihn mit aller Kraft aus der Gefahrenzone, was zur Folge hatte, dass Perry mit dem Gesicht gegen einen der Zaunpfosten prallte und bewusstlos zu Boden fiel.

Dass das Auto anschließend über ihre Tochter hinwegrollte – das konnte Mary Rhodan nicht mehr verhindern.

Die hintere Stoßstange warf das Mädchen um, das rechte Hinterrad des tonnenschweren Ford rollte über ihre Oberschenkel, das rechte Vorderrad über Unterleib und Brust. Allen Versuchen der Mutter trotzend, es anzuhalten, kam das Vehikel erst an der Böschung auf der gegenüberliegenden Straßenseite zum Stillstand.

Mary Tibo Rhodan war als ausgebildete Krankenschwester geübt, ihre eigene Befindlichkeit auszublenden, wenn es darum ging, zu tun, was getan werden musste. Diese Fähigkeit, in den Jahren ihrer Ehe gewissermaßen eingerostet, wurde nun wieder wach. Trotz des Entsetzens, das sie beherrscht haben muss, schaffte sie es, den Notarzt zu rufen und anschließend ihrer Tochter Erste Hilfe zu leisten, bis der Krankenwagen eintraf. Während der Arzt sich um Deborah kümmerte, brachte sie den immer noch benommenen, Perry zur Nachbarin, rief ihren Mann in der Firma an und stieg dann mit in den Krankenwagen.

Doch alle ärztliche Hilfe kam zu spät. Noch in derselben Nacht, um kurz nach acht Uhr abends, starb Deborah an den inneren Verletzungen, die sie erlitten hatte.

7

Körperlich hatte Perry von dem Unfall nichts weiter davongetragen als eine leichte Gehirnerschütterung, die sich von selbst wieder gab, und jene kleine Narbe auf dem rechten Nasenflügel, die er bis zum heutigen Tag nicht hat entfernen lassen.

Seelisch aber war der Tod seiner Schwester ein Schock, der jahrelang nachwirken sollte.

Wohl infolge der Gehirnerschütterung hatte er eine leichte Amnesie erlitten, was hieß, dass er sich nicht mehr an Einzelheiten des Vorfalls erinnern konnte. Alles, was zwischen dem Aussteigen aus dem Auto und dem Moment, in dem es drüben gegen die Böschung rollte, geschehen war, war wie ausgelöscht. Er hatte nur das vage, überaus bedrückende Gefühl, an Deborahs Tod *schuld* zu sein.

Von diesem Tag an war es, als hätte sich ein düsterer Schatten auf die Familie Rhodan gelegt, ein Schatten, der entschlossen schien, nie wieder zu weichen. Die Beerdigung, die Trauerfeier – all das rauschte an dem noch nicht ganz vier Jahre alten Knaben vorbei, der die ganze Zeit nur an den Anblick seiner toten Schwester denken musste und zu begreifen versuchte, dass sie nie wieder aufwachen, dass sie nie wieder mit ihm zusammen Quatsch machen würde. Ganz bestimmt waren diese schmerzvollen Tage für ihn ein erstes Begreifen, wie zerbrechlich das Leben ist und wie wertvoll jeder Moment davon und wohl auch, wie sehr Liebe schmerzen kann, denn zweifellos hatte er seine Schwester über alles geliebt und würde nun ohne sie weiterleben müssen.

Doch eigentlich war es nicht der Unfall selbst, der diesen bedrückenden Schatten auf die Familie herabgezogen hatte, sondern die verhängnisvolle Art, wie damit umgegangen wurde, genauer gesagt, dass man sich quasi wortlos darauf geeinigt hatte, niemals darüber zu reden. Auch Perry hat, so jung er war, zweifellos gespürt, dass dies eines der Themen war, über die Fragen zu stellen unstatthaft und ungehörig war – ähnlich der unbeantwortet gebliebenen Frage, woher die Schwester denn eigentlich gekommen war. (Dem heutigen Leser mag das unglaublich vorkommen, aber tatsächlich kann das Ausmaß des sexuellen Unwissens zu jener Zeit kaum überschätzt werden. Aus Gründen, die selbst ich, obwohl ich ebenfalls in dieser Epoche aufgewachsen bin, heute nur noch schwer nachvollziehen kann, hielt man es für moralisch verderblich, Kinder über ihre eigene biologische Entstehung zu informieren, und für sittlich korrekt, ihnen stattdessen allerlei Märchen darüber zu erzählen oder ihnen den gesamten Themenbereich komplett zu verschweigen. Und wenn Sie das unfassbar finden sollten, so haben Sie völlig recht.)

In der Art, wie sie mit dem Verlust ihrer Tochter umgingen, offenbarte sich ein grundlegender Unterschied zwischen Jake Rhodan und seiner Frau.

Jake war, erstens, zwar vor der Eheschließung zum Protestantismus konvertiert, da Marys Familie keinen Katholiken akzeptiert hätte, aber er war im Katholizismus aufgewachsen und von daher an den Gedanken gewöhnt, dass Sünden vergeben werden können. Zweitens war er nicht sonderlich fromm – die sonntäglichen Kirchgänge waren für ihn in erster Linie eine dem gedeihlichen Zusammenleben in der Gemeinde geschuldete soziale Notwendigkeit. Lediglich an manchen, besonderen Tagen vermochte ein Gottesdienst es, ihn daran zu erinnern, dass das Leben, ja, die gesamte Existenz letzten Endes ein unerklärliches Mysterium war und immer bleiben würde und man gut daran tat, das Gefühl dafür nicht zu verlieren. Jake hatte sich über die Ankunft seiner Tochter gefreut und betrauerte ihren Fortgang, versuchte, die Erinnerung an die schönen Momente zu bewahren, doch dass das Leben weitergehen musste und würde, stand für ihn außer Frage.

Für Mary hingegen, die auf den ersten Blick Frommere der beiden, war die Religion im Grunde bislang ein reines Geschäft mit Gott gewesen: Sie hatte geglaubt, dass Gott, wenn sie alle seine Gebote befolgte, die erforderlichen Gebetsworte sprach und auch sonst tat, was er, gemäß den kirchlichen Lehren, von ihr erwartete, dann seinerseits alles Unheil von ihr und ihrer Familie fernhalten würde. Das war es, was sie, Mary Tibo Rhodan, von *Gott* erwartet hatte.

Und nun hatte Gott, indem er ihr Deborah weggenommen hatte, gegen diese Abmachung verstoßen. Ja, womöglich hatte es eine solche Abmachung nie gegeben? Dass dies möglich war, versetzte Mary geradezu in Panik. Wenn es gar nichts *half*, Gottes Gebote zu befolgen, wenn einen das vor *nichts* bewahrte – dann hieß das doch, dass sie einem übermächtigen Universum voller Gefahren hilflos ausgeliefert war!

Ihrer Beziehung zu Gott, dem Allmächtigen, solcherart die Geschäftsgrundlage entzogen zu sehen, überwältigte sie derart, dass sie keine Kraft hatte, sich auch noch um das Seelenleben ihres Sohnes zu kümmern. Dabei hätte nicht viel dazu gehört: Hätte sie bemerkt, wie sehr Perry unter dem Gefühl litt, schuld am Tod seiner Schwester zu sein, hätte sie ihm nur die Wahrheit zu sagen brauchen, nämlich: »Du hast keine Schuld.« Doch das brachte sie nicht fertig, denn dann hätte sie zugleich eingestehen müssen: »*Ich* war schuld!«

Und so zog sie es vor, Perrys seelische Nöte nicht an sich heranzulassen.

Selbst diese vertrackte Situation hätte sich zweifellos mit der Zeit klären lassen – hätten die beiden Eheleute nur darüber gesprochen! Jake, dem die Nöte seiner Frau nicht verborgen blieben, versuchte mehrmals, ein solches Gespräch zu beginnen, doch Mary reagierte mit so heftiger Abwehr, dass er irgendwann kapitulierte.

Und so wurden die dunklen Wolken über der Familie dunkler und dunkler.

8

Den selbstgemachten gesellten sich weitere dunkle Wolken hinzu, die aus der Ferne kamen.

In Europa herrschte inzwischen seit bald zwei Jahren Krieg. Das hatte Perry gehört, wenn er auch keine rechte Vorstellung davon hatte, wo dieses Land »Europa« lag und eigentlich auch nicht, was Krieg war. Er wusste nur: Krieg war etwas Schlimmes.

Das Schlimmste aber war, dass sein Dad daran würde teilnehmen müssen.

Eines Abends, während Mom in der Küche war und man hören konnte, wie sie weinte, nahm Jake Rhodan seinen Sohn auf den Schoß und versuchte, ihm zu erklären, worum es ging, nämlich: Das Land, aus dem Perrys Vater stammte – Deutschland –, hatte einen Krieg gegen die ganze Welt angefangen. Und es durfte diesen Krieg nicht gewinnen, weil sie andernfalls alle ihre Freiheit verlieren würden, was eine schlimme Sache wäre, vielleicht die schlimmste, die es gab.

»Noch schlimmer, als wenn man stirbt?«, fragte Perry skeptisch.

»Ja, viel schlimmer.« Sein Vater kratzte sich am Kopf. »Das ist schwer zu verstehen, wenn man erst vier ist, aber glaub mir, so ist es.«

Irgendwie verstand Perry es wohl doch, vor allem, dass es seinem Vater überaus ernst damit war. Er hatte es sich nicht ausgesucht, in den Krieg zu ziehen, sondern die amerikanische Regierung hatte ihn dazu einberufen – er zeigte Perry einen Brief mit allerlei imposanten Emblemen und Stempeln darauf –, aber da es nun einmal so war, würde er seine Pflicht tun, nicht zuletzt, um zu beweisen, dass nicht alle, die aus Deutschland kamen, schlechte Menschen waren.

Perry verstand an diesem Abend aber auch, dass das hieß, dass sein Dad Soldat werden würde, und dass Krieg darin bestand, dass die Soldaten beider Seiten aufeinander schossen, was es bisweilen mit sich brachte, dass sie einander totschossen.

Jake Rhodan, der nie viel davon gehalten hatte, Kindern unangenehme Tatsachen des Lebens vermittels tröstender Märchen zu verschweigen, sprach an diesem Abend mit seinem Sohn Klartext: »Ich werde natürlich auf mich aufpassen, so gut es geht. Aber man kann nicht wissen, was geschehen wird. Falls ich nicht zurückkommen sollte, bist du jedenfalls der Mann im Haus und musst für deine Mutter sorgen.«

»Okay«, sagte Perry.

»Ich will, dass du verstehst, dass ich es tue, weil es *sein muss*. Wenn ich nicht gehen würde, warum sollten dann andere gehen? Und wenn niemand gehen würde, dann würden die Bösen gewinnen, diejenigen, die uns die Freiheit nehmen wollen. Und das darf niemals geschehen.«

Am Morgen nach diesem Gespräch fuhren sie Dad zum Bahnhof von Manchester. Er hatte nur einen kleinen Koffer dabei, küsste sie alle beide zum Abschied und hatte danach feuchte Augen. »Bis bald«, sagte er, als er in den Zug stieg.

Aber es stimmte nicht, dass Dad *bald* zurückkam, im Gegenteil, es dauerte ganz schön lange, bis er wiederkam, und dann war er auch nur für ein Wochenende da, trug eine Uniform und roch nach Zigarettenrauch, den er doch eigentlich hasste?

An dieser Stelle ist es notwendig, sich den geschichtlichen Hintergrund zu vergegenwärtigen. Im Frühjahr des Jahres 1940 hatte die deutsche Wehrmacht Dänemark, Norwegen, Belgien, Luxemburg, die Niederlande und Frankreich erobert, Polen und die Tschechoslowakei waren bereits annektiert. Dieser Entwicklung konnte der amtierende amerikanische Präsident, Franklin Delano Roosevelt, nicht tatenlos zusehen. Er musste sich sagen, dass, wenn er es zuließ, dass sich das Deutsche Reich mehr und mehr Länder mitsamt seiner Ressourcen einverleibte, am Ende ein militärischer Gigant entstehen würde, dem der Rest der Welt nichts mehr entgegenzusetzen hatte. Noch befanden sich die USA nicht im Krieg mit Deutschland – aber es war notwendig, sich darauf vorzubereiten.

So wurden eine Reihe von Gesetzen erlassen, unter anderem im September 1940 der *Selective Training and Service Act*, der erstmals in Friedenszeiten die Wehrpflicht einführte: Es geschah auf Grundlage dieses Gesetzes, dass Perry Rhodans Vater zum Militär einberufen wurde.

In der Rückschau kann man feststellen, dass Jake Rhodan seinem Sohn nicht ganz so viel Angst hätte machen brauchen, denn einstweilen bestand für die amerikanischen Soldaten keine Gefahr für Leib und Leben. Es ging zunächst nur darum, die kampftauglichen Männer zu erfassen und auszubilden, und das war es, was im Lauf des Jahres 1941 geschah. Ein Jahr nach Jake Rhodans Einberufung verfügten die USA über ein Heer von mehr als 1,6 Millionen Mann. Die Rüstungsindustrie war ebenfalls vergrößert worden; der Staat investierte in diesem Jahr 4,5 Milliarden Dollar in Waffen und Kriegsgerät, eine für die damalige Zeit ungeheure Summe.

Jake Rhodan wurde nach der Grundausbildung dem Army Air Corps zugeteilt, einer Einheit, aus der später die Air Force als eigene Waffengattung hervorging. Dort brachte er es im Lauf des Krieges bis zum Rang eines Master Sergeant.

Und: Ja, er kam heil zurück. Aber bis dahin sollten sechs Jahre vergehen.

ZWISCHENSPIEL (1)

22. Juli 1971 – London, Gefängnis Pentonville

Was immer es über das Verhältnis von Polizei und Justiz zum Verbrechen oder über das Wesen des Verbrechens an sich aussagen mag, Tatsache ist, dass die Insassen einer Strafanstalt in der Regel nicht die hellsten Sterne am Himmel sind. Faktisch waren die meisten meiner Mitinsassen dumm wie zwei Meter geteerter Weg – eine Aussage, mit der man zweifellos so manchem geteerten Weg unrecht tut –, und von den übrigen waren nicht wenige effektiv geisteskrank oder mental schlicht nicht leistungsfähig genug für ein Leben in Freiheit.

Doch an diesem Morgen begriffen sie irgendwie alle, was die Stunde geschlagen hatte. Und es war erschütternd mit anzusehen, wie breitschultrige Hünen, die einen Menschen mit bloßen Händen erschlagen konnten und hier waren, weil sie genau das getan hatten, auf die Knie fielen, die Hände falteten und anfingen, das Vaterunser zu beten. *Vater unser, der du bist im Himmel, geheiligt werde dein Name.* Rattengesichtige Drogenkuriere taten es ihnen gleich; stumpfäugige Schlägertypen, die Raubüberfälle wegen ein paar hundert Pfund begangen hatten, gesellten sich zu ihnen. *Dein Reich komme. Dein Wille geschehe, wie im Himmel, so auch auf Erden.*

Irgendwo schlugen Gittertüren heftiger als sonst. Hastige Schritte näherten sich: der Gefängnisgeistliche, noch im Begriff, die feierlichen Teile seiner Berufstracht an Ort und Stelle zu bringen. Als der anglikanische Geistliche die Kantine betrat, scharten sich die Männer um ihn, auch die Protestanten und Katholiken unter ihnen, sehnten sich nach seiner segnenden Hand auf ihren kahlgeschorenen Schädeln, suchten Beistand in der Angst, die sie befallen hatte.

Der Fernsehapparat wurde ausgeschaltet, Tische und Stühle gerückt, um einen improvisierten Gottesdienst abzuhalten, und das eilig, denn es wusste ja niemand, wie viel Zeit noch blieb bis zum großen Blitz und dem abrupten Ende. Ein Wärter schloss die Tür zu einem Nebenraum auf, für vier Insassen muslimischen Glaubens, die sich ein letztes Mal vor Allah niederwerfen wollten, ehe sie vor ihn gerufen wurden.

Ein fünfter, Abdul, ebenfalls Muslim, betete nicht, sondern gesellte sich zu mir, der ich mir einen Platz im Hintergrund der Kantine gesucht hatte. Abdul war ein bärtiger Mann mit vertrauenerweckenden blauen Augen, die zweifellos dazu beigetragen hatten, dass es ihm gelungen war, Tausende seiner Glaubensbrüder und -schwestern mit einem Investitionsschwindel um Millionen von Pfund zu betrügen.

»Wenn es geschieht, geschieht es, weil Allah es will«, meinte er, zog sich einen Stuhl heran und setzte sich neben mich. »Alles ist bei ihm beschlossen.«

»Bedauerlich allerdings, dass wir es aus der Froschperspektive der Eingesperrten erleben müssen«, erwiderte ich. »Immerhin wird es das letzte bedeutende weltpolitische Ereignis sein.«

»Denkst du, es wird uns überhaupt treffen?«

Ich hob die Augenbrauen. »London? Der Sitz der britischen Königin und ihrer Regierung? Das Zentrum der Weltfinanz? Das Herz des britischen Militärs? Ich denke, sie werden keinen Stein auf dem anderen lassen.«

Abdul seufzte schicksalsergeben. »Und anderswo? Werden anderswo Menschen überleben?«

»Wahrscheinlich schon«, sagte ich. »Die Frage ist, ob wir sie beneiden sollen oder ob sie uns beneiden werden.«

Er schüttelte sinnend den Kopf. »Es mag alles bei Allah beschlossen sein, aber man fragt sich doch, was es soll.«

Darauf wusste ich nichts zu sagen, und so saßen wir nur noch da und warteten auf den großen Knall, den endgültigen Fall des Vorhangs.

STERNBILDER

I

Es war still geworden im Hause Rhodan. Perry gewöhnte sich an, allein und für sich zu spielen, am liebsten mit den Flugzeugmodellen, die sein Vater ihm bei seinen seltenen Heimatbesuchen mitbrachte. Wie es sein mochte, in solchen Maschinen zu fliegen, so richtig über den weiten, blauen Himmel? Das beschäftigte ihn und auch die Frage, was sein Vater wohl dabei erlebte.

Zu Perrys fünftem Geburtstag schenkte Dad ihm einen Globus. Er erklärte ihm, das sei die Erde, die ganze Erde, alle Länder, die es auf der Welt überhaupt gab, was Perry eine überaus gewöhnungsbedürftige Vorstellung fand. Sie klebten gemeinsam Fähnchen überall dorthin, wo Dad stationiert gewesen war, eine Tätigkeit, nach deren Ende Perry die Welt irgendwie sehr klein vorkam, denn offenbar konnte man sie mit Schiffen innerhalb weniger Wochen und mit geeigneten Flugzeugen sogar innerhalb weniger Tage umrunden!

Dann, als schon der erste Schnee lag und Weihnachten immer näher rückte, kam ein Tag, an dem Mutter sehr aufgeregt war und ständig Radio hörte, wo immer wieder der Name eines fernen Ortes genannt wurde: *Pearl Harbor*, der Perlenhafen. Dort war irgendetwas passiert, etwas Schlimmes.

Etwas, das bedeutete, dass Dad *nicht* wie versprochen an Weihnachten nach Hause kommen würde.

»Schatz«, sagte seine Mutter ernst, »jetzt ist es so weit. Nun ist auch Amerika im Krieg.«

In den frühen Morgenstunden des 7. Dezember 1941 hatte die japanische Luftwaffe ohne jede Vorwarnung den auf Hawaii gelegenen amerikanischen Flottenstützpunkt Pearl Harbor bombardiert. Obwohl der Angriff nicht gänzlich wie geplant glückte, gelang es den Japanern doch, einen beträchtlichen Teil der dort vor Anker liegenden amerikanischen Kriegsschiffe zu versenken.

All das war Teil eines von langer Hand vorbereiteten japanischen Angriffsplans. Kaum eine Stunde nach dem Angriff auf Pearl Harbor begann eine großangelegte Invasion in Thailand, Singapur, Guam, Hongkong, Wake und British-Malaysia. Auf der philippinischen Insel Luzon, seit 1898 amerikanische Kolonie, vernichteten die Angreifer über hundert amerikanische Kampfflugzeuge, ehe diese starten konnten.

Einen Tag später sprach Präsident Roosevelt vor dem Kongress und verlangte, Japan den Krieg zu erklären, was auch geschah.

Zwei Tage später erklärte das mit Japan verbündete Deutsche Reich seinerseits den USA den Krieg.

Damit war aus einem europäischen Eroberungsfeldzug endgültig ein zweiter Weltkrieg geworden.

Im Januar 1942 starb »Oma« Eli. Ihrem Tod ging keine schwere Krankheit oder dergleichen voraus, sie schlief einfach eines Tages ein und wachte nicht wieder auf. Sie war bei guter Gesundheit 78 Jahre alt geworden, und ihre etwa gleichaltrige Freundin Sophie meinte, einen so friedlichen Tod wünsche sie sich dereinst auch.

Das Begräbnis wurde eine größere Sache, denn Elena Durkheim war eine Thibeau gewesen, was hieß, dass man nach Chicago fahren musste, wo sie in der Familiengruft beigesetzt wurde. Perry erinnert sich an eine quälend lange Feier, auf der alle möglichen Leute salbungsvolle, nicht enden wollende Reden hielten, und daran, dass seine Mutter ihm zuraunte: »Von denen hat sich *keiner* um die Oma gekümmert, als sie noch gelebt hat!«

Nachdem all das vorbei war, hielt Perrys Mutter nichts mehr in Manchester: Sie meldete sich ebenfalls zum Dienst in der US Army, wo man die ehemalige Krankenschwester mit Freuden aufnahm.

Man kann nur mutmaßen, was sie zu diesem drastischen Schritt bewogen hat. Keinesfalls kann die Sorge für die Großtante sie derart beansprucht haben, dass ihr, wäre Elena Durkheim nicht gestorben, dieser Schritt grundsätzlich verwehrt gewesen wäre: Die paar Besorgungen und medizinischen Maßnahmen hätte sie genauso an andere delegieren können, wie sie nun die Erziehung ihres Sohnes an andere delegierte – eher noch leichter! Auch war sie zwar Patriotin, aber nicht in einem Maße, dass dieser Schritt ihrer Familie eingeleuchtet hätte. Das Gegenteil war der Fall; ihre Mutter hat ihr in einem lautstarken Streit sogar ausdrücklich vorgeworfen, eine schlechte Mutter zu sein, was jedem, der die sonst äußerst zurückhaltende, kultivierte Katherine Tibo kennengelernt hat, geradezu unglaublich erscheinen muss.

Vermutlich liegen wir nicht allzu falsch, wenn wir davon ausgehen, dass Mary Tibo Rhodan von dem Bedürfnis angetrieben wurde, etwas wiedergutzumachen. Sie war noch nicht so weit, dass sie sich ihre Schuld am Tod ihrer Tochter hätte eingestehen können, aber vielleicht hoffte sie, dahin zu gelangen, wenn sie dazu beitrug, den Tod anderer zu verhindern.

Nach dem Streit mit ihrer Mutter dachte sie nicht mehr daran, Perry in deren Obhut zu geben. Zwar hätte Katherine Tibo das Kind fraglos trotzdem zu sich genommen (und die Geschichte der Welt womöglich einen gänzlich anderen Verlauf), doch Mary zog es vor, sich mit einer entsprechenden Bitte an Karl Rhodan zu wenden, den älteren Bruder ihres Mannes.

Über Karl Rhodans Irrungen und Wirrungen, die ihn schließlich im nördlichen Wisconsin seine Bestimmung hatten finden lassen, haben wir schon berichtet. Seit ihrer Heirat betrieben seine Frau Laura und er die Farm ihrer Eltern, während sich sein Schwiegervater Patrick Kelley, von der Gicht geplagt und überaus angetan von der Tüchtigkeit seines deutschen Schwiegersohns (den er in launigen Moment statt mit »Karl« mit »Kraut« anzureden pflegte), immer mehr aus dem Geschäft heraushielt und seine Zeit lieber seinem Hobby widmete, dem Sammeln von Büchern über den amerikanischen Bürgerkrieg.

Karl und Laura hatten noch keine eigenen Kinder und waren nur zu gern bereit, den Neffen aus dem fernen Connecticut bei sich aufzunehmen. Das mit dem anstehenden Schulbesuch, das würden sie schon irgendwie organisieren.

Onkel Karl kam sogar mit dem Wagen, um Perry abzuholen. So ging es für den Jungen Anfang Februar 1942 weit ins Landesinnere, genauer gesagt nach Florence County, in eines der damals am dünnsten besiedelten Gebiete des Staates Wisconsin, mit einem einzigen Koffer, den man auf der Ladefläche hinten festzurren musste, weil der Wagen keinen Kofferraum besaß, und neben einem Onkel sitzend, den Perry auf der Beerdigung seiner Schwester zum letzten Mal gesehen hatte.

Hat sich der fünfjährige Junge, als er seiner Mutter Lebewohl winkte, allein und verlassen gefühlt? Wir wissen es nicht. Zumindest der erwachsene Perry Rhodan erinnert sich an nichts dergleichen. Ihm war klar, dass seine Mutter das, was sie sich zu tun vorgenommen hatte, tun *musste*, genauso, wie sein Vater einem inneren Ruf der Pflicht gefolgt war, und da es nun einmal so war, hatte er nichts dagegen. Und immerhin hatte Mom, als er auf ihre Frage, ob er zu Onkel Karl und Tante Laura gehen würde, mit »Na klar!« geantwortet hatte, zum ersten Mal nach schrecklich langer Zeit wieder gelächelt, und zwar nicht erzwungen, sondern echt – ein Lächeln der Erleichterung.

Um sich selbst, so erinnert er sich, habe er sich keine Sorgen gemacht. Obwohl er seinen Onkel bislang nur selten gesehen hatte, mochte er ihn, und das, was auf ihn wartete, war eindeutig ein Abenteuer.

2

»Magst du Kühe?«, fragte Onkel Karl irgendwann, als sie die Grenze zwischen Pennsylvania und Ohio hinter sich hatten.

»Weiß nicht«, bekannte Perry.

»Hast du Angst vor ihnen?«

Perry überlegte. Er hatte Kühe bisher immer nur von weitem gesehen, wusste, dass sie eindrucksvoll groß und schwer waren, aber sie wirkten auch langsam, geradezu gemächlich. Er war sich sicher, dass er ihnen jederzeit davonrennen konnte.

»Ich glaub nicht«, sagte er.

Worauf Onkel Karl zufrieden nickte und meinte: »Gut. Denn Kühe gibt's bei uns jede Menge, musst du wissen.«

Nach zwei Tagen und über 1200 Meilen Fahrt waren sie endlich da. Überall lag hoher Schnee, und außer der Farm waren weit und breit keine anderen Gebäude zu sehen. Überhaupt war alles sehr anders als gewohnt, sogar der Himmel und das Licht, und hätte man Perry erklärt, dass sie sich nun auf einem anderen Planeten befanden, hätte er das ohne weiteres akzeptiert und höchstens gefragt, wie es möglich war, dass sie mit dem Auto dorthin gelangt waren.

Vor allem aber war hier keine Spur von dem dunklen Schatten, der über seinem Elternhaus gehangen hatte.

Als sie vor dem Haus hielten, kam Tante Laura heraus, breitete strahlend die Arme aus und sah in ihrem Farmoverall erfreulich anders aus, als Perry sie von der Beerdigung in Erinnerung hatte: Hatte sie damals irgendwie verkleidet gewirkt, war sie nun ganz sie selbst.

Es gab erst einmal was zu essen, endlich etwas anderes als die vielen Hotdogs, die sie unterwegs verzehrt hatten. Dann zeigten sie ihm das Zimmer, in dem er von nun an wohnen würde, ein Zimmer unterm Dach mit einer schrägen Decke und einem Fenster zum Hof hinaus, was Perry außerordentlich gut gefiel. Es gab ein Bett, einen Schrank, ein noch leeres Regal – und einen eigenen Schreibtisch: für die Schulaufgaben, die er einst daran machen würde.

»Muss ich denn hier auch zur Schule?«, vergewisserte er sich.

»Tja, da kommst du nicht drum herum, fürchte ich«, meinte Onkel Karl lachend. »Noch nicht gleich, aber bald.«

»Gut«, sagte Perry, der dem Schulbesuch durchaus schon seit einiger Zeit entgegenfieberte und sich schon leichte Sorgen gemacht hatte, ihn durch diesen Wechsel seiner Lebensumstände womöglich zu verpassen. In der Schule, hatte er gehört, lernte man allerhand wichtige Sachen, und das wollte er sich nicht entgehen lassen.

Erst einmal lernte er jedoch eine Menge anderer Dinge. Zum Beispiel, wie man die Kühe fütterte, die die Wintermonate im Stall verbrachten. An den Gestank, der im Stall herrschte, musste sich Perry erst gewöhnen, aber danach kam er mit den Tieren gut aus. Sie begutachteten den Neuankömmling mit freundlichem Interesse, ließen sich bereitwillig streicheln und zeigten sich überhaupt sehr friedlich.

Perry durfte nicht nur beim Füttern helfen, sondern frisches Stroh streuen, nachdem Onkel Karl das alte, schmutzige herausgekehrt und auf den Misthaufen geschafft hatte, und als endlich der Frühling anbrach und die Tiere auf die Weide kamen, war Perry ebenfalls dabei.

Onkel Karl staunte, wie gut er mit den Rindern zurechtkam. »Man glaubt fast, du kannst mit ihnen reden«, meinte er einmal.

Trotzdem: Beim Melken, der anstrengendsten Arbeit, durfte Perry weiterhin nur zusehen.

Er lernte noch viele weitere Dinge. So zum Beispiel, dass Kühe Freundschaften schlossen: Davon war Onkel Karl fest überzeugt. »Du brauchst ihnen nur genau zuzuschauen«, erklärte er. »Meistens stehen sie zu zweit zusammen und grasen, und zwar immer dieselben zwei. Und die beiden sind es auch, die sich gegenseitig das Fell kratzen oder lecken.«

Und weil er davon überzeugt war, verkaufte Onkel Karl niemandem eine einzelne Kuh. Ein Käufer musste das entsprechende Freundespaar nehmen oder es bleibenlassen.

»Wenn man sie von ihren Freundinnen trennt, geben sie weniger Milch, und das wäre nicht gut«, erklärte Onkel Karl. »Ich habe schließlich einen Ruf zu verlieren.« Damit meinte er, dass man ihm allgemein nachsagte, die besten Milchkühe weit und breit zu züchten.

Onkel Karl besaß auch einige Pferde, doch die waren Perry anfangs eher unheimlich, schienen sie einen doch immerzu voller Missbilligung zu betrachten, sogar wenn man sie fütterte. Es sollte ein Jahr vergehen, ehe sich Perry zum ersten Mal auf ein Pony setzen ließ und das Reiten erlernte.

Doch zunächst einmal kam der Sommer, und da es in der Gegend viele größere und kleinere Seen gab, brachte Onkel Karl ihm das Schwimmen bei – und auch, vor welchen Tieren und Pflanzen er sich in Acht nehmen musste. In diesen Seen verbrachte Perry in den kommenden Jahren viel Zeit. Er lernte zu kraulen und zu tauchen und von hoch oben Kopfsprünge ins Wasser zu machen. Später, als er das Fahrradfahren gelernt hatte und mit dem alten, klapprigen Fahrrad seines

Onkels die Gegend erkundete, brachte dieser ihm außerdem bei, wie man ein Boot ruderte und wie man angelte.

Auch Tante Laura, mit der sich Perry bestens verstand, versuchte immer wieder einmal, ihm etwas beizubringen – zum Beispiel, wie man ein Spiegelei briet oder einen abgegangenen Knopf annähte, »nichts Ausgefallenes, nur das Nötigste«, wie sie betonte. Doch kann nur berichtet werden, dass ihre diesbezüglichen Anstrengungen wenig fruchteten; Perry zeigte sich an diesen Dingen so entmutigend desinteressiert, dass sie es schließlich aufgab mit den Worten: »Offensichtlich ist er ein richtiger Rhodan!«

Karl Rhodan erinnerte sich darüber hinaus an etwas, an das sein Neffe sich nicht mehr erinnert: Eines Abends, als eine sternklare Nacht angebrochen war, ging er mit Perry vor die Tür, um sich gemeinsam mit ihm die Sterne anzuschauen. Sie gingen weit genug, um von keinerlei künstlichem Licht mehr gestört zu werden, dann knipste Karl Rhodan die Taschenlampe aus und ließ Perry durch den Fernstecher, den er mitgenommen hatte, den Himmel betrachten.

»Was siehst du?«, fragte er nach einer langen, langen Weile, in der der Junge nur dastand und schaute.

»Sterne«, sagte Perry.

»Viele?«

»Ganz viele.«

Als Perry das schwere Fernglas sinken ließ, zeigte Karl Rhodan ihm die Sternbilder, die er kannte – den Großen Wagen, den Kleinen Wagen, Orion, Andromeda und andere.

»Warum tun sie das?«, wollte Perry wissen.

»Was?«

»Sternbilder formen.«

Karl Rhodan zögerte. »Sie tun das eigentlich nicht. Es kommt uns nur so vor. Die Sterne, die wir sehen, sind in Wirklichkeit Sonnen wie die unsere, nur sehr, sehr weit weg. Vielleicht kreisen um manche dieser Sonnen auch Planeten wie der unsere. Wir wissen es nicht, aber es kann gut sein. Es kann sogar sein, dass auf diesen Planeten jemand lebt, so wie wir hier leben. Keine Menschen, aber eben ... *andere* Wesen.« Er zeigte auf das helle Band, das sich quer über den Himmel zog.

»Das, was da oben aussieht wie weißer Rauch, das ist die Milchstraße. Das sind alles auch Sterne, nur noch weiter entfernt und so viele, dass wir sie kaum noch unterscheiden können. Und die Milchstraße, die musst du dir vorstellen wie einen großen, tellerförmigen Wirbel aus Millionen und Abermillionen von Sternen, von denen einer unsere Sonne ist. Wir sind mittendrin und … na ja, so sieht das eben aus.«

Dann fiel ihm weiter nichts ein, was er noch hätte erklären können, denn er war ja kein Fachmann, sondern gab nur wieder, was er hier und da in der Zeitschrift *National Geographic* gelesen hatte. Perry sagte auch nichts, und so standen sie einfach da und schauten.

Es war, als sei die Zeit stehengeblieben, erzählte Karl Rhodan dem Verfasser dieser Zeilen später, und auch, dass er nie zuvor und nie mehr danach jemanden so hatte staunen sehen wie den fünfjährigen Perry Rhodan. Der Junge starrte hinauf an den Himmel, den Kopf im Nacken, die Augen riesig groß, das Gesicht nur zu erahnen im Sternenlicht, und schien zu begreifen, dass hier, direkt über ihm, die Unendlichkeit begann, dass er wirklich und wahrhaftig an ihrem Rand stand, und wie er seinen Neffen so sah, beschlich Karl Rhodan das Gefühl, dass der Junge all das sogar besser begriff als er selbst.

3

Nach einem herrlichen, langen Sommer brach, heißersehnt, der erste Schultag an. Ein Wermutstropfen war, dass es weder Mom noch Dad einrichten konnten, dabei zu sein; beide hatten Briefe voller Glückwünsche (und Ermahnungen, wie es Eltern nun einmal nicht lassen können) geschrieben, die Onkel Karl feierlich vorlas. Dad hatte außerdem eine kleine Blechdose mitgeschickt, in der sich ein seltsames asiatisches Konfekt befand, das sehr süß schmeckte und dessen Genuss sich Perry sorgsam so einteilte, dass es fast eine Woche lang überlebte. Danach diente die bunte Blechdose als Aufbewahrungsort für dies und das, was ein Schuljunge unterwegs eben so fand und als aufbewahrenswert einstufte.

Tante Laura begleitete ihn bis an die Straße, wo der gelbe Schulbus hielt, der morgens alle Schüler aus der Umgebung einsammelte und nachmittags wieder zurückbrachte. In der Schule saß Perry dann mit zwei Dutzend anderen Kindern in einem Raum, wo sie lesen, schreiben und rechnen lernten, außerdem die Nationalhymne zu singen (wobei sich offenbarte, dass Musikalität nicht zu den herausragendsten Eigenschaften Perry Rhodans zählt) und jeden Morgen den Fahneneid aufzusagen. Bisweilen hatten sie auch Turnunterricht, bei dem es meistens um gymnastische Übungen ging, die Perry nicht schlecht gefielen, wenngleich er mit den Ermahnungen der Lehrerin, die immer wieder rief: »*Eleganter*, Perry, eleganter!« nichts anzufangen wusste.

Das eigentliche Lernen fiel ihm nicht schwer. Sein Hauptinteresse galt dem Lesen (worin er sich vom Verfasser dieser Zeilen deutlich unterscheidet, der vom ersten Schultag an der Faszination der Zahlen verfiel), und nachdem er das Prinzip der Buchstaben durchschaut hatte, brachte er sich den Rest vollends selbst bei, was insgesamt nur wenige Wochen in Anspruch nahm. Hilfreich hierbei war, dass er, als er zusammen mit den anderen Schulanfängern die Umgebung der Schule erkundete und dabei in den Laden geriet, in dem man Taschengeld in Süßigkeiten umtauschen konnte, dort ein Heft der Comicserie »Superman« entdeckte und sofort kaufte. Es kostete 10 Cent, genau so viel Geld, wie Perry besaß. Aber es war jeden Cent wert! Man musste nur ganz wenig lesen, den Rest der Geschichte erzählten die Bilder!

Perry arbeitete dieses Heft (es ging um »Hitze Horror«, den »Mann mit dem Krückstock« und dergleichen) von vorne bis hinten durch, lernte es quasi auswendig und lauerte danach auf das Erscheinen des nächsten Heftes. Der Süßwarenindustrie war er als Kunde verlorengegangen, stattdessen wanderte sein Taschengeld von nun an in die Kassen des Verlags *National Publications*.

Es blieb ihm nicht verborgen, dass sich viele seiner Mitschüler mit dem Lernen und Begreifen schwerer taten als er, so dass die Lehrerin zu vielen für Perry langweiligen Wiederholungen gezwungen war. Seine eigenen Versuche, den Betreffenden beim Lernen zu helfen, damit es baldmöglichst mit interessanteren, neuen Dingen weitergehen konnte, waren jedoch nicht von Erfolg gekrönt und stießen wohl auch nicht in jedem Fall auf Akzeptanz.

Seine langsam wachsende *Superman*-Sammlung entpuppte sich als weitaus besserer Anknüpfungspunkt für die Entstehung von Freundschaften, denn man konnte diese Hefte tauschen, konnte einander besuchen, um in der beispielsweise von älteren Brüdern ererbten Sammlung zu schmökern, und dergleichen mehr. Auch war *Superman* ja nicht der einzige Held im Universum der Comics, lediglich der einzige, den der Laden bei der Schule feilbot: Daneben gab es noch *Flash*, den roten Blitz, *Batman*, den düsteren Rächer, und *Green Lantern* mit seinem magischen Ring, der alle 24 Stunden mit neuer Energie aufgeladen werden musste. Dennoch blieb Perry *Superman* der liebste Held, nicht zuletzt, weil dieser von einem anderen Stern stammte und immer mal wieder Ausflüge in den Weltraum unternahm.

Es ergab sich auch, dass Perry seinen Mitschülern von dem Erdglobus erzählte, den sein Vater ihm geschenkt hatte, und von seiner Überzeugung, dass es noch andere Planeten gab, die Menschen eines Tages besuchen würden. Diese Erzählungen müssen auf allgemeines Interesse gestoßen sein, jedenfalls finden sich in dem von der Schulleiterin Alice Reid geführten Schultagebuch jener Jahre mehrere Einträge, die schildern, wie sich auf dem Schulhof eine Gruppe Kinder um Perry Rhodan schart, um seinen Erzählungen von Weltraumflügen zu lauschen.

Doch so prägend die jungen Jahre auch sein mögen, das eigene Gedächtnis behandelt sie oft stiefmütterlich: Trotz dieses, sagen wir, Publikumserfolges kann sich der erwachsene Rhodan nicht einmal mehr an alle Namen seiner damaligen Mitschüler erinnern. Er erinnert sich an einen Jack, der einen großen, flauschigen Hund besaß und den er als klein und frech beschreibt, an einen Marty, den einzigen Jungen mit Brille in der Klasse, und an eine Jenny, die Zöpfe und karierte Kleider trug und immer einen vorlauten Spruch auf Lager hatte.

Zieht man die noch erhaltenen Schuldokumente aus jener Zeit zu Rate (was der Verfasser dieses Berichts zu tun auf sich genommen hat), so scheint es, dass die Erzählungen des jungen Perry Rhodan durchaus bleibenden Eindruck auf manche seiner Mitschüler gemacht haben. Bei besagtem »Jack« kann es sich eigentlich nur um Jack D. McDonald gehandelt haben, den späteren ersten Vorsitzenden der amerikanischen Rhodanisten, »Marty« war höchstwahrscheinlich niemand anders als Martin Brewer, einer der ersten Studenten für Hypertechnik an der Universität von Terrania City, und der Name »Jenny« passt nur auf Jennifer Mannheimer, die erste Farmerin, die in Wisconsin eine außerirdische Pflanze angebaut hat, das Ferronische Fettgras nämlich, das unter Erdschwerkraft überaus prächtig gedeiht, von Kühen geliebt wird und der Milch einen sehr typischen Geschmack verleiht (von dem die Ferronen selber nichts haben, da die Milch irdischer Kühe für sie latent giftig ist).

Während Perry Rhodan im friedlichen Norden von Wisconsin, in der Nähe der Großen Seen, seine ersten Schuljahre absolvierte, wurde in vielen Teilen der Erde erbittert Krieg geführt. Der Verlauf des Zweiten Weltkriegs ist überaus gründlich dokumentiert und kann bei Interesse in einer Vielzahl von Büchern über altterranische Geschichte nachgelesen werden, weswegen wir uns eine Repetition an dieser Stelle ersparen. Es sei nur so viel gesagt, dass es ein gigantisches Ringen war zwischen einer Macht, die an Brutalität und Verruchtheit den *Meistern der Insel* in nichts nachstand, und dem Rest der Welt, der alle nur verfügbaren Kräfte aufbringen musste, um letzten Endes zu obsiegen – ein Sieg, der mit Millionen Toten erkauft war und zum Zeitpunkt der hier geschilderten Ereignisse noch in weiter und überaus ungewisser Zukunft lag.

Auf einen Aspekt dieses Krieges müssen wir jedoch eingehen, da er Ausgangspunkt von Entwicklungen ist, die auch unseren Helden direkt betreffen sollten. Denn der Krieg, dem man ja nachsagt, der Vater aller Dinge zu sein, führte in diesem Fall auch zur Konstruktion der ersten annähernd weltraumflugtauglichen Großrakete.

Schon vor Beginn des Krieges hatte das Deutsche Reich nicht nur auf schiere militärische Macht gesetzt, sondern auch die technische Entwicklung von neuen Waffensystemen aller Art, insbesondere von Flugzeugen, mit aller Energie vorangetrieben. Eines dieser Projekte fand in der auf der Ostseeinsel Usedom gelegenen Heeresversuchsanstalt Peenemünde statt und verfolgte das Ziel, eine Rakete zu entwickeln, die imstande sein sollte, eine Tonne Sprengstoff zielgenau über eine Entfernung von mindestens 250 Kilometern zu befördern. Leiter dieses Unterfangens war ein gewisser Wernher von Braun, ein aus Ostpreußen stammender Ingenieur, der mit einer theoretischen Arbeit über die Konstruktion von Flüssigkeitsraketen promoviert hatte.

Die ersten Versuche waren das, was man gemeinhin Fehlschläge nennt: Die erste Rakete, »Aggregat 1« genannt, explodierte beim ersten Startversuch, das zweite Modell, »Aggregat 2«, flog zwar, geriet aber nach Brennschluss ins Trudeln und stürzte ungesteuert ab, und so weiter.

Doch wie alle Erfinder wissen, sind Fehlschläge nur notwendige Stufen auf dem Weg zum Erfolg. Jeder Fehlschlag brachte wichtige Erkenntnisse, die schließlich in der Entwicklung von »Aggregat 4« – kurz A-4 genannt – mündeten, einer Rakete, die im März 1942 erstmals getestet wurde. Am 3. Oktober 1942, also ungefähr um die Zeit herum, als der sechsjährige Perry Rhodan sich das zweite *Superman*-Heft kaufte, gelang in Usedom ein Start, bei dem eine A-4 mit fast fünffacher Schallgeschwindigkeit bis auf eine Höhe von 84 Kilometern aufstieg. Keine zwei Jahre später, am 20. Juni 1944, flog eine A-4 bis in eine Höhe von 174 Kilometern und war damit das erste von Menschenhand geschaffene Objekt, das den Weltraum erreicht hatte.

Eine A-4-Rakete war 14 Meter hoch, wog 13,5 Tonnen und bestand aus rund 20 000 Teilen. In der Spitze war der Gefechtskopf untergebracht, der mit etwa 740 Kilogramm Nutzlast immer noch leicht unter der Zielvorgabe lag. Dahinter befand sich die Steuerung, deren wesentlichstes Element ein Kreisel war, gefolgt von den Treibstofftanks, die den größten Teil des Rumpfes beanspruchten, und schließlich dem eigentlichen Triebwerksteil: ein Konstruktionsprinzip, das für derartige Waffen bis auf den heutigen Tag Verwendung findet.

Diese Rakete wurde unter dem Namen V-2 (das V stand für »Vergeltung«, was zu erklären erfordern würde, tiefer in die krude Denkweise des Hitlerregimes einzudringen, als der Verfasser es sich antun möchte) massenhaft produziert und gegen London eingesetzt. Das Besondere an dieser Waffe war, dass man sie, da sie sich mit nahezu fünffacher Schallgeschwindigkeit bewegte, nie kommen hörte: Wenn sie einschlug, dann tat sie das wie aus dem Nichts kommend, und da sie für die knapp 300 Kilometer, die London von den deutschen Stellungen trennten, nur fünf Minuten brauchte, gab es keine Abwehrmöglichkeit dagegen. Wir Londoner – der Verfasser dieser Zeilen zählt sich bewusst dazu, damals an die 25 Lenze zählend, aufgrund eines verwachsenen Rückens kriegsuntauglich und bemüht, in der Londoner City durch effiziente Arbeit in der Finanzwirtschaft zu den Verteidigungsanstrengungen Ihrer Majestät, König Georgs VI., beizutragen –, wir Londoner also nannten die Rakete den »Blitz«, bewusst das deutsche Wort gebrauchend, und versuchten, unser Leben davon nicht beeinträchtigen zu lassen.

Insgesamt wurden während des Krieges nahezu 6000 dieser Raketen gebaut, zum größten Teil von Zwangsarbeitern und Häftlingen aus deutschen Konzentrationslagern, die unter so grauenhaften Bedingungen arbeiten mussten, dass Tausende dabei ums Leben kamen. Später wurde festgestellt, dass bei der Herstellung der V2-Raketen weitaus mehr Menschen ums Leben gekommen sind als durch ihren Einsatz.

4

Als Perrys dritter Sommer in Wisconsin anbrach, brachte Onkel Karl ihm auch das Schießen bei.

»Ein richtiger Mann muss mit einem Gewehr umgehen können«, meinte er. »Und du willst doch mal ein richtiger Mann werden, oder?«

»Klar«, sagte Perry.

»Aber«, fuhr der Onkel fort und sah ihn dabei ernst an, »ein richtiger Mann muss auch wissen, *wann* er zur Waffe greifen muss und wann es es nicht tun darf. Also, sag mir das. Wenn du mal groß bist – wann nimmst du ein Gewehr zu Hand?«

Perry überlegte. Das war eine wichtige Frage, das war ihm klar, und die Antwort wollte wohlbedacht sein. »Wenn ich auf die Jagd gehe«, erklärte er schließlich. »Oder wenn ich mich oder jemand anderen verteidigen muss.«

»Gut«, sagte Onkel Karl. »Besprechen wir das eins nach dem anderen. Zuerst das mit der Jagd. Um auf die Jagd zu gehen, reicht es nicht, schießen zu können. Man muss auch eine Menge Dinge wissen. Es gibt zum Beispiel Zeiten im Jahr, in denen bestimmte Tiere unter Schutz stehen, damit sie in Ruhe ihre Jungen kriegen können – «

»Das nennt man Schonzeit«, platzte Perry heraus, der darüber gelesen hatte.

»Genau. Aber das Wichtigste ist, dass man niemals zum Spaß auf Tiere schießen darf, verstehst du? Tiere sind Lebewesen wie wir, und wenn wir ihnen das Leben nehmen, dann müssen wir einen guten Grund dafür haben. Was wäre so ein guter Grund?«

»Wenn wir etwas zu essen brauchen?«

»Zum Beispiel. Oder?«

»Wenn uns ein Tier angreift und wir uns verteidigen müssen.« Seit Perry hier lebte, hatte Onkel Karl schon in etlichen Situationen das Gewehr von der Wand genommen, sei es, um wilde Hunde oder ähnliches Getier zu verjagen, sei es, um aufdringliche menschliche Gestalten vom Hof zu verscheuchen. Aber er hatte, wenn überhaupt, dabei stets nur in die Luft geschossen. Der Knall hatte die Hunde in die Flucht getrieben. Bei den Männern hatte dafür sogar schon der Anblick des Gewehrs genügt.

Dasselbe erklärte ihm Onkel Karl nun noch einmal: dass man auch bei der Selbstverteidigung mit Verstand und Augenmaß handeln müsse. »Diese beiden zerlumpten Kerle letzten Herbst, du erinnerst dich? Die waren mir unheimlich. Ich wollte sie nicht auf meinem Hof haben. Andererseits wusste ich nicht, ob sie nicht vielleicht in Wirklichkeit harmlos waren, nicht wahr? Deswegen bin ich sofort mit dem Gewehr in der Hand raus und hab ihnen zugerufen, sie sollen stehen bleiben, und zwar, als sie noch weit genug weg waren, verstehst du? Sie haben das Gewehr gesehen und sind abgehauen – gut. Wenn sie mich stattdessen angegriffen hätten, dann hätte ich genug Zeit gehabt, auf beide zu schießen. Und das hätte ich auch getan, denn dann hätte ich ja gewusst, dass sie nicht harmlos waren.«

»Verstehe«, sagte Perry.

»Das Wichtigste bei der ganzen Sache«, fuhr Onkel Karl fort, »ist aber natürlich, dass du wirklich gut schießen kannst. Wenn man nicht gut schießen kann, ist die Wahrscheinlichkeit viel höher, dass man aus lauter Angst und Panik eine Dummheit macht. Und was heißt das, gut schießen zu können?«

Perry überlegte. »Es heißt, das zu treffen, worauf man zielt.«

»Ausgezeichnete Definition«, lobte Onkel Karl. »Und das gehen wir beide jetzt üben.«

Er stand auf, hob das Gewehr aus seiner Halterung an der Wohnzimmerwand, hängte es um, und dann gingen sie gemeinsam hinab zum See. Dort erklärte Onkel Karl ihm erst einmal, wie man ein Gewehr sicherte und entsicherte, wie man es lud und dass man es so tragen musste, dass der Lauf niemals auf einen Menschen zeigte. Dann stellte er ein paar schmutzige alte Bierflaschen auf ein paar Baumstümpfe, kam zurückgestapft und meinte: »Deine Eltern werden wahrscheinlich nicht begeistert sein, dass ich dir das beibringe, hmm?«

»Wahrscheinlich nicht«, gab Perry zu und fragte sich bang, ob der Onkel gerade dabei war, es sich anders zu überlegen.

Doch der fuhr mit verschmitztem Grinsen fort: »Bloß – was wollen sie machen? Was man einmal gelernt hat, das kann einem keiner mehr nehmen, nicht wahr? Und wenn man hier draußen lebt, dann muss man einfach schießen können.«

So lernte Perry Rhodan also, wie man mit einem Gewehr umging, und als er nach den ersten fehlgegangenen Schüssen und blauen Flecken an der Schulter begriffen hatte, worauf es ankam, erwies er sich als Naturtalent, traf quasi alles und immer.

»Ist wohl doch was dran, dass Revolverhelden immer graue Augen haben«, war Onkel Karls Kommentar.

Worauf Perry am selben Abend die Farbe seiner Augen im Badezimmerspiegel einer kritischen Betrachtung unterzog: Waren die nicht eher blau? Zumindest eine Mischung aus grau und blau, lautete sein abschließendes Urteil. Sowieso hatte er keine Lust, ein Revolverheld zu werden.

Eines Tages rief Perrys Mutter an. Sie befand sich gerade in San Francisco, weil sie zu einer Einheit im Pazifik abkommandiert worden war und auf das Schiff dorthin wartete, und wollte die Zeit nutzen, mal wieder mit ihrem Sohn zu sprechen. Doch der befand sich gerade mit seinem Onkel zu Schießübungen unten am See, und so geriet Mary Rhodan an Tante Laura – die sich verplapperte!

Oho, da war aber was los! Karl Rhodan, hastig an den Apparat gerufen, musste sich über genau die Telefonleitung, die er einst selbst zum Haus der Kelleys geführt hatte, heftige Vorwürfe gefallen lassen. Wie er dazu komme, einem achtjährigen Jungen das *Schießen* beizubringen? Als ob noch nicht genug geschossen würde in der Welt!

Viel Gelegenheit, etwas darauf zu erwidern, fand Karl Rhodan nicht, denn seine Schwägerin legte abrupt auf, rief ihre Mutter an und organisierte innerhalb der kurzen Telefonzeit, die ihr zur Verfügung stand, dass Perry nach Chicago zu seinen Großeltern gehen würde, wo man ihm angemessenere Dinge beibringen würde als dort oben in der Wildnis.

So endete Perrys Zeit in Wisconsin abrupt. Onkel Karl und Tante Laura hatten feuchte Augen, als sie ihn wenige Tage später mit seinem Koffer in den Greyhound-Bus setzten, der ihn nach Chicago brachte. Am dortigen Busterminal erwarteten ihn Oma Katherine und Opa Gerald mit einer feuerrot lackierten Limousine, die glänzte wie neu.

Sie fuhren zu dem großen Haus, das seinen Großeltern gehörte. Es stand mitten in einem riesigen Grundstück, auf dem viele Büsche und Bäume wuchsen und der Rasen so akkurat gemäht war, dass er aussah wie ein grüner Teppich. Auf den ersten Blick sah es ganz ähnlich aus wie bei Onkel Karl und Tante Laura in Florence County, aber man spürte irgendwie doch, dass hinter den Bäumen kein Wald mehr war, der sich über Meilen und Meilen erstreckte, in dem es Seen gab und Bäche und Pilze und Trampelpfade, Rehe und Kaninchen und Wespennester. Man wusste, dass der Garten hinter den Büschen endete und umgeben war von einem schmiedeeisernen Zaun mit scharfen, hohen Spitzen, die die laute, unruhige Stadt dahinter aussperrten. Nicht, dass Perry grundsätzlich etwas gegen Städte gehabt hätte, aber er fand es seltsam, dass jemand in einer Stadt wohnte und versuchte, ihre Existenz zu verstecken.

Er bekam wieder ein eigenes Zimmer, das, wie man ihm erklärte, einmal das seiner Mutter gewesen war. Es war größer als das Zimmer, das er bei Onkel Karl und Tante Laura gehabt hatte, doch das war ihm groß genug gewesen, und es hatte ihm gefallen, dass die Möbel dort nicht teuer gekauft waren, sondern dass Onkel Karl sie selber gebaut hatte.

Sie aßen zu Abend, in einem enormen Esszimmer, an dessen Decke ein Kronleuchter hing und in dem jedes Wort, das man sprach, widerhallte. Danach schickte Oma ihn ins Bett und kündigte an: »Morgen früh begleite ich dich in deine neue Schule. Es ist die beste Schule von Chicago. Sie wird dir gefallen.«

»Okay«, sagte Perry und ging schlafen.

In jener Nacht begannen die Träume.

5

Perry träumte, er folge einem Mann durch einen endlosen, sich wie eine Schlange hin und her windenden Flur. Der Mann trug einen grauen, nach einer fremdartigen Mode geschnittenen Geschäftsanzug, und Perry sah ihn immer nur von hinten, nur sein grau schimmerndes Haar, das ungewohnt lang war und ihm hier und da bis über den Hemdkragen reichte.

Ab und zu kamen sie an Türen vorbei, und ab und zu öffnete der Mann eine davon, worauf Perry immer stehen blieb, um einen Blick hindurchzuwerfen.

Durch eine Tür zur Rechten sah er hinaus in eine wüstenartige Landschaft, in der eine strahlend weiße Stadt stand, mit futuristisch anmutenden, schlanken Wolkenkratzern und saftig grünen Parkanlagen. Über der Stadt erhob sich eine durchscheinende, perlmuttfarben schimmernde Kuppel, die aussah wie eine riesige Seifenblase. Während Perry die Stadt bestaunte und sich fragte, wo dieser Ort wohl sein mochte, wehte ihn ein heißer, staubiger Wind an, schlug ihm die Tür vor der Nase zu und ließ ihm wieder zu Bewusstsein kommen, dass er ja dem Mann folgen musste, dem Mann mit den langen grauen Haaren in dem grauen Anzug, der inzwischen weitergegangen war, und Perry musste rennen, um aufzuholen.

Und wieder, kurz bevor er ihn erreicht hatte, öffnete der Mann eine Tür, diesmal eine zur Linken, und Perry sah, dass sie auf eine schmutzige Straße hinausging, in der viele Menschen in zerlumpten Kleidern unterwegs waren, die meisten barfuß. Die Wände der umliegenden Häuser hatten Löcher wie von Einschüssen, die Fenster waren zertrümmert, manche Dächer eingestürzt. Die Straße war nicht asphaltiert, sondern bestand nur aus festgetretener Erde.

Da schlug in einiger Entfernung etwas ein, das vom Himmel gefallen war, und während eine giftgelbe Wolke über den Häusern aufstieg und sich ausbreitete, fingen die Menschen an zu schreien und zu rennen. Perry trat beiseite, damit sie sich zu ihm in den Flur flüchten konnten, winkte ihnen zu kommen, hier war schließlich mehr als genug Platz – doch sie schienen die Tür gar nicht zu sehen, rannten einfach vorbei, sich Tücher oder Hemdsärmel vor die Nase haltend. Die giftgelbe Wolke, die aussah wie Staub, breitete sich aus, kam immer näher, und die Tür schlug gerade noch rechtzeitig zu, ehe sie da war. Ein beißender Gestank veranlasste Perry, weiter dem grauen Mann zu folgen.

Erneut ging eine Tür zur Rechten auf, und Perry sah hinaus in einen Weltraum, in dem Sterne dicht an dicht standen, und mitten darin, ganz nah, sechs leuchtend weiße, identische Sonnen, die ein exaktes Sechseck bildeten, das aus jeder Perspektive künstlich aussah. Im Schwerpunkt dieses Sechsecks loderte ein Feuerkreis, der eine Schwärze umschloß, die schwärzer war als schwarz, und aus der dennoch etwas im Begriff war hervorzustoßen …

Und wieder schlug die Tür zu, und wieder hieß es zu rennen, um den grauen Mann nicht aus den Augen zu verlieren. Und wieder öffnete der eine Tür zur Linken: ein Ozean unter tiefblauem Himmel, eine Insel, auf der Palmen wuchsen und geflochtene Hütten standen. Einfache Fischerboote lagen an einem schlichten Steg vor Anker, Papageien flatterten vorbei – ein Paradies.

Bis plötzlich ein gleißend heller Blitz in der Ferne erstrahlte, eine Feuerwand heranschoss, alles verbrennend, alles auslöschend …

Perry fuhr hoch, saß im Bett, spürte sein Herz heftig schlagen und brauchte, ganz untypisch für ihn, einige Augenblicke, ehe ihm wieder einfiel, wo er war und warum. Es war nur ein Traum gewesen, nur ein Traum.

Und doch – er wurde an diesem Tag, seinem ersten Tag an der *Bowen Elementary School*, das Gefühl nicht mehr los, dass es *mehr* gewesen war als nur ein Traum. Während er seiner Großmutter durch die hohen Gänge mit all den Ölgemälden früherer Rektoren folgte, durch die schweren Eichenholztüren, marmorne Treppen hinauf und hinab, kam ihm alles viel unwirklicher vor als das, was er im Traum gesehen hatte.

»Warte hier«, befahl Oma und wies auf eine Sitzbank, um gleich darauf hinter einer Tür zu verschwinden, auf der in goldenen Lettern *Schulsekretariat* stand.

Perry setzte sich nicht, sondern blieb stehen und sah sich um. Der Unterricht lief schon, der Flur lag verlassen da. Als er in der Ferne leise Schritte hörte, wandte er sich um …

Und sah gerade noch, wie der graue Mann aus seinem Traum um die Ecke verschwand!

Perry stand wie erstarrt. Wie war das möglich? Es war derselbe graue Anzug gewesen, der so ganz anders ausgesehen hatte als das, was Männer normalerweise trugen, und auch die Haare waren merkwürdig lang gewesen, genau wie in seinem Traum!

Im nächsten Augenblick rannte Perry los, raste zu der Ecke, um die der graue Mann verschwunden war. Eine weitere Treppe lag dahinter, doch niemand war darauf zu sehen. Er sah auch keine Abzweigung oder dergleichen. Wenn da ein Mann gewesen war, dann musste er geflogen sein.

Beunruhigt kehrte Perry zu der Tür des Sekretariats zurück. Hatte er sich das nur eingebildet? Das war nicht gut. Wenn man sich einbildete, Dinge – oder Leute – zu sehen, die in Wirklichkeit nicht da waren, dann war das kein gutes Zeichen, so viel wusste er.

Er atmete ein paarmal tief durch und beschloss, erst einmal niemandem davon zu erzählen. Vielleicht hatte er sich ja nur getäuscht. Vielleicht gab es doch eine Möglichkeit, die Treppe zu verlassen, die er nur nicht gesehen hatte.

Vielleicht gab es eine ganz einfache Erklärung.

Dann kam Oma mit der Schulsekretärin heraus, die es übernahm, ihn in seine neue Schulklasse zu bringen, dem Lehrer dort und den neuen Mitschülern vorzustellen, und die ihm unterwegs alles erklärte, was er wissen musste über Uhrzeiten, Mittagessen und dergleichen.

In der neuen Klasse wurde Perry den anderen vorgestellt, ein Moment der Peinlichkeit, den er so wenig mochte, wie jeder andere ihn gemocht hätte, aber er sagte sich, dass er da eben durchmusste. Er bekam einen freien Platz zugewiesen, und als die Sekretärin und seine Großmutter wieder abgezogen waren und sich eine Gelegenheit bot, streckte er seinem nächsten Sitznachbarn die Hand hin und sagte leise: »Hi. Ich bin Perry.«

Der andere starrte ihn nur an, betrachtete die ausgestreckte Hand, als habe er dergleichen noch nie gesehen, musterte Perry dann von oben bis unten und meinte schließlich: »Was hast *du* denn an?«

Das gab Perry erst einmal zu denken. Was *hatte* er denn an? Eine Hose, ein Hemd, Schuhe – nichts, was er persönlich der Erwähnung für wert gefunden hätte. Es war ihm ein Rätsel, wie das überhaupt *Thema* eines Gesprächs unter Jungs sein konnte. Zumal die anderen, soweit er das sehen konnte, auch alle nur Hosen, Hemden und Schuhe trugen; verschiedene, natürlich, aber von ihrer praktischen Nützlichkeit her betrachtet denselben Zwecken dienend.

Darüber also dachte er ein paar Tage lang nach, in denen es ihm nicht gelang, mit irgendjemandem ein persönliches Wort zu wechseln. Die anderen kamen ihm ziemlich eingebildet vor, aber gleichzeitig war er sich nicht sicher, ob das auch wirklich so war oder er sich das nur einredete, um sich darüber hinwegzutrösten, so unbeliebt zu sein. Immerhin bereitete es ihm keine Probleme, dem Unterricht zu folgen; in Wisconsin waren sie in den meisten Fächern schon weiter gewesen, als sie es hier in Chicago waren. Er streckte auch unerschrocken, sobald der Lehrer eine Frage stellte, auf die er eine Antwort wusste, und ignorierte die giftigen Blicke, die ihm das einbrachte.

»Wie läuft es in der Schule?«, wollte Oma Katherine abends bisweilen wissen.

»Geht so«, erwiderte Perry dann immer behutsam.

»Hast du schon Freunde gefunden?«

»Noch nicht.«

Worauf sie ihn ermahnte: »Denk daran, du bist derjenige, der neu dazukommt. Du musst dich an die anderen anpassen, nicht die anderen an dich.«

»Schon klar«, erwiderte Perry.

6

Unter seinen Mitschülern gewann Perry auch weiterhin keine Freunde, ja, es kam ihm sogar vor, als sei ohnehin mehr oder weniger jeder mit jedem verfeindet. Es gab Cliquen von drei, vier Jungs, die gegen die anderen Cliquen zusammenhielten, einander aber trotzdem fortwährend stichelten und piesackten und sich hässliche Streiche spielten.

Im Grunde, so kam es Perry vor, schien überhaupt niemand der Freund von irgendjemandem zu sein. Also verpasste er sowieso nichts, oder?

Stattdessen ergab es sich, dass er sich mit einem der Lehrer anfreundete.

Dessen Name war Scott Walker Townsend, ein magerer, verträumt wirkender Mann um die fünfzig, der sich beim Reden mit der Hand durch die schüttere Frisur zu fahren pflegte, um irgendwann innezuhalten und die Haare zu begutachten, die ihm dabei ausgegangen waren. Sie hatten ihn in Naturkunde, ein Fach, das so ungefähr alles umfasste, was nicht Mathematik, Englisch oder Sport war. Perry hörte ihm mit mehr Interesse zu als der Rest der Klasse zusammengenommen, und einmal, als Mister Townsend den Lauf der Erde um die Sonne erklärte und wie das alles mit den Jahreszeiten zusammenhing, hakte Perry nach, weil er es gern ganz genau verstanden hätte.

»Interessiert dich das denn?«, fragte Mister Townsend mit gelinder Verwunderung.

»Ja«, sagte Perry.

»Dann bleib nach der Stunde noch einen Moment da.«

Die anderen grinsten Perry höhnisch an. *Nach der Stunde dableiben*, das hieß in ihrer Erfahrungswelt so viel wie *Strafarbeit und nachsitzen*. Als es zehn Minuten später klingelte, zogen sie unter wieherndem Gelächter ab.

»Du interessierst dich für solche Dinge, nicht wahr?«, fragte der Lehrer Perry, als sie allein waren. »Astronomie, Physik, Technik …?«

»Ja«, sagte Perry. »Das finde ich alles sehr spannend.«

»Dann komm mal mit«, sagte Mister Townsend, klappte seine Aktentasche zu und stand auf.

Sie gingen gemeinsam die Flure entlang bis in einen Bereich des Schulgebäudes, in dem Perry bislang noch nicht gewesen war. Vor einer Tür mit einer Mattglasscheibe, auf der *SCHOOL LIBRARY* stand, hielt Mister Townsend an und begann, in der Tasche nach seinem Schlüsselbund zu kramen.

»Sie ist derzeit geschlossen«, erklärte er geistesabwesend. »Genauer gesagt, seid Miss Dewey in Ruhestand gegangen ist. Seither hat sich niemand darum gekümmert, Ersatz für sie zu finden, und offen gesagt ist das allgemeine Interesse auch entmutigend gering.«

Damit schloss er auf, und als die Tür vor Perry aufschwang und den Blick freigab in einen von Licht durchfluteten Raum voller Regale, in denen Bücher dicht an dicht standen, war dem achtjährigen Jungen, als tue sich das Himmelreich vor ihm auf oder zumindest etwas, das dem Himmelreich so nahe kam, wie dies auf Erden möglich war.

Zumindest erinnert sich der erwachsene Perry Rhodan so an diesen Moment. Wir dürfen davon ausgehen, dass sich da im Rückblick vieles verklärt hat, sollte jene vernachlässigte, verschlossene Schulbücherei doch der Auslöser für Rhodans lebenslange Leidenschaft für das Lesen werden.

Tatsächlich ging die Sache vermutlich eher unspektakulär weiter, denn Mister Townsend, der es eilig hatte, zum Mittagessen zu kommen, schob Perry hinein, schloss die Tür hinter ihnen und meinte: »Also, was ich dir zeigen wollte, war Folgendes …« Er ging die Regale entlang, zog ein Buch mit dem Titel *Unser Sonnensystem* heraus und reichte es Perry.

Perry schlug es auf, blätterte darin und bat dann: »Darf ich das vielleicht zu Hause lesen? In aller Ruhe?«

»Ja natürlich«, erwiderte der Lehrer amüsiert. »Du nimmst es mit, und wenn du es ausgelesen hast, bringst du es wieder. Am besten mittwochs oder freitags, wenn ich die letzte Stunde bei euch habe, okay?«

»Okay«, meinte Perry, presste das Buch an sich und sah sich neugierig um, was sonst noch so alles in den Regalen stand.

»Vielleicht interessiert dich auch mal so etwas«, meinte Mister Townsend und zog ein weiteres Buch heraus. Es trug den Titel *Von der Erde zum Mond* und war von einem gewissen Jules Verne verfasst. »Dafür bist du zwar noch ein bisschen jung, aber wer weiß …?«

Perry riss es ihm förmlich aus den Händen.

»So«, meinte der Lehrer dann. »Das soll mal für den Anfang genügen, hmm?«

»Für den Anfang«, wiederholte Perry hoffnungsvoll und ließ sich widerstrebend wieder hinaus in den Flur komplimentieren.

In den folgenden Wochen und Monaten gab es für Perry nur noch diese Bibliothek. Alles andere blendete er aus, so gut es ging. Essen, Schlafen, Schulunterricht – all das lief als lästige Notwendigkeit nebenher, während sich seine gesamte Aufmerksamkeit auf die Bücher richtete, die er entleihen durfte. Er las von Jules Verne »Zwanzigtausend Meilen unter dem Meer« und »Fünf Wochen im Ballon« und »Reise zum Mittelpunkt der Erde« und alles, was sonst noch von diesem Autor da war, ferner von H.G. Wells »Die Zeitmaschine« und »Die ersten Menschen auf dem Mond« und »Der Krieg der Welten« und »Der unsichtbare Mann«. Er las »Die Prinzessin vom Mars« von Edgar Rice Burroughs und »Frankenstein« von Mary Shelley, das ihm Mister Townsend nur zögernd aushändigte, weil es »verstörend« sei, wie er meinte. Und *ob* das Buch verstörend war! Perry las es gleich zweimal hintereinander.

Und das waren nur die Romane. Perry verschlang auch Bücher über Flugzeugbau, Elektrotechnik, Radioelektronik und dergleichen, obwohl er von dem, was darin stand, nicht einmal die Hälfte begriff. Er las Bücher über die Geschichte der Mathematik, Chemie für Anfänger, die Heilkunst der amerikanischen Indianer, die Kontinentalverschiebung, Automobiltechnik, über die Entdeckung der Pockenimpfung, den Bau des Hoover-Damms und den Bau des Panamakanals und vieles mehr.

»Dich interessiert anscheinend alles«, kommentierte Mister Townsend wohlwollend, und als die Weihnachtsferien 1944/45 anstanden, gab er Perry ein extra großes Paket an Büchern mit, damit ihm der Lesestoff nicht ausging.

Doch als er nach den Ferien (von denen er einen lästig großen Teil auf irgendwelchen Festen verbringen musste, die seine Großeltern veranstalteten) wieder in die Schule kam, wusste er im selben Moment, in dem er das Klassenzimmer betrat und die höhnischen Blicke der anderen sah, dass irgendetwas anders geworden war.

Was los war, begriff er einen Augenblick später, als nämlich alle wie verabredet – sie hatten sich *tatsächlich* verabredet – den rechten Arm in die Höhe reckten und riefen: »Heil Hitler!«

7

Auf irgendeine Weise war die Information durchgesickert, dass Perrys Vater aus Deutschland stammte, und damit hatte die allgemeine Gehässigkeit, die an der Schule herrschte, ein willkommenes Opfer gefunden. Perry war von da an nur noch »Jerry Rhodan«, wenn er nicht »der Hunne« genannt wurde oder »Fritz« oder »Kraut«. Man entbot ihm bei jeder passenden und unpassenden Gelegenheit den Hitlergruß oder »Sieg Heil!« und amüsierte sich köstlich darüber.

Perry durchdachte seine Optionen. Sich mit den Rädelsführern zu prügeln schied aus; erstens waren es zu viele, und die meisten von ihnen waren größer und stärker als er; zweitens konnte das in den Augen der Schulleitung auf ihn zurückfallen, vor allem, falls es ihm wider Erwarten doch gelingen sollte, einen von ihnen wirklich zu vermöbeln.

Ließ sich irgendein Ablenkungsmanöver starten, das die Aufmerksamkeit von seiner Abstammung auf irgendetwas anderes lenkte? Leider wollte ihm, sosehr er auch grübelte, nichts einfallen, mit dem sich das hätte bewerkstelligen lassen.

Endlich beschloss er, es schlicht und einfach zu melden. Klar, damit stand er als Petze da, aber beliebt würde er ohnehin nicht mehr werden, also kam es darauf auch nicht an.

Doch als er sich auf den Weg zum Schulsekretariat machte, sah er den Mann im grauen Anzug wieder, direkt vor der Tür, ihm den Rücken zuwendend in einer Haltung, die klipp und klar »Stopp!« bedeutete.

Perry blieb stehen, überlegte kurz und beschloss dann, dass es eine vierte Möglichkeit gab, mit der Sache umzugehen: Er würde die anderen schlicht und einfach ignorieren. Wenn er überhaupt nicht auf die Provokationen reagierte, so seine Überlegung, würde denen das Spiel bald langweilig werden, und sie würden sich einen neuen Zeitvertreib suchen.

Leider funktionierte das nicht so, wie Perry sich das vorgestellt hatte, und zwar vor allem deshalb, weil die Radionachrichten jeden Tag voll waren mit Berichten und Neuigkeiten vom Krieg in Europa und so die Phantasie der anderen Jungs täglich neu befeuert wurde. Sie zogen über Perry her, als müssten sie auf diese Weise mithelfen, den Krieg zu gewinnen.

Das Ganze entwickelte sich nach und nach zu einem Nervenkrieg, und je unbeeindruckter sich Perry gab – er meinte später, das sei eine anstrengende, aber lehrreiche Übung in Selbstbeherrschung gewesen –, je mehr er die Anspielungen der anderen überhörte oder so tat, als verstünde er gar nicht, dass er damit gemeint sei, desto verbissener setzten seine Mitschüler ihren Spott in Szene. Sie verfolgten ihn auf dem Schulhof im Stechschritt; wenn er etwas sagte, äfften sie es nach in einer Art, die sie für deutschen Akzent hielten (der Einzige in der Familie, der je tatsächlich Englisch mit deutschem Akzent gesprochen hat, war übrigens Perrys Großvater Al), und sie versuchten immer wieder, Perry Zettel mit einem aufgemalten Hakenkreuz auf den Rücken zu kleben, was ihnen allerdings kein einziges Mal gelang.

Nach und nach wuchs sich das alles zu einer Art Schulsport aus. Interventionsversuche von Lehrern machten die ganze Sache nur noch schlimmer. Mister Townsend hielt, das Gekicher der Jungs ignorierend, einen Vortrag darüber, wie großartig es von Perrys Vater gewesen sei, sich freiwillig für den Kampf gegen Hitlerdeutschland zu melden, wie deutlich er damit gezeigt habe, dass er für die amerikanischen Werte stünde und so weiter, und irgendwann konnte Perry nicht anders, als aufzustehen und zu erklären: »Entschuldigen Sie, Mister Townsend, aber mein Vater hat sich *nicht* freiwillig gemeldet, sondern er ist eingezogen worden. Freiwillig für den Kriegsdienst gemeldet hat sich meine *Mutter*.«

Das sorgte für einen Moment der Verblüffung, der sich anfühlte, als sei eine Bombe explodiert, und danach sah es eine Weile so aus, als verlören die hämischen Attacken der anderen an Kraft.

Aber nur eine Weile. Dann ging es weiter wie gehabt. Inzwischen war es längst eine Art Gewohnheit geworden.

Obwohl Perry die ganze Zeit ein perfektes Pokerface zu bewahren verstand und es für einen Zuschauer sicherlich so aussah, als perlten die Angriffe alle von ihm ab, musste er doch die Erfahrung machen, dass steter Tropfen den Stein höhlt und dass solche gehässigen Attacken, egal wie gut man sie scheinbar wegsteckt, auf die Dauer doch Spuren hinterlassen. Er selber war sich dessen nicht bewusst, aber er war im Lauf dieses Schuljahrs ohnehin immer stiller und in sich gekehrter geworden, und nun, als tägliche Zielscheibe hässlichen Spotts, begann er sich manchmal zu fragen, ob er das alles nicht sogar verdient hatte – war er nicht ein reichlich schräger Typ, mit dem noch nie jemand viel zu tun haben wollte? War er nicht jemand, der fremdartige Dinge träumte und Leute sah, die es gar nicht wirklich gab? War er nicht einer, der seine Schwester hatte sterben lassen?

So fraß diese Episode an ihm und seiner Seele, und wer weiß, was sich daraus noch Ungutes hätte entwickeln können. Doch zum Glück geschah etwas, das dem Ganzen eine entscheidende Wendung gab: Seine Großmutter bekam mit, was an der Schule vor sich ging.

8

Es lässt sich heute nicht mehr nachvollziehen, auf welchem Wege Perrys Großmutter zu Ohren kam, was sich in der Schule abspielte, aber jedenfalls gefiel es ihr kein bisschen. Dass man *ihren* Enkel als

Nazi bezeichnete, ihn als »Kraut« verspottete – das konnte sie unmöglich auf sich beruhen lassen!

»Wieso hast du nichts gesagt?«, stellte sie Perry zunächst empört zur Rede.

Der zuckte nur mit den Schultern. »Ich hielt das nicht für wichtig.«

»Wer macht das? Wer nennt dich so?«

»Ich hab mir die Namen nicht gemerkt.«

»Aber du musst doch wissen, wer dich mit solchen Ausdrücken bewirft!«

»Irgendein Idiot fängt halt an«, meinte Perry gleichmütig, »und andere machen mit.«

Daraufhin wurde Katharina Tibo in der Schule vorstellig und forderte den Rektor auf, die Schuldigen samt und sonders von der Schule zu werfen.

»Ich verstehe Ihre Empörung, Mrs Tibo«, erwiderte dieser pikiert, »aber ich kann unmöglich die halbe Schülerschaft auf die Straße setzen.«

»Dann wenigstens diejenigen, die damit angefangen haben!«

»Und wer soll das sein?«

Das freilich konnte sie ihm auch nicht sagen, weil ihr Enkel darauf bestand, sich nicht daran erinnern zu können, wer damit angefangen hatte. Eine unerträgliche Situation, befand sie, und so schrecklich peinlich! Egal, ob sie nun anfing, Wirbel zu machen, oder ob sie die ganze Sache einfach ihren Gang gehen ließ, früher oder später musste es unausweichlich darauf hinauslaufen, dass die ganze Stadt – oder zumindest der Teil, auf den es ankam – wissen würde, dass sie einen deutschen Schwiegersohn hatte!

Ihre Lösung für dieses Dilemma bestand darin, sich in Krankheit zu flüchten. Sie suchte ihren Hausarzt auf und brachte ihn dazu, ihr einen akuten Anfall von Neurasthenie zu attestieren, einer im ausgehenden 19. und beginnenden 20. Jahrhundert beliebten Modekrankheit der gehobenen Gesellschaftsschichten, unter der man mehr oder weniger jede beliebige Unpässlichkeit subsumieren konnte. Der entscheidende Punkt dabei war, dass ihr Arzt ihr wunschgemäß versicherte, sie bedürfe dringend eines längeren Kuraufenthalts in einem geeigneten Etablissement.

Solcherart mit Argumenten ausgestattet, telegraphierte sie ihrer Tochter und rang dieser das Einverständnis ab, Perry wieder zu seinem Onkel zu schicken. Und so wurde Perry am letzten Samstag des März 1945 wieder in den Greyhound-Bus nach Wisconsin gesetzt, um in die Obhut von Onkel Karl und Tante Laura zurückzukehren.

Perry weinte der Zeit in Chicago keine Träne nach. Als der Bus die Stadt hinter sich ließ, blickte er kein einziges Mal zurück.

Den grauen Mann sollte er für sehr lange Zeit nicht mehr sehen.

Nur die Träume – die gingen weiter.

9

Am 8. Mai 1945 hörte Karl Rhodan Radio, wartete auf die täglichen Berichte über die Ereignisse in Europa. In den letzten Monaten war ihm das zur Gewohnheit geworden, nach Meinung seiner Frau sogar zur Sucht. Aber er konnte es einfach nicht fassen, dass *immer noch* gekämpft wurde, dass die Menschen in Deutschland immer noch zu glauben schienen, sie könnten das Blatt noch einmal wenden.

Doch an diesem Tag, endlich, war es vorbei. Der Oberbefehlshaber der Wehrmacht hatte die Kapitulationserklärung Deutschlands unterzeichnet. »Es ist vorbei«, sagte Karl zu seiner Frau, dann ging er, erfüllt von Erleichterung, in die sich Trauer mischte, Trauer, dass all dies hatte geschehen müssen, hinaus, um seinem Neffen Bescheid zu sagen.

Er fand ihn unten an dem kleinen See, der direkt an die Farm grenzte. Perry, der nur seine kurze Hose trug, stand in einigen Schritten Entfernung vom Ufer bis zur Hüfte im Wasser und betrachtete sein Spiegelbild auf der wieder ruhig gewordenen Oberfläche. Sein Angelzeug lag unbenutzt am sandigen Ufer, daneben seine Schuhe.

Der Anblick berührte Karl Rhodan merkwürdig. Der Junge war so anders geworden in der Zeit in Chicago, so … *absonderlich*.

»Perry«, sagte er halblaut.

Perry sah auf, lächelte versonnen.

Karl Rhodan hockte sich auf eine von Gras überwucherte Wurzel. »Es kam gerade in den Nachrichten. Deutschland hat kapituliert. Der Krieg in Europa ist vorbei.«

Er sah zu, wie sein Neffe mit bedächtigen Bewegungen aus dem Wasser stieg. Perry setzte sich neben ihn. Dass ihm seine Hose klatschnass am Körper klebte, schien er nicht einmal zu bemerken.

»Ich glaube, deine Tante wartet schon mit dem Kaffee auf dich«, sagte Karl Rhodan. Natürlich bekam der Junge nur Getreidekaffee, aber Laura schmierte ihm immer zwei dicke Stullen dazu, weil sie ihn zu mager fand.

»Kommst du mit?«, fragte Perry.

»Ich muss noch nach den Pferden schauen.« Karl Rhodan blickte prüfend zum Himmel empor. »Gut möglich, dass wir heute noch ein Gewitter kriegen.«

Perry tat es ihm gleich, musterte die sich ballenden, dunklen Wolken, die von Norden über den Himmel herankamen, sagte aber nichts.

»Wie lange bist du jetzt wieder bei uns?«, fragte Karl Rhodan, als ihm das lange Schweigen unbehaglich wurde.

»Sechs Wochen, glaube ich.«

»Und gefällt's dir noch hier?«

»Klar. Bei euch gefällt's mir immer.«

Karl Rhodan musterte seinen Neffen nachdenklich. Er hätte zu gerne gewusst, was da in Chicago *wirklich* geschehen war, dass seine Großmutter den Jungen doch wieder hierhergeschickt hatte. Hierher, wo er entgegen den Wünschen seiner Mutter das Schießen erlernt hatte.

Natürlich hatte Perry, seit er wieder hier war, kein Gewehr mehr in die Hände bekommen. Auch anderswo war ja nun ein Ende mit dem Schießen.

»Wenn der Krieg jetzt vorbei ist«, meinte Karl Rhodan, »dann werden deine Eltern sicher bald zurückkommen. Dann kannst du endlich wieder nach Hause. Freust du dich schon darauf?«

Perrys Gesicht wurde undurchdringlich, wie immer, wenn das Gespräch auf sein Elternhaus kam. Er wandte den Kopf ab, blickte auf den See.

»Der Krieg ist noch nicht vorbei«, erklärte er. »Es werden noch schreckliche Dinge passieren, dort, wo Mum und Dad sind.«

Sein Onkel sah ihn erschrocken an. »Wie kommst du darauf?«

»Ich hab es geträumt«, sagte Perry nur.

Im gleichen Augenblick schob sich die erste der schwarzen Wolken vor die Sonne, schwand die sommerliche Wärme, als hätte sie jemand ausgeschaltet. Ein plötzlicher Wind wirbelte altes Laub auf, überstrich die sonst so dunkle Oberfläche des Teichs mit einem kalten, silbernen Schimmer, der an Schnee denken ließ. Karl zog unwillkürlich den Kopf ein.

»Du immer mit deinen Träumen«, meinte er mit einer Heiterkeit, zu der er sich zwingen musste, und gab Perry einen Klaps. »Los jetzt, rauf zum Haus. Und raus aus den nassen Sachen.«

Perry sprang auf, schnappte Angelzeug und Schuhe und kletterte den Hang empor, groß für sein Alter und so mager, als hätte er Hunger gelitten. Aber wahrscheinlich hatte er das Essen nur vergessen über all diesen Büchern, die er neuerdings las, über Weltraumflüge und ferne Planeten. Da war es auch kein Wunder, dass er schlecht träumte, dachte Karl Rhodan und erhob sich ebenfalls, gerade in dem Augenblick, als der erste Blitz über den Himmel zuckte, ein grelles Aufflammen von Licht, dem ein markerschütternder Donnerknall auf den Fuß folgte. Ein heftiger Regen brach los, der auch Karl Rhodan im Nu bis auf die Haut durchnässte.

Die Träume seines Neffen, musste Karl Rhodan erfahren, sollten sich bewahrheiten. Der Krieg in Europa war zu Ende, gewiss, aber sowohl Jake als auch Mary Rhodan waren im Pazifik stationiert, wo der Krieg gegen das japanische Kaiserreich unvermindert andauerte.

»Du bleibst uns wohl noch eine Weile erhalten«, meinte er.

Worauf Perry nur lapidar erwiderte: »Hab ich doch gesagt.«

So hörte Karl Rhodan weiterhin Radio. Es wurde immer noch um Okinawa gekämpft. Die Festung von Shuri musste gegen erbitterten Widerstand erobert werden, dann die Hauptstadt Naha, und dann gingen die Kämpfe im zerklüfteten Bergland weiter. Versprengte japanische Truppenteile verschanzten sich in unwegsamen Regionen und kämpften fanatisch, gaben nicht einmal auf, wenn sie keine Waffen mehr besaßen, sondern fielen mit Knüppeln und bloßen Fäusten über die Amerikaner her.

Währenddessen ging auch dieses Schuljahr für Perry zu Ende, und die Sommerferien begannen.

Und dann geschah das Schreckliche.

Am 6. August 1945 um 2 Uhr 45 morgens startete der amerikanische Langstreckenbomber B-29 Superfortress Nr. 82, vom Piloten Paul Tibbets auf den Namen seiner Mutter, *Enola Gay*, getauft, von der Insel Tinian und flog, begleitet von zwei weiteren Bombern, in Richtung Japan. Ziel war die Hafenstadt Hiroshima im Südwesten der japanischen Hauptinsel, Sitz des Hauptquartiers der 2. Hauptarmee und damit großer Truppensammelpunkt.

Die *Enola Gay* war einer von mehreren Dutzend Bombern, die man so umgebaut hatte, dass sie imstande waren, eine vier Tonnen wiegende Bombe zu transportieren. Dafür hatte man nahezu sämtliche Waffensysteme ausgebaut mit Ausnahme des Heckgeschützes.

Bei besagter Bombe handelte es sich um die erste Atombombe, die in einem Krieg eingesetzt werden sollte, eine Uran-Spaltbombe, die man mit dem Namen *Little Boy* bedacht hatte. Sie war drei Meter lang, hatte eine Sprengkraft von 12 500 Tonnen TNT und beruhte auf einem Funktionsprinzip, das man als sehr anfällig für eine unabsichtliche Zündung betrachtete.

Deswegen wurde die Bombe erst während des Fluges vollends scharf gemacht. Kurz nach dem Start krochen Waffenoffizier Captain William »Deak« Parsons und Second Lieutenant Morris R. Jepson in den Bombenschacht, montierten vier mit dem Sprengstoff Kordit gefüllte Säckchen in der Bombe und schlossen die Zündkabel an.

Gegen 7 Uhr Ortszeit entdeckte das japanische Frühwarnsystem die anfliegenden Bomber und gab Alarm. In den Städten, die man als mögliche Ziele betrachtete, wurden die Radiosendungen von entsprechenden Warnmeldungen unterbrochen.

Etwa um diese Zeit kletterte Morris R. Jepson noch einmal zu der Bombe hinab, um die Sicherheitsstecker des Zündsystems durch Zündstecker zu ersetzen. Erst jetzt war die Bombe wirklich scharf.

Gegen 7 Uhr 30 überflog der Konvoi die Hafenstadt Hiroshima, um die Wetterbedingungen für den Abwurf festzustellen. Der Himmel war klar und wolkenlos: ideale Bedingungen.

Kurz vor 8 Uhr sah das japanische Radar anhand der Echos, dass es nicht mehr als drei Flugzeuge waren, die sich näherten. In diesem Stadium des Krieges, in dem es an Treibstoff, Munition und Flugzeugen mangelte, hatte es sich die japanische Luftwaffe zur Regel gemacht, so kleine Formationen nicht mehr abzufangen. Man hob den Alarm auf und gab nur Warnungen an die Bevölkerung aus, bei Sichtung einer B-29 die Schutzräume aufzusuchen, rechnete aber nicht wirklich mit einer Gefahr, da es sich in solchen Fällen erfahrungsgemäß meist nur um Aufklärer handelte.

Um 8 Uhr 15 Minuten und 17 Sekunden klinkte die *Enola Gay* in etwa zehntausend Metern Höhe die Bombe aus. Von der tonnenschweren Last befreit, hob sich der Bug der Maschine abrupt, eine Bewegung, aus der der Pilot sofort in eine scharfe 155-Grad-Kurve ging, um sich möglichst weit vom vorausberechneten Explosionsort zu entfernen: ein Manöver, das man anhand von ähnlich gestalteten, aber nur mit konventionellem Sprengstoff gefüllten Bomben seit 1943 hundertfach geübt hatte.

Sofort nach Auslösung der Bombe lief in ihrem Inneren ein Uhrwerk los, das nach fünfzehn Sekunden die zweite Stufe der Zündung startete, die aus einem barometrischen Höhenmesser bestand. Dieser wiederum schaltete in etwa zweitausend Metern Höhe zwei Radar-Höhenmesser scharf, die genau genug waren, die Zündung der Bombe in der als optimal ermittelten Höhe von 580 Metern über dem Grund auszulösen.

Die Zündung geschah um 8 Uhr 16 Minuten und 2 Sekunden.

Und die Gewalt der Explosion kam über die Stadt wie ein Weltuntergang.

Innerhalb von nur einer Sekunde zerstörte die Stoßwelle der Detonation nahezu die gesamte Innenstadt. Der Hitzeblitz der Bombe entzündete die größtenteils aus Holz gebauten Häuser bis in eine Entfernung von zehn Kilometern.

Die *Enola Gay* war zu diesem Zeitpunkt bereits mehr als 14 Kilometer entfernt. Paul Tibbets, der Pilot, der natürlich mit dem Rücken zum Geschehen saß, sah den Himmel vor sich vom Widerschein der Explosion aufleuchten. Vierzig Sekunden später holte die Druckwelle das Flugzeug ein und schüttelte es mächtig durch, beschädigte es aber nicht.

Ein Feuersturm brach los, der elf Quadratkilometer umfasste und den für nukleare Explosionen typischen Atompilz bis in 13 Kilometer Höhe trieb. Dieser trug hochgradig radioaktives Material mit sich, das im Verlauf der nächsten halben Stunde als Fallout auf die Umgebung niederging.

In unmittelbarer Nähe des Bodennullpunktes der Explosion überlebte so gut wie niemand. Von vielen Menschen, die sich in diesem Moment dort aufhielten, blieben nur Schattenrisse, vom Explosionsblitz auf Mauern gebrannt, ehe die Druckwelle ihre Körper davonfegte. Wer weiter entfernt war, mochte die Hitze und die Druckwelle überleben, nur um qualvoll an der tödlichen Strahlung zu sterben, die die Bombe verbreitet hatte. An die 80 000 Menschen starben sofort, mindestens noch einmal so viele Menschen starben an den Spätfolgen der Bombe.

Und *Little Boy* war eine vergleichsweise »kleine« Atombombe. Was die Zerstörungskraft nuklearer Bomben anbelangte, hatten die Wissenschaftler gerade erst gekratzt an dem, was physikalisch möglich war.

Paradoxerweise waren die Zerstörungen, die die erste Atombombe angerichtet hatte, so umfassend, dass die japanischen Militärs zuerst gar nichts davon mitbekamen. Niemand von denen, die in Hiroshima überlebt hatten, war imstande, eine entsprechende Mitteilung weiterzuleiten, weil alle Telefonleitungen unterbrochen waren. Es dauerte Stunden, ehe man in der Hauptstadt Tokio überhaupt erfuhr, dass es in Hiroshima eine ungeheure Explosion gegeben hatte, und niemand konnte sich erklären, was geschehen war.

Am nächsten Tag trat der amerikanische Präsident Harry S. Truman vor die Presse und gab den Einsatz einer neuartigen Waffe von nie gekannter Zerstörungskraft bekannt. Er forderte das japanische Kaiserreich auf, sich zu ergeben, ansonsten werde man weitere solcher Bomben abwerfen. Er formulierte diese Drohung bewusst so, dass es klang, als verfügten die USA über einen unerschöpflichen Vorrat davon; tatsächlich hatte man bis zu diesem Moment überhaupt nur drei Bomben gebaut, und zwei davon waren bereits explodiert: die erste am 16. Juli 1945 südlich von Los Alamos beim sogenannten *Trinity-Test*, die zweite über Hiroshima – blieb noch eine dritte Bombe, eine Plutoniumbombe, die man *Fat Man* nannte, da sie aller Voraussicht nach eine noch höhere Sprengkraft haben würde als *Little Boy*.

Doch ebendieser ungeheuren Zerstörungskraft wegen war die japanische Führung tagelang außerstande zu begreifen, womit man es zu tun hatte. Die amerikanische Luftwaffe verstreute mehrere Millionen Flugblätter über japanischen Städten, um die Bevölkerung über die Atombombe zu informieren und sie aufzurufen, das sofortige Ende des Krieges zu fordern. Aber am 9. August, dem Tag, an dem die zweite Atombombe auf Japan abgeworfen werden sollte, tagte das kaiserliche Kriegskabinett immer noch.

Als Ziel dieser Bombe war die Stadt Kokura bestimmt worden, eines der Zentren der japanischen Rüstungsindustrie. Als sich der Bomber der Stadt näherte, lag die Stadt jedoch unter einer dichten Wolkendecke, so dass kein gezielter Abwurf möglich gewesen wäre. Der Pilot, Major Charles W. Sweeney, entschied sich für das Ausweichziel Nagasaki. Abwerfen *musste* er die Bombe, da der Treibstoff nicht gereicht hätte, mitsamt der Bombe zum Stützpunkt zurückzukehren.

Sechs Tage später kapitulierte Japan bedingungslos. Der Zweite Weltkrieg war damit endgültig vorüber.

Zu dem Zeitpunkt, an dem General Douglas MacArthur die Kapitulation Japans entgegennahm, war Mary Tibo Rhodan schon unterwegs zurück in die Staaten.

Der Krieg hatte auch sie verändert. Zwar hatte sie sich, wie wir wissen, schon zuvor nie von etwas abbringen lassen, das ihr wichtig war, aber sie hatte in solchen Fällen immer Blut und Wasser geschwitzt, während sie tat, was zu tun war. Das war vorbei. Sie hatte zu viele Männer schreien, bluten und sterben sehen, als dass sie noch irgendetwas hätte beeindrucken können. Sie hatte Dienst gehabt, als ihr eigener Mann mit zwei Schusswunden eingeliefert worden war; hatte dem Militärarzt beim Entfernen der Kugeln assistiert, Jake, als die Wunde versorgt war, einen Kuss auf die Stirn gegeben und sich dem nächsten Verwundeten zugewandt. Solche Dinge passierten eben, wenn sich zwei Eheleute zufällig auf demselben Kriegsschauplatz trafen.

Vor dem Krieg hätte sie sich nicht getraut, die weite Strecke von Manchester bis Florence County alleine mit dem Auto zu fahren, um ihren Sohn nach Hause zu holen, einem Auto zumal, das ungesund lange Zeit unbenutzt in der Garage gestanden hatte. Doch die kriegsgestählte Mary Tibo verschwendete keine Sekunde an derartige Bedenken, sondern fuhr einfach los, tauschte unterwegs sogar eigenhändig zwei Zündkerzen aus, und alles ging gut.

»Das war jetzt eine ziemlich lange Zeit, was?«, meinte sie auf dem Heimweg.

»Ja«, sagte Perry. »Aber es war okay.«

»Du bist ganz schön groß geworden.«

»Ich wusste, dass du das sagen würdest.«

Sie lachten beide, und einen Moment lang war es, als sei der Schatten über ihrer Familie verschwunden.

ZWISCHENSPIEL (2)

22. Juli 1971 – London, Gefängnis Pentonville

Es war eigenartig, so plötzlich gezwungen zu sein, nur noch auf den Tod zu warten. Da saß ich also, in einem kahlen, nach ranzigem Fett, Schweiß und Schimmel müffelnden Speisesaal, der erfüllt war vom Gemurmel inbrünstiger Gebete, und hielt Rückschau auf mein Leben. Ich war 52 Jahre alt, von denen ich 14 Jahre in diesem Gefängnis verbracht hatte, als Strafe für ein Verbrechen, das ich in Wahrheit nicht begangen hatte. Doch ein paar Gangster, namentlich ein Mann namens Hiram Barry, hatten mich vor meinem Verfahren wissen lassen, dass es meiner Gesundheit überaus bekömmlich wäre, eine gewisse Aussage zu verweigern.

Ich war ein Mann mittleren Alters, der nichts hinterlassen würde – keine Kinder, kein Vermögen und kein Werk oder anderweitiges Vermächtnis. Wobei all das auch nicht weiter tragisch war, denn hätte ich Kinder gehabt, hätte ich in dem Wissen sterben müssen, dass diese ebenfalls umkommen würden, wenn die Atompilze über den Britischen Inseln emporstiegen. Was immer ich als Vermögen hätte hinterlassen können, wäre ohnehin wertlos gewesen in einer zerstörten, vergifteten, verstrahlten Welt, über der der Himmel durch den von Tausenden von Atomexplosionen aufgewirbelten Staub auf Jahre hinaus verdunkelt sein würde. Und es war mehr als fraglich, ob Menschen überleben würden, die ein Werk, gleich welcher Art, noch hätten würdigen können, zu sehr würden sie damit beschäftigt sein, einfach nur zu überleben, ein Ziel, für das sie auf lange Sicht schlechte Karten hatten. Es war eher zu erwarten, dass die Überlebenden in die Barbarei zurückfallen oder sogar gänzlich aussterben würden.

Alles, was mir blieb, war, mich zu sammeln, um dem Ende wenigstens in Würde entgegenzusehen. Wenn dies meine letzten Augenblicke waren, dann wollte ich wenigstens sie bewusst empfinden: Ich wähle absichtlich dieses Wort, denn »genießen« hätte ich nicht sagen können, dazu war die ganze Umgebung zu hässlich und widerwärtig: die trostlosen, vor Jahrzehnten schlampig mit Ölfarbe gestrichenen Wände dieses im Kellergeschoss eines alten Gemäuers befindlichen Raumes, die billigen, zerkratzten Tische mit den vielfach gesprungenen, aufgequollenen Platten, die Stühle, deren Anblick fast so sehr schmerzte, wie darauf zu sitzen, die Gitter überall, vor den Zugängen, vor den stumpfen Mattglasfenstern, die seit dem Krieg niemand mehr geputzt hatte.

Dann spürte ich die erste Erschütterung – weit weg, aber deutlich wahrnehmbar.

Ich schloss die Augen.

STERNGUCKER

I

Perry fand es seltsam, nach so langer Zeit wieder in Manchester zu sein. Einerseits kam es ihm vor, als sei es hundert Jahre her, dass er sein Elternhaus zuletzt gesehen hatte, andererseits schien alles noch so zu sein wie damals – oder doch nicht? Das war jedenfalls so ziemlich das Erste, was er unternahm, als er und seine Mutter wieder zu Hause waren: loszuziehen, um herauszufinden, was sich verändert hatte.

Er konnte nicht ahnen, dass er in seinem Leben noch sehr oft für sehr, sehr lange Zeit von jenen Orten würde Abschied nehmen müssen, die er jeweils als sein Zuhause ansah.

Die augenfälligste Veränderung war, dass im Nachbarhaus zur Linken niemand mehr wohnte. Die Läden waren geschlossen, ein »Zu verkaufen«-Schild stand am Straßenrand und sah aus, als stünde es da schon ziemlich lange. Wie hatten die geheißen? Ein älteres Ehepaar … die Copelands, genau. Mister Copeland hatte sich oft beschwert, wenn Perry und Deborah seinen Mittagsschlaf störten, und Miss Copeland hatte immer Sorge gehabt, sie könnten ihre Blumenbeete beschädigen. Die nun nur noch vertrocknete, von Unkraut überwucherte Rechtecke im Rasen waren.

Die Copelands, entschied Perry, würden ihm nicht fehlen.

Er marschierte die Straße hinab, den Weg, den er zur Schule würde gehen müssen. Bis zum Wasserfall, über den der Case-See abfloss, sah alles so aus, wie er es in Erinnerung hatte: viele Bäume, viele Büsche, dahinter hier und da Häuser. Vor einigen standen Autos, vor denen früher keine gestanden hatten, und ein paar Fensterläden waren frisch gestrichen, das war alles.

Dann ging es rechts ab, steil die Spring Street hoch bis zum Haus der Rikers, ab da wurde sie wieder eben.

Mister Riker war gerade im Garten und grub einen vertrockneten Busch aus. »Hol mich der Teufel, wenn das nicht der kleine Rhodan ist«, meinte er, als er Perry erblickte. »Hab dich ja lange nicht gesehen. Bist groß geworden, falls dir das noch keiner verraten hat.«

»Hallo, Mister Riker«, sagte Perry. »Ich schau mich gerade um, was sich verändert hat.«

Mister Riker stützte sich auf seinen Spaten und sah sich um, als beschäftige ihn die Frage auf einmal ebenfalls. Die Anzahl seiner Haare, befand Perry, hatte sich jedenfalls deutlich verändert.

»Was sich verändert hat? Na ja – ein paar Leute sind im Krieg geblieben. Der Junge von Fullers zum Beispiel, Jim. Ist in Frankreich gefallen. Kennst du aber nicht, schätze ich. Dein Dad ist wohlauf?«

Perry nickte. »Er wird noch eine Weile im Pazifik stationiert bleiben.«

»Verstehe, verstehe.« Mister Riker nickte bedächtig. »Tja, irgendjemand muss immer hinterher den Schlamassel aufräumen, nicht wahr? Na, dann noch viel Spaß, mein Junge. Und willkommen zu Hause.« Damit setzte er den Spaten wieder an, Perry verabschiedete sich ebenfalls und ging weiter.

Die Bäume waren gewachsen, stellte Perry fest, als er an die Stelle kam, von der aus man von der Straße zwischen zwei Häusern hindurch auf den See schauen konnte. Aber auf den Briefkästen der beiden Häuser standen immer noch die Namen, an die er sich erinnerte, Edward Dziadus und Robert J. Dennison.

An der Abzweigung, an der die Wyllis Street nach Norden führte, war immer das Haus mit den vielen Rosen gewesen: Auch das gab es noch, und die Rosen blühten auch, womöglich noch prächtiger als früher. Die Besitzerin, Miss Sampson, kam gerade die Straße entlang, eine halbgefüllte Einkaufstasche in der Hand. Offenbar war sie in der Stadt gewesen und kam von der Bushaltestelle.

»Hi, Aunt Sammie!«, rief Perry. Alle Nachbarn nannten sie so.

Die silberhaarige Frau sah auf, rückte die Brille zurecht, setzte die Tasche ab und winkte ihn zu sich her, um ihn in Augenschein nehmen zu können. »Perry«, stellte sie dann fest. »Du bist also wieder da?«

»Ja, Aunt Sammie«, erwiderte er. »Seit gestern Abend.«

»Wirst ab jetzt hier zur Schule gehen?«

»Ja. In die Highland Park Elementary.«

»Gut, gut. Dann will ich dir mal was sagen, Perry. ›Hi!‹ – das ist kein Gruß. Das ist Gestammel. Wenn man jemanden begrüßt, dann sagt man ›Guten Morgen‹, wenn es noch vormittag ist, oder ›Guten Tag‹. Oder zumindest ›Hallo‹. Das ist wenigstens ein Wort, das im Wörterbuch steht.«

Perry grinste und beschloss, dass er sie von nun an für alle Zeiten mit »Hi!« grüßen würde. »Verstehe, Aunt Sammie. Ich versuch, es mir zu merken.«

Danach ging es ein ganzes Stück die Wyllis Street hinab. Hier hatten noch nie Häuser gestanden, aber nun war an einer Stelle der Wald gerodet, und ein Schild bot drei Bauplätze an. Allerdings schien das alles lange her zu sein, inzwischen wuchsen überall schon zarte neue Baumschösslinge.

Und dann sah Perry den Jungen.

Genauer gesagt: dessen Rücken. Er trug ein rotkariertes Hemd und hockte am tiefsten Ende der gerodeten Lichtung über einen Baumstumpf gebeugt da, ohne sich zu rühren. Dabei hielt er irgendetwas metallisch Schimmerndes in der Hand.

Perry verließ die Straße, stapfte durch das Gras und das trockene, raschelnde Unkraut auf ihn zu. Er gab sich keine besondere Mühe, leise zu sein, denn er wollte den Jungen nicht überraschen, sondern nur sehen, was er da machte.

Ohne seine gekrümmte Haltung zu verändern, hob der Junge plötzlich die Hand und sagte: »Schsch! Wenn du herkommen willst, dann komm *ganz* langsam.«

»Okay«, meinte Perry, der sofort innegehalten hatte, und bewegte sich so langsam weiter, wie er nur konnte.

Schließlich war er nahe genug heran, um zu sehen, was der Junge machte: Er beobachtete mit Hilfe einer enormen Lupe eine Handvoll Insekten, die sich an einer Stelle des Baumstumpfs aufhielten. Und als

Perry noch näher herankam, sah er auch, um was für Insekten es sich handelte: Wespen. Mindestens ein Dutzend.

Jetzt verstand er die Warnung des Jungen, der ungefähr in Perrys Alter war. Zweifellos war es ratsam, die Wespen nicht zu reizen.

»Sie sammeln Holz«, erklärte der Junge, der immer noch so reglos stand wie eine Statue, die Lupe zwischen sich und den Wespen. »Das machen sie um diese Jahreszeit eigentlich nicht mehr, weil sie da ihre Nester schon gebaut haben. Wahrscheinlich ist ihres beschädigt worden, und sie müssen es reparieren. Es ist auch ganz selten, dass man so viele auf einmal beim Holzsammeln sieht.«

»Aha«, sagte Perry.

»Komm her, durch die Lupe sieht man es besser«, sagte der Junge und bewegte sich ganz, ganz langsam ein Stück zur Seite. Perry schob sich ebenso behutsam neben ihn, bis ihre Gesichter dicht nebeneinander waren und sie beide durch die Lupe verfolgen konnten, was die Wespen machten: Sie raspelten mit ihren gelbschwarzen Kiefern an dem Holz herum und bildeten dabei nach und nach unter ihren Köpfen kleine Kügelchen aus einer grauen Masse. Irgendwann packten sie das Kügelchen mit den Vorderbeinen und flogen davon – und meistens landete im selben Moment schon die nächste Wespe.

Durch die Vergrößerung der Lupe sah das alles geradezu unheimlich aus. Die Wespen wirkten wie Monster.

»Tolle Lupe«, meinte Perry halblaut.

»Hab ich zum Geburtstag gekriegt«, erwiderte der Junge.

Zwei Wespen flogen auf einmal davon. Die übrigen Wespen hielten inne, als käme ihnen irgendetwas verdächtig vor.

»Vielleicht müssen wir gleich rennen, so schnell wir können«, murmelte der Junge.

»Alles klar«, erwiderte Perry.

Doch die Insekten beruhigten sich wieder und setzten ihre Arbeit fort.

»Gruselig, oder? Stell dir vor, die wären so groß wie wir«, meinte der Junge. »Würde uns ganz schön nervös machen, was?«

»Dann würden sie ganze Bäume fressen, nicht nur so ein bisschen weiches Holz«, überlegte Perry.

»Sie würden Nester machen, so groß wie Hochhäuser.«

»Was für eine Sprache sie wohl hätten?«, überlegte Perry und versuchte, ein Geräusch zu produzieren, das so klang, wie er sich das Reiben der Kiefer vorstellte. »›*Krrarrch-krrarch-krrarch.*‹«

Der Junge grinste. »Und was heißt das?«

»›Bitte zehn Baumstämme aus dem Sonderangebot‹«, schlug Perry vor.

Jetzt versuchte sich der andere auch an der Wespensprache. »›*Krr-krrar-krr-krrarch.*‹ ›Sie brauchen sie nicht einzupacken, ich esse sie gleich hier.‹«

Sie prusteten beide los vor Lachen, und damit war es vorbei mit dem stillen Beobachten. Zum Glück zogen die Wespen es vor, das Weite zu suchen, anstatt sich mit den beiden Riesen anzulegen.

»Ich heiße übrigens Perry«, sagte Perry und hielt dem Jungen die Hand hin. »Perry Rhodan.«

Der schlug ein. »Leroy Washington.«

»Machst du das öfter? Tiere beobachten und so?«

»Klar. Mit der Lupe ist es mächtig interessant, findest du nicht?«

»Stimmt«, gab Perry zu. »Gute Idee, so eine Lupe.« Er musterte Leroy. »Willst du später mal Biologie studieren oder so etwas?«

»Ich?« Leroy hob ihm den rechten Arm vor das Gesicht, streifte den Ärmel seines Hemdes zurück und fragte: »Was siehst du?«

»Deinen Arm«, sagte Perry.

»Welche Farbe hat er?«

Perry betrachtete den Arm genauer, suchte nach dem passendsten Wort. »Dunkelbraun.«

»*Schwarz*, Mann!«, protestierte Leroy. »Schwarz! Ich bin der schwärzeste Neger, den du je zu Gesicht kriegen wirst, klar?« Er senkte den Arm wieder, rollte den Ärmel wieder ab. »Tja – und Neger dürfen nun mal nicht studieren.«

2

An dieser Stelle sieht sich der Verfasser mit der schier unmöglichen Aufgabe konfrontiert, meiner zeitgenössischen Leserschaft zumindest den Hauch einer Ahnung davon zu vermitteln, welch überwältigende Bedeutung man zur Zeit von Perry Rhodans Kindheit dem körperlichen Merkmal der Hautfarbe zumaß.

Das ist heutzutage schon deshalb kaum nachzuvollziehen, weil es kaum noch Umgebungen gibt, in denen die Menschen einander äußerlich so ähnlich sind, wie es damals der Fall war. Egal, wo auf Erden Sie aufgewachsen sind, es geschah ziemlich sicher inmitten eines wilden Durcheinanders von Körpergrößen, Physiognomien, Haut-, Haar- und Augenfarben. Und selbst wenn dies nicht der Fall gewesen sein sollte – wenn Sie, sagen wir, auf der Venus geboren und in einer der ganz alten, ganz kleinen Siedlungen am Tausend-Bogen-Fluss aufgewachsen sind, wo alle mehr oder minder bläulich schimmernde Haut haben –, so kann man heutzutage doch schlechterdings nicht das Erwachsenenalter erreichen, ohne Extraterrestriern zu begegnen, und das sind die Begegnungen, die unser Selbstbild entscheidend prägen: Die abstrakte Vorstellung davon, was ein *Mensch* ist, wird heutzutage wesentlich geprägt von der Erfahrung, was Menschen im Vergleich mit *Nichtmenschen* gemeinsam ist; und im Vergleich mit echsenartigen Topsidern, tellerköpfigen, vieräugigen Jülziish oder kolossalen Halutern ist die Hautfarbe kein Merkmal mehr, das sonderlich ins Bewusstsein träte.

Diese Erfahrung ging den Zeitgenossen von Perry Rhodans Kindheit naturgemäß ab. Die Bevölkerung des Nordamerika der damaligen Zeit war von vergleichsweise eintönigem Erscheinungsbild; sie bestand nämlich aus vorwiegend hellhäutigen Nachfahren europäischer Siedler, die wenige Jahrhunderte zuvor das Land erschlossen hatten und nun etwa vier Fünftel der Population ausmachten. Daneben gab es noch einige Nachfahren der wesentlich früher aus Asien eingewanderten Ureinwohner, die man »Indianer« nannte, doch deren Zahl war sehr gering, und es ist fraglich, ob Perry Rhodan in seiner Jugend überhaupt einem von ihnen begegnet ist. Die zweite bedeutsame Bevölkerungsgruppe waren Menschen afrikanischer Abstammung, deren

Vorfahren allerdings nicht freiwillig nach Amerika gekommen waren, vielmehr hatte man sie als Sklaven dorthin gebracht und zur Arbeit auf den Baumwollplantagen im Süden gezwungen. Die Sklaverei war erst siebzig Jahre vor Perry Rhodans Geburt abgeschafft worden, im Rahmen eines blutigen Bürgerkriegs, und so war es nicht verwunderlich, dass die beiden Bevölkerungsgruppen einander noch alles andere als versöhnt gegenüberstanden.

Befassen wir uns nun mit dem Wort »Neger«, das Leroy soeben gebraucht hat, um sich selber zu definieren. Dieses Wort, das heutzutage nur noch Althistoriker kennen, wurde im 15. Jahrhundert geprägt, als europäische Seefahrer erstmals Afrika erkundeten und dabei auf dunkelhäutige Menschen trafen. Es leitet sich her von dem französischen Wort »nègre« beziehungsweise von dem spanischen Wort »negro«, die beide auf das lateinische Wort »niger« zurückgehen: In allen Fällen wird damit die Farbe »schwarz« bezeichnet.

Um die Zeit von Perry Rhodans Kindheit und Jugend war das Wort »Neger« (englisch »negro«) in Amerika die allgemein übliche Bezeichnung für Menschen schwarzafrikanischer Abstammung; jemanden als »schwarz« (»black«) zu bezeichnen wäre hingegen als unhöflich, ja, als beleidigend empfunden worden. (Sorgfältig davon zu unterscheiden ist übrigens das Wort »Nigger«, das zu allen Zeiten ein herabsetzender Ausdruck und ein übles Schimpfwort war.) Dies blieb so bis ungefähr zum Ende der sechziger Jahre, danach wendete sich der Sprachgebrauch ins genaue Gegenteil, gefolgt von Bestrebungen, statt von »Schwarzen« von »Afroamerikanern« zu sprechen. Es war eine Zeit wachsender Spannungen zwischen den beiden Bevölkerungsgruppen. Nicht wenige rechneten damit, dass irgendwann ein zweiter Bürgerkrieg ausbrechen würde, diesmal zwischen Schwarz und Weiß, der womöglich nur durch eine Aufspaltung des Landes beigelegt werden könnte.

Es ist aus heutiger Sicht schwer zu sagen, wie sich die Dinge tatsächlich entwickelt hätten, wären sie unbeeinflusst weitergegangen; wir können nur festhalten, dass es dazu jedenfalls nicht kam, weil die Menschheit kurz darauf erfuhr, dass sie nicht allein im Universum war, sondern dass, ganz im Gegenteil, die galaktische Umgebung der Erde nur so wimmelte von fremdem, intelligentem Leben und dass diese fremden Lebewesen in moralischer Hinsicht kein bisschen edler gestrickt waren, als wir selbst es sind. Dieser »Alien-Schock«, wie es eine Zeitung damals formulierte, also der Kontakt mit Extraterrestriern, die teilweise eine gänzlich anders gestaltete Biologie aufweisen als wir, führte zwangsläufig zu einem Umdenken dahingehend, dass wir den Gemeinsamkeiten zwischen uns Menschen mehr Aufmerksamkeit widmeten als den Unterschieden. Hinzu kam, dass schon kurze Zeit später die ersten Kolonisten die Erde verließen, um auf anderen Planeten ihr Glück zu suchen, unter fremden Sonnen also – und es sind nun einmal oft die Sonnen, die die körperliche Gestalt von Lebewesen prägen: Das Ergebnis war, dass es bald Menschen in so vielen verschiedenen Erscheinungsformen gab, dass es ein hoffnungsloses Unterfangen gewesen wäre, für jede davon ein eigenes Wort erfinden zu wollen.

Halten wir im Hinblick auf unsere Geschichte fest, dass sich im Herbst 1945 Perry Rhodan und Leroy Washington befreundeten, dass der eine von beiden helle Haut hatte, die er europäischen Vorfahren verdankte, und der andere dunkle Haut, die er afrikanischen Vorfahren verdankte, und dass diese Kombination ein gesellschaftliches Problem war – nicht für die beiden selber, aber für manche in ihrer Umgebung.

3

Am Abend erzählte Perry Rhodan seiner Mutter von dem neuen Freund, den er kennengelernt hatte, und wollte wissen, ob es stimme, dass Neger nicht studieren dürften. Das sei doch ungerecht!

»Ganz so ist es nicht«, meinte die. »Hier in Connecticut ist die Rassentrennung an Schulen verboten. Deswegen geht dein Freund Leroy, soweit ich weiß, in dieselbe Schule, in die auch du gehen wirst.«

»Warum sagt er dann so etwas?«

»Wahrscheinlich, weil seine Familie aus den Südstaaten kommt. Dort ist es genau andersherum. Dort wäre es verboten, dass ihr in dieselbe Schule geht. Dort gibt es Schulen für Weiße und Schulen für Neger.«

Perry ließ sich das durch den Kopf gehen und meinte dann: »Das ist doch aber dumm, oder?«

»Ja«, sagte seine Mutter. »Ziemlich dumm.«

Wie sich herausstellte, gingen Leroy und Perry nicht nur in dieselbe Schule, nämlich in die *Highland Park Elementary School*, sondern sogar in dieselbe Klasse – sehr zu Perrys Erleichterung, der seit Chicago wusste, dass es nicht unbedingt ein Zuckerschlecken war, neu in eine fremde Klasse zu kommen, und der dem ersten Schultag demzufolge mit einem gewissen Unwohlsein entgegengesehen hatte.

Auch diesmal wurde er wieder misstrauisch beäugt, als Mrs Atkinson, die Rektorin, ihn der Klasse vorstellte. Wieder konnte er sehen, welche Cliquen sich erst einmal gegen den Fremdling verbünden würden. Aber – da war auch dieses breit grinsende schwarze Gesicht, das ihn willkommen hieß! Neben dem sogar noch ein Platz frei war! Der Tag war gerettet.

Kaum hatte sich Perry in der Schule einigermaßen eingelebt, machte er sich auf die Suche nach einer Schulbibliothek.

Es gab tatsächlich eine. Kein lichtdurchflutetes Bücherparadies wie in Chicago, sondern ein enges, muffiges Kämmerchen direkt neben dem Büro der Rektorin, in dem es auch keine Zukunftsromane gab und ziemlich wenig über Flugzeuge oder sonstige Technik, aber immerhin. Einmal pro Woche, nämlich freitags nach der letzten Stunde, konnte man hier stöbern kommen und bis zu drei Bücher nach Hause ausleihen.

Mrs Atkinson freute sich über sein Interesse und empfahl ihm *Die Abenteuer von Tom Sawyer* von einem gewissen Mark Twain. Perry verschlang das Buch, machte mit *Huckleberry Finn* weiter und mit *Ein Yankee aus Connecticut an König Arthurs Hof*, was ihn besonders amüsierte, da er ja auch ein Yankee aus Connecticut war. Er las Lewis Carrolls *Alice im Wunderland*, *Die Schatzinsel* von Robert Louis Stevenson, *Ruf der Wildnis* von Jack London und sämtliche *Sherlock Holmes*-Romane und Kurzgeschichten von Arthur Conan Doyle, die er fand.

»Wenn du in dem Tempo weiterliest«, meinte Mrs Atkinson irgendwann beiläufig, »hast du bald alles durch, was wir haben. Dann wirst du wohl mit der Stadtbücherei weitermachen müssen.«

Perry war wie elektrisiert. Es gab eine *Stadtbücherei*?

Er wartete nicht, sondern überredete seine Mutter, mit ihm dorthin zu gehen und ihm eine Ausleihkarte zu verschaffen. Auch wenn es schrecklich weit war bis in die Stadtmitte: Dort gab es Bücher von Jules Verne, die er noch nicht kannte, und *jede Menge* Bücher über Flugzeuge, Automobile, Züge und sogar über *Raketen*!

4

Die Freundschaft mit Leroy war, wie Perrys Mutter es ausdrückte, »ein gesundes Gegengewicht gegen diesen Lesefimmel«. Wenn Leroy nach ein, zwei verregneten Tagen, in denen Perry nur mit Mahlzeiten hinter seinen Büchern hervorzulocken gewesen war, wieder vor der Tür stand, seine Lupe, ohne die er in seiner Freizeit keinen Schritt tat, griffbereit in der Hemdtasche, rief Mary Rhodan: »Diesen Jungen schickt der Himmel. Perry – raus mit dir an die frische Luft!«

Auch wenn Leroy für Bücher nicht besonders viel übrighatte und schon deswegen, ganz unabhängig von seiner Hautfarbe, ohnehin niemals würde studieren wollen, war er doch ein überaus aufmerksamer Beobachter der Natur, und gemeinsam mit ihm die Umgebung zu erkunden kam Perry vor, als würde er sonst, wenn er allein unterwegs war, blind und taub durch die Gegend stolpern. Leroy sah Dinge, die anderen entgingen, und sein besonderes Interesse galt kleinen Lebewesen – Insekten, Würmern, Maden, Ameisen, Käfern, Steinläusen, Schnecken, Raupen, Larven und so weiter. Wenn er sich über ein Insekt am Wegrand beugte und die Lupe zückte, die sein kostbarster Besitz war, dann sah das oft aus, als kenne Leroy dieses Insekt schon lange und wolle sich nur vergewissern, dass es ihm gutgehe. Wenn man ihn nicht bremste, konnte er einem nicht endende Vorträge über jedes einzelne Tier halten, und nichts von dem, was er wusste, stammte aus Büchern, vielmehr hatte er alles selber beobachtet.

So stapften die beiden Jungs an Bächen entlang, schlugen sich durch Unterholz, erklommen furchtlos die Wälder an den Hängen des Case Mountain und umrundeten nach und nach den großen Stausee.

»Wenn man zu zweit unterwegs ist, macht es viel mehr Spaß«, meinte Leroy irgendwann.

»Stimmt«, sagte Perry.

»Es ist auch nicht so gefährlich. Als ich noch allein unterwegs war, musste ich immer aufpassen, dass man mich nicht sieht, weil die Leute oft gedacht haben, ich schleich nur herum auf der Suche nach irgendwas, was ich stehlen kann.«

Perry musterte ihn verwundert. »Wieso haben die Leute das gedacht?«

Worauf Leroy hell auflachte und ausrief: »Na, weil ich so schön schwarz bin, natürlich!«

Übrigens war Leroy tatsächlich der Meinung, dass schwarze Haut schöner war als helle. Das erklärte er Perry einmal so: »Schau doch, was die Leute im Sommer treiben. Die Weißen, was machen die im Urlaub? Sie legen sich in die Sonne, um braun zu werden. Warum? Weil sie genau wissen, dass sie dann schöner aussehen.« Er streckte die Arme aus. »Braucht unsereins nicht. Als Neger ist man von Natur aus schön.«

Perry dachte an die Sommer in Wisconsin und meinte: »Ich krieg im Sommer meistens erst mal Sonnenbrand.«

»Tja«, meinte Leroy mitleidig. »Du bist blond *und* blass – das ist hoffnungslos. Damit musst du dich einfach abfinden.«

Perrys Stunde schlug, wenn sie so lange unterwegs waren, dass die Dämmerung über sie hereinbrach und die Sterne am Himmel sichtbar wurden. Dann war er es, der ohne Ende erzählen konnte: von Sternbildern, Galaxien, blauen Riesen und roten Zwergen, von Sternnebeln, Kugelsternhaufen und Planeten, von den Ringen des Saturn, den Monden des Jupiter und den roten Wüsten des Mars.

»Mann«, meinte Leroy dann, »wenn man dir so zuhört, könnte man glauben, du warst da überall schon!«

»Eines Tages werden Menschen dort auch hinfliegen«, erwiderte Perry.

Leroy schüttelte heftig den Kopf. »Weißt du was? Ich glaub dir jedes Wort. Verrückt, Mann, aber ich kann's mir gar nicht mehr anders vorstellen.«

Perrys Mutter war nicht so begeistert, wenn die beiden erst nach Einbruch der Dunkelheit wieder eintrudelten. Obwohl Leroy beteuerte, es sei kein Problem und er wolle keine Umstände machen, bestand sie immer darauf, ihn nach Hause zu fahren.

»Er ist doch ganz froh, dass du ihn gefahren hast«, stellte Perry auf dem Rückweg fest.

»Und selbst wenn nicht«, meinte seine Mutter ernst. »Ich werde keinen Neunjährigen nachts allein durch die halbe Stadt nach Hause gehen lassen. Da kann wer weiß was passieren.«

An den Sonntagen besuchte Mary Rhodan nach wie vor den Gottesdienst ihrer Gemeinde – alleine, da sich Perry nicht mehr dazu überreden ließ, sie zu begleiten. Er gab keine Gründe dafür an, und seine Mutter wollte keine Debatte über religiöse Fragen beginnen, wohl weil sie Sorge hatte, ihr Sohn könnte Argumente anbringen, denen sie nichts entgegenzusetzen hatte.

An einem dieser Sonntage im Herbst 1945 wurde sie von einer Frau namens Earnestine Curtis angesprochen, die nicht nur Vorsitzende des Kirchengemeinderats war, sondern auch im Vorstand des Wohlfahrtsvereins von Manchester, eine voluminöse, einflussreiche Frau, der Mary Rhodan bislang lieber aus dem Weg gegangen war.

»Ah, Mrs Rhodan«, begann sie. »Wie geht es denn Ihrem Mann? Ich habe gehört, er ist immer noch im Pazifik stationiert?«

»Ja, in Osaka«, erwiderte Mary Rhodan verdutzt, die sich wunderte, woher die Frau derlei wusste. Jake hatte seine Dienstverpflichtung freiwillig verlängert, weil sich das finanziell für die Familie lohnte, und war nun bei den Besatzungstruppen auf Japan. »Aber er wird über Weihnachten Heimaturlaub bekommen. Darauf freuen wir uns schon sehr, mein Sohn und ich.«

»Ihr Sohn, ah ja«, machte Mrs Curtis und lächelte schlangenhaft. »Weiß Ihr Mann denn, dass Ihr Sohn sich andauernd mit diesem Niggerjungen herumtreibt?«

Das verschlug Mary Rhodan den Atem. »Wie bitte?«, entfuhr es ihr.

»Sie sollten das nicht dulden«, fuhr Mrs Curtis fort. »Wer sich mit

Niggern einlässt, gerät früher oder später unweigerlich auf die schiefe Bahn.«

Einen Moment lang musste Mary Rhodan mit dem Impuls ringen, der aufgetakelten Frau einfach eine schallende Ohrfeige zu verpassen. Dass sie beide im Eingangsbereich der Kirche standen und der Geistliche ihnen zusah, half, es nicht zu tun. Stattdessen erwiderte sie kühl: »Mrs Curtis, Leroy Washington ist ein anständiger Junge. Ich habe ihn nie annähernd so unanständige Worte benutzen hören, wie Sie sie in den Mund nehmen.«

Damit ließ sie die Frau stehen. Sie sah sie noch vor Empörung rot anlaufen, ging aber weiter und widerstand der Versuchung, sich nach dem Tumult umzudrehen, der sich hinter ihr entfaltete.

Hatte der Pfarrer die Auseinandersetzung mitbekommen? Hatte er womöglich spontan beschlossen, sie zum Thema seiner Predigt zu machen? Mary Rhodan wusste es nicht, aber jedenfalls improvisierte er an diesem Tag über den 26. Vers im 17. Kapitel der Apostelgeschichte, der da lautet: *Aus einem einzigen Menschen hat er das ganze Menschengeschlecht erschaffen, damit es die Erde bewohne, so weit sie reicht.*

5

Dann nahte endlich Weihnachten, das erste Weihnachten, an dem die ganze Familie wieder zusammen sein würde.

Es wurden Feiertage wie im Bilderbuch. Manchester versank pünktlich unter Unmassen von Schnee. Im Wohnzimmer stand ein prächtig geschmückter Baum, es gab Plätzchen und Bratäpfel, und das ganze Haus duftete nach Weihnachten, genau wie früher.

»Schade, dass Deborah nicht dabei sein kann«, entfuhr es Perry irgendwann – ein Misston in der Stimmung freudiger Erwartung, wie ihm im selben Moment klarwurde, denn seine Mutter murmelte nur irgendetwas und verschwand dann eine ganze Weile im Schlafzimmer.

Endlich kam der Tag, an dem sie zum Bahnhof fuhren, um Dad

abzuholen. Fremd und vertraut zugleich stieg er aus dem Zug, einen mächtigen braunen Seesack über der Schulter, kniff Perry in die Wange und meinte: »Na, Großer? Hast du auch gut auf Mom aufgepasst?«

»Och«, meinte Perry, »ich glaube, das kann sie ganz gut selber.«

Zu Hause wartete ein Essen, dessen Vorbereitungen seit fast einer Woche im Gange waren, und es wurde ein herrliches Gelage, eins von der Sorte, bei dem hinterher alle stöhnend in den Stühlen hingen und einander versicherten, noch ein Bissen, und sie würden platzen.

»Warum bleibst du eigentlich nicht zu Hause?«, fragte Perry seinen Vater endlich. »Der Krieg ist doch vorbei, oder?«

»Weißt du«, sagte der, während er umständlich seine Serviette zusammenlegte, »es dauert lange, bis so ein Krieg *wirklich* vorbei ist. Diesen haben wir gewonnen, ja – aber jetzt müssen wir dafür sorgen, dass nicht gleich wieder ein neuer ausbricht.«

Auch das Geld spielte eine Rolle, erfuhr Perry später. »Wenn ich noch bis Juli bleibe, kriege ich eine Sonderprämie. Zusammen mit dem, was wir gespart haben, und dem, was Oma Eli uns hinterlassen hat, reicht das, damit ich mich hinterher selbständig machen kann.« Jake Rhodans Gesicht leuchtete vor Begeisterung. »Ich werde ein eigenes Geschäft aufmachen! Elektroartikel, Elektrogeräte – das wird in den nächsten Jahren *das* große Geschäft! Momentan kauft jeder ein Radio, aber bald wird jeder einen Fernsehapparat haben wollen. Und den kriegt er dann bei mir.«

»*Kannst* du das denn?«, fragte Perry aufgeregt. »Ich meine, das ist Elektronik, mit Röhren und so weiter …«

Sein Vater grinste. »Was glaubst du, was ich bei der Army mache? Ich melde mich für jeden Job und jeden Kurs, bei dem es um elektrischen Strom geht. Ich lerne das alles auf Uncle Sams Kosten!« Er zuckte mit den Schultern. »Was nur gerecht ist, denn der will später ja auch mal Steuern von mir haben – und nicht wenig.«

Er hätte, erzählte er, natürlich zu Bel Ami zurückgehen können, die verpflichtet gewesen wären, ihn wieder einzustellen. »Aber«, erklärte er, »sie sind nicht verpflichtet, mir wieder denselben Job zu geben. Weil, den hat längst ein anderer. Die Elektrik in so einem Betrieb wartet sich ja nicht von selbst. Das heißt, wenn ich zurückginge, würden sie mich an irgendeine Seifenmaschine stellen – und darauf habe ich nun wirklich keine Lust.«

Am Morgen des Weihnachtstags fand Perry einen riesigen, bunt verpackten Karton unter dem Weihnachtsbaum und darin das langersehnte eigene Fahrrad!

Es war wirklich das perfekte Weihnachten, fand er.

Zu dumm, dass er würde warten müssen, bis all der Schnee geschmolzen war, ehe er sein Rad ausprobieren konnte.

Es entspricht übrigens den Tatsachen, dass dieses Fahrrad die Bezeichnung MARCO POLO trug, also genau den gleichen Namen wie das Flaggschiff des Solaren Imperiums, mit dem Perry Rhodan später in die Galaxis Gruelfin aufbrechen sollte. Dass diese beiden Namensgebungen etwas miteinander zu tun haben, ist jedoch nur ein Gerücht. Marco Polo ist in erster Linie der Name eines bekannten venezianischen Handelsreisenden, der im 13. Jahrhundert alter Zeitrechnung von Europa nach China gelangte und durch seine eindrücklichen Berichte vom Hof des chinesischen Kaisers berühmt wurde; sein Name war also schon lange ein Inbegriff für den mutigen Aufbruch in die Fremde. Insofern war es kein sonderlich origineller Einfall des amerikanischen Fahrradherstellers, einem seiner Produkte diesen Namen zu geben (es handelte sich allerdings tatsächlich um ein sehr gutes Fahrrad; Perrys Eltern hatten, eingedenk der langen Jahre, die sie ihren Sohn allein gelassen hatten, an nichts gespart). Umgekehrt lässt sich nachweisen, dass das letzte Flaggschiff, auf dessen Namensgebung Rhodan Einfluss genommen hat, die CREST war; danach wurde die Namensfindung für Raumschiffe einem Parlamentsausschuss übertragen, dem Rhodan nie angehörte.

6

In der kalten Jahreszeit verbrachten Perry und Leroy viel Zeit drinnen. Sie erledigten die Schulaufgaben gemeinsam, dann spielten sie, wenn sie bei Perry waren, mit dessen Modellautos oder mit der elektrischen Eisenbahn, die eigentlich Perrys Vater gehörte.

Zwar ließ sich Leroy nach wie vor kaum dazu bewegen, freiwillig ein Buch anzufassen – Comics aber waren eine andere Sache. Die beiden konnten stundenlang in Perrys Zimmer herumlümmeln, sich durch seine Sammlung von *Superman*-Comics lesen und Fragen diskutieren wie zum Beispiel, wieso Kryptonit, also ein Mineral von Supermans Heimatwelt, ihm seine Superkräfte nahm und ihn verletzbar machte.

»Wenn man zu Hause ist, ist man doch normalerweise stärker«, gab Leroy zu bedenken. »Beim Baseball zum Beispiel, da hat immer die Mannschaft mit dem Heimspiel die besseren Chancen.«

Perry ließ sich das durch den Kopf gehen, musste aber schließlich zugeben: »Ja, das versteh ich auch nicht.«

Perrys Mutter machte ihnen meistens irgendwann eine heiße Schokolade, auf die Leroy ganz wild war. Trotzdem wirkte er oft, als fühle er sich im Hause Rhodan nicht wirklich wohl, und Perry glaubte zu wissen, woran das lag: an dem düsteren Schatten, der immer noch auf allem lag wie eine schwere, unsichtbare Last, seit Deborah tot war. Und er konnte nie an seine Schwester denken, ohne sich schuldig an ihrem Tod zu fühlen, denn warum sonst konnte er sich nicht mehr daran erinnern, was eigentlich genau passiert war?

Lieber waren Perry die Nachmittage, die sie bei Leroy zu Hause verbrachten. Die Washingtons bewohnten ein windschiefes Haus in der Nähe des Bahndamms, in einer Gegend, in der die Wege nicht asphaltiert waren. Es gab nur zwei Kinderzimmer unter dem Dach; das größere teilten sich Leroys drei ältere Schwestern Belle, Lucille und Mary-Rose, das kleinere musste er sich mit seinem frechen kleinen Bruder Danny teilen. Spielzeug gab es nicht viel; die Mädchen hatten ihre Puppen, die Jungs Tierfiguren, die ein Onkel Jesse in Alabama von Hand schnitzte und dann mit der Post schickte. Außerdem lag immer eine Menge Papier herum, Abfall aus dem Geschäft, in dem Leroys Vater arbeitete, und die fünf Kinder kannten eine *Menge* Spiele, die man mit Bleistift und Papier spielen konnte.

Die Washingtons waren arm, das war unübersehbar, aber es lag kein düsterer Schatten auf ihnen, im Gegenteil: Bei ihnen war immer etwas los, und meistens ging es ziemlich fröhlich zu – zumindest aber lebhaft. Leroys älteste Schwester Belle sang im Kirchenchor und musste manchmal Lieder üben, was ihre Geschwister natürlich zum Anlass nahmen, möglichst falsch dazwischenzusingen. Lucille wurde damit aufgezogen, dass sie sich das Gesicht mit in Wasser aufgelöstem Backpulver wusch; »weil sie weiß werden will«, spottete ihr Bruder Leroy, was sie regelmäßig auf die Palme brachte: »Es ist gegen *Akne*, du Dummkopf! Weißt du, was das ist, Akne? Ich wünsch dir, dass du's auch kriegst, wart nur ab!« Die Friedlichste der fünf war Mary-Rose, die ein Jahr älter war als Leroy und eigentlich immer mit ihren Schulheften am Tisch saß, um sie liebevoll mit Farbstiften auszumalen. Außerdem war sie gut in Mathematik; sie zeigte Perry, wie man von Hand dividierte, und erklärte es viel besser als Miss Stone, die Mathematiklehrerin.

Leroys Vater, ein Mann so groß wie ein Grizzlybär, arbeitete als Hausmeister in *Seamans Hardware Store*, hielt dort die Regale und die Böden sauber, sah nach dem Schaufenster, schloss abends als Letzter ab und morgens als Erster auf. Und wenn er nach Hause kam, musste er meistens noch etwas am Haus reparieren, denn seine Frau konnte nicht ruhig schlafen, solange irgendwo ein Fensterladen klapperte oder ein Wasserhahn tropfte, und beides kam an dem betagten Haus häufig vor.

Eines Tages fiel Perry ein Roman in die Hände, dessen Lektüre ihn richtiggehend erschütterte. Sein Titel war »Onkel Toms Hütte«, verfasst von einer gewissen Harriet Beecher Stowe, und er schilderte das Schicksal einiger Sklaven im Amerika vor hundert Jahren. Insbesondere als Tom, die Hauptfigur des Romans, an den grausamen Simon Legree verkauft wurde, konnte er nicht mehr aufhören zu lesen; es war das erste Buch, das er mit der Taschenlampe unter der Bettdecke zu Ende las.

Obwohl er wusste, dass Leroy nicht für Bücher zu interessieren war, zeigte er es ihm, als dieser am Tag darauf kam, und wollte ihm erzählen, worum es darin ging. Doch Leroy winkte nur verärgert ab. »Kenn ich«, meinte ich. »Also, das heißt, ich hab davon gehört. Das ist alles altes Zeug, Perry. Uralte Geschichten. Das interessiert heute niemanden mehr.«

Perry sah den Freund verdutzt an. »Ja, schon, es ist heute viel besser … Aber man muss doch trotzdem wissen, wie es mal gewesen ist, oder?«

Leroy verdrehte die Augen, was bei ihm bisweilen äußerst eindrucksvoll aussah. »Mann, du klingst gerade echt wie meine Großeltern, weißt du das? Die reden auch immer, als ob sie als Kinder noch mit der Peitsche verprügelt worden wären.«

»Und?«, fragte Perry. »Sind sie das?«

»Ach was. *Deren* Großeltern vielleicht. Aber ich weiß nicht mal, wie die geheißen haben. Nur, dass sie einer Familie Johnson in Montgomery, Alabama, gehört haben.«

»Gehört.« Perry lief ein Schauer über den Rücken bei diesem Wort. Allein die Vorstellung, dass jemand wie sein Freund Leroy vor hundert Jahren als *Besitz* betrachtet worden war!

»Ja«, meinte Leroy. »Und weißt du, für wen Oma und Opa ein Leben lang gearbeitet haben? Für eine Familie Johnson in Montgomery, Alabama.«

Perry stutzte. »Dieselben?«

»Na ja, die Nachfahren natürlich. Als die Sklaverei abgeschafft worden ist, haben sie die Leute halt angestellt und bezahlt. Will sagen, dass es meinen Großeltern dort nicht so schlecht gegangen sein kann, sonst wären sie ja wohl kaum geblieben, oder?«

Perry musterte das Buch in seiner Hand, legte es zurück ins Regal. »Trotzdem«, meinte er nachdenklich. »Das ist doch irgendwie unglaublich. In der Unabhängigkeitserklärung haben sie geschrieben: ›Wir erachten diese Wahrheiten als selbstverständlich: dass alle Menschen gleich geschaffen sind‹ – und gleichzeitig haben sie *Sklaven* gehalten!«

Leroy ließ sich auf Perrys Lesesessel fallen, streckte die Arme von sich und meinte: »Ja, aber was willst du machen? War halt so. Wichtig ist, dass es vorbei ist. Aber es hat echt keinen Zweck, die alten Geschichten immer wieder aufzuwärmen.« Er äugte in Richtung Nachttisch. »Sag mal lieber, ob das da das neue *Batman*-Heft ist!«

»Er hat sie gerade ausgepackt, als ich gekommen bin«, meinte Perry und reichte ihm das Heft. »Ich hab's aber selber noch nicht ganz durch.«

So lagen sie nebeneinander auf dem Teppich und verfolgten die Abenteuer des maskierten Rächers von Gotham City, und alles war wie immer. Trotzdem hatte sich durch dieses Gespräch Perrys Blick auf die Dinge verändert: Von nun an sah er, dass es eben noch *nicht* vorbei war.

Ihm fielen Dinge auf wie zum Beispiel die unterwürfige Art, die Leroys Vater oft Weißen gegenüber an den Tag legte: als seien es immer noch die Herren und er immer noch der Sklave – dabei lag den meisten Leuten in Manchester ein solches Denken völlig fern, ja, sie fanden es im Gegenteil irritierend, so behandelt zu werden.

Auch an Leroy selber bemerkte er manchmal ein ähnliches Verhalten: Wenn er sich etwa bei Mitschülern entschuldigte, die *ihn* schlecht behandelten! Oder wie er Weißen aus dem Weg ging, vor allem Frauen. Dass er sich im Unterricht fast nie von selbst meldete, auch wenn er die Antwort wusste. Als er ihn fragte, warum er das mache, bekam Perry gesagt: »Das verstehst du nicht. Es gehört sich nicht, dass einer wie ich sich in den Vordergrund drängelt. Man muss seinen Platz kennen.«

Man muss seinen Platz kennen: Diesen Spruch hatte er von seiner Mutter.

Nein, es war noch nicht vorbei. Im Gegenteil, es kam Perry vor, als könne er immer noch ein Echo der Dinge spüren, die in *Onkel Toms Hütte* geschildert wurden.

Kurze Zeit später kam Onkel Kenneth mal wieder zu Besuch.

Kenneth Malone war, wie Perry wusste, kein *richtiger* Onkel – nicht so wie Onkel Karl, der ein Bruder seines Vaters war. Onkel Kenneth war ein Cousin seiner Mutter, fast zwei Meter groß, mit einem breiten Kreuz und einem verwittert wirkenden Gesicht und meistens ansteckend guter Laune. Er war beim Militär und kannte mehr oder weniger die ganze Welt.

»Ich hab mir gedacht, ich muss endlich mal wieder meine Lieblingscousine besuchen«, meinte er, als er, frisch angekommen, am Mittagstisch saß und genau wie Perry darauf wartete, dass Mutter die Deckel der Töpfe lüftete. »Die Frau, die es tatsächlich geschafft hat, sich aus dem Chicagoer Familienklüngel loszureißen.«

»Sagt der Mann, der ständig durch die Weltgeschichte reist«, erwiderte Mary Rhodan, der das Kompliment sichtlich gefiel. »Und der immer noch nicht ans Heiraten denkt.«

»Oh, ich und heiraten!«, rief Onkel Kenneth aus. »Da hätten sie mich gleich wieder am Wickel. Die Malones entwickeln in dieser Hinsicht eine ganz ähnliche Sogkraft wie die Tibos. Ich brauch nur an meine Schwester denken mit ihren vier kleinen Monstern; die weiß gar nicht mehr, dass es noch andere Orte auf der Welt gibt als Chicago.«

»Vier sind es schon?«, wunderte sich Mutter und fing endlich an, die Bratenstücke zu verteilen.

»Das vierte ist ganz frisch. Eine Heather Alexandra, im Oktober. Entzückend natürlich, ich hab sie an Weihnachten das erste Mal gesehen.«

»Und dabei wirkt Sheryl immer so zart und ätherisch ...«

»Das täuscht. Ich glaube, wenn Josh mitmacht, setzt die noch mal vier in die Welt.«

Onkel Kenneth schlief auf der Couch im Wohnzimmer und machte frühmorgens in Unterhemd und Turnhose Gymnastik. Perry beobachtete ihn durch die Sprossen der Treppe hindurch: Es sah anstrengend aus, was er machte, aber irgendwie auch faszinierend.

»Zeig mir doch mal ein bisschen die Gegend«, forderte er Perry nach dem Frühstück auf. Es war Sonntag, sie hatten Zeit. »Deine Mutter sagt, du kennst den Case Mountain wie deine Hosentasche?«

»Och«, meinte Perry verlegen. »Ich kenn mich ziemlich gut aus, ja.«

Sie gingen die Bergstraße hinauf. Es hatte in der Nacht geregnet, die kahlen Äste der Bäume hingen voller Tropfen, die wie Edelsteine im Sonnenlicht glänzten. Die kalte Luft biss einen in die Nase, jedes Ausatmen erzeugte dicke weiße Wolken.

Perry erzählte von der Schule und von seinem besten Freund Leroy und von den gemeinsamen Expeditionen, die sie im Herbst unternommen hatten, und irgendwie kam das Gespräch auf die Sklaverei und die Probleme zwischen Schwarz und Weiß, die Perry neuerdings auffielen.

»Du hast natürlich völlig recht«, stimmte Onkel Kenneth ihm zu,

»das ist alles noch lange nicht vorbei. Die Sklaverei, das ist der dicke schwarze Fleck auf der weißen Weste Amerikas, und das wird uns noch über Generationen nachgehen. Dass sie abgeschafft ist, ist natürlich gut, und sie wird auch nie mehr wiederkommen – aber vergessen ist das alles trotzdem nicht. Selbst wenn wir eines Tages einen schwarzen Präsidenten haben sollten, wäre das erst ein Anfang.«

Ein schwarzer Präsident! Perry versuchte, sich das vorzustellen, und merkte, wie ungewohnt der Gedanke war. Was wiederum eine bemerkenswerte Beobachtung war.

»Ich will dir was erzählen«, begann Onkel Kenneth nach einer Weile, die sie einfach nur gemächlich bergan gegangen waren. »Ich bin ja in der Army, wie du weißt. Und du weißt vielleicht auch, dass sehr viele Neger in die Army gehen. Dort wird zwar auch immer noch fleißig getrennt – es gibt weiße Einheiten und schwarze Einheiten, die ganze Misere –, aber es läuft darauf hinaus, dass ich eine Menge schwarzer Kameraden habe. Segregation hin oder her, man lernt sich früher oder später ganz gut kennen. Und von daher weiß ich, alles, was die Neger wollen, ist, dass man sie als gleichwertig ansieht. Dass man nicht auf sie herunterschaut, sie nicht kleinhält, sie nicht als Bürger zweiter Klasse behandelt und so weiter. Alles, was sie wollen, ist, dass die Weißen sie so behandeln, wie sie andere Weiße behandeln. Aber«, fügte er hinzu, den Zeigefinger erhoben, »eine Menge Weiße benehmen sich einfach wie Arschlöcher.«

Er grinste auf Perry hinab. »Erzähl deiner Mutter bloß nicht, dass ich dieses Wort benutzt habe, okay?«

»Okay, Sir.« Perry grinste zurück.

»Also«, fuhr der Onkel fort, »die Frage, die man sich stellen muss, ist: *Warum* benehmen die sich so? Wie … du weißt schon. Ich will dir sagen, was ich glaube: Sie tun das, weil sie Angst haben. Angst, die Neger könnten eines Tages doch noch auf die Idee kommen, Rache zu nehmen für das Unrecht der Sklaverei. Denn dass das eine Schweinerei war, das weiß jeder, auch die dickköpfigsten Südstaatler, die ihr immer noch nachtrauern – die wissen es sogar ganz besonders gut. Jedenfalls habe ich das Gefühl, dass es diese Angst ist, die viele Weiße dazu treibt, die Neger vorsichtshalber kleinhalten zu wollen. Was auf lange Sicht aber genau das heraufbeschwören könnte, wovor sie Angst haben.« Er schüttelte grimmig den Kopf. »Es ist verrückt, oder? Das ist alles Generationen her. Niemand, der heute lebt, hat Schuld daran – die Weißen nicht, die Neger nicht –, und trotzdem ist da diese Angst. Nein, es ist noch nicht vorbei. Solange wir immer noch denken, dass die anderen *irgendwie* doch keine *ganz* richtigen Menschen sind, nicht so wie wir, solange wird es nicht vorbei sein. Und ich hab keine Ahnung, wie wir je darüber hinwegkommen sollen. Vielleicht erst, wenn mal Außerirdische landen.«

»Wie in *Krieg der Welten*«, warf Perry ein.

»Genau.« Onkel Kenneth schmunzelte, wurde dann aber wieder ernst. »Etwas anderes, das man aus alldem lernen kann, ist, dass die Freiheit eine kostbare Sache ist. Wenn man sie erst einmal verloren hat, so, wie die Sklaven sie damals verloren haben, dauert es lange, schrecklich lange, sie wirklich wiederzugewinnen. Noch Generationen tragen an den Wunden, die der Verlust der Freiheit schlägt.« Er warf Perry einen ernsten Blick zu. »Du kannst stolz auf deine Eltern sein, dass sie beide für unsere Freiheit gekämpft haben. Weil es wirklich besser ist, sie gar nicht erst zu verlieren.«

Sie hatten den Punkt erreicht, von dem aus man einen grandiosen Blick über den See hatte und dahinter über das Stadtgebiet von Manchester, das eines nicht allzu fernen Tages mit dem von Hartford zusammenwachsen würde.

»War es das, was die Sklaven damals falsch gemacht haben?«, wollte Perry wissen. »Dass sie sich nicht gewehrt haben? Dass sie nicht gekämpft haben?«

Onkel Kenneth schüttelte entschieden den Kopf. »Nein, nein. Die Leute, die damals versklavt wurden, die haben nichts falsch gemacht. Die hatten nie eine Chance, sich zu wehren.« Er rieb sich nachdenklich die Hände, blies helle Atemwolken hindurch. »Du musst dir vorstellen, dass die damals … Wann war das? Im sechzehnten Jahrhundert ging das so richtig los, wenn ich es recht weiß. Jedenfalls, diese Menschen haben damals in Westafrika gelebt. Ein einfaches Leben. Sie haben ihre Herden gehütet, ihre Felder bestellt, ihre Kinder großgezogen und ansonsten wenig gewusst von der Welt. Und eines Tages sind die Sklavenhändler aufgetaucht – Portugiesen, Briten, Franzosen, Leute aus Kulturen, die Tausende von Jahren Erfahrung hatten, wie man Krieg führt, und die entsprechenden Waffen. Was hätten die Afrikaner machen sollen? Gegen die Europäer hatten sie keine Chance. In dem Moment, als die Sklavenhändler kamen, hatten sie schon verloren.«

Perry hatte ihm mit wachsender Beklemmung zugehört. Es half also nicht einmal unbedingt, wenn man *bereit* war zu kämpfen? Wenn es dumm lief, verlor man seine Freiheit trotzdem?

»Nein, die Afrikaner haben nichts falsch gemacht«, bekräftigte Onkel Kenneth nachdenklich. »Wie man es dreht und wendet: Die, die etwas falsch gemacht haben, waren *unsere* Vorfahren.«

Perry musste wieder an den Roman *Krieg der Welten* denken. »Das heißt«, fragte er, »wenn zum Beispiel feindliche Marsianer kämen, um uns zu versklaven – und wenn sie nicht an Schnupfen sterben wie im Buch –, dann hätten wir womöglich auch keine Chance? Weil sie uns technisch überlegen wären?«

Sein Onkel lachte überrascht auf. »Also, für dein Alter machst du dir ganz schön tiefschürfende Gedanken, muss ich sagen. Ich frage mich, ob du wirklich all diese Bücher lesen solltest …« Dann fuhr er sich mit der Hand über die kurzgeschorenen Haare und spähte zum Himmel empor, als wolle er prüfen, ob die Marsianer etwa schon kamen. »Tja, also, wenn Marsianer kämen … das kann man heute noch nicht wissen, was dann wäre. Auf jeden Fall, sollten wir tatsächlich mal auf Außerirdische treffen, müssten wir uns ganz genau anschauen, was die uns antun könnten. Da hast du recht.«

7

Der Schnee schwand, das Frühjahr kam, und Perry konnte endlich sein Fahrrad ausprobieren. Das Fahrradfahren hatte er noch als Kleinkind gelernt, auf einem kleinen Fahrrad, das längst an andere Kinder in der Familie Tibo weitergereicht worden war, aber bekanntlich verlernt man es nicht, und so fuhr er bald, als hätte er nie etwas anderes getan, ganz leicht und mühelos und, wenn man ihm dabei zusah, fast etwas unwirklich. Es war, als sei das Fahrrad ein Teil seines Körpers, mit dem er so selbstverständlich umging wie mit Armen oder Beinen.

Und mitunter fuhr er so schnell wie der Wind. Was nicht unbemerkt blieb. Schon bald wurde Mary Rhodan von Nachbarn darauf angesprochen, die das Schlimmste für den frühreifen Neunjährigen befürchteten. »Er wird sich den Hals brechen, noch ehe der Sommer anbricht«, war noch eine der zurückhaltenderen Prognosen. Andere schimpften, Perry fahre »wie ein Henker«, »halsbrecherisch«, ja »kriminell«.

Mary Rhodan stellte ihren Sohn deswegen zur Rede. Er möge bitte nicht so schnell fahren und vor allem nicht unvorsichtig. »Ich habe bereits ein Kind verloren«, sagte sie, ein Argument, gegen das es keine Verteidigung gab.

Perry versuchte es trotzdem, versicherte, er fahre durchaus vorsichtig, halte sich an alle Verkehrsregeln, beachte die Schilder – er konnte aus dem Kopf alle Schilder aufzählen, die man bis hinab zur Schule passierte – und fahre nur so schnell, dass er in jedem Fall rechtzeitig anhalten könne.

Das stimmte auch – *es sah nur nicht so aus!*

Der Eingang zum Schulgelände war durch drei scharfkantige Betonklötze blockiert, die eng beieinanderstanden und zwischen denen morgens ein reges Kommen und Gehen herrschte, und wer zum ersten Mal sah, wie Perry dann mit dem Fahrrad die Wyllys Street herabgesaust kam und darauf zuschoss, der hielt unwillkürlich den Atem an in Erwartung, gleich Augenzeuge eines grässlichen Unfalls zu werden, mit Blut, gebrochenen Knochen und einem Rad in Trümmern. Doch nichts dergleichen geschah je. Mit schlafwandlerischer Sicherheit schoss Perry immer genau zwischen zweien der Poller hindurch, stets so, dass niemand etwa zur Seite springen musste, dann bremste er und kam vor dem Fahrradständer zum Stehen, als sei das Ganze eine Zirkusnummer.

Damals war Perry Rhodan noch keine zehn Jahre alt, und niemand ahnte, dass man ihn einmal einen »Sofortumschalter« nennen würde. Dieser Begriff, über den später noch ausführlicher zu sprechen sein wird, beinhaltet natürlich – nicht nur, aber auch – eine außerordentlich hohe Reaktionsgeschwindigkeit. Mit anderen Worten, *anderen* kam der Fahrstil des jungen Perry Rhodan schnell und halsbrecherisch vor, ihm selber dagegen nicht. In seinem eigenen Erleben bewegte er sich so gemächlich auf die Durchfahrt zu, dass er sich die Passage, die gerade frei war, aussuchen konnte, und es war auch kein Problem für ihn, die Bewegung seines Rads so auf die Bewegungen seiner Mitschüler abzustimmen, dass er niemandem in die Quere kam. Was wie ein halsbrecherisches Manöver aussah, war tatsächlich ein sorgsam kalkulierter Kurs, der zudem noch Toleranzen gegen Unvorhergesehenes einschloss: Einmal kam ihm zum Beispiel von irgendwoher ein Ball in den Weg, doch auch darauf reagierte Perry nahezu ohne Verzögerung, wich aus, und es geschah nichts.

Wie gesagt, diese Eigenschaft Perry Rhodans wird im Folgenden noch mehrmals Thema sein. An dieser Stelle ist nur wichtig anzumerken, dass eine enorme Reaktionsgeschwindigkeit lediglich ein Aspekt davon ist, der augenfälligste vielleicht, der sich deswegen in Rhodans Leben als Erster gezeigt hat, aber keineswegs der wichtigste.

Ungeachtet der fortwährenden Ermahnungen war Perry glücklich mit seinem Fahrrad. Nicht nur, dass er nicht mehr auf den Schulbus warten musste, ihm erschloss sich damit nun die ganze Stadt. Keine endlosen Fußmärsche mehr, wenn er zur Stadtbibliothek wollte, kein Gebettel mehr, dass ihn seine Mutter mit dem Auto irgendwohin mitnahm: großartig.

Der einzige Nachteil an der ganzen Sache war, dass Leroy *kein* Fahrrad hatte.

Er fuhr manchmal auf dem Gepäckträger mit, aber das war nicht dasselbe; auch nicht, als Leroy das Fahrradfahren ebenfalls lernte und sie sich abwechselten. Doch dann trieb Leroys Vater ein altes, klappriges Fahrrad auf, das jahrelang in einem Schuppen vor sich hin gerostet hatte – ein Damenfahrrad, aber Leroy versicherte, darüber erhaben zu sein –, und sie richteten es zusammen in mehrwöchiger Arbeit wieder her. Es hatte Mrs Hoffman gehört, der Frau seines Chefs, die es ihm überlassen hatte, da sie an Gicht litt und es ohnehin nicht mehr benutzen würde, und der alte Chuck Emerson, der in *Seamans Hardware Store* die Reparaturen erledigte, hatte ihm genau erklärt, was zu tun war. So verbrachten Vater und Sohn viele Abende damit, Rost abzukratzen, Schmieröl und Fett an den richtigen Stellen zu applizieren und, die teuerste Zutat, neue Schläuche einzuziehen.

Und als es vollbracht war, besaß Leroy ebenfalls ein Fahrrad, und die beiden konnten endlich gemeinsam losziehen.

Aber – Leroy war mit dem Rad bei weitem nicht so schnell wie Perry. Wenn die beiden zusammen unterwegs waren, sah es für ihre Umwelt weitaus beruhigender aus, als wenn Perry allein angeschossen kam.

Was seine Mutter einmal mehr dazu brachte, den Leroy betreffenden Stoßseufzer auszustoßen: »Wahrhaftig, diesen Jungen hat der Himmel geschickt!«

Jake Rhodan war seit seiner Rückkehr in den Pazifik am Bikini-Atoll stationiert, wo unter der Bezeichnung *Operation Crossroads* die Vorbereitungen für eine Serie von drei großen Atombombentests liefen. Es sollte der erste derartige Test werden, der sozusagen vor den Augen der Weltöffentlichkeit stattfand; über hundert Reporter aus aller Welt würden anwesend sein, dazu etliche Mitglieder des Kongresses sowie militärische und wissenschaftliche Beobachter aus befreundeten Ländern, aber auch aus der Sowjetunion. Ziel des Ganzen war, dem Rest der Welt zu demonstrieren, über welch unbesiegbare Waffe die Vereinigten Staaten nun verfügten; nebenbei sollte auch erforscht werden, welche Auswirkungen Kernwaffenexplosionen auf Schiffe und anderes militärisches Gerät hatten.

Jake Rhodan war Teil des Teams, das den Militärgouverneur der Marshallinseln, Navy Commodore Ben H. Wyatt, am 10. Februar 1946 auf seinem Flug zum Bikini-Atoll begleitete, wo dieser den 167 Bewohnern darlegte, dass sie das Atoll verlassen müssten, zum Wohle der Menschheit und um Weltkriege für immer unmöglich zu machen. Der Häuptling erklärte sein Einverständnis, und so wurden die Eingeborenen am nächsten Tag per Schiff zu dem zweihundert Kilometer weiter östlich gelegenen, unbewohnten Rongerik-Atoll gebracht, wo sie von nun an leben sollten.

Anschließend begannen die technischen Vorbereitungen, in denen

Jake Rhodan ebenfalls eine tragende Rolle spielte. Es galt, die etwa hundert Zielschiffe an Ort und Stelle zu bringen, was erforderte, unter Einsatz von insgesamt neunzig Tonnen Dynamit Korallenbänke aus dem Inneren der Lagune zu entfernen. Die Schiffe wurden viel dichter positioniert, als militärische Regeln es erlaubt hätten, was zum Teil daher kam, dass Army und Navy sich über die Prioritäten bei diesem Test nicht einig waren, zum Teil daher, dass es den beteiligten Wissenschaftlern eher darauf ankam, das Ausmaß von Beschädigungen abhängig von der Entfernung vom Bodennullpunkt der Explosion an möglichst vielen Beispielen zu messen.

Unter den Zielschiffen befanden sich vier ausrangierte US-Schlachtschiffe, zwei Flugzeugträger, zwei Kreuzer, elf Zerstörer, acht U-Boote und drei Schiffe der deutschen beziehungsweise japanischen Marine, die während des Krieges erbeutet worden waren. Die Schiffe wurden mit wissenschaftlichen Instrumenten bestückt, die Luftdruck, Strahlung und Schiffsbewegungen maßen und die Daten per Funk weitergaben. Ein Teil der Schiffe wurde außerdem mit Munition und Treibstoff beschickt, auf anderen wurden Käfige mit Versuchstieren installiert, an denen man die Auswirkungen der radioaktiven Strahlung studieren wollte: zweihundert Schweine, zweihundert Ziegen, fünftausend Ratten, außerdem Getreide, das Insekten enthielt.

Insgesamt acht B-17-Bomber wurden mit automatischen Kameras und Strahlungsmessgeräten versehen sowie mit Fernsteuerungen, so dass sie von Piloten, die sich in sicherer Entfernung an Bord eines anderen Flugzeugs befanden, mitten in das verstrahlte Gebiet gesteuert werden konnten. Außerdem errichtete man auf mehreren Inseln des Atolls hohe Türme, auf denen ferngesteuerte Hochgeschwindigkeitskameras installiert wurden, die eintausend Aufnahmen pro Sekunde machten.

»Rhodan«, sagte Jakes Vorgesetzter, als sich der Juni seinem Ende zuneigte und die Vorbereitungen so gut wie abgeschlossen waren, »ich verliere Sie wirklich ungern. Hervorragende Arbeit, die Sie und Ihre Leute geleistet haben.«

»Danke, Sir«, sagte Jake Rhodan.

»Ich habe mit den hohen Tieren gesprochen«, fuhr sein Vorgesetzter fort. »Was halten Sie davon, noch einmal um ein Jahr zu verlängern? Sie würden im September zum Sergeant Major befördert werden. Das hieße, Sie kriegen den Stern in die *Rockers*, eine höhere Prämie und höhere Altersbezüge.«

Das war ein Angebot, das Jake Rhodan durchaus in Versuchung brachte. Zwar stand er schon seit längerem brieflich in Verhandlungen mit einem gewissen Lloyd Olsen, der ein Ladenlokal in der South Main Street zu vermieten hatte, aber noch war nichts unterschrieben.

»Darüber muss ich nachdenken, Sir«, sagte er.

»Tun Sie das, Master Sergeant.«

Der 1. Juli 1946 brach an, der Tag des ersten Tests, der unter dem Codenamen *Able* lief. Das militärische Personal, das sich bis dahin in seiner Freizeit auf den verschiedenen Inseln erholt hatte, war auf Schiffe der Unterstützungsflotte evakuiert worden, die in mindestens zwanzig Kilometern Entfernung östlich des Atolls Position bezogen. Zunächst wurden dunkle Brillen zum Schutz der Augen ausgegeben, doch es gab nicht genug davon für die rund 42 000 Personen, die Zeuge der Explosion sein würden, und so lautete die Anweisung, sich von der Detonation abzuwenden, die Augen zu schließen und zusätzlich die Arme zum Schutz vor dem Gesicht zu verschränken.

Jake Rhodan hielt sich an Bord der *USS Bowditch* auf, einem der Schiffe, die sich dem vorgesehenen Explosionsort am nächsten befanden. Er hatte eine der Brillen ergattert und einen Platz an der Reling. Es war kurz vor neun Uhr Ortszeit. Der B-29-Bomber, der die Bombe abwerfen würde, war als winziger Punkt am Horizont zu sehen.

»Diese Waffe wird Kriege für alle Zeiten unmöglich machen«, erklärte ein Wissenschaftler, der neben Jake Rhodan stand, voller Überzeugung. »Es gibt keine Gegenwehr gegen diese Bomben.«

Jake Rhodan musterte den Mann, verdutzt, von ihm angesprochen worden zu sein. Die Wissenschaftler, mit denen er bisher zu tun gehabt hatte, waren alle nicht besonders gesprächig gegenüber den Soldaten gewesen.

»Keine Kriege mehr«, wiederholte er. »Das klingt zu schön, um wahr zu sein.«

Der Mann setzte die Brille auf und meinte nur: »Warten Sie's ab.«

Großartig wäre es schon, dachte Jake und klappte seine Brille ebenfalls auf. *Keine Kriege mehr … was für eine Erleichterung wäre das!*

Dann fiel die Bombe und zündete in einer Höhe von 158 Metern über der Lagune.

Jake Rhodan hatte im Verlauf des Krieges eine Menge Bombenexplosionen erlebt, mehr als genug für ein Leben und mehr als einmal aus größerer Nähe, als der Gesundheit zuträglich war. Mitunter hatten ihn Druckwellen getroffen wie Hämmer und heftig durch die Gegend gewirbelt, Trümmer und Schrapnelle ihn nur knapp verfehlt, und oft war er nur mit viel Glück lebendig davongekommen.

Doch diese Bombe … diese Atombombe … das war etwas gänzlich anderes.

Allein dieser Blitz. Selbst durch das nahezu schwarze Schutzglas hindurch war es, als tue sich dort vorne ein Tor zur Hölle auf, und ein ungeheures, unmenschliches Licht überflutete in grauenhafter Lautlosigkeit die Umgebung.

Dann kam der Donner, die Schockwelle der Detonation. Das ganze Schiff erzitterte, ja, es war, als würde einem jeder Knochen im Leib erschüttert. Für einen Moment wurde Jake schwindlig, wie damals auf Guadalcanal, als er eine Gehirnerschütterung erlitten und weitergekämpft hatte …

Und dann sahen sie, wie sich der gewaltige Pilz am Horizont emporhob, wie ein Fanal jener neuen Zeit, die der Wissenschaftler neben ihm angekündigt hatte, und Jake Rhodan dachte bei sich: *Nein, bei Gott, das kann nichts Gutes sein.* Ihm fiel wieder ein, was man ihnen über die radioaktive Strahlung gesagt hatte, die mit menschlichen Sinnen nicht wahrnehmbar war, und das ganze Unternehmen kam ihm auf einmal unsagbar heimtückisch vor. Er verstand, dass die USA nun eine Waffe besaßen, mit der sie den Weltuntergang herbeiführen konnten, und das Grauen, die Wirkung dieser Waffe mit eigenen Augen zu sehen erschütterte ihn nicht nur bis in die Tiefe seiner Seele, es erschütterte ihn darüber hinaus, *wie sehr* ihn dieser Anblick erschütterte, ihn, der doch in den letzten Jahren so viel Schreckliches erlebt hatte.

Am nächsten Tag reichte er sein Abschiedsgesuch ein.

»Konnte ich Sie also nicht überzeugen?«, meinte sein Vorgesetzter.

»Sir«, erwiderte Jake Rhodan, »wenn es solche Bomben gibt, hat es keinen Sinn mehr, Soldat zu sein.«

Als er Mitte Juli endlich zu Hause war und davon erzählte, verstand Perry zwar nicht alles, aber er spürte die Erschütterung, die dieses Erlebnis in seinem Vater ausgelöst hatte.

»Es kommt mir vor, als hätte ich einen Blick in die Hölle getan«, gestand er am Abendtisch. »Das sind furchtbare Waffen, absolut furchtbar. Der ganze Krieg war ein Schrecken, aber das Schrecklichste ist, dass er am Ende diese Waffe hervorgebracht hat. Momentan gibt es nur fünf oder sechs solcher Bomben, aber bald werden es fünfzig sein und dann fünfhundert und dann fünftausend – und Gnade uns Gott, wenn die jemals zum Einsatz kommen. Dann werden Millionen innerhalb einer Stunde sterben, ach was, innerhalb von *Minuten*!« Er faltete die Hände, und sein Blick ging in eine Ferne, die in diesem Moment nur er allein sehen konnte. »Diese Bomben einzusetzen, das ist mehr als ein Verbrechen. Das ist eine Sünde gegen Gottes Schöpfung. Eine Sünde.«

ZWISCHENSPIEL (3)

22. Juli 1971 – London, Gefängnis Pentonville

Seltsam – da denkt man, sein letztes Stündlein habe geschlagen, sammelt sich, um dem Sensenmann gefasst gegenüberzutreten, klammert sich an die letzten Minuten und Atemzüge, bedauernd, sich seines Lebens nicht mehr gefreut zu haben in Momenten, die der Freude wert gewesen wären …

… doch wenn man dann gefasst und gesammelt ist und das Ende nicht kommt, wird man doch, wie soll ich sagen? Unleidig. Ja, fast *ungeduldig*.

So ging es mir jedenfalls an diesem Morgen. Wo blieben sie denn nun, die verdammten Atomraketen?

Die Uhr zeigte schon 5 Uhr 37. Der hastig improvisierte Gottesdienst ging zu Ende, und auch seine Teilnehmer, gesegnet und mit Gott versöhnt, schienen verwundert darüber, noch nicht tot zu sein, wie es jedermann erwartet hatte.

Ich wunderte mich. Hatte man uns nicht jahrelang erzählt, wenn es losginge, würde es nur Minuten bis zum Einschlag dauern? Die großen Interkontinentalraketen schafften den Weg zwischen Ost und West in einer halben oder Dreiviertelstunde; Raketen, die von U-Booten aus abgefeuert wurden, brauchten je nach Entfernung eine halbe oder gar nur eine Viertelstunde.

War es denkbar, dass London *nicht* im Zentrum eines atomaren Gegenschlags stand? Nein. Auch die eine Erschütterung, die ich vorhin gespürt hatte, konnte nicht alles gewesen sein.

Plötzlich hörte man, wie sich Aufregung näherte, in dem Gang, der den Angestellten des Gefängnisses vorbehalten war. Rasche Schritte, die auf dem gestrichenen Boden quietschten, kamen heran. Es wurde atemlos diskutiert, aber die Worte hallten so, dass wir nichts verstanden.

Es war der Gefängnisdirektor höchstpersönlich, Governor Brian Williams, der sich sonst höchstens einmal pro Jahr sehen ließ, meistens zu Weihnachten, wenn allgemeine Rührseligkeit angesagt war. Er war ein energischer Mann, ungefähr so breit wie hoch, der gegen Haarausfall kämpfte, ein Kampf, den er zu verlieren im Begriff stand. Als er vor den rostigen Gittern der Kantine angekommen war, rief er den Wärtern zu: »Schalten Sie den Fernseher wieder ein! Sofort!«

»Aber –«, wagte einer von ihnen einzuwenden.

»Nichts aber. Das müssen alle sehen!«

STERNENGLOBUS

1

Dann begann die Zeit, in der Jake Rhodan sein Geschäft gründete.

Es war eine aufregende Zeit. Man spürte, dass etwas von Aufbruch in der Luft lag, jeder Tag brachte ein neues Abenteuer mit sich. Zum Beispiel, als sie zum ersten Mal den Laden in der South Main Street besichtigten, den Perrys Vater nun tatsächlich gemietet hatte. Es war ein Laden wie viele andere, er hatte zwei Schaufenster und eine etwas zurückgesetzte Eingangstür, so dass man, wenn es regnete, unbehelligt den Schirm schließen konnte, und dahinter kam ein kahler Raum mit leeren Regalen aus weißgestrichenem Holz an den Wänden. Weiter hinten gab es eine Toilette und einen düsteren Lagerraum und zwei schmale Räume, und von einem erklärte Perrys Vater: »Das wird die Werkstatt.«

Über den Schaufenstern ließ sich an Sonnentagen eine Markise ausklappen, die allerdings noch mit Werbung für das Schuhgeschäft bedruckt war, das sich vorher in dem Laden befunden hatte: *Stewart's Shoes* hatte es geheißen und war eine Institution in Manchester gewesen, insbesondere, was Herrenschuhe betraf, bis der Inhaber, Mike Stewart, sich in hohem Alter zur Ruhe gesetzt hatte.

Jake Rhodan ließ den Stoff der Markise ersetzen und mit eigener Werbung bedrucken, außerdem ließ er ein Schild quer über die Vorderfront anbringen, auf dem stand: *J. E. Rhodan Electric, Radio & Television.* Weitere Beschriftungen auf den Schaufensterscheiben und entlang des Markisensaums präzisierten: *Electrical Appliances – Radios – Television Sets – Sales – Repair – Service.*

Nebenher füllten sich die Regale nach und nach mit elektrischen Geräten aller Art, vom Föhn über die Nachttischlampe bis hin zum teuersten Radio, das, mit perlmuttbesetzten Drehknöpfen und einem Gehäuse aus Mahagoni, 195 Dollar kosten sollte. In den höheren Etagen stapelten sich bald Ersatzteile und Kleingeräte in kleinen weißen Schachteln, und schließlich traf das Prunkstück des Angebots ein: ein RC 630-TS, das erste in Massenproduktion hergestellte Fernsehgerät, mit einem Bildschirm, der späteren Generationen winzig vorkommen sollte, in einem schwarzbraunen Holzgehäuse, rechts und links von zwei eindrucksvollen Lautsprechern flankiert, mit Lautstärkeregler und Sendersuchknopf aus golden schimmerndem Messing. Es bekam den besten Platz im Schaufenster, und als es dort stand, ließ Jake Rhodan einen Fotografen kommen, der ihn fotografierte, einmal stolz in der Tür seines Geschäftes stehend und einmal auf das Fernsehgerät gestützt, und letzteres Foto erschien mit einem wohlwollenden Artikel in der Zeitung, pünktlich zur offiziellen Eröffnung. Außerdem ließ Jake Rhodan Tausende von Handzetteln drucken und beauftragte Perry und Leroy, sie in die Briefkästen der Umgebung zu verteilen. Dafür gab es ein paar Dollar, das erste selbstverdiente Geld der beiden Jungs.

Am Tag der Eröffnung klingelte die Ladentür in einem fort. Leute kamen, besichtigten das Angebot, hatten tausend Fragen, die Jake Rhodan geduldig beantwortete, außerdem gab es etwas zu trinken und Häppchen, die Mary Rhodan am Vortag in enormen Mengen hergestellt hatte.

Nur kaufen wollte niemand etwas. Eine Stehlampe für 9 Dollar war alles, was den Laden am ersten Tag verließ.

»Das ist normal«, erklärte Perrys Vater. »Bis so ein Geschäft in Gang kommt, dauert es seine Zeit.«

Aber in den Wochen, die der Eröffnung des Ladens folgten, sah Perry seinen Vater oft abends mit ernstem Gesicht über dem Kassenbuch sitzen, sah ihn Zahlen in ein Heft schreiben und addieren und dabei die Stirn runzeln. Beim Abendessen war auf einmal häufig die Rede von der Bank, von einem Kredit und dessen Konditionen, von Dingen, die Vaters Rechtsanwalt, ein gewisser Lionel Parks, gesagt hatte bezüglich irgendwelcher Verträge oder Wettbewerbsbestimmungen und dergleichen. Perry sah, wie seine Mutter bei diesen Gesprächen oft die Schultern einzog, als erwarte sie den Angriff eines Unsichtbaren, und einmal stand sie auf, sammelte die benutzten Teller ein und sagte, ehe sie damit in der Küche verschwand: »Ich hoffe, dass wir eines Tages in einem Haus leben, das uns *wirklich* gehört.«

Perry fragte seinen Vater, was sie damit gemeint hatte.

Worauf Jake Rhodan seinem Sohn erklärte, dass er für sein Geschäft einen Kredit aufgenommen und das Haus, in dem sie wohnten, als Sicherheit dafür verpfändet hatte. Er erklärte ihm auch, dass das ganz normal war; man brauchte nun mal ein gewisses Startkapital, um ein Geschäft zu starten. Normal war auch, dass die Bank eine Sicherheit benötigte, denn sie lieh einem ja Geld, das eigentlich denen gehörte, die bei der Bank Sparkonten unterhielten, und musste sichergehen, dass sie imstande sein würde, das gesparte Geld auch wieder auszahlen zu können. »Jedenfalls läuft es darauf hinaus«, schloss Perrys Vater, »dass im schlimmsten Fall – also, wenn ich den Kredit nicht zurückzahlen kann – unser Haus in den Besitz der Bank übergeht und sie es verkaufen darf. Und das macht deiner Mutter Sorgen.«

Perry machte der Gedanke auch Sorgen. »Und?«, fragte er. »Wirst du den Kredit denn zurückzahlen können?«

Sein Vater nickte. »Wenn das Geschäft einigermaßen läuft, wird das kein Problem sein. Wenn nicht … nun ja, dann werde ich mir eines Tages eingestehen müssen, dass ich aufs falsche Pferd gesetzt habe, und den Laden wieder zumachen. Aber es ist noch zu früh, als dass man sagen könnte, wie es sich entwickelt. Noch bin ich überzeugt, dass ich über kurz oder lange Fuß fasse.«

Er betrachtete seinen Sohn, und dieser muss wohl sehr bekümmert dreingeschaut haben, denn Jake Rhodan streckte in einer für ihn untypischen Geste der Zärtlichkeit die Hand aus, zog ihn an seine Seite, drückte ihn kurz und kräftig und sagte: »Weißt du – es ist falsch, im Leben immer nur das zu tun, vor dem man keine Angst hat. Es gibt Momente, da muss man etwas beginnen, was man nie zuvor getan hat, und das ist riskant. Aber es ist auch aufregend. Ein Abenteuer. Man fühlt sich lebendiger, wacher … und das ist auch gut so, denn man muss sehr schnell sehr viel Neues lernen. Und natürlich kann es trotz allem schiefgehen. Das ist immer möglich, wenn man etwas ausprobiert. Aber wenn man weiß, dass man es sich nicht verzeihen würde, es *nicht* probiert zu haben – dann muss man es tun. Verstehst du?«

Der zehnjährige Perry Rhodan musterte seinen Vater und nickte, und viele, viele Jahre später sollte mir der damals sechzigjährige Perry Rhodan während eines Raumflugs von rund 8200 Lichtjahren nach Plophos, dem dritten Planeten der Sonne Eugaul, einer der ersten von Menschen besiedelten Kolonialwelten, in einem besinnlichen Moment erzählen, dass ihn dieser Satz seines Vaters tief beeindruckt habe und oft zur Richtschnur seines Handelns geworden sei.

Und wenn man sich vergegenwärtigt, was noch alles geschehen sollte, so war das zweifellos eine richtige Erkenntnis.

Kurz darauf hatte Jake Rhodan die – wie er später fand, naheliegende – Idee, den Fernsehapparat nicht nur im Schaufenster auszustellen, sondern ihn auch *einzuschalten*. Er installierte eine Zeitschaltuhr, die das Gerät abends einschaltete, wenn eine Sendung begann, und es danach wieder ausschaltete; außerdem baute er einen Lautsprecher so in die hölzerne Fassade ein, dass man auf der Straße verstehen konnte, was da gesendet wurde.

Das sprach sich in Windeseile herum, und obwohl nach Ladenschluss die Schaufenster und der Eingang durch dicke Gitter geschützt wurden, versammelte sich oft eine ansehnliche Menschenmenge vor dem Apparat, um das neue Wunder der Technik zu bestaunen. Die Zeitschaltuhr sorgte auch für eine ansprechende Beleuchtung des Schaufensters und seiner anderweitigen Angebote, was offenbar entsprechendes Interesse wachrief, denn nach und nach kamen immer mehr Kunden in den Laden, die auch tatsächlich etwas haben wollten, wenn auch *keinen* Fernsehapparat: Der war den meisten schlicht zu teuer. Ein RC 630-TS kostete immerhin 350 Dollar, was mehr war, als die meisten Männer im Monat verdienten.

Und doch … etwa zwei Monate nachdem Jack Rhodan den Apparat in Betrieb gesetzt hatte, kaufte ihn der Besitzer einer Bar, und das nächste Gerät blieb keine drei Wochen im Schaufenster, ehe der Geschäftsführer von *Bon Ami* mit seiner Gattin auftauchte und es erwarb und auch gleich die Installation einer Dachantenne in Auftrag gab.

Neben dem hohen Preis war das noch sehr lückenhafte Programm für viele ein Hinderungsgrund. Es gab zwei Stationen, die man, gute Bedingungen vorausgesetzt, in Manchester empfangen konnte, nämlich NBC, die *National Broadcasting Company*, die sonntags, montags, donnerstags und freitags sendete, und das *DuMont Television Network*, das sonntags, dienstags und mittwochs auf Sendung ging. Gesendet wurde eine Art illustriertes Radio, Nachrichten, Gespräche und Auftritte von Musikern.

Doch man konnte zusehen, wie das Fernsehprogramm immer besser wurde – und immer verführerischer: Am 2. Oktober, einem Mittwoch, kam abends um 21 Uhr die erste Folge von *Faraway Hills*, der ersten Fernsehserie überhaupt, und diejenigen, die es sahen, lösten eine derartige Mundpropaganda aus, dass am Mittwoch darauf der Bürgersteig vor *Rhodan's Radio* unpassierbar war vor lauter Zuschauern, die die Fortsetzung sehen wollten. Die Serie lief bis zum 18. Dezember, und bis dahin hatte Jake Rhodan mit Fernsehgeräten nicht nur mehr verdient als mit den Radios, die er verkaufte, sein Name war auch praktisch jedem Einwohner der Stadt Manchester ein Begriff geworden.

Inzwischen machte er abends in der Regel ein zufriedenes Gesicht, wenn er über dem Kassenbuch saß, und der Bankkredit war kein Gesprächsthema mehr. Längst stand auch im Rhodan'schen Wohnzimmer ein Fernsehapparat, und Perrys Mutter ließ sich selten die fünfzehnminütige Kochshow von James Beard am Freitagabend entgehen. Auch Perry und Leroy saßen oft vor dem Gerät und hätten noch mehr Zeit davor verbracht, hätte Mary Rhodan sie nicht immer wieder an die frische Luft gescheucht, wohin zehnjährige Jungs ihrer Ansicht nach gehörten.

Tatsächlich sollte Jake Rhodan mit seiner Einschätzung, dass das Fernsehen das »nächste große Ding« werden würde, recht behalten. Das Programm wurde mit jedem Jahr interessanter, die Geräte besser und zugleich erschwinglicher. Als im Jahr darauf erstmals die *World Series* im Fernsehen übertragen wurde, legte sich, wer es sich irgend leisten konnte, ein Fernsehset zu, und wer dies in Manchester tat, der wandte sich selbstverständlich an Jake Rhodan, den eine Zeitung schon einmal »Mister Television« genannt hatte. Landesweit bekannt wurde unter dieser Bezeichnung allerdings ein anderer, nämlich der Schauspieler Milton Berle, der von 1948 an die Sendung *Texaco Star Theatre* moderierte und zum ersten richtigen Fernsehstar wurde – und Jake Rhodan so viel Umsatz bescherte, dass dieser erstmals jemanden einstellen musste, um der Nachfrage gerecht zu werden. Die Rhodans wurden nicht *reich*, aber durchaus wohlhabend.

2

Doch wir greifen vor. In der zweiten Hälfte des Jahres 1946 war noch nicht absehbar, ob dem Geschäft Jake Rhodans eine Zukunft beschieden sein würde, und obwohl seit dem Kriegsende allgemein eine Atmosphäre des Aufbruchs herrschte, lebten die Rhodans deswegen in ständiger, unterschwelliger Anspannung. Mary Rhodan half ihrem Mann im Laden, so gut sie konnte, was vor allem dann wichtig war, wenn er zu einem Kunden musste, um irgendein Gerät zu installieren oder zu reparieren. Auch Perry half oft mit. Es gab immer viel zu tun, sei es, dass eine Lieferung von Ersatzteilen richtig in die Regale einzusortieren war, die Werkstatt aufgeräumt oder der Boden gefegt werden musste. Sein Vater legte auch Wert darauf, dass die Schaufensterscheibe immer sauber war, doch dafür sorgte er selbst; Perry war zwar hoch aufgeschossen für sein Alter, aber doch noch nicht groß genug, um das hohe Fenster reinigen zu können.

Inzwischen lagen zu Hause ständig Zeitschriften über Elektrotechnik oder Radiotechnik herum, Druckerzeugnisse, die der junge Perry natürlich ebenfalls las, wenn er auch vieles nicht verstand. Sogar seine Mutter schaute hinein, begann beim Abendessen mitunter Diskussionen über die Vorzüge dieses oder jenes Gerätes, weil sie es leid war, Kunden, die sich für ein Radio oder eine Kaffeemaschine interessierten, auf die Rückkehr ihres Mannes zu vertrösten, denn meistens kamen sie dann nicht wieder, sondern gingen zur Konkurrenz. Tatsächlich wurde sie recht schnell eine gute Verkäuferin, nicht zuletzt, weil sie es verstand, die Vorteile der einzelnen Geräte eher aus der Sicht eines Nutzers zu erklären und nicht – wozu Jake neigte – aus einer technischen Perspektive, die die meisten Leute nicht interessierte.

Obwohl ihn der Aufbau seines Geschäftes sehr in Anspruch nahm, vergaß Jake Rhodan seine Familie nicht. An den Sonntagen unternahmen sie oft Ausflüge, die Abende verbrachten sie in der Regel gemeinsam im Wohnzimmer, lesend, mit Kartenspielen oder Gesprächen, und so blieb ihm das ausgeprägte Interesse seines Sohnes für Astronomie nicht verborgen. Kein Wunder also, dass an Weihnachten ein dickes Buch über den Sternenhimmel unter dem Weihnachtsbaum lag, zusammen mit einer großen Sternkarte, der größten, die Perrys Eltern hatten finden können, die natürlich umgehend an die Wand über seinem Bett wanderte und die er in den kommenden Monaten mit höchster Inbrunst studierte. Bald kannte er sich am Himmel besser aus als in den Straßen von Manchester; selbst Sterne wie Zuben-el-Dschenubi, der hellste Stern im Sternbild Waage, oder Unukhalai, ein Dreifachstern im Sternbild Schlange, waren ihm bald ein Begriff.

Vorausgegangen war dem eine elterliche Diskussion, von der Perry nichts mitbekommen hatte. Deutete das Interesse ihres Sohnes an den Sternen darauf hin, dass er womöglich später den Beruf eines Astronomen ergreifen würde? Beide Eltern hegten Zweifel, dass dies ein Beruf war, der seinen Mann ernährte, und waren sich unschlüssig, ob es ratsam war, dieses Interesse zu fördern, oder ob es nicht vielmehr angebracht war, Perry davon abzulenken. Am Ende beschlossen sie, eingedenk dessen, dass sie beide Jahre ihres Lebens daran verwandt hatten, für die Freiheit des Einzelnen zu kämpfen, ihrem Sohn keine Steine in den Weg zu legen, und machten sich auf die Suche nach einem passenden Geschenk.

Nach und nach veränderte sich auch ihre Einstellung zur Astronomie. Perry konnte mit so glühender Begeisterung von blauen Riesensternen, roten Zwergen und Kugelsternhaufen erzählen, dass seine Eltern anfingen, das Thema gar nicht mehr so uninteressant zu finden. Jake Rhodan erinnerte sich, wie sein Bruder Karl früher immer nach Sternbildern Ausschau gehalten hatte, und ein paar davon – den Großen Wagen, Orion und so weiter – erkannte er immer noch. So kam es, dass er und sein Sohn anfingen, in kalten, klaren Winternächten hinauf auf den Case Mountain zu wandern, von dessen kahler Kuppe aus man freien Blick auf den gesamten Nachthimmel hatte, und dort verbrachten sie dann, eine Sternkarte und eine Taschenlampe in Händen, Stunden damit, Sternbilder und Sterne zu identifizieren. Es waren meistens Sonnabende, so dass es nicht so wichtig war, wie spät sie ins Bett gingen, aber an manchen Abenden kamen sie ziemlich durchfroren nach Hause.

»Man sieht die Sterne eben nur nachts, Mum«, erklärte Perry seiner Mutter, als die sich Sorgen um seine Gesundheit und die ihres Mannes machte.

»Das ist wohl so«, gab sie zu – und schleppte ihren Sohn, der nichts so sehr hasste, wie Kleidung kaufen zu gehen, anderntags in die Stadt, um ihm einen wärmeren Mantel, eine gefütterte Hose und wärmende Unterwäsche zu kaufen.

Angesichts all dessen war es im Grunde keine Überraschung, aber doch eine Sensation, als Perry Rhodan zu seinem 11. Geburtstag einen Bausatz für ein Spiegelteleskop geschenkt bekam. Es war zwar nur ein kleines Teleskop mit einer Öffnung von gerade mal 2,5 Zoll, aber ansonsten war alles dran, was man brauchte, sogar ein stabiles Stativ. Vater und Sohn setzten es gemeinsam zusammen, und von da an hatte Perry nichts anderes mehr im Sinn, als damit den gesamten Nachthimmel abzusuchen. Er fand eine Stelle hinten im Garten, von der aus man eine einigermaßen gute Sicht hatte, und ein paarmal fuhr sein Vater ihn und sein Teleskop auf den Berg hinauf, und verdammt nochmal, den Mond durch so ein Rohr zu sehen, das hatte schon was, das musste auch Jake Rhodan zugeben! Man konnte fast glauben, dort zu sein – und wenn er seinem Sohn zusah, wie hingebungsvoll dieser durch das Okular spähte, dann spürte er, dass Perry im Geiste tatsächlich dort draußen im All war.

Leroy beteiligte sich an diesen astronomischen Forschungen nur sporadisch. Er ging bei einer der ersten Wanderungen auf den Case Mountain mit, erkältete sich aber dabei so schwer, dass er mehr als eine Woche lang das Bett hüten musste. Danach war seine Mutter gegen weitere nächtliche Unternehmungen in der kalten Jahreszeit, und er selber gab sich auch eher skeptisch: Ja, das sei schon ganz interessant mit den Sternen, aber mal ehrlich, hatte man einen gesehen, kannte man alle, oder etwa nicht? Und in einem Buch nachzulesen, ob ein bestimmter Stern nun siebzig oder siebzigtausend Lichtjahre weit entfernt war – was brachte das? Letztlich erfuhr man nur, dass sie *alle* absolut unerreichbar waren.

»Eines Tages«, erwiderte Perry, »werden wir sie erreichen.«

»Bis dahin hör ich lieber zu, wenn du davon erzählst«, meinte Leroy grinsend.

Sehr angetan war er hingegen später von Perrys Teleskop. »Wie meine Lupe, nur eben für Sterne«, befand er und konnte auch ziemlich viel Zeit damit verbringen, die Mondoberfläche zu betrachten. Da inzwischen Sommer war, erlaubte seine Mutter auch wieder, dass er Perry bei seinen samstagabendlichen astronomischen Studien im elterlichen Garten Gesellschaft leistete. »Ist es schon so spät?«, wunderten sich die beiden Jungs immer, wenn Perrys Vater kurz vor Mitternacht ankam, mit dem Autoschlüssel klapperte und meinte, es sei Zeit, dass er Leroy nach Hause bringe, ältere Leute bräuchten ihren Schönheitsschlaf.

Kurz vor den Ferien kam Leroy eines Morgens mit völliger Regenwettermiene in die Schule, und als Perry wissen wollte, was los sei, brummte er: »Ich werd' nicht da sein in den Ferien.«

»Was?«, wunderte sich Perry. »Wieso nicht?«

»Sie schicken mich fünf Wochen zu Oma und Opa nach Alabama, zusammen mit Belle.« Er fuhr sich mit den Händen durchs Gesicht, als versuche er, seine schlechte Laune wegzumassieren. »Meine Eltern denken, dass sie dort vielleicht mehr Chancen hat, einen Mann kennenzulernen, als hier in Manchester, wo's einfach zu wenig Neger gibt. Und ich soll auf sie aufpassen.«

Perry überlegte. Das klang nicht unvernünftig. Leroys älteste Schwester war fast zehn Jahre älter als er und schon eine richtige junge Frau.

»Hmm«, machte er. »Das wird langweilig, so allein.«

»Du hast ja dein Teleskop«, meinte Leroy.

»Schon. Aber das nützt mir tagsüber nichts.«

Jetzt musste Leroy doch grinsen. »Du musst ja irgendwann auch mal schlafen. Ich kenn dich doch. Du wirst jede Nacht bis zum Morgengrauen im Garten sitzen und den Mond anschauen, bis du jeden Krater mit Namen kennst.«

Leroy sollte recht behalten. Schon eine Woche nach Ferienbeginn musste Perrys Mutter intervenieren, weil ihr Sohn bei Tagesanbruch immer noch an seinem Fernrohr saß, durchfroren und völlig übermüdet. Er schlief bis nachmittags um halb drei, gefolgt von einem ernsten Gespräch über die Regeln, auf denen seine Eltern künftig bestehen würden.

»Astronomen arbeiten nun mal nachts«, wandte er ein.

»Ja, mag sein«, erwiderte seine Mutter. »Aber noch bist du kein Astronom, und wenn du deine Gesundheit vernachlässigst, wirst du auch nie einer werden.«

Von da an tickte jeden Abend, an dem der Himmel klar genug war, um die Sterne beobachten zu können, ein auf Mitternacht gestellter Wecker auf der Terrasse, und wenn der klingelte, riss sich Perry los, baute das Teleskop ab und ging damit ins Haus.

Und: Ja, so nach und nach kannte er *tatsächlich* alle Mondkrater mit Namen.

Er nutzte die Ferien auch, um die Stadtbücherei nach Büchern über Astronomie zu durchkämmen. Er las ein Buch über die großen Teleskope, über das Teleskop auf dem Mount Wilson, mit dem es gelungen war, die Existenz von fernen Galaxien außerhalb der Milchstraße zu beweisen, über die Teleskope im McDonalds-Observatorium in Texas und in Oak Ridge, Massachusetts, und über den Mount Palomar, auf dem gerade das größte Spiegelteleskop der Welt gebaut wurde. Er studierte hingebungsvoll die Fotos und hätte sich Leroys Lupe gewünscht, um alle Einzelheiten der Apparaturen erkennen zu können. Vielleicht, malte er sich aus, würde er später in dem Observatorium auf dem Mount Palomar arbeiten und mithelfen, die Geheimnisse des Universums zu lüften?

Perry Rhodan war zweifellos ein phantasiebegabtes Kind. Aber hätte ihm damals jemand gesagt, dass er einst in Galaxien reisen würde, die man von der Erde aus nicht einmal *sehen* kann, hätte er das ebenso zweifellos als Spinnerei abgetan.

Manchmal unternahm Perry auch Streifzüge durch die Stadt. Eines Tages fuhr er die Ferguson Street entlang, die direkt hinter der Schule begann und so lang war, dass er irgendwie noch nie dazu gekommen war, zu erkunden, wohin sie führte, als irgendetwas an seinem Fahrrad klapperte. Er hielt an, um herauszufinden, was los war, und entdeckte ein braunes Stück Plastikfolie, das am Hinterrad klebte: Offenbar war er irgendwo darübergefahren, und seither schlug das Ding bei jeder Umdrehung gegen sein Schutzblech.

Er stieg ab, klappte den Fahrradständer aus, zog das Folienstück ab, knüllte es zusammen und warf es an den Straßenrand. Dann, gerade als er die klebrige Stelle betastete und überlegte, wie er sie sauber bekommen konnte, ohne sein Taschentuch zu opfern, rief jemand: »Was machst du da?«

Es war eine Stimme, die ihm vage bekannt vorkam. Perry sah auf. Auf dem Grundstück vor dem Haus, vor dem er angehalten hatte, saß im Schatten eines vertrocknet aussehenden Busches ein ungefähr siebzehnjähriger Junge mit einer Bierdose in der Hand in einem Liegestuhl. Ein Junge, den er schon einmal gesehen hatte, und zwar in der Schule, auf dem Pausenhof, hinten bei den höheren Klassen.

»Sag doch«, rief der Junge. »Was machst du da?«

Perry richtete sich auf. »Nichts«, erwiderte er. »Hatte nur so 'n Stück Abfall an meinem Hinterrad.«

»'n Stück Abfall«, wiederholte der Junge mit träger Stimme. Er hatte Narben im Gesicht, wie von Pocken, und eine rötliche, kolbenartige Nase.

»Ja.« Perry sah die Straße entlang. Sie war in ausgesprochen schlechtem Zustand, der Asphalt war rissig, eine Menge Dreck lag herum, von dem manches aussah wie Zeug, das sich aus einer umgekippten Mülltonne verteilt hatte.

Auch das Haus, vor dem der Junge saß, hatte schon bessere Tage gesehen. Die hölzerne Verkleidung war alt und rissig und faulte an etlichen Stellen, eines der Fenster hatte einen Sprung, ein anderes war mit Brettern vernagelt, und die Stufen zur Veranda hinauf waren auf einer Seite abgebrochen. Neben und hinter dem Haus erhoben sich große, von Netzen überdeckte Haufen von … von irgendwelchen *Dingen* …

»Was ist das?«, fragte Perry und deutete auf die Haufen.

Der Junge drehte sich nicht um. Offenbar war ihm klar, was Perry meinte. »Konservendosen«, sagte er und nahm einen Schluck von dem Bier. Angst, dass ein Polizist vorbeikommen und ihn wegen Alkoholgenusses in der Öffentlichkeit verhaften könnte, hatte er offensichtlich nicht. »Ich sammle die. Deswegen nennt man mich auch *Tin Can.*«

»Tin Can?«, wiederholte Perry.

Der Junge grinste. Er hatte einen ungewöhnlich breiten Mund, was sein Grinsen unheimlich aussehen ließ. »Supermann heißt Superman, und ich heiß' Tin Can.«

Perry schüttelte den Kopf. »Superman heißt Clark Kent.«

»Richtig.« Der Junge, der sich Tin Can nannte, hob die Dose, als proste er ihm zu. »Ich hab auch einen richtigen Namen. Aber der ist geheim. Genau wie bei Superman.«

Eigentlich, überlegte Perry, war es seltsam, dass ein Junge wie Tin Can noch an ihrer Schule war. Dem Alter nach hätte er längst auf die Highschool gehen müssen. Irgendwas stimmte hier nicht.

»Und was machst du mit all den Konservendosen?«, fragte er.

»Geld«, sagte Tin Can. »Mit denen mach ich Geld.«

»Ehrlich? Wie denn?«

»Ich sammle sie, und irgendwann bring ich sie zu Firmen, die sie kaufen.« Er gab ein verärgertes Knurren von sich. »Seit der Krieg aus ist, gibt's bloß kaum noch Geld dafür. Ich werd mir bald was anderes suchen. Oder endlich mein großes Ding landen.«

»Was für ein Ding?«

Tin Can winkte ihm, näher zu kommen. Perry zögerte, dann klappte er den Fahrradständer hoch und betrat mitsamt seinem Rad das Grundstück, auf dem nur Unkraut wuchs.

»Ich verrat dir was«, erklärte Tin Can, als Perry so nahe war, dass sie in normaler Lautstärke miteinander reden konnten. »Arbeiten – also, sich für ein paar Kröten in irgendeinem blöden Job abzurackern –, das ist nur was für Dummköpfe. Für Langweiler. Für Leute, denen nichts Besseres einfällt. Die haben's auch verdient, ihr Leben lang zu malochen und dann mit 'ner goldenen Uhr in Rente geschickt zu werden, wo sie dann vor sich hin verdorren, bis sie in die Grube fahren.«

Aus der Nähe betrachtet, war Tin Can ausgesprochen hässlich. Er hatte kleine Augen, die immer umherwanderten, einen keine zwei Sekunden lang anschauten.

Dabei konnte sich Perry erinnern, Tin Can schon öfter mit irgendwelchen Mädchen gesehen zu haben. Mit Mädchen, die allem Anschein nach heftig in ihn verknallt waren.

Rätselhaft.

»Wenn du aber kein Dummkopf bist«, fuhr Tin Can mit säuselnder Stimme fort, »wenn du *schlau* bist … dann packst du es anders an. Dann landest du ein Ding, das dir so viel Geld einbringt, dass du genug hast für den Rest deines Lebens.«

»Was für ein Ding soll das sein?«, fragte Perry.

Tin Can sah ihn abschätzig an. »Hast du schon mal was von der *Union Pacific* gehört?«

Perry nickte. »Das ist eine Eisenbahngesellschaft.«

»Genau. Und zwar eine, die's schon lange gibt. Vor circa siebzig Jahren haben sechs Männer einen Zug von denen ausgeraubt, einen Zug, der Geld transportiert hat. Sie haben sechzigtausend Dollar in frisch geprägten Goldmünzen erbeutet. Hast du eine Ahnung, wie viel die heute wert wären?«

»Nein«, gab Perry zu.

»Millionen«, sagte Tin Can und schmatzte dabei. »Millionen, sag ich dir. Und es war ziemlich praktisch, dass es gerade sechzigtausend waren, denn so konnten sie das Gold problemlos in sechs Teile teilen, und jeder hat sich mit seinem Anteil in eine andere Richtung davongemacht.« Er trank einen Schluck Bier und fuhr fort: »Klar, ein paar von denen haben sich danach blöd angestellt, sind erschossen oder verhaftet worden … Aber einer, der war schlau. Der hat sich mit dem

Gold nach Kanada abgesetzt, und man hat nie wieder etwas von ihm gehört.«

Perry ließ sich das durch den Kopf gehen. »Das muss nicht heißen, dass ihm nichts zugestoßen ist«, wandte er ein. »Es kann genauso gut sein, dass man nichts mehr von ihm gehört hat, weil er von jemand anders ausgeraubt und erschossen worden ist.«

Tin Can musterte ihn unwillig, offenbar verärgert über den Widerspruch. »Du bist ein cleveres Bürschchen, hmm?« Er trank die Bierdose leer, warf sie, ohne zu zielen, über die Schulter, wo sie klappernd auf einen Berg weiterer Dosen fiel, holte das nächste Bier unter seinem Liegestuhl hervor, öffnete es zischend und behauptete: »Du gefällst mir. Doch, ehrlich. Aus dir wird mal was, glaub's mir. Ich hab 'ne Nase für so was.«

Allmählich wurde Perry die ganze Sache unheimlich. Er packte sein Rad am Lenker und erklärte: »Ich muss weiter.« Dann wandte er sich ab, schwang sich, ohne eine Antwort des Jungen abzuwarten, auf den Sattel und fuhr davon.

3

Leroy kam einen Tag, ehe das neue Schuljahr begann, zurück, so dass sie sich erst am Morgen vor der Schule wiedersahen.

»Und?«, fragte Perry. »Wie war's in Alabama?«

Sein Freund blies die Backen auf. »Grässlich. Und die Busfahrt zurück! Die hat mir den Rest gegeben. Es hat kein Ende genommen, Mann! Weißt du, wie das ist, wenn du das Gefühl kriegst, der Tag hat hundert Stunden, und du bist in einem Bus eingesperrt, der fährt und fährt und in dem es so heiß ist wie in einem Backofen?«

Tatsächlich machte Leroy einen ausgesprochen erschöpften Eindruck. Er hatte rotgeränderte Augen, und er suchte, während sie warteten, dass aufgeschlossen wurde, ständig nach einer Gelegenheit, sich anzulehnen. Ob seine Schwester Belle denn nun einen Mann gefunden habe, erkundigte sich Perry.

»Nein.« Leroy grinste. »Aber dafür fünf neue Freundinnen, alle auch

Chorsängerinnen. Belle war praktisch die ganze Zeit in der Kirche, um mit denen zu singen. Die hätten sie am liebsten dabehalten, glaube ich.«

»Und wie war's sonst?«

»Puh. Heiß. Schrecklich heiß. Und dann ...« Er schüttelte den Kopf. »Wo du hinkommst, ist alles nach Rassen getrennt. Restaurants, Zugabteile, Schulen, Kirchen ... An den Stellen, wo der Bus hält, gibt's einen Wasserspender für Weiße und einen für Farbige.« Er hob die Hand, betrachtete seinen Handrücken. »*Farbig?* Seit wann ist Schwarz eine Farbe, hmm?«

»Echt?« Bei der Vorstellung gruselte es Perry.

Und dann entdeckte er plötzlich Tin Can. Der Junge lungerte am anderen Ende des Schulhofs herum, dort, wo die Jüngeren sich besser nicht hin verirrten, und er sah Perry nicht nur direkt an, er machte auch eine Geste, die eindeutig besagte: *Ich behalt dich im Auge.*

Dann legte er mit überlegenem Grinsen den Arm um ein Mädchen, das daraufhin albern kicherte.

»Überhaupt, die Weißen dort unten«, erzählte Leroy derweil weiter. »Bei manchen von denen hast du echt das Gefühl, die sind immer noch sauer, dass die Sklaverei abgeschafft ist. Du musst als Neger echt aufpassen, dass du von denen keinem in die Quere kommst, wenn sie gerade schlechte Laune –« Er hielt inne. »Was ist denn? Du guckst so komisch.«

Perry nickte verstohlen in die Richtung, in der Tin Can mit seinem Mädchen poussierte. »Der da. Den hab ich vor 'ner Weile getroffen. Sagt, er heißt Tin Can, und er hat's irgendwie auf mich abgesehen.«

»Puh.« Leroy atmete geräuschvoll ein. »Das ist Vince Tortino. Vor dem musst du dich in Acht nehmen. Mein Dad hat mich schon vor dem gewarnt, als ich in die Schule gekommen bin. Als der elf war, hat er mal bei Dad im Laden eingebrochen. War gerade dabei, die Kasse auszuräumen, als Mister Hoffman ihn erwischt hat.«

»Elf? So alt wie wir?«

»Ja. Deswegen ist ihm auch nichts passiert. Mit elf bist du zu jung, als dass sie dich vor Gericht stellen können. Dad meint aber, er muss

Hintermänner gehabt haben, richtige Gangster, die ihm beigebracht haben, wie er das Schloss knackt, und die ihm gesagt haben, was er stehlen soll.« Leroy gab ein ärgerliches Schnauben von sich. »Jedenfalls ist er kein guter Umgang, so viel steht fest.«

»Mir hat er gesagt, er will ein großes Ding drehen«, erzählte Perry. »Er war außerdem betrunken.«

»Der gehört ins Gefängnis«, meinte Leroy und schaute so grimmig drein, als würde er am liebsten höchstpersönlich den Zellenschlüssel umdrehen.

In dem Moment bemerkte Tin Can, dass sie über ihn redeten, grinste herüber und hob grüßend die Hand. Perry und Leroy wandten sich ab, und Perry nahm sich vor, von nun an aufzupassen, ihm nicht mehr über den Weg zu laufen.

Im neuen Schuljahr hatten sie wieder Miss Atkinson sowohl in Naturkunde als auch in Englisch, und *natürlich* ließ sie sie als Erstes einen Aufsatz schreiben zum Thema »Was ich in den Ferien erlebt habe«.

Und wie immer ging daraufhin ein großes Stöhnen und Ächzen durch die Klasse. Jemand maulte: »Ich hab nichts erlebt; soll ich ein leeres Blatt abgeben?« Doch es half alles nichts, denn wenn Miss Atkinson einmal etwas beschlossen hatte, ließ sie sich nicht mehr erweichen. Also senkten dreißig Kinder die Köpfe über das so schrecklich weiße und so schrecklich leere Papier und bemühten sich, es zu füllen.

Leroy maulte nicht, sondern meinte nur: »Hoffentlich reicht das Papier.« Dann schrieb er drauflos.

Perry maulte auch nicht, sondern wunderte sich, dass die anderen so überrascht waren, denn schließlich hatte Miss Atkinson ihnen im Jahr zuvor nach den Sommerferien genau die gleiche Aufgabe gestellt: Es war offensichtlich, dass Lehrer dieses Thema liebten. Er schrieb einfach über sein Teleskop und wie er den Sommer damit zugebracht hatte, den Sternenhimmel zu erforschen. Und da er schon dabei war, flocht er auch noch allerhand ein von all dem, was er über Galaxien, Sternhaufen und Riesensterne und so weiter gelesen hatte, über die großen Teleskope der berühmten Observatorien, über die Wahrscheinlichkeit, dass noch unbekannte, der Erde ähnliche Planeten um ferne Sonnen kreisten und womöglich intelligentes, dem Menschen ähnliches Leben trugen.

Ein paar Tage später hatte Miss Atkinson die Mappe mit den korrigierten und benoteten Aufsätzen dabei. »Es waren fast alle Aufsätze gut«, erklärte sie, »aber zwei davon haben mir ganz außerordentlich gut gefallen.« Sie zog den ersten Aufsatz hervor, legte ihn vor Leroy auf den Tisch und meinte: »Bravo, Leroy.«

Perry sah, wie seinem Freund fast die Augen aus dem Kopf quollen. Auf seinem Aufsatz prangte ein großes, fettes A+!

»Möchtest du deinen Aufsatz vielleicht der Klasse vorlesen?«, fragte Miss Atkinson.

Leroys Begeisterung schlug übergangslos in Entsetzen um. »Bitte nicht, Miss Atkinson!«, bat er mit erstickter Stimme. »Bitte nicht!«

Sie lächelte milde. »Schon in Ordnung. Muss nicht sein.« Sie nahm den zweiten Aufsatz, ging weiter und legte ihn vor Perry Rhodan hin. Ein A, und nicht ganz so groß geschrieben. »Sehr gut, Perry. Wie steht es mit dir? Möchtest *du* deinen Aufsatz der Klasse vorlesen?«

Perry zuckte mit den Schultern. »Ja, warum nicht?«

Als er aufstand und nach vorne zur Tafel ging, kicherte die halbe Klasse. Perry achtete nicht darauf, sondern stellte sich einfach neben das Pult von Miss Atkinson und begann vorzulesen, was er geschrieben hatte.

Nach und nach verstummte das Kichern. Und nicht nur das, eine Stille trat ein, wie das Klassenzimmer sie selten erlebte. Perry Rhodan las, und seine Mitschüler hingen gebannt an seinen Lippen, während sie ihm im Geist auf eine Reise zum Mond folgten, zu den Planeten des Sonnensystems und schließlich in die Tiefen der Milchstraße und zu fernen, geheimnisvollen Galaxien.

Als der Verfasser dieser Zeilen Gelegenheit hatte, mit ehemaligen Mitschülern Perry Rhodans zu sprechen, war dieser Vortrag und wie er sie in seinen Bann geschlagen hatte das Erste, woran sich alle erinnerten. Bis dahin hatten sich die meisten nie Gedanken über die Sterne am

Nachthimmel gemacht – danach waren sie völlig fasziniert von diesem Thema.

Vermutlich ist es kein Zufall, dass drei von Perry Rhodans ehemaligen Mitschülern – namentlich James H. Anderson, Christine Holton und Alvin R. Wilkerson – tatsächlich Astronomen geworden sind.

Bis dahin hatte man das Vorlesen eines Aufsatzes eher als peinliche Angelegenheit betrachtet und das Zuhören als langweilige Pflicht. Doch als Perry endete, brach spontan Applaus los, so laut, dass der Lehrer der Nachbarklasse herüberkam, um sich zu vergewissern, dass alles in Ordnung war. Ob Perry nicht mal sein Teleskop mit in die Schule bringen könne, wollte man wissen, und er meinte mit Seitenblick auf die Lehrerin, das könne er schon machen, wenn Miss Atkinson nichts dagegen habe.

Sie hatte nicht, erklärte nur, das müsse eben an einem Tag sein, an dem man auch Naturkunde habe.

»War super, Mann«, meinte Leroy nach der Stunde zu Perry. »Echt. Ich hätt dir noch Stunden zuhören können.«

»Warum hast du denn *deinen* Aufsatz nicht vorgelesen?«, fragte Perry zurück. »Sie hat doch klar gesagt, deiner war der beste?«

Leroy winkte ab. »Nee, Mann. Das bring ich nicht, mich so in den Vordergrund zu stellen. Nee, du.« Und dann sagte er wieder den Satz, den Perry so schrecklich ungern von ihm hörte: »Man muss wissen, wo sein Platz ist.«

In der Woche drauf ließ sich Perry von seiner Mutter mitsamt dem Teleskop in die Schule bringen und erklärte in der Naturkundestunde, wie es funktionierte und wie man damit umging. Jeder durfte mal hindurchschauen, wenn es auch nicht mehr zu sehen gab als die Bäume und Haustüren der Nachbarschaft, die dafür aber von so nah, als stünde man direkt davor.

Anschließend galt es, einen neuen Klassensprecher zu wählen, weil Fred Bailey, der bisherige, in den Sommerferien mit seinen Eltern nach New York gezogen war, wo sein Vater einen neuen Job hatte. Miss Atkinson schlug Perry Rhodan vor, und in der Abstimmung wurde er tatsächlich mit sämtlichen Stimmen gewählt.

»Was muss ein Klassensprecher denn machen?«, wollte seine Mutter wissen, als er ihr auf der Heimfahrt davon erzählte.

»Weiß ich noch nicht«, meinte Perry. »Aber das find ich schon raus.«

Die nachfolgende Anekdote wird bei all jenen ein Schmunzeln auslösen, die geschichtlich bewandert sind, erinnert das Vorgehen des Klassensprechers Perry Rhodan doch schon frappant an so manches politische Manöver des späteren Großadministrators Perry Rhodan.

Nachdem der elfjährige Junge eine Weile über das ihm so unverhofft zugefallene Amt und dessen Pflichten und Möglichkeiten nachgedacht hatte, begann er, seinen Mitschülern, nun, da sie ihm zuzuhören bereit waren, mehr über die nächtlichen Exkursionen auf den Case Mountain zu erzählen. Er schilderte diese Ausflüge in den glühendsten Farben, und schon bald konnte er bei Miss Atkinson vorstellig werden mit dem Ansinnen, einen nächtlichen Klassenausflug auf den Gipfel des Case Mountain zu organisieren, wo man gemeinsam den Sternenhimmel studieren wollte.

Perry hatte auch schon einen fertigen Plan dabei. Auf einem Blatt Papier hatte er alles genau ausgearbeitet: wie viele Autos benötigt wurden, um alle Kinder bis auf den Parkplatz am oberen Ende der Bergstraße zu befördern, wie viele Taschenlampen, um den verbleibenden, doch etwas steilen Weg bis auf die Kuppe unbeschadet zurückzulegen, und er hatte auch bedacht, dass man den Termin dafür recht kurzfristig würde festlegen müssen, dann nämlich, wenn die Wettervorhersage einen klaren Nachthimmel versprach.

»Um Himmels willen!«, rief die Lehrerin und Schulleiterin aus angesichts der Vorstellung, dreißig aufgekratzte, quirlige Kinder des Nachts auf einen Berggipfel zu befördern und heil wieder nach Hause zu bringen.

»Es sind *alle* dafür«, legte Perry ernsthaft nach. »Ein paar haben schon ihre Eltern gefragt, und die sind einverstanden.«

Miss Atkinson seufzte. »Das ist alles schön und gut, Perry, und du hast dir das auch sehr gründlich überlegt, aber das können wir leider nicht machen. Das ist einfach … verstehst du, wenn wir als Schule etwas veranstalten, dann müssen wir zum Beispiel dafür sorgen, dass alle Beteiligten *versichert* sind. Und die Regeln unserer Versicherung decken einen solchen Ausflug nicht ab. Es braucht sich nur jemand im Dunkeln den Fuß zu brechen, dann werde ich meines Lebens nicht mehr froh.«

Perry kratzte sich nachdenklich das Kinn. »Verstehe«, sagte er. Dann hellte sich sein Gesicht wieder auf, und er verkündete: »Ich hab noch eine andere Möglichkeit gefunden, wie wir den Sternenhimmel studieren könnten. Die ist nicht so gefährlich.«

Sprach's und zog einen ganzseitigen, vierfarbig gedruckten Prospekt aus seiner Mappe, den er in einer astronomischen Zeitschrift gefunden hatte. Angepriesen wurde ein Sternenglobus, der professionellen Ansprüchen genügte, eine zwölf Zoll durchmessende Glaskugel, die im unbeleuchteten Zustand die Sternkarte zeigte und bei eingeschalteter Beleuchtung außerdem die Sternbilder.

Der Haken war, dass dieses Ding atemberaubende achtzig Dollar kostete.

»*Achtzig* Dollar!«, stöhnte die Schulleiterin.

Perry sagte nichts, sah sie nur an und wartete. Gespannt, aber das ließ er sich nicht anmerken.

»Also gut«, meinte Miss Atkinson und legte den Prospekt neben sich. »Ich werd' mal schauen, ob ich irgendwo das Geld dafür abzweigen kann.«

»Super.« Perry nahm seinen Ausflugsplan wieder an sich. »An dem Globus haben wir auch länger als an so einem Ausflug.«

Sie musterte ihn argwöhnisch. »Du warst doch von Anfang an auf den Globus aus, oder?«

Perry hob harmlos die Schultern und meinte nur: »Ich dachte nur, es ist besser, ich hab auch einen Plan B. Wo sich doch jetzt alle so für die Sterne interessieren.«

Sarah Atkinson musste gegen ihren Willen schmunzeln. »Ich glaube, du bist ganz schön raffiniert. Ich behalte dich im Auge, Perry Rhodan!«

Natürlich war die Anschaffung des Globus tatsächlich von Anfang an Perrys eigentliches Ziel gewesen, nachdem sein Vater auf einen entsprechenden Vorstoß hinsichtlich des nächsten Weihnachtsgeschenks gemeint hatte, das könne er sich gleich aus dem Kopf schlagen, sein Name sei Rhodan, nicht Rockefeller. Eine Erinnerung, dass es im Schuljahr davor schon einmal eine ähnliche Diskussion um einen Klassenausflug gegeben hatte, hatte ihn auf die Idee für seinen Plan gebracht.

Drei Wochen später war es tatsächlich so weit: Miss Atkinson brachte den Sternenglobus mit in die Naturkundestunde, und er war ein durchschlagender Erfolg. Die ganze Klasse studierte die Sternbilder mit einer Energie, die sie sonst allenfalls in der Turnhalle an den Tag legte, wenn Mister Wasselewski sie Basketball spielen ließ. Alle fanden, dass Perry eine gute Wahl als Klassensprecher gewesen sei.

Zur allgemeinen Enttäuschung fand der Globus seinen Platz aber nicht im Klassenzimmer, sondern wurde im Lehrerzimmer aufbewahrt, seines nicht unbeträchtlichen Wertes und seiner Zerbrechlichkeit wegen. Wer aber das Studium der Gestirne in seiner Freizeit fortsetzen wolle, verkündete Miss Atkinson, der könne gern im Lehrerzimmer vorstellig werden.

Nach und nach bildete sich eine Gruppe heraus, bestehend aus Perry und den schon genannten Mitschülern James, Christine und Alvin, die von dieser Möglichkeit Gebrauch machten, nicht selten so ausgiebig, dass die Lehrer sie allein mit dem Globus im Lehrerzimmer zurückließen, allerdings nicht, ohne nachzuprüfen, dass die Schränke verschlossen waren, in denen die Prüfungen und andere wichtige Dokumente lagen. Meistens war es Mister McDowell, der Hausmeister, der die vier schließlich hinauswarf, weil es seine Aufgabe war, abends abzuschließen.

Im Lauf der Zeit wurde Naturkunde zum Lieblingsfach der Klasse – was ungewöhnlich war, normalerweise mochten die Schüler entweder Sport am liebsten oder Musik. Selbst als Miss Atkinson nach einer Weile sagte: »So interessant die Sterne auch sind, es wird Zeit, dass wir uns anderen Themen zuwenden«, und anfing, über das Leben auf der Erde zu sprechen, über Zellen und kleinste Lebewesen, lauschten alle gebannt. Dabei geschah es, dass Leroy irgendwann den Mut aufbrachte, zu schildern, wie er die Bewegungen winziger Wesen in Pfützen am Straßenrand beobachtet hatte. Die Lehrerin schaffte es, ihn behutsam zu ermuntern, mehr zu erzählen, und als er anderntags sein Vergrößerungsglas mitbrachte, war er der absolute Mittelpunkt der Klasse. Von da an nannte man Perry und Leroy »die beiden Wissenschaftler«, und auf vielen Wunschzetteln für Weihnachten stand in diesem Jahr »eine große Lupe«.

An Weihnachten kam Kenneth Malone zu Besuch. Sein Geschenk für Perry war eine »A-J Hornet«, ein Modellflugzeug aus Balsaholz, dessen Propeller von einem Gummiband angetrieben wurde. Es war im Nu zusammengesteckt, und dann ließ Perry es draußen im Garten fliegen, bis ihn seine Mutter ins Haus befahl, weil das Radio einen Blizzard angekündigt hatte. Tatsächlich begann es gleich darauf zu schneien.

Während sie im Wohnzimmer saßen und zusahen, wie der Schnee still und friedlich, aber unaufhörlich fiel, erzählte Kenneth Malone, inzwischen Colonel, von Florida, wo er seit einiger Zeit stationiert war, von den Alligatoren dort, den Moskitos und den Schlangen. Das Meer habe wahrscheinlich gerade Badetemperatur, meinte er grinsend – oder was sie denn dächten, woher seine gesunde Gesichtsfarbe komme?

»Und was ist das für ein Stützpunkt?«, wollte Perrys Vater wissen.

»Banana River Naval Air Station«, erklärte Kenneth Malone. »Gibt es seit 1940. Im Krieg haben sie dort Piloten der freien französischen Streitkräfte ausgebildet, U-Boote entlang der Ostküste auf Patrouille geschickt und dergleichen. Ist aber jetzt alles Geschichte. Ich leite den Umbau der Anlage, die nächstes Jahr an die Air Force gehen soll.«

Er hielt kurz inne, sah in die Runde und meinte: »Also – das, was ich euch jetzt erzähle, unterliegt der Geheimhaltung. Nicht gerade *top secret*, aber ihr solltet es trotzdem nicht weitererzählen. Die Air Force hat eine Menge V-2-Raketen von den Deutschen erbeutet, und die sollen von der neuen Basis aus gestartet werden. Sie haben auch die Leute mitgebracht, die die Dinger gebaut haben, unter anderem den Leiter des ganzen Projekts damals, einen gewissen Wernher von Braun. Amerika will sich diese Technologie aneignen, versteht ihr? Der Weltraum, das ist die Zukunft. Wer den Weltraum beherrscht, der beherrscht die Erde, und wir wollen nicht, dass uns da die Sowjets zuvorkommen.

Was leider im Bereich des Möglichen ist, denn erstens sind die auch nicht dumm, und zweitens haben sie ebenfalls eine Menge deutscher Ingenieure kassiert, die an solchen Projekten gearbeitet haben.«

Alle nickten gewichtig. »Ihr baut also ein Raketentestgelände«, stellte Jake Rhodan fest.

»So was in der Art«, sagte Kenneth Malone. Er blickte Perry an, der die Unterhaltung mit leuchtenden Augen verfolgte. »Wär das nichts für dich, junger Mann? Pilot? Ich glaube, du würdest einen guten Piloten abgeben. Vorausgesetzt, du hörst demnächst mal auf zu wachsen. Wenn du nämlich größer wirst als 6 Fuß 5 Inches, passt du in kein Cockpit mehr.«

Perry musste lachen. »Das ist witzig. Mister Wasselewski, unser Basketballcoach, sagt immer, aus mir könnte ein guter Spieler werden, ich dürfte nur nicht *aufhören* zu wachsen.«

Onkel Malone hob die Augenbrauen. »Und? Willst du das? Ein *Basketballer* werden?« Es klang nicht, als begeistere ihn diese Vorstellung.

»Astronom will er werden«, warf Perrys Mutter ein. »Die Sterne sind gerade sein Ein und Alles.«

»Wobei ein Sportstipendium nicht zu verachten wäre«, ergänzte Perrys Vater. »So ein Studium kostet ja sonst Unsummen. Das muss sich ein Radiohändler erst mal leisten können.«

»Astronom? Hmm. Na, ich würde sagen, da ist das letzte Wort noch nicht gesprochen.« Kenneth Malone betrachtete Perry. »Sag mal, hättest du nicht Lust, mich irgendwann zu besuchen? In den nächsten Sommerferien vielleicht? Ich zeig dir dann alles, und bis dahin sieht man bestimmt schon einiges von dem, wie's später werden soll.«

»Au ja!«, rief Perry aus.

»Geht das denn?«, meinte seine Mutter skeptisch.

Ihr Großcousin nickte beruhigend. »Keine Sorge. Als Colonel habe ich eine riesige Dienstwohnung, in der es an nichts fehlt; außerdem habe ich eine Haushaltshilfe eingestellt, eine Miss Belinda Jones, die meiner schlanken Linie den Kampf angesagt hat. Da würde ein elfjähriger Junge … das heißt, halt, bis dahin bist ja schon zwölf … jedenfalls, es wäre kein Problem.« Er spähte aus dem Fenster. »Immer vorausgesetzt, wir kommen hier jemals wieder weg.«

Tatsächlich fiel an diesen Feiertagen eine unglaubliche Menge Schnee, so viel, dass im Nordosten der USA praktisch alles zum Erliegen kam. In Manchester hörte es erst am zweiten Weihnachtstag wieder auf, und bis dahin lag der Schnee rund ums Haus mehr als zwei Meter hoch. Kenneth Malone, der ursprünglich nur zwei Tage hatte bleiben wollen, saß bei den Rhodans fest, und so kam es, dass Perry noch eine Menge Erzählungen über Flugzeuge, Piloten und Raketen zu hören bekam.

In diesen Tagen waren die Straßen unpassierbar und nicht wenige Leute in ihren Häusern richtiggehend eingeschneit, aber da jeder für die Feiertage eingekauft hatte, waren die meisten Kühlschränke voll, und niemand musste Hunger leiden. Die Hoffnungen der Schüler von Manchester, infolge des Schneeeinbruchs könnten ein paar Tage Schule ausfallen, erfüllten sich indes nicht: Pünktlich zum ersten Schultag lief alles wieder wie gewohnt.

Perry und Leroy erzählten einander von ihren Erlebnissen, und Perry konnte der Versuchung nicht widerstehen, mit seinem Onkel anzugeben und damit, was für ein hohes Tier dieser beim Militär war. Er gab wieder, was Onkel Kenneth über das Leben in Florida erzählt hatte, und ohne an dessen Ermahnungen hinsichtlich der Geheimhaltung zu denken, erzählte er auch: »Die haben deutsche V2-Raketen aus dem Krieg dort. Die wollen sie starten, sobald das Testgelände fertig ist.«

»V2?«, wiederholte Leroy. »Das sind die Dinger, die die Nazis auf London geschossen haben, oder?«

»Genau. Die wollen sie umbauen und versuchen, sie bis in den Weltraum zu schießen.«

»Wow. Und da ist dein Onkel Chef?«

»Ja. Und ich darf ihn im Sommer besuchen. Er hat gesagt, dann zeigt er mir alles!«

Leroy grinste. »Dann pass nur auf, dass er dich nicht gleich in eine Rakete setzt und auf den Mond –«

Er hielt inne, als in diesem Moment eine nur zu bekannte Gestalt um die Ecke kam. Leroy und Perry hockten an ihrem Lieblingsplatz, einem dicken Rohr, das um die Ecke vom Schulhof seitlich aus dem Gebäude kam und, da es irgendwas mit dem Heizungssystem zu tun hatte, immer ein bisschen warm war. Und nun tauchte niemand anders als Vince »Tin Can« Tortino vor ihnen auf, bedachte sie mit einem frechen Grinsen und ging weiter!

Perry sah ihm mit einem unguten Gefühl nach. Klar, es konnte Zufall sein, aber irgendwie war er überzeugt, dass Vince ihr Gespräch belauscht hatte.

Das Leben ging weiter, das Schuljahr nahm seinen Lauf. Perry entdeckte, dass es in der Stadtbücherei Formulare gab, mit denen man die Anschaffung bestimmter Bücher vorschlagen konnte, was er natürlich sofort tat. Und tatsächlich, in der zweiten Hälfte des April 1948 lag eine an ihn adressierte Postkarte im Briefkasten, die ihn davon in Kenntnis setzte, dass ein von ihm vorgeschlagenes Buch über die Raumfahrt der Zukunft nun verfügbar sei und er, da er den Kauf angeregt habe, es als Erster ausleihen dürfe, unter der Voraussetzung, dass er innerhalb von acht Tagen vorstellig wurde.

So lange wartete Perry Rhodan natürlich nicht. Gleich am nächsten Tag radelte er hin und kehrte glückselig mit dem neuen Buch zurück. Zum Leidwesen seiner Mutter, die es lieber gesehen hätte, wenn er, nun, da draußen der Frühling in voller Pracht erblühte, wieder mit Leroy durch die Gegend gestreift wäre, anstatt über Büchern zu sitzen und von Raumstationen, interplanetaren Flugbahnen und Ionenantrieben zu lesen – und bei Tisch davon zu erzählen!

Aber es war ein dickes Buch, und die Ausleihfrist betrug nur zwei Wochen, von denen die Schule die meiste Zeit in Anspruch nahm. Da musste man sich schon ranhalten.

In diese Lektüre war Perry Rhodan also gerade vertieft, als eines Nachmittags ein Anruf von Leroy kam. Was umso bemerkenswerter war, als die Washingtons gar kein Telefon besaßen; wenn sie telefonieren mussten, gingen sie aufs Postamt oder, in Notfällen, zu den Reynolds, ihren Nachbarn.

Perry solle so schnell wie möglich zur Schule kommen, meinte Leroy nur hastig, sie hätten Ärger. Mehr könne er am Telefon nicht sagen. »Ich warte an der Tür zur Turnhalle.«

Leroy hatte beunruhigend genug geklungen, dass Perry Rhodan sein Buch zuklappte und sich stattdessen aufs Fahrrad schwang. Keine zehn Minuten später war er an der Schule. Leroy erwartete ihn schon, zog ihn mit sich in die kühle, dunkle Turnhalle und flüsterte aufgeregt: »Der Sternenglobus ist verschwunden. Mitten aus dem Lehrerzimmer geklaut. Und rat mal, wen sie im Verdacht haben werden.«

4

Perry erschrak – wie schon gesagt, eine auffallend seltene emotionale Reaktion bei ihm und ein Hinweis darauf, dass er bereits in diesem Moment intuitiv verstanden hatte, dass etwas Bedeutsames passiert war, etwas, das mehr war als ein einfacher Diebstahl.

Freilich konnte er nicht wissen, dass die folgenden Ereignisse seinem Leben einmal mehr eine ganz neue, unerwartete Wendung geben sollten. In seinen Gedanken verband sich sein Erschrecken mit der Erkenntnis, dass er derjenige war, auf den der Verdacht fallen würde.

»Lass sehen«, sagte er.

Sie marschierten eiligen Schrittes durch die Gänge des Schulgebäudes, die, wie immer, wenn sie so unnatürlich still und verlassen dalagen, etwas unheimlich wirkten, und in diesem Moment erst recht. Das Lehrerzimmer war unverschlossen, ansonsten war nicht viel zu sehen: Da war das Regal, in dem der Globus seinen Platz gehabt hatte, und dieser Platz war leer.

»Ich hab ihn nicht genommen, Leroy«, erklärte Perry. »Aber ich hab ihn zuletzt in der Hand gehabt, das stimmt. Heute nach der Schule.« Er hatte am Vorabend durch ein Loch in der ansonsten undurchdringlichen Wolkendecke eine Sternkonstellation erspäht und wissen wollen, ob er die Sterne richtig identifiziert hatte: Also war er an diesem Tag nach Ende des Unterrichts noch einmal ins Lehrerzimmer marschiert, um den Sternglobus zu konsultieren. Miss Atkinson hatte ihn eingelassen, war aber kurz darauf gegangen. Sie hatte ihn noch ermahnt, das Licht auszuschalten, bevor er nach Hause ging – das Lehrerzimmer befand sich auf der Nordseite des Gebäudes, und der Architekt hatte zu kleine Fenster einbauen lassen, so dass es fast immer zu dunkel war. Perry hatte etwa zehn Minuten gebraucht, um die fragliche Sternkonstellation zu finden, und war dann befriedigt aufgebrochen.

Und nun war der Globus verschwunden.

»Ich weiß, dass du ihn nicht genommen hast!«, erregte sich Leroy. Auf seiner dunklen Stirn zeichneten sich deutlich Schweißtropfen ab. »Was denkst du, warum ich dich alarmiert habe? Weil *ich* zuletzt im Lehrerzimmer war. *Ich* hab den Globus zuletzt gesehen. Und es ist noch keine Stunde her!«

Jetzt erst fiel Perry auf, dass es in der Tat seltsam war, dass sich sein Freund um diese Zeit überhaupt in der Schule aufhielt. Wie kam es, dass ausgerechnet Leroy als Erster von diesem Diebstahl erfahren hatte? Was war hier eigentlich los?

»Also, es ist so«, erklärte Leroy auf eine diesbezügliche Frage Perrys, und er tat es mit sichtlichem Unbehagen. »Miss Atkinson hat mir einen kleinen Job zukommen lassen. Ich komme nach dem Ende des Nachmittagsunterrichts und räume das Lehrerzimmer auf, wenn niemand mehr da ist. Ich kehre zusammen, schaffe den Abfall weg, leere die Aschenbecher – solche Dinge. Das hat mit der Schule nichts zu tun, das ist ein Deal zwischen Miss Atkinson und mir. Sie zahlt mir pro Tag einen Quarter, aus ihrer eigenen Tasche.«

Perry nickte. »Verstehe. Und als du heute angefangen hast, war der Globus noch da?« Warum ihm Leroy von seinem Job bisher nichts erzählt hatte, war ein Thema, über das sie ein andermal sprechen konnten.

»Ja!«, rief Leroy aufgeregt. »Hier hat er gestanden, das weiß ich genau! Dann hab ich die Aschenbecher geleert und die Papierkörbe, alles in den Abfalleimer da gekippt« – er wies auf einen uralten Blechbottich, der mitten im Zimmer stand –, »und den trag ich dann immer runter, um alles in eine Mülltonne zu leeren, verstehst du? Und wie ich wieder hochkomme, ist der Globus weg.«

Perry furchte die Stirn. »Und wie lange ist das jetzt her?«

»Hab ich doch gesagt, noch keine Stunde.« Leroy sah auf die Uhr über der Tür und korrigierte sich: »Doch, eine Stunde. Ich bin erst herumgerast, hab gedacht, vielleicht war ein Lehrer da, der ihn schon in eins der Klassenzimmer gebracht hat, für morgen, aber die sind alle abgeschlossen. Dann bin ich ums ganze Gebäude, hab durch die Fenster geschaut – nirgends ein Sternenglobus. Und dann …« Er seufzte. »Dann hab ich dich angerufen.« Er sah in Richtung des Telefons an der Wand des Lehrerzimmers. »Und ich hab noch nicht mal zusammengekehrt.«

»Hmm. Seltsame Geschichte.« Perry fuhr sich mit dem Finger über die kleine Narbe auf dem Nasenflügel, wie er es immer tat, wenn er angestrengt nachdachte. »Also, ich glaube kaum, dass Miss Atkinson dich verdächtigen wird, ihn genommen zu haben. Versteh mich nicht falsch, aber wenn es einen gibt, dem man unterstellen würde, dass er das Ding lieber bei sich zu Hause stehen hätte, dann bin das wohl ich.«

Leroy warf die Hände in die Höhe. »Himmel, Perry, sei doch nicht so naiv! Natürlich wird niemand denken, dass ich den Globus bei mir zu Hause habe, um ihn abends mit ins Bett zu nehmen! Man wird denken, na klar, der kleine arme Nigger hat ihn geklaut und zu Geld gemacht! Das Ding ist achtzig Dollar wert, das heißt, bei einem Pfandleiher kriegst du, na, vielleicht fünfzehn dafür. Fünfzehn Dollar, stell dir das mal vor! Das wäre zum Beispiel ein Radio für die Familie Washington!«

»Dann lass uns mal logisch überlegen«, meinte Perry. »Wenn keiner von uns beiden den Sternenglobus genommen hat, dann muss es jemand anders gewesen sein. Jemand, der gewusst hat, dass die Tür zum Lehrerzimmer um diese Zeit offen ist. Wer schließt dir auf, wenn du deinen Job anfängst?«

»Na, Mister McDowell natürlich. Miss Atkinson hat ihm Bescheid gesagt.«

»Und wer weiß überhaupt von deinem Job?«

Leroy zuckte mit den Schultern. »Ich hab's nicht gerade an die große Glocke gehängt.«

»Ja, wenn du's sogar mir verschwiegen hast …«

»Das läuft erst seit ein paar Wochen. Seit Anfang April. Irgendwann hätt' ich es schon erzählt.«

Perry war eine Idee gekommen. »Es gibt jemanden, den wir fragen könnten. Der Bescheid wissen könnte, was so vor sich geht.«

»Nämlich?«, wunderte sich Leroy.

»Tin Can«, sagte Perry.

Leroys Fahrrad stand zu Hause, also gingen sie die halbe Meile bis zum Haus der Tortinos zu Fuß, wobei Perry sein Fahrrad neben sich herschob. Sie redeten wenig. Jeder von ihnen hatte eigene Gedanken, denen er nachhing, außerdem schien die Sonne, als übe sie schon mal für den Sommer, was einem zusätzlich die Lust nahm, außer den Beinen auch noch den Mund zu bewegen.

Kurz bevor sie am Ziel waren, hörten sie hinter sich ein Auto, und als sie sich neugierig umdrehten, erblickten sie einen nagelneuen, schwarzen, schnittig gebauten Buick Eight, der mit überhöhter Geschwindigkeit die Ferguson Street entlangpreschte. Wer immer ihn lenkte, fuhr rücksichtslos, wich den beiden Jungen nicht aus, sondern schoß Schotter verspritzend dicht an ihnen vorbei.

»Hey!«, rief ihm Leroy zornig nach.

Als hätte der Fahrer diesen Ausruf gehört, bremste der Wagen abrupt und kam in einer Staubwolke zum Stehen. Eine Tür sprang auf, eine aufgebrachte Männerstimme rief etwas, das aus der Entfernung nicht zu verstehen war, dann kam eine Gestalt in hohem Bogen aus der offenen Tür geflogen und stürzte zu Boden. Im nächsten Augenblick heulte der Motor wieder auf, die Tür fiel zu, und der Wagen raste davon.

Die Gestalt, die sich nun stöhnend aus dem Geröll des Straßenrands erhob, war niemand anderer als Vince »Tin Can« Tortino.

Leroy und Perry eilten zu ihm. »Was ist denn mit dir passiert?«, rief Leroy.

Vince richtete sich so mühsam auf, als müsse er seine Knochen erst wieder an die richtigen Stellen schieben. Für die beiden Knaben hatte er nur einen verächtlichen Seitenblick. »Was habt ihr denn hier verloren?«, knurrte er.

»Wir wollten zu dir«, sagte Perry und überlegte, wie er ihr Anliegen angesichts der Situation am diplomatischsten zur Sprache bringen konnte.

Leroy machte derartige Überlegungen hinfällig. »Wir wollten dich fragen, was du über den Sternenglobus weißt, der aus dem Lehrerzimmer verschwunden ist!«, platzte er unverblümt heraus.

Perry bedachte ihn mit einem strafenden Blick. So würde das bestimmt nichts werden!

Doch nicht genug, dass Leroy seinen Unmut gar nicht wahrzunehmen schien, seine direkte Frage führte überraschenderweise zum Ziel, und das schneller als erhofft. Denn Vince erwiderte freiheraus: »Den Globus? Den hab ich genommen.«

»Dann wäre es das Beste, wenn du ihn wieder zurückgibst«, sagte Perry sofort. Wenn gerade Klartext angesagt war, umso besser. »Sonst kommen Leroy und ich nämlich in Verdacht, ihn gestohlen zu haben.«

Vince drehte den Kopf ächzend nach links und rechts. »Die Sache ist die«, meinte er dabei, »ich hab ihn nicht mehr.«

»Und wer hat ihn dann?«, hakte Perry nach.

»Der Typ in dem Buick.« Vince wies mit einer fahrigen Geste in die Richtung, in die der Wagen verschwunden war. »Aber der wird ihn natürlich so rasch wie möglich weiterverscheuern.«

»Der Kerl, der dich aus dem Wagen geworfen hat?«, fragte Leroy verdutzt.

»Nur eine kleine Meinungsverschiedenheit zwischen Geschäftsleuten.« Vince grinste schief. »Kann vorkommen.«

»Und wer ist der Kerl?«, wollte Perry wissen. »Wie heißt er?«

Vince rollte mit den Schultern. »Er nennt sich Logan. Ist aber nicht sein richtiger Name, schätze ich. Ansonsten – keine Ahnung. Ich hab ihn unten an der Parkade kennengelernt. Glaub nicht, dass er von hier ist, eher aus Hartford oder noch weiter weg.«

»Und was hat er dir für den Globus gezahlt?«

»Dreißig Dollar.« Vince setzte ein ausgesprochen einfältig wirkendes Grinsen auf. »Dreißig leicht verdiente Dollar. Da kann man nicht auch noch erwarten, dass so ein Kerl Manieren hat.«

»Okay«, meinte Perry. »Dann wär es das Beste, du gehst zu Miss Atkinson und erzählst ihr, was sich tatsächlich abgespielt hat.«

Tin Can sah ihn an wie einen Verrückten. »Spinnst du? Da würde ich ja …« Er hielt inne. Sein Gesicht erhellte sich, als sei ihm gerade eine großartige Idee gekommen. »Leute, wisst ihr was? Lasst uns das alles in Ruhe besprechen. Ich lad uns alle zu 'nem Eis ein.«

Wenn man in Manchester gutes Eis suchte, gab es nur eine Adresse, die in Frage kam: Cavey's Ice Cream Parlor in der Center Street, geführt von John Cavey, dessen Frau Maria gebürtige Italienerin war und sich auf die Herstellung von Eis verstand wie keine zweite. Genau dort saßen die drei eine halbe Stunde später, und Tin Can erklärte mit großspuriger Geste: »Bestellt, was ihr wollt. Heute hab ich Spendierhosen an.«

Was Leroy gleich ausnutzte, indem er ein Banana Split orderte. Perry nahm nur ein kleines Vanilleeis, weil er spürte, dass das alles irgendwie dazu dienen sollte, sie beide einzuwickeln – er verstand nur nicht recht, zu welchem Zweck.

»Was würde das denn bringen, wenn ich alles gestehe?«, argumentierte Vince, als die Eisbecher auf dem Tisch standen. »Den Globus bringt es jedenfalls nicht wieder.«

»Aber es würde verhindern, dass Leroy verdächtigt wird, ihn gestohlen zu haben«, entgegnete Perry.

»Verdächtigen ist eine Sache«, gab Vince zu bedenken, »aber *beweisen* eine andere.«

»Wenn der Fall nicht einwandfrei aufgeklärt wird, wird der Verdacht für immer an Leroy hängenbleiben«, beharrte Perry. »Und wer weiß, was daraus wird.« Er musste an Geschichten denken, die in den Südstaaten vorgefallen waren, wo manchmal ein Verdacht oder gar nur eine Anschuldigung reichte, um jemanden mit schwarzer Haut ins Gefängnis zu bringen – oder Schlimmeres.

Vince schüttelte bekümmert den Kopf. »Ich will euch die Wahrheit sagen. Der wahre Grund, warum ich die Sache nicht gestehen kann, ist meine Mutter. Sie hält ohnehin nicht viel von mir. Wenn sie erfährt, dass ich gestohlen habe, würde es ihr das Herz brechen.«

»Das hättest du dir vielleicht besser vorher überlegt«, sagte Perry ärgerlich.

»Ja, vielleicht«, gab Vince zu. »Aber nun ist es eben, wie es ist, nicht wahr?«

Perry sah hilfesuchend zu Leroy hinüber, aber den hatte der Banana Split mit viel Schokoladensirup und Schlagsahne großzügig gestimmt. »Das können wir seiner Mutter wirklich nicht antun«, meinte er kauend. »Auch wenn Tin Can natürlich eine Laus ist.«

»Ach ja? Und dafür willst du es *deiner* Mutter antun?«, fragte Perry missgelaunt zurück. Die ganze Geschichte lief ganz und gar nicht so, wie er sich das vorgestellt hatte.

Leroy wackelte nachdenklich mit dem Kopf. »Meine Mutter«, meinte er endlich, »wird mir glauben. Und sei es nur, weil sie es merken würde, wenn ich mehr als ein paar Quarter in der Tasche habe.«

Tin Can stand auf. »Während ihr euch beratet, geh ich mal zahlen.«

Perry sah ihm nach, wie er zur Theke ging. John Cavey tippte die Beträge in die Registrierkasse. Während Leroy genüsslich die Reste des Schokoladensirups aus dem Glasbecher kratzte, beobachtete Perry, wie Tin Can in die Tasche griff und einen Zwanzig-Dollar-Schein zutage förderte.

Zweifellos ein Teil der dreißig Dollar, die er von diesem Logan bekommen hatte. Mit anderen Worten: Sie hatten gerade einen Teil des Sternenglobus verzehrt!

Bei diesem Gedanken wurde ihm das süße Vanilleeis nachträglich bitter im Mund.

Später sollte sich Perry Rhodan an diesen Moment erinnern als den Augenblick, in dem er es zum ersten Mal mit Korruption zu tun bekommen hatte, Korruption in ihrer primitivsten Form: Ich tue dir einen Gefallen, dafür tust du mir einen Gefallen. Bestechung. Käuflichkeit. Versuchung.

Natürlich tritt Korruption noch in tausend anderen, bis nahezu zur Unkenntlichkeit verfeinerten Formen auf, und im Lauf seines Lebens ist Rhodan zweifellos mit allen davon irgendwann konfrontiert worden. Dass er es stets geschafft hat, Versuchungen dieser Art zu widerstehen, führt er selber darauf zurück, dass ihm der Ekel, den er in jenem Moment in John Caveys Eisdiele empfunden hat, unvergesslich geblieben ist: Es ist für ihn der Geschmack der Korruption geworden, sozusagen deren körperliche Manifestation.

Das ist keine Kleinigkeit. Der Korruption zu widerstehen ist – wenn man mir als Mann der finanziellen Lebenssphäre diese Abschweifung an dieser Stelle gestatten möge – mehr als eine moralische Frage, es ist auch in hohem Maße eine Frage des Wohlergehens für die Gesellschaft als Ganzes. Das Grundprinzip von Korruption ist immer das gleiche: Es ist der Versuch, Strukturen zu etablieren, die dafür sorgen, dass nicht derjenige »gewinnt« (wie auch immer das Gewinnen in der jeweiligen Situation aussehen mag), der die beste Leistung erbringt, sondern andere, die Günstlinge dieser Strukturen sind. Es nutzt kurzfristig einigen wenigen, zerstört langfristig aber unweigerlich das Räderwerk wirtschaftlichen Handelns. Und so, wie wir nicht nur bei Menschen, sondern bei allen Lebewesen, die so etwas wie ein Gemeinwesen entwickeln, eine Wirtschaft vorfinden (wenn auch nicht unbedingt immer ein Geldwesen), so finden wir darin auch immer das Phänomen der Korruption. Korruption ist eine ansteckende Krankheit, die, wenn man sie nicht überwindet, zum Zerfall eines Gemeinwesens führen kann, ja, sogar zum Aussterben einer Spezies.

Wenn wir uns die überaus prekäre Lage der Menschheit Ende des zwanzigsten und Anfang des einundzwanzigsten Jahrhunderts vergegenwärtigen und im Detail untersuchen würden, welche Rolle eine optimal funktionierende Wirtschaft zu ihrer Bewältigung beigetragen hat, könnte uns das durchaus zu der Erkenntnis führen, dass wir Tin Cans Machenschaften und Maria Caveys Vanilleeis unser Überleben zu verdanken haben.

Aber genug der Abschweifungen ins Geschichtlich-Allgemeine, zurück zum elfjährigen Perry Rhodan in Manchester, Connecticut, der vor der Frage stand, was er nun tun sollte.

Ihm war zunächst nur klar, was er nach Möglichkeit *nicht* tun wollte: nämlich, seine Eltern damit zu behelligen. Er hätte wahrscheinlich keinen rechten Grund dafür angeben können, und auch in der Erinnerung wusste er keinen zu sagen, außer, dass er eben das Gefühl hatte, die Sache klären zu müssen, ohne seine Eltern damit zu »belasten«, wie er es einmal formulierte.

Was vermutlich zeigt, dass das familiäre Leben der Rhodans nicht so idyllisch war, wie es um diese Zeit herum noch aussah.

Jedenfalls, er fuhr ungewöhnlich langsam nach Hause, weil er unterwegs viel nachzudenken hatte. Was sollte er tun? Man konnte weder ihm noch Leroy beweisen, dass sie den Globus gestohlen hatten, weil sie den Diebstahl nicht begangen hatten. Aber – der Verdacht würde bestehen, und er würde bestehen bleiben, bis die Wahrheit ans Licht kam. Und wenn er lange bestehen blieb, würde er auch seinen Eltern zu Ohren kommen, besser gesagt, die Schule würde sie über kurz oder lang in dieser Angelegenheit zu einem hochnotpeinlichen Gespräch einbestellen. Leroy und er hatten, wenn überhaupt, höchstens ein paar Tage, um die Sache zu bereinigen.

Würde es etwas helfen, Vince Tortino anzuschwärzen? Wohl nicht. Vince würde einfach alles abstreiten – und im Abstreiten hatte er viel Erfahrung. Nicht nur das: Gerade *weil* Vince schon so viel angestellt hatte, war er auch schon oft zu Unrecht verdächtigt worden, war sozusagen »der übliche Verdächtige«, so dass man weiteren Anschuldigungen inzwischen mit gehöriger Skepsis begegnete.

Ganz zu schweigen davon, dass sie danach in Vince einen Feind haben würden. Und Vince »Tin Can« Tortino war nicht unbedingt jemand, den man zum Feind haben *wollte*.

So weit hatten Leroy und er es auf dem Rückweg aus der Stadt schon durchdiskutiert und verabredet, was sie bei den zu erwartenden Verhören am nächsten Tag erzählen würden: nichts über Tin Can, und ansonsten nur das, was sich tatsächlich zugetragen hatte.

Nun, während er auf dem Heimweg grüblerisch Schlangenlinien die Wyllys Street entlangfuhr, endeten seine Überlegungen immer wieder bei ein und demselben Punkt: Er musste diesen Logan aufspüren!

Einen Mann, von dem er nicht einmal wusste, wie er aussah.

Alles, was er wusste, war, wie sein *Auto* aussah.

Aber das war vielleicht gar keine schlechte Spur. Der Buick Eight war ein ganz neues Modell, davon gab es noch nicht so viele. Wenn er,

Perry, sich in der Stadt umsah und so einen Wagen fand, dann hatte er mit ziemlicher Sicherheit auch Logan gefunden und konnte sich an dessen Fersen heften.

So würde er es machen, beschloss Perry und hörte auf, Schlangenlinien zu fahren. Stattdessen machte er, dass er nach Hause kam, wo inzwischen schon das Abendessen wartete.

Das Verhör durch Miss Atkinson am nächsten Tag war hart. Leroy hatte sie vom Verschwinden des Globus während seines Aufräumdienstes in Kenntnis gesetzt und war darob als Erster ins Gebet genommen worden; danach war Perry dran, an dessen Interesse an dem Globus am Vortag sich Miss Atkinson genau erinnerte.

Ja, beteuerte Perry auf ihre entsprechende Frage, ihm war klar, dass die Sache ernst war.

Und: Nein, er wusste nicht, wo der Globus abgeblieben war.

»Perry, ist das die Wahrheit?«, hakte die Lehrerin und Schulleiterin geradezu verzweifelt nach.

»Ja, Ma'm«, erklärte der Junge und fühlte sich unwohl, was man ihm vermutlich ansah. Dabei, so sagte er sich insgeheim, war das nicht mal gelogen, denn wo sich der Globus inzwischen *befand*, wusste er ja tatsächlich nicht!

Schließlich faltete Miss Atkinson seufzend die Hände und sagte: »Es bleibt mir keine Wahl, ich werde dem School Board von dem Diebstahl berichten müssen. Und auch, dass du und Leroy die Letzten wart, die den Globus gesehen haben. Ab da geht dann alles seinen Gang, verstehst du? Dann wird es keine Rolle mehr spielen, was *ich* glaube. Oder *wem* ich glaube.«

Perry nickte, erfüllt von dem deutlichen Gefühl, einen falschen Weg eingeschlagen zu haben. Doch er überging dieses warnende Gefühl, indem er sich sagte, dass er es nun angefangen hatte und deswegen auch durchziehen musste. Trotz all seiner schon damals deutlich erkennbaren Intelligenz war er noch zu jung, um erkennen zu können, dass er diesem Vorfall viel zu große emotionale Bedeutung zumaß. Für ihn und Leroy war der Diebstahl des Sternenglobus und der Verdacht, der deswegen auf ihnen lastete, eine überdimensionale Angelegenheit von geradezu existentieller Bedeutung. Ihm fehlte die Lebenserfahrung, die ihm gesagt hätte, dass die ganze Sache aus Sicht der daran beteiligten Erwachsenen letztlich eine Lappalie war, ein ärgerlicher Verlust, gewiss, aber in erster Linie ein Anlass zu erzieherischen Maßnahmen, nicht zu strafrechtlichen.

Miss Atkinson kam um den Schreibtisch herum, legte Perry eine Hand auf die Schulter. »Falls du … mir irgendwann noch etwas dazu sagen willst: Ich bin immer hier. Du kannst jederzeit zu mir kommen.«

Perry versicherte ihr, dass ihm auch das klar sei, und atmete auf, als er dann endlich entlassen war. Von der großen Pause waren nur noch ein paar Minuten übrig. Er schleppte sich auf dem Schulhof, auf dem die restlichen rund zweihundert Kinder unbeschwert herumtobten, und sah sich nach Leroy um.

Er fand ihn an ihrem üblichen Platz.

»Die härtesten zehn Minuten meines Lebens«, erklärte Perry, als er sich neben Leroy auf die Rohrleitung sinken ließ.

»Ja, nicht wahr? Wenn sie einen so eindringlich anschaut, dann bringt man es fast nicht fertig, *nicht* die Wahrheit zu sagen. Weil man genau weiß, sie meint's ja gut mit einem.« Leroy musterte ihn von der Seite. »Aber du hast auch dichtgehalten, oder?«

Perry nickte. »Wie ein U-Boot.«

Leroy sah sich um. Es war niemand in Hörweite. »Und was wird jetzt?«

»Tin Can muss zugeben, dass er den Globus geklaut hat«, sagte Perry grimmig.

»Und wie willst du ihn dazu bringen?«

»Indem wir diesen Logan aufstöbern«, sagte Perry und erklärte Leroy seinen Plan.

Perrys Plan war simpel: Das School Board tagte immer dienstags, also blieb ihnen bis dahin eine Galgenfrist. Sie würden den Freitagnachmittag, das Wochenende und den Montagnachmittag dazu nutzen, kreuz und quer durch die Stadt zu radeln und nach dem schwarzen

Buick Ausschau halten. Wer ihn fand, musste dranbleiben, versuchen herauszufinden, wo dessen Fahrer wohnte oder sich zumindest gewohnheitsmäßig aufhielt – vielleicht hatte Logan in Manchester ja eine Stammkneipe oder dergleichen. Und von da aus musste man weitersehen.

Leroy war nicht sonderlich begeistert. »Dir ist schon klar, dass ein schwarzer Junge nicht überall hinkann?«

»Ja«, erwiderte Perry, ärgerlich nicht über Leroys Widerstand, sondern über dessen Ursachen: Je älter er wurde, desto mehr erboste es ihn, in einer Gesellschaft zu leben, die den Wert eines Menschen an einer Lappalie wie der Farbe seiner Haut festmachte. »Wenn es nicht geht, dann geht es eben nicht. In Gefahr zu bringen brauchst du dich natürlich nicht.«

»Andererseits«, überlegte Leroy, »gibt's auch viele Situationen, in denen man als Neger praktisch übersehen wird. Als wär man ein Möbelstück oder so.« Er grinste. »Und wenn's dunkel wird, bin ich natürlich gnadenlos im Vorteil.«

»Bin mal gespannt, wie du im Dunkeln ein schwarzes Auto finden willst.« Perry überlegte weiter. »Ich bring den Stadtplan von Manchester mit. Wir teilen die Routen auf und machen Treffpunkte aus. Und vielleicht auch ein Pfeifsignal. Hast du diese geschnitzten Pfeifen noch, die dir dein Onkel mal geschickt hat?«

»Klar«, sagte Leroy. »Aber die werd ich Danny klauen müssen, um sie mitzubringen.«

»Ist das ein Problem?«, fragte Perry.

Leroy grinste. »Nicht wirklich.«

Bewaffnet mit einem Stadtplan und zwei Holzpfeifen, machten die beiden sich also auf die Suche nach dem Buick Eight. Sie kurvten durch die Stadt, erkundeten Viertel, von denen sie bislang nicht einmal gewusst hatten, dass sie existierten, radelten, bis ihnen die Beine schmerzten, und fanden – nichts.

So ein Nachmittag war verdammt kurz.

Auch das Wochenende war im Nu vorüber.

Denn Manchester war verdammt groß, wenn man nur Fahrräder zur Verfügung hatte.

Perry war demzufolge rechtschaffen müde, als er am Montagabend zwar erfolglos, aber immerhin gerade noch rechtzeitig zum Abendessen zu Hause eintrudelte. Außerdem war er hungrig wie ein Wolf, zur Freude seiner Mutter, die sich oft Sorgen machte, weil er ihrer Meinung nach zu wenig aß. Da sich seine Eltern nach dem Essen ins Wohnzimmer setzten, um einem klassischen Konzert zu lauschen, das im Radio übertragen wurde – »Gedudel«, wie es Perry bei sich nannte –, erregte es keinen Argwohn, dass er sich gleich in sein Zimmer zurückzog … wo er über seinem Raumfahrtbuch einschlief! Er schreckte gerade rechtzeitig hoch, um mehr oder weniger zur gewohnten Zeit ins Badezimmer gehen und seinen Eltern anschließend gute Nacht sagen zu können. Als er sich zu Bett begab, tat er es in der Erwartung, nun zu schlafen wie ein Stein.

Doch kurze, vorzeitige Nickerchen haben es manchmal so an sich, dass man danach erstaunlich lange erstaunlich wach bleibt, und genau so erging es Perry an diesem Abend. Anstatt einzuschlafen, ging ihm der Tag noch einmal durch den Kopf, fuhr er, halb dösend, im Geiste noch einmal all die Straßen ab, Straßen, in denen viele Autos standen, aber kein Buick Eight und schon gar kein schwarzer.

Und nur weil er nicht wirklich schlief, hörte er das Geräusch am Fenster, das klang, als habe jemand ein Steinchen dagegengeworfen.

Oder hatte er das auch nur geträumt? Die Augen weit aufgerissen, lag Perry still, atmete so leise wie möglich und lauschte.

Da, wieder! Also doch. Jemand war im Garten und wollte mit ihm reden.

Bestimmt Leroy. Vielleicht hatte er irgendetwas herausgefunden? Perry glitt aufgeregt aus dem Bett, huschte ans Fenster, zog den Vorhang einen Spalt weit auf und spähte hinaus. Sein Zimmer lag zu ebener Erde im hinteren Teil des Hauses, dem Hang zugewandt. Draußen schien der Mond, und auch der Himmel war klar und so voller Sterne, als habe sich der Sternenglobus riesenhaft aufgebläht und sei dorthin aufgestiegen.

Das Haus war von einem Rasen umgeben, den Perrys Vater sorgfältig pflegte – neuerdings ärgerlicherweise, indem er das Rasenmähen an seinen Sohn delegierte –, und die Rasenfläche wiederum von einer akkurat geschnittenen Hecke. Bei dieser Hecke, dicht bei dem mit Steinplatten bedeckten Viereck, auf dem an warmen Sommertagen manchmal ein Grill aufgestellt wurde und in sternklaren Nächten manchmal sein Teleskop, entdeckte Perry eine Gestalt. Sie hatte die Bewegung des Vorhangs offenbar gesehen, denn sie winkte ihm zu.

Perry schob das Fenster leise hoch, streckte den Kopf hinaus und flüsterte: »Wer ist da?«

Zu seiner Überraschung lautete die Antwort: »Ich bin's, Tin Can.«

Irgendwie erstaunte es Perry zwar nicht, dass es *nicht* Leroy war, der ihn geweckt hatte – sich nachts hier hoch und ans Haus zu schleichen hätte nicht zu ihm gepasst –, aber mit Tin Can hatte er genauso wenig gerechnet.

»Was willst du?«, fragte er misstrauisch.

»Komm raus«, zischte es von der Hecke her. »Ich muss dir was Wichtiges sagen.«

Perry fröstelte in der kühlen Nachtluft. »Komm doch einfach her.«

Leises, abfälliges Lachen war die Antwort. »Damit mich dein Vater erwischt und mir die Hucke vollhaut? Nee, danke auch.«

Das war, dachte Perry, eine durchaus berechtigte Sorge, denn sein Vater hielt definitiv nichts von Strolchen, die im Alter von achtzehn noch in der Elementary School herumhingen, und würde keine Sekunde zögern, einen derartigen Eindringling mit robusten Mitteln von seinem Grund und Boden zu vertreiben. Andererseits stand im Moment nicht zu befürchten, dass dergleichen geschah, denn wenn Vater einmal schlief, weckte ihn so leicht nichts. Auch Perrys Mutter gehörte nicht zu den Frauen, die jedes kleine Geräusch aus dem Tiefschlaf riss.

»Okay«, wisperte Perry also. »Ich komme.«

Er zog sich rasch an, warm genug für die Nacht. Dann schob er das Fenster weiter nach oben, legte ein Buch unter, das, falls das Fenster sich durch einen Windstoß löste und herabrutschte, verhindern würde, dass es ganz zufiel und er nicht mehr unbemerkt ins Haus zurückkam, und kletterte hinaus. Ein paar rasche, leise Schritte über den Rasen, dann war er bei der Hecke, zwängte sich hindurch und fand Vince im Gebüsch dahinter hockend vor.

»Also«, drängte Perry, »was gibt's?«

Vince musterte ihn. »Du suchst nach Logan, stimmt's?«

»Woher weißt du das?«

»War geraten«, erwiderte Tin Can und grinste. »Ich an deiner Stelle würd's jedenfalls so machen.« Sein Grinsen bekam etwas Maskenhaftes, Lauerndes. »Die Sache ist die: Ich weiß, wo er steckt.«

Perry atmete unwillkürlich heftig ein. »Und wo?«

»Ist gar nicht weit von hier. Komm, dann zeig ich's dir.«

Perry zögerte. Das kam alles ziemlich plötzlich, und es hatte irgendwie etwas Falsches an sich. Um nicht zu sagen: Die ganze Angelegenheit war ihm unheimlich.

»Woher hast du überhaupt gewusst, welches mein Zimmer ist?«, fragte er nervös.

Vince hob die Augenbrauen und meinte mit einem Nicken in Richtung des Hauses: »Das war nicht schwer.«

Perry hob den Kopf und begriff: Das Fenster seines Zimmers war das einzige, in dem Flugzeugmodelle hingen, und die sah man sogar im Mondlicht prima.

»Also, was ist jetzt?« Vince wurde ungeduldig. »Willst du Logan finden oder nicht?«

Perry spürte immer noch jenen Impuls aus seinem Inneren, das Angebot abzulehnen, doch er hatte noch nicht gelernt, darauf zu hören. »Wo ist er?«, fragte er stattdessen.

»Ganz in der Nähe. Auf dem Weg zum Wasserfall.«

»Also los«, sagte Perry, seinem Unbehagen zum Trotz.

Tin Can ging voraus, den Hang hinauf und quer durch den Wald. Sie hätten auch die Straße entlanggehen können, aber die machte einen riesigen Bogen; das hier war eine Abkürzung.

Allerdings war es ausgesprochen leichtsinnig, sich mitten in der Nacht durch den Wald zu schlagen, ohne zu sehen, wohin man trat.

Perry hätte Tin Can außerdem gern noch ein paar Fragen zu Logan gestellt, zum Beispiel, was der hier machte und was Vince antrieb, ihn auf dessen Spur zu führen, doch Tin Can ging so weit vor ihm, dass er nicht dazu kam.

Nach einer Weile ging es wieder abwärts, und nun hörte man das Rauschen von Wasser. Kurz darauf überquerten sie eine dichtbewachsene Böschung und standen auf einem Parkplatz, von dem ein Feldweg abging.

»Leise«, mahnte Tin Can flüsternd und deutete auf den Feldweg. »Er ist irgendwo dort.«

Perry begriff gar nichts mehr. Er kannte diesen Weg natürlich, war ihn zusammen mit Leroy und auch allein schon oft gegangen, wenn auch immer nur tagsüber. Der Pfad führte zum Wasserfall, in einem Bogen darum herum und dann weiter durch den Wald zum See, und es gab Stellen, von denen aus man eine wunderbare Aussicht hatte. Perry wusste überdies, dass der Pfad zu nächtlicher Stunde ein beliebter Treffpunkt für Liebespärchen war und deswegen auch *Lover's Lane* genannt wurde. Aber was Tin Can hier wollte – oder dieser Logan –, war ihm ein Rätsel.

»Du bleibst hier«, befahl Tin Can ebenso hastig wie leise. »Ich geh ihn suchen. Und pass auf – wenn du irgendwas hörst, irgendwas Verdächtiges, oder wenn ein Auto kommt, dann schrei, so laut du kannst. Logan darf mich nicht noch mal in die Finger kriegen. Am besten, er sieht mich gar nicht. Klar?«

»Aber wieso …?«, wollte Perry nachhaken, doch da rannte Tin Can schon in den schmalen Weg hinein und verschwand im Dunkeln.

Perry sah sich ratlos um. Was sollte er hier? Was sollte diese ganze Aktion? Und wie stellte sich Tin Can überhaupt vor, dass er Logan zu fassen kriegte? Das war schließlich ein Erwachsener, der sich nicht groß darum kümmern würde, was ein Elfjähriger von ihm wollte.

Und so, nach und nach, verdichtete sich in ihm das Gefühl, dass Tin Can ihn irgendwie reinlegte – er begriff nur nicht, wie und zu welchem Zweck! Wollte Vince ihn einfach zum Narren halten? Wollte er morgen in der Schule herumerzählen können, dass er ihn, Perry Rhodan, dazu gebracht hatte, die ganze Nacht mutterseelenallein im Wald herumzustehen? Eine andere Erklärung fiel ihm nicht ein, sosehr er auch grübelte.

Doch just in dem Moment, in dem er sich abwenden und wieder nach Hause gehen wollte – diesmal den langen, sicheren Weg die Straße entlang –, gellte ein Schrei durch die Nacht, der Schrei einer entsetzten Frau. Und er kam aus der Richtung, in die Tin Can sich abgesetzt hatte! Perry reckte den Kopf, stand regungslos, hörte gleich darauf eine wutentbrannte Männerstimme, ein nicht zu verstehender Ausruf, der in einem erstickten Stöhnen endete.

Was hatte das zu bedeuten? Perry lief eine Gänsehaut über den Rücken. Sollte er davonrennen, nach Hause, und von dort aus die Polizei verständigen, oder sollte er gleich versuchen, der Frau zu Hilfe zu eilen, die er schreien gehört hatte?

Noch ehe er zu einem Entschluss gelangt war, hörte er hastiges Getrampel, das über die *Lover's Lane* auf ihn zu kam. Es war Tin Can, dem zwei weitere Männer folgten, beide deutlich älter als er.

»Hey!«, rief Perry aus. »Was ist los?«

»Klappe, Mann!«, keuchte Tin Can, versetzte ihm im Vorbeirennen einen Stoß vor die Brust und verschwand über die Böschung im Wald.

»Er hat recht«, stieß einer der Männer hervor. »Je weniger Lärm du machst, desto besser für dich.« Er zog etwas aus der Tasche, drückte es Perry in die Hand. »Da. Fürs Schmierestehen.« Dann folgten er und sein Kompagnon dem Weg in den Wald, den Tin Can eingeschlagen hatte.

Perry hob die Hand und musterte das, was der Mann ihm gegeben hatte: eine Zwanzig-Dollar-Note! Aber kein Wort von der Frau, die geschrien hatte. Und wieso Schmierestehen?

In diesem Augenblick hörte er, wie sich ein Auto mit hoher Geschwindigkeit die Straße herauf näherte, und als er aufblickte, sah er Blaulicht zwischen den Baumstämmen hindurchzucken. Und er begriff, dass er eine Riesendummheit begangen hatte.

5

Eine Viertelstunde später war der Teufel los. Zwei Polizeiautos standen da, leuchteten mit ihren Scheinwerfern in das Gebüsch, in dem Beamte mit Taschenlampen und gezogenen Pistolen herumstapften und nach Spuren suchten. Sie hatten zwei reichlich mitgenommene Gestalten gefunden, die nun auf einem umgestürzten, bemoosten Baumstamm hockten und einem Polizisten das, was ihnen widerfahren war, zu Protokoll gaben: ein junger Mann mit einem zerrissenen Hemd und einem bös geschwollenen Auge und eine verheulte junge Frau, die sich in seine Jacke wickelte, weil jemand ihr die Bluse zerfetzt hatte.

Wir wollen nichts beschönigen: Auch der junge Perry Rhodan war an diesem Punkt der Ereignisse mit den Nerven am Ende. Ein unkontrollierbares Zittern hatte seinen Körper befallen, und sein Versuch, dem ihn befragenden Beamten zu erzählen, was geschehen war, ließ den armen Mann nur immer ratloser werden. Immerhin, ›Tin Can‹ verstand er, und dieser Name sagte ihm auch etwas.

Dann kam ein drittes Polizeiauto an, und einer der Männer, die ihm entstiegen, war Perrys Vater. Perry stürzte zu ihm hin und beteuerte schluchzend: »Ich war's nicht, Dad! Ich hab niemanden überfallen!«

Jake Rhodan legte unbeholfen den Arm um ihn und brummte: »So ein Blödsinn. *Natürlich* hast du niemanden überfallen. So dumm bist du nicht.« Er sah zu einem der Beamten hin, der mit ihm gekommen war, und meinte: »Oder, Leutnant? Was liegt gegen ihn vor?«

Bei dem Angesprochenen handelte es sich um Leutnant Cheney, den Vorgesetzten all der anderen Beamten, die hier zugange waren. Er hatte sich bereits kurz Bericht erstatten lassen, kam nun schweren Schritts über den zerfurchten Boden des Parkplatzes auf die beiden Rhodans zu und meinte: »Nein, mit dem Überfall hat er nichts zu tun. Aber es sieht schon ziemlich dumm aus, dass er hier kurz vor Mitternacht herumsteht und einen Zwanzig-Dollar-Schein in der Hand hat, der aus dem Überfall stammt.« Er hatte den Geldschein bei sich – der Beamte, der versucht hatte, Perry zu vernehmen, hatte ihn beschlagnahmt – und hielt ihn in den Lichtkegel des Scheinwerfers. Man sah ein kleines Bleistiftkreuz auf der Rückseite, bei dem ein Strich doppelt ausgeführt war. »Der junge Mann dort drüben, der ausgeraubt wurde, heißt Michael Dennison. Er hat die Angewohnheit, größere Banknoten zu markieren. Fragt mich nicht, wozu – scheint irgendein Spiel zu sein; er wollte wohl sehen, wie schnell ein Geldschein wieder zu ihm zurückkommt. Nun, auf jeden Fall lässt sich das gestohlene Geld anhand dessen identifizieren. Mehr als hundertfünfzig Dollar waren es.«

Jake Rhodan reckte das Kinn vor. »Dennison? Dennison? Doch nicht etwa *der* –?«

»Doch. Die Papierfabrik. Das ist der Sohn.« Leutnant Cheney nickte in Richtung der beiden. »Das Mädchen ist seine Verlobte, Susan Dougherty. Ihr hat man den ganzen Schmuck abgenommen. Die beiden haben bestätigt, dass Perry bei dem Überfall nicht dabei war.« Er sah Perry an. »Also, erzähl mal.«

Inzwischen hatte sich Perry einigermaßen beruhigt und konnte endlich schildern, was sich an dem Abend zugetragen hatte, und auch, was der Hintergrund des Ganzen war.

»Hmm«, meinte Leutnant Cheney hinterher. »Die beiden Männer haben Dennison und das Mädchen ungefähr genauso beschrieben wie Perry. Genauso ungenau, will ich damit sagen; das bringt uns kein Stück weiter. Von Tin Can haben sie nichts gesehen. Den Knaben werden wir uns natürlich vorknöpfen, aber wenn wir nichts von dem gestohlenen Geld bei ihm finden und er alles abstreitet, dann steht Perrys Wort gegen seines, und was ein Richter daraus macht, steht in den Sternen.«

»Verdammt«, stieß Jake Rhodan hervor und blickte seinen Sohn an. »Das war nicht gerade ein Geniestreich, wenn du meine Meinung hören willst.«

»Ich weiß«, gab Perry kleinlaut zu.

»Wie auch immer«, meinte der Leutnant, »auf jeden Fall gibt das alles eine Menge Papierkram. Ich schreib euch gleich eine Vorladung, wir sehen uns morgen früh auf der Wache, und dann gibt der junge Mann hier seine Aussage zu Protokoll. Bis dahin –«

Er unterbrach sich, sah auf. Von der Straße her hörte man plötzlich laute Stimmen, und eine besonders durchdringende, die schimpfte und fluchte, was das Zeug hielt, erkannte Perry sofort: Tin Can!

»Lasst mich los, ihr verdammten … Aua! Ja, ich sag ja alles …«

Irgendwann an diesem Abend hatte Leroy, erschöpft von den Anstrengungen des Tages und überwältigt von der Aussichtslosigkeit ihres Vorhabens, seinem Vater alles gebeichtet.

Der war daraufhin buchstäblich ausgerastet, wobei seine Wut nicht Leroy galt, sondern Vince Tortino. »Dieser Strolch!«, hatte er geschrien. »Dieser Tagedieb! Erst will er meinen Boss bestehlen, und jetzt bestiehlt er die Schule meines Sohnes! Und das auch noch auf eine Weise, die dich in Verdacht bringt! Das reicht. Den kauf ich mir!«

»Beruhige dich doch, Lavern!«, rief Leroys Mutter voller Sorge.

Doch Lavern Washington wollte sich nicht beruhigen. Er sprang auf, schnappte sich die Autoschlüssel, sagte: »Komm, Leroy!«, und dann verließen die beiden Männer das Haus.

Die Schlüssel gehörten zu einem klapprigen Firmenlieferwagen, mit dem Lavern Washington an diesem Abend Propangasflaschen an den *Depot Square Grill* ausgeliefert und dort auch gleich angeschlossen hatte. Das war ein Service, den *Seaman's Hardware Store* anbot, und Mister Hoffman hatte ihn eigens dafür den Führerschein machen lassen. Auch war es üblich, dass er den Lieferwagen in solchen Fällen mit nach Hause nahm.

Unterwegs hörten sie das Geheul von Polizeisirenen, dachten sich aber weiter nichts dabei, denn das war in Manchester leider kein allzu ungewöhnliches Geräusch. Auf der Porter Street überholte sie ein schwerer Wagen, der ohne Licht fuhr, und bog kurz vor ihnen ab, in eben die Ferguson Road, die auch ihr Ziel war.

»Ich glaube, das war der schwarze Buick!«, stieß Leroy hervor.

»Oha«, sagte sein Vater, bog ebenfalls ab, und da sahen sie den Wagen am Straßenrand stehen, noch ein gutes Stück vom Haus der Tortinos entfernt. Tin Can war ausgestiegen und unterhielt sich mit jemandem im Auto.

Lavern Washington hielt rasch an, stellte den Motor ab und klappte das Seitenfenster auf. Die Nacht trug die Stimmen weit, und sie lauschten mit angehaltenem Atem. Es ging um das Case Reservoir und irgendeine Schweinerei, die dort passiert war – und auch der Name »Rhodan« fiel! Leroy bekam große Augen, wäre am liebsten aus dem Wagen gesprungen, aber sein Vater legte ihm mahnend die Hand auf die Schulter.

So verharrten sie, bis der schwarze Buick wieder anfuhr und entschwand. Dann spurteten sie los. Tin Can hatte keine Chance; ehe er begriff, was vor sich ging, hatten die beiden ihn schon am Wickel. Was da am Case Mountain los sei, verlangte Lavern Washington zu wissen und hielt ihm dabei die geballte Faust unter die Nase. Und was mit Perry Rhodan sei, hakte Leroy nach. Vince Tortino war vom Anblick der zwei kohlrabenschwarzen, stinkwütenden Gesichter wie gelähmt, aber seine Reaktion war Hinweis genug. Die beiden Washingtons verstauten ihn hinten im Wagen, schlossen gut ab und machten sich auf den Weg zum Case Reservoir.

Dort brauchten sie einfach nur den Blaulichtern zu folgen, um zum Ort des Geschehens zu finden. Sie hielten in einiger Entfernung von den Polizeiwagen, holten Tin Can heraus, nahmen ihn zwischen sich – und ins Gebet: Wenn er nicht wolle, dass seine Nase eine völlig neue Form bekomme, erklärte ihm Lavern Washington grimmig, dann täte er gut daran, der Polizei alles zu gestehen. (Diese Drohung fand keinen Eingang ins Polizeiprotokoll; Perry Rhodan erfuhr davon erst später von Leroy.)

Tin Can gehorchte. Die beiden schleppten ihn vor Leutnant Cheney hin, und Tin Can gestand alles: dass er Michael Dennison ausspioniert hatte, dass Logan ihm vierzig Dollar für den Tipp bezahlt hatte, dass er an dem Überfall zwar nicht beteiligt, aber dabei gewesen war. Tatsächlich fanden sich auch drei markierte Geldscheine in Tin Cans Hosentasche, zwei Zehner und ein Zwanziger.

»Vergiss den Sternenglobus nicht!«, fauchte Leroy.

»Ja, der … der … den hab ich gestohlen«, bekannte Tin Can geknickt.

Leutnant Cheneys Begeisterung über diese Wendung der Dinge hielt sich in Grenzen. Einerseits war er natürlich froh, einen der Schuldigen zu haben, der überdies geständig war, andererseits gefiel es ihm grundsätzlich nicht, wenn Privatpersonen das Gesetz in die eigenen Hände nahmen. »Das hätte Sie in ziemliche Schwierigkeiten bringen können«, ermahnte er Lavern Washington, den er hinterher auf ein Wort beiseitenahm. »Ich hoffe, das ist Ihnen klar?«

»Mir ist die Hutschnur geplatzt, Leutnant«, erwiderte der, dem natürlich durchaus bewusst war, dass gerade er als Schwarzer ein außerordentliches Risiko eingegangen war, indem er es gewagt hatte, einen Weißen zur Rechenschaft zu ziehen, mochte der auch ein noch so großer Lump sein.

»Dann kaufen Sie sich lieber einen stabileren Hut, Lavern«, riet ihm der Leutnant, klopfte ihm dann auf die Schulter und sagte: »Danke trotzdem. Hat uns sehr geholfen.«

Logan und sein Kumpan wurden zur Fahndung ausgeschrieben, eine genaue Beschreibung des geraubten Schmucks an alle Pfandleiher in weitem Umkreis geschickt, doch vergebens. Weder Geld noch Schmuck tauchten je wieder auf. Tin Can erwartete ein Prozess vor dem Jugendrichter, doch man ging davon aus, dass er mit einer geringen Strafe davonkommen würde.

Das School Board jedoch befand, dass es nun des Ärgers genug war, und schloss Vince Tortino vom Unterricht aus. Altersmäßig hatte er seine Schulpflicht hinter sich, und man war froh, ihn bei diesem Anlass endlich loszuwerden.

Für Perry Rhodan war die ganze Geschichte, auch wenn er einigermaßen glimpflich davongekommen war, allerdings noch nicht zu Ende.

»Ich hoffe, dir ist klar, dass du dich ausgesprochen dämlich angestellt hast, Perry?«, meinte sein Vater am darauffolgenden Abend beim Abendessen.

»Ja, Dad«, gab Perry betreten zu.

»Ich habe heute den ganzen Tag über diese Sache nachgedacht«, fuhr Jake Rhodan fort. »Was glaubst du – warum hat dich dieser Vince Tortino gestern aus dem Bett geholt?«

Perry hob erstaunt die Augenbrauen. »Weil er mir einen Streich spielen wollte. Das hat er doch gesagt.«

»Dass er das *gesagt* hat, hab ich auch gehört. Aber das muss nicht heißen, dass es die Wahrheit ist.«

Perry sah seinen Vater ratlos an. »Aber … welchen Grund hätte er sonst gehabt?«

Jake Rhodan kniff, halb spöttisch, halb ernst, die Augen zusammen. »Hast du dich mal gefragt, wieso eigentlich die Polizei so plötzlich da oben aufgetaucht ist?«

Perry stutzte. Das hatte er sich in der Tat noch nicht überlegt. »Ähm … nein«, gestand er.

»Genau im richtigen Moment, um dich mit einem gestohlenen Zwanziger in der Hand vorzufinden?«

»Das ist tatsächlich seltsam«, warf Perrys Mutter ein.

Jake Rhodan lehnte sich zurück. »Das könnt ihr nicht wissen. Leutnant Cheney hat es mir anvertraut, als er mich hier abgeholt hat. Sie haben einen Anruf bekommen, über Funk, auf der Polizeifrequenz. Jemand hat durchgegeben, dass es einen Raubüberfall am Wasserfall gegeben hätte – und dass ein gewisser Perry Rhodan darin verwickelt sei!«

»Was?«, entfuhr es Perry.

»Um Himmels willen«, stieß seine Mutter hervor.

»Er hat mich heute Nachmittag extra deswegen im Laden aufgesucht. Sie haben es nachgeprüft: Der Funkspruch klang echt, kam aber von keinem ihrer Streifenwagen. Und das Erstaunlichste: Er ging ein, *bevor* der Überfall stattgefunden hat.«

»Ein Täuschungsmanöver«, erkannte Perry.

»Ganz genau.« Sein Vater nickte ernst. »Logan oder sein Kumpane müssen ein Funkgerät bei sich gehabt und die Polizei *selber* über den Raubüberfall informiert haben, und zwar so rechtzeitig, dass die Streifenwagen unmittelbar danach schon vor Ort sein würden. Wie lange man von der Stadt bis hoch zum *Lover's Lane* braucht, das ist ja nicht schwer herauszufinden.«

Perry bekam große Augen. Und jetzt fiel es ihm wieder ein: Der andere Mann hatte tatsächlich ein seltsames, klobiges Ding bei sich getragen. Gut möglich, dass es ein Funkgerät gewesen war.

Perrys Mutter schüttelte den Kopf. »Aber warum hätten sie so etwas tun sollen?«

»Das ist genau die Frage«, erklärte Jake Rhodan. »Warum hätten sie das tun sollen – wenn es ihnen nur um die Beute gegangen wäre? In dem Fall wäre es Unsinn gewesen. Also ging es ihnen nicht um die Beute. Es ging ihnen um dich, Perry.« Er faltete die Hände, wie er es manchmal tat, wenn es etwas Unangenehmes zu erklären galt. »Stell dir vor, was passiert wäre, wenn die Washingtons *nicht* zufällig mit einem geständigen Vince Tortino aufgetaucht wären. Der Verdacht, dass du irgendwie mit den Männern, die Dennison und seine Freundin überfallen haben, unter einer Decke steckst, dass du tatsächlich Schmiere gestanden hast, würde immer noch bestehen. Und er wäre schwer oder gar nicht mehr aus der Welt zu schaffen! Dann die Sache mit dem Globus, wo du auch schon des Diebstahls verdächtigt worden bist. Ich sage euch, das Ganze ist ein Plan von diesem Tortino. Der steckt mit irgendwelchen Ganoven unter einer Decke und versucht, in dir einen Helfershelfer zu finden … oder besser gesagt, aus dir einen Helfershelfer zu *machen*, indem er dich zu sich in die Gosse hinabzieht. Der Weg dorthin ist kurz. Hat man erst einmal ein paar Vorstrafen und wird in der Nachbarschaft über einen geredet, dann ist schnell der Punkt erreicht, an dem man auf ehrliche Weise keinen Fuß mehr auf den Boden bekommt. Dann bleibt einem nichts anderes übrig, als sich auf kriminelle Machenschaften einzulassen. Das ist es, was Tortino mit dir plant. Aber bei Gott, ich werde mit allen Mitteln verhindern, dass er damit Erfolg hat.«

»Aber Vince sitzt doch im Gefängnis!«, wandte Perry ein, dem ganz mulmig geworden war.

»Ja, im Moment sitzt er dort. Aber was glaubst du, für wie lange? Der Richter wird ihn ein paar Wochen in eine Erziehungsanstalt stecken, mehr nicht. Danach ist er wieder hier.«

»Und was ist mit Leroy? Der wäre dann doch auch in Gefahr!«

Sein Vater schüttelte den Kopf. »Denk dran, Tortino hat *dich* dort hinaufgelockt, nicht Leroy. Bei Leroy ist für ihn nämlich nichts zu holen. *Du* bist derjenige, den er haben will. Du hast Verbindungen. Kontakte. Du kennst dich auf der Nordseite des Case Mountain aus, kennst die ganzen reichen Leute hier – Rikers, Dennisons, Dziąduses, Thralls und so weiter. Dein Vater besitzt ein Elektrogeschäft. Nein, Leroy ist nicht in Gefahr – du bist es. Und deswegen will ich dich Tortinos Zugriff entziehen.«

Perry holte tief Luft, sagte aber nichts. Etwas lag in der Luft, das ihm sagte, dass gerade eine wesentliche Entscheidung für sein Leben getroffen wurde.

»Wenn deine Mutter einverstanden ist«, begann sein Vater und warf seiner Frau einen Blick zu, aus dem die Erfahrung sprach, dass sie es sein würde, »möchte ich dich zu deinem Onkel Kenneth nach Florida schicken. Er hat dich ja sowieso für die Ferien zu sich eingeladen. Ich habe heute mit ihm telefoniert; er wäre einverstanden, würde sich – das soll ich unbedingt ausrichten – sogar freuen. Es gibt bei ihm in der Nähe eine Schule, die du besuchen könntest, bis die Ferien anfangen. Und dein Onkel ist immerhin Colonel der US Army – das heißt, bei ihm wirst du vor Tortino und seinen Hintermännern in Sicherheit sein, und das ist das Wichtigste dabei.«

Perry sah seine Mutter an. Die nickte nachdenklich und meinte dann: »Ja. Ich finde das eine gute Lösung.«

»Okay«, sagte Perry bedächtig, der noch nicht recht wusste, ob er sich freuen sollte, dass der ersehnte Besuch bei seinem Onkel früher als erwartet Wirklichkeit wurde, oder entsetzt darüber, so jäh aus seiner vertrauten Umgebung gerissen zu werden. »Und wann soll es losgehen?«

»So bald wie möglich, würde ich sagen«, erklärte sein Vater. »Morgen: packen und den Papierkram erledigen. Und übermorgen bist du unterwegs!«

6

So kam es, dass Perry Rhodan am Donnerstag, dem 29. April des Jahres 1948 alter Zeitrechnung, nach Florida reiste, unter anderem mit einem luxuriösen Zug, der die Strecke von Boston nach Miami befuhr und den Namen BLUE ZEPHYR trug.

Es war kurz vor Mitternacht, als er in Daytona Beach ausstieg, als Einziger, und dann, als der Zug weitergefahren war, ratlos und verloren im blassen Schein der Bahnhofsbeleuchtung stand. Kenneth Malone hatte versprochen, ihn abzuholen, war aber nicht da. Stattdessen kam ein nach Bier stinkender, abgerissen wirkender Mann auf ihn zugeschwankt, der nur ein löchriges Unterhemd und eine kurze Hose trug, und wollte wissen, ob er Perry Rhodan sei?

»Ja«, sagte Perry unsicher.

»Colonel Malone«, sagte der Mann mit einem schiefen Grinsen, »hat sich ein wenig verspätet. Aber er wird bald kommen.« Er deutete auf eine Baracke auf der anderen Seite der Gleise. »Am besten, du wartest dort drüben auf ihn.«

Perry nahm seinen Koffer auf, musterte den Mann, dem die fettigen Haare ins Gesicht hingen. »Wer sind Sie?«

Der Mann winkte mit einer trunkenen Bewegung ab. »Unwichtig. Ich pass hier nur ein bisschen auf, verstehst du? Also, nun geh schon.«

Perry fand das alles ziemlich seltsam und keinen guten Anfang für seine Zeit hier in Florida, aber er folgte der Anweisung des Unbekannten, überquerte die Gleise und marschierte zu der Baracke. Es handelte sich um das Büro der Florida East Coast Railroad Company; man konnte hier Fahrkarten kaufen sowie Reisegepäck und Fracht aufgeben oder abholen – allerdings nicht mehr um diese Zeit, es war schon alles verschlossen und kein Licht mehr hinter den Fenstern.

Perry stellte seinen Koffer ab und wartete. Alles war sehr ungewohnt für ihn: die nächtliche Wärme, das flache, in der Dunkelheit nur zu erahnende Grasland, die Palmen, die sich wie Scherenschnitte vor dem Nachthimmel abzeichneten, und vor allem die riesigen Insekten, die die einzige Lampe auf dieser Seite des Bahnhofs umschwärmten. Es kam ihm vor, als habe es ihn ans Ende der Welt verschlagen. Überdies war er seit ein Uhr früh auf den Beinen und schrecklich müde; unterwegs hatte er nur zwischen Washington und Richmond ein wenig gedöst.

Endlich tauchten die Scheinwerfer eines Wagens in der Ferne auf, der sich im Näherkommen als ramponierter 45er Chevrolet entpuppte. Aber Kenneth Malone saß darin, und das war die Hauptsache. Sie begrüßten sich, sein Onkel erklärte, dass ihn eine Panne aufgehalten habe, und meinte dann: »Rein mit deinem Koffer und dir, damit wir nach Hause kommen, ehe die Karre endgültig den Geist aufgibt!«

Unterwegs erzählte er, wie der Wagen plötzlich stehen geblieben war. »Ungefähr auf halber Strecke zwischen New Smyrna und Scottsmoor. Das ist völliges Niemandsland, musst du wissen, weit und breit keine Menschenseele. Hat ewig gedauert, bis endlich ein Auto vorbeigekommen ist und mich mitgenommen hat zur nächsten Werkstatt. Und bis wir dann wieder draußen waren und der Motor wieder lief … na ja, jedenfalls habe ich auf die Weise glatte drei Stunden verloren.«

»Ohne die Panne wärst du aber viel zu früh am Bahnhof gewesen«, wandte Perry ein.

»Besser zu früh als zu spät.« Onkel Ken warf ihm einen kurzen Seitenblick zu. »Hast du Angst gehabt, so allein?«

»Angst? Ach was«, behauptete Perry großspurig. Dann räumte er ein: »Aber deine Nachricht war schon beruhigend.«

»Meine Nachricht?«, fragte Kenneth Malone verwundert. »Was meinst du damit?«

»Na, du hast mir doch ausrichten lassen, dass du dich verspätest.«

»Wer hat dir das ausgerichtet?«

»Ein ziemlich seltsamer Mann«, erzählte Perry. »Er sah eigentlich eher aus wie ein Landstreicher. Der ist auf mich zugekommen, hat mich gefragt, ob ich Perry Rhodan bin, und dann gesagt, du würdest dich ein wenig verspäten. Und dann hat er gemeint, ich soll beim Büro der Bahngesellschaft auf dich warten. Da, wo du mich aufgelesen hast.«

Kenneth Malone räusperte sich. »Er kannte deinen Namen?«

»Ja.«

»Und meinen auch?«

»Ja, klar. Also, er hat ›Colonel Malone‹ gesagt.« Perry musterte seinen Onkel beunruhigt. »Wieso? Stimmt etwas nicht?«

Kenneth Malone blies die Backen auf. »Nun ja, schon erstaunlich, was alles so passiert«, meinte er dann leichthin. »Die Sache ist nämlich die, dass ich dir *keine* Nachricht hinterlassen habe. Ich bin gar nicht dazu gekommen, und ehrlich gesagt hätte ich auch nicht gewusst, wen ich da hätte anrufen sollen.«

»Das ist aber seltsam«, sagte Perry beunruhigt. »Ich hab das doch nicht geträumt!« Wobei er sich dessen in diesem Moment nicht unbedingt sicher war, so übermüdet, wie er sich fühlte.

»Es gibt bestimmt eine logische Erklärung dafür«, meinte sein Onkel mit einer Unbekümmertheit, die Perry gespielt vorkam. »Die Hauptsache ist, dass du wohlbehalten angekommen bist.«

Am nächsten Tag erwachte Perry erst gegen elf Uhr. Die Sonne schien so intensiv, wie er es oben in Neuengland noch nie erlebt hatte, und der Himmel war von makellosem Lichtblau. Vom Fenster des Gästezimmers aus sah man den Atlantik, zumindest einen schmalen Streifen davon, sein tiefblaues Wasser und von weißem Schaum gekrönte Wellen darauf. *So* hatte er sich Florida vorgestellt!

Er wusch sich rasch, zog frische Sachen an und suchte den Weg zur Küche. Dort traf er die Haushälterin seines Onkels, die ihm dieser gestern Abend schon angekündigt hatte: Belinda, eine füllige Frau von vielleicht dreißig Jahren mit nussbrauner Haut und einer Zopffrisur. Wann er denn ins Bett gekommen sei, wollte sie wissen, während sie ihm das Frühstück bereitete.

»Wird so gegen drei Uhr gewesen sein«, erinnerte sich Perry.

»Dann wundert's mich nicht«, meinte Belinda und setzte ihm ein gewaltiges Frühstück aus Rührei mit Speck, Bratwurst, Toast, Butter und Haferbrei vor, das Perry kaum zur Hälfte bezwang.

Die Haushälterin registrierte es mit Sorge. »Wenn du nicht ordentlich isst, wirst du ewig so mager bleiben«, warnte sie.

Onkel Ken hatte vorgeschlagen, dass sie nach dem Frühstück an den Strand gingen, damit Perry einen guten ersten Eindruck von Florida bekam. Nachmittags würde er sich frei nehmen und mit Perry zu dessen neuer Schule fahren, um ihn dort vorzustellen und die nötigen Formalitäten zu erledigen.

Und genau so machten sie es. Der endlose Sandstrand kam Perry vor wie das reine Paradies, die Sonne schien, und das Wasser war warm genug zum Baden – fand jedenfalls Perry Rhodan, der an die kalten Gewässer von Nordwisconsin gewöhnt war und den nicht minder frostigen See des Case Reservoirs. Belinda dagegen schüttelte sich, als sie zuschauen musste, wie der blasse, magere Junge aus dem Norden sich in die Fluten stürzte, die »nur« 22 Grad aufwiesen.

Die Schule befand sich in Cocoa Beach, nur ein paar Meilen weiter nördlich der zur Banana River Naval Air Station gehörenden Wohnsiedlung, in der Colonel Malone ein für einen Junggesellen viel zu großes Haus bewohnte. Perry wurde dem Rektor vorgestellt, lernte seine künftige Klassenlehrerin kennen und hatte den Eindruck, dass es ihm hier ganz gut gefallen würde. Sein erster Schultag würde am Montag nach dem vor ihnen liegenden Wochenende sein, am 3. Mai also.

An dem Wochenende nahm sich Kenneth Malone viel Zeit, Perry die ganze Umgebung zu zeigen. Sie drangen ein wenig in die Wildnis von Merritt Island vor, dann fuhren sie nach Norden, wo zahlreiche Bagger und andere Maschinen im Einsatz waren, um eine Anlage von enormen Ausmaßen zu errichten, nämlich die nach dem östlichsten Punkt der Halbinsel benannte künftige Cape Canaveral Air Force Base, deren Leiter Colonel Malone sein würde, sobald sie fertiggestellt war.

»Von hier aus werden Raketen bis in den Weltraum fliegen«, erklärte er Perry mit kaum verhohlener Begeisterung. »Und womöglich sogar auch einmal zum Mond und noch weiter.«

»Wow«, entfuhr es Perry, der über die gewaltige Baustelle blickte, aber im Geiste schon die Startrampen sah, die hier einst stehen würden, so ähnlich wie auf den Zeichnungen in seinen Büchern.

In der neuen Schule kam Perry problemlos zurecht. Neu war für ihn, morgens von einem Schulbus komfortabel fast direkt vor dem Haus abgeholt und mittags auch wieder zurückgebracht zu werden. Und was den Unterricht anbelangte, nahm man die Dinge hier im Süden etwas lockerer, was es mit sich brachte, dass Perry seinen neuen Klassenkameraden im Wissensstand schon einiges voraus war und so ohne große Anstrengung im Handumdrehen zum Klassenbesten aufstieg. Was ihm, anders als er es kannte, niemand neidete, denn, wie gesagt, man nahm die Dinge hier im Süden etwas lockerer.

So waren diese Wochen im Mai 1948 für ihn eine herrliche, sorglose Zeit. Zwar hatte er nicht so viel von seinem Onkel, denn der war viel beschäftigt, oft auch am Wochenende, und erzählte nicht viel von seiner Arbeit, die zu einem großen Teil Dinge betraf, die strenger Geheimhaltung unterlagen. Dafür hatte Belinda einen Narren an dem Jungen gefressen und war stets bereit, etwas mit ihm zu unternehmen. Und dann gab es ja schließlich auch noch den Strand – zu dem ihn Belinda allerdings immer erst ließ, nachdem sie ihn dick mit Sonnencreme eingeschmiert hatte. Der liebe Gott habe sich nämlich schon was dabei gedacht, die einen mit dunkler und die anderen mit heller Haut auszustatten, meinte sie, und bleiche Menschen täten ihrer Gesundheit nun mal keinen Gefallen, wenn sie sich ungeschützt südlicher Sonne aussetzten.

Einmal pro Woche riefen seine Eltern an, erkundigten sich, wie es ihm ging, und berichteten, was sich Neues in Manchester tat. Ab und zu richteten sie Grüße von Leroy aus, einmal erzählten sie, dass Christine Holton und Alvin Wilkerson aus seiner Klasse eine Initiative gestartet hatten, um über allerlei Aktivitäten genug Geld für den Kauf eines neuen Sternenglobus zusammenzubekommen.

Am 25. Mai aber rief Perrys Vater außerplanmäßig an, um ihm zu sagen, dass Vince Tortino Anfang Juni aus der Erziehungsanstalt entlassen würde, weil seine Mutter einen Schlaganfall erlitten hatte. Noch war sie im Krankenhaus, aber man ging davon aus, dass sie überleben und dann jemanden brauchen würde, der für sie sorgte.

»Also, pass gut auf, Perry«, mahnte sein Vater ernst. »Ich halte es nicht für ausgeschlossen, dass dieser Tunichtgut seine Mutter im Stich lässt und bei dir in Florida auftaucht.«

»Ich geb schon acht«, versicherte ihm Perry, der insgeheim überzeugt war, dass sein Vater Gespenster sah. Erstens wusste Tin Can ja nicht, wo er war, und zweitens – was hätte er davon gehabt, nach Florida zu kommen, wo er niemanden kannte?

Nach langem Zögern hatte sich Kenneth Malone dazu durchgerungen, für Perry eine Besichtigung des Stützpunktes zu arrangieren. Das war mit allerhand Verwaltungsaufwand verbunden, doch am 7. Juni, einen Tag vor Perrys zwölftem Geburtstag, war es endlich so weit. Belinda brachte Perry mit dem alten Chevy nachmittags um halb vier bis an die

Schranke und überließ ihn dann den Männern vom Sicherheitsdienst, die ihn überprüften, als verdächtigten sie ihn ernsthaft, ein Spion der Sowjets zu sein. Man suchte und fand seinen Namen auf einer Liste, dann musste er auf einer speziellen Karte seine Fingerabdrücke hinterlassen und bekam schließlich einen Ausweis ans Hemd geheftet. Ein Uniformierter geleitete ihn zu dem Büro, in dem Colonel Malone arbeitete, der ihn in Empfang nahm und anschließend selber herumführte. Die Bereiche, die Perry am meisten interessiert hätten – die Labors, Werkstätten und Prüfstände –, bekam er allerdings nicht zu sehen, da dort der Zutritt für Zivilisten grundsätzlich verboten war, und die Bürofluchten konnten ihn nicht so richtig faszinieren.

Am besten gefiel ihm ein enormes Raketenmodell, das in einem der zahlreichen Konferenzräume aufgestellt war, ein verkleinertes Abbild der V-2-Rakete. Das durfte er sogar anfassen. Man konnte einen Teil der Hülle wegklappen und sah dann den inneren Aufbau der Rakete vor sich, mit ihren Tanks und Brennkammern und Düsen und so weiter.

»Ich hab mich immer gefragt, wieso die Rakete so verziert ist«, erzählte Perry und fuhr mit der Hand über die weißen und schwarzen Rechtecke auf der Hülle. »Ich hab viele Bücher darüber gelesen, aber das stand nirgends.«

»Das war nicht als Zierde gedacht«, sagte sein Onkel schmunzelnd. »Das hat man gemacht, um die Rakete am Himmel nicht so leicht aus den Augen zu verlieren.«

»Ach so.« Perry nickte staunend. Später sollte er sich an diesen Wortwechsel erinnern als an den Moment, in dem ihm klarwurde, dass Wissen aus Büchern eine Sache war, Wissen aus eigener Erfahrung aber eine völlig andere. Er begriff, dass hier Leute arbeiteten, die solche Raketen *tatsächlich* bauen und erproben würden, und er beneidete sie glühend darum.

»Ihr werdet wirklich Raketen bauen«, brach es aus ihm heraus. »Größere Raketen, als die V-2 es war. Raketen, die in den Weltraum fliegen, zum Mond, zum Mars …«

Onkel Ken nickte. »Ich denke, darauf wird es hinauslaufen, ja.«

Perry verstummte. Nicht, weil er dazu nichts zu sagen gehabt hätte, sondern, weil es *so viel* war, was sich auf seine Lippen drängen wollte. Ihm war das Herz voll, aber es fand keine Möglichkeit überzulaufen.

»Vielleicht«, schlug sein Onkel behutsam vor, der wohl sah, wie sehr ihn das alles beschäftigte, »denkst du bei Gelegenheit noch einmal über meinen Vorschlag nach, Pilot zu werden. Vom Piloten eines Düsenjets zum Piloten einer Rakete wird es sicher ein kleinerer Schritt sein als vom Astronomen zum Astronauten.«

Perry nickte und nahm die Hand von dem Raketenmodell. Ihm war wieder eingefallen, dass die V-2 in erster Linie eine Waffe gewesen war, die viele Menschen das Leben gekostet hatte, und er fand es auf einmal verstörend, dass ihn ihre Konstruktion dennoch so zu faszinieren vermochte.

Es dämmerte, als sie das Gebäude verließen. Irgendwo in der Ferne war ein fürchterliches Getöse zu hören, und hinter einem der Gebäude im Sicherheitsbereich stieg eine enorme schwarze Qualmwolke empor.

»Ein Test«, erklärte Kenneth Malone. »Das wird noch bis in die Nacht hinein so gehen. Und ehe du fragst: Nein, wir können nicht zuschauen. Vielmehr bring ich dich jetzt zurück zur Pforte; Belinda wird schon da sein, um dich abzuholen. Ihr müsst heute Abend mal wieder ohne mich auskommen, bei mir wird es spät. Aber morgen früh bin ich da! Ehrensache an deinem Geburtstag.«

An diesem Abend hatte Perry viel nachzudenken, so viel, dass er das Essen kaum wahrnahm, das Belinda zubereitet hatte. »Ich glaube, du schläfst gleich über dem Teller ein«, zeterte sie. »Am besten, du gehst ins Bett. Morgen früh heißt es früh raus, der Colonel und ich wollen dir nämlich ein Ständchen zum Geburtstag singen.«

»Okay«, sagte Perry, der sich tatsächlich müde fühlte von all den Eindrücken des Tages.

»Sind ja nur noch drei Tage Schule«, meinte Belinda begütigend. »Dann hast du erst mal Ferien und kannst so spät ins Bett, wie du willst, und morgens schlafen, bis du von selber aufwachst.«

Perry nickte, stand auf, wünschte ihr eine gute Nacht und schlappte nach hinten. Er machte sich nicht die Mühe, das Licht im Gang anzuknipsen, das Badezimmer fand er auch so. Als er, bettfertig, sein Zimmer betrat, brummte am Fenster die Klimaanlage, an die er sich mittlerweile gewöhnt hatte. Der Vorhang war wie immer zugezogen, um tagsüber möglichst kein Sonnenlicht hereinzulassen, das den Raum nur unnötig aufgeheizt hätte. Perry drehte den Lichtschalter neben der Tür, doch es blieb dunkel.

»Hmm«, brummte er, schloss die Tür und wollte sich zur Nachttischlampe tasten, als plötzlich die Klimaanlage ausgeschaltet wurde. Schlagartig war es still im Zimmer, so unnatürlich still, dass Perry innehielt.

»Keinen Laut, Junge«, ließ sich eine heiser wispernde Stimme aus der Dunkelheit vernehmen. »Setz dich aufs Bett. Und ein bisschen dalli, sonst knallt's.«

7

»Wer sind Sie?«, stieß Perry hervor, während sich sein Körper anspannte und bereitmachte, zur Tür zu stürzen und laut schreiend hinauszurennen.

»*Ich* stell hier die Fragen, verstanden?«, kam als Antwort. Die Nachttischlampe wurde angeknipst, aber es lag ein Hemd auf eine Weise darüber, dass nur ein schmaler Lichtkegel auf den Boden fiel. In diesen Lichtkegel schob sich nun eine Hand, die einen großkalibrigen Revolver mit kurzem Lauf hielt. »Und komm nicht auf die Idee, Alarm zu schlagen oder abzuhauen. Das wäre ausgesprochen … *ungesund.*« Der Unbekannte kicherte leise in sich hinein, dann zuckte der mattblaue Stahl in der Hand ein Stück nach vorn. »Nun setz dich endlich, verdammt!«

Perry gehorchte. Er sah nur Umrisse von dem Mann, der da im Dunkeln saß, auf dem einzigen Stuhl des Zimmers, beim Fenster, den Schalter der Klimaanlage direkt neben sich. Trotzdem kam ihm der Eindringling seltsam bekannt vor; auch die Stimme hatte er schon einmal gehört …

Der Landstreicher, der ihn am Bahnhof angesprochen hatte! Der ihm die Nachricht von Onkel Kens Panne ausgerichtet hatte, die dieser gar nicht in Auftrag gegeben hatte! Das war er! Nur, dass er nicht mehr ganz so abgerissen wirkte. Er trug ordentliche Kleidung und schien beim Friseur gewesen zu sein.

»Schätze, du hast mich wiedererkannt«, gluckste der Fremde. »Tja, wie heißt es so schön? Man begegnet sich immer zweimal im Leben. Mindestens.«

»Wie sind Sie hier reingekommen?«, fragte Perry aus einem instinktiven Bestreben heraus, die Initiative zu behalten.

»Och, Jungchen. Als ob das schwierig wäre!« Er zog schniefend die Nase hoch. »Also, pass auf. Ich bin nicht allein. Wir sind eine Gruppe, die ein verflucht großes Ding durchzieht, und der Grund, warum ich hier bin, ist der, dass du dabei eine gewisse Rolle spielst. Und diese Rolle erklär ich dir jetzt. Man hat mir gesagt, dass du ein ziemlich schlaues Bürschchen bist, also werden wir sicher keine Probleme miteinander haben.« Er wackelte kurz mit seinem Revolver. »Ich schleppe dieses Ding hier schon lange mit mir herum, aber ich hab noch nie jemanden erschießen müssen. Nicht, dass ich's nicht getan hätte, wenn's nötig gewesen wäre, mach dir da keine Hoffnungen. Aber es war eben so, dass bis jetzt alle Leute, die in diesen Lauf geschaut haben, klug genug waren, mir zu gehorchen. Also, enttäusch mich nicht, ja?«

»Was wollen Sie?«, fragte Perry finster. Er spürte, wie sich in ihm unter dem lähmenden Schreck des ersten Moments eine Wut ansammelte, die immer unbändiger wurde.

»Fangen wir mal an mit dem, was du *nicht* machen solltest. Du solltest niemandem von unserer kleinen Unterredung hier erzählen – *niemandem!* Insbesondere nicht deinem Onkel, versteht sich. Und falls du auf die glorreiche Idee kommen solltest, ihn trotzdem einzuweihen und ihm auch von unserer … hmm, sagen wir, *Schweigeklausel* zu berichten, damit er in aller Heimlichkeit Gegenmaßnahmen einleitet – vergiss es! Wir beobachten dich. Schon die ganze Zeit. Ich könnte dir von jedem Tag, den du hier bist, sagen, was du gemacht und wann du in der Nase gebohrt hast. Wir würden es merken, wenn jemand hinter uns herschnüffelt, will ich damit sagen, und wenn wir das merken, weißt du, was wir dann machen?«

»Ihr bringt mich um«, mutmaßte Perry.

Leises Lachen. »Aber nein, Junge. Wir schlachten doch nicht die Gans, die uns goldene Eier legen soll. Jedenfalls nicht als Erstes. Nein, was wir in dem Fall machen werden – in *jedem* Fall, in dem sich rausstellt, dass du versuchst, uns reinzulegen –, ist, dass wir uns deine dicke Negermammy holen und ihr wehtun werden. Sehr, sehr weh. Einer von uns ist ein Experte dafür, anderen wehzutun. Du würdest nicht glauben, auf was für Ideen der kommt.« Sein heiseres, geradezu lustvolles Seufzen jagte Perry eine Gänsehaut über den ganzen Körper. »Der hat natürlich auch schon Leute umgebracht, klar. Aber die sind nicht schnell gestorben, das kann ich dir singen.«

Perry holte tief Luft. »Also gut. Ich sag niemandem was. Und weiter?«

»Wir brauchen gewisse Informationen. Die wirst du uns beschaffen. Natürlich vorsichtig. Es darf niemand Verdacht schöpfen. Du bist nur ein Junge, der seinem Onkel neugierige Fragen stellt. Und seine Antworten, die gibst du dann an uns weiter.«

»Ihr interessiert euch für den Stützpunkt«, stellte Perry grimmig fest.

»Gut kombiniert.«

»Und diese Informationen, die wollt ihr an eine ausländische Macht verkaufen«, fuhr er fort. »Ich soll also zum Verräter werden. Und ihr *seid* schon Verräter!«

»Bu-hu-hu«, höhnte der Fremde. »Mir kommen gleich die Tränen. Junge, jemand wie du ist der Letzte, der sich als Moralapostel aufspielen sollte, bei all dem Dreck, den du am Stecken hast. Bist du etwa nicht hier, weil man dich daheim in Manchester des Diebstahls verdächtigt, an deiner Schule? Und weil du bei einem Raubüberfall Schmiere gestanden hast? Hmm?«

»Das ist nicht wahr!«, erregte sich Perry. Der Revolver hob sich drohend, worauf er mit gedämpfter Stimme wiederholte: »Das ist nicht wahr. Ich bin bloß reingelegt worden.«

»Das sagen Leute, die in Gefängnissen sitzen, auch immer. Die sind auch alle bloß reingelegt worden.« Der Fremde holte etwas aus der Tasche, ein Stück Papier, und hielt es ihm hin. »Und das hier? Ist das auch nicht wahr?«

Verwundert nahm Perry das Papier und faltete es auseinander. Es war ein Ausschnitt aus einer Zeitung, der Kopfzeile zufolge aus dem Manchester Evening Herald vom 19. Mai 1941. Die Schlagzeile darunter lautete: »Fünfjähriger verursacht den Tod seiner Schwester.«

Ihm war, als löse sich die Welt um ihn herum auf, als gäbe es nur noch ihn und dieses alte Stück Zeitungspapier, das von Deborahs Tod erzählte. Der fünfjährige Perry R., las er, war in das Auto geklettert, das seine Mutter vor der Garage abgestellt hatte, wohl, um selber »Autofahren« zu spielen. Als er dabei die Handbremse löste, rollte das Fahrzeug infolge der nicht unbeträchtlichen Steigung der Auffahrt rückwärts, überrollte die hinter dem Wagen spielende dreieinhalbjährige Deborah R. und kam erst im Gebüsch auf der gegenüberliegenden Straßenseite zum Stehen. Das Mädchen erlag zwei Stunden später im örtlichen Krankenhaus seinen Verletzungen.

Die Buchstaben begannen, vor seinen Augen zu verschwimmen. Ihm war, als habe ihm jemand mit voller Wucht einen Sandsack in den Bauch gerammt. Ihm wurde richtiggehend übel; um ein Haar hätte er sich übergeben.

So war das also, dachte er entsetzt. Das war also der Grund, warum zu Hause nie über Deborah gesprochen wurde! Das war der Grund, warum so ein Schatten über der Familie lag! Man hatte ihm, um ihn zu schonen, eingeredet, es sei alles ganz anders gewesen und er habe keine Schuld an dem Vorfall gehabt, aber seine Eltern hatten ihm trotzdem nicht vergeben können, dass er seine kleine Schwester getötet hatte …!

Deborah. Auf einmal sah er ihr Gesicht wieder vor sich, ihre rötlich schimmernden Pausbacken, die unergründlichen, dunklen Augen, die manchmal wie Brunnenschächte in eine andere Welt gewirkt hatten … Er hatte sie doch geliebt, seine Schwester! Und doch, und doch … Dass er sich gar nicht daran erinnern konnte! Wohl, weil die Schuld zu groß war. Das musste in seinem Kopf eine Art Sicherung ausgelöst haben, die ihm gnädig die Erinnerung genommen hatte. Und Mum und Dad redeten nicht mehr über Deborah, um ihn zu schonen, um nicht durch eine unbedachte Bemerkung die Erinnerung wieder wach werden zu lassen!

Die Welt kehrte zurück, als der Mann ihm den Zeitungsausschnitt wieder aus den Fingern zupfte, ihn sorgsam zusammenfaltete und einschob. »So«, meinte er zufrieden. »Jetzt weißt du Bescheid, was für einer du bist. Du glaubst doch nicht, dass einer, an dessen Händen das Blut der eigenen Schwester klebt, dass aus so einem jemals ein braver Bürger wird? Mach dir nichts vor – du hast die Schlechtigkeit im Blut, und früher oder später hat sie sich zeigen müssen. Da kommst du nicht mehr raus, glaub mir. Das Gescheiteste ist, sich damit abzufinden. Verstehst du, die ganze Sache ist auch eine Chance für dich. Wenn du mitspielst, wenn du dich geschickt anstellst, dann kannst du bei uns einsteigen. Clevere Leute können wir immer gebrauchen, und clever, das bist du ja. Ist sogar so, dass es clevere Leute im Leben weiterbringen, wenn sie sich nicht von dummen Gesetzen aufhalten lassen, die für Hinz und Kunz gedacht sind. Zäune sind für Schafe gedacht, aber besser, man ist der Schäfer, oder? Oder, noch besser, der Wolf…« Er lachte hämisch.

Perry zitterte. Ihm war auf einmal so kalt, als habe sich das Zimmer in einen Kühlschrank verwandelt. »Was … was soll ich tun?«, murmelte er, ohne dass es ihn wirklich interessiert hätte. All seine Wut über den Eindringling war verschwunden, als wäre sie nie gewesen, und hätte sich in diesem Moment ein Höllenschlund aufgetan, um ihn zu verschlingen, er hätte es mit Erleichterung hingenommen, ja, als Erlösung empfunden.

»Was wir wissen wollen, ist, was Colonel Malone *tut*. Wann er arbeitet, wohin er geht, mit wem er in Kontakt steht und so weiter. Halt die Augen offen, spitz die Ohren und versuch, so viel wie möglich rauszukriegen. Wir nehmen wieder Kontakt mit dir auf an einem Ort, an dem du uns nicht erwartest, und zu einem Zeitpunkt, an dem du nicht damit rechnest. Und dann wollen wir Informationen haben, eine *Menge* Informationen.«

Perry nickte. »Verstehe«, wisperte er mit trockenem Mund.

»Merk dir meinen Namen: Gene. Kann sein, dass du dich daran erinnern musst.« Der Fremde steckte den Revolver weg, stand auf, schob das Fenster leise hoch. »Also, du weißt jetzt, woran du bist – mit uns und mit dir selber auch. Und denk dran, wenn du Dummheiten machst, wird es eure Belinda büßen müssen. Dann hast du ihr Blut auch noch an den Händen.«

Damit kletterte Gene durch das offene Fenster und verschwand.

Perry Rhodan schlief wenig in jener Nacht; zu tief hatte ihn der doppelte Schock des Überfalls und der Offenbarung über den Tod seiner Schwester getroffen. Lange lag er einfach nur wach, lauschte dem wilden Trommeln seines Herzens und hatte zu viele Gedanken in seinem Kopf, die zu schnell umherwirbelten, als dass er auch nur einen davon zu fassen gekriegt hätte, aber dass es düstere, verzweifelte Gedanken waren, das spürte er.

War er wirklich ein schlechter Mensch, ohne es bisher gewusst zu haben? War er verloren, verdammt dazu, als Verbrecher im Gefängnis zu enden? Gab es wirklich keine Hoffnung mehr für ihn? Es war, als hätte ihn dieser Abend in einen schwarzen Strudel gestürzt, aus dem es kein Entrinnen mehr gab.

Als er am nächsten Morgen erwachte, fühlte er sich krank und wäre am liebsten im Bett geblieben, aber davon wollte Belinda nichts wissen. Er musste wohl oder übel aufstehen, so tun, als freue er sich über die Torte, auf der, umringt von zwölf brennenden Kerzen, »Happy birthday, Perry!« stand, in Buchstaben aus blauem Zuckerguss, und musste tatsächlich ein von Onkel Ken und Belinda zweistimmig gesungenes Geburtstagsständchen über sich ergehen lassen. Onkel Ken umarmte ihn, wünschte ihm alles Gute und, ohne zu ahnen, wie prophetisch seine Worte waren, »noch hundert und mehr Geburtstage«. Danach ließ es sich Belinda nicht nehmen, das Geburtstagskind abzuküssen, und obwohl der nunmehr zwölfjährige Perry Rhodan feuchten Frauenküssen bislang nach Möglichkeit aus dem Weg gegangen war, tat ihm die unverstellte Zuneigung der Haushälterin in diesem Moment so gut, dass ihm fast die Tränen kamen. Er fasste insgeheim den Entschluss, alles in seiner Macht Stehende zu tun, um zu verhindern, dass die Gangster dieser Frau auch nur das geringste Leid zufügten. Lieber wollte er selber leiden oder notfalls zugrunde gehen; um einen wie ihn, sagte er sich, der die eigene Schwester getötet und hinterher einfach alles vergessen hatte, war es ja sowieso nicht schade.

Auf dem Weg in die Schule war ihm, obwohl der Bus durch strahlenden Sonnenschein fuhr, als reise er durch die schwärzeste Nacht des Universums. Er war nicht nur verzweifelt, er war darüber hinaus verzweifelt bemüht, es sich nicht anmerken zu lassen, und hatte zugleich ein Gefühl, als laufe all seine Lebenskraft aus ihm heraus und als müsse er irgendwann demnächst anfangen zu verschrumpeln und zu verschwinden.

Die ganze Angelegenheit hatte ihn also, kurz gesagt, in eine nahezu suizidale Depression gestürzt. In den Jahren, die folgten, sollte er im Rückblick auf diesen Morgen begreifen, welch fundamentale Bedeutung dem Selbstbild im Leben eines Menschen zukommt. Die vorangegangene Krise um den gestohlenen Sternenglobus hatte den jungen Perry Rhodan verunsichert und ihn überhaupt erst anfällig gemacht hatte für Tin Cans Trick, ihn in das scheinbare Schmierestehen bei dem Raubüberfall zu locken. Und der Eindringling am Abend zuvor, der sich Gene nannte, hatte ihm den Rest gegeben: Schon die Erfahrung, dass der Raum, den man als seinen privaten Bereich betrachtet, verletzlich ist, löst einen seelischen Schock aus; mit einer tödlichen Waffe bedroht zu werden nicht minder – doch all das war nichts im Vergleich zu der verheerenden Wirkung, die der Zeitungsausschnitt auf den Zwölfjährigen hatte. Damit war es Gene gelungen, Perry Rhodan zu der Überzeugung zu bringen, ein »schlechter Mensch« zu sein – und ist man erst einmal dieser Überzeugung, ist der Schritt bis dahin, auch schlechte *Taten* zu begehen, nicht mehr weit.

Der Verfasser dieser Zeilen kann dies aus persönlicher Erfahrung nachvollziehen, und diese Ebene ist es auch, auf der mich diese ansonsten im Grunde relativ banale Episode anspricht. Der Weltkrieg hatte die aggressiven Kräfte jahrelang gebündelt und sich in anderen Regionen der Erde austoben lassen, doch in der Zeit danach organisierte sich das Verbrechen allmählich wieder, mehr oder minder stümperhaft betrieben von jenen, die sich trotz des Sieges als Verlierer empfanden. Auch mir war es so ergangen. Ich war sechsundzwanzig Jahre alt, als der Krieg endete. Das London, in dem ich, körperlich für den Dienst mit der Waffe ungeeignet, die Stellung gehalten hatte, lag in Trümmern. Doch nun kehrten die vielen anderen Männer zurück, auch jene, die wie ich in der Finanzbranche arbeiteten, und damit entstand eine Konkurrenzsituation, die für diese Branche zwar normal war, die ich selbst aber nie zuvor erlebt hatte. Ich war plötzlich nicht mehr Teil einer verschworenen Gemeinschaft, die ihr Bestes gab, um mitten in einem erbitterten Krieg die Wirtschaft am Laufen zu halten, sondern nur noch jemand, den andere am liebsten aus dem Weg geräumt oder zumindest ruiniert hätten, und das fühlte sich an, als wäre ich der Gnade verlustig gegangen. Und dieses Gefühl, dessen ich mir damals nicht einmal bewusst war – das Gefühl, verstoßen worden zu sein; im Grunde das Gefühl von Liebesverlust –, war der Nährboden, auf dem in den folgenden Jahren meine Bereitschaft gedieh, mich auf illegale Geschäfte einzulassen: Eine objektive Notwendigkeit dazu hätte nämlich nicht bestanden; meine Fähigkeiten und Kenntnisse, das Geldwesen betreffend, reichten durchaus, um mir alle Angriffe missgünstiger Konkurrenten vom Leib zu halten; meist gelang es mir sogar, sie zu überflügeln. Aber – ich war *der Gnade verlustig gegangen*, und da ich die Unsinnigkeit dieser Überzeugung nicht durchschaute, nagte dieses Gefühl bis zur Selbstzerstörung an mir.

Was den jungen Perry Rhodan an jenem Morgen des 8. Juni 1948 anbelangt, einem der düstersten Geburtstage seines langen Lebens, kam hinzu, dass ihn eine innere Stimme verwirrte, die er nicht zu deuten verstand. Er muss sich gefühlt haben wie jemand, der mitten in finsterster Nacht über einem bodenlosen Abgrund hängt und sich verzweifelt an winzige Felsspalten und dünne Baumwurzeln klammert, um nicht abzustürzen – und der zugleich die Vermutung hegt, dass seine Ängste, abzustürzen, unbegründet sind, dass vielleicht nur eine Handbreit unter seinen Zehen ein sicherer Weg vorbeiführt, über dem er hängt und auf dem er landen würde, ließe er los. Doch wie kann man einer solchen Mutmaßung glauben? Woher weiß man, ob sie auf Tatsachen beruht, auf unbewusst gebliebenen Wahrnehmungen vielleicht, oder ob es nur eine verzweifelte, völlig unbegründete Hoffnung ist?

Die einzige sichere Möglichkeit ist, durchzuhalten, bis die Sonne aufgeht und man *sieht*, ob da ein Weg ist oder ein Abgrund.

Genau das war auch die Strategie, zu der sich der junge Perry Rhodan entschloss. Er würde das Spiel der Gangster mitspielen, gleichzeitig aber auf jede Möglichkeit lauern, es zu vereiteln – und zwar, ohne auf sich selbst Rücksicht zu nehmen.

Hätte er doch nur schon gelernt, innezuhalten und hinzuhorchen, was ihm diese leise, feine Stimme unablässig zu sagen versuchte! Sie hätte ihn erkennen lassen, was an der ganzen Geschichte nicht stimmte, und mit dieser Erkenntnis wäre viel Leid verhindert worden. So aber nahmen die Dinge ihren Lauf.

Trotz aller Verzweiflung wäre er nicht Perry Rhodan gewesen, wenn er nicht alsbald einen Plan gehabt hätte. Er dachte den ganzen Tag in der Schule darüber nach und erkannte schließlich, dass das eigentliche Druckmittel der Gangster gegen ihn Belinda war. Wenn er es schaffte, sie dem Zugriff von Gene und seinen Spießgesellen zu entziehen, und wenn er auf sich selbst keine Rücksicht nahm – denn dass er einer solchen Rücksicht nicht wert war, das hatte ihm Gene ja mehr als deutlich gemacht –, dann hatte er das Komplott vereitelt. Dann gab es keinen Grund mehr, den verräterischen Befehlen der Gangsterbande zu gehorchen.

Natürlich litt seine schulische Aufmerksamkeit unter dieser Grübelei. »Wird offenbar Zeit, dass die Ferien anfangen, hmm?«, meinte einer der Lehrer, als Perry nicht einmal mitbekam, dass er etwas gefragt worden war.

Als er aus dem Schulbus stieg, kam Belinda gerade vom Einkaufen. Perry witterte eine Chance, die Dinge in die gewünschte Richtung zu lenken. Er spurtete los, half ihr, die Einkäufe vom Kofferraum ins Haus zu tragen, und auch dabei, alles zu verstauen.

»Was ist denn mit dir los?«, wunderte sich Belinda, denn bis zu diesem Zeitpunkt hatte sich Perry von allen den Haushalt betreffenden Tätigkeiten – Kochen, Geschirrspülen, Wäschewaschen und so weiter – nach besten Kräften ferngehalten.

»Och«, meinte Perry betont harmlos, »ich kann dir doch mal ein bisschen helfen, oder?«

»Klar. Nett von dir.« Aber wir dürfen vermuten, dass sie ihn mit einem misstrauischen Seitenblick bedachte.

»Du hast noch nie von deiner Familie erzählt«, begann Perry den Plan, den er sich zurechtgelegt hatte, umzusetzen. »Von deinen Eltern … ob du Geschwister hast …«

»Gab keinen Grund dazu«, meinte Belinda, während sie das Fleisch im Kühlschrank verstaute.

»Das ist mir halt aufgefallen«, behauptete Perry und zog die Schubladen eine nach der anderen auf, um herauszufinden, wohin die Papierservietten gehörten. »Ich meine, du weißt eine Menge über meine Familie …«

Belinda seufzte hinter der Kühlschranktür. »Da gibt's nicht viel zu erzählen. Ich hab fünf Brüder, drei ältere und zwei jüngere. Die wohnen alle bei meinen Eltern in Clewiston und arbeiten auf den Zuckerrohrfeldern.«

»Wo liegt Clewiston?«

»Am Südende des Lake Okeechobee. Ein paar Meilen von Belle Glade entfernt.« Belinda schloss den Kühlschrank und wandte sich den Konserven zu.

»Besuchst du sie manchmal?«, fragte Perry hoffnungsvoll.

»Einmal im Jahr«, sagte Belinda und begann, die Dosen in die Küchenschränke zu verteilen. »Meistens im November, zu Thanksgiving.«

»Und warum nicht öfter? So weit ist das doch nicht.«

Nun hielt sie inne und betrachtete ihn, als sähe sie ihn zum ersten Mal. »Na, weil ich hier *arbeite*. Der Colonel ist mein Boss, und als er mich eingestellt hat, haben wir nicht nur vereinbart, wie viel Lohn er mir zahlt, sondern auch, wie viel Urlaub ich bekomme. Ich kann nicht einfach losfahren, wann mir danach ist.«

»Aber wenn ich Onkel Ken um Sonderurlaub für dich bitten würde?«, schlug Perry mit leuchtenden Augen vor. »Ich meine, wo ich doch heute Geburtstag habe … Da könnte ich dir doch eine Freude machen!«

»Eine Freude?« Belinda stellte die Dose ab, die sie in Händen hielt, kam um die Küchentheke herum und winkte Perry zu sich, wies ihn mit einer Handbewegung an, sich auf einen Stuhl zu setzen. Dann beugte sie sich zu ihm hinab, legte ihm die Hände auf die Schultern und sah ihn aufmerksam an. »Warst du schon einmal in Clewiston?«

Perry schüttelte den Kopf. »Nein.«

»Dacht' ich mir. Da hast du auch nichts versäumt. Dort leben fast nur arme Neger, in Holzhütten auf Stelzen. Nachts hörst du, wie Viehzeug unter dem Haus herumkriecht – Ratten, Landkrebse, Schlangen, manchmal sogar ein Alligator. Überall hat's Küchenschaben, die so groß sind, dass man von einer davon satt werden würde, wenn man sie essen könnte. Meinst du, es zieht mich dorthin?«

Perry musterte sie ratlos. »Nicht?«

»Du sollst Vater und Mutter ehren, so lautet das fünfte Gebot. Aber es steht nirgends, dass man das nicht auch aus der Ferne tun darf. Ich schicke ihnen Geld und ab und zu ein Geschenk, so, wie ich's mir leisten kann, aber was das Wohnen anbelangt, bin ich lieber hier. *Viel* lieber. Klar?«

»Verstehe«, sagte Perry und begriff, dass sein Plan nicht funktionieren würde.

»Und jetzt raus mit der Sprache«, fuhr Belinda fort. »Was soll das? Willst du mich loswerden?«

»Ach was«, meinte Perry verlegen und entwand sich ihren Händen. »Ich wollte nur was über deine Familie erfahren. Und ich hab gedacht …« Er vollendete den Satz nicht, sondern flüchtete aus der Küche in sein Zimmer.

Perry ließ sich erst zum Abendessen wieder sehen. Er hatte Bammel, dass Belinda seinem Onkel von der missglückten Unterhaltung erzählen würde, aber das schien nicht der Fall zu sein. Offenbar war er gerade noch einmal davongekommen.

Nach dem Essen riefen seine Eltern an, um ihm zum Geburtstag zu gratulieren. Sein Vater berichtete ihm, was ihm Leutnant Cheney erzählt hatte: Man hatte Tin Can am Wochenende entlassen, seiner kranken Mutter wegen, doch die war keine Stunde danach im Krankenhaus verstorben, zur Überraschung der Ärzte und Krankenschwestern, die sie auf dem Weg der Besserung gewähnt hatten. »Und seither ist der Mistkerl spurlos verschwunden«, fügte der Vater grimmig hinzu. »Hatte wohl Schiss, dass sie ihn wieder einbuchten.«

Inzwischen tat Perry diese Warnung nicht mehr leichtfertig ab, und so überraschte es ihn nicht allzu sehr, als er am Tag darauf Tin Can tatsächlich begegnete.

Es passierte nach dem Unterricht. Die Schulbusse hatten Verspätung, und während sie auf dem Platz vor der Schule warteten, fiel Perry in einiger Entfernung eine Gestalt auf, die ihm bekannt vorkam.

Nicht nur das, die Gestalt winkte ihm auch noch herzukommen.

Und entpuppte sich tatsächlich als Tin Can. Nur, dass er nicht mehr wie eine Vogelscheuche herumlief, sondern geradezu respektabel aussah: Helle Leinenhose, dezent gemustertes Sporthemd, gute Schuhe, und rasiert und frisiert war er obendrein. Was ihn allerdings insgesamt eher noch hässlicher wirken ließ, da sein modisches Äußeres auffallend mit seinem narbigen Gesicht, seiner schiefen Nase und seinen hinterhältig blickenden Augen kontrastierte.

»Überraschung!«, machte Tin Can und grinste böse.

»Ich hab schon gehört, dass du aus Manchester abgehauen bist, und hab mir fast gedacht, dass du irgendwann hier auftauchst«, erwiderte Perry, entschlossen, ihm gegenüber keine Schwäche zu zeigen. »Tut mir leid wegen deiner Mutter.«

Tin Can winkte verächtlich ab. »Ach was, ist besser so. Die Alte ist mir in letzter Zeit sowieso nur noch auf die Nerven gegangen. Jetzt hat sie's hinter sich, und ich auch.«

Perry schauderte es. Wie konnte jemand mit einer solchen Kälte über die eigene Mutter sprechen?

»Zum Thema«, fuhr Tin Can fort. »Gene hat dir alles erklärt, du weißt also Bescheid. Hast du die Informationen?«

Perry schluckte. Nun war er doch überrascht. »Was für Informationen? Gene hat nur gesagt, dass er sich melden wird.«

»Spiel bloß nicht den Trottel«, warnte Tin Can. »Gene hat dir gesagt, was wir wollen. Wir wollen über jede Bewegung Bescheid wissen, die dein Onkel macht – wen er trifft, woran er arbeitet, wann er im Stützpunkt ist und wann zu Hause, und so weiter. Und das alles ein bis zwei Wochen in die Zukunft.«

»Unmöglich«, stieß Perry hervor. »Wie soll ich das herausfinden?«

Tin Can legte Perry die Hand auf die Schulter, auf eine aggressive, besitzergreifende Weise. »Du bist ein schlaues Kerlchen, Perry Rhodan, also lass dir was einfallen. Glaub mir, du willst nicht, dass Logan wütend wird und sich an deiner Negermammy abreagiert. Ganz bestimmt willst du das nicht.« Er beugte sich vor und flüsterte: »Er zieht Leuten gern bei lebendigem Leibe die Haut ab – und das ist nur der *Anfang* …!«

Wut stieg in Perry Rhodan auf. Auch wenn er keinen anderen Weg sah, als bei dem schmutzigen Spiel mitzumachen, wollte er die Gauner doch wenigstens wissen lassen, was er von ihnen und ihren Plänen hielt. »Das schafft ihr nie«, zischte er zurück. »Egal, wie viel Mühe ich mir gebe, irgendwann wird Onkel Ken misstrauisch werden, und dann fliegt alles auf. Ich kann euch nicht dran hindern, Belinda was anzutun, und was aus mir wird, spielt keine Rolle, aber ihr landet am Ende im Gefängnis, darauf kannst du Gift nehmen!«

Tin Can lachte nur abfällig. »Niemand verlangt von dir, dass du es *gern* tust. Es reicht, wenn du einfach nur gehorchst, okay? Morgen Nachmittag gegen zwei Uhr ruft dich jemand an und stellt dir Fragen. Also streng dich an, dass du bis dahin die Antworten dazu hast. Deine Sympathie kannst du behalten, die brauchen wir nicht.«

Damit ließ er Perry wieder los, wandte sich ab und schlenderte davon, als bekümmere ihn nichts und niemand auf dieser Welt.

»Ihr könnt um zwei Uhr anrufen«, schrie ihm Perry hinterher, »aber dann wird Belinda abnehmen. Und dann?«

Doch Tin Can antwortete nicht. Er ging weiter, als habe er nicht einmal die Frage gehört, und Perry konnte ihm nicht folgen, denn die Schulbusse kamen endlich.

Nun sah Perry keinen anderen Ausweg mehr, als zu versuchen, seinen Onkel unauffällig auszuhorchen. Er tat es, indem er ihn nach dem Abendessen fragte, wann er denn mal Zeit für einen gemeinsamen Ausflug habe, nun, da nur noch zwei halbe Schultage und dann die Ferien vor ihm lagen?

»Lass mal nachdenken«, meinte Kenneth Malone und ging dann seinen Terminkalender im Selbstgespräch durch: »Morgen Nachmittag vielleicht? Ach, nein, da ist ja das Meeting mit den WTF-Spezialisten um vierzehn-null-null. Dann die Abnahme der neuen Abschaumgrube um sechzehn-dreißig … das kann dauern … Nein, morgen ist nichts drin. Und Freitag kommen Davidson und Harley aus Washington … da geht es auch nicht …«

Perry hörte aufmerksam zu, versuchte, sich alle Namen, Abkürzungen und Zeiten genau zu merken.

»Nein, tut mir leid«, meinte Onkel Ken schließlich und schüttelte den Kopf. »Vor dem Wochenende ist nichts zu machen. Aber wie wär's mit Samstag? Erster Ferientag, das ist doch ein guter Tag. Wir könnten nach Merritt Island hinauffahren, wenn du willst.«

»Au ja«, sagte Perry mit aller Begeisterung, die er vorzutäuschen imstande war. Tatsächlich hätte ihm nichts gleichgültiger sein können als dieses Ziel.

»Was hältst du davon, wenn wir ein bisschen jagen?« Onkel Ken hielt inne. »Das heißt … Kannst du überhaupt mit einem Gewehr umgehen?«

Perry nickte. »Onkel Karl hat's mir beigebracht.«

»Das ist der Bruder deines Vaters, nicht wahr? Der Rinderzüchter in Wisconsin?«

»Ja.«

Onkel Ken schmunzelte. »Was hat denn deine Mutter dazu gesagt?«

»Die war stinksauer«, gab Perry zu.

»Das kann ich mir lebhaft vorstellen.« Er lachte hell auf, dann ging er und holte eine Landkarte, die er auf dem Tisch ausbreitete. »Am besten, wir fahren zum Sykes Creek, das ist eine schöne Gegend. Da wird am Samstag auch noch niemand sein.« Sein Finger wanderte auf den Linien und farbigen Flächen umher. »Ach, wir nehmen einfach den Banana River Trail. Das ist am einfachsten. Und eine hübsche Route. Das wird dir gefallen!«

»Bestimmt«, behauptete Perry mit einem entsetzlich hohlen Gefühl im Leib.

»Also, abgemacht.« Der Colonel legte die Karte wieder zusammen. »Am ersten Ferientag bist du auch noch das frühe Aufstehen gewohnt. Sagen wir, Aufbruch um sieben Uhr? Belinda gibt uns bestimmt einen großen Picknickkorb mit!«

»Das wird toll!«, erklärte Perry und versuchte, nicht daran zu denken, was für ein großartiger Ausflug das tatsächlich hätte werden können, hätten nicht diese Drohungen über allem gehangen.

Die Schule am nächsten Tag war im Nu vorüber. So kurz vor den Ferien hatten sie schon um zwölf Uhr aus, sonderlich viel Unterricht fand ohnehin nicht mehr statt. Als Perry nach Hause kam, war niemand da. Auf dem Küchentisch lag, wie üblich, ein Zettel, auf dem in Belindas schwungvoller Handschrift stand: »Bin in der Stadt, zurück bis eins.«

Doch es wurde eins, ohne dass Belinda zurückkehrte. Halb zwei. Dreiviertel zwei.

Perry wurde es eng um die Brust. Hatten die Gangster sie etwa schon entführt? Aber wieso? Er hatte doch noch gar keine Gelegenheit gehabt, ihnen zu liefern, was sie verlangten!

Punkt zwei Uhr klingelte das Telefon. Perry holte tief Luft. Er würde den Ganoven nicht die Genugtuung geben, wie ein Schwächling zu klingen!

Er hob ab und meldete sich mit klarer, fester Stimme: »Hier bei Malone?«

»Na, das klappt ja prima«, hörte er eine näselnde Stimme. »Immer eine Freude, mit zuverlässigen Leuten zusammenzuarbeiten. Ach ja, einen schönen Gruß von Gene soll ich ausrichten. Nun, zur Sache – hast du die Informationen, die wir brauchen?«

»Ich weiß über die Termine meines Onkels Bescheid«, sagte Perry widerstrebend, »aber nur für die nächsten paar Tage.«

Sein Gesprächspartner gab ein unzufriedenes Knurren von sich. »Das ist schlecht. Wir können unsere Aktionen doch nicht von einem Tag auf den nächsten planen.«

»Mehr ging nicht, sonst hätte ich mich verdächtig gemacht«, verteidigte sich Perry.

»Lass dir bis zum nächsten Mal was einfallen«, befahl der Unbekannte. »Und jetzt sag mir, was du weißt.«

Perry berichtete, was er erfahren hatte, wurde aber bald unwirsch unterbrochen: »Sag mal, glaubst du, du kannst uns für dumm verkaufen? Das hast du dir doch alles bloß ausgedacht!«

»Nein!«, verwahrte sich Perry empört. »Das hat mein Onkel alles so gesagt, Wort für Wort!«

»Eine Abschaumgrube? Was soll denn das sein? WTF-Spezialisten – so ein Quatsch! Und Davidson und Harley – glaubst du, ich merk nicht, was da läuft?«

Für einen Moment riss der Nebel der depressiven Verzweiflung, der Perry Rhodans jugendlichen Geist in Bann hielt, und etwas von jener Bestimmtheit, jener inneren Kraft, die so kennzeichnend für den erwachsenen Rhodan ist, brach durch, als er den Gangster durchs Telefon anfuhr: »Hören Sie, diesen Plan haben *Sie* sich ausgedacht, nicht ich. Wenn ich tue, was Sie von mir verlangen, und Ihr Plan funktioniert nicht, dann ist das Ihre eigene Schuld, nicht meine!«

Einen Moment lang herrschte verdutzte Stille am anderen Ende. Ein zwölfjähriger Junge hatte das Drehbuch durchbrochen, das sich der Gangster zurechtgelegt hatte, und nun musste er sich erst wieder fangen.

»Wie dem auch sei«, ließ er sich schließlich wieder vernehmen, »auch wenn das alles stimmen sollte, bringt es uns nichts. Das spielt sich ja alles innerhalb der Station ab, dort kommen wir nicht hin. Was wir brauchen, ist ein Termin deines Onkels irgendwo außerhalb.«

Perry schwieg.

»Bist du noch da?«, fragte die näselnde Stimme.

»Ja«, sagte Perry.

»Ich warte auf eine Antwort.«

»Auf welche Frage?«, erwiderte Perry.

Der Unbekannte atmete geräuschvoll ein. »Jetzt hör mir gut zu, du Mörder kleiner Mädchen. Im Augenblick ist eure Haushälterin verhindert, aber sie wird nachher zurückkommen, und wenn sie dir erzählt, *warum* sie sich verspätet hat, dann denk daran, dass wir sie uns auch einfach hätten schnappen können. Das wäre sogar viel einfacher gewesen.«

Daran erinnert zu werden, dass er es gewesen war, der seine kleine Schwester getötet hatte, zertrümmerte Perrys Anfall von Selbstsicherheit im Handumdrehen wieder. Mehr noch, einen schrecklichen Moment lang war ihm, als bekäme er keine Luft mehr!

»Und jetzt«, verlangte die unangenehm dünne Stimme, »will ich, dass du noch einmal genau nachdenkst, wann dein Onkel einen Termin außerhalb seines Stützpunktes hat. Wenn ich noch einmal anrufen muss, dann wird deine Negermammy neben mir sitzen, und du wirst hören können, wie es klingt, wenn ich ihr für jede Antwort von dir, mit der ich unzufrieden bin, einen Fingernagel ausreiße …«

Die unverhüllte Grausamkeit in seiner Stimme und die Vorstellung, dass er Belinda etwas antun würde, ließen Perrys Widerstand endgültig zerbrechen.

»Eine Sache gibt es«, sagte er mit dem entsetzlichen Gefühl, zum Verräter zu werden. »Am Samstagmorgen will mein Onkel mit mir einen Jagdausflug zum Sykes Creek machen …«

Belinda kam kurz nach halb drei zurück, schäumend vor Ärger. Zwei Männer hätten ihren rostigen alten Geländewagen direkt hinter ihrem geparkten Auto abgewürgt und *ewig* nicht mehr zum Anspringen gebracht, mit dem Ergebnis, dass sie nicht weggekommen war. Motorhaube auf, Motorhaube zu, nichts hatte geholfen; erst, als ein dritter Mann dazugekommen war, der offenbar gewusst hatte, wo man hinfassen musste. »Und das, wo ich frische Butter gekauft habe!«, regte sie sich auf. »Die ist mir fast davongeschwommen im Kofferraum.«

»Wie sahen die Männer denn aus?«, fragte Perry, innerlich zitternd.

Belinda riss die Augen auf. »Ja, meinst du, ich hab mir die genau angeschaut? Irgendwelche Männer halt. Weiße. Keine besonders vertrauenerweckenden Gestalten.« Sie schüttelte den Kopf, versuchte, sich zu beruhigen. »Einer war noch ziemlich jung – aber *hässlich*! Hatte lauter Narben im Gesicht und kleine, stechende Augen.«

Perry nickte beklommen. Mit anderen Worten: Tin Can!

8

Als Perry am Samstagmorgen früh um halb sieben in die Küche kam, traf er dort nur seinen Onkel an, der gerade eine Kanne Kaffee aufbrühte; eine Thermosflasche aus Metall stand bereit. Ansonsten war alles still.

»Wo ist Belinda?«, fragte Perry argwöhnisch.

»Guten Morgen erst mal«, meinte Onkel Ken, immer noch mit dem Wasserkessel zugange. »Ja, komisch, sie scheint noch nicht zurück zu sein.«

Belinda war am Abend zuvor, ihrem freien Abend, wie schon oft zu einem Besuch in die Stadt aufgebrochen, aber es war das erste Mal, dass sie am Samstagmorgen nicht wieder in der Küche stand. Durch das Küchenfenster war zu sehen, dass auch der Chevy nicht an seinem gewohnten Platz stand.

»Wahrscheinlich hat sie sich gesagt, dass es ohnehin nicht viel zu tun gibt, wenn wir den ganzen Tag unterwegs sind«, fuhr Onkel Ken fort. »Und da hat sie ja auch recht. Mit dem Picknickkorb, den sie vorbereitet hat, halten wir locker bis *morgen* Abend aus.« Er lachte, doch irgendwie war es Perry, als klinge in seinem Lachen so etwas wie Unruhe mit.

»Machst du dir keine Sorgen, dass ihr was passiert sein könnte?«, fragte er, denn er machte sich derartige Sorgen durchaus.

Onkel Ken wiegte den Kopf. »Na, ein bisschen schon. Andererseits ist sie eine junge, unverheiratete Frau, deren Privatleben mich nichts angeht, verstehst du?« Er nahm den Kaffeefilter ab, goss sich eine Tasse voll und begann dann, den restlichen Kaffee in die Thermosflasche zu schütten. »Sie hat über die Gemeinde der Kirche, die sie sonntags immer besucht, ein paar Freundinnen, und ich denke mir, dass sie wahrscheinlich bei einer davon übernachtet. Vielleicht ist ein Geburtstag gefeiert worden, und vielleicht war zu viel Alkohol im Spiel, als dass es ratsam gewesen wäre, noch ins Auto zu steigen.« Er schraubte den Deckel zu. »Wie ich sie kenne, werden wir es früher oder später erfahren. Und ein Frühstück, das kriegen wir zwei Männer auch mal alleine hin, oder?«

Perry hatte ohnehin keinen großen Hunger; die Sorge darum, was sie an diesem Tag erwarten mochte, verdarb ihm jeglichen Appetit. Er aß ein Brot mit Marmelade, aber es schmeckte wie Stroh.

Nach dem Frühstück, als alles Geschirr im Spülbecken stand, öffnete Onkel Ken seinen Waffenschrank und begutachtete die Gewehre, die er darin aufbewahrte. »Ich hab ein Kleinkalibergewehr«, meinte er und nahm die betreffende Waffe heraus. »Wär das was für dich? Nichts gegen deinen Onkel Karl, aber ich habe Hemmungen, einem Zwölfjährigen ein großkalibriges Gewehr zu geben. Du hältst es nicht fest genug, und peng, hast du dir das Kinn zertrümmert. Und für Krähen und Eichhörnchen reicht Kaliber zweiundzwanzig allemal.«

»Ist okay«, meinte Perry und versuchte, nicht so lustlos zu klingen, wie er sich fühlte. Er konnte sich ohnehin nicht vorstellen, dass er es übers Herz brachte, auf ein Eichhörnchen zu schießen.

Die Einzigen, auf die er ohne Zögern geschossen hätte, waren Logan und seine Bande.

Er nahm den Picknickkorb, sein Onkel die beiden Gewehre, und so verließen sie das Haus. Auf dem Vorplatz wartete ein richtiger Geländewagen des Militärs, schwer, mit hohem Radstand, Vierradantrieb und offenen Seiten. Auf der Kühlerhaube prangte ein fünfzackiger weißer Stern, man saß in harten Metallschalen und knöpfte Einsätze aus einem derben, zeltplanenartigen Material fest, wo normale Autos Türen hatten.

Perry starrte den Wagen verblüfft an. »*Damit* fahren wir?«

Sein Onkel lachte und öffnete die Heckklappe. »Ich hab mir schon gedacht, dass dir das gefallen würde. Lad auf!«

Kurz darauf waren sie unterwegs, mit dröhnendem Motor. So früh am Morgen war auf den Straßen noch wenig los, und ziemlich frisch war es zudem, vor allem, wenn man bedachte, dass bereits Mitte Juni war. Onkel Ken zumindest schien der Ausflug Spaß zu machen; er lenkte den Wagen schwungvoll in die Kurven und pfiff ein Lied dabei, wenn auch ein reichlich disharmonisches.

Perry starrte geradeaus, von zunehmender Verzweiflung erfüllt. Er hatte auf Anraten seines Onkels eine Windjacke übergezogen, aber ihm war trotzdem kalt, und das lag vielleicht nicht nur an der Temperatur. Was erwartete sie dort draußen in der Wildnis? Um Belinda zu schützen, hatte er Logan verraten, wann und wohin sie fahren würden, doch nun sah es so aus, als hätten die Gangster sich die Haushälterin trotzdem gekrallt. Und wozu hatte Logan das wissen wollen? Doch bestimmt, weil er Onkel Ken eine Falle stellen wollte!

Er *musste* Onkel Ken einweihen, auch wenn es schwerfiel, musste ihm seinen Verrat und seine Schlechtigkeit offenbaren.

Wenn er nur gewusst hätte, wie man ein solches Gespräch *anfing!*

Sie passierten Cocoa Beach, nahmen den Fahrdamm. Rechts und links Wasser. Merritt Island vor ihnen. Wie auch immer er es anfangen wollte, er musste es *bald* tun. Wenn sie erst in der Wildnis waren, weitab von allem, konnte es zu spät sein.

Die Frage aller Fragen war, ob Belinda heute früh *wirklich* deshalb nicht zu Hause gewesen war, weil Logan und seine Leute sie entführt hatten. Wenn das so war, dann kam all seine Vorsicht und Verschwiegenheit ohnehin zu spät, und dann gab es für ihn auch keinen Grund mehr, zu schweigen und das Spiel der Ganoven mitzuspielen.

Wenn allerdings Belinda aus einem *harmlosen* Grund ausgeblieben war … dann mochte es sein, dass er das Unheil, das er verhüten wollte, erst recht heraufbeschwor!

In dieser verzwickten Lage tat Perry Rhodan etwas, das ihm später so sehr zur zweiten Natur werden sollte, dass er sich kaum mehr je Rechenschaft darüber ablegte: Er horchte in sich hinein. Es fühlte sich an, als folge er einem hauchdünnen Faden, der tief und tiefer ging, vorbei an allem, was er fürchtete oder hoffte, vorbei an allem, was er zu verbergen suchte, immer weiter, immer tiefer, und je weiter er kam, desto größer wurde eine seltsam beruhigende Gewissheit, dass sich Belinda in der Tat in den Händen der Gangster befinden musste. Wobei nicht diese Vorstellung das Beruhigende war, sondern die Gewissheit, die damit verbunden war: So konnte er endlich entscheiden und handeln!

»Onkel Ken?«, sagte er.

»Ja?«

»Ich muss dir was sagen.«

Ein Seitenblick. »Was denn?«

»Was Schlimmes.«

»Warte einen Moment.« Onkel Ken suchte eine Stelle am Rand des Fahrdamms, an der sie anhalten konnten und, für den Fall, dass noch ein Fahrzeug kommen sollte, kein Hindernis darstellten. Dann stellte er den Motor ab, wandte sich Perry zu und sagte: »Ich höre.«

»Ich fürchte«, begann Perry und spürte sein Herz heftig schlagen, »dass wir in eine Falle geraten, wenn wir zum Sykes Creek fahren.«

Kenneth Malone sagte nichts, hob nur die Augenbrauen auf eine Weise, die aussah wie eine Aufforderung, mehr zu erzählen. Und das tat Perry – endlich. Er erzählte von dem Mann, der ihm in seinem Zimmer aufgelauert und ihm gedroht hatte, und dass es derselbe Mann wie am Bahnhof gewesen war. Er erzählte von Tin Can und dem Anruf und was er alles verraten hatte.

Nur das mit dem Zeitungsausschnitt, das brachte er doch nicht über die Lippen. Es spielte ja im Moment auch keine Rolle, sagte er sich. Wichtig war nur, dass sie nicht zum Sykes Creek fuhren, wo Logan und seine Leute bestimmt schon lauerten.

Das Gesicht seines Onkels war ernst geworden. Sicher konnte er ihn jetzt nicht mehr leiden, dachte Perry, und würde ihn, sobald das alles hier überstanden war, wieder nach Hause schicken und nichts mehr mit ihm zu tun haben wollen. Aber dann würde es eben so sein. Einer wie er hatte es nicht anders verdient.

»Perry«, sagte Kenneth Malone, »ich muss dir auch was sagen.«

»Was denn?«, war es nun an Perry zu fragen.

»Als ich dich damals verspätet am Bahnhof abgeholt habe und du mir erzählt hast, jemand hätte dich mit Namen angesprochen und eine Botschaft von mir ausgerichtet«, begann der Colonel, »da habe ich mit unserem Sicherheitsmann im Stützpunkt gesprochen, Captain Ferguson. Bob Ferguson ist bei der MI, der *Military Intelligence*, und er hat ein paar Nachforschungen angestellt. Der Mann, der dich in Daytona Beach angesprochen hat – und in mein Haus eingedrungen ist, eine Vorstellung, die mich aufs Äußerste beunruhigt –, heißt höchstwahrscheinlich Eugene DelaHaye, ein wurzelloser Herumtreiber mit einem Vorstrafenregister so lang wie mein Arm, unter anderem wegen bewaffnetem Raubüberfall. Er muss so um den 29. April herum in Daytona Beach aufgetaucht sein, jemand hat ihn erkannt und gemeldet, aber er wird im Augenblick nicht gesucht, jedenfalls nicht im Staate Florida. Der Sheriff von Velousia County hat ihn trotzdem vorgeladen, aber da war er schon wieder untergetaucht.«

Kenneth Malone sah sich um, als befürchte er, belauscht zu werden. »Nun ist die Frage, was so jemand von einem wie mir will. Die Antwort darauf ahnst du ja inzwischen sicher: Ich arbeite in führender Position an Projekten, die mit der Verteidigung unseres Landes zu tun haben. Die Vereinigten Staaten sind heute, nach dem siegreichen Ende des Kriegs, die Weltmacht Nummer eins, und es gilt, alles dafür zu tun, dass wir es auch bleiben. Dazu gehört, den technischen Vorsprung, den wir haben, auszubauen, aber auch, auf der Hut zu sein vor denen, die uns unsere Führungsrolle neiden. Das ist heute in erster Linie die Sowjetunion, die nicht einfach nur an unsere Stelle treten möchte, sondern die auch ganz andere Vorstellungen davon hat, wie die Welt aussehen soll und wie die Menschen in Zukunft leben sollen – unfrei nämlich, bis ins Letzte gegängelt von einem allmächtigen Staatsapparat, kaum weniger schlimm als das, was die Nazis verwirklichen wollten. Wir verteidigen also nicht nur uns selbst, wir verteidigen die Idee der Freiheit an sich. Das ist eine große Verantwortung, aber zugleich etwas, auf das wir stolz sein können.«

Perry hatte diesen Ausführungen schier atemlos gelauscht. Nun holte er tief Luft und sagte: »Aber dieser … dieser Eugene DelaHaye ist nicht allein! Tin Can ist dabei und dieser Logan –«

»Ja, richtig«, meinte Onkel Ken. »Entschuldige, ich bin vom Thema abgekommen. Dieser Logan, zu dem hat Ferguson auch etwas herausgefunden. Und zwar hat DelaHaye gerade vier Jahre Gefängnis abgesessen, ist im Februar entlassen worden. Im Gefängnis hatte er Kontakt mit einem gewissen Louis G. Anson, der unter anderem wegen Rauschgiftschmuggels eingesessen hat und der kurz nach ihm freigekommen ist. Und wenn du dir diesen Namen mal anschaust und nur die ersten Buchstaben nimmst …«

»Louis G. Anson«, wiederholte Perry und begriff. »Logan!«

»Ganz genau. Von diesem Anson weiß man, dass er ziemlich eng mit russischen Exilanten befreundet ist, vor allem mit *kriminellen* russischen Exilanten, und es ist davon auszugehen, dass sich darunter auch sowjetische Spione befinden. Das könnte die Verbindung sein, die das Handeln dieser Gangster erklärt, denn Moskau würde ohne Zögern Millionen zahlen, um Einzelheiten über das zu erfahren, was wir hier auf Cape Canaveral machen.« Kenneth Malone fuhr sich über die kurzgeschorenen Haare. »Das Einzige, was uns Rätsel aufgibt, ist, wie sie ausgerechnet auf dich gekommen sind. Ich meine, wer hätte wissen können, dass du einen Onkel hast, der hier arbeitet? Zumal unsere Verwandtschaft relativ weitläufig ist – man müsste schon ein Fuchs in solchen Dingen sein und zudem Zugriff auf Akten haben, die normalerweise unzugänglich sind, um herauszufinden, dass wir überhaupt verwandt sind!«

Eine Erinnerung blitzte in Perry auf. »Ich weiß vielleicht, wie sie darauf gekommen sind.«

»A ja? Wie?«

»Ich hab Leroy davon erzählt, meinem bestem Freund. Kurz nach deinem Besuch an Weihnachten. Und als ich ihm alles erzählt hatte, ist Tin Can um die Ecke gekommen.« Perry seufzte. »Ich war mir schon damals sicher, dass er uns belauscht hat. Ich hab nur gedacht, was soll's, davon hat er ja nichts.«

Kenneth Malone nickte. »Aber er kann es diesem Logan erzählt haben. Vielleicht, um sich wieder bei ihm einzuschmeicheln, nachdem das erste Ding, wie du erzählt hast, wohl nicht so gut gelaufen ist. So war es doch, oder? Er hat diesen Tin Can mal achtkantig aus dem Wagen geworfen?«

Perry nickte beklommen. »Was machen wir denn jetzt?«

»Wir fahren weiter«, sagte Kenneth Malone und ließ den Motor wieder an. »Was Logan und seine Kumpane nämlich nicht wissen, ist, dass Captain Ferguson mit fast hundert Mann rund um den Sykes Creek auf der Lauer liegt. Wir werden die Sache heute zu Ende bringen. Und wenn dieser Logan Belinda auch nur ein Haar gekrümmt hat, dann wird er es bitter bereuen, das kann ich dir versprechen.«

Damit lenkte er den Geländewagen wieder zurück auf den Asphalt und gab Gas.

Perry fühlte sein Herz hüpfen vor Erleichterung. Diese plötzliche Wendung der Dinge verblüffte ihn maßlos. Zum ersten Mal seit langem sah er wieder so etwas wie einen Hoffnungsschimmer am Horizont. Und das Beste daran: Er war nicht mehr allein! Logan, Gene und Tin Can hatten es nicht mehr nur mit ihm zu tun, sondern hatten sich mit der *U. S. Army* angelegt! Und das, so lehrte die jüngere Geschichte, tat niemand ungestraft.

An der Stelle, an der es von der Straße auf den Banana River Trail abging, hielt Onkel Ken noch einmal an. Er löste das Mikrophon von dem Funkgerät, das unter dem Armaturenbrett montiert war, zwinkerte Perry zu und meinte: »Das ist unsere Geheimwaffe.« Dann schaltete er es ein, stellte an einem Drehregler eine bestimmte Frequenz ein und begann: »Großer Bär an Wolfsrudel, Großer Bär an Wolfsrudel, bitte kommen.«

Er ließ den Sprechknopf los, doch man hörte nur statisches Rauschen aus dem Lautsprecher.

»Großer Bär ruft Wolfsrudel. Bitte kommen!«

Nun endlich drang eine leise Stimme durch das Rauschen, mehr zu erahnen als zu hören. »Hier Leitwolf. Empfange Sie sehr schlecht, Großer Bär.«

Perry verfolgte das Ganze angespannt. Onkel Ken warf dem graublauen Himmel einen missbilligenden Blick zu und meinte halblaut: »Verdammte Gegend hier. Flaches Land, wolkenloser Himmel … und trotzdem ist der Funk gestört. Verstehe, wer will.« Er drückte den Sprechknopf. »Großer Bär an Leitwolf. Wir sind jetzt an Punkt 1, starten in Richtung Ziel. Bitte kommen.«

Der Empfang wurde ein wenig besser. »Leitwolf an Großer Bär. Bestätige: Sie sind an Punkt 1, bewegen sich auf Zielgebiet zu. Verstanden. Wir sind bereit.«

»Danke, Leitwolf. Großer Bär, Ende.«

Er hängte das Mikrophon zurück an seinen Platz, grinste Perry verschmitzt an und meinte: »So. Auf zum Showdown.« Dann gab er Gas, rumpelte von der Straße hinab auf den Trail, der nach Norden führte und nach einer guten Meile aufhörte, asphaltiert zu sein.

Auf sandigem, von zahllosen älteren Reifenspuren zerwühltem Boden ging es weiter, zuerst durch stacheliges Gestrüpp, bald aber schon zwischen Pinien und Palmen, Schlingpflanzen und hartblättrigen Büschen hindurch: ein subtropischer Urwald, der sie mit heißem Atem empfing.

Kenneth Malone holte eine braune Flasche aus dem offenen Handschuhfach und warf sie Perry in den Schoß. »Einreiben«, befahl er. »Und zwar gründlich! Die hiesigen Moskitos sind schlaue Biester, die finden noch die kleinste ungeschützte Stelle auf deiner Haut.«

Perry, der schon ein paar Stechviecher hatte abwehren müssen, beeilte sich, das stinkende Zeug auf seinen Armen und seinem Gesicht zu verteilen. Dass der Wagen immer öfter durch tiefe Schlaglöcher rumpelte, machte die Sache nicht einfacher. Aber so war das wohl, wenn man ein Abenteuer erlebte!

Je weiter sie kamen, desto dichter wurden die Wipfel über ihnen. Das Sonnenlicht fiel nur noch hier und da durch vereinzelte Lücken im Blätterdach, ein flirrender Vorhang aus hellen Strahlen, zwischen denen grünes Dämmerlicht herabrieselte.

»Ich war hier mal mit so einem blassen Bürohengst aus dem Pentagon«, erzählte Kenneth Malone, während er den Wagen mit voller Geschwindigkeit über Stock und Stein steuerte. »Wollte unbedingt die berühmte Wildnis von Merritt Island kennenlernen. Na gut, warum nicht? Er hat sich auch brav eingeschmiert, aber dummerweise seinen Nacken vergessen.« Er lachte auf. »Das hättest du sehen sollen! Die Moskitos haben ihn dort förmlich aufgefressen. Groß und rot und –«

In diesem Moment tat es einen ungeheuren Ruck. Der Geländewagen kippte nach vorn und kam abrupt zum Stillstand, die Nase fast in den sandigen Boden gebohrt. Schlagartig war es still: Der Stoß hatte den Motor abgewürgt.

»*Dammit!*«, stieß Kenneth Malone hervor. »Was ist das jetzt?«

Perry hatte sich gerade noch rechtzeitig festgehalten und so verhindert, dass es ihn aus dem Sitz schleuderte; auch die Flasche hatte er retten können, die andernfalls irgendwo im Urwald gelandet wäre.

Malone stieg aus, stapfte um die Frontseite des Wagens herum. »Beide Vorderreifen platt«, stellte er fest. »Großartig, wenn man nur einen Ersatzreifen hat.«

Perry richtete sich auf. »Wie kann so etwas passieren?«, fragte er ahnungsvoll.

Malone hatte seine Umrundung schon fortgesetzt und zog nun ein seltsames, glänzendes Metallband aus dem Sand unter dem Wagen. »Ein Nagelband«, stellte er fest. »Solche Dinger haben wir im Krieg verwendet, um Fahrzeuge zu stoppen.«

»Eine Falle«, folgerte Perry, der spürte, wie sich etwas in seinem Bauch verkrampfte.

»Ganz genau.« Kenneth Malone stieg eilig wieder ein, riss das Mikrophon an die Lippen und sagte: »Großer Bär ruft Wolfsrudel. Sind am Tarpon Point. Fall Rot. Wiederhole: Fall Rot am Tarpon Point. Bitte kommen!«

Diesmal war nur mattes, gleichförmiges Rauschen zu hören.

»War ja klar«, knurrte Malone.

In diesem Moment hörten sie in der Ferne einen Schrei, den Schrei einer Frauenstimme, die sie beide nur zu gut kannten.

»Belinda!«, flüsterte Perry.

Kenneth Malone hängte mit einer ruckartigen Bewegung das Mikrophon zurück an seinen Platz. Dann kippte er einen roten Schalter nach oben, und das Rauschen aus dem Lautsprecher verstummte.

»Okay«, raunte er Perry zu. »Wir müssen uns wohl selber helfen. Wir nehmen die Gewehre und –«

Ein nahes Rascheln im Gebüsch ließ ihn innehalten.

»Geben Sie sich keine Mühe, Colonel Malone«, ließ sich eine triumphierende Stimme vernehmen.

Es waren Gene und Tin Can, die da im Unterholz standen, jeder ein Gewehr schussbereit in der Hand. Tin Can grinste Perry höhnisch an.

»Hände hoch und aussteigen. Beide!«, befahl Gene. »Und ein bisschen plötzlich, wenn ich bitten darf.«

Kenneth Malone seufzte. »Tu, was er sagt. Spiel nicht den Helden, okay?«

Perry nickte. Aber es war ein unehrliches Nicken. In Wahrheit *lauerte* er nur auf eine Gelegenheit, den Helden zu spielen, und wenn es ihn das Leben kosten sollte.

»Habe ich das richtig gehört?«, rief Malone dem Gangster zu. »Haben Sie meine Haushälterin entführt?«

Gene lachte dreckig. »Kompliment, Colonel, Ihr Gehör funktioniert bestens. Ja, wir wollten die ganze kleine Familie hier haben. Ist doch viel netter so, oder?« Sein Grinsen verschwand wie ausgeknipst. »Los jetzt. Keine Spielchen auf Zeit. Wenn ich ungeduldig werde, schieße ich gern mal Leuten ins Bein, wenn Sie verstehen, was ich damit sagen will.«

»So schwer ist das nicht zu verstehen«, gab Malone zurück und kletterte aus dem Wagen, die Hände gehorsam über dem Kopf.

Perry tat es ihm gleich, und dann ging es einen Trampelpfad entlang ins Dickicht. Tin Can ging voraus, um ihnen den Weg zu weisen, und Gene folgte als Letzter, das Gewehr im Anschlag.

Der Pfad endete auf einer schmalen Lichtung. Zwei Zelte standen hier. Auf einem Klappstuhl saß ein feister Mann mit dünnem Haar, der an einem Zahnstocher kaute und sie voller Genugtuung angrinste: Das, mutmaßte Perry, musste Logan sein.

Und da war auch Belinda. Sie trug noch das Kleid, das sie gestern Abend angehabt hatte, hockte vor einem der Bäume auf den Boden und war offenbar mit den Armen an den Stamm gefesselt. Jemand hatte ihr einen Knebel umgebunden, vermutlich noch nicht lange, denn gerade eben hatten sie sie ja noch schreien hören.

»Dürfen wir jetzt vielleicht endlich erfahren, was das alles soll?«, herrschte Kenneth Malone den Mann im Klappstuhl an. »Wie Sie dazu kommen, harmlose Ausflügler zu kidnappen?«

Der feiste Mann seufzte entsagungsvoll, spuckte den Zahnstocher aus und sagte mit jener näselnden Stimme, die Perry sofort wiedererkannte: »Ach, Colonel Malone, ich bitte Sie. Lassen Sie es, uns hier schlechtes Theater vorzuspielen. Sie wissen doch genau, worum es geht.«

»Ach ja? Ich weiß gar nichts. Sagen Sie mir, worum es geht!«

»Um Sie. Sie sind, wie man so sagt, Geheimnisträger. Und es gibt gewisse Leute, die für die Informationen, über die Sie verfügen, sehr viel Geld zu bezahlen bereit sind.« Er verzog das Gesicht. »Hässlich, nicht wahr? Aber was will man machen? Sie müssen wissen, wir drei haben die Absicht, diesem schönen Land hier baldmöglichst Lebewohl zu sagen, und dafür brauchen wir nun mal Geld, je mehr, desto besser. Und dieses Geld, Colonel Malone, werden Sie uns beschaffen.«

Kenneth Malone schnaubte ärgerlich. »Hören Sie, Logan … Oder soll ich lieber sagen, Mister Anson?«

Logan lächelte unbeeindruckt. »Bleiben wir bei Logan. Ich will keine unnötige Verwirrung stiften.«

»Also gut. Logan. Wir können über alles reden, aber vorher lassen Sie meine Haushälterin gehen. Sie hat mit alldem nicht das Geringste zu tun. Und den Jungen auch. Ich bin es, den Sie wollen, und mich haben Sie ja nun.«

»Gut erkannt«, sagte Logan und nickte anerkennend. »Und so edel gedacht. Leider«, fuhr er fort, »muss man bei so edlen Menschen immer befürchten, dass sie Dummheiten machen. Ihnen, Colonel, traue ich glatt zu, dass Sie eher Ihren eigenen Tod in Kauf nehmen würden, als die Informationen preiszugeben, auf die es mir ankommt.«

Er zückte ein Klappmesser, ließ die Klinge aufspringen und begann, sich damit die Fingernägel zu reinigen. »Ich stelle mir vor, dass Sie wesentlich auskunftsfreudiger sein werden, wenn ich damit drohen kann, andernfalls der Frau oder dem Jungen den einen oder anderen Körperteil abzuschneiden. Sie verstehen, warum ich die beiden also nicht gehenlassen kann?«

»Hat Ihnen schon mal jemand gesagt, dass Sie ein Schwein sind?«, fauchte Malone.

»O ja, und Schlimmeres.« Logan machte eine wegwerfende Handbewegung. »Worte, weiter nichts. Ach ja, und falls Sie hier auf Zeit spielen in der Hoffnung, dass Ihnen die Soldaten zu Hilfe kommen, die heute in aller Frühe den Stützpunkt verlassen haben – vergessen Sie's. Die sind alle zum Sykes Creek gefahren, also meilenweit entfernt, und hocken dort in den Wäldern herum. Die werden in ein paar Stunden von Moskitos zerstochen sein und Schlangen in den Stiefeln haben und unverrichteter Dinge wieder nach Hause fahren.«

»Damit kommen Sie nicht durch«, prophezeite Kenneth Malone drohend. »Man wird Sie jagen, und das wird sein, als stünden eine Million Füchse gegen drei Kaninchen. Man wird Sie kriegen, das ist so sicher wie das Amen in der Kirche. Und dann kommt es drauf an, was Sie getan haben. Nur der Überfall hier – schlimm genug. Aber Landesverrat – das bedeutet den elektrischen Stuhl.« Er musterte Logan spöttisch. »Bei Ihrer schütteren Haarpracht wird der Strom jedenfalls prächtig fließen.«

»Geben Sie sich keine Mühe, das beeindruckt hier keinen«, erwiderte Logan, aber es klang, als beeindrucke es ihn durchaus. Er gab Tin Can einen Wink. »Los, bind den Jungen an den andern Baum. Fangen wir endlich an!«

Tin Can drehte sich zu Perry um, packte ihn am Arm und zog ihn mit sich. Perry ließ es mit sich geschehen, gab sich absichtlich schlaff und widerstandslos, versuchte den Eindruck zu erwecken, als habe er restlos kapituliert. Und Tin Can schien tatsächlich zu glauben, leichtes Spiel mit ihm zu haben: Er zog ihn zu einem Baum in der Nähe, ließ ihn los und befahl: »Setz dich da hin!«

Das war der Moment. Perry sprang los wie ein Kastenteufelchen, dem man gerade den Deckel geöffnet hat, rammte die dürre Gestalt Tin Cans, der, gänzlich überrascht, nach hinten stolperte, und als er im Gebüsch landete, war Perry schon auf und davon und preschte durch das Unterholz zurück in Richtung Wagen.

Er rannte, so schnell er konnte, wich Hindernissen blitzschnell aus, achtete nicht auf Zweige, die ihm ins Gesicht schlugen. Irgendwann hörte er es hinter sich knallen, hörte etwas durch das Geäst über ihm pfeifen – Kugeln, vermutlich –, doch all das kam viel später, als er es befürchtet hatte.

Jemand schrie. Gene? Onkel Ken? Es war nicht zu verstehen, klang aber vage drohend. Natürlich. Es musste jetzt einfach schnell gehen.

Keuchend erreichte er den Wagen. Seine Lunge ging wie ein Blasebalg, als er die Heckklappe aufriss, sich Onkel Kens Gewehr schnappte und die Schachtel mit der Munition. Sechs Sekunden höchstens, dann war er wieder im Gebüsch verschwunden, hockte in einer Erdmulde und lauschte, während er das Gewehr so rasch und so leise wie möglich lud. Schritte, die durchs Unterholz brachen – das war bestimmt Gene! Jemand kreischte wie angestochen. Logan. »Ihr habt den Wagen *nicht* nach Waffen durchsucht? Seid Ihr *Idioten*?«

Perry holte tief Luft. Sein Herz schlug wie ein Hammer. Ein zwölfjähriger Junge gegen drei Gangster, das würde nicht gutgehen. Egal. Wenigstens würde er ihnen zeigen, dass sie sich nicht alles gefallen ließen. Und vielleicht konnte er zumindest Belinda retten. Irgendwie.

Mit diesem Vorsatz kroch er aus der Mulde. Der Boden war schlammig, von allerlei schmierigem Grünzeug überwuchert. Er robbte unter Büschen und Zweigen hindurch, das riesige Gewehr mit sich ziehend, bemüht, möglichst leise und schnell vorwärtszukommen, vor allem aber leise.

Er wusste, dass hier überall Schlangen lauern konnten, nicht wenige davon giftig, aber es kümmerte ihn nicht. Auch dass unmittelbar vor seinem Gesicht Kakerlaken herumkrochen und Insekten von jener Größe, vor der er sich bei seiner Ankunft noch geekelt hatte, ließ ihn kalt. Spinnen hingen in den Ästen, unter denen er sich auf dem Bauch vorwärtsschob, ließen sich auf seine Arme fallen und in seine Haare, aber er wischte sie einfach beiseite und machte weiter. Er hatte nur ein Ziel: unentdeckt bis zurück zur Lichtung zu gelangen.

Er hörte, wie immer noch jemand durchs Gebüsch rannte, hörte Geschrei. Onkel Ken rief nach ihm, rief: »Perry! Bitte mach keinen Blödsinn!« Und Logan schrie: »Junge! Komm sofort her, oder ich schneid' deiner Niggermammy ein Ohr ab! Hörst du?«

Doch da lag Perry schon in Position. Verborgen unter einem niedrigen Busch mit dicken, dunkelgrünen Blättern und stacheligen Ästen, konnte er die ganze Lichtung überblicken. Logan stand tatsächlich neben Belinda, sein Messer in der Hand, und sein Kopf war knallrot vor Wut. Tin Can, schief und schlaksig wie immer, hielt sein Gewehr auf Onkel Ken gerichtet und fuhr sich ab und zu mit der Hand über die Wange, wo er aus einem langen Schnitt blutete: Hatte er sich bei seinem Sturz an einem stacheligen Ast verletzt? Oder hatte ihm Logan, der Messerheld, einen Denkzettel verpasst? Onkel Ken stand regungslos, die Hände über dem Kopf, und sah sich beunruhigt um.

Gene war nirgends zu sehen. Also musste er es sein, den man da krachend durchs Geäst rennen hörte, weit weg von hier.

Perry schob das Gewehr nach vorn, legte es an, wie er es bei Onkel

Karl so oft gemacht hatte. Jeder Handgriff saß: entsichern, fest gegen die Schulter drücken, zielen über Kimme und Korn.

Bei Onkel Karl hatte er nur auf Flaschen und Dosen geschossen und später auf selbstgemalte Zielscheiben auf Papier, das sie auf Strohballen geheftet hatten. »Nie an Bäume«, hatte Onkel Karl gemahnt. »Auf Bäume schießt man nicht. Das sind auch Lebewesen.«

Heute zielte er nicht auf eine Dose und auch nicht auf eine Zielscheibe, sondern auf Logans Knie.

»Junge!«, kreischte der. »Ich sag's nur noch *ein einziges Mal!*« Dabei hielt er das Messer schon dicht an Belindas Kopf, die hinter ihrem Knebel wimmerte, die Augen schrecklich weit aufgerissen vor Entsetzen.

Perry atmete ein, zielte, atmete gleichmäßig aus und zog den Abzug ebenso gleichmäßig durch.

Der Schuss knallte ohrenbetäubend. Und dann geschah ganz viel auf einmal: Logan brach zusammen, Tin Can warf sich vor Schreck auf den Boden, worauf sich Onkel Ken wiederum auf ihn stürzte und ihm das Gewehr entrang, gerade rechtzeitig, um Gene niederzuschießen, der aufgeschreckt aus den Büschen angestürmt kam.

»Oh, verdammt!«, heulte Logan. »Verdammte Scheiße!«

In diesem Moment bemerkte Perry eine Bewegung hinter sich. Er fuhr herum, wollte das Gewehr nachziehen, blieb aber damit an einem Ast hängen. So war er wehrlos, als der Unbekannte auf ihn zusprang.

Es war ein Mann in einem gescheckten Kampfanzug, das Gesicht mit Strichen dunkler Farbe bemalt. Ein Soldat, der sich dicht vor Perry hinhockte, den Zeigefinger vor die Lippen legte und wisperte: »Keine Sorge. Wir sind die Guten.«

Auf der Lichtung brach neues Geschrei los. Perry wandte hastig den Kopf, sah, wie Logan, das Messer in der Hand, auf Belinda zurobbte, und wie Onkel Ken, das Gewehr im Anschlag, ihn anherrschte, liegen zu bleiben.

Perry hörte den Soldaten hinter sich einen trillernden Laut ausstoßen, der wie das Zwitschern eines Vogels klang.

Im nächsten Augenblick war überall Bewegung im Geäst, und Dutzende Soldaten kamen aus den Büschen wie hingezaubert.

»Ferguson!«, rief Onkel Ken aus. »Ich dachte schon, Sie kommen gar nicht mehr!«

Der Soldat, der Perry entdeckt hatte, sah sich um und meinte: »Verstehe. Und deshalb haben Sie den Job lieber alleine erledigt.«

Der größte Teil der Soldaten hielt Wache für den Fall, dass sich in den Büschen noch weitere Verbündete der Gangster versteckten. Die anderen verschnürten die Kerle zu handlichen Paketen, sicherten ihre Waffen und ihre sonstige Ausrüstung. Ein Soldat half Kenneth Malone, Belinda loszuschneiden, die zitterte, als sie endlich aufstehen konnte.

Captain Ferguson erklärte Perry, was sich abgespielt hatte. »Das Funkgerät in eurem Jeep verfügt über einen starken Notsender. Dein Onkel brauchte nur einen kleinen roten Schalter umzulegen, dann hat die Kiste ein Alarmsignal auf einer anderen Frequenz gesendet, die von der Umgebung weniger beeinflusst wird, so dass es auch unter schlechten Bedingungen meilenweit zu empfangen ist. Als dieses Signal kam, haben wir gewusst, dass er unsere Hilfe braucht. Und wir wussten auch, wo ihr seid, weil wir es anpeilen konnten.«

»Verstehe«, sagte Perry, der nun auch etwas zitterte, aber das musste von der Kälte kommen, oder?

Ein Soldat mit einem Rotkreuz-Aufnäher an der Uniform, der sich um Logans Schusswunde gekümmert hatte, kam zu ihnen. Er nickte in Richtung des Gewehrs, das neben Perry am Boden lag, und meinte: »Hat er mit dieser Alligatorenbüchse da geschossen? Kein Wunder, dass das Knie total zertrümmert ist. Der Kerl wird nie wieder normal laufen.«

Perry hörte es und wusste, dass er sich eigentlich ein bisschen schuldig hätte fühlen müssen, aber er empfand nichts dergleichen. Es tat ihm kein bisschen leid. Der Mann war dabei gewesen, einer hilflosen Frau ein Ohr abzuschneiden! Da war er mit einem kaputten Knie noch gut davongekommen.

Der Captain schien das ganz ähnlich zu sehen, denn er zuckte nur mit den Schultern und meinte: »Der Kerl wird den Rest seines Lebens im Gefängnis verbringen. Dort muss er nicht viel laufen.«

Nun kam Kenneth Malone dazu. Er seufzte. »Ich hoffe, Belinda verzeiht mir das alles. Täte mir leid, sie zu verlieren. Ich hätte sie gestern Abend warnen sollen, aber ich habe nicht erwartet, dass die Kerle so weit gehen würden.«

»Was ist ihr denn nun passiert?«, fragte Ferguson.

»Sie war mit zwei Freundinnen in einem Tanzlokal, in einer Gegend, in der Weiße eigentlich auffallen sollten. Trotzdem haben die Ganoven sie geschnappt, als sie auf dem Rückweg zum Auto war.« Malone fuhr sich übers Gesicht. »Das heißt, sie war die ganze Nacht in deren Gewalt. Zum Glück haben sie ihr weiter nichts angetan.«

»Entführung, Freiheitsberaubung, Nötigung«, zählte Ferguson auf. »Kommt alles mit auf die Liste. Sollte dem Richter die Entscheidung leichtmachen.«

Kenneth Malone nickte. »Da hab ich keine Bedenken. Okay, Ferguson, lassen Sie Ihre Leute alles sichern. Ich muss noch ein paar Takte mit diesem jungen Mann hier reden.« Er legte den Arm um Perrys Schultern, drückte ihn kurz an sich. »Verdammt guter Schuss. Ich mach nie wieder Witze über Rinderzüchter in Wisconsin.«

»Alles klar, Sir«, sagte Ferguson und legte die Hand an die Schläfe.

»Ach, und Ferguson«, fiel Malone noch ein. »Wenn sich ein paar Ihrer Jungs um meine beiden platten Vorderreifen kümmern würden, das wäre großartig.«

»Wird erledigt.«

Während Ferguson davonstapfte, zog Onkel Ken Perry zur Seite und sagte halblaut: »Ein guter Schuss, und eine sehr mutige Aktion – aber verdammt nochmal viel zu riskant! Das hättest du nicht tun dürfen!« Er schüttelte ihn kurz, dann ließ er ihn los.

»Aber …«

Onkel Ken hob die Hand. »Ich weiß. Ich hätte dir das mit dem Sender sagen sollen. Der Plan war, dass ich Logan hinhalte, bis Ferguson und seine Leute da sind. Ich hatte mir schon zurechtgelegt, was ich mir so nach und nach alles an angeblichen Geheimnissen aus der Nase ziehen lasse. Alles Unsinn natürlich, aber das hätte er erst gemerkt, wenn er es an die Russen weitergegeben hätte und deren Wissenschaftler es geprüft hätten. Und so weit wäre es ja nie gekommen.«

Perry ließ die Schultern sinken. »Tut mir leid. Ich dachte … ich dachte, ich muss irgendwas tun …«

»Ist ja zum Glück gutgegangen.« Onkel Ken tätschelte ihm die Schulter. »Aber was, wenn nicht? Was hätte ich deiner Mutter dann gesagt, hmm?«

Perry war auf einmal den Tränen nah. Da war noch etwas, das rauswollte, noch etwas Ungesagtes.

»Die wär' vielleicht gar nicht so traurig gewesen«, murmelte er, und seine Unterlippe zitterte dabei.

Onkel Ken sah ihn entgeistert an. »Wie kommst du denn auf *die* Idee?«

Perry sah hoch. »Ich war's doch, der Deborah getötet hat«, stieß er hervor.

»Was?«

»Ich wusste das nicht. Ich kann mich auch gar nicht mehr daran erinnern, was eigentlich passiert ist. Aber der eine, Gene, der hat mir die Zeitungsmeldung von damals gezeigt, und dort stand's schwarz auf weiß.« Es brach aus ihm heraus wie ein Wasserfall von Worten. »Und da … da hab ich gedacht, wenn ich so ein schlechter Mensch bin … wenn ich es fertiggebracht hab, meine eigene Schwester umzubringen … dann kann ich ja wohl auch einem Gangster ins Knie schießen!«

Damit war es heraus, und nun, in der entsetzlichen Stille, die sich auf sie beide herabsenkte, war es Perry, als entschwinde alle Kraft aus ihm. Er ließ sich auf einen Erdhügel sinken, den Blick zu Boden gerichtet, weil er es nicht wagte, aufzuschauen und womöglich Verachtung und Abscheu im Blick von Onkel Ken zu sehen.

»Hmm«, machte der nach einer Weile. »Sieht ganz so aus, als hätten sich die Gangster *selber* ins Knie geschossen mit ihren famosen Plänen.« Er setzte sich neben Perry auf den Boden, zog ein Stück Papier aus der Brusttasche und hielt es ihm hin. »Meinst du diese Meldung hier?«

Perry sah auf. Es war derselbe Zeitungsausschnitt, den ihm Gene gezeigt hatte. Er nickte, brachte kein Wort heraus.

»Den hat der Sanitäter bei Logan gefunden.« Er gab ihm das Papier in die Hand. »Dreh's mal um.«

Perry tat es.

Die Rückseite des Blattes war leer.

»Schon mal einen Zeitungsausschnitt gesehen, bei dem die Rückseite unbedruckt ist?«, fragte Onkel Ken.

Perry überlegte, dann schüttelte er den Kopf. »Nein.«

»Das Ding ist eine Fälschung«, sagte Onkel Ken und tippte auf das Papier. »So was macht einem jeder Drucker im Handumdrehen. Erst recht, wenn man ihm eine Pistole unter die Nase hält, wie es in diesem Fall wohl gewesen sein dürfte. Die wollten dich seelisch zerbrechen, Perry! Die wollten sichergehen, dass du nach ihrer Pfeife tanzt.«

»Aber …«, meinte Perry fassungslos, das nur einseitig bedruckte Blatt immer wieder hin und her wendend, »aber was ist denn nun wirklich passiert …?«

Kenneth Malone tätschelte ihm das Knie. »Das soll dir deine Mutter erzählen. Jedenfalls – dich trifft keinerlei Schuld!«

Ein paar Tage später kamen Perrys Eltern zu Besuch. Sie nahmen die Mittagsmaschine von New York aus, und so saßen sie an diesem Abend alle beisammen um einen festlich gedeckten Tisch. Und »alle« hieß: auch Belinda. Man muss das eigens erwähnen, weil es damals keineswegs üblich war, dass Hausangestellte mit am Esstisch saßen, erst recht nicht Hausangestellte mit dunkler Haut. Es hatte Kenneth Malone viel Überzeugungsarbeit gekostet, ehe er seine Haushälterin zu einem so »dreisten« Verhalten überredet hatte.

An diesem Abend trug er seinen besten zivilen Anzug, und über der Suppe erzählte er noch einmal ausführlich, was alles passiert war, sowohl vor als auch hinter den Kulissen. Perry ergänzte, was ihm widerfahren war, und Belinda berichtete, wie sie überfallen und verschleppt worden war.

Dann, als die Suppenteller zusammengestellt waren, sagte Kenneth Malone in der Art eines verspäteten Tischgebets: »Lasst uns dankbar sein, dass das Ganze letztlich gut ausgegangen ist. Wir sind alle mit dem Schrecken davongekommen, keiner von uns ist ernstlich verletzt worden. Anders die drei Gangster. Die sind nicht nur schwer blessiert, sie sitzen auch hinter Schloss und Riegel und werden dort auch sehr, sehr lange bleiben, vermutlich für immer. Was Landesverrat angeht, sind amerikanische Richter nämlich ausgesprochen humorlos.«

»Amen«, sagte Belinda und wollte aufstehen, um die Suppenteller hinauszutragen. Der verlockende Duft des Bratens im Backofen erfüllte schon das ganze Haus.

»Moment noch«, bat Kenneth Malone. »Eine Sache bleibt noch zu klären. Es geht um ein trauriges Ereignis, von dem die meisten Leute in Manchester nur wissen, *dass* es passiert ist, aber nicht, *wie*. Das haben sich die Gangster zunutze gemacht, um euren Sohn in schlimme seelische Verwicklungen zu stürzen, denn sie haben ihm einreden können, er habe seine Schwester getötet. Das haben sie dazu angefertigt.« Er holte den gefälschten Zeitungsausschnitt heraus, faltete ihn auf und schob ihn über den Tisch. »Ich finde, Perry hat das Recht, endlich die Wahrheit zu erfahren. Und zwar von dir, Mary.«

Auf einmal lag eine Spannung in der Luft, als könne jeden Moment ein Blitz über die Zimmerdecke zucken. Mary Rhodan griff nach dem Papier, tat es so nervös, dass sie dabei ihr Weinglas umstieß – zum Glück war es noch leer. Sie las den Text, während sie das Glas bedächtig wieder an seinen Platz stellte, tat den Zettel dann beiseite und legte sich die Hand auf die Brust. Ihr Atem ging auf einmal heftig.

»Ja«, sagte sie mühsam. »Du hast recht, Ken. Es muss heraus.« Sie sah ihren Sohn an, mit einem Blick, in dem der Schmerz fast eines ganzen Jahrzehnts lag. »Perry – du hast keine Schuld an Deborahs Tod, nicht die geringste. Ich war es, die den Unfall verursacht hat. Ich.«

Stockend erzählte sie, wie es passiert war. Wie sie den Einkaufszettel gesucht und auf einmal bemerkt hatte, dass der Wagen ins Rollen geraten war.

»Ich wusste nicht, wo Debbie war«, beteuerte sie. »Ich wusste nicht mal, warum sich der Wagen plötzlich bewegte. Und ich hing so ungeschickt da, halb drinnen, halb draußen, dass ich nicht an die Pedale kam, und die Handbremse fiel mir nicht ein … und dann hab ich gesehen, wie du angerannt kamst, quer über den ganzen Vorgarten bist du gerannt, so schnell wie der Wind, und ich konnte nur denken: O Gott, er rennt hinter das rollende Auto!«

Sie schlug die Hand vor den Mund, und die Hand zitterte. Es dauerte einen Moment, ehe sie weitersprechen konnte. Niemand sagte ein Wort.

»Ich wusste ja nicht, wo Debbie war«, sagte sie noch einmal. »Ich bin raus, hab dich gerade noch erwischt. Es war eine seltsame Hebelbewegung, weil du so schnell warst, so schrecklich schnell, dass es uns herumgewirbelt hat, und dabei bist du mit dem Gesicht gegen den Pfosten bei der Einfahrt geprallt und bewusstlos hingefallen.«

Ihre Augen schwammen in Tränen. Ihr Blick war immer noch auf Perry gerichtet, aber nun ging er durch ihn hindurch, als blicke sie noch einmal in die Vergangenheit.

»Ich hab erst viel später begriffen, dass du versucht hast, Deborah zu *retten.* Du hast gesehen, wo sie gespielt hat, und als das Auto ins Rollen geriet, bist du losgerannt.« Ein Schluchzen erschütterte sie. »Du hast nur versucht, sie zu retten – und bei Gott, wenn ich dich nicht daran gehindert hätte, hättest du es vielleicht sogar geschafft! Du warst so schnell, so unglaublich schnell … Ich wusste nicht, dass sie da war. Aber du, du hast es gewusst.«

Perry saß da wie erschlagen, ratlos, was er sagen sollte.

Belinda reichte Mary Rhodan ein Taschentuch. Sie nickte dankbar, wischte sich die Tränen ab. Stille breitete sich aus, eine umfassende, ganz und gar durchdringende Stille.

Jake Rhodan griff nach der Hand seiner Frau, musterte sie besorgt, doch sie schüttelte nur den Kopf. Ein Lächeln erschien darauf, ein Lächeln, bei dem ihre Augen wieder strahlten, wie sie es schon lange nicht mehr getan hatten. »War sie nicht ein wunderschönes Kind, unsere Deborah? Unsere schwierige, verträumte Debbie?« Sie blinzelte, sah in die Runde. »Ich habe immer gedacht, es würde ganz und gar schrecklich sein, wenn ich davon spreche, wenn ich zugeben müsste, dass ich es war, die Schuld hatte an Deborahs Tod. Aber nun fühle ich mich wie befreit von einer ungeheuren Last! Ist das nicht merkwürdig?«

Jake Rhodan hob die Schultern. »›Ihr werdet die Wahrheit erkennen, und die Wahrheit wird euch frei machen‹«, zitierte er das Johannesevangelium.

Seine Frau nickte. »Ja, so ist es wohl. Ich hätte viel früher darüber sprechen sollen. Dann wäre vielleicht so manches anders gekommen …« Sie wandte sich wieder Perry zu. »Du erinnerst dich wirklich nicht mehr, wie es passiert ist?«

Perry schüttelte den Kopf. »Ich weiß noch, wie wir aus dem Auto gehüpft sind … und dann wieder, wie das Auto an der Böschung gegenüber stand und Debbie dalag und du geschrien hast.«

Seine Mutter nickte. »Der Arzt hat gesagt, dass du bei dem Aufprall auf den Pfosten eine kleine Gehirnerschütterung erlitten hast und dass dadurch die Erinnerung an die Augenblicke davor ausgelöscht wurde.« Sie hob die Brauen. »Aber an deine Schwester kannst du dich noch erinnern?«

»Na klar!«, sagte Perry. Eine Erinnerung kam ihm, die ihn wehmütig stimmte. »Wir hatten eine Geheimsprache. Aber die hab ich wieder vergessen …«

Alle lachten.

Es war ein denkwürdiger Augenblick. Es war, als würde in diesen Minuten ein böser Zauberbann aufgehoben, der bis dahin auf ihnen gelegen hatte. Der dunkle Schatten, der zur Familie Rhodan zu gehören schien wie Abgasgeruch zu einem Auto, löste sich auf, stattdessen war die Erinnerung an ein kleines Mädchen wieder da, das Deborah geheißen und die Welt schmerzlich früh verlassen hatte.

Später am Abend, als man im Wohnzimmer gemütlich beisammensaß und das Gespräch wieder auf die Ereignisse in Manchester kam, meinte Kenneth Malone: »Ich gebe zu, am Schluss hat Perry in der Konfrontation mit den Gangstern viel Mut und Entschlossenheit bewiesen. Aber davor, bei dem, was überhaupt erst zu dieser Situation geführt hat, hat er sich – so leid es mir tut, das sagen zu müssen – ausgesprochen dämlich angestellt. Auch wenn er keine Straftat im Sinne des Gesetzes begangen hat, hat doch nicht viel gefehlt. Oder sage ich da was Falsches?«, fragte er, an Perry gewandt.

Der schüttelte schuldbewusst den Kopf. »Ich hab das alles irgendwie falsch eingeschätzt …«

»Perry ist eben ein Träumer«, verteidigte ihn seine Mutter. »In Gedanken schwebt er immer da oben zwischen den Sternen.«

»Es ist nichts verkehrt daran, dass er von den Sternen und der Raumfahrt träumt«, meinte Kenneth Malone. »Doch Träume sollten uns Ansporn sein, sie Wirklichkeit werden zu lassen. Das wiederum erfordert, zugleich mit beiden Beinen auf der Erde zu stehen, in Kontakt mit der wirklichen Welt – und daran scheint es mir bei Perry zu mangeln. Aber« – er hob dozierend den Zeigefinger – »es existiert eine Institution, die sich hervorragend darauf versteht, einem diesen Kontakt mit der physischen Wirklichkeit zu verschaffen und nie wieder vergessen zu lassen: Ich spreche von den Streitkräften der Vereinigten Staaten von Amerika. Und das wäre auch mein Vorschlag, um Perrys Zukunft ein für alle Mal aufs richtige Gleis zu setzen: Perry wechselt mit Beginn des neuen Schuljahrs auf eine Militärschule, mit dem Ziel, Pilot zu werden. Das, glaubt mir, entspricht seinen Fähigkeiten, und es entspricht auch seinen Neigungen. Ich darf nicht in Einzelheiten gehen, aber die Vereinigten Staaten beabsichtigen, Menschen in den Weltraum zu schicken, und wenn es so weit kommen sollte, werden die Ersten, die diesen Schritt tun, zweifellos aus den Reihen der amerikanischen Militärpiloten stammen. Gut möglich, dass euer Sohn eines Tages dabei ist.«

Seine Eltern wechselten einen jener Blicke, bei denen es Perry immer so vorkam, als führten sie auf quasi telepathischem Wege eine Diskussion, die in Sekundenschnelle in einen gemeinsamen Entschluss mündete.

»Nun«, ließ sich Jake Rhodan dann mit einem Räuspern vernehmen, »ob es je dahin kommt, steht ja buchstäblich in den Sternen. Aber was du über die Notwendigkeit einer, sagen wir, gewissen Bodenhaftung im Leben sagst, ist nicht von der Hand zu weisen, und da sehe ich bei Perry tatsächlich ein Defizit. Du denkst, eine Militärschule wäre in dem Fall das Richtige?«

Kenneth Malone nickte emphatisch. »Ich hab auch schon eine ganz bestimmte Schule im Auge, nämlich die Militärschule Carson Long in Pennsylvania. Das ist nicht aus der Welt, Perry würde ab und zu nach Hause kommen, ohne dass es in eine Weltreise ausartet.« Er breitete die Hände aus. »Das ist mein Vorschlag. Sollte er allgemeine Zustimmung finden, dann, so meine ich, hätten all diese unerfreulichen Verwicklungen letzten Endes doch noch einen Sinn gehabt.«

Eine Anmerkung noch: Die *Encyclopaedia Terrania* handelt die gesamte Affäre um den Diebstahl des Sternenglobus und die sich daraus ergebenden Ereignisse in Florida in einem einzigen, mageren Satz ab (»*Ein Diebstahl an seiner Schule, bei dem R. anfänglich in Verdacht geriet, und ein längerer Aufenthalt beim Großcousin seiner Mutter, →Kenneth Malone, in →Florida, führte auf dessen Anraten zu einem Wechsel an die →Militärschule Carson Long in →Pennsylvania.*«), wie überhaupt in dem ansonsten kilometerlangen Eintrag über Perry Rhodans Leben dessen Kindheit auffallend kurz kommt.

Rhodan selbst hat diese Geschichte nie erwähnt, bis er, sehr viel später, durch psionische Einflüsse dazu gezwungen wurde, die ganze Episode in einer »Parawirklichkeit« noch einmal zu durchleben: Dies geschah in der Galaxis M82, während Rhodan sich mit einer Flotte auf der Suche nach dem Lenker der sogenannten »Endlosen Armada« befand. Ein Protokoll dieses »Paratraums« fand Eingang ins Logbuch des Schiffes, wurde der Öffentlichkeit nach Ablauf der üblichen Schutzfristen zugänglich – und wird seither leider oft für eine wirklichkeitsgetreue Schilderung der damaligen Ereignisse gehalten!

Das ist jedoch nicht der Fall; vielmehr handelt es sich, wie es für Träume typisch ist, um eine verzerrte, übertriebene Version, mit diversen Logiklöchern und einigen Wendungen, die einem nur im Traum plausibel zu erscheinen vermögen. Meine Schilderung hingegen beruht auf Gesprächen mit den damaligen Beteiligten, und auch wenn es mir vielleicht nicht gelungen ist, die endgültige Wahrheit einzufangen, denke ich doch, dass ich ihr ziemlich nahe gekommen bin.

ZWISCHENSPIEL (4)

22. Juli 1971 – London, Gefängnis Pentonville

Einer der Wärter stieg auf einen Stuhl, um den Fernsehapparat einzuschalten. Es war ein altes Gerät, das sich nicht hetzen ließ. Das Bild kam nur mühsam zustande, ein zittriges Durcheinander von Hell und Dunkel zu Beginn, das sich nach und nach stabilisierte.

Währenddessen versammelten sich alle wieder um den Apparat und reckten die Hälse, ich auch. Als das Bild so weit war, dass man etwas erkennen konnte, sah man ein mehrstöckiges Gebäude, das zum Teil in Trümmern lag – und mitten in den Trümmern steckte kopfüber ein Ding, das aussah wie die Überreste einer Rakete!

Der Ton brauchte einen Moment länger. Dann hörten wir: »... wird überall auf der Welt das Gleiche berichtet. Die Raketen haben eingeschlagen, aber die Atomsprengköpfe sind nicht explodiert. Der Grund für dieses Versagen ist zur Stunde noch unklar. Im Bild sehen wir ein zerstörtes Gebäude im Londoner Stadtteil Barnsbury.«

Man sah Polizisten mit Gittern und Absperrband hantieren.

»Die Einschlagstellen werden weiträumig gesichert. Die Polizei warnt Schaulustige davor, sich den abgestürzten Raketen zu nähern. Es ist damit zu rechnen, dass die Atomsprengköpfe durch den Aufprall zerstört worden sind. Dabei kann nicht nur radioaktive Strahlung freigesetzt worden sein, sondern auch Plutonium, ein hochgiftiger Stoff.«

Das Bild wechselte, zeigte Fotos von Flugzeugen, die auf dem Wasser lagen und im Begriff waren zu versinken.

»Vor der amerikanischen Küste sind ersten Berichten zufolge

zahlreiche Bomber der chinesischen Luftwaffe abgestürzt und versunken, vor der chinesischen Küste wiederum ist amerikanischen Bombern das sinngemäß gleiche Schicksal widerfahren.«

Die Sprecherin kam ins Bild, blass und nur mühsam die Fassung wahrend. »Meine Damen und Herren, es bleibt uns im Moment nur, mit Verwunderung und Dankbarkeit festzustellen: Heute, am 22. Juli des Jahres 1971, haben die Führer der drei großen Atommächte auf den roten Knopf gedrückt – doch eine höhere Macht hat den Weltuntergang verhindert.«

»Perry Rhodan«, sagte einer der Wärter. »Das war Perry Rhodan.«

Niemand widersprach. Die meisten nickten. Ein dankbares Aufatmen erfüllte den Raum. Es war kein gutes Leben hier drinnen, aber es war ein Leben, und man hing daran.

So endete die Welt also im Juli 1971 *nicht*, dank des Eingreifens von Perry Rhodan, der, auch das ist wahr, tatsächlich Auslöser der Krise war, die sich damals so verhängnisvoll zugespitzt hat.

Ehe wir uns der Frage zuwenden, wie es dazu hatte kommen können und welche Rolle Perry Rhodan dabei im Einzelnen spielte, soll endlich Klarheit geschaffen werden über den Erzähler all dessen. So sei hier gesagt, dass mein Name Homer Gershwin Adams ist und dass ich am 11. September 1918 alter Zeitrechnung in England geboren bin, jener Insel nördlich des europäischen Halbkontinents, die heute noch so heißt, damals aber ein eigenständiger Staat war (der, genau genommen, Großbritannien hieß oder Vereinigtes Königreich, was aber Details sind, die hier nichts zur Sache tun). Falls Ihnen mein Name bekannt vorkommt, dann vermutlich, weil ich – höchstwahrscheinlich zu Recht – als der älteste lebende Mensch irdischer Abstammung gelte.

Was befähigt mich dazu, über die Kindheit und Jugend Perry Rhodans zu schreiben? Dass ich ein Zeitzeuge war? Nun, das war ich – und war es auch wiederum nicht, denn, wie bereits angedeutet, habe ich die gesamte Zeit, die der Aufbruch der Menschheit ins All dauerte, im Gefängnis verbracht. Das erste Mal begegnet bin ich Perry Rhodan erst Ende 1971, als alles Wesentliche schon passiert war.

Doch seither immerhin bin ich sein Weggefährte gewesen, und dies über eine außergewöhnlich lange Zeit hinweg. Ob man sagen kann, dass Perry Rhodan und ich Freunde sind, ist eine Frage der Definition, aber auf jeden Fall haben er und ich lange und in den verschiedensten, oft schwierigen Situationen miteinander zu tun gehabt, und dabei lernt man sich durchaus gut kennen. Hinzu kommt, dass ich mich, erstens, einer gewissen Menschenkenntnis rühmen darf – man bringt es zu nichts in der Geschäftswelt, wenn es einem hieran mangelt – und dass ich, zweitens, über ein außergewöhnlich gutes Gedächtnis verfüge. Perry Rhodan ist kein Mensch, der sich in persönlichen Erinnerungen zu ergehen pflegt, und er wird wohl nie einer von denen sein, die ihre Umgebung mit den immer gleichen Anekdoten aus ihrer Jugend anöden – aber ab und zu ist ihm doch die eine oder andere Anmerkung entschlüpft, und ich habe mir jede einzelne davon gemerkt. Jede für sich ist nur ein Puzzleteil, aber im Lauf der Zeit konnte ich daraus das ganze Bild zusammensetzen.

Nun, mehr oder weniger jedenfalls. Etliche Teile fehlen, und einige sitzen womöglich an der falschen Stelle, aber im Großen und Ganzen dürfte das Bild hinkommen.

Natürlich wäre es der Wahrheitsfindung nicht dienlich, könnte ich mich nur auf die Erinnerungen einer einzigen Person stützen. Doch zum Glück kann ich mit mehr aufwarten: In jenen Jahren des allgemeinen Umbruchs, die auf Rhodans Flug zum Mond folgten, gehörte zu den Dingen, die zu erledigen er mich bat, auch, für das Wohlergehen seiner Angehörigen und Freunde zu sorgen. Er konnte dies aus den bereits angedeuteten, aber gleichwohl noch genauer zu schildernden Gründen nicht selbst tun, ich dagegen unterlag dank meiner geschäftlichen Kontakte nie einem Einreiseverbot in die USA und war deswegen in der Lage, alles Notwendige in die Wege zu leiten. Im Rahmen dieser Missionen lernte ich nach und nach seine gesamte Familie kennen, was unweigerlich mit sich brachte, viele Einzelheiten über den jungen Perry Rhodan aus Sicht derer zu erfahren, die ihm damals nahestanden. Auch diese Einzelheiten sind Teil meines großen Puzzles geworden.

Zu meinem Gefängnisaufenthalt sei nur noch so viel gesagt, dass meine Verurteilung zwar, rein juristisch betrachtet, zu Unrecht erfolgte, da ich für etwas verurteilt wurde, das ich in Wirklichkeit nicht getan hatte – und doch geschah mir recht, denn aus einer höheren Sicht der Dinge hatte ich mich tatsächlich einer schweren Verfehlung schuldig gemacht: Ich war nämlich dem Glauben verfallen, man müsse notwendigerweise andere Menschen übervorteilen, um zu überleben, und hatte mich deshalb mit Gangstern eingelassen, die umgehend ihrerseits *mich* übervorteilt hatten. Die Zeit hinter Gittern war für mich, wie es ja auch gedacht ist, eine scharfe Zäsur, die mir reichlich Gelegenheit bot, in mich zu gehen, über mein eigenes Leben und dessen Einbettung in die großen Zusammenhänge nachzudenken, und ich kann wohl behaupten, dass ich das Gefängnis als ein anderer wieder verlassen habe.

Übrigens war ich laut Aussage des Gefängnisdirektors der einzige Insasse jener Strafanstalt, der auf die Frage, ob er zu Recht einsitze, stets mit »Ja« geantwortet hat.

Ansonsten erging es mir dort keineswegs schlecht, und ich war auch keineswegs isoliert oder, was die Geschehnisse in der Welt anbelangte, von allem abgeschnitten. Ich hatte es schon immer verstanden, mir die Informationen zu beschaffen, die ich benötige, und da mir zum Zeitpunkt meiner Verhaftung ein gewisser Ruf als Fachmann für Finanzfragen vorausging, war es mir ein Leichtes, im Gefängnis die Sympathie des Wachpersonals zu gewinnen, indem ich die Steuererklärungen für sie erledigte oder ihnen Tipps für aussichtsreiche Investitionen gab. Ein Wachmann wurde auf diese Weise so wohlhabend, dass er seinen Job aufgeben konnte, und durch eine jener Verwicklungen, die sich nur das Leben selbst erlauben kann, versetzte mich dies in in die Lage, fast mehr über Perry Rhodans Jugend zu wissen als er selbst – doch das ist eine Episode, die besser zu einem späteren Zeitpunkt erzählt werden sollte.

STERNENBANNER

I

Die Zeugen und Weggefährten des jungen Perry Rhodan, mit denen der Verfasser seinerzeit Gelegenheit hatte zu sprechen, erzählten mitunter Dinge, die einander widersprachen, was die Aufgabe, den vorliegenden Text zu erarbeiten, nicht eben einfacher gemacht hat. In einem Punkt jedoch waren sich alle einig: Als Perry Rhodan an die Militärschule Carson Long kam, blühte er auf. Dies war der Ort, an dem sich seine Persönlichkeit zur Gänze entfaltete.

Das war keineswegs selbstverständlich, und es war wohl auch nicht unbedingt ein Verdienst dieser Schule. Die meisten der Zwölfjährigen, die an die Carson Long kamen, waren zum ersten Mal in ihrem Leben von zu Hause weg, zum ersten Mal für längere Zeit von ihren Eltern getrennt, und litten darunter. Heimweh war eine Epidemie, und auch diverse psychosomatische Erkrankungen (die man damals noch nicht so nannte) waren absolut üblich. Die strengen Regeln der Schule – Pflichten wie, stets Schuluniform zu tragen, jeden Morgen sein Bett aufs akkurateste zu machen, das Zimmer penibel sauber zu halten und dergleichen mehr – schüchterten ein, ebenso die hohen Anforderungen, die im Unterricht gestellt wurden, und das hohe Tempo, das die Professoren vorgaben. Was die Jungen bisher als Spitzenleistung betrachtet hatten, wurde hier auf einmal als normal erwartet, Unaufmerksamkeit im Unterricht wurde nicht mehr geduldet, und auch die kleinste Schlamperei wurde mit Nachsitzen und Nacharbeiten geahndet.

Eine Militärschule legt verständlicherweise besonderen Wert auf gute sportliche Leistungen, und die hier angelegten Maßstäbe brachten viele dazu, sich erst einmal zu überfordern, bis sie zusammenklappten.

Die Sanitätsstation der Schule beklagte sich jedenfalls nie darüber, zu wenig zu tun zu haben, und als die ersten militärischen Übungen in Feld und Wald begannen, wurde es nicht besser.

Hinzu kam, dass viele im Grunde gar nicht hier sein wollten, sondern an die Carson Long geschickt worden waren, um einer Familientradition zu genügen: Bei nicht wenigen war nicht nur der Vater ein hoher Militär gewesen, sondern auch schon der Großvater und der Urgroßvater. Manche dieser Schüler suchten nach Wegen, aus den ihnen vorgegebenen Bahnen auszubrechen, etwa, indem sie die Mitarbeit auf ein Minimum beschränkten und schlechte Noten schrieben in der Hoffnung, von der Schule zu fliegen, oder indem sie geradeheraus rebellierten. Zudem handelte es sich um eine reine Jungenschule, und der Umgangston war entsprechend rau; auch spielten ältere Schüler den Jüngeren gern herbe Streiche, die nicht immer ohne Verletzungen und Tränen abgingen.

Perry Rhodan jedoch schien von alldem unberührt zu bleiben. Die Schule mit ihren ehrfurchtgebietend antiken Mauern und ihren strengen Regeln wirkte auf ihn, wie auf manche Menschen das Leben in einem Kloster wirkt: Es verwandelte ihn, ließ ihn ganz er selbst werden. Die Uniform war sozusagen sein Habit, und das quasi mönchische Leben an der Schule, mit seinem strikt geregelten Tagesablauf, den festen Essenszeiten und dem wenig abwechslungsreichen Speiseplan, nahm ihm die vielen kleinen täglichen Entscheidungen ab, die ihm ohnehin schon immer lästig gewesen waren. Eine solche Reduktion kann in schreckliche Langeweile führen oder aber dazu, dass man sich ganz auf sich selbst besinnt, und bei Rhodan geschah Letzteres.

Damit soll nicht gesagt sein, dass er etwa nur um sich selbst kreiste. Das Gegenteil war der Fall: Die seelischen und sonstigen Nöte, in denen sich seine Mitschüler befanden, entgingen ihm keineswegs, und er tat, was er konnte, um ihnen beizustehen. Die Kadetten schliefen zu sechst in einem Zimmer, und üblicherweise kam es dort zu Beginn des Schuljahres erst einmal zu Rangkämpfen. Nicht jedoch in Zimmer 3, in das man Rhodan eingeteilt hatte. Gleich am ersten Abend fragte er alle aus, woher sie kamen und wohin sie wollten, und brachte sie dazu, von ihren Eltern und Geschwistern zu erzählen, von ihren Hobbys und dergleichen. Sie fanden heraus, dass sie bei allen Unterschieden in der Herkunft viel gemeinsam hatten. So war zum Beispiel bei jedem der Vater im Krieg gewesen, und bei einigen war er dort auch geblieben. Die Hälfte der Gruppe träumte davon, Pilot zu werden, die anderen träumten von Schiffen und wollten zur Marine. Die Rangkämpfe blieben aus, stattdessen traten die Kadetten von Zimmer 3 bald als geschlossene Gruppe auf und fielen durch beste Leistungen auf (die zum Teil darauf beruhten, dass sie sich gegenseitig bei den Hausarbeiten halfen und einander in Prüfungen Spickzettel zusteckten).

Was den Sport anbelangte, war es so, dass die Schule das Schwergewicht auf Mannschaftssportarten legte, vor allem auf Basketball und Fußball (der in den USA damals »Soccer« genannt wurde und, anders als im Rest der Welt, wenig bekannt und eher unbeliebt war). Rhodan hatte schon an seiner alten Schule Basketball gespielt und kam damit gut zurecht; Fußball hingegen war Neuland für ihn und sagte ihm auch nicht sonderlich zu, obwohl er als Torwart auffallend gut gewesen sein muss, jedenfalls trug er eine Zeitlang den Spitznamen »Der Unüberwindliche«. Aber er fand es langweilig, den größten Teil der Zeit nur herumzustehen und den anderen beim Spielen zuzuschauen. Im Lauf der Zeit wurde ihm klar, dass ihm Mannschaftssportarten grundsätzlich nicht sonderlich gefielen; er zog Sportarten wie Geräteturnen, Schwimmen oder einfaches Laufen vor, Betätigungen also, bei denen er mit sich und der jeweiligen Anstrengung allein war.

Doch Mannschaftssport war Pflicht, und so entschied sich Rhodan für Basketball und erbrachte dabei durchaus gute Leistungen. Er geriet ganz von selbst in die Position des Spielführers, und in internen Turnieren oder in Wettkämpfen mit benachbarten Schulen schnitt seine Mannschaft so gut ab, dass ihn der Coach einmal beiseitenahm und fragte, ob er nicht darüber nachdenken wolle, Profisportler zu werden. »Große Kerle mit langen Beinen gibt's viele, aber Kerle, die außerdem noch Köpfchen haben, die sind schon dünner gesät«, meinte er.

Doch Perry Rhodan schüttelte nur den Kopf. Sein Kommentar: »Ein Basketballer kommt nicht hoch genug, und er bleibt nicht lange genug oben.«

Denn in seinen Gedanken war er schon Pilot, und in seinen Träumen flog er schon.

Die Carson-Long-Militärschule war 1836 alter Zeitrechnung von einem gewissen Robert Finley gegründet worden, zunächst als Lateinschule mit ganzen sechs Studenten. Vier Jahre später zog die Schule zwei Blocks weiter an die Stelle, an der sie fortan bleiben sollte. Das Schulhaus, das in diesem Jahr erbaut wurde, war auch zu der Zeit, als Perry Rhodan dort eintrat, noch das zentrale Gebäude der Anlage; unter anderem befand sich dort der Empfang.

Die Namen und Besitzer der Schule wechselten einige Male, bis 1914 ein gewisser Theodore K. Long, ein prominenter Anwalt aus Chicago und Stadtratsmitglied, die Schule erwarb und sie zwei Jahre später im Andenken an seinen früh verstorbenen Sohn William Carson umbenannte. Von 1920 an schließlich war die Carson-Long-Schule eine Stiftung, und das sollte sie fortan auch bleiben.

Nach und nach waren weitere Gebäude dazugekommen, unter anderem eine Bibliothek, die vor allem in Hinblick auf Geschichte, Politik, Militärtechnik und Militärstrategie hervorragend ausgestattet war. Dieser Bibliothek galt Rhodans erster Besuch, sobald er freie Zeit zur Verfügung hatte, und er sollte in den darauffolgenden Jahren ihr bester Kunde werden.

Nein, man muss eher sagen, er wurde eine Legende. Der Bibliothekar war überzeugt, dass Rhodan jede Minute seiner freien Zeit an der Carson Long in der Bibliothek verbracht hat, fast immer am selben Lesetisch, und er schwor Stein und Bein, dass Rhodan *alle* Bücher des Bestandes wenn nicht gelesen, so doch zumindest prüfend durchgesehen habe. (Noch Jahrzehnte später fand sich an besagtem Tisch eine Gedenkplakette aus Messing mit der Inschrift *Hier las Perry Rhodan von 1948 bis 1954.*)

Das lässt schmunzeln, ist das Lesen doch bis auf den heutigen Tag Rhodans liebste Beschäftigung, wenn er einmal freie Zeit hat. Dabei hat er keine Präferenzen, was das Medium anbelangt; gedruckte Bücher sind ihm so recht wie positronische, und er blättert in gebundenem Papier genauso gern wie in einem Hologramm. Auch ist er kein Sammler; zwar bewahrt er gelesene Bücher meistens eine Weile auf, doch irgendwann gibt er sie wieder weg. Und er fühlt sich von der Fülle des Verfügbaren ebenso überwältigt wie jeder andere – oder, wie er einmal gesagt hat: »Selbst ein Unsterblicher kann nicht alle Bücher lesen, die es gibt.«

Die Geschichte eines ganz bestimmten Buches soll jedoch nicht unerwähnt bleiben.

Die Carson-Long-Militärschule lag am nordöstlichen Rand der kleinen Tausend-Seelen-Gemeinde New Bloomfield im Herzen des Perry County, dessen Verwaltungssitz sie zugleich war. (In den ersten Wochen musste sich Perry Rhodan dieser zufälligen Namensgleichheit wegen eine Menge dummer Sprüche anhören.) Vom Campus aus war es nicht weit bis in die Ortsmitte, und so waren dort heranwachsende Jungs in Uniform ein gewohnter Anblick.

An einem strahlend schönen, vom süßen Duft des nahenden Frühlings erfüllten Samstagnachmittag im April des Jahres 1949 gehörte auch Perry Rhodan zu so einer Gruppe. Lachend und einander frotzelnd schlenderten sie die Main Street hinab in Richtung des Baseballplatzes, um zu schauen, ob dort jemand spielte. Dabei kamen sie an einer Kirche vorbei, einem backsteinbraunen Gebäude mit weißen Fenstern und einem ebenfalls weißen, zerbrechlich wirkenden Türmchen. Es handelte sich um die lutheranische Kirche des Ortes, die an jenem Samstag einen Flohmarkt veranstaltete.

Perry Rhodan blieb stehen, zunächst eher aus einem Gefühl der Verbundenheit heraus, da seine Eltern ebenfalls der lutheranischen Kirche angehörten. Eine Frau erklärte Passanten anhand einer Schautafel, worum es ging: Während des Krieges habe man weder die Zeit noch das Geld gehabt, um das im Jahr 1856 erbaute Kirchengebäude instand zu halten, und nun seien verschiedene, für sich genommen kleine Reparaturen fällig, die sich aber eben summierten.

Was denn sei, rief einer der anderen, ob er etwa irgendwelchen Kram kaufen wolle?

»Geht schon mal vor«, gab Rhodan zurück. »Ich komm nach.«

Die anderen lachten und zogen weiter. Rhodan dagegen wanderte, seltsam verzaubert, die Tische und Stände der Aussteller ab. Es wurde viel Gehäkeltes und Gestricktes angeboten – was er als der Bekleidungsmuffel, der er schon damals war, nur als Tatsache registrierte, ohne sich die Sachen näher anzuschauen oder gar einen Kauf in Erwägung zu ziehen –, allerlei Gerätschaften, die viele Jahre in irgendwelchen Garagen vor sich hin gestaubt hatten – Toaster, alte Stühle, grauenhafte Stehlampen, bemalte Teller und dergleichen –, ferner Handarbeiten aus Ton, Aschenbecher etwa oder Blumenvasen, Letztere durchaus nicht immer hässlich, und vieles mehr.

Den Stand mit den Büchern hätte er erstaunlicherweise fast übersehen. Es war ein Campingtisch im Hintergrund, auf dem allerhand staubige, zerlesene und vergilbte Bücher ausgebreitet lagen. Dahinter hockte regungslos ein alter Mann, der einen imposanten weißen Bart trug und einen Anzug, der schon bessere Tage gesehen hatte, und zwar vor sehr langer Zeit. Dieser Mann nun erhob sich plötzlich zur vollen Größe seiner mageren, aber hochgewachsenen Gestalt, richtete den ausgestreckten Arm inklusive ausgestreckten Zeigefingers auf Perry Rhodan und rief: »Junger Mann! Sie lieben Bücher, das sehe ich Ihnen an! Treten Sie näher, ich habe etwas für Sie!«

Perry Rhodan folgte der Einladung, belustigt ob der wunderlichen Erscheinung, die da über, wie ihm ein rascher Blick offenbarte, eine wilde Sammlung von Kriminalromanen, Western und religiösen Schmökern mit Titeln wie »Was will Gott von dir?« wachte.

»Was denn?«, wollte er wissen.

Der Alte förderte mit einem raschen, zielsicheren Griff ein in graues Leinen gebundenes, abgegriffenes, aber noch einigermaßen vorzeigbares Büchlein zutage und hielt es empor. »Hier. Die ›Selbstbetrachtungen‹ von Marc Aurel. Geschrieben vor fast zweitausend Jahren, aber von zeitlosem Wert. Marc Aurel, eigentlich Marcus Aurelius, war Kaiser des Römischen Imperiums, zugleich und vor allem aber ein Philosoph. In seinen Selbstbetrachtungen macht er sich Gedanken darüber, wie man ein gutes und erfülltes Leben lebt, wie man mit Macht umgehen muss und wie mit anderen Menschen und vieles mehr.«

Damit drückte er es Perry Rhodan in die Hand.

Der drehte es hin und her. Außer dem Namen des Verfassers, der einst vielleicht einmal in Gold eingeprägt worden war, das zahlreiche Hände inzwischen aber abgewetzt hatten, und dem Titel war nichts weiter darauf. Der Beschnitt war angegilbt, doch die Seiten noch weiß und gut lesbar.

»Ich interessiere mich eigentlich eher für die Zukunft«, erklärte Perry Rhodan.

Der alte Mann brach in geradezu homerisches Gelächter aus. »Hoho! Junger Mann, es gibt Dinge, die Gültigkeit haben werden, solange es Menschen gibt, Dinge, die vor zweitausend Jahren genauso galten, wie sie *in* zweitausend Jahren noch gelten werden – und denken Sie nicht, dass es von Vorteil wäre, diese Dinge verstanden zu haben?« Er neigte den Kopf zur Seite und fügte mit einem sanften Lächeln und einem listigen Funkeln in den Augen hinzu: »Sie können es aber natürlich auch einfach als eine milde Gabe für die Renovierung unserer schönen Kirche betrachten.«

Perry Rhodan musste grinsen. »Okay«, sagte er. »Was soll es kosten? Aber bedenken Sie, dass einem Kadetten der Carson Long nur ein sehr begrenztes Budget zur Verfügung steht.«

Der Alte schmunzelte. Perrys Versuch zu handeln schien ihm zu gefallen. »Ich nehme an, Sie waren auf dem Weg zum heutigen Baseballspiel. Wer, frage ich, unternimmt einen solchen Weg, ohne einen Dollar für ein Eis, einen Hotdog oder eine Cola in der Tasche zu haben? Ich möchte Sie überreden, diesen Dollar in den Kauf dieses Buches zu investieren. Sie werden es nicht bereuen, das verspreche ich Ihnen.«

Rhodan gab sich geschlagen. Er griff in die Tasche, in der sich, genau wie der Alte es vermutet hatte, exakt ein Dollarschein befand, holte ihn heraus und reichte ihn über den Tisch. »Also gut. Wenn Sie es sagen …«

»Gottes Segen sei mit Ihnen auf all Ihren Wegen«, erwiderte der Alte, nahm den Schein entgegen wie eine Kostbarkeit und verstaute ihn sorgsam in seiner Kasse, einer zerbeulten Keksschachtel. Dann nickte er Perry noch einmal zu, faltete sich wieder zusammen und nahm seinen Sitz auf dem Klappstuhl wieder ein.

Perry Rhodans Erwerbung war gerade klein genug, um in die Seitentasche seines Uniformrocks zu passen, und so schob er das Büchlein dort hinein und ging weiter. Aber nun, da er sowieso kein Geld mehr bei sich trug, war der Zauber des Flohmarkts verflogen. Die übrigen Stände interessierten ihn nicht mehr, und so machte er sich bald wieder auf die Suche nach seinen Kameraden.

Er fand sie, wie nicht anders zu erwarten gewesen war, am Rand des Baseballfelds, gesellte sich zu ihnen und verfolgte mit ihnen das Spiel. Irgendwie konnten sie sich aber nicht entscheiden, zu welcher der beiden Mannschaften sie halten sollten, und dadurch machte es nur halb so viel Spaß. So begaben sie sich bald wieder auf den Rückweg zum Campus, wo ohnehin noch allerhand Hausaufgaben auf sie warteten.

Das Buch fiel ihm erst wieder ein, als er zurück ins Zimmer kam. Er setzte sich aufs Bett, las hinein – und hatte eines der seltsamsten Leseerlebnisse seines Lebens. Einerseits las sich das alles ziemlich umständlich und irgendwie langweilig, weil jeder Satz so etwas Selbstverständliches an sich hatte; gerade so, als würde jemand darüber schreiben, dass die Sonne morgens auf- und abends wieder untergehe. Andererseits verfolgten ihn die Überlegungen des Autors noch Stunden, nachdem er das Buch zugeklappt und in seinen Spind geschoben hatte. Das uralte Buch von diesem Marcus Aurelius beschäftigte ihn mehr als jedes andere, das er je gelesen hatte.

So fand es seinen Platz unter Perry Rhodans Kopfkissen (in Ermangelung eines Nachttischs, ein Luxus, den man den zukünftigen Soldaten in Voraussicht ihres künftigen Alltags wohlweislich beizeiten vorenthielt), und er machte es sich zur Gewohnheit, jeden Abend ein bis zwei Seiten darin zu lesen und dann über das Gelesene nachzudenken, bis ihn der Schlaf übermannte. Tatsächlich begleitete ihn das Buch über ein Jahrzehnt, bis es, kurz vor seinem Flug zum Mond, so restlos zerfallen war, dass er es wegwerfen musste. Doch er hat sich später immer wieder neue Ausgaben davon besorgt; es ist eindeutig sein Lieblingsbuch.

Zwei Aspekte verblüffen, wenn man diese Geschichte hört.

Erstens: Man kann bei der Schilderung des bizarren Buchverkäufers kaum anders, als an ES zu denken, jene Superintelligenz, zu deren Einflussbereich auch unsere Milchstraße gehört und die, wenn es ihr nötig erscheint, sich in körperlicher Gestalt zu manifestieren, dies bekanntlich gern in der Gestalt eines bärtigen alten Mannes tut. War diese Begegnung im Frühjahr 1949 eine erste Kontaktaufnahme von ES mit Perry Rhodan? Ein erstes Beschnuppern? Womöglich ein Versuch, dessen Leben in eine bestimmte Bahn zu lenken? Rhodan selbst mag diese Vermutung weder bestätigen noch ausschließen; er räumt ein, dass eine solche Aktion zu ES passen würde, meint aber, wahrscheinlich sei es doch eher ein Zufall gewesen. »Im Allgemeinen habe ich immer *gewusst*, wann mir ES gegenüberstand, und an jenem Tag habe ich es nicht gewusst«, hat er auf meine diesbezügliche Frage erwidert.

Zweitens ist Rhodan nicht dafür bekannt (meiner Ansicht nach zum Glück!), in allen möglichen Situationen Sprüche alter Stoiker zu zitieren. Deswegen verblüfft es, von einer solchen Leidenschaft für ein einziges und zudem vor Jahrtausenden verfasstes Buch zu hören.

Wir haben uns darüber unterhalten, als Rhodan gerade das erste Mal aus der Galaxis Andromeda zurückkam. Er hatte eine Zeitreise in eine fünfzigtausend Jahre in der Vergangenheit liegende Welt hinter sich und viele Begegnungen mit fremden Wesen, die zum Verteidigungswall des großen, grausamen Reiches der Meister der Insel gehörten, und es würde zu weit führen, zu erzählen, welche Wendungen das abendliche Gespräch nahm, bis wir bei Marcus Aurelius anlangten (eine Flasche guten schottischen Whiskys spielte ebenfalls eine Rolle), aber jedenfalls, ich fragte ihn, wie er es anstellte, der Versuchung zu zitieren zu widerstehen, denn bestimmt kenne er den Text inzwischen doch fast auswendig?

»Erstens«, erwiderte Rhodan, »habe ich nicht wie Sie, Homer, ein fotografisches Gedächtnis, sondern ein ganz normales, löchriges, wie die meisten Menschen. Und zweitens *will* ich das Buch gar nicht auswendig kennen – im Gegenteil. Ich will es immer neu aufschlagen und davon überrascht werden können, denn wie sonst sollte es mich dazu anregen nachzudenken?«

In Marc Aurels ›Selbstbetrachtungen‹ finden sich übrigens Sätze wie dieser, der aus heutiger Sicht geradezu prophetisch wirkt:

> Und wenn du dreitausend Jahre leben solltest, ja noch zehnmal mehr, es hat ja doch niemand ein anderes Leben zu verlieren als eben das, was er lebt, so wie niemand ein anderes lebt, als was er einmal verlieren wird. Und so läuft das längste wie das kürzeste auf dasselbe hinaus, denn das Jetzt ist das Gleiche für alle, wenn auch das Vergangene nicht gleich ist. (BUCH 2, ABSCHNITT 11)

An anderer Stelle ermahnt der letzte der römischen Adoptivkaiser sich selbst:

> Nimm dich in Acht, dass du nicht zum Tyrannen wirst; es liegt etwas Ansteckendes in dieser Hofluft. (BUCH 6, ABSCHNITT 30)

Marc Aurel sah in der Philosophie, speziell in jener der Stoiker, in erster Linie eine Hilfe, um in jeder Lebenssituation den richtigen Weg zu finden. Dabei war der richtige Weg gleichbedeutend mit tugendhaftem Verhalten, um das Leben erträglicher zu machen – und die eigene Person für andere.

Historiker haben sich immer wieder darüber gewundert, wie es geschehen konnte, dass Perry Rhodan das höchste Amt der Menschheit länger innehatte als jeder andere, eine geradezu unglaublich lange Zeit, ohne den Versuchungen der Macht zu erliegen (oder jedenfalls nicht so oft oder so gravierend, als dass man ihn abgewählt hätte, was ja jederzeit möglich gewesen wäre). Ich wage die Vermutung, dass es an diesem Einfluss lag – dass Rhodan von Marc Aurel gelernt hat, sich nicht über ein Amt und die damit verbundene Autorität zu definieren, sondern sich vielmehr immer dessen bewusst zu bleiben, dass auch er trotz allem letztlich ein Mensch ist wie jeder andere.

Mit anderen Worten: Er hatte dieses Amt wahrscheinlich deswegen so lange inne, weil er stets bereit war, es aufzugeben.

2

Falls die vorstehenden Ausführungen den Eindruck erwecken sollten, Perry Rhodan habe mit dem Eintritt in die Militärschule alle Brücken in sein Leben davor oder nach Manchester abgebrochen, so ist dies ein Versagen des Verfassers, denn das war ganz und gar nicht der Fall. Auch wenn Rhodan nicht zu den Kadetten gehörte, die an Heimweh litten – tatsächlich hat man bei ihm ja bisweilen den Eindruck, er weiß im Grunde gar nicht, was für ein Gefühl das ist –, fuhr er doch in den Ferien stets gern nach Hause, und das Verhältnis zu seinen Eltern war, seit die Wahrheit über den Tod seiner Schwester gesagt war, besser denn je.

Freilich war die Militärschule nicht ganz so nahe bei Manchester, wie Kenneth Malone das hatte klingen lassen: Nach Hause zu fahren hieß für Perry Rhodan, früh aufzustehen, mit einem klapprigen, keuchenden Linienbus in etwas über einer Stunde bis nach Harrisburg zu fahren, dort einen silbernen Greyhound-Bus nach Philadelphia zu besteigen, wo es wiederum galt, in einen anderen Bus zu wechseln, der die Strecke über New York nach Hartford nahm. In Hartford schließlich holte ihn sein Vater an der Busstation ab, denn meistens war es bis dahin schon spät genug, dass er den Laden schließen konnte. Kurze Besuche übers Wochenende waren nicht nur unüblich, sie wären auch gar nicht möglich gewesen.

Aber das machte dem jungen Perry Rhodan nichts aus. Nun, da der Schatten verschwunden und die Vergangenheit geklärt war, bedurfte es nicht der körperlichen Anwesenheit, um sich seinen Eltern verbunden zu fühlen – und davon abgesehen gefielen ihm die weiten Fahrten, wie er überhaupt Gefallen daran entwickelte, unterwegs zu sein und sich durch verschiedene Landschaften zu bewegen. Nicht, weil ihm jeder Anblick gefiel, sondern vielmehr, weil in ihm dabei die Ahnung erwachte, dass es noch viel zu sehen gab auf der Welt, von dem er bislang nicht einmal etwas geahnt hatte.

Mit anderen Worten, das Heimweh mochte Perry Rhodan fremd sein – doch das Fernweh erwachte gerade erst.

Am meisten litt sein Freund Leroy Washington unter Perry Rhodans Schulwechsel. Als Perry an Thanksgiving 1948 das erste Mal seit Schuljahresbeginn wieder nach Manchester kam, beklagte Leroy sich, er sei nun wieder »ein einsamer Niggerjunge, wie früher!«.

Doch als die beiden dann wie in alten Zeiten die Wälder rings um das Case Reservoir durchstreiften und über alles Mögliche redeten, stellte sich heraus, dass Leroy übertrieben hatte: Tatsächlich gehörte er zu einer Schülergruppe, die im Rahmen des Biologieunterrichts ein Terrarium mit Pflanzen und Kleintieren der Umgebung baute, und da Leroy der absolute Fachmann dafür war, welche Tiere und Pflanzen es gab, wo man sie fand und unter welchen Bedingungen sie gediehen, war er so etwas wie der Mittelpunkt dieser Gruppe.

Perry schlug vor, dass sie einander Briefe schreiben könnten. Leroy war von dieser Idee nicht begeistert. »Du weißt doch, ich schreib ungern mehr, als ich unbedingt muss«, wandte er ein.

»Ich schreib dir einfach den ersten Brief«, meinte Perry grinsend. »Dann musst du mir wohl oder übel antworten.«

Ob aufgrund dieses Arrangements oder aus anderen Gründen, jedenfalls entwickelte sich über die folgenden Jahre ein durchaus respektabler Briefverkehr zwischen den beiden. Die Briefe Perry Rhodans an seinen Freund sind im Abgrund der Zeit verlorengegangen, doch von Leroys Briefen, die Rhodan sorgsam sammelte und im Haus seiner Eltern deponierte, haben einige überdauert – wenn auch nicht, so darf man vermuten, der Texte wegen, sondern weil diese mit zahlreichen detaillierten Zeichnungen von Käfern, Eidechsen, Bienen und anderem Getier verziert wurden, die so verblüffend lebendig wirken, dass man jeden Moment erwartet, sie vom Papier krabbeln zu sehen.

Briefe: Man kann sich das heute nur noch schwer vorstellen, aber diese aufwendige, antiquierte Beförderungsmethode für Nachrichten, die in unserer Zeit nur noch für Liebesbriefe und ähnliche private Mitteilungen verwendet wird (und einige seltene Fälle, in denen von Amts wegen Dokumente in materieller Form zugestellt werden müssen), war damals die einzige Form der Kommunikation, die den beiden Jungen zur Verfügung stand. Computer waren gerade erst erfunden worden, in erster Linie eine Angelegenheit für Wissenschaftler und Militärs und noch weit davon entfernt, Einzug ins alltägliche Leben zu halten.

Positroniken waren ein noch völlig unbekanntes Konzept, und dass es einmal technisch möglich sein würde, dass jeder jederzeit mit jedem auf jede erdenkliche Art kommunizieren kann, war eine Zukunftsmusik, die noch niemand vernommen hatte.

Nein, Perry und Leroy schrieben einander Briefe, von Hand auf Papier, die Bögen gefaltet in Umschlägen, die, mit Briefmarken versehen, über ein praktisch die ganze Welt umfassendes Netz von Beförderungswegen direkt ans Ziel transportiert wurden: Das war seinerzeit die gebräuchlichste Methode der Kommunikation über größere Distanzen und deswegen ausgesprochen preiswert. Die einzige technische Alternative wäre das Telefon gewesen, doch weder Perry noch Leroy stand ein eigener Anschluss zur Verfügung, und es wäre auch viel zu teuer gewesen, da Telefonate damals nach Distanz und Gesprächszeit zu bezahlen waren.

Doch schließlich war es ausgerechnet Leroy, der sich umorientierte und weg wollte von Manchester, und das so bald wie möglich.

Es geschah in den darauffolgenden Sommerferien, im August 1949. Im April war das nordatlantische Verteidigungsbündnis NATO gegründet worden, in Deutschland wurde das blockierte Westberlin über die sogenannte »Luftbrücke« versorgt, in China schickte sich die von Mao Tse-tung geführte »Volksbefreiungsarmee« an, das Land vollends unter ihre Gewalt zu bringen, und Leroys Eltern hatten einmal mehr beschlossen, ihren ältesten Sohn zusammen mit seiner großen Schwester zu den Verwandten nach Montgomery, Alabama, zu schicken in der Hoffnung, dass das Mädchen dort *diesmal* endlich einen Mann finden würde.

Am Tag vor der Abreise zog Leroy eine Miene wie tausend Tage Regenwetter. »Fünf Dollar, dass sie die ganze Zeit nur wieder mit den Weibern vom Kirchenchor zusammenhocken wird«, maulte er. »Die hat doch gar keine Lust zu heiraten. Und schon gar nicht jemanden aus *Alabama*!« Das letzte Wort zog er so in die Länge, dass es klang, als wolle er sich jeden Moment übergeben.

Perry Rhodan bedauerte es auch, dass Leroy den größten Teil der Ferien nicht da war und sie so die schönste Zeit des Jahres verpassten, um durch die Wälder zu streifen. Doch das hieß nicht, dass er dazu kam, sich zu langweilen, im Gegenteil. Er half seinem Vater bei einer seit längerem geplanten Vergrößerung des Ladens; der Ausstellungsraum sollte umgestaltet und die Lagerregale nach hinten verlegt werden, wo jetzt die Werkstatt war, die wiederum in einen neu zu errichtenden Anbau umziehen würde. Eine Baufirma erledigte die gröbsten Arbeiten, doch für Jake und Perry Rhodan blieb genug zu tun: Es galt, Regale ab- und wieder aufzubauen, Geräte umzuräumen, Wände zu verkleiden, Durchgänge zu schaffen, andere Durchgänge zu verschließen, Leitungen zu legen und vieles mehr sowie am Schluss alles frisch zu streichen.

Da Perry sich beim Verlegen der neuen elektrischen Leitungen als recht gelehrig erwies, zeigte ihm sein Vater das eine oder andere, und so lernte der junge Rhodan, wie man Küchengeräte und Nachttischlampen reparierte. Er vertiefte sich auch in die Elektrotechnik- und Elektronikfachbücher seines Vaters und wagte sich nach einer Weile sogar an die Reparatur eines Radios, das in so schlechtem Zustand war, dass man daran nichts mehr kaputtmachen konnte. Er bekam es schließlich hin – aber darüber sollte es Weihnachten werden, und die dafür nötigen Ersatzteile hatten bis dahin mehr gekostet, als es ein neues Gerät getan hätte.

»Egal«, meinte sein Vater. »Das nennt man Lehrgeld.«

Aber noch war es Sommer, der Sommer, in dem Jake Rhodan seinen ersten Angestellten unter Vertrag nahm. Es handelte sich um einen etwas pummeligen, aber angenehm ernsthaften jungen Mann namens Walter E. Struck, der dichte braune Locken hatte und auffallend gut mit Frauen jeden Alters umgehen konnte. Das sprach sich irgendwie herum, und bald hatten sie mehr Publikumsverkehr als je zuvor. Manchmal, wenn Perry Rhodan in der Werkstatt saß und an irgendeinem Gerät herumbastelte, hörte er vorne Walter und seine giggelnden Kundinnen, und es fehlte eigentlich nur das Klirren von Sektgläsern für die Geräuschkulisse einer Party. Es amüsierte Perry zu erfahren, dass in Walters Namen das Mittelinitial für »Earnest« stand.

Dann, eine knappe Woche, ehe die Schule wieder begann, kehrte Leroy zurück. Und wie erwartet hatte Belle wieder alle Einladungen,

Feste, Essen und sonstige Veranstaltungen überstanden, ohne ihr Herz zu verlieren.

Im Gegensatz zu Leroy.

»Sie heißt Alice«, erklärte er Perry mit einer Inbrunst, die diesen erschaudern ließ. »Und sie ist … sie ist … Mir fehlen die Worte!«

Dafür, dass ihm die Worte fehlten, erzählte er dann aber doch ganz schön viel über dieses unglaubliche weibliche Wesen, das ihm dort unten im Süden begegnet war. Tatsächlich stand zu befürchten, dass er gar nicht wieder damit aufhören würde, von ihr zu schwärmen.

»Leroy«, unterbrach ihn Perry schließlich mahnend, »du bist erst dreizehn. Du kannst doch nicht schon ans Heiraten denken!«

Leroy schüttelte den Kopf. »Ich *denke* doch nicht, Perry«, erklärte er mit liebeskranker Stimme. »Ich *fühle!*«

Perry ließ nicht locker. »Außerdem ist sie zwei Jahre älter als du. Da hast du keine Chance. Mädchen interessieren sich für *ältere* Jungs, nicht für Jungs, die jünger sind als sie selber.« Zwar hatte der junge Perry Rhodan so gut wie keine Ahnung von Mädchen, aber das hatte er an der Militärschule einen älteren Kameraden zu einem Freund sagen hören, der unter einem ähnlichen Problem litt, und irgendwie hatte es Perry eingeleuchtet.

»Stimmt«, räumte Leroy ein. »Das ist ein Problem.«

»Und bis du wieder nach Montgomery kommst, vergeht mindestens ein Jahr«, gab Perry weiter zu bedenken. »Bis dahin hat sie dich vergessen. Und wahrscheinlich längst einen anderen.«

Leroy brütete eine Weile vor sich hin, dann sah er hoch, richtete den ausgestreckten Zeigefinger auf ihn und erklärte: »Du bringst mich auf eine Idee.«

»Ja?«

»Ich werde ihr *Briefe* schreiben«, verkündete Leroy. »Jeden Tag einen. Dann vergisst sie mich nicht. Und Briefe schreiben – das macht von denen da unten sonst keiner.«

Dieser Vorsatz sollte Folgen haben. Wir werden darauf zurückkommen.

Walter E. Struck bewährte sich im Laden. Einfühlsam und ernsthaft um den Kunden bemüht, bewies er sich als hervorragender Verkäufer, wusste bei Reklamationen die Wogen der Erregung geschickt zu glätten, und er war unfehlbar, wenn es darum ging, das richtige Ersatzteil ausfindig zu machen.

Nur einbauen musste es jemand anders. Für Reparaturen jedweder Art hatte er keinerlei Talent, und ihn in die Werkstatt zu schicken hätte unweigerlich in die Katastrophe geführt.

Doch das war eine Konstellation, mit der Jake Rhodan leben konnte. Ihm war es ganz recht, mehr mit den – zunehmend komplizierter werdenden – Geräten und weniger mit den auch nicht immer unkomplizierten Kunden zu tun zu haben, und so wuchs und gedieh das Geschäft zu beider Zufriedenheit.

Ein Jahr später beschloss Jake Rhodan, das Risiko einzugehen, Walter den Laden für zwei Wochen alleine anzuvertrauen, und flog im Januar 1951 gemeinsam mit seinem inzwischen 14-jährigen Sohn nach Deutschland, um diesem das Land zu zeigen, aus dem sein Vater stammte. Perry hatte Weihnachtsferien und, dank guter Zeugnisse, für diese Reise ein paar freie Tage zusätzlich genehmigt bekommen.

Jake Rhodan hatte drei Monate zuvor seinen 40. Geburtstag gefeiert. Es war nun fast 32 Jahre her, dass er Deutschland das letzte Mal gesehen hatte: Er war selber gespannt, ob er überhaupt noch etwas wiedererkennen würde.

Sie landeten in München. Der Dollar stand erfreulich stark gegenüber der Deutschen Mark; ihnen als Amerikanern kam es vor, als koste alles so gut wie nichts. Sie übernachteten in einem der besten Hotels der Stadt, aßen jeden Mittag in guten Restaurants, und wann immer sie die Kosten dafür in Dollar umrechneten, konnten sie es kaum fassen.

Beide hatten sie zuvor im TIME Magazine und in anderen Zeitschriften Fotos des zerbombten München gesehen, und sie staunten, wie viel davon schon wiederaufgebaut und restauriert worden war. In manchen Stadtteilen sah es aus, als hätte nie ein Krieg stattgefunden. Für Perry Rhodan war der Anblick der engen Straßen mit ihrem Kopfsteinpflaster und den alten, fünf- oder sechsstöckigen Häusern voller Erker und Vorsprüngen ungewohnt; auch wenn er schon New York gesehen hatte, wo es genauso hohe und höhere Gebäude gab, so war ihm doch, als könne er spüren, wie viel *älter* diese Stadt im Vergleich dazu war. In München begriff er, was für ein junges Land die Vereinigten Staaten von Amerika waren.

Und er begriff noch etwas anderes, denn: Er konnte sich hier mit fast niemandem verständigen! Außer im Hotel sprach so gut wie niemand Englisch, und er verstand kein Deutsch, insbesondere nicht in der Form, wie es hier gesprochen wurde. Das war eine ganz neue Erfahrung für ihn, denn obwohl ihm natürlich theoretisch klar gewesen war, dass es außer dem Englischen noch andere Sprachen auf der Welt gab, und er in den größeren Städten, in Chicago oder in New York, auch den einen oder anderen fremden Zungenschlag gehört hatte, verstand er doch jetzt erst richtig, dass andere Menschen in diesen fremden Sprachen *lebten* und *dachten*, genau wie er in seiner Sprache. Wie, fragte er sich, konnte man die Gedanken von Menschen nachvollziehen, die in einer Sprache dachten, die man nicht verstand? Und doch waren ihm die Menschen, auf die er traf, gar nicht wirklich fremd, ja, es kam ihm vor, als sähe er sie dadurch, dass die sprachliche Verständigung nicht möglich war und man sich mit Gesten und Handzeichen behelfen musste, sogar besser, direkter, unverstellter. Das war eine Erfahrung, die ihn auch nach ihrer Rückkehr noch lange beschäftigen sollte.

Sein Vater dagegen hatte die Sprache seiner Kindheit nicht vergessen. Scheinbar mühelos brachte er ihre ungewohnten Laute hervor, und auch wenn er manchmal erst nach dem richtigen Wort suchen musste, verstanden ihn die Leute doch.

Nach zwei Tagen in München mieteten die Rhodans ein Auto, luden ihr Gepäck ein und verließen die Stadt in südlicher Richtung. Jake Rhodan hatte mit Mühe eine Karte aufgetrieben, auf der zwar nicht Scheernsting selber eingezeichnet war – eine solche Karte, meinte er, gäbe es vermutlich gar nicht –, aber doch immerhin die Nachbargemeinden, und mit dieser Karte auf dem Schoß musste Perry den Navigator spielen, während sein Vater sich auf die ungewohnten Verkehrsschilder konzentrierte, von denen es eine ganze Menge gab.

Sie fuhren durch eine lieblich verschneite Landschaft. Manche

Bäume waren ganz in Weiß gehüllt, andere ragten blattlos in den grauen Himmel, wie Scherenschnitte vor schneebedeckten Feldern, und allerlei Seen und Tümpel glitzerten gefroren. »Wir hätten doch lieber im Sommer kommen sollen«, sagte Perrys Vater mehrmals, meistens dann, wenn das Auto gerade mal wieder ins Rutschen gekommen war. Im Hintergrund all dessen ragte eine majestätische Bergkette empor wie das Ende der Welt: die Alpen.

Trotz Karte verirrten sie sich mehrmals, fuhren im Kreis und landeten schließlich in einem größeren Ort, von dem Perry Rhodan nur noch weiß, dass dessen Name mit »Bad« begann, was den 14-Jährigen sehr verwunderte, denn einerseits hieß das auf Englisch so viel wie »schlecht« – aber es würde wohl kaum jemand seine Siedlung von vornherein als »schlecht« bezeichnen, oder? –, andererseits war ihm aus den Inschriften im Hotel in Erinnerung, dass mit dem deutschen Wort »Bad« ein Badezimmer gemeint war, was ihm aber ebenfalls schwerlich zu einer Ortsbezeichnung passen wollte. Jedenfalls, hier fanden sie einen Gasthof namens »Zum Jäger«, in dem sie unterkamen und von dem aus sie sich am darauffolgenden Tag auf die Suche nach Scheernsting machen wollten.

Diese Suche nahm fast den ganzen Tag in Anspruch. Perrys Vater hielt immer wieder an, fragte Leute, die meistens entschuldigend mit den Schultern zuckten oder den Kopf schüttelten, doch irgendwann stießen sie auf jemanden, einen derben alten Mann in Lederhosen, der ihnen kurz angebunden eine Richtung wies. Ab da wurden die Treffer häufiger, und am Ende gelangten sie zu ein paar geduckten Bauernhäusern, die nach Kuhmist rochen. Jake Rhodan nickte bedächtig und meinte geradezu andachtsvoll: »Ja. Ja, ich glaube, hier sind wir richtig.« Dann schaute er sich um und meinte: »Aber wo sind die anderen Häuser?«

Sie stiegen aus. Der Geruch von Kuhdung machte Perry Rhodan nichts aus, sondern erinnerte ihn nur angenehm an seine Kindheit in Wisconsin. In diesen Häusern hätte er hingegen nicht leben wollen; zu eng kamen ihm die Türen vor, zu niedrig die Dächer, zu klein die Fenster. Er glaubte zu verstehen, warum sein Großvater von hier weggegangen war.

Doch dann klopfte sein Vater an eine Haustüre, eine Frau mit rosigen Wangen öffnete, und als ihr Vater erklärte, was sie herführte, riss sie die Augen auf, nickte heftig, rief etwas, worauf ein Mann aus dem Schuppen nebenan kam; man komplimentierte sie herein und in eine gänzlich mit Holz ausgekleidete Stube, bot ihnen zu trinken an und etwas zu essen, herzhaftes Landbrot mit Schmalz, etwas, das Perry Rhodan noch nie zuvor gegessen hatte, und dann redeten die Leute und nickten, wenn Vater sprach, waren beide herzlich und aufgeschlossen, und auf einmal kam Perry Rhodan die Decke nicht mehr zu niedrig vor und die Fenster nicht mehr zu klein. *Gebäude sind nur Gebäude*, sagte er sich, *und Landschaften nur Landschaften. Letzten Endes kommt es immer auf die Menschen an.*

Nachher erfuhr er von seinem Vater, was geschehen war: Im Sommer 1944 war in der Zeit der größten Dürre ein Brand ausgebrochen, der die Hälfte des ohnehin winzigen Ortes verwüstet hatte, unter anderem auch den Hof von Gregor Roden, dem Bruder seines Großvaters. Da Krieg gewesen war, hatte man weder die Zeit noch die Mittel gehabt, die Häuser wieder aufzubauen, und nach dem Krieg war beschlossen worden, die Ruinen vollends einzuebnen und die übrigen Häuser dem Nachbarort zuzuordnen, so dass es den Ort Scheernsting juristisch nicht mehr gab.

An dieser Stelle müssen wir eingestehen, dass sich das Schicksal des deutschen Zweigs der Familie Perry Rhodans nicht restlos klären lässt. Auch wenn die Bürokratie Deutschlands im Ruf eines gewissen Perfektionismus stand, sind infolge des Krieges viele Unterlagen verlorengegangen; zudem ist es eine bekannte Tatsache, dass in der Zeit, in der das Solare Imperium entstand, die Übernahme der Daten aus den Akten der verschiedenen irdischen Nationen in die Verwaltungspositroniken nicht so reibungslos und nicht so vollständig vonstattengegangen ist, wie man damals glaubte.

Was man weiß, ist Folgendes:

Rhodans Urgroßvater, Edgar Roden, war schon einige Jahre vor Ausbruch des Kriegs an einer Lungenentzündung gestorben; die Nachbarn erzählten, er sei starrköpfig trotz einer schweren Erkältung aufs Feld gegangen, habe dort den ganzen Tag gearbeitet und sei in der Nacht darauf ins Fieberdelirium gefallen, aus dem er nicht mehr erwachte. Die Urgroßmutter, Martha Roden, war danach zu ihrer Tochter Ilse ins Ruhrgebiet gezogen, die dort mit einem Lehrer namens Wilhelm Lange verheiratet war; das Paar hatte drei Töchter namens Irmgard, Erna und Ursula, über deren weiteres Schicksal nichts bekannt ist. Dokumentiert ist, dass Wilhelm und Ilse Lange sowie Martha Roden am 12. März 1945 bei einem Bombenangriff auf Dortmund ums Leben kamen.

Edgar Roden war zeitlebens ein Kaisertreuer gewesen, der der Weimarer Demokratie nichts abgewinnen konnte und der Herrschaft der Nationalsozialisten erst recht nichts. Seine Kinder, die Geschwister von Perry Rhodans Großvater also, scheinen ausnahmslos mit dem Hitlerregime in Konflikt geraten zu sein. Die schon erwähnte Ilse Lange stand mehrere Dutzend Mal vor Gericht, stets wegen Delikten, die einer Art zivilen Widerstand entsprangen: Sie hatte Hakenkreuzfahnen abgehängt, war Aufmärschen ferngeblieben, hatte sich geweigert, Freundschaften mit Juden zu beenden, hatte den vorgeschriebenen Hitlergruß verweigert und dergleichen mehr. Dafür hatte sie mehrere Male etliche Tage im Gefängnis gesessen, und ihr Mann war regelmäßig an die unbeliebtesten Schulen versetzt worden, zweifellos ihretwegen.

Gregor Roden, ihr ältester Bruder, hatte den Hof der Familie bis 1944 geführt. Im Frühjahr 1944 hatte er am Stammtisch erklärt, er glaube nicht mehr, dass dieser Krieg gewonnen werden könne, und das sei wohl auch besser so. »Gregor, halt lieber dein Maul«, hatte ihm ein Freund geraten, und nicht unbegründet, denn kurze Zeit darauf holte ihn die Gestapo, und er wurde wegen »staatszersetzender Propaganda« zu Lagerhaft verurteilt und kam nach Dachau – aber nicht mehr zurück. Er starb am 5. Juli 1944, über die Gründe seines Todes ist nichts vermerkt.

Gregor Roden und seine Frau Klara hatten sechs Kinder, von denen drei noch in den ersten Lebensjahren starben. Der älteste Sohn, Fritz Roden, geboren 1905, war, der Tradition folgend, als Hoferbe bestimmt; nachdem das Feuer den Hof zerstört hatte, war er mit seiner Familie nach München gezogen: Jake und Perry Rhodan hätten ihn dort ohne weiteres treffen können, hätte nur jemand seine Adresse gewusst. Bekannt ist jedoch, dass im Jahre 1974, als die Krise um die Gründung der Dritten Macht beigelegt und Galakto-City an den Weltpostverkehr angeschlossen worden war, Perry Rhodan eine Glückwunschkarte zum Geburtstag bekam, die von einem Fritz Roden aus München stammte, der behauptete, dass sie miteinander verwandt seien.

Ferner gab es eine Tochter, Else Roden, geboren 1907, von der man sagte, sie sei auffallend schön gewesen; sie war mit 17 von zu Hause ausgerissen und nach Berlin gegangen, wo sie im damaligen wilden Nachtleben Furore gemacht und schließlich einen venezolanischen Adligen geheiratet haben soll – so zumindest lauten die Gerüchte. Mit diesem sei sie nach Südamerika gegangen, und dort verliert sich ihre Spur.

Das letzte Kind schließlich, ein Gotthilf Roden, geboren 1914, ging nach der Schule zum Militär, allerdings nicht aus nationalistischer Begeisterung, sondern weil er keinen anderen Beruf fand. Er blieb unverheiratet, machte Karriere im Heer und starb im Rang eines Hauptmanns bei der Belagerung von Stalingrad.

Der Besitzer des Gasthofs, in dem Jake und Perry Rhodan logierten, hatte einen Sohn namens Gottfried, der passabel Englisch sprach und mit dem sich Perry auf Anhieb gut verstand. Ob er denn nicht Lust habe, Ski zu fahren, fragte Gottfried ihn, und die hatte Perry Rhodan, der allerdings einräumen musste, mit Skiern bislang nur einmal auf ebener Strecke unterwegs gewesen zu sein, in Nordwisconsin nämlich.

»*No problem*«, sagte Gottfried, »ich bring's dir bei.«

Und so verbrachte Perry die folgenden Tage, die sein Vater in Sachen Familienforschung unterwegs war, auf Skiern an zunehmend steileren Abhängen und versuchte, die ihm mitunter kryptisch erscheinenden Anweisungen Gottfrieds (»Mehr Schwung in die Hüften!«, »Abkanten! Abkanten!«) in konkretes Verhalten umzusetzen.

»Du kannst das schon ganz gut«, lobte Gottfried ihn, als sie nach einem solchen Tag wohlig müde in der gut geheizten Gaststube saßen und sich mit verschiedenen Heißgetränken (Perry: eine heiße Schokolade; Gottfried: Milchkaffee mit einem Schuss Rum) wieder aufwärmten. »Schade, dass ihr nicht noch ein paar Wochen bleiben könnt.«

»Ja, schade«, meinte auch Perry, als sein Blick auf ein kleines Bücherregal an der Wand fiel, das bislang seiner Aufmerksamkeit entgangen war. Was das für Bücher seien, wollte er wissen.

»Oh, das? Da sammeln wir alle Bücher, die Gäste bei uns vergessen haben. Manchmal meldet sich jemand und bittet, dass man ihnen das Buch zuschickt, aber meistens nicht. Ansonsten darf da jeder zugreifen. Wenn du eins findest, das du gern mitnehmen würdest, nur zu!«

Perry war müde, aber nicht so müde, dass er nicht Lust gehabt hätte, die Bücher durchzusehen. Die meisten waren natürlich auf Deutsch, einige auf Russisch und Italienisch, doch es fand sich auch ein englisches Buch: der Roman »Früchte des Zorns« des amerikanischen Autors John Steinbeck.

Seit seinem Eintritt in die Militärschule hatte Perry Rhodan Romanen nicht mehr viel Aufmerksamkeit geschenkt; Bücher, das waren für ihn inzwischen in erster Linie Sachbücher, aus denen sich etwas lernen ließ. Aber vor ihm lag ein langer Rückweg bis nach Amerika, also fragte er: »Das da? Kann ich das haben?«

»Ja, klar«, sagte Gottfried. »Soll übrigens ziemlich gut sein.«

Perry Rhodan packte das Buch ein, schlug es auf, als sie in München auf dem Flughafen saßen und auf ihren Flug warteten, und las sich sofort fest. Wäre sein Vater nicht dabei gewesen, er hätte den Aufruf, an Bord zu gehen, verpasst, so sehr nahm ihn die Geschichte um die Familie Joad gefangen. Er las auch den ganzen Flug über und bekam kaum etwas davon mit.

So begann Rhodans Begeisterung für die Werke John Steinbecks, die bis zum heutigen Tag nicht nachgelassen hat. Um der geneigten Leserschaft den Blick ins literaturhistorische Lexikon zu ersparen, sei kurz erläutert, dass John Steinbeck, 1902 geboren, im 20. Jahrhundert alter Zeitrechnung einer der erfolgreichsten Autoren Nordamerikas war und schließlich sogar mit dem Nobelpreis geehrt wurde, der damals bedeutendsten literarischen Auszeichnung. In seinen Romanen, die Rhodan nach und nach alle las – Werke wie »Von Mäusen und

Menschen«, »Jenseits von Eden« oder (Rhodans Favorit) »Die Straße der Ölsardinen« sind ja durchaus heute noch bekannt –, schildert Steinbeck vor allem das wirkliche Leben damaliger einfacher Leute, das von Wanderarbeitern, Farmern, Handwerkern und Fischern, von Herumtreibern und Lebenskünstlern, und dabei ist immer zu spüren, welch bedeutsame Kräfte die Natur und die Umwelt im Leben der Menschen darstellen. Bei Steinbeck fand Rhodan seine Überzeugung wieder, dass ein freier, forschender Geist das Wertvollste ist, was ein Mensch besitzen kann.

So entdeckte Perry Rhodan zu seiner Überraschung, dass sich auch aus Romanen etwas lernen ließ, nur eben … etwas anderes. In einem guten Roman ging es auf irgendeine Weise immer um das Leben als Ganzes, so ähnlich wie in der Philosophie, nur anschaulicher. In der Folge erweiterte er also sein Beuteschema, was Bücher anbelangte, und las Autoren wie Ernest Hemingway, Saul Bellow, Pearl S. Buck oder John Updike, aber auch Genreautoren wie Lawrence Block, Agatha Christie oder Philip K. Dick.

3

Damit soll nicht angedeutet werden, Perry Rhodan sei als Jugendlicher ein Bücherwurm und Theoretiker gewesen: So jemand hätte eine Militärschule zweifellos nicht überstanden. Im Gegenteil, ein großer Teil der dortigen Ausbildung war äußerst praktisch angelegt und in hohem Maße körperlich fordernd. Angehende Soldaten verbrachten auch damals schon viel Zeit damit, mit schwerem Gepäck durch schlammiges Gelände zu robben, schier unüberwindliche Mauern, Zäune und andere Hindernisse zu überwinden, sich mit Leinen an Berghängen abzuseilen und die bei all dem schmutzig gewordenen Waffen zu zerlegen, zu reinigen und wieder zusammenzusetzen, und das alles möglichst in Rekordzeit.

Oder anders ausgedrückt: Abendliche Einschlafschwierigkeiten waren bei den Kadetten praktisch unbekannt. Nicht selten übermannte sie der Schlaf, sobald der Kopf das Kissen berührte.

Nach den eher grundlegenden Trainingseinheiten kamen bald Feldübungen hinzu, die anfangs nur einige Stunden dauerten und darin bestanden, sich als Gruppe irgendwo anzuschleichen oder irgendetwas zu erkunden, später aber mitunter auf mehrere Tage ausgedehnt wurden und richtiggehende kleine Manöver darstellten, in denen verschiedene Gruppen gegeneinander zu agieren hatten. Hier kam es bald dazu, dass sich die anderen bemühten, in dieselbe Gruppe wie Perry Rhodan gewählt zu werden, denn es war nicht unbemerkt geblieben, dass dieser immer einen Plan zu haben schien, meistens sogar einen, der funktionierte. Und egal, wer zum Anführer seiner Gruppe ernannt wurde, binnen kurzem war es ja doch immer Perry Rhodan, der sie de facto anführte; wo es nicht durch Kommandos geschah, geschah es durch einleuchtende Vorschläge, überzeugende Argumente und bestürzend nachvollziehbare Einwände.

Da haben wir es also: das *natürliche Führungstalent*, das man Perry Rhodan seit eh und je attestiert.

Doch so einfach wollen wir es uns nicht machen, sondern genauer hinschauen und fragen, wie es denn genau beschaffen ist, dieses angeblich so *natürliche* Führungstalent.

Ein Gutteil davon, das sei eingeräumt, ist wirklich eine Gabe. Es ist ja tatsächlich so, dass man Perry Rhodan in jede beliebige Situation werfen kann, und egal, wie verworren, undurchschaubar und gefährlich sie ist, er weiß trotzdem fast sofort, was zu tun ist und wo der Weg verläuft, der die besten Chancen bietet, den Gefahren wieder zu entkommen. Deswegen nennt man ihn schließlich den »Sofortumschalter«, ein Begriff, über den noch eingehender zu reden sein wird. Jedenfalls, das ist wahrhaftig eine Begabung und weit weniger erlernbar, als man meinen könnte.

Doch um gut führen zu können, muss auch der *Wille* zu führen da sein. Und darunter ist wohlgemerkt nicht das Streben nach einer bestimmten Position zu verstehen und vor allem nicht das Streben nach Anerkennung: Selbst Rhodans größte politische Gegner würden einräumen, dass diese Beschreibung nicht im mindesten auf ihn passt. Rhodan tut, was er für richtig hält, unabhängig davon, ob man ihm dafür zujubelt oder ihn dafür verflucht.

Nein, der Wille zu führen gründet sich im Kern auf ein intensives Interesse am Wohlergehen anderer, vor allem am Wohlergehen derer, die einem anvertraut wurden oder sich einem anvertraut haben. Wenn jemand wie Rhodan davon überzeugt ist, den besten Plan zu haben, dann sieht er sich auch moralisch dazu verpflichtet, alles dafür zu tun, dass dieser Plan umgesetzt wird. Und »Führung« bedeutet in diesem Fall, die anderen dazu anzuleiten, bei diesem Plan mitzumachen.

Dass dieses Konzept aufgeht, liegt daran, dass Perry Rhodan in der Regel ja auch *tatsächlich* den jeweils besten Plan hat.

Zweck einer Militärschule ist nicht zuletzt, aus den Kadetten das künftige »Offiziersmaterial« herauszusieben. Das brachte es mit sich, dass eine Menge Kämpfe in Auseinandersetzungen mit Füllhaltern, Papier, Vokabular und Grammatik bestanden, denn ein Offizier muss auch für den Papierkrieg gewappnet sein.

Mit anderen Worten, die Kadetten mussten auch immer wieder Aufsätze schreiben, meistens zu militärischen, politischen, geschichtlichen oder gesellschaftlichen Themen.

Da Perry Rhodan nach dem ersten Jahr an der Carson Long schon mehr gelesen hatte, als die Pflichtlektüre der gesamten Schulzeit umfasste, war er diesbezüglich uneinholbar im Vorteil. Seine Aufsätze zu historischen oder militärgeschichtlichen Fragen erhielten Bestnoten und veranlassten seine Professoren zu regelrechten Bekundungen des Entzückens.

Als 1950 der Koreakrieg ausbrach, gab Professor Kingsley, ihr Lehrer für Militärgeschichte, ihnen auf, in einem Aufsatz von mindestens drei Seiten ihre Meinung dazu darzulegen. Perry Rhodan schrieb dreißig Seiten, in denen er allein auf Grundlage der verfügbaren Zeitungsmeldungen die Situation in Korea analysierte, die Vorgeschichte des Konflikts umriss und die Schwachstellen der amerikanischen Reaktion aufzeigte. Kühn zog er den Schluss, die USA seien gefährlich unvorbereitet auf den Ernstfall gewesen.

Professor Kingsley war hin und weg von dieser Abhandlung. Er bat ihn um die Erlaubnis, den Aufsatz an *Strategic Studies* schicken zu dürfen, eine amerikanische Fachzeitschrift für Militärwissenschaft, und Perry Rhodan stimmte natürlich höchst geschmeichelt zu. Ungeschickterweise legte der mitunter etwas weltfremde Professor seiner Einsendung ein Begleitschreiben bei, in dem er erklärte, dass es sich bei dem Verfasser um einen erst 14-jährigen Kadetten handele, was vermutlich keine gute Idee war, jedenfalls wurde der Aufsatz postwendend abgelehnt.

Besagte Zeitschrift war Rhodan nicht unbekannt; die Bibliothek der Carson Long hatte sie abonniert, und er las jede neue Ausgabe, sobald sie ankam. Ein paar Monate später stieß er darin auf einen Artikel, der praktisch dieselben Gedanken wie sein eigener Aufsatz enthielt, in derselben Reihenfolge und teilweise sogar mit identischen Formulierungen. Der Gedanke, dass dessen Verfasser womöglich aus seinem Aufsatz abgeschrieben haben könnte, kam dem jungen Perry Rhodan aber gar nicht; vielmehr sah er sich dadurch in seiner Denkweise bestätigt, was ihm viel wichtiger war, als seinen Namen unter der Überschrift zu finden.

Mit seinen Aufsätzen zu historischen und militärischen Themen war Rhodan, wie gesagt, der Liebling der Lehrer und das bewunderte Idol seiner Mitschüler.

Womit er aber oft enorm aneckte, waren seine Aufsätze zu politischen oder sozialen Fragen.

Unter den Kadetten waren viele, die die USA geradezu verherrlichten. Es war eine weitverbreitete Überzeugung, Amerika sei in sämtlichen Disziplinen, die es überhaupt gab, am größten und am besten und dem Rest der Welt haushoch überlegen, wobei diese Überzeugung auffallend häufig bei denen zu finden war, die von diesem Rest der Welt noch nie etwas gesehen hatten und kaum imstande gewesen wären, ihn auf einer Weltkarte zu finden.

Perry Rhodan dagegen vertrat unerschütterlich den Standpunkt, dass die USA zwar seine Heimat waren, weil er zufällig hier geboren und aufgewachsen war, und dass er deswegen bereit war, sie gegen Feinde zu verteidigen; auch fand er, dass es genau genommen die Freiheit an sich war, die er zu verteidigen entschlossen war, was beinhaltete, dies notfalls auch gegen eine tyrannische Regierung im eigenen Land zu tun. Und dass das alles nicht hieß, dass andere Völker und Nationen nicht das Recht hätten, ihr Zusammenleben nach eigenen Wünschen und kulturellen Werten zu organisieren; die USA hätten kein Recht, sich einzumischen, solange die grundlegenden Menschenrechte einigermaßen gewahrt seien.

»Aber dein Vater hat doch auch gegen die Japaner gekämpft«, hielt man ihm vor. »War das etwa keine Einmischung?«

»Mein Vater hat nicht gegen *Japaner* als solche gekämpft«, erwiderte Perry Rhodan. »Er hat überhaupt nichts gegen Japaner. Er hat geholfen, sie von einem tyrannischen Regime zu befreien. Genau wie deiner die Deutschen befreit hat.«

Insbesondere war Rhodan nicht bereit, Amerikanern einen Sonderstatus einzuräumen. Sein Argument lautete: »Unsere Eltern haben die Herrenmenschen nicht besiegt, damit wir uns jetzt selber für welche halten.«

Er räumte ein, dass die USA vieles richtig gemacht hätten und machten, manches aber eben auch nicht.

»Ach«, fuhr ihn bei einem solchen Streitgespräch einmal ein Kamerad an, ein gewisser Phil C. Bowers aus Boston, Massachusetts. »Und was zum Beispiel machen wir falsch?«

Perry Rhodan breitete die Hände aus. »Was fällt dir auf, wenn du dich hier umschaust?«

»Was soll mir auffallen?«

»Viele Gesichter. Aber kein einziges davon ist schwarz.«

Phil riss die Augen auf. »Was?«

»Die Rassentrennung«, half ihm Rhodan auf die Sprünge. »Da macht Amerika etwas *massiv* falsch. Wir behandeln Amerikaner als Bürger zweiter Klasse, weil sie dunkle Haut haben und von Sklaven abstammen. Unsere Gründungsväter haben in die Präambel unserer Verfassung schöne Worte geschrieben von wegen, dass alle Menschen gleich sind, und dann sind sie nach Hause gegangen und haben sich von schwarzen Sklaven bedienen lassen. *Das* ist etwas, das wir falsch machen.«

»Du bist wohl ein Niggerfreund, was?«, fragte Phil.

Perry hob die Augenbrauen. »Du sagst das, als ob das etwas Schlechtes wäre.«

Darauf wusste Phil nichts zu erwidern, also setzte Rhodan ihm den Zeigefinger auf die Brust und fuhr fort: »Die Rassentrennung wird fallen, weil sie Unfug ist, und Unfug hat auf Dauer keinen Bestand. Es ist nur eine Frage der Zeit, bis sich die Erkenntnis durchsetzt, dass wir alle derselben Rasse angehören, der der Menschen dieses Planeten nämlich.« Er stupste Phil kräftig. »Und das wirst du noch erleben!«

Prophetische Worte: Phil Bowers sollte 1967 in Vietnam in Gefangenschaft geraten und nur dank der Hilfe eines schwarzen Kameraden namens Bill Jefferson daraus entfliehen. Gemeinsam schlugen die beiden sich zum nächsten Stützpunkt durch, retteten einander dabei mehrfach das Leben und waren hinterher die besten Freunde. Zudem verliebte Phil sich während seines Aufenthalts im Lazarett in eine vietnamesische Krankenschwester namens Hoa, gewann ihr Herz und anschließend den Kampf gegen die Bürokratie, so dass er sie nach Amerika holen konnte. Diese drei saßen am 21. Juli 1971 gemeinsam vor dem Fernsehapparat und verfolgten fassungslos, wie die Welt sich in einen Atomkrieg hochschaukelte, und als wieder einmal ein Bild von Perry Rhodan eingeblendet wurde, schrie Phil Bowers zornig: »Und jetzt? Du vernichtest gerade die menschliche Rasse, du Idiot!«

Im Jahre 1952 verstarb in Harrisburg ein pensionierter Physikprofessor namens Krisztof Koslitzki, der aus Danzig stammte und in jungen Jahren einst auf dramatische Weise von amerikanischen Soldaten aus Kriegswirren gerettet worden war. Sein Sohn hatte an der Carson Long angefangen und war inzwischen Major der Army, weswegen Koslitzki seine über die Jahre gesammelten Fachbücher der Bibliothek der Militärschule vermachte.

Perry Rhodan, der mit Lester Thompson, dem Bibliothekar, längst gut befreundet war, durfte dabei sein, als die hölzernen Kisten, vier an der Zahl, geöffnet wurden.

»Ist immer ein Risiko, so ein Vermächtnis anzunehmen«, erklärte Thompson, während er den ersten Deckel aufstemmte. »Manchmal sind es Bücher, die man beim besten Willen nicht brauchen kann. Also gibt man sie fort. Und irgendwann kommen garantiert die Erben, wollen sehen, wo die Bücher stehen, und beklagen sich dann, dass man das Vermächtnis nicht angemessen gewürdigt hat.«

»Aber Major Koslitzki hat in seinem Begleitbrief doch geschrieben, dass wir nur behalten müssen, was wir brauchen können«, wandte Perry ein.

»Das sagen sie immer«, meinte Thompson skeptisch. Er hob den Deckel ab, seufzte. »Siehst du? Es geht schon los. Bücher auf Französisch.« Er nahm eines davon heraus, blätterte darin. »Scheint eine Abhandlung über Optik zu sein. Wäre ja schön, wenn unsere Kadetten Fremdsprachen beherrschen würden, aber ich fürchte ...« Er ließ den Satz unvollendet, stapelte die Bände neben der Kiste auf. »Da. Das ist Polnisch.« Er zeigte Perry ein L, das in der Mitte einen Schrägstrich trug. »Daran erkannt man das. Das ist ein Buchstabe, den es nur im Polnischen gibt.«

»Dieser Mister Koslitzki hat ziemlich viele Sprachen beherrscht«, stellte Perry beeindruckt fest.

»Das muss man wohl, in der Gegend, aus der er stammt. Oh, was ist das?« Unter den polnischen Büchern lagen zwei hellgraue Kartons. Er hob einen davon heraus, nahm den Deckel ab. Darin lag ein mit Bindfaden kreuzförmig zusammengebundenes Manuskript. Thompson las den Titel vor. »›Die Rakete zu den Planetenräumen‹, von Hermann Oberth, in die englische Sprache übertragen von Krisztof Koslitzki.«

Perrys Interesse war geweckt. »Raketen?«

»Das ist jetzt spannend«, meinte Thompson. Er hob das Manuskript heraus. Darunter lag ein dünnes Büchlein mit einem schwarzen Umschlag, auf dem, umgeben von mehreren ineinandergeschachtelten Rahmen, der deutsche Titel in schier unlesbaren, blitzartig verformten Buchstaben gedruckt stand. Einzig am Namen des Verfassers ließ sich erkennen, dass es sich um das fragliche Buch handelte.

Thompson reichte Perry das Manuskript, nahm das Buch heraus und schlug es auf. »Oje«, entfuhr es ihm. »Mehr Formeln als Text.« Bei der Skizze einer Rakete hielt er inne. »Immerhin erkennt man, worum es gehen soll.«

Perrys Blick fiel auf die Anmerkung, die Professor Koslitzki auf dem unteren Drittel des Titelblatts angebracht hatte: *Dieses 1923 in einem Münchner Verlag erschienene Werk gilt als Standardwerk der Raketentechnik. Oberth wies nach, dass mehrstufige Flüssigkeitsraketen prinzipiell geeignet sind, die Atmosphäre zu übersteigen, den Weltraum zu erreichen und den Anziehungsbereich der Erde zu verlassen. Alle anderen deutschen Raketenbauer haben auf seinen Erkenntnissen und Formeln aufgebaut.*

»Schauen Sie«, meinte er und hielt dem Bibliothekar die Seite hin.

Dessen Miene hellte sich auf. »Sieh an. Ich werde das nachprüfen, aber wenn das stimmt, ist das eine Erstausgabe. Dann wäre es eine kleine Kostbarkeit. Und gleich mit Übersetzung! Großartig.« Er richtete den Blick zur Decke. »Danke, Mister Koslitzki.«

»Schauen Sie nach, was in dem anderen Karton ist«, drängte Perry, auf einmal von Aufregung erfasst.

In dem zweiten Karton war eine noch älter aussehende Zeitschrift in russischer Sprache, aufgeschlagen auf einer mit Rotstift markierten Seite, deren Übersetzung es wohl war, die beilag. Der Titel des Aufsatzes lautete: »Die Erforschung des kosmischen Raumes mit der Hilfe von Reaktionsapparaten«, und der Name des Verfassers war Konstantin Eduardowitsch Ziolkowski.

Diesen Namen kannte Perry Rhodan aus seinen anderen Raumfahrtbüchern. »Das ist ein russischer Raumfahrtwissenschaftler«, erklärte er Thompson aufgeregt. »Er hat als Erster die Raketengrundgleichung aufgestellt.« Er blätterte die Zeitschrift um, suchte das Titelblatt und darauf eine Jahreszahl. »1903.« Das erschütterte ihn förmlich.

»Also, dieser Koslitzki hat sich jedenfalls enorm für Raketentechnik interessiert, so viel steht fest«, konstatierte der Bibliothekar derweil mit zunehmender Begeisterung. »Die beiden Werke kriegen natürlich einen Ehrenplatz. Was wir allerdings mit dem Rest machen, darüber muss ich noch nachdenken«, meinte er mit einem Seitenblick auf die Stapel fremdsprachiger Bücher neben der Kiste.

Er griff sich das Stemmeisen und ging zur zweiten Kiste. »Mal sehen, was wir sonst noch finden.« Er sah zu Perry hinüber, der immer noch wie vom Donner gerührt dastand. »Was hältst du davon? Tolle Schnäppchen, hmm?«

Perry sah ihn ernst an. »Ist Ihnen klar, was diese beiden Schriften bedeuten?«

»Was denn?«

Perry hob den ersten Karton hoch. »Ein Deutscher hat vor fast dreißig Jahren die theoretischen Grundlagen des Raketenbaus beschrieben, und später haben die Deutschen die erste Großrakete der Welt gebaut, die A-4.« Er hob den anderen hoch. »Und dabei war ein Russe noch zwanzig Jahre früher so weit. Denken Sie nicht, dass das irgendwann praktische Konsequenzen haben wird?«

Der Vollständigkeit halber sei erwähnt, dass auch die USA einen Raketenpionier hatten, einen Mann namens Robert Hutchinson Goddard, der aus Boston stammte und zwar ebenfalls Physikprofessor war, aber die Sache nicht theoretisch anging, sondern praktisch. Ohne von den Arbeiten Ziolkowskis zu wissen, die damals nicht nur im Westen, sondern auch in Russland selbst weitgehend unbekannt waren, begann er schon im Jahr 1920, eine mit flüssigem Treibstoff betriebene Rakete zu entwickeln. Der erste Start glückte ihm am 16. März 1926; seine erste Rakete – die erste Flüssigkeitsrakete der Welt – erreichte zwar nur eine Höhe von 14 Metern und war nur 2,5 Sekunden in der Luft, bewies aber, dass das Prinzip funktionierte. In den Folgejahren glückten ihm mit weiterentwickelten Apparaten größere Höhen und höhere Geschwindigkeiten, und am 8. März 1935 flog erstmals eine Rakete schneller als der Schall.

Seine Experimente wurden allerdings eher belächelt denn bewundert. Die Presse, soweit sie von ihm Notiz nahm, nannte ihn den »Moon Man«, weil er 1920 in einem Aufsatz behauptet hatte, es sei möglich, mit Hilfe von Raketen den Mond zu erreichen: eine für seine Zeitgenossen völlig absurde Vorstellung.

Eine erfolgreichere Erfindung von Robert Goddard war übrigens die sogenannte »Bazooka«, eine Panzerabwehrrakete, die im Zweiten Weltkrieg zum Einsatz kam.

Wir sehen: Raketen und Waffen waren schon immer enge Verwandte.

4

Mit seinem eigenen Physikprofessor hatte Perry Rhodan hingegen von Anfang an Probleme.

Professor Nathaniel Whitehall war ein spitzzüngiger alter, griesgrämiger Mann, den noch nie jemand hatte lachen oder auch nur lächeln sehen. Er war nie verheiratet gewesen und hielt zudem von Frauen nichts, hielt sie insbesondere für unfähig, Physik zu verstehen. Als jemand unbedacht einwandte, es gäbe da doch aber eine französische Wissenschaftlerin, eine gewisse Marie Curie, die den Physiknobelpreis zugedacht bekommen habe, schnaubte er nur: »Ein bedauerlicher Irrtum. Davon abgesehen ist Madame Curie *Chemikerin*. Und Chemie, das ist zusammenschütten und rühren, mit anderen Worten: kochen.«

Ein zweites Vorurteil, das er eher insgeheim, aber nichtsdestotrotz hingebungsvoll pflegte, war die Überzeugung, dass blonde Menschen weniger intelligent seien als andere – »schön, aber dumm«, muss er einem früheren Jahrgang gegenüber einmal geäußert haben, »und meistens nicht mal schön«. Seither wurde dies als Warnung von den älteren Kadetten an die jüngeren weitergegeben, und tatsächlich ließ sich beobachten, dass er blonde Schüler verächtlicher behandelte als den Rest, selbst wenn sie, wie Perry Rhodan, eher nur dunkelblondes Haar aufwiesen.

Es kursierte die Legende, all das rühre daher, dass einst eine blonde Frau Whitehalls große Liebe gewesen sei, und als sie diese Liebe nicht erwidert hatte, habe er das nur als Dummheit interpretieren können. Ob das stimmte, konnte niemand sagen, aber es war eine Erklärung, die allen einleuchtete.

Eines Tages, als sie im Physikunterricht gerade die Gesetze von Beschleunigung und freiem Fall durchnahmen – in der gebotenen Ausführlichkeit, denn diese Gesetze spielen beim Militär eine bedeutende Rolle, kann man mit ihrer Hilfe doch die Flugbahnen von Geschossen berechnen, die Fallzeiten von abgeworfenen Bomben und dergleichen mehr –, hielt Professor Whitehall ein breites Holzlineal empor und erklärte: »Umgekehrt kann man natürlich auch aus der Fallstrecke die verstrichene Zeit ermitteln. Übrigens eine sehr praktische Methode, um die Reaktionsgeschwindigkeit eines Menschen zu messen. Ich will das mal am lebenden Subjekt demonstrieren. Miller, kommen Sie her.«

Er deutete vor sich auf den Boden, und Kadett Joe Miller, dunkelhaarig und durchtrainiert, ein As im Boxen, trat ebenso gehorsam wie gespannt vor ihn hin.

Whitehall hielt das Lineal mit nur zwei Fingern am oberen Ende. »Beachten Sie, dass sich die Null am unteren Ende befindet. Miller – halten Sie jetzt Daumen und Zeigefinger an die Nullposition. Sobald ich das Lineal loslasse, mit anderen Worten, sobald Sie sehen, dass es fällt, packen Sie zu. Klar?«

»Ja, Sir«, bestätigte Miller, Daumen und Zeigefinger dicht am Holz des leicht baumelnden Lineals.

»Gut. Halten Sie sich bereit.«

Ein paar Sekunden lang geschah gar nichts, dann ließ Whitehall plötzlich los – und Miller schnappte zu. Das Lineal war in der Zeit ein Stück weit gefallen: »6,3 Inch«, las der Physikprofessor ab. »Gut. Rechnen wir nun aus, was das bedeutet.«

Während wir im Geiste verfolgen, wie Professor Whitehall die Formel für die Fallbewegung so umformt, dass die Zeit isoliert dasteht, abhängig nur von der Fallbeschleunigung der Erde und der zurückgelegten Strecke, sei angemerkt, dass, während der Rest der Welt schon längst das metrische System benutzte, das im terranischen Einflussbereich heute noch gilt, sich die USA den Luxus leisteten, an einem Sammelsurium antiquierter Maßeinheiten festzuhalten, in dem nichts zu nichts passte; einzig die Zeit wurde in Stunden, Minuten und Sekunden gemessen wie sonst überall auch. Ein Inch war eine kleine Längeneinheit, umgerechnet 2,54 Zentimeter. Zwölf Inch ergaben einen Fuß, drei Fuß ergaben ein Yard, und 1760 Yard eine Meile – ungefähr zumindest: Nur um der geneigten Leserschaft eine Vorstellung davon zu geben, womit sich die Schüler damals plagen mussten.

6,3 Inch entsprachen 16 Zentimetern, und unter Erdschwerkraft ergab sich dafür eine Reaktionsgeschwindigkeit von 0,18 Sekunden.

»Respektabel«, urteilte Whitehall und unterstrich diese Zahl zweimal kräftig. »Tatsächlich ist es schwer, noch schneller zuzupacken. Weniger als vier Inch passieren zu lassen ist praktisch unmöglich.«

Sein Blick glitt über die Schar der ihm lauschenden Schüler. »Machen wir noch einen Versuch. Rhodan. Lassen Sie mal sehen, was Sie draufhaben.«

Joe Miller setzte sich, Perry Rhodan nahm seinen Platz ein. Whitehall wiederholte seine Anweisungen, als ginge er davon aus, dass Perry andernfalls nicht kapieren würde, was von ihm erwartet wurde.

»Nun gut, geben wir der Sache eine Chance«, sagte er schließlich – und ließ das Lineal los, noch ehe er den Satz zu Ende gesprochen hatte.

Perry Rhodan packte zu.

Kurz über der 1 Inch-Markierung.

»Sie haben betrogen!«, schnaubte der Lehrer.

Ringsum war plötzlich Unruhe zu spüren. Perrys Mitschüler sahen es eher so, dass der Lehrer betrogen hatte, indem er das Lineal unerwartet früh losgelassen hatte.

»Sir«, erwiderte Perry sachlich, »Sie haben losgelassen, und ich habe zugegriffen.«

»Bei weniger als 2 Inch? Das ist nicht menschenmöglich.« Whitehall nahm ihm das Lineal aus der Hand. »Wir probieren es noch einmal. Schauen Sie nicht auf mich, schauen Sie nur auf das Lineal.«

Perry Rhodan senkte den Kopf, konzentrierte sich auf das Lineal, das zwischen seinem Daumen und seinem Zeigefinger baumelte. Lange Sekunden vergingen, ehe es plötzlich fiel. Er griff zu.

Diesmal fast genau *auf* dem 1-Inch-Strich.

»Wie machen Sie das?«, wollte der Professor verärgert wissen.

»Was?«, fragte Perry.

»Kein Mensch kann so schnell reagieren. Sie haben irgendeinen Trick.«

»Nein, Sir.«

»Sie lesen irgendwie meine Körpersprache, ist es das? Kommen Sie. Das will ich jetzt genau wissen.« Whitehall ging zu einem voluminösen

Schrank, in dem allerlei Lehrmaterialien aufbewahrt wurden, öffnete einen Türflügel und stellte sich dahinter. »Stellen Sie sich auf die andere Seite. So können Sie mich nicht sehen. Miller, Sie vergewissern sich, dass er die Finger an der Nullposition hat!«

Perry und Joe taten wie geheißen. Es muss ziemlich albern ausgesehen haben, wie der Physiklehrer hinter der Tür stand und sein Lineal mit ausgestrecktem Arm über den Türflügel hielt, denn in der normalerweise ruhigen Klasse breitete sich unterdrücktes Gekicher aus.

Endlich fiel das Lineal. Und Perry packte es wieder bei 1 Inch.

Die anderen klatschten Beifall.

Whitehall, dem es missfiel, wenn sich seine Schüler über Gebühr amüsierten, schloss den Schrank wieder und meinte: »Irgendwann komme ich Ihnen auf die Schliche, Rhodan, das verspreche ich Ihnen. Lassen wir es für den Moment auf sich beruhen.«

Er rief einen dritten Schüler auf, der das Lineal bei ordentlichen 7,5 Inch erwischte, und das beruhigte den Lehrer weit genug, dass sie im Stoff fortfahren konnten.

Es ist unbekannt, ob Professor Nathaniel Whitehall je eine Erklärung für das Vorgefallene gefunden hat – für uns, die wir wissen, dass Perry Rhodan als »Sofortumschalter« gilt, ist der Grund offensichtlich: Eine abnormal hohe Reaktionsgeschwindigkeit ist sozusagen das elementarste (und am leichtesten identifizierbare) Attribut dieser Eigenschaft.

Allerdings nur das grundlegendste. Über die weiteren Implikationen dieser Fähigkeit wird noch zu sprechen sein.

Whitehall hatte angekündigt, den Vorfall »für den Moment« auf sich beruhen zu lassen. Eine Woche später war dieser Moment offensichtlich vorüber: Perry Rhodan wurde zum Schularzt befohlen, und als er dort antrat, stand auf einem Tisch im Behandlungszimmer ein Gerät, das er noch nie gesehen hatte, und daneben ein Mann, den er ebenfalls noch nie gesehen hatte.

»Damit«, erklärte Doktor Stone, »messen wir die Reaktionsgeschwindigkeit eines Menschen.«

»Schon wieder«, entfuhr es Perry.

»Wie bitte?«

»Nichts.«

Er musste auf einem Drehstuhl Platz nehmen, dessen Höhe seiner Körpergröße angepasst wurde, so dass sein Kopf genau in eine schwarzlackierte Abschirmung passte und er bequem durch ein Binokular schauen konnte, so ähnlich, wie man in ein Mikroskop schaute. Er sah eine konturlose weiße Fläche, in der, wie ihm der fremde Mann erklärte, hier und da farbige Punkte aufleuchten würden, sobald der Test begann. Die gelben, grünen und blauen Punkte solle er ignorieren, sobald jedoch ein roter Punkt erschien, solle er den Druckknopf betätigen, den man ihm nun in die Hand gab.

»Drücken Sie einmal zur Probe«, sagte der Mann. »Danke. Funktioniert. Es kann losgehen.«

Perry tat wie geheißen, starrte in das weiße Nichts, sah reglos zu, wie farbige Punkte aufleuchteten und verschwanden, es sei denn, es handelte sich um rote Punkte: Dann drückte er sofort, was jedes Mal ein heftiges Klacken im Gerät auslöste.

Das Ganze zog sich hin. Es gab interessantere Beschäftigungen, das stand mal fest.

»Danke«, hörte er endlich. Jemand legte ihm die Hand auf die Schulter. »Sie können aufhören.«

Perry zog den Kopf aus der Abschirmung, schaute auf und erblickte zwei Männer, von denen man hätte glauben können, sie hätten gerade ein Gespenst gesehen. »Wie ist denn so etwas möglich?«, murmelte Doktor Stone, während der andere Mann fortwährend den Kopf schüttelte und immer wieder sagte: »Ganz außergewöhnlich. Wirklich ganz außergewöhnlich.«

Dann, als fiele ihnen erst jetzt ein, dass ihr Untersuchungsobjekt noch da war, sagte Doktor Stone zu ihm: »Danke. Sie können gehen.«

Einige Tage darauf wurde Perry Rhodan vor das Lehrerkollegium geladen. Man hatte ein offizielles Gutachten vorliegen, das ihm eine außergewöhnliche, ja, geradezu rekordverdächtige Reaktionsgeschwindigkeit bescheinigte.

»Im Wilden Westen«, erklärte Professor Kingsley, der sich privat gern mit diesem Abschnitt der amerikanischen Geschichte befasste,

»hätten Sie sich als Kopfgeldjäger eine goldene Nase verdienen können. Heutzutage aber, fürchte ich, prädestiniert Sie dieses Talent eher dazu, Pilot zu werden oder sogar Testpilot, wenn Sie das wollen.«

»Im Kollegenkreis sind wir uns einig«, fügte der Prinzipal der Schule, Mister Bishop, hinzu, sah kurz zu Professor Whitehall, der schweigend, aber grimmig dreinblickend am Ende des Tisches saß, und korrigierte sich, »*größtenteils* einig, dass Sie es in einer Stabslaufbahn weit bringen könnten. Wir fänden es, offen gestanden, sehr bedauerlich, wenn Sie Ihre Talente an das simple Steuern von Düsenmaschinen verschwenden würden. Sie sind eindeutig zu Höherem berufen.«

Perry Rhodan musterte die Reihe der Männer, die ihn ihrerseits ernst, ja sorgenvoll anblickten, und brachte es nicht übers Herz, etwas anderes zu antworten als: »Ich werde darüber nachdenken.«

Doch als sie ihn entließen, ging er als Erstes an seinen Spind, holte Briefpapier und einen Umschlag heraus und schrieb einen Brief an Kenneth Malone, der mit den Worten begann:

Lieber Onkel Ken,
es ist amtlich: Ich werde Pilot!

5

Doch erst einmal ging es für Perry Rhodan nach West Point.

West Point, das war seinerzeit in den USA das Synonym für die *United States Military Academy*, eine legendäre Institution, die man von ihrer Bedeutung, ihrem Ansehen und ihrem Bekanntheitsgrad her in zeitgenössischen Begriffen höchstens mit der Raumakademie Terrania oder der Deringhouse-Akademie vergleichen kann. Rund achtzig Kilometer nördlich von New York City auf einem Areal von 65 Quadratkilometern am westlichen Ufer des Hudson River gelegen, auf einem Felsabhang hoch über den Wassern thronend, war West Point ursprünglich ein Fort des amerikanischen Heers gewesen. Man hatte es auf Anweisung von George Washington persönlich an dieser Stelle errichtet, dem Gründervater und legendären ersten Präsidenten der

Vereinigten Staaten, und seither war es ununterbrochen in Benutzung; tatsächlich handelte es sich um die älteste durchgehend betriebene militärische Anlage der USA. Auch zu der Zeit, als Perry Rhodan dort eintrat, standen in den Festungsmauern von West Point noch Kanonen aus dem Unabhängigkeitskrieg, in dem West Point die wichtigste militärische Stellung des Landes gewesen und mehr als heftig umkämpft worden war.

Inzwischen galt es als eine der besten Hochschulen des Landes, und fast alle Männer, die in der Militärgeschichte der USA eine wichtige Rolle gespielt hatten, waren West-Point-Absolventen gewesen; so auch die großen Generäle des Zweiten Weltkriegs, Eisenhower, Patton und MacArthur.

Die Bewerbungsbedingungen waren anspruchsvoll, die Zahl der Bewerber dennoch hoch und das Auswahlverfahren entsprechend hart. Wer in West Point studieren wollte, musste zwischen 17 und 23 Jahren alt sein, durfte nicht verheiratet sein (und in der Zeit auch nicht heiraten) und keine Unterhaltsverpflichtungen einem Kind gegenüber haben. Er musste hervorragende Noten vorweisen, ein lupenreines Führungszeugnis und außerdem eine Empfehlung eines Abgeordneten oder gar des Präsidenten. Bei besagter Empfehlung handelte es sich allerdings eher um eine Formsache; in Rhodans Fall hatte sie ihm der Prinzipal der Carson Long Schule besorgt, ein Schreiben, das von einem der beiden Senatoren des Staates Pennsylvania unterzeichnet war. Rhodans Noten waren exzellent; die einzigen Fächer, in denen er kein A (die Bestnote) vorzuweisen hatte, waren Kunst und – Physik.

Der Tag der Aufnahme war der 25. Juni 1954, ein Freitag. Die Kandidaten hatten auf einem abgezäunten Areal anzutreten, ringsum standen Lautsprecher, über die Anweisungen gegeben wurden. Jeder Kandidat musste sich einer gründlichen medizinischen Untersuchung stellen; bestand er diese zur Zufriedenheit der Ärzte, hatte er eine Stunde Bedenkzeit, um den Vertrag zu unterschreiben, mit dem er sich verpflichtete, nach Abschluss der Ausbildung in West Point mindestens fünf Jahre in den Streitkräften zu dienen und, sollte er nach Ablauf dieser Zeit ausscheiden, noch drei Jahre in Reserve zu stehen. Erst nach dieser Unterschrift durfte sich ein Kandidat als Kadett der Akademie, hier *plebes* genannt, betrachten und sich in dem ihm zugewiesenen Zimmer einrichten, das er sich mit einem Kameraden teilen musste.

In den ersten sechs Wochen sah der Kadett dieses Zimmer allerdings so gut wie nicht, denn diese Zeit verbrachten alle Neuankömmlinge in den sogenannten »Beast Barracks« – und dort ging es nur darum, irgendwie zu überleben. Man wurde um fünf Uhr morgens aus dem Schlaf gerissen und angeschrien, sich zu beeilen, musste sich sammeln und antreten und wurde angeschrien, musste marschieren und durch Dreck robben und über Mauern klettern und wurde angeschrien, sich verdammt nochmal mehr Mühe zu geben, durfte essen und wurde angeschrien, sich dabei nicht so viel Zeit zu lassen, machte Schießübungen und wurde, je nachdem, gelobt oder angeschrien, musste zum Appell antreten, in Uniform, und wurde für jeden Fleck an der Hose und den kleinsten Schmutzspritzer an den Schuhen angeschrien, musste zwanzig oder dreißig Liegestütze machen, den Kampfruf von West Point schreien (»Hu-ah!«), martialische Sprüche aufsagen und wurde, wenn man sich verplapperte, angeschrien, musste salutieren und die Nationalhymne singen und das Abendessen innerhalb von zwanzig Minuten hinunterschlingen, wurde noch einmal angeschrien, dann ging man ins Bett und schlief, bis am nächsten Morgen alles wieder von vorne losging.

Perry Rhodan begriff sofort, dass das alles nur dazu diente, die jungen Männer aus dem gemütlichen Schlendrian des Zivillebens zu reißen und aus Individuen ein Kollektiv zu formen: Deswegen mussten alle in identischer Kleidung alles gemeinsam machen, gemeinsam marschieren, gemeinsam strammstehen, gemeinsam salutieren und so weiter. Es spielte auch überhaupt keine Rolle, ob man das, was befohlen wurde, gut oder schlecht machte, es ging nur darum, möglichst viele Gelegenheiten zu schaffen, in denen sich die Kadetten als handelndes Kollektiv erlebten.

Die Idee, aus der zivilen Gemütlichkeit gerissen zu werden, gefiel ihm (allerdings hatte er das Zivilleben, anders als viele der anderen, praktisch schon seit Jahren hinter sich gelassen), die Idee, die Individualität des Einzelnen aufzulösen, hingegen nicht. Doch er sah, dass es keinen Sinn haben würde, sich dagegen aufzulehnen; er war nicht in der Position, daran etwas zu ändern, und die einzige Alternative dazu, mitzuspielen, wäre gewesen zu gehen, und das wollte er nicht.

Andere wollten es. In diesen ersten sechs Wochen lichteten sich die Reihen; von zehn ging mindestens einer.

Rhodan entwickelte eine Taktik, das Ganze durchzustehen und sich dabei mental trotzdem gegen den kollektivierenden Druck abzuschirmen. Er lernte, wie er, wenn er angeschrien wurde, alles gleichsam berührungslos durch sich hindurchgehen lassen konnte: Wenn er das, was geschrien wurde, wie Worte einer fremden Sprache hörte, Russisch vielleicht oder Deutsch, und nicht verstand, was gesagt wurde, dann wurde alles einfach nur zu Lautstärke, war nur ein Luftstrom, der aus einem weit aufgerissenen Mund kam und ein seltsames Geräusch verursachte, das man mit stoischer Haltung an sich vorbeirauschen ließ. Es war möglich, in solchen Situationen gewissermaßen neben sich zu stehen und alles wie das absurde Theater wahrzunehmen, das es im Grunde war. Die jeweiligen Aufgaben – rennen, klettern, Waffen zerlegen und dergleichen – musste man dagegen mit minimalem Energieaufwand bewältigen, um nicht vorzeitig schlappzumachen. Sechs Wochen galt es zu überstehen; das war eine lange, aber eine überschaubare Zeit.

Ganz unbemerkt blieb seine Taktik wohl nicht, jedenfalls hielt ihn der Ausbilder, als sie am Ende der Grundausbildung endlich abziehen durften, zurück und meinte: »Rhodan – Sie sind gefährlich. Ich mach das hier lange genug, ich hab eine Nase für so etwas. Sie sind ein gefährlicher Mann.«

Worauf Rhodan, innerlich grinsend, aber äußerlich unbewegt, vorschriftsmäßig salutierte und rief: »Sir, jawohl, Sir!«

Der Ausbilder holte tief Luft, dann sagte er: »Ich behalt Sie im Auge. Wegtreten.«

Siebzehn Jahre später fluchte ebendieser Ausbilder, Sergeant Bruce Carter, als er mit ansehen musste, wie die Atomraketen starteten, weil ein gewisser Perry Rhodan etwas angestellt hatte, von dem niemand so genau wusste, worum es dabei ging, und sagte erbittert: »Ich hab's gewusst. Ich hab's gleich gewusst. Ich hätt' dem Kerl damals den Kopf in den Schlamm treten sollen, bis er keinen Mucks mehr macht, verdammt nochmal.«

Nach dem harten Eignungstest in den *Beast Barracks* begann das eigentliche Studium, und das war auf seine Weise nicht weniger hart. Der Stundenplan war straff, jede Minute des Tages verplant. Ferien würde es in den kommenden vier Jahren nur selten geben, und wenn, dann nur kurz, und im ersten Jahr überhaupt keine. Neben dem akademischen Studium waren auch regelmäßig sportliche Leistungen zu erbringen: Ein Kadett hatte 50 Sit-ups und 40 Liegestütze in jeweils zwei Minuten zu absolvieren und zwei Meilen in weniger als 16 Minuten zu laufen; wem dies mehr als zweimal *nicht* gelang, der musste West Point verlassen.

Diese Anforderung lichtete die Reihen noch mehr.

Neben dem Studium ging auch der Drill weiter. Morgens um halb sieben nahm man zum ersten Mal am Tag im Hof Aufstellung zum Appell. Danach ging es im Gleichschritt in die Kantine zum Frühstück. Man hatte sechs Minuten Zeit, Essen zu fassen, und vierundzwanzig, um es zu sich zu nehmen; keine Minute länger. Dann begann der Unterricht, und in der Mittagspause lief es genauso. Der Unterricht endete um vier Uhr nachmittags, hinterher stemmte man Gewichte, rannte durch den Wald, zog im Schwimmbecken Bahnen oder spielte Basketball. Man konnte asiatische Kampfsportarten erlernen oder den Nahkampf ohne Waffen: wie man jemandem den Arm ausrenkte, das Knie zerschmetterte, ihn lautlos erwürgte oder ihm das Genick brach. Die jungen Männer hier studierten nicht einfach nur Ingenieurwissenschaften, Mathematik und Fremdsprachen, sie erlernten das Kriegshandwerk.

Über allem schwebte unablässig das Motto der Akademie – *Duty – Honor – Country*: Pflichterfüllung, Ehre und Vaterland – und der Druck, sich in die Gemeinschaft einzufügen, sich als *West Pointer* zu verstehen. Wer gegen Regeln verstieß, musste mit geschultertem Gewehr im Kreis marschieren, fünf Stunden lang oder zehn, je nachdem.

Recht häufig war die Gestalt, die da unten im Hof in strömendem

Regen ihre Kreise zog, Perry Rhodan. Nicht unbedingt, weil er tatsächlich gegen Regeln verstoßen, sondern weil er sich Widerworte erlaubt hatte bei jemandem, der Widerworte nicht duldete, oder weil er sich in sonst irgendeiner Weise als Individuum behauptet hatte. (Wir dürfen vermuten, dass diese Stunden des Strafexerzierens mit dazu beigetragen haben, dass militärische Ausbildung heutzutage anders aussieht, ohne deswegen weniger effizient zu sein.)

Darüber hinaus gibt es über diese Periode von Perry Rhodans Leben wenig zu erzählen. Er studierte, exerzierte und bemühte sich, es nicht so weit kommen zu lassen, dass man ihn von der Akademie verstieß, und ansonsten das Beste daraus zu machen. Er lernte, Panzer zu fahren, Fallschirm zu springen und mit Waffen umzugehen, an die man die Schüler der Carson Long noch nicht herangelassen hatte. An Fremdsprachen erlernte er Französisch (mehr schlecht als recht) und Russisch (mit mehr Erfolg; sein Lehrer, ein Exilrusse, bescheinigte ihm einen nahezu reinen weißrussischen Akzent). Falls sich darüber hinaus Dinge zugetragen haben sollten, die als Anekdoten taugen würden, so sind sie dem Verfasser jedenfalls nicht zur Kenntnis gelangt.

Ganz anders bei Perry Rhodans bestem Freund, Leroy Washington.

Leroy machte seine Ankündigung wahr und schrieb Alice regelmäßig Briefe. Zwar nicht jeden Tag einen – das hätte sowohl seine Schreiblust als auch seine Finanzen überfordert –, aber doch mindestens zwei pro Woche.

Anfangs erzählte er einfach von sich und seinem Leben in Manchester, von den Tieren, die er beobachtete, von lustigen Erlebnissen und Vorfällen in der Stadt, schilderte die Nachbarn und ihre Marotten, nahm die Eigenheiten seiner Lehrer auf die Schippe und lästerte über die Streiche, die ihm sein kleiner Bruder spielte. Persönlicher zu werden wagte er nicht, denn er fürchtete, sie zu verschrecken, sollte er seine wahren Gefühle für sie offenbaren, überwältigten ihn diese doch schon selbst.

Nach einer Weile suchte er sich Jobs, um sich mit Botengängen, Rasenmähen und dergleichen den einen oder anderen Dollar hinzuzuverdienen und so Briefpapier und Porto zu finanzieren. Hatte er anfangs noch jedes Mal, wenn der Briefträger kam, gefürchtet, es könne ein Brief von Alice dabei sein, in dem sie ihn bat, ihr nicht mehr zu schreiben, begann es ihn nun zunehmend zu verstören, dass sie *überhaupt nicht* reagierte. Er wusste nicht einmal, ob sie seine Briefe las oder womöglich ungeöffnet wegwarf.

Schließlich setzte er einen Brief auf, an dem er länger und intensiver arbeitete als an jedem Brief zuvor (nicht einmal an Aufsätze für die Schule hatte er je so viel Arbeit verwandt), einen Brief, in dem er ihr geradeheraus seine Liebe gestand und sie inständig bat, ja, geradezu anflehte, sie möge ihm doch antworten. Es war spät in der Nacht, als der Brief endlich fertiggeschrieben vor ihm lag, und Leroy packte ihn erst einmal erschöpft beiseite und ging zu Bett.

Am anderen Morgen hatte er ihn in den Umschlag stecken und zur Post bringen wollen, doch als er noch einmal las, was er geschrieben hatte, übermannte ihn ein Gefühl völliger Aussichtslosigkeit, und er zerriss den Brief in hundert Fetzen, die er anschließend ins Küchenfeuer warf. Er gab auf, war am Boden zerstört. Niemals würde er es schaffen, das Herz dieses Mädchens zu erobern! Perry hatte recht, wahrscheinlich hatte sie ihn schon längst vergessen!

Doch da antwortete Alice plötzlich, zum ersten Mal. Ob er krank sei, wollte sie wissen, sie vermisse seine Briefe. Es war nur ein kurzer Brief, aber er brachte Leroys Herz zum Hüpfen: Zumindest seine *Briefe* waren also schon ein Teil ihres Lebens geworden! Damit war ein Anfang gemacht, fand er, und schrieb weiter. Von da an erzählte er nicht mehr einfach nur, sondern stellte ihr auch Fragen, und ab und zu antwortete sie sogar.

In diesem ersten Jahr war Leroy für Alice nur eine lustige Bekanntschaft, ein Junge eben, der aus irgendeinem Grund gerne Briefe schrieb, und diese Briefe waren amüsant zu lesen. Dann begannen die nächsten Sommerferien. Leroy fuhr wieder nach Montgomery, diesmal ohne seine große Schwester, die sich inzwischen mit einem Bankangestellten aus Hartford traf, einem gewissen Mark F. Johnson jr., den sie wohl auch zu heiraten gedachte.

Dieses Mal lernte Leroy auch Alices Familie kennen. Alice hatte zwei

Brüder, die beide ein gutes Stück jünger waren als sie; es hatte noch einen Bruder dazwischen gegeben, doch der war mit sieben Jahren an einer Hirnhautentzündung gestorben. Alices Vater, Robert Marshall, betrieb einen Waschsalon und spielte in seiner Freizeit bisweilen Saxophon in einer Jazzband; von Leroy nahm er praktisch keine Notiz. Ihre Mutter Viola dagegen verhörte Leroy ebenso gründlich wie skeptisch. Sie ließ keinen Zweifel daran, dass sie Schwarze, die »in den Norden abhauten«, wie sie es nannte, zutiefst verachtete. Leroy konnte einwenden, dass er in Manchester geboren sei und dieser Vorwurf auf ihn also nicht zuträfe, hatte aber das Gefühl, dass ihm das höchstens mildernde Umstände einbrachte.

Aber all das lohnte, denn es ergab sich schließlich die Gelegenheit zu einem langen Spaziergang mit Alice, in dessen Verlauf er den Mut aufbrachte, ihr zu sagen, dass sie für ihn das schönste Mädchen der Welt sei. Worauf Alice ihn, herrlich, flüchtig auf die Wange küsste, ihn aber, schrecklich, zugleich ermahnte, er solle sich keine Hoffnungen machen, es gäbe da nämlich schon jemanden.

Als Leroy nach Hause fuhr, war er am Boden zerstört.

Doch er gab nicht auf, sondern schrieb von nun an *vier* Briefe pro Woche.

Ein halbes Jahr später erfuhr er, dass der »Jemand« nun eine andere hatte. Leroy schrieb emsig ellenlange Briefe, um Alices gebrochenes Herz zu flicken, versicherte ihr in immer neuen Worten, dass sie für ihn nach wie vor das schönste Mädchen der Welt sei. Der Kerl, der sie habe gehen lassen, bewiese dadurch nur, dass er ein Idiot war, dem nachzuweinen sich nicht lohne.

Alice schrieb zurück, Briefe, die genauso lang, aber voller Schmerz und Selbstzweifel waren. Es war keine kleine Sache, gegen die Leroy da anschreiben musste, doch allmählich milderten sich ihre Klagen, und endlich schrieb sie: »Wenn ich Dich nicht hätte!« und »Wärst Du doch nur vier Jahre älter!!«

Endlich kamen die nächsten Sommerferien, endlich konnte er wieder zu ihr fahren. Inzwischen war er fünfzehn und sie siebzehn, und sie war noch schöner geworden, als er sie in Erinnerung hatte; ihr Anblick haute ihn fast um. Doch unter all der strahlenden Schönheit war sie nach wie vor todunglücklich, und als sie beide auf einem einsamen Weg entlang des Alabama River Rast machten, gestand sie ihm, dass sie sich immer wieder heimlich mit Nadeln steche; es sei wie ein Zwang. Das zu hören entsetzte Leroy dermaßen, dass er sie, alle Schüchternheit vergessend, in die Arme nahm, und so saßen sie dann, lange, lange. Von Leroy aus hätte es nie zu enden brauchen, er wäre bereitwillig verhungert und verdurstet, wenn er sie nur bis zum Ende in seinen Armen hätte halten dürfen.

Von da an kamen Briefe von ihr immer öfter. Nun tauschten sie Gedanken aus und schrieben einander über ihre Gefühle, diskutierten über Gott und die Welt und warum er sie wohl so ungerecht und schmerzhaft geschaffen hatte. Nach einer Weile erklärte sie ihm, das mit den Nadeln mache sie nun nicht mehr, und Leroy war erleichtert. Auch ihre Einstellung zu dem Altersunterschied zwischen ihnen schien sich mit der Zeit zu wandeln: Leroy erzählte öfter davon, wie es war, in Manchester unter lauter Weißen zu leben, und als er dabei erwähnte, dass zum ersten Mal ein schwarzes Mädchen an seine Schule gekommen war, in die Klasse unter ihm, wurde Alice wunderbar eifersüchtig. »Wehe, Du lässt Dich mit der ein!«, schrieb sie und setzte fünfzehn dicke Ausrufezeichen dahinter.

Als er das nächste Mal nach Montgomery kam, war er sechzehn und sie achtzehn. Diesmal wollte ihr Vater ihn näher kennenlernen und nahm ihn mit in eine Kneipe, zu einem Gespräch unter Männern. Bei einer Cola musste Leroy erklären, wie er sich seine berufliche Zukunft vorstellte, ein peinliches Thema, zu dem er noch nicht viel zu sagen wusste, aber irgendwie überstand er es, und sie gelangten dahin, dass Mister Marshall ihm einen Vortrag über die Vorzüge des freien Unternehmertums hielt und wie nützlich es sei, Mitglied der NNBL zu sein, der *National Negro Business League*.

»Aber bevor man sich selbständig machen kann«, wandte Leroy ein, der anhand von Perrys Erzählungen wusste, wie es dessen Vater gemacht hatte, »muss man erst mal ein gewisses Grundkapital ansparen, nicht wahr?«

»Ganz genau«, meinte Alices Vater und klopfte ihm anerkennend auf die Schulter. »Das hast du sehr gut begriffen. Das gefällt mir.«

In ähnlicher Weise nahm ihn Alices Mutter ins Gebet, um ihn über seine Familie auszufragen. Warum seine Eltern überhaupt in den Norden gegangen seien, wollte sie wissen, aber das wusste Leroy gar nicht so genau; nur, dass die Familie seiner Mutter schon immer in New York City gelebt hatte, nie im Süden.

Alice rettete ihn schließlich, zog ihn mit sich aus dem Haus, verhörte ihn noch einmal wegen dieses Mädchens in der Klasse unter ihm, und als er ihr versicherte, da sei nicht das Geringste, sie hätten vielleicht drei Wörter gewechselt oder so, sagte Alice entschieden: »Und das ist mehr als genug, hörst du? Du gehörst nämlich mir!«, und das machte Leroy auf eine ganz eigenartige Weise glücklich, erst recht, als sie sich dann küssten. Sie küssten sich noch ziemlich oft und ziemlich lange in diesen Ferien, praktisch immer, wenn sie für sich waren.

Weitere zwei Jahre später, nach insgesamt 813 Briefen und einem ganz passablen Schulabschluss, zog Leroy nach Montgomery, Alabama und wurde dort Taxifahrer bei einem schwarzen Taxiunternehmer. Den Job hatte ihm Alices Vater vermittelt, das Autofahren hatte ihm sein eigener Vater beigebracht, der Führerschein und die Taxilizenz waren mehr oder weniger nur Formsache.

Und am 24. Juli 1954 heirateten Leroy Washington und Alice Marshall schließlich. Die kirchliche Trauung fand in der Dexter Avenue Baptist Church statt; der Pastor, der sie traute, war ein junger Geistlicher namens Martin Luther King.

Perry Rhodan hatte natürlich eine Einladung des Brautpaars zur Hochzeit erhalten, aber da er einen Monat zuvor in West Point angefangen hatte, war an ein Kommen nicht zu denken. Während Leroy und Alice vor den Traualtar traten, robbte Perry Rhodan unter einem Stacheldrahtverhau über Staub und Dreck und musste sich anschreien lassen, sich *verdammt nochmal ein bisschen mehr Mühe zu geben und nicht zu kriechen wie eine verfluchte Schnecke*, was in ihm mittlerweile nicht mehr die mindeste emotionale Reaktion auslöste, weil er es nicht als Worte wahrnahm, sondern als eine Art Hintergrundmusik, die einfach dazugehörte.

Wobei Leroy natürlich gewusst hatte, dass Perry nicht würde kommen können. In dem Brief, in dem Perry ihm die neue Postanschrift mitgeteilt hatte, hatte er ihm auch erklärt, dass er im ersten Jahr keinerlei Ferien haben würde und danach nicht gleich und nur wenig; Semesterferien im gewöhnlichen Sinne gab es in West Point nicht, vielmehr wurde man in dieser Zeit je nach angestrebter Waffengattung in verschiedene Trainingszentren irgendwo im Land geschickt, wo man sich *verdammt nochmal den Arsch aufzureißen* hatte, um exzellente Leistungen zu erbringen und West Point *keine verdammte Schande* zu machen.

So fand Perry Rhodan, als er nach den überstandenen ersten sechs Wochen wieder in sein Zimmer kam, dort unter anderem auch Leroys Karte vor, auf deren Rückseite geschrieben stand: *Du fehlst entschuldigt – aber Du fehlst! L.*

Perry Rhodan schickte nachträglich eine Glückwunschkarte. Schon die zu besorgen war schwierig genug im durchgeplanten Tagesablauf unterzubringen.

Leroy, geübter Briefeschreiber, der er mittlerweile war, hielt ihn brieflich auf dem Laufenden; erzählte von der Wohnung, die sie gefunden hatten, berichtete aufgeregt, als Alice schwanger war und schließlich auch, als sie Ende Juli 1955 niederkam, mit Zwillingen, zwei Töchtern, in die sich ihr Vater, wie dem enthusiastischen Brief überdeutlich anzumerken war, auf den ersten Blick unsterblich verliebt hatte.

Womit eine Taufe anstand und damit eine erneute Einladung nach Montgomery, Alabama. Eine Einladung, die Perry Rhodan einmal mehr absagen musste. Zwar hatte er das erste Jahr heil hinter sich gebracht, aber da er bei einigen wichtigen Mitgliedern der Akademieführung in Ungnade gefallen war, durfte er auf Urlaub einstweilen nicht hoffen. Zudem stand schon fest, dass er in der Woche der Taufe in Arizona sein und sich dort zum ersten Mal ans Steuer eines Flugzeugs setzen würde.

Also musste es wieder einmal eine Glückwunschkarte tun, begleitet von ein paar Zeilen; für mehr war keine Zeit, er musste schon packen für die Fahrt nach Arizona.

Am Morgen des 9. August 1955, einem Dienstag, stand Perry Rhodan unter einem makellos blauen Himmel auf dem ihm schier endlos vorkommenden Flugfeld der Marana Air Base, Arizona, Heimat der 3307th Pilot Training Group. An dem Ort, an den man ihn befohlen hatte, wartete eine Beech T-34 Mentor, ein irgendwie lustiges, zweisitziges Schulungsflugzeug, das aus sehr viel Cockpit und sehr wenig Rumpf bestand und aussah, als sei es für einen Disney-Film konstruiert. Er war fünf Minuten zu früh dran, sein Instruktor noch nicht da.

Der kam irgendwann gemütlich von einem der Gebäude am Rand des Flugfelds herübergeschlendert, ein hagerer, leicht gelangweilt wirkender Mann mit Bürstenschnitt, für den Perry Rhodan nur einer unter zahllosen Fluganfängern war, die er schon unterwiesen hatte oder noch unterweisen würde.

»Und?«, wollte er kaugummikauend wissen. »Schon mal geflogen?«

»Mit PanAm nach Europa«, erwiderte Perry Rhodan.

Der Instruktor lachte auf. »Okay«, meinte er dann. »Gute Antwort. So weit kommen Sie mit der Kiste hier nicht, das steht schon mal fest.«

»Maximale Einsatzreichweite 708 Meilen«, erwiderte Rhodan wie aus der Pistole geschossen. Er hatte das Handbuch von vorne bis hinten gelesen.

»Ganz genau.« Der Instruktor hob sein Klemmbrett, auf dem einige Formulare steckten, zückte einen Stift. »Also, Rhodan, das sind Sie, nehme ich an?«

»Ja, Sir.«

»Neunzehn Jahre alt?«

»Korrekt, Sir.«

Er überflog die weiteren Angaben. »West Point, aha. Ihr Preflight Training hatten Sie – ?«

»Im Frühjahr. Stallings Air Base, North Carolina.«

»Alles klar.« Er steckte den Stift wieder ein, zog eine Schirmmütze aus der Hosentasche, setzte sie auf. »Dann wollen wir mal. Sie vorne.«

Perry Rhodan hatte nicht nur das komplette Handbuch für das Flugzeug gelesen, er hatte auch im theoretischen Unterricht gut aufgepasst, bei allem, was er nicht verstanden hatte, nachgefragt und sich tausendmal ausgemalt, wie es sein würde. Die Vorstellung zu fliegen hatte ihn bis in seine Träume verfolgt.

Aber, so stellte er nun fest, es war doch noch einmal etwas anderes, es *wirklich* zu tun – *wirklich* den Motor zu starten und zu sehen, wie die Blätter des Propellers schneller und schneller und schließlich durchsichtig wurden; *wirklich* den Schubhebel nach vorn zu schieben; *wirklich* die Maschine vorwärtszubewegen, über das Flugfeld bis an den Anfang der Piste; dann *wirklich* auf Vollschub zu gehen, über die Piste zu rasen, schneller und schneller zu werden und, als die Instrumente endlich die richtigen Werte dafür anzeigten, das Ruder an sich zu ziehen und abzuheben und zu steigen, die Erde unter sich zurückfallen zu sehen und in den Himmel Arizonas zu steigen, als würde er dorthin gehören.

Es war großartig. Und die so albern aussehende kleine Maschine eigentlich ein großartiges Gerät.

Der Instruktor klopfte ihm auf die Schulter und rief: »Und Sie sind wirklich noch nie geflogen? Keine Flugstunden zwischendurch?«

»Nein, Sir«, sagte Rhodan. »Wieso?«

»Ach«, meinte der Instruktor. »Sie machen das ganz ordentlich.«

»Danke, Sir.«

»Und die Feinheiten, die lernen Sie auch noch.«

Sie kreuzten ein wenig über der kahlen, wüstenartigen Landschaft von Pinal County, dann ließ der Instruktor ihn allerhand Manöver fliegen, »zum Warmwerden mit der Maschine«, wie er sich ausdrückte. Eines der Manöver bestand darin, die Nase der Maschine sachte anzuheben, immer weiter, ohne sich von dem nervösen Piepsen des *Stall Alerts* irritieren zu lassen.

»Und jetzt schauen Sie mal raus auf den rechten Flügel.«

Perry Rhodan wandte den Kopf und sah, dass entlang der Hinterkante des rechten Tragflügels eine Reihe von Wollfäden aufgeklebt waren, die durch den Druck der den Flügel umströmenden Luft natürlich stramm auf dem Metall auflagen.

Mit einer Ausnahme: Der Wollfaden, der dem Rumpf am nächsten war, flatterte hektisch. Und als er das Flugzeug noch steiler stellte, begann auch der zweite Faden zu flattern.

»Das Flattern zeigt an, dass die Strömung an dieser Stelle abgerissen ist«, schrie der Instruktor über das unablässige Piepsen hinweg. »Die Strömung reißt immer von innen nach außen ab. Wenn Sie weitermachen, bis auch der Faden ganz außen an der Flügelspitze flattert, dann haben Sie keinen Auftrieb mehr und fallen wie ein Stein.«

»Das gilt es zu vermeiden, nehme ich an«, rief Rhodan zurück.

»Für heute zumindest, ja. Sie können die Nase wieder senken. Und den Heimweg einschlagen, unsere Zeit ist fast um.«

Rhodan brachte die Maschine zurück in eine stabile Fluglage, lenkte sie in Richtung der Air Base und war begeistert, wie gut das alles klappte. Im Grunde, fand er, war Fliegen gar nicht so schwierig, wie man immer dachte!

Das war einer dieser Gedanken, die sich sofort rächen, denn kurz darauf machte er die Erfahrung, dass nicht der Start das Schwierige am Fliegen war und auch nicht, seinen Weg durch die Lüfte zu finden, sondern die Landung. Seine erste Landung glich eher einer Art Absturz, bei dem Maschine und Besatzung gerade noch mal glimpflich davonkamen, und er war in Schweiß gebadet, als sie endlich auf die Parkposition zurollten. Am Rand des Rollfelds sah er schon den nächsten Flugschüler warten.

»Ich merke, es gibt noch viel zu lernen«, gestand Rhodan ernüchtert.

»Sehe ich auch so«, meinte der Instruktor gelassen. »Morgen um dieselbe Zeit.«

Die Marana Air Base wurde von einem privaten Unternehmen betrieben, der Darr Aeronautical Technical Company, die einen Vertrag mit dem Air Training Command hatte, eine gewisse Anzahl von Piloten pro Jahr auszubilden. Trotzdem lief das Ganze militärisch ab, und es herrschte kein Mangel an Gelegenheiten, in Formation anzutreten, zu salutieren und dergleichen mehr. Die Anlage war enorm groß, allein der Bereich, in dem die Flugschüler untergebracht waren, umfasste dreißig lange Baracken rings um einen riesigen Exerzierplatz – allerdings waren diese zu der Zeit, als Perry Rhodan dort war, schon nicht mehr vollständig belegt, weil seit dem Ende des Koreakriegs weniger Bedarf an neuen Piloten herrschte.

In dieser ersten Phase der Pilotenausbildung, dem sogenannten *Primary Training*, lag der Schwerpunkt auf der Theorie. Praktische Flugstunden waren nur wenige vorgesehen – zwanzig, um genau zu sein. In der Hauptsache repetierten die Flugschüler die Gesetze der Mechanik und der Aerodynamik, lernten, wie Flugmotoren funktionierten, wie man sie überprüfte und wartete, büffelten die gesetzlichen Regelungen, die das Fliegen betrafen, und beschäftigten sich mit Wetterkunde und ihrer Bedeutung fürs Fliegen. Für normale Flugschüler schloss sich außerdem ein Training für das Überleben auf See und an Land an; den Kadetten von West Point wurde diese Unterrichtseinheit erlassen, weil man sich nicht einbildete, ihnen in dieser Hinsicht noch etwas beibringen zu können.

In den nächsten »Ferien« würde Rhodan wieder hierherkommen, zum *Basic Flight Training*, und dann vor allem fliegen, nicht nur die Beech T-34, sondern auch den *T-Bird*, die Lockheed T-33, einen einstrahligen Düsenjet. Insgesamt würden es mindestens 130 Flugstunden werden. Darauf freute er sich schon jetzt; er schaute jedes Mal hoch, wenn eine der Maschinen über die Air Base hinwegdonnerte, und gestand sich ein, dass ihn schiere Geschwindigkeit faszinierte. Im Grunde nicht anders, als es ihn beim Fahrradfahren fasziniert hatte, so schnell wie nur möglich die Straße vom Case Mountain hinabzusausen.

Und obwohl auch hier auf der Marana Air Base keine Langeweile aufkam, waren es doch fast erholsame Tage, verglichen mit dem überanspruchsvollen Programm in West Point.

Seine zweite Landung geriet schon nicht mehr ganz so katastrophal.

Die dritte sah fast so aus, als wüsste er, was er tat.

Bei der vierten hingegen brachte er seinen Instruktor dazu, laut fluchend die Steuerung an sich zu reißen, gefolgt von einem längeren Privatvortrag in erhöhter Lautstärke, während sie zum Parkpunkt rollten.

Die fünfte glückte so la-la, war aber auf jeden Fall seine beste bislang.

Von da an steigerte er sich. Während der zwanzigsten Landung verschränkte der Instruktor demonstrativ die Hände hinter dem Kopf und ließ Rhodan machen. Der legte, was Sinkflug und Geschwindigkeit anbelangte, eine seiner Meinung nach geradezu lehrbuchreife Landung hin, auch wenn er letzten Endes doch nicht so leicht wie eine Feder aufsetzte, wie er es eigentlich vorgehabt hatte.

»Passabel«, sagte der Instruktor. »Nicht ausgeschlossen, dass aus Ihnen eines Tages doch noch ein ganz brauchbarer Pilot wird.«

Zurück in West Point, eckte Rhodan wieder an, mitunter aus Gründen, die er nicht einmal verstand. Es war nicht so, dass er absichtlich gegen Regeln verstieß, und er kam mit seinen Kameraden im Großen und Ganzen auch gut aus, doch die Ausbilder spürten wohl, dass sie es bei ihm mit einem immer noch eigenwilligen, ungebrochenen Geist zu tun hatten, und suchten nach Vorwänden, ihn zum »Stundenschieben« zu verdonnern, in der Hoffnung, dass er sich letztendlich widerspruchslos in die Machtstruktur der Akademie einfügen würde.

So wurde es wieder ein gewohnter Anblick, Perry Rhodan mit geschultertem Gewehr im Hof seine Kreise ziehen zu sehen, Stunde um Stunde, bei Sonne wie bei Regen.

Und schließlich auch bei Schnee, der Ende November fiel, ungewöhnlich früh.

Es war ein gewisser Steven Baker, ein Kadett aus Rhodans Jahrgang, der aus dem Fenster schaute, als es zu dämmern begann, und dem auffiel, dass da unten niemand mehr exerzierte, sich dafür aber an einer Stelle des Hofs unter dem frisch gefallenen Schnee eine vage menschenähnliche Gestalt abzeichnete. Er schlug Alarm, und kurz darauf barg man einen fiebernden, bewusstlosen Perry Rhodan. Was genau geschehen war und wie lange er da schon gelegen hatte, ließ sich nur erahnen, auf jeden Fall brachte man ihn sofort ins Krankenhaus, wo die Ärzte, die ihn untersuchten, sehr ernste Gesichter machten und ihn unter ständige Aufsicht stellten.

Auch schon bevor Perry Rhodan seinen Zellaktivator erhielt, der ihn seither nicht nur vor dem Altern, sondern auch vor nahezu allen Krankheiten bewahrt, war er mit einer recht robusten Gesundheit gesegnet gewesen. Als Kind hatte er die damals üblichen Impfungen erhalten und die meisten der damals üblichen Kinderkrankheiten durchgemacht, danach aber war er, abgesehen von der einen oder anderen Erkältung, die er sich in besonders kalten, sternklaren Nächten hinter seinem Fernrohr zugezogen hatte, im Großen und Ganzen stets gesund gewesen. Diesmal aber hatte es ihn ernsthaft erwischt, und wäre das Penizillin nicht schon erfunden gewesen, hätte die Lungenentzündung, die er sich beim Strafexerzieren geholt hatte, vermutlich seinen frühen Tod bedeutet.

Aber auch so war es dramatisch. Trotz Penizillin sank sein Fieber nur zögernd und blieb mehrere Tage so hoch, dass die Ärzte den Kameraden, die sich nach ihm erkundigten, jede Vorhersage verweigerten.

Er delirierte, wusste nicht, wo er war. Krankenschwestern, die kamen, um sein Fieber zu messen, hielt er für Kellnerinnen und erklärte ihnen mit schwerer Zunge, er wolle nichts essen, danke, nur ein Glas Wasser. Kam ein Arzt im weißen Kittel, glaubte er, einen seiner Professoren vor sich zu haben, gestand ernst, er habe die Frage nicht verstanden, und fragte, ob er die Prüfung vielleicht zu einem späteren Zeitpunkt nachholen könne.

In einer dieser Nächte erwachte er und sah einen Mann an seinem Bett sitzen, der ihm seltsam vertraut vorkam, einen Mann in einem schlechtsitzenden grauen Anzug, der Englisch mit einem harten, deutschen Akzent sprach und ihm eine Geschichte aus einem dicken Buch vorlas.

»… sie sind eine uralte, mächtige Spezies. Niemand weiß, woher sie ursprünglich kamen, und falls sie jemals einen Heimatplaneten besessen haben, so ist dieser schon vor undenkbar langer Zeit in Vergessenheit geraten. Seit Ewigkeiten durchstreifen sie den Weltraum, arrogante, bösartige Räuber, die in allen anderen Lebewesen nur Beute sehen. Sie tauchen auf und verschwinden, und auch wenn Jahrtausende vergehen, ohne dass man von ihnen hört, so heißt das gar nichts; schon am nächsten Tag können sie erneut auftauchen und zuschlagen …«

Es war eine düstere, utopische Geschichte in der Art von H. G. Wells, und es tat Rhodan leid, dass er zwischendurch immer wieder einnickte und so nur Bruchstücke davon mitbekam.

»… und dort sind sie gerade, nach kosmischen Maßstäben in unmittelbarer Nähe.« Der Mann hielt gar kein Buch in der Hand, erkannte Rhodan jetzt, sondern einen Sternenglobus, der sanft von innen heraus leuchtete. »Die Sonne ist in den Katalogen der Menschheit als 61 Virginis b verzeichnet, befindet sich im Sternbild der Jungfrau und ist nur 28 Lichtjahre von der Erde entfernt. Die Ausbeutung dieser Welt ist so gut wie abgeschlossen. Nur noch wenige Jahre, dann wird der Planet vollkommen kahlgefressen sein; nichts wird mehr von der einst so vielversprechenden Kultur ihrer Bewohner künden. Sie werden alle tot sein, vom Universum vergessen, und für ihre heimtückischen Bezwinger wird es damit Zeit, weiterzuziehen und nach neuen Opfern zu suchen, so, wie sie es schon immer getan haben und immer tun werden …«

Jetzt fiel ihm wieder ein, woher er den Mann kannte. Aus Chicago! Dort hatte er ihn gesehen, in der Schule! Aber … aber er hatte auch von ihm *geträumt*, und in diesem Traum hatte der Mann ihm Bilder gezeigt. Rhodan konnte sich an diese Bilder nicht mehr erinnern, nur daran, dass sie ihn beeindruckt hatten …

Hieß das, dass er das alles hier nur träumte?

»Sind Sie wirklich da?«, fragte er den Mann.

Der neigte den Kopf zur Seite, schien über diese Frage nachdenken zu müssen. »Nun«, sagte er schließlich, »darüber kann man geteilter Meinung sein …«

»Ich hätte gerne eine klare Antwort«, verlangte Rhodan.

»Es gibt mich wirklich«, sagte der Mann. »Aber ich bin nicht wirklich *hier*.«

»Schade«, sagte Rhodan enttäuscht und schlief wieder ein.

Als er wieder aufwachte, war es hell und der Stuhl neben seinem Bett leer. Die Krankenschwester, die nach ihm sah, wunderte sich. »Was tut denn der Stuhl hier?«, murrte sie und stellte ihn weg, damit sie Perry Rhodan den Puls fühlen und sein Fieber messen konnte. »Besser«, konstatierte sie. »Vielleicht kommen Sie doch noch mal davon.«

Tatsächlich ging es von da an aufwärts. Zwei Wochen später wurde er entlassen, ausgestattet mit diversen Medikamenten und Anweisungen, wie er seine volle Fitness schrittweise, aber behutsam wiederherstellen solle. Rhodan hielt sich an die meisten dieser Anweisungen und nahm auch einige der Medikamente, verbrachte lange Abende damit, den versäumten Stoff nachzuholen, und zwang sich dazu, mit dem Training nicht zu übertreiben.

Trotzdem hatte er den Eindruck, dass sein Verbleib in West Point gerade zur Diskussion stand. Nur das Attest der Ärzte bewahrte ihn davor, den anstehenden Fitnesstest machen zu müssen, den er im Moment nicht bestanden hätte. Er hatte eine Schonfrist.

Andererseits hatte sein Fall für Wirbel gesorgt; die Begründungen für sein Strafexerzieren wurden von höherer Stelle hinterfragt, und einige der Lehrer mussten sich einem internen Untersuchungsausschuss stellen, über den allerdings nichts Genaueres bekannt wurde. Immerhin, bis zum Ende des Semesters blieb er von weiteren Strafen verschont.

Dann ging er wieder nach Arizona und flog endlich, und endlich viel, lernte die Propellermaschine zu beherrschen und anschließend den Jet, und West Point war ganz, ganz weit weg. Wenn er diese Maschine, die nur aus einem Sitz und einem donnernden Düsentriebwerk zu bestehen schien, durch den weiten, klaren Himmel jagte, hatte er das Gefühl, eins mit ihr zu werden, jede Nietverbindung und jede Leitung zu spüren, als seien sie ein Teil seines Körpers. Und wenn er emporstieg, dann wäre er am liebsten einfach immer weitergeflogen, immer weiter hinauf, bis über die Atmosphäre hinaus und zu den Sternen, vielleicht sogar nach … wie hatte der Stern geheißen, von dem der Mann in seinem Traum gesprochen hatte? Es fiel ihm nicht mehr ein.

Diesmal bekam er Bestnoten. Er wurde zurück nach West Point entlassen mit einer Notiz an die Akademieleitung, sie zählten da einen jungen Mann zu den Ihren, der das Zeug habe, ein großartiger Pilot zu werden, und die United States Air Force, die damals noch keine zehn Jahre als eigenständige Teilstreitkraft existierte, meldete bereits unbedingtes Interesse an ihm an. Das schien seine Ausbilder zu beeindrucken, oder zumindest mäßigte es sie in ihrem Disziplinierungseifer, jedenfalls musste Perry Rhodan von da an nicht mehr »Stunden schieben«.

Über alldem war sein zuletzt ohnehin spärlich gewordener Briefwechsel mit Leroy so gut wie eingeschlafen. Leroy schrieb zwar ab und zu trotzdem noch, aber seine Briefe wurden immer kürzer, und sie hatten neuerdings auch einen seltsam traurigen Ton.

Perry Rhodan beschloss, dass es endlich Zeit war, seinen alten Freund zu besuchen, und reichte ein Urlaubsgesuch ein.

6

Es war gegen fünf Uhr nachmittags am 12. Mai 1956, einem Samstag, als Perry Rhodan an der Greyhound-Station von Montgomery, Alabama, aus dem Bus stieg. Hitze schlug ihm entgegen, als beträte er einen Backofen, zudem eine Kakophonie aus durcheinanderrufenden Stimmen, Motorenlärm und unduldsamem Hupen. Fast jeder, der mit ihm ausstieg, wurde von einer ganzen Gruppe von Leuten erwartet und begrüßt, die den Nachfolgenden dann im Weg standen. Er arbeitete sich nach und nach ins Freie und sah sich um. Der Bus war fünf Minuten zu früh angekommen, aber vielleicht …

Ja. Da stand er. Leroy. Entdeckte Perry Rhodan im gleichen Moment wie dieser ihn, riss begeistert grüßend die Hand hoch und kam auf ihn zu, übers ganze Gesicht strahlend –

– um auf den letzten Schritten aber plötzlich reserviert zu werden, so, als sei ihm gerade noch rechtzeitig eingefallen, dass sie beide ja jetzt erwachsene Leute waren, und anstatt ihn zu knuffen und zu puffen, wie er es früher manchmal gemacht hatte, schüttelte er Perry Rhodan einfach nur die Hand und sagte: »Mann! Ich hätte nie gedacht, dass ich irgendwann im Leben mal ein *Telegramm* kriege!«

»Ich hab dich hoffentlich nicht erschreckt«, meinte Rhodan. »Diese Gelegenheit, bis Atlanta mitzufliegen, hat sich so kurzfristig ergeben, dass es nicht anders ging.«

»Nein, ist cool, Mann.« Leroy grinste. »Unser Postbote hält mich jetzt für eine wichtige Persönlichkeit, glaub ich.« Er trat einen Schritt zurück, musterte Rhodan. »Also, du weißt ja, ich hab's nicht so mit dem Militär – aber du siehst echt gut aus in Uniform. Falls dir das noch niemand gesagt hat.«

»Meine Mutter zuletzt«, schmunzelte Rhodan.

Er war erleichtert. Auf der Herfahrt hatte er sich gefragt, wie es wohl sein würde, Leroy nach so langer Zeit wiederzusehen. Aber nun stellte er fest, dass es so war, wie es bei richtigen Freundschaften ist: Sie hatten sich seit fast zwei Jahren nicht mehr gesehen, und trotzdem war es, als sei keine Zeit vergangen.

Perry Rhodan musterte den Freund seinerseits. Leroy trug eine Art dezente Livree aus dunkelblauem Stoff mit Verzierungen aus goldener Litze und dem Firmensignet des Taxiunternehmens, für das er arbeitete. »Du siehst aber auch gut aus«, meinte er und fügte hinzu: »Du Familienvater, du.«

»Ja, ist das nicht unglaublich?« Jetzt strahlte Leroy wieder, wie nur er strahlen konnte. »Ich kann's kaum erwarten, dir meine beiden Goldstücke zu zeigen. Zum Hinschmelzen, sag ich dir! Oh, ich weiß schon, ich werd' dir mächtig auf die Nerven gehen, weil ich die ganze Zeit von ihnen reden werde ...«

»Macht nichts, deswegen bin ich ja hier«, sagte Rhodan und nahm sein Köfferchen auf. »Noch mal danke übrigens für die Einladungen. Tut mir leid, dass ich nicht früher kommen –«

»Warte, warte«, sagte Leroy hastig und griff nach Rhodans Koffer. »Lass mich das tragen.«

Rhodan ließ den Koffer los, allerdings ungern. »Leroy, was soll das? Ich kann doch ...«

Leroy warf ihm einen Blick zu, der ihn verstummen ließ.

»Das hat nichts mit uns zu tun«, sagte er halblaut und mit plötzlichem Ernst. »Aber wir sind hier nicht in Manchester. Hier gehen manche Dinge, und manche gehen eben nicht.« Er nickte mit dem Kopf in Richtung Taxistand. »Komm, lass uns fahren.«

Ohne auf Rhodans Antwort zu warten, ging er voraus. Rhodan folgte ihm. Es gefiel ihm nicht, sich von dem Freund seiner Kindertage den Koffer tragen zu lassen, aber er spürte, dass dies hier irgendwie dazugehörte. Er bemerkte sehr wohl, wie Leute zu ihnen herüberschauten, sie mit grimmigen Gesichtern beobachteten, sie schon die ganze Zeit beobachtet hatten.

Nun, wenigstens war es kein schweres Gepäck. Rhodans Koffer war ein kleines, billiges Ding aus einer Art Presspappe, das ein paar Dollar gekostet hatte und im Wesentlichen nur etwas Wechselwäsche und seine Zahnbürste enthielt.

Sie erreichten das Taxi, einen viertürigen 1952er Ford, der in demselben Blau lackiert war, das auch Leroys Livree hatte. Leroy verstaute Rhodans Koffer und öffnete dann die Tür für ihn.

Die hintere.

»Muss das sein?«, murmelte Rhodan.

Leroy hob nur die Augenbrauen, und genau wie früher verstanden sie sich auch ohne Worte. Ja, es musste sein, sonst hätte Leroy es nicht verlangt. Rhodan musste mitspielen, wenn er seinen Freund nicht in Schwierigkeiten bringen wollte.

Also setzte er sich auf den Rücksitz, sah zu, wie Leroy die Tür zuschlug, um den Wagen herumging und sich dann hinters Steuer schwang, und als sie losfuhren, sagte er: »Mir wird gerade klar, dass ich wahrscheinlich nicht richtig verstanden habe, was du damals erzählt hast, als du das erste Mal aus Alabama zurückgekommen bist.«

»Man gewöhnt sich daran«, erwiderte Leroy. »Und wenn man hier lebt, ist es auch irgendwie …« Er schüttelte sich kurz. »Ach, lass uns von was anderem reden. Ich freu mich, Mann, dass es geklappt hat! Ehrlich gesagt hab ich ja nicht mehr damit gerechnet. Was man so hört über die Sitten und Gebräuche in West Point, hat der Tag dort 25 Stunden, und keine davon wird verplempert.«

Rhodan schmunzelte. »Das trifft es ganz gut. Nur, dass man sich wünscht, es wären 28, damit man endlich auch mal genug Schlaf bekommt.«

Leroy lachte. Rhodan sah aus dem Fenster, sah, wie Gruppen dunkelhäutiger Menschen am Straßenrand warteten, wie die Leute hoffnungsvolle Blicke auf ihren Wagen warfen und enttäuscht wegsahen, sobald sie ihn im Fond erblickten. Bei einer dieser Gruppen hatte gerade ein Auto gehalten und ließ vier Personen einsteigen. Im Hintergrund rollte ein gelb-grün-weißer Bus des Stadtverkehrs vorbei, der nicht einmal halb besetzt war, ausschließlich mit Weißen, die alle in der vorderen Hälfte saßen.

»Der Busboykott«, begriff er. »Immer noch?«

»Yep«, meinte Leroy.

»Ihr zieht das wirklich durch?«

Leroy seufzte. »Also, ganz ehrlich – wahrscheinlich hätten wir inzwischen längst wieder klein beigegeben, wenn nicht unser Pastor wäre, Dr. King. Er bringt uns dazu durchzuhalten. Und er hat das auch alles organisiert mit den Fahrgemeinschaften und so weiter.«

Rhodan hatte davon in der Zeitung gelesen. Nicht, dass er in West Point viel zum Zeitunglesen kam, aber im Lauf seiner Genesung hatte er Zeit dazu gehabt. In den Bussen der Stadt Montgomery galt, wie in vielen anderen Städten im Süden auch, Rassentrennung, was so ablief, dass die Sitzplätze in den vorderen Reihen für Weiße bestimmt waren und die Sitzplätze hinten für »Farbige«, wie man es nannte. In der Mitte gab es einige Sitzreihen, in die sich Schwarze setzen durften, die sie aber, wenn ein Weißer kam, räumen mussten, und zwar in jedem Fall komplett.

Im Dezember des Vorjahrs nun hatte sich eine Frau namens Rosa Parks eines Tages geweigert, aufzustehen und ihren Platz im Bus einem Weißen zu überlassen. Und seither war nichts mehr wie zuvor.

Man hatte sie verhaftet, ihr den Prozess gemacht und sie zu vierzehn Dollar Strafe verurteilt. Doch die schwarze Gemeinde von Montgomery hatte am Tag ihrer Gerichtsverhandlung, dem 5. Dezember 1955, zu einem Busboykott aufgerufen, der auch nahezu hundertprozentig eingehalten wurde. Der Erfolg dieses Boykotts, der die weitverbreitete Unzufriedenheit mit dem bestehenden System bewies, bewog die Organisatoren, ihn fortzusetzen mit dem Ziel, die Regeln in den städtischen Bussen zu ändern.

Seither herrschte eine Art Krieg. Martin Luther King wurde verfolgt, bedroht, es hatte einen Bombenanschlag auf sein Haus gegeben, und er und über siebzig weitere Mitglieder der Bewegung waren der Verschwörung zur Schädigung einer legalen Geschäftstätigkeit angeklagt worden. Wobei sich Rhodan nicht sicher war, was von dem, was er gelesen hat, wirklich stimmte, denn manche Zeitungen berichteten auf eine Weise darüber, dass man meinen konnte, Mrs Parks sei eine Massenmörderin und Dr. King ein Verbrecherkönig – dabei ging es eigentlich nur darum, dass die schwarzen Bürger von Montgomery nicht mehr mit Bussen fahren wollten, wo man ihnen zwar denselben Fahrpreis abverlangte wie den Weißen, sie aber viel schlechter und vor allem *verächtlich* behandelte.

»Die schwarzen Taxiunternehmer – also, mein Boss zum Beispiel – haben Fahrten in der Stadt für zehn Cent angeboten, genau so viel, wie der Bus gekostet hat«, erzählte Leroy. »Als die Stadtverwaltung davon erfahren hat, haben sie es per Verfügung unter Strafe gestellt, weniger als 45 Cent für eine Taxifahrt zu verlangen. Die wissen genau, dass die meisten sich das nicht leisten können. Daraufhin haben sich private Autofahrer zusammengetan und einen Transportdienst eingerichtet, mit eigenen Haltestellen, die sie abfahren. Fast dreihundert sind es schon.«

»Davon hab ich gelesen«, meinte Rhodan. »Und das klappt?«

»Seit Monaten. Boykotteure fahren ist auch inzwischen meine Hauptbeschäftigung; ich hab mir nur heute Nachmittag freigenommen, weil ich dich unbedingt mit einem schicken Wagen abholen wollte.« Er grinste Rhodan über den Rückspiegel an. »Aber ich muss das Taxi gleich nachher abgeben.«

Rhodan blickte hinaus, betrachtete die vielen Schwarzen, die zu Fuß gingen und aussahen, als hätten sie schon einen langen Marsch hinter sich. »Und wie lange werdet ihr das durchhalten?«

»Ich hoffe, lange genug. Wir kriegen unglaublich viel Unterstützung. Schwarze Kirchen im ganzen Land sammeln gut erhaltene Schuhe für uns –«

»Schuhe?«

»Eine Menge Leute laufen sich die Sohlen durch, Perry. Das ist ein echtes Problem.«

Rhodan schüttelte verwundert den Kopf.

»Fahrräder sind wieder groß in Mode«, erzählte Leroy weiter. »Ein paar haben sogar irgendwelche alten Fuhrwerke aufgetrieben und spannen Pferde oder Maultiere davor.« Er kicherte. »Und ob du es glaubst oder nicht – manche weiße Hausfrauen holen jetzt ihre schwarzen Hausangestellten mit dem eigenen Auto ab!«

»Verrückt.«

»Und die Stadt musste schon die Fahrpreise für die Busse erhöhen.

Das ärgert die Weißen, denn die sind ja auch nicht alle reich. Deswegen sagt Dr. King, wir müssen nur länger durchhalten als die Stadt.«

Rhodan nickte. Das leuchtete ein. Die schwarzen Fahrgäste hatten den größten Teil der Kundschaft ausgemacht; wenn sie die Busse nicht mehr benutzten, brach weit mehr als die Hälfte des Umsatzes weg.

»Scheint ein interessanter Mann zu sein, dieser Dr. King«, meinte Rhodan.

»O ja, das ist er«, sagte Leroy. »Wie der reden kann! Also, wenn ich nur ein bisschen frommer wäre, würd ich sagen: als wär' er von Gott gesandt. Und soll ich dir was ganz Verrücktes sagen? So, wie der auftritt, könnt' ich mir glatt vorstellen, dass das mal der erste schwarze Präsident Amerikas wird!«

Perry Rhodan dachte an die Bilder der bisherigen Präsidenten in ihrem Geschichtsbuch und an das Porträt des grimmigen alten Präsidenten Eisenhower, das in allen Amtsgebäuden des Landes hing, und meinte versonnen: »Das ist allerdings eine kühne Vorstellung.«

»Ja! Man muss kühn denken, groß und kühn. Das sagt er übrigens auch. Das Besondere an ihm ist nämlich, dass er überhaupt nicht auf die Weißen schimpft. Er hetzt uns nicht auf, kein bisschen. Er sagt so Sachen wie: ›Man kann Dunkelheit nicht durch Dunkelheit vertreiben, sondern nur durch Licht. Und genauso kann man nicht Hass durch Hass beseitigen, sondern nur durch Liebe.‹ Na gut, er ist Pastor, da muss er solche Sachen sagen. Aber er spricht vor allem zu *uns*, sagt, dass wir Neger Selbstbewusstsein entwickeln müssen, dass wir uns klarmachen müssen, dass wir genauso viel wert sind wie Weiße.«

»Das war für dich doch noch nie die Frage«, meinte Perry Rhodan verwundert.

»Aber für andere schon. Die Sklaverei steckt vielen Leuten immer noch in den Knochen, auch in der wer weiß wievielten Generation danach.«

Rhodan verfolgte, wie am Straßenrand eine junge schwarze Frau zwei dicken weißen Männern Platz machte, indem sie auf die schmutzige Straße trat, den Kopf ängstlich zwischen die Schultern gezogen und von den beiden mit unwilligen Blicken bedacht.

»Ja«, sagte er nachdenklich. »Und vielen Weißen offenbar auch noch.«

»Jedenfalls besteht er darauf, dass wir gewaltlos handeln, egal, was an Reaktionen kommt. Er orientiert sich an den Lehren von diesem … Wie hieß dieser Inder, der den Engländern die Unabhängigkeit abgetrotzt hat? Gandhi. Mahatma Gandhi. Genau. Von dem hat er es oft.« Leroy sah Rhodan über den Rückspiegel an. »Wenn's dich interessiert, morgen predigt er in der Dexter Church.«

»Ja«, sagte Rhodan, »interessiert mich. Wann trifft man schon mal einen künftigen Präsidenten?«

Sie erreichten eine Reihe von zweistöckigen Häusern mit grauen, fleckigen Wänden, deren Putz in Bodennähe rissig war und stellenweise abbröckelte. Am Straßenrand stand ein Mann in derselben Livree, wie Leroy sie trug, und hob, als sie sich näherten, lässig grüßend die Hand.

Leroy lenkte den Wagen an die Seite und hielt an. Perry stieg rasch aus und holte, während Leroy seinem Kollegen die Autoschlüssel übergab, seinen Koffer aus dem Kofferraum. Hier, in einer schwarzen Gegend der Stadt, würde ja wohl niemand Anstoß daran nehmen, dass er ihn selbst trug.

Das Taxi fuhr davon, und als Leroy zu ihm trat, wirkte er auf einmal ernst und bedrückt.

»Was ich noch sagen wollte …«, begann er, ohne Rhodan anzublicken. »Ähm … wegen Alice. Ich weiß nicht, woran es liegt … ich hab das Gefühl, dass es irgendwie mit der Geburt der Zwillinge zu tun hat … auf jeden Fall ist sie manchmal, hmm … *schwierig*. Nur, dass du gewarnt bist.«

Rhodan musterte seinen Freund beunruhigt. Er spürte, dass das etwas war, das Leroy weitaus mehr beschäftigte als alle Rassenprobleme der Welt, ja, etwas, das ihn geradezu *erschütterte*.

»Was heißt das, schwierig?«, fragte er behutsam.

Leroy zog einen Schlüsselbund aus der Tasche, spielte nervös damit. »Also, ich schätze, ich hab wohl auch meinen Anteil daran, irgendwie. Weißt du, so eine Ehe, das ist gar nicht so einfach …« Er gab sich einen Ruck, versuchte ein fröhliches Lächeln. »Ach, vergiss es. Lass uns hochgehen, damit ich dir endlich die süßesten Kinder der Welt zeigen kann. Und was Alice anbelangt, hab ich ihr gesagt, dass du kommst; sie weiß also Bescheid.«

Es klang, als wolle er sich Mut zureden, und Rhodan fragte sich, wozu das nötig sein sollte. Bestimmt, sagte er sich, missverstand er da gerade etwas.

Sie gingen ins Haus. Im Flur standen zwei Kinderwagen, es roch nach Essen – intensive Gerüche; die berühmte Küche des Südens vermutlich, von der Rhodan bislang nur gehört hatte. Sie stiegen die Treppe hinauf; es war die Wohnung oben rechts.

Leroy schloss auf, rief: »Wir sind's, Schatz!« Dann winkte er Rhodan nervös heran. »Komm rein, komm rein.«

Von irgendwoher ließ sich eine Frauenstimme vernehmen, die rief: »Moment!«

Rhodan sah sich flüchtig um, orientierte sich, wie es einem als West-Point-Mann zur Gewohnheit wurde. Die Wohnung war recht beengt, hatte im Grunde nur zwei Zimmer: dieses hier – eine Art Wohnküche mit einer kurzen Theke – und ein Schlafzimmer; die andere Tür führte vermutlich ins Bad. Die Möbel, die er sah, waren alt und abgenutzt und passten nicht zusammen; das Sofa, das wohl sein Nachtlager werden sollte, war sichtlich durchgesessen.

Nun, er war Schlimmeres gewohnt.

Im Küchenbereich standen ein Herd und ein Kühlschrank, beide alt, aber noch gut erhalten. Die Vorhänge aus hellem, kräftig gemustertem Stoff dagegen waren neu, strahlten in der ansonsten eher grauen Umgebung geradezu.

Die Tür öffnete sich, eine Frau in einem ebenso hellen Kleid kam raschen Schrittes heraus – und blieb stehen, als sei sie gegen eine unsichtbare Wand gelaufen.

»Das ist er«, sagte Leroy hastig. »Das ist Perry Rhodan.«

Rhodan nickte und streckte ihr die Hand zum Gruß hin. »Guten Tag, Mrs Washington.«

Sie sah ihn aus weit aufgerissenen Augen an. Seine Hand schien sie nicht zu bemerken. Sie war tatsächlich sehr schön, ihr Gesicht war so ebenmäßig wie ihre Gestalt, und sie stand aufrecht und kraftvoll da wie eine Königin.

»Guten Tag«, sagte sie endlich, mit einer dünnen Stimme, die er nicht als dieselbe erkannt hätte, die vorhin gerufen hatte. »Ich … ich muss nach den Kindern sehen. Leroy, kommst du mal?«

Rhodan bemerkte, wie Leroy neben ihm zusammenzuckte.

»Entschuldige uns einen Moment«, bat er Perry und folgte seiner Frau, die auf seine Frage, was denn sei, nicht antwortete, sondern entschlossenen Schrittes voranrauschte. Die beiden verschwanden im Nebenzimmer, die Tür ging zu.

Perry Rhodan stellte stirnrunzelnd seinen Koffer ab. Das hatte geklungen, als seien die Kinder plötzlich krank geworden. Was ein wirklich schlechtes Timing gewesen wäre. Er hatte gehofft, ein paar nette Stunden mit seinem alten Freund verbringen zu können, dessen Familie kennenzulernen und dergleichen. Den ganzen weiten Weg gemacht zu haben, nur um bei Arztbesuchen im Weg herumzustehen, wäre ärgerlich gewesen … Und ja, ihm war bewusst, dass das ein selbstsüchtiger Gedanke war. Trotzdem.

Doch dann hörte er plötzlich Stimmen. Erregte Stimmen. Stimmen, die einen Streit führten. Die Wände schienen hier ziemlich dünn zu sein und die Türen auch, jedenfalls war die Stimme von Leroys Frau deutlich zu verstehen.

»*… mir nie gesagt, dass dein Freund ein WEISSBROT ist!*«

Pause. Gebrummel, nicht zu verstehen. Dann: »*… mir egal, ob ihr als Kinder … auf keinen Fall wird ein Weißer in MEINER Wohnung übernachten!*«

Sie redeten von ihm!

Perry Rhodan war verblüfft (was, wie schon erwähnt, bei ihm seit jeher äußerst selten vorkam). Zum ersten Mal in seinem Leben erlebte er sich selber als Gegenstand rassistischer Vorurteile, und es gefiel ihm kein bisschen.

Wobei er den Versuch, nachzuvollziehen, was Leroy in dieser Hinsicht schon sein ganzes Leben lang mitmachte, bereits vor langer Zeit aufgegeben hatte. Er wusste, dass er es nie wirklich verstehen würde, und tatsächlich *wollte* er es auch nicht verstehen – er wollte es *abschaffen*!

In diesem Moment war es ihm in erster Linie unangenehm, Leroy offenbar in eine peinliche Situation gebracht zu haben. Die beiden stritten immer noch, aber die Lautstärke hatte so weit abgenommen, dass er nicht mehr zum Mithören genötigt war.

Nach einer Weile ging die Tür endlich wieder auf. Leroy kam heraus, zwei Babys im Arm. Er wirkte wie jemand, der mit Müh und Not einen Hurrikan überlebt hatte.

»Also, das sind die beiden«, sagte er tonlos, spürbar unglücklich – und ratlos. Er hob das eine Kind an, das satt und zufrieden schlief. »Das ist Rose.« Das andere Kind war hellwach und musterte Perry Rhodan neugierig. »Und das ist Viola, nach ihrer Großmutter.«

Es waren tatsächlich zwei entzückende Mädchen … das hieß, in erster Linie zwei Babys mit rosa Schleifen am Hals, Stupsnasen und einem ganz zarten Anflug krausen Flaums auf dem Kopf. Ihre Hautfarbe ähnelte der etwas helleren ihrer Mutter, aber in der Augenpartie des Mädchens, das ihn unverwandt ansah, sah Rhodan ihren Vater.

Rhodan wusste nicht recht, was er tun sollte. »Hallo, ihr zwei«, sagte er verlegen und fügte dann, an Leroy gewandt, hinzu: »Leroy, ich will keine Schwierigkeiten machen. Ich kann auch in ein Hotel gehen, das ist gar kein Problem.«

Leroy begann, seine beiden Kinder sanft zu wiegen, blickte an Rhodan vorbei ins Leere und sagte leise und irgendwie fahrig: »Es stimmt. Ich hab ihr nicht gesagt, dass du … Aber! Ich hab ihr so oft erzählt, dass ich in Manchester unter lauter Weißen gelebt habe, *so* oft – da war es doch logisch, oder?«

»Deine Frau wird ihre guten Gründe haben, keine Weißen zu mögen.«

»Aber du bist doch nicht irgendein …« Leroy sah ihn an, und da war es wieder, war es noch, dieses intuitive Verstehen des anderen, das ihnen an der Schule so oft geholfen hatte, wenn es gegolten hatte, irgendwelche Missetaten und Regelverstöße zu vertuschen, und dass dieses Verstehen noch da war, das war das Wichtigste. »Ja«, sagte Leroy und seufzte. »Vielleicht ist es besser so. Ich weiß ein Hotel, nicht weit von hier. Das heißt, zu Fuß schon …«

»Kein Problem. Ich bin lange Märsche gewohnt.«

Leroy nickte ihm zu. »Ich bring die beiden nur schnell zurück ins Bett.«

»Wir gehen dann einfach irgendwo was trinken und reden ein bisschen von alten Zeiten«, schlug Perry Rhodan vor und nahm seinen Koffer auf, entschlossen, ihn weiterhin selbst zu tragen.

Es sei eine Abschweifung gestattet: Falls sich unter meiner geneigten Leserschaft Kenner der Expansionsgeschichte befinden, mag sie die vorstehende Episode an den Namen Viola Washington-Carter erinnert haben, jene Frau, die so wesentlich zur Terraformung des Mars beigetragen hat.

Das ist kein Zufall, wir sind ihr gerade begegnet. Viola Washington, die offenbar das leidenschaftliche Interesse ihres Vaters für kleine und kleinste Lebewesen geerbt hat, studierte in London Biologie und anschließend an der Universität Terrania Exobiologie. 1988 heiratete sie den Astronauten James Carter, übersiedelte mit diesem auf den Mars, wo damals gerade jene bescheidenen ersten Siedlungen entstanden waren, deren Fotografien uns heute noch in Erstaunen versetzen, und trat dem Terraforming-Projekt bei, dessen Leitung sie ab 1993 auf den Wunsch von Administrator Aldrin persönlich übernahm.

Dazu muss man sagen, dass sich Terraforming zwar in Schulbüchern und dergleichen immer liest, als sei es ganz leicht – ein paar Bakterien ausstreuen, hundert Jahre warten, fertig –, aber in der Praxis ist es alles andere als das. In Wirklichkeit gilt es dabei Tausende von Faktoren zu berücksichtigen und Millionen von Fehlern zu vermeiden. Wäre es anders, gäbe es nicht eine ganze Reihe von Welten, auf denen das Terraforming grässlich schiefgegangen ist.

Jedenfalls, jene Viola Washington-Carter, die das grundlegende Buch dazu geschrieben hat, war die Tochter von Perry Rhodans Jugendfreund Leroy Washington. Ihr Mann starb früh – nicht im Weltraum, sondern bei einem banalen Verkehrsunfall –, sie selbst dagegen wurde 104 Jahre alt. In einem Interview zu ihrem hundertsten Geburtstag erklärte sie, sie habe nur deshalb so lange gelebt, weil sie sehen wollte, ob ihre Arbeit auch Erfolg zeitigte.

Nun, das hat sie bekanntlich.

Auf dem Weg zum Hotel erzählte Leroy hastig, geradezu sprudelnd, wie er in Montgomery angefangen hatte, vor allem von seiner Ausbildung zum Taxifahrer. Er hatte nicht nur alle Straßen auswendig lernen müssen, sondern auch die Hotels der Stadt, die Krankenhäuser und Arztpraxen, die wichtigsten Ämter und dergleichen mehr.

»Und das Roberts ist ganz in Ordnung«, erklärte er. »Vor allem nicht zu teuer. Ich empfehl' es oft, wenn ein weißer Fahrgast nach einem Hotel fragt. Wenn ich Glück hab, ist Mister Roberts am Empfang; der steckt mir dann meistens einen Dollar extra zu für den Tipp. Wenn allerdings seine Frau da ist, hab ich Pech; die tut, als sei ich Luft.«

»Okay«, meinte Rhodan. »Dann check ich dort ein, wenn sie noch was frei haben, werf' rasch meinen Koffer aufs Zimmer, und dann gehen wir irgendwohin.«

Leroy blieb stehen. »Perry – das wird so nicht laufen!«

»Was wird so nicht laufen?«

»Wir *können* nirgendwo hingehen. Es gibt Bars für Weiße, dort haben Neger keinen Zutritt. Und es gibt Bars für Neger, dort sind Weiße unerwünscht.«

Perry Rhodan sah seinen Freund entgeistert an. »Ah. Daran hab ich nicht gedacht.«

»Nennt man Rassentrennung.«

»Ist ja verrückt.« Rhodan spürte zornige Entschlossenheit in sich aufsteigen, ihr Wiedersehen nicht *daran* scheitern zu lassen. »Na schön, dann besorgen wir uns eben was zu trinken und setzen uns in den Park. Das Wetter ist ja traumhaft.«

Leroy schüttelte den Kopf. »Du stellst dir das echt zu einfach vor. Es gibt natürlich Parks für Weiße, und es gibt Parks … na ja, so etwas Ähnliches – für Neger.«

»Puh. Okay. Gibt es *irgendeine* Möglichkeit, uns gemütlich zusammenzusetzen und von den alten Zeiten zu reden?«

»Bei uns zu Hause am Wohnzimmertisch, hatte ich gedacht«, sagte Leroy unglücklich. »Aber ansonsten – nein. Schwarze und Weiße dürfen nicht mal zusammen Schach spielen, obwohl man auf dem Spielbrett schwarze und weiße Steine braucht.« Er seufzte so abgrundtief, wie das nur er konnte. »Ach, Perry, es tut mir so leid …«

»Hmm«, machte Perry Rhodan, überlegte kurz und hatte, wie üblich, einen Plan. »Pass mal auf. Könnte Folgendes klappen?« Er erklärte seinem Freund, was er sich vorstellte.

Leroy lächelte grimmig. »Einen Versuch ist es auf jeden Fall wert!«

Zehn Minuten später betrat Perry Rhodan, die Uniformmütze unter den Arm geklemmt, das Hotel Roberts, gefolgt von einem jungen Schwarzen, der, den Blick devot zu Boden gerichtet, seinen Koffer trug sowie eine stabile Papiertüte mit vier Flaschen Cola, die Rhodan in einem Laden gekauft hatte.

Rhodan trat an die Rezeption und sagte in herrischem Ton zu der Frau dahinter: »Ich brauche ein Zimmer für eine Nacht. Was können Sie mir anbieten?«

Die etwas füllige Dame erklärte ihm hastig, welche Zimmer frei waren, welche Vorzüge sie aufwiesen und was eine Nacht darin kostete. Rhodan entschied sich schließlich für Zimmer 23, dessen Fenster nach hinten gingen und in dem außer dem Bett auch ein Tisch mit zwei Stühlen stand. Er trug sich ein, bekam den Schlüssel ausgehändigt und sagte dann zu dem jungen Schwarzen: »Zweiter Stock. Aufpassen mit den Flaschen, ja?« Dann wandte er sich noch einmal an die Frau: »Wann, sagten Sie, gibt es Frühstück?«

»Von halb sieben bis zehn.«

»Danke.«

Dann gingen sie die Treppe hinauf, Leroy vornweg.

Als sie in Zimmer 23 angelangt waren und die Türe endlich hinter sich geschlossen hatten, platzte Leroy fast vor Begeisterung. »Mann! Wie du das gebracht hast! An dir geht echt ein Schauspieler verloren.«

»Ich hab mich grässlich gefühlt dabei«, bekannte Rhodan.

»Ach was. Das war doch nur Theater. Wie bei Shakespeare.«

»Na gut. Der hat ja auch Tragödien geschrieben.« Rhodan suchte und fand einen Flaschenöffner, machte zwei Colas auf, dann setzten sie sich an den Tisch und prosteten sich zu. »Hauptsache, wir können uns endlich in Ruhe ein bisschen unterhalten.«

Jeder nahm einen tiefen Schluck, dann meinte Leroy: »Ich kann es gar nicht fassen, wie lang das her ist, dass wir uns das letzte Mal gesehen haben. Mann, früher waren wir fast jeden Tag zusammen! Und jetzt ...?« Er schüttelte den Kopf. »Wie man's dreht und wendet, die Kindheit ist vorbei, hmm? Wenn man selber Kinder hat auf jeden Fall. Unglaublich, wie schnell sich alles verändert hat. Weißt du noch, wie wir es kaum erwarten konnten, *endlich* erwachsen zu werden? Und jetzt sind wir's.«

»Angeblich«, meinte Rhodan.

»Ja, angeblich. Und soll ich dir was sagen? Ich komm mir eigentlich kein bisschen anders vor als früher.«

Rhodan grinste wehmütig. »Mir kommst du auch kein bisschen anders vor.«

Eine Pause entstand, in der jeder seinen Gedanken nachhing. Genau wie früher. Bloß, dass sie früher Comics dabei gelesen hatten.

»Das mit Alice tut mir leid«, sagte Leroy dann. »Wenn ich dran denke, dass wir jetzt gemütlich bei uns sitzen könnten, was essen, was trinken ... So hab ich's mir jedenfalls vorgestellt.«

»War es das, was du mit ›schwierig‹ gemeint hast?«

Leroy blickte nachdenklich ins Leere. »Ich lieb sie, nach wie vor. Und ich glaube, sie liebt mich auch. Die meiste Zeit ist auch alles in Ordnung, meistens sogar richtig großartig. Weißt du, so, wie ich's mir vorgestellt habe, wie es sein müsste, mit ihr verheiratet zu sein. Und dann denk ich immer, Mann, ich hab echt das große Los gezogen.« Er furchte die Brauen. »Aber so alle drei, vier Tage passiert irgendwas – und ich hab noch nicht wirklich rausgefunden, was da eigentlich passiert – irgendwas eben, das Alice zum Ausrasten bringt. Dann heißt sie mich auf einmal alles, und wir streiten uns, dass die Fetzen fliegen. Und du hast ja gesehen, was für 'ne Power die Frau hat.«

Perry Rhodan rieb sich ratlos das Kinn. »Ich fürchte, ich kann dir da gar nichts raten. Ich kenne eigentlich nur die Ehe meiner Eltern, und bei denen geht's eher ruhig zu. Man hat immer den Eindruck, einer kann die Gedanken des anderen lesen.« Er nahm einen Schluck. »Wobei, die hatten auch Streit. Aber in erster Linie mit meinen Großeltern.«

»Die keinen deutschen Schwiegersohn wollten.« Leroy nickte. »Hast du mal erzählt.« Er seufzte. »Ich mach mir halt Sorgen um die Zwillinge. Kann doch nicht gut sein, wenn die von frühester Kindheit an solche Szenen mitkriegen.«

»Vielleicht … vielleicht gibt es sich ja mit der Zeit. Wie lange seid ihr jetzt verheiratet?«

»Ein Jahr, neun Monate und sieben Tage«, kam Leroys Antwort wie aus der Pistole geschossen.

»Alle Achtung.« Perry Rhodan hob die Brauen. »Da führt aber einer genau Buch.«

»Ich hab das mal in meinen Kalender geschrieben. An einem besonders guten Tag.«

»Du hast jetzt einen *Kalender?*«

»Muss ich. Wir haben ja ständig wechselnde Einsatzpläne in der Firma.«

»Ich nehm' alles zurück«, erklärte Rhodan grinsend. »Du hast dich *doch* verändert.«

Danach war es an Rhodan zu berichten. Er schilderte die Ausbildung in West Point, brachte die wildesten Geschichten aus der Zeit in den *Beast Barracks* und erzählte, wie er immer wieder mit den sturen Kommissköpfen unter den Lehrern aneinandergeraten war.

»Ich habe Glück, dass ich meine Pilotenausbildung ganz gut abgeschlossen habe«, schloss er. »Seither sind sie ein bisschen großzügiger. Sonst wäre ich immer noch nicht hier, glaube ich.«

»Wahrscheinlich denken sie, sie machen doch noch einen braven Soldaten aus dir«, mutmaßte Leroy und knackte die nächste Flasche. »Was ihnen aber natürlich nicht gelingen wird.«

»Denkst du?«, wunderte sich Rhodan.

Leroy schüttelte kategorisch den Kopf. »Im Leben nie. Der Perry

Rhodan, den ich kenne, ist kein Befehlsempfänger und wird nie einer werden. Er *spielt* den braven Soldaten höchstens. Weil er, wie wir heute gesehen haben, ein guter Schauspieler ist, wenn's drauf ankommt.«

Sie redeten auch darüber, wie es war, in einer Stadt wie Montgomery zu leben.

»Es sind natürlich auch nicht alle Weißen so«, meinte Leroy. »Die Johnsons beispielsweise – du erinnerst dich vielleicht, das ist die Familie, für die meine Großeltern gearbeitet haben und davor schon meine Urgroßeltern …«

»Ja, ich erinnere mich. Aber das ist doch lange her. Leben die denn noch?«

»Na ja, die Familie gibt es noch. Jetzt ist es halt Andrew Johnson der Vierte oder Fünfte, der alles am Laufen hält, aber er macht immer noch in Baumwolle wie eh und je. Nebenbei gehört ihm auch das Haus, in dem wir wohnen – so sind wir da drangekommen, über meine Großeltern. Und als die Zwillinge auf der Welt waren, ist er aufgetaucht und hat gesagt, er ermäßigt uns die Miete für drei Jahre, der Kinder wegen, stell dir vor.«

»Das ist nobel«, gab Rhodan zu.

In diesem Moment hämmerte es gegen die Tür, und eine befehlsgewohnte Stimme rief: »Polizei! Machen Sie auf!«

7

Es war ein entsetzlicher Anblick zu sehen, wie Leroy vor Angst zusammenzuckte, ja, fast zu *schrumpfen* schien; ein Anblick, der Rhodan noch lange verfolgen sollte.

Er selbst hatte im gleichen Moment blitzartig umgeschaltet. Er stieß Leroy an, zeigte auf den Kleiderschrank, der an der Wand zum Flur stand und auf der von der Tür abgewandten Seite eine Nische frei ließ, und wisperte: »Versteck dich da. Und sag kein Wort.«

Dann rief er, in gemütlichem, verwundertem Ton: »Einen Moment. Ich komme.«

Leroy huschte in die Nische, lehnte sich gegen die Wand, die Augen geschlossen, und bemühte sich, lautlos zu atmen. Rhodan stellte die leeren Flaschen zurück in die Tüte, dann ging er zur Tür und öffnete, wobei er den Fuß so dagegenstellte, dass sie nur einen Spaltbreit aufging.

Zwei bullige Polizisten standen davor, die beide zu viel Bauch vor sich hertrugen. Ihre Gesichter waren gerötet, sicher nicht nur von der Sonne, sondern auch vom Aufstieg durchs Treppenhaus.

»Guten Tag, *Officers*«, sagte Rhodan mit der größten Ruhe, zu der er fähig war. »Was liegt an?«

Der Anblick seiner Uniform brachte die beiden einen Moment lang aus dem Konzept, das war ihnen deutlich anzumerken. »Oh«, machte der Vordere, der offenbar das Wort zu führen gedachte. »Sie sind Soldat?«

»West Point«, erwiderte Perry Rhodan knapp. Dass diese beiden Worte die meisten Leute beeindruckten, hatte er längst gemerkt, und hier und jetzt war es sicher kein Nachteil, wenn die beiden Polizisten beeindruckt waren.

»Tja, wie dem auch sei«, begann der Polizist und hängte die Daumen in seinen Gürtel ein, an dem die Pistolentasche lustig in alle Richtungen schwang. »Wir haben eine Beschwerde erhalten, dass sich ein Nigger in Ihrem Zimmer aufhält. Das ist ungesetzlich, dieses Hotel ist ein Hotel für Weiße.«

Perry Rhodan musterte ihn, ließ sich instinktiv Zeit mit der Antwort, was zweifellos so aussah, als müsse er intensiv darüber nachdenken, was die Polizisten meinen konnten.

»Hmm. Hier ist kein …« Er hob die Augenbrauen. »Ah, Sie meinen den Jungen, der sich um mein Gepäck gekümmert hat? Der ist längst weg.«

Der Polizist reckte das Kinn vor. »Uns hat man gesagt, dass er zwar mit Ihnen hochgegangen, aber nicht wieder heruntergekommen ist.«

»Na ja.« Rhodan bemühte sich um einen arglosen Gesichtsausdruck. »Er wird wohl in einem Moment raus sein, in dem die Dame an der Rezeption abgelenkt war. Ist ja nicht gerade der übersichtlichste Eingang dort unten.«

»Sir«, beharrte der Polizist, »wir konnten von hier draußen hören, wie Sie sich mit jemandem unterhalten haben.«

Rhodan schüttelte nachsichtig lächelnd den Kopf. »Ich kann mir vorstellen, dass es für Sie so geklungen haben muss, aber was Sie gehört haben, war nur, wie ich – mit unterschiedlichen Stimmen – ein Theaterstück repetiert habe, in dem ich eine Rolle spiele. Ich bin Mitglied einer Theatergruppe, müssen Sie wissen. Es ist zwar nicht grade Shakespeare, was wir spielen, aber es soll ja auch eher der Belustigung dienen.«

Der Polizist reckte sich. »Na gut, wenn das so ist, dann haben Sie ja sicher nichts dagegen, dass wir kurz reinkommen und uns umschauen?«

»Natürlich nicht«, erwiderte Rhodan, ohne die Tür auch nur einen einzigen Millimeter weiter zu öffnen. »Vorausgesetzt, Sie zeigen mir einen Durchsuchungsbefehl.«

»Brauchen wir nicht. Dies ist ein Hotel. Es gehört Mister und Miss Roberts. Die beiden haben hier Hausrecht und uns gebeten nachzuprüfen, ob alles so ist, wie es sein soll.«

»Da bin ich anderer Ansicht«, erwiderte Rhodan. »Ich habe dieses Zimmer gemietet, und solange ich es gemietet habe, ist es mein Privatbereich, zu dem ich niemandem Zugang gewähren muss.«

»Da irren Sie sich.«

Rhodan seufzte. »Tja, dann steht Ihre Ansicht gegen die meine. In so einem Fall muss ein Richter entscheiden. Womit wir wieder bei einem Durchsuchungsbefehl wären.«

Bis zu diesem Zeitpunkt war das Gespräch mehr oder weniger so verlaufen, wie Perry Rhodan es erwartet hatte, und für den weiteren Fortgang hatte er sich eine Taktik zurechtgelegt, die auf Zermürbung und Prinzipienreiterei hinausgelaufen wäre. Doch auf einmal spürte er eine unerwartet wütende Entschlossenheit in sich aufwallen, Leroy gegen diese Leute zu verteidigen, koste es, was es wolle, und diese Entschlossenheit war von einer Intensität, wie er sie noch nie zuvor im Leben empfunden hatte. Es war, als breite sich eine glutheiße, geradezu stählerne Energie in ihm aus, die seinen ganzen Körper von den Haarspitzen bis in die Zehen erfüllte, eine Energie, die seinen Puls schneller schlagen und seine Muskeln sich anspannen ließ und mit der etwas geschehen musste, wollte er nicht in Flammen aufgehen. Und so bohrte er seinen Blick in den des Polizisten und fuhr fort, wobei jedes Wort, das er sprach, zur Trägerwelle dieser Energie wurde: »Das ist für mich eine Sache des Prinzips. Ich bin Soldat, um die Verfassung der Vereinigten Staaten von Amerika zu schützen und die Freiheit ihrer Bürger zu verteidigen. Deswegen *muss* ich darauf bestehen, dass alles nach Recht und Gesetz abläuft. Aber, *Officers*, ich glaube ganz bestimmt, dass Sie an einem Tag wie dem heutigen viel wichtigere Dinge zu tun haben, als den lächerlichen Beschwerden von Personen nachzugehen, die nur Gespenster sehen. Ich schlage vor, Sie teilen der Person, die sich beschwert hat, mit, dass alles in Ordnung ist, und kümmern sich dann wieder um die Menschen da draußen, die Ihre Hilfe dringend brauchen, und um die richtigen Verbrecher, die es dingfest zu machen gilt. Haben wir uns verstanden?«

Die beiden Polizisten starrten ihn an wie zwei hypnotisierte Kaninchen.

»Ja, Sir«, stieß der vordere hervor. »Da haben Sie sicher recht. So werden wir es machen.«

»Dann werde ich diese Tür jetzt schließen und die Sache als erledigt betrachten«, erwiderte Rhodan.

»Ja, Sir. Selbstverständlich, Sir. Entschuldigen Sie die Störung.«

Sie gingen, stolperten beinahe, trollten sich durch den Gang davon. Rhodan schloss die Tür, drehte den Schlüssel herum und sank dann, auf einmal grenzenlos erschöpft, gegen die Wand.

Gleich darauf kam Leroy aus seinem Versteck, seine Miene ein Bild der Fassungslosigkeit. »Mann!«, zischte er. »Was war denn *das*?«

Rhodan fuhr sich mit beiden Händen übers Gesicht. »Ich weiß es nicht«, bekannte er und fühlte sich wie ausgehöhlt.

»Du hättest dich hören müssen! Dieser Klang, der da auf einmal in deiner Stimme war! Die Polizisten haben mir beinahe leidgetan …«

Rhodan sah seinen Freund verwundert an. »Wie meinst du das?«

Leroy schüttelte den Kopf. »Mann, ich hoffe bloß, dass du nie mit *mir* so redest! Das macht einen ja schon fertig, wenn man nur dabeisteht. Lernt man das in West Point? So zu … *befehlen*?«

»Das hat mit West Point nichts zu tun, nicht das Geringste.« Rhodan schleppte sich zu einem der Stühle, sank darauf nieder. »Ich weiß nicht, was das war. Ich war auf einmal so … so unendlich *wütend*. Nein, eigentlich nicht wütend, eher …« Er hielt inne, schüttelte nach kurzem Nachdenken den Kopf. »Ich glaube, es gibt kein Wort dafür. Ich *wollte* unbedingt, dass sie gehen, dass sie einfach *gehen*. Ich wollte absolut, dass es geschieht – und dann ist es geschehen. Und jetzt finde ich es irgendwie unheimlich.«

Leroy setzte sich auf die Bettkante, seinen Freund nachdenklich musternd.

»Das ist das, was ich gemeint habe«, sagte er. »Du bist kein Befehlsempfänger. Du bist einer, der Befehle erteilt.«

Rhodan sah ihn an, immer noch dabei, das Erlebte einzuordnen. »Ich hab schon oft Gruppen geführt, klar. Das gehört dazu. Du bekommst Befehle, du gibst Befehle weiter. So funktioniert eine militärische Hierarchie. Also, klar, ich hab schon oft Befehle erteilt – aber noch nie *so*.«

Leroy nickte. »Glaub ich sofort. Das hat sich angefühlt, als hättest du den beiden das Gehirn gegrillt, damit sie tun, was du willst.«

»Ich weiß nicht, was das war«, sagte Rhodan noch einmal.

»Auf jeden Fall hat's mir eine Menge Ärger erspart«, meinte Leroy. »Ich kann's mir nicht leisten, meine Taxilizenz zu verlieren.« Er rieb die Hände an den Hosenbeinen. »Irgendwie muss ich jetzt bloß noch heil hier rauskommen …«

Wieder schaltete Rhodan von einem Moment zum anderen um. »Das kriegen wir auch noch hin«, erklärte er entschlossen. Sosehr ihn das Erlebte auch verstört hatte, es war im Nu beiseitegetan und würde warten müssen, bis sich eine bessere Gelegenheit ergab, darüber nachzudenken.

Er erklärte Leroy, wie sie es machen würden. Zuerst ging er rasch hinab, um sich zu vergewissern, dass die Polizisten fort waren und im Eingangsbereich Ruhe herrschte. Beides war der Fall. Er huschte wieder hinauf, dann gingen sie gemeinsam hinab. Vor dem letzten Teil der Treppe trennten sie sich – Leroy wartete oben, während Rhodan vollends hinabging und an die Rezeption trat.

Mrs Roberts war gerade dabei, Papier zu ordnen, sah auf und meinte: »Ah, Sie.«

Rhodan stellte sich so hin, dass sie vom Türbereich wegblicken musste, wenn sie ihn ansah. Dann richtete er den Zeigefinger auf sie, rief die Wut, die Entschlossenheit, die Energie von vorhin wieder wach und sagte: »Hören Sie mir gut zu, Miss Roberts. Wenn Sie mir noch einmal wegen nichts und wieder nichts die Polizei auf den Hals hetzen, dann kriegen Sie richtig! großen! Ärger! mit mir. Haben wir uns verstanden?«

Es wirkte auch bei ihr. Sie wich zurück, alle Farbe schwand aus ihrem Gesicht, und sie stammelte: »Ja, Sir. Entschuldigen Sie. Es wird bestimmt nicht wieder vorkommen.«

Im Hintergrund huschte Leroy die Treppe hinab und entschwand unbemerkt nach draußen.

»Gut«, sagte Perry Rhodan und wandte sich ab, innerlich erschüttert über diese … ja, diese *Macht*, die er da bei sich entdeckt hatte. Diesmal war es, als habe er spüren können, wie er mit seinem Willen den ihren niedergerungen, ja, womöglich ausgelöscht hatte. Und diesmal hatte er es *absichtlich* getan, es war ihm nicht, wie vorhin, irgendwie *passiert*!

War es richtig, so etwas zu tun? Hatte er sich gerade versündigt?

Auch diese Bedenken tat er beiseite, als er das Hotel verließ und bis zu dem Treffpunkt ging, an dem Leroy auf ihn wartete.

»Ich hab dich gehört«, sagte Leroy. »Du hast es wieder getan.«

»Ja«, bekannte Rhodan.

Leroy holte tief Luft, sah sich um. »Weißt du noch, wie wir ganze Nachmittage in deinem Zimmer auf dem Boden gelegen und Comics gelesen haben? Ich musste gerade an diesen Spruch bei *Spiderman* denken …«

»›Mit großer Macht kommt auch große Verantwortung‹.« Rhodan nickte. »Ja. Ging mir auch durch den Kopf.«

»Vielleicht ist das hier auch so etwas.«

»Ich wollte einfach nur sicher sein, dass sie dich nicht bemerkt«, sagte Rhodan und wusste, dass das nicht die ganze Wahrheit war: Er hatte auch herausfinden wollen, ob er das Rätselhafte wiederholen konnte.

Leroy kickte einen Stein davon. »Und ich hätte gewettet, die nimmt mich gar nicht wahr.«

»Tja. Die Wette hättest du verloren. Aber dass sie dann gleich die Polizei ruft …«

»War trotzdem cool, irgendwie«, meinte Leroy. »Alles. Auch, dass wir doch noch ein bisschen Zeit hatten, um zu reden.«

»Ja.«

Eine Weile standen sie nur schweigend da. Sie wollten beide noch nicht, dass es schon vorbei war. Dann fuhr ein Auto vorüber, aus dem zwei Weiße sie misstrauisch ansahen, und es fühlte sich auf einmal nicht mehr so gut an, hier einfach beisammenzustehen.

»Ich glaub, ich mach mich dann mal auf den Heimweg«, meinte Leroy nervös. »Wird auch bald dunkel. Sehen wir uns vielleicht morgen noch mal beim Muttertagsgottesdienst?«

»Muttertag?«, wiederholte Rhodan peinlich berührt. An den hatte er gar nicht gedacht bei seiner Reiseplanung. »Haben da Weiße denn Zutritt?«

»Klar. Kommen zwar nicht viele, aber du wärst bestimmt nicht der einzige.«

»Dann komm ich. Wann, wo?«

Leroy erklärte ihm, wie er zur Dexter Avenue Baptist Church kam, entschuldigte sich noch einmal wegen des Verhaltens seiner Frau, und dann trennten sich ihre Wege.

Keiner der beiden ahnte, dass sie einander nie wiedersehen sollten.

In dieser Episode haben wir übrigens nicht das Erwachen einer paranormalen Fähigkeit miterlebt, sondern schlicht und einfach das erste Mal, dass sich bemerkbar gemacht hat, was man später einmal Perry Rhodans ›natürliche Autorität‹ nennen sollte. Daran ist nichts Übernatürliches. In einer Auseinandersetzung zwischen zwei Menschen – oder, was das anbelangt, zwischen zwei beliebigen Intelligenzen –, mit anderen Worten, wenn Wille gegen Wille prallt, dann ist das, was dabei geschieht, nicht einfach nur ein Wechsel von Worten, nicht einfach nur ein Austausch von Argumenten. Das wäre es vielleicht, handelte es sich um eine rein rationale, vernünftige Auseinandersetzung; doch die Vernunft spielt im Leben von Menschen (wie auch im Leben der meisten Nichtmenschen, die wir kennen) eine nahezu vernachlässigbare Rolle. Das kann man beklagen oder nicht, man wird es auf jeden Fall zur Kenntnis nehmen müssen, ebenso wie die Tatsache, dass sich daran in Jahrtausenden nichts Wesentliches geändert hat. Fast alle Lebewesen, auch die, die man »vernunftbegabt« nennt, sind in erster Linie biologische und in zweiter Linie emotionale Wesen, und deshalb ist eine Auseinandersetzung zwischen ihnen stets zugleich eine körperliche und emotionale Auseinandersetzung und wird selbstverständlich, je nach ihrer existentiellen Bedeutung, auch von entsprechend heftigen körperlichen und emotionalen Empfindungen begleitet.

Das war es, was Perry Rhodan am Abend des 12. Mai 1956 in Montgomery, Alabama, zum ersten Mal erlebte.

Rhodan schlief nicht besonders gut in dieser Nacht, teils der aufwühlenden Erlebnisse am Vortag wegen, teils, weil ihm das Essen, das er nach dem Abschied von Leroy in einem nahe gelegenen Restaurant zu sich genommen hatte, nicht so recht bekommen war, und teils einfach, weil die Matratze eine Zumutung war.

Am nächsten Morgen rief er nach dem Frühstück von dem Telefon in einer schrecklich engen, dunklen Kabine neben der Rezeption aus seine Mutter an, des Muttertags wegen. Sie freute sich, weil er diesen Feiertag normalerweise vergaß, und als er erzählte, dass er Leroy besuchte, bat sie ihn, ihm viele Grüße auszurichten.

Dann checkte er aus, stellte seinen Koffer unter und begab sich zu der Kirche, in der dieser Martin Luther King sprechen sollte.

Es kamen enorm viele Leute. Zum Glück war es auch eine enorm große Kirche, obwohl sie von außen gar nicht so aussah. Perry Rhodan hielt Ausschau nach Leroy, sah ihn aber nirgends. Man warf ihm neugierige, verwunderte und mitunter auch gereizte Blicke zu, als er hineinging, aber niemand verwehrte ihm den Zutritt, und als er an eine Bank trat, machte man ihm bereitwillig Platz. Er war, wie ihm ein kurzer Blick zeigte, tatsächlich nicht der einzige Weiße, aber manche davon sahen so aus, wie er sich FBI-Agenten vorstellte.

Und immer noch keine Spur von Leroy.

Schließlich begann der Gottesdienst. Es war lange her, dass Rhodan zum letzten Mal in der Kirche gewesen war, zudem war ihm der Ritus der Baptisten nicht vertraut, also achtete er genau darauf, was die anderen taten, um nicht unangenehm aufzufallen. Es ging auf jeden Fall lebhaft zu, und gesungen wurde aus vollem Herzen.

Dr. King wirkte jünger als auf den Fotos, die Rhodan von ihm gesehen hatte, und wie von einem inneren Feuer erfüllt. Zu Beginn kündigte er an, dass er dem Gottesdienst keine Zeit stehlen würde, um über den Busboykott zu sprechen, und forderte alle Interessierten auf, zu den großen Treffen zu kommen, die zweimal die Woche stattfänden.

Auch werde er nicht, erklärte er, die Art von Predigt halten, die zu Muttertagen üblich geworden sei und hauptsächlich auf Gefühle abziele. Er wolle stattdessen über die Rolle der Mütter bei der Vorbereitung der Jugend auf die Integration sprechen. Die Integration, sagte er voraus, werde so unausweichlich kommen wie der nächste Sonnenaufgang – nicht dank der Richter des Obersten Gerichtshofs, nicht, weil die Neger das Gefühl für ihre Würde zurückgewonnen hätten und mit aller Kraft auf Integration drängen würden, nicht, weil Weiße in Norden und Süden eine moralische Verpflichtung dazu spürten, sondern weil jener Gott, der das Universum geschaffen habe, auf der Seite der Integration stehe. Gott wolle und werde alles, was getrennt sei, in die Einheit zurückführen.

»Doch die große Frage ist«, donnerte er, »sind die Neger darauf vorbereitet?«

Man müsse nicht nur auf den schlechtesten Fall vorbereitet sein, sondern auch auf den besten, fuhr er fort. Mütter müssten ihren Kindern beibringen, dass sie *jemand* seien – es liege eine große Gefahr darin, sich dem Gefühl zu ergeben, man sei es *nicht*.

Dann erklärte er, wie die Mechanismen der Sklaverei und der Rassentrennung darauf abzielten, die Angehörigen der unterdrückten Gruppe davon zu überzeugen, dass sie nicht imstande seien, das normale Niveau der menschlichen Rasse zu erreichen. Auch wenn man gezwungen sei, unter der Rassentrennung zu leben, so gelte es doch vor allem, innerliche Freiheit zu erringen und zu bewahren, und dafür müsse man sich stets vor Augen halten, dass Gott jedes menschliche Wesen gleich viel bedeute.

Um vorbereitet zu sein auf die unvermeidlich kommende Integration, müssten Eltern ihren Kindern beibringen, nach Vortrefflichkeit zu streben in allem, was sie taten. »Es reicht nicht, einfach nur ein Neger-Irgendwas zu sein«, mahnte Dr. King eindringlich. »Es reicht nicht, einfach nur irgendwie zurechtzukommen. Und ja, in vielen Fällen wird der Neger härter arbeiten müssen als der weiße Mann, genau so, wie derjenige, der in einem Rennen zurückgefallen ist, schneller laufen muss als die anderen, wenn er aufholen will!«

Doch man solle sich auch vor der Versuchung hüten, Vergeltung üben zu wollen oder zu versuchen, die andere Seite zu überflügeln. Die einzige Lösung für die Probleme der Menschheit sei Liebe. Hass habe etwas an sich, das ihn unbrauchbar mache, um Probleme zu lösen. Hass zerstöre die Persönlichkeit, sei wie eine Säure, die die besten Teile unseres Lebens zerstöre. »Die Integration wird nicht ein Sieg für die Neger sein«, verkündete er mit einer Stimme, die das gewaltige Kirchenschiff mühelos erfüllte, »sondern ein Sieg für Gott und für die Gerechtigkeit!«

An dieser Stelle warf Rhodan einen Blick auf seine Armbanduhr und sah mit Bedauern, dass es Zeit war zu gehen, wenn er seinen Bus noch erwischen wollte. Es waren nur ein paar Schritte bis zum Ausgang – da er schon geahnt hatte, dass er nicht bis zum Ende würde bleiben können, hatte er sich einen Platz weit hinten gesucht –, und auch als er ging, sah er Leroy nirgends.

Die Rückfahrt dauerte lang, aber Perry Rhodan hatte so viel nachzudenken, dass ihm war, als verflögen die Stunden.

Hatte er wirklich gerade einen künftigen Präsidenten der USA gesehen, den ersten schwarzen Präsidenten des Landes? Das war ein Anreiz gewesen, die Kirche zu besuchen, und tatsächlich war er ja auch nicht näher an Dr. King herangekommen, als an einen Präsidenten heranzukommen war – aber all das war ihm inzwischen gar nicht mehr so wichtig. Was ihn beeindruckt hatte, war die Rede, die Martin Luther King gehalten hat; nicht nur das, *was* er gesagt hatte, sondern noch viel mehr, *wie* er es gesagt hatte. In seiner Ansprache hatte eine Kraft gelegen, die etwas in ihm, dem Zuhörer, zum Schwingen gebracht hatte, das er immer noch in sich spürte.

Deswegen dachte Perry Rhodan auf der langen Busfahrt von Alabama nach New York über das Phänomen der menschlichen Kommunikation nach, insbesondere darüber, welche Gemeinsamkeiten bestanden zwischen dem, wie es ihm als Zuhörer dieser Rede ergangen war, und dem, was er empfunden hatte, als er selbst die Polizisten so ungeahnt wortgewaltig überfahren hatte. Reden und Befehle – das gemeinsame Element war, dass es in beiden Fällen darum ging, andere dazu zu bringen, das zu tun, was man wollte, dass sie es taten. (Einige Zeit später sollte er in einem Buch über Rhetorik auf die Regel stoßen, dass jede Rede um einen Satz herum gebaut sein muss, der mit den Worten beginnt: »Ich will, dass die …«.)

War derlei ethisch überhaupt vertretbar? Darüber grübelte Rhodan auf der ganzen Strecke zwischen Charlotte, North Carolina, und Richmond, Virginia, nach. Einerseits, sagte er sich, funktionierte die menschliche Zivilisation nur auf der Grundlage, dass sich Menschen spezialisierten und zusammenarbeiteten, und dazu war es nötig, sich abzusprechen, und in vielen Fällen wohl auch, dass einer dem anderen gehorchte. Andererseits konnte man natürlich auch schrecklich viel Unheil anrichten, wenn einem Menschen blind gehorchten; der Krieg zum Beispiel, in dem sein Vater gekämpft hatte, war auf diese Weise zustande gekommen.

An dieser Stelle sei angemerkt, dass Rhodan in jener Kirche in Montgomery auch gleich auf einen Meister gestoßen war. Dr. Martin Luther King jr. war zweifellos einer der begabtesten Redner aller Zeiten und sicherlich der beste Redner des 20. Jahrhunderts. Viele spätere Redner haben sich an ihm orientiert, seine Reden und die existierenden Aufnahmen seiner Reden studiert (und tun es heute noch) und versucht, von ihm zu lernen – auch Perry Rhodan.

Was Rhodan anbelangt, so hat ihn wohl jeder schon einmal reden hören. Er ist ein sehr geübter Redner; man kann getrost sagen, ein Profi – schließlich hat kaum jemand mehr Erfahrung als er –, aber er ist kein wirklich *charismatischer* Redner. Auf gewisse Weise ist er sogar eher das Gegenteil davon. Im Lauf der Jahrhunderte ist das, was man Autorität nennen könnte oder auch das Element der Überwältigung, aus seinen Reden mehr und mehr verschwunden und einer Klarheit und Einfachheit gewichen, die in guten Momenten geradezu luzide scheint. Die jüngeren Reden Rhodans könnte man sich eher aus dem Mund des Buddha vorstellen als aus dem von Martin Luther King oder Marcus Tullius Cicero. Rhodan will seine Zuhörer nicht einfach nur dazu bringen, das zu tun, von dem er will, dass sie es tun, sondern er versucht, ihnen seine Gedanken so klar und nachvollziehbar darzulegen, dass alle verstehen, *warum* er will, dass sie etwas tun, so dass es keiner Überredung mehr bedarf.

Und das ist durchaus ein Glück. Denn es stimmt ja, dass charismatische Redner, zumal solche in Machtpositionen – und charismatische Redner gelangen *sehr leicht* in Machtpositionen –, zu allen Zeiten viel Unheil angerichtet haben.

Zurück in West Point, bemühte sich Rhodan, trotz der unerbittlichen Mühle des Alltags auf dem Laufenden zu bleiben, was den Busboykott in Montgomery anging. Leroys Briefe waren dabei keine sonderliche Hilfe; sie kamen nur noch selten, und wenn, dann ging es darin vorwiegend um den aktuellen Zustand seiner Ehe, was bedeutete, dass er entweder gerade im siebten Himmel schwebte oder in der siebten Hölle schmorte. Es war schwer herauszulesen, was eigentlich vor sich ging, aber anscheinend entwickelte Alice zunehmend Eifersuchtsphantasien, die, was Leroy anbelangte, nach Rhodans Überzeugung jeder Grundlage entbehrten. Und an jenem Sonntag war Leroy nicht in die Kirche gekommen, weil sie den ganzen Tag über gestritten hatten.

Drei Wochen nach Rhodans Besuch in Montgomery urteilte ein Gericht, dass die Rassentrennung in den Bussen der Stadt Montgomery verfassungswidrig war. Der Staat Alabama wollte das Urteil nicht akzeptieren und ging in Berufung, und damit ging der Fall an den Supreme Court – und der Boykott weiter.

Am 6. November durfte Perry Rhodan, inzwischen 20 Jahre alt, zum ersten Mal bei einer Präsidentschaftswahl seine Stimme abgeben, und er gab sie, wie die Mehrzahl seiner Landsleute, dem amtierenden Präsidenten Dwight D. Eisenhower, den er in vielerlei Hinsicht als Vorbild betrachtete. Eisenhower war ein erstklassiger General gewesen, dem die USA im Zweiten Weltkrieg viel zu verdanken hatten, und auch als Präsident hatte er das Land nach Rhodans Meinung gut durch allerlei ernste Krisen geführt. Zudem war er eine beeindruckende Persönlichkeit, mit beiden Beinen auf der Erde stehend und frei von jeglichen Allüren.

Später sollte er einmal in privatem Kreis erzählen, dass er damals in der Wahlkabine den Impuls verspürt habe, eher für einen Amtsinhaber zu stimmen, der bereits bewiesen hatte, dass er die Sache einigermaßen hinbekam, als für einen Herausforderer, der lediglich mit Versprechungen und Absichtserklärungen aufwarten konnte. An diesem Wahltag kam ihm die amerikanische Regel, die Amtszeiten von Präsidenten auf zwei Perioden zu beschränken, überaus sinnvoll vor, denn andernfalls würde ein Präsident, der sein Amt halbwegs zufriedenstellend ausfüllte – zumal es ihm mit wachsender Erfahrung immer leichter fallen musste, die Dinge richtig anzupacken –, wohl zeitlebens nicht mehr abgewählt werden. (Ähnliche Überlegungen sollten später die Verfassunggebende Versammlung dazu bewegen, diese Beschränkung der Amtszeiten *nicht* in die Verfassung des Solaren Imperiums zu übernehmen: Wenn man schon Unsterbliche in den Reihen der Menschen hatte, wollte man auch die Möglichkeit haben, von ihrer wachsenden Erfahrung zu profitieren.)

Allerdings räumte Rhodan in der gleichen Runde auch ein, dass er damals, im zarten Alter von zwanzig Jahren, trotz all seiner Lektüre noch keine wirkliche Vorstellung davon gehabt habe, welche Versuchungen und Irritationen ein solches Amt mit sich brächte und wie leicht man dabei den Bezug zur Lebenswirklichkeit normaler Menschen verlieren könne.

Eine Woche nach der Wahl fällte der Supreme Court sein Urteil, und er entschied ebenfalls gegen die Rassentrennung. Damit hatte die Bewegung um den mittlerweile landesweit berühmten Martin Luther King gewonnen. Es dauerte jedoch noch bis zum 20. Dezember, bis das Urteil offiziell in Montgomery eintraf. An jenem Tag wurden die Abtrennungen und Hinweisschilder aus den Bussen entfernt und die Regel erlassen, dass jeder Fahrgast künftig sitzen dürfe, wo er wolle. Der Boykott, der insgesamt 381 Tage gedauert hatte, war zu Ende.

Was weiter geschah, erfuhr Perry Rhodan nicht aus den Zeitungen, sondern aus einem Brief von Leroy, dem es gerade mal wieder gutging. Zwei Tage nach Einführung der neuen Regelung schossen Unbekannte auf das Haus von Dr. King. Einen Tag später, an Heiligabend, attackierten weiße Männer ein schwarzes Mädchen, als es aus dem Bus stieg. Es wurde auf mehrere Busse geschossen, in einem Fall wurde eine schwangere Frau in beide Beine getroffen. Eine Reihe von Bombenanschlägen auf schwarze Kirchen im Januar und auf das Haus eines weißen Reverends, der die Bürgerrechtler öffentlich unterstützt hatte, schaffte es dann wieder in die Nachrichten.

»In der Praxis«, schrieb Leroy bitter, »hat sich eigentlich nichts geändert. Jeder darf sich hinsetzen, wo er will, aber die Weißen sitzen vorne wie eh und je, und die Schwarzen setzen sich weiterhin nach hinten. Alles aus Angst vor weiteren Attacken.«

Perry Rhodan musste in diesen Wochen oft an das Gespräch denken, das er einst mit seinem Onkel Kenneth geführt hatte, und an dessen Bemerkung, dass es vielleicht der Begegnung mit Außerirdischen bedurfte, um dahinzukommen, nicht mehr in erster Linie die Hautfarbe des anderen wahrzunehmen – so wenig, wie man sich Gedanken darüber machte, ob ein Gegenüber blond oder dunkelhaarig war –, sondern das Menschsein, das einen mit dem anderen verband.

Der Gedanke kam ihm plausibel vor. Nur – würde man solche Außerirdischen jemals treffen? *Gab* es sie überhaupt? Die Meldungen über sogenannte »UFOs«, *unidentifizierte fliegende Objekte*, die ab und zu durch die Gazetten geisterten, fliegende Untertassen, die immer wieder angeblich beobachtet, aber nie wirklich scharf fotografiert wurden, klangen jedenfalls alles andere als glaubwürdig.

Ansonsten raste das Jahr 1957 nur so dahin.

Im Januar wurde in Knoxville, Tennessee, ein Bombenanschlag auf den schwarzen Jazztrompeter Louis Armstrong verübt.

Im selben Monat umrundeten drei amerikanische Langstreckenbomber vom Typ B-52 die Erde ohne Zwischenlandung in Rekordzeit.

Im März wurde in Rom die Europäische Wirtschaftsgemeinschaft gegründet, der auch das immer noch besetzte Deutschland beitrat.

Im August wurde, wovon die Welt freilich – und das zu Recht – keine sonderliche Notiz nahm, der Autor dieser Zeilen zu zwanzig Jahren Haft verurteilt: Es sei hier nur der Vollständigkeit halber erwähnt.

Im September musste Präsident Eisenhower Soldaten der 101. Luftlandedivision nach Little Rock, Arkansas, entsenden, um neun schwarzen Schülern den Besuch der Highschool zu ermöglichen, zu dem ihnen der Gouverneur persönlich den Zutritt verwehren wollte.

Und dann kam der Sputnik-Schock.

8

Perry Rhodan hatte im Sommer ein weiteres Flugtraining mit höchster Auszeichnung absolviert und zur Belohnung Sonderurlaub bekommen. So ergab es sich, dass er zum Geburtstag seines Vaters, der am 5. Oktober 46 Jahre alt wurde, in Manchester weilte.

Es war ein Samstag, den die Familie mit einem sehr späten, sehr ausgedehnten Frühstück begann. Während Perry Rhodan es genoss, sich beim Essen einmal wieder richtig viel Zeit lassen zu können, erzählten ihm seine Eltern, was es im Ort alles Neues gab.

»Miss Atkinson ist nicht mehr an der Highland Park«, wusste

sein Vater zu berichten. »Sie hat im Sommer geheiratet und ist nach Bridgeport gezogen. Jetzt ist ein gewisser Norris Parker neuer Schulleiter.«

»Ein unangenehmer Mensch«, meinte Perrys Mutter.

»Immerhin hat er bei mir einen Fernseher gekauft, und nicht den billigsten«, wandte ihr Mann ein. »Während Miss Atkinson nur ein einziges Mal in meinem Laden war, und auch nur, um eine Glühbirne zu kaufen.«

»Jake! Du kannst doch Leute nicht danach beurteilen, was sie bei dir gekauft haben!«

»Und auf welcher Grundlage beurteilst du ihn? Du hast ihn nur ein einziges Mal getroffen, und da hat gerade sein Auto –«

Draußen im Flur klingelte das Telefon. Perrys Vater unterbrach sich und stand auf. Da er das Geburtstagskind war, war davon auszugehen, dass der Anruf ihm galt.

»Streitet ihr euch neuerdings?«, erkundigte sich Perry bei seiner Mutter, als er aus dem Zimmer war.

Sie schmunzelte. »Ach, das ist eher so eine Art Zeitvertreib. Wir streiten nur um Belanglosigkeiten. Damit es nicht immer so still ist im Haus.«

»Ich dachte schon.«

»Ich soll dich übrigens von Leroy grüßen«, fiel seiner Mutter ein.

Perry hob die Augenbrauen. »Oh. War er hier? Ich hab ewig nichts mehr von ihm gehört.«

»Nein, ich hab seine Mutter im Supermarkt getroffen. Sie hat erzählt, dass sie in Montgomery war, um ihre Enkelkinder mal wieder zu sehen. Und da hat Leroy ihr den Gruß aufgetragen.«

»Um drei Ecken herum also.«

»Sozusagen. Ach ja, und die Älteste – Belle, nicht wahr? –, die hat endlich auch geheiratet. Wohnt jetzt in Hartford, in einem Riesenhaus, meint Miss Washington. Tja, bei denen wird es allmählich auch stiller …«

Perrys Vater kam aus dem Flur zurück. »Ich hab was, was dich interessieren wird, Junge«, sagte er. »Das eben war Emmett. Hat mir erzählt, dass die *New York Times* heute mit einer Riesenschlagzeile aufmacht, wonach die Russen einen Satelliten ins Weltall geschossen haben, einen sogenannten ›Sputnik‹.«

Das interessierte Perry in der Tat, auch wenn er keine Ahnung hatte, wer Emmett war. Es elektrisierte ihn geradezu. »Einen Satelliten?«

»Ja. Wart mal, ich geh mal schauen, ob unsere Zeitung schon da ist …«

Perry war bereits aufgesprungen. »Lass nur, das mach ich.«

Der *Hartford Courant* lag ordentlich zusammengerollt vor der Tür, wie jeden Tag außer sonntags. Perry Rhodan entrollte das Blatt hastig. Hier war die Meldung von dem sowjetischen Satelliten nur eine kleine Schlagzeile auf der ersten Seite, aber es gab einen ausführlichen Bericht auf der dritten.

Gleich darauf lag die Zeitung ausgebreitet auf dem Küchentisch, und die ganze Familie Rhodan beugte sich darüber. Der Artikel referierte die technischen Daten der Rakete, die Moskau nach dem geglückten Start bekanntgegeben hatte, und erging sich ansonsten in eher belanglosen Spekulationen.

Aber eine Information war doch enthalten, die Perry Rhodan in Aufregung versetzte. »Schau mal, Dad, hier«, sagte er, zeigte auf die Stelle gegen Schluss des Artikels und las vor: »›Der Satellit ist mit zwei Funksendern ausgestattet, die mit 1 Watt Leistung auf den Frequenzen 20,005 und 40,002 MHz senden.‹ Wie wär's, wenn wir versuchen, einen Empfänger zu bauen, mit dem wir die Signale auffangen können?«

Sein Vater legte die Stirn in Falten. »Hmm … also, ich hab am Wochenende noch nichts vor. Aber ein Watt Leistung, das ist nicht viel. Ich weiß nicht, ob wir das hinkriegen mit dem Material, was ich dahabe …«

»Vielleicht haben wir Glück.« Perry Rhodan überflog die sachlichen Angaben noch einmal. Der Satellit bewege sich auf einer um 65,1° gegen den Erdäquator geneigten Bahn auf einer Höhe zwischen 139 und 590 Meilen, er umrunde die Erde alle 96,2 Minuten. »Im Idealfall fliegt er nur ein- oder zweihundert Meilen über uns hinweg, da müssten wir ihn doch empfangen.«

Jake Rhodan räusperte sich. »Mir gefällt das nicht, dass ein Ding der Sowjets einfach so über uns drüberfliegt. Das nächste Mal ist es kein

Peilsender, sondern eine Atombombe, und was dann?« Er schob die Hände in die Hosentaschen. »Denen in Washington bricht jetzt grade der kalte Schweiß aus, schätze ich.«

Aber natürlich versuchten sie es. Sie fuhren zum Laden, begrüßten Walter geistesabwesend und schlossen sich dann in der Werkstatt ein. Sie löteten elektronische Bauteile auf Pertinax-Platten, blätterten in Fachbüchern über Radiotechnik, diskutierten Schaltungen, suchten nach Röhren und Transformatoren, drehten, Kopfhörer am Ohr, millimeterweise an Potentiometern. Sie verwendeten viel Zeit darauf, eine größere, bessere Antenne über das ganze Dach zu spannen, aber auch damit empfingen sie immer noch nichts.

»Womöglich stimmt das gar nicht mit diesem Satelliten«, grummelte Jake Rhodan. »Die Sowjets lügen doch sowieso immer.«

Das ganze Abendessen über diskutierten sie, woran es liegen konnte. Was, wenn der große Kondensator kaputt war? Sollten sie versuchen, die Röhren auszutauschen? Oder hätten sie die Schaltung ganz anders anlegen müssen?

Mary Rhodan verfolgte das lebhafte Gespräch der beiden Männer schmunzelnd und meinte irgendwann: »Müsstet ihr nicht zuerst einmal ausrechnen, wann der Sputnik überhaupt zu empfangen ist?«

Die beiden sahen sie verwundert an.

»Wie soll das gehen?«, fragte Jake Rhodan.

Seine Frau nahm einen Apfel aus der Obstschale, hielt ihn hoch und deutete mit dem Zeigefinger der anderen Hand eine Kreisbahn darum herum an. »Der Sputnik umkreist die Erde, nicht wahr? Einmal in etwa neunzig Minuten, steht in der Zeitung. Das heißt doch, dass er nach anderthalb Stunden wieder an derselben Stelle ankommt – aber in der Zeit hat sich die Erde unter ihm weitergedreht.« Sie drehte den Apfel ein Stück. »Nach den nächsten anderthalb Stunden wieder. Und immer so weiter. Ich meine, wenn man weiß, wann er gestartet wurde …«

»19 Uhr 28 Greenwich-Zeit«, warf Perry ein.

»… dann sollte doch zumindest abzuschätzen sein, wann er Nordamerika überfliegt und nicht, sagen wir, China oder Europa. Oder?«

»Mum«, erklärte Perry, »du hast völlig recht! Ich glaube, du bist die geborene Raumfahrttechnikerin!«

Mary Rhodan lachte. »Nein, ich hab bloß einen Sohn, der jahrelang solche Bücher gelesen und dann bei Tisch erzählt hat, was drinstand.«

Jake Rhodan holte einen Schreibblock, und sie überschlugen die Bewegungen des Satelliten. Die Erde drehte sich einmal in 24 Stunden, das hieß, der Sputnik umkreiste sie in der Zeit 16-mal. Man konnte sich also die Erde sozusagen in 16 Tortenstücke zerteilt denken, jedem Tortenstück eine Uhrzeit zuordnen und bekam dann zumindest ungefähr heraus, wann der Satellit jene Tortenstücke bereiste, in denen seine Bahn über die USA hinwegführte.

Und eine dieser Perioden würde noch heute Abend sein!

Sie fuhren zurück in den Laden, schalteten den Empfänger ein, setzten die Kopfhörer auf und warteten, den Blick auf die Uhr an der Wand gerichtet.

Und tatsächlich hörten sie es irgendwann: verrauschte, rasch aufeinanderfolgende, irgendwie nervös klingende Piepstöne aus dem Weltall!

»Was bedeutet das?«, wunderte sich Jake Rhodan und meinte damit, ob die Zeichenfolge einen Morsecode darstellte oder etwas anderes. Aber sein Sohn Perry sagte: »Das bedeutet, dass ein neues Zeitalter begonnen hat, Dad.«

Mochte die Öffentlichkeit auch verblüfft sein, für Wissenschaftler kam der Sputnik alles andere als überraschend. Tatsächlich hatten die Sowjets im Frühjahr 1957 einen solchen Start angekündigt – man hatte ihnen nur nicht geglaubt.

Sowohl die USA wie auch die UdSSR waren an einem großen internationalen wissenschaftlichen Projekt beteiligt, dem »Internationalen Geophysikalischen Jahr« (das allerdings nicht auf ein Jahr angelegt war, sondern auf eine Dauer von 18 Monaten). Insgesamt 67 Nationen und viertausend Forschungsinstitute wollten in dieser Zeit überall auf der Erde Expeditionen und Untersuchungen veranstalten, um mehr über die Beschaffenheit des Planeten zu erfahren, wobei – das war der wesentliche Aspekt des Projekts – alle Daten frei ausgetauscht und jedermann zur Verfügung gestellt werden sollten. Es war nicht nur ein wissenschaftliches Projekt, sondern auch ein politisches, ein Versuch in internationaler Diplomatie, aus dem sich die Volksrepublik China jedoch gleich wieder ausgeklinkt hatte aus Protest dagegen, dass man Taiwan die Teilnahme gestattet hatte. Und nicht nur die Sowjetunion, auch die USA hatten angekündigt, einen Satelliten ins All schicken zu wollen.

Noch im August 1957 hatte die sowjetische Nachrichtenagentur TASS vom erfolgreichen Start einer Interkontinentalrakete berichtet: Somit war klar, dass die Sowjetunion über eine Rakete verfügte, die leistungsfähig genug war. Und schon zwei Jahre vorher hatte es deutliche Hinweise gegeben, dass sich die Russen mit Raumfahrttechnik befassten.

Sputnik I lieferte außer dem Beweis, dass es tatsächlich technisch möglich war, einen Satelliten in eine Umlaufbahn zu bringen (woran niemand unter den Fachleuten ernsthaft gezweifelt hatte), keine nennenswerten wissenschaftlichen Erkenntnisse. Das war aber auch nicht das Ziel der Aktion gewesen. Einziger Zweck des Sputnik I war gewesen, den Amerikanern zuvorzukommen.

Die Sowjetunion verfügte über einen hervorragenden militärischen Organisator, General Michail W. Chrunitschow, einen Artillerieoffizier, der im Krieg die russischen Raketentechniker dazu gebracht hatte, die sogenannte »Stalin-Orgel« zu entwickeln, einen Werfer für von Feststoffraketen angetriebene Geschosse. Nach dem Krieg wurde er zum Luftfahrtminister ernannt und bekam das gesamte Raketen- und Weltraumprogramm der Sowjetunion unterstellt.

Schon zu diesem Zeitpunkt verfolgte er das Ziel, Großraketen zu bauen. Auch die Sowjets hatten sich einige der deutschen Raketentechniker gesichert, die in Peenemünde dabei gewesen waren, und mit deren Hilfe wurde 1947 in Kapustin Jar, südöstlich von Stalingrad, erfolgreich ein Nachbau der A-4 gestartet, der 300 Kilometer weiter östlich in der Wolgasteppe aufschlug. Auf dieser Grundlage trieb Chrunitschow die Entwicklung neuer, eigener Raketen voran. Die erste einsatzfähige

Rakete sowjetischer Konstruktion, die T-1, war eine Kurzstreckenrakete, der bald die T-2 folgte, die bis zu 2800 Kilometer weit fliegen konnte. Die T-3 schließlich wurde zum Grundmodell einer ganzen Reihe verschiedener Großraketen.

Technischer Leiter, kreativer Kopf und Chefkonstrukteur des sowjetischen Raketenprogramms war jedoch kein Deutscher, sondern ein Mann, dessen Identität lange eines der bestgehüteten Geheimnisse des Ostblocks darstellte. Erst 1966 sollte sein Name durchsickern: Sergej Pawlowitsch Koroljow. Geboren 1907 in Schytomyr in der Ukraine, hatte er als 17-Jähriger sein erstes Segelflugzeug konstruiert, später in Kiew und Moskau studiert und bereits 1930 mit der Konstruktion von Raketen begonnen.

Koroljow träumte vom Aufbruch der Menschheit in den Weltraum, davon, all die Ideen Wirklichkeit werden zu lassen, die Ziolkowski entwickelt hatte: Satelliten, Raumstationen, Siedlungen auf anderen Planeten.

Das Problem war, dass sich die sowjetische Führung nicht für Raumfahrt interessierte; im Kreml wollte man einfach nur Raketen haben, die Atombomben bis nach Amerika befördern konnten. Mit der Entwicklung einer solchen Rakete, die unter der Bezeichnung R-7 oder »Semjorka« lief, begannen Koroljow und sein Team 1954.

Koroljow wusste natürlich, dass eine Rakete, die imstande sein sollte, eine fünf Tonnen schwere Fusionsbombe bis nach Amerika zu schießen, auch geeignet war, einen Satelliten in eine Erdumlaufbahn zu befördern. Als der Generalsekretär der KPdSU, Nikita Chruschtschow, am 27. Februar 1956 das Konstruktionsbüro besuchte, um sich über die Fortschritte informieren zu lassen, trug ihm Koroljow die Idee vor, einen künstlichen Erdsatelliten in den Weltraum zu bringen, als herausragenden sowjetischen Beitrag zum Internationalen Geophysikalischen Jahr.

Chruschtschow war nicht sonderlich begeistert, wollte seinen wichtigsten Konstrukteur aber auch nicht verstimmen und erklärte sich einverstanden, unter der Bedingung, dass die »Hauptaufgabe« nicht darunter litt. Dies wurde später zu einem regelrechten Handel präzisiert: Sollte Koroljow zwei erfolgreiche Flüge der R-7 vorweisen können, durfte er, wenn es denn unbedingt sein musste, das mit seinem Satelliten versuchen.

Koroljow trieb seine Mannschaft an, und im Mai 1957 begann die Flugerprobung der R-7. Die ersten drei Starts waren Fehlschläge, doch im August glückte endlich ein Flug der Rakete, ein Erfolg, der auch sofort von der sowjetischen Nachrichtenagentur TASS als solcher verkündet wurde. Die R-7 war 34 m hoch, wog 280 Tonnen und flog 8800 Kilometer weit. Auch der nächste Flug, zwei Wochen später, war erfolgreich. Damit hatte er seinen Teil des Handels erfüllt und »einen Schuss frei«, um seine Träume zu verwirklichen.

Koroljow war nie die Art von Genosse gewesen, den sich das Zentralkomitee wünschte. Im Gegenteil, 1938 war er als angeblicher Volksfeind verhaftet und ins Arbeitslager Maldjak an der Kolyma verbannt worden, das am Polarkreis lag und in dem er zusätzlich zu den widrigen Lebensbedingungen Folter und Demütigungen ausgesetzt war. Doch er war ein Patriot, und als solcher witterte er eine Chance, den USA zuvorzukommen. Die Amerikaner waren im Grunde technisch überlegen, aber nach allem, was man hörte, stritten ihre Verantwortlichen nur erbittert um Budgets, Prioritäten, Zuständigkeiten und Interessen, und nichts ging vorwärts.

Das Problem: Auch in der Sowjetunion ging nichts vorwärts. Ursprünglich war geplant gewesen, einen hochkomplexen Forschungssatelliten von anderthalb Tonnen Gewicht in den Orbit zu bringen. Doch die Fertigstellung dieses Satelliten, an dem sie bereits seit Jahren arbeiteten, verzögerte sich immer weiter; es stand zu befürchten, dass er erst nach Ablauf des Geophysikalischen Jahrs einsatzbereit sein würde.

Koroljow entschied, auf die Schnelle einen kleineren, einfacheren Satelliten zu entwickeln. Hauptsache, sie waren vor den Amerikanern im All!

Innerhalb von nur vier Wochen entwarfen und bauten sie einen Raumflugkörper, der denkbar schlicht konstruiert war. Eine kugelförmige Hülle, 58 cm im Durchmesser und lediglich aus zwei gestanzten und gepressten Aluminiumblechen von zwei Millimetern Stärke bestehend, enthielt einen Temperaturmesser, Sender für zwei Frequenzen und die notwendigen Batterien. Man würde, so die Idee, die Kugel mit

Stickstoff unter Überdruck füllen und dessen Temperatur per Funk zur Erde übermitteln. Sollte der Satellit von einem Mikrometeoriten getroffen werden, der groß genug war, die Hülle zu durchschlagen, würde es zu einem Druckabfall kommen, was sich sofort als Veränderung der Temperatur bemerkbar machen würde. (Sie hätten auch einen Druckmesser verwenden können, aber es stand keiner zur Verfügung, und es hätte zu lange gedauert, einen zu beschaffen.)

Das war alles. Damit konnten sie den »Sputnik« offiziell als »Mikrometeoritendetektor« deklarieren, der zum Erkenntnisgewinn des Geophysikalischen Jahrs beitragen würde.

Koroljow legte Sonntag, den 6. Oktober 1957 als Starttermin fest. Doch dann erfuhr er, dass für diesen Tag die Veröffentlichung einer Studie amerikanischer Wissenschaftler mit dem Titel »Satelliten über dem Planeten Erde« angekündigt war, und er befürchtete, die Amerikaner könnten insgeheim ebenfalls einen Satellitenstart vorbereiten, womöglich genau für diesen Tag! Kurzerhand zog er den Start um zwei Tage vor.

So rollte also am 3. Oktober die Rakete auf einem Eisenbahnwaggon aus der Montagehalle des Kosmodroms Baikonur, den Sputnik einsatzbereit unter der Spitze montiert. Es waren nur anderthalb Kilometer von der Halle bis zum Startplatz, doch der Transport vollzog sich mit kaum Schrittgeschwindigkeit; das gesamte Entwicklungsteam begleitete die Rakete zu Fuß.

Im Lauf des Tages wurde die Rakete aufgestellt, am nächsten Morgen begann man, sie zu betanken. Koroljow kontrollierte jeden Handgriff höchstpersönlich. Jetzt durfte nichts mehr schiefgehen! Am Abend war alles bereit, wurden die letzten Überprüfungen vorgenommen. Die ganze Anlage lag unter grellem Scheinwerferlicht. Alle waren nervös, auch Koroljow.

Nach Moskauer Zeit war es 22 Uhr 28, als die Rakete brüllend in den Himmel stieg, auf einer Säule aus Feuer und Rauch. In Baikonur, das drei Zeitzonen weiter im Osten liegt, war es 1 Uhr 28 und schon der nächste Tag angebrochen. Der Nachthimmel über der kasachischen Steppe war von Wolken bedeckt, in denen die Rakete rasch außer Sicht kam.

Der Start war reibungslos geglückt, der Flug dagegen blieb nicht ohne Zwischenfälle. Nach 16 Sekunden fiel der Mechanismus aus, der sicherstellte, dass die Treibstofftanks gleichmäßig leergepumpt wurden. Zudem fiel kurz vor Ende der Brennphase eine der Treibstoffpumpen aus, wodurch die Triebwerke eine Sekunde zu früh abschalteten. Trotzdem: 324,5 Sekunden nach dem Start trennten sich Rakete und Satellit. Sputnik I war in der Umlaufbahn angekommen.

Doch dies geschah, ohne dass Koroljow und seine Mitarbeiter in ihrem Bunker am Startplatz davon erfuhren, denn zu diesem Zeitpunkt befand sich die Rakete weit außerhalb des Funkbereichs. Niemand rührte sich, niemand sagte ein Wort, bis endlich, nach quälend langen sechs Minuten, von der Station Kamtschatka die Meldung kam, dass man das Signal des Sputnik empfangen hatte.

Die Männer jubelten – alle, bis auf Koroljow. Er wollte auf Nummer Sicher gehen. Die Funker auf Kamtschatka konnten sich geirrt haben. Er wollte sein Baby selbst hören, ehe er den Erfolg feierte.

Unendlich lange neunzig Minuten später empfingen sie das unablässige *Pieppieppiep*. Sie hatten es geschafft! Zum ersten Mal hatten Menschen einen künstlichen Erdsatelliten ins All geschossen!

Koroljow telefonierte mit Chruschtschow, um ihn über den Erfolg in Kenntnis zu setzen. Der Generalsekretär gratulierte ihm höflich – und begab sich dann ungerührt zu Bett.

Außerdem verständigte Koroljow noch jemanden, nämlich einen gewissen Anatoli Arkadjewitsch Blagonrawow. Dieser Wissenschaftler im Rang eines Generalleutnants der Roten Armee weilte gerade in Washington, als Leiter der sowjetischen Delegation, die an einer Tagung über Raketentechnik und Weltraumforschung teilnahm, die vom 30. September bis zum 4. Oktober stattfand. In Washington war es gegen siebzehn Uhr, die letzten Vorträge gingen eben zu Ende. Im Kongressgebäude breitete sich schon allgemeine Aufbruchstimmung aus, als Blagonrawow seine westlichen Kollegen zu einem außerplanmäßigen Treffen einlud. Er deutete an, dass er über gewisse aktuelle Erfolge bei der Erforschung der erdnahen Atmosphäre sprechen wolle, und als alle zugegen waren, berichtete er vom erfolgreichen Start des Sputnik, des ersten künstlichen Satelliten der Welt.

Damit war die Sensation perfekt. Während die Wissenschaftler in Washington bis in die Nacht hinein zusammensaßen und diskutierten, verbreitete sich die Neuigkeit wie ein Lauffeuer über die Welt und sorgte in allen Ländern für dicke Schlagzeilen.

Jetzt erst erkannte Chruschtschow den propagandistischen Wert dieses Unternehmens: ein sowjetischer Satellit, der unablässig funkend die ganze Welt umkreiste und damit gewissermaßen den Weltraum als sowjetisches Revier markierte! Man darf annehmen, dass er daraufhin ein paar Telefonate führte, jedenfalls änderte die *Prawda*, die wichtigste Zeitung des Landes (die gleichwohl nur schrieb, was die Regierung wollte), ihren Tonfall umgehend. Hatte sie über den geglückten Start des Sputnik zunächst eher lustlos berichtet, titelte sie am 8. Oktober ganz groß: »Die Sowjetunion hat den Wettlauf ins All gewonnen!« Und Chruschtschow bot den Amerikanern eine wissenschaftliche Kooperation an: Man würde in nächster Zeit weitere Satelliten ins All schießen, zwischen sechs und dreizehn Stück, und sei bereit, wissenschaftliche Instrumente der Amerikaner mit an Bord zu nehmen.

In der amerikanischen Regierung versuchte man, den Ball flach zu halten, und gab sich demonstrativ unbeeindruckt. Ein Admiral diktierte der Presse ins Protokoll, so einen Haufen Metall in den Weltraum zu schießen, das sei nichts Besonderes, das könne jeder. Eisenhower, der die Neuigkeit auf dem Golfplatz erfahren hatte, erklärte, sie habe ihn nicht sonderlich berührt. Aus dem Mitarbeiterstab des Weißen Hauses verlautete, man betrachte den Sputnik als »netten Trick«.

Hinter verschlossenen Türen aber wurde getagt. Allen Dulles, der Chef der CIA, referierte, was man über den Satelliten und das Raketenarsenal der Russen wusste, und analysierte verschiedene Äußerungen Chruschtschows im Licht der neuen Entwicklungen. Man hatte beobachtet, dass derzeit weniger schwere Bombenflugzeuge auf den sowjetischen Luftbasen stationiert waren als gewöhnlich, und fragte sich, ob die Sowjets schon dabei waren, ihre Streitkräfte umzustrukturieren. Es gab Gerüchte, der Sputnik würde aus dem All Aufnahmen von den USA machen; man hielt diese Gerüchte zwar für unbegründet, war sich aber nicht restlos sicher, denn grundsätzlich denkbar war eine solche Anwendung von Satelliten: Schließlich interessierte sich die amerikanische Luftwaffe schon seit längerem für die Möglichkeit, Satelliten zur Aufklärung einzusetzen.

Ein Berater meinte optimistisch, der sowjetische Vorstoß sei zumindest hilfreich, den Weltraum rechtlich als internationales Territorium zu definieren, was sicherzustellen ein Ziel der amerikanischen Regierung gewesen sei. Immerhin habe der Sputnik inzwischen sämtliche Länder der Welt überquert, ohne dass es bisher auch nur einen einzigen Protest dagegen gegeben hätte.

Man diskutierte, wie man das Angebot Chruschtschows ablehnen konnte, ohne das Gesicht zu verlieren. Ganz bestimmt wollte man nicht den Russen amerikanische Hochtechnologie übergeben! Nein, man würde einen eigenen Satelliten starten, einen Satelliten, der sehr viel mehr Informationen lieferte, und diese würde man dann den übrigen am Geophysikalischen Jahr beteiligten Nationen frei zur Verfügung stellen: Das würde die USA propagandistisch wieder in Führung bringen!

Ein gewisser Dr. Detlev Bronk, der amtierende Präsident der Nationalen Akademie der Wissenschaften, mahnte, man solle sich nicht von den Russen in ein sinnloses Wettrennen locken lassen, unbedingt alles vor ihnen zu erreichen. Vielmehr solle man strikt an dem geplanten Programm, auch die Erdsatelliten betreffend, festhalten.

Dieser Auffassung schloss sich auch Präsident Eisenhower an. Man habe diesen Plan schließlich gründlich durchdacht und nicht grundlos so beschlossen, wie er war. Er würde es begrüßen, meinte er, wenn alle Anwesenden sich gegenüber der Presse und in den zu erwartenden Anhörungen durch den Kongress auf eine solche Haltung einigen könnten.

»Wir sollten auf alle Anfragen dahingehend antworten, dass wir einen Plan haben«, sagte er, »einen *guten* Plan, und dass wir beabsichtigen, an diesem festzuhalten.«

Diesmal war es Chruschtschow, der bei Koroljow mit einer Idee für ein Raumfahrtprojekt vorstellig wurde. Könne man nicht, so die Frage des mächtigsten Mannes der Sowjetunion, zum 40. Jahrestag der Oktoberrevolution mit einer weiteren Pionierleistung auf dem Gebiet der Raumfahrt aufwarten? Chruschtschow schwebte vor, ein Lebewesen ins All zu schicken, zum Beispiel einen Hund. Das würde zeigen, ob sich höhere Lebewesen überhaupt im Weltraum aufhalten konnten, was doch zweifellos eine Frage von grundlegender Bedeutung war, oder?

Koroljow pflichtete ihm bei, und obwohl die Zeit extrem knapp war, sagte er zu, einen solchen Versuch zu unternehmen.

Das konnte er, weil er so erpicht darauf gewesen war, den Amerikanern zuvorzukommen, dass er sowohl von der Rakete als auch vom Sputnik jeweils zwei Exemplare hatte bauen lassen für den Fall, dass ein Start misslang. So hatte er zwei Reserveapparate zur Verfügung. Die Rakete selbst konnte rasch einsatzbereit gemacht werden, der benötigte Satellit jedoch musste erst noch entworfen und gebaut werden: Das war der zeitkritische Teil des Vorhabens.

Es standen druckfeste Behältnisse zur Verfügung, um Hunde mit Ballons oder Forschungsraketen in große Höhen zu befördern. Ein solcher Behälter wurde rasch umgerüstet, um ein Tier – in diesem Fall die sehr fotogene Hündin Laika – eine Woche lang mit Sauerstoff, Wasser und Futter zu versorgen. Daran, das Tier anschließend zur Erde zurückkehren zu lassen, war nicht zu denken; die damit verbundenen technischen Probleme waren noch weitgehend ungelöst. Der Plan war deshalb, Laika nach 7 Tagen mittels einer Giftspritze schmerzlos zu töten.

Dieser Behälter wurde mit dem umgebauten Sputnik, mit dem Adapter und mit der Raketenspitze fest verbunden; er würde sich also nicht von der letzten Stufe trennen, sondern mit ihr gemeinsam um die Erde kreisen. Das war zwar eine technisch hässliche Notlösung, erlaubte es aber, mit Fug und Recht zu behaupten, Sputnik II wöge rund eine halbe Tonne.

So startete nicht einmal einen Monat nach dem ersten der zweite Sputnik, nämlich am 3. November 1957, und Bilder der Hündin Laika, der »ersten Raumfahrerin«, wie sie in ihrem Transportbehältnis saß, gingen um die Welt.

Das löste einen weiteren Schock aus, der fast noch größer war als der erste. Diesmal kam der Start völlig überraschend, auch für die Geheimdienste; es hatte keinerlei Vorankündigung oder Vorzeichen gegeben. Und so schnell nach dem ersten! Und eine solch enorme Steigerung der Nutzlast, von 84 Kilogramm auf 508 Kilogramm! Nun wurde man in der amerikanischen Regierung allmählich doch nervös.

Auch Laikas Schicksal bewegte viele Gemüter. Ein Tier im Dienste der Wissenschaft in den Weltraum zu schießen und dann zu töten wurde als Tierquälerei empfunden; es kam zu Protesten von empörten Tierschützern.

Die Tierschützer wären zweifellos noch viel empörter gewesen, hätten sie gewusst, wie es Laika tatsächlich ergangen ist. Was die Erfolgsberichte aus der Sowjetunion wohlweislich verschwiegen, war, dass die Hündin, eine Streunerin, die man in den Straßen von Moskau aufgelesen hatte, bereits am ersten Tag, wenige Stunden nach dem Start, gestorben war. Sie war beim Aufstieg einer Beschleunigung von bis zu 10 g ausgesetzt gewesen, und die Kabine hatte sich aus ungeklärten Gründen auf weit über 40 °C erhitzt: Vermutlich war sie einem Hitzschlag erlegen.

Auch die übrigen Instrumente funktionierten nur sieben Tage lang. Dann versagte die Lageregelung, und bald darauf verglühte das ungeschlachte Raumfahrzeug mit dem Leichnam Laikas an Bord in der Atmosphäre. Propagandistisch war Sputnik II ein voller Erfolg gewesen, wissenschaftliche Erkenntnisse von Wert dagegen hatte der Satellit nicht geliefert – bis auf einen: Man hatte bis dahin nicht gewusst, ob höhere Lebewesen unter Schwerelosigkeit überhaupt existieren konnten. Die biomedizinischen Daten, die in den wenigen Stunden, die Laika im Weltraum gelebt hatte, zur Erde gelangt waren, beseitigten diesen Zweifel.

Perry Rhodan verfolgte die Berichterstattung rund um die Sputniks aufmerksam, genau wie die meisten seiner Kameraden in West Point. Manch einer kramte seine Aufzeichnungen aus den Vorlesungen über Ballistik wieder hervor, um die Angaben aus den Zeitungen nachzurechnen; auf einmal sahen diese Formeln viel interessanter aus als damals im Unterricht.

Allerdings machte sich Perry Rhodan aufs Neue unbeliebt, weil er sich allzu offensichtlich über die Erfolge der Russen freute: Wie er das tun könne, hielt man ihm vor, als Amerikaner?

»Das hier«, erwiderte Rhodan unbeirrbar, »ist größer als eine Nation. Erfolge in der Raumfahrt betreffen die Menschheit als Ganzes.«

Er musste jedoch einräumen, dass es der Menschheit als Ganzes nichts half, dass die Sowjets keinerlei Informationen darüber verlauten ließen, wie sie es technisch anstellten, ihre Erfolge zu erzielen.

Kurz nach dem Start von Sputnik II gelang ihm endlich, Kenneth Malone in Florida an die Strippe zu kriegen. Er wollte wissen, was sein Onkel von der ganzen Sache hielt.

»Ein Vorteil, den die Russen haben, ist, dass sich bei denen militärische und wissenschaftliche Forschung in einer Hand befindet«, erklärte der. »Das ist bei uns anders. Du weißt ja, wir haben in Huntsville diese Gruppe deutscher Ingenieure, die für uns Raketen entwickeln, unter Leitung von einem gewissen Wernher von Braun. Die sagen: ›Was die Russen können, können wir auch, und besser. Gebt uns den Auftrag, das Budget und sechzig Tage, und wir schicken einen amerikanischen Satelliten ins All, gegen den alle Sputniks blass aussehen.‹«

»Aber?«, fragte Perry, weil sein Onkel es auf eine Art sagte, dass zweifellos noch ein *Aber* kommen würde.

»Aber davon will der Präsident nichts wissen. Eisenhower hat im Krieg gegen die Deutschen gekämpft; das Letzte, was er will, ist, dass der erste amerikanische Satellit auf einer Rakete ins All fliegt, die von Leuten entwickelt worden ist, die mal für Hitler gearbeitet haben.«

»Warum lässt man sie dann überhaupt Raketen entwickeln?«

»Na ja, Raketen fürs Militär, das ist was anderes. Da kann man sich solche Empfindlichkeiten nicht leisten. Aber bei diesen Raumfahrtprojekten geht es ja wesentlich darum, wie es *aussieht*, nicht wahr?«

»Die Russen machen halt Propaganda draus«, meinte Rhodan.

»Ach, und wir nicht?« Onkel Ken lachte. »Dann schau mal genauer hin.«

»Hmm.« Es gefiel Perry Rhodan nicht, die Raumfahrt, den Traum seiner Jugend, als von allen Seiten zu politischen Zwecken missbraucht betrachten zu müssen.

»Pass auf, ich erzähl dir ein Beispiel. Weil, wie gesagt, Eisenhower eine von Amerikanern entwickelte Rakete haben will, gibt es schon seit einiger Zeit, parallel zu dem deutschen Team bei Redstone, ein ziviles Raketenprojekt unter dem Namen *Vanguard*. Die sind noch nicht so weit, was aber nicht deren Fehler ist, sondern einfach daran liegt, dass sie später angefangen haben. Außerdem ist die Vanguard als vierstufige Rakete konzipiert, eine ziemlich komplizierte Konstruktion. Bisher sind nur die ersten zwei Stufen getestet. Für den 6. Dezember haben die Jungs hier bei uns auf Cape Canaveral den ersten Test *aller* Stufen angesetzt, ein Termin, der schon eine ganze Weile steht. Aber nun ist das Weiße Haus vorstellig geworden, weil man dort spätestens seit Laika nervös ist wie nur was, und hat darauf gedrängt, bei der Gelegenheit gleich einen Satelliten ins All zu schießen. Und das Ganze soll groß aufgezogen werden, mit Presse und Fernsehübertragung und allem Pipapo.«

»Oh«, machte Perry.

»Ja, genau. Den Ingenieuren ist gar nicht wohl dabei. Mir auch nicht. Die Leute haben keine Ahnung, wie viele solcher Tests schiefgehen! So eine Rakete besteht aus Hunderttausenden von Teilen, die alle richtig funktionieren müssen, und außerdem ist sie mit Tonnen hochexplosiver Chemikalien gefüllt – da reicht eine winzige Fehlfunktion, und … *BUMM!*«

»Und was macht ihr jetzt?«

Onkel Ken seufzte. »Na ja, was machst du, wenn dich der Präsident dringend um etwas bittet? Sie basteln eben schnell einen Satelliten, ein Winzding, gerade mal drei Pfund schwer …«

»So schwer wie eine Flasche Milch«, meinte Perry.

»Ja. Wobei, man kann auch in drei Pfund eine Menge Instrumente unterbringen, das ist nicht das Problem. Das Problem ist, dass es halt lächerlich klingt, nachdem die Sowjets kurz zuvor einen Tausendpfünder ins All befördert haben.«

Perry ließ sich das durch den Kopf gehen. »Am 6. Dezember, sagst du?«

»Oh, wird dir bestimmt nicht entgehen«, meinte Kenneth Malone.

Und so war es auch. Der geplante Start der Vanguard-Rakete mit dem ersten amerikanischen Erdsatelliten an Bord wurde groß angekündigt, Reporter aus aller Welt kamen an den Startplatz, und das Fernsehen übertrug das Ereignis live. In West Point ruhten sogar die Vorlesungen, damit alle Studenten Gelegenheit hatten, den Start auf dem Fernsehapparat in der Messe zu verfolgen.

Es wurde ein Desaster. Die Vanguard hob ab, sank nach wenigen Metern zurück auf die Startplattform und explodierte in einem gewaltigen Feuerball.

Erstaunlicherweise wurde der winzige Satellit dabei nicht zerstört; er fiel neben dem Kontrollbunker zu Boden und fuhr fleißig fort, seine Messdaten zu senden. Trotzdem gaben ihm Zeitungen den Spitznamen »Kaputtnik«.

Im Raketenversuchszentrum der US Army, dem sogenannten *Redstone Arsenal* in Huntsville, Alabama, rund dreihundert Kilometer nördlich von Montgomery gelegen, hatte das Team um Wernher von Braun schon nach dem Start von Sputnik I in aller Stille und ohne offiziellen Auftrag damit begonnen, eine der bereits erprobten Redstone-Raketen so umzubauen, dass sie imstande war, eine bescheidene Nutzlast in eine Erdumlaufbahn zu bringen. Noch am Sonntag nach dem missglückten Start der Vanguard-Rakete schrieb der militärische Leiter der Entwicklungsabteilung, John B. Medaris, einen drastischen Brief ans Pentagon: Man habe, erklärte er, hier eine verbesserte Rakete bereitstehen, um die Ehre Amerikas zu retten. Sollte Washington von diesem Angebot keinen Gebrauch machen, würden sowohl er als auch Wernher von Braun ihren Rücktritt einreichen, da sie die verfahrene Situation, in der sich die USA in Bezug auf die Raumfahrt befänden, nicht länger mitverantworten wollten.

Der Brief, den zu schreiben Wernher von Brauns Idee gewesen war, wirkte. Der Präsident überwand seine Vorbehalte gegen die »Krauts« und gab ihnen grünes Licht.

Keine achtzig Tage später, am 31. Januar 1958, stand eine Jupiter-C-

Rakete mit einer zusätzlichen 4. Stufe auf einer Abschussplattform in Cape Canaveral, insgesamt 25 Meter hoch und fast 30 Tonnen schwer. Wieder waren Gäste und die Presse aus aller Welt anwesend, wieder wurde der Start im Fernsehen übertragen. Buchmacher machten gute Geschäfte mit Wetten auf den Starterfolg; den Quoten zufolge rechneten die meisten damit, dass es diesmal klappen würde.

Um 22 Uhr 48 erfolgte die Zündung. Ein greller, orangeroter Feuerstrahl schob die Rakete in die Höhe, ließ sie schneller und schneller werden und schließlich in den Wolken am Nachthimmel verschwinden, ein heller, hin und her schwankender Stern, der mit dem Brennschluss der ersten Stufe abrupt erlosch.

In der 409. Sekunde zündete die zweite Stufe, trug die Rakete weiter in die Höhe und endgültig außer Sicht.

Acht Minuten später stand fest: Der Start war geglückt. *Explorer I*, der erste amerikanische Erdsatellit, hatte die Umlaufbahn erreicht.

Bei diesem Satelliten handelte es sich um ein zwei Meter langes und rund sechzehn Zentimeter durchmessendes zylindrisches Gebilde, das fast selbst wie eine winzige Rakete aussah. Mit nur 13,7 Kilogramm war Explorer I wesentlich kleiner und leichter als Sputnik I, dafür aber weitaus vielseitiger ausgerüstet. Der Satellit hatte mehrere Vorrichtungen an Bord, um den Aufschlag von Mikrometeoriten zu zählen und zu bewerten, er maß die kosmische Strahlung und die Temperatur, außerdem war natürlich eine Funkanlage eingebaut. All das wurde von Batterien versorgt, die sich über Solarzellen wieder aufladen konnten.

Es war der erste Satellit, der wirklich relevante wissenschaftliche Daten zur Erde hinabfunkte. Seine Messwerte gaben erstmals Hinweise darauf, dass rings um die Erde ein Strahlungsgürtel existiert, in dem energiereiche geladene Teilchen wie in einer Magnetflasche gefangen sind und der das Leben auf der Erde wie eine Art Schutzschild vor der kosmischen Strahlung schützt. Diese Zone wird noch heute nach dem Physiker James Van Allen, der ihre Existenz vorhergesagt und die Ausrüstung des Explorer-Satelliten wesentlich mitbestimmt hat, Van-Allen-Gürtel genannt. Wenn Teilchen aus diesem Gürtel in den Polregionen, wo er sich abflacht und dichter an die Erde gelangt, die Atmosphäre berühren, erzeugen sie die berühmten Polarlichter.

Explorer I, der dritte von Menschenhand geschaffene Erdsatellit, funktionierte bis zum 23. Mai 1958. Man hatte erwartet, dass er die Erde drei Jahre lang umkreisen würde, ehe er abstürzte und in der Atmosphäre verglühte. Tatsächlich geschah dies jedoch erst über zwölf Jahre später, am 31. März 1970, nach über 58 000 Erdumkreisungen.

Chruschtschow kommentierte den Start von *Explorer I* spöttisch, die Amerikaner hätten da eine Pampelmuse ins All geschossen, während die Russen schon mit Medizinbällen hantierten.

Vier Tage danach, am 3. Februar, startete die Sowjetunion den Sputnik 3. Dies war endlich der Satellit, den Koroljow ursprünglich als ersten ins All hatte bringen wollen, ein richtiger Forschungssatellit.

Doch der Start schlug fehl.

Davon erfuhr die Welt jedoch nichts. Die Sowjetunion verfolgte weiterhin die Strategie, nur Erfolge zu verkünden und Fehlschläge zu verschweigen.

Die Amerikaner dagegen scheiterten weiterhin vor den Augen der Welt.

Ein zweiter Start der Vanguard-Rakete am 5. Februar schlug fehl, weil 57 Sekunden nach dem Abheben die Lagekontrolle versagte, worauf sich die Rakete überschlug und explodierte.

Ein zweiter Versuch am 5. März, einen Explorer-Satelliten in den Orbit zu bringen, schlug fehl, weil die vierte Stufe nicht zündete.

Am 17. März endlich gelang der Start einer Vanguard-Rakete. Er gelang sogar ausgesprochen gut: Die Rakete brachte einen kleinen Satelliten gleichen Namens in eine rund viertausend Kilometer hohe Erdumlaufbahn, auf der er über 240 Jahre lang verbleiben sollte. (Anfang der 1990er Jahre, als sich alles, was die Raumfahrt anbelangte, längst grundlegend verändert hatte, stellte man Vanguard I unter Denkmalschutz. Der Satellit wurde im Lauf der Zeit ein beliebter touristischer Anlaufpunkt für erdnahe Ausflüge in den Weltraum. Als er im Jahr 2199 abzustürzen drohte, entschied man, ihn aus dem Orbit zu nehmen und im Museum für Technikgeschichte in Terrania City auszustellen.)

Der nächste Vanguard-Start, im Mai, schlug jedoch wieder fehl, ebenso wie der im Juni … Insgesamt glückten von elf nur drei Starts, dann wurde das Projekt komplett eingestellt.

Inzwischen gab es neue Schlagzeilen aus dem Osten: Die Sowjetunion verkündete den erfolgreichen Start des Sputnik 3 am 15. Mai 1958. Angesicht der Daten des Satelliten wurde den Amerikanern schwarz vor Augen: Sputnik 3 war ein *Koloss* – fast anderthalb Tonnen schwer, von kegelförmiger Gestalt, beinahe vier Meter lang und an der breitesten Stelle zwei Meter durchmessend; groß genug, dass ein Mensch darin Platz gehabt hätte!

Das allerdings war nicht der Fall, der dritte Sputnik war vollgestopft mit wissenschaftlichen Instrumenten und ebenfalls mit Solarzellen ausgerüstet, um seine Batterien wieder aufzuladen.

Trotzdem: Wie *machten* die Russen das, ein solches Schwergewicht ins All zu befördern?

Es war, beschloss Präsident Eisenhower, nötig, die ganze Problematik geordneter und gezielter anzugehen. Vor allem musste dieser Wildwuchs an Projekten in allen Ecken des Landes aufhören. So wurde am 29. Juli 1958 die NASA ins Leben gerufen, die *National Aeronautics and Space Administration*, die von nun an alle zivilen wissenschaftlichen Raumfahrtprojekte leiten und koordinieren sollte.

Das erste große Ziel, das man ihr setzte, war, einen Menschen ins Weltall zu befördern und heil wieder auf die Erde zurückzubringen.

Und zwar möglichst bevor die Russen es taten.

9

Während der Wettlauf ins All Fahrt aufnahm, kam Perry Rhodan kaum dazu, alle Berichte darüber zu verfolgen, denn seine Zeit in West Point ging im Sommer 1958 zu Ende, und die Vorbereitungen auf die letzten Prüfungen nahmen ihn voll in Anspruch.

Aber dann war es endlich vollbracht. Zusammen mit allen anderen, die es bis hierher geschafft hatten, schleuderte er nach der Vereidigungszeremonie seine Dienstmütze in die Höhe, hinauf in einen strahlend blauen Himmel, dem man nicht ansah, dass darüber die ersten künstlichen Satelliten um die Erde kreisten. Dann trat der frischgebackene 2nd Lieutenant Perry Rhodan zu seinen Eltern, die zur Abschiedsfeier angereist waren, und beide fast platzten vor Stolz auf ihren Sohn. Onkel Ken hatte schon am Morgen ein Glückwunschtelegramm geschickt; so hatte Perry auch mal ein Telegramm erhalten! Was ihn an Leroy denken ließ, von dem er noch nichts gehört hatte.

Nun, das konnte ja noch kommen.

»Und?«, wollte sein Vater wissen. »Wohin geht's jetzt?«

»Nach Arizona«, erwiderte Perry Rhodan. »Meine erste Stationierung wird auf der Williams Air Force Base sein.«

»Hätten die dich nicht irgendwohin schicken können, wo du näher bei uns bist?«, beschwerte sich seine Mutter.

Rhodan schmunzelte. »Mum, Williams ist *die* Ausbildungsstätte für Jetpiloten.«

»Ausbildung? Ich dachte, die hast du jetzt hinter dir?«

»Von wegen. Die fängt gerade erst an.«

»Es gibt jede Menge neuer Flugzeugtypen, Mary«, meinte Jake Rhodan. »Und ich schätze, man muss bei jedem einzelnen lernen, wie man damit umgeht.«

Nach all den schier endlosen Monaten in West Point ging nun auf einmal alles ganz schnell. Man verabschiedete sich von den Kameraden, mit denen man vier Jahre gemeinsam gelernt und oft genug auch gemeinsam gelitten hatte, packte seine Sachen, und ehe man sich's versah, war dieser Lebensabschnitt Geschichte.

Die Williams Air Base lag im Maricopa County, rund fünfzig Kilometer südöstlich von Phoenix, in unmittelbarer Nachbarschaft der Stadt Chandler, die damals keine zehntausend Einwohner zählte. 1941 als Flugschule der US-Streitkräfte gegründet, um den Bedarf an Kampfpiloten für den Weltkrieg zu decken, war der Stützpunkt inzwischen selber zu einer Art Kleinstadt herangewachsen, in deren von zahllosen prächtigen Palmen gesäumten Wegen man sich ohne Straßenschilder, Wegweiser und Übersichtskarten nicht mehr zurechtgefunden hätte. Es gab hier alles, was ein Soldat mit geringen Ansprüchen zum täglichen Leben brauchte. Man wurde ohnehin in einer gewaltigen Messe abgefüttert und bekam die Wäsche gemacht; zu tun blieb lediglich, das eigene Zimmer sauber zu halten und sein Bett zu machen, was sich in längstens einer Viertelstunde pro Tag bewerkstelligen ließ.

Nach dem Druck und der Hektik von West Point kam Perry Rhodan der Dienst auf dem Stützpunkt fast vor wie Urlaub. Eine ganze Weile lang plagte ihn die nagende Sorge, er könne plötzlich feststellen, dass er irgendwelche unerhört wichtigen Pflichten völlig vergessen hatte.

Das *Advanced Flight Training* begann genau wie die Grundausbildung: mit viel Theorie – und einem neuen Vortrag darüber, welche Schwierigkeiten auf sie alle warteten und dass einer von dreien es nicht schaffen würde. Das hatte nach Rhodans Beobachtung schon beim ersten Mal nicht gestimmt, war aber wohl auch eher als Ansporn gedacht, sich ins Zeug zu legen. Nach der Theorie würden sie erstmals auch an Simulatoren üben und dann all die Dinge lernen, die man ihnen in der Grundausbildung vorenthalten hatte: Formationsflug, Instrumentenflug, Allwetterflug (Rhodan war gespannt, wie sie *das* üben wollten; hier in Arizona schien unablässig strahlender Sonnenschein zu herrschen), Überschallflug, Flug mit Waffeneinsatz und dergleichen mehr.

Doch bis es damit losging, galt es noch viele Stunden über Büchern und Papier durchzustehen.

Und eine medizinische Untersuchung auf Flugtauglichkeit. Mal wieder.

Perry Rhodan fand eines Morgens einen Zettel in seinem Fach mit der Anweisung, zu einem bestimmten Datum und zu einer bestimmten Uhrzeit beim Flugmediziner vorstellig zu werden. Um nichts falsch zu machen, ging er eine halbe Stunde früher hin und wartete auf seinen Termin, wie man beim Arzt eben wartet: mit Unbehagen, aber gefasst.

Außer ihm befand sich nur noch ein weiterer Mann im Wartezimmer, ein schlaksiger, pferdegesichtiger Kerl, der Kaugummi kauend so hingegossen in einem der Stühle lümmelte, dass man sich, Uniform hin oder her, nicht vorstellen konnte, dass er jemals imstande sein würde, eine korrekte Habachthaltung einzunehmen. Er nickte Rhodan, als dieser eintrat, nur kurz zu und widmete sich dann wieder hingebungsvoll der Lektüre einer Zeitschrift über Sportwagen.

Rhodan fischte die Januar-Ausgabe des TIME-Magazins heraus, dessen Cover Nikita Chruschtschow zeigte, mit einer goldenen Krone in Form des Kreml und dem ersten Sputnik in Händen und der Überschrift: *Mann des Jahres*. Der zugehörige Artikel war kurz und von technischem Sachverstand weitgehend unbelastet, ansonsten ging es in dem Heft um Außenpolitik, neue Autos, Medizin und diverse Personalien aus Wirtschaft und Theater.

»Interessiert dich das? Raketen und so?«

Rhodan sah auf. Der Pferdegesichtige hatte seine Zeitschrift gerade schwungvoll, aber zielsicher zurück auf den Tisch zu den anderen geworfen.

»Ja«, sagte Rhodan. »Das ist die Zukunft, denke ich.«

»Denke ich auch«, meinte der andere und nickte kauend. »Dass wir in zehn, zwanzig Jahren dort oben zwischen den Sternen herumsausen. Kann's kaum erwarten.« Er lachte meckernd. Er hatte glatte, haselnussbraune Haare, die sich an den Schläfen schon grau färbten, obwohl er kaum mehr als zwei Jahre älter sein konnte als Rhodan, der gerade seinen 22. Geburtstag hinter sich gebracht hatte. »Und was machst du hier, beim Feind?«

»Beim Feind?«, fragte Rhodan verwundert zurück.

Der andere lachte wieder. »Flugärzte sind die natürlichen Feinde der Piloten, weißt du das nicht?«

»Sind sie das?«

»Klar. Was kannst du als Pilot gewinnen, wenn du zum Arzt gehst? Nichts. Aber du riskierst, dass er dich *groundet*, wegen irgendeinem Scheiß, den er findet. Weil deine Sehschärfe um Null-Komma-null-null-was weiß ich Prozent nachgelassen hat. Weil du dir die Hand gebrochen und was von deiner Beweglichkeit verloren hast. Teufel, ich kenn einen, den haben sie wegen *Senkfüßen* in den Bodendienst versetzt!« Er hob die Hand, ließ sie klatschend auf seinen Oberschenkel fallen. »Kurzum, du bist hier beim Feind. Besser, du machst dir das klar.«

Rhodan hob die Schultern, tippte gegen die Brusttasche, in der er den Zettel verstaut hatte. »Ich hab einen Termin für eine Flugtauglichkeitsprüfung, ohne die sie mich aus dem *Advanced Training* werfen. Führt wohl kein Weg drum herum.«

»Stimmt. Da bleibt mir nur, dir alles Gute zu wünschen.«

Rhodan musterte den seltsamen Gesellen genauer. »Und wieso bist du hier? Beim Feind?«

Der andere grinste breit, ein Grinsen, das von einem Ohr bis zum anderen zu reichen und ungefähr zweihundert strahlend weiße Zähne zu entblößen schien. »Hab einen Hautausschlag.« Er lachte laut auf, als sei das der beste Witz des Jahres.

»Na, dann«, meinte Rhodan. »Da ist die Gefahr wohl gering, dass sie dich *grounden*.«

Der Pferdegesichtige richtete den Zeigefinger auf Rhodan, als sei es ein Pistolenlauf. »Hundert Punkte, Kumpel. Der Hauptgrund ist, ehrlich gesagt, dass mich meine Frau *gegroundet* hat deswegen. Ist ein Ausschlag an einer, sagen wir, ziemlich empfindlichen Stelle, wenn du verstehst, was ich meine.« Er lachte wieder. »Und das gefällt ihr gar nicht.«

Wir dürfen davon ausgehen, dass der junge Perry Rhodan an dieser Stelle errötete oder zumindest das Gefühl hatte zu erröten, denn dies waren die fünfziger Jahre des zwanzigsten Jahrhunderts alter Zeitrechnung, und damals war in Amerika alles, was auch nur entfernt das Thema der menschlichen Fortpflanzung berührte, eigentlich unaussprechlich. Rhodan verstand zwar – theoretisch, wohlgemerkt, dank der Lektüre einiger Bücher, die er in einem Alter gelesen hatte, für das sie nicht vorgesehen gewesen waren –, aber er wusste nicht, was er darauf sagen sollte.

Sein Gegenüber nahm ihm die Sorge darum ab, indem er sich vorbeugte, die Hand ausstreckte und sagte: »Heiße übrigens Wings, Raymond Wings. Für Freunde Ray.« Er grinste. »Was soll einer mit so einem Namen anderes werden als Pilot, hmm?«

Perry schüttelte die dargebotene Hand, bemerkte einen dicken, goldenen Ehering an der anderen und sagte: »Perry Rhodan. Perry.«

In diesem Augenblick wurde die Tür zum Sprechzimmer aufgerissen, und ein Mann, der aussah wie ein schlecht als Arzt getarnter Schwergewichtsboxer, bellte: »Wings!«

Raymond Wings zwinkerte Perry Rhodan zu. »Denk dran, wer der Feind ist.« Dann stand er auf und verschwand mit dem Arzt hinter der weißen Tür, um das Problem mit seinem Hautausschlag zu lösen.

Perry Rhodan saß verblüfft da. Raymond Wings? *Ray* Wings? Den Namen hatte er doch schon einmal gehört!

Nach einigem Grübeln fiel es ihm wieder ein: Einer seiner Instruktoren hatte den Namen fallenlassen, im zweiten Teil seines Grundtrainings. Rhodan hatte ein etwas gewagtes Manöver versucht, um nach einem falsch angesetzten Anflug auf die Landebahn die Maschine doch noch zu Boden zu bringen, doch der Instruktor hatte die Kontrolle über das Flugzeug an sich gezogen, war durchgestartet und hatte gesagt: »Spielen Sie hier nicht Ray Wings, Mann!«

Rhodan hatte nicht verstanden, was der Instruktor damit gemeint hatte; er hatte es für einen der zahllosen Spezialausdrücke des Fliegerslangs gehalten, den es erst noch zu erlernen galt, um dazuzugehören.

Konnte es sein, dass der Fluglehrer von einem *real existierenden* Piloten gesprochen hatte?

Von *diesem* Piloten am Ende?

Oder hatte der Pferdegesichtige ihn einfach zum Narren gehalten? War der Name »Ray Wings« so etwas wie der »John Doe« bei der Kriminalpolizei?

Die gefürchtete Untersuchung ging schneller, als Perry Rhodan es erwartet hatte. Nach kaum zehn Minuten kam der knurrige Arzt zu dem Schluss: »Sie sind flugtauglich, keine Frage. Ziehen Sie sich an und hauen Sie ab.« Einen Stempel und eine Unterschrift später war Rhodan wieder draußen.

Anderntags erkundigte er sich bei den Kameraden in seinem Lehrgang, was ihnen der Name Ray Wings sagte. Was diese wiederum dazu brachte, ihn mit großen Augen anzublicken und fast im Chor zu entgegnen: »Du hast noch nie was von *Ray Wings* gehört?«

Rhodan hob die Schultern. »Deswegen frag ich ja.«

Ray Wings, erfuhr er, war offenbar allen Piloten außer ihm ein Begriff. »Das ist ein Freak«, erklärte man ihm, »der *absolute* Freak. Der Jock aller Jocks. Eine Legende!«

Diese Legende besagte, dass Raymond Christopher Wings in den endlosen Ebenen des Mittleren Westens geboren war, dort, wo man mit Flugzeugen Unkrautvernichter über gigantischen Feldern versprühte und Wolken impfte, damit sie abregneten. Seine Eltern waren beide Piloten, die mit ebendieser Tätigkeit ihren Lebensunterhalt verdienten, den Sommer über flogen und sich im Winter in einem windschiefen Haus im Norden einschneien ließen. Ray, ihr einziger Sohn, hatte das Fliegen mit vierzehn Jahren begonnen – oder mit zwölf, die Altersangaben variierten, je nachdem, wen man fragte – und sich noch vor der Highschool sein eigenes Segelflugzeug gebaut. Den Pilotenschein, hieß es, habe man ihm irgendwann einfach ausgehändigt, weil jeder wusste, dass er flog wie der Teufel und sich ein Prüfer nur blamiert hätte. Er galt außerdem als eine Art wandelndes Lexikon: »Ray weiß *alles* über *jedes* Flugzeug, das je irgendwo auf der Welt gebaut worden ist. Versuch erst gar nicht, mit ihm zu diskutieren.«

Was er hier auf der Williams Air Force Base machte, wusste man allerdings nicht genau. Die einen waren überzeugt, dass er in irgendwelche geheimen Untersuchungen eines sowjetischen Flugzeugs involviert war, das in einem der abgesperrten Hangars angeblich zerlegt und untersucht werde; andere meinten, es habe private Gründe, denn seine Frau Gloria, mit der er in einem hübschen Haus in Chandler wohnte, sei schwanger und er habe darum gebeten, hier stationiert zu sein, bis das Kind auf der Welt war. Und einem Ray Wings schlage man eine solche Bitte nicht ab.

Es gab auch eine Menge warnender Worte. Ray Wings vertrage, so ging die Sage, Alkohol in nahezu beliebigen Mengen und könne jeden unter den Tisch saufen, anschließend aufstehen und problemlos den nächstbesten Kampfjet fliegen. »Also Vorsicht, wenn du mit ihm in einer Bar bist!«, sagte einer.

Worauf ein anderer meinte: »Besser, du *gehst* gar nicht erst mit ihm in eine Bar.«

Perry Rhodan rechnete nicht damit, Ray Wings so schnell wieder zu begegnen. Der Stützpunkt war groß, ihr Stundenplan gut gefüllt (wenn er auch keinem Vergleich mit den Stundenplänen standgehalten hätte, die man in West Point als angemessen betrachtete), und außerdem war der legendäre Pilot ja wohl sicher anderweitig beschäftigt.

Doch da irrte er sich. Schon am nächsten Tag, als Rhodan das Tablett mit seinem Mittagessen durch die Messe balancierte und nach einem freien Platz Ausschau hielt, rief plötzlich eine meckernde Stimme: »Hey, Weltraumfahrer!«, und als er sich umschaute, sah er das Pferdegesicht von Ray Wings, der ihn zu sich herwinkte.

Rhodan folgte der Einladung und setzte sich, einigermaßen befangen, nun, da all das, was er über den anderen gehört hatte, in seinem Kopf war und bewirkte, dass der Mann, der gestern noch irgendein Lümmel mit schlechter Haltung und dreckiger Lache gewesen war, plötzlich wie von einer Gloriole umhüllt erschien.

Perry Rhodan sollte später oft an diesen Moment denken, in jenen Jahren, als es anfing, dass er selbst in die Position dessen rutschte, der von anderen wie von einer Gloriole umhüllt wahrgenommen wurde, weil sie schon so viel über ihn gehört hatten. Er fand es hilfreich, sich daran zu erinnern, wie es von der anderen Seite aus ausgesehen hatte, und sich immer gegenwärtig zu halten, dass Bewunderung und Ruhm zum größten Teil auf diesem psychologischen Mechanismus beruhte: dass andere Geschichten über einen erzählten, in denen man überlebensgroß erschien.

»Und?«, wollte Ray wissen. »Wie ist es gelaufen beim Feind?«

»Alles gutgegangen«, erwiderte Rhodan.

»Bleibst uns also erhalten?«

»Sieht ganz so aus.«

Sie aßen, machten ein bisschen den üblichen Smalltalk unter Piloten – genauer gesagt redete Ray Wings, und Perry Rhodan hörte zu, nickte und gab ab und zu zustimmende Geräusche von sich –, und dann fragte Wings plötzlich, damit beschäftigt, unappetitlich aussehende Dinge mit seinem Kartoffelbrei und der Soße zu veranstalten: »Sag mal, Weltraumfahrer, hast du eigentlich schon mal was von MISS gehört?«

»MISS?«, wiederholte Rhodan verständnislos.

»Steht für ›Man in Space Soonest‹. Ist ein Projekt unserer geliebten Air Force, und wie der Name schon sagt, geht es darum, dass sie einen Mann in den Weltraum bringen wollen, und zwar bevor es die Sowjets tun.«

Das zu hören elektrisierte Rhodan. »Ehrlich?«

Wings wiegte den Kopf. »Sie hängen es nicht grade an die große Glocke, aber ja, ist echt. Hat mir jemand erzählt, der mir in solchen Dingen keine Bären aufbindet. Sie haben erst kürzlich, Ende Juni, neun Männer ausgesucht, die dabei sind. Freiwillige, angeblich.« Er lachte sein meckerndes Lachen. »Ganz schön kühn, wenn man bedenkt, wie oft unsere Raketen explodieren, was?«

Der Gedanke, dass der Aufbruch von Menschen in den Weltraum schon begonnen hatte und nicht einfach *irgendwo*, sondern in ebenjener militärischen Einheit, der er selbst angehörte, *und dass er nicht dabei war*, versetzte Perry Rhodan in Unruhe. »Und ... und ... wie sind sie auf diese Männer gekommen? Ich meine, gab's da einen Aufruf, sich zu melden, oder so etwas?« *Den ich verpasst habe, weil ich in dem Moment noch in West Point über Prüfungen geschwitzt habe?*, hätte er hinzufügen können, weil es genau das war, was ihm durch den Kopf ging.

»Nein, nein, das ist alles *top secret*, sag ich doch«, erwiderte Ray Wings und schaufelte sich etwas von dem Brei-Soße-Gemisch in den Mund. »Die haben sich unter den Testpiloten umgeschaut, weißt du? Das sind die, von denen sie denken, dass sie mit den Risiken am besten umgehen können. Die fliegerische Elite eben.«

Alles klar, dachte Perry Rhodan. *Das heißt, ich muss Testpilot werden, und zwar so schnell wie möglich!*

»Es gibt da einen Testpiloten, Airman 1st Class Donald Farrell«, fuhr Wings fort, »von dem mir ein gemeinsamer Bekannter erzählt hat, dass sie ihn im Februar sieben Tage lang in eine Kammer mit einer vollkommen künstlich hergestellten Atmosphäre gesteckt haben. In Texas war das, Randolph Field. Sieben Tage – so lange, wie sie denken, dass ein Flug zum Mond dauern könnte.«

»Ein Flug zum Mond«, wiederholte Rhodan andächtig. Die nahmen das alles tatsächlich in Angriff – und er bekam es nicht mal mit!

Ray Wings, das wandelnde Lexikon des Fliegens, war in seinem Element. »Es gab schon vorher ein Programm, im *Aeromedical Research Laboratory* auf der Hollomann Air Force Base in New Mexico. Hieß ›Man High‹ und drehte sich darum, Männer mit großen Heliumballons in die Stratosphäre hinaufzubringen. Der erste war Joe Kittinger – das ist ein Tier von einem Testpiloten, dem graut vor nichts. Ist also letztes Jahr im Juni hoch, in einer Kapsel, so winzig, dass dir dagegen ’ne Telefonzelle vorkommt wie ein Ballsaal. Im August der nächste, David Simons, und der war 32 Stunden in dem Ding. Ist bis auf über hunderttausend Fuß hoch, eine Höhe, in der du bloß noch ein Prozent der Atmosphäre über dir hast und den Rest unter dir, wo der Himmel am helllichten Tag schwarz ist und du die Sterne siehst und die Krümmung der Erde. Runtergekommen ist er schließlich in irgendeinem Feld in South Dakota, wo ihn ein Farmer gefunden hat.«

»Davon hab ich nicht das Geringste gehört«, gestand Rhodan.

Wings nickte. »Hat sicher was damit zu tun, dass die Air-Force-Oberen das alles nur toleriert haben, weil sie gehofft haben, es fallen Erkenntnisse dabei ab, die für hochfliegende Flugzeuge nützlich sind, wie die U-2 zum Beispiel. Aber ›Weltraum‹ war letztes Jahr im Pentagon noch ein ganz, ganz schmutziges Wort. Das hat man nicht in den Mund genommen, wenn man nicht riskieren wollte, sich auf ’nem abgeranzten Stützpunkt in Alaska wiederzufinden.«

Rhodan runzelte die Stirn. »Dann ist es ja kein Wunder, dass die Sowjets die Ersten waren.«

»Kann man wohl sagen. Der Sputnik hat alles geändert. Seither schießen die Programme aus dem Boden wie Pilze nach einem warmen Sommerregen. Die Navy hat ›MER‹ aufgesetzt, ›Manned Earth Reconnaissance‹, bei dem es irgendwie darum ging, ein aufblasbares Vehikel in eine Erdumlaufbahn zu schicken, bemannt und imstande, wieder zurückzukommen. Die deutsche Mafia, die sich die Army in Huntsville hält, hat ein Projekt namens ›Man Very High‹ vorgeschlagen – einfallsreicher Name, was? –, bei dem es darum gehen sollte, dasselbe zu machen wie bei ›Man High‹, nur mit Raketen statt mit Ballons.«

»Klingt … wie übers Knie gebrochen.«

»*Yeah*, hat man sich in der Regierung wohl auch gedacht, denn das alles ist im April gestoppt worden. Jetzt ist bloß noch das MISS-Projekt übrig. Sie überlegen noch, ob sie die Kapsel mit einer Thor- oder mit einer Atlas-Rakete ins All schießen, aber darum geht's jedenfalls.«

»Um Telefonzellen im All.«

»Du sagst es, Weltraumfahrer.« Wings schob den letzten Bissen Fleisch zwischen die Zähne, zerkaute ihn hingebungsvoll und meinte dann: »Mir gefällt das nicht, muss ich sagen. Es gibt da nämlich noch ein Projekt, die X-15. Von der hast du aber sicher schon gehört, oder?«

Rhodan nickte zögerlich. *Gelesen* hatte er darüber. Danach war die X-15 als eine Art Raketenflugzeug gedacht, das unter einer B-52 montiert so hoch wie möglich in die Luft gebracht werden sollte, um von dort aus zu starten, bis an die Grenze des Weltraums vorzustoßen und am Ende aus eigener Kraft wieder auf der Erde zu landen.

»Die würd' *ich* nämlich gern fliegen. Aber wenn sie jetzt alles auf dieses eine Programm konzentrieren, hab ich Sorge, dass sie das X-15-Projekt auch noch streichen. Und das würd' mich fuchsen, das kann ich dir sagen.«

Rhodan beschäftigte eine ganz andere Sache. »Wie«, fragte er, »wird man eigentlich Testpilot?«

Worauf Ray Wings so laut auflachte, dass es Rhodan vorkam, als schaue die halbe Messe zu ihnen herüber. Doch anstatt auf Rhodans Frage einzugehen, schaute Wings auf seine Armbanduhr und sagte: »Sorry, ich muss. War nett, mit dir zu plaudern, Weltraumfahrer.«

Damit stand er auf, trug raschen Schrittes sein Tablett zur Abgabe und entschwand Rhodans Blicken.

Danach sah Rhodan ihn lange Zeit nicht wieder.

Er hatte auch erst mal genug damit zu tun, sich durch den theoretischen Teil der Ausbildung zu wühlen und die Prüfungen zu bestehen, und zwar bestmöglich: Zwar war ihm immer noch nicht klar, wie man Testpilot wurde, aber exzellente Noten würden garantiert nicht schaden.

Seine übrige Zeit verbrachte er in den Werkstätten und Hangars und machte sich die Hände an den Maschinen schmutzig, weil er nicht nur theoretisch verstehen wollte, wie sie funktionierten. Sich mit der Technik selbst abzugeben wurde zwar in Pilotenkreisen als eher anrüchig, ja, fast als ehrenrührig betrachtet, aber davon ließ sich Rhodan nicht beeindrucken, wie ihm überhaupt mittlerweile ziemlich egal war, was andere Leute von ihm dachten. Aber er hatte nicht Physik, Ingenieurwesen und Triebwerkstechnik studiert, um sich ein hübsches Dokument an die Wand zu hängen (tatsächlich steckte sein Zeugnis achtlos in einem Umschlag zwischen einem Dutzend anderer Papiere), sondern um auch etwas damit anzufangen. Idealerweise, indem er dazu beitrug, den Triebwerken mehr Schub zu entlocken und die Flugzeuge schneller werden zu lassen!

Er versuchte auch, sich über das Projekt MISS der Air Force zu erkundigen, in der Hoffnung herauszufinden, wie man noch nachträglich dazustoßen konnte. Dabei erfuhr er, dass es Anfang August schon wieder eingestellt worden war, weil mit der Gründung der NASA alle Vorhaben, die die Raumfahrt betrafen, dort zusammengefasst werden sollten. Was sie aber nun genau unternehmen wollten, darüber wurde noch beraten.

So vergingen die Wochen und Monate. Im September näherte sich der theoretische Teil seiner Ausbildung seinem Ende, die ersten Termine im Simulator wurden vergeben, und Rhodan freute sich schon auf den Moment, in dem er endlich wieder richtig fliegen durfte.

Dann, am letzten Sonntag des Monats, klopfte es am späten Vormittag plötzlich an Rhodans Zimmertür. Als er aufmachte, stand Ray Wings davor, einen Fliegerhelm unter dem Arm, grinste eine Meile breit und sagte: »Hi, Buck Rogers. Hast du Lust zu fliegen?«

»Klar«, sagte Rhodan. »Wieso?«

»Dann komm mal mit. Ich hab da was ganz Besonderes.«

10

Perry Rhodan war neugierig – und im Handumdrehen startbereit: Er musste nur das Buch weglegen, in dem er gelesen hatte, in seine Stiefel schlüpfen und seinen Fliegerhelm aus dem Regal nehmen.

Er folgte Wings, der einen flotten Schritt vorlegte, gerade so, als könne er es selber kaum erwarten zu sehen, was immer sie zu sehen bekommen würden. Der Stützpunkt lag in sonntäglicher Ruhe da; wer keinen Dienst hatte, war entweder in der Kirche oder schlief aus. Es war immer noch ziemlich warm, aber seit ein paar Tagen wehte ein scharfer Wind aus Westen, trieb Abfallpapier die Straßen entlang und blies einem den Staub und Sand der Wüsten Arizonas ins Gesicht.

Sie gelangten an einen verschlossenen Hangar, doch Ray Wings hatte einen Schlüssel. Gemeinsam schoben sie das Tor auf, das dabei so laut quietschte, dass einem die Zähne wehtaten. Dahinter stand, wenig überraschend, ein Flugzeug, allerdings von einem Typ, den Perry Rhodan noch nie gesehen hatte: ein dickbäuchiger Jet von ungefähr gleicher Länge wie Flügelspannweite, ausgestattet mit einem voluminösen Doppel-Cockpit.

»Was ist das?«, fragte Rhodan.

»Ein schwangeres Flugzeug«, erwiderte Ray Wings und lachte laut auf. »Sorry, den konnt' ich mir nicht verkneifen. Aber das war halt mein Gedanke, als ich das Ding zum ersten Mal gesehen habe. Wahrscheinlich, weil meine Frau gerade in anderen Umständen ist, da sieht man die Welt auf einmal mit neuen Augen.«

»Glückwunsch«, sagte Rhodan verlegen.

»Danke.« Wings trat ans Heck des Jets, tätschelte ihn, als sei es ein Pferd, das man beruhigen musste. »Also, das hier ist das neueste Baby von …« Er lachte erneut. »Da! Schon wieder. Wollte sagen, das neueste *Produkt* der Firma North American Aviation, der wir so großartige Flugzeuge verdanken wie das Jagdflugzeug P-51, den F-86 Sabre, den Bomber B-25 und so weiter. Das hier ist ein T-2 Buckeye, ein Trainingsjet, den die Navy für ihre Piloten bestellt hat.«

»Die Navy?«, wunderte sich Rhodan. »Was tut das Ding dann bei uns?«

Wings grinste. »Das ist es ja gerade: Das hat hier *gar* nichts verloren! *Überhaupt* nichts! Wir dürften nicht mal wissen, dass es dieses Ding *gibt!* Aber – wir wissen es eben. Und der Colonel hat es sich unter der Hand besorgt, weil ihn interessiert, was es taugt.«

Rhodan trat näher, fuhr mit der Hand über den Flügel. Er hatte keine Ahnung, von welchem Colonel die Rede war, aber das störte ihn auch nicht sonderlich. Es gab eine ganze Reihe von Colonels in der Stützpunktleitung; einer davon würde es wohl sein. »Du erwartest jetzt aber nicht, dass ein West-Point-Eierkopf versteht, was das alles zu bedeuten hat, oder?«

»West-Point-Eierkopf? Das hast du gesagt, nicht ich.« Wings lehnte sich gegen das Flugzeug, verschränkte die Arme. »Dass sich die Piloten der Navy für was Besseres halten, das weiß man aber in West Point, oder?«

Rhodan nickte. »Weil sie auf Flugzeugträgern landen können und gewöhnliche Sterbliche nicht.«

»Gut formuliert.« Wings wandte sich um, klopfte an einen stabilen Haken, der gegen die Schwanzspitze hochgeklappt war. »Das ist übrigens das Ding, das man dazu braucht. Wie es theoretisch geht, ist klar, oder? Sie spannen drei Drahtseile über die Landebahn, und mindestens eins davon musst du mit deinem Haken erwischen, sonst rollst du über das Landedeck hinaus, und dann rettet dich meistens bloß noch der Schleudersitz, und auch der nicht immer.«

Rhodan nickte. »Ich hab was darüber gelesen.«

»Yeah, dacht' ich mir. Du bist irgendwie der Typ, der zu jedem Thema was gelesen hat, nicht wahr?«

»Nicht zu jedem, aber zu manchem.«

Wings schüttelte grinsend den Kopf, dann ließ er das Thema fallen. »Wie auch immer, jedenfalls, weil sich Navy-Flieger für was Besseres halten, wollen sie natürlich nicht auf demselben popeligen T-33 trainieren wie gewöhnliche Air-Force-Piloten, sondern was Eigenes haben. Und da Uncle Sam ja nicht knauserig ist, wenn's um sein Militär geht, haben sie sich das hier bestellt. Ist noch ganz frisch, Ende Januar zum ersten Mal geflogen. Die Navy hat schon ein paar Maschinen in Pax getestet – ich nehme an, das ist eine davon, hat jedenfalls deren

Farben. Aber in Pensacola kriegen die Flugschüler sie erst im November. Und der Colonel will nun eben wissen, was von dem Ding zu halten ist. Erfreulicherweise hat er mich damit beauftragt, das für ihn herauszufinden, und weil es ein Zweisitzer ist, brauch ich natürlich einen Copiloten. Und da ist mir der gute alte Buck Rogers eingefallen, der schließlich, genau wie ich, mal Testpilot werden will. Also, wie sieht's aus? Bist du dabei, oder hast du heute schon was vor?«

»Nichts, was nicht warten kann«, erwiderte Rhodan und setzte seinen Helm auf. Er hatte das Gefühl, dass seine Augen dabei leuchteten.

»Das ist der richtige Geist, Kamerad.« Wings betätigte eine Verriegelung, und die Kanzelhaube klappte nach oben. »Du sitzt vorne und fliegst die erste Etappe. Und ich schau vom Sitz des Instruktors aus zu; das wollt' ich schon immer mal.« Er lachte wieder, so laut, dass es im ganzen Hangar hallte.

Normalerweise bestieg man einen Jet über eine dagegengelehnte Leiter, die dann jemand vom Bodenpersonal wegnahm. Aber diesen konnte man zur Not auch so besteigen, über zwei Trittstufen, die in der Hülle unterhalb des Cockpits eingelassen waren, verschlossen durch Klappen, die man mit der Stiefelspitze aufdrückte. Und da sie allein waren, stiegen sie auf diese Weise ein.

Als Rhodan sich in den Pilotensitz gleiten ließ, war es, trotz der unvertrauten Anordnung der Instrumente und Steuerelemente, wie ein Nach-Hause-Kommen. Er seufzte behaglich, rückte den Helm zurecht, schloss die Atemmaske, die für Notfälle vor seinem Gesicht baumelte, an die Sauerstoffversorgung an, zog das Mikrophon vor die Lippen und fragte: »Wohin soll's überhaupt gehen?«

Ray Wings, noch geräuschvoll dabei, sich hinter ihm einzurichten, meinte: »Laut Unterlagen haben wir eine Reichweite von 1047 Meilen. Ich hab einen Flug angemeldet nach … Hmm, besonders gut sieht man von hier hinten aber nicht. Ich sitz zwar ein bisschen höher, aber trotzdem …«

»Instruktorenschicksal«, meinte Rhodan mitleidlos. »Also, wohin?«

»Ich hab mir ausgedacht, dass wir bis Frisco fliegen für einen ersten Eindruck. Die Rockies hoch. Landen zum Auftanken, und hinterher drehen wir noch eine Runde über dem Pazifik. So ein Navy-Flieger muss ja schließlich ab und zu Wasser zu sehen kriegen.« Er lachte sein meckerndes Lachen. »Ich hab uns bei der Hamilton Air Base angemeldet. Die gehört der Air Force, was den Vorteil hat, dass die Navy von unserer Spritztour nichts mitkriegt. Außerdem kenn' ich dort ein nettes Restaurant, wo wir zu Mittag essen können.«

»Alles klar«, meinte Rhodan. Er hatte eine passende Flugkarte im Seitenfach gefunden und die Checkliste, die sie gemeinsam durchgingen. Dann zogen sie die Haube zu, verriegelten sie, und fünf Minuten später waren sie in der Luft.

Sie schlugen einen Kurs ein, der sie über die Mojave und das Death Valley hinweg über die Rocky Mountains in nordnordwestliche Richtung führte. Unterwegs probierten sie verschiedene Höhen und verschiedene Geschwindigkeiten aus, drehten Rollen, testeten den Wenderadius aus und prüften, wie gut die Übernahme der Steuerung von vorne nach hinten und zurück funktionierte. Immer, wenn Ray Wings die Steuerung hatte, beklagte er sich, wie schlecht man von hinten sehe.

»Das ist in einem T-33 doch bestimmt nicht anders, wenn du hinten sitzt«, meinte Rhodan.

»Vielleicht will ich doch lieber kein Instruktor werden.«

»Ich dachte sowieso, du willst Testpilot werden?«

»Genau. Das war's. Danke, dass du mich dran erinnerst.«

»Gern geschehen.«

»Und jetzt übernimm du die Steuerung wieder. Besser, es steuert jemand, der sieht, wohin wir fliegen.«

Sie verließen die Bergkette der Rocky Mountains auf der Höhe von Sacramento, flogen in einem weiten Bogen in Richtung San Francisco und landeten schließlich auf der Hamilton Air Base. Als Perry Rhodan ausstieg, fühlte er sich beschwingt, nun, da er endlich einmal wieder geflogen war. Es war beruhigend festzustellen, dass er es noch konnte!

Ray Wings verschwand in einer der Baracken am Rand des Flugfelds, um den Papierkram zu erledigen, und als er zurückkam, klapperte er mit einem dicken Schlüsselbund. »Hab ihnen ein Auto abgequatscht«, meinte er grinsend. »Komm, das Vergnügen geht weiter!«

Sie verließen den Stützpunkt und fuhren nach Vista Del Mar. Unterwegs schwärmte Ray die ganze Zeit von dem Restaurant dort, das sein Ziel war, von dem fangfrischen Fisch, der dort auf sie wartete, und den herrlichen Meeresfrüchten. Das gäbe es weiter im Landesinneren überhaupt nicht, deswegen gelte es, die Chance zu nutzen.

Doch als sie ankamen, musste er feststellen, dass das famose Restaurant nicht mehr existierte. Dafür hatte gleich daneben ein anderes aufgemacht, ein grellbunt bemaltes Gebäude mit einer wellenförmigen Leuchtschrift, die es als *Sea Wave Restaurant* auswies.

Ray überflog die neben dem Eingang ausgehängte Speisekarte, nickte dann und meinte: »Auch gut. Nehmen wir eben das hier.« Sprach's und stieß die Western-Saloon-Schwingtüren auf, die Rhodan als nicht so ganz zum Konzept passend erschienen.

In seiner unnachahmlichen Art quasselte Ray auch die Kellnerin zu, zeigte sich mit dem ersten Tisch, den sie ihnen zuweisen wollte, absolut unzufrieden und mit dem zweiten auch eher unglücklich, bis sie schließlich an einem Tisch landeten, von dem aus man direkt auf den Pazifik sah. Während ihnen die Kellnerin, eine junge Asiatin, die Speisekarten überreichte, zwinkerte Ray Rhodan triumphierend zu.

Perry Rhodan fühlte sich nicht ganz so wohl, wie es Ray Wings offenbar tat. Er verkehrte eher selten in Restaurants, und die Preise, die hinter den Fischgerichten standen, waren dazu angetan, ihm den Appetit zu verderben. Zwar brauchte er nicht viel Geld zum Leben, aber viel verdiente er als blutjunger Pilot der Air Force auch nicht. Zum Glück machte er sich ohnehin nicht übermäßig viel aus Fisch und konnte sich ohne ein Gefühl von Entbehrung am anderen Ende der Speisekarte umschauen. Er bestellte schließlich das kleine Steak von der Tageskarte, Ray Wings dagegen nahm einen Meeresfrüchteteller mit Austern, allerlei anderen Muscheln, Garnelen und einem halben Hummer.

»Meine Frau arbeitet nebenbei als vereidigte Übersetzerin«, erklärte er. »Übersetzt Verträge und andere Dokumente aus dem Russischen, Bulgarischen, Rumänischen und einer ganzen Reihe anderer schwieriger Sprachen. Damit verdient sie mehr als ich, was natürlich an meinem männlichen Ego kratzt – andererseits muss ich dafür nicht jeden Cent umdrehen wie die meisten Air-Force-Piloten.«

»Klingt praktisch«, räumte Rhodan ein.

Als die Kellnerin das Essen brachte, fragte Ray sie: »Schöne Frau, haben Sie uns vielleicht auch ein bisschen was zu schreiben? Ein paar Blatt Papier, irgendwas, und einen Stift? Sie würden sich um das Wohl der Nation verdient machen.«

Die Frau nickte bereitwillig und brachte ihm einige Blätter *Sea Wave Restaurant*-Briefpapier und einen Bleistift. Ray bedankte sich und schob alles zu Rhodan hinüber. »Besser, du führst Protokoll. Ich werd' gleich viel zu schmutzige Finger haben, um nebenbei was aufschreiben zu können«, meinte er mit einem Blick auf den gewaltigen Teller, der vor ihm stand und auf dem, so kam es Rhodan vor, die halbe Tierwelt des Pazifiks lag.

»Was für ein Protokoll?«, fragte er.

»Na, unser Testbericht!« Ray Wings träufelte Zitronensaft auf die erste Auster und schlürfte sie hinab. »Wir müssen doch unsere Eindrücke von der T-2 festhalten. Das machen Testpiloten so. Stell ich mir jedenfalls vor. Auf jeden Fall sollten wir das erledigen, solange alles noch frisch im Gedächtnis ist, oder?«

So diskutierten sie beim Essen über das Flugzeug, und Rhodan notierte ab und zu ein paar Stichworte. Dann überlegten sie, was sie noch ausprobieren konnten. Den Nachbrenner zum Beispiel hatten sie noch nicht getestet; der kam auf die Liste.

»Im Flugbüro«, fiel Ray Wings ein, während er hingebungsvoll die Scheren des Hummers knackte und auskratzte, »hab ich erfahren, dass der Flugzeugträger USS Hancock gerade auf dem Weg nach San Francisco ist, zur Generalüberholung. Ich hätt' Lust, den anzusteuern, über deren Köpfe wegzufliegen und mit den Flügeln zu wackeln, ohne ihnen zu verraten, dass wir von der Air Force sind. Weil«, fügte er in verschwörerischem Ton fort, »wenn die das spitzkriegen, reißt uns der Colonel den Kopf ab, das muss klar sein.«

Rhodan zuckte mit den Schultern. »Ich wüsste nicht, wie die das spitzkriegen sollten, wenn wir's ihnen nicht gerade sagen.«

»Ist natürlich die Frage, ob wir sie überhaupt finden«, meinte Ray, warf die leere Schere auf den inzwischen beachtlichen Abfallberg und griff nach einer großen Garnele. (Obwohl es damals schon Radar und Funkpeilung gab, konnte es für ein einzelnes Flugzeug mitunter trotzdem ein Problem sein, ein bestimmtes Ziel ausfindig zu machen.)

»Wieso ist das eine Frage?«, entgegnete Rhodan, der mit seinem Steak hochzufrieden war. »Auf der nächsten Etappe sitzt ja du vorne, hast also freie Sicht – da wird dir doch kein *Flugzeugträger* entgehen!«

Ray Wings richtete den Zeigefinger auf ihn. »Buck Rogers – da sagst du was Wahres.«

Als sie wieder auf dem Stützpunkt ankamen, war das Flugzeug frisch aufgetankt und bereit zum Weiterflug. Diesmal war es Perry Rhodan, der den hinteren Sitz einnahm, und als er das tat, verstand er Rays Klagen besser. Zwar war der Sitz leicht erhöht in der guten Absicht, dem Instruktor mehr Sicht zu verschaffen, trotzdem sah man hauptsächlich den Helm seines Vordermanns, was ausgesprochen gewöhnungsbedürftig war.

Sie starteten und schlugen einen Kurs in Richtung der Position ein, an der sie die USS Hancock vermuteten. Ray hatte noch ein paar Erkundigungen eingezogen und erfahren, dass der Flugzeugträger auf dem Rückweg von einem Einsatz vor Laos war und Anfang Oktober in San Francisco erwartet wurde; das erlaubte fundiertere Schätzungen, wo sie ihn finden mochten.

Es war interessant zu erleben, wie Ray Wings einen Jet wie die T-2 Buckeye flog. Rhodan war das Flugzeug wie eine gutmütige, solide Maschine vorgekommen, die einem kleinere Fehler verzieh und ansonsten machte, was sie sollte. In Rays Händen jedoch fühlten sich ihre Bewegungen plötzlich elegant an, und es war, als würde jemand, den man bis dahin nur als Wanderer erlebt hatte, auf einmal Ballett tanzen. Ray lenkte den Jet in locker-leichte Schrauben und in Sturzflüge, aus denen er ihn mit sicherer Hand wieder herausholte, und fragte anschließend: »Ist dir schlecht da hinten?«

»Nein«, sagte Rhodan. »Überhaupt nicht.«

»Aber mir«, gestand Ray Wings. »Kommt, glaub' ich, vom Essen. Liegt mir irgendwie schwer im Magen. Dir nicht?«

»Nein. Ich fand's prima.«

»Meins war wahrscheinlich doch nicht so fangfrisch, wie es ausgesehen hat. Schöner Mist, dass das andere Restaurant zugemacht hat. Bei dem konnt ich mich drauf verlassen.«

»Sollen wir umkehren?«

Ray Wings gab ein empörtes Prusten von sich. »Ach was. Ich muss bloß ein bisschen meckern, das ist alles. Was steht noch auf dem Programm? Ach ja, der Nachbrenner. Hast du 'ne Ahnung, wo wir sind? In welche Richtung müssen wir düsen, um die Jungs von der Navy zu finden?«

Perry Rhodan hatte die Karte auf dem Schoß und zumindest versucht, ihren Kurs nachzuvollziehen. »Am besten, du gehst auf genau null Grad. Die müssten irgendwo nördlich von uns sein.«

»Okay.« Ray sog zischend die Luft zwischen den Zähnen ein, was ein hässliches Geräusch in den Kopfhörern hervorrief. »Alle Mann festhalten!«

Dann war es, als träte ihnen jemand mächtig in den Rücken. (Es gab damals noch keine Andruckabsorber.) Das Triebwerk brüllte auf, und die Maschine machte einen Satz nach vorn wie ein Pfeil, der von einem Bogen schnellt.

Herrlich!

Nach einiger Zeit bemerkte Rhodan jedoch, dass sich das Flugzeug leicht zur Seite neigte, auf eine Weise, die ein ungutes Gefühl in ihm auslöste.

»Ray?«, fragte er.

»Hmm?«, kam undeutlich zurück, kaum zu verstehen in dem Höllenlärm unter, hinter, über ihnen. »Was'n?«

»Nichts«, meinte Perry Rhodan, der auf keinen Fall den Eindruck erwecken wollte, er mache sich etwa vor Angst in die Hose.

Aber das ungute Gefühl verschwand nicht. Und das Flugzeug neigte sich ein Stück weiter zur Seite, würde demnächst abschmieren, wenn Ray nicht bald gegensteuerte.

Wir müssen uns vergegenwärtigen, dass Perry Rhodan damals erst

22 Jahre alt war. Er hatte noch nicht gelernt, dieser Art Gefühl zu vertrauen, das, strenggenommen, kein Gefühl im üblichen Sinne war, sondern eher eine Art … Wissen. Er *wusste*, dass etwas nicht stimmte, aber wusste noch nicht, *dass* er es wusste. Zudem hatten ihn Ray Wings' Flugkünste kurz vorher noch schwer beeindruckt; er musste sich sagen, dass Ray Wings ganz ohne Zweifel jemand war, der wusste, was er tat.

Trotzdem konnte er seinen Blick nicht von der Tankanzeige lösen. Mit Nachbrenner zu fliegen machte ein Flugzeug schnell, ja, aber man jagte dabei mehrere hundert Liter Treibstoff pro Minute durch das Triebwerk, und so war es kein Wunder, dass die Nadel sank und sank, und das so rasant, dass man zusehen konnte.

Dann kippte Ray Wings' Helm plötzlich zur Seite.

»Ray? Alles okay?«, fragte Perry Rhodan.

Keine Antwort.

»Ray«, sagte Rhodan, »ich glaube, wir sollten allmählich den Nachbrenner abschalten, sonst schaffen wir es nicht mehr zurück.«

Immer noch keine Antwort. Ray Wings' Kopf lag zur Seite geneigt, das Flugzeug neigte sich ebenfalls, das Triebwerk brüllte und brüllte und die Tanknadel sank und sank …

Das war der Moment, in dem Perry Rhodan *umschaltete*. Schlagartig waren alle Sorgen und Ängste und Erwartungen und sonstigen Vorstellungen ausgeblendet, und es zählte nur noch, was hier und jetzt geschah.

Er zog die Steuerung an sich, schaltete den Nachbrenner ab und brachte den Jet wieder in eine stabile Lage. Dann lockerte er den Gurt, beugte sich nach vorn und tastete nach Rays Hals.

Die Haut fühlte sich kalt und schweißig an.

»Ray?«, rief er, doch der Kamerad reagierte nicht, rutschte nur noch ein Stück weiter in sich zusammen.

Ray war bewusstlos.

Und ein Blick auf die Tankanzeige und dann auf die Karte ließ Rhodan erkennen, dass er zu lange gewartet hatte: Es war nicht mehr genug Sprit in den Tanks, um es noch bis an Land zu schaffen.

Vollkommene Ruhe und Klarheit bemächtigte sich Perry Rhodans. Blitzschnell durchdachte und bewertete er die Situation. Ray Wings atmete, aber der Puls, der sich an seiner Halsschlagader tasten ließ, ging auf eine Weise flatterig, die als Zeichen von Lebensgefahr zu werten war. Rhodan hätte ihm gern zumindest die Sauerstoffmaske vors Gesicht gezogen, aber so weit reichte er nicht nach vorn; zwischen ihm und seinem Copiloten befand sich nicht nur das Instrumentenpanel, sondern auch der voluminöse LS-1-Schleudersitz.

Dass der durch den Einsatz des Nachbrenners erzeugte Andruck die Ursache dieser Bewusstlosigkeit war, glaubte Perry Rhodan keine Sekunde lang. In dieser Hinsicht war Ray, wie jeder Pilot, weitaus Schlimmeres gewöhnt. Nein, es musste mit diesen Muscheln zu tun haben. Bei nicht sachgemäßem Umgang mit Meeresfrüchten gab es immer wieder Fälle von Vergiftungen, hatte er gelesen.

Was tun? Rhodan wägte in Sekundenschnelle seine Optionen gegeneinander ab. Er konnte in Richtung Küste fliegen, so weit er kam, unterwegs einen Notruf absetzen – und dann? Es gab zwei Möglichkeiten, die beide nicht in Frage kamen. Die eine war, den Schleudersitz zu zünden und auszusteigen. Doch dazu hätte Ray Wings zumindest für einen Moment bei Bewusstsein sein müssen; falls es eine Möglichkeit gab, seinen Schleudersitz von hier hinten aus zu zünden, so kannte Rhodan sie nicht. Die andere Möglichkeit war, zu wassern und dann auszusteigen. Doch auch mit leerem Tank wog das Flugzeug immer noch rund vier Tonnen und würde schnell versinken; es war mehr als zweifelhaft, ob es zu schaffen war, den bewusstlosen Ray rechtzeitig herauszubekommen. Es gab mehr als genug Fälle, in denen selbst hellwache Piloten, die mit ihrem Flugzeug ins Meer gestürzt waren, es nicht geschafft hatten, sich selber rechtzeitig daraus zu befreien.

Blieb nur der Flugzeugträger. Den konnte er, mit etwas Glück, noch erreichen. Ein Flugzeugträger verfügte zudem über eine medizinische Station und Ärzte, die sich sofort um Ray kümmern würden. Und zum Teufel mit der Geheimhaltung.

Diese Entscheidung kostete Rhodan nur einen Atemzug. Dann schaltete er das Funkgerät ein und begann: »Mayday. Mayday. Hier

Navy Tango Two Zero One. Ich rufe die USS Hancock. USS Hancock, bitte kommen.«

Nach dem dritten Ruf meldete sich die USS Hancock, Kennnummer CVA-19. Rhodan erklärte seine Situation: nicht mehr genug Treibstoff, um die Küste zu erreichen, ein bewusstloser, möglicherweise vergifteter Copilot in Lebensgefahr, ein Notfall. Und er bat um Einweisung und Landeerlaubnis.

»Wer spricht da?«, wollte der Funker am anderen Ende wissen. »Ihre Kennung ist uns unbekannt.«

»Hier spricht«, begann Rhodan, fuhr an der Stelle, an der er seinen Rang hätte nennen müssen, mit dem Daumennagel über das Mikrofon, um eine Störung zu erzeugen – es gab den Rang des 2nd Lieutnant in der Navy nicht, und er wollte sich nicht als »Ensign« bezeichnen, weil es strafbar war, einen falschen Rang zu benutzen, obwohl dies das Pendant in der Navy war –, dann nannte er seinen Namen und fügte hinzu: »Es handelt sich um ein Testflugzeug.«

»Testflug, verstehe.« Der Funker schien sich kurz mit jemandem zu beraten, dann sagte er: »Hören Sie, Navy Tango 201. Wir befinden uns derzeit in mittelschwerem Seegang, unser Sicherheitsoffizier rät von einem Landeversuch dringend ab. Wassern Sie in unserer Nähe, und wir holen Sie dann mit einem Hubschrauber raus.«

»Negativ«, gab Rhodan zurück und legte allen Nachdruck in seine Stimme, all die Autorität, die er in Alabama in sich entdeckt hatte. »Ich wiederhole: Dies ist ein Notfall, es besteht höchste Lebensgefahr für meinen Copiloten, und ich bitte dringend um die ausnahmsweise Landeerlaubnis und Unterstützung.«

Es wirkte. Einen Moment lang war es, als hole der Äther einmal tief Luft, dann kam: »Navy Tango 201, Sie haben ausnahmsweise Landeerlaubnis. Bereit für Aufnahme der Kursdaten?«

Das hieß, dass die USS Hancock ihn über ihre Radarstationen und die Funkpeilung erfasst hatte und wusste, wo er sich befand, ihm also sagen konnte, wie er umgekehrt zu ihnen finden würde.

»Bereit«, sagte Rhodan.

Der Funker gab ihm die Richtung durch, die er einschlagen sollte, und fügte hinzu, dass die Distanz etwa dreißig Meilen betrug, etwa

48 Kilometer also. Bei seiner aktuellen Flughöhe hieß das, dass er die Hancock schon fast sehen konnte!

»Danke, CVA-19.«

»Viel Glück, Navy Tango 201«, kam zurück.

Es klang nicht wie einfach dahingesagt und war es wahrscheinlich auch nicht, denn Glück würde er jetzt brauchen. Was Rhodan über das Landen auf Flugzeugträgern gelesen hatte, hatte ihm beträchtlichen Respekt eingeflößt. Navy-Piloten erlernten das Fliegen auf der Naval Air Station Pensacola in Florida, und das Landen auf Flugzeugträgern war die letzte und höchste Stufe, die es dabei zu bewältigen galt. Man zeigte ihnen erst Filme und hielt ihnen Vorträge, dann übten sie das Landen an einem Umriss, der mit weißer Farbe auf den Flugplatz gemalt wurde und in Form und Größe dem Landedeck eines Flugzeugträgers entsprach. Das war schwierig genug; aus der Luft sah dieser Umriss entsetzlich klein aus, man musste punktgenau am Anfang aufkommen und so hart wie nur möglich abbremsen, und all das übten die Navy-Piloten, bis sie es im Schlaf konnten – oder aufgaben.

Dann kam für diejenigen, die nicht aufgegeben hatten, der Tag, an dem sie erstmals auf einem *richtigen* Flugzeugträger landen mussten, und dabei wurde ihnen klar, was für ein Vorteil es gewesen war, dass der winzige weiße Umriss auf dem Flugplatz sich wenigstens nicht bewegt hatte! Die riesige Masse eines Flugzeugträgers dagegen rollte und stampfte selbst bei Sonnenschein, Windstille und ruhiger See, wodurch einem das Landedeck im entscheidenden Moment entgegenkam oder unter einem wegtauchte. Nicht wenige Piloten verloren bei ihrer ersten Landung die Nerven und in der Folge ihr Leben; die Unfallstatistiken der Navy lasen sich atemberaubend.

Und das alles musste er, Perry Rhodan, nun auf Anhieb schaffen, wenn er seinen Kameraden retten wollte. Ohne Film, ohne Vortrag, ohne Trockenübung auf einem weißen Umriss. Bei mittelschwerem Seegang, bei dem der Sicherheitsoffizier von Landeversuchen abriet.

Und überdies vom hinteren Sitz aus steuernd, mit eingeschränkter Sicht.

Ja, Glück würde er wirklich brauchen!

All das ging Perry Rhodan durch den Kopf, während er die Maschine in die angegebene Richtung steuerte.

Der Himmel war strahlend blau, bevölkert von einem zerfaserten Geflecht von Stratocirruswolken über ihm und ein paar zerzupften, in Auflösung begriffenen Kumuli unter ihm. Darunter nur Ozean, endlos in alle Richtungen und silbrig glänzend auf jene Art, die anzeigte, dass starker Wind ging; es lies sich sogar erkennen, dass er aus westlicher Richtung blies.

Auf halber Strecke gab Ray plötzlich ein Stöhnen von sich. Rhodan rief ihn laut an in der Hoffnung, dass er aufwachte und sie doch mit den Schleudersitzen aussteigen konnten. Doch vergebens, Ray reagierte nicht, sondern sackte nur noch weiter in sich zusammen. War er überhaupt richtig angeschnallt? Es sah nicht so aus. Jemandem wie Ray war durchaus zuzutrauen, dass er es mit den Gurten nicht so genau nahm.

Wenigstens war sein Helm ein Stück weit aus dem Weg. Das verbesserte die Sicht.

Dann entdeckte Rhodan den Flugzeugträger. Da, mitten in all dem schimmernden Wasser, das sich unendlich weit nach allen Seiten ausbreitete, lag ein winziger grauer Klotz, der eine kurze Kielspur hinter sich herzog.

Ein *schrecklich winziger* grauer Klotz.

Es war ein Anblick, der nun doch Panik in Rhodan aufsteigen ließ. Das sah noch weit aussichtsloser aus, als er befürchtet hatte! Panik, und ein Moment der Versuchung: Niemand würde ihm einen Vorwurf machen, wenn er die Maschine stattdessen wasserte und einfach sein Bestes versuchte, Ray Wings und sich selbst rechtzeitig aus dem Sog zu retten, der entstand, wenn ein tonnenschweres Flugzeug versank.

Niemand würde ihm einen Vorwurf machen, auch dann nicht, wenn es ihm nicht gelingen sollte, seinen Kameraden zu retten.

Niemand – außer ihm selbst.

Und das bis ans Ende seines Lebens.

Es war nur ein Moment, dann schaltete Rhodan wieder um. Ruhe und Konzentration kehrten zurück, während alles andere – die Panik, die Versuchung, all die Geschichten, die er gehört hatte – beiseitetrat, weil es hier und jetzt nicht relevant war.

Es war ein Zustand, der mit normalen Begriffen von Ruhe und Konzentration nichts mehr zu tun hatte. Perry Rhodan wurde auf eine noch nie zuvor erlebte Weise *eins* mit dem Flugzeug. Auf einmal spürte er jedes Aggregat, jeden Spant, jede Schraube. Er spürte das Triebwerk in seinem Bauch und in seinem Herzen. Er spürte die Flügel mit ihren Klappen und Rudern wie neue Gliedmaßen. Und er spürte die Tiefe unter sich, spürte die weite Fläche des Ozeans, spürte die Distanz und den Winkel, in dem er sich befand, bezogen auf die bleifarbene Streichholzschachtel da unten im schimmernden Silber des Pazifiks.

Es war ein beinahe lustvolles Gefühl. Die unmittelbare, fühlbare Nähe des Todes machte das Leben intensiver, fast ekstatisch. Noch nie zuvor war Perry Rhodan so geflogen: Man konnte fast süchtig werden danach.

Alle Ängste, alle Zweifel waren verschwunden. Er *musste* nicht mehr dort unten landen – er *würde* dort unten landen!

»Navy Tango 201 an CVA-19«, sagte er. »Beginne mit Landeanflug.«

Dann reduzierte er den Schub, begann zu sinken. Er *spürte*, wie er sank, wie er sich der Schachtel dort unten näherte, und es war gut, dass er das spürte, denn er sah nämlich verdammt wenig. Wo nicht Rays Helm im Weg war, war es die riesige Schnauze, die er vor sich hatte, und er musste den Oberkörper ständig nach links und rechts schwenken, um daran vorbei wenigstens ungefähr sein Ziel anpeilen zu können.

Er sank weiter, kam näher. Aus der bleiernen Streichholzschachtel wurde eine graue Schuhschachtel und aus dieser wiederum ein metallener Küchentisch, und dann, auf einmal, änderte sich seine Wahrnehmung von Abmessungen und Distanzen, und er wurde plötzlich gewahr, was für ein *riesiges* Ding so ein Flugzeugträger der Essex-Klasse war: eine schwimmende Kleinstadt aus graulackiertem Stahl, sechsunddreißigtausend Tonnen schwer! Keine Schachtel, sondern ein gewaltiger grauer Amboss, auf dem man Flugzeuge zertrümmern konnte wie nichts! Es war das erste Mal überhaupt, dass Rhodan einen Flugzeugträger aus der Nähe sah, anstatt nur Fotos davon. Flugzeuge waren darauf vertäut und sahen von hier oben aus wie Spielzeug; Männer in farbigen Overalls rannten über das Deck und sahen aus wie bunte Ameisen.

Und das ganze Ding pumpte in den Wellen auf und ab, rollte hin und her, als wolle es ihm signalisieren: »Komm du nur, ich werd' dich schon foppen! Du denkst, du landest, aber ich zieh dir den Boden unter den Rädern weg, eh du dich's versiehst!«

Auf all dies, auf diese gewaltige stählerne Flugzeugzertrümmerungsanlage, fiel Rhodan mit mehreren hundert Stundenkilometern verbliebener Geschwindigkeit zu, und ihm blieben nur Sekundenbruchteile, um den Anblick zu verdauen und darauf zu reagieren.

Doch Perry Rhodan ist, auch wenn er das damals noch nicht vollständig begriffen hatte, ein Sofortumschalter. Er hat kürzere Reaktionszeiten als sonst irgendjemand in der Geschichte der Menschheit, und dank dessen war das kein Problem. Er sah die Bewegungen des Decks, durchschaute den Rhythmus, dem diese folgten, und passte seinen Flug darauf an.

Zeit, das Fahrwerk auszufahren. Und den Haken …

Ein Schreckmoment. Ein Problem, an das er nicht gedacht hatte: Er wusste nicht, welcher Hebel oder Schalter den Landehaken ausfuhr! Darum hatte er sich nicht gekümmert! Ein Fehler, den er nun, im Landeanflug, nur noch wenige hundert Meter von dem stampfenden Landedeck entfernt, korrigierte, indem er blitzartig alles identifizierte, was er kannte: der Hebel, den er *nicht* kannte, der musste es demnach sein. Er legte ihn um und hörte, oder spürte, hinter sich eine Bewegung, die so klang und sich so anfühlte, wie er sich das vorgestellt hatte.

Dann war es so weit. Im ersten Moment sah es aus, als würde der Jet viel zu hoch hereinkommen und über das Landedeck hinausschießen, doch das rammte gerade von unten her aufwärts, schnappte nach ihm, ließ Fahrwerk und Deck aufeinanderprallen, und der Haken erwischte das erste Kabel, wobei man mit demselben Recht auch hätte sagen können, dass das erste Kabel den Haken erwischte. Rhodan gab allen Gegenschub, den er hatte, und bremste mörderisch, doch war er zu schnell hereingekommen? Das andere Ende der Piste kam so schrecklich rasch näher, dahinter die glitzernde Wasserwüste, die nur darauf lauerte, den Jet und die zwei Männer darin zu verschlingen …

Aber dann kam er doch zum Stillstand. Sah Männer in Overalls, die angerannt kamen, mit Leitern, Bremsklötzen, Feuerlöschern, Tauen und Gummibändern, und dahinter weißgekleidete Gestalten mit einer Trage.

Es war geschafft. Rhodan erwachte aus seiner tranceartigen Konzentration, und nun, da es überstanden war, hämmerte sein Herz auf einmal wild, als sei es verpflichtet, den Schrecken nachzuholen.

Die Männer in den Overalls hievten Ray Wings aus dem Cockpit, und dabei riefen sie: »Hey, das ist ja Ray Wings!« Sie beeilten sich, ihn fortzuschaffen, und andere wandten sich endlich an Perry Rhodan und baten ihn, auszusteigen und mit ihnen zu kommen, der Captain habe ein paar Fragen an ihn.

Sie führten ihn durch Gänge, die schmal waren und schier endlos, kahle Stahlwände, mit weißer Schiffsfarbe gestrichen, über die Rohre und Leitungen liefen und die ansonsten schmucklos und technisch wirkten. Trotzdem hatten diese Gänge etwas, das Rhodan gefiel, und zum ersten Mal überlegte er, ob es nicht auch eine Idee gewesen wäre, zur Navy zu gehen, wenn die auch Piloten hatten, statt zur Air Force.

Er konnte in diesem Moment natürlich nicht ahnen, dass er noch sehr viel Zeit seines Lebens in ganz ähnlich aussehenden Schiffen verbringen würde, nur dass es sich um Schiffe handeln würde, die den Weltraum befuhren statt der Meere, *Raum*schiffe nämlich, und dass sie um ein Vielfaches größer sein würden als ein Flugzeugträger.

Schließlich gelangten sie in einen Raum mit metallenen Tischen, die am Boden festgeschraubt waren, und metallenen Stühlen darum herum: ein Schulungsraum vielleicht, oder eine Messe. Hier solle er warten, bis der Captain kam, sagte man ihm und ließ ihn alleine. Die Tür hatte ein rundes Fenster, durch das er sah, dass ein Mann vor der Türe Wache stand.

Er musste sehr lange warten, mehrere Stunden. Dann kam endlich ein Mann, bei dem es sich wohl um den Kommandanten handelte; ein

Captain, der breitbeinig ging, kurze graue Haare hatte und eine Narbe über der Nasenwurzel und der halben Stirn, die aussah, als habe einst ein mächtiger Hieb mit einem scharfen Gegenstand seine Augen nur knapp verfehlt. Auf seinem Namensschild stand *Miller*.

Perry Rhodan war bei seinem Eintreten aufgestanden, um zu salutieren, und blieb so stehen, bis ihm der Captain bedeutete, sich zu setzen. Der Captain selber hockte sich auf eine Tischkante, beugte sich ein Stück vor und fragte, das Namensschild auf Rhodans Uniform anvisierend: »Und Sie sind …?«

»Second Lieutenant Perry Rhodan, Sir«, antwortete Rhodan wie aus der Pistole geschossen. »Williams Air Force Base, Arizona.« Er räusperte sich. »Darf ich fragen, wie es meinem Copiloten geht?«

Die Augenbrauen des Captains hoben sich. »Dem berühmten Ray Wings? Die Ärzte haben ihm den Magen ausgepumpt und meinen, er wird es überstehen. Aber es sei knapp gewesen, in der Tat. Vergiftung. Ein *Botulinus* irgendwas, wie er in Muscheln entsteht, wenn man falsch damit umgeht.«

»Danke«, sagte Rhodan und fügte, weil er das Warten leid war, hinzu: »Man hat mir gesagt, Sie hätten ein paar Fragen an mich?«

Der Captain verschränkte die Arme. »Nicht nur ein paar. Einen ganzen Arsch voll. Ich weiß kaum, wo ich anfangen soll. Soll ich fragen, wie ein Air-Force-Pilot an Bord eines Navy-Jets kommt? Eines Jets von einem Typ, den wir noch nie gesehen haben? Das Beste wird sein, Sie erzählen mir alles, was dazu geführt hat, dass wir beide jetzt hier sitzen.«

Perry Rhodan sah keinen Grund, dieser Bitte nicht Folge zu leisten, und erzählte. Von der Einladung zu einem Testflug mit einer Maschine »der Konkurrenz«, von dem Mittagessen bei San Francisco, dem plötzlichen Unwohlsein seines Kameraden, dem Nachbrenner-Test, der außer Kontrolle geraten war, und aus welchen Gründen er in einer Landung auf der USS Hancock die einzige Rettungsmöglichkeit gesehen hatte.

Dass sich jemand von der Air Force einen Jet besorgt hatte, den die Navy gerade erst testete, schien den Captain nicht sonderlich zu kratzen; anscheinend kam dergleichen häufiger vor. Was ihn seine Stirn in von äußerster Skepsis kündende Falten legen ließ, war etwas ganz anderes.

»Sie verlangen von mir«, fasste er zusammen, »dass ich glauben soll, dass Sie, ein Pilot der Air Force, der zuvor noch nie einen Flugzeugträger aus der Nähe gesehen hat, geschweige denn, dass er auf einem gelandet wäre oder ein entsprechendes Training absolviert hätte, auf Anhieb eine Punktlandung hingekriegt haben? Und das, wohlgemerkt, nicht nur mit einem ganz neuen Flugzeugmodell, sondern auch noch bei einer Windstärke, bei der unser Sicherheitsoffizier niemanden mehr starten und landen lassen wollte? Und als ob das alles noch nicht reicht, haben Sie dieses Kunststück auch noch vom *Rücksitz* aus vollbracht! Leutnant – Sie sind entweder der verdammt beste Pilot der Welt oder der verdammt frechste Lügner!«

»Sir«, erwiderte Rhodan ruhig, »es war ein Notfall. Ich würde eher von Anfängerglück reden.«

»Anfängerglück«, wiederholte der Captain und starrte ihn eine Weile nachdenklich an. Dann seufzte er, kratzte sich am Kinn und meinte: »Wird eher so sein, dass Sie ein ganzes Bataillon Schutzengel bei sich gehabt haben. Hoffen wir, dass die jetzt nicht anderswo fehlen.«

Dann erklärte er Rhodan, wie es weitergehen würde. Der Captain hatte schon mit allerlei Stellen in der militärischen Hierarchie telefoniert, und man war zu einem Entschluss gelangt. Das Flugzeug würde die Navy nicht mehr hergeben, es gehörte ihr ja schließlich. Rhodan und Wings würden an Bord bleiben, bis die USS Hancock das Dock in San Francisco erreichte. Ohnehin sei Ray Wings einstweilen noch bettlägerig.

Perry Rhodan bekam eine Kabine zugewiesen, ein winziger Verschlag, aber immerhin würde er ihn für sich alleine haben, was an Bord ein Privileg darstellte. Man gab ihm einen Navy-Schlafanzug (»ehrenhalber«, meinte der Schiffsmeister grinsend), eine Zahnbürste und einen Rasierer, erklärte ihm die Essenszeiten und zeigte ihm, wo die Duschen und Toiletten waren.

Rhodan war mit diesem Zwangsaufenthalt nicht unzufrieden, zumal niemand etwas dagegen zu haben schien, dass er das Schiff von vorn bis hinten durchstreifte. Man war auf der Heimfahrt, die Atmosphäre war entspannt, und jeder an Bord schien inzwischen von ihm gehört zu haben. Man nickte ihm anerkennend zu, manche erklärten ihm auch gönnerhaft, sein Landemanöver sei *nicht schlecht für einen Air-Force-Mann* gewesen.

Kurzum: Es gefiel ihm an Bord.

Endlich durfte er auch Ray Wings besuchen, der zwar noch mit allerlei Schläuchen und Kabeln an ein Bett in der Krankenstation gefesselt war, ansonsten aber schon wieder rund um sich herum Party veranstaltete. Als Rhodan zur Tür hereinkam, rief Ray Wings lauthals: »Da kommt der Wunderpilot! Das Genie der Lüfte! Der Meister der Aerodynamik! Der Beherrscher der Ballistik! Ladys und Gentlemen – Applaus für den künftigen Weltraumfahrer Perry Rhodan!«

Ladys waren zwar keine anwesend, aber Applaus gab es tatsächlich. Rhodan ertrug es mannhaft, nicht ahnend, wie viel Applaus – und wie viel vom Gegenteil – sein Leben noch für ihn bereithalten sollte.

11

Sie erreichten San Francisco mit der USS Hancock am 3. Oktober, und als sie wieder auf der Williams Air Force Base anlangten, kursierte die Geschichte ihres Abenteuers dort schon längst, und man empfing sie wie Helden. Es war die Rede davon, Perry Rhodan einen Orden zu verleihen, aber ein gewisser Colonel Walker, offenbar derjenige, der die T-2 auf dunklen Wegen besorgt hatte, war verärgert darüber, wie sie ihren Job verbockt hatten, und erhob, so wurde erzählt, wirkungsvoll Einspruch dagegen.

Doch das konnte nicht verhindern, dass die Geschichte weiter die Runde machte und Perry Rhodan in Fliegerkreisen bald zu einer Art Legende wurde, und das nicht nur in der Air Force, sondern auch in der Navy. Derjenige, der am lautesten zu Rhodans Ruhm und Ehre trommelte, war niemand anders als der ohnehin schon berühmte Ray Wings höchstpersönlich, was der ganzen Sache höchste Glaubwürdigkeit verlieh: Wenn ein Ray Wings erklärte, Rhodan fliege »fast so gut« wie er selbst, dann war das mehr wert als jeder Orden.

Ray ließ es sich zudem ein Anliegen sein, die Freundschaft zu Perry Rhodan zu vertiefen. Er nannte ihn zwar meistens immer noch *Buck Rogers, Flash Gordon, Dan Dare* oder *Tom Corbett, Space Cadet*, aber immer öfter auch bei seinem richtigen Namen, was zweifellos als Freundschaftsbeweis zu werten war. Insbesondere war es Ray ein Dorn im Auge, dass Perry Rhodan in seiner freien Zeit nur in seinem Zimmer saß und Bücher las. »Fliegen ist zwar der wichtigste Teil des Lebens«, erklärte er ihm, »aber nicht *alles.*«

So lernte Rhodan in der Folge auch Rays Frau Gloria kennen. Er hatte sich ohnehin schon gefragt, was für eine Art Frau es mit einem so verrückten Vogel wie Ray Wings aushielt, und als sie ihn zum Essen einlud, stieg er, alle diesbezüglichen Warnungen seiner Kameraden in den Wind schlagend, zu Ray Wings in dessen grellrote Corvette, und sie gelangten heil bei ihm zu Hause an. Gloria Wings war eine freundliche, Ruhe ausstrahlende Frau, und obwohl sie selbst mit hochtoupierten blonden Locken fast nur halb so groß war wie Ray, schienen die beiden doch gut zusammenzupassen. Überdies war sie eine hervorragende Köchin, und insbesondere ihr Apfelkuchen, den es als Nachtisch gab, schmeckte noch besser als der, den Perrys Mutter machte, was einiges heißen wollte.

Da das mit der Corvette keine schlimmen Folgen gehabt hatte, ging Rhodan auch das Risiko ein, mit Ray zusammen in eine Bar zu gehen. Bei dieser Gelegenheit erfuhr er, dass alles, was man über Rays Alkoholtoleranz erzählte, eher noch untertrieben war. Perry Rhodan selbst vertrug, mangels Übung, nicht viel Alkohol und fand sich am Morgen nach besagtem Ausflug in seinem Zimmer wieder, voll angezogen auf dem Bett liegend und ohne die geringste Erinnerung daran, wie er dorthin gelangt war. Und bei dem Versuch aufzustehen, machte er außerdem die Erfahrung, wie sich ein mächtiger Kater anfühlt.

(Das würde ihm heute natürlich nicht mehr passieren: Ein Zellaktivator baut Alkohol in der Regel schneller ab, als man ihn sich zuführen kann, und es braucht schon viel Sachkenntnis und Entschlossenheit, um es wenigstens zu einem kurzen Schwips zu bringen. Doch in der Zeit, bevor Rhodan dieses Gerät erhielt, hat er sich einen behutsamen

Umgang mit Alkohol angewöhnt und diesen auch danach beibehalten.)

Ansonsten gibt es über seine weitere Dienstzeit auf der Williams Air Force Base wenig zu erzählen. Im November 1958 wurde das Programm für den bemannten Raumflug vorgestellt, das die NASA zu verfolgen gedachte und das unter dem Namen *Projekt Mercury* laufen sollte. Im Februar 1959 wurden 110 Testpiloten, denen man die Möglichkeit angeboten hatte, sich freiwillig dafür zu melden, unter strenger Geheimhaltung umfassenden körperlichen und psychologischen Eignungstests unterzogen. Am 9. April 1959 schließlich stellte die NASA die sieben Astronauten, die man ausgesucht hatte, der Öffentlichkeit vor. Ihre Namen lauteten Scott Carpenter, Gordon Cooper, John Glenn, Virgil Grissom, Alan Shepard, Walter Schirra und Donald Slayton: in dieser alphabetischen Reihenfolge wurden sie vorgestellt, und in dieser Reihenfolge saßen sie auch auf den Fotos, die während der Pressekonferenz in Washington gemacht wurden.

Am nächsten Tag gab es keine Zeitung im ganzen Land, die nicht auf der Titelseite darüber berichtete. Die sieben Männer wurden als Helden gefeiert, obwohl sie noch nichts weiter getan hatten, als sich freiwillig dafür zu melden, sich auf die Spitze einer amerikanischen Rakete setzen und ins All schießen zu lassen. Allerdings – angesichts der bisherigen Versagensquote besagter Raketen war das durchaus an sich schon eine Heldentat.

Perry Rhodan las aufs Genaueste, was über die Lebensläufe der Astronauten geschrieben wurde. Glenn, Grissom und Schirra hatten bereits Einsätze im Krieg geflogen, die anderen waren zumindest als Testpiloten an der Entwicklung der modernsten Flugzeuge beteiligt gewesen. Da war es wieder: Er musste *Testpilot* werden! Inzwischen wusste er, dass es eine Schule für Testpiloten gab, eine Einrichtung der Navy zwar, aber auch Piloten der anderen Streitkräfte wurden dorthin geschickt: die Naval Air Station Patuxent River, Maryland, kurz *Pax* genannt.

Und noch etwas fiel ihm auf: Die Astronauten waren samt und sonders *älter* als er, zwischen 1921 und 1927 geboren – rund zehn Jahre vor ihm!

»Ich bin zu spät geboren«, beklagte er sich bei Ray Wings, als sie wieder einmal in einer *netten kleinen Spelunke* saßen, wie Ray es ausgedrückt hatte, und Perry Rhodan fest entschlossen war, es diesmal bei einem Bier zu belassen oder höchstens zweien.

»Sei doch froh«, meinte der. »Wenn du im selben Jahr wie John Glenn geboren wärst, hättest du genau wie er im Zweiten Weltkrieg fliegen müssen, mit den jämmerlichen Kisten, die sie damals hatten. Und ein paar Jahre später hätte dich der Koreakrieg erwischt.«

»Aber ich hätte wenigstens eine *Chance* gehabt, dabei zu sein, wenn der Aufbruch der Menschheit ins All beginnt!«

Ja, ich weiß – es fällt schwer, sich den Perry Rhodan, den wir alle kennen, in so jämmerlicher, selbstmitleidiger Stimmung vorzustellen, und ich muss auch zugeben, dass ich ihn selbst in all den vielen Jahren nie auch nur annähernd so erlebt habe. Aber er hat mir versichert, dass es so war; die Präsentation der sieben Mercury-Astronauten hat ihn damals in eine mehrere Wochen dauernde Niedergeschlagenheit gestürzt.

Und wie das derartige Stimmungen so mit sich bringen, blieb es natürlich auch nicht bei einem oder zwei Bier an diesem Abend.

Der Umschwung kam mit einer Einladung bei den Wings etwa drei Wochen danach. Es war ein Samstag, und Ray hatte angekündigt, dass »noch jemand« kommen werde, jemand, den Rhodan »schätzungsweise interessant finden« werde.

Ray hatte richtig geschätzt. Perry Rhodan fielen fast die Augen aus dem Kopf, als er den anderen Gast erkannte: Es handelte sich um niemand anders als Chuck Yeager, den Mann, der als erster Mensch schneller als der Schall geflogen war!

Yeager war ein untersetzter, drahtiger Mann mit dunklen Locken, in denen sich hier und da graue Strähnen zeigten, einem Pokerface und einer Ausstrahlung, als könne nichts auf der Welt ihn jemals aus der Ruhe bringen. Was zweifellos eine nützliche Eigenschaft gewesen war, als es darum gegangen war, sich in ein Raketenflugzeug zu setzen, mit dem alle vorherigen Piloten an der Schallmauer zerschellt waren.

Yeager sprach in einem trockenen, langgezogenen, supergelassenen Slang, wie er in den ländlichen Gegenden von West Virginia üblich war und an den sich Rhodan erst gewöhnen musste. Dem Wortwechsel zwischen Yeager und Ray entnahm er, dass die beiden sich schon ewig kannten, was ihn nicht sonderlich überraschte, schien Ray Wings doch alle und jeden zu kennen.

Rhodan hatte einiges über Yeager gelesen, und es gab keinerlei Zweifel, dass er ein Teufelskerl von einem Piloten war. Als er so alt gewesen war wie Perry Rhodan an diesem Abend, hatte er schon dreizehn deutsche Kampfflugzeuge abgeschossen, darunter eine Messerschmitt-262, den ersten Düsenjet der Welt, und das, während er selber eine Mustang P-51 geflogen hatte, also ein Propellerflugzeug!

Ihm nun einfach so an einem gemütlichen Esstisch gegenüberzusitzen hatte etwas Unwirkliches. Es ließ Rhodan zugleich gewahr werden, in welch enormem Tempo sich die Dinge entwickelten: Der 14. Oktober 1947, an dem Yeager den ersten erfolgreichen Überschallflug gemacht – und überlebt – hatte, lag noch keine zwölf Jahre zurück, und inzwischen ging es schon darum, Männer ins *Weltall* zu schießen!

Es begann mit dem üblichen Smalltalk über das Wetter und einem verdienten Loblied auf die Köchin, aber dann kamen sie bald auf das einzige Thema, das Piloten wirklich interessierte, das Fliegen. Wie es eigentlich komme, dass er, Yeager, nicht beim Projekt Mercury dabei sei, fragte Ray geradeheraus.

Das war eine gute Frage, sagte sich Rhodan, wenn es auch nicht jedermanns Sache war, sie so direkt zu stellen.

»*Well*«, meinte Yeager gedehnt, »ich hab die X-1 geflogen und die X-1A … was kann ein Mann mehr verlangen?« Er machte eine Pause, gerade so, als dächte er zum ersten Mal über diese Frage nach, und setzte dann dazu: »Abgesehen davon bin ich *Pilot*. Und für einen Piloten gibt's beim Projekt Mercury nun mal nichts zu tun.«

Rhodan runzelte die Stirn. »Nichts zu tun für einen Piloten? Aber man hat die Astronauten doch sicher nicht ohne Grund unter den Testpiloten gesucht?«

Yeager hob gelassen die Schultern. »Keine Ahnung, warum«, sagte er dann trocken. »Aber den ersten Flug wird auf jeden Fall ein Affe machen.«

Rhodan war wie vor den Kopf geschlagen, als er das hörte. Und dabei hatte er es ja gewusst! Tatsächlich hatte man schon etliche Affen mit Raketen in die Luft geschossen; für Ende Mai war ein weiterer solcher Test angesetzt. Er war nur von all dem Tamtam um die neuen Nationalhelden, die sieben Astronauten, so geblendet gewesen, dass ihm nicht aufgegangen war, was das hieß: nämlich, dass es auf den Insassen der Raumkapsel *überhaupt nicht ankam!* Die Astronauten waren keine Piloten, sondern Versuchskaninchen!

Tatsächlich, wurde ihm klar, ging es bei dem ganzen Projekt überhaupt nicht um die Wissenschaft und die Erforschung des Weltraums, sondern in erster Linie darum, mit der Sowjetunion gleichzuziehen. Die Sowjets hatten den ersten Satelliten ins All geschickt und gleich darauf das erste Lebewesen, also wollte man kontern und den ersten Menschen ins All schicken, egal wie. Hauptsache, es brachte das Gefühl zurück, dass Amerika die führende Nation in allen Disziplinen war.

Später, als sie mit einigen Drinks gemütlich im Wohnzimmer saßen, erzählte Yeager von der Edwards Air Force Base, wo die extremsten Testflüge stattfanden, die die Air Force zu bieten hatte, und es schimmerte durch, dass er sich darüber amüsierte, wie die Presse die Astronauten feierte, weil sie sich bereit erklärt hatten, Raketen zu fliegen: Yeager hatte das schon mehr als vierzigmal gemacht, indem er die X-1 geflogen hatte, denn was war die X-1 anderes als eine Rakete mit einem Cockpit und zwei winzigen Flügeln? Und in Edwards gab es fünfzehn weitere Piloten, die das immer noch machten, die mit ihren Maschinen mehr als dreifache Schallgeschwindigkeit erreichten und Höhen von über 25 Meilen! Im Juni, wusste er, obwohl er nicht mehr in Edwards war, würde ein Testpilot namens Scott Crossfield zum ersten Mal mit der X-15 starten, mit der ein Pilot in Höhen über fünfzig Meilen steigen und annähernd Mach sieben fliegen konnte – ein Pilot, wohlgemerkt, denn anders als die Mercury-Raketen, die von Computern gesteuert wurden, flog sich eine X-15 nicht von alleine!

Kein Wunder also, meinte er und lachte in sich hinein, dass die Jungs in Edwards vom Mercury-Projekt nur als vom »Projekt Dosenfleisch« sprachen.

An diesem Abend hielt sich Perry Rhodan mit dem Alkohol tatsächlich zurück, nicht aus Angst vor dem Kater am nächsten Morgen, sondern weil er befürchtete, etwas zu verpassen. Ray und Chuck dagegen erlegten sich keinerlei Hemmungen auf, und mit zunehmenden Promille im Blut wurde Yeager ein klein wenig gesprächiger. »Projekt Mercury«, meinte er, »ist dazu da, dass wir neben den Sowjets gut aussehen. Aber der wirkliche Weg ins All, der führt über die X-15.«

Es werde, erzählte er, schon an Weiterentwicklungen gearbeitet, die unter Namen wie X-20 oder Dyna-Soar liefen. Das Ziel sei ein Weltraumflugzeug, das ins All fliegen und wieder auf der Erde landen konnte, gesteuert von einem Piloten, wie es sich gehörte.

»Das wichtigste Problem, das die Ingenieure noch lösen müssen, ist der Antrieb dafür«, erklärte er, während seine Zunge noch träger wurde, als sie ohnehin schon war. »Die müssen einen Treibstoff finden, der weiter reicht als das Zeug, das wir bis jetzt haben. Dann wird's klappen.«

Als Perry Rhodan nach diesem Abend in seine Bleibe auf dem Stützpunkt zurückkehrte, tat er es mit der Einsicht, dass es keineswegs ein böser Streich des Schicksals sein musste, dass er zehn Jahre jünger war als die Astronauten. Es ging ihm ja nicht um den Ruhm, den diese gerade genossen; darauf legte er überhaupt keinen Wert. Er wollte einfach nur ins Weltall. Aber der Aufbruch dorthin, sagte er sich, *begann* ja erst – und je jünger man war, desto mehr Möglichkeiten würden sich einem im Lauf des Lebens bieten, genauso, wie jemandem, der fliegen wollte, heute viel, viel mehr Möglichkeiten offenstanden als einem Zeitgenossen der Gebrüder Wright!

Mit dieser Einsicht verschwand alles Selbstmitleid aus Rhodans Leben und sollte nie wiederkehren.

An dieser Stelle kommen wir zu einer geheimnisvollen Phase in Perry Rhodans frühen Jahren: Irgendwann im Sommer 1959 lernte er eine junge Frau namens Lindsey Anderson kennen – doch er hat sich geweigert, mir oder sonst jemandem zu erzählen, wie und wo.

Als ich dreizehn Jahre später, im Sommer 1972, in Rhodans Auftrag nach Miss Anderson suchte, sie schließlich fand und dazu brachte, mit mir zu reden, weigerte auch sie sich, auf meine diesbezügliche Frage mehr zu sagen als: »Es war schön, wie es begann – es war schön, solange es dauerte –, nur wie es *endete*, das war nicht schön.«

Sie habe danach, meinte sie, lange gelitten: Dazu kommen wir noch.

Bleiben wir zunächst im Sommer 1959. Die erste große Liebe Perry Rhodans also. Wir müssen nicht wissen, welcher Natur diese Beziehung war und wie weit sie gedieh; überlassen wir diese Einzelheiten taktvoll dem Reich des Privaten. Auch stellt es uns vor keine großen Schwierigkeiten, uns auszumalen, wie es begann: Die beiden sind sich irgendwann, irgendwo, aus irgendwelchen Gründen begegnet; Perry Rhodan ein blendend aussehender junger Mann, vermutlich in der kleidsamen Uniform der US Air Force, und Lindsey Anderson eine blendend aussehende junge Frau. Blicke werden zu Worten geführt haben und Worte zu mehr – und dann nahm eben seinen Lauf, was wir eine Liebesgeschichte nennen.

Bis sie, wie erwähnt, endete.

Als ich Miss Anderson 1972 nach langer Suche endlich in einem Café in Phoenix gegenübersaß, war sie Anfang dreißig und immer noch, wie ich gestehen muss, von bestrickendem Liebreiz. Man stelle sich ein herzförmiges, von Hunderten von Sommersprossen übersätes Gesicht vor, umrahmt von rotblonden, langen Locken und belebt von einer schwungvollen, irgendwie unbezähmbar wirkenden inneren Kraft: Das war Lindsey Anderson.

»Ja, mein Totemtier ist das Wildpferd«, meinte sie auf eine entsprechende Bemerkung von mir und lachte ein lautes, undamenhaftes, aber hinreißendes Lachen.

Das mit dem Totemtier war nur zur Hälfte ein Scherz. Sie war, wie sie mir erzählte, als Tochter eines Viehzüchters am Rand eines Reservats aufgewachsen und hatte in ihrer Kindheit viel mit Indianern zu tun gehabt (Navajos, wenn ich es recht verstanden habe). Sie lernte früh reiten, mit und ohne Sattel, und konnte »alles, was eine Pionierfrau können muss«, wie sie lachend ihre Großmutter zitierte, nämlich kochen, backen und schießen. Hingegen neigte sie, was Termine, Schlüssel und dergleichen anbelangte, zu »Schusslichkeit«, wie sie es nannte; um ein Haar hätte sie sogar die Verabredung mit mir vergessen, und ehe wir wieder auseinandergingen, suchte sie eine ganze Weile verzweifelt nach ihren Autoschlüsseln.

Wenn ich heute an diese Begegnung zurückdenke, kann ich kaum anders, als sie in Gedanken neben die allgemein bekannten Gefährtinnen Rhodans zu stellen und mich zu fragen, wie Lindsey Anderson in diese Reihe gepasst hat. Vom Äußeren her gab es keinerlei Ähnlichkeit mit einer von Rhodan späteren Ehefrauen oder sonstigen Partnerinnen – was nicht viel heißt, ist es doch bei einem Vergleich dieser untereinander nicht anders: Mory Abro und Gesil etwa haben praktisch *nichts* gemein, und auch Mondra Diamond und Sichu Dorksteiger trennt mehr, als sie verbindet. Offenbar ist es nicht ein bestimmter Frauentypus, auf den Perry Rhodan reagiert, sondern eher etwas, das man vielleicht »das ganz Andere« nennen könnte: ein Element von Fremdheit, ja, von Exotik. Unter den Frauen, die in Rhodans Leben eine Rolle spielten, sind jedenfalls Erdgeborene eher die Ausnahme.

Was Lindsey Anderson anbelangt, so hat es damals wahrscheinlich schon genügt, dass er mit ihr einer jungen Frau begegnete, die völlig anders war als alle, die er bis dahin kennengelernt hatte: wild und anschmiegsam zugleich, von verwirrender Weiblichkeit, ohne einem der weiblichen Klischees zu entsprechen. Das mag den Ausschlag gegeben haben, in ihr mehr zu sehen als eine der vielen jungen Frauen, die damals in der Umgebung von Militärstützpunkten versucht haben, die Aufmerksamkeit eines der vor Selbstbewusstsein strotzenden Piloten auf sich zu lenken.

Diese beiden jungen Menschen begannen also im Jahr 1959, viel Zeit miteinander zu verbringen und allerlei Dinge gemeinsam zu unternehmen, und das hätte vielleicht rasch zu mehr geführt, wäre nicht just in den Tagen, als es begann, ein Brief von Leroy eingetrudelt.

Es war ein Monster von einem Brief, der dickste, den Perry je von ihm erhalten hatte, und er hatte schon beim Öffnen des Umschlags ein ungutes Gefühl. Dieses Gefühl trog nicht, denn: Leroy hatte sich von Alice getrennt – und war am Boden zerstört deswegen.

In fiebrigen Zeilen schilderte er, wie Alice ihn in den Monaten davor immer wieder aus dem Haus geworfen hatte und wie mühevoll sie sich jedes Mal wieder versöhnt hatten. Doch er ertrage dieses Wechselbad der Gefühle nicht länger, schrieb er, fühle sich machtlos gegen Alice' eifersüchtige Unterstellungen und ihre Launen, die völlig unvorhersehbar von einem Extrem ins andere schlügen.

Es steht zu vermuten, dass Alice Washington an einer psychischen Erkrankung litt, an der ihr Mann keinerlei Schuld trug, doch als schwarze Frau in den Südstaaten hatte sie damals praktisch keine Chance auf eine entsprechende Untersuchung, geschweige denn auf eine Behandlung.

Den größten Teil des Briefes nahm Leroys Versuch ein, seine Entscheidung zu rechtfertigen, weniger vor Perry als vielmehr vor sich selbst. Er habe, schrieb er, das Eheversprechen halten wollen; es bedeute ihm viel, sich die Treue zu geloben, bis dass der Tod einen scheide, und er habe wirklich alle Kraft hineingegeben – doch nun könne er einfach nicht mehr. Er wolle aber in Montgomery bleiben, in der Nähe, um für die Kinder da zu sein, die sein Ein und Alles geworden seien und um die er sich Sorgen mache.

Es war für Perry Rhodan schier unerträglich, von den Nöten seines Freundes zu lesen und zu spüren, wie dieser litt. Was half es ihm nun, dass mit der Heirat mit Alice für ihn der Traum seiner Jugend in Erfüllung gegangen war? Offenbar gab es keine Garantie, dass aus Träumen nicht auch Albträume werden konnten.

Rhodan versuchte immer wieder, Leroy irgendwie ans Telefon zu bekommen, und erwischte ihn schließlich über die Kirche. Leroy hatte nur ein paar Minuten Zeit, freute sich aber spürbar, von ihm zu hören. Rhodan bemühte sich, ihm Mut zu machen, und kam sich dabei schrecklich hilflos vor: Wäre diese Notlage doch nur auch einfach mit einer spektakulären, lebensgefährlichen Landung auf einem tanzenden Flugdeck zu beheben gewesen!

Ist es weit hergeholt zu vermuten, dass ihn dieser Brief vorsichtig gemacht hat? Ich glaube nicht. Zumal Miss Anderson durchblicken ließ, dass es Perry Rhodan plötzlich wichtig war, »die Dinge nicht zu überstürzen«. Obwohl die beiden bis Ende 1960 zusammen waren, weit über ein Jahr lang, geschah nichts Offizielleres als ein kurzer Besuch bei ihren Eltern, und sie kamen nicht einmal in die Nähe einer Verlobung.

Doch sie beharrte darauf, dass es eine sehr schöne Zeit gewesen sei, die sie nicht missen wollte, wenn sie auch einräumte, fest damit gerechnet zu haben, dass Rhodan ihr irgendwann einen Antrag machen würde. Dass er es nicht tat, hatte sie damals ganz pragmatisch darauf zurückgeführt, dass er einfach noch nicht genug verdiente, um eine Familie zu ernähren: Als junger Offizier kam er auf weniger als viertausend Dollar im Jahr.

So schwebte Perry Rhodan in den Jahren 1959 und 1960 also gewissermaßen in gänzlich anderen Sphären und verfolgte zwar noch, was sich auf dem Gebiet der Raumfahrt tat, aber nur mit sehr gemäßigtem Interesse. Die NASA testete ihre Raketen mit einigen Affen als Passagieren – hierzu unterhielten rund zwanzig Veterinärärzte und Spezialisten für die Dressur von Primaten auf der Hollomann Air Force Base eine Art Zoo mit über vierzig Affen, größtenteils Schimpansen –, was aber nicht an die große Glocke gehängt wurde, weil es ja erstens darum gehen sollte, einen *Menschen* ins All zu schießen, und zweitens manche dieser Missionen peinlich missglückten.

Währenddessen schoß die Sowjetunion einen fünf Tonnen schweren Sputnik nach dem anderen in Erdumlaufbahnen, manche mit Testdummies, manche mit Hunden an Bord, und es war unübersehbar, dass sie vorhatten, in Bälde auch einen Menschen ins All zu schicken. Und sie hatten es nicht nur vor, sie hatten offensichtlich auch die Raketen dazu, während das Mercury-Projekt einfach nicht vorankam.

1960 war in den USA ein Wahljahr, John F. Kennedy kandidierte gegen Richard Nixon. Lindsey und Perry waren sich einig, dass ihnen Nixon unsympathisch war, Kennedy dagegen »etwas hatte«, ein bis dato in der amerikanischen Politik nicht gekanntes Maß an Charisma nämlich. Er strahlte aus, dass mit ihm eine neue Ära anbrechen würde, während Nixon im Vergleich dazu nur wie ein verkniffener Sachverwalter des Bisherigen wirkte.

Am 1. Mai 1960 schossen die Sowjets mit einer Boden-Luft-Rakete, deren Existenz die westlichen Geheimdienste nicht einmal geahnt hatten, ein amerikanisches Spionageflugzeug vom Typ U-2 ab. Derartige Flüge wurden schon seit Sommer 1955 regelmäßig durchgeführt, um Luftaufnahmen der Sowjetunion zu machen, und erfolgten in so großer Höhe, dass die Flugzeuge nicht nur vom Boden aus unsichtbar waren, sondern auch – das hatte man zumindest bis dahin gedacht – unerreichbar für jede Luftabwehr. Der Pilot der U-2, Gary Powers, überlebte den Absturz, und die Sowjets inszenierten einen politischen Skandal darum herum. Er wurde zu zehn Jahren Haft verurteilt, wenige Jahre später jedoch gegen einen russischen Spion ausgetauscht.

Im Juli 1960 erhielt Perry Rhodan einen Anruf von seinem Onkel Kenneth Malone: Ob er nicht Lust habe, nach Cape Canaveral zu kommen, für den 29. Juli sei der erste große Test der Atlas-Rakete angesetzt, die erstmals eine unbemannte Mercury-Kapsel in die Erdumlaufbahn bringen sollte. Die sieben Astronauten würden da sein und außerdem jede Menge wichtiger Leute aus Washington, VIPs, wie man sagte, Senatoren, Abgeordnete, Regierungsmitglieder und so fort. Und natürlich die Presse aus aller Welt.

Perry Rhodan hatte von dem Test gehört – es war kaum möglich, den entsprechenden Nachrichten zu entgehen – und hätte es wohl auch einrichten können, aber er hatte Lindsey versprochen, mit ihr auf ein Rock-'n'-Roll-Konzert zu gehen, und sie hatten bereits Karten. (Lindsey hatte ihn mit Rock-'n'-Roll-Musik bekannt gemacht, und er hatte nach anfänglichen Vorbehalten tatsächlich Gefallen an Musikern wie Bill Haley, Buddy Holly und Elvis Presley gefunden.) Wie sich herausstellte, verpassten sie ein spektakuläres Debakel: Die Atlas-Rakete startete zwar wie geplant, aber nach nicht ganz sechzig Sekunden Flug – explodierte sie einfach. Niemand wurde verletzt, doch für das Projekt Mercury war es eine Katastrophe.

Ende August wurden Ray Wings und Perry Rhodan zum Leiter des Stützpunkts bestellt. Sie gingen hin mit dem sicheren Gefühl, dass sie ein unangenehmes Nachspiel zu ihrem T-2-Abenteuer erwartete, doch der Major gratulierte ihnen nur und teilte ihnen mit, dass sie ihrem Wunsch entsprechend an die Testpilotenschule der Navy in Patuxent River entsandt würden. Und sie könnten schon anfangen zu packen, am 1. September gehe es los.

12

Der Stützpunkt Patuxent River lag an der Chesapeake Bay und, eine angenehme Abwechslung nach den kahlen Landschaften Arizonas, inmitten üppiger Wälder. Manchmal konnte man sich sogar einbilden, so etwas wie eine frische Brise Seeluft zu schnuppern, wenngleich es die meiste Zeit nach der üblichen Mischung aus Kerosin und Abgasen roch.

Ansonsten sah »Pax« aus wie jeder andere Militärstützpunkt. Auch hier gab es Unterkünfte, Serviceeinrichtungen, viele Hangars, Start- und Landebahnen, außerdem aber abgezäunte Gebiete, in denen geheime technische Entwicklungen stattfanden und zu denen der Zutritt nur mit Sondererlaubnis gestattet war. Auch hier brauchte man einen Übersichtsplan, um sich im Gewirr der Straßen zurechtzufinden, und nicht einmal die Zimmer, die man ihnen zuwies, unterschieden sich sonderlich von denen, die Rhodan gewohnt war. Ray, verwöhnt durch ein von liebevoller weiblicher Hand geführtes Heim, hatte anfangs eine Menge zu maulen, über ihre Unterkünfte, das Essen und dergleichen mehr. Er tat es aber nur, wenn er mit Perry allein war, denn das hatten sie rasch verstanden: Sie waren, zusammen mit einem Grüppchen weiterer Air-Force-Piloten aus allen Teilen des Landes, auf dem heiligen Grund der anspruchsvollsten Flugschule der US Navy nur geduldet, und man erwartete von ihnen, sich als auserwählt zu betrachten und dankbar zu sein.

In der Eingangshalle des Schulungszentrums hingen gerahmte Fotos aus der glorreichen Vergangenheit der US Naval Air Station Patuxent River: Sie zeigten etwa ein wasserndes P2Y-Flugboot, eine Grumman F6F Hellcat im Flug oder Commander Sydney Sherby, der die Schule 1945 gegründet hatte, mit seiner ersten Klasse. Eine Tafel erklärte, welche technischen Neuerungen hier in Patuxent entwickelt oder weiterentwickelt worden waren: Instrumentenlandung, Schleudersitze, Flugfeldausleuchtung, Zielverfolgung mit Radar und dergleichen mehr.

Und mitten darin, fast als habe man ihnen einen Schrein errichtet, prangten Fotos der vier Mercury-Astronauten, die Absolventen dieser Schule waren: Scott Carpenter, John Glenn, Walter Schirra und Alan Shepard.

»Warum hängen wir da nicht?«, raunte Ray Perry zu.

»Kann ja noch kommen«, erwiderte der, doch im selben Moment, in dem er das sagte, fühlte es sich nur wie ein alberner Scherz an, nicht wie etwas, an das er wirklich glauben konnte.

Das bedrückte ihn. Er meinte, Lindsey zu hören, die so oft zu ihm sagte: »Werd' erwachsen, Perry!«, wenn er sich im Gespräch mit ihr in Träumereien von Reisen zu anderen Planeten verirrte. War es das? Wurde er allmählich erwachsen? Wenn ja, dann wusste er nicht, was daran so erstrebenswert sein sollte.

Es gab zwei Kurse, den ihren, der gerade anfing, und einen zweiten, der demnächst zu Ende gehen würde. In dem anderen Kurs waren nur noch Navy-Leute, den einzigen Air-Force-Mann hatte es »erwischt«, wie man ihnen verblüffend mitleidlos erzählte. Offenbar kam derlei häufig vor, wie überhaupt Testpiloten ein gefährliches Leben erwartete: Einer von vier Testpiloten kam vorzeitig durch einen Unfall ums Leben – und bei dieser Statistik waren Kriegseinsätze nicht einmal mitgerechnet, denn im Krieg ums Leben zu kommen galt beim Militär nicht als Unfall.

Hier war also, das schwang unausgesprochen mit, der Platz für die Härtesten der Harten, für die Fähigsten der Fähigen, für die Kaltblütigsten der Kaltblütigen: Und das waren, verstand sich, vor allem Navy-Leute. Navy-Leute bezeichneten sich selbst als »Flieger«, während Air-Force-Leute für sie »nur Piloten« waren.

Entsprechend blieben die Vertreter beider Waffengattungen in der Freizeit eher unter sich, zumal sie auch in unterschiedlichen, weit auseinanderliegenden Baracken untergebracht waren.

Bis Ray Wings, der das alles gar nicht einsah, den Kontakt herstellte. Und seinen verblüfften Kameraden die Einladung überbrachte, sie sollten doch rüberkommen, die Kollegen von der Navy hätten gerade eine kleine Party am Laufen, und Piloten seien willkommen.

Rhodan und die anderen folgten ihm – und staunten nicht schlecht, als sie sahen, was man bei der Navy unter einer »kleinen Party« verstand: Das Ganze spielte sich auf einem Rasenstück hinter den Baracken ab; unter einem offenen Zelt brutzelten Steaks auf mehreren Barbecue-Grills, es gab allerhand Salate, die offenbar die vielen anwesenden jungen Frauen mitgebracht hatten, Getränke bis zum Abwinken – und es spielte sogar eine Jazz-Combo auf! Das hatte von drüben tatsächlich seltsam geklungen, so gar nicht wie ein zu lautes Radio – aber wer hätte *so etwas* vermutet? Und wie um alles in der Welt hatten sie die Frauen hereingeschmuggelt?

»Ist das schon die große Abschiedsparty?«, fragte Rhodan einen pausbäckigen, schwitzenden Navy-Mann, der gerade frische Steaks auf den Grill legte.

»Nein«, erwiderte der, »so was haben wir öfters.«

»Nicht schlecht. Und das organisiert ihr so nebenbei?«

»Wir? Das organisiert der da ganz alleine.« Er deutete mit der Zange in Richtung eines untersetzten, rothaarigen Kerls, der sich gerade, eine Bierflasche in der Hand, rege mit einer offenherzig gekleideten Schönheit unterhielt. »Der Typ ist ein Phänomen. Er zückt sein kleines schwarzes Adressbüchlein, hängt sich ans Telefon, und kurz darauf geschehen Zeichen und Wunder.«

»Hat er auch einen Namen?«

»Bull. Reginald Bull. Aber wir nennen ihn alle nur Bully.«

In der ENCYCLOPAEDIA TERRANIA ist zu lesen, Reginald Bull und Perry Rhodan hätten einander erst an der Akademie der *US Space Force* kennengelernt (die es 1960 noch gar nicht gab – weder die Akademie noch die *Space Force*). Diese Information beruht auf Aussagen Bulls und ist strenggenommen sogar korrekt: So richtig *kennengelernt* haben die beiden Männer sich tatsächlich erst in der *Space Force* – aber *getroffen* haben sie sich schon früher, in Patuxent.

Dieses erste Treffen lief für Reginald Bull allerdings nicht besonders ruhmreich ab, was wohl der Grund ist, dass er es unter den Tisch hat fallen lassen. Und da Rhodan nicht der Mann ist, der einen Freund unnötig in Peinlichkeiten bringen würde, hat er davon abgesehen, diese Angabe zu korrigieren. Alle anderen, die damals beteiligt waren, sind natürlich längst nicht mehr am Leben, so dass uns nur das bleibt, was sie mir einst darüber erzählt haben.

Die Party war in vollem Gange, die Dämmerung, in der sie begonnen hatte, war in den Abend übergegangen. Überall kauten junge Soldaten an gewaltigen Steaks. Die Jazzband spielte einen dezenten Blues, auf allen Tischen brannten Windlichter, an Dachrinnen, Basketballständern und dergleichen hingen Lampions. Gelächter, Palaver und der intensive Duft der Grills erfüllte die Luft, deren Kühle schon den nahen Herbst ankündigte.

In dieser Situation also fiel der Blick des eben erwähnten genialen Organisators auf den wenigstens fünfzig Schritte von ihm entfernt am Grillzelt stehenden Rhodan. Im nächsten Moment ließ er die junge Frau, mit der er eben noch heftig geflirtet hatte, stehen, um direkt auf Rhodan zuzumarschieren, quer über das Gelände. Im Vorbeigehen schnappte er sich eine Flasche Budweiser-Bier, die jemand gerade geöffnet hatte, drückte sie Rhodan in die Hand und sagte: »Du bist der, von dem sie alle sagen, er sei ein Wunderpilot, nicht wahr? Wir müssen reden.«

Rhodan nahm die Bierflasche in Augenschein, dann sein Gegenüber. »Ich würde nicht so viel auf das geben, was Leute so reden«, meinte er friedfertig.

Bull schüttelte heftig den Kopf. »Papperlapapp. Ich kenn einen auf der USS Hancock, der dabei war, als du denen deinen Jet aufs Deck gepflanzt hast. Der hat gesagt, er hat schon alles gesehen, *alles*, aber so was noch nicht. Prost übrigens.« Er hielt seine Bierflasche hoch, bestand darauf, mit Perry Rhodan anzustoßen, und nahm dann einen tiefen Schluck.

Rhodan tat es ihm gleich, nur dass sein Schluck eher ein zaghafter war, dann fragte er: »Und was genau ist jetzt das Problem?«

»*Du* bist das Problem«, sagte Bull wie aus der Pistole geschossen. Er tippte Rhodan auf die Brust. »Du bist eine unbeantwortete Frage, verstehst du? Der Flieger aller Flieger, der Jock aller Jocks, der König der Piloten – das bin nämlich eigentlich *ich*. Und wenn dann plötzlich ein Wunderpilot ankommt, heißt das, dass wir das austragen müssen.«

»Der Jock aller Jocks«, meinte Rhodan, »sitzt da drüben.« Er deutete zu Ray Wings hinüber, der, umringt von einem halben Dutzend Piloten, auf einer Tischkante hockte und gerade gestenreich irgendwelche Geschichten von sich gab.

Bull winkte ab. »Ach was. Ray Wings, der ist eine Kategorie für sich. Den gibt's nur einmal und nie wieder.« Er klang nicht mehr ganz nüchtern. »Aber ich, verstehst du, ich kann jede Maschine fliegen, die es gibt, und dazu noch ein paar, die's noch nicht gibt. Jede, verstehst du? Setz mich in egal was für einen Vogel, ich flieg ihn. Und stell wahrscheinlich irgendeinen Rekord damit auf. Mach ich gern. Frag die anderen hier. Ich hab jede Menge Rekorde aufgestellt.«

»Was denn für welche?«, fragte Rhodan amüsiert.

Bull lachte in sich hinein. »Also … der, auf den ich am meisten stolz bin, ist, dass ich der erste Mensch bin, der es geschafft hat, ein weichgekochtes Ei mit Hilfe eines Jets zu köpfen. Ordnungsgemäß, versteht sich.«

Rhodan hob die Augenbrauen. »Ehrlich?« Er sah zu dem Jungen hinter dem Grill hin, aber der nickte nur eifrig.

»Hat natürlich«, fuhr Bull kichernd fort, »ziemlich *viele* weichgekochte Eier gebraucht, bis es geklappt hat, und ich hab auch … wie viel von den Halterungen für das Messer hab ich verloren?«, wandte er sich an den Griller. »Fünf?«

»Sieben«, sagte der.

»Sieben. Aber mit der achten hat's dann geklappt.« Er machte eine Köpfbewegung mit der freien Hand. »Zack, obere Kuppe sauber abgetrennt, Ei ganz geblieben. Essfertig, sozusagen.«

Rhodan nickte beifällig. »Du siehst mich beeindruckt. Ich würde nie wagen, dir einen solchen Rekord streitig zu machen.«

Bull musterte ihn skeptisch. »Du machst dich über mich lustig, oder? Das war eine Sternstunde der Fliegerei, kann ich dir sagen!«

»Ohne Zweifel. Gleich nach Wilbur Wright.«

»Du machst dich *doch* über mich lustig!«

»Nur ein ganz kleines bisschen.« Er stieß seine Flasche noch einmal gegen Bulls und fügte hinzu: »Übrigens: Respekt, wie du das hier organisiert hast. Könnte ich im Leben nie. Ich kann's kaum erwarten, bis die Steaks endlich durch sind.«

»Gleich«, sagte der Junge vom Grill.

Bull stellte sich dicht vor Rhodan – er war fast eine Handspanne kleiner als er –, drückte ihm diesmal den Hals seiner Flasche gegen die Brust und sagte: »Lenk nicht ab. Ich fordere dich zum Zweikampf!«

»Werfen wir mit weichgekochten Eiern aufeinander?«

»Quatsch. Ich verlange ein Wettfliegen. Du und ich, jeder dieselbe Maschine, eine festgelegte Strecke. Wer als Erster über den Zielpunkt fliegt, hat gewonnen und ist der König der Flieger.«

Es war dem untersetzten Mann, dessen linke Wange eine schlecht verheilte Narbe zierte, offenbar bitterernst. Wobei sein Vorschlag natürlich heller Wahnsinn war. Schon der Versuch, das in die Tat umzusetzen, würde ihnen disziplinarische Schwierigkeiten jenseits aller Vorstellungskraft bescheren.

»Das ist eine Schnapsidee«, erklärte Perry seinem Gegenüber also, diesmal mit allem gebotenen Ernst. »Und das solltest du wissen als König der Flieger.«

»Schnaps oder Bier«, beharrte Bull, »ich will es wissen. Komm nicht auf die Idee, dich zu weigern, Wunderpilot.« Er lachte auf, breitete die Arme aus. »Hey! Das ist ein toller Titel! ›Der König der Flieger gegen den Wunderpiloten.‹ Wir könnten Eintrittskarten verkaufen!«

»Wenn wir hinterher im Gefängnis sitzen, wird jemand anders König der Flieger«, gab Rhodan zu bedenken.

»Ach was, Gefängnis! Du denkst viel zu kleinkariert. Das ziehen wir natürlich ganz groß auf. Das wird der Wettkampf des Jahrhunderts.«

»Lass es«, befahl Rhodan, diesmal bewusst mit seiner »Alabama-Stimme«, wie er es bei sich nannte. Er wollte diese Diskussion abwürgen und in Ruhe sein Steak essen, weiter nichts, und dieser Typ ging ihm allmählich auf die Nerven.

Doch bei Reginald Bull schien der Trick nicht zu wirken. Er grinste Rhodan schlau an und meinte: »Mir schwebt da schon was vor. Lass dich überraschen.«

Dann, immerhin, trollte er sich. Die junge Frau, mit der er geflirtet hatte, saß allerdings inzwischen bei einem anderen auf dem Schoß.

»Also, welches darf's sein?«, sagte der Mann hinter dem Grill, und Rhodan widmete sich der weit angenehmeren Aufgabe, sich zwischen vier gleichermaßen großartig aussehenden Steaks zu entscheiden.

An den darauffolgenden Tagen gingen der Unterricht und die damit verbundenen Flüge ganz normal weiter. Rhodan verschwendete keinen Gedanken mehr an die Sache mit dem Wettflug, aber als er einmal sah, wie ein Helikopter auf einem Gelände abseits des Flugfelds geradezu akrobatische Manöver vollführte, blieb er stehen und schaute zu und war, als der Helikopter schließlich landete, nicht allzu überrascht, dass ein untersetzter, rothaariger Mann ausstieg. Dieser Reginald Bull war offenbar tatsächlich ein verdammt guter Pilot, denn verglichen mit dem Steuern eines Helikopters war das Steuern eines Flugzeugs einfach. Rhodan hatte noch nie jemanden gesehen, der so präzise mit einem Helikopter umgegangen war.

Womöglich stimmte die Story mit dem geköpften Ei ja sogar.

Die Party war übrigens wohl doch so etwas wie eine vorgezogene Abschiedsfeier gewesen, denn der fortgeschrittene Kurs, hörte man, endete in wenigen Tagen mit einer *offiziellen* und vermutlich stinklangweiligen Feier, bei der Reden gehalten und Urkunden überreicht würden und dergleichen.

Doch einen Tag zuvor verkündete ihr Instruktor, die Stützpunktleitung habe sich für den Tag des Abschieds etwas ganz Besonderes ausgedacht, und zwar … einen Flug von zwei Flugzeugen um die Wette! Als Piloten habe man die jeweils Besten des alten und des neuen Kurses bestimmt, was hieß, dass für die scheidende Gruppe Leutnant Reginald Bull fliegen würde und für die andere Gruppe First Lieutenant Perry Rhodan.

Ringsherum brach ein ohrenbetäubendes Hurra los, während Rhodan das Gefühl hatte, dass sein Unterkiefer nicht mehr in seiner ordnungsgemäßen Position bleiben, sondern dem Zug der Schwerkraft folgen wollte.

Die Stützpunktleitung hatte sich für den Tag des Abschieds etwas ganz Besonderes ausgedacht?

Nie im Leben. Da steckte der große Organisator dahinter, dieser rothaarige Giftzwerg mit dem Ehrgeizproblem! Der hatte irgendwie … irgendjemanden … beschwatzt, hatte einem der Oberen eingeredet, dass das seine eigene Idee gewesen sei!

»Ich hab doch nie behauptet, dass ich der *schnellste* Pilot der Air Force bin!«, erregte er sich, als sie draußen waren und ihn außer Ray keiner hörte. »Oder? Das hat auch sonst niemand behauptet. Was soll das?«

»Wahrscheinlich denkt er, dass *er* der schnellste Pilot ist«, mutmaßte Ray Wings amüsiert. Dann hieb er Rhodan herzhaft auf die Schulter und riet: »Aber du hast es noch nicht probiert! Wer weiß? Hey, du bist der Wunderpilot! Warum solltest du ihn nicht schlagen können?«

Rhodan ließ sich seufzend auf den nächstbesten Stuhl sinken. »Warum soll ich ihn *schlagen*? Das ist doch albern.« Er dachte nach. »Außerdem ist es nicht der Pilot, der die Geschwindigkeit bestimmt, sondern die Maschine, die er fliegt. Die Job des Piloten ist es nur, zu verhindern, dass der Flug schiefgeht.«

»Nimm es einfach als Spaß. Hau den Schubhebel auf Anschlag und genieß den Flug. Und wenn er gewinnt, dann gratulierst du ihm gentlemanlike, und alle sind zufrieden.«

In diesem Moment kam Bull des Weges, umringt von einigen seiner Fans, die ihn offenbar am liebsten jetzt schon gefeiert hätten. Er sah herüber, grinste ihnen zu und machte Churchills berühmte Geste: ein V für Victory.

Der Wettflug stieg am nächsten Morgen um 9 Uhr. Die Abschiedsfeier würde beginnen, sobald der Sieger feststand, und mit dem gemeinsamen Mittagessen enden.

Genau wie Bull es angedroht hatte, wurde die Sache ganz groß aufgezogen. Man hatte eine Tribüne aufgebaut, auf der sich fast die gesamte Besatzung von Patuxent River drängte, das freiwillige Orchester des Stützpunkts spielte schmissige, nicht ganz tonreine Märsche, Fahnen flatterten im Wind – es herrschte richtige Volksfeststimmung. Eigentlich fehlte nur noch ein großes Band mit dem Spruch, unter den Bull den Wettflug hatte stellen wollen, aber das hatte er offenbar dann doch nicht hinbekommen.

Auf der Startbahn warteten zwei identische Maschinen des Typs A4D-X2, zwei Testflugzeuge, die auf der Douglas A-4 Skyhawk basierten, aber mit grundlegend neuen Triebwerken versehen worden waren. Sie hatten die technischen Spezifikationen dieser Maschine erst vor wenigen Tagen im Unterricht behandelt, und nun, da er die Flugzeuge bereitstehen sah, fragte sich Rhodan, ob dieser Unterricht auch schon zu Bulls Plan gehört hatte.

Eins musste man dem Dicken lassen: Er wusste, wie er Dinge in die Tat umsetzte. Das imponierte Rhodan.

Das Ganze folgte einer ausgeklügelten Choreographie. Während das Orchester alles gab, marschierte Rhodan in der Fliegerkluft der Air Force von der einen Seite auf die Tribüne zu, Bull in den Farben der Navy von der anderen. Sie trafen sich vor einem Podest, auf dem Major Jim Hall thronte, der den Schiedsrichter gab. Das Orchester verstummte, und der Major erklärte noch einmal die Spielregeln: Jeder würde dreißig Schritte von seiner Maschine entfernt in Position gehen, auf den Startschuss hin losrennen, einsteigen und starten. (Die Startbahn war breit genug dafür, und sämtlicher anderer Flugverkehr ruhte an diesem Vormittag – es hätte schon ein Krieg ausbrechen müssen, um den Wettflug noch zu verhindern.) Dann würden sie über die Chesapeake Bay bis an die Spitze von Cape Charles fliegen, eine Kurve drehen, die ausschließlich über dem Wasser lag – es waren Beobachter vor Ort, die das überwachen würden –, und zurückkehren. Die Maschine, die als erste wieder die Startlinie überflog – nur überflog, landen konnte sie später –, hatte gewonnen.

Damit die Zuschauer die beiden ansonsten identischen Flugzeuge unterscheiden konnte, hatte jemand auf die Heckflosse des einen ein schwarzes Pik gemalt, auf die des anderen ein rotes Karo. Und nun hielt Major Hall ihnen zwei Spielkarten hin, um auszulosen, wer mit welcher Maschine fliegen würde.

Rhodan überließ Bull den ersten Zug. »War schließlich deine Idee«, meinte er.

»Fair, dass du das zugibst«, erwiderte Bull grinsend und zog das Pik-As, womit für Rhodan das Karo-As blieb.

Während Rhodan die ihm zugedachte Startposition einnahm, gingen ihm allerhand Gedanken durch den Kopf. Zunächst einmal fand er es unfassbar, dass die Stützpunktleitung einen so kindischen Wettkampf auch noch unterstützte. Es gab eine ganze Menge Dinge, die man mit Flugzeugen machen konnte, die aber, weil es sich um höchst *riskante* Dinge handelte, ausdrücklich verboten waren: extreme Tiefflüge zum Beispiel (das sogenannte »flat hatting« oder »hegdehopping«), Außenloopings, die Unterquerung von Brücken – und Flüge um die Wette. Und nun geschah das auf einer offiziellen Veranstaltung!

Er stellte sich hinter die Markierung und hatte überhaupt keine Lust zu dem Ganzen. Weil er sich hereingelegt fühlte. Dieser Bull war ein unmöglicher Mensch! *Der einzige Trost an der Sache*, dachte er (ohne zu ahnen, wie falsch er damit liegen sollte), *ist, dass der Dicke mit dem heutigen Tag aus meinem Leben verschwinden wird.*

Er erwog sogar, den Wettkampf zu sabotieren. Bewusst gemütlich einzusteigen und so langsam wie möglich zu fliegen. Ihn absichtlich gewinnen zu lassen würde Bull maximal ärgern, das war sicher.

Nur fühlte sich das irgendwie falsch an. Nein, das würde er nicht tun. Nicht nur, weil einige der Kameraden in seinem Kurs etwas schlicht gestrickte Gemüter waren und es nicht verstehen, sich von ihm verraten fühlen würden. Sondern, weil es kindisch gewesen wäre. Auf eine gewisse Weise *hatte* ihn Bull mit diesem ganzen Arrangement schon besiegt, und mit einem solchen Verhalten hätte er sich als schlechter Verlierer gezeigt.

Also würde er kämpfen! Und dann würde man ja sehen. Wenn Bull so gut flog, wie er Dinge organisierte, dann hatte ohnehin niemand eine Chance. Aber – man wusste nie. Rhodan beschloss, sein Bestes zu geben und alles andere dem Schicksal überlassen.

Der Startschuss fiel. Natürlich war es Rhodan, der als Erster losspurtete. Er war auch als Erster bei seiner Maschine und die Leiter hoch und drinnen, und sein Triebwerk röhrte schon los, als der Mann mit der Leiter noch rannte, um sich in Sicherheit zu bringen (in eine Skyhawk kam man nicht anders herein als über eine Leiter). Seine Maschine rollte als Erste an, er sah die Leute auf der Tribüne noch jubeln, dann gab er Schub und bretterte los und hob auch als Erster ab.

Bis zum Wendepunkt waren es etwas mehr als achtzig Meilen, eine Strecke, die sie mit ihren Maschinen in längstens sieben Minuten zurückgelegt haben würden. Der Wettflug würde die Feierlichkeiten und die Ansprachen also nicht allzu lange verzögern.

Als er eine Höhe erreicht hatte, die er angesichts der herrschenden Wetterlage als optimal betrachtete, und auf Kurs war, drückte Rhodan den Schubhebel nach vorne, immer weiter, bis an die Grenze des Erträglichen. Das neue Triebwerk war ein Höllengerät, das musste man zugeben, aber die Maschine flog sich damit, als wolle sie jeden Augenblick in tausend Stücke zerplatzen. Gewöhnungsbedürftig.

Auf halber Strecke des Hinwegs sah Rhodan plötzlich, wie sich Bulls Maschine neben die seine schob. Der Kerl holte auf! Saß in seinem Cockpit und machte ihm das Victory-Zeichen!

Und dann, tatsächlich, schob er sich an Rhodan vorbei, Zentimeter um Zentimeter, so sah es aus. Rhodan fragte sich, wie Bull das machte; die beiden Maschinen waren identisch, und mehr als den Schubhebel bis an den Anschlag zu drücken konnte Bull ja schließlich auch nicht machen?

Oder, überlegte er, hatte Bull die Maschinen irgendwie präparieren lassen? *Beide*, nur, dass er den Trick kannte, was man tun musste, um ein bisschen mehr Schub aus dem Triebwerk herauszuholen, und Rhodan nicht? Zuzutrauen war es ihm.

Egal. Rhodan stieg etwas höher, dann ließ er seine Maschine abkippen und ging schon in die große Kurve über den Wendepunkt. Vermutlich würde Bull die Gelegenheit nutzen und ihm über eine möglichst enge Kurve endgültig davonziehen.

Doch dann passierte etwas.

Rhodan war noch in der Kurve, Bull, der sie atemberaubend eng gehalten hatte, kam schon heraus und ging auf den Rückkurs, als es am Heck seiner Maschine plötzlich einen Lichtblitz gab und gleich darauf seitlich öliger Rauch austrat, eine richtige schwarze Schleppe, die er hinter sich her zog, während er langsamer und langsamer wurde.

Rhodan aktivierte die Sprechverbindung. »Fliegerkönig«, sagte er,

»was ist mit deiner Maschine? Ich sehe eine hässliche schwarze Rauchwolke seitlich austreten, etwa auf Höhe der Einspritzung.«

Eine Salve derber Flüche kam krachend über die Funkverbindung. »Es hat mir das Triebwerk ausgeblasen, verdammter Mist, und ich krieg's nicht wieder an. Schub null! Fühl mich wie ein geworfener Stein mit Flügeln!«

»Riskier nichts. Steig aus.«

»Das könnte dir so passen, Wunderpilot! Ich krieg's bestimmt gleich wieder an – «

»Das ist es nicht wert, Reginald! Steig aus, solange du kannst.«

Nun meldete sich auch die Flugüberwachung des Stützpunkts, die derlei Notsituationen mehr als gewöhnt war. »Tower an Bull. Versuchen Sie, das Flugzeug aufs Wasser zu lenken, und steigen Sie dann aus!«

Das war ein Befehl. »Roger«, gab Bull zurück. Dann, nach einer Pause, rief er: »Negativ. Der Schleudersitz rührt sich nicht! Tower, hören Sie? Der Schleudersitz versagt!«

Die Steuerung funktionierte dagegen offenbar noch, denn das Flugzeug mit dem Pik an der Heckflosse schlug einen Kurs ein, der es mitten in der Chesapeake Bay aufschlagen lassen würde.

»Bull an Tower, hören Sie?«, schrie Bull mit einer Panik in der Stimme, die jeder nachvollziehen konnte, der mithörte, war doch sein Flugzeug nur noch ein metallenes Geschoss, und ob es mit dieser Geschwindigkeit auf Wasser aufschlug oder auf Beton, würde keinen Unterschied machen. »Wenn ich es nicht schaffe, sagen Sie meiner Mutter bitte, dass – «

»Reginald!«, donnerte Rhodan dazwischen. »Versuch, eine möglichst schnelle Rolle zu drehen, mehrere hintereinander! Und dann versuch noch einmal, das Triebwerk zu zünden!«

»Was?«

»Rolle rechts, maximale Drehzahl«, wiederholte Rhodan. »Du brauchst Fliehkraft!«

»Was zum Teufel …?« Aber er tat es, drehte sich um die Längsachse wie ein Bohrer, einmal, zweimal, dreimal, immer schneller werdend, inzwischen schon bedenklich tief …

Doch da, plötzlich, riss die schwarze Rauchfahne ab, und stattdessen schlug eine helle Flamme aus dem Triebwerk.

»Ja!«, schrie Bull begeistert. »Ja, Baby, ja! Bleib so, ich bitte dich …«

Er fing die Maschine in einer ganz, ganz sanften Linie ab, steuerte sie behutsam über das Wasser bis zum Stützpunkt und schaffte es, sie zu landen. Als er aufsetzte, blies es das Triebwerk ein zweites Mal aus, so dass er keinen Gegenschub geben konnte, sondern das Flugzeug allein mit Klappen und Bremsen zum Stillstand bringen musste. Er rollte weit über die Ziellinie hinweg, bis er endlich zum Stehen kam, kurz vor dem Ende der Landebahn.

Rhodan landete nach ihm, brachte seine Maschine mit Bedacht *vor* der Ziellinie zum Stehen. Als man ihm die Leiter anlegte, stieg er aus, und dann kamen sie alle, alle hatten sie irgendwie mitbekommen, was passiert war, und es war ein Geschrei und Gejubel, das gar nicht enden wollte.

Auch Bull kam, seinen Helm unter dem Arm, das Gesicht so rot wie seine Haare, kam auf Rhodan zu und blaffte: »Was zum Teufel war *das* für ein Trick? Woher hast du gewusst, was los ist? Woher hast du gewusst, wie ich aus der Scheiße wieder rauskomme?«

Was das anbelangte, war Bull nicht der Einzige. Alle wollten sie wissen, was da passiert war und was es mit diesem Dreh-Trick auf sich hatte.

Inzwischen hatte man Bulls Maschine schon von der Landebahn geschleppt, und Techniker begannen, das verkohlte, von der Hitze verformte Heck des Flugzeugs zu demontieren.

Das Versagen des Schleudersitzes war schnell geklärt: Jemand hatte beim Einbau vergessen, die Treibsätze einzufügen, und zwar in beiden Maschinen. Da dokumentiert war, in wessen Verantwortung das stand, würde dieser Jemand einen kräftigen Rüffel kriegen.

Doch was war das für eine Sache mit der Rolle?

Rhodan versuchte mehrmals, es zu erklären, aber niemand verstand, was er sagen wollte. Schließlich sagte er, so habe das keinen Zweck, und bestand darauf, dass sie alle ins Schulungsgebäude gingen. Dort stand noch das Modell des neuen Triebwerks, das sie vor wenigen Tagen im Unterricht besprochen hatten; es war noch nicht weggeräumt worden. An diesem Modell stehend fing er noch einmal von vorne an.

»Der entscheidende Hinweis«, begann er, »war die schwarze Rauchschleppe. Der Rauch war zäh und ölig, mit anderen Worten, das Resultat einer unvollständigen Verbrennung, also außerhalb der Brennkammer. Ausgetreten ist er etwa hier.« Er deutete auf die entsprechende Stelle. »Außerdem war davon auszugehen, dass wir beide mit maximaler Schubleistung geflogen sind, was zugleich maximale Vibration bedeutet, die bekanntlich Schrauben löst, die nicht ordnungsgemäß gesichert sind. Die einzige Erklärung, die zu der Austrittsstelle des Rauchs passt, ist, dass sich diese Pumpe hier aus der Verankerung gelöst hat. Sie wird zwar noch von dieser Nut hier gehalten, aber dann geht Reginald in eine enge Kurve. Dabei verwindet sich der Rumpf des Flugzeugs, nur um eine Winzigkeit, aber es reicht, dass sich die Pumpe löst und nach hinten klappt.« Das ließ sich im Modell nicht umsetzen, weil alle Teile aus bemaltem Holz bestanden und fest miteinander verklebt waren, aber Rhodan zeigte mit den Händen an, in welcher Position er sich die Pumpe vorstellte. »Das bewirkt zwei Dinge zugleich: Die Zuleitung zum Brennraum wird abgeklemmt, gleichzeitig tritt an dieser Bruchstelle hier Treibstoff aus, entzündet sich in der Hitze und verqualmt. Dann hat Reginald die schnelle Rolle gemacht. Das erzeugt Fliehkraft, die die Pumpe wieder zurück in ihre ursprüngliche Position drückt, und da der Rumpf nicht mehr verformt ist, rastet sie wieder ein. Damit ist zugleich die Bruchstelle hier blockiert, und die einzige Frage war nur, ob die durch die Hebelwirkung deformierte Zuleitung unter Druck noch genug Treibstoff durchlassen würde, um das Triebwerk neu zünden zu können.«

Er schaute auf und sah, dass ihn alle mit großen Augen anstarrten, Piloten, Konstrukteure, Vorgesetzte, alle.

»Was ist?«, fragte er verwundert.

Bull gab ein Schnauben von sich. »*Das* hast du dir alles in diesen null Komma fünf Sekunden da oben überlegt, während ich gefallen bin wie ein Stein?«

Rhodan musterte ihn. »›Überlegt‹ ist vielleicht das falsche Wort«, räumte er ein. »Ich dachte nur, das ist etwas, das man zumindest noch probieren kann, wenn sonst nichts mehr geht.«

Einer der Techniker war hinzugekommen und bestätigte, dass es sich durchaus mehr oder weniger genau so abgespielt haben mochte, wie Rhodan es erklärt hatte. Es würde allerdings, schränkte er ein, noch einige Wochen der Untersuchung brauchen, ehe man es mit Gewissheit sagen konnte.

»Ich glaub's ja nicht«, stieß Bull kopfschüttelnd hervor. »Ich glaub's einfach nicht …«

An dieser Stelle sprach der Kommandant ein Machtwort und befahl alle in die Stationskirche zum obligatorischen Gottesdienst, mit dem alle Abschiedsfeiern begannen. Der Militärgeistliche hatte ebenfalls gehört, was geschehen war, und sprach ein Dankgebet für die Errettung.

Hinterher kam Bull noch einmal zu Rhodan. Inzwischen war sein Gesicht nicht mehr ungewöhnlich rot, sondern eher ungewöhnlich blass.

»Ich nehm alles zurück«, erklärte er. »Du bist wirklich ein Wunderpilot. Und du hast jetzt was gut bei mir.«

»Hör mal, Reginald«, erwiderte Rhodan, »das war nur …«

»Bully«, sagte Bull und ergriff Rhodans Hand. »Für Freunde einfach Bully, okay? Reginald nennt mich nur meine Mutter.«

Er sah Rhodan in die Augen, und Rhodan konnte sehen, dass ihn der Schreck, dem Tod so nahe gewesen zu sein, eingeholt hatte.

»Okay, Bully«, sagte Rhodan. »Ich bin Perry. Für Freunde.«

13

An dieser Stelle, meine ich, sind wir dem Geheimnis Perry Rhodans ganz nahe. Man möge dem Verfasser deswegen eine Abschweifung gestatten, haben wir es doch hier mit der Kernfrage dieses Buches zu tun, seinem alles bestimmenden Thema sozusagen, nämlich der Frage: Was *ist* es eigentlich, das den Menschen Perry Rhodan zu einer so außergewöhnlichen Gestalt macht?

Das ist natürlich keine neue Frage. In den Jahrhunderten seit dem

Aufbruch der Menschheit ins All sind viele Bücher und Abhandlungen geschrieben worden, die diese Frage so oder so ähnlich gestellt und nach einer Antwort darauf gesucht haben, so viele in der Tat, dass man das Gefühl hat, sie würden aneinandergelegt wenigstens von der Erde bis zum Mond reichen.

Die am häufigsten gegebene Antwort, diejenige, die man gibt, wenn man nur flüchtig darüber nachdenkt hat, ist wohl: Es liegt an Perry Rhodans außerordentlichen Führungsqualitäten.

Nun, man kann schlechterdings nicht bestreiten, dass er die hat, auch wenn sie sich in seinem jungen Leben bis jetzt noch nicht besonders bemerkbar gemacht haben. Man bedenke, Rhodan ist an diesem Punkt unserer Geschichte in einem Alter, in dem ein Alexander von Makedonien bereits ein Weltreich ohne Beispiel erobert hatte, weswegen man ihn auch Alexander den Großen nannte: Ganz ohne Zweifel verfügte jener ebenfalls über außerordentliche Führungsqualitäten.

Tatsächlich gibt und gab es in der Geschichte viele solcher Menschen, Männer wie Frauen, und je nachdem, wohin sie diejenigen bringen wollten, die sich von ihnen führen ließen, haben sie Gutes oder Schlechtes bewirkt, oft auch beides, und nicht immer ist leicht zu sagen, was davon gut und was schlecht war. Ein Mathematiker würde sagen: Seine Führungsqualitäten sind eine *notwendige* Bedingung für Rhodans Wirkung, aber keine *hinreichende*.

Ist es dann vielleicht seine relative Unsterblichkeit? Wer nicht mehr altert und gegen fast alle Krankheiten gefeit ist, kann nicht nur enorm viel Erfahrung sammeln, sondern wird auch ganz zwangsläufig lernen, langfristig zu denken, eine Eigenschaft, die man in der Vergangenheit bei vielen Entscheidungsträgern empfindlich vermisst hat.

Nun, selbstverständlich spielt dies in Rhodans Fall eine wichtige Rolle – aber ebenfalls nicht die entscheidende. Denn: Er ist ja nicht der einzige relativ Unsterbliche, deren gibt es einige (und es *gab* noch einige mehr, denn diese Art der Unsterblichkeit ist, wie die Bezeichnung schon sagt, nur *relativ* und bietet keinen Schutz gegen einen gewaltsamen Tod). Beispielsweise gehört auch der Verfasser dieser Zeilen diesem Personenkreis an, doch der Einfluss, den ich, der »ewige Finanzminister«, wie man mich bisweilen zu titulieren pflegte, auf den

Lauf der Dinge gehabt habe, beschränkt sich im Wesentlichen darauf, wie Sie Ihre Steuern zahlen, welche das sind und nach welchen Kriterien dieses Geld wieder ausgegeben wird. Im besten Fall wird man mir bescheinigen, dass ich mitgeholfen habe, die Spielregeln in Wirtschaft und Finanzwesen – also was die Produktion all dessen anbelangt, was wir zum Leben benötigen oder wünschen, und die Verteilung des Produzierten – so zu gestalten, dass wir heute dem Ideal einer Gesellschaft, in der alle die gleichen Chancen und Möglichkeiten haben, bei gleichzeitiger Wahrung der Freiheit des Einzelnen, näher sind als früher, soweit dies in menschlicher Macht liegt. Ohne mich großen Illusionen darüber hinzugeben, wie viele mir das bestätigen würden, kann man jedenfalls feststellen, dass ich sicherlich einigen Einfluss hatte, aber doch bei weitem nicht den, den Perry Rhodan gehabt hat.

Liegt es dann vielleicht einfach an seinem besonderen Schicksal?

Nun, das erscheint mir wie eine Allerweltserklärung, die man vielleicht einleuchtend finden könnte, *wenn* er denn ein besonderes Schicksal gehabt *hätte.* Doch das sehe ich nicht. Der Perry Rhodan, den wir bis jetzt durch die ersten 24 Jahre seines Daseins begleitet haben, hatte ein Leben mit Höhen und Tiefen, gewiss, doch wer hat das nicht? Er ist in relativ gewöhnlichen Umständen aufgewachsen, ist ein Mensch mit Schwächen und Fehlern, wie es jeder ist – was also macht ihn so besonders?

Meine Theorie – über deren Gültigkeit sich jeder sein eigenes Urteil bilden möge – ist, dass es wesentlich, ja, *fundamental* mit seiner zwar herausragendsten, in ihrer ganzen Bedeutung aber bis auf den heutigen Tag unterschätzten Eigenschaft zu tun hat, nämlich der, dass Perry Rhodan ein »Sofortumschalter« ist.

Dieser Begriff ist in meinen Augen extrem unglücklich gewählt, haftet doch schon dem bloßen Wort etwas Comichaftes, Unernstes, Belustigendes an. Man sagt »Sofortumschalter« und denkt an einen Lichtschalter, der ja ebenfalls »sofort« von dunkel auf hell umschaltet. Es ist ein Begriff, der geradezu dazu einlädt, Witze darüber zu reißen. Reginald Bull etwa, der ja, wie wir alle wissen, später Rhodans engster Freund werden sollte – was keiner der beiden zum momentanen Zeitpunkt hätte ahnen können; einige Hürden liegen noch vor ihnen –, musste es sich beispielsweise gefallen lassen, dass ihn eine seiner Gefährtinnen in gewissen Momenten gerne einen »Sofort-auf-dumm-Schalter« nannte.

Dass sich dieser Begriff bis heute gehalten hat, und das, ohne seinen spöttischen Klang einzubüßen, ist meines Erachtens der Grund dafür, dass man das, was das Wort bezeichnet, immer noch nicht sonderlich ernst nimmt.

Doch das sollte man. Meiner Ansicht nach ist es ebendiese Eigenschaft, ein »Sofortumschalter« zu sein, die die Person, die *Gestalt* Perry Rhodan definiert und erklärt; die der Kern dessen ist, was ihn einzigartig macht.

Betrachten wir beispielsweise die eben geschilderte Episode, die uns in seltener Klarheit erkennen lässt, welch atemberaubende Dimensionen diese Eigenschaft hat.

Da ist zunächst das extrem schnelle Reaktionsvermögen, dem Rhodan fraglos mit verdankt, zahllose extrem gefährliche Situationen überlebt zu haben. Die schnelle Reaktion ist die auffälligste Art und Weise, wie die Eigenschaft des »Sofortumschaltens« in Erscheinung tritt, und wir haben ja schon mehrfach festgestellt, dass sich dieser Aspekt relativ früh in Rhodans Leben bemerkbar gemacht hat.

Doch überlegen wir: Wie kommt diese schnelle Reaktion überhaupt zustande? Wie ist es biologisch *möglich*, dass Rhodan quasi »sofort« reagiert? Er hat dieselbe Art Gehirn und Nervensystem wie Sie und ich; die Reizleitung funktioniert auch bei ihm mit mehr oder weniger derselben Geschwindigkeit wie bei jedem anderen Menschen (mit Ausnahme der Haluter liegen übrigens auch bei fast allen uns bekannten Nichtmenschen die entsprechenden Werte in etwa demselben Bereich), auch sein Gehirn muss Reize erst verarbeiten und so weiter.

Wie also kann es kommen, dass er das fallende Lineal praktisch im selben Moment auffängt, in dem es losgelassen wird?

Denken wir zurück an den Wettflug, den plötzlichen Notfall – und denken wir an das, was wir darüber wissen, wie Schachmeister denken (Schach war in Rhodans Jugend ähnlich populär wie heutzutage das verwandte Spiel *Garrabo*). Im Gegensatz zu Positroniken, die, wenn sie ein strategisches Spiel spielen, einfach Milliarden von Zügen durchrechnen, gute ebenso wie völlig idiotische, denken Schachmeister nicht *schneller* als normale Menschen – sie denken nur *anders*: Ihre intensive Vertrautheit mit dem Spiel bewirkt, dass sie von vornherein überhaupt nur gute Züge in Erwägung ziehen.

So ähnlich, stelle ich mir vor, funktioniert es bei Rhodan. Nur dass er nicht beschränkt ist auf ein hochgradig formalisiertes und in seinen Variationen zwar enorm großes, aber letztlich doch endliches Gebiet, wie es Schach darstellt (tatsächlich ist Rhodan nur ein eher mittelmäßiger Schachspieler), sondern dass sein Gebiet das Leben, das Dasein, das Universum selbst ist!

Er sieht eine Fahne schwarzen Qualms aus dem Heck eines Flugzeugs dringen – und erkennt als Sofortumschalter unmittelbar die Zusammenhänge. Und zwar erkennt er sie nicht, indem seine Gedanken mühsam Kausalitätspfaden folgen, Ursachen und Wirkungen berechnen, Rückschlüsse ziehen und so weiter, sondern vielmehr überblickt er die Situation gewissermaßen »von oben«, *sieht* auf eine unbegreifliche Weise blitzartig, was Sache ist, und findet daraufhin eine Lösung. So, wie es Menschen gibt, die im Kopf ungeheure Berechnungen durchführen können, die nicht *rechnen*, sondern das Ergebnis einfach *wissen*, so *weiß* Perry Rhodan auf eine gewissermaßen überintuitive Weise, was jeweils Sache ist.

Damit sind wir bei dem Punkt, auf den ich hinauswill: Paradoxerweise ist die Fähigkeit eines Sofortumschalters nur dann erklärlich, wenn wir davon ausgehen, dass Rhodan auf eine *un*erklärliche Weise anders, *direkter* mit der Wirklichkeit verbunden ist als alle anderen.

Wie das kommt, kann er uns natürlich nicht sagen, denn er kennt es ja nicht anders und kann aus seiner Wahrnehmung der Welt so wenig heraus wie jeder von uns aus seiner. Er hat nicht einmal Grund, darüber nachzudenken. Es ist dasselbe Phänomen wie etwa bei Farben: Sie und ich können uns darauf einigen, welche Gegenstände in unserer Umgebung rot sind – aber wir werden nie wissen, ob das Rot, wie ich es sehe, und das Rot, wie Sie es sehen, dieselbe Art von Sinneswahrnehmung ist. (Übrigens können auch Telepathen diese Frage nicht beantworten: Zwar vermag ein Telepath in Ihren Gedanken zu lesen, aber Ihr Rot nimmt er trotzdem so wahr, wie er sein eigenes Rot wahrnimmt!) Und bedenken wir, es gibt Synästheten, Menschen also, für die Farben mit Zahlen, Gerüchen, Geschmäckern, Buchstaben und anderem verbunden sind – gut möglich, dass jeder Mensch die Welt grundsätzlich anders wahrnimmt als jeder andere.

Hinzu kommt, dass »Sofortumschalten« eine extrem rare, ja, womöglich sogar singuläre Fähigkeit ist. Außer Perry Rhodan kennen wir in dem gesamten von uns erkundeten Bereich des Universums keinen weiteren Sofortumschalter (und alle Versuche, diese Fähigkeit künstlich zu erzeugen, sind genauso versandet, wie entsprechende Angebote windiger Geschäftemacher immer rasch wieder verschwunden sind).

Mehr noch: Wir wissen heute, dass eine rätselhafte Wesenheit, jene Superintelligenz nämlich, die wir ES nennen und in deren Einflussbereich unter anderem unsere Galaxis liegt, sehr, sehr lange Zeit nach jemandem mit dieser Eigenschaft *gesucht* hat: Das »kosmische Rätsel«, dessen Lösung Rhodan zum Planeten des ewigen Lebens geführt hat, war kein Preisausschreiben, das jeder Beliebige hätte gewinnen können, sondern in Wahrheit ein Test, dem Rhodan durch ES unterzogen wurde, um herauszufinden, ob – nein, *nicht*, ob er die Unsterblichkeit »verdient« hatte (niemand hat das; sie ist eher eine Art Schicksalsschlag), sondern ob er *der war, den sie suchte*, nämlich ein Sofortumschalter!

Das heißt, selbst diese Wesenheit, die nicht nur Unsterblichkeit verleihen, sondern für unsere Begriffe praktisch alles kann und alles weiß und die wir in den alten Zeiten vermutlich als Gottheit betrachtet hätten, selbst diese mächtige Wesenheit also kann diese Eigenschaft nicht *erzeugen*, kann sie niemandem *verleihen*, vielmehr *brauchte* sie jemanden, der sie schon besaß!

Mit alldem soll keineswegs angedeutet werden, dass Perry Rhodan etwa unfehlbar wäre: Wir alle wissen, dass er das nicht ist, und er würde eine solche Vermutung auch entschieden von sich weisen. Auch für ihn gibt es Momente, in denen ihn etwas unvorbereitet trifft, in denen er sich irrt oder überrascht wird. Sie sind aber rar, und wenn wir die bekannte Geschichte der raumfahrenden Menschheit daraufhin abklopfen, werden wir feststellen, dass sich Rhodan selten langfristig geirrt hat. Er ist auch praktisch nie getäuscht worden, jedenfalls nie für lange Zeit, und wenn ihm an irgendeiner Sache etwas seltsam vorkam, dann hat sich fast immer gezeigt, dass seine Vorbehalte berechtigt waren. Jedoch kann es kein »Instinkt« sein, der ihn leitet, denn für die Art Dinge, mit denen er konfrontiert war – Dinge von teils absoluter Fremdartigkeit –, *kann* es keinen Instinkt im Sinne eines evolutionär erworbenen Wissens geben. Vielmehr muss es so sein, dass Rhodan zumindest ab und zu, in Situationen höchster Gefahr oder Anspannung, einen Blick hinter den Schleier der Wirklichkeit selbst erhascht, jenen Schleier, den wir anderen normalerweise für eine feste Wand halten.

Mit diesen eher philosophischen Gedankengängen will ich es für den Moment bewenden lassen. Es wird Zeit, an den Patuxent River zurückzukehren, wo Rhodans Leben bald eine weitere wichtige Wendung nehmen sollte.

Einige Absolventen des anderen Kurses blieben, um an den Projekten mitzuarbeiten, die in den abgesperrten Arealen und Gebäuden verfolgt wurden. Die meisten aber verschwanden, um als Testpiloten für Lockheed, McDonnell, Northrop oder eine der über dreißig anderen Firmen zu arbeiten, die damals für das amerikanische Militär Flugzeuge entwickelten und bauten.

Gegen Ende Oktober war endlich alles arrangiert, dass Rays Familie ebenfalls nach Pax River ziehen konnte, genauer gesagt, nach North Town Creek, wo sie ein Haus gekauft hatten. Das war ein lauschiger Ort auf einer Halbinsel, die zehn Kilometer vom Stützpunkt entfernt in die Chesapeake Bay hinausragte und wo man zwischen kratzbürstigen Kiefern und riesigen Rhododendronbüschen lebte.

Bald spielte es sich ein, dass Perry Rhodan mehr oder weniger jedes Wochenende bei den Wings zu Gast war, meistens zusammen mit ein paar anderen Air-Force-Piloten aus dem Kurs. Gloria bekochte sie, und dass sich die Gespräche ihrer Gäste wie besessen immer nur ums Fliegen drehten, schien sie nicht weiter zu stören. Sie ließ auch nicht erkennen, dass es ihr Probleme bereitete, sich in der neuen Umgebung einzuleben; immerhin machte es ja schon einen gewaltigen Unterschied, ob man im trocken-heißen Arizona lebte oder im feuchtkühlen Maryland! Rhodan begriff, dass sich die Ehefrauen von Militärangehörigen damit arrangieren mussten, in ihrem Leben oft umzuziehen, und es sich meistens nicht aussuchen zu können, wo sie lebten.

Er spürte, dass Lindsey nur zu bereit gewesen wäre, ebenfalls zu ihm zu ziehen, und nur darauf wartete, dass er ihr einen Heiratsantrag machte. Ihr würde es nichts ausmachen, mit ihm durch die Welt zu tingeln, auch wenn es nur von Militärstützpunkt zu Militärstützpunkt sein sollte; sie brannte vor Fernweh, das wusste er, und auch, dass sie, obwohl sie eine glückliche Kindheit auf dem Land gehabt hatte, von einem Leben in den großen Städten träumte, von New York, Los Angeles, Boston, San Francisco … wo sie als Ehefrau eines Piloten freilich niemals leben würde, schon allein der enormen Lebenshaltungskosten in den Metropolen wegen.

Doch Rhodan zögerte, ohne dass er hätte sagen können, warum. Er sagte sich, dass es nicht gut war, sich zu irgendetwas drängen zu lassen, wusste aber, dass das nur eine Ausrede war. Es handelte sich um eine der Situationen, in denen ihn sein »Sofortumschalten« im Stich ließ, und auch ein Plan wollte ihm nicht einfallen.

Am 8. November gewann John F. Kennedy die Präsidentschaftswahlen mit knapper Mehrheit gegen Richard M. Nixon. Am 9. Dezember erlitt Koroljow, der Chefkonstrukteur der sowjetischen Raumfahrt, dessen Identität nach wie vor ein Geheimnis war, einen Herzinfarkt, der ebenfalls ein Geheimnis blieb, und alle laufenden Projekte verzögerten sich. Am 20. Januar 1961 wurde Kennedy ins Amt eingeführt, und es wurde viel Aufhebens von seiner Jugendlichkeit gemacht – er war erst 43, nur Theodore Roosevelt war noch jünger gewesen, als er das Amt übernommen hatte – und davon, dass er der erste katholische Präsident war. Doch vor allem begeisterte man sich für seine Frau Jacqueline, die schwungvoll daranging, das verstaubte, düstere Weiße Haus, bis dahin eher eine Art bewohntes Museum, in einen glanzvollen Mittelpunkt des gesellschaftlichen und kulturellen Lebens zu verwandeln.

Während des Wahlkampfes hatte Kennedy das amerikanische Raumfahrtprogramm häufig und scharf kritisiert, und die NASA fürchtete, er könne das Mercury-Projekt streichen. Um dem zuvorzukommen und endlich so etwas wie einen Erfolg vorweisen zu können, bereitete man in aller Eile einen weiteren Start einer Redstone-Mercury-Rakete vor, diesmal bemannt … mit einem Schimpansen!

Die Testpiloten in Pax River lachten sich einen Ast.

Die Mission lief unter der Kennung MR-2. »Ham, der Astro-Affe«, war nicht nur Passagier und Untersuchungsobjekt, sondern auch darauf trainiert worden, auf Lichtsignale hin bestimmte Schalter zu betätigen, weil man wissen wollte, ob höhere Lebewesen unter den Bedingungen der Schwerelosigkeit imstande waren, zielgerichtet zu arbeiten. Der Start erfolgte in Cape Canaveral am 31. Januar 1961 um 11 Uhr 55 vom Startkomplex 5 aus. Die Redstone-Rakete schoss die Mercury-Kapsel mit einer Geschwindigkeit von bis zu 9400 km/h in eine Höhe von 680 Kilometern, von wo aus sie auf einer weiten, schwerelosen Parabel wieder zur Erde zurückfiel, um nach nicht einmal 17 Minuten wohlbehalten an einem Fallschirm im Atlantik aufzukommen. Es dauerte eine halbe Stunde, bis Ham, der alle Aufgaben fehlerfrei erledigt hatte, unversehrt geborgen war.

Der Flug wurde als großer Erfolg gewertet. Noch ein paar solcher Flüge, dann, so die allgemeine Auffassung, würde man daran denken können, auch einen Menschen ins All zu schießen.

Aber schon am 12. April 1961, nicht einmal anderthalb Monate später, kam die Sowjetunion den Amerikanern ein weiteres Mal zuvor.

An diesem Tag bestieg Juri Aleksejewitsch Gagarin, geboren am 9. März 1934 in Kluschino, im Kosmodrom Baikonur eine Wostok 3KA-Raumkapsel an Bord einer Wostok-K-Rakete, mit der er um genau 9 Uhr 07 Moskauer Zeit in den Weltraum geschossen wurde, und zwar nicht nur, um der erste Mensch im Weltall zu sein, sondern auch, um der erste Mensch zu sein, der die Erde in einer Umlaufbahn umkreiste. Diese Bahn verlief in 302 bis 175 Kilometern Höhe, die Umkreisung dauerte 89,1 Minuten, und die Geschwindigkeit betrug rund 28 000 Stundenkilometer.

Um 10 Uhr 25 Moskauer Zeit zündete die automatische Steuerung die Rückkehrraketen, und die kugelförmige Raumkapsel, die zu diesem Zeitpunkt gerade die Westküste Afrikas überquerte, begann ihren Sturz zurück auf die Erde.

Um 10 Uhr 55, in sieben Kilometern Höhe, wurde die Luke der Raumkapsel aufgesprengt und Gagarin auf seinem Schleudersitz hinauskatapultiert. Sein Fallschirm öffnete sich unmittelbar danach, der der Raumkapsel erst in zweieinhalb Kilometern Höhe. Zwei Mädchen sahen, wie die Kapsel niederstürzte, und berichteten, es habe ausgesehen, als fiele ein riesiger Ball vom Himmel. Er sei aufgeschlagen, wieder emporgeschnellt und ein zweites Mal aufgeschlagen, ehe er liegen blieb, und habe an der ersten Stelle ein mächtiges Loch hinterlassen.

Um 11 Uhr 05 landete auch Gagarin. Er trug einen leuchtend orangefarbenen Raumanzug, und eine Försterin namens Anna Akimowna und ihre Enkelin, die sich in der Nähe des Punktes aufhielten, an dem er landete, wichen voller Furcht zurück. Er musste, um sie zu beruhigen, seinen Helm abnehmen und ihnen versichern, dass er ein sowjetischer Offizier sei. Die Frau wollte ihm daraufhin etwas zu essen anbieten, doch er wollte nur zum nächsten Telefon gebracht werden, um Bescheid zu geben, dass alles gutgegangen sei.

Es wird behauptet, dass Koroljow während der Startvorbereitungen an Herzbeschwerden gelitten und dicht vor einem Nervenzusammenbruch gestanden habe, waren doch – was freilich außer ihm und seinen Mitarbeitern niemand wusste – bis dahin nur rund die Hälfte aller Raketenstarts geglückt. Tatsächlich war dieser Flug bereits für den Dezember geplant gewesen, hatte sich jedoch immer wieder verzögert, nicht zuletzt wegen Koroljows Herzinfarkt.

Diesmal hatte die CIA einige Tage vor dem Start Hinweise auf ein solches Vorhaben erhalten, und es gelang von einer Station in Alaska aus, die Funksignale der im Inneren von Gagarins Raumkapsel montierten Fernsehkamera aufzufangen. Als man Präsident Kennedy die Bilder zeigte, erklärte er, er habe es satt, dass die USA die ewigen Zweiten in dem Wettlauf mit der Sowjetunion ins All seien.

Rhodan besaß in seinem Zimmer kein eigenes Radiogerät, aber in der Offiziersmesse gab es eins, ein ziemlich gutes sogar, und damit fand er eine russische Radiostation, die über Kurzwelle ein Interview mit Gagarin sendete. Endlich zahlte es sich mal aus, dass er in West Point den Russischkurs besucht hatte!

Gagarin berichtete mit spürbarer Begeisterung, was er gesehen hatte und wie die Erde vom Weltraum aus aussah. Er habe die Konturen der Kontinente erkennen, die Inseln und Meere, ja sogar die großen Flüsse und Seen und Gebirgszüge klar ausmachen können. Besonders beeindruckt habe ihn, dass er aus dieser Höhe – zwanzigmal höher, als er bis dahin mit Flugzeugen geflogen war – zum ersten Mal die Kugelgestalt der Erde habe wahrnehmen können.

In fast poetischen Worten schilderte er den Anblick, den der Erdhorizont bot. »Es ist ein malerischer Übergang von der hellen, in vielen zarten Farben leuchtenden Oberfläche der Erde zu dem absolut schwarzen Himmel mit seinen Sternen. Es sieht aus wie eine Filmschicht von einer sanften hellblauen Farbe, die unsere Erde wie einen blauen Planeten erscheinen lässt.«

Den Mond hatte er nicht gesehen, zur Zeit seines Fluges war gerade Neumond gewesen. Aber es habe ihn überrascht, wie stark die Leuchtkraft der Sonne gewesen sei. Überhaupt sei der Anblick des Firmaments viel kontrastreicher gewesen; von einer Sternwarte im Weltall aus, meinte er, würde man sicherlich viel besser sehen können als von der Erde aus.

Er schilderte die Schwerelosigkeit, die er als sehr angenehm empfunden habe und die ihm bei seinen Aufgaben in keiner Weise hinderlich gewesen sei. Er habe essen, trinken und Notizen machen können; nicht einmal seine Handschrift habe sich dabei verändert, er habe nur das Notizbuch festhalten müssen, damit es ihm nicht davonschwebte.

Rhodans Kameraden wollten wissen, was er da höre, und er übersetzte es ihnen, so gut er konnte. Der russische Kosmonaut war ihm von der Art her, wie er sprach, sympathisch; auch gefiel ihm, dass man ihm die Begeisterung über sein epochales Abenteuer anmerkte. Es gefiel ihm vor allem, dass Gagarin sagte: »Wenn amerikanische Kosmonauten in den Weltraum fliegen, werden wir ihre Leistungen begrüßen.

Im Kosmos ist genug Platz für alle. Wir sollten den äußeren Weltraum nur für friedliche Zwecke und für einen friedlichen Wettstreit nutzen.«

Seinen Kameraden und Landsleuten hingegen gefiel das alles gar nicht. Ob er etwa ein Russenfreund sei? Ein Kommunist womöglich? Wie könne er sich über *deren* Erfolge freuen?

»Seht ihr denn nicht, dass das ein Erfolg für die ganze Menschheit ist?«, fragte Perry Rhodan verwundert zurück. »Gagarin hat die Tür ins All aufgemacht – für uns alle! Dank ihm wissen wir jetzt, dass man dort überleben und handeln kann, dass man hinaufsteigen und heil wieder herunterkommen kann!«

Nein, das sahen sie nicht.

»Von da oben aus«, setzte Rhodan hinzu, »sieht man keine Grenzen, man sieht nur die Erde. Und wenn wir eines Tages auf Außerirdische stoßen sollten, werden die auch nicht fragen, ob wir Russen oder Amerikaner sind.«

Sie sahen ihn nur befremdet an, und er gab auf.

Dabei stimmte es. Nun, da man wusste, dass ein Mensch einen Raumflug überleben konnte, konnte die NASA auf weitere Versuchsflüge mit Affen verzichten und gleich zu bemannten Flügen übergehen. Der erste Flug wurde für den 5. Mai angesetzt, Pilot und damit erster Amerikaner im All würde der 1923 in New Hampshire geborene Alan Bartlett Shepard jr. sein. Er würde die Erde allerdings nicht umkreisen, sondern so ähnlich wie »Ham, der Astro-Affe« nur einen ballistischen Hopser ins All machen. Aber immerhin: Wenn das gelang, war ein Anfang gemacht, und alles Weitere würde folgen.

Rhodan war dabei, als sich am 5. Mai 1961, einem Freitag, eine Menge Piloten, Konstrukteure und andere in der Messe versammelten, um den Start im Fernsehen zu verfolgen. Die Anspannung war mit Händen zu greifen. Nicht auszudenken, was sein würde, wenn es zum Schlimmstmöglichen kam und die Rakete einfach explodierte!

Es wurde zur Geduldsprobe. Der Countdown hatte schon am Vorabend begonnen; der Astronaut hatte die Raumkapsel um 5 Uhr 15 östlicher Standardzeit bestiegen, und der Start war für 7 Uhr 20 geplant gewesen. Um diese Zeit war die Wolkendecke jedoch zu dicht und zu niedrig, als dass man den Flug hätte verfolgen können; da die Meteorologen aber der Meinung waren, das Wetter würde innerhalb der nächsten halben bis dreiviertel Stunde aufklaren, schob man den Start einfach hinaus. Während man wartete, begann ein 400-Kilohertz-Inverter an der Rakete Probleme zu machen, und man entschied, ihn auszutauschen, was den Countdown um weitere 86 Minuten verzögerte. Dann, eine Viertelstunde vor dem Start, war es notwendig, den Flugbahncomputer noch einmal zu prüfen.

»Oje«, hörte Rhodan jemanden sagen. »Wenn es schon so anfängt …«

Um 9 Uhr 34 endlich startete die Rakete. Später sollte man feststellen, dass etwa 45 Millionen Zuschauer in den USA diesen Moment am Fernsehschirm verfolgt hatten. Innerhalb von zwei Minuten und zwanzig Sekunden brachte die Rakete den Astronauten in seiner Kapsel auf eine Geschwindigkeit von 8340 Stundenkilometern, rund 2,3 Kilometer je Sekunde. Fünf Minuten nach dem Start erreichte die Kapsel in 185 Kilometern Höhe den Scheitelpunkt ihrer Flugbahn, und der Sturz zurück auf die Erde begann. Zuvor hatte sich die Kapsel drehen müssen, um mit dem Hitzeschild voran einzutauchen; der Astronaut flog also sozusagen »rückwärts«. Nach 9 Minuten 38 Sekunden, in 6,7 Kilometern Höhe über dem Atlantik, wurde der Bremsfallschirm ausgelöst, in einer Höhe von drei Kilometern, 10 Minuten 15 Sekunden nach dem Start, der Hauptfallschirm. Nach genau 15 Minuten und 22 Sekunden Flugzeit landete die Kapsel wohlbehalten auf dem Wasser, und kurz darauf wurde Shepard von einem Hubschrauber des Flugzeugträgers *USS Lake Champlain* geborgen.

Während des Fluges hatte ein Mann neben Rhodan Platz genommen, den dieser schon manchmal in der Messe gesehen hatte, von dem er aber nur wusste, dass sein Fliegername »Shaky« war, was er einigermaßen verwunderlich gefunden hatte, denn welcher Pilot ließ sich gern als *zittrig* oder *schlottrig* ansprechen? Er hatte strahlend blaue Augen, ein stilles, breites Lächeln und ausgeprägte Geheimratsecken im braunen Haar.

Als die Kapsel wieder gelandet war und sie nur noch darauf warteten, den Astronauten auch wahrhaftig lebendig daraus hervorkommen zu sehen, meinte der Mann zu Rhodan: »Du bist der, der Gagarins Flug gut fand, nicht wahr?«

»Du nicht?«, fragte Rhodan zurück, der »patriotische« Diskussionen inzwischen leid war.

»Doch.« Er schien zu überlegen, wiederholte dann: »Doch. Früher war ich schrecklich ehrgeizig, aber mittlerweile kann ich mich auch über Erfolge anderer freuen. Das muss diese Weisheit sein, die angeblich mit dem Alter kommt.« Er lachte leise.

Rhodan musterte ihn. Der Mann war ihm irgendwie sympathisch. »Willst du jetzt hören, dass du dafür noch nicht alt genug aussiehst?«

»Shaky« lachte noch einmal. »Ich hab Gagarin im Fernsehen gesehen. Das ist ein sympathischer Bursche, glaube ich. Wenn er einer von uns wäre, hätten wir überhaupt keine Probleme miteinander.«

»Ist er das denn nicht? Einer von uns? Er ist auch Pilot. Ein Kollege.«

»Ja, nur von der anderen Fakultät. Stimmt.« Auf dem Bildschirm sah man jetzt einen Hubschrauber, der an einem langen Kabel eine Mercury-Kapsel transportierte. Er deutete darauf und meinte: »Ich kenne Alan übrigens gut. Wir waren im selben Geschwader, hier in Pax. Wenn die Dinge anders gelaufen wären, könnte ich jetzt in der Kapsel dort sein.«

Sein richtiger Name war Jim Lovell, und den Rest der Geschichte erzählte er Perry Rhodan ein paar Tage später zu Hause im Wohnzimmer des Hauses, das er mit seiner Frau Marilyn bewohnte. Sie hatten drei Kinder, zwei Töchter und einen Sohn; die Älteste war acht, und die drei mussten aufmarschieren, als Rhodan ankam, ihn artig begrüßen und anschließend ins Bett.

In den Nachrichten gab es gerade kein anderes Thema als Alan Shepard. Der Astronaut war nach seiner Landung bei den Bahamas umgehend nach Washington geflogen und von Präsident Kennedy empfangen worden, der ihm am nächsten Tag in einer Zeremonie im Rosengarten des Weißen Hauses im Beisein der anderen sechs Astronauten einen Orden verlieh. Es folgte eine Parade auf der Constitution Avenue, die Luft voller Konfetti und Papierschlangen und mit Zehntausenden entlang der Straße, die dem neuen Nationalhelden zujubelten. Am nächsten Tag hatte New York City eine Parade auf dem Broadway für Al Shepard veranstaltet, gefolgt von einer Parade in seiner Heimatstadt Derry in New Hampshire; eine Schule in Illinois hatte sich nach ihm benannt, und ein Ende der Begeisterung war nicht abzusehen.

Und sie saßen hier in einem stillen Wohnzimmer, aßen Schnittchen, tranken Bier, und Jim erzählte.

Er war Navy-Pilot, hatte in Annapolis studiert und in Pensacola das Fliegen gelernt, und derzeit arbeitete er als Testmanager in der Entwicklung eines neues Jets von McDonnell Douglas mit, der F-4 Phantom. Er war im Januar 1958 nach Patuxent gekommen, um die sechsmonatige Ausbildung zum Testpiloten zu machen, und hatte als Bester seiner Klasse abgeschnitten. Dann hatte er einen Brief aus dem Pentagon bekommen, einen *streng geheim* zu behandelnden Brief, mit dem Befehl, dort an einem bestimmten Tag vorstellig zu werden.

»Das war so absurd«, meinte er. »Ich hatte so einen Brief, Pete Conrad hatte so einen Brief, Wally – also, Walter Schirra – hatte so einen Brief … und wir fragten einander, ›hast du auch so einen Brief bekommen, über den du nicht reden darfst?‹ Jedenfalls, am Ende sind wir alle zusammen nach Washington gefahren. Es war ein Montagmorgen, das weiß ich noch, und eine der Anweisungen lautete, in Zivil zu kommen. Du meine Güte! Ich bin mir vorgekommen wie verkleidet. Und die anderen sind mir auch vorgekommen wie verkleidet. Wir marschieren also ins Pentagon, zeigen unsere Orders vor und werden in einen Raum geschickt, in dem noch über sechzig *andere* verkleidete Typen herumstehen. Natürlich auch alles Militärpiloten, das hat man auf einen Blick gesehen. In billigen Anzügen, aber alle mit gigantischen, teuren Armbanduhren, du weißt schon, die Dinger, die zehntausend Knöpfe, Skalen und Zeiger haben.«

Er trank einen Schluck Bier, schüttelte versonnen den Kopf. »Ja, und dann sind zwei hochrangige Leute von der NASA gekommen und haben uns einen Vortrag gehalten. Es ging darum, dass die NASA Freiwillige suchte für Raumflüge. Sie erklärten uns, dass das ein Projekt von höchster nationaler Bedeutung sei, vergleichbar einem Crash-Programm im Krieg. Sie hatten vor, innerhalb der folgenden fünfzehn Monate den ersten Menschen ins Weltall zu schicken, spätestens Mitte 1960.«

»Hat ja nicht ganz funktioniert«, meinte Rhodan und griff nach einem weiteren Schnittchen. »Aber wieso hat man ausgerechnet unter Testpiloten nach Astronauten gesucht? Ich meine, man kann doch *jeden* in eine solche Kapsel setzen, der imstande ist, sechs oder sieben g auszuhalten, oder? Im Januar haben wir gesehen, dass es auch ein Affe sein kann. Sind Testpiloten nicht schrecklich überqualifiziert für den Job?«

»Das habe wir uns auch gefragt«, meinte Lovell. »Die beiden NASA-Leute haben uns erklärt, wie der Astronaut die Raumkapsel rollen, nicken und gieren lassen würde, und sich viel Mühe gegeben, damit es so klingt, als sei ein Astronaut ein Pilot, aber wir haben alle kapiert, dass der Flug selber von Computern ferngesteuert sein würde und es eher darum ging, dass sie Versuchskaninchen brauchten.« Er schüttelte den Kopf. »Ich glaube, es hatte einfach praktische Gründe. Wenn sie die Stellen öffentlich ausgeschrieben hätten – stell dir das Chaos vor, das losgebrochen wäre! Jeder Idiot in Amerika hätte sich beworben, und jeder zweite Idiot hätte gegen seine Absage prozessiert. Senatoren hätten versucht, ihre Söhne ins Programm zu drücken, und man wäre zehn Jahre lang allein mit der Auswahl und den Sicherheitsüberprüfungen beschäftigt gewesen. Testpiloten dagegen gibt's nicht so viele, es sind alles Militärangehörige, die einem Befehl einfach gehorchen müssen, man hat von jedem die Unterlagen bereits komplett verfügbar, und letztendlich hat es eine gewisse Logik, denn neue Fluggeräte werden nun mal von Testpiloten getestet, nicht wahr?«

»Es hieß aber, die Mercury-Astronauten seien alles Freiwillige?«

»Ja. Sind sie auch.« Lovell schmunzelte. »Was das anbelangt, waren die NASA-Leute sehr direkt. Sie haben uns klipp und klar gesagt, die Flüge seien sehr gefährlich, deswegen suchten sie nur Freiwillige, und wer sich nicht melde, habe keinerlei negative Konsequenzen zu befürchten. Wir hatten einen Tag Zeit, es uns zu überlegen. Wir waren alle im Marriott, in der Nähe des Pentagons, und haben uns nach dem Abendessen in Wallys Zimmer versammelt, um die Sache zu besprechen. Wir drei waren dabei, dann Alan Shepard, der gleich nach unserem Kurs nach Norfolk versetzt worden war, und noch ein paar andere. Und dann haben wir heiß diskutiert.«

»Ob ihr es riskieren wollt.«

Jim Lovell lachte. »Ach was, nein. Wir haben diskutiert, ob es unserer *Karriere* schaden könnte, wenn wir mitmachen. Vor allem Wally war darüber sehr besorgt. Ich meine, zu Recht – Walter Schirra hat Kriegserfahrung, neunzig Kampfeinsätze in Korea, eine ganze Latte von Auszeichnungen ... der Mann hatte klar eine große Karriere vor sich. Was, wenn wir uns drauf einlassen, hat er gesagt, und die Sache wird irgendwann gecancelt? Kommt ja nicht gerade selten vor. In einem Moment hängt der Fortbestand der freien Welt an einem bestimmten Projekt, und einen Monat später ist es allen peinlich, je was damit zu tun gehabt zu haben ...«

»Und dann?«

»Wir sind zu dem Schluss gekommen, dass es völlig bescheuert wäre mitzumachen. Ein ziviles Projekt! Kein Flugzeug, sondern eine Kapsel, eine bessere Konservendose!« Er nahm einen Schluck und fuhr fort: »Und am nächsten Morgen haben wir uns trotzdem alle gemeldet. Sie hatten 69 Leute eingeladen, und nun hatten sie 56 Freiwillige.«

Rhodan furchte verwundert die Stirn. »Und wieso der Gesinnungswandel?«

»Ich weiß nicht, ob die NASA-Leute das bewusst gemacht haben oder ob es Zufall war, aber jedenfalls haben sie die richtigen Knöpfe gedrückt. ›Ein Projekt von höchster nationaler Bedeutung‹! ›Risikoreich‹! ›Sehr gefährlich‹! ›Ausschließlich Freiwillige‹! Das war einfach unwiderstehlich.«

Das konnte Rhodan nachvollziehen; so waren Piloten eben gepolt. Natürlich: Dass die Raumflüge gefährlich sein würden, stand außer Frage – es gab niemanden, der nicht wusste, wie es aussah, wenn eine amerikanische Rakete explodierte. Andererseits verstand man als Pilot, dass der Eindruck der Öffentlichkeit, es handle sich dabei um Fehlschläge, letztlich von den Erwartungen herrührte, die die Presse erzeugte. Es waren Versuche, und wenn Versuche nicht wie vorgesehen verliefen, hatte man zumindest gelernt, wie es *nicht* ging. Als Pilot hatte man davon ausgehen können, dass sie erst dann einen Mann reinsetzen würden, wenn sie die Sache einigermaßen im Griff hatten.

»Dann ging es los«, erzählte Jim Lovell weiter. »Sie haben uns zu acht nach Albuquerque geschickt, in eine Klinik für Flugmedizin, und dort haben sie uns … nun ja, ich will nicht sagen *gefoltert*, aber so ganz falsch wäre das Wort nicht. Sie sind mit allen möglichen Nadeln, Röhren, Schläuchen, Elektroden und Spannriemen auf uns los, haben uns alles Mögliche in alle möglichen Stellen des Körpers gesteckt, uns sämtliche Säfte abgezapft, die so ein Organismus hergibt, unseren Blutdruck, Herzschlag, die Hirnströme gemessen und alles, was ihnen noch so eingefallen ist, was man messen könnte. Und die Einläufe! Ich hab dort mehr Einläufe bekommen, als ein Mensch in einem ganzen Leben kriegen sollte.«

»Also doch Versuchskaninchen«, stellte Rhodan fest.

»Als das überstanden war, ging's nach Dayton, auf die Wright-Patterson Air Force Base, und immer noch war alles streng geheim. Wir durften niemandem unsere Namen sagen, nur eine Nummer, die sie uns zugeteilt haben. Was sich Geheimhaltungsfritzen halt so ausdenken. Auf der Wright-Patterson haben sie uns dann in Unterdruckkammern, Überdruckkammern, Hitzekammern und Kältekammern gesteckt, uns mit Licht, Schall, Vibrationen traktiert und in alle Richtungen gewirbelt, während wir irgendwelche Aufgaben erfüllen mussten. Stresstest, du verstehst? Wie würde sich die Versuchsperson in einer Notsituation verhalten? Und die ganze Zeit waren Schwärme von Weißkitteln mit Notizblöcken um uns herum und haben jeden Mucks notiert, den wir von uns gegeben haben.« Lovell leerte die Bierflasche. »Und am Ende haben sie mich nicht genommen, weil mein Bilirubin-Wert im Blut damals aus irgendeinem Grund erhöht war. War vorher nie der Fall und seither nie wieder, aber damals eben. Also war ich raus.«

Rhodan holte tief Luft, erinnerte sich an seine eigene Phase der Niedergeschlagenheit. »Hart. Wie lebt man damit?«

»Oh, ich hab die Hoffnung noch nicht aufgegeben«, meinte Lovell. »Nach Mercury wird es weitere Projekte geben, man wird mehr Astronauten brauchen … Ich meine, ich war schon ziemlich weit. Meine Chancen, irgendwann doch noch dazuzustoßen, sind nicht schlecht.«

Er musterte Rhodan durchdringend. »Aber den *Ruhm* … den gibt's nur für die Ersten. Das muss klar sein. Jeder weiß, wer Christoph Columbus war und dass er als Erster nach Amerika gesegelt ist – aber wer weiß noch, wer als Zweiter oder Dritter nach Amerika gesegelt ist? Steht sicher irgendwo, aber die Namen sind vergessen.«

Rhodan winkte ab. »Ruhm interessiert mich nicht. Ich will einfach nur in den Weltraum.« Er zögerte, dann gestand er: »Ich hatte mal eine Phase, in der ich es schrecklich ungerecht fand, dass ich noch so jung bin. Ich hatte das Gefühl, dass ich zu spät geboren bin, um beim Aufbruch ins Weltall dabei sein zu können, und das hat mich ziemlich belastet.«

»Siehst du Raumfahrt denn als etwas an, das nur einen Einzelnen betrifft?«

»Nein«, erwiderte Rhodan sofort. »Das betrifft die Menschheit als Ganzes.«

»Nicht wahr? Der ungeheure Aufwand, der dafür notwendig ist … das ist nur in gemeinsamer Anstrengung zu bewältigen.«

Rhodan nickte, erfüllt von einem seltsam wehmütigen Gefühl. »Und wenn wir uns nicht belauern würden, sondern uns als Menschheit einig wären …«

»Was alles möglich wäre!«, pflichtete ihm Lovell bei. »Raumschiffe statt Bomben und Panzer!«

»Flüge in andere Sonnensysteme anstatt Patrouillenflüge entlang von Grenzen!«

»Raumfahrer statt Soldaten!«

»Eigentlich«, äußerte Rhodan einen Gedanken, der ihn schon lange beschäftigte, »sollte die Raumfahrt der beste Anlass sein, um die Menschheit zu einen.«

Lovell beugte sich vor, stützte die Ellbogen auf die Knie und meinte: »Ich glaube nicht, dass du zu spät geboren bist. Es fängt ja gerade erst an. Und auf lange Sicht betrachtet, hat das System mit den Raketen und den Kapseln keine Zukunft. Das ist nur das, was die Doppeldecker am Anfang der Fliegerei waren. Oder Lilienthals Gleitsegler. Wir machen jetzt die Grundlagenforschung, auf der die nächste Generation aufbaut, so sehe ich das. Im besten Fall errichten wir einen Brückenkopf im Unbekannten. Aber dann geht es weiter. Zum Beispiel erproben sie in Edwards demnächst ein Raketenflugzeug, die X-15. Stell dir vor, es gelingt, das weiterzuentwickeln zu einer Maschine, die in den Weltraum aufsteigen und wieder zurückkommen kann, die starten und landen kann wie ein Flugzeug. Erst wenn wir so etwas haben, können wir doch wirklich ernst machen damit, Raumstationen zu bauen, zum Mond zu fliegen oder zum Mars, permanente Siedlungen dort zu errichten.«

»*Wirklich* in den Weltraum aufzubrechen«, fasste Rhodan es zusammen.

»Genau.« Lovell richtete sich wieder auf. »Nur eben mit dem *Ruhm* wird's auf dem Weg nichts.«

Rhodan schüttelte den Kopf. »Ich will einfach nur zu den Sternen. Und zwar so weit, wie ich komme.«

Lovell lächelte versonnen. »Deine Einstellung gefällt mir.«

Zwei Wochen später war Perry Rhodan erneut bei den Lovells eingeladen. Es käme jemand, mit dem er ihn bekannt machen wolle, hatte Jim gesagt. Doch als er vor dem Haus ankam, traf er dort – auf Ray!

»Bist du auch eingeladen?«, fragte der verdutzt.

»Ja«, sagte Rhodan.

Ray grinste. »Will er *uns* miteinander bekannt machen? Na, das wird lustig.«

Rhodan hingegen dämmerte, dass Jim Lovell und er wohl nicht ganz so zufällig ins Gespräch gekommen waren, wie es den Anschein gehabt hatte.

Jim öffnete, noch ehe sie klopfen konnten, begrüßte sie, und als sie drinnen im Vorraum standen, äußerte Rhodan seinen Verdacht.

»In der Tat nicht«, räumte Jim Lovell sofort ein. »Ich habe in letzter Zeit mit vielen Piloten gesprochen, aber am Ende sind nur Sie beide übriggeblieben. Und wie es weitergeht, muss man sehen.«

»Worum geht's?«, fragte Ray geradeheraus.

»Es gibt da jemanden, der Piloten sucht für das ehrgeizigste Projekt der Air Force. Die besten Piloten, die es gibt. Piloten, die bereit sind, ein Experimentalflugzeug zu fliegen, gegen das die X-15 aussieht wie eine Silvesterrakete.«

»Uns, mit anderen Worten!«, erwiderte Ray mit leuchtenden Augen.

Rhodan nickte. »Für so etwas sind wir ja nach Pax gekommen.«

»Es ist«, fuhr Jim Lovell fort, »nicht nur das ehrgeizigste, es ist auch das geheimste Projekt der Air Force. Das heißt: kein Ruhm, kein Reichtum, keine Fotos mit dem Präsidenten, keine Paraden auf dem Broadway. Ihr werdet nicht einmal im Freundeskreis damit angeben dürfen.«

Ray gab ein Schnauben von sich. »Also, wenn man irgendwo mit seinem eigenen Blut unterschreiben muss, bin ich raus. Andernfalls bin ich dabei.«

Rhodan nickte nur, auf einmal erfüllt von der Gewissheit, dass dies ein Moment war, in dem sein Leben eine ganz neue, unerwartete Wendung nahm.

»Gut«, sagte Jim. »Dann kommt.« Er öffnete die Tür zum Wohnzimmer, in dem sich eine bullige, geradezu quadratische Gestalt aus einem der Sessel erhob. »Freunde – ich darf euch General Lesly Pounder vorstellen.«

Der Mann trug keine Uniform, sondern einen schlecht sitzenden grauen Anzug, trotzdem sah man ihm den General an. Er schüttelte ihnen die Hände, musterte sie dabei durchdringend. »Leutnant Rhodan. Ich hab schon viel von Ihnen gehört. Und Leutnant Wings – nun, wer hat von Ihnen noch nichts gehört?« Er wies auf die Sitzgruppe. »Setzen wir uns. Ich möchte Ihnen etwas über das *Projekt Starfire* erzählen.«

ZWISCHENSPIEL (5)

Im Juli 1971 – London, Gefängnis Pentonville

Dieser Perry Rhodan begann, mich zu interessieren.

Ich hatte bis zu dem Zeitpunkt schon allerhand über ihn gehört, aber bislang nur mit mehr oder minder distanzierter Neugier zur Kenntnis genommen und eher als Entertainment empfunden. Perry Rhodan, das war eben eine von vielen Personen der Zeitgeschichte, ein designierter Entdecker in diesem Fall, sozusagen die moderne Version eines Robert F. Scott, eines Ernest H. Shackleton oder eines Edmund P. Hillary. Und da in unserer Zeit die Pole schon alle erforscht und die hohen Berge alle schon bestiegen waren, blieben nur der Weltraum und ferne Himmelskörper, und von denen gab es ja genug, um Entdecker noch auf unabsehbare Zeit zu beschäftigen.

Doch nun wollten die Gerüchte nicht verstummen, ebendieser Perry Rhodan, der zusammen mit seinen Begleitern tatsächlich auf dem Mond gelandet und zur Erde zurückgekehrt war, habe darüber hinaus ein wirkliches Wunder vollbracht, nichts Geringeres nämlich, als den Weltuntergang zu verhindern!

Wie gesagt, er begann mich wirklich zu interessieren.

Die Frage dabei war natürlich, wie er das bewerkstelligt haben wollte. Falls er es *tatsächlich* bewerkstelligt hatte und wir nicht einfach nur all die Jahrzehnte Milliarden von Pfund ausgegeben hatten für angeblich schreckliche Waffen, die in Wahrheit gar nicht funktionierten.

Die Nachrichten, zumindest soweit sie uns Strafgefangene erreichten, waren weiterhin äußerst unklar und widersprüchlich. Vor dem Tag, an dem uns nach dem Willen der mächtigsten Politiker des Planeten atomares Feuer hätte dahinraffen sollen, hatte Perry Rhodan als Staatsfeind Nummer 1 gegolten, ja, als *Weltfeind Nummer 1,* ohne dass je einmal irgendjemand klar verständlich erklärt hätte, warum eigentlich.

Nun war Armageddon ausgeblieben, doch an dieser Einschätzung schien sich trotzdem nichts geändert zu haben. Insbesondere dachte niemand daran, die Definition dessen, was ein »Weltfeind« war, einmal gründlich zu hinterfragen oder sie gar auf diejenigen anzuwenden, die auf die bewussten Knöpfe gedrückt hatten. Alle Äußerungen hoher Würdenträger zur aktuellen Situation waren verschwommen und nichtssagend wie immer, doch es schwang etwas mit, als wollten sie sagen: *Ja, es mag sein, dass er uns vor einer großen Dummheit bewahrt hat, aber trotzdem …*

Doch, inzwischen interessierte mich dieser Mann ganz *außerordentlich!*

STERNENFEUER

I

Keine zwei Wochen später fuhren Ray Wings und Perry Rhodan auf dem Rücksitz eines riesigen Jeeps durch eine Landschaft, die gut und gerne auf einem fremden Planeten hätte liegen können: eine kahle, flache Wüste, gegen die die Umgebung des Stützpunktes in Arizona wie eine blühende Oase ausgesehen hatte.

»O Mann«, rief Ray Rhodan über das Dröhnen des Motors hinweg zu. »Gloria wird es *hassen* hierherzuziehen!«

»Und du?«, gab Rhodan zurück.

Ray zuckte mit den Schultern. »Ach – mir ist das egal. Ich leb ja eigentlich da oben.« Er zeigte zum Himmel. »Aber Gloria, weißt du, die ist der Küsten- und Wassertyp. Die ist richtig glücklich in North Town Creek.«

Rhodan sah hinaus über die Einöde, die in jeder Richtung bis zum Horizont reichte. Schon Indiana Springs, der letzte Ort, den sie passiert hatten, hatte ausgesehen wie das Ende der Welt. Aber offenbar ging es immer noch verlassener.

»Ja«, meinte er schließlich. »Dann wird sie es hier wirklich hassen.«

Er versuchte, sich zu orientieren. Dies war die Mojave-Wüste in Nevada, und sie mussten sich in der Nähe des Atombomben-Testgeländes befinden, wo gegen Ende des Kriegs die erste Nuklearexplosion stattgefunden hatte. Weit weg von der Piste, auf der sie fuhren, stand zu hoffen; das Testgelände war immerhin fast so groß wie die Schweiz.

Ohnehin fand er es seltsam, dass man sie auf dem Landweg hierherbrachte anstatt per Flugzeug. Aber der General hatte erklärt, es ginge einstweilen nicht anders; das sei eine Angelegenheit, bei der die CIA ein Wörtchen mitzureden habe.

Eine Reihe von Warnschildern tauchte auf, Meilen vor einer niedrigen Hügelkette, die den Blick auf das, was dahinter lag, verhinderte. *Militärisches Sperrgebiet* stand auf den Schildern und dass das Betreten streng verboten sei und im Fall der Zuwiderhandlung von *tödlicher Gewalt* Anwendung gemacht werde.

Der Mann, der sie fuhr, ein ausgetrocknet wirkender Leutnant mit wuscheligen Haaren, drehte sich zu ihnen herum und rief: »Rings um das Gelände sind Kameras, Mikrophone, Bewegungsmelder und eine Menge anderes Zeug installiert. Außerdem patrouilliert ein Wachdienst. Hier kommt keine Maus unbemerkt rein!«

Ray hob die Schultern. »Wozu auch? Wenn's da hinten genauso trostlos aussieht wie hier, würd' ich lieber woandershin gehen, wenn ich 'ne Maus wäre.«

Der Fahrer lachte. An seiner Hemdtasche klemmte ein violettfarbener Ausweis mit seinem Bild, ein Ausweis von einer Art, wie ihn Rhodan noch nie gesehen hatte. »Das Gelände der Basis ist sechshundert Quadratmeilen groß. Der größte Teil davon ist ein ausgetrockneter Salzsee.«

»Klingt paradiesisch.«

»Als die Regierung das Gelände gekauft hat und der Stützpunkt errichtet werden sollte«, wusste der Fahrer zu erzählen, »hat der Projektleiter es tatsächlich *Paradise Ranch* genannt. Damit ihm die Arbeiter nicht gleich davonlaufen!«

Dann endlich, einige Meilen später, tauchte ein Kontrollpunkt auf, ein ausgebleichtes Gebäude mitten im Niemandsland, mit einer Schranke und schwerbewaffneten, grimmig dreinblickenden Soldaten. Sie prüften die Papiere, verglichen ihre Gesichter mit Fotos, die sie schon hatten, und nickten endlich. Die Schranke hob sich, und sie konnten weiterfahren.

Auf einem kleinen Schild stand: Willkommen auf der *Groom Lake Base*.

Sobald sie die Hügelkette passiert hatten, bot sich ihnen ein Blick auf eine Reihe von Gebäuden in der Ferne dar; Hangars, Unterkünfte, ein

Tower, ein ausgedehntes Flugfeld und dergleichen. Mit anderen Worten, ein relativ normal aussehender Luftwaffenstützpunkt, abgesehen davon, dass er auf einem fremden Planeten zu liegen schien.

Was ihn in Perry Rhodans Augen irgendwie attraktiver machte. Er hatte nichts gegen Wüsten. Schon gar nicht gegen solche, die einen zumindest glauben ließen, man sei nicht mehr auf der Erde.

»Wir sind inzwischen leider ein bisschen berühmter, als für eine geheime Anlage gut ist«, erzählte der Fahrer, als sie den Stützpunkt schon fast erreicht hatten. »Und zwar, seit 1947 eine unserer ersten Testmaschinen über bewohntem Gelände abgestürzt ist, in der Nähe von Roswell in New Mexico. Eine blöde Geschichte. Ums Leben gekommen ist dabei niemand; es war eine unbemannte Maschine, die aus dem Funkbereich der Fernsteuerung entwischt ist und dann gemacht hat, was sie wollte.«

»Ferngesteuerte Flugzeuge!« Ray Wings schüttelte sich. »Das *kann* ja nicht funktionieren.«

»Klar, aber damals hat man's halt noch gedacht. War vor diesem Stützpunkt hier, der ist erst '54 errichtet worden. Jedenfalls wollten sie's vertuschen und haben sich dafür eine *noch* blödere Geschichte ausgedacht. Ein Rancher hat die Trümmer gefunden, und weil damals gerade alle Welt UFOs gesehen hat, hat sich die Presse draufgestürzt. Der haben die Militärs dann einen kaputten Höhenballon präsentiert und behauptet, es sei nur ein Experiment mit Luftaufklärung per Ballon gewesen. Aber die Trümmer, die der Farmer gefunden hatte, waren natürlich aus Metall, und dummerweise hatte jemand Fotos davon gemacht, ehe man sie alle eingesammelt hatte.« Sie passierten einen weiteren, aber unbemannten Kontrollpunkt. »Jedenfalls, seither gibt es Leute, die glauben, wir halten hier ein Raumschiff von Außerirdischen versteckt und machen deswegen den ganzen Wirbel.«

Rhodan ließ sich das durch den Kopf gehen. »Und wenn's so wäre? Wenn man tatsächlich ein Raumschiff von Außerirdischen gefunden hätte? Was würde die Regierung dann damit machen?«

»Na, wir würden es natürlich auseinandernehmen und versuchen, deren Technik nachzubauen«, meinte der Fahrer. »Und dann würden wir den Russen und den Chinesen zeigen, wo der Hammer hängt, oder? Die hätten doch keine Chance mehr, wenn wir mit Strahlenwaffen und was weiß ich drohen könnten.«

»Und was meinen Sie«, fragte Rhodan weiter, »was *die* dann tun würden? Die Russen und die Chinesen? Wenn sie wüssten, dass wir so ein Ding haben?«

Der Fahrer wiegte den Kopf. »Hmm. Wahrscheinlich schnell einen Krieg anfangen, um zu verhindern, dass wir die Strahlenwaffen nachbauen.« Er lachte. »Das heißt, man müsste so etwas tatsächlich streng geheim halten!«

Ray räusperte sich und fragte: »Und das ist *wirklich* nur eine Legende?«

»Zumindest, soweit ich es weiß. Wobei man mir natürlich auch nicht alles sagt.« Er hob den Kopf. »Ah, warten Sie! Da ist etwas, das ich Ihnen sowieso zeigen soll. Dann werden Sie, glaube ich, besser verstehen, wie solche Gerüchte zustandekommen.«

Sie hatten gerade das Gelände des Stützpunkts erreicht, und er bog so scharf ab, dass die Koffer auf der Ladefläche hinter ihnen umherschlitterten. In rasantem Tempo ging es bis zum letzten einer Reihe von Hangars, die riesiger waren, als sie aus der Distanz ausgesehen hatten, und davor hielt er dann mit quietschenden Bremsen.

Sie stiegen aus. Flirrende Hitze lag über dem endlosen, flachen Land, ließ silberne Schemen am Horizont auftauchen und verschwinden.

Das Tor hatte einen elektrischen Antrieb, der es leise summend auffahren ließ. Nach und nach fiel Licht in die Halle dahinter.

»Wow«, hauchte Ray.

Vor ihnen stand ein Flugzeug, das utopischer aussah als alles, was sie je gesehen hatten.

»Auch dieses Projekt geht, wie so vieles, was uns heutzutage beschäftigt, zurück auf die Ideen eines deutschen Raumfahrtingenieurs«, hatte General Pounder an jenem Abend im Haus von Jim und Marilyn Lovell erklärt. Draußen war die Nacht angebrochen, und die Kiefern im Garten wiegten sich in einer sanften Brise von der Chesapeake Bay her. »Sein Name ist Eugen Sänger. In Österreich geboren, schon vor der

Machtübernahme ’33 Parteimitglied gewesen, aber wohl kein folgsames, denn sie haben ihn rausgeworfen und nicht wiederaufgenommen. Trotzdem hat er in Deutschland für das Reichsluftfahrtministerium die raketentechnische Forschungsstelle in Trauen geleitet, bis man ihn dort ’42 auch wieder gefeuert hat, wegen mangelnder Kooperation mit der Partei. Er lebt, soweit ich weiß, noch immer in Deutschland und lehrt an der Universität Stuttgart über Strahlantriebe. Er war der Erste, der auf die Idee gekommen ist, Raketentriebwerke mit ihrem eigenen Treibstoff zu kühlen, genau so, wie wir es heute machen und die Russen vermutlich auch. Damit will ich sagen: Wir reden von einem ernstzunehmenden Fachmann.«

Worauf Ray Wings und Perry Rhodan nickten; Rhodan sagte der Name sogar etwas: Das musste derselbe Eugen Sänger sein, von dem auch die Idee des Photonenantriebs für Fernraumschiffe stammte, von der er als Junge in einem seiner Bücher gelesen hatte!

»Wir wissen, dass Hitler davon geträumt hat, New York in Flammen zu sehen«, fuhr der General fort, »und Dr. Sänger hat ein Konzept entwickelt, wie man Bomben so weit hätte tragen können, nämlich mit einem sogenannten *Antipodenbomber*. Ich will Ihnen kurz erklären, wie das funktionieren sollte.«

Er zog ein winziges rotes Flugzeugmodell aus der Tasche und glitt erstaunlich gelenkig hinter den Globus, der neben der Couch stand. Es war eine wunderschöne Replik einer mittelalterlichen Weltkugel, in vergilbtem Braun gehalten, mit grob gezeichneten Umrissen der Kontinente und lateinischen Aufschriften, eingefasst von einem Holzgestell, das breit genug war, um Whiskygläser darauf abzustellen.

»Die Idee war, ein speziell konstruiertes Flugzeug mittels eines Katapults zu starten, das dann seinen eigenen Raketenantrieb zünden und in eine ballistische Bahn mit einer Gipfelhöhe von rund neunzig Meilen gehen sollte. So ähnlich wie Shepards Flug also, nur nicht ganz so hoch.« General Pounder ließ sein Modellflugzeug von der Oberfläche des Globus aufsteigen und eine flache Parabel beschreiben. »Anders als eine Mercurykapsel würde der Rumpf dieses Flugzeugs jedoch so gestaltet sein, dass er Auftrieb erzeugt. Wenig zwar, da die Stratosphäre extrem dünn ist, aber es würde mit einer

Geschwindigkeit von 3000 Meilen pro Stunde fliegen, was genug wäre, um es irgendwann … nun ja, *springen* zu lassen, es sozusagen über die Atmosphäre hüpfen zu lassen wie einen flachen Stein, der übers Wasser schnellt.«

Er deutete mit seinem Modell eine Reihe von allmählich kleiner werdenden Sprüngen an. »Es wäre wie bei einer Schaukel – ist sie erst einmal in Schwung, genügen leichte zusätzliche Stöße, um sie in Bewegung zu halten. Das Antipodenflugzeug, so Sängers Vorstellung, müsste nur ab und zu ein wenig Schub geben, um imstande zu sein, den gesamten Planeten zu umrunden und schließlich dort wieder zu landen, wo es gestartet ist.«

Die beiden Piloten starrten den Mann an, der mit einem roten Spielzeug in der Hand hinter dem Globus hockte. Es sah kein bisschen spaßig aus.

»Was für eine Idee«, hauchte Ray ergriffen. »Was für ein *Flug* das wäre! Stellt euch das mal vor …!«

Rhodan musterte den vierschrötigen General. »Und diese Maschine bauen Sie jetzt?«

»Diese Maschine bauen wir«, bestätigte Pounder und erhob sich wieder. »Nur besser, als es sich Sänger je hätte träumen lassen.«

Das Flugzeug sah unsagbar elegant aus. Es stand auf zerbrechlich wirkenden Rädern und schimmerte blau auf eine Art, von der man nicht wusste, ob man sie sich nicht nur einbildete. Es hatte eine langgezogene Form, insbesondere der Bug war schier endlos und lief in einer nadelfeinen Spitze aus. Das weit dahinterliegende Cockpit, in dem wohl nur Platz für eine Person war, hatte dunkel spiegelnde, fugenlos eingepasste Fenster. Danach verbreiterte sich der Rumpf zu einer dreieckigen Form, die an einen schlanken Manta-Rochen denken ließ.

Ray trat neugierig näher, zögerte kurz und legte dann die Hand auf den Rumpf. »Aus was für einem Material ist das?«, fragte er. Seine Stimme hallte im Hangar wider. »So etwas habe ich noch nie gesehen.«

»Vermutlich eine besonders hitzebeständige Legierung«, mutmaßte

Rhodan. »Denk an die Wiedereintrittsphasen. Die thermische Belastung muss enorm sein.«

Er ging an Ray vorbei, inspizierte die Flügel. Deren Unterseite und auch die untere Partie des Rumpfes schien überhaupt nicht aus Metall zu bestehen, sondern aus einer Art Email.

»Das Ding steht da, als bräuchte unsereiner nur einzusteigen und loszufliegen«, rief Ray. »Und schon wäre man der erste Amerikaner, der die Erde umrundet.«

»Bloß, dass niemand je davon erfahren würde«, meinte Rhodan.

»Was wir dem Konzept hinzufügen wollen, ist ein atomarer Antrieb«, hatte General Pounder geradeheraus erklärt. »Ein solcher Antrieb wird die Möglichkeiten dieses Flugzeugs unendlich erweitern. Reichweite wird aufhören, überhaupt ein Problem zu sein. Eine damit ausgestattete Maschine wird auf der Atmosphäre dahingleiten können, aber auch in den Orbit steigen und daraus zurückkehren, so elegant und mit so minimalem Aufwand, wie es heute noch unvorstellbar ist, wenn wir einen Raketenstart in Cape Canaveral verfolgen. Wir nennen dieses Weltraumflugzeug den *Starglider*.«

»Ein atomarer Antrieb«, wiederholte Rhodan skeptisch. »In der Atmosphäre?«

Pounder musterte ihn aus grauen, wachen Augen. »Ich verstehe Ihren Einwand, Leutnant Rhodan, und ich kann Ihnen versichern, dass wir uns des Problems der Radioaktivität sehr bewusst sind. Der atomare Antrieb befindet sich noch in der Entwicklung. Er wird so konstruiert sein, dass der Reaktor nur die Energie liefert, um den Treibstoff zu verdampfen und auf möglichst hohe Ausströmgeschwindigkeit zu beschleunigen – oder besser gesagt, die *Stützmasse*, denn es wird nicht mehr erforderlich sein, dass der Treibstoff selber Energie zu liefern vermag. Radioaktivität wird dabei nicht austreten, die Stützmasse soll mit dem Reaktorkern vielmehr überhaupt nicht in Berührung kommen. Für den Start und die Landung wird der *Starglider* darüber hinaus mit konventionellen Triebwerken ausgestattet sein.«

Er breitete die Hände aus. »Das, meine Herren, ist in kurzen Worten das, worum es beim Projekt *Starfire* geht. Wir sind über die Anfänge hinaus, aber es liegt noch ein weiter Weg vor uns. Denken Sie in Jahren, nicht in Monaten. Wir haben den atomaren Antrieb noch nicht, aber wir haben flugfähige Maschinen, die einstweilen mit konventionellen Raketenantrieben ausgestattet werden. Es hat sich gezeigt, dass nicht nur konstruktive Probleme zu lösen sind, sondern darüber hinaus auch Probleme ganz eigener Art. Der *Starglider* muss anders geflogen werden als bisherige Jets, und es wird Ihre Aufgabe sein herauszufinden, wie. Normal ausgebildete Piloten sind, das mussten wir feststellen, überfordert: Wie muss man sie also schulen, damit sie es *nicht* mehr sind? Das ist nur eine der tausend Fragen, die sich stellen. Das Projekt wird anstrengend sein, da will ich Ihnen nichts vormachen. Es wird Ihre ganze Kraft kosten, es wird Sie zu hundert Prozent beanspruchen, ach was, zu hundertzehn Prozent. Genauso, wie es mich beansprucht – fragen Sie meine Frau. Und ich will auch nicht verschweigen, dass es ein sehr gefährliches Projekt ist. Den *Starglider* zu fliegen heißt, einen Tiger zu reiten. Es ist eine völlig neue Klasse von Flugzeug, mit nichts von dem zu vergleichen, was Sie kennen. Deswegen muss ich Sie jetzt fragen, ob Sie bereit sind, sich auf die Anforderungen und Risiken dieses Projekts einzulassen. Wenn Sie nein sagen, können Sie dieses Haus verlassen und sind zu nichts verpflichtet außer dazu, für den Rest Ihres Lebens über das, was ich Ihnen anvertraut habe, Stillschweigen zu bewahren. Wenn Sie aber ja sagen …«

»Lass uns losen«, schlug Ray vor und begann, in seiner Hosentasche zu kramen. »Lass uns auslosen, wer von uns den ersten Flug damit machen darf.«

»Die werden uns vielleicht nicht fragen«, meinte Rhodan skeptisch.

»Na gut. Aber vielleicht fragen sie uns ja doch. Und für den Fall losen wir jetzt.« Er zog eine Münze hervor – ein armseliges kupfernes Cent-Stück, das er Rhodan auf der ausgestreckten Hand präsentierte. »Kopf oder Zahl? Du darfst wählen.«

Tatsächlich zeigte eine 1-Cent-Münze damals auf einer Seite das Profil des amerikanischen Präsidenten Abraham Lincoln und auf der anderen Seite ein Gebäude mit vielen Säulen und darunter die Inschrift »ONE CENT«.

»Lincoln«, sagte Perry Rhodan.

»Okay.« Ray schloss die Hand um die Münze, küsste die Faust. »Wenn der alte Abe oben landet, darfst du als Erster fliegen. Andernfalls bin ich der Glückliche.«

Er schleuderte die Münze hoch in die Luft. Sie verschwand im Dunkel des Hangars, und kurz darauf hörten sie sie irgendwo klingelnd zu Boden fallen. Sie gingen dem Geräusch nach und fanden sie wieder.

Abraham Lincoln lag mit dem Gesicht auf dem Beton.

»Zahl!«, jubelte Ray. »Ja! Ja! Ja!«

»Du meine Güte«, sagte Rhodan. »Es wird uns sicher bald langweilig werden, in das Ding zu steigen und damit durch die Gegend zu rasen.«

»Falls das ein Versuch sein sollte, mir meinen Sieg madig zu machen, betrachte ihn als gescheitert.« Ray hielt ihm die Münze unter die Nase. »Zahl. Siehst du das? Zahl. *Ich* werde als Erster in das Ding steigen, und es wird mir *kein bisschen* langweilig sein dabei, glaub mir.«

»*Warum* bauen wir den *Starglider*?«, wiederholte General Pounder die Frage, die Rhodan gestellt hatte. »Aus mehreren Gründen. Der erste Grund ist relativ banal: Die CIA, von der ein beträchtlicher Teil unseres Budgets stammt, braucht neue Aufklärungsflugzeuge, die höher fliegen können als die U-2-Maschinen. Sie haben zweifellos von dem Abschuss vor einem Jahr gehört; so etwas darf sich nicht wiederholen. Eines Tages mögen Satelliten das leisten, was Aufklärungsflugzeuge bis jetzt vermögen, aber bis dahin dürften noch etliche Jahre ins Land gehen. Und wir *müssen* wissen, was in der Sowjetunion passiert. Anders als die Sowjets, deren Spione in unserem Land sich frei bewegen und informieren und so gut wie alles fotografieren können, was sie interessiert, sind unsere Möglichkeiten auf russischem Boden extrem beschränkt.«

Er legte die Hand besitzergreifend auf den antiken Globus neben ihm. »Der zweite Grund ist der, dass wir davon ausgehen müssen, dass die Sowjets ebenfalls an einem solchen Projekt arbeiten. Wir wissen, dass Stalin versucht hat, Sänger dazu zu bewegen, in die Sowjetunion zu kommen, und ganz zweifellos haben sie sich seine Unterlagen gesichert. Und wozu die Russen imstande sind, erleben wir ja seit Jahren. Sie sind uns auf vielen Gebieten voraus, und ich will nicht erleben, dass eines Tages sowjetische *Starglider* an Amerikas Himmel auftauchen und womöglich Hitlers Traum von einem brennenden New York doch noch Wirklichkeit wird.«

(Tatsächlich gab es in der Sowjetunion schon 1947 ein solches Projekt, den sogenannten *Keldysh Bomber*. Dies wurde jedoch zugunsten der Entwicklung von Interkontinentalraketen aufgegeben.)

»Ich bin da nicht so anspruchsvoll«, meinte Ray Wings, dessen Haltung zusehends lockerer wurde. »Mir reicht schon die Idee, die hinter dem Ganzen steckt. Mit einem Flugzeug ins All fliegen zu können – das wäre für mich Grund genug.«

General Pounder nickte grimmig. »Womit wir beim dritten Grund wären: In meinen Augen ist *Starfire* die Zukunft der Raumfahrt, und die Raumfahrt wiederum ist die Zukunft der Menschheit. Ich will Ihnen nicht verschweigen, dass es mein persönlicher Ehrgeiz ist, die Gründung der *US Space Force* noch zu erleben.«

2

Die Quartiere, die man ihnen zuwies, unterschieden sich nicht sonderlich von denen, die Rhodan kannte; vermutlich, sagte er sich, würde er für den Rest seines aktiven Lebens in ähnlichen Zimmern hausen. Während er auspackte, fragte er sich wieder einmal, ob es überhaupt die richtige Entscheidung gewesen war, zum Militär zu gehen – er hatte, wie er es später nennen sollte, eine seiner »zauderlichen Minuten«.

Ray dagegen stellte nur den Koffer ab und zog los, und wie es seine Art war, schloss er sofort überall Freundschaften. Als er zurückkam, erzählte er, was er alles erfahren hatte: dass die Familien der verheirateten Soldaten tatsächlich größtenteils in Indiana Springs lebten, in einer dort eigens errichteten Siedlung, und dass täglich Busse hin- und herfuhren, mit getönten Scheiben und Klimaanlagen.

Und der General, hatte er gehört, sei selten da: Wenn er nicht gerade nach neuen Piloten suchte, war er in Washington, um Geld aufzutreiben. »Das scheint hier ein superriskantes Projekt zu sein, das aus allen möglichen schwarzen Kassen finanziert wird oder aus Geldern, die aus anderen Projekten umgeleitet werden, alles am Kongress vorbei. Pounder hat wohl ein paar dicke Freunde unter den Senatoren, aber sonst weiß niemand, was wir hier treiben.«

»Muss uns das kümmern?«, fragte Rhodan, den derlei Mauscheleien damals, anders als heute, nur mäßig interessierten. »Im schlimmsten Fall wird Pounder vorzeitig in den Ruhestand versetzt. Für uns bedeutet das nur: auf zu einem anderen Stützpunkt.«

»Im schlimmsten Fall fliegt eines Tages alles auf, und das Projekt ist mit einem Schlag zu Ende«, hielt Ray dagegen. »Für uns bedeutet das: Wir müssen das Ding *so bald wie möglich fliegen*, sonst kommen wir womöglich nicht mehr dazu!«

Rhodan blies die Backen auf. »Jetzt übertreib mal nicht. So schnell wird das schon nicht gehen.«

Die anderen Piloten lernten sie am nächsten Tag kennen, anlässlich eines Vortrags der Projektleitung, der nach dem Frühstück angesetzt war. Es waren nur drei weitere Männer, alle genauso neu auf dem Stützpunkt wie sie. Es hatte, wusste Ray zu berichten, vor ihnen schon eine Pilotengruppe gegeben, doch die hatte man aufgelöst und alle auf andere Stützpunkte versetzt. »Sie wollen mit *richtig guten* Piloten ganz neu anfangen«, meinte er.

Der Erste, den sie trafen, war ein Texaner namens Craig McClure, ein zäh aussehender, muskulöser Bursche, der sein Haar straff nach hinten gebürstet trug und mit Pomade in Form hielt. Er war nicht sonderlich gesprächig – mehr als ein knappes »Hi, ich bin Craig« bekam er bei ihrer ersten Begegnung nicht heraus –, aber er hatte Lachfalten um die wasserklaren Augen, die ihn aussehen ließen, als sei mit ihm gut auszukommen.

Der Zweite hieß Rodney Nyssen, ein kleiner, vertrocknet wirkender Mann aus Maine, unübersehbar der Älteste in der Runde. »Rod«, meinte er mit rauer Stimme, als sie sich die Hände gaben, »einfach nur Rod.« Er hatte schütteres, dunkelblondes Haar, das er militärüblich im Bürstenschnitt trug.

Der dritte, Robert »Bob« Kinney, stammte aus Idaho. Er war so schlank wie alle Militärpiloten, hatte aber mit seinem pausbäckigen Gesicht und seinen eng gekräuselten, dunklen Locken etwas von einem Engel an sich. Zumindest bis er den Mund aufmachte, danach hatte man nur noch Augen für seine enorm großen Zähne. »Ich schwöre, die Hitze hier wird mich umbringen«, war sein Kommentar zum Tag. Da ahnte noch niemand, dass er dazu neigte, ständig irgendetwas zu schwören, wenn man ihn nicht daran hinderte.

In dem Vortrag, der folgte, war immer wieder von einem »Neubeginn« die Rede. Der technische Leiter des Projekts, ein hochgewachsener Mittfünfziger mit einem auffallend schmalen Kopf, stellte sich als Dr. Lehmann vor. Er trug eine randlose Brille, an der er ständig nestelte. Sein Begleiter hieß Dr. Fleeps und war Arzt, Spezialist für Flugmedizin.

»Der Feind«, raunte Ray den anderen zu, und zu Rhodans Verblüffung nickten alle wissend.

Dr. Lehmann erklärte noch einmal, was ihnen General Pounder über das Konzept des *Stargliders* erzählt hatte, nur tat er es nicht mit einem Modellflugzeug, sondern mit Hilfe eindrucksvoller Zeichnungen, die ein Diaprojektor auf die Leinwand warf.

»Der *Starglider* ist mit einem Raketenmotor ausgestattet, einer geringfügig veränderten Variante des für die X-15 entwickelten Aggregats, und startet vom Rücken eines Bomberflugzeugs aus, das ihn bis in eine Höhe von 45 000 Fuß bringt«, sagte Lehmann, auf eine schematische Darstellung deutend. »Das wird natürlich anders, sobald uns der atomare Antrieb zur Verfügung steht, der mit weitaus weniger Stützmasse ein Vielfaches an Schubleistung erbringen wird. Tatsächlich werden wir den *Starglider* dann intern grundlegend umkonstruieren, da das Verhältnis von Antriebsaggregaten zu Tankvolumina ein völlig anderes sein wird. Und er wird dann zusätzlich mit einem konventionellen Triebwerk ausgerüstet sein, das es ihm erlaubt, aus eigener Kraft zu starten.«

»Und auch zu landen?«, fragte Rod Nyssen.

»Landen«, erwiderte Lehmann, »werden Sie im Gleitflug. Antriebslos.«

Die Piloten wechselten verdutzte Blicke.

»Ja«, fuhr der Wissenschaftler fort, »der *Starglider* erfordert in vielerlei Hinsicht ein Umdenken. Er ist ein Flugzeug, doch zugleich stellt er eine gänzlich neue Kategorie von Fortbewegungsmittel dar. Und er ist, auch das sei klar gesagt, schwer zu beherrschen. Es hat in der bisherigen Erprobung bedauerlicherweise einige Unfälle gegeben, die uns gezeigt haben, dass wir hier in vielerlei Hinsicht Neuland betreten. Sie werden deshalb zunächst intensiv an Simulatoren trainieren. Wir haben mehrere davon, auch einen, der in unserer Zentrifuge installiert ist, und es sind weitaus fortgeschrittenere Geräte, als Sie sie vielleicht aus Ihrer bisherigen Ausbildung kennen.«

»Sie werden auch höhere Andrücke erfahren, als sie in einem normalen Jet auftreten«, warf Dr. Fleeps ein. »Auch das werden Sie trainieren.«

»Stichwort normale Jets«, meldete sich Craig zu Wort. »Werden wir Gelegenheit haben, welche zu fliegen? Nicht nur, um in Übung zu bleiben. Ich denke auch an unsere Flugstundenzuschläge.« Ein Captain der Air Force musste eine bestimmte Zahl an Flugstunden pro Monat vorweisen, die man als ausreichend ansah, um in Übung zu bleiben, und bekam dafür 145 Dollar extra ausbezahlt.

Lehmann musterte ihn irritiert. Man hatte den Eindruck, dass ihm dieses Argument zum ersten Mal begegnete.

»Es stehen einige Jets zur Verfügung«, sagte er schließlich. »Ich würde Ihnen aber empfehlen, sich auf das Training in den Simulatoren zu konzentrieren. Parallel dazu herkömmliche Jets zu fliegen könnte zu unnötiger Verwirrung führen.«

»Ich habe Familie«, warf Bob Kinney ein. »Die Zuschläge sind im Haushaltsbudget einkalkuliert.«

»Geht mir genauso«, sagte Craig. »Drei Kinder. So viel kann man gar nicht fliegen, wie die kosten.«

»Da, ähm, müssten Sie mit dem General sprechen«, meinte Lehmann. »Das kann ich nicht entscheiden.«

Danach beeilte er sich, mit seinem Vortrag zum Ende zu kommen. Ehe sie gingen, bekam jeder noch ein Blatt mit den Terminen für die medizinischen Untersuchungen und die ersten Simulatortrainings ausgehändigt, und das war es dann.

Hinterher setzten sich die Piloten zusammen, um die ganze Sache zu diskutieren und sich ein bisschen besser kennenzulernen. Sie erzählten einander, woher sie kamen und wie der General sie angeworben hatte. Rod war auch ein Air-Force-Mann, Bob ein Navy-Flieger, und Craig kam von den Marines.

Sie diskutierten eine Weile über den Projektleiter, Lehmann. Über den wusste anscheinend niemand Genaueres; nicht einmal seine Mitarbeiter wussten, wie er mit Vornamen hieß. Auf jedem Türschild, jedem Memorandum und jedem Namensschild stand immer nur »F.«. »Dr. F. Lehmann«.

»Das F steht bestimmt für Fritz«, meinte Bob. »Diese Raketenleute, das sind doch alles Deutsche.«

»Sieht'n bisschen zu jung aus, um ein Nazi zu sein«, sagte Craig.

»Und er hat keinen Akzent«, gab Rod zu bedenken. »Keine Spur.«

Einig waren sie sich alle in der Überzeugung, hier bei der heißesten Sache überhaupt dabei zu sein. Und die Geheimhaltung, nun ja, das war sicher nur eine zeitweilige Einschränkung. Eines Tages, wenn alles funktionierte, würde man damit schon an die Öffentlichkeit treten, und dann würden sie die Helden sein.

Dann begannen arbeitsame Wochen. Sie wurden alle so gründlich untersucht wie noch nie im Leben, keuchten sich durch mörderische Übungen in der Zentrifuge und trainierten in Simulatoren, von denen Bob Kinney empört behauptete, sie seien so gemein gebaut, dass man abstürze, egal, was man mache.

Insbesondere Ray hängte sich in diese Trainings mit voller Energie hinein, befeuert von dem Ehrgeiz, den *Starglider* als Erster zu fliegen. Und es war erstaunlich zu sehen, wie viel Energie der sonst so relaxte Ray aufzubringen imstande war, wenn er etwas unbedingt wollte! Wenn die anderen erleichtert stöhnend das Trainingszentrum verließen, froh, das Tagespensum hinter sich zu haben, beschwatzte er immer einen der Kontrollingenieure, noch eine Runde mit ihm zu machen, und so wurde es abends oft so spät, kehrte er so erschöpft zurück, dass er nicht mehr dazu kam, seine Frau anzurufen.

»Irgendwann muss ich ihr sagen, wie es hier wirklich ist«, gestand er Rhodan eines Morgens bedrückt, als sie beim Frühstück in der Messe saßen.

Rhodan hob die Brauen. »Ich schätze, sie wird es sich denken können. Ich meine, sie weiß ja, dass du in Nevada bist, oder?«

»Das schon.« Ray schob seinen Kaffeepott umher. »Aber ich hab ihr erzählt, der Stützpunkt hätte mal *Paradise Ranch* geheißen …«

Rhodan verdrehte die Augen. »Also, da kann ich dir auch nicht helfen.«

Sie waren angehalten, viel Sport zu treiben, um die Zentrifuge besser zu überstehen. Perry Rhodan überstand sie auch so schon ganz gut, erlegte sich aber trotzdem wieder ein Trainingsprogramm auf, das dem ähnelte, das er in West Point absolviert hatte. Die anderen luden ihn ein, einer Basketballmannschaft der Piloten beizutreten (in der, um auf die notwendige Mannschaftsstärke zu kommen, einige Piloten mitspielten, die Versorgungsflüge machten), die gegen die der Techniker und die der Leute aus dem Service spielte, aber darauf hatte er keine Lust. Er lief lieber, früh am Morgen, wenn es noch kalt war in der Wüste, und machte intensiv Gymnastik in der Halle.

Wenn sie in den Simulatoren waren, beobachteten die anderen Ray genau. Sie schienen erleichtert zu sein, wenn er fluchte und stöhnte und Schwierigkeiten hatte, selbst er, der berühmte Ray Wings!

Perry Rhodan dagegen entwickelte bald ein heftiges Misstrauen gegen die Simulatoren. Es kam ihm viel zu einfach vor, damit zu »fliegen«. Bildeten die die Realität wirklich ab? Die simulierten Flüge bereiteten ihm keine sonderlichen Probleme, was, wie er sich sagte, nicht sein konnte, so, wie die anderen stöhnten. Andererseits schien es auch niemandem aufzufallen, dass er viel seltener abstürzte als alle anderen.

Er versuchte, mit den Konstrukteuren ins Gespräch zu kommen. Als es geheißen hatte, er werde bei der Entwicklung des *Stargliders* mitarbeiten, hatte er sich das nicht so vorgestellt, dass er lediglich zum

Piloten einer Höllenmaschine dressiert würde, ohne auch nur ein Wort mitreden zu können. Da die kritischste Phase die des Wiedereintritts in die Atmosphäre war, hätte er zum Beispiel gerne verstanden, wie sie die Rumpfform des *Stargliders* im Windkanal entwickelt hatten, insbesondere im Hinblick darauf, dass sich die Luftdichte während eines solchen Flugs ja dramatisch veränderte: Gab es überhaupt einen Windkanal, der imstande war, so etwas abzubilden?

Doch die Konstrukteure gaben sich sehr abweisend. Man merkte, dass man in ihren Augen *nur ein Pilot* war, und Piloten verstanden nichts vom Bau von Flugzeugen.

»An diesen Fritz Lehmann ist nicht heranzukommen«, erzählte er Ray.

»Frederick«, meinte der geistesabwesend. »Er heißt Frederick. Und er ist in Boston geboren. Sein Vater stammt aus Holland, ist vor den Nazis geflüchtet. Daher der Name Lehmann.«

»Wie hast du *das* denn wieder rausgekriegt?«, wunderte sich Rhodan.

Ray zuckte nur mit den Schultern. »Besser, du behältst es für dich. Aus irgendeinem Grund scheint er Wert darauf zu legen, ein Geheimnis darum herum zu machen.«

John F. Kennedy hatte während des Wahlkampfs das von Präsident Eisenhower initiierte Weltraumprogramm oft und scharf kritisiert, und zu Beginn seiner Präsidentschaft war er sehr geneigt, es drastisch einzuschränken oder gar ganz zu streichen, der exorbitanten Kosten wegen, die damit verbunden waren. Sowenig wie Chruschtschow vorhergesehen hatte, wie der erste Sputnik die Menschen in aller Welt beeindrucken würde, so wenig sah Kennedy, wie stark die Idee einer bemannten Raumfahrt in der Phantasie der Menschen war.

Es bedurfte des Fluges von Juri Gagarin, um ihn zum Umdenken zu bringen. Sogar er selber fragte sich nun, warum nicht ein Amerikaner der erste Mensch war, der die Erde umkreiste, und die Antwort, das ahnte er, hatte damit zu tun, dass die Sowjets die Raumfahrt ernster nahmen als die Amerikaner. Er schickte ein Memo an seinen Vizepräsidenten Lyndon B. Johnson, den er hauptsächlich deswegen mit der Leitung des Raumfahrtprogramms betraut hatte, damit der überaus gewiefte Politiker zu beschäftigt war, um sich in Kennedys Herzensprojekte einzumischen. Die Frage lautete: Wie ist der Status der NASA-Projekte, und was konnte man tun, um in Sachen Raumfahrt gegenüber den Sowjets aufzuholen?

Johnson besprach sich mit den führenden Köpfen der NASA, allen voran mit Wernher von Braun, und schickte eine Woche später als Antwort, dass die USA weder taten, was sie konnten, noch die Resultate erzielten, die sie brauchten, um in der Raumfahrt eine Führungsrolle einnehmen zu können. Er merkte an, das Ziel einer bemannten Mondlandung, welches das bereits als Konzept bestehende Apollo-Programm anvisierte, läge weit genug in der Zukunft, dass die USA es mit einiger Wahrscheinlichkeit erreichen könnten.

Und so sprach Präsident John F. Kennedy am 25. Mai 1961 in einer Rede vor dem Kongress jene Worte, die ihn, den Raumfahrtskeptiker, für alle Zeiten zum Vater des Mondlandeprogramms machten: »Ich glaube, dass diese Nation sich dem Ziel verpflichten sollte, vor dem Ende dieses Jahrzehnts einen Menschen auf dem Mond zu landen und ihn sicher wieder zurück auf die Erde zu bringen. Kein anderes Projekt in dieser Epoche wird die Menschheit mehr beeindrucken oder wichtiger für die langfristige Erforschung des Weltraums sein, und kein anderes wird so schwierig oder aufwendig zu verwirklichen sein.«

Damit war eröffnet, was man bald »das Wettrennen zum Mond« nennen sollte.

Perry Rhodan las diese Worte seines Präsidenten, wie die meisten Amerikaner, am nächsten Tag in der Zeitung. Sie begeisterten ihn. Sie begeisterten alle Piloten auf dem Stützpunkt, sogar die, die nur Frachtmaschinen flogen. Sie begeisterten auch die Techniker und die Wissenschaftler und selbst die Leute vom Service. Nun, so dachte und fühlte jeder, würde das wahre Zeitalter der Raumfahrt beginnen!

Am Abend befahl General Pounder Rhodan zum Rapport, und

selbst er war ganz aufgekratzt: »Haben Sie gehört, was der Präsident gesagt hat?«

»Ja, Sir«, sagte Rhodan.

»Tolle Sache, was?«

»Ja, Sir.«

»Damit ist es offiziell«, strahlte Pounder. »Dahinter kann er nicht mehr zurück. Und auch der nächste Präsident nicht. So etwas anzukündigen und es dann nicht durchzuziehen, das wäre ein zu großer Gesichtsverlust für die USA.«

»Das sehe ich auch so, Sir.«

Pounder wedelte ungeduldig mit der Hand. »Jetzt stehen Sie da doch nicht so steif herum wie ein Rekrut, Rhodan. Setzen Sie sich.« Er wartete, bis Rhodan Platz genommen hatte, dann zog er ein Blatt voller Zahlen aus einer Mappe, legte es vor sich hin und sagte: »Ich hab mir die Ergebnisse der Simulatortrainings angeschaut. Sie sind der beste Pilot, Leutnant, ist Ihnen das klar?«

Rhodan furchte die Stirn. »Sir, meines Wissens steht momentan Ray Wings an der Spitze der Gesamtliste. Ich dagegen bin noch nie über Platz 3 hinausgekommen.«

Pounder nickte. »Ist mir auch aufgefallen. Aber das liegt daran, dass jemand diese Gesamtliste manipuliert. Wissen Sie etwas darüber?«

»Manipuliert?«

»Sie wird korrekt ausgerechnet, und auch die Ergebnisse aus den Simulatoren sind, soweit sich das feststellen lässt, korrekt. Nicht korrekt ist, dass jemand so viele Ihrer Trainingsläufe unter den Tisch fallen lässt, dass Sie – und nur Sie – mindestens bis auf Platz 3 abrutschen.«

In diesem Moment dämmerte Perry Rhodan, dem seine eigene Platzierung schon die ganze Zeit seltsam vorgekommen war, was hier gespielt wurde.

»Raus mit der Sprache, Leutnant«, forderte der General. Offenbar sah er Rhodan an, dass diesem ein Licht aufgegangen war.

»Sir«, begann Perry Rhodan behutsam, »das ist, glaube ich, harmlos. Ray und ich haben gelost, wer den *Starglider* als Erster fliegen darf, und ich habe verloren. Ich nehme an, er hat jemanden beschwatzt, das so zu handhaben.«

»Gelost?«, wiederholte Pounder.

»Mit einer Centmünze, Sir. Und Abraham Lincoln hat mich im Stich gelassen.«

Der General konnte sich ein Schmunzeln nicht verkneifen. »Das ist natürlich ein gewichtiger Grund.«

»Gab mir auch zu denken.«

Pounder machte eine wegwerfende Handbewegung. »Nun, von mir aus. Solange er nicht bei den Simulatortrainings selbst schwindelt, mag er seinen Willen haben. Für mich, der ich die Einzelergebnisse vor mir habe, steht auf jeden Fall fest, dass Sie unser bester Pilot sind, und zwar mit Abstand.«

»Danke, Sir«, sagte Rhodan, »aber ehrlich gesagt habe ich meine Zweifel, was die Realitätstreue der Simulatoren anbelangt – «

»Zum Teufel, Rhodan!«, polterte der General los. »Jetzt nehmen Sie doch mal ein Kompliment von mir an! So oft mach ich nämlich keine, das sollten Sie ja inzwischen gemerkt haben. Meine Frau kann ein Lied davon singen. Außerdem war das auch nur zur Hälfte ein Kompliment, zur anderen Hälfte war es der Grund, warum ich will, dass Sie Lehmann und mich begleiten. Morgen früh um neun geht's los.«

»Begleiten?« Rhodan richtete sich auf. »Darf ich fragen, wohin?«

»Dürfen Sie fragen, erfahren Sie aber erst, wenn wir in der Luft sind.« General Pounder legte sein Datenblatt zurück in eine Mappe. »Das war alles. Und ziehen Sie morgen Ihre sauberste Uniform an, verstanden?«

Rhodan erzählte Ray davon, worauf dieser wissend lächelte.

»Da geht's um Geld«, meinte er. »Er will einen Senator oder Abgeordneten beeindrucken, damit der irgendwelche Budgets in unsere Richtung dirigiert. Und höchstwahrscheinlich ist es jemand mit Beziehungen zur Navy, der von deiner Nummer auf der *Hancock* gehört hat.«

Doch wie sich am nächsten Morgen, am Samstag, dem 27. Mai 1961, herausstellte, war auch ein Ray Wings nicht dagegen gefeit, durch schlau in die Welt gesetzte Gerüchte hereingelegt zu werden.

»Das habe ich durchsickern lassen, ja«, gab General Pounder zu, als der Militärtransporter, mit dem sie flogen, abgehoben hatte. Sie waren zu viert – Dr. Lehmann hatte einen Assistenten dabei, der Billy Plichter oder so ähnlich hieß, ein hagerer Mann Mitte 30 –, hockten auf grandios unkomfortablen Notsitzen in einem Frachtraum, der mit allerlei großen, sorgfältig verzurrten Kisten gefüllt war, und mussten sich schreiend verständigen.

Dr. Lehmann saß mit geschlossenen Augen da, den Kopf nach hinten gekippt. Das sah äußerst seltsam aus. Litt der Wissenschaftler, der das beste Flugzeug der Welt bauen wollte, am Ende an Flugangst?

»Und worum geht es tatsächlich?«, hakte Rhodan nach.

»Um den Mond«, gab Pounder zurück.

»Sir?«

»Kennedy nimmt sich alle Raumfahrtprojekte noch einmal persönlich vor. Und ich habe alle meine Verbindungen spielen lassen, damit wir die Chance bekommen, ihm auch unseres vorzustellen.«

Rhodan traute seinen Ohren nicht. Sie waren unterwegs zum *Präsidenten?*

»Sir – was haben wir denn für ein Projekt? Einen Vogel, den noch niemand geflogen hat … und dem der Antrieb fehlt!«

»Es geht ums Prinzip«, gab Pounder selbstbewusst zurück. »Wenn wir die nötigen Mittel bekommen, können wir den Antrieb stark genug bauen, um zum Mond zu fliegen, das ist überhaupt keine Frage!«

»Möglich«, meinte Rhodan, »aber –«

»Nichts da, Leutnant. Ein bisschen mehr Kampfgeist, wenn ich bitten darf! Ich will, dass, wenn wir das Weiße Haus wieder verlassen, dieser Wernher von Braun und seine deutsche Mafia weg sind vom Fenster mit ihren Weltkriegsraketen!«

Perry Rhodan lehnte sich zurück, erfüllt von plötzlichem Unbehagen. Da es ihm immer noch an Vertrauen in seine Gabe des Sofortumschaltens mangelte, sagte er sich, dass es bestimmt nur Nervosität war, nun, da er wusste, dass es ins Weiße Haus ging. Trotzdem wurde er das Gefühl nicht los, dass es nicht so laufen würde, wie General Pounder sich das vorstellte.

In Washington erwartete sie eine Limousine am Flughafen, die sie ins Weiße Haus brachte. Perry Rhodan, der zuvor noch nie in der amerikanischen Hauptstadt gewesen war, sah sich neugierig um. Sie hatten in der Schule viel über das Weiße Haus gelernt, den Sitz des Präsidenten – wann er erbaut und wann erweitert worden war und so fort –, aber er hatte sich das Gebäude doch etwas größer vorgestellt.

Dass das Weiße Haus auch von Sklaven errichtet worden war, hatte man in der Schule allerdings nicht erwähnt; das hatte Perry Rhodan erst in einem Buch über die Geschichte der Sklaverei gelesen.

Die Limousine nahm eine seitliche Zufahrt auf das Gelände. Sie wurden kontrolliert, dann führte man sie durch viele schrecklich schmale Gänge voller Gemälde. Ja, in der Tat, dieses Gebäude atmete Geschichte, fand Rhodan – wenn auch nicht so intensiv wie einige Gebäude in München, an die er sich erinnerte.

Seine Hoffnung, sie würden das Oval Office zu sehen bekommen, erfüllte sich nicht. Man führte sie in einen kleinen, sehr edel möblierten Konferenzraum, in dem schon eine Projektionsleinwand bereitstand, und erklärte ihnen, der Präsident sei noch in einer Besprechung, käme aber, sobald diese zu Ende sei; sie mögen sich gedulden.

Also warteten sie. Dr. Lehmann und sein Assistent beschäftigten sich eine Weile damit, den Diaprojektor aufzubauen, den sie mitgebracht hatten, und sicherzustellen, dass er funktionierte, aber das war schnell erledigt.

Nach einer Weile kamen zwei Bedienstete aus der Küche und brachten Getränke, Wasser und Softdrinks in Flaschen, Kaffee in silberglänzenden Isolierkannen, dazu Platten mit winzigen Sandwiches.

Rhodan fragte sie nach dem Weg zur nächsten Toilette. Sie erklärten es ihm, und auf dem Weg dorthin kam er an mehreren Wachleuten vorbei, die jeden seiner Schritte mit Argusaugen beobachteten.

Als er die Toilette betrat, stand ein Mann, der Rhodan bekannt vorkam, am Waschbecken und wusch sich die Hände. Als der Mann sich aufrichtete, war kein Zweifel mehr möglich: Es war Wernher von Braun, der Mann, der Amerikas ersten Satelliten ins All gebracht hatte und seither eine nationale Berühmtheit war!

Von Brauns Blick streifte den Rhodans gleichgültig im Spiegel. Er war es sichtlich gewohnt, erkannt zu werden, und sagte nur: »Hello.« Und selbst dieses eine Wort sagte er mit hartem deutschem Akzent.

In der Erinnerung sollte sich Perry Rhodan später nicht mehr sicher sein, wie er diese Begegnung wirklich empfunden hat. Vermutlich war er, der junge Air-Force-Pilot, vor allem beeindruckt, leibhaftig einen der Männer zu treffen, die dabei waren, die Menschheit auf den Weg zu den Sternen zu führen. Später sollte Rhodan jedoch mehr über die Geschichte der V-2-Raketen erfahren und vor allem über die unmenschlichen Bedingungen, unter denen sie von Zwangsarbeitern gebaut worden waren, und dieses Wissen vermischte sich mit seiner Erinnerung und ließ ihm von Braun als eine düstere Gestalt erscheinen, als jemand, der für seine Ziele über Leichen ging.

Wie auch immer es wirklich gewesen ist, auf jeden Fall war damit klar, mit wem der Präsident gerade eine Besprechung hatte.

Danach dauerte es noch einmal eine gute Stunde, bis der Präsident endlich kam.

Das Ganze vollzog sich in einer reichlich aufwendigen Prozedur. Zuerst tauchte ein hagerer Mann auf, der nur eine Weste über dem Hemd trug, und fragte, ob sie bereit seien, der Präsident käme demnächst. Ja, versicherten sie ihm fast im Chor, sie seien bereit. Worauf er meinte, gut, und wieder verschwand.

Kurz danach traten zwei Männer ein, die teuer aussehende Anzüge trugen und spürbar Wert darauf legten, wichtig zu wirken. Sie stellten sich nur mit Vornamen vor – Ted und Bill –, nickten gnädig, als General Pounder seinen und die Namen seiner Begleiter nannte, dann sagte einer von ihnen: »Der Präsident kommt gleich.« Worauf sich die beiden erst einmal setzten.

Dann kam er endlich tatsächlich: John Fitzgerald Kennedy, der 35. Präsident der Vereinigten Staaten von Amerika. Er trug einen gemusterten Pullover, eine weiße Segelhose und dazu passende Schuhe, Freizeitlook also, weil ja schließlich Wochenende war, und hatte doch die Ausstrahlung eines Königs, ohne dazu einer Krone zu bedürfen.

Er schüttelte jedem von ihnen die Hand, und in dem Moment, in dem er das tat, hatte man das Gefühl, er habe sich schon mindestens den ganzen Tag auf genau diese Begegnung gefreut. Zweifellos, überlegte Rhodan später, war dieses Talent eines der Geheimnisse von Kennedys Erfolg, und er gestand dem Verfasser dieses Berichts einmal, dass er Kennedy eine Zeitlang um diese Art Charisma beneidet habe, die ihm selbst, wie wir alle wissen, nicht gegeben ist.

Rhodan hatte den Eindruck, dass Kennedy Pounder nicht zum ersten Mal traf – wenig verwunderlich, schließlich war Pounder ein General und der Präsident sein Oberbefehlshaber.

Kennedy nahm Platz, auf eine behutsame Weise, die Rhodan auffiel. Er vermutete an jenem Tag, der Präsident, der in den Berichten über ihn stets als sehr sportlich herüberkam, habe sich eine Zerrung zugezogen, beim Tennis etwa. Erst viel später sollte er erfahren, dass John F. Kennedy zeit seines Lebens an einer bestürzenden Vielzahl von Krankheiten gelitten hatte; er hat nicht weniger als drei Leibärzte beschäftigt und ständig schwere Medikamente genommen. Sein Rückenleiden war nur eine der Beschwerden, die ihn plagten, und auch mehrere Operationen, denen er sich deswegen unterzogen hatte (und die für die Archive der Gesellschaft amerikanischer Chirurgen dokumentiert wurden, nicht weil der Patient so prominent gewesen war – das war Kennedy zu diesem Zeitpunkt noch nicht –, sondern weil sein Fall so außergewöhnlich war), hatten daran nichts geändert.

Über all das wurde von Kennedy und seiner Umgebung strengstes Stillschweigen bewahrt, da es dem Bild, das er von sich schaffen wollte, diametral zuwiderlief. Kennedy war fest davon überzeugt, dass, wären diese Details bekanntgeworden, dies seine Chancen, zum Präsidenten gewählt zu werden und seine politischen Vorstellungen zu verwirklichen, zunichtegemacht hätte.

Ich erwähne das deshalb, weil, wie wir noch sehen werden, das Thema Geheimhaltung für Kennedy eine große Rolle spielte.

»Habe ich das richtig verstanden?«, begann der Präsident die Besprechung. »Sie sind hier, um mir ein alternatives Konzept vorzuschlagen, wie sich ein Mensch zum Mond und zurückbringen ließe?«

»So ist es, *Mr President*«, sagte General Pounder.

»Ich wusste nicht, dass die Air Force sich mit derlei beschäftigt«, erklärte Kennedy. »Meines Wissens hat Präsident Eisenhower die NASA gegründet, um alle Raumfahrtaktivitäten, insbesondere was die bemannte Raumfahrt betrifft, in einer Hand zu bündeln.«

»Es ist etwas komplizierter, Sir«, sagte Pounder und begann mehr oder weniger denselben Vortrag, den Perry Rhodan und Ray Wings schon von ihm gehört hatten: Eugen Sänger, das Prinzip des Antipodenbombers, und dass man davon ausgehen müsse, dass die Sowjets ebenfalls so etwas entwickelten, weil Stalin sich Sängers Unterlagen beschafft und versucht hatte, den Ingenieur nach Russland zu locken.

Das mit den Sowjets ließ Kennedy aufhorchen. »Sprechen Sie weiter«, sagte er.

Also fuhr der General mit dem atomaren Antrieb fort und wie dieser die Möglichkeiten in ungeahntem Maße erweitern würde: Man konnte ein Flugzeug bauen, das beliebig lange in der Luft zu bleiben vermochte, ohne auftanken zu müssen. Und man konnte ein *Raumflugzeug* bauen, eine Maschine, die imstande war, den Weltraum zu erreichen und wohlbehalten wieder zur Erde zurückzukehren, ohne teure Raketenstufen zu benötigen, die verlorengingen, und mit vergleichsweise wenig Treibstoff.

»Wieso würden Sie weniger Treibstoff benötigen?«, hakte einer der Berater ein, Ted oder Bill, das hatte sich keiner gemerkt.

»Das betrifft die Physik des Raketenantriebs«, meinte Pounder. »Das kann Ihnen Dr. Lehmann besser erklären als ich.«

Lehmann richtete sich auf. »Das liegt an der höheren Strahlgeschwindigkeit, die wir mit einem atomaren Antrieb erreichen, Sir. Eine Rakete funktioniert nach dem Prinzip *actio gleich reactio*, das heißt, der Impuls in die eine Richtung entspricht exakt dem Impuls in die andere Richtung. Oder einfach gesagt: Wenn Sie eine gewisse Masse mit einer gewissen Geschwindigkeit ausstoßen, erhalten Sie einen gewissen Schub. Wenn Sie mehr Schub haben wollen, müssen Sie entweder die ausgestoßene Masse erhöhen oder die Geschwindigkeit, mit der Sie sie ausstoßen. Solange wir nur auf der Grundlage chemischer Reaktionen arbeiten, ist die maximal erzielbare Geschwindigkeit begrenzt, und im Prinzip reizen die heutigen Triebwerke dieses Potential bereits nahezu aus. Eine atomare Energiequelle dagegen erlaubt dramatisch höhere Ausstoßgeschwindigkeiten und damit entweder dramatisch mehr Schub oder dramatisch geringeren Stützmassenbedarf oder eine Kombination aus beidem.«

»Interessant«, meinte der Berater.

»Das Konzept des Apollo-Projekts«, erklärte Pounder, »beabsichtigt, ein Objekt auf den Mond zu befördern, das kaum größer sein wird als ein Campinganhänger. Zwei Männer werden mit Mühe darin Platz finden und nur einige Stunden Handlungszeit zur Verfügung haben, ehe sie den Rückweg antreten müssen. Unser Ansatz dagegen würde es ohne weiteres erlauben, eine vierköpfige Expedition auszurüsten, die zwei Wochen auf dem Mond bleibt, ausgerüstet mit komfortablen Druckzelten, einem Mondfahrzeug, Laborausrüstung und so fort – und das alles zu geringeren Kosten!«

»Zu *geringeren* Kosten?«, vergewisserte sich Kennedy.

Es war mit Händen zu greifen, dass sie interessiert waren, ja, sogar beeindruckt. Sie waren skeptisch, gewiss, weil jeder von ihnen gelernt hatte, dass, wenn etwas zu gut klang, um wahr zu sein, es das meistens auch nicht war, doch zugleich waren sie auch gierig: mehr Raumfahrt fürs gleiche Geld? Das war es wert, sich zumindest näher damit zu beschäftigen.

»Dr. Lehmann wird Ihnen jetzt unser Konzept für einen Mondschuss vorstellen«, erklärte General Pounder und nickte dem Wissenschaftler zu.

Das erste Dia erschien. Es zeigte ein Gebilde, das nicht wie die bekannten Raketen von zylindrischer Gestalt war, sondern eher die Form eines spitzen Kegels hatte. »Der atomare Antrieb eignet sich aus einer Reihe von Gründen nicht für den Einsatz innerhalb der unteren Erdatmosphäre, deshalb wird die erste Stufe mit einem herkömmlichen chemischen Antrieb ausgerüstet sein mit dem Zweck, die atomar betriebenen Stufen zwei und drei – wobei die Stufe drei das eigentliche Raumschiff darstellt – in eine Höhe zu bringen, die es erlaubt, auf den kernchemischen Antrieb überzugehen.«

»Die Russen haben nichts, was sich technisch mit diesem Raumschiff vergleichen ließe«, sagte Pounder im Brustton der Überzeugung. »Nichts.«

»Dieses Raumschiff wäre nicht nur wesentlich leistungsfähiger«, fuhr Lehmann fort, »sondern auch unvergleichlich viel *schneller.*«

Rhodan sah, wie Pounder dem Wissenschaftler einen verärgerten, ja, einen geradezu alarmierten Blick zuwarf: Offenbar war dieser Teil nicht abgesprochen.

»Soweit ich über das Apollo-Konzept informiert bin«, fuhr Lehmann ungerührt fort, »rechnet man dort mit einer Flugzeit von etwa dreieinhalb Tagen bis zum Mond. Nun, ich habe das für unseren Antrieb einmal grob überschlagen und bin zu dem Ergebnis gelangt«, fügte er voller Stolz hinzu, »dass wir es in weniger als zehn Stunden schaffen würden.«

Die beiden Berater machten große Augen. »Weniger als zehn *Stunden?*«, rief einer von ihnen aus.

»Es hängt natürlich von noch festzulegenden Details ab, aber bei meiner Schätzung kam ich auf sieben bis acht Stunden.«

»Sie wollen damit sagen, man könnte morgens starten und wäre abends am Ziel?«

»Wenn es sein müsste, könnte man noch am selben Tag wieder zurück sein, ja«, bestätigte Lehmann strahlend.

Die beiden Berater wechselten Blicke, die Rhodan als stillem Beobachter des Ganzen alles andere als strahlend vorkamen.

»Das ist zu schnell«, sagte der eine.

»Viel zu schnell«, bekräftigte der andere.

Lehmann sah die beiden bestürzt an. »Zu *schnell?*«

Der eine Berater hob beschwichtigend die Hände. »Wir verstehen, dass Sie stolz sind auf Ihr technisches Konzept. Das sind Sie sicher auch zu Recht. Aber für uns spielt natürlich vor allem die psychologische Wirkung eine wichtige Rolle. Wenn der Flug zum Mond so schnell geht, dann wirkt das für normale Menschen so, als ob es eigentlich *leicht* sei. Und das verträgt sich nicht mit der … nun ja, mit der *Story*, die wir hier erzählen. Der Flug zum Mond soll das größte Abenteuer der Menschheit unserer Epoche sein, verstehen Sie? Aber so käme es niemandem vor, wenn sich das innerhalb eines Tages abhandeln ließe.«

»Wir wollen den Mann im Mond ja nicht *überfallen*«, sagte der andere. »Er darf sehen, dass wir kommen, und soll die Zeit haben, in Ruhe den Champagner kaltzustellen. Bildlich gesprochen.«

Pounder bedachte Lehmann mit einem vernichtenden Blick, dann sagte er hastig: »Nun, das hängt natürlich von den konstruktiven Details ab. Und anders, als es umgekehrt wäre, kann jemand, der schnell fliegen kann, selbstverständlich auch langsam fliegen. Ich bin sicher, dass wir unser Konzept so abändern können, dass es die Gesichtspunkte, die Sie genannt haben, berücksichtigt und –«

»Mir missfällt daran etwas ganz anderes«, sagte Kennedy unvermittelt.

Schlagartig war es still. Alle Augen richteten sich auf den Präsidenten.

»Auf seinen wesentlichen Kern reduziert«, fuhr dieser fort, »beinhaltet Ihr Konzept doch, quasi einen Atomreaktor in den Weltraum zu bringen. Habe ich das richtig verstanden?«

»Das kann man so sagen«, bestätigte Lehmann.

»Nun, sehen Sie, eines der wichtigsten Ziele meiner Präsidentschaft ist, mit den Sowjets zu einer Übereinkunft hinsichtlich eines Atomteststopps zu kommen. Ein wesentlicher Teil einer solchen Übereinkunft muss das Agreement sein, nukleare Waffen im Weltraum weder einzusetzen noch zu lagern.« Kennedy deutete auf das Dia auf der Leinwand. »Ein Raumschiff mit einem atomaren Antrieb könnte diese Bemühungen zunichtemachen und stattdessen den Rüstungswettlauf ins All tragen.«

Lehmanns Augen quollen fast aus ihren Höhlen. »Aber, *Mr President*, ein Atom*reaktor* ist in keinster Weise eine Atom*bombe*! Das wissen die Russen genauso gut wie wir!«

»Aber Ihr Reaktor enthält Plutonium, nicht wahr?« Der Präsident schüttelte entschieden den Kopf. »Nein, das ist zu gefährlich. Ich habe erst vor zwei Monaten Anweisung gegeben, ein Projekt einzustellen, das die Entwicklung atomgetriebener Flugzeuge zum Ziel hatte, aus Sicherheitsgründen.« Er wandte sich an einen seiner Berater. »Ted – was war das noch mal für ein Projekt?«

»Der *Aircraft Shield Test Reactor*, kurz ASTR, Sir«, sagte Ted wie aus der Pistole geschossen. »Auch ein Projekt der Air Force. Davor gab es schon einmal den Versuch, eine nuklear betriebene Turbine zu entwickeln, die GE-X39. Wurde '56 eingestellt.«

Kennedy nickte. »Ich bin gewiss der Letzte, der dem Fortschritt im Wege stehen will, aber die Sicherheit der Menschen und des Weltfriedens muss oberste Priorität haben. Selbst wenn Sie die technischen Sicherheitsprobleme lösen, wird, fürchte ich, Ihre Art Raumschiff erst einsetzbar sein, wenn die Menschheit geeint oder zumindest nicht mehr in zwei verfeindete Lager gespalten ist.« Er erhob sich. »Bleiben Sie dabei, diesen … Wie nannten Sie es? Antipoden …?«

»Antipodenbomber, Sir.«

»Richtig. Bauen Sie den. Und bauen Sie ihn gut. Dann sehen wir weiter.« Ein strahlendes Lächeln erschien wie eingeschaltet auf seinem Gesicht. »Ich danke Ihnen für Ihren Besuch, meine Herren.«

Er schüttelte noch einmal jedem von ihnen die Hand, dann ging er, begleitet von Ted und Bill, seinen beiden gutgekleideten Beratern. Dr. Lehmann und Bill Plichter packten ihren Diaprojektor ein, anschließend brachten zwei Wachmänner sie alle wieder zum Wagen.

Auf dem Weg zurück zum Flughafen war General Pounder sichtlich übler Laune.

»Lehmann«, blaffte er den Wissenschaftler an, »Sie haben mir nie gesagt, dass der Flug zum Mond so schnell gehen würde!«

»Das habe ich erst auf dem Herflug überschlagen«, erklärte der hagere Mann mit einfältigem Stolz. »Um mir die Zeit zu vertreiben.«

Wenn Blicke töten könnten, hätten ihn die von General Pounder auf der Stelle das Leben gekostet. »Das hätten Sie mit mir absprechen müssen.«

»Ach, das hätten die sowieso rausgekriegt«, meinte Dr. Lehmann mit einem Schulterzucken. »Wir haben ihnen ja die Werte für die Strahlgeschwindigkeit gesagt. Wenn man die weiß, ist es leicht auszurechnen.«

Pounder gab es auf. »Lehmann«, sagte er seufzend, »diese Leute rechnen nur in Wählerstimmen.«

Die Limousine glitt über eine Brücke. Das Licht der Sonne glänzte auf dem Wasser des Potomac River. Perry Rhodan beugte sich vor und fragte: »Was bedeutet diese Entscheidung für uns? Ist das Projekt *Starfire* damit gestorben?«

»Ach was.« Der General schüttelte entschieden den Kopf. »Sollen sie halt zum Mond fliegen. Nach dem Mond kommt der Mars an die Reihe, und spätestens dann schlägt unsere Stunde. Nein, wir bleiben dran.«

»Genau«, pflichtete ihm Lehmann bei. »Zum Mars kann man nicht in *Raumkapseln* fliegen.« Er sprach das Wort auf unnachahmlich verächtliche Weise aus. »Das geht nur mit einem *richtigen* Raumschiff!«

Pounder drehte sich zu Rhodan um und sagte halblaut: »Übrigens, Rhodan – kein Wort über all das hier zu den anderen Piloten, verstanden? Nicht, wo wir waren, und schon gar nicht, wie es gelaufen ist. Klar?«

Rhodan nickte. »Glasklar, Sir.«

3

Die Begeisterung über das »Rennen zum Mond«, die mittlerweile das ganze Land erfasst hatte, beflügelte nun auch die Anstrengungen der Piloten. Jeder wollte, dass es endlich losging, dass Ernst gemacht wurde mit dem Stratosphärenflug! Jeder wollte der Erste sein, der den *Starglider* flog, und nach ein paar Wochen zeichnete sich ein Wettbewerb zwischen Ray und Craig ab, wer zuerst so weit sein würde. Die beiden hatten dreimal hintereinander Simulatorflüge mit null Fehlern absolviert und bedrängten nun den Versuchsleiter, den ersten Start anzusetzen. Doch der bestand auf *zehn* Flügen mit null Fehlern, ohne Aussetzer, und drehte die Regler, die Querwinde und Aggregatausfälle steuerten, bis an den Anschlag hoch.

Rhodan hätte schon mehr als *zwanzig* fehlerfreie Flüge in Folge vorzuweisen gehabt, aber da er ja beim Losen rechtmäßig verloren hatte, verzichtete er darauf, sich in das Rennen der beiden einzumischen; alles andere hätte Ray ihm nie verziehen.

Wenig später hatte Ray zehn fehlerfreie Simulatorflüge geschafft, während Craig bei der letzten Runde ganze drei Fehler unterlaufen waren. Damit stand fest, dass Ray Wings der Pilot des ersten Fluges sein würde, und ein Termin für den Start wurde festgesetzt: der 18. Juli 1961, ein Dienstag.

Am Tag vorher hievte man den *Starglider* mit Hilfe eines speziellen Krans auf den Rücken eines umgerüsteten B-52-Bombers. Die Halterungen wurden sorgfältig überprüft, ehe man die Tanks des *Stargliders* befüllte; hinterher überprüfte man alles noch einmal.

Am Morgen bestieg Ray Wings, in einen silberglänzenden Druckanzug gekleidet, das Flugzeug. Begleitet wurde er von zwei Technikern, darunter der, der ihn und Rhodan in Las Vegas vom Flughafen abgeholt hatte. Sie halfen ihm beim Einsteigen, stellten sicher, dass die Luke luftdicht verschlossen war, dann kamen sie wieder herab, und das Gestell wurde weggerollt.

Inzwischen hatten auch die beiden Piloten der B-52 ihre Checks abgeschlossen. Vom Tower kam die Startfreigabe. Als sich das Gespann aus zwei Flugzeugen in Bewegung setzte, brandete spontan Applaus auf. Es war ein atemberaubender Anblick, wie es auf die Startbahn rollte, wie die Triebwerke der B-52 aufheulten, wie es schneller wurde und schließlich tatsächlich abhob und in den Himmel stieg.

Am Abend des darauffolgenden Tages war Perry Rhodan wieder in Patuxent. Er war mit dem schnellsten konventionellen Jet gekommen, der auf der Groom Lake Base verfügbar gewesen war, hatte zwischendurch ungeduldig aufgetankt und landete in der Stunde der einbrechenden Dämmerung.

Nach der Landung geleitete man ihn in einen Umkleideraum für Piloten, wo er seine Fliegermontur auszog und den *Mess Dress* anlegte, die Uniform für formelle Anlässe, die er noch nie zuvor getragen hatte: ein dunkles Jackett mit Seidenaufschlägen, militärischer Tresse und Rangabzeichen, dazu eine schwarze Hose und schwarze, auf Hochglanz polierte Schuhe.

Er musterte sich im Spiegel, ging mehrmals mit dem Kamm durch sein Haar: vergebens. Seit jeher war diese widerspenstige, altgolden schimmernde Welle darin, die sich einfach nicht zähmen ließ. Er gab es seufzend auf und steckte den Kamm wieder ein.

Ein blutjunger, verstört dreinblickender Ensign erwartete ihn vor der Tür, begleitete ihn zu einem wartenden Wagen, einem schwarzen Lincoln Continental, und reichte ihm den Schlüssel. Auch an der Pforte wusste man offenbar Bescheid, denn die Soldaten dort salutierten sehr exakt.

Die Fahrt nach North Town Creek, die paar Meilen, kam ihm endlos vor, und als er das schmucke Haus unter den Kiefern erreichte, wäre er am liebsten einfach weitergefahren. Doch er hielt, stellte den Motor ab und musste tief durchatmen, erfüllt von einem plötzlichen Schmerz.

Das Aussteigen fiel ihm so schwer, als laste ein unsichtbares Gewicht auf seinen Schultern. Jeder einzelne Schritt auf die Haustüre zu war ein Kraftakt.

Er musste nicht einmal klopfen, Gloria öffnete von sich aus, den Kleinen auf dem Arm. Und als er sah, wie blass sie war und wie sie ihn anschaute, aus weiten, schmerzerfüllten Augen, da erkannte er, dass sie schon wusste, was er ihr zu sagen hatte.

Als das bizarre Gespann außer Sicht kam, zu einem dunklen Punkt am Himmel zusammengeschrumpft war, gingen sie alle hinüber ins Kontrollzentrum.

Das sah ganz ähnlich aus, wie man es inzwischen von den Fernsehberichten der NASA her kannte, nur nicht ganz so groß. An der einen Wand standen Computer, an denen Lichter blinkten und Magnetbänder hin- und herspulten, in der Mitte des Raumes allerlei Funkpulte und Überwachungsgeräte mit Bildschirmen, die diverse, grün leuchtende Kurven zeigten. An der Stirnwand schließlich hing, ganz optimistisch, eine Weltkarte. Die sie heute nicht brauchen würden; der Versuch würde sich mehr oder weniger auf Nevada beschränken.

Für die Piloten hatte man ein paar Plastikstühle entlang der Hinterwand aufgestellt; Perry Rhodan kam ganz am Ende der Reihe zu sitzen, neben einem Regal voller Ordner, Handbücher für irgendwelche Aggregate offenbar, die man für Notfälle griffbereit haben wollte. Aus den Lautsprechern war zu hören, wie Ray sich mit den Piloten der B-52 kabbelte; ihnen androhte, er werde gleich zu ihnen runterkommen, wenn sie ihn weiter so herumschaukelten, während die beiden Piloten laut überlegten, ob sie ihn einfach abwerfen sollten und wenn ja, wo.

Jemand las Koordinaten ab, die jemand anderes auf einer Karte der USA eintrug: Die B-52 steuerte die westliche Grenze des Atomtestgeländes an. Dort würde sie den *Starglider* abkoppeln, der sich anschließend in die Stratosphäre schießen würde, um am Ende der ballistischen Flugbahn wieder einzutauchen und schließlich auf der Groom-Lake-Basis zu landen.

»Zielflughöhe erreicht«, hörte man.

»Startkoordinaten erreicht.«

Dr. Lehmann, die verkrampfte Faust vor den zusammengepressten Lippen, nickte nur, ohne jemanden anzusehen, den Blick starr auf eine Reihe von Anzeigen gerichtet.

»Beginne Countdown für Startsequenz«, sagte ein anderer.

Schlagartig wurde Ray ganz formell, ging geschäftsmäßig alle Checks durch, meldete Werte und Einstellungen. Es war derselbe Ablauf, den sie alle schon dutzendfach im Simulator geübt hatten.

»Abkopplung in drei … zwei … eins … *go!*«

Das war der Moment, in dem die Halterungen den *Starglider* freigaben, der sofort die Nase hob, während die B-52 in eine Art Sturzflug ging und rasch zur Seite wegtauchte, um nicht in den Feuerstrahl des Raketentriebwerks zu geraten.

Das zündete nämlich nun, schleuderte den *Starglider* empor. Sie hörten Rays gepresste Stimme, wie er Höhenwerte und Beschleunigungswerte durchgab. Und zwischendurch fluchte, was alle zum Grinsen brachte. Alle außer Dr. Lehmann.

Dann, nach endlosen Minuten: »Brennschluss!«

»Ich bin schwerelos«, gab Ray durch. »Nicht schlecht. Daran könnt' ich mich gewöhnen.«

Die Flugdaten wurden laut abgelesen. Höhe und Geschwindigkeit lagen im Zielkorridor. Nun gestattete sich auch Dr. Lehmann ein Lächeln. Der *Starglider* durchflog jetzt eine Parabel, auf der er gewichtslos war. Das würde eine ganze Weile so gehen, bevor die kritische Phase begann, das Wiedereintauchen.

Rhodan musterte die Beschriftungen auf den Rücken der Ordner neben sich, versuchte die Kürzel darauf zu entschlüsseln. Was wohl *LSP* hieß? Oder *RHS-B*? Sein Blick fiel auf einen schwarzen Hefter, der gar keine Aufschrift trug. Neugierig zog er ihn heraus, schlug ihn auf, blätterte darin. Protokolle früherer Flüge, wie es aussah.

Er blätterte weiter. Und weiter. Seine Augen weiteten sich, als er begriff, was er da las.

In diesem Moment begannen die Schreie.

»Wie ist es passiert?«, fragte Gloria ihn mit tonloser Stimme.

Sie hatte ihn hereingebeten. Nun saßen sie auf der Sitzgruppe in Vorraum, auf der Rhodan noch nie jemanden hatte sitzen sehen und die ihm gerade vorkam, als sei sie eigens für diesen Moment angeschafft worden.

»Er hat sich überschlagen«, sagte er.

Die anderen hatten ihn für diese Aufgabe bestimmt. Irgendwie war es gar keine Frage gewesen; wer sonst hätte es tun sollen? In der Air Force galt das unausgesprochene Protokoll, dass einer Witwe die Nachricht persönlich zu überbringen war. Kein Anruf war gestattet, kein Brief – ein *Mensch* musste kommen und es ihr sagen. Manchmal war es ein Geistlicher, doch meistens war es ein Kamerad, dem dieser Gang oblag.

Und hier saß er nun und musste ihr erzählen, wie ihr Mann ums Leben gekommen war.

»Er ist ins Trudeln geraten –«

»Ray?«, stieß sie aus. »Ins Trudeln?« Sie konnte es kaum glauben. Und tatsächlich war es so auch nicht gewesen: Vielmehr hatte Ray während des Eintauchens die Kontrolle über die Maschine verloren.

Doch das durfte Perry Rhodan ihr nicht sagen, weil Einzelheiten des Fluges der militärischen Geheimhaltung unterlagen. Das Militär würde für sie und ihren Sohn sorgen – das Militär hatte naturgemäß sehr viel Übung in der Sorge für Witwen –, aber manchmal durften die Witwen nicht alles erfahren. Das war Teil des Deals.

»Er ist bei einem sehr anspruchsvollen Testflug mit einer ganz neuen Maschine ins Trudeln geraten und hat sich mit dem ganzen Flugzeug überschlagen«, sagte Perry Rhodan also. »Beim Aufprall ist er bis zur Unkenntlichkeit verbrannt. Es war keine Rettung möglich.«

Rhodan würde nie vergessen, wie sie alle hinausgefahren waren, einer Rauchsäule folgend, die am Horizont aufgestiegen war, eine dünne, graue Linie, wie der dünne Faden, der von einer guten Zigarre aufsteigt. Eine Expedition graulackierter Fahrzeuge hatte darauf zugehalten, über Gestein und Bodenwellen und Sand rumpelnd, angetrieben von einer Mischung aus Entsetzen und Trauer.

Der *Starglider* war nicht in der Luft explodiert, sondern, sich der Länge nach überschlagend, abgestürzt. Beim Aufprall auf den Wüstenboden hatte sich die schiere Bewegungsenergie des Flugkörpers in Zerstörung umgewandelt, den in den Tanks verbliebenen Treibstoff explodieren lassen und die Trümmer der Maschine in einem unglaublich großen Radius verteilt. Die Hitze des Feuerballs hatte alles verbrannt, was nicht aus Metall war, auch den Raumanzug des Piloten und natürlich den Piloten selbst.

Der entsetzliche Geruch verbrannten Fleisches war zu riechen, noch ehe sie auf das erste Trümmerteil gestoßen waren. Manche mussten sich sofort übergeben, andere, Erfahrenere, sahen sich nur mit hohlen Blicken um, wie es Menschen tun, die etwas Schreckliches schon zu oft erlebt haben.

Und das hatten sie. In den Protokollen hatte Perry Rhodan gesehen, dass von den Piloten vor ihnen jeder zweite tödlich verunglückt war. *Jeder zweite!* Und immer hatte eine Erklärung darunter gestanden, eine Diagnose, eine Ursachenanalyse: eine bestimmte Klappe nicht verriegelt, eine falsche Ruderbewegung, ein bestimmtes Aggregat nicht rechtzeitig ein- oder ausgeschaltet … und das las sich immer so, als sei alles die Schuld des Piloten, als wäre alles glatt und problemlos über die Bühne gegangen, wenn er nur diesen einen, dummen Fehler vermieden hätte.

Sie folgten dem Geruch, drangen in die unsichtbare Wolke des Verderbens vor, feuchte Tücher vor der Nase, die doch nicht verhindern konnten, dass man es roch, diesen grauenerregenden, widerlichen Gestank, den man noch Stunden später an sich zu riechen glaubte, sogar noch nach der längsten, heißesten Dusche, die man je im Leben genommen hatte.

Raymond Wings, jener immer gutgelaunte, allzeit entspannte Balletttänzer unter den Piloten, der stets und überall rasch Freunde gefunden hatte, war verschwunden. Sie fanden nur noch Stücke seines Körpers, grässlich geröstete Fleischbrocken, verkohlte Knochenenden und schließlich einen verformten Schutzhelm mit der widerlichsten Füllung, die vorstellbar war.

Das war der Moment, in dem Perry Rhodan beschloss, dass sich die Dinge ändern mussten, und wenn niemand anders es tat, würde er es tun.

4

General Pounder war bei dem unglücklichen ersten Flug, dem zuvor beschworenen »Neuanfang«, nicht zugegen gewesen, aus Gründen, die er mir, als ich mich mit ihm darüber unterhielt, nicht verraten wollte und die sich heute auch nicht mehr rekonstruieren lassen: Nehmen wir an, es ging einmal mehr um die Finanzierung; nach allem, was wir wissen, ist dies die wahrscheinlichste Erklärung. Jedenfalls, als er nach dem Unglück wieder auf der Groom Lake Base ankam, war er darauf gefasst, beunruhigte, trauernde Piloten anzutreffen, die es zu beruhigen galt und zu motivieren, den Mut nicht zu verlieren. Das hatte er schon zuvor erlebt, viel zu oft, und eigentlich hatte er gehofft, es mit den neuen Piloten, den besten, die es gab, nicht mehr erleben zu müssen.

Stattdessen warteten vier äußerst grimmig dreinblickende Piloten auf ihn, die ihn zu sprechen wünschten, ihn und Dr. Lehmann, und als deren Wortführer First Lieutenant Perry Rhodan auftrat. Er war der Jüngste in der Runde, aber gerade von ihm ging auf einmal eine verblüffende Autorität aus, eine unbeirrbare, ja, geradezu stählerne Bestimmtheit im Auftreten, der man sich unmöglich nur unter Berufung auf die militärische Befehlshierarchie hätte widersetzen können.

Also fand die Besprechung statt, in Pounders Büro. Die Piloten, erklärte Rhodan entschieden, verlangten eine grundsätzliche Änderung der Art und Weise, wie in diesem Projekt zusammengearbeitet wurde. Sie verlangten, in die Entwicklung eingebunden und nicht nur als ausführende Elemente betrachtet zu werden.

»Ich kann Ihre Erregung nachempfinden«, sagte Dr. Lehmann von oben herab. »Aber das ist illusorisch. Wie soll das funktionieren? Sie verstehen die Formeln nicht, mit denen wir arbeiten, Sie haben noch nie etwas konstruiert und wissen nicht, wie man dafür denken und vorgehen muss, und Ihnen fehlen die theoretischen Grundlagen –«

»Dafür können wir *praktische* Grundlagen beisteuern«, unterbrach ihn Rhodan mit schneidend scharfer Stimme. »Unser Eindruck ist, dass Sie und Ihre Leute *zu* theoretisch denken. Wir verstehen nachweislich etwas vom Fliegen, aber wir sind uns nicht sicher, wie viel *Sie* davon verstehen.«

Dr. Lehmann nestelte wieder mit seiner Brille herum, ein Tick, der General Pounder in manchen Momenten unsagbar auf die Nerven ging, und dies war einer davon. Er unterbrach den Wissenschaftler, als dieser zu einer Antwort ansetzen wollte, und fragte Rhodan barsch: »Was heißt das konkret? Unterstellen Sie, dass der Absturz auf einen Konstruktionsfehler zurückzuführen ist? Und wenn ja, welcher Art?«

Seiner Erfahrung nach ließen sich derartige Rebellionen relativ schnell ersticken, indem man von wolkigen Worten weg zu konkreten Details überging.

Doch zu seiner Überraschung konnte Rhodan durchaus mit Details aufwarten. Er schilderte seinen Eindruck, dass die Simulatorflüge zwar schwierig zu bewältigen waren, die Schwierigkeiten aber aus eher nebensächlichen Bedingungen herrührten, während die Realität des Fluges nicht korrekt abgebildet wurde, und er schloss seine Darlegung mit der Aufforderung an Dr. Lehmann, ihnen zu erklären, wie das simulierte Verhalten des *Stargliders* beim Wiedereintauchen in die Atmosphäre berechnet wurde.

Und das brachte den Wissenschaftler tatsächlich ins Schwitzen! Ja, musste er zugeben, vieles beruhe in der Tat eher auf Schätzwerten, vor allem das Eintauchen ließe sich, da dabei vorwiegend turbulente Strömungen aufträten, mathematisch nicht eindeutig erfassen, und man könne diesen Vorgang auch im Windkanal nicht zufriedenstellend abbilden, da es keinen Windkanal gebe, der es erlaube, den Luftdruck rasch genug zu verändern.

»Aber die Eintauchphase ist genau das Problem!«, hielt ihm Rhodan vor. »Wenn es so ist, wie Sie sagen, dann muss eben zunächst ein solcher Windkanal entwickelt und gebaut werden!«

»Das stellen Sie sich so einfach vor, aber –«

»Die Alternative sind Versuche mit ferngesteuerten Modellen«, fuhr Rhodan fort.

Lehmann schüttelte heftig den Kopf. »Da sehen Sie es!«, rief er Pounder zu. »Wie soll man mit Leuten diskutieren, denen die Grundlagenkenntnisse fehlen! Leutnant, beim Eintauchen wird durch die Reibung die umgebende Luft ionisiert, was den Funkkontakt abbrechen lässt. Das war auch bei den Flügen der NASA so.«

Rhodan war nicht zu beirren. »Die entscheidende Phase des Fluges ist die, *bevor* die Ionisierung beginnt.« Er wies zum Fenster. »Der Funkkontakt mit Ray ist nicht abgebrochen, wie Sie sich vielleicht erinnern. Wir konnten das ganze Drama mit anhören, bis zum Moment seines Todes. Das heißt –«

»Schluss mit der Diskussion«, mischte sich General Pounder ein. »Wir werden beides machen. Ein neuer, verbesserter Windkanal und Experimente mit ferngesteuerten Modellen. Und die Piloten arbeiten von nun an in der Entwicklung mit.«

»Aber –«, begann Lehmann.

»Ja, Sie werden ihnen die Dinge eben so erklären müssen, dass sie sie auch verstehen«, grollte Pounder. »Aber das halte ich für eine gute Übung. Wer weiß, vielleicht verstehe ich es dann eines Tages auch.«

Damit schickte er die Leute wieder an die Arbeit, nur Rhodan hielt er zurück. »Auf ein Wort, Leutnant.« Er schloss die Tür, musterte den Piloten durchdringend und sagte dann: »Es überrascht mich, was für ein Meuterer in Ihnen steckt, Rhodan. So haben Sie gar nicht gewirkt.«

»Sir«, erwiderte Rhodan mit steinernem Gesicht, »wenn Sie zu dem

Schluss kommen, dass ich hier am falschen Ort bin, ziehe ich natürlich die Konsequenzen.«

»Ach, einen Teufel werden Sie tun!«, blaffte Pounder.

Er begann, unruhig auf und ab zu tigern, als sei ihm selbst dieses geräumige Büro zu klein. »Ich gestehe Ihnen, Rhodan, ich bin erschüttert«, sagte er endlich. »Die Unfallserie, die hinter uns liegt, war entsetzlich. Ich habe gedacht, es wird besser, wenn wir bessere Piloten bekommen, aber daran scheint es nicht zu liegen.«

»Nein, Sir. Zuerst brauchen wir ein besseres *Flugzeug*.«

Pounder nickte. »Sie haben recht. In den bisherigen Unfallbesprechungen hat es immer so geklungen, als seien Pilotenfehler die Ursache, und ich muss mir wohl eingestehen, dass ich mich da von den Wissenschaftlern habe einwickeln lassen … Ja, ein besseres Flugzeug. Das brauchen wir. Vor allem brauchen wir es, *bevor* wir einen atomaren Antrieb einbauen.« Er blieb vor dem Fenster stehen, schaute hinaus über das Flugfeld, auf dem sich heute absolut nichts tat. »Ich will mir gar nicht vorstellen, was gewesen wäre, wenn Wings mit einem solchen Antrieb an Bord abgestürzt wäre. Die Absturzstelle wäre jetzt radioaktiv verseucht …«

Er dachte nach, drehte sich wieder um, stützte sich mit beiden Händen auf eine der Stuhllehnen an seinem Besprechungstisch. »In manchen Momenten frage ich mich, ob es Wahnsinn ist, was wir hier versuchen, oder ob es sein muss, wenn die Menschheit in den Weltraum aufbrechen soll. Ist es vorstellbar, dass es von einer höheren Ordnung der Dinge aus betrachtet notwendig ist, dass wir lernen müssen, das Sternenfeuer zu zähmen, um zu den Sternen zu gelangen?«

Rhodans Augenbrauen hoben sich. »Es überrascht mich, was für ein Philosoph in Ihnen steckt, Sir. Um Ihr Kompliment von vorhin zu erwidern.«

»War das ein Kompliment?« Pounder überlegte. »Nun, in gewisser Weise. Aber sehen Sie, Rhodan, diese Raketen, die sie in Cape Canaveral starten, die Redstone, die Atlas … das sind so enorme Maschinen, ungeheure Apparate, die ungeheure Mengen an Treibstoff verbrennen, und trotzdem muss man sich fragen, wie weit dieser Ansatz tragen wird! Ich habe vor einiger Zeit mit von Braun gesprochen. Er will bald

Raketen bauen, die mit flüssigem Wasserstoff und flüssigem Sauerstoff betrieben werden. Eine extrem gefährliche Kombination, die er da bändigen will, aber was kommt danach? Nichts mehr. Nicht, wenn wir im Gebiet der chemischen Treibstoffe bleiben. Die Verbrennung von Wasserstoff und Sauerstoff ist die energiereichste Verbindung, die es gibt. Danach kommt nichts mehr. Und trotzdem reicht es nur aus, um Kapseln ins All zu schießen, die kaum größer sind als ein Kleinwagen!«

Er richtete sich auf. »Wenn wir zu einer Raumfahrt gelangen wollen, die diesen Namen verdient, dann müssen wir Energie in ganz anderen Größenordnungen zur Verfügung haben«, erklärte er. »Selbst atomare Energie auf der Grundlage von Uran, Plutonium und dergleichen kann nur eine Etappe sein. Denn das eigentliche Sternenfeuer, das ist die Kernfusion, wie sie sich in unserer Sonne abspielt und in allen anderen Sonnen des Universums. Aber die Kernfusion beherrschen wir leider noch nicht, abgesehen von den Wasserstoffbomben.«

»Sie sehen mich beeindruckt, Sir«, sagte Rhodan.

»Ja, solche Gedanken traut man Messingträgern nicht zu, ich weiß«, meinte Pounder. »Aber ich bin in einem Armenviertel aufgewachsen, musste mir als Kind mit fünf Geschwistern ein enges Zimmer teilen. Seither verfolgt mich die Frage, was uns blüht, wenn wir immer mehr und mehr Menschen auf diesem kleinen Planeten werden. Wenn wir nicht eine Tür finden, die ins Freie führt, ersticken wir eines Tages an uns selbst!«

Einen Herzschlag lang trat Stille ein, einer jener magischen Momente, von denen man sagt, ein Engel gehe durchs Zimmer.

Dann räusperte sich Pounder und sagte: »Ihre Rebellion, Rhodan, ist großartig. Und sie kommt genau zum richtigen Zeitpunkt. Wenn ich Lehmann befohlen hätte, die Piloten mit einzubeziehen, hätte er sich einfach geweigert. Und die Piloten erst recht. Sie wissen doch, wie die sind. Normalerweise jedenfalls. Sie haben ihre Kameraden da irgendwie umgedreht.«

»Ray Wings war ein guter Freund«, erwiderte Rhodan mit belegter Stimme. »Er könnte vielleicht noch leben, wenn ich *eher* rebelliert hätte.«

»Wir sind alle nur Menschen, und Menschen machen Fehler. Das

Äußerste, wonach man streben kann, ist, jeden Fehler nur einmal zu machen.«

»Dafür macht man neue Fehler.«

»Und das nennt man dann Fortschritt.« Pounder ließ sich auf der Vorderkante seines Schreibtischs nieder. »Was das Projekt *Starfire* anbelangt, sehe ich nur zwei Möglichkeiten. Entweder es misslingt, landet auf dem Müllhaufen der Geschichte und wird vergessen wie alles andere, was dort schon liegt – oder es gelingt und wird die nächste Etappe auf dem Weg der Menschheit ins All. Und«, fügte er hinzu und richtete den Zeigefinger auf Perry Rhodan, »es ist gut möglich, dass es letztlich davon abhängt, ob Sie dabeibleiben oder nicht, Rhodan. Sie müssen eine Entscheidung treffen.«

Rhodan musterte ihn und sollte später behaupten, gespürt zu haben, dass er in diesem Augenblick an einer bedeutsamen Gabelung seines Lebenswegs stand.

»Ja«, sagt er dann. »Das werde ich.«

Lindsey Anderson erinnerte sich, dass Perry Rhodan sie an einem Wochenende besuchte, kurz nachdem zum zweiten Mal ein Amerikaner ins All geflogen war. Sie war verstimmt, weil er so lange Zeit nichts von sich hatte hören lassen, wollte das Wiedersehen aber nicht verderben, indem sie gleich einen Streit vom Zaun brach. Also willigte sie in seinen Vorschlag ein, einen Spaziergang zu unternehmen. Sie schlugen dabei fast denselben Weg ein wie bei ihrem ersten gemeinsamen Spaziergang, aber sie hatte den Eindruck, dass Rhodan dies nicht auffiel.

Sie sprachen eine Weile über den Flug von Virgil Grissom, der gut verlaufen war, bis die Kapsel im Wasser gelandet war. Dann hatte sich aus einem noch ungeklärten Grund die Luke geöffnet, viel zu früh, Wasser war eingedrungen, und die Kapsel war mit allen Daten im Ozean versunken; man hatte nur den Astronauten herausfischen können.

Dann, nach ein paar schweigsamen Schritten, sagte Rhodan: »Ich hab dir doch erzählt, dass ich zu einem geheimen Projekt der Luftwaffe abgestellt bin …«

»Ja«, sagte Lindsey. »Ich hatte mir das allerdings nicht so vorgestellt, dass sie euch dort einsperren.«

Er sah sie an, und als sie in seine Augen blickte, begriff sie, dass dieses Treffen anders verlaufen würde, als sie sich das erhofft hatte. Schrecklich anders.

»Lindsey, pass auf – ich darf dir nicht viel über das Projekt erzählen. Es ist auch eine Art Raumfahrtprojekt, so ähnlich wie das der NASA, nur eben militärisch. Ich glaube, dass es ein großes Potential hat, die Menschheit auf ihrem Weg zu den Sternen weiterzubringen, aber es ist mit hohen Risiken verbunden.«

Lindsey Anderson hatte plötzlich ein Gefühl, als lege sich ein unsichtbares Band um ihre Brust und ziehe sich zusammen, um ihr die Luft abzuschnüren. »Und was … heißt das?«

Ein Schritt in Schweigen, noch ein Schritt in Schweigen, noch einer. Perry Rhodans Blick war in die Ferne gerichtet, als er fragte: »Erinnerst du dich an Ray? Ray Wings?«

»Natürlich.«

»Vor ein paar Tagen musste ich seine Frau in Maryland aufsuchen, um ihr zu sagen, dass Ray bei einem Testflug ums Leben gekommen ist.«

»Oje. Das tut mir leid.« War es das, was ihn so unnahbar wirken ließ? Die Trauer um den toten Freund?

»Mir auch. Natürlich, so etwas kann passieren, es ist ein Risiko, mit dem man als Pilot lebt, als Testpilot erst recht – aber warum muss seine *Familie* damit leben? Die Frau hat ihren Mann verloren, der Sohn wird ohne seinen Vater aufwachsen müssen. Und es sind so viele Piloten verheiratet, auch die meisten der anderen, die mit mir in dem Projekt sind! Ich finde das unverantwortlich.« Er holte Luft, wie unter einer schweren Last. »Ich bin zu dem Schluss gekommen, dass das für mich nicht in Frage kommt. Ich könnte nicht heiraten und mich dann an einem Projekt beteiligen, bei dem ein derart großes Risiko besteht, ums Leben zu kommen, ein höheres Risiko, als wenn Krieg wäre. Das einer Ehefrau, einer Familie zuzumuten ist für mich ausgeschlossen.«

Er blieb stehen, drehte sich ihr zu. »Wir müssen es beenden, Lindsey. In aller Freundschaft.«

»Beenden?«, wiederholte sie. »*Was* beenden?« Nur zwanzig, dreißig Schritte weiter, und sie wären an dem Punkt gewesen, an dem er zum ersten Mal nach ihrer Hand gegriffen hatte. War er sich dessen bewusst?

»Unsere Beziehung.« Perry hob die Hände. »Wir stehen doch vor der Frage, ob wir heiraten sollen, nicht wahr? Es wäre der logische nächste Schritt. Aber ich kann ihn nicht gehen, das ist mir jetzt klargeworden. Ich will es nicht verantworten, dich zur Witwe und unsere Kinder zu Waisen zu machen.«

Alles in Lindsey Anderson begehrte auf. »Aber wieso? Was, wenn ich *bereit* bin, dieses Risiko zu tragen? Das ist doch *meine* Entscheidung!«

Er sah sie so forschend an, als versuche er, ihre Gedanken zu lesen … oder als versuche er, sich ihr Gesicht einzuprägen. »Lindsey, ich bin mir nicht sicher, ob du wirklich weißt, worauf du dich einlassen würdest. Gloria Wings hat mir erzählt, wie es ihr ergeht, wie es *allen* Pilotenfrauen ergeht – wie viele Tage sie fast gelähmt vor Angst verbringen, weil sie erfahren haben, dass es ein Unglück gegeben hat, aber nicht, wen es getroffen hat. Gloria ist vierundzwanzig Jahre alt und schon auf mehr Beerdigungen gewesen als ihre Großmutter! Und nun wird sie auf die Beerdigung ihres Mannes gehen müssen, und man wird sich weigern, den Sarg für sie zu öffnen, um ihr das Schlimmste zu ersparen.«

Was er sagte und vor allem, *wie* er es sagte, ließ Lindsey Anderson erschauern. Trotzdem entgegnete sie: »Aber du hast es akzeptiert, dass dir so etwas passieren könnte. Warum sollte ich es nicht auch akzeptieren können? Und, Perry, wenn du am Leben bleibst – und die meisten bleiben ja doch am Leben, trotz allem –, und wenn du eines Tages als alter Mann auf dein Leben zurückblickst, meinst du nicht, du wirst es bedauern, keine Familie zu haben, keine Kinder, keine Enkel, niemanden an deiner Seite?«

Dass Perry Rhodan niemals ein im medizinischen Sinne alter Mann sein wird, konnte damals natürlich keiner der beiden ahnen.

»Ich hab über all das nachgedacht, Lindsey, glaub mir, so gründlich, wie ich noch selten über irgendwas nachgedacht habe«, sagte er leise.

»Und dabei ist mir klargeworden, dass ich überzeugt bin, dass dieses Projekt wichtig ist und dass es so etwas wie meine Bestimmung ist, dabei zu sein – dass ich es aber nicht *könnte*, wenn ich verheiratet wäre. Zu wissen, dass jemand auf mich wartet, um mich bangt, würde mich bremsen, würde mich … ja, *nutzlos* machen. Ich könnte nicht das tun, was nötig wäre für einen Erfolg.«

Er richtete sich auf, sah an ihr vorbei in die Ferne. »Die Alternative wäre, dass ich aussteige. Dass wir heiraten und ich eben irgendetwas anderes mache. Ich könnte sogar das Militär verlassen, sobald meine Dienstverpflichtung erfüllt ist, und bei irgendeiner Luftfahrtgesellschaft als Pilot arbeiten.«

Er sah sie wieder an. »Aber wenn ich mir das ausmale, dann weiß ich genau, dass ich es bereuen würde. Dass ich es entsetzlich bereuen würde, nicht dabei gewesen zu sein, als die Menschen zu den Sternen aufgebrochen sind. Und, Lindsey, du weißt, ich bin kein Heiliger. Irgendwann würde ich dir einen Vorwurf daraus machen. Und das will ich noch weniger als alles andere.«

Er schüttelte den Kopf. »Die einzige Möglichkeit, die bleibt, ist, dass wir uns trennen. Und ich denke, wir sollten es so tun, wie man ein Pflaster abzieht – schnell und entschlossen.« Nun schluckte er doch, und seine Stimme klang auf einmal rau. »Vergiss mich einfach, Lindsey. Vergiss mich und finde jemand anderen.«

Sie sah ihn an, und nun war sie es, die versuchte, sich *sein* Gesicht einzuprägen, denn dass sein Entschluss unumstößlich war, das wusste sie; so gut kannte sie ihn inzwischen. Zugleich horchte sie in sich hinein, versuchte zu begreifen, was ihr da gerade zugestoßen war, so schnell, so unerwartet, versuchte den Schmerz zu spüren, doch sie war innerlich wie betäubt. Der Schmerz würde erst später kommen.

»Mit anderen Worten«, sagte sie leise, »du liebst die Sterne mehr als mich.«

Perry Rhodan antwortete nicht. Aber manchmal ist Schweigen auch eine Antwort.

Nachdem sich Perry Rhodan solcherart gewissermaßen von aller Welt abgeschnitten hatte, stürzte er sich völlig auf die Aufgabe, gemeinsam mit den Entwicklern den *Starglider* zu verbessern.

Wir wollen an dieser Stelle nicht in die technischen Einzelheiten eintauchen, obgleich sie für in terranischer Technikgeschichte Bewanderte von Interesse sein könnten; diesen sei jedoch gesagt, dass die Unterlagen alle noch erhalten und in den üblichen Archiven abrufbar sind; im Zweifel über NATHAN, unser allwissendes Mondgehirn. Für die Belange dieser Erzählung soll es genügen zu erwähnen, dass Dr. Frederick Lehmann und seine Mitarbeiter tatsächlich eine neue Art Windkanal entwickelten, der rapide Änderungen des Luftdrucks zu simulieren erlaubte, und dass sie mit dessen Hilfe herausfanden, dass die Simulatoren wahrhaftig falsch reagierten und die Gestalt des *Stargliders* auf gefährliche Weise nicht optimal war.

Daneben führten sie Experimente mit Modellen des *Stargliders* durch, die meist Perry Rhodan fernsteuerte. Obwohl sie so konstruiert waren, dass sie sich selbst zerstörten, sobald die Funkverbindung infolge der Ionisation abbrach, gerieten mehrere Modelle außer Kontrolle, was dazu führte, dass in den Zeitungen neue Berichte über UFO-Sichtungen auftauchten. Die Auswertung dieser Experimente brachte einen der Assistenten von Dr. Lehmann, einen gewissen Dr. Alvin Sharp, dazu, das später nach ihm benannte Gesetz für das Verhalten von Gleitern in der hohen Atmosphäre zu formulieren.

Ganz allgemein trug die neue Art der Zusammenarbeit dazu bei, dass beide Seiten mehr Respekt voreinander gewannen. Die Wissenschaftler erkannten, dass die Erfahrung der Piloten durchaus dazu beitrug, unfruchtbare Ansätze von vornherein als solche zu erkennen; umgekehrt sahen die Piloten, dass das »theoretische Zeug«, das sie in ihrer Ausbildung nur der Prüfungen wegen gebüffelt hatten, mitunter verdammt nützlich sein konnte. Man war sich einig, dass die Dinge gut vorangingen, besser als je zuvor.

Und man war sich auch einig, dass dies der Initiative des jungen Leutnant Perry Rhodan zu verdanken war. Einer der Wissenschaftler fragte ihn am Rande einer Besprechung, nicht ahnend, wie prophetisch sich seine Worte noch erweisen sollten, ob Rhodan sich schon einmal überlegt habe, in die Politik zu gehen.

Im Rückblick, aus der Distanz der Jahrhunderte und im Wissen um all das, was sich seit damals ereignet hat, ist hingegen zu erkennen, dass wir gerade erstmals miterlebt haben, wie sich Rhodans Führungskraft meldet: nämlich, wenn sie gebraucht wird – dann aber mit nahezu unwiderstehlicher Energie. Als die Dinge so liefen, wie sie laufen mussten, nahm er sich wieder gänzlich zurück, überließ die wissenschaftliche Leitung Dr. Lehmann und die organisatorische General Pounder. Perry Rhodan ist niemand, der es nötig hat, im Mittelpunkt zu stehen und Dinge zu kontrollieren. Es macht ihm nichts aus, wenn alle Blicke auf ihn gerichtet sind, und er kontrolliert Dinge, wenn es sein muss, aber es ist ihm genauso lieb, wenn alles von selbst in den richtigen Bahnen läuft.

Ich bin der Überzeugung, dass paradoxerweise genau das der Grund ist, warum man ihn wieder und wieder und wieder ins höchste Amt gewählt hat: weil ihm »Macht« an sich nichts bedeutet. Es ist für ihn ein Job, den er übernimmt, wenn es nötig ist, und den er erledigt, so gut er kann, aber er fühlt sich dadurch nicht als Mensch definiert. Deswegen ist er auch so oft und so bereitwillig (und aller Kritik an diesem Verhalten zum Trotz) immer wieder zu Abenteuern in den Tiefen des Universums aufgebrochen, die Regierungsgeschäfte und damit die »Macht« mit Vergnügen seinen Stellvertretern überlassend.

Doch wir greifen vor. Im Jahr 1961 hat von alldem niemand etwas ahnen können (mit einer Ausnahme, zu der wir noch kommen werden), vielmehr war Perry Rhodan damals einfach ein junger Pilot mit außergewöhnlich guten Reflexen und einer Einstellung zur Welt, die man vielleicht als »idealistisch« bezeichnet und als typisch für die Jugend betrachtet hätte. Wobei er, wie schon erwähnt, von besagter Welt kaum noch etwas mitbekam, so sehr nahmen ihn die verschiedenen Experimente in Anspruch. Dass sich im August 1961 die Spannungen zwischen Ost und West in dem seit Kriegsende immer noch unter Besatzungsrecht stehenden Berlin so verschärften, dass der Osten eine Mauer quer durch die Stadt errichtete, hörte Rhodan nur am Rande; dass im September erstmals eine unbemannte Mercury-Kapsel die

Erde umrundete und wieder auf der Erde landete, entging ihm gänzlich. Als Ende November ein Schimpanse namens Enos dieselbe Reise unbeschadet absolvierte, nahm der *Starglider* gerade seine neue, verbesserte Form an. Auch die Erprobung des atomaren Antriebs machte ermutigende Fortschritte.

Am 20. Februar 1962 schließlich geschah es, dass der erste Amerikaner die Erde umkreiste.

5

Es gibt eine alte, geradezu ikonische Fotografie, die einen sommersprossigen Mann in einem silbernen Raumanzug zeigt, der einen weißen, enganliegenden Helm trägt und versonnen lächelnd am Betrachter vorbeiblickt: Dieses Bild wird bis auf den heutigen Tag gern verwendet, wenn es gilt, eine Abhandlung über die Anfänge der terranischen Raumfahrt zu illustrieren, und manchmal hört man Leute sagen, Perry Rhodan habe sich doch ziemlich verändert seit seinen Jugendtagen.

Doch der Mann auf dem Foto ist nicht Perry Rhodan. Sein Name ist vielmehr John Herschel Glenn jr., geboren 1921 in Cambridge, Ohio, und er war der erste Amerikaner, der die Erde in einer Raumkapsel umkreiste.

Ein Meilenstein war dies freilich nur in Hinblick auf die Öffentlichkeitswirkung, die sein Flug hatte. Seit Juri Gagarins wagemutigem Flug waren bereits mehr als zehn Monate vergangen, und in der Zwischenzeit hatte dessen Kollege German Stepanowitsch Titow einen weiteren Weltraumflug unternommen, der sage und schreibe 25 Stunden und 18 Minuten gedauert und ihn nicht weniger als 17-mal um die Erde herumgeführt hatte, eine Strecke von über 700 000 Kilometern. John Glenns Flug war kaum mehr als der Versuch, ein Stück des technischen Rückstands aufzuholen.

Der Start, der ursprünglich noch im Jahre 1961 geplant gewesen war, musste fast ein Dutzendmal verschoben werden, mal wegen technischer Schwierigkeiten, mal wegen des Wetters. Am Dienstag, dem

20. Februar 1962, war es jedoch endlich so weit. Das Wetter hatte aufgeklart, die Atlas-Rakete mit der winzigen, auf den Namen *Friendship 7* getauften Mercury-Kapsel an der Spitze war einsatzbereit.

In vielen Schulen in den USA fiel an diesem Morgen der Unterricht aus. Supermärkte und Einkaufszentren lagen verlassen da, es sei denn, ein cleverer Geschäftsmann hatte rechtzeitig einen Fernsehapparat aufgestellt oder ein Radio, dann drängten sich Kunden und Passanten, um den Countdown zu verfolgen, bis endlich, um 9 Uhr 47, der *Liftoff* verkündet wurde. John Glenn war unterwegs in die Erdumlaufbahn.

Er erreichte sie 9 Minuten nach dem Start, mit einer Geschwindigkeit von 7,8 Kilometer je Sekunde. Die Bahn verlief zwischen 149 und 248 Kilometer Höhe und war 32,5 Grad gegen die Äquatorebene geneigt. Glenn berichtete enthusiastisch, wie schön der Planet Erde aus dem All aussehe.

Er experimentierte während des Fluges mit der Schwerelosigkeit und machte dabei Erfahrungen, wie sie auch Gagarin und Titow gemacht hatten: Der schwerelose Zustand war eher angenehm, beeinträchtigte die Orientierung und Handlungsfähigkeit nicht, vielmehr gewöhnte man sich rasch daran, ihn sich zunutze zu machen. So beobachtete Glenn bei sich, dass er, als er etwa 45 Minuten nach Beginn der schwerelosen Phase mit einer Handkamera Aufnahmen durch das winzige Fenster der Kapsel machte und zwischendurch eine Schaltung vornehmen musste, wie selbstverständlich die Kamera in der Luft »abstellte«, die betreffenden Schalter betätigte und die Kamera anschließend wieder an sich nahm, um damit weiterzuarbeiten.

Er experimentierte auch mit der Nahrungsaufnahme in der Schwerelosigkeit. Pastöse Nahrung aus Tuben fand er anstandslos genießbar; problematisch waren nur krümelnde Nahrungsmittel, Kekse etwa, da hinterher überall Krümel herumschwebten, bei denen Gefahr bestand, dass sie sich in Schaltelementen festsetzten und zu Störungen führen würden, und die sich nur mit einem feinmaschigen Netz wieder einfangen ließen.

Der gesamte sich dem »Westen« zurechnende Teil der Welt nahm Anteil an dem Flug. Die australische Stadt Perth, in der es während des Fluges Nacht war, hatte alle Einwohner aufgefordert, zu Hause die

Lichter einzuschalten, um den amerikanischen Astronauten zu grüßen, was dieser auch pflichtschuldigst zur Kenntnis nahm; er bedankte sich per Funk für den schönen Anblick.

Der Flug führte Glenn dreimal um die Erde, dauerte insgesamt knapp 5 Stunden – und wurde gegen Schluss dramatisch: Die Bodenstationen hatten Signale der Kapsel aufgefangen, die es denkbar erscheinen ließen, dass sich der Hitzeschild der Kapsel gelöst hatte. Das wäre das Todesurteil für den Astronauten gewesen. Sicherheitshalber gab man ihm die Anweisung, die auf dem Hitzeschild montierten Bremsraketen nach dem Zünden nicht, wie es normalerweise geschah, abzusprengen, sondern als eine Art Befestigung des Schilds zu behalten. Dadurch wurde das Wiedereintauchen jedoch in bislang nie gekanntem Maß unruhig, weil die Raketen währenddessen nach und nach verglühten, sich immer wieder Teile davon lösten und flammenumhüllt an Glenns Fenster vorbeischossen. Schließlich musste er zur Handsteuerung greifen (die im ursprünglichen Konzept der Raumkapseln gar nicht vorgesehen gewesen, sondern erst auf Glenns Drängen eingebaut worden war), um den Flug zu stabilisieren.

Ziemlich verkohlt, aber wohlbehalten landete die Raumkapsel schließlich in der Karibik und wurde von dem Zerstörer *Noa* aus dem Wasser gefischt. Und Amerika hatte einen neuen Helden.

John Glenn war von da an nicht mehr und nicht weniger als das Gesicht der amerikanischen Raumfahrt. Er wurde im ganzen Land als Held gefeiert und war zeitweise populärer als Präsident Kennedy. Dieser inszenierte für die Medien eine persönliche Freundschaft mit dem Astronauten, lud ihn und seine Frau Anna immer wieder ins Weiße Haus oder auf seinen Landsitz ein, gab der NASA aber insgeheim die Anweisung, Glenn keinen weiteren Raumflug unternehmen zu lassen: Der Präsident fand es politisch zu riskant, das Leben des Idols aufs Spiel zu setzen. Im Januar 1964 verließ John Glenn die NASA daraufhin schließlich.

Perry Rhodan und die anderen verfolgten John Glenns Flug und seinen anschließenden Triumphzug durch die Nation natürlich, aber nur am Rande. Im Projekt *Starfire* interessierte man sich weitaus mehr für einen Rekordflug, den ein Pilot namens Robert M. White am 9. November 1961 von der Edward Air Force Base aus mit dem X-15-Raketenflugzeug unternommen hatte: Er erreichte eine Höhe von über 30 Kilometern und eine Geschwindigkeit von 6585 Stundenkilometern, womit er als erster Mensch mit mehr als sechsfacher Schallgeschwindigkeit flog. *Das* war die Konkurrenz, an der man sich maß!

Im Sommer 1962 waren die Piloten damit beschäftigt, die neue, verbesserte Form des *Stargliders* zu testen. Dazu transportierte ihre spezielle B-52 das Flugzeug wie gehabt an den Rand der Stratosphäre, wo es ausgeklinkt wurde und es die Aufgabe des Piloten war, den *Starglider* wohlbehalten zurück auf die Erde zu bringen – und zwar quasi im Segelflug.

Das war alles andere als eine gemütliche Angelegenheit, denn der *Starglider* war so konstruiert, dass er erst bei hohen Geschwindigkeiten Auftrieb entwickelte. Ihn zu landen war »eher eine Art kontrollierter Absturz«, wie Craig McClure es nach seinem ersten Testflug formulierte. Nachdem sie eine der drei Maschinen bei diesen Tests verloren hatten – der Pilot, Rod Nyssen, konnte sich mit Hilfe des neuen, verbesserten Schleudersitzes retten –, baute man in die beiden verbliebenen Testmodelle doch noch einen minimalen Antrieb ein, ausgelegt auf Manövrierzwecke.

Man tat es ungern, denn eigentlich warteten alle darauf, dass der atomare Antrieb endlich kam, für den sie dieses ganze Projekt schließlich unternahmen. Doch der ließ weiter auf sich warten.

Anfangs war man optimistisch gewesen. Eine Weile lang war man sogar davon ausgegangen, die erste Erdumrundung noch vor der NASA zu schaffen, und hatte darüber diskutiert, ob man es wirklich fertigbringen würde, niemandem davon zu erzählen. Die Piloten wurden zu einem Probelauf auf ein geheimes Entwicklungsgelände im Norden Utahs eingeladen, wo die Firma Lockheed den Atommotor entwickelte, und was sie gesehen hatten, war wirklich eindrucksvoll gewesen, ohne Frage die Zukunft der Raumfahrt.

Doch dann verzögerte sich alles und verzögerte sich und verzögerte sich. Zu allem Überfluss zog eine weitere Projektgruppe auf die Groom Lake Base, die ähnlich geheim war wie das Projekt *Starfire* und ein weiteres von der CIA beauftragtes Aufklärungsflugzeug testen sollte, die Lockheed A-12, die gerade in Burbank, Kalifornien, entwickelt wurde. Für den Test war es notwendig, die Landebahn auf rund 2600 Meter zu verlängern; außerdem wurde dafür eine Reihe neuer Hangars und sonstiger Gebäude errichtet. Die beiden Projektgruppen hatten strenge Anweisungen, sich aus dem Weg zu gehen und keinerlei Umgang miteinander zu pflegen, was, da man sich zu jeder Mahlzeit die kaum ausreichend große Messe teilen musste, eine äußerst eigenartige Atmosphäre schuf.

Das ominöse Flugzeug wurde zwar in Burbank gebaut, konnte dort aber nicht starten, da die Startbahn zu kurz war, weswegen man ihm die Flügel erst gar nicht montierte, sondern die Teile per Lkw nach Nevada schaffte. Dort wurde es vollends zusammengesetzt, unternahm am 25. April einen kurzen, inoffiziellen Testflug, den offiziellen Jungfernflug am Tag darauf und am darauffolgenden Sonntag einen einstündigen Demonstrationsflug vor Offizieren der Air Force und der CIA. Danach zog die Projektgruppe wieder ab, leere Gebäude zurücklassend, und die Ruhe von zuvor kehrte wieder ein.

Dr. Lehmann ging dazu über, vier Tage in der Woche in Utah zu verbringen in der Hoffnung, dadurch die Entwicklung des Atomantriebs zu beschleunigen. Trotzdem mussten immer wieder Termine verschoben werden, und am 26. Juli 1962 kam es auf dem Testgelände gar zu einem schweren Zwischenfall, bei dem das Aggregat innerhalb von Minuten zu einem formlosen, glühenden Klumpen zusammenschmolz, Radioaktivität frei wurde und Männer in Schutzanzügen später den ganzen Teststand unter einer gewaltigen Schicht Beton begraben mussten. In der Folge galt es, das gesamte Sicherheitskonzept des *Stargliders* noch einmal zu überdenken: Er wurde so umkonstruiert, dass im Falle eines Absturzes sein Reaktor automatisch und zuverlässig ausgeworfen wurde und an einem Fallschirm zu Boden schwebte, und zwar so, dass das Gehäuse unversehrt blieb.

Um die Piloten in der Zwischenzeit nicht tatenlos herumsitzen zu lassen, bestellte man bei der Firma North American Aviation nun doch einen mit Flüssigtreibstoff betriebenen Raketenmotor, wie ihn die X-15 hatte, um ihn in den *Starglider* einzubauen, und visierte Anfang Oktober für einen ersten Probeflug an. Pilot würde Perry Rhodan sein, der sich in den Gleitflugversuchen als der geschickteste Steuermann erwiesen hatte. Er sollte diesmal nicht nur einen Parabelflug machen, eintauchen und landen, sondern vielmehr einen möglichst langen Gleitflug anschließen, wenden und sich dann in eine zweite, niedrigere Parabel schießen, die ihn zurück zur Basis bringen würde.

Das war ehrgeizig, und die Vorbereitungen dafür nahmen Rhodan völlig in Anspruch. Der *Starglider* wurde mit zahllosen Messinstrumenten ausgerüstet, Detektoren für Strahlung und Luftdruck, automatischen Kameras, Tausende von Sensoren für Druck, Zug und Temperatur, und dazu Bandgeräten, die alle Messwerte aufzeichneten und so gesichert waren, dass sie auch einen eventuellen Absturz überstehen würden. Als ihm Anfang August jemand erzählte, dass Marilyn Monroe tot sei, Selbstmord, wie es aussah, fragte Perry Rhodan zurück, wer um alles in der Welt Marilyn Monroe sei – bis es ihm wieder einfiel. (Marilyn Monroe war der Künstlername von Norma Jeane Baker, einer Schauspielerin, die vor allem durch Nacktfotografien bekannt wurde, das erste sogenannte »Pin-Up-Girl« war und als das Schönheitsidol ihrer Zeit gefeiert wurde: ein heutzutage kaum noch vorstellbarer Lebenslauf.)

Am 17. September stellte die NASA ihre zweite Gruppe von Astronauten vor, für das auf *Mercury* folgende Raumfahrt-Projekt, das den Namen *Gemini* trug. Die *Gemini*-Raumkapseln würden jeweils zwei Mann Besatzung haben, länger im All bleiben und damit den technologischen Abstand zu den sowjetischen *Sojus*-Raumschiffen verringern.

Die Namen der neuen Astronauten lauteten Neil Armstrong, Frank Borman, Charles Conrad, James McDivitt, Elliott See, Thomas Stafford, Edward White, John Young – und, wie Rhodan erfreut entdeckte, Jim Lovell! Hatte er es also tatsächlich doch noch geschafft!

Rhodan schrieb ihm spontan eine Glückwunschkarte, doch nachdem er sie eingeworfen hatte, sagte er sich, dass Jim sicher anderes zu tun haben würde, als seine Post zu beantworten oder auch nur zu lesen;

Astronauten waren inzwischen kaum weniger umjubelt als Filmstars. Vermutlich würde irgendeine Sekretärin der NASA Jims »Fanpost« bearbeiten und ihm ein freundliches, aber vorgefertigtes Antwortschreiben schicken.

Zudem hatte Rhodan ein schlechtes Gewissen, denn seit fast drei Monaten lag der letzte Brief Leroys bei ihm herum, und er hatte es die ganze Zeit vor sich hergeschoben zu antworten. Dass er viel zu tun gehabt hatte, war zwar richtig, aber trotzdem nur eine Ausrede; in Wirklichkeit wusste er nicht, was er Leroy schreiben sollte, der im Grunde nur noch Variationen des ständig Gleichen berichtete: dass er immer noch von Alice getrennt lebte, immer noch darum kämpfen musste, seine Töchter wenigstens ab und zu zu sehen, und sich ansonsten immer mehr in der Bürgerrechtsbewegung engagierte. Schließlich raffte Rhodan sich auf, schrieb ihm ein paar Zeilen, in denen er ihm zu Letzterem Mut zusprach, und ging auf die Klagen über Alice nicht ein.

Der ursprünglich für den 3. Oktober angesetzte Testflug des neuen *Stargliders* musste dann noch einmal verschoben werden, weil just an diesem Tag der Astronaut Walter Schirra mit der Mercury-Kapsel *Sigma 7* zu einer weiteren Erdumkreisung starten sollte und General Pounder Sorge hatte, man könne der NASA ins Gehege kommen. Außerdem würde an diesem Tag die Luft und der Weltraum mit höchster Intensität überwacht und beobachtet werden und der *Starglider* womöglich nicht so geheim bleiben, wie er es sollte. Man gab ein paar Tage dazu und legte Montag, den 8. Oktober 1962, als neuen Termin fest.

Später sollte Perry Rhodan sagen, es habe sich faszinierend anders angefühlt, in das Cockpit des *Stargliders* zu klettern in dem Wissen, dass ihn diesmal nicht nur ein simples Abstürzen und mühsames Abfangen einer störrischen, leblosen Maschine erwartete, sondern dass er gerüstet war für einen weiten, weiten Flug aus eigener Kraft. Es sei gewesen, als habe er spüren können, dass die Tanks im Rumpf hinter ihm diesmal nicht einfach nur Ballast enthielten, sondern mit energiehaltigem Treibstoff gefüllt waren.

Die Wetterlage war nicht optimal an diesem Morgen. Über weiten Teilen der USA lag eine dichte Wolkendecke, die sich bis über den Golf von Mexiko zog. Da sein Flug sich jedoch größtenteils hoch über dem Wetter abspielen würde, hatte man beschlossen, den Flug trotzdem wie geplant durchzuführen.

Über der Groom Lake Base war der Himmel strahlend blau, wie fast immer. Der Start der B-52 gelang bilderbuchmäßig. Rhodan und die Piloten machten die übliche Art Witze, bis die Gipfelflughöhe der »fliegenden Festung«, wie man die Bomber damals nannte, erreicht war. Das Aufspringen der Halterungen klang wie ein Stakkato mächtiger Hammerschläge, und sofort hob sich die Nase des *Stargliders* wie von selbst.

Rhodan zog den Steuerknüppel zurück, den Blick auf die Skala des künstlichen Horizonts gerichtet, den Finger auf dem Zündknopf des Raketenantriebs. Im Kopfhörer gab der Copilot der B-52 Zahlen durch, die die Position des Bombers in Bezug auf den *Starglider* beschrieben, und als er endlich »*Clear! Clear!* Wir sind *clear*!« rief, drückte Rhodan den Knopf tief in die Fassung.

Im nächsten Augenblick war ihm, als trete ihn ein Riese mit aller Macht in den Rücken. Nur dass es überhaupt nicht aufhörte. Der Antrieb brüllte so markerschütternd, als müsse es das Flugzeug demnächst zerreißen, während eine ungeheure Kraft Rhodan in den Kontursitz presste, dass er kaum atmen konnte, geschweige denn sich rühren.

Aber natürlich konnte er all das trotzdem. In der Zentrifuge hatte er größere Beschleunigungen ausgehalten. Es bedurfte nur eines raschen Umschaltens, damit der Körper wusste, dass es einfach mehr Kraft kostete, die Hand zu heben, und um unter hohem Andruck zu atmen, lernte man, die Lunge rechtzeitig mit Luft zu füllen und dann nur ganz flach, aber dafür schnell zu atmen; eher ein Hecheln als ein Durchatmen.

Ein Zittern ergriff die Maschine, ein Schütteln, das rasch heftiger wurde und dann, als er über Mach 1 hinaus war, schlagartig aufhörte. War die Schallmauer erst einmal durchbrochen, ging alles glatt weiter.

Das Blau des Himmels schwand zusehends. Es wurde dunkler und dunkler, wich einem gläsernen Schwarz, und schließlich sah er Sterne, am helllichten Tag!

All das lief genau so ab, wie er es im Simulator wieder und wieder durchgespielt hatte – so sehr, dass er sich bewusst vergegenwärtigen musste, dass es diesmal echt war; dass er tatsächlich in den Himmel hinaufschoss!

Dann verstummte das Tosen des Triebwerks mit einem Schlag, und die Phase des schwerelosen Parabelflugs begann.

Und das war *definitiv* anders als im Simulator!

»Brennschluss«, gab er durch. »Aktuelle Höhe 79 Meilen, steigend.« Der Tankzeiger stand auf etwas über einem Drittel, die Reserve für den zweiten Sprung.

Die Schwerelosigkeit war tatsächlich eher angenehm als irritierend, genau wie es Gagarin beschrieben hatte und Glenn auch. Neugierig zog Rhodan einen Stift heraus, der in einer Schlaufe seines Fliegeranzugs steckte, hielt ihn vor sich hin und ließ ihn los: Wahrhaftig, er schwebte!

Jetzt gerade, begriff er, erlebte er, wovon er sein ganzes Leben geträumt hatte. Um hierherzugelangen, hatte er all die Jahre mit Ausbildung, Training und Exerzieren verbracht – und, nicht zu vergessen, in West Point tapfer seine Runden gedreht. Und nun, endlich, war es so weit. Auch wenn er rein rechnerisch den Weltraum noch nicht erreicht hatte und auch nicht erreichen würde – der begann nach den Regeln der *Fédération Aéronautique Internationale (FAI)* erst ab einer Höhe von 100 Kilometern beziehungsweise 62 Meilen –, war er doch, wenn er richtig gezählt hatte, der sechste Amerikaner, der so etwas wie das hier erlebte, und der zehnte Mensch.

Auf einmal kam es ihm völlig widersinnig vor, einen Helm aufzuhaben, durch den er nur die Hälfte von allem sah und hörte! Kurzentschlossen öffnete er die Klammern und zog das Ding ab, unter dem er ohnehin nur schwitzte. Er verstaute den Helm griffbereit neben seinem Sitz, wo eine Mulde dafür vorgesehen war und eine Halteschlaufe.

»Basis an Rhodan«, kam ein Funkspruch. »Haben Sie Probleme?«

»Negativ«, erwiderte er, während er den Helm festzurrte. »Der Flug läuft wie geplant. Ich genieße die Schwerelosigkeit.«

»Unseren Daten zufolge ist Ihr Schutzanzug nicht mehr dicht. Können Sie das bestätigen?«

Interessant, was die Weißkittel so alles überwachten. Davon hatten sie bislang keinen Ton gesagt. »Das ist korrekt«, erwiderte Rhodan verstimmt. »Ich habe meinen Helm abgenommen.«

»Bitte wiederholen.« Es klang irritiert.

»Ihr habt mich schon richtig verstanden«, sagte er. »Übrigens werde ich das ab jetzt immer so machen. Die Luft hier im Cockpit ist so gut, es wäre schade, sie nicht zu atmen. Außerdem sehe ich viel besser ohne Helm. Es kann der Qualität des Fluges nur guttun.«

Zögerndes Schweigen. Man meinte fast zu hören, wie sie alle die Nasen rümpften und die Köpfe schüttelten. »Verstanden«, kam endlich. »Auf Ihre Verantwortung.«

Rhodan musste lachen. »Auf wessen Verantwortung denn sonst?«

Sie sagten nichts mehr, wahrscheinlich, weil sie genau wie er auf die Missionsuhr schauten und sahen, dass es Zeit wurde, dass er sich auf die Eintauchphase vorbereitete.

Auf die Phase also, die Ray Wings das Leben gekostet hatte.

Rhodan atmete tief durch, konzentrierte sich, war ganz da. Jetzt galt es. Jetzt würde sich zeigen, ob die Arbeit von über vierzehn Monaten seit dem grässlichen Unfall etwas gebracht hatte. Ob sie das Problem gelöst hatten.

Wenn nicht … nun, darüber wollte er jetzt nicht nachdenken.

Während er wartete, die Hand am Steuerknüppel, den Blick auf die Missionsuhr gerichtet, fiel ihm plötzlich ein ganz, ganz leises Heulen auf, ein unmerkliches Pfeifen, das er mit Helm garantiert nicht gehört hätte. Das mit der Qualität des Fluges hatte er vorhin nur so dahingesagt, aber nun war es doch so, dass diese Geräusche, die nur daher rühren konnten, dass die Dichte der Luft, durch die der *Starglider* stürzte, immer mehr zunahm, ihm auf eigenartige Weise eine Vorstellung davon vermittelten, wie die Maschine im Raum lag. Und es war erstaunlich, wie sich die Geräusche veränderten, wenn er den Steuerknüppel nur um eine Winzigkeit bewegte.

Das Pfeifen wurde nun rasch lauter. Inzwischen wäre es auch mit Helm nicht mehr zu überhören gewesen. Wenn er zum Fenster hinausschaute, sah es aus, als habe jemand dünne, gelb-orangefarbene Vorhänge vorgezogen, die hektisch von der Unterseite des *Stargliders* emporflatterten. Das war Luft, die an der glühend heißen Unterseite des Flugzeugs ionisiert wurde. Die Bereitschaftsleuchte am Funkgerät glomm rot, zum Zeichen, dass er von dem ohnehin nicht sonderlich dicht geknüpften Funknetz, das der Groom Lake Base zur Verfügung stand, abgeschnitten war.

Nun, die konnten ihm jetzt sowieso nicht helfen.

Es war auch nicht nötig. Der Vogel lag recht ruhig in der Luft, bockte nur ab und zu ein bisschen, aber nichts, was nicht mit einer raschen Steuerbewegung zu korrigieren gewesen wäre. Es lief eher besser als im Simulator, fand Rhodan, und so, wie es aussah, kam er flacher in den Gleitflug, als sie je zu hoffen gewagt hätten.

Er überlegte, woran das liegen mochte. Spielten womöglich die kleinen Anpassungen eine Rolle, die er auf das erste leise Pfeifen hin vorgenommen hatte? Manchmal machten solche Kleinigkeiten ja einen enormen Unterschied.

Das Lämpchen am Funkgerät wurde grün.

»Rhodan an Basis«, gab er durch. »Eintauchphase gut verlaufen. Bin jetzt im Gleitflug, Geschwindigkeit Mach 5, fallend.« Fünffache Schallgeschwindigkeit! Es gab nicht viele Piloten, die je so schnell geflogen waren.

»Basis an Rhodan«, kam es verrauscht zurück. »Wir empfangen Sie sehr schlecht. Haben Sie eine Vorstellung, wo Sie sind?«

Der Funkverkehr lief über Zerhacker und war nicht abhörbar, es sei denn, jemand hatte die entsprechende Ausrüstung und die richtigen Codes.

»Ich sehe im Moment nur Wolken.« Rhodan spähte aus dem Fenster. Die Wolkendecke, die er überflog, sah so aus, wie er sich die Antarktis vorstellte: endlos, weiß und glatt. »Moment … ich sehe gerade, dass sie sich weiter vorne in Flugrichtung auflösen. Ein paar Minuten noch, dann sehe ich mehr.«

Offenbar lagen hier zwei Luftschichten verschiedener Temperatur übereinander. Die Wolken waren an der Oberseite wie abgeschnitten, und an der Kante, auf die er zuflog, verflüchtigten sie sich, so schnell, dass man dabei zuschauen konnte. Dahinter ging der Blick hinab auf Wasser, weites, graublaues Wasser …

»Rhodan an Basis. Ich bin offenbar über dem Golf von Mexiko.«

»Wir versuchen eine Peilung.«

Jetzt hatte er eine Küstenlinie ausgemacht, dunkel, nach Wald und Bergen aussehend. In Gedanken ging er die Kartenbilder durch, die er im Kopf hatte. Welche Küste am Golf sah so aus? Guatemala war es nicht. Und das, wonach es aussah, *konnte* es nicht sein …

Oder doch? »Basis? Ich glaube, ich fliege auf Kuba zu.«

Jemand im Hintergrund stieß einen Pfiff aus. Der *Flight Com* meinte nur trocken: »Das würde jedenfalls erklären, warum wir Sie nicht anpeilen können.«

Jetzt schaltete sich Lehmann zu. »Glückwunsch, Rhodan. Bringen Sie mir bloß die Daten heil zurück. Ich will wissen, wie Sie einen so weiten Sprung geschafft haben!«

»Ich tu mein Bestes«, gab Rhodan zurück, der im Geist schon abschätzte, welchen Rückweg er würde einschlagen müssen. »Ich hoffe, es ist in Ordnung, dass ich einen fremden Luftraum überquere?«

»Sie sind höher als eine U-2«, erwiderte der *Flight Com* und fügte doppeldeutig hinzu: »Lassen Sie sich einfach nicht erwischen.«

»Ich werde über Kuba zünden müssen«, gab Rhodan zu bedenken. »Für den Sprung zurück.«

»Das ist schlecht.«

Harmloser konnte man es kaum formulieren. Zwischen den USA und Kuba herrschten, seit kommunistische Rebellen unter Fidel Castro und Ernesto »Che« Guevara die Macht im Land übernommen hatten, politische Spannungen höchsten Grades. Die Präsidentschaft von John F. Kennedy hatte mit einem ebenso unglücklichen wie dilettantischen Versuch begonnen, eine Armee von in Guatemala ausgebildeten Exilkubanern nach Kuba zu bringen, die eine Gegenrevolte anzetteln wollten: Das Unternehmen war kläglich gescheitert und hatte Kennedy seinen ersten großen politischen Skandal beschert, das »Schweinebuchtfiasko«, benannt nach dem angepeilten Landungspunkt.

Inzwischen war eine Situation entstanden, die eigentlich nur noch auf einen Zwischenfall wartete, der zum Zündfunken wurde. Und

Perry Rhodan hatte keine Lust, als ein zweiter Gary Powers in einem kubanischen Gefängnis zu landen, auch wenn der Anfang des Jahres wieder freigekommen war. Kubanische Gefängnisse waren bestimmt nicht besser als sowjetische.

»Gibt es einen alternativen Landeplatz, den ich ansteuern könnte?«, fragte Rhodan also.

Der *Flight Com* fragte zurück, und dann meldete sich Pounder persönlich. »Hören Sie, Rhodan. Zünden Sie in drei Teufels Namen über Kuba. Wir werden einfach alles abstreiten. Darin haben wir Übung.«

Nach vier Stunden Flug landete Perry Rhodan wieder auf der Groom Lake Base, so zielgenau und wohlbehalten, als habe er nur einen weiteren Auftriebstest hinter sich und nicht einen Flug von fast zehntausend Kilometern.

Die anderen Piloten, aber auch Techniker und sonstige Stützpunktangehörige standen am Flugfeld und klatschten Beifall, als Rhodan aus dem *Starglider* stieg. Man ließ ihn hochleben und eröffnete ihm dann, dass man für den Abend schon eine große Party organisiert habe.

Die Aussicht, der gefeierte Mittelpunkt einer solchen Veranstaltung zu sein, war in diesem Moment eher etwas, das Rhodan mannhaft zu ertragen beschloss. Hätte er es sich aussuchen dürfen, wäre er stattdessen lieber gleich wieder eingestiegen, um den nächsten einsamen Flug in den schwarzen Himmel zu unternehmen. Auch der Rückflug war großartig gewesen, obwohl die zweite Parabel ihn nicht so hoch hinaufgeführt hatte wie die erste: Das Erlebnis hatte ihn trotzdem ahnen lassen, was alles möglich war, was möglich sein *würde*, sobald der Atomantrieb zur Verfügung stand!

Noch bevor die Party losging, rief Pounder ihn zu sich ins Büro. So aufgewühlt, wie der General geklungen hatte, erwartete Rhodan einen Anschiss, weil er sich, anstatt nur eine Runde hoch über den westlichen USA zu drehen, bis nach Kuba verirrt hatte.

Das ideale Gegenargument, legte er sich zurecht, würde sein: Lassen Sie mich am besten gleich noch einmal fliegen, damit ich lerne, die Maschine präziser zu steuern!

»Eine Frage, Leutnant Rhodan«, begann der General. »Als Sie über Kuba hinweggeflogen sind – ist Ihnen da irgendetwas aufgefallen?«

»Entschuldigen Sie, Sir, aber was hätte mir da auffallen sollen?«, fragte Rhodan zurück.

»Irgendetwas. Haben Sie etwas Ungewöhnliches bemerkt, etwas, das Sie hat stutzen lassen …?«

»Sir, offen gestanden war meine gesamte Aufmerksamkeit auf das Problem gerichtet, einen antriebslosen, sich mit Überschallgeschwindigkeit bewegenden Gleiter in eine Kurve zu lenken.«

»Verstehe, verstehe«, meinte Pounder. »Ja, natürlich. Ich musste nur fragen, für den Fall, dass …« Er nahm einen großen, hellbraunen Umschlag von einem der Papierstapel, die seinen Schreibtisch belagerten. »Wir haben die Aufnahmen der automatischen Kameras an Bord Ihres *Stargliders* ausgewertet, müssen Sie wissen. Und dabei haben wir Fotos wie das hier entdeckt.« Er zog einen großformatigen Schwarzweißabzug heraus, auf dem geographische Koordinaten und eine Uhrzeit eingeblendet waren. »Haben Sie eine Idee, womit wir es hier zu tun haben?«

Er legte den Abzug vor Rhodan hin. Der beugte sich darüber und betrachtete das Foto. Er hatte keine Erfahrung mit Luftaufklärung, hatte nur einen Schnellkurs absolviert, bei einem Dozenten zudem, der die Kunst, Studenten zu verwirren, zu höchster Blüte entwickelt hatte. Auf dem Foto sah er eine locker bewaldete Ebene; da waren Bäume zu sehen, Straßen … und eine Reihe weißer Röhren.

»Keine Ahnung, Sir«, gestand er. »Vielleicht Vorbereitungen, um Abwasserleitungen zu verlegen?«

»Mitten im Wald. Fernab der nächsten Siedlung.«

Rhodan richtete sich wieder auf. »Die einzige Alternative, die mir einfällt, ist die, dass es sich um Raketen handelt. Wobei die Kubaner meines Wissens keine Raketen haben.«

»Stimmt«, sagte General Pounder grollend. »Aber sie haben einen Verbündeten, der welche hat.«

»Eine Erklärung, die fast noch schlimmer ist, als wenn sie selber welche entwickelt hätten.«

»Sie sagen es.« Pounder stieß einen dumpfen Laut des Unwillens aus. »Sie werden wieder Druck machen, sobald sie riechen, dass wir Fortschritte gemacht haben, ich weiß es jetzt schon. Aber es hilft nichts, ich muss diese Bilder an die CIA weitergeben, gerade in der jetzigen politischen Situation.«

»Halten Sie es denn für denkbar, dass die CIA dort etwas übersehen hat?«, fragte Rhodan. »Ich meine, deren Kameras sind doch wesentlich besser als die kleine Box, die ich an Bord hatte.«

»Wenn ich das nicht weitergebe und es irgendwann auch nur die geringste Rolle spielt, rollt mein Kopf«, erklärte Pounder. »Und mit ihm das ganze Projekt *Starfire*. Also, bringen wir's hinter uns.«

Er hatte zwei Telefone auf seinem Schreibtisch stehen, ein schwarzes, gewöhnliches Diensttelefon und ein rotes. Das rote Telefon war mit einem Kästchen verbunden, auf dem man, verborgen unter einer Metallklappe, über sechs Rändelräder einen Code einstellen konnte, und das tat der General nun, die Klappe so haltend, dass Rhodan nicht sah, wie der Code lautete. Dann hob er den Hörer ab, ein Licht leuchtete auf, zuerst rot, dann grün, dann wählte Pounder eine Nummer.

»General Lesly Pounder, Groom Lake Base«, sagte er, als sich jemand meldete. »Ich wollte eigentlich mit Mister Mercant sprechen. Allan D. Mercant, ja.«

Er lauschte. »Ach, sieh an. Der ist jetzt Abteilungsleiter? Wie schön für ihn. Aber auf die Idee, uns darüber in Kenntnis zu setzen …?«

Er lauschte wieder, begann dann, hektisch in seinen Dokumentenbergen zu suchen. »Ein Brief? Macht man das neuerdings *so* bei Ihnen? Weiß ich nicht, bisher war immer Mister Mercant unser Kontaktmann, treu und verlässlich, all die Jahre …« Er fischte einen Umschlag heraus, riss ihn auf. »Hab ihn, ja. Leiter Abteilung Ostaufklärung, da steht es schwarz auf weiß. Gut, dann hab ich gleich was für ihn. Luftaufnahmen von Kuba, mit Strukturen, die uns Laien hier verdächtig vorkommen. Ich dachte, besser, Sie überprüfen das mal anhand Ihrer eigenen Aufnahmen.«

Seine Augenbrauen hoben sich. »Sagen Sie bloß. Also, unsere Bilder sind von heute Mittag. Ich würde Sie Ihnen in gewohnter Weise per Bildtelegraph … ja, natürlich sind die Koordinaten mit dabei. Position und Uhrzeit, wie üblich. Gut. Veranlasse ich umgehend. Nein, wie die Fotos zustande gekommen sind, das erzähle ich erst unserem neuen

Kontaktmann. Und bestimmt nicht am Telefon, gesicherte Leitung hin oder her.«

Er verabschiedete sich knapp, griff nach dem anderen Telefon, wählte eine Nummer. »Brown? Pounder hier. Übertragen Sie die Bilder, die wir herausgesucht haben, wie besprochen an die übliche Nummer in Langley. Ja, alle. Und sofort.«

Dann legte er auf, sah Rhodan an und erklärte sichtlich fassungslos: »Die CIA *hat* gar keine aktuellen Luftaufnahmen von Kuba. Die Aufklärungsflüge sind vor vier Wochen gestoppt worden.«

6

Damit begann die bis dahin dramatischste Konfrontation zwischen Ostblock und Westblock.

Zum Verständnis müssen wir die Hintergründe kurz beleuchten. Die Sowjetunion, die führende Macht des Ostblocks, hatte zwar große Erfolge in der Raumfahrt erzielt, die von hohem technischem Sachverstand und Einfallsreichtum zeugten, ihr allgemeines Produktionsniveau konnte jedoch nicht mit dem des Westens mithalten. Das lag daran, dass die Sowjetunion mit über 20 Millionen Gefallenen die Hauptlast des letzten Weltkriegs getragen hatte und bei Kriegsende ein verheertes Land gewesen war, während die führende Macht des Westblocks, die USA, weitgehend unversehrt blieb. Vor allem aber behinderte sich der Osten selbst, indem er eine totalitäre Politik betrieb, die sich zwangsläufig lähmend auf alle wirtschaftlichen Aktivitäten auswirkte, zu enormen Verschwendungen von Arbeitskraft und Ressourcen führte und die Entfaltung eigener Initiative, des wichtigsten Motors allen produktiven Handelns, quasi unterband.

Dies zeigte sich nicht nur, was den allgemeinen Lebensstandard betraf, sondern natürlich auch in den militärischen Mitteln. 1962 besaß die Sowjetunion nur zwanzig Interkontinentalraketen, die imstande gewesen wären, die USA von russischem Boden aus anzugreifen, während die USA zweihundert entsprechender Raketen besaßen und darüber hinaus noch eine U-Boot-Flotte, die insgesamt 144 nuklear bestückte Raketen abschießen konnte.

Von diesem strategischen Ungleichgewicht wussten damals allerdings nur die Geheimdienste. In der öffentlichen Wahrnehmung galten beide Blöcke als einander ebenbürtig, was ein Teil der den Frieden bewahrenden Abschreckung war, denn niemand wollte, dass sie diese Ebenbürtigkeit in einem wirklichen Kampf unter Beweis stellten.

Die USA, die trotz ihrer Überlegenheit stets zu einem gewissen Verfolgungswahn neigten, hatten zum Ärger der Sowjets kurz zuvor in der verbündeten Türkei atomare Mittelstreckenraketen aufgestellt, die nicht nur imstande waren, Ziele in Russland anzugreifen, sondern schlicht zu nichts anderem getaugt hätten. Das erboste die Sowjets natürlich. Chruschtschow erklärte im vertrauten Kreis, er wolle die USA spüren lassen, wie sich das anfühle, wenn man von feindlichen Nuklearbasen umzingelt sei, und daraus entstand nach und nach der Plan, Mittelstreckenraketen – die weniger aufwendig zu bauen waren als Interkontinentalraketen und von denen die Sowjetunion mehr besaß – bei jenem Verbündeten zu stationieren, der den USA am nächsten war: auf Kuba.

So kam es zur Operation *Anadyr*, die, das muss man zugeben, zumindest zu Anfang so ausgeklügelt geplant war, dass man sich an so manche spätere Aktion von Perry Rhodan und seinen Getreuen erinnert fühlt, als es noch darum ging, dass sich die kleine Erde gegen die mächtigen galaktischen Imperien behauptete, von deren Existenz 1962 freilich noch kein Mensch etwas ahnte. Im Juli 1962 begannen die Sowjets, vierzig atomar bestückte Mittelstreckenraketen nach Kuba zu verlegen, indem sie sie auf Schiffe verluden, die zum Beispiel als Holztransporter getarnt waren und die Raketen tief unten im Bauch trugen. Selbst die Mannschaften erfuhren erst unterwegs, dass es in die Karibik ging, und am Ziel entlud man die Schiffe im Schutz der Nacht. Auf ähnliche Weise wurden innerhalb kürzester Zeit über 40 000 russische Soldaten auf Kuba stationiert. Technische Spezialisten reisten, um die gegnerischen Geheimdienste zu täuschen, als Agrartechniker oder Bewässerungsfachleute an.

Doch so ausgeklügelt die Operation geplant war, es haperte bei der

Durchführung. So waren die Soldaten in ungenügendem Maß in die Ziele und Hintergründe des Vorhabens eingeweiht und bauten die Raketenstellungen unbekümmert unter freiem Himmel auf, anstatt sie zu tarnen. Außerdem kursierten bald Gerüchte, die natürlich den Geheimdiensten zu Ohren kamen.

Doch der Zufall war zunächst den Sowjets hold. Am 30. August hatte ein U-2-Aufklärer versehentlich die Insel Sakhalin im Fernen Osten der Sowjetunion überflogen, worauf Moskau protestierte und die USA sich entschuldigen mussten. Kurz darauf wurde eine taiwanesische U-2 über China abgeschossen, was ebenfalls zu diplomatischen Spannungen führte. Die Sorge, eine kubanische Rakete könnte auch über Kuba eine U-2 abschießen, veranlasste den amerikanischen Außenminister Dean Rusk dazu, die bisherigen U-2-Aufklärungsflüge über Kuba so stark einzuschränken, dass die USA fünf Wochen lang kein einziges Foto aus dem Landesinneren erhielten.

Das war die Situation, als die Fotos auf den Tisch kamen, die Perry Rhodan mit dem *Starglider* gemacht hatte.

Die CIA stand vor dem Dilemma, dass die Fotos, die ihnen General Pounder übermittelt hatte, alarmierend waren; gleichzeitig wollte der Geheimdienst nur im äußersten Notfall zugeben, aus seinen schwarzen Kassen ein militärisches Projekt zu unterstützen, von dem der Kongress nichts wusste.

Zur Lösung dieses Dilemmas ließ man sich folgenden Trick einfallen: Man legte dem Nationalen Sicherheitsrat eine Analyse vor, die auf bereits bekannte Informationen über kubanische Boden-Luft-Raketenstellungen zurückgriff und nachwies, dass diese nach dem gleichen Schema aufgestellt waren wie vergleichbare Stellungen in der Sowjetunion, die Interkontinentalraketen gegen Angriffe schützen sollten. Das fanden die Verantwortlichen beunruhigend genug, um neue Aufklärungsflüge von U-2-Maschinen über Kuba zu autorisieren.

Diese Entscheidung wurde am Ende einer langen Sitzung in den frühen Morgenstunden des 10. Oktober getroffen, in den Unterlagen aber aus irgendwelchen Gründen auf den 9. Oktober zurückdatiert. Sie hatte zunächst auch keine weiteren Konsequenzen, da sich die Wolkendecke, die schon Rhodan bemerkt hatte, inzwischen bis über Kuba ausgedehnt hatte und Aufklärungsflüge damit ohnehin nicht möglich waren. Erst am 14. Oktober erlaubte das Wetter erstmals wieder einen solchen Flug, den ein Pilot namens Richard Heyser durchführte. Er brachte insgesamt 928 Fotos mit, darunter etliche, die ganz unmissverständlich Raketenstellungen zeigten. Eines dieser Fotos gelangte später in die Medien; es zeigte eine Atomraketenstellung in der Nähe von St. Cristóbal (das heute eher bekannt ist als Geburtsort von José Pinar, einem der bedeutendsten Künstler des 23. Jahrhunderts, dessen Statuen, Windspiele und Kristallplastiken immer noch auf vielen Welten zu finden sind, die einmal zum Einflussbereich des Solaren Imperiums gehört haben).

Diese Fotos wurden am 15. Oktober ausgewertet und am 16. Oktober dem amerikanischen Präsidenten vorgelegt. Damit brach in Washington heillose Aufregung aus. Man wusste aus anderen Quellen, dass sowjetische Mittelstreckenraketen in der Regel Atomsprengköpfe mit einer Sprengkraft von einer Megatonne transportierten, was das Hundertfache jener Bombe war, die Hiroshima dem Erdboden gleichgemacht hatte: Und solche Raketen standen nun einsatzbereit auf Kuba, imstande, innerhalb von Minuten Städte wie Miami, New York oder Chicago zu treffen!

Chruschtschows ursprüngliches Ziel war damit erreicht: Die Amerikaner wussten jetzt, wie es sich anfühlte, von Nuklearstellungen umzingelt zu sein.

Und es gefiel ihnen kein bisschen.

Kennedy berief umgehend einen außerordentlichen, geheimen Krisenstab ein. In dessen ersten Beratungen zeigte sich rasch, dass er in zwei Fraktionen zerfiel: Die einen wollten eine Lösung auf diplomatischem Wege finden, die anderen durch einen schnellen, harten Militärschlag.

Grundsätzlich kann man aus heutiger Sicht sagen, dass die Ängste des Ostblocks, durch einen atomaren Erstschlag des Westens vernichtet zu werden, nicht unbegründet waren. Es gab einige hochrangige

Militärs, die genau das nur zu gerne gemacht hätten. Ein Viersternegeneral namens Curtis Emerson LeMay zum Beispiel hatte 1949 vorgeschlagen, alle 133 damals verfügbaren amerikanischen Atombomben nach einem von ihm ausgearbeiteten Plan auf die 70 wichtigsten Städte der Sowjetunion (die zu diesem Zeitpunkt noch keine Atombomben besaß) abzuwerfen, um den Konkurrenten um die Weltmacht ein für alle Mal auszuschalten. Mit derselben Beharrlichkeit, mit der im Römischen Reich einst Cato die Zerstörung Karthagos forderte, erklärte dieser Mann, dem zeitweilig sogar das *Strategic Air Command* unterstand, auch später immer wieder, man müsse den Atomkrieg führen, solange die USA ihn noch gewinnen könnten.

Ebendieser Mann saß nun mit im Krisenstab des Präsidenten und plädierte, wenig überraschend, für ein umfassendes Bombardement der entdeckten Raketenstellungen, und zwar schnell, solange sie möglicherweise noch nicht einsatzbereit waren.

Noch wurde alles geheim gehalten. Um den Schein von Normalität zu wahren, absolvierte Präsident Kennedy in den folgenden Tagen wie geplant Wahlkampfauftritte (im Herbst standen Kongresswahlen an), unter anderem in Perry Rhodans Heimatstaat Connecticut. Der Krisenstab tagte derweil ohne ihn und diskutierte verschiedene Vorgehensweisen. Nach und nach schälten sich zwei Optionen heraus: entweder eine Blockade zur See oder ein Militärschlag, über dessen Einzelheiten die Männer (man fand es damals selbstverständlich, dass einem solchen Gremium ausschließlich Männer angehörten) freilich sehr unterschiedlicher Auffassung waren.

Am 20. Oktober schließlich brach Präsident Kennedy seine Wahlkampfreisen ab, kehrte nach Washington zurück und traf eine Entscheidung: Die USA würden eine Seeblockade über Kuba verhängen. Man würde alle Schiffe zurückweisen, die sich der Insel auf mehr als 1000 Meilen, also 1250 Kilometer, näherten. Die Aufgabe, diese Blockade zu verwirklichen, wurde der US Navy übertragen, die dazu 183 Schiffe abstellte, 570 Flugzeuge und 140 000 Mann Besatzung. Der Alarmzustand der Streitkräfte wurde auf DEFCON 3 gehoben (das entsprach in etwa dem, was wir seit den Zeiten des Solaren Imperiums als »gelber Alarm« kennen).

Am 22. Oktober um 19 Uhr Ostküstenzeit wandte sich der Präsident schließlich mit einer Fernsehansprache an die amerikanische Nation, nachdem er am Vorabend persönlich mit den Herausgebern der großen Zeitungen telefoniert hatte, damit sie dies groß ankündigten. Er erklärte, was sich auf Kuba abspielte und wie man (seines Wissens nach) davon Kenntnis erlangt hatte, verlangte von der Sowjetunion den Abbau und den Abzug der Raketen, kündigte hierzu die Blockade Kubas an und richtete schließlich eine scharfe Warnung an die sowjetische Führung: Sollte die Sowjetunion irgendeinen Staat der westlichen Hemisphäre mit den auf Kuba bereits stationierten Raketen angreifen, werde man dies als Angriff auf die USA betrachten und mit einen Vergeltungsschlag in voller Stärke antworten.

Mit anderen Worten: Er drohte Moskau offen mit der atomaren Vernichtung.

Die Welt hielt den Atem an.

Am darauffolgenden Tag wies Chruschtschow sämtliche Forderungen Kennedys kategorisch zurück und warf dem amerikanischen Präsidenten im Gegenzug vor, mit seiner Blockade das Prinzip der Freiheit der Weltmeere zu verletzen und den Weltfrieden zu gefährden. Er wies die Schiffe, die die restlichen Atomraketen transportierten, und außerdem vier atomar bewaffnete U-Boote an, ihren Kurs fortzusetzen, und versetzte das sowjetische Militär in Alarmbereitschaft.

John F. Kennedy unterzeichnete daraufhin die offizielle Proklamation der Blockade Kubas. Für Regierungsmitglieder wurden Alarmpläne ausgegeben, wann und von wo aus sie im Fall einer Zuspitzung der Krise per Hubschrauber in atombombensichere Bunker gebracht werden würden.

Am 24. Oktober erreichte ein sowjetischer Frachter mit 24 Atomsprengköpfen an Bord Kuba noch vor Beginn der Blockade, worauf Chruschtschow seinen Ton weiter verschärfte und ankündigte, alle Schiffe würden ihren Kurs halten und sich von den Amerikanern nichts vorschreiben lassen. Um 10 Uhr Ostküstenzeit begann daraufhin die Blockade wie vorgesehen, und der Alarmzustand wurde zum ersten Mal in der Geschichte auf DEFCON 2 angehoben (entsprechend dem heutigen *Alarm Orange*), nur noch eine Stufe von DEFCON 1 (unser *roter Alarm*) entfernt, der praktisch den Atomkrieg bedeuten würde: Die USA verfügten über insgesamt 2962 Atombomben, die auf 220 Ziele in der Sowjetunion gerichtet waren.

Man identifizierte zweiundzwanzig sowjetische Schiffe, die unverändert auf die Grenze der Blockade zuhielten, und sechs, die ihren Kurs änderten.

Am 25. Oktober fand eine von den USA einberufene Sitzung des Sicherheitsrates der Vereinten Nationen statt (die heutige Geschichtsstudenten gern als Vorläufer des späteren Terranischen bzw. Solaren Parlaments missverstehen; tatsächlich handelte es sich dabei lediglich um eine Art Gesprächsforum der bestehenden irdischen Nationen ohne jegliche legislative Befugnisse). Inzwischen waren 145 amerikanische Interkontinentalraketen startbereit und von den insgesamt 1436 Bombern des *Strategic Air Commands* ständig 180 in der Luft, beladen mit Atombomben und bereit, sie auf Befehl des Präsidenten auf Ziele in der Sowjetunion abzuwerfen; 23 von ihnen kreisten in unmittelbarer Nähe der sowjetischen Grenze.

Während die UN-Sitzung keinerlei Fortschritt erbrachte, wurden mehrere Schiffe gestoppt und auf Waffen durchsucht; da man keine fand, die Schiffe vielmehr nur normale Handelsgüter transportierten, ließ man sie passieren. Hingegen registrierte man vierzehn Schiffe, die kehrtmachten. Aufklärungsflüge zeigten, dass die Arbeiten an den Raketenstellungen auf Kuba unverändert weitergingen. Fidel Castro, der kubanische Regierungschef, verkündete, sein Land habe wie jedes andere das Recht, sich zu verteidigen, und dass die fraglichen Waffen keinem anderen Zweck dienten als diesem.

Am 26. Oktober erklärte Präsident Kennedy dem Krisenstab, mittlerweile davon überzeugt zu sein, dass man die Raketen auf Kuba nur auf dem Wege einer militärischen Intervention beseitigen könne. Und dass man, sollte die Sowjetunion sich hierbei militärisch einmischen, Nuklearwaffen einsetzen müsse.

Die Welt stand am Abgrund eines globalen Schlagabtauschs mit thermonuklearen Waffen, eines Krieges, der keine Sieger mehr kennen würde.

Viele amerikanische Bürger deckten sich in eiligen Hamsterkäufen mit Lebensmittelvorräten ein und verbarrikadierten sich in ihren Häusern.

Und am Morgen des 27. Oktober wurde ein U-2-Aufklärungsflugzeug durch eine von Kuba aus abgefeuerte Boden-Luft-Rakete vom Typ S-75 Dvina abgeschossen und der Pilot getötet.

Wie erging es dem jungen Piloten Perry Rhodan angesichts dessen, was er, wenn auch ohne jegliche Absicht, ausgelöst hatte?

Die Radioansprache Kennedys traf ihn nicht ganz so unvorbereitet wie die meisten seiner Landsleute, denn General Pounder hatte ihn schon einige Tage zuvor wissen lassen, dass seine Verbindungsleute bei der CIA der Angelegenheit hohe Bedeutung beimaßen, und auch, dass die präziseren Kameras der Aufklärungsflugzeuge Fotos geschossen hatten, die an der Existenz von Atomraketen auf Kuba keinen Zweifel mehr ließen.

So hörte Rhodan die Ansprache Kennedys mit anderen Ohren als die rund einhundert Millionen Landsleute, die gleich ihm an jenem Tag vor einem Radioempfänger saßen. Insbesondere verwunderte ihn, wie viel Raum Kennedy seiner Empörung darüber einräumte, dass diese Aktionen in aller Heimlichkeit und unter Vorspiegelung falscher Tatsachen abgelaufen waren: Verstand er denn nicht, dass eine solche Heimlichkeit geradezu ein Eingeständnis von Unterlegenheit war? Täuschen muss nur der, der weiß, dass er in einer offenen Konfrontation unterliegen würde!

Rhodan hatte Kennedy bei den Wahlen seine Stimme gegeben, und bislang, auch nach der kurzen persönlichen Begegnung, war ihm der charismatische Präsident als fähiger Führer des Landes erschienen. In den folgenden Tagen begann er jedoch, mehr und mehr daran zu zweifeln. Alles, was geschah, sah für ihn danach aus, dass Kennedy die Lage nicht mehr unter Kontrolle hatte, sondern nur noch die Etappen einer bereits in Eigendynamik ablaufenden, fatalen Eskalation als seine eigenen Entscheidungen ausgab.

Gewiss war es unerfreulich, feindliche Raketen direkt vor der eigenen Haustüre zu wissen – aber ging es den Sowjets mit den in der Türkei stationierten Raketen etwa nicht genauso? Rhodan verstand nicht, wieso sich offenbar niemand in der Regierung auch nur für einen Moment in die Situation der Gegenseite versetzte. Stattdessen schien die blanke Panik zu herrschen.

Zudem stieß ihm sauer auf, dass Kennedy die Heimlichkeiten anderer so heftig verurteilte, während er sich selbst in Heimlichkeit übte: Warum hatte er trotz der akuten Krise relativ belanglose Wahlkampfveranstaltungen zugunsten von Parteifreunden absolviert, als sei alles normal? War es klug, sich um Wahlchancen zu kümmern, während zu Hause die Generäle den Weltuntergang planten?

Meiner Einschätzung nach hat Perry Rhodan aus der Kubakrise die Lehre gezogen, dass ein Regierungschef die Frage seiner Wiederwahl niemals zum Kriterium von Entscheidungen machen sollte. Er sollte vielmehr tun, was er für richtig hält, und es mannhaft hinnehmen, falls ihm die Wähler daraufhin die weitere Gefolgschaft verweigern.

Manch Historiker mag mir widersprechen, aber meiner Beobachtung nach hat Rhodan seine gesamte Regierungszeit über nach genau dieser Maxime gehandelt. Es fiel nur irgendwann nicht mehr auf, weil alle gelernt hatten, dass er für das Argument »das wird uns bei den Wahlen schaden« völlig taub war. *Ist es das Richtige?* Das war immer seine Frage, wenn es um eine schwierige Entscheidung ging – und ich bin heute mehr denn je überzeugt, dass es auch das Richtige ist, so zu handeln.

Für Perry Rhodan hat es jedenfalls funktioniert. Man hat ihn unzählige Male abgeschrieben, ihm wieder und wieder das baldige Ende seiner Zeit im höchsten Amt prophezeit, und letztlich haben die Bürger ihm seine Entscheidungen doch immer wieder verziehen – auch die falschen.

Nicht selten zu meiner Überraschung, wie ich gestehen muss.

Aber kehren wir zurück ins Jahr 1962 alter Zeitrechnung, als der Menschheit zum ersten Mal die atomare Auslöschung drohte.

Erst später wurde bekannt, dass Dinge noch ganz anderer Größenordnung aus dem Ruder liefen. So hatte am Vortag, am 26. Oktober, um

9 Uhr 59 in der Nähe des Johnson-Atolls trotz der akuten Kriegsgefahr ein seit längerem vorbereiteter Atombombentest stattgefunden, und zwar unter der Leitung des bereits erwähnten kriegslüsternen Generals Curtis LeMay. Er befahl den Test, der mit Hilfe einer Thor-Rakete ausgeführt wurde, ohne den Krisenstab im Weißen Haus auch nur darüber zu informieren! Ebenfalls ohne Rücksprache mit dem Krisenstab wurde am 27. Oktober in Cape Canaveral eine neuartige Interkontinentalrakete getestet. Beide Ereignisse hätten die Sowjets als Beginn eines Großangriffs interpretieren können, und wir dürfen durchaus vermuten, dass dies genau die Absicht der Verantwortlichen gewesen ist: den Präsidenten vor vollendete Tatsachen zu stellen, so dass ihm keine andere Wahl als der Krieg gegen die Sowjetunion blieb.

Umgekehrt war auch der Abschuss des amerikanischen Aufklärungsflugzeugs entgegen den ausdrücklichen Anweisungen aus Moskau erfolgt, auf keinen Fall in Eigeninitiative irgendwelche Kampfhandlungen zu eröffnen. Am selben Tag bekam Nikita Chruschtschow ein Telegramm Fidel Castros, in dem dieser behauptete, eine Invasion Kubas durch die USA stehe unmittelbar bevor. Castro forderte, Chruschtschow solle einen präventiven atomaren Erstschlag gegen die USA befehlen.

Nun erkannte auch der sowjetische Staatschef, dass die Dinge aus dem Ruder zu laufen drohten.

Nikita Sergejewitsch Chruschtschow hatte selbst noch im Zweiten Weltkrieg gekämpft und kannte die Grauen des Krieges daher aus eigener Erfahrung. Eine seiner Maximen lautete: »Wenn du erst einmal angefangen hast zu schießen, kannst du nicht mehr damit aufhören.« Und er wollte nicht anfangen zu schießen, nicht in dem Wissen, dass mit Atomraketen geschossen werden würde, von denen die andere Seite viel mehr besaß.

In dem Bemühen, die Situation zu entspannen, schrieb er einen ausführlichen Brief an den amerikanischen Präsidenten, in dem er anbot, die Waffen, die die USA »als Angriffswaffen missverständen«, abzuziehen, wenn im Gegenzug die USA versprachen, keine Invasion Kubas zu beginnen. Es dauerte jedoch, bis dieser Brief im Weißen Haus eintraf. Zuerst musste er vom Politbüro abgesegnet werden, dem obersten Gremium der sowjetischen Führung, dann musste er in die USA transportiert werden, und nach dem Erhalt musste der Text erst aus dem Russischen übersetzt werden, ehe er dem Präsidenten vorgelegt werden konnte.

Parallel dazu hatte Präsident Kennedy – auch wieder heimlich, also hinter dem Rücken seines eigenen Krisenstabes – seinen Bruder damit beauftragt, sich mit dem sowjetischen Botschafter in Washington zu Geheimgesprächen zu treffen, in denen er mehr oder weniger denselben Vorschlag an Moskau richten sollte: Abzug der Raketen gegen eine Zusicherung, Kuba nicht zu besetzen, außerdem würde man vier bis fünf Monate später stillschweigend auch die amerikanischen Raketen aus der Türkei abziehen. Einen simplen »Raketentausch« wollte Kennedy nicht, weil das so ausgesehen hätte, als hätten sich die USA erpressen lassen. Auf der anderen Seite hatten die Mittelstreckenraketen in der Türkei ihre strategische Bedeutung schon lange eingebüßt, und es hatte bereits 1960 der Plan bestanden, die Stellungen zu demontieren; er war nur aufgrund des Präsidentenwechsels in Vergessenheit geraten.

So waren es am Ende die Staatschefs beider Seiten, die vor der Eskalation zurückschreckten und damit das Schlimmste noch einmal verhinderten. Kennedy hatte seinen Bruder losgeschickt, ohne von dem Brief Chruschtschows zu ahnen, und Chruschtschow erklärte über Radio Moskau öffentlich, die Raketen und Soldaten aus Kuba abzuziehen, noch ehe ihn sein Botschafter über das vertrauliche Angebot des amerikanischen Präsidenten informiert hatte.

Damit war die Krise vorbei. John F. Kennedy ging als strahlender Sieger daraus hervor, denn in den Augen der Öffentlichkeit hatte er durch entschiedenes Auftreten sowohl den feindlichen Osten in seine Schranken gewiesen als auch den Weltfrieden bewahrt. Dass er dabei mit dem Leben Hunderter von Millionen Menschen *va banque* gespielt hatte, wurde von den meisten übersehen, und seine Partei gewann die Kongresswahlen glänzend.

Für Nikita Chruschtschow hingegen, der hoch gepokert und verloren hatte, war es eine politische Niederlage, von der er sich nicht mehr erholen sollte. Seine Position in der sowjetischen Hierarchie war nach der Kubakrise geschwächt, und 1964 wurde er entmachtet. Sein Nachfolger Leonid Breschnew, entschlossen, den nuklearen Rückstand zu den USA aufzuholen, startete ein gewaltiges Aufrüstungsprogramm, auf das Amerika mit noch stärkerer Aufrüstung reagierte. Chruschtschow verlor 1966 zudem seinen Sitz im Zentralkomitee und starb 1971.

Die lebhaftesten Erinnerungen verbindet der Verfasser dieser Zeilen mit Fidel Castro. Castro blieb bis zur Gründung des Solaren Imperiums Regierungschef von Kuba; danach vertrat er Kuba als Senator (so, wie heute jede *Welt* einen Senator entsendet, entsandte in den Anfangstagen der geeinten Menschheit jede *Nation* einen Senator) und war berüchtigt dafür, seine Redezeit zu überziehen, wann immer man es ihm durchgehen ließ. Er war mehrmals Sprecher der sozialistischen Fraktion im Parlament und kritisierte jede einzelne meiner Maßnahmen, Gesetzesvorlagen und Entscheidungen mit scharfen Worten, von denen einige zu Bonmots wurden, und die Karikaturisten der damaligen Medien skizzierten uns gerne als Erzfeinde. Möglicherweise waren wir das anfangs, mit den Jahren gewann Castro aber eine gewisse Altersmilde, und in seinen letzten Jahren als Senator (er schied kurz vor seinem 80. Geburtstag aus dem Amt) verstanden wir uns ganz gut, wenn wir darauf achteten, bestimmte Themen zu meiden.

7

Nach dem Ende der Krise ging ein großes Aufatmen um die Welt, und kurz darauf nahm das Leben wieder seinen gewohnten Gang. Auf der Groom Lake Base starteten nun auch die anderen Piloten der Reihe nach mit dem *Starglider* zu ähnlichen Flügen wie Rhodan. Perry Rhodan selber unternahm zunächst keinen weiteren Flug – »das ist zu riskant«, meinte Craig McClure in einem seiner seltenen Anfälle von Scherzhaftigkeit, »wer weiß, was für eine Krise du das nächste Mal auslöst« –, sondern wechselte in die Rolle eines Instrukteurs, betreute die anderen Piloten bei ihren vorbereitenden Simulatortrainings und besprach mit ihnen minuziös die kritischen Einzelheiten, die ihm aufgefallen waren. Außerdem fungierte er bei den folgenden Flügen selbst als *Flight Com*, als Flugkommunikator.

Diese Flüge gingen ohne wesentliche Schwierigkeiten über die Bühne. Jeder Pilot schaffte zwei Sprünge, Rod Nyssen, der als Letzter flog, brachte es sogar auf drei, wobei der letzte Sprung ein antriebsloser war, dem »Flacher Stein hüpft übers Wasser«-Prinzip entsprechend, das dem Konzept des Antipodenflugzeugs ja eigentlich zugrunde lag.

Darüber war schon längst das Jahr 1963 angebrochen. Am 15. Mai startete der Astronaut Gordon Cooper mit der Mercury-Kapsel *Faith 7* ins All. Er umkreiste die Erde 22-mal und war der erste amerikanische Astronaut, der im Weltall schlief: Da Schwerelosigkeit herrschte, musste er hierfür seine Arme sichern, damit diese nicht umherschwebten und versehentlich irgendwelche Schalter betätigten. Mit diesem Flug, der über 34 Stunden dauerte, endete das Mercury-Programm der NASA.

Einen Tag nach Coopers Landung rief General Pounder die *Starglider*-Piloten und die leitenden Wissenschaftler zu einer Besprechung zusammen. Es ging darum, wie der nächste Meilenstein zu erreichen war, nämlich eine komplette Erdumrundung mit dem *Starglider*.

»Das Problem ist«, erklärte Pounder einleitend, »was wir machen, wenn die Umrundung der Erde *nicht* gelingt. Die NASA bekommt vom Verteidigungsministerium alle Unterstützung, die sie braucht. Egal, wo eine Raumkapsel wassert, die Navy kann ein Schiff hinschicken, das sie auffischt. Wir dagegen werden diese Art Hilfe nicht bekommen. Wir müssen uns also überlegen, was wir stattdessen machen, wenn dem Flugzeug unterwegs der Schwung ausgeht und es notlanden muss.«

Die darauffolgende Diskussion mäanderte eine Weile ziellos hin und her. Dr. Lehmann vertrat den Standpunkt, es sei überflüssig, darüber zu diskutieren, die Umrundung werde bestimmt gelingen; der General beharrte darauf, dass man einen Plan für den Notfall haben müsse; und die Piloten wussten nicht recht – wenn man sich nicht mehr in der Luft halten könne, müsse man eben landen, egal wo.

Schließlich sagte Perry Rhodan, jeder wisse, dass die Haltung, es *dürfe* einfach nichts passieren, der sicherste Garant dafür war, dass ein Unternehmen schiefging, weil Angst und Anspannung damit verbunden seien; zwei Gefühlsregungen, die dem klaren, konzentrierten Denken und Handeln abträglich sind. Also brauche man einen Plan B, um die Chancen für ein Gelingen von Plan A – Start und Landung auf der Groom Lake Base – zu erhöhen. Hierfür schlug er vor zu besprechen, unter welchen Bedingungen ein solcher Flug abgebrochen werden müsse und welche Strecke in einem Notfall noch zu bewältigen war. Anschließend könne man eine mögliche Flugroute für eine Erdumrundung festlegen und sich anschauen, welche Landeplätze am wenigsten problematisch seien.

»Und vielleicht«, schlug er mit Blick auf General Pounder vor, »können ja Ihre guten Freunde bei der CIA helfen. Immerhin stecken die einiges Geld in die Entwicklung eines Flugzeugs, dessen Existenz sie geheim halten wollen. Dass man so ein Flugzeug irgendwann auch testen muss, sollte den Herren einleuchten.«

»Hmm«, machte Pounder und kritzelte eine Notiz auf den Block, den er vor sich liegen hatte. »Keine üble Idee.«

Sie diskutierten lange an diesem Tag, klebten Wollfäden auf den großen Globus, der am Ende des Besprechungstisches stand, zirkelten Reichweiten ab, erstellten Listen von Flughäfen. Das Hauptproblem war die Überquerung des Pazifischen Ozeans; hier würden sie für den Notfall mindestens zwei einsatzbereite Schiffe benötigen.

»Oder ein U-Boot, das den *Starglider* birgt, nachdem er gesunken ist«, meinte Rod Nyssen trocken. »Auf die Weise wäre die Geheimhaltung jedenfalls gewährleistet.«

»Ich schwöre dir, wenn das der Plan ist, nehme ich ein aufblasbares Schlauchboot mit«, erwiderte Bob Kinney.

Als sie eine lange Liste mit Ideen und Vorschlägen hatten und niemandem mehr etwas einfiel, beendete der General die Besprechung. »Ich strebe an, noch in diesem Jahr eine Erdumrundung durchzuführen«, erklärte er. »Nicht nur, weil wir ohnehin langsamer vorankommen, als ich ursprünglich gedacht habe, sondern auch der Konkurrenz wegen.«

Sie rissen alle die Augen auf. Konkurrenz? Was für eine Konkurrenz? Die NASA war doch keine Konkurrenz, in dem Punkt waren sich längst alle einig.

»Ich meine nicht die NASA. Was ich erfahren habe, ist, dass die CIA zusammen mit der Firma Lockheed ein anderes Geheimprojekt durchführt, das zum Ziel hat, ein strategisches Aufklärungsflugzeug zu entwickeln, das sehr hoch und mit Mach 3 fliegen soll. Der Codename lautet SR-71. Mehr weiß ich nicht.« Pounder hieb mit der Faust auf die Tischplatte. »Aber ich will, dass unser *Starglider* fliegt, bevor es deren Maschine tut!«

Am 16. Juni 1963 startete vom Kosmodrom Baikonur die Kosmonautin Walentina Wladimirowna Tereschkowa an Bord von Wostok 6 zu einem fast drei Tage dauernden Flug, in dessen Verlauf sie die Erde achtundvierzigmal umkreiste. Sie war die erste Frau, die ins All flog, und sollte für lange Zeit die einzige bleiben.

Kurz vorher war Wostok 5 mit dem Kosmonauten Walerij Fjodorowitsch Bykowski gestartet. Die beiden Raumkapseln näherten sich einander bis auf eine Distanz von fünf Kilometern. Nach Tereschkowas Landung blieb Bykowski im All; sein Flug dauerte insgesamt knapp fünf Tage, in denen er die Erde 81-mal umkreiste. Noch nie zuvor war jemand so lange im All gewesen.

Doch das blieb so gut wie unbeachtet. Alle Welt sprach nur von Walentina Tereschkowa, der ersten Frau im All.

Auch auf der Groom Lake Base war das in diesen Tagen das wichtigste Gesprächsthema.

Die anderen Piloten fanden es unmöglich, eine Frau ins All zu schicken. Die Raumfahrt, das war doch keine Sache für Frauen! Viel zu riskant! Gab es etwa Pilotinnen?

Nun, doch, die gab es allerdings, und gar nicht mal so wenige. Die bekannteste Fliegerin Amerikas war Amelia Earhart, die 1937 irgendwo über dem Pazifik verschollen war. Und natürlich war jedem Piloten Florence »Pancho« Barnes ein Begriff, die erste amerikanische Stuntpilotin. Die Deutschen, wusste jemand, hatten gegen Ende des Zweiten Weltkriegs Kampfpilotinnen eingesetzt. Und so weiter.

Trotzdem. Raumfahrt – das war doch was anderes, oder?

»Ich finde das gar keine dumme Idee«, meinte Perry Rhodan hingegen. »Wenn man es sich genau überlegt, eignen sich Frauen für die Raumfahrt eigentlich viel besser als Männer. Sie sind im Schnitt kleiner und leichter, verbrauchen weniger Sauerstoff und sind belastungsfähiger als Männer.«

»Frauen belastungsfähiger als Männer?«, rief Bob aus. »Ist das dein Ernst?«

»Sie bringen Kinder zur Welt«, erinnerte ihn Rhodan.

Bob stutzte. »Ach so. Ja. Stimmt.«

»Das Problem ist ein ganz anderes«, mischte sich einer der Wissenschaftler ein, der mit am Tisch saß. »Die NASA hätte auch gern eine Frau ins All geschickt, aber sie wissen nicht, wie sie das mit dem … nun ja, mit dem Pinkeln machen sollen. Bei Männern ist das einfach, aber bei Frauen …«

»Und wie machen es die Russen?«, fragte Bob Kinney.

Der Weißkittel hob die Schultern. »Tja. Das weiß man eben mal wieder nicht.«

Sie vertieften dieses delikate Thema nicht weiter. Auf jeden Fall, diesen Schluss zog Perry Rhodan, war es klar, dass, sollte die Menschheit ins All aufbrechen, auch Frauen dorthin reisen mussten.

Schließen wir mit einer biographischen Anmerkung: Wenige Monate nach ihrem Flug heiratete Walentina Tereschkowa ihren Kosmonautenkollegen Andrijan Grigorjewitsch Nikolajew; Nikita Chruschtschow war Ehrengast auf ihrer Hochzeit. Am 8. Juni 1964 brachte sie ihre Tochter Elena Andrianowna Nikolajewa-Tereschkowa zur Welt, der erste Mensch, dessen Eltern beide im Weltraum gewesen waren. Besagte Elena Tereschkowa absolvierte ein Medizinstudium und wurde Ärztin, und ab dem Jahr 2001 alter Zeitrechnung findet man ihren Namen in der Mannschaftsliste des Leichten Kreuzers BELARUS, wo sie zwölf Jahre lang als Bordärztin diente.

Ihre Mutter erfreute sich in Russland und den anderen Gebieten, die einst zum Ostblock gehört hatten, zeitlebens großer Popularität und war bis ins hohe Alter politisch tätig, größtenteils in der russischen Regionalregierung, aber auch einige Jahre als Senatorin. Einer der Krater auf der Mondrückseite ist bis heute nach ihr benannt, und 2007 wurde in Terrania in ihrer Gegenwart eine Gedenkstätte für die terranischen Raumfahrtpioniere eingeweiht, auf der auch ihr Name stand.

Ins Weltall jedoch flog Walentina Tereschkowa nie wieder.

Gegen Ende Juni kam auch, nach langer Pause, mal wieder ein Brief von Leroy an. Anders als sonst klagte er diesmal so gut wie gar nicht über den Zustand seiner Ehe. Er schrieb nur, dass Alice und er immer noch getrennt lebten, aber anscheinend hatten sie ein Arrangement gefunden, dass er seine Töchter oft genug sehen konnte, und nach dem, was er über die beiden schrieb, mussten es die beiden tollsten Kinder aller Zeiten sein.

Der größte Teil seines Briefs handelte von der Bürgerrechtsbewegung um Dr. Martin Luther King und Ralph Abernathy, die mittlerweile offenbar ein wesentlicher Teil von Leroys Leben geworden war. Er schrieb, dass für die letzte Augustwoche ein »Marsch auf Washington für Arbeit und Freiheit« geplant war, um friedlich gegen die Rassendiskrimierung in den USA zu demonstrieren, und fragte Perry Rhodan, ob dieser nicht Lust habe, daran teilzunehmen; sie könnten sich bei der Gelegenheit mal wieder sehen.

Rhodan rechnete nach und stellte verblüfft fest, dass über sieben Jahre vergangen waren, seit Leroy und er sich das letzte Mal getroffen hatten. Also schrieb er sofort und sagte zu, wenngleich ihn die Vorstellung, zusammen mit Hunderttausenden anderer Spruchbänder tragend durch die Hauptstadt zu marschieren, nicht unbedingt reizte. Obwohl er den Zielen der Bürgerrechtsbewegung zustimmte, war er nicht so recht davon überzeugt, dass sie durch Demonstrationen zu erreichen waren.

Andererseits – schaden konnte es nicht. Er warf den Brief ein und stellte sogleich einen Urlaubsantrag.

Zwei Tage später wurde er zu General Pounder gerufen. Im ersten Moment nahm Rhodan an, es ginge um seinen Antrag, wunderte sich, dass der General sich persönlich darum kümmerte, und mutmaßte, dass es irgendeinen wichtigen Grund gab, ihm den Urlaub zu verweigern.

Doch um seinen Urlaub ging es überhaupt nicht. Pounder erklärte ihm, seine Idee, die CIA in die Sicherung des Flugs um die Erde einzuspannen, sei gut gewesen; er habe seine dortigen Ansprechpartner im Boot, und es sei nun nur noch eine Frage des nötigen Vorlaufs, um rechtzeitig überall vertrauenswürdige Leute vor Ort zu haben, für den Fall der Fälle. »Wir peilen Ende November an«, erklärte er. »Und Sie werden der Pilot sein.«

Rhodan atmete überrascht ein. »Gern, Sir«, sagte er, »aber ist das fair? Die anderen Piloten wollen sicher auch eine Chance bekommen, sich zu bewähren.«

Pounder lehnte sich zurück, musterte ihn über seinen ausladenden Schreibtisch hinweg. »Sie sind schon ein seltsamer Heiliger, Rhodan. Fairness? Denken Sie denn, beim Militär geht es um *Fairness?* Würden Sie einen Krieg lieber fair verlieren, als ihn unfair zu gewinnen?«

»Nein, Sir, ich würde sogar jederzeit zu unfairen Mitteln greifen, um einen Krieg zu *verhindern*«, erwiderte Rhodan. »Aber im Moment sind wir nicht im Krieg, sondern in einem Projekt. Und der Erfolg eines Projekts hängt davon ab, dass alle Beteiligten so gut wie möglich zusammenarbeiten. Dafür ist Fairness wichtig.«

»Okay. Einspruch zu Protokoll genommen.« Pounder stand auf. »Und jetzt erzähle ich Ihnen, wie ich die Sache sehe. Ich halte die erste Erdumrundung mit dem *Starglider* für eine extrem schwierige Mission, und ich halte Sie für den besten Piloten, den wir haben. Ich will den Backup von der CIA haben, aber ich will ihn nicht *brauchen*, und deshalb will ich, dass Sie diese Mission fliegen.«

»Sir, mit allem nötigen Respekt, aber alle Piloten im Projekt sind hervorragende Leute«, sagte Rhodan. »Wir haben sozusagen *nur* beste Piloten.«

»Unsinn«, versetzte Pounder ärgerlich. »Hören Sie, Rhodan, für den Fall, dass Sie später einmal selbst Führungsverantwortung tragen: Sie werden untergehen, wenn Sie sich weigern, die Tatsachen zur Kenntnis zu nehmen, und stattdessen versuchen, nett zu sein. Nett ist der kleine Bruder von scheiße, wie man so sagt. Und die Tatsachen verschwinden nicht davon, dass man sie ignoriert. Im Gegenteil, sie werden Sie töten.«

Er ging zum Kartenschrank, holte eine Karte heraus und legte sie vor Rhodan hin. »Was sehen Sie, Leutnant?«, blaffte er.

»Die Routen der bisherigen Flüge.«

»Genau. Jeder Pilot hat zwei Sprünge geschafft, Nyssen sogar drei. Klingt gut, wenn man es so sagt. Aber dabei geht unter, dass keiner von den anderen auch nur annähernd so *weit* geflogen ist wie Sie!«

Rhodan schwieg. Das stimmte. Er hatte versucht, den anderen zu vermitteln, wie er das angestellt hatte, aber ohne Erfolg. Sie fragten sich immer noch, wie er das gemacht hatte, und so richtig erklären konnte er es sich selbst nicht.

»Um also auf die Tatsachen zurückzukommen«, knurrte Pounder, »ist es so, dass Sie der beste Pilot sind, den wir haben. Sie sind der beste Pilot im Team, der beste Pilot in der gesamten Air Force und wahrscheinlich der beste Pilot überhaupt. Dank Ihres unglaublichen Reaktionsvermögens, für das Sie natürlich nichts können, aber Sie haben es nun mal, und wir dürfen ruhig annehmen, dass sich der liebe Gott etwas dabei gedacht hat, Sie damit auszustatten. Was muss sich jemand wie ich, ein einfacher, alter General, angesichts dieser Tatsachen sagen? Er muss sich sagen: Wenn ein Pilot es schafft, den Vogel dort in Hangar 1 einmal rund um die Welt zu fliegen, sind Sie das, und deswegen *befehle* ich einfach, dass Sie den ersten Flug machen werden. Falls die anderen das unfair finden sollten, dann dürfen sie sich gern über mich ärgern. Das tun sie ja sowieso.«

Womöglich, überlegte Rhodan, würden die anderen es gar nicht unfair finden. »Ja, Sir«, sagte er. »Zu Befehl.«

»Aber eins sage ich Ihnen«, fuhr General Pounder finster fort, »falls sich zu der Zeit gerade wieder irgendwo irgendeine internationale Krise abzeichnen sollte, fliegt jemand anders!«

Der »Marsch auf Washington« sollte am 28. August stattfinden, einem Mittwoch. Um rechtzeitig da zu sein, brach Perry Rhodan schon am Montag auf, und da er als Zivilist unterwegs war – in Zivilkleidung, und genau wie Jim Lovell es einmal beschrieben hatte, kam auch er sich darin sich seltsam verkleidet vor –, warteten mehrere Busfahrten auf ihn, bis er in Las Vegas endlich eine Linienmaschine nehmen konnte.

Auf dem Weg zur Bushaltestelle schaute er noch einmal bei seinem Postfach vorbei und fand tatsächlich einen Brief vor, von Leroy, was seltsam war, weil der ihm schon die Woche zuvor geschrieben und genau erklärt hatte, wo sie sich treffen würden. Vermutlich eine Änderung des Plans in letzter Minute. Da der Bus abfahrbereit wartete, steckte Perry Rhodan den Brief nur ein und beeilte sich, an Bord zu kommen.

Unterwegs studierte er noch einmal das Flugblatt, das ihm Leroy schon vor einiger Zeit geschickt hatte und auf dem stand, wo sich die Teilnehmer der Demonstration treffen und welche Strecke sie marschieren würden. Anders als ursprünglich geplant, würde man nicht vom Washington Monument zum Kapitol marschieren, sondern zum Lincoln Memorial, auf Bitte des Präsidenten, dem die große Zahl der zu erwartenden Teilnehmer Sorge bereitete. Auf der Rückseite stand auch, wer alles sprechen würde, aber die meisten Namen sagten Rhodan nichts: diverse Reverends, Rabbis und Chairmen dieser und jener Kirchen. Außerdem hatte er sich einen Reiseführer für Washington besorgt; wenn er schon einmal dort war, wollte er sich auch die eine oder andere Sehenswürdigkeit anschauen.

Darüber vergaß er Leroys neuen Brief; erst als er seinen Platz in der Maschine nach Washington einnahm, fiel er ihm wieder ein. Er kramte ihn hervor und las, während die Maschine zur Startbahn rollte, dass Leroy gar nicht in Washington sein würde!

Ich hoffe, dieser Brief erreicht Dich noch rechtzeitig, schrieb Leroy in hastig hingekritzelten Zeilen. *Hier geht gerade alles drunter und drüber, und ich hab keine andere Wahl, ich muss nach England fliegen, so schnell wie möglich! Warum und wieso: später. Verdammt schade, ich hoffe, es klappt ein andermal! Gruß, L.*

Perry Rhodan steckte den Brief stirnrunzelnd wieder ein. Beunruhigt und enttäuscht sah er aus dem Fenster, wie das Flugzeug startete und die Wüstenstadt Las Vegas unter ihnen versank. Nach England? Was hatte Leroy dort drüben zu schaffen? Das klang ja fast, als sei er auf der Flucht!

Der »Marsch auf Washington« am 28. August 1963, einem Mittwoch, wurde im 20. Jahrhundert allgemein als bedeutsames Ereignis wahrgenommen. Er wurde weltweit von den Medien verfolgt und war eine der ersten derartigen Veranstaltungen, von der Aufnahmen über einen Fernsehsatelliten, den *Telstar*, in alle Welt übertragen wurden.

Es sind davon auch zahlreiche Fotografien erhalten geblieben, und der Verfasser dieser Zeilen hat sich den Spaß gemacht, sie allesamt zu sichten. Es handelt sich größtenteils um nichtholographische Schwarzweißaufnahmen, seltsam fremd für heutige Sehgewohnheiten, nicht nur mangels Farbe und räumlicher Tiefe, sondern auch wegen des altertümlichen Straßenbildes: Alle Fahrzeuge haben Räder, kein einziger Gleiter am Himmel, kein einziger Roboter auf der Straße, und man sieht ausschließlich Terraner, alle in der steifen, sehr einheitlich wirkenden Kleidung der damaligen Zeit.

Aber auf einem dieser vielen Bilder kann man tatsächlich Perry Rhodan entdecken. Aufgenommen ist es auf dem Rasen vor dem Lincoln Memorial. Im Vordergrund sitzen einige Leute im Gras, ruhen sich aus, und man sieht ihnen an, dass es ein sehr heißer Tag ist. Ein Stück des Rasens ist frei, und unter denen, die dort stehen, ist ein junger Mann in einem karierten Hemd, die Arme vor der Brust verschränkt und zur Seite blickend: Man erkennt die charakteristische, störrische Welle in seinem hellen Haar und die Gesichtszüge eines Perry Rhodan, der wesentlich jünger aussieht, als wir es gewohnt sind.

Auf diesem Foto wirkt er skeptisch und nachdenklich. Er selber erinnert sich hingegen, diesen Tag als überraschend angenehm erlebt zu haben. Der Marsch verlief friedlich, und Rhodan marschierte mit, überließ sich der aufgekratzten, freudigen Stimmung, die eher die einer großen Party war als die eines großen Protestes. Er kam mit allerlei Leuten ins Gespräch, und besonders ist ihm im Gedächtnis geblieben, wie ihm irgendwann schlagartig aufging, dass er Soldat geworden war, um das Recht all dieser Menschen zu verteidigen, genau so etwas wie das hier zu tun, mit seinem Leben, wenn es sein musste, und er sagte sich, dass die Tatsache, dass er dies nun erlebte, in gewisser Weise ein Beweis dafür war, dass er seinen Job gut machte, und dass dies der beste Grund war, diesen Tag zu genießen.

Die eigentlichen Kundgebungen fanden statt, nachdem sich die Menge vor dem Memorial und rings um den langen *Reflecting Pool* versammelt hatte. Es wurden nicht nur Reden gehalten und Gebete gesprochen, sondern es traten auch diverse zu der Zeit populäre Musiker auf. Rhodan hörte zu, wie Mahalia Jackson »How I Got Over« sang, Joan Baez sang »We Shall Overcome«, ein gewisser Bob Dylan, von dem er zu der Zeit noch nie gehört hatte, sang »When The Ship Comes In«, und das bekannte Trio Peter, Paul und Mary intonierte ihren aktuellen Hit »Blowin' In The Wind«.

Gegen Ende sprach dann Martin Luther King, der sich von der allgemein friedfertigen Stimmung anstecken ließ, mitten in seiner Rede das Manuskript beiseitelegte und seine berühmteste und wohl beste Rede überhaupt improvisierte, »I have a dream«. Wie allen lief auch Perry Rhodan eine Gänsehaut über den Rücken, als Dr. King in seiner geradezu hypnotischen Intonation ausrief: »Ich habe einen Traum, dass eines Tages auf den roten Hügeln von Georgia die Söhne früherer Sklaven und die Söhne früherer Sklavenhalter miteinander am Tisch der Brüderlichkeit sitzen können.«

Es sei ein Moment gewesen, meinte Rhodan später einmal, in dem in ihm die Gewissheit wach geworden sei, dass Menschen buchstäblich *alles* erreichen konnten, was sie wollten, wenn sie ihre Kräfte zusammenlegten, anstatt sie gegeneinander zu richten.

Der Marsch endete auch friedlich. Am nächsten Tag berichteten die Zeitungen, es habe keine einzige Verhaftung im Zusammenhang mit dem Marsch stattgefunden, was äußerst ungewöhnlich war für eine Veranstaltung, an der mehr als eine Viertelmillion Menschen teilgenommen hatten.

8

Eine gute Woche nach Rhodans Rückkehr nach Nevada kam ein weiterer Brief von Leroy an – aus England, mit lauter Briefmarken, die das Profil von Königin Elisabeth II. zeigten.

Dieser Brief lieferte die Erklärung für Leroys abrupten Aufbruch: Alice war nämlich, ohne ihn vorher davon in Kenntnis zu setzen, mitsamt den Kindern nach England gereist, allem Anschein nach in der Absicht, dort zu bleiben. Leroy hatte nur durch Zufall davon erfahren und war sofort ins Flugzeug gestiegen, weil er hatte befürchten müssen, andernfalls ihre Spur zu verlieren.

Inzwischen weiß ich, dass – natürlich – ein anderer Mann im Spiel ist, schrieb er. Er besitzt hier zwei Restaurants, was wohl heißt, dass er wohlhabender ist, als ich es je sein werde, und mittlerweile vermute ich, dass es das ist, was Alice bei mir vermisst hat. Wobei ich mich, wie Du mir glauben kannst, längst mit unserer Trennung abgefunden habe; womit ich mich aber niemals abfinden werde, ist, meine Töchter nicht mehr zu sehen und nicht mehr Teil ihres Lebens zu sein. Mag Alice mit diesem Mann glücklich werden, solange ich nur Viola und Rose ab und zu sehen kann. Und sollte Alice tatsächlich hier in England bleiben, so heißt das, dass auch ich bleiben werde.

Das also war die Erklärung. Rhodan war erleichtert und schrieb sofort zurück, sprach seinem Freund Mut zu, erzählte von dem aufregenden Tag in Washington und merkte beim Schreiben, wie viel mehr es ihm gefallen hätte, wäre Leroy dabei gewesen.

Einige Zeit später kam ein weiterer Brief aus England, in dem Leroy schrieb, dass er wohl tatsächlich erst einmal bleiben werde; er habe eine Stellung als Nachtwächter gefunden, die nicht schlecht bezahlt sei, und überhaupt fände er es mit der Rassendiskriminierung hier bei den Briten besser auszuhalten als in Alabama.

(Das war, wenn ich als gebürtiger Brite das anmerken darf, ein sehr mildes Urteil. Zu der Zeit war es in Großbritannien nicht unüblich, an

Geschäften Schilder mit der Aufschrift »Keine Schwarzen, keine Iren, keine Hunde« zu sehen, und Menschen nichtweißer Hautfarbe standen im Allgemeinen nur schlechtbezahlte, niedere Hilfstätigkeiten offen. Zwar gab es Ausnahmen, und der erwähnte neue Geliebte Alice Washingtons scheint so jemand gewesen zu sein, wenn wir davon ausgehen, dass es sich um jemanden mit dunkler Hautfarbe gehandelt hat, aber sie waren selten. Allerdings stimmt es wohl auch, dass in England die Rassendiskrimierung nie derart verbissen gehandhabt wurde, wie dies in den amerikanischen Südstaaten der Fall war, sondern eher mit britischer Gelassenheit, und vermutlich war es das, was Leroy Washington als angenehmer empfunden hat. Seine Übersiedlung geschah überdies zu einem äußerst günstigen Zeitpunkt, denn unter der Regierung von Premierminister Harold Wilson, der 1964 ins Amt kam, wurden die Zuwanderungsbestimmungen verschärft, zugleich aber auch Gesetze erlassen, die Diskriminierungen aufgrund von Rasse, Geschlecht und Religion zu strafbaren Delikten machten.)

Für den ersten Versuch, die Erde mit dem *Starglider* einmal komplett zu umrunden, wurde nach vielem Hin und Her schließlich der 21. November festgelegt.

Die Nächte davor schlief Perry Rhodan schlecht, was ausgesprochen untypisch für ihn war, da er eigentlich keine Schlaflosigkeit kannte und normalerweise immer und überall zu schlafen imstande war. Er versuchte, es sich tagsüber nicht anmerken zu lassen, denn General Pounder hätte womöglich geargwöhnt, er wolle dessen Pilotenauswahl hintertreiben, und ihn umgehend zu Dr. Fleeps, dem Flugarzt, geschickt. Zu dem wollte er aber nicht. Er hatte Ray Wings' Stimme im Ohr, die ihm zuflüsterte: *Flugärzte sind die natürlichen Feinde der Piloten, weißt du das nicht?*

Ach, Ray. Er fehlte ihm. Das hätte *sein* Flug sein sollen!

Tagsüber war Rhodan bei allen Checks dabei. Immer wieder fanden sie etwas, Kleinigkeiten nur, aber auf diesem Flug konnte es auf jede Kleinigkeit ankommen.

Der Flugplan, den man ausgearbeitet hatte, sah vor, frühmorgens zu starten, kurz vor Sonnenaufgang, und die Erde in östlicher Richtung zu umrunden. Der *Starglider* würde aller Voraussicht nach mit durchschnittlich Mach 3 fliegen und für die Umrundung rund zwölf Stunden brauchen. Die Nacht würde ihm sozusagen entgegenkommen; nach den ersten rund vier Stunden des Fluges würde er über Westafrika in den Sonnenuntergang fliegen und dadurch den gesamten eurasischen Bereich bei Dunkelheit durchqueren. Das hatte man sich ausgedacht, weil es die Aufgabe erleichtern würde, den *Starglider* auch dann geheim zu halten, falls ein Abbruch des Flugs und eine Landung an einem der für diesen Fall vorgesehenen Orte notwendig wurde.

Nach rund 8 Stunden Flug würde er über dem Pazifik wieder ins Tageslicht kommen, was ebenfalls hilfreich war, falls er hier notlanden und die für diesen Fall wartenden Schiffe ausfindig machen musste. Falls aber alles gutging, würde, kurz bevor er die Westküste der USA erreichte, dort die Sonne bereits wieder untergegangen sein, so dass er diese Region ebenfalls bei Nacht überfliegen und schließlich, dem Funkfeuer der Groom Lake Base folgend, dort wieder landen konnte.

Am Tag vor dem geplanten Start stellte man fest, dass eine der Treibstoffpumpen defekt war und ausgetauscht werden musste. Dazu war es notwendig, einen der bereits mit Treibstoff gefüllten Tanks wieder zu entleeren, was eine langwierigere Prozedur war, als ihn zu füllen. General Pounder telefonierte mit seinen Kontaktleuten bei der CIA und entschied, den Start um einen Tag zu verschieben.

Perry Rhodan schlief auch in dieser Nacht unruhig, stand um halb vier Uhr früh auf und duschte lange und kalt, um richtig wach zu werden. Beim letzten Check der Instrumente stellte man fest, dass die Kamera im Cockpit, die den gesamten Flug aufzeichnen sollte, nicht funktionierte; zum Glück keine große Sache. Trotzdem. »Irgendwie ist heute der Wurm drin«, brummte einer der Techniker, die sie rasch austauschten. Überhaupt – besorgte Gesichter, wohin Rhodan auch blickte. Und dass er seinen Helm nicht aufsetzen wollte, sondern einfach nur neben dem Sitz verstaute, fanden alle äußerst irritierend.

Sollte er den Flug wirklich antreten? Perry Rhodan glaubte nicht an Omen, aber er wusste, dass manchmal kleine Widrigkeiten darauf hinweisen, dass irgendetwas Großes nicht stimmt. In anderen Fällen wiederum scheinen derartige Hindernisse eher darauf aus zu sein, die eigene Entschlossenheit zu prüfen. Er horchte in sich hinein, verharrte in einem Moment tiefer Konzentration, um eine Entscheidung zu treffen.

Doch. Er würde fliegen.

Er öffnete die Augen, schaltete die Sprechverbindung ein. »Rhodan an *Flight Com*. Bin startbereit.«

Nun war Perry Rhodan wieder die Ruhe selbst. Alle Ängste und Sorgen waren wie ausgeschaltet. Er war ganz da.

Sein *Flight Com* war heute Rod Nyssen, der als Ersatzmann für diesen Flug vorgesehen und für den zweiten Versuch als Pilot gesetzt war. Große Teile des Flugs über würde er allerdings keine Funkverbindung mit der Basis haben und ganz auf sich allein gestellt sein, es sei denn, es kam zu einem Notfall; dafür hatte er eine Liste spezieller Frequenzen und Rufzeichen dabei.

Die Piloten der B-52 waren heute ungewöhnlich wortkarg und nicht zu Späßen aufgelegt, was vielleicht an der Uhrzeit lag. Im Osten färbte sich der Horizont gerade erst rotgolden, als die Maschine, die ihn mit dem *Starglider* huckepack trug, zur Startbahn rollte.

Der Start verlief reibungslos. Sie stiegen in die ersten Sonnenstrahlen hinein, die über den Horizont kamen, drehten eine Schleife und flogen von Westen her wieder auf die Groom Lake Base zu. Um später sagen zu können, dass man die Erde wirklich einmal komplett umrundet hatte, wurde der *Starglider* genau über der Startbahn ausgeklinkt. Als Rhodan das Raketentriebwerk zündete und hinauf in den glasig dunkelblauen Himmel schoss, war der Überschallknall unten zu hören.

Wieder die Parabel, die ihn durch den Himmel steigen ließ wie ein geworfener Stein, wieder die Phase der Schwerelosigkeit. Rhodan sammelte sich, war ganz da, war eins mit dem Flugzeug. Eintauchphase. Er steuerte mit den Fingerspitzen, ging zwischen 25 und 35 Kilometern Höhe antriebslos in einen zweiten Sprung ostwärts über, der sich tatsächlich anfühlte, als wäre er ein flacher Stein, der über das Wasser hüpft. Er hatte diese Sprünge den ganzen letzten Monat über geübt, doch heute schien alles besser zu klappen als bei den Proben.

Umso erfreulicher. Ein dritter Sprung war noch drin, dann brauchte er wieder einen kurzen Schubstoß, »um die Schaukel in Bewegung zu halten«, wie Dr. Lehmann das nannte.

Es wurde Routine. Und es ermüdete. Dagegen war ein Erdorbit, wie Gagarin und Glenn und die anderen ihn erlebt hatten, bestimmt eine weitaus angenehmere Sache.

Seine Borduhr folgte der Pacific Standard Time, der Zeitzone, in der die Groom Lake Base lag. Seit er die amerikanische Küste hinter sich gelassen hatte, herrschte Funkstille. Gegen 10 Uhr, nach rund vier Stunden Flug, erblickte er die westafrikanische Küste, die Kanarischen Inseln davor und dahinter die Dunkelheit der einbrechenden Nacht.

»Rhodan an *Flight Com*«, sagte er. »Hört ihr mich?«

»Hier *Flight Com*«, sagte Rodney so gelassen, als habe er nicht den leisesten Zweifel daran gehabt, Rhodan zu ungefähr dieser Zeit, da eine Funkstation in Casablanca in Reichweite kam, wiederzuhören. »Wie ist der Stand?«

Rhodan gab ihm die üblichen Daten durch, Flughöhe, Geschwindigkeit, verbleibender Treibstoff, Temperatur der Außenhaut und so weiter. »Bisher läuft alles wie im Bilderbuch«, schloss er.

»Gut«, sagte Rod trocken. »Dann mach am besten einfach so weiter.«

Rhodan musste lachen. »Danke für den Tipp.«

»Gern geschehen. Ah, die Verbindung wird schlechter. Du hast ganz schön Dampf drauf. Wir sprechen uns wieder gegen … hmm, vierzehn-null-null, schätze ich?«

»Wenn ich über dem Pazifik in den Sonnenaufgang fliege.«

»Wir drücken hier alle die Daumen.«

Dann war die Verbindung weg, und Rhodan tauchte in die anbrechende Nacht ein.

Der Mond, der noch nicht ganz das erste Viertel erreicht hatte, ging rasch hinter ihm unter, und dann sah Perry Rhodan nur noch die Sterne über sich und die Lichter der Städte unter sich, die aussahen wie funkelndes Geschmeide, das aus einer Schatzkiste übers samtschwarze Land geleert worden war. Der *Starglider* hüpfte weiter, Phasen von Schwerelosigkeit und Phasen hohen Andrucks wechselten sich immer schneller ab. Irgendwann war es Zeit, den Raketenmotor erneut anzuwerfen, die Sache wieder in Schwung zu setzen. Atemberaubend, wie niedrig der Tankzeiger schon stand, und dabei hatte er die Erde noch nicht einmal zur Hälfte umrundet!

Es waren etwa sechs Stunden vergangen, als Rhodan die Küstenlinie Indiens erkannte, markiert durch schwache Lichter, aber viele davon. Halbzeit. Inzwischen hatte er Hunger. Er aß ein wenig, dieselbe Tubennahrung, die auch die Mercury-Astronauten bekamen. Er trug auch dieselbe Art Raumanzug, der über ein »System zum Auffangen von Körperausscheidungen« verfügte. Doch das war unangenehm zu benutzen, weswegen Rhodan so wenig Flüssigkeit zu sich nahm wie möglich.

Eine gewisse Müdigkeit befiel ihn, Folge der unausgeruhten Nächte, die hinter ihm lagen. Dazu die immer gleichen Flugmanöver in dem unwirklichen Zwielicht über dem dunklen Planeten … Er nahm zwei Tabletten ein, Wachmacher, wenn auch ungern, weil ihm Drogen suspekt waren. Aber er durfte sich kein Einnicken erlauben, keinen Sekundenschlaf, und die Phasen der Schwerelosigkeit verlockten dazu.

Dann, endlich, in der achten Stunde seines Flugs, ging die Sonne wieder auf, über dem Wasser des Pazifiks. Er wusste Japan nördlich von sich, China in seinem Rücken, den Pazifik vor sich für fast den Rest seines Fluges.

Nun, da das Licht wiederkehrte, sah er die Atmosphäre bläulich leuchten, eine hauchdünne, kostbare Schicht, die alles Leben barg, das Menschen kannten. Er musste daran denken, was ihm jemand einmal erzählt hatte, nämlich, dass, könnte man die Erde maßstabsgetreu auf die Größe einer Billardkugel schrumpfen und in die Hand nehmen, sie sich nicht einmal feucht anfühlen würde, so verschwindend klein war die planetare Zone des Lebens.

Wenn man von hier oben, von der Grenze zwischen Atmosphäre und Weltall aus, auf die Erde hinabsah, konnte man fast nicht anders, als sich zu wundern, dass Menschen überall so erbittert gegeneinander kämpften, als gäbe es nichts Besseres, das man im Leben tun könnte. Er hätte gern gewusst, ob sich etwas ändern, sich etwas verbessern würde, wenn mehr Menschen imstande wären, einen Blick aus dieser … ja, aus dieser *kosmischen* Perspektive auf ihr Dasein zu werfen. Wenn Leroy und seine Frau jetzt hier oben wären, die Erde in all ihrer ergreifenden Verletzlichkeit sehen könnten: Würden sie einen besseren Weg finden, mit dem umzugehen, was sie entzweite? Das hätte er wirklich gern gewusst.

Das Lämpchen am Funkgerät wurde grün. Er räusperte sich, schaltete ein. »Rhodan an *Flight Com*. Ich bin immer noch in der Luft. Bitte kommen!«

Er hörte nur Rauschen. Sah aus, als sei Rod gerade eine rauchen. Nun, egal, er musste ohnehin wieder »hüpfen«. Draußen wieder die Schleier aus ionisierter Luft, das Funkgerät ging wieder auf Rot, und einmal mehr presste es ihn in den Sitz, während der *Starglider* zischend und fauchend eintauchte und »abprallte«. Allmählich wurde es richtig heiß im Cockpit, aber irgendwie war sich Rhodan jetzt sicher, dass er es vollends schaffen würde.

Das Lämpchen wurde wieder grün. »*Flight Com* an Rhodan. Verstanden.«

Perry Rhodan runzelte die Stirn. Die Verbindung war nicht die beste, aber konnte es daran liegen, dass Rod auf einmal so bedrückt klang?

»Hallo, *Flight Com*. Ist irgendwas passiert? Du klingst so seltsam.«

Die Antwort kam mit Verzögerung, was, so sagte sich Rhodan, daran liegen mochte, dass sein Funksignal vom *Starglider* hinab zu einem Schiff der US Navy ging, das bei Guam kreuzte, von diesem Schiff wiederum über einen der neuen militärischen Nachrichtensatelliten in die USA und dort zum Kontrollzentrum auf der Groom Lake Base. Und dann das Ganze wieder zurück.

»Wir sind alle da«, erwiderte Rod und klang verdammt nochmal, als verschweige er etwas! »Wie sind deine Werte?«

Rhodan gab die aktuellen Werte durch und überlegte dabei, was los sein mochte. Irgendetwas, mit dem man ihn während des Fluges nicht beunruhigen wollte. War das Projekt aufgeflogen? Hatte jemand den *Starglider* gesehen und identifiziert? Würde er landen, um zu erfahren, dass dies der letzte derartige Flug gewesen war?

»Hat mich jemand während des Flugs bemerkt?«, fragte er.

»Was?«, fragte Rod zurück. »Nein, nein. Alles okay mit dem Flug. Alles bestens damit.«

So, wie er das sagte, wie er betonte, dass *mit dem Flug* alles in Ordnung sei, hätte er genauso gut gleich sagen können, dass irgendwas anderes *nicht* in Ordnung war. Rod war der schlechteste Lügner, den er kannte!

Aber Rhodan verzichtete darauf, nachzubohren, weil die Empfangsstärke schon wieder schwand. »Bleiben noch vier Stunden etwa«, gab er durch. »Ich hoffe, ich kann mich zwischendurch noch einmal melden.« Östlich von Hawaii kreuzte ein weiteres Schiff, das als Funkrelais diente und im Notfall als Rettungseinheit.

»Alles klar«, kam zurück. »Guten – «

Und schon war die Verbindung wieder abgerissen.

Allmählich zog es sich. Einmal mehr sehnte sich Rhodan nach einem richtigen Orbit. In anderthalb Stunden einmal um die Erde, das war freilich etwas anderes als dieses Gehopse! Und wenn man bedachte, dass er sich trotzdem die ganze Zeit mit mehrfacher Überschallgeschwindigkeit bewegte, mit einer Geschwindigkeit, von der man vor knapp zwanzig Jahren noch geglaubt hatte, sie sei für Menschen unerreichbar!

Langeweile. Müdigkeit. Er hatte noch Tabletten, mehr als genug, aber er hielt sich lieber an die dunkle Schokolade, um wach zu bleiben.

Das zweite Schiff verpasste er irgendwie, aber dann tauchte endlich, endlich die Pazifikküste von Nordamerika am Horizont auf. Dort lag schon wieder Nacht über dem Land, glitt wie eine dunkle Schattenlinie über den Ozean auf ihn zu, und dann war die Sonne wieder weg, funkelten Millionen von Straßenlampen vor ihm, unter ihm.

Eine letzte Parabel, kaum noch zu spüren. Sein Tank war so gut wie leer. Er war nur noch ein Segelflugzeug, das sich mit Überschallgeschwindigkeit bewegte. Er überquerte die Kette der Rockys, die Wüste dahinter, und dann machte er schon die Funkfeuer der Groom Lake Base aus, die ihm den Weg zur Piste wiesen.

Es war fast, wie nach Hause zu kommen.

Rhodan schaltete ein weiteres Mal um. Er wollte sich noch keinen Enthusiasmus gestatten, nicht in letzter Sekunde unvorsichtig werden. Noch immer konnte alles passieren, auch das Schlimmste.

Er konzentrierte sich auf die Funkfeuer, lenkte den *Starglider* in den richtigen Landekorridor, landete, bremste und kam schließlich fast auf den Punkt genau zum Stillstand. Geschafft! Auf einmal überwältigte es ihn. Er hatte den ganzen Planeten umrundet! Unfassbar.

Nun spürte er seine Erschöpfung. Er war müde, schrecklich müde, und jetzt, da die Anspannung von ihm abgefallen war, hatte er außerdem einen Bärenhunger.

Er sah aus dem Cockpitfenster. Das Flugfeld lag so verlassen da, als hätte eine Seuche die gesamte Besatzung hinweggerafft, während er unterwegs gewesen war. Gemessen an dem Ziel, das sie erreicht hatten, wäre ihm ein Empfangskomitee nicht unangemessen erschienen, und auch wenn er nicht so der Typ für Partys war, ein *bisschen* feiern hätte er jetzt durchaus für angebracht gehalten.

»*Flight Com?*«, fragte er, aber es antwortete niemand.

Rhodan schnallte sich los, kletterte zur Luke und öffnete sie. Heiße Wüstenluft drang herein, der typische Geruch nach Abgasen und verbranntem Gummi. Jetzt kam von drüben ein einsamer Wagen mit der Ausstiegstreppe angesaust, und als er vor dem *Starglider* hielt, sah Rhodan, dass Craig am Steuer saß.

»Was ist los?«, fragte er, als er unten war. »Ist jemand gestorben?«

»Kann man so sagen«, erwiderte Craig. »Heute Mittag ist der Präsident erschossen worden.«

Am 22. November 1963 fuhr John F. Kennedy mit einem Autokorso durch die Stadt Dallas, Texas, wobei er zusammen mit seiner Frau Jackie, dem Gouverneur des Staates, John Connally, und dessen Frau Nellie sowie dem Fahrer William Greer und einem Leibwächter, beide vom Secret Service, in einem offenen Wagen saß, einem schwarzen, viertürigen 1961er Lincoln Continental. Als der Konvoi um 12 Uhr 30 die Dealey Plaza passierte, wurde Kennedy von drei Gewehrschüssen getroffen, die offenbar aus dem fünften Stock eines Schulbuchlagers abgegeben worden waren. Der Präsident wurde sofort in das nahe gelegene Parkland Memorial Hospital gefahren, wo er fünf Minuten später eintraf. Vierzehn Ärzte bemühten sich um ihn, konnten aber nur noch seinen Tod feststellen.

Zu dieser Zeit hatte sich Rhodan mit dem *Starglider* gerade über dem Bengalischen Meer befunden.

Die Ermordung des Präsidenten war ein Schock für das ganze Land, eigentlich sogar für die ganze Welt. Fast jeder, der damals gelebt hat, konnte sich später genau erinnern, wo er gewesen und was er gerade gemacht hatte, als ihn die Nachricht von der Ermordung John F. Kennedys erreichte. Nachrichtensprecher, die den Tod Kennedys verkünden mussten, kämpften mit den Tränen. Radioprogramme wurden geändert, Theatervorstellungen und Sportveranstaltungen abgesagt, die Reklamelichter am Times Square abgeschaltet. Die ganze Nation hing tagelang vor Fernsehschirmen und an Radios, und weil die Menschen auf der Groom Lake Base dasselbe gemacht hatten, war niemand zu Rhodans Begrüßung gekommen.

Perry Rhodan erging es nicht anders als den anderen, nur eben mit Verspätung. Auch er verbrachte den Rest des Abends in der Messe, wo ein Fernsehapparat stand, und saugte jedes neue Detail auf, das bekannt wurde. Die Polizei hatte kurz nach dem Attentat einen Verdächtigen festgenommen, einen 24-jährigen Gelegenheitsarbeiter namens Lee Harvey Oswald, der vor etwas über einem Monat einen Job in dem Schulbuchlager angenommen hatte. Er bestritt die Tat, und als man ihn ins Bezirksgefängnis von Dallas überstellen wollte, nutzte ein Nachtclubbesitzer namens Jack Ruby eine Lücke in den Sicherheitsmaßnahmen, um Oswald zu erschießen, wofür er selbst später wegen Mordes zum Tode verurteilt wurde (die USA waren damals eines der wenigen Länder der Welt, wo es noch die Todesstrafe gab und wo sie auch vollstreckt wurde).

Die Hintergründe dieses Attentats sind niemals restlos aufgeklärt worden. In dem Schock und der Verwirrung jenes Tages wurden sowohl beim Verhör des Verdächtigen als auch bei der Obduktion des Präsidenten allerlei Verfahrensfehler begangen, wodurch Lücken in der Beweisführung entstanden, an denen sich später Verschwörungstheorien vor allem hinsichtlich der Motive hinter dieser Tat festmachen konnten. War es wirklich »nur« die Tat eines psychisch Gestörten gewesen, was die Schlussfolgerung war, zu der der offizielle Bericht kam? Oder steckte etwas anderes dahinter – ein Racheakt? Eine

Intrige? Es war eine Frage, die die Welt noch Jahrzehnte später beschäftigen sollte.

Die Tat an sich, muss man sagen, war nichts Ungewöhnliches; es hatte immer Attentatsversuche auf amerikanische Präsidenten gegeben, von denen die meisten nur rechtzeitig vereitelt worden waren. John F. Kennedy war nach Abraham Lincoln, James Garfield und William McKinley der vierte Präsident, der während seiner Amtszeit ermordet worden war. Die Verfassung sah unter anderem aus diesem Grund das Amt des Vizepräsidenten vor, der in einem solchen Fall die Präsidentschaft übernahm. Genau das geschah am 22. November 1963 gegen 14 Uhr 30: An Bord der Air Force One wurde Vizepräsident Lyndon B. Johnson nur zwei Stunden nach dem Attentat als neuer Präsident vereidigt.

Was würde sich nun ändern? Das fragte man sich, trotz oder gerade wegen des Schocks, unter dem man stand. Doch Johnson erklärte umgehend, nichts anderes vorzuhaben, als die politischen Vorhaben, die Kennedy begonnen hatte, in dessen Sinne fortzusetzen. Was die Raumfahrt anbelangte, war diese Johnson schon als Vizepräsident unterstellt gewesen, so dass man erwarten konnte, dass hier alle Projekte weiterlaufen würden.

Die einzige unmittelbare Änderung erfolgte am 29. November, gerade mal eine Woche nach dem Attentat: Präsident Johnson verfügte, dass das NASA Apollo Launch Operations Center und die Cape Canaveral Startbasen fortan John F. Kennedy Space Center heißen sollten, und Cape Canaveral solle von nun an den Namen Cape Kennedy tragen.

Um diese Zeit steckte die Projektgruppe *Starfire* schon längst wieder bis über die Ohren in Arbeit: Es ging darum, Rhodans Flug auszuwerten. Sie verbrachten Tage damit, die Aufzeichnungen der Kamera und der Messinstrumente minuziös zu diskutieren. Warum hatte er welche Entscheidung getroffen? Warum hatte er hier Schub gegeben, in genau diesem Moment, und nicht in jenem, der sich genauso angeboten hätte? Nicht immer konnte Perry Rhodan auf diese Fragen eine eindeutige Antwort geben; vieles hatte er eben »rein gefühlsmäßig« so gemacht.

»Das hilft uns aber nicht weiter«, platzte Rod Nyssen irgendwann heraus. »Das ist so, wie wenn dir einer beim Golf sagt, dass du eben so auf den Ball schlagen musst, dass er im Loch landet.«

Das brachte Rhodan auf die Idee, den Flug im Simulator nachzuvollziehen und die Stellen aufzuspüren, an denen dieser anders reagierte, als er es in Erinnerung hatte. Das nahm etwa zwei Wochen in Anspruch, dann waren die Simulationsprogramme angepasst, und das Training damit konnte beginnen.

Anfang des Jahres 1964 – eine britische Popband namens *The Beatles* war gerade zum ersten Mal in die USA gekommen und ließ die Leute ausrasten, wohin sie auch kamen – startete Rod Nyssen zur zweiten Umrundung der Erde. Er flog mehr oder weniger den gleichen Kurs wie Rhodan, und im Simulator hatte das auch mehrmals perfekt geklappt, aber dann kam er aus irgendeinem Grund doch aus dem Takt und musste in Saudi-Arabien notlanden.

Die Notlandung lief glatt, der *Starglider* wurde gesichert und abgeschirmt, und drei Tage später war Rod zurück in Nevada – doch er war unterwegs beim Einsteigen ins Flugzeug ausgerutscht und gestürzt und hatte sich dabei einen Rippenbruch zugezogen, der sich bei der Untersuchung durch Dr. Fleeps als schwerwiegender erwies als zuerst gedacht. Rod würde für mindestens ein Jahr als Pilot ausfallen, und an eine Rückkehr hinter den Steuerknüppel war nur zu denken, wenn er sich sofort in eine entsprechende Rehabilitationsklinik begab.

So schied Rod Nyssen aus dem Projekt aus. Es gab eine kleine, eher traurige Abschiedsfeier, dann fuhr er davon, und später kam nur noch einmal eine Karte aus der Klinik, die sich in den Appalachen befand.

Der Rücktransport des *Stargliders* gestaltete sich, da er unauffällig erfolgen und neugierigen Blicken eifriger Zollbeamter entgehen musste, einigermaßen langwierig. Sie machten es so ähnlich, wie sie es bei der Lockheed A-12 Projektgruppe gesehen hatten, demontierten die Flügel des *Stargliders* und transportierten die Teile dann per Schiff und LKW zurück. Auf diese Weise wurde es Ende April, bis das Flugzeug wieder auf der Groom Lake Base ankam.

Den nächsten Versuch unternahm Craig McClure Mitte Mai, doch es war wie verhext: Zwar kam er weiter als Rod, aber auch er musste abbrechen und notlanden, diesmal auf den Philippinen, und der Rücktransport des *Starglider*s zog sich bis in den August hin.

Aber es gab Hoffnung: Inzwischen war das erste Atomtriebwerk fertiggestellt und auf der Groom Lake Base angekommen. Es war äußerst elegant konstruiert, allerdings noch nicht so stark, wie sie es für einen raumflugfähigen *Starglider* brauchen würden. Doch man war zuversichtlich, auch das irgendwann hinzubekommen.

»Der entscheidende Punkt ist«, erklärte General Pounder, »dass damit jedenfalls keine Notlandungen mehr notwendig sein werden. Mit dem Atomantrieb kann der *Starglider* so lange in der Stratosphäre bleiben, wie wir wollen. Aber – er darf erst fliegen, wenn wir ein absolut zuverlässiges Sicherheitssystem haben. Der Reaktorkern muss jeden nur denkbaren Absturz unbeschadet überstehen, andernfalls wird man uns teeren und federn und vierteilen, und das zu Recht!«

Das hieß, dass im Prinzip alles wieder von vorn begann. Der Antrieb enthielt, wie schon drei Jahre zuvor konzipiert, ein System, das den Reaktor im Fall eines Absturzes automatisch auswarf, so ähnlich, wie es ein Schleudersitz tat, und die Maschine an einem Fallschirm zu Boden sinken ließ. Sie testeten dieses System ausgiebig am Boden, und als sie sich sicher waren, dass es funktionieren würde, bauten sie es in einen der verbliebenen zwei *Starglider* ein, die nicht mit einem Raketentriebwerk ausgestattet waren, um es auch unter echten Bedingungen zu sehen. Und es glückte tatsächlich: Die B-52 warf das umgebaute, ferngesteuerte, nur mit einem minimalen Treibsatz versehene Flugzeug ab, das nach kurzem Flug in der Wüste zerschellte, während über ihm eine Attrappe, die in Form und Gewicht dem Reaktor entsprach, an einem riesigen, orangefarben leuchtenden Fallschirm sanft zu Boden glitt.

Trotz der Rückschläge waren sie dieses Jahr guter Dinge, vielleicht auch, weil das Land allgemein von einer Stimmung des Aufbruchs erfasst worden war. Anfang Juli hatte Präsident Johnson in einer feierlichen Zeremonie den noch von Kennedy initiierten *Civil Rights Act* unterzeichnet, der jegliche Diskriminierung aufgrund von Rasse, Religion, Geschlecht oder Herkunft verbot und damit die Rassentrennung in den USA offiziell abschaffte. Und im Oktober gab das Nobelkomitee in Oslo bekannt, dass der diesjährige Friedensnobelpreis an Martin Luther King gehen würde.

General Pounder arrangierte es, dass er mitsamt den Piloten und einigen der Wissenschaftler am 22. Dezember auf die United States Air Force Plant 42 nach Palmdale, Kalifornien, eingeladen wurde, um beim Jungfernflug der Lockheed SR-71 dabei zu sein. Das Flugzeug trug den Beinamen »Blackbird«, und als sie es zu Gesicht bekamen, verstanden sie auch sofort, warum: Es war ein äußerst exotisch aussehender Vogel, der hauptsächlich aus zwei gigantischen Turbinen bestand und eben komplett schwarz war. Die Hülle, erklärte ihnen ein Ingenieur, bestehe aus Titan, das man übrigens, wie er schmunzelnd hinzufügte, in der Sowjetunion kaufe. Hauptziel der SR-71 war, durch ihre fließenden Konturen und das Vermeiden jeglicher Vorsprünge, Kanten und rechter Winkel und einiger anderer Tricks den Radarquerschnitt der Maschine zu verringern; man sprach von »Tarnkappentechnik«. Das Ding war auf Mach 3,2 als optimale Geschwindigkeit ausgelegt, flog in einer Höhe von 24 Kilometern, und die Besatzung musste spezielle Druckanzüge tragen.

»Ich weiß nicht«, sagte Bob Kinney. »Die machen halt mit brutaler Kraft, was wir mit Eleganz und Flugkunst erreichen. Ich schwöre euch, ich würd' unsern Vogel nicht gegen so einen Blackbird eintauschen.«

»Perry auch nicht, schätze ich«, meinte Craig spöttisch. »Da müsste er ja unterwegs seinen Helm aufbehalten.«

Rhodan grinste dünn. »Schrecklicher Gedanke«, gab er zu.

Jedenfalls: Sie waren nicht beeindruckt.

Über Weihnachten wollte Perry Rhodan seine Eltern besuchen und ließ sich deshalb auf dem Rückweg am Zivilflughafen absetzen. Als er ausstieg, stieg General Pounder mit ihm aus und nahm ihn beiseite. »Auf ein Wort, Leutnant.«

»Sir?«

»Ich habe dazugelernt, Rhodan. Ich setze Sie auf keinen Erstflug mehr. Es hat keinen Sinn, wenn wir ein Flugzeug entwickeln, das nur

Sie fliegen können.« Er gab einen Knurrlaut von sich, dann fuhr er fort: »Außerdem passiert anscheinend immer etwas Dramatisches, wenn Sie einen Rekordflug unternehmen. Nein, für Sie hab ich erst einmal eine andere Aufgabe.«

»Ich höre«, sagte Rhodan, aufs Schlimmste gefasst.

»Ich habe arrangiert, dass Sie ab Januar nach Houston gehen, ans *Manned Spacecraft Center*, und sich unter die Gemini-Astronauten mischen. Ein paar Leute dort sind eingeweiht und werden dafür sorgen, dass Sie dasselbe Training bekommen wie die Astronauten. Die haben da alle Einrichtungen, die man braucht, aber die brauchen sie ja nicht die ganze Zeit.«

»Sie wollen, dass ich vorbereitet bin, wenn es Zeit wird, in den Weltraum vorzustoßen«, erkannte Rhodan. »Und was ist mit den anderen?«

Pounder winkte ab. »Ja, ja. Wir können immer nur einen hinschicken. Ich muss den Ball flach halten, verstehen Sie? Sie gehen ein halbes Jahr hin, dann schicke ich McClure. Und dann sehen wir weiter. Kinney wird die hauptsächliche Erprobung des neuen *Stargliders* übernehmen. Für ihn ist das nächste Ziel die erste Erdumrundung mit atomarem Antrieb und Start aus eigener Kraft. Und Sie, Rhodan, lernen derweil Astronaut!«

9

Perry Rhodan traf am 9. Januar 1965, einem Samstag, in Houston ein. Er mietete am Flughafen einen Wagen, achtete darauf, alle damit verbundenen Belege aufzubewahren, wie es ihm die Verwaltung der Groom Lake Base eingeschärft hatte, und folgte dann der Karte, die man ihm mitgegeben hatte.

Es waren etwa 75 Kilometer bis zum MSC, dem *Manned Spacecraft Center*. Umgeben von hohen Drahtzäunen, erstreckte sich hier ein riesiges, flaches, baumloses Gelände, auf dem riesige, sahneweiße Gebäude von streng geometrischer Form und Anordnung standen. Die meisten waren etwa zwei bis drei Stockwerke hoch und wiesen entweder lange Reihen gleichmäßig großer Fenster in glänzenden Metallrahmen auf oder waren völlig fensterlos. Die sterilen Grasflächen dazwischen wirkten, als sei es kein richtiges Gras, sondern etwas Künstliches, ein Rasen aus Plastik. Wäre nicht das NASA-Logo gewesen, hätte man das alles ohne weiteres auch für eine Klinik, das Zentrallager einer Supermarktkette oder den Hauptsitz einer Versicherung halten können.

Rhodan fuhr daran vorbei. Sein Ziel war eine Adresse in einem Wohngebiet namens Nassau Bay, das an einem See namens Clear Lake lag. Hier sah alles ganz neu aus, wie frisch angelegt, sogar der See. Die Häuser waren graubraun, lehmgelb oder schmutzig rot, hatten Fernsehantennen auf den Dächern und breite Garagen.

Am Rande davon fand er das Motel, in dem ein Zimmer für ihn gebucht war. Es erwies sich als luxuriöser, als er erwartet hatte. Es gab ein großes, beheiztes Schwimmbad, und sein Zimmer war eher eine Suite, die aus einem geräumigen Wohnzimmer mit Sitzgarnitur, Schreibtisch, Fernsehapparat und Telefon bestand sowie einem plüschigen Schlafzimmer, in dem ein mit knallroter Samtbettwäsche bezogenes, kreisrundes Bett stand. Rhodan kam sich albern darin vor, wie ein Hochzeitsreisender, dem die Braut davongelaufen war. Aber er würde es hier zweifellos aushalten.

Am Montagmorgen begab er sich das erste Mal auf das Gelände des MSC. Seine Papiere reichten aus, um die Pforte passieren zu dürfen, danach machte er sich auf die Suche nach seinem Kontaktmann.

Es herrschte eine emsige Geschäftigkeit, wohin er auch kam, ganz ungewohnt nach den Jahren der stillen Abgeschiedenheit in der Wüste Nevadas. Rhodan begegnete vorwiegend Männern, und diese schienen sich einer Kleiderordnung zu unterwerfen: Fast jeder trug eine dunkle Hose, ein weißes, meist kurzärmliges Button-down-Hemd, eine schmale Krawatte und ein unübersehbares Namensschild an der Brusttasche. Fast alle waren schlank, hatten glatte, kurzgeschnittene Haare, und wenn jemand eine Brille trug, dann war es eine mit einem dicken, dunklen Horngestell.

Endlich erreichte er das Büro eines gewissen Michael Reed, eines Mannes ungefähr in Rhodans Alter, jedoch mit einer auffallenden Neigung zu früher Geheimratseckenbildung. Außerdem war er sichtlich nervös.

»Ah, Mister Rhodan«, sagte er und korrigierte sich sofort: »Entschuldigung, ich meinte, Leutnant Rhodan …«

»Ich bestehe nicht darauf«, sagte Rhodan, der sich mit Bedacht zivil gekleidet hatte, wenn er auch noch ein paar Anschaffungen würde tätigen müssen, um sich vollends unauffällig einzufügen.

»Gut, gut. Das wird die Sache erleichtern. Wissen Sie, die NASA ist ja trotz allem eine zivile Behörde, und mit militärischen Rängen hat man es hier nicht so. Also, es sei denn, jemand ist General oder dergleichen, dann natürlich schon.« Er winkte Rhodan herein und schloss die Tür sorgfältig hinter ihnen, ehe er fragte: »Hat Ihnen mein Schwiegervater erklärt, in welcher Funktion Sie *offiziell* hier laufen werden?«

»Er hat gemeint, das würden Sie mir erklären.« Das war also General Pounders Schwiegersohn? Interessant.

»Na gut. Also – offiziell sind Sie als sogenannter *Counter-Checker* engagiert. Sie kommen von einer externen, unabhängigen Beraterfirma, mit anderen Worten, man hat Sie bewusst von außen hinzugezogen, damit Sie das Training und die Ausbildung der Astronauten nachvollziehen und schauen, ob wir bei der NASA infolge von Betriebsblindheit irgendwelche Aspekte übersehen haben, die für den Erfolg der Gemini- und der Apollo-Missionen wichtig sein könnten.«

»Verstehe«, meinte Rhodan stirnrunzelnd.

»Keine Sorge, das werden Sie nicht jedem erklären müssen, dem Sie begegnen. Sie kriegen eine Projektnummer, und in den meisten Fällen wird es ausreichen, wenn Sie die angeben. Beziehungsweise, bei Ihren Trainings wird die Nummer gleich dabeistehen, da fragt dann niemand. Und wer doch nachfragt, der landet bei mir.«

Rhodan nahm die Unterlagen, die ihm Reed reichte. Ein Trainingsplan bis zum Monatsende war auch schon dabei. »Gut ausgedacht.«

Reed blies die Backen auf. »Na ja, ich weiß nicht. Ich find's ziemlich riskant, was Lesly – also, ich meine, General Pounder – da durchzieht. Das hinterlässt alles eine Aktenspur, so breit wie ein Highway.«

»Ich werd' mich ganz unauffällig benehmen«, versprach Rhodan und setzte sein gewinnendstes Lächeln auf.

Von da an trug er ebenfalls ein Namensschild an der Brusttasche, und nachdem er einem nahe gelegenen Einkaufszentrum einen Besuch abgestattet hatte, trug er kurzärmlige weiße Button-down-Hemden wie alle anderen auch, obgleich das Wetter in Houston im Januar noch nicht unbedingt zur Kurzärmligkeit ermutigte. Es blieben ein paar Tage bis zu seinem ersten Training, einer Übungsstunde in einer Unterdruckkammer. Er verbrachte sie damit, auf dem Gelände des MSC umherzustreifen, nicht im müßigen Schritt eines Touristen, sondern mit einer (leeren) Mappe in der Hand und so zielstrebig gehend, als erwarte ihn eine dringende Besprechung irgendwo, und versuchte, sich einen Eindruck davon zu verschaffen, wie diese riesige Maschinerie NASA funktionierte. Das hatte ihm Pounder mit auf den Weg gegeben: *Es geht nicht nur darum, dass Sie im Weltraum überleben. Wenn wir mit dem* Starfire*-Projekt zum Zug kommen, müssen Sie auch in der Öffentlichkeit überleben und im Dschungel der Behörden und Medien!*

Also schaute er sich um, hörte zu, hörte mit. Immer wieder traf er irgendwo Männer an, die beisammenstanden und diskutierten, lauter Begriffe und Abkürzungen benutzend wie *AGS*, *Transponder*, *SMC*, *TFM*, *Descent Rate*, *Ping* und viele mehr. Er marschierte endlose Fluren weißer Bürotüren ab, las die Türschilder und versuchte zu verstehen, in welcher Art Abteilung er sich gerade befand. Keiner hielt ihn auf. Jeder nickte ihm zu, meistens mit einem geistesabwesenden Lächeln, aber niemand wollte je wissen, wer er war und wohin er wollte, und nach einer Weile vergaß Rhodan die Ausflüchte, die er sich für den Notfall zurechtgelegt hatte.

In dem zentral gelegenen Projektplanungsgebäude befand sich direkt neben der mit roten Fliesen ausgelegten Eingangshalle ein Automatenrestaurant, das sehr beliebt war, wie Rhodan feststellte. Entlang der Wände standen lauter Automaten, aus denen man sich Getränke und Lebensmittel aller Art ziehen konnte. Jeden Tag um die Mittagszeit kamen tief in Gedanken versunkene Menschen herein, wanderten die von innen beleuchteten Fächer ab, steckten Münzen in Schlitze und holten sich etwas zu essen heraus – Corned Beef, Rindfleisch mit Nudeln, Sandwiches in allen Variationen, Bohnen-Chili, Wiener Würstchen, Pudding, Kuchen; die Auswahl war groß genug, um sich mit einem kompletten Mittagessen zu versorgen. Die meisten nahmen mit, was sie erwarben, die verwaisten Tische und Stühle im Zentrum des Raums ignorierend.

Dann kam die Stunde, zu der er die anberaumte Notfallübung in der Unterdruckkammer absolvieren sollte. Zwei Männer in weißen Kitteln empfingen ihn, stellten keine Fragen nach dem Woher und Wozu, sondern untersuchten ihn, erklärten ihm genau, was zu tun war, worauf es ankam und auf welche Signale hin er was zu tun hatte; dann halfen ihm zwei Techniker in eine dickwandige, weißlackierte Stahlkammer mit einem winzigen Bullauge, verriegelten die Tür, und die Übung begann. Hinterher meinte einer der Weißkittel schmunzelnd: »Sie haben so etwas schon öfters gemacht, hmm?«, interessierte sich aber nicht wirklich für Rhodans Antwort, der so etwas tatsächlich noch *nie* gemacht hatte.

So verging die erste Woche. Und in der Mitte der darauffolgenden Woche lief er Jim Lovell über den Weg.

Es war reiner Zufall. Jim kam aus dem Eingang eines Gebäudes, das Rhodan gerade neugierig betreten wollte, und erkannte ihn sofort wieder.

»Perry Rhodan!«, rief er aus. »Na, wenn das keine Überraschung ist!«

»Danke, gleichfalls«, gab Rhodan zurück. »Glückwunsch übrigens. Ich hab mich gefreut, als ich gelesen habe, dass du es doch noch ins Astronautenteam geschafft hast.«

Jim Lovell lächelte sein breites Lächeln. »Ja, sie haben sich's noch mal anders überlegt mit mir, stimmt. Und du? Ich hab' so was läuten hören, dass Pounder jemanden herschicken will, sozusagen *under cover* …« Er schüttelte den Kopf. »Der ist schon ein raffinierter Hund, wie der seine Strippen zieht, das muss man sagen.«

Rhodan musterte ihn. »Aha? Und wie hört man so etwas läuten?«

»Nur ich«, meinte Lovell beruhigend. »Keine Sorge, sonst weiß keiner davon.«

»Und wieso du? Das klingt, als hättest du eine Verbindung zu Pounder, die andere nicht haben.«

»Kann man so sagen«, gab Lovell zu. »Meine Frau ist die jüngere Schwester seiner Frau.«

Rhodan hob die Brauen. »Das ist ja geradezu mafiös.«

»Du sagst es.« Er winkte ab. »Aber das heißt nicht, dass er mir alles erzählt. Ich erfahre auch nur das, was ich seiner Meinung nach wissen sollte.«

»Das ist wohl so bei Strippenziehern.«

»Man kann sich seine Verwandtschaft nicht aussuchen.« Ein Schatten schien über Lovells Gesicht zu fallen. »Ich hab gehört, dass Ray Wings verunglückt ist.«

Rhodan nickte, roch für einen Moment wieder diesen entsetzlichen Geruch des Todes. »Beim ersten Flug.«

»Schlimme Sache. Auch wenn man immer damit rechnen muss in diesem Job. Ist bei Astronauten ja nicht anders.« Lovell musterte Rhodan forschend. »Aber inzwischen seid ihr erfolgreich, da in Nevada?«

»Es geht langsamer als gedacht«, räumte Rhodan ein, »aber: ja. Es gibt erste Erfolge.«

»Mit diesem Stratosphärenflugzeug?« Lovell machte mit der Hand die hüpfende Bewegung nach, auf der alles basierte.

»Ja. Aber was den Weltraum anbelangt, seid ihr uns noch voraus.«

Lovell lachte. »Das will ich doch hoffen. Wir leben schließlich vor allem von dem Gefühl, Pioniere zu sein. Wir und die Russen.« Er blickte einen Moment gedankenverloren an Rhodan vorbei. »Zu schade, dass man mit denen keinen Kontakt haben kann. Das wäre so hilfreich … Verdammte Politik.«

»Du sagst es.«

Ein Ruck ging durch Lovell. Er schaute auf die Uhr. »Du, ich muss zu einer Besprechung. Muss man hier dauernd. Aber sag mal – hast du am Samstag schon was vor?«

Rhodan schüttelte den Kopf. »Nichts, was am Samstag sein müsste.«

»Buzz Aldrin feiert seinen 35sten, und wir sollen alle jemanden mitbringen. Hast du vielleicht Lust mitzukommen? Dann lernst du die alle mal kennen.«

Keine Frage, dass Perry Rhodan dazu Lust hatte, und so kreuzte er am Samstag zusammen mit Jim Lovell beim Haus der Aldrins auf, einem Gebäude aus hellgelben Ziegeln mit steilem Dach. Als Geschenk hatte er einen Briefbeschwerer gefunden, einen in Glas gegossenen kleinen Marsglobus. Den Mond in Glas hatten sie nicht dagehabt; der sei schrecklich gefragt, hatte die Verkäuferin in dem Geschäft gesagt.

Die Tür ging auf, Gelächter, Stimmengewirr und Countrymusik kam ihnen entgegen, gefolgt vom Hausherrn, Edwin Eugene »Buzz« Aldrin jr. in Person. Aldrin war ein untersetzter, aber unerhört kraftvoll wirkender Mann, ein wahres Muskelpaket. Für einen Astronauten war er ausgesprochen extravagant gekleidet: Er trug ein lila Seidenhemd, das in der schummrigen Partybeleuchtung schimmerte, als sei es flüssig, und dazu eine weiße Fliege.

»Perry Rhodan?«, wiederholte er mit tiefer, klangvoller Stimme, nachdem Jim Lovell sie einander vorgestellt hatte. »Den Namen hab ich doch schon mal gehört. Warst du auch in West Point?«

»Ja«, sagte Rhodan.

»Wann?«

»54 bis 58.«

Aldrin winkte ab. »Lange nach meiner Zeit, junger Freund.« Dann schien ihm etwas einzufallen. »Ah, warte, jetzt weiß ich's wieder. Das hat mir jemand erzählt, mit dem ich studiert habe. Du bist so 'ne Art Wunderpilot, stimmt's? Du hast ohne jedes Training einen Jet auf 'nem Flugzeugträger gelandet, und zwar mitten in einem Sturm!«

»Ich hab Glück gehabt«, erwiderte Rhodan.

»Solche Leute brauchen wir. Leute, die Glück haben.« Aldrin packte ihn mit einem Griff wie eine Stahlklammer. »Komm, ich stell dich den anderen vor.«

Der Erste, auf den sie trafen, war Virgil Ivan Grissom, genannt Gus, der zweite Amerikaner, der in den Weltraum geflogen war. »Das ist Gus, unser Senior«, erklärte Aldrin. »Aller Voraussicht nach wird er der erste Mensch auf dem Mond sein. Falls uns die Russen nicht wieder zuvorkommen, natürlich.«

»Und falls ich mich nicht mit Deke verkrache«, erwiderte Grissom, einen Longdrink in der Hand. Er hatte ein Gesicht, das unter dem radikalen Bürstenschnitt, den er seinen Haaren angedeihen ließ, schon etwas Vollmondhaftes ausstrahlte, als solle keinerlei Zweifel an seiner Bestimmung aufkommen.

»Und falls du dich nicht mit Deke verkrachst, genau«, bestätigte Aldrin.

Deke, erklärte er Rhodan im Weitergehen, war der Spitzname von Donald Kent Slayton, der zu den ersten sieben Astronauten des Mercury-Projekts gehört hatte, aber noch nie geflogen war, weil die Ärzte bei ihm einen kleinen Herzfehler festgestellt hatten. *(Flugärzte sind die natürlichen Feinde der Piloten, weißt du das nicht?)* Daraufhin hatte er Verwaltungsaufgaben übernommen und war inzwischen Direktor des Astronautenbüros, mit anderen Worten, er war es, der bestimmte, wer für welche Mission eingeteilt wurde.

»Er wollte eigentlich auch kommen, aber er ist verhindert«, erklärte Aldrin. »Sitzung in Washington. Tja. Andererseits trinkt er eh keinen Alkohol mehr, hat das Rauchen aufgegeben, tut überhaupt alles, was die Ärzte sagen, weil er hofft, eines Tages doch wieder raumflugtauglich zu sein.«

»Vielleicht werden ja die Raumschiffe in Zukunft auch weniger anspruchsvoll sein, was die Gesundheit der Besatzung anbelangt«, meinte Rhodan.

»Gut möglich«, gab Aldrin zu. »Aber das wird dann irgendwie nicht mehr dasselbe sein, meinst du nicht?« Es klingelte erneut an der Tür. »Oh, ich muss. Ich stell dich mal hier ab. Das ist übrigens Neil, Neil Armstrong. Neil, das ist Perry Rhodan.«

Sie schüttelten sich die Hände, während Aldrin wieder in Richtung Haustüre entschwand. Armstrong erinnerte Rhodan vom Äußeren her an jemanden, und nach einem Moment fiel es ihm auch ein, an wen: Hätte er rote Stoppelhaare gehabt, hätte er ein Bruder von diesem Reginald Bull sein können, mit dem Rhodan in Patuxent so hochkritisch um die Wette geflogen war.

Allerdings hatte Armstrong nichts von dessen umtriebiger Energie. Im Gegenteil, er wirkte distanziert, fast linkisch, hielt sich an einem Glas Orangensaft fest und sah aus, als wäre er lieber nicht hier.

Perry Rhodan war damals nicht unbedingt der geübteste Smalltalker, aber ein paar Kniffe hatte er doch schon gelernt. Und er hatte einiges über die Astronauten gelesen, was nun, da ihm offenbar die Aufgabe zukam, ein Gespräch in Gang zu bringen, hoffentlich von Nutzen war.

»Sie haben die X-15 geflogen, nicht wahr?«, fragte er.

Armstrong musterte ihn aus blassblauen Augen und schien über diese Frage gründlich nachdenken zu müssen, als sei die Antwort darauf alles andere als einfach. Dabei lautete sie, als sie endlich kam, nur: »Ja.«

Oje, dachte Rhodan und versuchte es noch einmal: »Stimmt es eigentlich, dass Sie der einzige Astronaut sind, der in seiner Freizeit Segelfliegen betreibt?«

Auch diese Frage kaute Armstrong durch, ehe er immerhin antwortete: »Ja, ich glaube, das ist so. Seltsam, wenn man es sich überlegt, oder?«

»Ich bin noch nie mit einem Segelflugzeug geflogen«, bekannte Rhodan. »Wie ist das?«

Damit war das Eis gebrochen. Im Nu entspann sich ein hochinteressantes Gespräch übers Fliegen allgemein und das Segelfliegen im Speziellen. Neil Armstrong hatte das Fliegen gelernt, bevor er das Autofahren gelernt hatte, und sich das Geld für die Flugstunden mit Aushilfsjobs selbst verdient. Über das antriebslose Segeln konnte er für seine Verhältnisse fast ins Schwärmen geraten, und mit vielem von dem, was er sagte, konnte Rhodan etwas anfangen, denn den *Starglider* zu fliegen war im Grunde auch eine Art Segeln, nur eben die Hochgeschwindigkeitsversion davon.

Irgendwann kam der Moment, das Geburtstagskind hochleben zu lassen, und im weiteren Verlauf des Abends lernte Perry Rhodan nach und nach die meisten der anderen Astronauten kennen: den fröhlichen, weltmännischen Jim McDivitt, den gelassenen, etwas großspurigen Gordon Cooper, den scharfäugigen, scharfzüngigen Walter Schirra, den drahtigen, unverwüstlich wirkenden Frank Borman, den humorvollen, eleganten Michael Collins.

»Unser Jubilar ist übrigens der einzige Akademiker unter den Astronauten«, erzählte ihm der. »Buzz hat vor zwei Jahren seinen Doktor gemacht, über Visiertechniken bei bemannten Kopplungsmanövern in der Erdumlaufbahn. In seiner Widmung schreibt er … Moment …« Er hielt Jim Lovell am Arm fest, der gerade vorbeiging. »Jim, erinnerst du dich an die Widmung in Buzz' Doktorarbeit?«

Der blieb stehen, furchte die Stirn. »Ja, warte … ›In der Hoffnung, dass dieses Werk in irgendeiner Weise zu ihren Erkundungen des Weltalls beiträgt, widme ich dies den Mitgliedern der gegenwärtigen und zukünftigen bemannten Raumfahrtprogramme dieses Landes. Wenn ich mich ihnen nur‹ –«

»Ah, genau! ›Wenn ich mich ihnen nur anschließen könnte bei ihren aufregenden Unternehmungen!‹«, vollendete Collins. »Jim, ich möchte dein Gedächtnis haben. Was willst du dafür?«

»Wir hätten den Spruch auf ein T-Shirt drucken lassen sollen, das wäre ein gutes Geburtstagsgeschenk geworden«, meinte Lovell. »Aber entschuldigt mich, in meinem Glas ist zu viel Luft.«

»Jedenfalls«, fuhr Collins an Rhodan gewandt fort, während Lovell weiterzog, »nun hat er sich uns angeschlossen, und zum großen Glück für die NASA, denn es gibt kaum jemanden, der mehr von Bahnberechnungen im Weltall versteht als er. Wie das Leben so spielt, hmm?«

»Ja«, sagte Rhodan nachdenklich. »Wie das Leben so spielt.«

Nach und nach lernte Perry Rhodan, sich in Houston zu bewegen wie ein Fisch im Wasser. Er nahm sein Lauftraining wieder auf, frühmorgens entlang des Clear Lake, und schwamm regelmäßig seine Bahnen im wenig besuchten Hotelpool. Bisweilen war er zu Gast bei Jim Lovell und seiner Frau Marilyn, die hier ein Haus mit Blick auf den See bewohnten, und dann redeten sie bei einem guten Abendessen über die Raumfahrt und darüber, ob die Zukunft der Menschheit in den Sternen lag oder nicht.

Er lernte, eine Gemini-Kapsel zu steuern, auch wenn er dieses Wissen niemals benötigen würde, und flog mit einem der NASA-internen Flüge mit ins LaRC, ins *Langley Research Center*, um in dem dort befindlichen Simulator Kopplungsmanöver in der Umlaufbahn zu erlernen. Das war trickreich, weil das Verhalten von Flugkörpern im Orbit der Intuition völlig widerspricht: Wenn man ein Ziel anpeilt und einfach Gas gibt, trägt einen die Bahnmechanik zuverlässig davon weg; wenn man hinter dem Ziel fliegt und beschleunigt, holt man es nicht ein, sondern *sinkt tiefer*, und so weiter. Der Simulator war ein gewaltiger Apparat, der eine ganze Halle beanspruchte; eine der Gemini ähnelnde Trainingskapsel bewegte sich in einer kardanischen Aufhängung, die wiederum an einer Art Kranarm hing, ringsum war es dunkel, und auf den Boden konnte ein Bild der Erde aus dem Weltall projiziert werden: Damit musste man sich dann auf das Ziel, eine schwarzweiß angestrichene Kupplung, zubewegen und es treffen. Das war eine Herausforderung, die Rhodan einige Tage Übungszeit kostete.

Michael Reed arrangierte es auch für ihn, dass er zusammen mit dem Astronauten John Young, einem ruhigen, aber extrem fähigen Mann, nach McDonogh in Maryland fliegen konnte, um gemeinsam mit ihm in einem riesigen Pool, auf dessen Grund ein Modell der Gemini-Kapsel stand, Aus- und Wiedereinstiegsmanöver bei Schwerelosigkeit zu üben. Das ging so vor sich, dass man einen Raumanzug anzog und damit ins Wasser gehievt wurde, anschließend kamen assistierende Taucher, die einen mit Gewichten sorgsam austarierten, so dass man weder nach oben trieb noch nach unten sank. Es war nicht genau dasselbe wie Schwerelosigkeit, denn innerhalb des Anzugs hatte man natürlich sein normales Gewicht, und anders als im freien Fall wusste man immer, wo oben und unten war, aber es war besser als nichts, um den komplizierten Vorgang, in einem voluminösen Raumanzug aus der Enge der Kapsel ins Freie zu kommen und vor allem am Schluss wieder hineinzugelangen, in aller Ruhe zu üben.

John Young war sechs Jahre älter als er, ein Navy-Mann und, wie sie verblüfft feststellten, zur gleichen Zeit in Patuxent stationiert gewesen, zu der Rhodan die Testpilotenausbildung gemacht hatte. Wahrscheinlich waren sie sich dort öfters über den Weg gelaufen, einander aber nicht aufgefallen.

Rhodan war dabei, als Jim Lovell einen Fototermin hatte: Die NASA brauchte ständig neue Bilder der Astronauten für die Pressearbeit. Es gab im MSC ein eigenes Fotostudio mit einem Podest, auf das ein Modell einer Rakete gestellt werden konnte, und einer amerikanischen

Fahne im Hintergrund, und der Astronaut posierte mal im Anzug, mal im Raumanzug. Und als am 18. März Wostok 2 ins All flog und der russische Kosmonaut Alexei Leonow den ersten Weltraumspaziergang der Geschichte wagte, fand in Houston eine Pressekonferenz statt, bei der es um die Frage ging, wann Amerika nun endlich mit den Russen gleichziehen würde. Rhodan war dabei und fand diese Frage furchtbar dämlich; eine Frage, wie sie nur Leute stellen konnten, die mit Scheuklappen auf die Welt schauten.

Die Zeit in Houston fiel in Perry Rhodans 28. Lebensjahr, das für viele Menschen eine Zeit der Krise und Neuausrichtung ist, und ihm erging es nicht anders. Es ist das Alter, in dem man begreift, dass das Leben schon begonnen hat und dass einem nicht mehr, wie in seiner Kindheit, »alle Möglichkeiten offenstehen«, sondern man bereits Entscheidungen getroffen hat, die gewisse Optionen ausschließen. Man wird also dessen gewahr, dass man, ohne es recht zu merken, einen bestimmten Kurs eingeschlagen hat, und fragt sich, ob es wohl der richtige ist.

Rhodan hatte die meisten der Astronauten kennengelernt und gesehen, dass sie allesamt pflichtbewusst waren, von Kühnheit befeuert und von einer ehrlichen Sehnsucht nach dem Weltraum erfüllt, danach, die Grenzen des menschlichen Lebensraums zu überschreiten und, wenn möglich, zu erweitern. Zudem waren sie alle topfit und wirkten, wie er sich Olympia-Sportler vorstellte: miteinander konkurrierend, aber zugleich unverbrüchlich zusammenhaltend.

Doch all das, sagte Rhodan sich, traf auf ihn ebenfalls zu: Wieso war er dann nicht Teil dieser Gruppe? Wo war er falsch abgebogen? Wann hatte er eine Entscheidung getroffen, die ihn auf einen ganz anderen Kurs gesetzt hatte?

Denn eines war ihm klargeworden: Hier in Houston spielte die wahre Musik. Hier schlug das Herz zumindest der westlichen Weltraumfahrt. Wenn irgendwo, dann wurde hier der Grundstein für ein neues Zeitalter gelegt.

Hier, und nicht in der Abgeschiedenheit der Wüste von Nevada, wo ein schlauer General einem Hobby frönte und ein paar Wissenschaftler, die vielleicht genial waren, vielleicht aber auch nur Spinner, an einer Flugmaschine bastelten, die von einer Handvoll tollkühner Piloten geflogen wurde, ohne dass irgendjemand davon Notiz nahm.

Welche Wirkung konnte so etwas auf die Welt haben? Auf das Denken der Menschen, auf ihren geistigen Horizont? Es war so ähnlich wie bei der Bürgerrechtsbewegung, die das, was sie bis jetzt erreicht hatte, auch nur deshalb hatte erreichen können, weil sie die Öffentlichkeit einbezogen und Diskussionen ausgelöst hatte.

Fünf Tage nach Leonows Weltraumspaziergang flog mit Gemini-3 die erste amerikanische Raumkapsel mit zwei Mann Besatzung, Gus Grissom und John Young. Anfang Juni flog Gemini-4 mit John McDivitt und Ed White, der endlich den ersten Weltraumspaziergang eines Amerikaners absolvierte und offenbar sehr genoss (im Gegensatz zu Leonow, der massive Probleme hatte, zurück an Bord zu gelangen, weil sich sein Raumanzug übermäßig aufgebläht hatte). Als sie nach etwas über vier Tagen Flugzeit wieder landeten, hatte Perry Rhodan Houston schon verlassen und war auf dem Rückweg auf die Groom Lake Base.

In Nevada hatten sie in der Zwischenzeit ansehnliche Erfolge vorzuweisen. Der *Starglider* mit dem kleinen Atommotor funktionierte anstandslos; Bob Kinney hatte ihn am 4. Mai einmal rund um die Erde geflogen. Allerdings war noch immer ein Start von der B-52 aus erforderlich.

Als Rhodan ankam, ging Craig an seiner Stelle nach Houston, um ungefähr dasselbe Programm zu durchlaufen. Die anderen verbrachten viel Zeit mit Versuchen, den *Starglider* so umzugestalten, dass er aus eigener Kraft starten konnte, aber es wollte ihnen nicht gelingen. Sie hätten zusätzliche Flügel anbringen müssen, doch Windkanalversuche zeigten, dass diese beim »Springen« in der Stratosphäre empfindlich störten und sie damit die so aufwendig optimierte aerodynamische Form des *Stargliders* verloren hätten. Ein- und ausklappbare Flügel wiederum gefährdeten bei den auftretenden enormen Strömungen die Stabilität des Rumpfes.

Craig kam ein paar Tage früher als geplant zurück. Er war mit den Astronauten nicht warm geworden und froh, wieder in Nevada zu sein.

Nach ihm ging Bob Kinney, der sich im Gegensatz dazu in Houston prächtig amüsierte.

Im Mai 1966 wurde endlich der »große« Atommotor geliefert (er war nicht im Hinblick auf seine Abmessungen größer, sondern hinsichtlich seiner Strahlleistung). Sie ließen das mit dem Start aus eigener Kraft und konzentrierten sich darauf, den neuen Motor einzubauen und zu testen. Die Zeit flog nur so dahin.

General Pounder bestimmte, dass Craig den ersten Flug mit dem *Starglider Typ 3* unternehmen sollte – den ersten Flug, bei dem sie versuchen würden, in den Weltraum vorzustoßen!

Dieser Flug startete am 9. November 1966 um 6 Uhr 30 morgens.

Die erste Phase des Fluges war ein normaler Parabelflug, wie sie ihn alle schon oft unternommen hatten, nur dass diesmal der Atomantrieb den Schub lieferte. Craig war begeistert. »Der Tankzeiger bewegt sich so gut wie nicht!«, meldete er sich per Funk. »Ich hab das Gefühl, ich könnte bis zum Mond weiterfliegen!«

»Eins nach dem anderen«, mahnte General Pounder nervös.

Craig beruhigte sich wieder. »Okay, dann leite ich jetzt die Sequenz für den Orbitalschuss ein«, meldete er. »Positionierung *Starglider* – check. Übergang in drei … zwo … eins … Feuer.«

Die Grenze zwischen Luftraum und Weltraum zieht man auf der Erde in etwa 100 Kilometern Höhe. Da dies eine so glatte Zahl ist, denken die meisten, es handle sich um eine willkürliche Festlegung aus alter Zeit, aber dem ist tatsächlich nicht so. Vielmehr gibt es eine präzise physikalische Begründung für diese Grenze, die man auch mit dem Fachbegriff *Kármán-Linie* bezeichnet, zu Ehren des ungarisch-amerikanischen Luftfahrttechnikers Theodore von Kármán, der diese Zusammenhänge Anfang des 20. Jahrhunderts alter Zeitrechnung erkannte. Die Grundidee ist, dass es auf einem Planeten mit Atmosphäre zwei Möglichkeiten gibt, ein Fluggerät fliegen zu lassen: einerseits durch den Auftrieb, der durch Bewegung eines geeignet geformten Flügels in der Atmosphäre entsteht, andererseits durch die Zentrifugalkraft, die einfach durch Bewegung entlang einer gekrümmten Bahn entsteht und von einer Atmosphäre unabhängig ist. In niedrigen Höhen ist jede Atmosphäre dichter, deswegen überwiegt die Wirkung des

Auftriebs die der Zentrifugalkraft bei weitem, und ein Fluggerät kann schon bei relativ geringen Geschwindigkeiten abheben. Je höher das Fluggerät jedoch steigt, desto dünner wird die Atmosphäre, wodurch die Geschwindigkeit, die notwendig ist, um es durch aerodynamische Wirkung fliegen zu können, immer höher wird. Ab einer bestimmten Höhe entspricht diese Geschwindigkeit der Zentrifugalkraft, was bedeutet, dass der Auftrieb nichts mehr zum Flug beitragen kann, da die Zentrifugalkraft allein imstande ist, das Fluggerät auf seiner Bahn zu halten. Und auf der Erde ist das ziemlich genau ab einer Höhe von 100 Kilometern der Fall.

Als Craig McClure also den *Starglider* mit einem kräftigen zweiten Stoß aus dem atomaren Triebwerk über diese Grenze hob, wurde er zum Astronauten und der *Starglider* zum Raumschiff. Nun flog er keine anstrengenden Parabelbahnen mit sich allmählich verringernden Amplituden mehr, sondern bewegte sich in einem *Low Earth Orbit* antriebslos um die Erde.

Er umkreiste die Erde zweimal, wofür er etwa drei Stunden brauchte, dann begann die heikelste Phase des ganzen Fluges: der Wiedereintritt in die Atmosphäre. Aus der Höhe und Geschwindigkeit eines Orbits wieder herunter auf die Erde zu kommen war eine ungleich anspruchsvollere Aufgabe, als ein Antipodenflugzeug zu landen.

Aber anders als die Raumkapseln der NASA, die nur den Bremsschub geben konnten, der minimal nötig ist, um die Erdumlaufbahn zu verlassen, und den Rest ihrer Bewegungsenergie durch Reibung vernichteten, hatte Craig ausreichend Reserven zur Verfügung. Er konnte den *Starglider* abbremsen und bei Erreichen der Stratosphäre in den gewohnten Gleitflug übergehen, aus dem heraus er schließlich die Groom Lake Base anflog und dort landete.

Diesmal wurde ausgiebig gefeiert. Sie hatten den Weltraum erreicht!

»Und viel eleganter als alle anderen!«, meinte Craig mit einer Begeisterung, die man so an ihm gar nicht kannte.

Allerdings sah der *Starglider* nach dem Flug doch ziemlich ramponiert aus. Man würde ihn gründlich überprüfen und alle eventuellen Defekte sorgfältig beheben müssen, ehe der nächste Pilot damit starten konnte.

»Das werden Sie sein, Rhodan«, sagte General Pounder.

Als möglichen Termin nannte Dr. Lehmann Mitte Februar 1967.

Dann geschah dies:

Am Nachmittag des 27. Januar 1967 war ein Funktionstest der neuen Apollo-Kapsel angesetzt worden, einer von vielen. Die drei Astronauten, die am 21. Februar mit dem Flug AS 204 starten sollten, bestiegen gegen 13 Uhr Ostküstenzeit die Kapsel, die in 66 Metern Höhe auf der Spitze einer nicht betankten Saturn-1B-Rakete montiert war. Geplant war, die Simulation eines Countdowns durchzuspielen. Virgil Grissom nahm auf der linken Liege Platz, Roger Chaffee auf der rechten, und Ed White lag in der Mitte. Die Kapsel wurde verschlossen und die Bordatmosphäre eingefüllt, die aus reinem Sauerstoff bei niedrigem Druck bestand.

Der Countdown musste zweimal unterbrochen werden, einmal, als Gus Grissom einen fremdartigen Geruch wahrnahm, dessen Ursache man jedoch nicht fand, ein zweites Mal, als es Schwierigkeiten mit der Sprechfunkverbindung gab. Um 18 Uhr 30 erfolgte der simulierte Start. Eine Minute später schrie jemand, Grissom oder Chaffee, das ließ sich später nicht mehr feststellen: »Feuer, Feuer! Feuer an Bord!«

Zwanzig Sekunden danach barst die Kabine in einer Stichflamme, die noch aus weiter Entfernung zu sehen war, und aller Funkverkehr brach ab. Die Rettungskräfte fanden bei ihrem Eintreffen nur noch die verkohlten Leichen der drei Raumfahrer vor. Die ungeheure Hitze eines durch reinen Sauerstoff angefachten Feuers hatte ihre Raumanzüge schmelzen lassen und ihre Körper in Asche verwandelt.

Es waren die ersten Todesopfer, die das offizielle amerikanische Raumfahrtprogramm gefordert hatte, und die meisten sahen eine gewisse Tragik darin, dass die drei Raumfahrer nicht während einer Mission gestorben waren, sondern während einer Trockenübung am Boden, deren Sinn es ja gerade sein sollte, Abläufe ohne Gefahr für Leib und Leben einüben zu können.

Eine von Präsident Johnson eingesetzte Untersuchungskommission legte zehn Wochen später einen detaillierten Bericht vor, der eine lange

Liste von Schlampereien enthielt, die bei Bau und Montage der Apollo-Kapsel begangen worden waren. Dem Unglück sollte eine Zwangspause von 23 Monaten folgen, ehe erstmals wieder ein bemanntes Apollo-Raumschiff ins All startete.

Doch ein Reporter der *Washington Post*, ein gewisser Al Scaffani, genannt *Gun Dog* (Jagdhund), war schneller. Er nahm das Unglück zum Anlass, sich die Finanzen der NASA einmal genauer anzuschauen und nachzuvollziehen, wohin die Gelder eigentlich gingen – eine Frage, die, wie er fand, schon lange niemand mehr gestellt hatte, so sehr hatte der Wettlauf mit den Russen im Vordergrund gestanden. Doch offenbar konnte dieser Wettlauf tödlich sein.

Scaffani stieß rasch auf allerlei Ungereimtheiten. Unter anderem fand er Unterlagen über Astronautentrainings von Leuten, die gar nicht dem Astronautencorps angehörten. Angeblich waren es sogenannte *Counter-Checker*, die die Wirksamkeit der Trainings beurteilen sollten – aber wieso drei von ihnen, hintereinander über fast anderthalb Jahre, ohne dass je ein Bericht vorgelegt wurde? Auch gab es die Firma nicht, von der sie angeblich gekommen waren.

Während Al »Gun Dog« Scaffani wühlte und Spuren folgte, wurden Senatoren und andere Leute in hohen Positionen nervös, wurden hektische Telefonate geführt und schließlich General Pounder zum Handeln gezwungen. Er würde kein weiteres Geld mehr bekommen, erklärten ihm seine Gönner, die nicht nur um ihre politische Karriere fürchten mussten, sondern womöglich um ihre Freiheit. Wenn Pounder es vermeiden wollte, wegen illegaler Verwendung von Bundesmitteln im Gefängnis zu enden, dann würde ihm nichts anderes übrigbleiben, als das Projekt *Starfire* so schnell wie möglich zu beenden und alle Spuren so gründlich wie möglich zu verwischen.

»Ich gebe die Hoffnung nicht auf, dass eines Tages doch noch unsere Stunde schlägt«, erklärte er den geschockten Piloten und Wissenschaftlern in einer letzten Sitzung. »Der *Starglider* und alle Unterlagen werden an einem versteckten Ort eingelagert. Im absoluten Ruhezustand kann der Atommotor ohne weiteres ein Jahrzehnt und mehr überstehen.«

Er faltete die Hände, bot das Bild eines geschlagenen Mannes. »Mir bleibt nur, Ihnen allen für Ihren Einsatz und Ihre Aufopferungsbereitschaft zu danken. Wir hatten einen Traum, und ein Teil davon ist wahr geworden. Das ist mehr, als die meisten Menschen von sich sagen können.«

Das Trägerflugzeug, die B-52, wurde auf einen Militärstützpunkt in Kalifornien verlegt, wo man die Halterungen für den *Starglider* entfernte, das Flugzeug überholte und wieder in den normalen Dienst übernahm.

Dr. Lehmann und seine Wissenschaftler nahmen ein Angebot an, für die Firma *Nuclear Engineering* in Punta Pieta, Kalifornien, zu arbeiten.

Die drei verbliebenen Testpiloten Craig McClure, Robert Kinney und Perry Rhodan hingegen wurden nach Vietnam in den Krieg geschickt.

10

Perry Rhodan spricht so gut wie nie über seine Zeit in Vietnam. Es ist nicht übertrieben zu sagen, dass er höchstens einmal in hundert Jahren eine Bemerkung dazu macht. Ich wusste lange Zeit nicht einmal, dass er dort gewesen war (keiner der NASA-Astronauten war es); erfahren habe ich es erst im Jahre 2040. Damals kam es nach einem Kommandoeinsatz auf dem Planeten Volat (im 4342 Lichtjahre entfernten Heperés-System), an dem auch Perry Rhodan persönlich teilgenommen hatte, zu einer Aussprache im Solaren Parlament. Eine Gruppe von Abgeordneten verlangte eine Gesetzesänderung, die dem Regierungschef die Teilnahme an riskanten Kampf- und Erkundungseinsätzen verbieten sollte.

Im Protokoll dieser Debatte kann man nachlesen, dass Perry Rhodan Folgendes sagte: »Vor 73 Jahren habe ich als amerikanischer Kampfpilot im Vietnamkrieg gekämpft. Ich tat es, weil es meine Pflicht als Soldat war, aber ich tat es mit einem äußerst unguten Gefühl. Man befahl mir, Brücken zu bombardieren, bewaffnete Stellungen, Munitionslager, Hafenanlagen, Öltanks und vieles mehr, doch ich verstand nie wirklich, wozu das nötig sein sollte. Gewiss hat man als Soldat nur sehr eingeschränkte Möglichkeiten, das große Ganze zu überblicken, aber ich war Soldat geworden, um die Freiheit meines Landes zu verteidigen, und ich konnte nicht erkennen, in welcher Weise die Vietnamesen eine Bedrohung für diese Freiheit darstellen sollten. Je länger ich dort war, desto mehr gewann ich den Eindruck, dass alles, was die Vietnamesen – unabhängig von irgendwelchen Ideologien – wirklich wollten, ganz einfach war, nicht länger Kolonie eines fremden Landes zu sein, sondern selbst über ihr eigenes Schicksal bestimmen zu können. Mit anderen Worten: Sie wollten ihre *eigene* Freiheit.

Und eines Tages kam mir die Frage in den Sinn: Würde dieser Krieg stattfinden – und wenn, würde er *so* stattfinden –, wenn Präsident Johnson persönlich darin kämpfen müsste? Wenn er nicht nur ab und zu einen Stützpunkt dort besucht und Soldaten Medaillen an die Brust geheftet hätte, sondern wenn er selbst Kampfjets hätte fliegen, selbst hätte schießen und bombardieren müssen? Sicher kann man einwenden, dass Johnson dazu körperlich nicht in der Lage gewesen wäre – er war an die sechzig Jahre alt und vor Beginn seiner politischen Laufbahn als Lehrer tätig gewesen –, aber angenommen, er *wäre* es gewesen und *hätte* es gemacht: Ich bin sicher, dass dieser Krieg anders verlaufen, wahrscheinlich sogar niemals begonnen worden wäre.

Und ich glaube, dass *viele* Kriege anders verlaufen oder nie beginnen würden, wenn die jeweiligen Regierungschefs höchstpersönlich an vorderster Front darin mitkämpfen müssten.

Es war jahrtausendelang üblich, dass der Anführer einer Gruppe an ihren Kämpfen teilnimmt, ja, dass er den anderen sogar vorausgeht. Erst vor wenigen hundert Jahren begann es, dass Heerführer im Hintergrund blieben, sich auf Nachrichten verließen, anstatt sich selber ein Bild der Situation zu machen, und an Planungstischen entschieden, was zu tun war – und es lässt sich nicht erkennen, dass sich diese Praxis bewährt hätte, im Gegenteil, man kann viele Unmenschlichkeiten genau darauf zurückführen.«

An die Adresse der Antragsteller gerichtet, fuhr er fort: »Sie sagen, es sei nicht Aufgabe eines Regierungschefs, mit dem Strahler in der Hand über einem fremden Planeten abzuspringen und sich auf gegnerischem Territorium im Dreck zu wälzen. Ich dagegen sage, es gibt Situationen, in denen *genau das* die Aufgabe eines Regierungschefs ist, denn der unmittelbare Eindruck, die unmittelbare Erfahrung lässt sich nicht ersetzen. Deswegen gedenke ich auch weiterhin an vorderster Front einzugreifen und mitzumachen, wenn ich es für geboten halte, sei es, um zum Erfolg einer Aktion beizutragen, oder sei es auch nur, um sicherzustellen, dass wir nicht die falschen Kriege führen.

Wenn Sie, meine Damen und Herren, dieses Gesetz beschließen sollten, kann ich Sie daran nicht hindern. Aber Sie müssen sich dann einen anderen Regierungschef suchen, denn ich würde in diesem Fall meinen sofortigen Rücktritt erklären.«

Danach verebbte die Debatte. Der Antrag wurde schließlich fallengelassen, und es kam nie zu weiteren derartigen Versuchen. Mit der Zeit gewöhnte man sich daran, dass Rhodan eben nicht immer nur am Schreibtisch saß, sondern sich ab und zu auch, wie er es formuliert hatte, »auf gegnerischem Territorium im Dreck wälzte«.

Der geneigte Leser, der meinen Überlegungen und Schilderungen bis hierher gefolgt ist, wird zweifellos in Rhodans Bemerkung, der unmittelbare Eindruck sei durch nichts zu ersetzen, die Weltwahrnehmung des Sofortumschalters erkennen.

Als Finanzminister hat man seine natürlichen Feinde stets in den diversen parlamentarischen Gremien, und zu jener Zeit war dies Leanna Dinh, die Vorsitzende des Haushaltsausschusses, der ich regelmäßig Rechenschaft ablegen musste. Frau Dinh war eine schmale, sehr ruhige Person, die mit dem freundlichsten Lächeln der Welt gnadenlos nachbohren konnte, wenn ihr eine meiner Zahlen nicht einleuchtete.

Auf dieser Basis verstanden wir uns also ganz gut (meine Zahlen pflegten letzten Endes immer zu stimmen, wie ich in aller Bescheidenheit anmerken darf), und als wir kurz nach der eben erwähnten Debatte wieder einmal anlässlich eines unserer routinemäßigen Termine beisammensaßen, gestand ich ihr, dass es mich überrascht hatte zu erfahren, dass Perry Rhodan im Vietnamkrieg gekämpft hatte.

»Tatsächlich?«, erwiderte sie. »Also, *ich* habe das gewusst.«

Und dann erklärte sie mir, woher.

Ihre Mutter hatte ihr nämlich vor Jahren einen Brief ihres Großvaters überlassen, in dem er schilderte, wie er als Soldat der NVA (für: Nordvietnamesische Armee) auf ebendiesen Perry Rhodan gestoßen war. Auf meine Bitte hin zeigte sie mir diesen Brief, und eine Positronik übersetzte mir den auf Vietnamesisch geschriebenen Text:

Hanoi, 3. August 1996

Bian, geliebte Tochter,
Du hast Dich bei Deinem Besuch neulich so erregt darüber, dass Perry Rhodan in seinem Amt bestätigt worden ist, und hast unterstellt, dass unlautere Machenschaften im Spiel seien. Ich muss Dir nun doch schreiben, dass ich nicht glaube, dass dies der Fall ist, denn – was ich Euch nie erzählt habe – ich bin Perry Rhodan einst im Amerikanischen Krieg begegnet und habe ihn als einen ehrlichen und aufrichtigen Mann erlebt.

Es war im November des Jahres 1967, am 13., wenn ich es noch recht weiß. Am Tag zuvor war ein amerikanisches Flugzeug in einem Tal bei Thanh Hung abgeschossen worden, der Pilot hatte sich mit dem Fallschirm gerettet, war aber nirgends zu finden. Wir bekamen Befehl, auszuschwärmen und nach ihm zu suchen. Damals erhielt man in einem solchen Fall eine Prämie, wenn man einen Feind lebendig fing und er verhört werden konnte.

Wir wurden in Gruppen zu zweien losgeschickt, aber mein Kamerad setzte sich bei der ersten Gelegenheit auf einen umgestürzten Baum, zündete sich eine Zigarette an und meinte, die anderen würden den Amerikaner schon finden. Das war so seine Art; er drückte sich, wo er nur konnte, und deshalb will ich seinen Namen verschweigen. Ich versuchte eine Weile, ihn umzustimmen, aber schließlich ließ ich ihn sitzen und zog alleine los.

Ich rechnete mir einen Vorteil aus, weil ich ja in dieser Gegend aufgewachsen bin und jeden Baum und jeden Stein kannte, wie man so sagt. Während ich weiterging, versuchte ich mir vorzustellen, wohin ein Amerikaner sich wenden und wo er sich verstecken würde. Und auf diese Weise stöberte ich ihn schließlich tatsächlich auf! Ich fand ihn unter einem Haufen Stroh hinter einer Hütte schlafend, ein Versteck, an dem jeder andere sicherlich vorbeigelaufen wäre; ich hingegen habe mich als Kind selber einmal auf genau dieselbe Weise versteckt, als ich – ich war sechs Jahre alt, glaube ich – die geliebte Pfeife meines Vaters vom Tisch geworfen und zerbrochen hatte und seinen gerechten Zorn fürchtete.

Ich zog also das Stroh beiseite, mein Gewehr schussbereit, und da lag er. Es war eindeutig der amerikanische Pilot. Er trug seine Uniform und allerlei Ausrüstung bei sich, war groß und hatte goldene Haare. Er schien überhaupt nicht erschrocken zu sein, als ich ihn weckte, im Gegenteil, er sah mich an, als habe er mit mir gerechnet oder gar auf mich gewartet. Das war fast ein wenig unheimlich.

Du musst wissen, dass die amerikanischen Soldaten damals normalerweise in Panik ausbrachen, sobald sie allein auf vietnamesischem Boden waren, ohne ihre gigantischen Maschinen, ihre Armeen und ihre Waffen. Viele schossen dann einfach um sich, manche zitterten gar, und sie kamen einem dann fast vor wie große Kinder, denen unbedachte Eltern Gewehre in die Hand gegeben hatten.

Dieser Mann jedoch war völlig ruhig und gelassen, noch ruhiger als die Touristen, die später, nach dem Krieg, nach Vietnam kamen: Die hatten zumindest Angst, von irgendeinem Tier gebissen oder gestochen zu werden. Dieser Mann dagegen, der da vor mir stand, die Hände erhoben, schien in sich zu ruhen wie einer dieser alten buddhistischen Mönche.

»Who are you?«, fragte ich, worauf er mir ruhig seinen Namen nannte und wahrscheinlich seine Dienstnummer und dergleichen, was eben üblich war, aber mein Englisch war zu schlecht, als dass ich alles verstanden hätte. Nur seinen Namen: Perry Rhodan.

»Okay«, sagte ich dann und machte eine Bewegung mit dem Gewehr. »Go!«

Er sah sich um und fragte: »Are you alone?«

»No«, sagte ich, und ich war in dem Moment ganz und gar nicht so ruhig wie er, sondern zitterte im Gegenteil fast. »I am not alone. I have a gun.«

Und dann machte er irgendetwas, ich habe nie begriffen, was – es war eine schnelle Bewegung und ein Schlag, und auf einmal befand sich mein Gewehr in seinen Händen und war auf mich gerichtet.

»Ich will Ihnen nichts tun«, sagte er, immer noch so unheimlich ruhig und kaum außer Atem. »Ich hoffe, Sie zwingen mich nicht dazu. Ich will nur dasselbe wie Sie – gesund nach Hause kommen. Und ich glaube, das werden wir beide.« Er hob rasch noch ein paar Dinge aus dem Stroh auf und klemmte sie sich an den Gürtel, ohne mich aus den Augen zu lassen, dann war es an ihm zu sagen: »Gehen Sie!«

Er wollte natürlich in eine ganze andere Richtung, nämlich hinauf in die Berge. Mir blieb nichts anderes übrig, als ihm zu gehorchen, und so ging ich voraus, einem schmalen Fußweg folgend, der bergan ging. Ich versuchte, mich zu erinnern, wohin er führte, um mir meine Chancen auszurechnen, Hilfe herbeizurufen. Denn anders als der Amerikaner vermutet hatte, machte ich mir nicht Sorgen darüber, ob ich gesund nach Hause kommen würde, sondern darüber, was mit mir geschehen würde, wenn herauskam, dass ich mich von einem Feind hatte hereinlegen lassen. Wenn es ihm gelang, mich dazu zu zwingen, ihm bei seiner Flucht zu helfen, würde es noch schlimmer für mich ausgehen. Wahrscheinlich würde ich ins Gefängnis kommen.

So wanderten wir stundenlang bergauf. Es war feuchtwarm, weil die Monsunzeit noch nicht so lange zurücklag, alles grünte und war voller Insekten, die sich wie wild auf die helle Haut des Amerikaners stürzten. Jedes Mal, wenn ich mich zu ihm umdrehte, sah ich irgendwo einen neuen Stich, eine neue Beule, aber er schien sich nichts daraus zu machen.

Wann immer wir an eine Abzweigung kamen, befahl er anzuhalten, konsultierte dann eine Landkarte und sagte schließlich »links« oder »rechts«, je nachdem. Und irgendwie schaffte er es tatsächlich, allen Siedlungen und Höfen auszuweichen, von denen es in der Gegend nicht gerade wenige gab. Er wirkte immer noch hellwach und so, als habe er sein ganzes Leben lang nichts anderes getan, als sich in vietnamesischen Wäldern zu bewegen.

Irgendwann machten wir Rast. Zu meiner Überraschung teilte der

Mann seine Überlebensrationen mit mir und auch sein Wasser, von dem er vier kleine Flaschen besaß. Ich konnte erst gar nicht glauben, dass er das ernst meinte, aber er sagte: »Sie haben mir nichts getan, und ich habe Ihnen nichts getan. Es gibt keinen Grund, warum wir Feinde sein sollten. Wir sind nur Feinde, weil die Politik es so will.«

Daraufhin nahm ich, was er mir anbot, und es war gut, etwas zu essen und zu trinken; es war mir zuletzt sehr schlechtgegangen. Sowieso hatten wir in der Armee die ganze Zeit Hunger, weil es nie genug gab, und ich genoss es sehr, die seltsame Verpflegung des Amerikaners zu essen.

Er fragte mich nach meinem Namen, und ich sagte: »Dinh Hung.«

Dann fragte er: »Dinh Hung, werden Sie Probleme bekommen, wenn Ihre Offiziere erfahren, was geschehen ist? Dass ich Sie entwaffnet habe?«

Ich wollte mich eigentlich nicht auf ein Gespräch mit dem Feind einlassen, aber es war etwas in seiner Stimme, das mich sagen ließ: »Yes. Maybe I go to prison.«

Das machte ihn nachdenklich. Nach einer Weile sagte er: »Morgen oder übermorgen sind Sie mich los. Und von mir soll niemand erfahren, was geschehen ist.«

Ich ließ mir nicht anmerken, dass das für mich nur hieß, dass ich noch ein, höchstens zwei Tage Zeit hatte, ihn im Schlaf zu überwältigen und doch noch den Sieg davonzutragen, der mich als Einziges retten konnte. Doch als es Nacht wurde und wir anhielten, um zu rasten – es wäre auch zu gefährlich gewesen, in der Dunkelheit zu marschieren –, da wagte ich es nicht, mich auf ihn zu stürzen. Obwohl er sich an einen Baum lehnte, um auszuruhen, wirkte er die ganze Zeit hellwach, während mir immer wieder die Augen zufielen.

Einmal, tief in der Nacht, erwachte ich und hatte das Gefühl, dass ich es nun wagen könnte. Und doch tat ich es nicht, und ich habe lange Zeit nicht verstanden, warum nicht. Ich denke heute, dass ich es nicht tat, weil ich Respekt vor ihm entwickelt hatte. Er hatte mich fair behandelt, trotz allem; nicht so, wie andere amerikanische Soldaten Vietnamesen oft behandelten, noch nicht einmal so, wie unsere eigenen Offiziere uns behandelten.

Mitten in der Nacht tauchten plötzlich drei große, rote Feuerkugeln am Himmel auf, flogen mit lautem Pfeifen in einiger Entfernung durch die Nacht.

»Was ist das?«, entfuhr mir die Frage.

»Das Signal, dass Sie mich morgen früh los sind«, sagte der Pilot.

Kurz vor dem Anbruch der Dämmerung brachen wir wieder auf. Er befragte seine Karte nun häufiger, der Dunkelheit wegen im Schein einer kleinen Taschenlampe, die mir ausnehmend gut gefiel. Nach einigem Hin und Her fanden wir schließlich einen Pfad, der auf den Gipfel eines Hügels hinaufführte. Wie immer musste ich vorangehen, und ich bemerkte, wie der Pilot einen Gegenstand auf einem Baumstumpf ablegte, sah aber nicht, worum es sich handelte.

Als wir oben ankamen, hörte ich, wie sich aus der Ferne ein Hubschrauber näherte. In diesem Moment gab Rhodan mir mein Gewehr zurück und sagte: »Wenn Sie Ihre Waffe noch haben, wird niemand denken, dass ein Amerikaner Sie überwältigt hat.« Er zeigte auf den Weg, den wir heraufgestiegen waren. »Das Magazin habe ich vorhin unten auf den Baumstumpf gelegt.« Er salutierte kurz. »Leben Sie wohl, Dinh Hung.«

Ich nahm das Gewehr und rannte los, den Weg hinab, während ich hinter mir den Hubschrauber immer näher kommen hörte. Auf dem Baumstumpf lag eines der Säckchen, in denen der Amerikaner seine Verpflegung transportiert hatte. Ich öffnete es hastig, und tatsächlich, darin lag das Magazin meines Gewehrs – und die kleine Taschenlampe, um die ich den Piloten heimlich beneidet hatte!

Einen Moment lang war ich außerstande, irgendetwas zu tun. Dann schob ich die Taschenlampe in meine Hosentasche und setzte das Magazin wieder ein, gerade in dem Moment, in dem ich hörte, wie oben der Hubschrauber wieder abhob. Ich schoß auf ihn, aber ich achtete darauf, danebenzuzielen. Ich wollte nachher nur sagen können, ich hätte den Amerikaner verfolgt, sei ihm dicht auf den Fersen gewesen, hätte ihn dann aber leider knapp verfehlt.

Das hat mir noch genug Ärger eingebracht, Ärger und den Spott meiner Kameraden, aber immerhin keine Strafe. Und erst viel später habe ich begriffen, warum Perry Rhodan überhaupt das Risiko ein-

gegangen ist, mich mit sich zu nehmen: nicht, um mich zu demütigen, und auch nicht, weil er meine Hilfe benötigt hätte – sondern, weil es der einzige Weg für ihn war, zu entkommen, ohne mich töten zu müssen.

Liebe Tochter, es ist eine gute Sache, dass die Völker der Erde heute geeint sind und keine Kriege mehr untereinander führen müssen, und es erfüllt mich bis auf den heutigen Tag mit Stolz, dass ich dem Mann, der dies letzten Endes bewirkt hat, einst begegnet bin. Ich will Dir nicht vorschreiben, was Du von ihm halten sollst, aber ich will, dass Du weißt, was Dein Vater von ihm hält.

Segen,
Dein Vater

Wenn wir uns in den Archiven die Unterlagen des amerikanischen Militärs anschauen (eine ungeheure Menge an Material, aber mit Hilfe der Positroniken erstaunlich rasch durchsuchbar), dann finden wir in der Tat einen Captain Perry Rhodan, stationiert ab 1. März 1967 beim 357th Fighter Squadron auf der Takhli Royal Thai Air Force Base in Thailand. Wir finden »Debriefings«, also Missionsberichte, von zahllosen Einsätzen, und es fällt auf, dass besagter Captain Rhodan (die Beförderung vom First Lieutenant muss *en passant* vor sich gegangen sein) bei den meisten davon als sogenannter *Lead* fungierte, also als Staffelführer.

Ein typischer Einsatz sah so aus, dass am Nachmittag des Vortags ein enormes, verschlüsseltes Informationspaket auf elektronischem Wege ankam, das die Befehle aus dem Hauptquartier enthielt, die Ziele, die Bewaffnung, die Routen der Tankflugzeuge, Zeiten und sonstige Instruktionen, und nach der Entschlüsselung begann die Planung, die sich, je nach Schwierigkeit der Missionen, mehrere Stunden hinziehen konnte und an der die Staffelführer beteiligt waren. Jede Planung galt einem Primärziel, einem Sekundärziel und einem Tertiärziel, auch *Dump Target* genannt, weil es sich einfach um ein Ziel handelte, auf das man die mitgeführten Bomben ohne Probleme abwerfen konnte, falls man nicht dazu kam, sie auf das Primär- und Sekundärziel abzufeuern.

Die ersten Einsätze starteten üblicherweise früh am Morgen. Um 4 Uhr wurden die Mannschaften gebrieft, und gegen 5 Uhr 30 brach man auf. Jeder Pilot trug einen Anti-G-Anzug, einen Helm, eine Überlebensweste, eine Pistole, ein Messer, einen Fallschirm, ein Notfallradio und mehrere Miniflaschen Wasser am Leib, insgesamt ein Zusatzgewicht von leicht neunzig Pfund. Die Flugzeuge, meistens Jets vom Typ F-105 oder F-4, starteten in kürzestmöglichem Abstand hintereinander.

Das erste Ziel war stets das Rendezvous mit den Tankflugzeugen, um mit voll aufgetankten Kampfjets in den Einsatz gehen zu können. Die Tankflugzeuge flogen auf definierten Routen, die nach Farben benannt waren (»Grüner Anker« z. B.), und das »Tankballett« folgte ausgeklügelten Regeln und Reihenfolgen, um sicherzustellen, dass die Flügelmaschinen beim Drop-off am vollständigsten betankt waren, weil diese für die Sicherung der Staffel zu sorgen hatten und dafür stets am meisten Sprit benötigten.

Bis zum Drop-off bestand immer noch die Möglichkeit, dass ein Einsatz abgeblasen wurde, doch war dies nicht geschehen, ging es los. Die ersten Maschinen, die ins Einsatzgebiet vorstießen – für jedes gab es ein Kürzel, die Gegend um Hanoi etwa hieß RP-6 –, waren die sogenannten *Wild Weasels*, speziell für das Aufspüren von Boden-Luft-Raketenstellungen ausgerüstete Flugzeuge, von denen eines als Lockvogel die Peilsignale einer solchen Stellung auf sich zog, während die anderen auf Basis ebenjener Signale deren Position triangulierten, um diese schnellstmöglich anzugreifen und auszuschalten.

Aus den Unterlagen geht hervor, dass auch Captain Perry Rhodan zahlreiche solcher *Wild Weasel*-Einsätze geflogen hat, und es überrascht uns nicht zu erfahren, dass er als Sofortumschalter dies mit großem Erfolg tat.

Während des eigentlichen Einsatzes wurden die Klimaanlage der Cockpits meistens abgeschaltet, damit im Fall eines Treffers Feuer und Rauch nicht zu schnell eindrangen. Dadurch stiegen die Temperaturen an Bord oft auf vierzig, fünfzig Grad, und wenn die Piloten schließlich den Rückweg antraten, waren sie alle in Schweiß gebadet.

Der Rückweg war leichter, weil die amerikanischen Maschinen

schneller waren als die der Nordvietnamesen und sie deswegen nicht befürchten mussten, verfolgt und gejagt zu werden. Sie flogen in größerer Höhe, wo es kälter war, um abzukühlen, und wenn sie – möglichst vollzählig – wieder auf der Basis landeten, erwarteten die Bodenmannschaften sie mit einem kühlen Bier.

Und am nächsten Tag begann das gleiche Spiel von vorn.

Die Dienstzeit von Air-Force-Piloten dauerte in der Regel ein Jahr, manchmal mehr, manchmal weniger, und man hatte die Möglichkeit, sich freiwillig für weitere »Turns« zu melden. Während dieser Zeit waren die meisten Piloten chronisch unausgeschlafen, viele tranken zu viel Alkohol, um nach dem Stress des Einsatzes wieder »runterzukommen«, und nicht wenige gewöhnten sich auch an die Einnahme anderer Drogen, legaler wie illegaler. Es gibt Vermutungen, dass diese drei Faktoren mehr Abstürze verursachten als alle Anstrengungen der nordvietnamesischen Flugabwehr zusammengenommen.

In inoffiziellen Berichten, die nicht Teil der Militärunterlagen, aber aus irgendwelchen Gründen trotzdem erhalten sind, finden wir auch Berichte wie z. B. diesen von einem gewissen Leutnant Timothy Campbell:

> Captain Rhodan hatte eine Art Ritual, und er bestand darauf, dass wir es vor jedem Start mit ihm gemeinsam vollführten. Und zwar hingen im Ops Center an der Wand immer die aktuellsten Karten unseres Einsatzgebiets, speziell die Gegend um Hanoi wurde meistens täglich aktualisiert, bis runter zu einem Maßstab von 1 zu 20 000. Wenn man nun in etwa zwei Meter Abstand langsam an dieser Wand entlangging, dann war das, als ob man aus Flughöhe auf den Boden schaut. Wir sind also immer entlang der geplanten Route gegangen und haben uns dabei vorgestellt, die tatsächliche Landschaft vor uns zu sehen. Wir haben auf Markierungen geachtet, die auf SAM-Stellungen hinwiesen, auf MG-Nester, Abwehrstellungen und so weiter, und versucht, uns das alles zu merken. Wir haben auch viel diskutiert, sind vor und zurück, haben besprochen, was wir in diesem Fall machen oder jenem – das hat manchmal bis zu einer Stunde gedauert, und die anderen haben uns für verrückt

erklärt. Aber wir sind immer heil zurückgekehrt. Heute denke ich, es war ein ganz schön schlaues Vorgehen. Wenn du deinen Arsch verwettest, gibt's nie zu viel Vorbereitung.

Folgender Eintrag vom April 1967 überrascht uns auch nicht:

Cpt. Perry Rhodan wird der ihm zustehende 5-Tages-R&R aberkannt. Grund: defätistische Kritik vor Kameraden an der Erklärung Gen. Westmorelands.

Ein R&R war die Abkürzung für »Rest and Recuperation«, ein Urlaub, der jedem Soldaten während seiner einjährigen Dienstverpflichtung in Vietnam einmal zustand und dessen Länge sich nach den jeweiligen Verdiensten richtete. Für besondere Leistungen, etwa die Gefangennahme eines Vietcong, winkten zusätzliche R&Rs.

General William Childs Westmoreland war zwischen 1964 und 1968 der Oberbefehlshaber der US-Truppen im Vietnamkrieg. Er hatte im April 1967 gegenüber Präsident Johnson eine überaus optimistische Lagebeurteilung abgegeben, während er in Wahrheit längst zu der Überzeugung gekommen war, dass der Krieg nicht in irgendeinem Sinne zu gewinnen war. Dafür, dass Perry Rhodan das sagte, was der General insgeheim dachte, musste er zwar nicht mehr strafexerzieren, doch ihm blieb eine erholsame Woche an einem thailändischen Badestrand verwehrt.

Und schließlich finden wir, abseits der normalen Debriefings, einen Bericht über Perry Rhodans dramatischste Mission.

Eigenartigerweise war in der Air Force durchaus bekannt, was für ein guter Pilot Rhodan war, und nicht wenige hätten seinen Namen genannt, hätte man sie nach dem besten Piloten der Welt gefragt. Es fragte nur niemand. Die Sache war die, dass man an *besten* Piloten gar keinen besonderen Bedarf hatte; was man in diesem modernen Krieg brauchte, waren lediglich Piloten, die *gut genug* funktionierten, um die jeweiligen Missionen erfolgreich zu absolvieren, und hiervon ausreichend viele. Der moderne Krieg war ein industrieller Prozess, kein Schauplatz für Heldentaten.

Doch ab und zu gab es noch Ausnahmen, und eine davon war, dass Captain Perry Rhodan am 12. November 1967 eine als geheim deklarierte Mission über Nordkorea flog. Er flog eine umgerüstete F-4 Phantom, er flog allein, und er flog in außergewöhnlich geringer Höhe über mehreren im Missionsplan genau bezeichneten Arealen, von denen einige so bergig waren, dass den Flug zu bewältigen nur ein Sofortumschalter wie Rhodan überhaupt eine Chance hatte.

Dass er abstürzte, lag nicht an einem Pilotenfehler, sondern an einem ungewöhnlich reaktionsschnellen MG-Schützen in einer Stellung, die der amerikanischen Luftaufklärung entgangen war.

Normale Piloten hätten, wären sie in dieser Flugphase getroffen worden, die Kontrolle über das Flugzeug verloren, wären am nächsten Berghang zerschellt und in Flammen aufgegangen. Rhodan dagegen schaffte es, seinen Jet noch in einen Kurs zu zwingen, der ihm ausreichend Zeit ließ, den Schleudersitz zu betätigen.

Der Jet stürzte also ab. Die genauen Ortsangaben sind in dem Bericht geschwärzt, allerdings nicht sorgfältig genug: Man kann erraten, dass der Absturz einige Kilometer westlich von Thanh Hung erfolgt sein dürfte, in einem dichtbesiedelten landwirtschaftlichen Gebiet.

Eine Kombinationssuche mit Hilfe der Positronik (dankenswerterweise, da der Verfasser dieser Zeilen des Vietnamesischen nicht mächtig ist) findet ein dazu passendes Dokument des vietnamesischen Militärs, in dem der Fund eines abgestürzten amerikanischen Kampfflugzeugs vom Typ F-4 Phantom geschildert wird. Besonderes Augenmerk lag dabei auf zwei Tatsachen: erstens, dass man den Piloten nicht fand, zweitens, dass ein untypisches Aggregat in der Nase der Maschine vollkommen zerschmolzen war; vermutet wurde Selbstzerstörung durch Thermit. Vermutet wurde ferner, dass hier ein geheimes, neuartiges Aufklärungssystem getestet worden war; eine Vermutung, die sich in den Berichten auf der amerikanischen Seite bestätigt findet. Es ging dabei um Versuche, den Boden mit elektromagnetischen Wellen besonderer Frequenz praktisch zu durchleuchten, um auf diese Weise Bunkersysteme ausfindig zu machen.

Der Bericht, den besagter Captain Perry Rhodan damals zu diesem Vorfall diktiert hat, ist frustrierend knapp gehalten: *Nach Landung Fallschirm vergraben, mit Survivalausrüstung und Datenkassette im Gepäck auf den Weg zum Abholpunkt 3 gemacht. Abholung erfolgte am 14. November 1967 gegen 7 Uhr. Unterwegs keine besonderen Vorkommnisse.*

An anderer Stelle wird in diesen Unterlagen genauer erklärt, was damit gemeint war: Weil man gewusst hatte, wie riskant Rhodans Flug sein würde, hatte man von vornherein feste Abholpunkte definiert, zu denen er sich im Falle einer Notlandung durchschlagen sollte. (Einer Randbemerkung lässt sich entnehmen, dass niemand im Ernst damit gerechnet hatte, dass er auch nur über den Abholpunkt 1 hinauskommen würde.) Nach seinem sozusagen eingeplanten Absturz gab Rhodan per Funk die Nummer des Punktes durch, der seinem Aufenthaltsort am nächsten war, und machte sich dann unter Zurücklassung des Funkgeräts auf den Weg dorthin. Und die drei Leuchtraketen (es handelte sich um spezielle Ausführungen, die besonders hoch flogen und besonders weit sichtbar waren; sie wurden von Flugzeugen aus abgefeuert) stellten ein Signal dar, das ihm sagen sollte: *Morgen früh bei Sonnenaufgang am Abholpunkt 3!*

Das Aufklärungssystem, das man eingebaut hatte, war so präpariert, dass ein Auslösen des Schleudersitzes automatisch dessen Selbstzerstörung in Gang setzte (und wäre der Pilot mit dem Flugzeug abgestürzt, hätte der Aufprall dasselbe durch einen zweiten Sensor bewirkt). Die gewonnenen Daten hingegen waren bereits während des Fluges auf eine Magnetbandkassette in einem am Schleudersitz befestigten Aufzeichnungsgerät gespeichert worden; alles, was der Pilot nach seiner Bruchlandung zu tun hatte, war, diese Kassette zu entnehmen und bis zur Rettung am Leib zu tragen.

Ach ja – und sich nicht erwischen zu lassen natürlich. In Gefangenschaft der Nordvietnamesen zu geraten war eine ausgesprochen unangenehme Sache, zudem wären die gewonnenen Daten verloren gewesen (auch wenn die andere Seite damit nichts hätte anfangen können).

All das ist geglückt, sogar besser als erhofft, wenn sich auch kein Hinweis darauf findet, dass das Aufklärungssystem irgendwelche verwertbaren Ergebnisse erbracht hat. Aber Perry Rhodan wurde jedenfalls gerettet.

Und er hat mit keinem Wort erwähnt, einem nordvietnamesischen Soldaten begegnet zu sein.

Er hat jedoch bei einer anderen Gelegenheit einmal erzählt, wie er sich an die Rettung erinnert.

Die drei Leuchtraketen zu sehen hatte ihn enorm erleichtert, weil es hieß, dass er nur noch ein paar Stunden lang durchhalten musste. Die restliche Zeit verging danach wie im Flug, und er konnte es kaum erwarten, zum Treffpunkt hinaufzusteigen. Gespanntes Warten in den letzten Minuten, während der Himmel langsam hell wurde, der Horizont im Osten sich rotglühend verfärbte. Und dann, endlich, hörte er einen Helikopter kommen.

Blieb nur noch zu hoffen, dass er die richtigen Farben trug.

Er tat es. Es war ein Hubschrauber der US Navy, der sich in einem atemberaubenden Manöver tief zwischen den Baumwipfeln dahinschlängelnd näherte.

Perry Rhodan sollte später behaupten, er habe es eigentlich gleich gewusst, denn dieselben präzisen Flugbewegungen hatte er schon einmal gesehen.

Jedenfalls, die Maschine kam heran, setzte auf. Die Türen wurden aufgerissen, zwei Bewaffnete sprangen heraus, sicherten die Umgebung und winkten Rhodan zu, näher zu kommen. Sie tauschten die vereinbarten Handsignale aus, zum Zeichen, dass alles in Ordnung war, dann bedeutete man ihm, sich an Bord zu begeben. Dem Kerl am Steuer, der ihm einen Schutzhelm mit Kopfhörer und Mikrophon reichte, quollen rote Haare unter dem Helm hervor, und er hatte eine Narbe im Gesicht.

Rhodan stöpselte sich in die Bordsprechanlage ein und sagte: »Wir kennen uns, glaube ich. Reginald Bull?«

»Wir waren schon bei Bully, wenn ich mich recht entsinne«, gab der Pilot grinsend zurück. »Reginald nennt mich nur meine Mutter.«

Die anderen stiegen wieder ein. Der Hubschrauber hob ab, sauste in einer eleganten, flachen Kurve davon. Irgendwo schoss jemand, aber alle Schüsse gingen weit vorbei.

»Freut mich jedenfalls«, meinte Rhodan.

»Du hattest noch was gut bei mir«, erwiderte Bully. »Sonst wär' ich nicht so verflucht früh aufgestanden, das kannst du mir glauben!«

Natürlich konnte ich dann nicht anders, als Rhodan zu fragen, ob ihm der Name Dinh Hung etwas sage.

Seine Miene verschloss sich, und er sagte: »Das möchte ich ungern vertiefen.«

Worauf ich ihm den Brief zeigte. Nicht das Original, das hatte ich zurückgegeben, aber den Folienausdruck der Übersetzung.

Rhodan las ihn, und ich konnte praktisch zusehen, wie Erinnerungen in ihm wach wurden.

»Homer«, sagte er mit belegter Stimme, »woher haben Sie denn *das*?«

»Erkläre ich Ihnen später.«

Er schüttelte langsam den Kopf, den Blick unverwandt auf die Briefübersetzung gerichtet. »Das war noch ein Junge, ein magerer, hungriger Junge. Und so voller Angst. Vor uns Amerikanern, natürlich, aber auch vor seinen eigenen Leuten, seiner eigenen Führung.«

Er starrte eine Weile ins Leere. »Ich habe ihn nicht mitgenommen, weil ich Hilfe gebraucht hätte, aber er wurde mir dann trotzdem eine Hilfe, ohne es zu merken. Wenn wir nämlich an eine Weggabelung kamen, merkte ich immer, wie er hoffte, ich würde mich für eine bestimmte Richtung entscheiden, und ich habe dann natürlich immer die andere Richtung genommen. Ich glaube, anders hätte ich es gar nicht geschafft, all die vielen kleinen Dörfer und Siedlungen und Höfe zu umgehen, die es dort gab.«

Und dann, als er den Brief zu Ende gelesen hatte, nickte er und sagte: »Ja. Das hat er gut erkannt. Wenn ich ihn hätte töten müssen … das hätte ich als mein persönliches Kriegsverbrechen empfunden.«

Ich brachte ihn hinterher mit Leanna Dinh zusammen. Die beiden kannten sich natürlich aus der parlamentarischen Arbeit, aber nun, da Rhodan wusste, was sie verband, wurde es eine bewegende Begegnung, nicht frei von der einen oder anderen Träne. Wann ihr Großvater gestorben sei, wollte Rhodan wissen, und Frau Dinh sagte, im August 2029. »Er war 87 Jahre alt.«

»Was hat er gemacht in seinem Leben?«

»Er hat nach dem Krieg in Hanoi studiert, Geschichte, und später in einem Museum gearbeitet. Dort hat er auch meine Großmutter kennengelernt. Ich erinnere mich an das Apartment, das sie im Norden der Stadt hatten, im vierzigsten Stock! Vom Balkon aus konnte man den Raumhafen sehen und wie die Schiffe gestartet und gelandet sind, ganz lautlos.«

»Hatten Sie ein gutes Verhältnis zu ihm?«

»Ich war seine Lieblingsenkelin. Er hat mich von Anfang an unterstützt, als ich in die Politik wollte, im Gegensatz zum Rest der Familie. Meine Mutter schimpft immer viel auf die Politik, aber ich glaube, sie geht nicht mal wählen.« Frau Dinh hielt inne. »Ja, und nach dem Tod meiner Großmutter ist er wieder nach Thanh Hung zurück, wo er aufgewachsen ist. Dort ist er auch gestorben, in einem von Galaktobuddhisten geführten Altersheim.«

Und dann legte Frau Dinh eine kleine Taschenlampe aus schwarzem Stahl auf den Tisch. »Das hat meine Mutter bei seinen Sachen gefunden, in einem Bambuskästchen, das er am Bett verwahrt hat. Babyfotos waren darin, von seinen Kindern und Enkelkindern – und diese Lampe.«

»Meine Güte.« Rhodan nahm die Lampe in die Hand, einen Cent-Artikel aus amerikanischen Militärbeständen. »Ich hab sie ihm gelassen, weil ich gemerkt habe, wie sehr sie ihm gefallen hat. Er wollte sie so gern haben, das sah man, und ich brauchte sie ja nicht mehr.« Er wog sie in der Hand, knipste sie versuchsweise an, aber natürlich war die Kraft der alten chemischen Batterie nach über siebzig Jahren erloschen. »Er hat sie sein Leben lang aufbewahrt? Dann hat sie ihm nicht einfach nur gefallen.«

Das Jahr 1968 brach an, und Ende Januar sollte *Tet* gefeiert werden, das Fest des neuen Jahres nach dem Mondkalender und der wichtigste vietnamesische Feiertag.

Stattdessen explodierte der Krieg. Der Norden nutzte die an Tet eintretende allgemeine Ruhe und Entspannung zu einem Überraschungsangriff auf breiter Front. Fast hunderttausend nordvietnamesische Soldaten und Vietcong griffen an fast hundert Stellen zugleich an, an der Grenze zwischen Nord und Süd, aber auch direkt im Süden. Unter anderem eroberten sie die alte Kaiserstadt Hué und attackierten die US-Botschaft in Saigon.

Der Angriff überrumpelte Südvietnamesen wie Amerikaner, und es dauerte eine Weile, ehe sich die Verteidigungskräfte wieder gesammelt hatten. Dann aber wurden die Nordvietnamesen fast überall innerhalb von fünf Tagen wieder zurückgeworfen, nur die Rückeroberung Hués zog sich über mehrere Wochen hin. Der Norden startete dennoch in der Folgezeit immer weitere Operationen, bis in den September hinein und trotz teilweise extrem hoher Verluste. Obwohl er keinen wirklichen taktischen Vorteil errang, sondern im Gegenteil danach für längere Zeit militärisch quasi außer Gefecht gesetzt war, hatte das Ganze eine ungeheure Propagandawirkung. Die Fernsehbilder flüchtender amerikanischer Soldaten schockierten die Öffentlichkeit in den USA, und als in der Folge bekannt wurde, wie viele fragwürdige Aktionen von amerikanischer Seite aus begangen worden waren, vom großflächigen Einsatz von Napalm und dem Entlaubungsmittel *Agent Orange* bis hin zu Massakern an der Zivilbevölkerung, wuchs die allgemeine Überzeugung, dass der Krieg in Vietnam sinnlos war und ein *Sieg* in irgendeinem vernünftigen Sinne unmöglich.

Mitten in diesen neuen Wirren und obwohl General Westmoreland unablässig »mehr Truppen!« forderte (was ihm bei den Kriegsgegnern zu Hause den Spitznamen »General *Waste more men*« eingebracht hatte), beschloss die Truppenverwaltung in ihrer unergründlichen Weisheit, dass Captain Perry Rhodan seine Zeit in Südostasien abgedient habe und den Vereinigten Staaten künftig durch eine Stationierung auf dem Militärstützpunkt Charleston, South Carolina, besser nützen würde. Besagter Captain Perry Rhodan sah keinerlei Veranlassung, dieser Entscheidung zu widersprechen, sondern bestieg am Dienstag, dem 7. Mai 1968, auf dem *Don Mueang International Airport* eine Linienmaschine, ausgestattet mit einem Ticket, das ihn aus Thailand fort über Paris nach New York bringen würde, und zehn Tagen Urlaub.

11

Der Existenz von Raumkapseln und Erdsatelliten zum Trotz war ein Linienflug um die halbe Welt im Jahre 1968 alter Zeitrechnung noch immer eine Angelegenheit, die mit vielen Zwischenlandungen, mit Umsteigen und Wartezeiten verbunden war, und so hatte Perry Rhodan auf seiner Reise viel Zeit, um nachzudenken.

Er hatte auch viel, über das er nachdenken musste. Um seine seelische Befindlichkeit war es zu diesem Zeitpunkt nämlich alles andere als gut bestellt. Natürlich war er froh, seine Dienstzeit in Vietnam heil überstanden zu haben, und er wusste sehr wohl, dass das keine Selbstverständlichkeit war, denn noch immer fielen in Indochina jeden Monat Tausende junger Amerikaner. Aber die langen Monate im Krieg hatten ihn deprimiert – nicht nur, weil es, wie in jedem Krieg, schrecklich war zu sehen, was Menschen anderen Menschen anzutun imstande waren, sondern auch, weil ihn immer noch das Gefühl plagte, auf der falschen Seite gestanden zu haben. Er dachte neidvoll an die Erzählungen seines Vaters, der ja einst in etwa derselben Region gekämpft hatte: Wie klar für ihn gewesen war, das Richtige zu tun, auf der Seite des Guten zu stehen! Doch in den wenigsten Kriegen, das wusste Perry Rhodan aus seinen Geschichtsstudien, war die moralische Einteilung in Gut und Böse so eindeutig möglich, wie dies im Zweiten Weltkrieg der Fall gewesen war.

Hinzu kam, dass er in letzter Zeit Nachrichten gehört hatte, die ihn verstörten und ihm das Gefühl vermittelten, dass die Welt dabei war, aus den Fugen zu geraten.

Zum Beispiel, dass Juri Gagarin ums Leben gekommen war. Das hatte ihn mehr getroffen, als Rhodan je erwartet hätte. Ende März war das gewesen. Gagarin war abgestürzt, bei einem simplen Übungsflug mit einer MiG-15. Durch »unglückliche Verkettung verhängnisvoller

Umstände«, wie es offiziell hieß, und Rhodan war eine Gänsehaut über den Rücken gelaufen, als er diese Worte in der Zeitung gelesen hatte. Es hatte geklungen, als habe das Schicksal Rache genommen an dem Menschen, der es als Erster gewagt hatte, die Erde zu verlassen und den Weltraum zu bereisen. Und die Vorstellung, das Schicksal könne etwas *dagegen* haben, dass Menschen die Erde verließen, war mehr, als Rhodan ertragen konnte.

Kurz darauf dann die Nachricht von der Ermordung Martin Luther Kings! Am 4. April war das passiert – und kaum, dass es bekanntgeworden war, hatte man gespürt, wie die schwarzen und die weißen US-Soldaten einander auf einmal misstrauisch beäugten. Zu Hause in den USA waren gewalttätige Aufstände losgebrochen, Bilder wie aus einem Bürgerkrieg.

Was war nur los mit der Welt? Diese uralte Frage all derer, die sich in einer seelischen Krise befinden, stellte sich auch Perry Rhodan in jenem Frühjahr, auf jenem Flug. Überall auf dem Globus schien auf einmal Aufruhr zu herrschen, überall drohte Krieg oder war er schon im Gange, überall schienen Menschen nur noch darauf aus zu sein, anderen Menschen Schmerzen zu bereiten.

Alles lief falsch, sein eigenes Leben inklusive. Er war jetzt 31 Jahre alt, und worauf konnte er zurückblicken? Er hatte die Liebe einer hingebungsvollen Frau zurückgewiesen und seine besten Jahre an das verrückte Projekt eines verrückten Generals verschwendet, ein weiteres Jahr damit, Bomben auf Menschen zu werfen, die im Grunde nur frei sein wollten – und nun? Nun hatte man ihn zum 437th Military Airlift Wing abkommandiert, stationiert auf der Charleston Air Force Base, North Charleston, South Carolina, und dort würde er erst einmal lernen, wie man eine dicke, träge, langsame Transportmaschine namens C-141 *Starlifter* flog. Ausgerechnet! Aus dem *Starglider* in den *Starlifter* – es kam ihm vor wie der reine Hohn.

Rhodan spähte hinab auf die vorbeiziehenden Schäfchenwolken und Küstenlinien und fragte sich, ob womöglich etwas dran war an dem, was man so sagte: dass man anfing, an Schicksal und Omen zu glauben, wenn man nur lange genug in Asien lebte.

Aber die Frage musste schon gestattet sein, ob die Air Force keine bessere Verwendung für ihn hatte, oder? *Sie sind unser bester Pilot, Captain*, hatten sie gesagt, *niemand sonst könnte die Phantom so tief fliegen!*

Und dann setzten sie ihn in die Dampflokomotive unter den Flugzeugen! In die Art Maschine, die man Piloten überließ, die die Prüfungen für Anspruchsvolleres nicht bestanden!

Er musste an Jim Lovell denken, dessen Bild ihm immer wieder in irgendeiner Zeitung begegnete. Jim war inzwischen schon zweimal im Weltraum gewesen, hatte gemeinsam mit Frank Borman mit Gemini 7 einen zweiwöchigen Flug absolviert, der bisherige Rekord, und dann noch einmal, zusammen mit Buzz Aldrin, mit Gemini 12 den letzten Flug des Gemini-Projekts, bei dem sie mehrere erfolgreiche Kopplungsmanöver durchgeführt hatten; außerdem war Aldrin zweimal in den Weltraum hinausgestiegen.

Er, Perry Rhodan, dagegen hatte es verpasst. Er war *so* dicht davor gewesen, mit dem *Starglider* wenigstens einmal ins All zu fliegen, und dann – BUMM! Alles aus. Und was Pounder gesagt hatte von wegen, er gebe die Hoffnung nicht auf, das war doch alles leeres Gerede gewesen. Wie sollte es je zu einer Wiederbelebung des *Starfire*-Projekts kommen? Es gab gar keinen Grund dafür, keine Notwendigkeit. *Gemini* war ein großer Erfolg gewesen, *Apollo* würden sie über kurz oder lang auch auf die Reihe kriegen, und dann würden sie damit irgendwann zum Mond fliegen, nach Möglichkeit noch vor Ende des Jahrzehnts, um Kennedy nicht Lügen zu strafen.

Und dieses Ereignis würde er dann, genau wie alle anderen, an irgendeinem Fernsehschirm verfolgen.

Er dachte an all die Träume und Hoffnungen seiner Kindheit und fragte sich voller Ingrimm, wo und wann er eigentlich falsch abgebogen war auf seinem Lebensweg? Er hatte zu den Sternen gewollt und deswegen eine Richtung eingeschlagen, die so ausgesehen hatte, als würde sie dorthin führen, eine Richtung, von der ihm auch alle gesagt hatten, dass sie das würde; immer wieder und wieder hatte man ihm versichert, er sei begabt und fähig und herausragend und so weiter – aber am Ende waren es Jim Lovell und die anderen Astronauten, die ins All flogen, nicht er.

Was also hatte er falsch gemacht? Ich denke, dass Rhodan diese Frage weitaus mehr bestürzt haben muss, als sie jeden anderen an seiner Stelle bestürzt hätte, weil er, der Sofortumschalter, es gewohnt war, dass ihm Entscheidungen so leichtfielen, wie andere Menschen atmen, und dass sie sich in der Regel am Ende als mehr oder weniger richtig herausstellten. Bis zu diesem Zeitpunkt seines Lebens war Perry Rhodan mit sicherer Hand durch sein Leben gesegelt, wo andere mühsam voranstapften, und hatte nie erlebt, wie es ist, sich mit einer Entscheidung zu *quälen* (was ihm in späteren Zeiten, die mehr Verantwortung auf seine Schultern luden, als er sich in jungen Jahren hätte vorstellen können, freilich auch nicht erspart bleiben sollte).

In diesen schlaflosen Stunden hoch über den Wolken kam alles noch einmal auf den Prüfstand, als sei sein Leben ein abgestürztes Flugzeug, dessen Absturzursache es zweifelsfrei zu ermitteln galt. Vielleicht, überlegte er, war der Zeitpunkt gekommen, den Streitkräften Lebewohl zu sagen und nach einem ganz anderen Sinn im Leben zu suchen als dem, irrsinnig schnelle Fluggeräte bis hinauf in den Weltraum steuern zu wollen. Seine Dienstpflicht hatte er längst erfüllt; er konnte jederzeit seinen Abschied nehmen. Und vielleicht war es das, was nun anstand, auch wenn es sich eigenartig anfühlte, darüber auch nur nachzudenken.

Über solcherlei Gedanken wurde es Mittag des nächsten Tages, und Perry Rhodan landete in Paris, Orly. Bis zum Weiterflug nach New York hatte er einen Aufenthalt von über sechs Stunden. Und so stand er mitten in dem neuen Terminal, diesem vielgepriesenen neuen Höhepunkt der modernen Architektur, als es ihn wie ein Blitz traf: Er war in *Paris*! Wieso nutzte er nicht einfach die Gelegenheit, um ein paar Tage zu bleiben und sich die französische Hauptstadt anzuschauen, von der alle so schwärmten?

Die Idee gefiel ihm, und dass sie ihm so spontan gekommen war, ja, dass sie sich geradezu widerborstig und aufsässig anfühlte, gefiel ihm noch besser.

Natürlich, es hätten sich alle möglichen vernünftigen Gründe dafür finden lassen. Dass er ohnehin Urlaub hatte und nicht wusste, wann sich die Gelegenheit so einfach wieder ergeben würde. Dass seine Mutter französischer Abstammung war und er sich ruhig einmal anschauen konnte, was das eigentlich hieß. Dass er in West Point immerhin eine Weile Französisch gebüffelt, aber noch nie gebraucht hatte, noch nicht einmal in Vietnam, obwohl das einst eine französische Kolonie gewesen war. Dort waren ihm nur die vielen Gebäude aus Kolonialzeiten aufgefallen, die Prachtstraßen oder was davon noch übrig war, und das hatte ihn, er erinnerte sich, ab und zu neugierig gemacht auf Frankreich.

Aber was ihn tatsächlich reizte, war, dass es ein Ausbrechen bedeutete aus dem Üblichen, aus dem, was andere von ihm erwarteten, aus dem, was »sich gehörte«. Seine Reisepläne spontan umzuwerfen, inklusive aller Verabredungen, das gehörte sich einfach nicht. Und genau deshalb hatte er auf einmal unbändige Lust, genau das zu tun.

Wie üblich bei ihm lagen zwischen Idee, Entscheidung und Tat nur Sekundenbruchteile; Perry Rhodan kannte es nicht anders. Er zog sein Ticket hervor, überflog das Kleingedruckte darin: Praktischerweise hatte er sogar das Recht, seinen Flug nach Belieben zu unterbrechen! Es würde ihn also nicht einmal etwas extra kosten. Eine Minute später stand er am Schalter und cancelte seinen Weiterflug. Wann er diesen stattdessen antreten wolle, fragte die adrette Dame hinter der Theke, und als er sagte, das wisse er noch nicht, kurzfristig auf jeden Fall, mahnte sie, dass nicht auf jedem Flug der folgenden Tage freie Plätze verfügbar seien.

»Das nehme ich in Kauf«, erwiderte Perry Rhodan lächelnd, bedankte sich und ging, auf einmal ein freier Mann. Er wechselte ein paar Dollar in Franc und erstand an einem Kiosk einen Stadtführer in englischer Sprache. Dann schulterte er seinen Umhängesack und nahm den Flughafenbus in die Stadt.

Eine gute halbe Stunde später stand er in einer Metrostation vor einer Schautafel und versuchte gerade herauszufinden, wie er fahren musste, um zum Eiffelturm zu kommen, als eine weibliche Stimme auf Englisch mit entzückendem französischem Akzent fragte: »Kann isch Ihnen 'elfen?«

Perry Rhodan wandte sich um und sah in das Gesicht einer schönen jungen Frau mit schulterlangen, dunkel schimmernden Haaren. Ihre vollen Lippen lächelten, und der Blick ihrer großen Augen war forschend.

Und auf einmal hielt er es für möglich, dass hinter seinem plötzlichen Impuls, sich Paris anzusehen, noch etwas ganz anderes steckte als die schiere Lust am Ausbruch.

Nämlich das Schicksal.

»Ja, gern«, sagte Perry Rhodan und fragte sich, wie es eigentlich kam, dass manche Frauen so unverkennbar französisch aussahen. Er hätte nicht sagen können, woran das lag, aber in diesem Fall war es jedenfalls so.

Er zeigte ihr den Eintrag in dem Stadtführer, die Adresse des Hotels, das er sich ausgesucht hatte. *Einfach, preiswert, zentral gelegen* waren die Attribute, die ihn angesprochen hatten. »Ich versuche herauszufinden, wie ich fahren muss, um zu diesem Hotel zu kommen.«

»Nein, nein.« Sie schüttelte entschieden den Kopf. »Gehen Sie nicht in ein Hotel, das in einem Reiseführer empfohlen wird. Sie werden enttäuscht sein. Diese Hotels sind alle teuer und schlecht.« Sie nahm ihm den Reiseführer aus der Hand, klappte ihn zu und reichte ihn zurück. »Wenn Sie ein Hotel im Quartier Latin suchen, dann weiß ich eines, das in Ordnung ist. Kommen Sie!«

Nun, warum nicht? Rhodan hob seinen Gepäcksack auf die Schulter und folgte ihr bereitwillig. Sie zeigte ihm, wie man Tickets für die Metro kaufte – das hätte er zwar auch auf eigene Faust herausgefunden, aber er ließ es sich noch lieber von ihr erklären –, und ein paar Minuten später saßen sie in einem Zug, der unter der Stadt dahinratterte.

»Es dauert nur ein paar Minuten«, sagte sie.

Rhodan nickte, dann sagte er: »Ich heiße übrigens Perry Rhodan.«

»Veronique«, erwiderte sie mit einem aparten Lächeln.

»Einfach nur Veronique?«

»Einstweilen.«

Nun gut. Rhodan wollte nicht aufdringlich sein. »Sie sprechen gut

Englisch«, meinte er. »Mir hat man gesagt, in Paris sei man verloren, wenn man kein Französisch spricht.«

»Das stimmt auch«, erwiderte sie so gelassen, als habe er eine Selbstverständlichkeit ausgesprochen. »Aber ich studiere Anglistik. Sie sind eine Gelegenheit zu üben. So kann ich herausfinden, ob ich wirklich etwas gelernt habe.«

»Und Sie haben gleich gewusst, dass ich Englisch spreche?«

»Das war leicht.« Sie deutete auf die kleine amerikanische Flagge, die auf der Seite seines Gepäcksacks aufgenäht war.

»Ach so.« Rhodan musste lachen. Dann fragte er: »Sie verpassen jetzt aber hoffentlich keine Vorlesungen wegen mir?«

Sie riss die Augen weit auf. »Nein, nein. Haben Sie davon nichts gehört? Die Universität ist doch geschlossen, wegen der Proteste der Studenten.«

»Ah, stimmt.« Er erinnerte sich an eine Zeitung, die er überflogen hatte. »Ich habe etwas darüber gelesen, aber nicht verstanden, worum es ging.«

»Um Widerstand. Um eine bessere Zukunft. Um Freiheit. Um Gerechtigkeit. Es ist schwierig zu erklären.« Ein bisschen klang es, als fehlten ihr die passenden Vokabeln. Sie spähte aus dem Fenster. »In der nächsten Station müssen wir aussteigen.«

Die Station hieß *Odéon*. Perry Rhodan folgte Veronique die Treppen hinauf auf die Straße, dann durch schmale Gassen, vorbei an Bars, kleinen Läden und blechernen Mülleimern. Überall lagen Steine herum, weggeworfene, in den Dreck getretene Zeitungen und Flugblätter, Reste zertrümmerter Flaschen und dergleichen mehr. Viele Fenster wiesen Sprünge auf oder Löcher oder waren mit Holz notdürftig verbarrikadiert.

»Was ist hier passiert?«, fragte er.

Veronique zuckte mit den Schultern. »Demonstrationen. Studenten, die sich mit der Polizei geprügelt haben.«

»Waren Sie dabei?«

»Am Anfang, ja. Letzten Montag sind wir marschiert. Aber als die Polizei Tränengas geworfen hat, bin ich fort.«

Klingt ja richtig abenteuerlich, dachte Perry Rhodan.

Sie erreichten das Hotel. Es hieß *Le Sanctuaire* und war winzig. Auf jedem Stockwerk gab es fünf Zimmer, jeweils kaum größer als das Bett, das darin stand, und die Flure und das Treppenhaus waren eng und dunkel. Aber sie hatten noch ein Zimmer frei, und es war in Ordnung. Perry Rhodan trug sich ein, stellte sein Gepäck ab und bestand dann darauf, Veronique auf einen Kaffee einzuladen, mindestens.

Sie hatte nichts dagegen, und so gingen sie in ein Straßencafé schräg gegenüber, das *Chez Jean-Pierre* hieß. Veronique wollte wissen, ob er schon einmal einen Pastis getrunken habe, und als Perry Rhodan erklärte, er wisse nicht einmal, was das sei, bestand sie darauf, dass er einen mit ihr trank; vor dem Kaffee.

Rhodan kostete von der milchweißen, schimmernden Flüssigkeit, die bei der Verdünnung mit Eiswasser entstand, und attestierte: »Nicht schlecht. Aber stark.«

»Sind Amerikaner nicht gewohnt, starken Alkohol zu trinken?«, fragte Veronique. »In Filmen trinken sie andauernd Whisky.«

»Was man in Filmen sieht, ist meistens übertrieben.«

»Schade.«

»Kommt auf den Film an.«

Der Wirt brachte die beiden Kaffees und sprach ihn als »Monsieur Perry« an. Rhodan musste lachen. Die Tassen waren viel kleiner, als er erwartet hatte, und es befanden sich jeweils nur ein paar Tropfen einer teerartigen schwarzen Flüssigkeit darin. Ungewohnt, aber Rhodan war entschlossen, sich nichts anmerken zu lassen.

»Monsieur Perry«, wiederholte Veronique amüsiert. »Dein Vorname passt hierher, weißt du das?«

»Inwiefern?«

»Er klingt fast wie *Paris*, wenn man es französisch ausspricht.« Sie machte es ihm vor: Das s am Ende entfiel, dafür wurde das i langgezogen – *Pariih*.

»Denkst du, das hat etwas zu bedeuten?«, fragte er.

Sie zuckte mit den Schultern. »Es ist jedenfalls bemerkenswert.«

Dann wollte sie wissen, was er beruflich machte. Dass er Soldat war, hatte sie anhand seines Gepäcksacks schon erraten, aber dass er Kampfpilot war, schien sie doch ein wenig zu erschrecken. »Du meinst, du steuerst solche … *Maschinen,* die mit einem Knall über den Himmel rasen?«

»Genau solche.«

Sie schüttelte sich. »Ich hab noch nie so jemanden getroffen.«

»Na, jetzt schon.«

»Das heißt, du bist ein gefährlicher Mann?«

Rhodan hob die Hände. »Im Moment hält es sich in Grenzen. Ich hab nicht einmal ein Taschenmesser dabei.«

Sie musterte ihn versonnen. »Dann kann ich es ja vielleicht riskieren, dir ein bisschen etwas von … *Pariih* zu zeigen, oder?«

»Ich wäre begeistert«, sagte Rhodan.

»Dann komm«, sagte sie und stand auf. »Gefährlicher Mann, du.«

Sie spazierten an der Seine entlang nach Westen, in Richtung Eiffelturm. Veronique wollte wissen, warum er Soldat geworden sei, und Rhodan antwortete, was er auf diese Frage immer geantwortet hatte: um die Freiheit seines Landes und seiner Mitbürger zu verteidigen. Aber im Gegensatz zu früher war er sich inzwischen nicht mehr sicher, dass er genau wusste, was damit gemeint war.

»Wie frei kann man überhaupt sein?«, meinte Veronique. »Jeder ist doch eingebunden in Zwänge, in Erwartungen, in Widersprüche. Wenn du gern reisen würdest, aber nicht das Geld dafür hast, bist du doch genauso wenig frei, wie wenn es dir verboten ist, oder?«

Rhodan schüttelte den Kopf. »Wenn dir das Geld fehlt, kannst du dich immer noch zu Fuß auf den Weg machen, und vielleicht kommst du auch so an dein Ziel. Aber wenn es dir verboten ist, heißt das, dass man auf dich schießen wird, wenn du es trotzdem versuchst. Das ist nicht dasselbe.«

Sie sann darüber nach. »Würdest du sagen, dass Freiheit ein hoher Wert ist?«

»Der höchste.«

»Und glaubst du an die freie Liebe?«

Diesmal war es Rhodan, der nachdenken musste. »Wenn Liebe *nicht* frei ist«, meinte er schließlich, »*ist* es dann überhaupt Liebe?«

Sie seufzte. »Das hast du schön gesagt.«

Dann nahm sie seine Hand, und so gingen sie weiter, immer an der Seine entlang.

Irgendwann erreichten sie den Eiffelturm, aber die Schlange vor den Kassen war zu lang, als dass sie Lust gehabt hätten, sich anzustellen; auch war zu befürchten, dass sie erst hinaufgelangten, wenn es schon dunkelte, und nicht viel Zeit haben würden. Sie beschlossen, sich stattdessen um ihr leibliches Wohl zu kümmern, und landeten in einem winzigen Restaurant mit ganzen acht Tischen und einer äußerst überschaubaren Karte; es gab nämlich nur das *Menu du jour*, und man hatte allenfalls die Wahl, Entrée oder Dessert wegzulassen, was aber niemand tat. So verbrachten sie die nächsten Stunden mit köstlichen drei Gängen und einer Flasche Rotwein, und als sie wieder aufbrachen und hinaustraten in die kühle Nacht, befand sich Perry Rhodan in einem Zustand so tiefer Zufriedenheit, wie er ihn selten zuvor erlebt hatte. Er begleitete Veronique, die er inzwischen ausgesprochen entzückend fand, bis zur Tür des Hauses, in dem sie, wie sie erzählt hatte, ein Studentenzimmer unterm Dach bewohnte, mit einem Balkon so groß wie ein Telefonbuch. Da sie so von freier Liebe geschwärmt hatte, war er darauf gefasst, dass sie ihn einladen würde, mit hinaufzukommen, und willens, einer solchen Einladung zu folgen, doch sie sprach keine solche Einladung aus, sondern hauchte ihm zum Abschied nur einen Kuss auf die Wange und schlug vor, sich am nächsten Tag wieder zu treffen, ein Vorschlag, dem Rhodan sofort zustimmte.

Als sie die Haustüre hinter sich geschlossen hatte, studierte er die Klingelschilder. Auf einem der obersten stand *V. Moreau*.

Dann suchte und fand er den Weg zurück zum Hotel, und obwohl ihm der ungewohnte Alkoholgenuss das Rechnen etwas erschwerte, tüftelte er doch aus, dass es bei seinen Eltern erst gegen sechs Uhr abends sein konnte, die ideale Zeit also, um anzurufen. Der Nachtportier, ein gemütlicher Mann mit einer enormen Nase, organisierte das Telefonat für ihn. Perry Rhodan bekam seine Mutter an die Strippe und sagte ihr Bescheid, dass er in Paris geblieben war und noch ein paar Tage bleiben würde.

»Du klingst seltsam«, meinte sie.

»Paris ist auch eine seltsame Stadt«, erwiderte er.

12

Er schlief, als hätte ihn jemand mit einer Eisenstange bewusstlos geschlagen, und erwachte erst, als es schon heller Tag war, und mit Kopfschmerzen. Deren Ursache war nicht schwer zu erraten: der Rotwein des Vorabends, und mehr davon, als er gewohnt war.

Er hatte keine Lust auf das Hotelfrühstück, sondern ging gleich ins *Chez Jean-Pierre* hinüber. Als er versuchte, dem Wirt unter Aufbietung all seiner mageren Französischkenntnisse klarzumachen, dass er gerne einen *großen* Kaffee gehabt hätte, mit Milch womöglich, stellte sich heraus, dass dieser auch Englisch sprach, und das nicht schlecht. Außerdem hieß er gar nicht Jean-Pierre, sondern Pascal.

So kam Rhodan zu einem *Grand Café* und überdies zu einem Croissant, das noch ganz heiß war, heiß und knusprig, ein köstliches Nichts.

»Sie befinden sich hier in einem besonderen Viertel von Paris, Monsieur Perry«, erklärte ihm der Wirt. »Hier im Quartier Latin haben immer viele Engländer und Amerikaner gelebt – Schriftsteller, Dichter, Maler, alle möglichen Künstler. Ernest Hemingway! Gertrude Stein! Ezra Pound! James Joyce! F. Scott Fitzgerald! T. S. Eliot!« Er sagte es, als habe er alle diese Berühmtheiten höchstpersönlich in seinem Café bewirtet. »Es gibt hier auch eine legendäre Buchhandlung, die *Shakespeare and Company* heißt und ausschließlich Bücher in englischer Sprache anbietet.«

»Aber Ihr Englisch haben Sie nicht dort gelernt, oder?«, fragte Rhodan.

»Nein, das war im Krieg«, gab der Wirt zu. »Ich habe der *Resistance* angehört, habe englische Spione aufgelesen, die mit dem Fallschirm über dem besetzten Frankreich abgesprungen sind.« Er nickte einem anderen Gast zu, der signalisierte, zahlen zu wollen. »Da gäbe es viele Geschichten zu erzählen, aber Sie sehen ja, keine Zeit.« Er schlängelte sich von dannen.

Rhodan genoss seinen Kaffee und spürte, wie sein Körper nach und nach Betriebstemperatur erreichte. Ein junger Mann mit Baskenmütze und Schal kam herein, verteilte hastig Flugblätter auf den Tischen und eilte wieder hinaus.

Pascal nahm eines zur Hand, las es. »Aufruf zum Generalstreik«, sagte er. »Sie versuchen es immer wieder.«

»Das klingt, als sähen Sie das alles eher skeptisch«, meinte Rhodan.

Der Wirt zuckte mit den Schultern. »Es ist die Jugend. Die Jugend muss revoltieren. Das haben wir auch gemacht, als wir jung waren, nur eben auf unsere Weise.«

Rhodan rieb sich die Narbe am Nasenflügel. Hatte *er* jemals revoltiert? Er konnte sich an nichts erinnern, das man so hätte interpretieren können. Offenbar hatte er da etwas versäumt.

»Ab und zu muss sich einfach etwas ändern, nicht wahr?«, fuhr Pascal fort. »Und wer soll es denn ändern? Die Alten etwa? Oder die Mächtigen? Die profitieren doch davon, dass die Dinge so sind, wie sie sind. Die werden nichts daran ändern.« Er legte das Flugblatt wieder hin. »Was aus alldem wird? Ich weiß es nicht. *On verra.*«

Dann wandte er sich neuer Kundschaft zu, zwei jungen Männern, die enganliegende schwarze Rollkragenpullover trugen und sich aufgeregt unterhielten.

Irgendwann tauchte Veronique auf, frisch wie der strahlende Morgen. »Komm«, meinte sie. »Es gibt eine große Versammlung.«

Perry Rhodan zahlte rasch und folgte ihr durch ein Labyrinth schmaler Straßen bis zu einem Tor, das offen stand, aber von jungen Männern bewacht wurde. Sie trugen Knüppel, die eindeutig Teile zertrümmerter Stühle waren. Veronique und er durften passieren; es ging über einen gepflasterten Innenhof in einen Hörsaal voller Studenten, die erregt rauchten und ebenso erregt diskutierten. Graublauer Dunst hing unter der Decke und vor den Scheiben, und ganz vorne saßen ein paar junge Männer hinter einem Tisch, teilten sich ein Mikrophon und redeten ohne Unterlass.

»Das ist Dany«, erklärte ihm Veronique. »Das daneben ist Alain, und der daneben ist Jacques.«

»Aha«, machte Rhodan, dem die Namen nichts sagten. (Möglicherweise handelte es sich um Alain Geismar, Jacques Sauvageot und Daniel Cohn-Bendit, das Führungstrio der Pariser Studentenrevolten von 1968.)

Veronique zündete sich ebenfalls eine Zigarette an, rauchte gierig und hörte zu, was gesagt wurde. Rhodan versuchte, zuzuhören, aber außer hier und da einem Wort wie »solidarité« oder »socialiste« verstand er praktisch nichts. Er fand es bestürzend, dass von all dem Vokabellernen damals in West Point so wenig hängengeblieben war.

Trotzdem gefiel es ihm, hier zu sein. Die erregte Atmosphäre, die den Raum erfüllte wie etwas, das man beinahe mit Händen greifen konnte, trat in Resonanz mit einer Stimme in ihm, die auch rebellieren wollte, die laut aufschreien und der Welt ein für alle Mal sagen wollte, dass es so nicht weitergehen konnte; dass der Sinn des Lebens nicht war, Geld zu scheffeln und Kriege zu führen. Aufbruch lag in der Luft, eine Ahnung davon, dass etwas Neues beginnen, etwas noch nie zuvor Dagewesenes passieren konnte.

Er vertrieb sich die Zeit mit dem Versuch, die Parolen zu übersetzen, die mit Farbe an die Wände geschmiert waren. Geschriebenes zu verstehen fiel ihm deutlich leichter als Gesprochenes. »Die Phantasie an die Macht!«, lautete ein Satz, ein anderer: »Es ist verboten zu verbieten.« »Nieder mit dem Polizeistaat!« wurde gefordert, »Grimaud: Rücktritt!« und auch: »Nieder mit der Konsumgesellschaft!«. Über dem Satz »Sous les pavés la plage« musste Rhodan eine Weile brüten: »Unter dem Pflaster der Strand« – was sollte das bedeuten? Vermutlich verstand er da etwas nicht.

Jemand trat vor das Publikum, las einen Text vor, ein Gedicht offenbar, und erhielt Beifall, unter dem er sich linkisch wieder zurückzog. Rhodan sah auch Veronique begeistert klatschen, ihr Gesicht leuchtete geradezu.

Er verlegte sich wieder darauf, die Studenten zu beobachten, die aufgeregt waren oder wütend oder ängstlich oder resigniert. Auf eine gewisse Weise war es fast ein Vorteil, dass er nicht verstand, was geredet wurde, sondern nur auf die Wahrnehmung der Stimmung und der Körpersprache angewiesen war. So konnte er spüren, was *gemeint* war, was unter der Oberfläche der politischen Ansprachen vor sich ging.

Er registrierte in erster Linie Anspannung. Die Mehrzahl der Studenten strahlte die Überzeugung aus, vor einem entscheidenden Augenblick der Geschichte zu stehen, vergleichbar dem Sturm auf die Bastille im Jahre 1789.

Der Gedanke elektrisierte Rhodan. Ja, natürlich! Die Französische Revolution, jener große Wendepunkt der modernen Geschichte – *hier* hatte sie sich ereignet, in dieser Stadt, in diesen Straßen, und diese jungen Akademiker *wussten* das natürlich! Es war Teil ihrer Kultur, ihrer nationalen Geschichte, war der zentrale Gründungsmythos der ganzen westlichen Welt. Diese jungen Leute waren bereit, einen König zu stürzen, genau so, wie es ihre Ahnen schon einmal getan hatten. Wenn es die Gesellschaft, wenn es die Menschheit voranbrachte, musste man auch das Unerhörte tun, und sie waren bereit dazu.

Das gefiel ihm. Allerdings wurde er das Gefühl nicht los, dass sie keinen wirklichen Plan dafür hatten, was danach geschehen sollte; was sie tun würden, wenn der König tot war.

Vielleicht war es eine Frage des Alters. Ihm wurde fast schmerzhaft bewusst, dass er ein Jahrzehnt älter war als die meisten von ihnen, und dass er aufgrund des Altersunterschiedes nicht wirklich dazugehörte (ein Gefühl, das später zu einer Konstante seines Lebens werden sollte). Er spürte den Impuls, die Führung an sich zu ziehen, um all diese Menschen vor Schlimmerem zu bewahren. Aber wie? Man konnte nicht führen, wenn man die Sprache seiner Mitmenschen nicht sprach.

Er sah sich um. Nicht alle strahlten diese historische Zuversicht aus. In vielen Gesichtern las er auch Angst – Angst, es zu vermasseln; Angst, vor der Herausforderung nicht zu bestehen; Angst, von den Ereignissen zermalmt zu werden. Viele waren hin- und hergerissen, mal voller Aufbruchslust, mal voller Panik.

Und dann gab es die, die wirkten, als brannten sie darauf, sich einfach blindlings in irgendetwas hineinzustürzen, egal was: Es lag auch ein Hauch von Wahnsinn in der Luft.

Alles zusammengenommen ergab eine eindrucksvoll explosive Mischung. Trotz seiner ausgiebigen Studien der Geschichte war es Perry Rhodan bis zu diesem Moment nie wirklich klar gewesen, welche Kraft und welche Macht in einer schlichten Ansammlung von Menschen lag, die von etwas so genug hatten, dass sie zu allem entschlossen waren. Hier nun sah er es vor sich, sah es geschehen, und ihm war, als würden die Puzzleteile dessen, was er über Geschichte gelernt hatte, sich wie von selbst zu einem ganz neuen, viel überzeugenderen Bild zusammensetzen.

Veronique beugte sich zu ihm herüber. »Du verstehst wahrscheinlich gar nichts, oder?«

»O doch«, erwiderte Rhodan lächelnd. »Ich glaube, ich verstehe genug.«

Sie griff nach seiner Hand, drückte sie, strahlte ihn an, bezauberte ihn einmal mehr. Wie sie voller Hingabe war an das, was hier geschah! Wie sie sich den Diskussionen so ganz und gar öffnete! Zuversicht ging von ihr aus, aber auch eine Verletzlichkeit, deren Anblick Rhodan beunruhigte, ja, förmlich alarmierte.

Mit einem Ruck richtete er sich auf. Er sah sich um, sah die Versammelten, sah die Wände voller Graffiti, hörte die erregten, ihm unverständlichen Worte: Nichts war anders als vorhin, und doch war alles anders.

»Ich komme gleich wieder«, sagte er zu Veronique, stand auf und ging hinaus, federnden Schrittes, in höchstem Maße beunruhigt.

Draußen sah er sich um, musterte die alten Mauern, die Fenster und Erker und Treppenhäuser, versuchte zu verstehen, wie das Gebäude aufgebaut war. Dann trat er durch eine offenstehende Tür, eilte eine Wendeltreppe empor, spähte durch das oberste Fenster hinab auf die Straße. Er sah Polizeiautos ankommen, Mannschaftstransporter, denen Männer mit Helmen und Knüppeln entstiegen.

Schwer vorstellbar, dass sie ein anderes Ziel haben sollten als diesen Saal voller Revoluzzer.

Er huschte die Treppe wieder hinab und zurück in den Hörsaal, zurück zu Veronique. »Die Polizei kommt«, sagte er zu ihr.

Sie schüttelte den Kopf. »Das kann nicht sein. Wir haben Wachen.«

»Sie kommen von der anderen Seite.« Er erklärte ihr rasch, was er gesehen hatte, und endlich begriff sie, sprang auf und rief etwas in den Saal, in dem das Wort *police* vorkam.

Nach einigem Hin und Her, das vermutlich der Vergewisserung diente, brach allgemeine Aufregung los. Erfreulicherweise hatten die jungen Revolutionäre einen Fluchtweg vorbereitet, und so strömten sie Minuten später alle hinaus auf eine ganz andere Straße, hakten einander unter, marschierten die Fahrbahn entlang und sangen die Internationale. Der Autoverkehr kam zum Erliegen, ein paar Passanten klatschten Beifall, andere schauten finster drein. Nach einer Weile hörte man Polizeisirenen, die sich näherten. Alles spritzte leichtfüßig auseinander, und als die Staatsgewalt ankam, waren sämtliche Rebellen schon in den umliegenden Gassen und Häusern verschwunden, um sich später andernorts wieder zu treffen und dasselbe Spiel noch einmal zu spielen.

Abends endeten sie irgendwie, irgendwo in irgendeiner riesigen Wohnung mit einem umlaufenden Balkon, Dutzende, fast Hunderte von Studenten, die auf Sofas, Sesseln, Stühlen, Kissen, Decken lagerten, palaverten und rauchten, als würde es demnächst olympische Disziplin. Weinflaschen kreisten, und es gab überall etwas zu essen, französisches Stangenbrot, eine Unzahl verschiedener Fleischpasteten, Käse in allen Variationen, Schinken in Scheiben und Geröstetes in Stücken, Überbackenes, Getoastetes, Tomaten, Gurken, Trauben und vieles mehr. In einer Ecke spielte jemand Jazzplatten, die größtenteils von dem Gewirr aufgeregter Stimmen übertönt wurden. Ein Hausherr war nicht zu identifizieren, dafür belagerten Studenten die Küche, das Badezimmer, den Flur, den Balkon, und auf der Suche nach einer Toilette geriet Rhodan in ein Schlafzimmer, das ebenfalls nicht leer war: Unter einer Decke sah man heftige Bewegungen, begleitet von zweistimmigem Stöhnen, dazu ragten nackte Füße ins Freie … Er zog die Tür rasch wieder zu und suchte weiter.

Danach war es Veronique, nach der er suchte. Er wäre allmählich gern mit ihr alleine gewesen, doch sein Vorsatz, sie von hier loszueisen, scheiterte daran, dass er sie nicht fand.

Er lief ihr schließlich über den Weg, als sie gerade zur Wohnungstür hereinkam.

»Warst du draußen?«, wunderte er sich.

»Musste was besorgen.« Sie holte ein Feuerzeug und eine unförmige, selbstgedrehte Zigarette aus der Tasche, zündete sie an, zog einmal daran und hielt sie ihm dann hin.

Rhodan schüttelte den Kopf. »Danke. Ich rauche nicht.«

»Sei nicht so tugendhaft.«

»Ehrlich«, beteuerte er. »Ich weiß nicht mal, wie das geht.«

Veronique machte es ihm übertrieben demonstrativ vor. »Das ist keine gewöhnliche Zigarette. Das ist guter Stoff.« Sie hielt ihm den Glimmstängel hin. »Zieh einfach mal dran. Es wird dich schon nicht umbringen.«

»Das werde ich definitiv nicht tun.«

»Du bist doch so für Freiheit?«, quengelte sie. »Wie steht's dann mit dem freien Gebrauch von Drogen?«

Er zuckte mit den Schultern. »Siehst du mich irgendwas verbieten?«

Seine Haltung zu diesem Thema war etwas komplexer. Drogen waren in den USA schon seit geraumer Zeit eine vieldiskutierte Angelegenheit, hatten ihn aber noch nie in seinem persönlichen Umfeld berührt. Die Droge eines Kampfpiloten wog zwölf Tonnen und flog mindestens Mach 2; kein anderes Rauschmittel konnte da mithalten. Wie die meisten Piloten fand auch Perry Rhodan die bloße Idee, eine chemische Substanz zu sich zu nehmen, die in die Funktionsweise seines Gehirns eingriff, ausgesprochen abstoßend.

Trotzdem war er im Prinzip dafür, dass ein Erwachsener mit seinem Körper tun und lassen durfte, was er für richtig hielt, und wenn jemand Drogen zu sich nehmen wollte, dann sollte niemand das Recht haben, es ihm zu verbieten. Das Problem mit Drogen war nur, dass einem manche davon die Freiheit der Entscheidung *nahmen*, dann nämlich, wenn man danach süchtig wurde, und das war dann meistens auch der Punkt, an dem die Freiheit anderer berührt wurde und es nicht mehr akzeptabel wurde.

Aber er hatte nicht den Eindruck, dass Veronique gerade in der Stimmung war, das in dieser Tiefe zu diskutieren.

Sie schloss kurz die Augen, stieß den süßlichen Rauch aus und klagte: »Zu zweit ist es viel schöner, weißt du?«

»Man kann zu zweit andere schöne Dinge machen«, meinte Rhodan. »Dinge, für die man keine Drogen braucht.«

Sie lächelte listig. »Du versuchst, mich … abzuschleppen, *Pariih* Rhodan!«

Er grinste. »Schuldig im Sinne der Anklage.«

»Eh bien soit.« Sie hielt ihm den Joint hin. »Komm du mit mir, dann komm ich mit dir.«

Wahrscheinlich hätte sie das nicht probiert, wenn sie nur ansatzweise geahnt hätte, wie aussichtslos ein solcher Versuch war. Perry Rhodan war in ebenso romantischer wie rebellischer Stimmung und hatte darüber hinaus dem reichlich fließenden Rotwein mehr zugesprochen, als seinen Gewohnheiten entsprach – dennoch war unter allen Gefühlswallungen nach wie vor ein geradezu stählerner, felsenfest in der Realität verankerter Persönlichkeitskern aktiv, und man hätte bei ihm nicht einmal eine Millisekunde der Versuchung feststellen können, ehe er mit glasklarer Entschlossenheit sagte: »Nein, Veronique. Nicht so.«

Sie sah ihn mit großen Augen an – beleidigt, empört und auch, obwohl sie sich dessen vermutlich nicht bewusst war, zutiefst erschrocken, war sie doch gerade für einen Augenblick in unmittelbarem, unverstelltem Kontakt mit der geistigen Macht Rhodans gewesen, deren sich dieser noch immer nicht bewusst war.

»*Tant pis!*«, zischte sie und zog beleidigt ab.

Rhodan seufzte, zuckte mit den Schultern und schlenderte hinüber in die Ecke mit dem Plattenspieler. Er hatte auf einmal Lust, etwas anderes als Jazz laufen zu lassen, Rock 'n' Roll zum Beispiel.

Aber er hatte kein Glück. Außer Jazz gab es nur noch Platten französischer Chansoniers, deren Namen ihm nicht das Geringste sagten.

Später bekam er mit, wie Veronique zusammen mit einem anderen Mädchen die Wohnung verließ, beide unablässig kichernd und beide nicht mehr ganz fest auf den Beinen. Er schaute ihnen vom Balkon aus nach, und das Bild, das die beiden unten auf der Straße boten, gefiel ihm ganz und gar nicht. Die beiden sahen auf gefährlich verlockende Weise wehrlos aus: wie *Beute*.

Ein paar Sekunden später war er zur Wohnungstür draußen, sauste die Treppe hinab und war gleich darauf unten. Sie bemerkten nicht, wie er ihnen in einigem Abstand folgte, und das so lange, bis sie in einem Haus verschwanden, einem anderen als dem, in dem Veronique wohnte.

Vor diesem Haus stand er eine Weile und musste schließlich lachen. Das war alles so verrückt! Er schüttelte den Kopf und machte sich auf den Weg zurück zu seinem Hotel. Es war ein langer Marsch, aber es half, den Kopf klarzukriegen und den Zigarettenmief loszuwerden.

Als er im *Le Sanctuaire* ankam, saß der Nachtportier hinter seiner matt erleuchteten Theke und hörte leise klassische Musik aus einem Transistorradio.

»Perry Rhodan. Zimmer 19.«

Der Portier sah in seiner Liste nach, händigte ihm dann den Schlüssel aus und sagte: *»Bonne nuit, Monsieur Rhodan.«*

Am nächsten Morgen stellte er fest, dass das Hotelfrühstück gar nicht so schlecht war. Danach zog er los, um Paris auf eigene Faust zu erkunden.

Heute schaffte er es auf den Eiffelturm. Von ganz oben blickte er über das schier endlose Häusermeer von Paris, bis ihm der Wind in dreihundert Metern Höhe die Augen tränen ließ, und gestand sich ein, dass diese Stadt tatsächlich einen ganz eigenartigen Zauber an sich hatte.

Es machte ihm Spaß, die Metro zu erforschen. So etwas kannte er aus den USA nicht. Gut, in New York gab es eine Metro, und mit der war er auch ein-, zweimal gefahren – aber das war die Kopie, diese hier dagegen das Original.

Und er schlenderte lange durch prachtvolle Parks und dachte nach.

Angenommen, er zog einen Schlussstrich, nahm seinen Abschied beim Militär und wechselte ins zivile Leben? Es fiel ihm schwer, sich das konkret vorzustellen, aber vielleicht, sagte er sich, war gerade das der entscheidende Punkt: dass es ein Neuanfang sein würde.

Er saß auf verschnörkelten Parkbänken und versuchte, sich dieses andere, neue Leben auszumalen. Er war Pilot. Er konnte in die Zivilluftfahrt wechseln und Verkehrsflugzeuge fliegen. Er würde schicke goldene Streifen am Ärmel tragen, die Passagiere mit launigen Ansprachen über Flughöhen und das Wetter am Zielflughafen informieren und mit den Stewardessen flirten. Klang doch nicht schlecht, oder?

Er würde sich ein Haus kaufen können … und sich das vorzustellen, fiel ihm schon deutlich schwerer. Er machte sich nun mal nichts aus Besitz. Ein eigenes Haus? Geld? Ein Aktienportfolio? Das interessierte ihn alles so absolut gar nicht. Tatsächlich war das mönchsartige Leben beim Militär, diese Reduktion auf das Essentielle – Nahrung, Kleidung, Arbeit –, das, was ihm an seinem Dasein am besten gefiel.

Andererseits war es vielleicht an der Zeit, eine Familie zu gründen. Der Wunsch nach Nähe, die Sehnsucht nach Intimität mit einem vertrauten Menschen war ihm nicht fremd. Es war auch keineswegs so, dass ihn Frauen nicht faszinierten, im Gegenteil. Er hatte das Gefühl, dass da noch ein ganzes, weitgehend unerforschtes Universum auf ihn wartete.

Als er im *Jardin du Luxembourg* auf einem Stuhl saß und eine knapp drei Meter hohe Freiheitsstatue betrachtete, die der berühmten in New York aufs Haar glich – sein Reiseführer behauptete, sie sei vom gleichen Künstler geschaffen worden, einem gewissen Frédéric Auguste Bartholdi –, war dies ein Moment, in dem er erfüllt war von einem tiefen inneren Frieden. Vielleicht, sagte er sich, war es einfach an der Zeit, sich von seinem Traum, ins Weltall zu fliegen, zu verabschieden. Das taten jetzt andere, und was machte es im Angesicht des Kosmos schon, dass er nicht dabei war? Das war eben des Schicksals Lauf, und es gehörte wohl zum Erwachsenwerden dazu, sich von Kindheits- und Jugendträumen zu lösen, genauso, wie es dazugehörte zu erkennen, dass man nichts Besonderes war. Damit musste man sich eben abfinden. Man musste sich mit so vielem im Leben abfinden, nicht zuletzt auch damit, dass es irgendwann endete.

Als er am späten Nachmittag zurück zum Café *Chez Jean-Pierre* kam, stand Veronique am Straßenrand. Sie wirkte ganz verloren und lächelte verlegen, als sie ihn bemerkte.

»Bonsoir, Mademoiselle Veronique«, sagte Rhodan so französisch, wie er nur konnte, und deutete eine Verbeugung an.

Sie zog den Kopf zwischen die Schultern. »Bist du noch böse auf mich?«

»Was bringt dich auf die Idee, ich sei böse auf dich?«, wunderte sich Rhodan.

»Na, wegen gestern.«

»Gestern? Du hast Gebrauch von deiner Freiheit gemacht, weiter nichts.«

»Und dann warst du weg.«

Er hob die Brauen. »Also, erstens warst *du* weg … und zweitens ist es nun mal so, dass, wenn man Gebrauch von seiner Freiheit macht, man mit den Konsequenzen seiner Entscheidung leben muss.«

»Du bist immer noch böse auf mich.«

»Nein, Unsinn. Ich –«

Rhodan hielt inne, alarmiert von einer Bewegung, die er aus den Augenwinkeln wahrnahm. Er wandte sich um, sah am einen Ende der Straße Polizisten mit Knüppeln um die Ecke biegen und am anderen Ende maskierte junge Männer; beide Parteien würden ungefähr an der Stelle, an der sie beide gerade standen, aufeinanderprallen.

»Schnell«, sagte er und packte ihre Hand.

Da flog schon der erste Stein, traf die gläserne Eingangstür des Cafés und zauberte ein Spinnennetzmuster aus silbrigen Rissen darauf. Sirenen heulten, die ersten Tränengasgranaten flogen qualmend durch die Luft. Rhodan und Veronique erreichten das Café im selben Moment, in dem ein brennender Molotow-Cocktail einen gepflegten roten Citröen 2 CV traf und in Flammen aufgehen ließ.

Rhodan schob Veronique vor sich her in das Café. Außer ihnen waren nur noch zwei weitere Gäste da; ein etwas exotisches Paar, das seelenruhig an einem Tisch saß und eine Zigarettenpackung aufrecht zwischen sich stehen hatte, als handle es sich um ein Kunstobjekt, über das sie diskutierten. Er lotste die zitternde Veronique zu einem Platz hinter einer Säule, die sie beide ein wenig gegen eventuelle Splitter und dergleichen schützen mochte, und bestellte Pastis und Kaffee. Beides konnte er jetzt brauchen.

Pascal brachte das Bestellte und meinte, auf eine Treppe an der Hinterwand des Cafés deutend: »Der Hinterausgang. Über den Hof in die andere Straße. Falls es nachher zu wild wird.«

»Danke, Pascal«, sagte Rhodan.

Draußen brannten Reifen, erfüllten die schmale, von blühenden Bäumen gesäumte Nebenstraße mit schwarzem Qualm. Steine flogen, Schlagstöcke hieben auf blutige Köpfe ein. Ein zweiter Treffer zertrümmerte die Eingangstür vollends und ließ nebliges Tränengas hereinkriechen. Geschrei hallte zwischen den Häusern.

Gemütlicher würde es nicht mehr werden. Veronique stürzte den Pastis hinab, Rhodan den Kaffee, dann zahlte er rasch und zog sie mit sich zur Treppe.

»Morgen ist alles wieder normal, Monsieur Perry«, rief der Wirt ihnen nach.

»Und der Generalstreik?«, fragte Rhodan zurück.

Pascal winkte ab. »Ach was. Vielleicht geht mir das Mineralwasser aus, mehr nicht. *C'est la vie!*«

Die Treppe war unerwartet steil, führte über ein Zwischengeschoss in einen finsteren Innenhof. Durch ein Tor gelangten sie auf einen friedlichen, von elektrischen Laternen beleuchteten Platz, auf dem man von der Straßenschlacht nicht das Geringste hörte. Rhodan musste lachen. Er hielt Veroniques Hand fest und hatte Lust, mit ihr loszurennen und nicht mehr anzuhalten.

Doch sein Eindruck, dass sie dem Aufstand glücklich entkommen waren, sollte sich als irrig erweisen. Als sie den Platz hinter sich ließen, gerieten sie in eine Gruppe hektisch rennender und schnatternder Studenten, und auf einmal war Veronique ganz aufgeregt. »Komm, komm!«, rief sie, zog Perry Rhodan mit sich, und dann rannten sie mit den anderen mit.

Und so begann es.

13

Sie gelangten an eine Straßenkreuzung, auf der ein gutes Dutzend junger Männer dabei war, mit Stemmeisen, Pickeln und Schaufeln das Pflaster aufzubrechen und die Steine zu Haufen zu schichten. Andere schoben ausgebrannte oder anderweitig demolierte Autowracks auf die Fahrbahn hinaus, verkeilten sie ineinander und begannen, die freigelegten Steine darum herum aufzuschichten.

»Was machen die da?«, fragte Rhodan verwundert.

»Wir errichten Barrikaden«, erklärte Veronique und machte eine ausholende Bewegung mit dem Arm. »Wir besetzen das Viertel rund um die Sorbonne.«

»*Wozu?*«

»Um den Staat zu verneinen! Wir schaffen eine Zone, in der der Staat keine Macht mehr hat! Wir verlangen, dass uns die Universität übergeben wird! Wir haben mehr Recht, hier zu sein, als die Polizei!«

Es fiel Rhodan bei aller Sympathie schwer, diese Gedanken nachzuvollziehen. Das war in seinen Augen, höflich ausgedrückt, alles sehr kurzfristig gedacht. Vermutlich strebte man eher eine Art symbolische Aktion an, überlegte er, nicht eine wirkliche Veränderung.

Im Gegensatz zu den Studenten war Rhodan klar, dass man keine neue Welt schaffen konnte, indem man einfach nur die alte Ordnung beseitigte. Wer eine neue Welt wollte, musste auch eine neue Ordnung schaffen, denn Menschen konnten nicht ohne Ordnung zusammenleben. Sogar der Anarchismus ging davon aus, dass Menschen einer Ordnung folgten, er postulierte lediglich, dass sie eines Tages imstande sein würden, sich diese Ordnung spontan selber zu geben, etwas, das in Rhodans Augen illusorisch war. (Tatsächlich kennen wir nur eine einzige galaktische Zivilisation, die auf einer solchen Grundlage funktioniert, nämlich die der Haluter, die aus einer Vielzahl von Gründen einen Sonderfall darstellen.)

In einiger Entfernung von der Straßenkreuzung, an der sie sich befanden, war eine Baustelle, von der man sich an Werkzeug holte, was man brauchte: Bohlen, Schubkarren, Kabeltrommeln, Stahlträger. Zwei junge Männer kamen mit einem Presslufthammer an, wussten aber nicht, wie man damit umgehen musste. Ein vorbeikommender älterer Mann, ein Arbeiter mit schwieligen Händen, trat grinsend dazu und erklärte es ihnen, und danach knatterten sie los, legten alleine mehr Pflastersteine frei als zwei Dutzend Studenten, die es mit Muskelkraft versuchten.

Es waren nicht nur Studenten, die hier in der einbrechenden Nacht wie die Besessenen schufteten, schwitzten und stöhnten. Es waren auch Gymnasiasten dabei und eine Menge Rocker aus den Vorstädten, breitschultrige Gestalten in Lederkluft, mit Tätowierungen und sichtlicher Lust daran, sich auszutoben. Fahnen wehten, und es war im Licht der wenigen noch funktionierenden Straßenlaternen schwer auszumachen, welche Farbe sie hatten. Passanten sahen zu, was vor sich ging, Reporter schossen Fotos, und Anwohner aus den umliegenden Häusern brachten Sandwiches, Kaffee und Wasser. Es wurde gesungen und dazwischen immer wieder in Sprechchören nach »solidarité« gerufen.

Rhodan hielt sich zurück. Er reihte sich in eine der Ketten ein, in denen Pflastersteine von Hand zu Hand weitergereicht wurden, und sah sich ansonsten wachsam um. Nach einiger Zeit bekam er mit, dass die anderen in der Kette Kommilitonen von Veronique waren, Anglistikstudenten wie sie, nur waren sie zu schüchtern, um Englisch zu sprechen. »Veronique ist die Beste«, erklärte ihm einer mit Mühe, ein sehr sportlich aussehender junger Mann, der Hubert hieß.

Das war Rhodan gar nicht so unlieb; auf diese Weise erwartete schon niemand, dass er viel über sich erzählte.

Es ist nicht einfach nachzuvollziehen, wo genau sich Rhodan in jener Nacht befand. Der Bereich, in dem Barrikaden errichtet wurden, erstreckte sich von der Rue Soufflot und dem Panthéon im Norden bis zur Rue Claude Bernard im Süden, vom Boulevard St. Michel im Westen bis zur Rue Mouffetard im Osten – ein Bereich, der die Sorbonne tatsächlich gar nicht umschloss. Seine Hauptachsen waren die Rue Gay-Lussac, die Rue Lhomond und die Rue Tournefort in nordwest-südöstlicher Richtung, sowie die Rue d'Ulm in nordsüdlicher Richtung. Die einzige Baustelle in diesem Bereich, die aus jenen Tagen dokumentiert ist, befand sich in der Rue des Ursulines, was die Zahl der in Frage kommenden Straßenkreuzungen zumindest einschränkt.

Die ganze Zeit über, während die Barrikaden errichtet wurden, wartete Rhodan gespannt darauf, wie der Staat reagieren würde. Hatte man es einfach versäumt, den Anfängen zu wehren, oder steckte Kalkül dahinter? Wenn der Staat klug war, dann würde er nicht auf das Spiel einsteigen, sondern die Protestierer die Nacht über auf ihren Barrikaden sitzen lassen, bis ihnen zu kalt und zu langweilig wurde, um dann am Morgen zu kommen und zu fragen, an wen man die Rechnung für die Aufräumarbeiten schicken dürfe. Wenn der Staat klug war, dann würde er die Aufregung einfach ignorieren, bis die Energie darin verpufft war.

Doch wie sich herausstellen sollte, war der Staat nicht klug. Nachts um halb drei erging Befehl an die Einheiten der CRS, der *Compagnies Républicaines de Sécurité*, der französischen Bereitschaftspolizei also, die Barrikaden zu beseitigen. Barrikaden, besetzt von Hunderten junger Demonstranten, die mit Molotowcocktails bewaffnet waren.

Eine unheimliche Stille lag über dem Quartier Latin. Alles wartete. Zwischen den Barrikaden standen Studenten, Schüler, Sympathisanten. Es roch nach dem Benzin, mit dem das Holz in den Barrikaden getränkt war. Rauchen war verboten, ankommenden Reportern nahm man die Zigaretten aus dem Mund.

Um 2 Uhr 40 begann der Angriff der Polizei auf dem Boulevard St. Michel, Ecke Rue Gay-Lussac und Rue Royer-Collard. Tränengas und Rauchbomben wurden über die Dächer hinweg in die Straßen und zwischen die Barrikaden geschossen. Viele der Demonstranten trugen feuchte Tücher vor dem Gesicht, andere versuchten, sich mit Plastiktüten zu schützen. Per Megaphon forderte jemand die Anwohner auf, Wasser aus den Fenstern zu schütten, um die Gasschwaden zu neutralisieren, und prompt kamen warme, nasse Schauer herab.

Zwanzig Minuten später hielten die Barrikaden immer noch stand. Die Polizisten verlegten sich darauf, nicht mehr frontal, sondern über Nebenstraßen anzugreifen. Schlagstöcke prallten auf Studentenköpfe, Steine auf Polizeihelme. Demonstranten erklommen Dächer, warfen Steine und anderes auf die Polizei hinab.

Rhodan wollte es vermeiden, sich zu prügeln. Wenn er in einer Konfrontation Ernst gemacht hätte, wäre dies schlecht ausgegangen für einen französischen Polizisten, und am Ende mochte gar ein diplomatischer Zwischenfall daraus werden. Also half er stattdessen, zusammen mit Hubert, Verletzte abzutransportieren. Man hatte in der Nähe eine Art Behelfshospital eingerichtet, wo blutverklebte, hustende, mit Gas getränkte junge Menschen auf Luftmatratzen und Decken lagerten. Es war alles sehr improvisiert. Helfer trugen Armbinden, auf die sie mit rotem Filzstift Rotkreuzzeichen gemalt hatten. Ein paar Ärzte und Medizinstudenten versorgten neu Ankommende, andere, vorwiegend Frauen, kümmerten sich um die, die schon da waren, wechselten Wundverbände, gaben bei Atemnot Sauerstoff und dergleichen. Instrumente konnten nicht richtig sterilisiert werden, sondern wurden nur in einem simplen Wasserkocher ausgekocht. Aus den Kleidern von manchen Verletzten dämpfte noch so viel Reizgas aus, dass jeder, der in ihre Nähe kam, niesen und weinen musste.

Auf einmal bemerkte Rhodan einen Mann in der Tür des Behelfshospitals, der sich auf eine unangenehme Weise neugierig umsah. Er mochte um die vierzig sein, hatte ein Frettchengesicht und trug eine abgeschabte Lederjacke.

»Wer ist das?«, wandte sich Rhodan an Hubert.

Der zuckte nur mit den Schultern.

»Komm mit«, forderte Rhodan ihn auf, als der Mann wieder verschwand. »Da stimmt was nicht.«

Gemeinsam verfolgten sie den Mann, der sich straffen Schrittes zwischen den Demonstranten hindurchschlängelte und, als er den Bereich der Barrikaden hinter sich gelassen hatte, in einen lockeren Laufschritt fiel. Rhodan und Hubert mussten sich anstrengen, um ihn nicht aus den Augen zu verlieren.

Das Ziel des Mannes mit dem Frettchengesicht lag nicht weit entfernt: ein Parkplatz ein paar Straßen weiter, auf dem drei kantige Lastwagen standen und eine teuer aussehende Limousine. Aus dieser Limousine stieg ein Mann im Anzug aus, der sich seinem Gehabe nach ziemlich wichtig fühlte. Die beiden unterhielten sich leise, dann gab der wichtige Mann einem Assistenten einen Wink, worauf dieser eine Karte auf der Kühlerhaube der Limousine ausbreitete.

»Weißt du, wer das ist?«, flüsterte Hubert, während sie beide das Geschehen hinter einer Hausecke hervor verfolgten.

»Nein«, sagte Rhodan.

»Der stellvertretende Polizeipräsident.«

Rhodan nickte. »Verstehe. Er plant den Gegenschlag.« Damit war zu rechnen gewesen, gewiss – doch irgendwie wirkte die Szenerie zu konspirativ auf ihn. Hatte der stellvertretende Polizeichef etwas vor, in das seine Oberen nicht eingeweiht waren?

Sie waren sich offenbar einig über das Vorgehen, denn die Karte wurde wieder zusammengefaltet, und auf einen weiteren Wink des Mannes im Anzug hin öffneten sich die rückwärtigen Türen der Lastwagen, Männer stiegen aus und begannen, Schutzkleidung anzulegen.

Weiße Ganzkörperanzüge. Schutzbrillen. Und Atemgeräte mit Sauerstofftanks, die auf den Rücken geschnallt wurden.

»Oha«, wisperte Rhodan. »Das wird hässlich. Weißt du, was das bedeutet?«

»Sie wollen noch mehr Gas einsetzen?«, mutmaßte Hubert.

»Das ist Schutzkleidung, die man verwendet, wenn man mit hochgiftigen Substanzen hantieren muss. Dagegen ist Tränengas Kindergarten.« Rhodan spürte, wie wachsendes Entsetzen von ihm Besitz ergriff. Konnte das wahr sein? Konnten sie planen, das Behelfshospital mit Giftgas anzugreifen, um die Besatzer zu demoralisieren? Der bloße Gedanke, dass Vertreter der Staatsgewalt so etwas im Ernst vorhaben mochten, war atemberaubend. Eine Regierung wurde gewählt, um das Volk zu *beschützen* – und diese Leute wollten gegen die eigene Bevölkerung *Krieg* führen!

Er packte Hubert am Arm. »Renn, so schnell du kannst, und hol Leute her, so viele wie möglich«, zischte er. »Leute, die kämpfen können. Sie sollen Schlagstöcke mitbringen – und Messer!«

»Messer?«, wiederhole Hubert entsetzt. »Was hast du vor?«

»Wir müssen ihre Schutzanzüge zerstören«, erklärte Rhodan rasch. »Wenn sie keine Schutzanzüge mehr haben, dann können sie kein Giftgas einsetzen.«

»Ah oui«, stieß Hubert hervor. *»Je comprends.«* Er nickte eifrig, dann sauste er davon, als gelte es, Rekorde zu brechen.

Rhodan blieb, beobachtete weiter. Die Mannschaften des stellvertretenden Polizeipräsidenten ließen sich Zeit. Die Anzüge waren umständlich anzulegen, und sie verwendeten viel Sorgfalt darauf, sich gegenseitig auf korrekten Sitz zu überprüfen.

Mit anderen Worten: Das Zeug, das sie einsetzen wollten, war *wirklich* gefährlich!

Er sah sich um. Da war ein Gitterzaun, dahinter ein winziger Vorgarten. Ein metallener Zierstab steckte im Boden, der eine Blumenampel trug. Rhodan huschte an die Mauer, griff hindurch und zerrte den Stab aus dem Boden. Es wartete eine wichtigere Verwendung auf ihn.

Seine Hoffnung, dass Hubert mit Verstärkung zurück sein würde, ehe es losging, erfüllte sich nicht. Die Vermummten waren fertig und machten sich auf den Weg. Einige trugen weiße Kisten mit Schnappverschlüssen, andere Gummiknüppel.

Rhodan rannte los und schaffte es, sie auf dem Umweg über eine Parallelstraße zu überholen, gerade rechtzeitig, um Hubert und an die zwanzig andere abzufangen, die angestürmt kamen, außer Atem und mit prächtigen Prügeln bewaffnet. Ihm war vom Herweg eine Stelle in Erinnerung, auf die die vermummten Polizisten offenbar zusteuerten und die sich gut für einen Hinterhalt eignete. Er bedeutete Huberts Mannen, ihm zu folgen, und rannte voraus. Dann, als sie vor Ort waren, erklärte er mit raschen, einfachen Worten und hoffentlich unmissverständlichen Gesten, wie sie vorgehen sollten und worum es ging: um die Schutzanzüge!

Die da kamen, sahen im Zwielicht der nächtlichen Stadt aus wie Invasoren vom Mars. Rhodan hob den Arm, wartete, bis die Position ideal war, dann fuhr sein Arm nach unten. »Jetzt!«, schrie er.

Mit Gebrüll fielen sie über die Vermummten her, schlugen sie nieder, zerrten ihnen die Anzüge vom Leib, zerschnitten den Stoff, zertrümmerten Schutzbrillen und Sauerstoffventile. Diesmal kämpfte Rhodan mit, und er ließ keine Gnade walten. Sein metallener Stab fuhr auf Rücken hinab, auf Kniekehlen, auf Hände, die Knüppel hielten, fällte Gegner um Gegner, und andere machten sich dann mit Messern über die Schutzanzüge her. Wenn einem der Anzug nur noch in Fetzen vom Leib hing und er fliehen wollte, ließen sie ihn laufen.

Rhodan schlug einen nieder, der in aller Eile versucht hatte, eine der weißen Kisten zu öffnen. Er schob den Bewusstlosen beiseite, öffnete den Deckel selber und sah nach, was darin war.

In jeder Kiste lagen zwei Werfer, die aussahen wie kurze, stumpfläufige Gewehre; darunter steckten je ein Dutzend Patronen in weißem Schaumstoff: zwölf große, rote und zwölf kleine schwarze, und je eine schwarze passte genau in eine rote. Rhodan las die Beschriftungen der Patronen, die auf Französisch und auf Englisch bedruckt waren und außerdem mit Symbolen, die ihm aus diversen Kursen über chemische Kampfstoffe in Erinnerung waren: Dies hier war ein tödliches Nervengift, eine Zwei-Komponenten-Waffe. Jede der Patronen enthielt eine für sich genommen nicht sonderlich gefährliche Chemikalie, aber brachte man sie zusammen, entstand in Sekundenschnelle ein Kontaktgift, das bei bloßer Berührung mit der Haut tötete.

In diesem Moment sah Rhodan aus den Augenwinkeln eine Limousine vorbeirollen, die ihm bekannt vorkam, sah im Licht der Straßenlampen ein blasses Gesicht vom Rücksitz herüberschauen – und sah rot. Er ließ den Deckel des Kastens zufallen, sprang auf, spurtete los und erreichte den Wagen, ehe dessen Fahrer reagieren konnte. Sein Metallstab fuhr mit aller Macht und einem hässlichen Geräusch auf die Kühlerhaube nieder, so heftig, dass der Haken, an dem die Blumenampel gehangen hatte, das Blech durchschlug. Anstatt, wie es klug gewesen wäre, Gas zu geben und davonzurasen, trat der Chauffeur auf die Bremse – dies war nicht die Nacht, in der der Staat und seine Organe klug handelten – und machte Anstalten, empört aus dem Wagen zu steigen.

Rhodan war schneller. Er riss seine Waffe aus dem Blech, ließ sie herumwirbeln und zertrümmerte damit die Fensterscheibe der Tür zum Rücksitz. Im nächsten Moment hatte er sie aufgerissen, griff hinein und zerrte den wichtigen Mann, den stellvertretenden Polizeipräsidenten, heraus und begann, ihn nach Strich und Faden zu verprügeln.

Den Jubel, der um ihn herum losbrach, nahm er gar nicht wahr. Später sollten ihm die anderen erzählen, ein Mann, der des Weges gekommen war, ein Reporter anscheinend, habe einschreiten wollen, doch die anderen hatten ihn daran gehindert, hatten ihn zu dritt, zu viert festgehalten und auch nicht zugelassen, dass er seine Kamera benutzte.

Rhodan ließ schließlich von dem Mann ab, dem das Blut aus Nase und Mund lief und dessen Gesicht am nächsten Tag eine Studie in Blau und Gelb sein würde.

»Wir sollten das Gift an Ihnen ausprobieren, Sie Arschloch!«, herrschte er ihn an, und siehe da, so viel Englisch verstand der stellvertretende Polizeipräsident also doch, sonst hätte er wohl kaum die Augen so entsetzt aufgerissen! »Wenn ich Sie noch einmal hier antreffe, werde ich Ihnen *richtig* wehtun«, drohte ihm Rhodan noch an, dann stieß er ihn zurück in seine teure Limousine und bedeutete dem Chauffeur loszufahren.

Die anderen klatschten Beifall, aber Rhodan fühlte sich auf einmal nur noch leer, ausgebrannt und leer. Er war es nicht gewohnt, sich von Aggression übermannen zu lassen, und war nicht sonderlich stolz darauf, dass es ihm passiert war – aber, sagte er sich, es war wohl irgendwie nötig gewesen.

Nun war die Frage, was sie mit dem Gift machen sollten. Auf keinen Fall wollte Rhodan die Versuchung entstehen lassen, es umgekehrt gegen die Polizei einzusetzen. Er ließ kurzentschlossen alle schwarzen Patronen einsammeln, dann marschierten sie damit bis an die Seine und warfen sie alle in den Fluss: Ohne die schwarzen waren die roten Patronen keine nennenswerte Gefahr mehr; vielleicht nicht gerade harmlos, aber zumindest nicht gefährlicher als Tränengas.

Eigentlich hatte er vorgehabt, die restlichen Patronen und die Waffen zu sichern, doch als sie von ihrem Abstecher zur Seine zurückkamen, konnten diejenigen, die sie bewacht hatten, nur noch erzählen, dass man sie überfallen und die Kisten geraubt hatte: Vermutlich eine Aktion der Polizei, um keine Beweismittel zurückzulassen, die später peinliche Fragen provozieren mochten.

Bis sie wieder bei den Barrikaden waren, hatte die Geschichte schon die Runde gemacht. Man empfing sie mit Beifall, ließ sie hochleben, klopfte ihnen anerkennend auf die Schultern. Als sie ins Behelfshospital kamen, fiel Veronique Rhodan um den Hals und wisperte ihm ins Ohr: »Mein Held!«

Rhodan konnte die allgemeine Begeisterung nicht teilen. Im Gegenteil, er war geradezu sprachlos. Er sah sich um, sah die Verletzten, die

Studentinnen, die sie pflegten, die erschöpft aussehenden Ärzte, und der Satz: »Sie wollten euch *töten!*« wollte ihm nicht über die Lippen kommen. Auf einmal wusste er, dass die Studenten recht hatten: Es *musste* sich etwas ändern – auch wenn sie nicht wussten, *was* sich ändern musste und *wie* es zu ändern war. Aber das uralte Prinzip von »Teile und herrsche« war nicht länger tragbar. Eine neue Zeit stand bevor, in der sich die Menschen nicht länger teilen und beherrschen lassen durften, sondern in der sie zusammenhalten und zusammenarbeiten mussten, wenn die Menschheit eine Zukunft haben wollte.

Die Kämpfe dauerten die ganze Nacht an. Gegen fünf Uhr morgens schließlich hatte die Polizei gesiegt, hatte Hunderte von Demonstranten verhaftet und die übrigen von den Barrikaden vertrieben, und konnte beginnen, sie einzuebnen und beiseitezuschieben. Es war ein bedeutungsloser Sieg.

Veronique und Rhodan waren zu diesem Zeitpunkt schon nicht mehr in der umkämpften Zone. Irgendwann hatte sie ihn an der Hand genommen und gesagt: »Komm, mein Held!«, und Perry Rhodan war ihr willig gefolgt.

Veroniques Wohnung lag tatsächlich im obersten Stockwerk, und es gab tatsächlich einen unglaublich winzigen Balkon. Was sie betraten, war ein mysteriöses, unbeschreiblich weibliches Durcheinander von Büchern, Kleidern und wild wuchernden Pflanzen auf Regalen und Fensterbrettern, erfüllt von geradezu magischem Licht, denn von hier oben aus schaute man über die Dächer von Paris, und über diesen Dächern kündigte sich schon die Morgendämmerung an.

»Setz dich«, sagte sie und wollte ihn auf ihr breites, den Raum beherrschendes Bett drücken, doch Rhodan blieb störrisch stehen. Sie verschwand nach nebenan, in eine Küche von der Größe eines Kleiderschranks, und rief: »Willst du was trinken?«

»Ja«, sagte er, obwohl er anderes im Sinn hatte, als zu trinken. »Warum nicht?«

Er hörte eine Kühlschranktür gehen, hörte das Klappern von Gläsern, das Gluckern von Flüssigkeiten und ein Rascheln, das er nicht identifizieren konnte. Dann kam sie zurück, nackt bis auf ein Höschen und zwei gefüllte Gläser, die sie in den Händen trug.

»Wow«, entfuhr es ihm.

Sie reichte ihm ein Glas und sagte: »Auf meinen Helden.«

»Auf eine neue Zeit«, erwiderte Perry Rhodan, dann stießen sie an und tranken.

Er stutzte. Der Drink schmeckte nach hochprozentigem Alkohol, aber außerdem noch nach etwas anderem, das er nicht identifizieren konnte. Er betrachtete sein Glas und fragte: »Was ist da drin?«

»Etwas, um zu entspannen«, sagte Veronique amüsiert.

Er blickte auf, sah ihr freches Lächeln, begriff. An den Rändern seines Gesichtsfelds tauchten flatternde, dunkle Schatten auf, die wuchsen und wuchsen, und dann wurde ihm schwarz vor Augen.

14

Dunkelheit.

Aber nicht Bewusstlosigkeit. Perry Rhodan war bewusst, dass er sich irgendwo befand, wenn er auch nicht wusste, wo oder auf welche Weise er dorthin gelangt war; irgendwie fehlte ihm ein Stück Erinnerung. Er war sich ferner bewusst, dass er aufrecht stand, auf, wie er mit einem kurzen Tritt feststellte, festem Boden.

»Hallo?«, rief er.

Seine Worte verklangen, ohne ein Echo auszulösen. Er hatte nicht den Eindruck, sich im Freien zu befinden – dazu war es zu still, und er spürte keinerlei Bewegung der Luft –, aber in einer Halle, auch in einer großen, hätte seine Stimme doch wenigstens ein bisschen … nun ja, *hallen* müssen?

In diesem Moment hörte er Schritte, die gemächlich näher kamen, und auf eine geheimnisvolle Weise wurde es gleichzeitig rings um ihn herum heller, ohne dass eine Lampe oder ein Scheinwerfer zu erkennen gewesen wäre, eher so, als begänne die Luft selbst zu leuchten.

Und dann trat ein Mann in diesen Lichtkreis, den Perry Rhodan kannte, ein Mann in einem schlechtsitzenden grauen Anzug und mit langen, grau schimmernden Haaren, die bis über den Hemdkragen hingen.

»Ah!«, sagte Rhodan. »Also träume ich das alles.«

»In gewisser Weise«, sagte der Mann, auf Englisch mit deutschem Akzent, »und in gewisser Weise auch nicht. Dies hier« – er breitete die Arme aus, um anzuzeigen, dass er die Szenerie meinte, in der sie sich befanden – »ist nicht real. Auch meine körperliche Erscheinung ist es nicht, ist nur ein *Avatar*, wie man einmal sagen wird. Aber *mich* gibt es dennoch wirklich.« Er deutete eine Verneigung an. »Ich darf mich vorstellen. Mein Name ist Ernst Ellert. Wir sind uns in Ihrer Realität noch nicht begegnet, aber wir werden uns noch begegnen. Möglicherweise, muss ich einschränkend sagen. Dieses ›möglicherweise‹ ist der Grund unseres Treffens.«

»Ich verstehe kein Wort«, erwiderte Rhodan skeptisch. »Was heißt das, ›in meiner Realität‹?«

Der Mann, der sich als Ernst Ellert vorgestellt hatte, musterte Rhodan versonnen. »Das ist schwieriger zu erklären, als Sie sich vorstellen können. Ich will es einmal so versuchen: Ich verfüge über eine besondere geistige Gabe, eine Fähigkeit, die man dereinst *Teletemporation* nennen wird. In einfachen Worten gesagt heißt das, dass ich meinen Geist vom Körper lösen und damit in andere Zeiten reisen kann – in die Vergangenheit oder in die Zukunft, ganz wie ich will. Ich kann bei diesen Reisen nichts bewirken, habe nicht den geringsten Einfluss auf die Dinge, die geschehen – alles, was ich tun kann, ist zu beobachten. Das aber kann ich gut. Es kostet mich nur einen Gedanken, um an jeden Ort des Universums zu gelangen.«

»Und nun sind Sie hier. Und reden mit mir. Was man durchaus als Einflussnahme bezeichnen könnte, oder?«

»Eine der Ausnahmen, die die Regel bestätigen. Ich habe Ihr ganzes bisheriges Leben abgesucht nach einer Gelegenheit wie dieser, und dies ist die einzige, die sich geboten hat. Es ist das einzige Mal, dass sich *Ihr* Geist weit genug von Ihrem Körper gelöst hat, um eine solche Kommunikation zu ermöglichen.«

»Weil mir Veronique irgendwelche Drogen in den Drink getan hat.«

»So ist es. Das Mädchen ist fasziniert von Drogen – unglücklicherweise, muss man sagen, denn in den meisten Zukünften, die ihr offenstehen, wird das sehr schlecht für sie enden.«

Rhodan musterte den Mann. »Das wissen Sie schon?«

»Das ist das Wesen meiner Fähigkeit.«

»Sie sprechen von *Zukünften*. Was heißt das? Dass die Zukunft nicht feststeht? Wenn das so ist, welchen Sinn hat Ihre Fähigkeit dann?«

Ellert schmunzelte. »Eine gute Frage. Nein, in der Tat ist die Zukunft nicht festgeschrieben. Unsere Leben sind keine Filmrollen, die nur so und nicht anders ablaufen können, sondern wir haben in jedem Moment Wahlmöglichkeiten, und je nachdem, wie wir uns entscheiden, entsteht eine andere Zukunft. Was ich vor mir sehe auf meinen Reisen durch die Zeit, ist ein unfassbar komplexes Gewebe von Möglichkeiten, Wahrscheinlichkeiten und Entwicklungen.« Er winkte ab. »Lassen wir das. Es wäre aussichtslos, Ihnen vermitteln zu wollen, wie ich die Zeit erlebe, und nutzlos obendrein, denn Sie werden sich ohnehin später nicht mehr an dieses Gespräch erinnern.«

»Nicht?« Rhodan hob die Brauen, verwundert, fast schon amüsiert. »Wozu führen wir es dann?«

»Es geht nicht darum, Ihnen ein Vorwissen mitzugeben hinsichtlich der Dinge, die geschehen werden. Ein solches Vorwissen ist nur in seltensten Fällen von Nutzen.«

»Weil sich die Zukunft ohnehin immer ändern kann, und dann *wäre* es gar kein Vorwissen?«

Ellert hob die Hand. »Die Zukunft kann sich nicht *immer* ändern, und sie kann sich auch nicht *beliebig* ändern. Ein Beispiel: Wenn Sie darangehen, einen Baum zu fällen, haben Sie die Wahl, wo Sie die Axt anlegen. Solange Sie diese Wahl nicht getroffen haben, kann der Baum noch in jede beliebige Richtung fallen. Aber haben Sie erst einmal den Keil herausgeschlagen, steht diese Richtung fest, und sobald der Baum ins Fallen gerät, ist seine Zukunft unabänderlich, zumindest so lange, bis er auf dem Boden aufschlägt.«

Rhodans Erfahrungen mit dem Fällen von Bäumen beschränkte sich auf die zwei, drei Male, als er seinem Onkel Karl dabei hatte zusehen dürfen, aber in der Tat hatte ihn die unabänderliche Wucht, mit der die Stämme gefallen waren, beeindruckt.

Hatte ihn dieser Ernst Ellert damals beobachtet? Gespenstischer Gedanke.

»Sie verwirren mich«, bekannte Rhodan. »Sie behaupten, mit Ihrem Geist durch die Zeit reisen zu können – und durch den Raum auch, wenn ich das recht verstanden habe –, aber obwohl Sie dabei nur beobachten und angeblich keinen Einfluss ausüben können, reden Sie jetzt mit mir, was man im Allgemeinen tut, um Einfluss zu nehmen. Und dann wiederum sagen Sie, ich würde jede Erinnerung an dieses Gespräch wieder verlieren.« Er seufzte. »Ich glaube, die plausiblere Erklärung ist die, dass ich gerade einfach nur einen verrückten Drogentraum erlebe.«

»Sie haben noch nie einen verrückten Drogentraum erlebt, sonst würde Ihnen diese Erklärung nicht plausibel vorkommen.«

»Dann sagen Sie es mir doch einfach. Was Sie wollen. Was das alles soll.«

Ellert neigte den Kopf. »Ich hoffe zu erreichen, dass Sie aus diesem Gespräch einen *Impuls* zurückbehalten. Und zwar, um es konkret zu formulieren: Ich möchte Sie dazu bewegen, *nicht* aus der US Air Force auszuscheiden, ehe nicht der erste Mann auf dem Mond gelandet ist.«

Rhodan straffte sich unwillkürlich. »Gedanken lesen können Sie auch?«

»Nein.«

»Woher wissen Sie dann, dass ich mit diesem Gedanken spiele? Meinen Dienst zu quittieren?«

»Weil Sie sich in zahlreichen möglichen Zukünften so entschieden haben.«

Nun gut, das war eine Erklärung, die zur übrigen Story passte. »Und das war nicht so gut, nehme ich an?«

»Darum geht es nicht.« Ellert sah einen Moment zu Boden, schien sich sammeln zu müssen. Er faltete die Hände und schaute wieder auf. »Ich habe Ihnen gerade erklärt, dass die Zukunft manchmal änderbar ist, manchmal aber auch nicht. Darüber hinaus gibt es auch so etwas wie große Ströme von Möglichkeiten. Stellen Sie sich einen Fluss vor, der sich ein neues Bett gräbt: Egal, welche Bewegungen die einzelnen

Wasserteilchen innerhalb dieses Flusses machen, am Lauf des Flusses selbst ändert das nichts – in der Regel. Aber manchmal entsteht eine Situation, in der eine Winzigkeit darüber entscheidet, ob der gesamte Fluss in die eine oder in die andere Richtung weiterfließt. Und auf eine solche Situation läuft die Menschheit der Erde gerade zu.«

»Die Menschheit.«

»Genau.«

»Und was ist das für eine Situation?«

Ellert schüttelte den Kopf. »Sie müssen fragen: Was ist das für eine Winzigkeit, die den Ausschlag gibt? Denn das sind Sie.«

»Ich?«

»Der Menschheit stehen im Moment zwei Zukünfte offen. In der einen davon sind Sie der erste Mensch, der auf dem Mond landet –«

Rhodan schüttelte den Kopf. »Ich? Das ist ausgeschlossen. Wie sollte es je dazu kommen? Davon bin ich so weit weg wie … ich weiß nicht …«

»Derlei Entwicklungen sind keine Frage von Wahrscheinlichkeiten, sondern von Kausalitäten«, sagte Ellert gelassen. »Und selbst das ist nur eine sehr verkürzte Darstellung dessen, wie es wirklich ist. Jedenfalls, in einer der beiden sich derzeit anbahnenden Zukünfte der Menschheit sind Sie es, der als erster Mensch auf dem Mond landet, und über diese Zukunft werde ich Ihnen weiter nichts verraten. In der anderen möglichen Zukunft ist es jemand anders, der als Erster auf dem Mond landet, und was die Menschheit in diesem Fall erwartet – das ist es, was ich Ihnen erzählen will.«

»Wer wird dieser andere sein?«, fragte Rhodan. »Der als Erster auf dem Mond landet?«

»Das ist unwichtig.« Ellert löste die immer noch gefalteten Hände voneinander, breitete sie in einer beschwörenden Geste aus. »Hören Sie gut zu. In naher Zukunft – genauer gesagt, in ungefähr drei Jahren – wird eine extraterrestrische Spezies auf die Erde aufmerksam werden. Das wird übrigens in jedem Fall passieren, unabhängig davon, wer als erster Mensch den Mond betritt. Diese fremden Wesen also werden kommen und die Erde angreifen. Doch sollten Sie es sein, der als Erster auf dem Mond landet, werden Sie über die Mittel verfügen, den Angriff abzuwehren. Es wird Ihnen sogar relativ leicht fallen – Sie werden sich der Gefahr, in der die Erde schwebt, gar nicht recht bewusstwerden.«

Rhodan furchte die Stirn. Wenn er wenigstens nur ein bisschen das beruhigende Gefühl gehabt hätte, das alles nur zu träumen! Doch es fühlte sich real an, geradezu *schrecklich* real. »Fremde Wesen? Was für Wesen? Und warum sollten sie uns angreifen?«

In diesem Moment schälten sich rings um ihn herum Gestalten aus dem Dunkel. Es war, als verwandle sich die Dunkelheit selbst in eine Art Staub, der sich dann zu … zu *Kreaturen* formte, die aussahen wie menschengroße Wespen. Sie mochten zwei Meter hoch sein, mit einem in der Mitte verengten und von einem Flaum feiner Haare bedeckten Leib, einem hart aussehenden, grüngrauen Brustpanzer, zwei muskulösen Beinen mit zahllosen Gelenken und vier Armen, die in scharfkralligen Greifern endeten. Ihre Köpfe liefen spitz zu, trugen ein Paar schimmernder Fühler und darunter zwei riesige, schwarz glänzende Facettenaugen.

Rhodan lief ein Schauer über den Rücken. Er musste an jenen Tag denken, an dem er Leroy zum ersten Mal begegnet war, an die Wespen, die sie durch seine große Lupe hindurch betrachtet hatten, und wie sie Witze darüber gemacht hatten.

Es kam ihm auf einmal vor wie eine Vorahnung.

»Man weiß wenig über sie«, sagte Ellert. »Ich verfolge ihre Spuren schon seit unsagbar langer Zeit, doch sie schaffen es irgendwie immer wieder, mir zu entgleiten. Niemand kennt ihre Heimat, falls sie überhaupt noch eine haben sollten, niemand ihre Herkunft. Sie scheinen Nomaden zu sein, die das Universum durchstreifen, mal hier auftauchen und mal da, die Beute machen und spurlos wieder verschwinden. Man kann sie leicht in die Flucht schlagen, weil sie bei Bedrohung auf eine Weise reagieren, die uns wie Feigheit vorkommt, aber sie vergessen nie. Es kann jederzeit geschehen, dass sie wieder auftauchen und es erneut versuchen, und sei es nach Jahrtausenden.«

Immer mehr der unheimlichen Wesen entstanden rings um sie herum, Hunderte inzwischen, eine gruselige, schweigende Horde, die sie zu beobachten schien.

»Fest steht, dass es sich um eine uns gänzlich fremdartige Lebensform handelt. Der Name, mit dem sie sich selbst bezeichnen, ist für die menschliche Zunge – und auch die meisten nichtmenschlichen Lautorgane – so gut wie unaussprechlich; man nennt sie deswegen meistens *Individualverformer*, kurz *IVs*, nach ihrer wichtigsten Fähigkeit, nämlich der, andere Lebewesen geistig übernehmen und beherrschen zu können. Es ist eine Fähigkeit, mit der sie imstande sind, die Führung jedes beliebigen fremden Volkes zu infiltrieren und im Handumdrehen die wahre Macht hinter den Kulissen zu werden. Das ist ihre Methode, die sie im Lauf von Jahrzehntausenden zu einer wahren Kunstform entwickelt haben.«

Ellert drehte sich nach rechts und links, wie um sich zu vergewissern, dass die gruseligen Gespenster, die er offenbar heraufbeschworen hatte, auch alle gekommen waren. »Diese *Individualverformer* werden um das Jahr 1971 auf die Erde aufmerksam werden. Sie werden in aller Heimlichkeit landen, werden ihre Basen errichten und von dort aus ihr übliches Spiel beginnen, nämlich, die führenden Persönlichkeiten der Erde geistig zu übernehmen und in ihrem Sinne zu lenken. Sie werden es ganz langsam tun, ganz unauffällig … sie sind geduldig, sehr geduldig. Sie kennen keine Eile in unserem Sinne, keine Hast, nichts dergleichen. Es wird uns Menschen unmöglich sein zu erkennen, was vor sich geht; alles, was wir merken werden, ist, dass irgendetwas schiefgeht, ohne dass wir wirklich wüssten, was. Und auch diese Phase wird vorübergehen, denn unsere heimlichen Herrscher werden bald veranlassen, dass auch die restliche Bevölkerung tut, was sie wollen. Jeder einzelne Mensch, den sie nicht direkt übernehmen können, wird mit einem Gerät ausgestattet sein, das seine Aufmerksamkeit bindet, sein Denken kontrolliert, das dafür sorgt, dass er das denkt, was er denken soll, indem er nur die Informationen bekommt, die zu den Plänen der IVs passen.«

Rhodan musterte den Mann in dem schlechtsitzenden Anzug konsterniert. »Und wozu das Ganze? Was wollen diese … diese IVs?«

»Sie wollen immer dasselbe: einen Planeten und seine Bewohner ausbeuten, bis nichts mehr da ist, das sie verwerten könnten«, erklärte Ellert ernst. »Wann immer sie weiterziehen, bleibt nur ein toter, verbrannter Planet zurück.«

Rhodan dachte an Vietnam, den Krieg, die Randale in den Straßen von Paris, und fragte: »Kann es sein, dass diese IVs schon da sind? Dass all die Unruhen und Kriege daher rühren?«

»O nein«, winkte Ellert ab. »So wird das nicht sein. Das, was Sie in den letzten Tagen erlebt haben, ist, wenn man es aller Ideologie entkleidet, ein Aufbäumen gesunder Lebenskraft. Die Erde gerät allmählich an ihre Grenzen, es ist Zeit für die Menschheit, den Schritt ins All zu tun. Die Jungen haben an die Tore zu den Sternen getrommelt, auch wenn es mit Steinen und Flaschen geschah. Sie spüren, dass es Zeit ist aufzubrechen, sie wissen nur nicht, wohin. Sie wollen hinaus, wollen sich entfalten, aus eigener Kraft Neues schaffen – doch wo kann man das noch auf diesem Planeten?«

Er wies auf die schweigend starrenden Gestalten, die sie umgaben. »Wenn dagegen diese Herrscher erst eine Weile geherrscht haben, wird eine Menschheit entstanden sein, die Sie kaum noch wiedererkennen würden. Die Herrschaft der IVs ist wie ein bleiernes Leichentuch, das sich auf alle Herzen und Hirne legt. Die Menschen werden ruhig und gefügig geworden sein, und sie werden ihre frühere Energie nicht einmal vermissen, sondern sich im Gegenteil dazu gratulieren, endlich ihre Aggressionen überwunden zu haben. In Wahrheit werden sie nur arbeiten, arbeiten, arbeiten, ohne etwas davon zu haben, und ein Leben der stillen Verzweiflung führen, ohne jede Hoffnung auf eine bessere Zukunft – und genau damit ihre heimlichen Herrscher nähren, die nämlich auf eine grausame Art von einer psychischen Energie leben, die aus dem Leiden und Unglück anderer Wesen entsteht.«

Ein Moment der Stille trat ein, einer schweren, lastenden Stille.

Dann fügte Ellert hinzu: »Und Sie sind der Einzige, der das verhindern kann. Deshalb bin ich hier.«

»Ich?«

»Sie.«

»Und wie soll ich das anstellen?«

»Sie werden es wissen, wenn es so weit ist«, sagte Ellert und hob die Arme. Die Abbilder der IVs verschwanden wieder. »Wichtig ist im Moment nur, dass Sie einstweilen bei der US Air Force bleiben. Noch einmal: Quittieren Sie Ihren Dienst nicht, ehe nicht der erste Mensch auf dem Mond gelandet ist!«

»Und wenn ich das nicht sein werde, dieser erste Mensch auf dem Mond?«

»Es zeichnen sich zahlreiche Wege ab, wie Sie es werden können. Auf irgendeinem davon wird es geschehen. Vorausgesetzt, Sie bleiben verfügbar.«

Rhodan dachte nach. Das war alles so verrückt! Und trotzdem fühlte es sich so wirklich an.

»Wieso ich?«, fragte er.

»Das«, sagte Ellert sanft, »kann ich Ihnen nicht sagen. Es ist eben so.«

»Also gibt es doch so etwas wie Bestimmung?«

»Natürlich. Jedes Talent ist zugleich eine Bestimmung. Aber es bestimmt nur, was man werden *kann*, man wird es nicht zwangsläufig. Die Welt ist voller Menschen, die nichts aus ihren Talenten machen.«

»Und was ist mein Talent?«

»Die Probleme der Menschheit zu lösen.«

»Ich? Ich hab schon genug damit zu tun, meine eigenen Probleme zu lösen!«

»Wie jeder Mensch. Der Balken im eigenen Auge ist der, den man am schwersten sieht.«

»Was war mit Chicago? Wieso waren Sie damals da? Ich hab von Ihnen geträumt, und dann waren Sie in der Schule …«

»Natürlich war ich da nicht wirklich. Aber ja, damals war eine erste Kontaktaufnahme möglich.« Ellert trat einen Schritt zurück, an den Rand des beleuchteten Bereichs. »Sie waren noch ein Kind, und Sie hatten sich vor Ihrer dominanten Großmutter in sich selbst zurückgezogen. Das ist eine Art, Geist und Körper zu trennen, die bei Kindern häufig vorkommt, wenn sie sich in einer Umgebung massiv unwohl fühlen.«

Rhodan nickte. Das war gut beobachtet. Er hatte die Zeit im Haus seiner Großeltern als dunkel und bedrückend in Erinnerung, obwohl er wusste, dass die Villa eigentlich hell und lichtdurchflutet gebaut war.

»In der Schule haben Sie verhindert, dass ich die Schüler melde, die angefangen hatten, mich mit ›Sieg heil!‹-Rufen und dergleichen zu triezen, weil mein Vater aus Deutschland stammt.«

»Einer der Jungs von damals war der Sohn eines Mannes, der später Senator wurde und General Pounders Projekt unterstützt hat. Wäre sein Sohn von der Schule verwiesen worden, hätte ihn das so viel Ansehen in der Gemeinde gekostet, dass er nicht Senator geworden wäre. Das Projekt *Starfire* wäre nicht zustande gekommen, und Sie wären nicht der geworden, der Sie heute sind.«

»Also noch mehr Einflussnahme.«

»Nur da, wo es nötig war.«

»Es war eine schreckliche Zeit.«

Ellert trat noch einen Schritt rückwärts, verschmolz mit dem Dunkel. »Es gibt kein Leben ohne schreckliche Zeiten.«

Dann war er verschwunden, und die vollkommene Dunkelheit kehrte zurück.

Perry Rhodan erwachte im warmen Licht des Morgens. Er lag in einem zerwühlten Bett voller Kissen und Decken und war nackt, und neben ihm lag Veronique und schlief mit halboffenem Mund, ebenfalls nackt bis auf ihr Höschen.

Er stemmte sich mühsam hoch. Sein Kopf fühlte sich an wie mit Polsterwatte ausgestopft, und dies so fest, dass sich die Gedanken darin nicht mehr rühren konnten. Sein Mund war schrecklich trocken, und er erinnerte sich an nichts. Was bedauerlich war, falls eine heiße Liebesnacht hinter ihnen lag … aber er hatte nicht den Eindruck, dass es dazu noch gekommen war. Das Letzte, woran er sich erinnerte, war der Drink, den Veronique ihm gegeben hatte. Der Drink, der ihn aus den Schuhen gehauen hatte.

Der Drink, mit dem sie ihm irgendeine Droge verabreicht hatte, obwohl sie genau gewusst hatte, dass er von Drogen nichts wissen wollte.

Er kroch so behutsam wie möglich aus dem Bett, ohne sie zu wecken, und sammelte seine Kleidung auf. Wann hatte er das alles eigentlich ausgezogen? Er erinnerte sich nicht. Oder hatte sie …? Egal. Er schlüpfte in die Hose, trank eine Handvoll Wasser aus dem Wasserhahn in der Küche und noch eine, zog sich vollends an. Dann betrachtete er Veronique eine Weile. Sie erschien ihm auf einmal ganz verwandelt, hatte nichts mehr von jenem verheißungsvollen Glanz an sich, der die letzten Tage wie Feenzauber um sie herum gewesen war.

Weil sie sein Vertrauen missbraucht hatte, erkannte er. Weil er sich keine gemeinsame Zukunft mehr mit ihr vorstellen konnte.

Er fand einen Zettel und etwas zu schreiben und schrieb: *Danke für drei aufregende Tage. Aber für Drogen bin ich definitiv nicht zu haben. Leb wohl – Perry.*

Diesen Zettel stellte er gegen den Spiegel auf ihrem Schminktisch, dann ging er. Zog die Tür leise von außen zu, ging die Treppe hinab und verließ das Haus. Er fand ein Taxi, ließ sich zu seinem Hotel bringen, packte, checkte aus und fuhr wieder hinaus zum Flughafen. Auf einmal konnte es ihm gar nicht schnell genug gehen, Paris hinter sich zu lassen.

Als er am Ticketschalter ankam, um seine Weiterreise in die USA zu regeln, fiel sein Blick auf eine Preistafel, die Flüge nach London anbot. Ob er Leroy einen Besuch abstatten sollte? Er verließ die Warteschlange, suchte eine Telefonzelle und rief die letzte Nummer an, die er von Leroy hatte. Von Thailand aus hatte er es ein paarmal versucht, war aber nicht durchgekommen. Diesmal klappte es, aber es meldete sich eine helle Frauenstimme mit: »Hello? Washington speaking?«

»Guten Tag«, sagte er, in der Annahme, mit einer von Leroys Töchtern zu sprechen, weil ja Samstag war und sie bei ihm sein mochten. »Hier ist Perry Rhodan. Kann ich vielleicht Deinen Vater sprechen?«

»Meinen *Vater?*«, fragte die Stimme verwundert zurück.

»Ja. Leroy Washington. Ich bin ein alter Freund von ihm.«

Ein pikiertes Räuspern, dann sagte die Frauenstimme mit unüberhörbarem indischem Akzent: »Tut mir leid. Mein *Gatte* befindet sich derzeit in den USA.«

»Oh«, machte Rhodan. Mit anderen Worten, Leroy hatte sich endlich scheiden lassen und wieder geheiratet, und er hatte *nichts* davon mitgekriegt? »Entschuldigen Sie bitte. Besucht er seine Eltern in Manchester?«

»Ja.«

»Dann sehe ich ihn wahrscheinlich da. Auf Wiederhören.« Er legte auf. Wie peinlich! Aber sie hatte auch wirklich schrecklich jung geklungen, die neue Mrs Washington.

Also kein Trip nach London. Auch gut, wer mochte wissen, was dort an Randalen anstand. Rhodan ging zurück zum Schalter, wurde für einen Flug um vier Uhr nachmittags gebucht und suchte sich anschließend ein Café, in dem er die Zeit bis dahin einigermaßen angenehm überstehen würde. Regelmäßiger Kaffeenachschub würde helfen; er fühlte sich nach dieser Nacht wie erschlagen.

Er kaufte eine amerikanische Zeitung und merkte beim Durchlesen, wie er sich darauf freute, zurück in ein Flugzeugcockpit zu kommen. Was machte es schon, zur Abwechslung mal so einen richtig großen, behäbigen Brummer zu fliegen? Hatte sicher auch seine Reize.

Seine düsteren Gedanken auf dem Herflug fielen ihm wieder ein und kamen ihm auf einmal ganz fremd vor. Die Air Force verlassen, einfach so? Was für eine Schnapsidee. Später, ja. Inzwischen konnte er sich sogar vorstellen, hinterher eine politische Karriere anzustreben. Man konnte die Freiheit schließlich auch mit anderen Mitteln verteidigen als mit einem Gewehr in der Hand oder mit einem Kampfjet unter sich – wahrscheinlich sogar besser …

Perry Rhodan verpasste Leroy um wenige Stunden: Als er in Manchester ankam und dessen Elternhaus einen spontanen Besuch abstattete, erfuhr er, dass Leroy kurz zuvor abgereist und schon wieder unterwegs nach New York zum Flughafen war. Aber die Washingtons zeigten ihm ein Foto ihrer neuen Schwiegertochter, einer sehr hübschen – und natürlich sehr schwarzen – Inderin namens Lakshmi, die Indien allerdings noch nie gesehen hatte; sie war in London geboren und britische Staatsbürgerin.

»Na, nun ist es halt eine Inderin«, meinte seine Mutter seufzend. »Als ob es in England keine Negerinnen gäbe! Aber wenn er mit ihr glücklich wird, soll's mir recht sein …«

Perry Rhodan verbrachte noch ein paar ruhige Tage in seinem

Elternhaus, stellte fest, dass seine Eltern allmählich alt wurden, und brach schließlich, als es Zeit wurde, zu seinem neuen Stützpunkt in South Carolina auf.

Bleibt die Frage zu klären, woher der Autor dieser Zeilen von der Unterredung zwischen Ernst Ellert und Perry Rhodan weiß, wenn doch Rhodan selbst jede Erinnerung daran verloren hat?

Das wäre eine lange Geschichte für sich, deswegen an dieser Stelle nur so viel: Seit jener Nacht in Paris ist sehr, sehr viel Zeit vergangen. Der Teletemporarier Ernst Ellert, der, wie allgemein bekannt sein dürfte, relativ früh seinen Körper endgültig zurückgelassen hat, um als reiner Geist das Universum zu durchstreifen, ist seither immer wieder auf verschiedenste Weise in Erscheinung getreten, und einmal – viele Jahrhunderte später – hat es sich ergeben, dass es zu einem längeren Austausch zwischen ihm und mir kam. Dabei hat mir Ellert seine Einflussnahmen in Rhodans Jugend gebeichtet, und ich vermute, dass er es tat, weil er schon sah, dass ich später einmal diese Abhandlung hier verfassen würde, und er seine Rolle in den Ereignissen jener Zeit angemessen gewürdigt sehen wollte. Es sei also ausdrücklich vermerkt, dass es sich um eine nicht bestätigte Aussage einer einzelnen Person handelt; Rhodan selbst erinnert sich, wenn man ihn zu Paris 1968 befragt, in erster Linie an die Schlägerei mit dem stellvertretenden Polizeichef und an ein hübsches Mädchen namens Veronique, in das er ein paar Tage lang ein bisschen verliebt war.

15

In Charleston empfing man Perry Rhodan freundlich, fast, als fühle man sich geehrt, dass er kam. Man teilte ihn einem Piloten namens Scott Morse zu, einem gemütlichen Kerl mit einem Walrossbart, der einen beachtlichen Bauch vor sich hertrug und für sein Leben gern Countrysongs von Hank Williams hörte. Der erklärte ihm die Instrumente im Cockpit einer C-141, was ungefähr eine halbe Stunde dauerte, und meinte dann, den Rest werde er sich in der Praxis schon draufschaffen, »learning by doing«. Als Perry Rhodan fragte, ob es keine Simulatortrainings gäbe, sah Scott ihn nur an, als höre er das Wort zum ersten Mal, und meinte dann: »Hey, wir werden *ganz bestimmt nicht* versuchen, einem Jetpiloten zu erklären, wie man mit einem Flugzeug umgeht!«

Mit zur Clique gehörten ein Bordtechniker namens Lance Kendrick, ein drahtiger Typ mit schwarzen Haaren und einem bis zum Hals tätowierten Oberkörper, der eine wilde Jugend als Mitglied einer Gang in der Bronx hinter sich hatte (und der Hank Williams nicht ausstehen konnte, sondern stattdessen auf die Beatles stand, ein steter Anlass zu Streit mit Scott), und der bisherige Copilot, Frank Tolini, der Glubschaugen hatte und wilde Locken und immer versuchte, Witze zu machen, nur zündeten die meistens nicht.

Nach einer Weile bekam Rhodan mit, dass auf der Charleston Air Force Base allerlei Gerüchte über ihn kursierten: dass er Vietnam-Veteran sei, dass er in vietnamesischer Gefangenschaft gewesen sei …

»Ich *war* nicht in Gefangenschaft«, erklärte er.

Nachsichtiges Kopfschütteln war die Antwort. »Es ist keine Schande, in Gefangenschaft zu geraten«, meinte Scott. »Du kannst ruhig dazu stehen.«

»Sonst hätten sie ja einen wie dich nicht zu uns geschickt«, fügte Lance hinzu. »So was fädeln die Psychofritzen gerne ein, weißt du? Die denken, wenn einer bei uns mitfliegt, ist das Erholung.«

»Genieß es«, riet Frank. »Bisher waren die meisten nach spätestens einem Jahr wieder weg.«

Das war immerhin ein Lichtblick, sagte sich Rhodan ergeben.

Mit der C-141 zurechtzukommen war tatsächlich kein Problem. Beim dritten Flug, den sie gemeinsam machten, überließ ihm Scott den Start, und es hatte, fand Rhodan, seinen ganz eigenen Reiz, einen solchen Koloss in die Luft zu hieven: als fliege man einen Öltanker.

Viel schwieriger war dagegen der Umgang mit dem Papierkram. Im Leben eines Transportfliegers drehte sich alles um Ladelisten und Flugaufträge, und von denen gab es zahllose Varianten und von jeder Variante wiederum eine Unzahl verschiedenfarbiger Durchschläge, von denen jeder am Ende jeweils in einer genau definierten Mappe, einem Umschlag oder Ablagekorb und dergleichen landen musste – und das bekam Perry Rhodan irgendwie nie richtig hin.

»Dir fehlt die Liebe zum Detail«, urteilte Scott fachmännisch. »Aber das ist nun mal wichtig. Stell dir vor, du transportierst ein Haus irgendwohin, vergisst aber den Schlüssel – was dann?«

»Dann schlägt man eine Scheibe ein, setzt ein neues Türschloss ein und repariert die Scheibe wieder«, schlug Rhodan pragmatisch vor.

Scott seufzte. »Du weißt schon, wie ich's meine.«

Kurze Zeit nach Rhodans Dienstantritt wurde es ein wenig aufregend, denn Ende Mai war ein Atom-U-Boot der US Navy verschollen, die *USS Scorpion*, und als die Suche danach begann, bekam Scotts Team den Auftrag, diverse Gerätschaften und Fachleute zu den Azoren zu transportieren, von wo aus sich das Schiff zum letzten Mal gemeldet hatte. Natürlich erzählte ihnen niemand irgendwas, aber Scott und die anderen fanden es spannend, dabei zu sein. Es gab Gerüchte, die Sowjets hätten es versenkt, wobei die einen meinten, der Grund sei, dass die *USS Scorpion* irgendwelche sowjetischen Experimente in der Tiefsee beobachtet hätte, die anderen meinten, es sei Rache gewesen, weil die Sowjets im März ihrerseits ein Atom-U-Boot im Pazifik verloren hätten, die K-129, die womöglich von einem amerikanischen Torpedo versenkt worden sei.

»Ist ein schlechtes Jahr für U-Boote«, meinte Frank. »Im Januar haben die Franzosen auch eins verloren und die Israelis auch.«

»Das ist der Vorteil von Flugzeugen«, philosophierte Scott. »Die bleiben nicht oben, wenn was schiefgeht. Bei Schiffen dagegen … und erst recht bei U-Booten … So tief, wie der Ozean da draußen ist, holt die keiner mehr hoch. Da wird dein Schiff zum Mausoleum.«

Ein paar Flüge später waren sie wieder außen vor, obwohl man die *USS Scorpion* noch nicht gefunden hatte (das sollte erst Ende Oktober gelingen), und dann begann die Routine des Alltags, die Rhodan rasch langweilig wurde. Er versuchte, sich nicht anmerken zu lassen, dass er sich völlig unterfordert fühlte, aber er freute sich, wenn ein Flug sie einmal durch ein Sturmgebiet führte und sie ein bisschen durchgeschüttelt wurden, etwas, das seine Kameraden in heftigen Stress versetzte, aufgeregt und angespannt werden ließ, während er dabei richtiggehend auflebte.

»Perry, du hast echt die Ruhe weg«, meinte Scott anerkennend, als sie nach einem Landeanflug in einem Stürmchen auf ihre Parkposition zurollten.

»Der Mann ist Kampfpilot, Scotty«, warf Lance ein. »Der ist ganz andere Kaliber gewöhnt, was, Perry?«

Rhodan zuckte nur mit den Schultern.

»Stimmt das?«, wollte Frank wissen. »Hast du echt gegen MiGs gekämpft?«

»Ja«, sagte Rhodan.

»Und? Wie viele hast du abgeschossen?«

»Hab's nicht gezählt.«

»Ach, komm! Das kennt man doch, dass Kampfpiloten sich 'ne Strichliste aufs Flugzeug malen!«

Rhodan schüttelte den Kopf. »Erstens hab ich nicht immer dasselbe Flugzeug geflogen, und zweitens bin ich nicht stolz darauf.«

Sie musterten ihn zweifelnd. »Aber einen Gegner abschießen«, meinte Scott, »das ist doch 'ne Leistung? Eine Art Sieg?«

»In meinen Augen gibt's nur eine Art Sieg«, sagte Rhodan. »Nämlich die, dass der Gegner es gar nicht erst wagt, einen Krieg anzufangen.«

Das brachte sie dazu, sinnierend zu nicken, alle drei. »Da ist was dran«, urteilte Scott.

Sein Dienst war auf der einen Seite größtenteils langweilige Routine, auf der anderen Seite erlebte Perry Rhodan dadurch zum ersten Mal, wie es war, ein geruhsames, gemütliches Dasein zu führen. Er lernte eine Menge Spiele, die man mit Spielkarten, Papier und Bleistift oder Würfeln spielen konnte, und er lernte eine Menge guter Kneipen in der Nähe von Militärstützpunkten kennen. Sie verbrachten lange Abende beim Rippchenessen, mit Bier und Rock-'n'-Roll-Musik, manchmal sogar von Livebands gespielt, und es hatte etwas, in so einer Runde beisammenzusitzen und über Gott und die Welt zu diskutieren oder darüber, ob ein Fluch auf der Familie Kennedy lastete, wonach es in diesem Sommer nämlich aussah, nachdem nun auch der Bruder des

Präsidenten, Robert F. Kennedy, einem Mordanschlag zum Opfer gefallen war.

Ein weiterer Vorteil des Dienstes im Transportdienst der Air Force war, dass man viel herumkam und dass man oft auch angenehm viel Zeit vor Ort hatte, weil es nun mal lange dauerte, bis so eine riesige Maschine entladen und wieder beladen war, ganz abgesehen davon, dass es dabei auch oft zu Verzögerungen kam. Es war auch kein Problem, sich von anderen Crews irgendwohin mitnehmen zu lassen und etwa an einem freien Wochenende in den Appalachen zelten zu gehen oder sich in Kalifornien an den Strand zu legen.

Rhodan nutzte das, um mal wieder nach Florida zu fliegen und seinen Onkel Kenneth Malone zu besuchen, der immer noch dort stationiert war. Er wohnte auch noch in demselben Haus wie seinerzeit, nur Belinda war ihm abhandengekommen; sie hatte geheiratet und lebte mit Mann und Kind in Miami. Nun war es eine Exilkubanerin namens Juanita, die ihm den Haushalt führte, eine gründliche, aber sehr schweigsame Person.

Das Cape, das ja nun Cape Kennedy hieß, war nicht wiederzuerkennen. Wo sich damals hauptsächlich Sand und karges Gestrüpp über Meilen und Meilen erstreckt hatten, betrat man nun eine gigantische Anlage mit zahllosen mächtigen Startbasen, untereinander verbunden durch Straßen und Rohrleitungen. Onkel Ken fuhr mit ihm zu einem unfassbar großen Gebäude, dem *Vertical Assembly Building*, das groß genug war, um die riesigen Saturn-Raketen darin zusammenzusetzen und sie anschließend auf einer *Mobile Launcher Platform* zum Startplatz zu befördern.

»Der Bau ist so groß, dass sich anfangs Wolken unterm Dach gebildet haben«, erzählte Onkel Ken ihm, als sie davorstanden. »Kein Witz – es hat da drinnen geregnet! Was natürlich nicht Sinn der Sache war, deswegen hat man noch ein paar hundert Ventilatoren eingebaut und eine Klimaanlage, die zehntausend Tonnen wiegt.«

»Gigantisch«, meinte Rhodan, den Kopf in den Nacken gelegt. Das Bauwerk kam ihm vor wie eine Kathedrale, die Kathedrale des Raumfahrtzeitalters.

»Du musst mal kommen, wenn ein Raketenstart ansteht«, sagte sein

Onkel. »Wenn eine von den Saturn-Raketen startet – das ist echt ein Erlebnis.«

»Ja.« Rhodan nickte melancholisch. »Das muss ich mal machen.« *Und sei es nur, um endgültig Abschied zu nehmen vom größten Traum meiner Kindheit*, dachte er.

Der wilde, kochende, blutige Sommer des Jahres 1968 ging weiter, mit Kriegen, Attentaten und Aufständen von Washington bis Paris, von Prag bis nach Südostasien. Perry Rhodan schrieb Leroy einen Brief, dass er von seiner Heirat erfahren habe, bekam aber nur eine – verspätete – Glückwunschkarte zum Geburtstag zurück mit der hastig gekritzelten Zeile: *Ausführlicher Brief folgt!*, doch der versprochene Brief kam dann nie.

Irgendwann im August wollte Rhodan endlich den Film »2001: A Space Odyssey« sehen, von dem alle Welt redete. Stanley Kubrick habe einen bahnbrechenden Science-Fiction-Film gedreht, hieß es, und die Filmtricks seien unglaublich. Und weil sie an dem Abend nichts anderes zu tun wussten, kamen die anderen mit.

Als sie wieder herauskamen, stöhnten sie im Chor.

»Mann, war der *langweilig*!«, ächzte Lance.

»Habt ihr das Ende kapiert?«, wollte Frank wissen. »Also – ich nicht.«

»Perry, das verzeih ich dir so schnell nicht, dass du uns da reingeschleppt hast«, meinte Scott, großzügig ignorierend, dass sie alle aus eigenem Entschluss mitgegangen waren.

Perry Rhodan dagegen hatte der Film förmlich erschüttert. Zwar war er sich auch nicht sicher, was das Ende bedeuten mochte, aber die Filmeffekte! Die waren unfassbar realistisch gewesen, so wirklich wie seine Erinnerungen an die Flüge mit dem *Starglider*. Ihm war, als sei in den zwei Stunden, die der Film gedauert hatte, eine kaum verheilte Wunde wieder aufgerissen worden.

Und als er am nächsten Morgen entsetzt feststellte, dass er *zugenommen* hatte – nicht viel, aber seine Hosen waren ja wohl kaum alle gleichmäßig eingegangen –, beschloss er, dass etwas geschehen musste.

Er nutzte das nächste freie Wochenende, um nach Houston zu fliegen und Jim Lovell zu besuchen. Das heißt, zunächst hatte er nur angerufen, um zu fragen, ob es Jim überhaupt recht war, aber der hatte begeistert zugesagt und gemeint, ja, ja, er solle so schnell wie möglich kommen, es gäbe *eine Menge* zu erzählen!

Als Rhodan an dem verabredeten Samstag vor dem Haus der Lovells ankam, in der glühenden, drückenden Hitze von Houston im Sommer, stand ein Auto vor der Garage, dessen Windschutzscheibe in Tausende von Splittern zerbrochen war, die, da es sich um Verbund-Sicherheitsglas handelte, nur noch von der inneren Klebeschicht zusammengehalten wurden.

»Was ist denn da passiert?«, fragte er Marilyn, die ihn durch das Küchenfenster gesehen hatte und herauskam, um ihn zu begrüßen.

Sie winkte entnervt ab. »Das ist schon das dritte Mal, seit wir hier wohnen, stell dir vor. Ich glaube, Jim zieht irgendwie herumfliegende Steine an.« Sie sah auf die Armbanduhr. »Er muss eigentlich jeden Moment kommen. Er hatte noch 'ne Besprechung; du weißt ja, wie das ist.«

Und tatsächlich kam er in dem Moment gerade angeradelt, sein typisches strahlendes Lächeln im Gesicht und unverkennbar in körperlicher Bestform. »Hi, Perry!«, rief er und sprang ab. »Wie geht's?«

»Bestens, danke«, sagte Perry Rhodan, nicht weil es so war, sondern weil man das eben so sagte. Er wies auf das Auto. »Ich habe gerade dein originelles Autodesign bewundert.«

Jim lachte, stellte sein Fahrrad neben der Haustüre ab. »Ja, ich sollte ein Abonnement auf Windschutzscheiben abschließen. Man glaubt nicht, wie viele Steine auf texanischen Straßen herumfliegen.«

Seine Frau verdrehte die Augen und meinte ungeduldig: »Jetzt kommt schon rein. Der Kaffee wird kalt.«

Beim Kaffee erzählte Jim dann. Er war im Juli in die Crew von Apollo 9 nachgerückt, weil Michael Collins, der ursprünglich für die dritte bemannte Apollo-Mission vorgesehen gewesen war, sich wegen eines Bandscheibenvorfalls operieren lassen musste und eine Weile ausfiel.

»Und dann«, fügte Jim in dramatischem Ton hinzu, »ist Folgendes passiert. Noch ganz frisch, keine zwei Wochen her. Wir sind gerade in

Downey, Kalifornien … Du weißt, dass dort North American Aviation sitzt, die die Apollo-Kapseln bauen?«

»Ist mir ein Begriff«, sagte Perry Rhodan.

»Gut. Also, wie gesagt, wir sind dort, hocken in der Kapsel, die wir irgendwann nächstes Frühjahr fliegen sollen, und spielen eine Mission durch. Noch nicht ganz streng, eher, um uns mit der Maschine vertraut zu machen. Du weißt schon – hören, wie sie klingt, was für Geräusche sie macht, welcher Knopf schwer geht und welcher leicht, solche Sachen.«

Rhodan nickte. »Wie man's bei 'nem Jet auch macht. Jede Maschine ist ein bisschen anders.«

»Genau. Jedenfalls, wir sind gerade mittendrin, da reißt ein Techniker die Luke auf und sagt: Mister Borman, dringender Telefonanruf für Sie. Frank Borman ist der Kommandant der Mission, musst du wissen.«

Rhodan nickte nur. Das hatte er irgendwo gelesen. Er verfolgte aus alter Gewohnheit immer noch, was die NASA machte.

»Normalerweise lassen wir uns nicht mitten aus einer Simulation rausreißen«, fuhr Jim fort, »aber es war Deke Slayton, der angerufen hat. Und Deke lässt du nicht warten, wenn er's eilig und wichtig hat.«

»Verstehe«, sagte Rhodan. Deke Slayton war immer noch der Leiter des Astronautenbüros, der Mann also, der die Crews zusammenstellte. Und der die Crews jederzeit umbesetzen konnte, wenn jemand Probleme machte.

»Frank kriecht also raus aus der Kapsel und geht ans Telefon, um zu hören, was Deke will. Aber der sagt nur: Ich muss dich sprechen. Hier in Houston. Sofort.«

»Oha.«

»Ungefähr so haben wir auch reagiert, als er zurück zur Kapsel gekommen ist und uns gesagt hat, was los ist. Aber wenn Deke ruft, dann springst du, also rennt Frank los, hüpft in den nächstbesten Jet und fliegt nach Houston.« Jim lehnte sich gegen die Lehne und grinste. Offenbar kam jetzt gleich das Beste. »In Houston wartet nicht nur Deke Slayton auf ihn, sondern auch noch Chris Kraft. Gespräch unter sechs Augen. Türen zu.«

Rhodan hob die Brauen. Der Name Chris Kraft sagte ihm etwas: Das war der Direktor *Flight Operations*, mit anderen Worten, nicht nur der Chef von Deke Slayton, sondern der Chef von nahezu jedermann bei der NASA.

»Die beiden sagen zu ihm«, fuhr Jim fort, »Frank, wir wollen euren Flug ändern. Okay, sagt Frank. Darauf die beiden: Wir schieben euch von Apollo 9 auf Apollo 8. Und wir wollen, dass ihr zum Mond fliegt.«

»Zum *Mond*?«, wiederholte Rhodan.

Jim nickte und strahlte dabei wie das sprichwörtliche Honigkuchenpferd. »Ja. Perry, wir werden die ersten Menschen sein, die zum Mond fliegen.« Er hob seine großen Hände. »Wir werden ihn zwar nur umkreisen, aber immerhin.«

»Das ist ja großartig!«, entfuhr es Rhodan. Seltsam – er hatte immer gedacht, er würde platzen vor Neid, wenn er erfuhr, wer zum Mond aufbrach. Aber in diesem Moment freute er sich nur für Jim Lovell.

Jim grinste. »Der Grund ist, dass das Mondlandemodul noch nicht fertig ist. Dabei arbeiten die bei Grumman schon seit fünf Jahren dran! Aber jedenfalls, das LEM ist noch nicht einsatzbereit, und ohne das hätte Apollo 8 nichts zu tun gehabt, weil alle anderen wesentlichen Funktionen von Apollo 7 getestet werden sollen. Also – fliegen wir eben mal kurz zum Mond!«

Nun spürte Rhodan unter all der Begeisterung doch eine leise nagende Sorge. Und da Marilyn gerade in die Küche hinausgegangen war, beugte er sich vor und sagte: »Aber Jim – findest du das nicht ein bisschen arg … *hastig*?«

Sie wussten beide, was er damit meinte. Apollo 1 war mit drei Astronauten an Bord auf der Startplattform verbrannt; nach langer Pause, die man für Untersuchungen und Änderungen an der Konstruktion genutzt hatte, hatte es bislang nur unbemannte Testflüge gegeben. Apollo 7 würde der erste bemannte Flug mit dem neuen Raumschiffstyp sein – und mit dem zweiten Flug wollten sie dann gleich *zum Mond*?

Ein Schatten fiel über Jims Gesicht. »Ja, es hängt natürlich erst mal an Apollo 7. Da muss alles einigermaßen klappen. Deswegen ist das

Vorhaben auch noch streng geheim.« Er sah Rhodan eindringlich an. »Von mir weißt du das also nicht, verstanden?«

»Keine Ahnung, wovon du redest«, gab Rhodan prompt zurück.

»Offiziell wollen sie es erst nach der Apollo-7-Mission bekanntgeben«, erklärte Jim. »Aber natürlich haben wir jetzt schon einen unglaublich straffen Trainingsplan. Wenn alles klappt, starten wir nämlich am 21. Dezember.«

»Zu Weihnachten?«

»Nicht deswegen. Aber da ist eben eine besonders günstige Erde-Mond-Konstellation, sagen die Flugbahnberechner.« Jim wiegte den Kopf. »Und es soll unbedingt noch in diesem Jahr sein. Sie haben wohl Informationen, dass die Sowjets irgendwas planen, und wollen nicht, dass die uns noch mal zuvorkommen. Nicht bei dieser Sache.«

Seine Frau kam zurück, und Rhodan schluckte seine Bedenken herunter. Ohnehin gab es bestimmt nichts, was er einwenden konnte, an das Jim und die Leute von der NASA nicht schon selbst gedacht hätten. Und Jim hatte ihn nicht eingeweiht, um sich nur Bedenken anzuhören. Also sagte er: »Zum Mond. Mann! Ich drück euch jedenfalls alle Daumen, die ich habe.«

»Wir können jede Unterstützung brauchen.«

»Wer fliegt noch mit? Frank Borman, du und – ?«

»Bill Anders«, sagte Jim. »Hast du damals, glaube ich, nicht kennengelernt. Hat ungefähr dein Alter, auch ein Air-Force-Mann. Umgänglicher Typ. Spezialisiert auf Strahlungsprobleme. Die werden wir unterwegs ja wahrscheinlich haben.«

Diese Worte sollten Rhodan noch lange nachgehen: *Ungefähr dein Alter, auch ein Air-Force-Mann.* Und warum war dann dieser Bill Anders Astronaut und er nicht?

Aber er schluckte auch das runter. Sie unterhielten sich noch eine Weile, spekulierten, wann die erste Mondlandung stattfinden und wer den Job bekommen würde, und dann musste Jim schon wieder zu einem Training. Rhodan wünschte ihm noch mal alles Gute, verabschiedete sich und machte sich auf den Rückweg.

Von da an trainierte Rhodan wieder regelmäßig. Er rannte jeden Morgen ein paar Meilen, wie damals in West Point, und ging mindestens dreimal die Woche in die Turnhalle, um Gymnastik zu machen und Gewichte zu stemmen. Ein paar Wochen später passten ihm alle Hosen wieder.

Außerdem las er wieder jeden Tag Zeitung. Im Jahr 1968 war das eine aufregende Lektüre. In der größten militärischen Aktion in Europa seit dem Ende des Zweiten Weltkriegs besetzten sowjetische Truppen die Tschechoslowakei, um den dortigen Freiheitsbestrebungen ein Ende zu setzen. Frankreich testete seine erste eigene Wasserstoffbombe. Im September endete in Südvietnam die Tet-Offensive. Es war, als stünde der Planet kurz vor dem Siedepunkt.

Im Oktober startete Apollo 7. Die drei Astronauten Walter Schirra, Donn Eisele und Walter Cunningham blieben fast zwei Wochen im All und veranstalteten unter anderem zum ersten Mal eine Live-Fernsehübertragung aus der Erdumlaufbahn.

Perry Rhodan hatte eigentlich beim Start in Florida sein wollen, aber dann hatten sie dringendes Material nach Alaska fliegen müssen, und es war nichts daraus geworden. Er nahm es sich für Apollo 8 fest vor. Das war, sagte er sich, auch der passendere Anlass: dabei zu sein, wenn ein Freund zu einer historischen Mission ins All aufbrach.

Noch während Apollo 7 unterwegs war, wurde bekannt, dass Jacqueline Kennedy, die Witwe des ermordeten Präsidenten, einen griechischen Reeder und Milliardär geheiratet hatte, einen Mann namens Aristoteles Onassis, der dick und hässlich war, aber eben steinreich. Die amerikanische Öffentlichkeit reagierte mit Empörung. Ein Kommentator nannte die Heirat »die übelste Beleidigung amerikanischer Männer seit Pearl Harbor«.

Im November waren Präsidentschaftswahlen. Lyndon Johnson hatte seine Kandidatur zurückgezogen, und Richard Nixon gewann. Er war Rhodan immer noch nicht sonderlich sympathisch, allerdings hatte er sich auch für den demokratischen Kandidaten Hubert Humphrey nicht erwärmen können.

Kurz darauf verkündete die NASA offiziell, dass Apollo 8 am 21. Dezember 1968 starten und zum Mond fliegen würde, um ihn über die Weihnachtstage zu umkreisen.

Diesmal arrangierte Rhodan alles rechtzeitig. Am 21. Dezember war er auf Cape Kennedy, wo ihm sein Onkel Kenneth Malone einen Platz auf der Besuchertribüne reserviert hatte, direkt neben Marilyn Lovell und Susan Borman.

16

Perry Rhodan traf am Tag zuvor ein und übernachtete bei seinem Onkel. Es war eigenartig, daran zu denken, dass der Countdown da draußen schon lief, während sie beim Abendessen saßen.

Am nächsten Morgen hieß es früh aufstehen. Der Start war für 7 Uhr 50 vorgesehen, und Rhodan wollte zwei Stunden vorher da sein. Kenneth Malone würde nicht mitkommen; er hatte Dienst auf dem Stützpunkt. »Ich werd' den Moment des Starts mitkriegen, keine Sorge«, meinte er.

Es war noch dunkel, als Rhodan gegen halb sechs Uhr aufbrach, und relativ kühl. Der Weg war genau vorgegeben; man fuhr bis zu einem bestimmten Parkplatz und wurde dann mit einem Shuttle-Bus zur Tribüne gebracht, und auf diesem Weg musste man seinen Ausweis ungefähr zwanzigmal vorzeigen. Es roch nach Kaffee, als sie aus dem Bus stiegen. Hinter der Tribüne für die Ehrengäste und die Presse war eine Theke aufgebaut, an der heiße Getränke und Muffins verkauft wurden.

Die Tribüne lag etwa sechs Kilometer vom Startkomplex 39 entfernt, von dem aus Apollo 8 starten würde. Trotz dieser Entfernung bot die Saturn V ein eindrucksvolles Bild. Von zahllosen Scheinwerfern angeleuchtet, erhob sich die Rakete über der nächtlich dunklen, geradezu unheimlich flachen Ebene wie das Heiligtum einer fremdartigen Religion. Sie war schneeweiß, so hoch wie ein 45-stöckiges Hochhaus und dabei schlank, nur zehn Meter durchmessend. Neblige Schleier umwehten sie, die, wie Rhodan wusste, daher rührten, dass die Feuchtigkeit der vom Ozean herwehenden Luft an den Treibstofftanks kondensierte, die vor allem mit flüssigem Sauerstoff und flüssigem Wasserstoff gefüllt waren, Flüssigkeiten also, auf die man nicht einmal mehr das Wort *eiskalt* anwenden konnte, denn Eis war glühend heiß, verglichen mit den −183 °C, auf denen man Sauerstoff halten musste, damit er flüssig blieb, oder den −252 °C von flüssigem Wasserstoff. In weiteren Tanks in dem gewaltigen Leib der Saturn V lagerten Hydrazin, Stickstoff-Tetroxid, Dimethylhydrazin und schließlich RP-1, ein Kerosin mit extrem hoher Oktanzahl, insgesamt fast drei Millionen Liter. Mit anderen Worten, die Rakete, die Jim Lovell und seine beiden Kollegen zum Mond bringen sollte, war im Grunde eine riesige Bombe: Deshalb hielt man die Zuschauer so weit davon entfernt.

Dabei waren das hier die Logenplätze. Löste man seinen Blick von der nebelumschleierten Rakete und schaute in die andere Richtung, sah man überall die Lichter von Lagerfeuern, Autoscheinwerfern und Taschenlampen, erahnte die Umrisse von Zelten, Autos und wartenden Menschen: Schaulustige, von denen Tausende angereist waren, Camper mit Zelten oder Wohnwagen, Raumfahrttouristen aller Art, die mit noch weiter entfernten Plätzen vorliebnehmen mussten. Seit Tagen lagerten sie in der Umgebung, überall dort, von wo aus man freie Sicht auf den Startplatz hatte, was so ungefähr im gesamten County der Fall war.

Neben der Tribüne hatte man einen Bereich abgesperrt, in dem die Reporter ihre Kameras aufbauten, jede Menge davon, alle auf breiten Stativen und ausgestattet mit enormen Teleobjektiven. Es wurden Hände gerieben, an dampfenden Kaffeebechern genippt, Sprüche geklopft. Hier war jeder Standort genauso gut wie der andere, und es gab genug Platz für alle; die Reporter wirkten, als irritiere sie das Fehlen der üblichen Konkurrenzsituation.

Kurz vor sieben Uhr ging allmählich die Sonne auf, färbte den Horizont über dem Atlantik glutrot und umloderte die Saturn V mit ihrem Licht. Nun, da der Tag anbrach, sah man, dass die Küstenebene, deren Sümpfe man auf dem Gelände des Raketenstartgeländes mit Kies zugeschüttet hatte, einen hässlichen Farbton irgendwo zwischen Braun und Grün aufwies, als würden fortwährend Algen angeschwemmt, um hier zu verrotten. Es war eine Gegend, die im Grunde aussah, als habe die Zivilisation hier noch nicht Fuß gefasst: merkwürdig, dass sich ausgerechnet hier ein Kulminationspunkt ebendieser Zivilisation befand.

Von seinem Onkel wusste Rhodan, dass die Rakete schon seit Anfang Oktober auf ihrer Startplattform stand und auf diesen Tag wartete. Man hatte sie in den letzten Wochen immer wieder verschiedensten Prüfungen unterzogen, um sicherzustellen, dass alles so funktionieren würde, wie es sollte. Das zu hören hatte ihn etwas beunruhigt; man konnte eine Maschine schließlich auch zu Tode testen.

Vor der Tribüne waren Lautsprecher installiert; man hörte jemand erklären, was im Rahmen der Countdown-Prozeduren gerade geschah, in der Art eines Radiokommentators, der über ein Baseballspiel berichtet. Er sagte zum Beispiel: »Im Augenblick werden die Funktransponder des Leitsystems geprüft, das die Antriebsphase steuern wird. Sie funktionieren tadellos. Der Countdown steht nun bei T minus 59 Minuten und 37 Sekunden.«

Die VIPs kamen natürlich nicht mit dem Bus, sondern mit Autos – diverse Abgeordnete, Chefs wichtiger Firmen, die für die NASA arbeiteten, und die Ehefrauen der Astronauten. Marilyn Lovell traf als Erste ein, zusammen mit ihren inzwischen vier Kindern. Rhodan begrüßte sie und nahm nicht ohne Erschütterung zur Kenntnis, wie groß die Kinder geworden waren, die er das letzte Mal in Patuxent River zu Gesicht bekommen hatte; die Älteste, Barbara, war fast schon eine junge Frau.

Marilyn war sichtlich angespannt. Sie trug einen schicken, schwarzweiß karierten Mantel, in den sie sich einwickelte, als sei ihr ernsthaft kalt. Erst als die anderen Frauen ankamen, wurde sie lockerer; sie stellte Rhodan Susan Borman vor, die mit ihren beiden Söhnen kam, beide im Teenageralter, und Valerie Anders, die vier Kinder im Schlepptau hatte, von denen der Älteste vielleicht elf Jahre zählte, alle vier scheu und unausgeschlafen wirkend.

Marilyn Lovell erzählte Rhodan, dass die Idee für das Logo der Apollo-8-Mission, das in einem Dreieck die Erde und den Mond zeigte, umschlungen von einer roten Flugbahn in Form einer liegenden 8, von Jim stammte. »Er ist ganz stolz, dass sie seinen Entwurf tatsächlich genommen haben«, verriet sie schmunzelnd. »Umgesetzt hat ihn Will Bradley, ein Zeichner, der viel für die NASA macht, und er hat Jim versprochen, dass er die Originalzeichnung kriegt, wenn er vom Mond zurück ist.«

Dann wurde es unruhig; Präsident Johnson kam an, umringt von Secret-Service-Leuten und Fotoreportern. Er ignorierte Rhodan und alle anderen, schüttelte den Frauen der Astronauten so lange die Hände, bis alle Fotos gemacht waren, dann begab er sich auf seinen reservierten Tribünenplatz.

Marilyn Lovells Ältester, James, gewandet in einen braunen Cordanzug und einen gelben Rollkragenpullover, maulte über das Dach der Tribüne; man würde ja nichts mehr sehen, sobald die Rakete gestartet sei. Das sahen die anderen Kinder auch so, also verließ die ganze Familie die Tribüne wieder und suchte sich einen Platz im Freien.

Dann hieß es irgendwann: »Hier Apollo-Startkontrolle. Es sind noch 6 Minuten im Countdown für Apollo 8. Alle Bereiche haben GO für die Mission gemeldet.«

Dann: »T minus 1 Minute, 25 Sekunden. Wir sind immer noch auf GO.«

Dann: »T minus 50 Sekunden. Alle System der Trägerrakete sind jetzt auf autarke Versorgung umgeschaltet.«

Dann: »T minus 15 Sekunden. Das automatische Zündsystem ist jetzt aktiviert.«

Dann: »T minus 10 … 9 … 8. Alle Triebwerke laufen.«

Tatsächlich sah man urplötzlich gewaltige Feuersäulen aus der Rakete schlagen, gigantische Wolken aus Rauch und Dampf stiegen empor, und das vollkommen lautlos, geradezu geisterhaft.

»2 … 1 … START!«, rief die Stimme aus den Lautsprechern. »Wir haben einen Start! Um genau 7 Uhr 51, Start für Apollo 8!«

Die Rakete hob ab, unsagbar langsam, ergreifend majestätisch, und immer noch lautlos, so, als sei das gewaltige Gebilde plötzlich einfach schwerelos geworden.

Dann erst hatte der Schall die Distanz zwischen Startplattform und Tribüne überwunden, und damit brach Lärm über die Zuschauer herein wie der Soundtrack des Weltuntergangs, wie das Brüllen eines Gottes, tausendmal lauter als der lauteste Gewitterdonner, den sie je gehört hatten, und nicht mehr endend. Es war ein Hammerschlag aus Lärm, der die Erde beben ließ, die Stühle, auf denen man saß, den Boden der Tribüne, ein Tosen, das einem die Knochen und Zähne im Leib erzittern ließ.

Derweil stieg die Saturn V und stieg, unaufhaltsam und immer schneller werdend. Bald war der Leib der Rakete nicht mehr auszumachen, nur noch der Feuerstrahl, den ihr Triebwerk erzeugte. Es sah aus, als sei gerade ein neuer Stern entstanden und aufgebrochen, um seinen Platz am Firmament zu suchen. Man sah, wie die Rakete Wolkenbänke durchstieß und durcheinanderwirbelte, ein Anblick, der mehr als alles andere verdeutlichte, welch gewaltige Kräfte hier am Werk waren.

Rhodan verfolgte den Lichtpunkt unverwandt. Als die Rakete schon fast außer Sicht war, mehr zu erahnen, als noch wirklich zu sehen, war die erste Stufe ausgebrannt und wurde abgeworfen. Es sah aus, als zerbreche die Rakete im Flug, doch da zündete bereits die zweite Stufe, gab ein anderes, helleres Licht, während die Hülle der ersten Stufe fiel. Sie trudelte und überschlug sich, und es sah aus, als geschehe es ganz langsam, ein meditatives, technisches Ballett am Himmel, aber das kam natürlich daher, dass die Röhre so groß war, 42 Meter lang, 10 Meter durchmessend und geradezu erstaunlich hohl; sie hatte beim Start 2300 Tonnen gewogen und nun, leer, nur noch eine Masse von kaum 130 Tonnen.

Nach drei Minuten Flugzeit war die Rakete außer Sicht. Der Kommentator berichtete von ihrem weiteren Aufstieg, nannte Höhen und Geschwindigkeiten, aber niemand hörte mehr zu. Die Tribüne war schon wieder im Aufbruch begriffen, die Reporter packten ihre Kameras und meterlangen Objektive ein. Perry Rhodan verabschiedete sich von Marilyn Lovell und ging ebenfalls, und bis er den Parkplatz erreicht hatte, war Apollo 8 längst in der Umlaufbahnbahn angekommen. Jim Lovell und die anderen rasten mit einer Geschwindigkeit von 28 000 Stundenkilometern um die Erde, während er, den Parkplatz verlassend, Schildern folgen musste, die ihm eine Höchstgeschwindigkeit von 30 Meilen pro Stunde vorschrieben.

Anschließend besuchte er seinen Onkel im Stützpunkt, oder besser gesagt, in dem, was aus diesem Stützpunkt inzwischen geworden war. Immerhin, es gab noch eine bewachte Zufahrt, und als er sagte: »Captain Rhodan für Colonel Malone«, war sein Besuch tatsächlich angemeldet, und er durfte passieren und sich sogar unbegleitet auf dem Gelände bewegen.

Das Büro war noch dasselbe, auch an der Einrichtung hatte sich nicht viel geändert, abgesehen davon, dass sich die Regale unter noch mehr Aktenordnern bogen und auf einem Aktenschrank ein Fernsehgerät lief, ganz leise gestellt, natürlich die Startvorbereitungen zeigend.

»Und?«, wollte Onkel Ken wissen.

Rhodan nickte. »Ja. Beeindruckend.«

»Der erste Start einer bemannten Saturn V, der größten und stärksten Rakete, die je gebaut worden ist«, sagte Kenneth Malone. Dann seufzte er, und ein sorgenvoller Ausdruck trat in sein Gesicht. »Ich hoffe nur, es geht alles gut.«

Rhodan sah seinen Onkel forschend an. »Wieso nicht? Der Start ist schon mal tadellos verlaufen, fast auf die Minute pünktlich. Und bei Apollo 7 lief ja auch alles glatt.«

»Das ist, was sie *erzählt* haben.«

»Und?«

»Sie haben's erzählt, obwohl's nicht stimmt.« Er wühlte in einem Stapel von Papieren, zog dann eine Liste hervor, die über zwei Seiten ging. »Hier. Die Liste der Versager während des Apollo-7-Flugs. Fünfzig verschiedene. Und da ist noch nicht mitgezählt, dass Schirra schon am ersten Tag heftigen Schnupfen bekommen und die anderen damit angesteckt hat. Schnupfen in Schwerelosigkeit, das wissen wir jetzt, ist ziemlich übel, weil das Nasensekret nicht von selber abläuft.«

Rhodan nahm die Liste und las: von Ausfällen elektrischer Versorgungseinheiten, von nicht funktionierenden Navigations- und Kontrollsystemen, von klemmenden Steuerhebeln, davon, dass die Kapsel selbsttätig Flugbewegungen gemacht hatte, von einem neunminütigen Totalzusammenbruch der Funkverbindung am Tag 7, von einem dreitägigen Ausfall der Überwachung der Körperfunktionen der Astronauten.

»Liest sich nicht richtig gut«, gab er zu.

»Liest sich nicht richtig gut, ganz genau«, pflichtete ihm sein Onkel bei. »Lauter Dinge, an denen man hätte arbeiten müssen. Stattdessen haben sie hoppla-hopp den nächsten Start angesetzt, und gleich zum Mond! Wenn schon, denn schon.« Er nahm Rhodan die Liste wieder ab, vergrub sie in seinen Stapeln und brummte: »Wenn du mich fragst: weil sie Johnson zum Abschied noch einen Triumph bereiten wollen, zum Dank dafür, dass er die NASA von Anfang an unterstützt hat.«

Rhodan wiegte den Kopf. »Nach dem, was ich gehört habe, war der Grund der, dass das LEM noch nicht fertig ist.«

»Jeder sagt was anderes. Lass uns einen Kaffee trinken gehen.«

In der Cafeteria lief natürlich auch ein Fernseher. Es war kurz nach zehn Uhr, und der Kommentator sagte: »Gerade hat der *Capsule Communicator*, Astronaut Michael Collins, der Crew mitgeteilt, dass die Überprüfung der dritten Stufe abgeschlossen ist und Apollo 8 das GO für die TLI hat, die *Trans Lunar Injection.*«

Sie holten sich einen Kaffee, suchten sich einen Platz. »Trotz allem ist es natürlich ein epochales Ereignis«, meinte Kenneth Malone. »Zum ersten Mal verlassen Menschen das Schwerefeld der Erde.«

»Ich habe immer geglaubt, ich würde dabei sein, wenn das geschieht«, entfuhr es Perry Rhodan, und es überraschte ihn selber, das aus seinem eigenen Mund zu hören.

Sein Onkel musterte ihn forschend, dann sagte er: »Ja. Ich eigentlich auch. Seltsam.«

Sie tranken ihren Kaffee langsam und hörten der Berichterstattung zu, bis es so weit war. Das Raumschiff befand sich gerade über dem Pazifik, etwas nördlich von Hawaii, als die dritte Stufe ein zweites Mal gezündet wurde, um Apollo 8 auf den Weg zum Mond zu bringen. Es dauerte 5 Minuten und 17 Sekunden, und bei Brennschluss hatte das Raumschiff eine Geschwindigkeit von 38 959 Stundenkilometern, mehr als Mach 31.

»Die drei Männer fliegen nun mit einer Geschwindigkeit von 24 200 Meilen pro Stunde und damit schneller, als je zuvor Menschen geflogen sind«, rief der Kommentator. »Das große Abenteuer hat begonnen! Apollo 8 ist auf dem Weg zum Mond!«

Rhodan trank aus. »Für mich wird's auch Zeit, mich auf den Weg zu machen«, erklärte er. »Wenn auch nur nach Manchester.«

Kenneth Malone nickte. »Sag deinen Eltern einen Gruß von mir.«

Aus einer nostalgischen Anwandlung heraus nahm Perry Rhodan für den Weg von Florida nach Connecticut den Zug, fuhr also mehr oder weniger dieselbe Strecke wie damals, als er die Flucht vor Tin Can und seinen Hintermännern angetreten hatte, nur eben in die andere Richtung. Hier und da war ein Bahnhof neu oder lief eine Teilstrecke anders, auch der Zug war nicht mehr derselbe, trotzdem wurde es eine Reise voller Erinnerungen. Was hatte sich alles verändert seit jenen Tagen!

Und wie hatte *er* sich verändert! Aus dem mageren Bücherwurm war ein durchtrainierter Soldat geworden, ein Pilot, ein guter Pilot sogar – und trotzdem … Irgendwie war ihm, als habe er sich in eine Art luftleeren Raum hineinentwickelt. Er hatte sein Leben darauf ausgerichtet, seinem Land zu dienen und nach Möglichkeit der ganzen Menschheit, hatte seinen Teil dazu beitragen wollen, dass alle Menschen in Freiheit und Frieden leben konnten – aber niemand schien an diesem Dienst interessiert zu sein, niemand schien zu wollen, was er beizutragen hatte.

Er dachte an die Astronauten, die jetzt gerade auf dem Weg zum Mond waren, zehnmal schneller, als eine Pistolenkugel flog. Jeder von ihnen trug biomedizinische Sensoren am Körper, die Daten über seinen Herzschlag, seine Atmung und andere Werte per Funk weiterleiteten, außerdem Dosimeter, die die Strahlung maßen, denen sie ausgesetzt sein würden, sobald sie den Schutz des Van-Allen-Gürtels verließen. Und über alldem trugen sie Raumanzüge, die über einen Schlauch an die Sauerstoffanlage angeschlossen werden konnten, und eine schwarzweiße Haube mit Kopfhörer und Mikrophon.

Er dachte auch an das Raumfahrzeug, mit dem sie unterwegs waren. Während seiner Zeit in Houston hatte er einmal in einen Prototyp davon kriechen dürfen. So eine Apollo-Kapsel war kegelförmig, dreieinhalb Meter hoch und an der breitesten Stelle etwas mehr als vier Meter durchmessend. Sie bestand aus zwei Millionen Bauteilen, zwischen denen über 24 Kilometer Kabel verliefen. Innen war es natürlich noch enger, weil alles mit Instrumententafeln, Geräten und Schränken bedeckt war. Es gab drei Liegen, wobei man die mittlere unter eine der seitlichen montieren konnte, so dass es wenigstens einen etwas geräumigeren Bereich gab. Trotzdem hatte jeder Astronaut nur etwa zwei Kubikmeter Freiraum, weniger, als einem Passagier in einem einigermaßen bequemen Auto zur Verfügung stand. Und wer brachte schon jemals eine ganze Woche am Stück in einem Auto zu? Aber genau das war es, was Jim und die anderen gerade taten.

Rhodan fand es einen bedrückenden Gedanken, dass eine so riesige, so gewaltige Rakete notwendig war, die Millionen Kilogramm Treibstoff verfeuerte und sich selbst dabei zum größten Teil zerstörte, nur, um ein so winziges Fahrzeug dem Schwerefeld der Erde zu entreißen. General Pounder hatte in einem recht gehabt: Diese Methode hatte keine Zukunft. So *konnte* die Technologie nicht aussehen, die ein neues Zeitalter eröffnete, in dem die Menschheit zu den Sternen aufbrach. Diese Art Raketen konnten nur ein Anfang sein, vergleichbar dem primitiven Flugzeug der Gebrüder Wright, mit dem heutige Flugzeuge auch kaum noch Ähnlichkeit hatten.

Und trotzdem … Trotzdem hätte er was darum gegeben, wäre er jetzt dabei gewesen, da oben in der winzigen Apollo-Kapsel, die auf den Mond zuraste.

Perry Rhodan hatte gedacht, seinen Eltern eine Freude damit zu machen, sie an Weihnachten zu besuchen, etwas, das in den vergangenen Jahren nur selten möglich gewesen war. Doch beim Mittagessen nach seiner Ankunft meinte seine Mutter spitz, andere Leute in seinem Alter würden Weihnachten längst im Kreis ihrer *eigenen* Familien feiern, ob er darüber schon mal nachgedacht habe? »Im LIFE-Magazin war ein Bericht über die Familien der drei Apollo-Astronauten«, erzählte sie. »Zwei von denen haben je vier Kinder, einer zwei. Und manche davon sind schon fast erwachsen!«

Perry Rhodan musterte seine Mutter verwundert. »Seit wann liest du das LIFE-Magazin?«

Sie schüttelte den Kopf. »Ich will damit nur sagen, dass ich mittlerweile auch nichts gegen Enkelkinder hätte.«

»Ich hab euch doch erklärt, wie ich darüber denke, dass Testpiloten Familien haben.«

»Aber du bist jetzt ja kein Testpilot mehr.«

»Mary«, mischte sich Jake Rhodan ein, »nun geh dem Jungen doch nicht auf die Nerven. Er hat halt die Richtige noch nicht gefunden.«

»Ich sag nur, was ich denke«, verwahrte sich Rhodans Mutter. »Und ich denke, man findet nicht, wenn man nicht zumindest Ausschau hält. In der Bibel heißt es, ›suchet, so werdet ihr finden‹.«

Perry Rhodan seufzte. »Schön und gut, aber in meinen Augen ist das trotzdem eher etwas, das einem *passiert*. Oder eben nicht. Man kann das nicht wie ein Projekt betrachten, das man zielgerichtet verfolgt. Wohin das führt, hab ich ja an Leroy gesehen.«

Daraufhin war es einen Moment lang so still, als sei eine Bombe explodiert.

»Immerhin«, meinte Mary Rhodan nach einer Weile, »hat Leroy heute zwei 13-jährige Töchter. Und seine neue Frau soll inzwischen auch ein Baby erwarten.«

»Da weißt du mehr als ich«, sagte Perry Rhodan, bestürzt darüber, schon in einem Alter zu sein, in dem man über Kindheitsfreunde sagen musste: *Wir haben uns aus den Augen verloren.* »Lasst uns von etwas anderem reden.«

Das taten sie nicht, stattdessen gingen sie ins Wohnzimmer hinüber und schalteten den Fernseher ein, denn für halb drei war eine Direktübertragung aus der Apollo-Kapsel angekündigt. Es wurde dann doch drei Uhr, bis endlich schrecklich verrauschte, unscharfe Bilder auf dem Schirm erschienen, ein schwarzweißes Geflimmer, in dem man nur mit Mühe die drei Astronauten ausmachte – besser gesagt, immer nur zwei von ihnen, denn einer musste ja die Kamera bedienen. Doch da waren sie, tatsächlich, schwebten in der drangvollen Enge der Kapsel umher, um eine Art Führung zu veranstalteten. Jim demonstrierte, wie man eine Mahlzeit im All zubereitete, Frank Borman kommentierte die einzelnen Schritte, und William Anders ließ seine Zahnbürste in der Schwerelosigkeit rotieren. Dann versuchten sie zu zeigen, wie die Erde aus der Entfernung aussah, aber das funktionierte mit der simplen Kamera irgendwie nicht; man sah nur einen grellen weißen Fleck. Frank Bormann war sehr enttäuscht, dass es nicht klappte, und versicherte immer wieder, dass die Erde wirklich wunderschön aussehe, ganz blau mit gewaltigen weißen Wolken. Nach 17 Minuten musste das Raumschiff gedreht werden, damit nicht immer dieselbe Seite der Sonne zugewandt war, und dadurch kam die Hauptfunkantenne außer Sicht. Jim Lovell wünschte seiner Mutter noch rasch alles Gute zum Geburtstag, dann brach die Verbindung ab.

»Hmm«, meinte Mary Rhodan. »Besonders gemütlich sieht es ja nicht aus in so einem Raumschiff.«

»Ist eher wie Zelten«, pflichtete ihr Jake Rhodan bei, der während des Krieges zu oft in Zelten hatte hausen müssen, um im späteren Leben je die Versuchung zu spüren, es im Urlaub freiwillig zu tun. »Nur, dass sie nicht rauskönnen.«

Perry Rhodan sagte nichts. Die Bilder aus der Raumkapsel hatten in ihm das schmerzhafte Gefühl ausgelöst, die Bestimmung seines Lebens verfehlt zu haben.

Am Montag, dem 23. Dezember, kurz vor drei Uhr nachmittags gab es eine zweite Direktübertragung aus der Apollo-Kapsel, die die Rhodans genauso verfolgten, wie es Millionen Menschen überall auf der Welt taten. Sogar das sowjetische Fernsehen, hieß es, berichte groß darüber und übertrage die Livesendungen ebenfalls – der kühne Flug der drei Männer schien die Menschheit zumindest für einen kurzen Moment zu einen und dazu zu bringen, ihre internen Zwistigkeiten hintanzustellen.

In der Zwischenzeit hatten die Astronauten ihre Kamera mit geeigneteren Filtern ausgerüstet und fest vor einem gesäuberten Fenster montiert, außerdem hatten sie die Kapsel so gedreht, dass sie auf die Erde ausgerichtet war und die Erde sich im Zentrum des Fernsehbilds befand. So gelang es, zum ersten Mal Livebilder aus dem All zu übertragen, die aus einer Entfernung von 325 000 Kilometern die Erde als Ganzes zeigten. Jim Lovell kommentierte den Anblick, erklärte, welchen Teil der Erde man sah und vor allem, welche Farben er aufwies.

Zu diesem Zeitpunkt hatte der Zug der Erdschwerkraft die Geschwindigkeit der Apollo-Kapsel schon weitgehend aufgezehrt; sie flog nur noch mit lediglich 3565 Stundenkilometern. Die zweite Fernsehübertragung endete nach 23 Minuten, und 10 Minuten danach überquerte Apollo 8 jene unsichtbare Grenze, an der die Schwerkraft der Erde und die des Mondes einander ausglichen. Von da an stürzte das Raumschiff auf den Mond zu, wurde also wieder schneller.

In der Nacht auf den 24. Dezember stand der entscheidende Schritt an, nämlich die »LOI«, die *Lunar Orbit Injection* – der Übergang in eine Umlaufbahn um den Mond. Hierzu musste das Raumschiff abgebremst werden, also mit dem Triebwerk voran fliegen, was bedeutete, dass die Astronauten den Mond durch keines ihrer drei Fenster sehen konnten, während sie sich ihm näherten.

Die Vorbereitungen begannen morgens gegen 2 Uhr. Das Fernsehen berichtete die ganze Nacht live, und die Rhodans blieben alle auf, um die Ereignisse zu verfolgen. Rund eine Milliarde Menschen in 64 Ländern schauten zu, wurde verkündet. Experten erklärten, was für ein Manöver die Astronauten bewältigen mussten, und dabei wurde sehr oft das Wort »Himmelsmechanik« benutzt. Diese Himmelsmechanik machte es nämlich erforderlich, das Triebwerk zu einem Zeitpunkt zu zünden, an dem sich Apollo 8 auf der Rückseite des Mondes befand, in dessen Funkschatten also und unerreichbar für jegliche Kommunikation mit der Erde. Einfach gesagt: Die Astronauten mussten es alleine hinkriegen. Deswegen wurden alle Systeme noch einmal gründlich überprüft.

Um 3 Uhr 52 hörte man den *Capsule Communicator* sagen: »Apollo 8, hier ist Houston. Ihr seid GO für LOI um 68:04.«

68:04, erklärte der Fernsehmoderator sofort, bezeichnete die Missionszeit. So viele Stunden und Minuten waren seit dem Start von Apollo 8 vergangen.

Es dauerte noch einmal eine lange Stunde, in der viel diskutiert wurde über Entfernung, Geschwindigkeit und Lage und Zustand des Raumschiffs. Um 11 Minuten vor 5 Uhr sagte der *CAPCOM*, Astronaut Gerald Carr: »Wir wünschen euch eine sichere Reise.«

»Wir sehen euch auf der anderen Seite«, hörte man Jim Lovell noch sagen, dann begann LOS – *Loss of Signal*: Apollo 8 verschwand hinter dem Mond, der Funkkontakt brach ab.

»In genau 10 Minuten und 50 Sekunden werden die Astronauten das Triebwerk des *Service Module* für 4 Minuten und 6,5 Sekunden zünden«, erklärte der Moderator. »Das wird ihre Geschwindigkeit um 915 Meter pro Sekunde verringern, wodurch sie in einen Orbit von ungefähr 111 bis 312 Kilometern Radius übergehen. Ob dieses Manöver geglückt ist, werden wir erst 24 Minuten später erfahren, wenn Apollo 8 auf der anderen Seite wieder hinter dem Mond zum Vorschein kommt. Sollte es *nicht* geglückt sein, wird das Raumschiff zehn Minuten *eher* auftauchen und sich dann automatisch wieder auf einem Kurs befinden, der es zurück zur Erde bringt. Hoffen wir, dass es nicht bei einer so kurzen Stippvisite bleibt!«

Es fühlte sich viel, viel länger an.

Die drei Astronauten, wurde ihnen zum wiederholten Male erklärt, seien in jedem Fall die ersten Menschen, die die bekanntlich stets von der Erde abgewandte Rückseite des Mondes mit eigenen Augen sehen würden. Wobei man schon seit einiger Zeit wusste, wie diese Seite des Mondes aussah, erstmals dank der russischen Raumsonde *Lunik 3*, die bereits im Jahre 1959 Fotos von der erdabgewandten Seite des Mondes zur Erde übermittelt hatte. Die Astronauten hatten Karten dabei, die auf den Bildern der *Lunar Orbiter*-Missionen beruhten, fünf unbemannten amerikanischen Mondsonden, die zwischen 1966 und 1968 die Oberfläche des Mondes kartographiert hatten.

»Könnte man das Raumschiff eigentlich mit deinem alten Teleskop sehen?«, fragte Perry Rhodans Mutter ihn plötzlich. »Wenn es wieder zum Vorschein kommt, meine ich.«

Perry Rhodan schüttelte den Kopf. »Nein. Dazu ist es viel zu klein. Nicht einmal mit den größten Teleskopen könnte man es sehen.«

»Schade«, meinte seine Mutter.

Um 5 Uhr 19, genau zur erwarteten Zeit, meldete sich Jim Lovell wieder bei der Bodenkontrolle in Houston. »Wir haben es geschafft! Wir haben es geschafft!«, verkündete der Pressesprecher, Paul Haney, ausgelassen. »Apollo 8 ist jetzt in der Mondumlaufbahn!«

Die erste Viertelstunde ging es um den Zustand des Raumschiffes, dann wollte Houston wissen, wie der Mond denn nun aus der Nähe betrachtet aussehe.

»Im Wesentlichen grau, farblos«, berichtete Jim Lovell. »Er sieht wie Gips aus oder wie gräulicher Strandsand.« Aus der Umlaufbahn betrachtet sähen auch die Mare, die das gewohnte Antlitz des Mondes prägten, nicht so deutlich abgegrenzt aus wie von der Erde aus.

Zehn Umkreisungen lagen vor ihnen, die jeweils zwei Stunden dauern würden. Die Hauptaufgabe der Astronauten war, die Mondoberfläche mit mehreren verschiedenen Kameras genau zu fotografieren.

Mary Rhodan stand auf. »Ich seh schon, das wird ein seltsames Weihnachten. Ich muss noch ein bisschen ins Bett.«

Es sollte tatsächlich ein seltsames Weihnachten werden.

Die durchwachte Nacht machte Rhodans Eltern den ganzen 24. Dezember über zu schaffen. Es kostete seinen Vater Mühe, mit ihm zusammen den Weihnachtsbaum aufzustellen und zu dekorieren, ehe es dunkel war, und die Mahlzeiten schienen immer zur Unzeit zu kommen.

»Wir werden alt, Mary«, seufzte Jake Rhodan irgendwann, der damals tatsächlich schon 58 Lenze zählte.

Abends um halb zehn saßen sie alle wieder vor dem Fernseher. Apollo 8 übermittelte beim Auftauchen hinter dem Mond Fernsehbilder von der langsam aufgehenden Erde, die trotz der mäßigen Bildqualität ergreifend waren. Nun, da der größte Teil der Arbeit getan war und der Abschied vom Mond bevorstand, waren die Astronauten philosophisch gestimmt. »Der Mond bedeutet für jeden von uns etwas anderes«, erklärte Frank Borman. »Mein eigener Eindruck ist der einer riesigen, unwirtlichen, einsamen Ausdehnung von nichts. Er sieht aus wie lauter Wolken aus Bimsstein. Und auf jeden Fall erscheint er als Platz zum Leben oder Arbeiten nicht sehr einladend.«

Jim Lovell pflichtete ihm bei: »Die enorme Einsamkeit des Mondes hier oben ist furchteinflößend, und sie lässt einen erst begreifen, was man zu Hause auf der Erde wirklich hat. Von hier aus gesehen ist die Erde eine große Oase in den Weiten des Alls.«

Sie beschrieben während des weiteren Fluges, was sie auf der Oberfläche des Mondes sahen, die verschiedenen Formen, die die Krater aufwiesen – manche wirkten alt und abgerundet, andere scharfkantig und frisch –, und dergleichen. Dann, als sie sich der Tag-und-Nacht-Grenze näherten, sagte William Anders: »Wir nähern uns dem lunaren Sonnenaufgang. Und für alle Menschen unten auf der Erde hat die Besatzung der Apollo 8 eine Botschaft, die wir euch senden möchten: Am Anfang schuf Gott Himmel und Erde. Und die Erde war wüst und leer, und es war finster auf der Tiefe. Der Geist Gottes schwebte über dem Wasser, und Gott sprach: Es werde Licht. Und es ward Licht. Und Gott sah, dass das Licht gut war, und Gott teilte das Licht von der Dunkelheit.«

Jim Lovell fuhr fort: »Und Gott nannte das Licht Tag, und die Finsternis nannte er Nacht. Da ward aus Abend und Morgen der erste Tag. Und Gott sprach: Es werde ein Gewölbe zwischen den Wassern, das da scheide zwischen den Wassern. Da machte Gott das Gewölbe und schied das Wasser unter dem Gewölbe von dem Wasser über dem Gewölbe. Und es geschah also. Und Gott nannte das Gewölbe Himmel. Da ward aus Abend und Morgen der zweite Tag.«

»Und Gott sprach: Es sammle sich das Wasser unter dem Himmel an besondere Stellen«, schloss Frank Borman. »Lass trockenes Land erscheinen. Und so geschah es. Und Gott nannte das trockene Land Erde, und die Wasser nannte er Meer. Und Gott sah, dass es gut war. Und von der Besatzung der Apollo 8: Wir schließen mit einem gute Nacht, viel Glück, fröhliche Weihnachten, und Gott segne euch alle – euch alle auf der guten Erde.«

Damit endete die 29-minütige Livesendung von Bord des Raumschiffes. Die Besatzung begann mit den Vorbereitungen für die zehnte und letzte Umkreisung des Mondes, während der die TEI erfolgen würde, die *Trans Earth Injection:* Wieder würden sie ihr Triebwerk zünden, während sie sich auf der erdabgewandten Seite des Mondes befanden, und zwar genau 3 Minuten und 18 Sekunden lang, um die Geschwindigkeit um 1070 Meter je Sekunde zu erhöhen, wodurch das Schiff auf eine Bahn übergehen würde, die es zurück zur Erde brachte.

Perry Rhodans Mutter stand auf. »Erzählt mir morgen, wie es gelaufen ist«, meinte sie matt. »Ich muss jetzt ins Bett.« Damit verließ sie das Wohnzimmer.

Die beiden Männer harrten aus, bis um 0 Uhr 42, kurz nach Mitternacht also am Morgen des 25. Dezembers 1968, Apollo 8 zum letzten Mal hinter dem Mond verschwand.

Wieder begann das Warten.

»Übrigens«, fiel Jake Rhodan ein, »neulich war eine Frau bei mir im Laden, die mir irgendwie bekannt vorgekommen ist. Hat sich tragbare Plattenspieler angeschaut. Ich hab sie schließlich gefragt, und es hat sich herausgestellt, es war eine ehemalige Mitschülerin von dir, Christine Holton.«

»Na so was«, meinte Perry Rhodan.

»Ich hab sie gefragt, was sie macht, und sie hat erzählt, sie hat tatsächlich Astronomie studiert und arbeitet jetzt am Teleskop in Oak Ridge. Den Plattenspieler wollte sie sich von ihren Eltern zu Weihnachten wünschen, um Musik zu hören, wenn sie nachts Sterne beobachtet.« Er räusperte sich. »Und sie meinte, das hätte alles damals mit dir und dem Sternenglobus angefangen. Du hättest sie *infiziert*, was die Sterne angeht.«

Perry Rhodan seufzte. »Tja. Vielleicht hätte ich bei der Astronomie bleiben sollen, statt auf Onkel Ken zu hören und zum Militär zu gehen.«

»Meinst du?«, fragte sein Vater. »Das wäre dir doch irgendwann zu langweilig geworden.«

»Ich hab ganze Nächte am Teleskop gesessen, ohne dass es mir langweilig geworden ist.«

»Ja, schon. Aber du hast dabei von Flügen zwischen den Sternen geträumt. Das ist nicht dasselbe wie das, was Astronomen beruflich machen, glaube ich.«

»Womöglich«, spann Perry Rhodan den Gedanken weiter, »wären

Christine und ich heute verheiratet, hätten vier Kinder, und Mom wäre glückliche Großmutter ...«

Jake Rhodan musterte seinen Sohn eindringlich. »Perry ... ehrlich gesagt, wirkst du zur Zeit etwas – wie soll ich sagen? Unzufrieden? Richtungslos? Grüblerisch?«

Perry Rhodan fuhr sich mit beiden Händen übers Gesicht. »Ja«, gestand er. Es war spät in der Nacht, dunkel vor den Fenstern, und nach einem seltsamen Tag, der wie aus der Zeit gefallen war, herrschte eine seltsame Stimmung, die es leicht machte, über solche Dinge zu reden. »Ja, stimmt alles. Ich weiß gerade nicht, wohin ich will, was ich will, wohin ich gehöre und was ich überhaupt mit meinem Leben anfangen soll. Ich fühle mich, als würde ich an einer Haltestelle auf einen Bus warten, der nie kommen wird, weil ich nicht mitgekriegt habe, dass sich der Fahrplan geändert hat.«

»Klingt nicht gut.«

»Ich hab sogar schon dran gedacht, der Air Force Lebewohl zu sagen.«

Die Augenbrauen seines Vaters wanderten nach oben. »Um stattdessen *was* zu machen?«

Perry Rhodan hob die Hände. »Das weiß ich eben noch nicht.«

Der Zeiger der Uhr sprang auf 1 Uhr 18. Der Fernsehmoderator sagte: »Nun ist es noch eine Minute, bis Apollo 8 wieder auftauchen muss. Die Blicke der Männer hier im Kontrollraum in Houston sind alle wie gebannt auf die Missionsuhr gerichtet. Seit dem Start sind 89 Stunden, 27 Minuten und 49 Sekunden vergangen.«

Perry Rhodan erinnert sich, dass er sich aus einem plötzlichen Impuls heraus wie elektrisiert im Sessel aufsetzte.

Jake Rhodan erinnerte sich, auf einmal von einem ganz unguten Gefühl beschlichen worden zu sein.

»Noch fünf Sekunden ... noch drei ... *jetzt* müsste Apollo 8 wieder zum Vorschein kommen, wenn alles geklappt hat«, sagte der Moderator.

Dann war Stille.

»Gerald Carr, der *CapCom,* ruft Apollo 8, will wissen, wie es aussieht«, berichtete der Moderator mit einer auf einmal zittrig klingenden Stimme. »Keine Antwort. Das ist schlecht. Das heißt, dass das Raumschiff nicht auf dem Kurs ist, auf dem es sein sollte.«

Vater und Sohn Rhodan wechselten einen bestürzten Blick.

»Sie können es doch bestimmt noch einmal versuchen, oder?«, meinte Jake Rhodan mit rauer Stimme.

»Ich denke schon«, sagte Perry Rhodan, dem plötzlich die zertrümmerte Windschutzscheibe von Jims Auto einfiel und das, was seine Frau Marilyn gesagt hatte: *Jim zieht irgendwie herumfliegende Steine an.*

Der Moderator rang sichtlich um Fassung. »Offenbar ist es Apollo 8 nicht gelungen zu beschleunigen. Das würde heißen, dass das Raumschiff mit den drei Astronauten Borman, Lovell und Anders an Bord sich noch auf der bisherigen Umlaufbahn befindet. Auf dieser Bahn müsste es nun in wenigen Augenblicken wieder hinter dem Erdtrabanten hervorkommen …«

Er hielt inne, lauschte, die Hand auf dem Knopf in seinem Ohr.

Die Sekunden vergingen quälend langsam.

»Nichts«, sagte er schließlich und wirkte den Tränen nahe. »Wir empfangen nichts. Apollo 8 ist überfällig. Irgendetwas ist hinter dem Mond passiert.«

ZWISCHENSPIEL (6)

Anfang August 1971 – London, Gefängnis Pentonville

Ich hatte einen Mitgefangenen, der allgemein nur *Crazy Bruce* genannt wurde, aus dem schlichten Grund, dass er, sagen wir es höflich, geistig nicht ganz in derselben Welt lebte wie der Rest von uns.

Das war an sich kein Verbrechen, erst recht nicht in England, wo man seit jeher eine Schwäche für Exzentriker aller Art hegte. Der Grund, warum Crazy Bruce im Gefängnis saß, war, dass er mehrere Polizisten tätlich angegriffen und zwei von ihnen schwer verletzt hatte, was in England, wo die *Bobbys,* die Schutzpolizisten, nicht einmal Schusswaffen trugen, als äußerst ruchlose Tat betrachtet wurde.

Angegriffen hatte er sie, weil sie ihn daran hatten hindern wollen, seiner Mission zu folgen, die darin bestand, mit einem Schild mit der Aufschrift *Angriff aus dem All steht bevor!* umherzuziehen und die Menschen vor ebendiesem Unheil zu warnen. Er war davon überzeugt, dass Wesen aus dem All unterwegs zur Erde waren, um uns alle geistig zu versklaven und die Welt zu erobern, und zwar ziemlich genau so, wie es in dem Film *Invasion of the Body Snatchers* geschildert wurde, der im Jahr 1956 in die Kinos kam und einer der letzten Filme war, den ich in Freiheit gesehen hatte. (Tatsächlich konnte ich mich nie des Eindrucks erwehren, dass Bruce, der Mitte zwanzig war, diesem Film vielleicht in einer besonders verletzlichen Phase seiner Kindheit ausgesetzt worden ist.)

Hätte er seine Mission im Hyde Park verfolgt, an der Speaker's Corner am besten, wäre ihm natürlich nichts passiert, abgesehen davon, dass ihn der eine oder andere vielleicht ausgelacht hätte. Aber es hatte ihn in Supermärkte gezogen, in Schulen, in Bahnhöfe und zuletzt in eine Kirche, wo er eine Taufe gestört hatte und es in der Folge zu der erwähnten tätlichen Auseinandersetzung mit der Polizei kam.

Hier, hinter Gittern, war er weitgehend unauffällig, allerdings war auch wenig mit ihm anzufangen. Meist hing er, ganz in sich gekehrt, seinen geheimnisvollen Gedanken nach, manchmal murmelte er dunkelsinnige Sätze vor sich hin, und in der Regel reagierte er nicht, wenn man ihn ansprach.

Doch Crazy Bruce hatte auch seine lichten Momente, und mir war, als nähme deren Zahl zu, seit der Atomkrieg gescheitert war und wir uns alle wieder damit abgefunden hatten, noch eine Weile weiterzuleben.

Eines Tages, knapp zwei Wochen nach dem dramatischen Morgen, setzte er sich beim Mittagessen zu mir und fragte mich, was ich von diesem Perry Rhodan hielte.

Das war eine Frage, die ihm meine uneingeschränkte Aufmerksamkeit verschaffte, denn, wie schon erwähnt, ebendieser Perry Rhodan hatte unlängst begonnen, mich sehr zu interessieren.

»Das überlege ich mir auch gerade«, sagte ich also, trotz allem behutsam, denn die lichten Momente meines Mitinsassen hatten die Eigenschaft, so schnell zu gehen, wie sie kamen. »Auf jeden Fall scheint es ein interessanter Mann zu sein.«

Bruce schob sein Tablett ein Stück näher an meines, beugte sich zu mir und fragte leise: »Glaubst du das, was man über ihn sagt? Dass er den Atomkrieg verhindert hat?«

»Schwer zu sagen«, räumte ich ein. »Alles, was ich weiß, ist, dass unsere Regierungen ihn jedenfalls *nicht* verhindert haben.«

Er lachte krächzend. »He, he. Ja. Das ist wahr.« Dann beugte er sich wieder zu mir. »Ist dir klar, *wie* er das gemacht hat?«

»Nein«, gestand ich. »Ganz und gar nicht.«

Crazy Bruce lächelte listig. »Homer – überleg doch mal. Der Mann ist auf dem Mond gewesen.« Er wies zum Himmel. »Auf! Dem! Mond! Und dann ist er zurückgekommen. Und hält sich seither in der Wüste versteckt. Warum? Hmm? Warum, denkst du, tut er das?«

»Keine Ahnung.«

»Weil er auf dem Mond etwas gefunden hat das er für sich behalten will«, erklärte Bruce mit wissendem Lächeln. »Warum sonst sollte jemand so etwas tun?«

Ich musterte meinen Mitgefangenen verwundert. »Gefunden? Was soll er da gefunden haben?«

»Na, irgendwelche Geräte von Außerirdischen natürlich!« Bruce streckte den Finger aus, tippte damit gegen meinen Kopf. »Denk nach, Homer! Sie haben ihre verdammten Raketen losgeschickt, alle, die sie hatten, aber die Bomben darin sind nicht explodiert. Niemand auf der Welt hätte das bewirken können – niemand! Nur jemand mit Geräten, die von einer *anderen Welt* stammen. *Höher* entwickelte Technik. Von Wesen, die uns um Jahrtausende voraus sind!« Er sank zurück auf seinen Stuhl. »Und deshalb werden sie seiner auch nicht Herr dort in der Wüste, jede Wette.«

Ich ließ mir das durch den Kopf gehen und fand es eine Sichtweise, an deren Logik nichts auszusetzen war. Wie schon der imaginäre Londoner Detektiv Sherlock Holmes zu sagen pflegte: Wenn man das Unmögliche ausgeschlossen hat, muss das, was übrig bleibt, die Wahrheit sein, so unwahrscheinlich sie auch klingen mag.

»Bruce«, sagte ich also, »das haben Sie sich ganz schön schlau überlegt.«

STERNENSTAUB

I

Nach weiteren zehn Minuten gab es immer noch kein Lebenszeichen von Apollo 8. Im Fernsehstudio herrschte ratloses Durcheinander. Man versuchte, irgendwelche Experten ans Telefon zu bekommen, doch die sagten alle nur, sie könnten nicht sagen, was passiert ist.

»Wenn nur das SPS versagt hätte …«, begann einer der Gesprächspartner mit schnarrender Stimme.

»Das SPS ist, ähm, was?«, hakte der Moderator sofort nach.

»Das *Service Propulsion System*«, erwiderte die Stimme. »Also, quasi das Triebwerk des Apollo-Raumschiffs.«

»Verstehe. Und Sie denken, das hat versagt?«

»Nein!«, kam es ungehalten zurück. »Wenn es nur versagt hätte, wäre Apollo 8 einfach wieder hinter dem Mond hervorgekommen.«

»Und was, denken Sie, hat das verhindert?«

»Tut mir leid. Das kann ich beim besten Willen nicht sagen. Dazu müsste ich hinter den Mond blicken, und das kann niemand.«

Das war der Moment, in dem Perry Rhodan aufstand und halblaut zu seinem Vater sagte: »Ich muss mal telefonieren.«

Er ging in den Flur, knipste das Licht an, nahm den Hörer von dem an der Wand montierten Telefon ab – es war immer noch das alte, das Onkel Karl ihnen damals organisiert hatte – und wählte eine Nummer, von der er hoffte, dass er sie sich korrekt gemerkt hatte.

Nach dem dritten Klingeln nahm jemand ab. »Ann-Margret Pounder?«, meldete sich eine atemlose Frauenstimme.

»Guten Abend, Mrs Pounder«, sagte er. »Entschuldigen Sie bitte die späte Störung. Hier ist Captain Perry Rhodan. Kann ich Ihren Mann sprechen?«

Sie klang ziemlich durcheinander. »Er ist … Ja. Ja, natürlich.« Man hörte, wie sie nach hinten rief: »Lesly? Da ist ein Captain Rhodan am Apparat.«

Gleich darauf vernahm er die knurrige Stimme des Generals. »Rhodan? Was gibt es?«

»Wie schnell lässt sich der *Starglider* einsatzbereit machen?«, fragte Rhodan geradeheraus.

Pounder schnappte nach Luft. »*Was?*«

»Wenn auch nur die Chance besteht«, fuhr Rhodan fort, »mit dem *Starglider* zum Mond zu fliegen und Jim Lovell und die anderen zu retten, dann bin ich bereit, es zu riskieren.«

Einen Moment lang war es so still, als sei die Verbindung unterbrochen. Dann hörte er Pounder keuchen. »Rhodan, Sie sind ja … Mir fehlen die Worte. Nein! Die Antwort lautet ›Nein‹! Schlagen Sie sich das aus dem Kopf. Der *Starglider* kann nicht zum Mond fliegen, das ist ganz außerhalb des Möglichen. Mal ganz davon abgesehen, dass an Bord sowieso kein Platz für drei weitere Personen wäre.«

»Aber für eine Person«, hielt Rhodan dagegen. »Man könnte Sauerstoff mitnehmen und eben dreimal fliegen.«

Pounder knurrte unwillig, und es klang, als schüttele er dabei auch überaus heftig den Kopf. »Rhodan! Denken Sie doch nach! Die Kapsel ist hinter dem Mond *verschwunden*! Selbst wenn der *Starglider* die Strecke schaffen könnte, wäre es nur sinnvoll, wenn die Astronauten den Mond umkreisen und nicht mehr wegkämen. Das ist aber nicht der Fall. So, wie es momentan aussieht, sind sie abgestürzt, und das heißt, sie sind tot!«

»Könnte nicht einfach nur die Funkanlage ausgefallen sein?«

»Definitiv nein. Selbst wenn sie den Mond stumm wie ein Fisch umkreisen würden, wüssten wir das.«

»Woher?«

»Erstens hat die Kommandokapsel einen Peilsender an Bord, der so ziemlich das robusteste Teil des gesamten Raumschiffs ist. Zweitens ist von einem Militärsatelliten aus ein Radarpeilstrahl auf den Mond gerichtet, der imstande wäre, ein sich bewegendes metallenes Objekt von der Größe von Apollo 8 auszumachen. Doch da ist nichts.«

Rhodan fühlte, wie seine Schultern herabsanken. Jims breites Grinsen, als er ihm von der Änderung der Flugpläne erzählt hatte, tauchte in seiner Erinnerung auf … und das Bild, wie sich seine Frau am Startplatz bibbernd in ihren modischen Mantel gewickelt hatte. »Wie kann ein Raumschiff einfach aus seiner Umlaufbahn verschwinden?«

»Da fallen mir auf Anhieb hundert Erklärungen ein«, behauptete Pounder, »und ich bin nicht mal Fachmann. Hören Sie, Rhodan, wir müssen Schluss machen; meine Frau will ihre Schwester anrufen, die zufällig Jim Lovells Ehefrau ist … Wo sind Sie gerade?«

»Bei meinen Eltern.« Er gab ihm die Telefonnummer durch.

»Gut«, meinte Pounder, nachdem er sich die Nummer notiert hatte. »Können Sie in den nächsten Tagen nach Washington kommen?«

»Ich muss am 27. wieder in Charleston sein.«

»Müssen Sie nicht, dafür sorge ich. Ich habe gerade das Gefühl, dass unsere Stunde gekommen ist. Bleiben Sie, wo Sie sind – ich melde mich, sobald ich alles organisiert habe.«

Das Verschwinden von Apollo 8 war ein Schock für die ganze Welt, eine Erschütterung, die noch jahrelang nachwirken sollte. Es war eine Katastrophe, und dass sie anders als die bisherigen Katastrophen der Raumfahrt nicht mit gewaltigen Explosionen, Feuer, Qualm und Zerstörung einherging, sondern nur im Ausbleiben eines Funksignals bestand, in einem stummen, unerklärten Verschwinden, machte es umso schlimmer.

Hatte man nicht alles an Sicherheitsmaßnahmen aufgeboten, was menschlichem Vermögen zu Gebote stand? Hatten die Astronauten nicht jeden Handgriff, jede Routine Dutzende oder Hunderte Male geübt, geübt, geübt? Hatte man nicht die Besten der Besten losgeschickt auf diese gefahrvolle Reise, moderne Helden, Heroen des technischen Zeitalters? Hatte nicht jeder Einzelne, der an diesem Projekt beteiligt gewesen war, mit äußerster Sorgfalt seine Pflicht getan, erfüllt von der Ehrfurcht vor dem Risiko, das die Astronauten eingingen, und vor dem Mut, mit dem sie sich der Herausforderung stellten?

Und doch war das Unausdenkbare geschehen, und nicht nur das, es war auf eine Weise geschehen, die man sich nicht erklären konnte. Das geheimnisvolle Ende von Apollo 8 war mehr als nur eine Katastrophe, es schien ein Veto Gottes zu sein, ein vernichtendes Urteil höherer Gewalten über die menschliche Technologie an sich. Es war, als solle den Menschen gesagt werden, dass der Versuch, den Mond zu erreichen, blasphemisch war, dass die bloße Idee, die Erde zu verlassen, die dem Menschen doch als einzige Sphäre seines Wirkens anvertraut worden war, menschlicher Hybris entsprang.

So war es kurz vor dem Ende seiner Amtszeit die traurige Pflicht von Präsident Lyndon B. Johnson, die drei Witwen höchstpersönlich anzurufen und ihnen sein Beileid auszusprechen. Anschließend wandte er sich mit einer Ansprache an die ganze Nation, und als er es tat, sah er aus, als sei er über Nacht um Jahre gealtert.

Den Text der Ansprache hatten die Redenschreiber, wie jedes Mal, wenn Astronauten ins All geflogen waren, schon einige Tage vor dem Start vorbereitet, um für den Fall der Fälle gerüstet zu sein. Als dieser Fall tatsächlich eingetreten war, hatte man sie rasch den Ereignissen angepasst, und nun stand auf dem Blatt, das der Präsident während seiner Ansprache vor sich hatte, Folgendes:

Drei tapfere Männer, Frank Borman, William Anders und James Lovell, haben das ungeheure Wagnis auf sich genommen, zum ersten Mal in der Geschichte zu einem fremden Himmelskörper aufzubrechen. Sie waren die ersten Menschen, die mit eigenen Augen die Rückseite des Mondes sahen.

Das Schicksal hat es bestimmt, dass sie von dieser Reise nicht zurückkommen werden.

Wir wissen noch nicht, was ihnen widerfahren ist. Doch wir werden nicht ruhen, bis wir es herausgefunden haben.

Wessen wir uns jedoch sicher sein können, ist, dass die drei Astronauten an Bord von Apollo-8 ihr Leben eingesetzt haben, um das edelste Ziel der Menschheit zu verfolgen: die Suche nach Wahrheit und Verständnis.

Sie werden von ihren Familien und Freunden betrauert; sie werden von der Nation betrauert; sie werden von den Menschen der ganzen Welt betrauert; sie werden von einer Mutter Erde betrauert, die es gewagt hat, drei ihrer Söhne ins Unbekannte zu schicken.

In ihrem kühnen Unternehmen haben sie die Menschen der Welt dazu bewogen, sich eins zu fühlen; in ihrem Opfer binden sie die Bruderschaft der Menschen enger zusammen.

In der Antike schauten die Menschen auf die Sterne und sahen ihre Helden in den Sternbildern. In der heutigen Zeit tun wir das Gleiche, doch unsere Helden sind heroische Männer aus Fleisch und Blut.

Andere werden folgen und sicher ihren Weg nach Hause finden. Die Suche des Menschen wird nicht enden.

Doch jeder Mensch, der in den kommenden Nächten zum Mond aufschaut, wird wissen, dass diese Männer die Ersten waren, und sie werden die Ersten in unseren Herzen bleiben.

Das Protokoll, das man für einen solchen Fall ausgearbeitet hatte, sah ferner vor, dass anschließend ein Geistlicher denselben Ritus wie bei einer Bestattung auf hoher See vollzog, indem er ihre Seelen »dem Tiefsten der Tiefe« empfahl und dann das Vaterunser sprach.

Und so geschah es.

2

Zwei Tage später betrat Perry Rhodan das Weiße Haus zum zweiten Mal in seinem Leben. Man schrieb den 28. Dezember 1968, ein Samstag.

Diesmal war weniger los. Alles lief gedämpfter, unaufgeregter, besinnlicher ab, als Rhodan es vom letzten Mal in Erinnerung hatte, was an der Weihnachtszeit liegen mochte oder an der Apollo-Katastrophe oder an beidem.

Die Besprechung fand auch in einem größeren, prachtvolleren Raum statt als das Mal zuvor, an einem riesigen ovalen Tisch mit teuer aussehenden Lederstühlen: War das der Raum, in dem sonst das Kabinett tagte? Rhodan versuchte, sich an die Fotos zu erinnern, war sich aber nicht sicher. Und eigentlich war es auch egal.

General Pounder saß schon breitschultrig und stiernackig am Tisch und stritt sich mit den Leuten von der NASA, die am anderen Ende saßen.

»Ich frage mich trotzdem, was *Sie* hier machen«, sagte gerade ein pausbäckiger Mann zu ihm, der eine enorme breitrandige Brille trug. Es musste sich um Thomas O. Paine handeln, der die NASA kommissarisch leitete, seit James Webb im August in den Ruhestand gegangen war.

»Ich würde vorschlagen«, versetzte Pounder bissig, »Sie lassen sich einfach überraschen.«

Rhodan entdeckte sein Namensschild vor dem Sessel neben dem General und nahm Platz, knapp in die Runde grüßend. Auf ihrer Seite war noch Dr. Lehmann da und sein Assistent, Dr. Plichter, außerdem ein Oberst der Luftwaffe mit einem kecken Menjou-Bärtchen, den Rhodan noch nie gesehen hatte. Auf der Seite der NASA erkannte er Wernher von Braun, der Rhodan seinerseits nachdenklich musterte, als käme dieser ihm bekannt vor und als überlege er, wieso.

Noch ehe Rhodan und Pounder Gelegenheit hatten, ein paar Worte zu wechseln, ging die Tür auf der anderen Seite des Konferenzraums auf, und Präsident Johnson kam herein. Alle standen auf. Vier Berater folgten dem Präsidenten und dann der designierte nächste Präsident, Richard Nixon, der noch einmal zwei Leute dabeihatte.

Johnson nahm Platz. Er sah ausgesprochen schlecht aus. Als alle saßen, sagte er: »Meine Herren, ich habe *president elect* Richard Nixon, der das Amt bekanntlich in drei Wochen übernehmen wird, eingeladen, an dieser Besprechung teilzunehmen. Ich will vermeiden, heute Entscheidungen zu treffen, die er später rückgängig machen würde.«

Alle in der Runde nickten.

»Meine Berater sind Ihnen zur Genüge bekannt«, fuhr der Präsident fort und nickte Nixon zu. »Richard, wenn Sie Ihre Leute vorstellen wollen …?« Man merkte, dass die beiden sich gut kannten; Nixon war unter Eisenhower Vizepräsident gewesen, Johnson sein damaliger Nachfolger.

»Ja, ganz kurz.« Nixon wies auf den Mann zu seiner Rechten, einen bestürzend jung aussehenden Gelehrtentyp mit dicker Hornbrille und dichter Haarkrause. »Dr. Kissinger ist Direktor des *Harvard Defense Studies Program* und wird meiner Regierung als Nationaler Sicherheitsberater angehören.«

Dann wies er auf den Mann zu seiner Linken, einen Viersternegeneral mit einem Bulldoggengesicht, grauen, gewellten Haaren und einem halben Quadratmeter Ordensbänder auf der Brust. »General LeMay brauche ich Ihnen dagegen wohl kaum vorzustellen. Er und ich haben politische Differenzen, aber ich schätze seine militärische Erfahrung.«

Perry Rhodan zumindest brauchte in der Tat keine Vorstellung. General Curtis Emerson LeMay war von 1961 bis 1965 *Chief of Staff of the Air Force (CSAF)* gewesen, sein höchster militärischer Vorgesetzter also, genauso wie der von General Pounder, der ihn, wie er wusste, für »einen verdammten Kriegstreiber« hielt. Es wunderte ihn allerdings, LeMay hier zu sehen. Der General hatte in den Präsidentschaftswahlen als Vize von George Wallace kandidiert, dem ehemaligen Gouverneur von Alabama, einem beinharten Vertreter der Rassentrennung, der diesmal nicht für die Demokraten, sondern für die rechtsgerichtete *American Independent Party* angetreten war.

»Danke, Richard.« Der Präsident faltete die Hände, sammelte sich. »Gestern hat mich Generalsekretär Leonid Breschnew angerufen, um mir im Namen des sowjetischen Volkes zu unserem Verlust zu kondolieren. Meine Präsidentschaft endet also nicht nur mit einem Krieg, der sich zu einer Tragödie entwickelt hat, sondern auch mit einer Raumfahrtmission, die zur Katastrophe geworden ist.« Er sah die NASA-Leute an. »Die Frage lautet: Was zur Hölle ist schiefgegangen?«

Paine hatte zweifellos mit einer solchen Frage gerechnet und war darauf vorbereitet. »Im Moment, muss man sagen, wissen wir es schlicht nicht«, gestand er mit ruhiger Stimme. »Wir sind natürlich schon dabei, Szenarien durchzuspielen, was sich ereignet haben *könnte*, von menschlichem Versagen über technische Fehler bis hin zum Einschlag eines Asteroiden, was zwar ein äußerst unwahrscheinliches, aber letztlich trotzdem mögliches Ereignis wäre. Mit letzter Sicherheit werden wir es aber erst sagen können, wenn die nächste Expedition zum Mond fliegt und das Wrack findet – und wenn genug davon übrig ist, um es untersuchen zu können.«

»Ich fürchte, da beißt sich die Katze in den Schwanz«, erwiderte Johnson grimmig, »denn diese nächste Expedition wird so schnell nicht stattfinden. Nicht, ehe wir nicht verlässliche Anhaltspunkte haben, was geschehen ist. Und vielleicht sowieso nicht mit einem Apollo-Raumschiff. Auf diesen Dingern scheint ja ein Fluch zu liegen.«

Rhodan sah, wie von Braun den Mund zu einem Einwand öffnete, ihn dann aber wieder schloss, ohne etwas zu sagen. Vermutlich war ihm eingefallen, dass die Kapseln der Apollo-Serie tatsächlich fast nur dann funktioniert hatten, wenn keine Menschen an Bord gewesen waren.

Nixon räusperte sich, sah Johnson an, der ihm nickend das Wort erteilte.

»Wie sieht es mit der Möglichkeit aus, dass es sich um einen gezielten Anschlag gehandelt hat?«, fragte er. »Könnte jemand eine Bombe an Bord geschmuggelt haben? Oder – denken wir in großem Maßstab – könnte es sein, dass die Russen oder die Chinesen schon auf dem Mond sitzen und unser Raumschiff abgeschossen haben?«

Paine atmete überrascht ein. »Das … halte ich für ausgesprochen unwahrscheinlich.«

»Aller Wahrscheinlichkeit nach«, erklärte Wernher von Braun, »hat sich einfach ein bedauerlicher Unfall ereignet, wie er bei derart hochentwickelter Technik nie mit letzter Sicherheit auszuschließen ist. Hinzu kommt, dass in der Raumfahrt enorme Energien im Spiel sind, was bei Fehlfunktionen naturgemäß verheerende Folgen haben kann.«

Johnson wandte den Kopf, sah Rhodan an. »Was denken Sie?«

Rhodan war überrascht, angesprochen zu werden, reagierte aber natürlich ohne sichtbares Zögern. »Ich halte es für wenig wahrscheinlich, dass die Russen auf dem Mond gelandet sind und das für sich behalten haben«, sagte er. »Sie haben zwar bisher ihre Raumfahrtprojekte immer heimlich durchgeführt, aber sobald ihnen etwas gelungen ist, haben sie's in die Welt hinausposaunt. Das würden sie bei einer so epochalen Leistung wie der ersten Mondlandung auf jeden Fall tun.«

»Und Sie, General?«, fragte Johnson.

General Pounder zuckte mit den Schultern. »Ich bin Militär, *Mister President.* Militärisches Denken verlangt, keine Möglichkeit von vornherein auszuschließen.«

Das schien Nixon zu gefallen; zumindest brachte es Pounder einen wohlwollenden Blick von ihm ein.

Pounder und er hatten sich vorher nur einmal kurz telefonisch abgesprochen. Sie würden dabei sein, wenn es um die Zukunft der amerikanischen Raumfahrt ging, hatte der General ihm gesagt, und hätten die Chance zu versuchen, ein Teil dieser Zukunft zu werden. Auf welche Weise, das wusste er aber auch noch nicht; das müsse sich ergeben, hatte er gemeint.

Perry Rhodan war innerlich aufgewühlt. Er trauerte noch um den Verlust eines Freundes, aber zugleich fürchtete er mitzuerleben, dass man hier und heute die Raumfahrt insgesamt zu Grabe trug. Das, sagte er sich, durfte nicht geschehen. Auf irgendeine Weise, die ihm unklar war, schien ihm die Zukunft der Menschheit davon abzuhängen, dass die Tür ins All, die sich gerade erst einen Spalt weit geöffnet hatte, nicht wieder zugeschlagen wurde.

»Ich frage mich«, sagte Nixon, der mehr und mehr das Gespräch an sich zu ziehen schien, »ob es aus heutiger Sicht nicht ein Fehler von Präsident Kennedy war, ein *Datum* für die erste Mondlandung festzulegen. *Vor dem Ende des Jahrzehnts* – das hat vielleicht einen ungesunden Druck ausgeübt. Mister Paine, bin ich richtig informiert, dass Apollo 8 erst der zweite bemannte Flug mit einer Apollo-Kapsel war?«

»Ja«, sagte der NASA-Direktor, »aber wir konnten ja auf den Erfahrungen der bisherigen –«

»Und stimmt es, dass es während des ersten Fluges, bei Apollo 7 also, über fünfzig Fehlfunktionen gab?«

Paine hob abwehrend die Hände. »Wir notieren alles, was nicht nach Plan verläuft, auch die kleinste Kleinigkeit. Das ergibt nach jeder Mission eine lange Liste. Die Zahl 50 hat nichts zu bedeuten.«

»Apollo 7 hat selbsttätig Steuerbewegungen gemacht, und es ist unklar geblieben, warum«, wandte Rhodan ein. Da man ja zu erwarten schien, dass er zu der Diskussion beitrug. »Wenn dieser Fehler bei Apollo 8 im Moment der letzten Zündung des Triebwerks aufgetreten sein sollte, dann kann buchstäblich alles Mögliche passiert sein.«

Von Braun bedachte ihn mit einem geradezu mörderischen Blick. »Wir sind bereits dabei, das zu untersuchen«, erklärte er mit angestrengter Ruhe, »aber ich bin mir zu fast hundert Prozent sicher, dass das keine Rolle gespielt hat.«

Nixon zeigte auf den NASA-Direktor. »Noch einmal die Frage, auf die ich hinauswill: Warum hatten Sie es so eilig, zum Mond zu fliegen?«

Die NASA-Leute tauschten Blicke, dann sagte Paine: »Mitte des Jahres erhielt James Webb eine Information von den Geheimdiensten, wonach die Sowjets etwas vorbereiten würden. Tatsächlich haben sie dann im September eine Raumsonde zum Mond geschickt, die verschiedene Lebewesen an Bord hatte – Schildkröten, Mehlwürmer, Weinfliegen und diverse Pflanzen …«

»Schildkröten?«, wiederholte Nixon verdutzt.

»Die Sonde hieß ZOND-5, Teil einer Versuchsserie, die offenbar schon seit 1964 läuft. ZOND-5 hat den Mond umkreist, ist anschließend zur Erde zurückgekehrt und wieder gelandet. Die *USS McMorris* hat die Landung verfolgt. Es muss ein heißer Ritt gewesen sein, aber nach allem, was wir wissen, haben die Lebewesen an Bord alle überlebt.« Paine knetete seine Hände. »In der Vergangenheit haben die Sowjets oft große Sprünge gemacht – denken Sie an den Unterschied zwischen Sputnik 1 und Sputnik 2. Wir hielten es für denkbar, dass sie dasselbe gleich darauf mit Menschen versuchen würden.«

»Und deshalb haben Sie Apollo 8 zum Mond geschickt?«

»Deshalb haben wir letztendlich entschieden, Apollo 8 zum Mond zu schicken, ja. Erwogen hatten wir es schon im August, die Crew musste sich schließlich entsprechend vorbereiten. Die endgültige Entscheidung ist im November gefallen.«

»Aber die Sowjets haben keine Menschen zum Mond geschickt?«

»Zumindest wissen wir nichts davon.«

Präsident Johnson räusperte sich. »Mister Paine«, fragte er, »was schlagen Sie hinsichtlich der weiteren Vorgehensweise vor?«

»Wie gesagt, im Augenblick spielen wir alle nur denkbaren Möglichkeiten durch, die zu einem Absturz oder anderweitigen Versagen der Kapsel geführt haben könnten«, erklärte Paine wie aus der Pistole geschossen. »Unser Vorschlag geht dahin, nach Evaluierung aller dadurch gewonnenen Erkenntnisse konstruktive Verbesserungen vorzunehmen und weitere Sicherheitsmaßnahmen zu treffen und, nun ja, einen neuen Anlauf zu nehmen. Wir denken, dass wir dem Vermächtnis der Astronauten, die ihr Leben im Dienst der Wissenschaft gelassen haben, auf diese Weise am besten gerecht werden. Es sind schon oft Forscher, die gefahrvolle Wege beschritten haben, dabei gestorben – doch immer sind ihnen andere gefolgt, um zu vollenden, was sie begonnen haben. Robert Scott ist auf dem Weg zum Südpol gestorben, aber Amundsen hat den Pol dann erreicht.«

Rhodan runzelte die Stirn, sah sich um, aber offenbar war er der Einzige, der wusste, dass das historisch völlig falsch war. Amundsen hatte den Südpol einen Monat *vor* Scott erreicht, und Scott und seine Leute waren erst auf dem *Rückweg* gestorben.

»In einem ersten Schritt«, fügte Wernher von Braun hinzu, »planen wir, eine Sonde zu entwickeln, die den Mond umkreisen und nach Spuren von Apollo 8 suchen wird.«

Johnson wandte sich mit ausdruckslosem Gesicht an General Pounder. »General, Senator Myers hat mir gesagt, Sie könnten mit einem Alternativplan aufwarten?«

Pounder nickte. »Ja, *Mister President.*« Er beugte sich vor, auf die verschränkten Arme gestützt. »Ich muss vorausschickend erklären, dass ich von 1961 bis 1966 das Air-Force-Projekt *Starfire* geleitet habe. Dabei handelte es sich um ein von der CIA mitgetragenes Projekt, bei dem es darum ging, eine leistungsfähigere Alternative zum Spionageflugzeug U-2 zu entwickeln.«

Augenbrauen hoben sich. Offenbar hatten die NASA-Leute davon noch nie etwas gehört.

»Wir haben in dieser Zeit den *Starglider* entwickelt, eine Mischung aus Flugzeug und Raumschiff«, fuhr General Pounder fort. »Der

Starglider verfügt über einen hochleistungsfähigen atomaren Antrieb. Er muss von einer speziell dafür ausgerüsteten B-52 bis in eine Höhe von etwa 40 000 Fuß gebracht werden, kann von da aus dann aber aus eigener Kraft den Weltraum erreichen, die Erde umkreisen und wieder landen; alles, ohne irgendwelche Tanks abwerfen zu müssen, bis zum Schluss völlig intakt und nach kurzer Überholung sofort erneut einsetzbar.« Er wies auf Rhodan. »Das ist Captain Perry Rhodan, einer der besten Piloten der Air Force. Er war einer von denen, die mit dem *Starglider* die Erde umrundet haben – übrigens nicht nur von den Sowjets unbemerkt, sondern auch von unseren eigenen Überwachungssystemen.«

Das brachte ihm einen kritischen Blick von General LeMay ein, und auch Richard Nixon furchte die Stirn.

»Das Projekt wurde eingestellt, weil sich gezeigt hat, dass Spionagesatelliten die Aufgabe der Überwachung besser erfüllen können als Flugzeuge«, behauptete Pounder weiter, die Wahrheit großzügig in seinem Sinne zurechtbiegend. »Aber ich bin überzeugt, dass wir mit dem *Starglider* die Raumfahrttechnologie der nächsten Generation bereits besitzen. Der wissenschaftliche Leiter unseres Projekts, Dr. Lehmann, kann Ihnen Berechnungen vorlegen, wonach eine größere Version problemlos vier Astronauten samt Ausrüstung für ausgedehnte Expeditionen auf den Mond befördern könnte, und zwar innerhalb weniger *Stunden*!«

Die Augen wurden immer größer.

Pounder holte einen schmalen Hefter hervor und reichte ihn über den Tisch, wo er an Präsident Johnson weitergegeben wurde. »Mein Konzept sieht folgendermaßen aus: Wir gründen eine – vorerst geheime – Militäreinheit namens *US Space Force*, entwickeln besagte größere Rakete mit atomarem Antrieb – eine Angelegenheit von geschätzt zwei bis drei Jahren – und stoßen damit *überfallartig* zum Mond vor. Ich schlage vor, das Vorhaben *Unternehmen Mondschuss* zu nennen, weil der springende Punkt dabei ist, bis zum letztmöglichen Zeitpunkt zu verschleiern, was wir planen. Dazu gehört auch, dass die NASA weitermacht. Die Sonde ist eine gute Idee. Die Untersuchung, soweit sie möglich ist, ist eine gute Idee. Es wäre auch eine gute Idee, als Nächstes eine ständig bemannte Raumstation zu bauen. Sie wäre nicht nur ein hilfreiches Ablenkungsmanöver, sondern aus wissenschaftlicher Sicht mindestens genauso wünschenswert wie eine Mondlandung; es wäre also keine Geldverschwendung. Aber gesetzt den Fall, dass wir es mit einer feindlichen Macht zu tun haben, die auf dem Mond sitzt, käme dem Überraschungsmoment eine zentrale Bedeutung zu.« Er holte Luft und fügte hinzu: »Und – ja, wir würden Waffen mitnehmen. Weil wir die *US Space Force* sind.«

Der Mann, den Nixon als Dr. Kissinger vorgestellt hatte, war der Diskussion bis dahin nur aufmerksam gefolgt. Nun beugte er sich vor und sagte: »Ich halte das für einen politisch äußerst riskanten Plan. Ein atomarer Antrieb für ein Raumfahrzeug könnte einen gefährlichen Präzedenzfall schaffen. Bis jetzt herrscht zwischen den Atommächten eine stillschweigende Übereinkunft, keine Atomwaffen im Weltraum zu lagern, und es wäre fatal, wenn ausgerechnet die USA Anlass böten, von dieser Übereinkunft abzugehen.«

»Diese Diskussion hatte ich schon einmal«, erwiderte Pounder knurrig. »Aber ein Atomreaktor und eine Atombombe sind zwei völlig verschiedene Maschinen, das wissen auch die Russen.«

Paine, dem die Entwicklung, die die Diskussion nahm, sichtlich missfiel, sagte: »Ich sehe es genauso wie Ihr Captain … Rhodan, nicht wahr? Wenn die Russen auf dem Mond gelandet wären, dann wüssten wir das inzwischen. Das hätten sie nicht für sich behalten. Ausgeschlossen.«

»Vielleicht sind es nicht die Russen«, warf General LeMay mit schnarrender Stimme ein.

Paine sah ihn verdutzt an. Kein Wunder, der General hatte bis jetzt nur reglos dagesessen und ausgesehen, als frage er sich, was er hier solle.

»Die Chinesen sind noch nicht so weit«, sagte er dann.

»*Wissen* Sie das?«, versetzte LeMay angriffslustig.

»Nun, wir – «

»Und außerdem: Ja, es mag sein, dass die Russen immer ausposaunen, wenn sie etwas hinbekommen haben. Aber vielleicht sind sie ja noch nicht *fertig* mit dem, was sie gerade tun?«

Paine runzelte die Stirn. »Wie meinen Sie das?«

»Angenommen, die Sowjets bauen gerade eine Militärbasis auf dem Mond – wie lange, glauben Sie, dauert es, bis so eine Einrichtung einsatzbereit ist?«

Die NASA-Leute wechselten entrüstete, fassungslose, entsetzte Blicke. »Also, mit allem nötigen Respekt, General«, keuchte Paine, »aber das ist reine Science Fiction. Eine permanent bemannte Einrichtung auf dem Mond zu errichten, davon sind wir technisch noch mindestens Jahrzehnte entfernt, ganz abgesehen von den Kosten, die damit verbunden wären …«

»Außerdem«, fügte von Braun hinzu, »besitzen die Sowjets Atombomben und Interkontinentalraketen, die diese in weniger als einer Stunde ins Ziel befördern können. Vom Mond aus dagegen wären sie tagelang unterwegs. Welchen Sinn sollte eine Militärbasis auf dem Mond da haben?«

»Das kann ich Ihnen sagen«, blaffte LeMay, holte ein schmales Buch aus seiner Mappe und warf es mitten auf den Tisch. Es handelte sich um einen Roman mit dem Titel *The Moon Is A Harsh Mistress* von einem gewissen Robert A. Heinlein. »Kennen Sie dieses Buch?«

Rhodan kannte es. Er hatte eine zerfledderte Ausgabe im Bücherschrank der Kaserne der Takhli Royal Thai Air Force Base gefunden und innerhalb weniger Tage verschlungen.

Die NASA-Leute beugten sich verwundert darüber. »Der Autor sagt mir etwas …«, meinte einer, der bis jetzt noch nichts gesagt hatte.

»Es ist ein Science-Fiction-Roman, erschienen vor zwei Jahren«, erklärte LeMay, »und ich muss sagen, ich finde es bedenklich, wenn ausgerechnet Raumfahrtleute diese Art Bücher nicht lesen. Der Roman handelt von einer Mondkolonie, die gegen eine unterdrückerische Erdregierung rebelliert. Was daran bemerkenswert ist, ist die Waffe, die sie entwickeln, um sich gegen die Erde zu wehren.«

»Nämlich?« Paine schob das Buch mit spitzen Fingern zurück in Richtung Tischmitte. »Ich kenne das Buch nicht, muss ich gestehen. Ich lese bei meiner Arbeit so viel, dass ich in meiner wenigen Freizeit anderes tue …«

LeMay wies auf das Buch. »Kein Problem, ich werde es Ihnen erzählen. Die Rebellen bauen ein Katapult, das imstande ist, Felsbrocken auf die Erde zu werfen.«

Paine blinzelte. »Felsbrocken.«

»Sie kennen das Konzept des Linearmotors, nehme ich an?«, fragte der General. »Elektromagnetisch, berührungsfrei, schnell?«

Die NASA-Leute nickten.

»Stellen Sie sich das auf dem Mond vor. Eine kilometerlange Schiene aus Stahl, leicht aufwärts geneigt, vielleicht am Rande eines Mondkraters errichtet. Darauf ein Schlitten, der von einem Linearmotor auf eine genau bestimmbare Geschwindigkeit beschleunigt wird. Der Mond hat keine Atmosphäre, seine Anziehungskraft ist gering, zudem liefert die Sonne reichlich Energie. Es wäre theoretisch ohne weiteres denkbar, mit Hilfe einer solchen Anlage Gegenstände in eine Umlaufbahn zu schleudern – oder darüber hinaus.«

Er beugte sich angriffslustig vor. »Die Rebellen haben einen Computer, der exakt berechnen kann, zu welchem Zeitpunkt und mit welcher Geschwindigkeit ein Felsbrocken einer gegebenen Masse ins All katapultiert werden muss, um an einem präzise bestimmten Punkt auf der Erde einzuschlagen. Genau auf dem Dach des Weißen Hauses, wenn es sein muss. Der Felsbrocken muss bloß groß genug sein, um in der Atmosphäre nicht vollständig zu verglühen, dann kann er verheerende Zerstörungen anrichten. Ein hinreichend großer Stein, der vom Mond herabstürzt, hat eine kinetische Energie, die der einer Atombombe in nichts nachsteht – und er ist nicht nur billiger, es gibt auf dem Mond auch beliebig viel Nachschub davon. Auf diese Weise gewinnen die Rebellen den Krieg.«

Er verschränkte die Arme und lehnte sich zurück. »Falls die Russen etwas in dieser Art vorhaben, werden sie den Teufel tun und es hinausposaunen, ehe sie damit fertig sind.«

Einen Moment lang herrschte verblüffte Stille.

»Das … das ist utopisch«, stieß Paine hervor.

»Der *Sputnik* war auch einmal utopisch«, entgegnete der General finster. »Die Atombombe war auch einmal utopisch. Wir leben in einer Zeit, in der am laufenden Band Utopien Wirklichkeit werden.«

Präsident Johnson blätterte in dem Konzeptpapier von General

Pounder. »Meine Herren«, sagte er, »würden Sie bitte *president elect* Nixon und mich einen Moment allein lassen, damit wir das besprechen können?«

Sie gingen hinaus, bildeten Grüppchen an entgegengesetzten Enden des Flurs. Pounder stellte ihnen Oberst Clement Maurice vor. Sollten die Präsidenten seinem Plan zustimmen, würde dieser sein Stabschef werden.

»Ich bin zuversichtlich«, sagte Maurice und strich sich dabei über sein bleistiftdünnes Oberlippenbärtchen. »Der Einwurf von General LeMay war sehr überzeugend.«

»Ist LeMay nicht schon im Ruhestand?«, wollte Dr. Lehmann wissen. »Hat er deswegen Zeit, solche Romane zu lesen?«

»Das war doch alles Unfug, was er gesagt hat«, meinte Rhodan. »Nie im Leben bauen die Russen gerade einen Stützpunkt auf dem Mond.« Er sah Pounder an. »Haben Sie diese Vorstellung etwa mit ihm abgesprochen?«

»Ach was, auf eine so verrückte Idee wäre ich doch nie im Leben gekommen«, erwiderte der General. »Aber er scheint Nixon damit beeindruckt zu haben, und das könnte uns zugutekommen.«

»Es macht Ihnen nichts aus, Ihre *Space Force* mit faulen Tricks zu gründen?«

Pounder musterte ihn abschätzig. »Rhodan, machen Sie sich nichts vor. Das ganze Raumfahrtprogramm war von Anfang an Teil des Kalten Kriegs. Nur deshalb war das Geld dafür da.« Er drückte ihm den ausgestreckten Zeigefinger auf die Brust. »Sie fragen mich, was ich will? Ich will, dass Sie der erste Mann auf dem Mond sind. Und ich will, dass Sie mit einem *richtigen* Raumschiff dorthin fliegen, nicht mit einer Konservenbüchse.«

Das Geräusch einer sich öffnenden Tür ließ sie herumfahren. Nun kamen auch die Berater heraus; offenbar wollten Johnson und Nixon die Angelegenheit letztendlich unter vier Augen entscheiden.

Die Gruppen warfen einander misstrauische Blicke zu, die NASA-Leute den Pounder-Leuten und umgekehrt. Nur LeMay und Kissinger kümmerten sich nicht um die anderen; sie standen abseits und diskutierten leise, aber heftig.

Nach einer Weile kam ein junger Mann eilig den Flur entlang, verschwand im Besprechungszimmer, kam mit einem bekritzelten Blatt Papier in der Hand wieder hervor und eilte davon.

»Das war die Entscheidung«, sagte Pounder. »Das wird jetzt nur noch ins Reine geschrieben.«

Und so war es. Der junge Mann kam mit zwei dünnen Ledermappen zurück, die er ins Besprechungszimmer brachte, und als er wieder herauskam, sagte er scheu: »Ähm … Sie sollen jetzt bitte alle wieder hereinkommen.«

Sie nahmen ihre Plätze ein, aber nicht mehr, um zu diskutieren, sondern nur noch, um die Entscheidungen der beiden Präsidenten, des scheidenden und des kommenden, zur Kenntnis zu nehmen.

»Wir haben beschlossen«, erklärte Präsident Johnson mit müden Augen, »dass es angebracht ist, konsequent und kraftvoll zu handeln. Alles andere wäre nicht amerikanisch.«

»Mit anderen Worten«, fügte Nixon hinzu, »wir machen beides.«

Jede der beiden Mappen enthielt eine präsidiale Direktive, die Präsident Johnson nun unterzeichnete. Die erste Direktive verfügte die Gründung der *US Space Force*, ernannte General Pounder zu ihrem ersten Oberkommandierenden (was ihm einen dritten Stern einbrachte) und widmete den Stützpunkt Groom Lake um, der künftig *Nevada Fields Space Port* heißen sollte.

Die zweite Direktive war das Gründungsdokument der in Pounders Konzept vorgesehenen *California Academy of Spaceflight,* in der Forschung, Entwicklung und Ausbildung der künftigen Weltraumpiloten Hand in Hand vor sich gehen sollten.

Pounder strahlte. Das hieß, dass er sein Konzept zu hundert Prozent würde umsetzen können!

3

Die Unterschrift des Präsidenten unter die beiden Direktiven war, als hätte Johnson einen Wirbelsturm entfesselt. General Pounder legte noch am selben Tag los. Es war unübersehbar, dass er seinen Plan über lange Zeit hinweg entwickelt und bis in alle Einzelheiten durchdacht hatte und ihn nur im richtigen Moment aus der Schublade hatte ziehen müssen. Alles war bereits ausgetüftelt, bis hin zu den militärischen Rängen, die es bei der *Space Force* geben sollte, den Rangabzeichen und den Uniformen, und Pounder wusste sogar schon, welche Firma sie herstellen würde; er brauchte nur noch die Bestellung aufzugeben, sobald er sein Budget hatte.

Noch am Sonntag, dem 29. Dezember, begann er zu telefonieren, um die Wissenschaftler wieder einzusammeln, die beim *Starfire*-Projekt für ihn und Dr. Lehmann gearbeitet hatten. Was die Raumfahrtakademie anbelangte, hatte er auch schon eine Liste, welche Gebäude dafür in Frage kamen, und beauftragte sofort einen Makler, mit Verhandlungen über einen Kauf zu beginnen. Anschließend ging er an eine Liste von Dozenten, die er als Lehrkräfte gewinnen wollte.

Am Montag, dem 30. Dezember, übernahm er die Groom Lake Base. Selbstredend brachte er einen fertig ausgearbeiteten Plan mit, wie die Anlagen umzubauen und zu erweitern waren; die Ausschreibungen für die nötigen Arbeiten gingen am ersten Arbeitstag des neuen Jahres in die Post, und wenig später transportierten die ersten Baufirmen bereits ihre Gerätschaften hinaus in die Wüste von Nevada.

Nur Soldaten hatte Pounder einstweilen bloß einen einzigen: Perry Rhodan.

Diesem erklärte er, er wolle für die aktiven Angehörigen der *US Space Force* eine neue Bezeichnung einführen. Diejenigen, die die Raumschiffe fliegen würden, sollten nicht »Astronauten« heißen – diese Bezeichnung, meinte er, gehöre der NASA, mit der er sich trotz allem auf guten Fuß zu stellen hoffte – und auch nicht »Testpiloten«, denn irgendwann würde die Zeit der Tests ja vorbei sein, das grundsätzliche Risiko eines Weltraumflugs aber bestehen bleiben: Deswegen solle die offizielle Bezeichnung »Risikopilot« sein.

Die Entscheidung über den Standort der *California Academy of Spaceflight* fiel schnell: Sie würde in Santa Maria gegründet werden, einer kleinen Stadt im Süden des Bundesstaates, rund zweihundert Kilometer nordwestlich von Los Angeles gelegen, die damals rund 32 000 Einwohner zählte und berühmt war als Geburtsort des Hollywoodstars Jane Russell. Pounder erwarb Gelände und Firmengebäude eines pleitegegangenen Logistikunternehmens, die ein gutes Stück außerhalb des Stadtgebiets lagen, und beauftragte ein Architekturbüro, das schon oft für die Streitkräfte tätig gewesen war und als schnell und zuverlässig galt, die Anlage in einen Hochschulcampus mit angeschlossenem Laborkomplex umzuwandeln.

Dorthin also schickte er Risikopilot Captain Perry Rhodan, damit dieser die Physik der atomaren Antriebe studiere.

»Sir«, protestierte Rhodan, »ich will die Dinger nicht *bauen.* Ich will sie nur *fliegen.*«

»Papperlapapp«, erwiderte Pounder grob. »Sie müssen sich damit auskennen, bis in die letzte Schraube, Düse und Brennkammer. Glauben Sie, ich habe die Story nicht mitbekommen von Ihrem famosen Wettflug in Pax River damals? Sie haben diesem Navy-Flieger das Leben gerettet. Aber das hätten Sie nicht gekonnt, wenn Sie das Triebwerk nicht eingehend studiert hätten.«

Diesem Argument hatte Rhodan in der Tat nichts entgegenzusetzen.

»Außerdem«, fuhr der General fort, »kann ich Sie in Nevada noch nicht brauchen, solange dort Baustelle ist.«

Also kehrte Perry Rhodan Anfang Januar 1969 nach Charleston zurück, aber nur, um seine Sachen zu packen und sich von Scott und den anderen zu verabschieden.

»Ach, ich hab's doch gleich gewusst«, seufzte Scott.

»Wir haben's dir gesagt, nicht wahr?«, meinte Lance.

»Das war ja nicht mal ein Jahr«, beschwerte sich Frank.

»Und wohin geht's jetzt?«, wollte Scott wissen.

»Nach Kalifornien erst mal.« Rhodan hob die Schultern. »Mehr darf ich nicht sagen.«

»Uh«, machte Lance. »*Die* Art von Kommando.«

»Pass bloß auf dich auf«, riet Frank.

Und dann war Rhodan in Kalifornien, nominell als erster Student an der CASF, tatsächlich aber eher als jemand, der dabei zuschaute, wie die Akademie nach und nach Gestalt annahm. Die ersten Wochen wohnte er in einem billigen Hotel in der Nähe, und sein Unterricht bestand darin, sich einmal pro Woche mit Dr. Lehmann zusammenzusetzen, der ihm allerlei Bücher, Skripte und Übungsunterlagen aushändigte und mit ihm die Fragen besprach, die sich seit dem letzten Treffen ergeben hatten. Ansonsten sah Rhodan zu, wie die Küche der Mensa eingebaut wurde, und bekam später die erste dort entstandene Mahlzeit zu kosten. Er verfolgte, wie die Zimmer des Wohnheims ausgebaut wurden und die Hörsäle, die Büros, die Labors und die Werkstätten; das ganze Gelände glich einem Ameisenhaufen in hellem Aufruhr, so viele Handwerker waren zugange. Die *California Academy of Spaceflight* war auf eine große Zukunft hin angelegt und sollte, wie sich Pounder ausdrückte, »das Harvard der Raumfahrt« werden, auch wenn die Zahl der Studenten in den ersten Jahren eher gering sein würde: Zunächst galt es, die Risikopiloten und sonstigen Crewmitglieder für die Operation Mondschuss auszubilden.

Mit der NASA hatte Pounder vereinbart, dass er alle Versuche unterlassen würde, ihre Astronauten abzuwerben. Allerdings hatte er das auch nie vorgehabt, wie er Rhodan anvertraute: »Die Astronauten sind schon so auf die Abläufe und Konzepte der NASA getrimmt, die müssten bei uns erst mal schrecklich viel *verlernen,* ehe man etwas mit ihnen anfangen könnte. Das wäre in höchstem Maße ineffizient, womöglich sogar gefährlich.«

Obwohl es noch nichts zu tun gab, langweilte sich Rhodan in dieser Zeit kein bisschen. Es faszinierte ihn mitzuerleben, wie General Pounder und Oberst Maurice im Handumdrehen eine ganze Organisation aus dem Boden stampften: Wie man so etwas machte, wurde sozusagen sein inoffizielles Nebenfach.

Da er bislang Pounders einziger Untergebener war, ergaben sich viele Gespräche, in denen ihm der General erläuterte, was er tat, warum er es tat und welche Kriterien, Aspekte und Notwendigkeiten dabei zu berücksichtigen waren. Pounder hatte im Lauf der Jahre bestehende Organisationen wie die Air Force, die Navy, aber auch die NASA, die

CIA und die Firmen, mit denen er zu tun gehabt hatte, genauestens studiert, um zu sehen, worauf es ankam.

Wir dürfen getrost vermuten, dass all dies ein Vorbild war, als Perry Rhodan später daranging, mit seiner *Dritten Macht* etwas noch Größeres quasi aus dem Nichts zu erschaffen. Betrachtet man die damaligen Entscheidungen und die einzelnen Schritte des Aufbaus im Detail, sieht man meines Erachtens gut, wie sehr Rhodan von dem Anschauungsunterricht profitiert hat, den ihm General Pounder bot.

Irgendwann in den ersten Januarwochen flog Perry Rhodan nach Houston, um Marilyn Lovell einen Kondolenzbesuch abzustatten.

Er fand Jims Witwe trauernd, aber gefasst vor. Sie freute sich über seinen Besuch, und irgendwie ergab es sich, dass sie ein wenig aus sich herausging.

»Ich hab das noch niemandem erzählen können«, sagte sie, »aber ich glaube, Sie verstehen das. Ehe Jim und ich geheiratet haben, hat er zu mir gesagt: Schatz, dir muss klar sein, ich bin Testpilot, und das heißt, die Chancen stehen fifty-fifty, dass ich jung sterbe. Aber das Fliegen ist eben, woran mein Herz hängt, und das man kann sich nicht aussuchen. Ich muss fliegen, wie andere Musik machen müssen oder Bücher schreiben oder auf Berge steigen. Und wann immer mein Leben einmal enden wird, ich will mir sagen können, ich habe das gemacht, was mir wirklich etwas bedeutet hat.«

»Ja«, sagte Rhodan, als sie ihn erwartungsvoll ansah. »Das hätte auch von mir sein können.«

Marilyn Lovell sah zu dem schwarzumrahmten Porträt Jims hinüber, das auf dem Beistelltisch stand. »Er hat es geliebt. Er hat es wirklich geliebt, Pilot zu sein, und auch, Astronaut zu sein. Das hat er noch mehr geliebt.«

»Das hat man gespürt.«

»Jedenfalls«, nahm sie den Faden ihrer Erzählung wieder auf, »er hat damals gesagt, Marilyn, wenn du einen anderen Mann nehmen kannst, einen Buchhalter oder einen Beamten oder einen Lehrer, irgendeinen mit einem sicheren Beruf – dann nimm besser den.«

Sie schluckte. »Ich hab darüber nachgedacht. Ich hab tatsächlich darüber nachgedacht!« Sie wischte sich eine Träne aus dem Augenwinkel. »Aber dann habe ich gemerkt, ich kann es nicht. Ich hab Jim gesagt, dass ich es akzeptiere, wie es ist. Ich hab ihn geheiratet in dem Wissen, dass ich besser jeden Tag genieße, den ich ihn habe.«

Sie rang um Fassung, brauchte eine Weile.

»Und das hab ich gemacht. Weiß Gott, das hab ich gemacht. Ich vermisse ihn so sehr, aber ich hätte kein anderes Leben haben wollen als das mit ihm.«

Anfang Februar war das erste Zimmer im Wohnheim fertig, und Rhodan konnte einziehen.

Zwei Tage später klingelte abends das Telefon, was Rhodan wunderte, da er seine Telefonnummer noch niemandem gegeben hatte. Er hob ab. »Rhodan?«

»Hallo, Wunderpilot«, drang eine dröhnende Stimme aus dem Hörer. »Hier ist Reginald Bull.«

4

Der Anruf überraschte Rhodan, aber davon bekamen andere üblicherweise nichts mit. Es muss für Bull geklungen haben wie aus der Pistole geschossen, als Rhodan erwiderte: »Waren wir nicht schon bei Bully? Und dass nur deine Mutter dich Reginald nennt?«

Nun war es an Bull, überrascht aufzulachen. »Stimmt. Also gut – Bully hier. Sag mal, ich hatte heute eine Unterredung mit einem gewissen General Pounder, der mich überreden will, dass ich *Risikopilot* in seiner neuen Truppe werde. Weil ich nun mal ein skeptischer Mensch bin, hat er mir deine Nummer gegeben und gemeint, ich soll doch mal mit dir reden. Was sagst du dazu? Ist das zu empfehlen?«

»Nein«, erwiderte Rhodan trocken. »Absolut nicht. Das ist nur was für völlig Verrückte.«

»O Mann«, protestierte Bull, »jetzt mal ohne Scheiß!«

»Was willst du wissen? Worum es geht? Es geht darum, dass die Firmen, die für die NASA die Saturn V bauen, den Auftrag haben, ähnliche Stufen für eine Rakete zu entwickeln, die *Stardust* heißen wird und deren oberste Stufe – oder vielleicht auch die *zwei* obersten Stufen, da sind die Eierköpfe noch am Überlegen – einen atomaren Antrieb kriegt. Mit anderen Worten, du wirst mit einem superhochleistungsfähigen Atomreaktor im Rücken fliegen, und zwar zum Mond, wo bekanntlich gerade drei der besten Astronauten spurlos verschwunden sind.«

»Puh«, machte Bull.

»Außerdem muss jeder Risikopilot ein Studium absolvieren, das unter anderem die Physik atomarer Strahltriebwerke umfasst, Astronomie, Elektronik und noch eine ganze Menge mehr.«

»Auch das noch!«

»Eben«, meinte Rhodan. »Aber General Pounder legt großen Wert auf völlige Freiwilligkeit. Ich bin mir sicher, es wird keinen Vermerk in deiner Personalakte geben, wenn du ablehnst.«

»Teufel noch mal!«, keuchte Bull. »Du weißt, wie du's einem schmackhaft machst. Also gut, ich bin dabei!«

Rhodan grinste. Irgendwie hatte er das gewusst.

Und seltsam – der Gedanke, mit dem verrückten Rotschopf zusammenzuarbeiten, gefiel ihm.

»Dann willkommen im Team«, sagte er.

Im Januar des Jahres 1969 hatte sich noch etwas ereignet, das Folgen haben sollte: Und zwar war ein Ingenieur namens Tim Gohde, der einige Jahre zuvor im Team um Dr. Lehmann gearbeitet hatte, der Spionage für die Sowjetunion überführt worden – durch einen Zufall: Er hatte sich auf eine Affäre mit einer Studentin eingelassen, die jung genug war, seine Tochter zu sein, worauf seine erboste Ehefrau sich an die Behörden wandte und ausplauderte, dass Gohde für den sowjetischen Geheimdienst gearbeitet habe. Man verhaftete den Mann, der nach kurzem Verhör alles gestand. Unter anderem hatte er die Pläne eines frühen Prototyps des Nuklearantriebs an die Sowjetunion weitergeleitet.

Das allein war schlimm genug, schlimmer aber war, dass es so weit gar nicht hätte kommen müssen. Dem westdeutschen Geheimdienst war der Mann nämlich bekannt gewesen: Er war 1961 aus dem Osten in den Westen geflohen, auf die übliche Weise überprüft worden und kurz darauf in die USA übergesiedelt. Später hatte man sein Konterfei auf Fotografien entdeckt, die von einem westdeutschen Spion im Osten stammten und unter anderem Gohde im persönlichen Kontakt mit hochrangigen Funktionären des sowjetischen Geheimdienstes zeigten. Diese Erkenntnisse hatte man zwar, wie üblich, an die USA weitergegeben, doch der ursprüngliche Name des Mannes lautete nicht Gohde, sondern Gödhe: Der Umlaut war bei der Übertragung in die amerikanischen Datenverarbeitungssysteme untergegangen und die Warnung mit ihm.

Als Konsequenz aus diesem Vorfall war eine der ersten Initiativen von Präsident Richard Nixon nach seiner Amtseinführung am 20. Januar 1969 die, sich mit den Regierungschefs aller NATO-Staaten zu treffen und die Schaffung eines gemeinsamen Geheimdienstes anzuregen. Dessen Aufgabe solle es werden, alle Informationen über Vorgänge in der Sowjetunion und in China zusammenzutragen, wobei insbesondere die Aufklärung über die Weltraumaktivitäten der beiden feindlichen Supermächte im Zentrum des Interesses zu stehen hatten.

Bei dem bestehenden Machtgefälle innerhalb der westlichen Verteidigungsallianz lief eine »Anregung« eines amerikanischen Präsidenten kaum Gefahr, ignoriert zu werden. Zudem zogen nicht wenige der übrigen Regierungschefs der NATO dieselben Lehren aus oben erwähntem Vorfall wie Nixon selbst. So wurde kurzerhand die *International Intelligence Agency*, kurz IIA, aus der Taufe gehoben und mit höchst weitreichenden Befugnissen ausgestattet, sehr zum Missfallen aller bisherigen Geheimdienstchefs, die darin – zu Recht – eine Minderung ihrer eigenen Macht sahen.

Zum Chef der neugeschaffenen IIA wurde ein gewisser Allan Donald Mercant bestimmt, ein eher unscheinbar aussehender Mann mit ausgeprägter, nur von einem schütteren Kranz goldblonder Haare umgebener Glatze und einer merkwürdig hochgewölbten Stirn. Rein vom ersten Eindruck her hätte man ihm den Vorsitz eines Tierschutzvereins zugetraut, nicht jedoch, dass er bis dahin Leiter der Abteilung Ostbeobachtung bei der CIA gewesen war. Außerhalb von Geheimdienstkreisen war sein Name völlig unbekannt, und daran änderte sich auch nichts, denn die bloße Existenz der IIA blieb streng geheim.

Langjährige Mitarbeiter sagten dem 53-jährigen Mercant allerlei nach, zum Beispiel, dass er ein geradezu furchterregendes Gespür für verborgene Entwicklungen habe und es schlechterdings unmöglich sei, ihn hinters Licht zu führen. Ja, manche schworen Stein und Bein, Mercant sei imstande, Gedanken zu lesen – zumindest aber sei er eine Art menschlicher Lügendetektor, denn er wisse stets mit unfehlbarer Sicherheit, ob jemand lüge oder nicht.

Abgesehen von derlei für einen Geheimdienstchef natürlich überaus nützlichen Eigenschaften war Allan D. Mercant darüber hinaus auch ein begnadeter Organisator und imstande, seine Mitarbeiter zu Höchstleistungen anzuspornen, so dass selbst aufwendigste Vorhaben innerhalb kürzester Zeit realisiert wurden. Das erste derartige Projekt, das er in seiner Funktion als Chef der IIA verwirklichte, war der Bau einer gewaltigen unterirdischen Geheimdienstzentrale auf Grönland, eine in drei Kilometern Tiefe gelegene Anlage, in der nicht nur alle Informationen aus allen NATO-Staaten zusammenliefen, sondern auch der leistungsfähigste Computer der Welt installiert wurde, um sie auszuwerten. Die Architekten, die er damit beauftragte, lachten nur gutmütig, als er ihnen erklärte, all das innerhalb eines Jahres in die Tat umsetzen zu wollen. Doch tatsächlich nahm der Komplex am 1. Februar 1970 seine Arbeit auf, nicht zuletzt dank eines gewissen Oberst Donald Cretcher, eines Fachmannes für Tiefbautechnik, der auch schon am Bau des berühmten, atombombensicheren NORAD-Bunkers unter dem *Cheyenne Mountain* in Colorado mitgewirkt hatte.

Ein paar Tage nach dem Telefonat fuhr Rhodan nachmittags hinaus zum Flughafen. Die Maschine aus Las Vegas war pünktlich, und so kam kurz nach der Landung ein sichtlich missgelaunter Reginald Bull aus dem Ankunftsbereich, einen navyblauen Gepäcksack über der

Schulter und irgendwie blass um die Nase, was im Kontrast mit seinen im Bürstenschnitt gehaltenen roten Haaren besonders auffiel.

»Man könnte glauben, du leidest an Flugangst«, begrüßte Rhodan ihn.

»Na, und wie!«, erwiderte Bull schnaubend. »Immer, wenn jemand anders im Cockpit sitzt als ich. Hast du die Landung gesehen?«

»War ein bisschen holprig.«

»›Ein bisschen‹ ist gut. Und so ist der *die ganze Strecke* über geflogen!«

Rhodan deutete über seine Schulter. »Wie sieht's mit Autos aus, die jemand anders steuert? Ich hab 'nen Wagen der Akademie draußen.«

Bull atmete tief durch, schien anzukommen. »Wenn ich auf den Copiloten … ich meine, auf den Beifahrersitz darf, ist alles okay.«

»Na dann«, meinte Rhodan und holte den Schlüsselbund aus der Tasche.

Sie fuhren in die Akademie. Der Hausmeister, selbst erst seit ein paar Tagen im Dienst, zeigte Bull sein Zimmer, erklärte ihm, wie das mit der Wäsche und dem Müll funktionierte, und überreichte ihm endlich diverse Schlüssel, für den Eingang, das Zimmer selbst, den Briefkasten und sein Kühlschrankfach in der Küche.

»Wir sind die Ersten?«, vergewisserte sich Bull danach. »Im Ernst?«

Rhodan nickte. »Auf unseren Schultern lastet die Verantwortung, eine große Tradition zu begründen.«

Bull lachte. »Das machen wir doch eisern.«

Welchen Anteil die beiden Männer daran hatten, ist schwer zu sagen, aber jedenfalls begann damals tatsächlich eine große Tradition: Bis 1972 wurden an der *California Academy of Spaceflight (CASF)* die Risikopiloten der *US Space Force* ausgebildet, später die Raumpiloten der Solaren Flotte. Die *Terrania Space Academy (SpA)* nahm ihren Lehrbetrieb erst 1982 auf, doch es sollten mehrere Jahrzehnte vergehen, ehe sie die Bedeutung der *CASF* erreichte. Die *CASF* blieb bis ins 24. Jahrhundert bestehen und war bis zuletzt eine renommierte Adresse für die Ausbildung von Raumfahrern aller Kategorien.

Rhodan zeigte Bull alles, was es sonst so zu sehen gab: die ehemalige Kommissionierhalle, in der gerade eine große Zentrifuge für das Andrucktraining eingebaut wurde. Das ehemalige Hochregallager, das künftig den Andocksimulator beherbergen würde. Das im Rohbau befindliche Bassin, wo man dereinst das Arbeiten unter Schwerelosigkeit trainieren würde. Die künftigen Hörsäle, noch kahle, leere Räume voller Bauabfälle. Die flugmedizinische Abteilung, in der heftig gesägt und gehämmert wurde und allerlei sorgsam verpackte Geräte darauf warteten, installiert zu werden. Die noch unvollendete Turnhalle. Die Sportplätze, die erst farbige Markierungen auf kahlem Boden waren. Die Laboratorien, die von allen Einrichtungen am weitesten gediehen waren, weil ihnen die höchste Priorität zukam.

Dort trafen sie auch Dr. Lehmann, der Bull die Hand schüttelte und meinte: »Aha, die Anzahl der Studenten hat sich verdoppelt? Erfreulich, erfreulich. Hoffen wir, dass der Trend anhält!«

In drei Schritten Entfernung wartete schon ein Monteur mit einer gewaltigen Blaupause in der Hand, der bei allem Respekt deutliche Ungeduld ausstrahlte.

»Ich muss«, sagte Dr. Lehmann. »Wir sehen uns ja.«

Auf dem Rückweg in das gleichfalls erst halbfertige Wohnheim meinte Bull: »Okay, es ist also alles noch Baustelle. Was machen wir dann heute Abend?«

Rhodan zuckte ratlos mit den Achseln. »Wir können uns in die Küche setzen, uns einen Tee kochen und über Gott und die Welt reden«, schlug er vor.

»In die Küche. Mit einem Tee.« Bull rollte mit den Augen. »Mann! Santa Maria ist berühmt für seine Weine! Da werd' ich doch an meinem ersten Abend hier keinen *Tee* trinken!« Er musterte Rhodan. »Was hast du denn bisher abends unternommen? Als die Studentenzahl sich noch nicht verdoppelt hatte, meine ich?«

»Ich hab meistens gelesen.«

Bull ächzte. »Weißt du was? Irgendwie hab ich mir das sogar gedacht.« Er blieb stehen, drückte Rhodan den ausgestreckten Zeigefinger auf die Brust. »Heute nicht, mein Freund! Heute gehen wir aus.«

»Ich hab aber keine Ahnung, wohin man gehen könnte«, gestand Rhodan.

»Kein Problem«, erwiderte Bull. »Ich war bis jetzt beim Nachrichtendienst. Ich hab Übung rauszukriegen, was ich wissen will.«

Das interessierte Rhodan. Er verfolgte, wie Bull mit dem Hausmeister redete, dann mit dessen Frau, dann, wie er telefonierte. Von irgendwoher hatte er plötzlich einen Stadtplan, auf dem er sich Notizen machte, während er, den Telefonhörer zwischen Ohr und Achsel eingeklemmt, mit irgendjemandem palaverte, lachte, sich empörte, flehte, scherzte …

Und irgendwann legte er auf, faltete den Plan zusammen und meinte: »Okay. Los geht's. Ich mach Copilot und Navigation.«

Sie landeten in einem Weinkeller, von dem Rhodan noch nie gehört hatte und dessen Gewölbe fast echt aussah, so, als sei es jahrhundertealt. Hier fand an diesem Abend eine ausnehmend gut besuchte Weinprobe statt. Zwischendurch gab es Häppchen, es wurde viel diskutiert und viel gelacht, und immer wieder wurden neue Weine vorgestellt und erklärt und natürlich kredenzt. Der Abend verging im Flug, und irgendwann meinte Rhodan: »Wir wer'n für den Rückweg ein Dings … ein Taxi nehmen.«

Worauf Bull trunken salutierte und erwiderte: »Hervorragende Idee, Captain!«

Am nächsten Morgen saßen sie dann doch in der Küche, jeder mit einer großen Tasse starken, schwarzen Kaffees und entschieden nicht in Form.

»Ich bitte darum, nicht geschüttelt zu werden«, stöhnte Bull. »Alle Anforderungen an meine Beweglichkeit sind bis mindestens heute Nachmittag zurückzustellen.«

»Nett war es trotzdem«, meinte Rhodan, sich die Schläfen massierend. »Mal was anderes. Wobei ich meine, irgendwo gelesen zu haben, dass man bei einer *richtigen* Weinprobe den Wein nicht trinkt, sondern wieder ausspuckt.«

Bull verzog das Gesicht. »Widerlich. Aber vermutlich empfehlenswert, wenn man hinterher Einkaufsentscheidungen treffen muss.«

Eine Weile hing jeder reglos seinen Gedanken nach. Dann fragte Rhodan: »Warst du wirklich beim Nachrichtendienst?«

Bull streckte die Hand aus. »Gestatten: Bull. *James* Bull.« Er winkte ab. »Quatsch, nein. Ich war nie ein richtiger Agent, dazu bin ich wahrscheinlich nicht unauffällig genug … das heißt, so gut wie nie. Einmal hab ich ein halbes Jahr lang Air-Force-Pilot gespielt, um einem Drogenhandel auf die Schliche zu kommen. War unerfreulich. Ich hatte einen Vorgesetzten namens Ekkel, einen sturen Kommisskopp, der vierundzwanzig Stunden am Tag Bereitschaft erwartet hat, an sieben Tagen pro Woche. Aber wenn man weiß, dass es im Deutschen ein Wort gibt, das so ähnlich geschrieben wird und bedeutet …«

Rhodan nickte, eine Bewegung, die er sofort bereute. »Ich weiß.«

»… das macht die Erinnerung dann fast wieder lustig.« Bull rollte probeweise die Schultern. »Aber meistens war ich nur der Pilot vom Dienst. Für heikle Ziele. Geheimdienstleute *lieben* nämlich Hubschrauber – aber sie können sie nicht fliegen. Jedenfalls nicht so, wie's in derartigen Fällen nötig ist.«

»War doch sicher aufregend«, meinte Rhodan und vertrieb mit Hilfe der Kaffeekanne die Luft aus ihrer beider Tassen.

»Manchmal, ja. Ich hab ein paarmal prominente Staatschefs geflogen, ein paarmal notorische Verbrecher, und nicht selten beides in Personalunion. Und ab und zu sind mir auch Kugeln um die Ohren gepfiffen, wie sich's gehört.«

»Und diese Drogenhändler, hast du die ausfindig gemacht?«

»Das darf ich dir nicht sagen«, meinte Bull. »Aber ich schätze, ich könnte Worte wie ›Ja, na klar‹ auf ein Stück Papier schreiben, ohne gegen die Buchstaben meiner Verschwiegenheitserklärung zu verstoßen.«

»Und ansonsten? Hast du irgendwas mitgekriegt, was man uns Normalbürgern verschweigt?«

Bull grinste schief. »Ob Elvis noch lebt, meinst du? Ob sie Aliens in Area 51 festhalten?«

»Da sind keine. Das weiß ich zufällig.«

»Ich glaube, so richtig der Normalbürger bist du sowieso nicht.« Bull nahm einen mächtigen Schluck Kaffee. »Mitgekriegt hab ich hauptsächlich, wie Geheimdienstler so ticken. Und ich sag dir, die sind auf ihre Weise alle gleich verrückt, egal, für welches Land sie arbeiten.«

»Wie wir verrückt sind, dass wir zum Mond fliegen wollen.«

»Genau«, meinte Bull und sah Rhodan fragend an. »*Apropos* zum Mond fliegen: Wenn hier alles noch Baustelle ist, wann soll es denn dann losgehen mit Ausbildung und Training und so?«

»Sofort«, erwiderte Rhodan. Er holte ein dickes Skript mit grünem Deckblatt und dem Logo der *CASF* unter der Zeitung hervor, in der er geblättert hatte, ehe Bull in der Küche eingetrudelt war, und schob es ihm hin. »Soll ich dir geben.«

Bull beugte sich voller Entsetzen darüber. »›Theorie der atomaren Strahlantriebe‹? Das ist jetzt nicht dein Ernst.«

»Es ist der Ernst von Dr. Lehmann. Der die Akademie leitet.«

Bull blätterte die ersten Seiten um, mit so spitzen Fingern, als fürchte er, die Blätter könnten verseucht sein. »Das ist ja voller Formeln!«

»Und das ist erst Teil eins«, klärte Rhodan ihn auf. »Von insgesamt drei Teilen. Also, was den Grundkurs anbelangt. Es folgt dann noch der Aufbaukurs und … ja, ich schätze, wie's danach weitergeht, daran arbeitet er noch.«

Bull sank in sich zusammen. »Worauf hab ich mich da eingelassen?«, klagte er. »Hätte mich nicht jemand warnen können?«

Die folgende Zeit verbrachten Rhodan und Bull also damit, dieses Skript, dem bald darauf noch weitere folgten, gemeinsam durchzuarbeiten. Sie setzten sich dazu entweder in der Wohnheimküche zusammen oder in der bislang hauptsächlich von den Bauarbeitern frequentierten Cafeteria, gingen die einzelnen Abschnitte durch, versuchten die Beweise und Ableitungen nachzuvollziehen und diskutierten, bis ihnen die Köpfe rauchten. Wobei Bull, sobald es um Elektronik ging, im Vorteil war, denn er hatte an der *United States Naval Academy* in Annapolis studiert und einen Abschluss als Elektronikingenieur.

Nach ihren Studien bestand Bull immer darauf, dass sie rausgingen, irgendwohin in die Stadt, oder dass sie die zwanzig Meilen nach Grover Beach rausfuhren, auch wenn das Wetter noch nicht zum Baden einlud: Hauptsache, Tapetenwechsel. Im Lauf des Frühlings sollte er eine ausgesprochene Leidenschaft für die frischen Erdbeeren entwickeln, für die Santa Maria ebenfalls berühmt war.

Irgendwann erzählte Bull von seiner Familie. Er war in New York geboren, im Stadtteil Queens, und dort auch aufgewachsen. An seinen Vater hatte er nur verschwommene Erinnerungen: Joseph Bull war ein hohes Tier bei der Polizei gewesen, hatte sich aber im Zweiten Weltkrieg freiwillig gemeldet und war bei der Invasion in der Normandie gefallen, am berühmt-berüchtigen Omaha Beach.

»Er ist dort in der Nähe auch begraben«, erzählte Bull. »Ich denke immer, ich sollte mal hinfahren und sein Grab suchen. Aber ich schieb's vor mir her. Zieht mich nicht so nach Frankreich, ehrlich gesagt.«

Rhodan erzählte im Gegenzug von seiner Familie, erwähnte auch kurz den Tod seiner Schwester Deborah, und irgendwie kam das Gespräch von da auf Ray Wings.

»Es geht das Gerücht, er sei tot?«, fragte Bull.

Rhodan nickte. »Er hat den ersten *Starglider* geflogen. Und dabei hat sich herausgestellt, dass der noch nicht so richtig ausgereift war.«

»Aua«, machte Bull und verzog das Gesicht. »Er hat's nicht geschafft? Nicht mal er?«

»Nicht mal er.«

»Dann war das Ding *wirklich* noch nicht ausgereift.«

Nach und nach trudelten weitere künftige Risikopiloten ein. Die meisten der Namen sind heute noch bekannt: Der Nächste, der sich zu ihnen gesellte, war Michael J. Freyt, ein hochgewachsener, hagerer Mann, der, wie Bull sofort feststellte, ein jüngerer Bruder von Perry Rhodan hätte sein können und der wie Bull ein starker Raucher war. »Was soll ich bei der Air Force, wenn es eine *Space Force* gibt?«, meinte er, als sie ihn fragten, was ihn zum Wechsel bewogen habe.

Dann tauchte Rod Nyssen wieder auf, noch vertrockneter wirkend, als Rhodan ihn in Erinnerung hatte. Er hatte an Erprobungen neuartiger Atomwaffen mitgewirkt, war aber sofort ins Cockpit zurückgekehrt, als die Ärzte ihn endlich wieder flugtauglich geschrieben hatten. »Aber wenn man mal so was wie den *Starglider* geflogen hat, kommen einem die normalen Jets einfach popelig vor«, erklärte er, worauf Freyt meinte, er werde immer gespannter auf diesen ominösen *Starglider*.

Zwei Tage darauf kreuzte ein gewisser Conrad Ezechiel Deringhouse auf, unangemeldet und mit eigenem Auto. Er war erst 21 Jahre alt, ein langer Lulatsch mit widerspenstigen blonden Haaren und Sommersprossen, den Pounder fast direkt von der Kadettenschule geholt hatte. Deringhouse stammte aus einer reichen Familie und hätte eigentlich die väterliche Firma übernehmen sollen (die in Seattle ansässige Firma *Deringhouse Chemicals,* deren Leitung schließlich seine Schwester Alyssa übernahm). Stattdessen war er zum Militär gegangen, hatte schon mit sechzehn das Fliegen gelernt und später das Jetpiloten-Training in Rekordzeit absolviert. »Ich hab's ganz gern ab und zu ein bisschen abenteuerlich«, meinte er. »Und ich schätze, da bin ich hier richtig.«

Dann kam jemand an, der gar kein Pilot war: Clark Geoffrey Flipper, ein blasser, pausbäckiger blonder Riese von Mann. Er stammte aus Oklahoma, war Astronom und Mathematiker mit Nebengebiet Physik, und die Formeln in der *Theorie der atomaren Strahlantriebe* entlockten ihm beim Durchblättern nur ein sanftes: »Ah ja, klar.« Er hatte die erstaunliche Fähigkeit, mathematische Zusammenhänge so zu erklären, dass man sie auch verstand, und von dem Moment an, in dem er sich an den gemeinsamen Studien beteiligte, machten sie alle Riesenfortschritte.

Bull fand heraus, dass Flipper schon als Jugendlicher mehrere landesweite Wettbewerbe gewonnen hatte, in denen es um Mathematik oder Physik gegangen war, was Flipper nur abtat mit: »Och, das war nicht so schwer, wirklich.«

Insgesamt fanden sich im Frühjahr 1969 fünfundzwanzig Studenten und frischgebackene *Space-Force*-Angehörige an der CASF ein, die wir an dieser Stelle nicht alle aufzählen wollen, zumal über manche außer dem Namen nur wenig überliefert ist. Erwähnt werden muss aber natürlich noch Dr. Eric Manoli, damals ein junger, etwas untersetzter Mann mit schwarzen Haaren, noch schwärzeren Augen und auffallend starkem Bartwuchs. Er war in New Jersey geboren und entstammte einer überaus weitläufigen Familie mit italienischen Wurzeln: In seiner Verwandtschaft fanden sich nicht weniger als fünf Restaurantbesitzer. Manoli hatte auf Wunsch seiner Mutter Medizin studiert, daneben aber, aus eigener Neigung und weil ihn das Medizinstudium nicht ausgelastet hatte, außerdem Geologie: In diesem Fach hatte er eine Arbeit über den Aufbau des Mondes nach aktuellem Kenntnisstand geschrieben, die in Raumfahrtkreisen Aufmerksamkeit erregt hatte, und Pounder war schneller gewesen als die NASA.

»Ich hätte nichts dagegen, mir den Mond mal aus der Nähe anzusehen«, lautete Manolis Kommentar zum Projekt Mondschuss.

Anlässlich eines Inspektionsbesuchs von General Pounder erfuhr Rhodan, dass Bob Kinney in Vietnam gefallen war und Craig McClure nach traumatischen Erfahrungen in dem dortigen Krieg seinen Dienst quittiert und die Einladung, der *Space Force* trotzdem beizutreten, abgelehnt hatte.

Im Jahre 2043 schrieb General Deringhouse zum 75-jährigen Jubiläum der *CASF* einen Artikel über die Anfänge, in dem er sich wie folgendermaßen erinnert:

> Als wir mehr als zehn Leute waren, begann allmählich das Chaos auszubrechen. Jeder machte mehr oder weniger, was er wollte, kam zu den gemeinsamen Studientreffen oder auch nicht, und bald wurde es selten, dass man uns überhaupt einmal auf einem Haufen antraf.
>
> Das ging so lange, bis Perry Rhodan uns eines Tages zusammentrommelte und eine kleine Ansprache hielt. »Als Soldaten sind wir es gewohnt, ständig unter der Aufsicht von Vorgesetzten zu stehen, und wir halten es für Disziplin, wenn wir versuchen, ihren Anforderungen gerecht zu werden«, sagte er. »Aber das hat mit Disziplin nichts zu tun. Das ist einfach nur Schiss. Disziplin ist das, was wir uns selber an Pflicht auferlegen, aus eigenem Entschluss, aus innerer Einsicht. Und das sollten wir in der jetzigen Situation, in der der äußere Druck weggefallen ist, besonders beherzigen. Denkt daran, unser großer Gegner ist der Weltraum, ist der Mond, der an Weihnachten das Leben von drei hervorragend und umfassend ausgebildeten Astronauten gefordert hat. Wir müssen zusammenhalten und zusammenarbeiten. Wir müssen uns zu einer schlagkräftigen

Truppe zusammenfinden, in der sich jeder auf jeden blind verlassen kann. Wir müssen so weit kommen, dass wir ohne Worte verstehen, was die anderen denken. Wenn wir erst auf dem Mond sind, werden wir uns in einer lebensfeindlichen Umgebung bewähren müssen, in der wir die Einzigen sind, die einander helfen können, weil alle anderen Menschen mehr als 180000 Meilen weit entfernt sein werden. Jeder Fehler kann in so einer Situation der letzte sein. Deswegen dürfen wir uns keine Fehler erlauben – und ich formuliere das bewusst so. Es werden uns Fehler passieren, weil wir Menschen sind und damit nicht unfehlbar. Aber wir dürfen sie uns nicht auch noch erlauben, im Gegenteil, wir müssen sie uns verbieten. Und wir müssen das beste Team bilden, das Menschen bilden können.«

Als praktische Maßnahme schlug er vor, dass wir uns fortan alle jeden Morgen treffen sollten, um gemeinsam zu trainieren. Und so machten wir es. Reginald Bull übernahm es, die geeigneten Zeiten dafür auszutüfteln, und er sprach mit dem Hausmeister ab, dass nach dem gemeinsamen Lauf über Stock und Stein die Turnhalle offen sein würde. Er führte auch die Kasse ein, in die jeder, der morgens zu spät kam, einen Obolus werfen musste.

Es freut mich, dass die Tradition dieser morgendlichen Trainingsrunden heute immer noch geübt wird – und dass die Kasse immer noch in Gebrauch ist. Auch wenn nie besonders viel Geld darin gelandet ist.

Es ist wenig bekannt, dass auch Solarmarshall Freyt seine Erinnerungen an die Anfänge veröffentlicht hat; das Buch war zu seiner Zeit nicht sonderlich erfolgreich und ist rasch in Vergessenheit geraten, aber es ist natürlich noch als Archivkopie verfügbar. Über die ersten Monate an der Akademie schreibt er:

Es hat nie eine entsprechende Abstimmung gegeben, wir haben nicht einmal darüber gesprochen, aber es war trotzdem ausgemachte Sache, dass Perry Rhodan so etwas wie unser Sprecher war – gegenüber Dr. Lehmann, dem alles unterstand, was mit der

Forschung und der Leitung der CASF zu tun hatte, und vor allem gegenüber General Pounder, dem Oberkommandierenden der *Space Force*. Dieses Amt fiel Rhodan sozusagen stillschweigend zu, einfach, weil sich alles andere unpassend angefühlt hätte. Schon damals ging etwas von ihm aus, das bewirkte, dass man ihm bereitwillig folgte.

Er hatte auch ständig Ideen, was anders und besser laufen sollte. Er setzte zum Beispiel durch, dass wir die Firmen besuchten, die die einzelnen Systeme der STARDUST entwickelten und bauten, und mit den Ingenieuren dort diskutierten. Wir wurden vorher darauf eingeschworen, welche Details der Geheimhaltung unterlagen, ansonsten aber nahmen wir kein Blatt vor den Mund – wir würden es ja schließlich sein, die in diese Dinger einsteigen mussten!

Als wir mit 25 Köpfen die vorgesehene volle Besetzung erreicht hatten, funktionierte das nicht mehr mit der Ecke in der Cafeteria, in der wir uns bis dahin zum Studieren getroffen hatten, schon gar nicht, wenn Dr. Lehmann dazukam. Irgendwie hatten wir das alle gespürt, aber es musste wieder Rhodan kommen und das Problem klar benennen, damit wir es lösen konnten. Wir wussten, dass die Hörsäle die niedrigste Priorität in der Bauplanung hatten; sie würden frühestens Ende 1970 fertiggestellt werden – und wären sowieso zu groß für uns gewesen. Stattdessen schickte Rhodan Reginald Bull los, und Bully stöberte in kürzester Zeit einen Konferenzraum auf, der für uns ideal war. Wir annektierten ihn kurzerhand, obwohl er im Laborbereich lag, zu dem wir bis dahin nur auf Einladung Zutritt bekamen. Aber Rhodan arrangierte es, dass wir entsprechende Ausweise bekamen, und von da an war der Raum K-159, was das Studium anbelangte, unser Zuhause.

5

Unterdessen hatte die NASA in aller Eile eine unbemannte, mit jeder Menge Beobachtungsgeräten ausgerüstete Mondsonde gebaut, die am 3. März 1969 mit einer der bewährten Atlas-Agena-Raketen auf den

Weg zum Mond gebracht wurde. Ziel der Mission war, den Erdtrabanten auf genau der gleichen Route zu umrunden, die Apollo 8 genommen hatte, in der Hoffnung, mit Hilfe der Instrumente Hinweise auf den Verbleib des unglücklichen Raumschiffs zu finden.

Diese Hoffnung erfüllte sich nicht. Eines der Geräte gab während des Anflugs seinen Geist auf, aber die übrigen lieferten im Rahmen von weit über zweihundert Umkreisungen so viele Daten zur Erde, dass man meinte, mit nahezu völliger Sicherheit sagen zu können, dass sich innerhalb des beobachteten Gebiets *keine* Trümmer von Apollo 8 auf der Mondoberfläche befanden.

Damit schien eine Theorie an Wahrscheinlichkeit zu gewinnen, die eine der mit der Berechnung der Umlaufbahnen befassten Mathematikerinnen der NASA in die Diskussion eingebracht hatte: Falls das Triebwerk des Apollo-Raumschiffs zu einem ganz bestimmten, viel zu frühen Zeitpunkt irrtümlicherweise gezündet hatte, dann hätte man von der Erde aus weder den Flammenstrahl der Zündung gesehen noch jemals wieder Funkkontakt mit der Kapsel bekommen, weil diese verdeckt vom Mond in die Unendlichkeit abgetrieben und erst lange nachdem Sauerstoffmangel die Astronauten an Bord getötet hätte, wieder aus dem Funkschatten des Erdtrabanten getreten wäre, aufgrund der Entfernung unsichtbar und unauffindbar.

Einmal mehr breitete sich blankes Entsetzen in den Fluren der NASA aus: Was für ein schrecklicher Tod! (Behauptungen, die damals durch die Presse geisterten, wonach die Astronauten mit Gifttabletten ausgestattet seien, die im schlimmsten Fall für einen schmerzlosen, raschen Tod sorgten, entbehrten übrigens jeglicher Grundlage.)

Doch als Perry Rhodan davon hörte, meinte er nur, das glaube er nicht. »In diesem Fall«, erklärte er, »hätten Jim Lovell und die anderen die ihnen verbliebene Zeit genutzt, um einen ausführlichen Bericht zu verfassen und die Funkanlage so einzurichten, dass sie diesen in Endlosschleife sendet, auch über ihren Tod hinaus. Nein, was immer Apollo 8 zugestoßen ist, es muss sehr schnell gegangen sein.«

Im Sommer 1969 kam Rhodan zusammen mit den anderen Risikopiloten erst mal wieder nach Nevada, auf den Stützpunkt, der nun nicht mehr *Groom Lake Base* hieß, sondern *Nevada Fields Space Port*.

Er erkannte die Basis fast nicht wieder. In den vergangenen Monaten war eine riesige Anlage entstanden, und die Bauarbeiten waren noch in vollem Gange. Eines der bereits fertiggestellten Gebäude war eine Kaserne für Kadetten der *US Space Force*, die hier eine Grundausbildung absolvierten und von denen später die Besten an die *CASF* geschickt werden würden.

Die ganze Sache nahm allmählich imposante Formen an!

Er freute sich, den *Starglider* wiederzusehen: Er stand in einem der Hangars, als sei er nie weg gewesen, nicht mehr ganz so glatt und makellos wie damals, aber immer noch eine beeindruckend schöne Maschine. Die anderen staunten nicht schlecht: *Damit* sollte man bis in den Weltraum fliegen können?

»Ich nehme an, das ist das Nächste, was wir probieren«, meinte Rhodan.

Auch der Spezialkran war wieder da, nur die umgebaute B-52 fehlte noch. Sie kam zwei Tage später, und als sie landete, glänzten die Halterungen auf ihrer Oberseite frisch und neu.

Doch erst einmal schickte man alle Piloten in die Simulatoren, und Pounder bestand darauf, dass auch Rhodan einen fehlerfreien Simulationsflug absolvierte, ehe er mit der echten Maschine startete.

Das erledigte Rhodan im Handumdrehen. Die anderen dagegen stöhnten. In der Theorie wussten sie alle, wie man das Ding steuerte, aber die Theorie in die Praxis umzusetzen erwies sich als nicht so einfach. Am besten schnitt, wie nicht anders zu erwarten, Reginald Bull ab, womit er sich als Copilot für den ersten Flug des *Stargliders* unter dem Banner der *US Space Force* qualifizierte.

Dieser Flug fand am Montag, dem 21. Juli 1969, statt, und in all der Aufregung ging völlig unter, dass es sich um Rhodans ersten wirklichen Flug ins Weltall handelte: Es fiel ihm selber erst kurz vor dem Start auf, und er beschloss, lieber kein Aufhebens darum zu machen. Pounder schien vergessen zu haben, dass bisher nur ein einziger Mensch mit dem *Starglider* des Typs 3 in den Weltraum gelangt war, nämlich Craig

McClure, und Rhodan wollte nicht riskieren, dass es dem General wieder einfiel und er den Start womöglich absagte.

Wie erging es ihm dabei? Was empfand er, als sich das lang- und heißersehnte Ziel, einmal *wirklich* in den Weltraum zu fliegen, endlich für ihn verwirklichte?

Rhodans Erinnerungen daran scheinen merkwürdig blass zu sein. Im Grunde, meinte er später, sei es nicht anders gewesen als in den zahlreichen Simulationen, die er absolviert hatte, und da er bei seinen Flügen mit dem ersten *Starglider* schon das Phänomen der Schwerelosigkeit kennengelernt hatte, habe ihm der echte Flug in den Orbit keine grundlegend neue Erfahrung verschafft.

In der Hauptsache erinnert er sich an die Unterhaltung mit Bull während des Fluges und wie begeistert dieser war, als die Schwerelosigkeit eintrat. »Schnell, schnell, ich brauch irgendwas, was ich schweben lassen kann«, rief er aufgeregt. »Ich muss sehen, ob das wirklich stimmt!«

Er fand eine Packung Zigaretten in der Innentasche seines Overalls und bezog ein nicht enden wollendes Vergnügen daraus, sie durch die Luft schweben zu lassen, hin und her und auf und ab.

Danach spähten sie aus dem Fenster und benannten die Gegenden, die sie überflogen. Beim Wiedereintritt diskutierten sie über den richtigen Eintrittswinkel. Bull schlug mittendrin vor, einen anderen Winkel zu verwenden, worauf Rhodan den *Starglider* wieder aufsteigen ließ und sie den Wiedereintritt von neuem begannen, diesmal in dem von Bull vorgeschlagenen, flacheren Winkel. Im Endeffekt habe es keinen sonderlichen Unterschied gemacht, meint sich Rhodan zu erinnern, während Bull einmal sagte, sein Vorschlag sei »großer Quatsch« gewesen; der Wiedereintritt habe sich dadurch einfach nur länger hingezogen.

Wie auch immer, als sie nach insgesamt 4 Stunden und 14 Minuten wieder in Nevada Fields landeten, waren beide völlig begeistert von ihrem Flug. »Und morgen zum Mond!«, soll Bull ausgerufen haben, als er aus der Luke des *Stargliders* kam.

Während die Risikopiloten nach und nach ihre ersten Weltraumflüge mit dem *Starglider* absolvierten, kam immer wieder die Frage auf, wieso man eigentlich für den Flug zum Mond eine *Rakete* bauen wollte. Wieso konstruierte man nicht einfach eine etwas größere Version des *Stargliders* und flog damit zum Mond?

Schließlich sah sich Dr. Lehmann genötigt, die Truppe zusammenzurufen, um ihnen in einem kurzen Vortrag die Gründe darzulegen, warum das nicht ging.

Das Grundproblem aller Raketen, rief er ihnen in Erinnerung, war folgendes: Um eine bestimmte Nutzlast in eine Umlaufbahn zu befördern, benötigte man eine entsprechende, genau ausrechenbare Menge Treibstoff. Doch man benötigte zusätzlich Treibstoff, um wiederum diesen Treibstoff zu transportieren, und dann noch einmal Treibstoff, um besagten zusätzlichen Treibstoff ebenfalls mit in die Höhe zu hieven, und immer so weiter. Zum Glück ergab das eine Reihe, die nicht ins Unendliche wuchs – andernfalls wäre jegliche Raumfahrt physikalisch unmöglich gewesen –, sondern eine Beziehung zwischen Treibstoff, Strahlgeschwindigkeit und Endgeschwindigkeit, die in der bekannten Raketengrundgleichung zusammengefasst werden konnte, wie sie Konstantin Ziolkowski als Erster aufgestellt hatte und unabhängig von ihm Hermann Oberth und Robert Goddard später noch einmal.

Jede Vergrößerung der Nutzlast bedingte also ein ungleich größeres Anwachsen des Treibstoffbedarfs, und diese Regel galt auch für Raumfahrzeuge von der Bauart des *Stargliders*. »Denn was ist Nutzlast?«, fragte Dr. Lehmann. »Alles, was noch übrig ist, wenn der Treibstoff verbraucht ist. Und beim *Starglider* genauso wie bei der *STARDUST* zählt dazu auch der Reaktor! Der eine beträchtliche Menge Plutonium enthält, eines der schwersten Elemente des Periodensystems!«

An dieser Stelle hoben sich zahlreiche Augenbrauen im Saal. Daran hatten sie nicht gedacht.

Würde man den *Starglider* so weit vergrößern, dass er imstande wäre, den Mond zu erreichen, fuhr Lehmann fort, erhielte man ein Gefährt, das schlicht zu groß wäre, um noch von einem Flugzeug auf die leider notwendige Starthöhe transportiert zu werden. »Auch für

Flugzeuge gibt es konstruktive Grenzen«, erklärte er. »Die B-52 ist schon dicht dran an dem, was möglich ist. Die *C-5 Galaxy*, die letztes Jahr ihren ersten Flug absolviert hat, noch ein Stück weiter, aber nicht so sehr, dass es für unsere Zwecke einen Unterschied machen würde. Also müssen wir auf eine Rakete zurückgreifen, um die *STARDUST* in den Weltraum zu bugsieren. Anders geht es nicht.«

»Es sei denn, jemand findet einen Weg, die Schwerkraft aufzuheben«, warf Conrad Deringhouse ein.

»Das«, meinte Dr. Lehmann schmunzelnd und legte seinen Zeigestock beiseite, »wäre natürlich der Idealfall.«

Reginald Bull konnte lang und hochkonzentriert arbeiten, aber irgendwann war es vorbei damit, und dann musste er raus und »um die Häuser ziehen«, wie er es nannte.

Nun gab es zwar auf dem Stützpunkt Nevada Fields eine Menge Häuser und andere Gebäude, aber den meisten davon ging jeglicher Freizeitwert ab. Deswegen organisierte er sich ein Auto und fuhr nach Indiana Springs, dem nächstgelegenen Ort, der, seit die *US Space Force* begonnen hatte, sich hier anzusiedeln, einen Boom erlebte.

In Indiana Springs stöberte er eine Bar auf, die »White Horse House« hieß und die hier nicht unerwähnt bleiben darf, denn sie wurde aufgrund von Bulls Empfehlung bald zur Stammkneipe der Risikopiloten. Übersehen konnte man sie nicht: Auf einem angeleuchteten Schild über dem Eingang prangte ein weißes Pferd mit wehendem Schweif und hoch aufgerichteten Vorderhufen. Rechts und links des Eingangs standen Terrakottatöpfe mit bedauernswerten Buchsbäumchen darin, die, akkurat in Kugelform gestutzt, trotz üppiger Bewässerung in der mörderischen Hitze Nevadas dem Tode näher waren als dem Leben. Drinnen wäre es ihnen besser ergangen, denn die Bar verfügte über eine Klimaanlage, die so exzellent war wie ihre Getränkekarte. Die Musik war geschmackvoll und weder zu laut noch zu leise, man konnte sich an die lange Theke aus Holz und auf Hochglanz poliertem Messing setzen oder in Sitzecken verschiedenen Zuschnitts zurückziehen, und manche zog es gar auf die Tanzfläche – die Piloten freilich eher nicht, mit Ausnahme von Conrad Deringhouse, der eines Abends heftig mit einer exotisch anmutenden Schönheit des Ortes flirtete und dazu auch das Tanzbein schwang, und nicht einmal schlecht.

Hier verbrachten Reginald Bull, Perry Rhodan und Clark Flipper so manchen gemütlichen Abend, meistens in der von der Bar aus gezählt dritten Sitzecke, von der aus man den besten Überblick über das Geschehen hatte. Eric Manoli hingegen konnte Barbesuchen wenig abgewinnen; wenn er mit nach Indiana Springs kam, dann meist, um ins Kino zu gehen, hinterher zu ihnen zu stoßen und auf baldigen Aufbruch zu drängen.

6

Am 8. August 1969 stellte die NASA ihren offiziellen Untersuchungsbericht zum Verschwinden von Apollo 8 vor. Er umfasste rund 1600 Seiten und enthielt insgesamt 49 Theorien, was den drei Astronauten mit ihrer Raumkapsel zugestoßen sein konnte, jede davon in einem eigenen Kapitel mit allen technischen Details erläutert. Ein Abschlusskapitel legte dar, was aus Sicht der Raumfahrtbehörde unternommen werden sollte, um festzustellen, welche der Hypothesen tatsächlich zutraf: Die wichtigste Bedingung war weiterhin, das Wrack von Apollo 8 zu finden und zu untersuchen.

Der Bericht war kostenfrei erhältlich und wurde auf Anforderung hin an jeden verschickt, der sich dafür interessierte; nach wenigen Wochen war die erste Auflage von 50 000 Stück vergriffen. Doch natürlich las ihn kaum jemand wirklich, und von denen, die es taten, fehlten den meisten die notwendigen technischen und naturwissenschaftlichen Grundkenntnisse, um die verschiedenen Herleitungen nachvollziehen zu können. Trotzdem hatte jeder eine Meinung dazu, und die verbreitetste war die, dass die NASA versuche, sich damit nur herauszureden – was definitiv nicht der Fall war.

Über sieben Monate nach dem Verschwinden von Apollo 8 wirkte der Schock dieses Ereignisses immer noch nach. Sollte man weiterhin bemannte Raumfahrt betreiben, oder überschritt man damit eine dem

Menschen gesetzte Grenze? Und wenn es eine solche Grenze gab, wo verlief sie? Hatte man sie womöglich bereits vor langer Zeit übertreten? War dies die Strafe Gottes gewesen? Eine Strafe, der weitere, schlimmere Strafen folgen würden, wenn die Menschheit ihre Verfehlungen nicht einsah? Das waren die Fragen, die im kollektiven Unbewussten (zumindest des Westens) kreisten und nach Antworten suchten.

Fast über Nacht rückten die Amish in den Fokus des allgemeinen Interesses, eine täuferisch-protestantische Glaubensgemeinschaft, die vor allem in Pennsylvania, Indiana und Ohio siedelte und bis dato eher Zielscheibe des Spotts gewesen war ob ihrer Tradition, gewisse technische Neuerungen wie das Telefon, das Automobil, den Kühlschrank und fließendes Wasser abzulehnen. Auf einmal erschien diese Haltung in einem ganz anderen Licht: War es vielleicht gar keine so dumme Idee, die technische Entwicklung ab einem bestimmten Punkt anzuhalten? Eine Flut von Büchern, Zeitschriftenartikeln, Filmen und Reportagen widmete sich diesem Thema, und die Amish wurden plötzlich populärer, als ihnen lieb war, setzte damit doch ein Tourismus ein, der ihre bis dahin so stillen Kreise empfindlich störte.

Nur selten widmeten sich derartige Reportagen der Überlegung, dass man nicht die technische Entwicklung anhalten konnte, solange die Zahl der Menschen weiter zunahm: Mit diesem Problem kämpften die Amish selbst, und auch sie hatten bislang keine Lösung dafür gefunden.

Die meisten wollten nicht so weit gehen wie die Amish, aber viele begannen doch zu denken, dass Amerika sich aus der Raumfahrt zurückziehen sollte, und wenn man schon dabei war, auch aus der Nutzung der Atomenergie. An dieser Stelle entbrannten heftige politische Diskussionen, denn die Russen und die Chinesen hatten Atombomben, also mussten die USA natürlich ihre Atombomben behalten – doch wer Atombomben im Arsenal hatte, *musste* auch Atomkraftwerke betreiben, um die dafür notwendigen Materialien zu gewinnen. Ein Dilemma! An dem die Physiker schuld waren, denn die hatten schließlich die Atomspaltung entdeckt und damit den Bau dieser verdammten Waffen überhaupt möglich gemacht: höchste Zeit, dass man die wissenschaftliche Forschung an die Kandare nahm und beschränkte!

Von ihren Präsidenten, dem amtierenden wie den ehemaligen, kam für die Amerikaner in dieser Zeit wenig Hilfreiches. Eisenhower war am 28. März 1969 im Alter von 78 Jahren an Herzversagen gestorben, hatte die letzten Monate seines Lebens im Krankenhaus verbracht, abgeschieden von der Öffentlichkeit. Johnson hatte sich nach der Amtsübergabe auf seine Ranch in Texas zurückgezogen, schrieb an seinen Memoiren und verweigerte Auftritte und Interviews. Die offizielle Begründung lautete, dass die USA eine kritische Zeit durchlebten, in der es nötig sei, mit einer einzigen Stimme zu sprechen, und das müsse die des amtierenden Präsidenten sein. Inoffiziell hieß es, Johnson habe einen weiteren Herzinfarkt erlitten und wolle sich der Öffentlichkeit nicht in schlechtem gesundheitlichem Zustand präsentieren. Vermutlich war an beiden Erklärungen etwas dran.

Der amtierende Präsident schließlich wollte in erster Linie den immer noch andauernden Vietnamkrieg zu einem Ende bringen und die grassierende Inflation in den USA in den Griff bekommen; die Raumfahrt war für ihn Nebensache. Doch es scheint, dass die technikskeptische Stimmung auch ihn erreicht hat, denn unter seiner Regierung wurde zum ersten Mal eine nationale Umweltbehörde ins Leben gerufen und kamen Themen wie saurer Regen oder Klimawandel durch Emission von Treibhausgasen auf die Tagesordnung internationaler Gremien. (Ein überfälliger Entwicklungsschritt, denn tatsächlich hatte man bis zu diesem Zeitpunkt die negativen Folgen vor allem für Gesundheit und Umwelt, die von technischen Neuerungen ausgingen, weitgehend ignoriert. Allerdings wurden diese negativen Auswirkungen auch in der Folge nie durch freiwilligen Verzicht beseitigt oder gemildert, sondern stets durch neue, verbesserte Technik.)

Ende August 1969 beorderte General Pounder alle Risikopiloten wieder nach Kalifornien zurück, zu »allgemeinen Tests«, wie es rätselvoll hieß.

Am 1. September, einem Montag, erschienen Pounder und Oberst Maurice dann mit einem Team von vier Psychologen im Schlepptau. Der General erklärte den versammelten Männern, die folgende Woche werde ganz im Zeichen psychologischer Tests stehen. »Keiner von Ihnen muss befürchten, aufgrund der Ergebnisse dieser Tests aus der *Space Force* entlassen zu werden, an Ihrer grundsätzlichen Eignung besteht keinerlei Zweifel«, beteuerte er salbungsvoll. »Es geht lediglich darum, Ihre Befähigungs- und Eignungsprofile optimal aufeinander abstimmen zu können. Es handelt sich um Tests, die künftige Studenten der *CASF* bereits zu Beginn ihres Studiums durchlaufen werden. Dass wir spät dran sind, liegt einzig daran, dass wir uns, wie Sie ja alle wissen, noch im Aufbau befinden.«

Dann ging es los. Sie wurden zu wechselnden Gruppen zusammengestellt, die gemeinsam Puzzles lösen, Geräte ohne Anleitung aus Einzelteilen zusammenbauen oder Ballspiele nach seltsamen Regeln spielen mussten, stets unter Beobachtung eines Weißbekittelten, der sich auf einem Klemmbrett Notizen machte. Es gab Gesprächsrunden zu befremdlichen Themen wie »Ekel«, »Einsamkeit« oder »Drogen«. Man musste Zettel ziehen, auf denen verschiedene Themen standen, und dazu einen Vortrag improvisieren (Rhodans Aufgabe lautete: »Überzeugen Sie Ihr Publikum, dass ein Krokodil das ideale Haustier ist!«). Man erhielt Listen mit Fragen, die man über die anderen ausfüllen sollte. Man sollte sich rückwärts von einem Tisch fallen und von den anderen auffangen lassen. Man bekam seltsame Klecksbilder in die Hand und sollte erzählen, was für Gestalten man darin erkannte. Und so weiter.

Rhodan hatte früh den Verdacht, dass das alles dazu diente, bereits jetzt die Mannschaften für die STARDUST-Flüge zusammenzustellen. Er nutzte einen Moment, in dem er mit General Pounder allein war, um ihn darauf anzusprechen, und als der General durchblicken ließ, dass er mit diesem Verdacht nicht ganz falschliege, meinte er, ob es nicht besser sei, sie das untereinander ausmachen zu lassen?

»Rhodan«, erwiderte der General in väterlichem Brummton, »das sind Amerikas beste Psychologen. Die kompetentesten Fachleute, die für Geld und gute Worte zu bekommen sind. Haben Sie einfach ein bisschen Vertrauen und lassen Sie die ihre Arbeit tun, hmm?«

Die Tests endeten Freitagmittag. Anschließend zogen sich die vier Psychologen, die sich alle bemerkenswert ähnlich sahen, zur Beratung zurück.

»Jetzt heißt es warten, bis weißer Rauch aufsteigt«, meinte Rod Nyssen in seiner trockenen Art, während sie warteten, froh, das alles vorbei war, aber zugleich unsicher, was daraus werden würde.

Gegen Abend kamen die Psychologen wieder zum Vorschein und verkündeten in Begleitung des Generals das Ergebnis ihrer Untersuchungen. Es war tatsächlich darum gegangen, die idealen Teams zusammenzustellen, und diese sahen ihrer Meinung nach wie folgt aus:

Das erste Team sollte aus Perry Rhodan, Reginald Bull, Clark G. Flipper und Eric Manoli bestehen.

Das zweite Team sollte aus Michael Freyt, Rod Nyssen, Conrad Deringhouse und John Recert bestehen.

An die Adresse der Übrigen gerichtet erklärte der Psychologe, das sei nicht als Werturteil zu verstehen. »Wir mussten jeweils vier Personen identifizieren, die das Potential darstellen, ein optimales Team zu bilden. Sie sind natürlich ausnahmslos alle höchst befähigt, das steht außer Frage. Wenn Sie nicht ausgesucht wurden, dann liegt das daran, dass sozusagen die zu Ihnen passenden Puzzleteile gefehlt haben.«

»Wenn wir den Mond erst einmal erreicht haben«, fügte General Pounder hinzu, »und genauer einschätzen können, welche unserer momentanen Anforderungen gerechtfertigt sind und welche nicht, wird es sicherlich leichter. Die ersten beiden Missionen sind naturgemäß diejenigen mit dem höchsten Risiko, also müssen wir hier die bestmöglichen Vorkehrungen treffen.«

Es blieb eine allgemeine Unzufriedenheit zurück, die sich erst über das Wochenende auflöste. Ein gemeinsamer Besuch eines Weinkellers, den Bull arrangierte, und eine längere, sehr emotionale Ansprache Rhodans sollen dabei eine wesentliche Rolle gespielt haben, aber dieses Gerücht konnte ich nicht verifizieren. Sowohl Bull als auch Rhodan behaupten, sich nicht mehr daran zu erinnern, und von den anderen Beteiligten sind keine diesbezüglichen Zeugnisse überliefert.

Hingegen erinnert sich Rhodan, dass er nicht unzufrieden war mit dem Ergebnis der seltsamen Woche. Er hätte sich sein Team fast genauso selbst ausgesucht – Bull, weil er sich mit ihm blind verstand, und Manoli, weil er sowohl ein brillanter Arzt als auch ein brillanter Geologe war. Nur über die Auswahl Flippers war er nicht so richtig glücklich. Er konnte den »Riesen mit den blauen Augen« immer noch schwer einschätzen. Gewiss, fachlich war Flipper überragend; er war hochintelligent, konnte Wissen nicht nur mühelos aufsaugen, sondern genauso mühelos auch vermitteln. Aber er war trotz alledem eine eigenartige Persönlichkeit, kam ihm manchmal vor wie ein großes Kind oder zumindest sehr weltfremd. Außerdem hegte er gewisse Einstellungen und Haltungen, die für ihn einfach nicht verhandelbar waren. Mit ihm über Politik zu reden zum Beispiel konnte geradezu schmerzhaft werden; besser, man vermied es. Andererseits gab es immer wieder Momente, in denen Flipper genial ausgleichend wirkte, eine angespannte Situation mit einem lockeren Spruch entschärfte oder eine Entscheidung hinterfragte, die des Hinterfragens würdig war, ohne dass es jemand vor ihm erkannt hatte.

Und vielleicht, sagte sich Rhodan, war diese Eigenschaft für ein Unternehmen wie das, das sie planten, viel entscheidender als sein naiver Patriotismus.

Vielleicht hatten die Fachleute ja tatsächlich recht.

Anfang Oktober präsentierte die NASA, unbeeindruckt von der allgemein eher kritischen Stimmung im Lande, ihre künftigen Pläne.

Die Landung auf dem Mond, erklärte Thomas O. Paine, werde weiter als Ziel verfolgt, jedoch habe man sich von der Vorgabe Präsident Kennedys, es vor Ablauf des Jahrzehnts zu schaffen, verabschieden müssen. Dieser Termin sei nicht haltbar, ohne leichtfertig Menschenleben aufs Spiel zu setzen.

Auf den Zwischenruf eines Journalisten, was mit Apollo 8 sei, erwiderte Paine: »Unsere Astronauten setzen ihr Leben aufs Spiel, das stimmt. Aber es geschieht nicht leichtfertig. Wir haben immer getan, was möglich war, um das Risiko zu mindern, und werden das auch weiterhin so handhaben.«

Das nächste Projekt der NASA werde es sein, fuhr er fort, eine ständig bemannte Raumstation in der Erdumlaufbahn zu errichten und zu betreiben. Diese Station werde den Namen FREEDOM-1 tragen, wobei die Zahl 1 die Hoffnung ausdrücken solle, dass ihr weitere folgen würden. Neben vielen Vorzügen, die eine Raumstation biete – er zählte einige davon auf, Experimente mit der Schwerelosigkeit etwa, die die Herstellung ultragleichmäßiger Kristalle oder perfekter Metallkugeln ermögliche –, sei eines der vordringlichsten Ziele, die Technik der Montage großer Strukturen im freien Raum zu erlernen.

»Unser Ziel ist es, zu einem späteren Zeitpunkt mit einem *großen* Raumschiff aus der Erdumlaufbahn zum Mond zu starten«, erklärte er, »möglicherweise sogar mit *mehreren* solcher Raumschiffe, um gleich im ersten Anlauf eine dauerhafte Station auf dem Mond zu errichten. Wir werden den Mond erreichen, und wir werden es nicht bei einer kurzen Visite belassen, sondern wir werden bleiben.«

Da klickten die Kameras, und die Kugelschreiber huschten über die Notizblöcke. Angesichts der aktuellen Stimmung in der Öffentlichkeit war das eine geradezu revolutionäre Ansage!

Vor allem war es keine bloße Behauptung im Rahmen des Tarnmanövers, die Vorbereitungen für die *Operation Mondschuss* betreffend. Vielmehr war dieser Plan – von Wernher von Braun bereits in seinem 1958 veröffentlichten Buch »Start in den Weltraum« konzipiert – das, was die NASA tatsächlich vorhatte, sollte der *Mondschuss* ebenfalls scheitern.

Oder, wie es Paine gegenüber Pounder ausdrückte: »Lesly – wir sind Ihnen auf den Fersen!«

Ein reichliches halbes Jahr später, am 5. Mai 1970, brachte eine Saturn V das erste Modul der Raumstation in die Erdumlaufbahn. Einen Tag später startete eine Saturn IB mit einer modifizierten Apollo-Kapsel und den drei Astronauten Neil Armstrong, James McDivitt und Pete Conrad an Bord, die an das Modul andocken und es in Betrieb nehmen sollten.

Das Modul wog 35,8 Tonnen und bestand im Prinzip aus der dritten Stufe der Saturn V, die anstatt mit Treibstoff mit Ausrüstung und technischen Installationen gefüllt worden war. Für den Transport in den Orbit hatte man also nur zwei Stufen verwendet. Man hatte sogar die Aufteilung in Tanks behalten; der eigentliche Innenraum der Station war der ursprüngliche (größere) Tank für den flüssigen Wasserstoff; den Sauerstofftank hatte man in eine Schleuse und einen Lagerraum umgestaltet.

Apollo 9 dockte erfolgreich an. Die erste Aufgabe der Astronauten war, die Sonnensegel zu entfalten, was mehrere Außeneinsätze (sogenannte *EVAs*, *Extra-Vehicular Activities*) erforderlich machte. Diese wurden erstmals live im Fernsehen übertragen und von einer überraschend hohen Zahl an Zuschauern verfolgt. Mit ausgefalteten Segeln war die FREEDOM-1 bei geeignetem Sonnenstand mit bloßem Auge als leuchtender Punkt am Himmel zu erkennen; die NASA publizierte detaillierte Auflistungen, in welchen Gegenden die Raumstation zu welchen Zeiten gesichtet werden konnte, wolkenloser Himmel vorausgesetzt, und an zahlreichen Schulen hielten Lehrer gemeinsam mit ihren Schülern Ausschau nach der Station.

Geplant war, dass die drei Astronauten insgesamt rund zwei Monate an Bord der Station bleiben sollten. Die ersten beiden Wochen verbrachten sie damit, alle Einrichtungen in Betrieb zu nehmen und zu überprüfen. Danach führten sie diverse wissenschaftliche Experimente durch, von denen die meisten der Beobachtung der Sonne ohne den Einfluss der Erdatmosphäre gewidmet waren und neue Erkenntnisse über die Beschaffenheit der Sonnenkorona und der Chromosphäre erbrachten. Es gab auch zahlreiche Programme zur Erdbeobachtung. Erstmals wurden Radargeräte im Weltraum eingesetzt, mit deren Hilfe sich die Windgeschwindigkeiten, Wellengang und Wellenhöhen über den Ozeanen bestimmen ließen und Eisberge und Schollen lokalisiert werden konnten. Ferner wurden geologische Formationen auf dem Festland vermessen, was dazu führte, dass zahlreiche Landkarten dünner besiedelter Gegenden geändert werden mussten.

Am 30. Juni 1970, also noch während die FREEDOM-1-Mission im Gange war, startete vom Cape Kennedy erstmals die neue Rakete, die dazu gedacht war, später einmal als STARDUST zum Mond zu fliegen. Einstweilen wurde dieser Name aus Gründen der Geheimhaltung noch nicht benutzt; vielmehr nannte man sie Saturn VI, was insofern nicht falsch war, als es sich im Wesentlichen um eine Modifikation der Elemente der Saturn V handelte, vor allem, was die erste Stufe anbelangte.

Die auffallendste Modifikation war die veränderte Gestalt der neuen Rakete: Es war kein sich allmählich verjüngender Zylinder mehr, der da auf der Startplattform stand, sondern ein schlanker, durchgehender Kegel von 91,6 Metern Höhe. Die erste Stufe allein war 36,5 Meter lang und erbrachte mit Hilfe von 42 Brennkammern vom neuen Typ Pluto-D eine Schubleistung von 13 600 Tonnen. Als Treibstoff diente N-Triäthyl-Borazan und Salpetersäure. Die zweite Stufe war ein 24,7 Meter langer Kegelstumpf, dessen Triebwerke bei diesem Start einstweilen noch mit Flüssigwasserstoff und Flüssigsauerstoff betrieben wurden. Die dritte Stufe schließlich war lediglich ein kegelförmiger Schutzmantel, der im All abgesprengt werden und die Nutzlast freigeben sollte, die aus dem zweiten Modul der Raumstation FREEDOM-1 bestand. Dieses Modul, *Modul Beta* genannt, enthielt einen komfortableren Wohnbereich, zusätzliche Anlagen zur Aufbereitung von Wasser und Sauerstoff sowie weitere Laboreinrichtungen, vor allem für das Gebiet der Werkstofftechnik.

Die wichtigste technische Neuerung war, dass die abgetrennten Stufen nicht mehr abstürzen beziehungsweise verglühen sollten; vielmehr wollte man sie kontrolliert zur Erde zurückkehren und sanft landen lassen. Das war insbesondere im Hinblick auf die zweite Stufe wichtig, denn wenn diese, wie es für den Mondflug erforderlich war, einst mit einem kernchemischen Antrieb ausgestattet wurde, war es nicht akzeptabel, sie in der Atmosphäre vergehen zu lassen.

Der Start erfolgte um 8 Uhr 12, und abgesehen von unvorhergesehenen, aber harmlosen Vibrationen der Kegelspitze funktionierte alles wie vorgesehen. Die erste Stufe kehrte gesteuert zum Startplatz zurück und landete an einem Fallschirm unbeschädigt an Land; die zweite Stufe ging auf dem Atlantik nieder und wurde gleichfalls unbeschädigt geborgen.

Unerwartet schwierig gestaltete es sich hingegen, das zweite Modul der Raumstation mit dem ersten zu verbinden. Ursprünglich war dafür nur ein Arbeitstag vorgesehen gewesen, doch nach vier Tagen schwebten die beiden »Fässer«, wie Pete Conrad es beschrieb, immer noch unverbunden nebeneinander – eine Gefahr, denn falls sie aufeinander zutrieben, konnte es zur Kollision und damit zu Beschädigungen kommen.

»Von der Erde aus betrachtet, sieht es einfacher aus, als wenn man sich im Weltraum direkt davor befindet«, lautete Neil Armstrongs Kommentar, als er nach seinem fünften Außeneinsatz in dieser Angelegenheit an Bord zurückkehrte.

Anfangs hatten die Astronauten die Außenarbeiten noch per Fernsehkamera übertragen, doch das stellten sie am dritten Tag ein mit der Begründung, sie könnten nicht nebenher Kameramann spielen, sondern müssten sich ganz auf ihre Jobs als Montagearbeiter konzentrieren.

Erst am Ende des fünften Tages, am Sonntag, dem 5. Juli 1970, um 18 Uhr Ostküstenzeit, konnte die NASA endlich verkünden, dass die beiden Module erfolgreich miteinander verkoppelt waren.

Am nächsten Morgen wurde Perry Rhodan in General Pounders Büro bestellt.

Das Büro quoll über vor Bauunterlagen, Organigrammen und anderen großformatigen Zeichnungen; alle Wände waren damit bedeckt, und mittlerweile hingen auch einige davon an den Fenstern. Draußen knallte die Sonne auf den Stützpunkt Nevada Fields herab, während die Bauarbeiten dessen ungeachtet weitergingen.

Pounder war ungewöhnlich aufgewühlt. »Rhodan«, sagte er, »wir müssen etwas unternehmen. Die NASA hat uns um Hilfe gebeten.«

»Die NASA?« Rhodan hob die Augenbrauen. »Worum geht es?«

Pounder begann, vor der Fensterfront auf und ab zu tigern. »Sie haben das doch sicher verfolgt, dieses Drama, die beiden Module der Raumstation miteinander zu verbinden?«

»Selbstverständlich, Sir.«

»Scheint nicht ganz so einfach zu sein, große Strukturen im Orbit zusammenzubauen, wie man sich das vorgestellt hat.« Er machte eine wegwerfende Handbewegung. »Wie auch immer, es geht um Folgendes: Beim letzten Montagevorgang ist es an Bord zu einem Unfall gekommen, über den die NASA noch Stillschweigen bewahrt. Ein Bauteil von großer Masse und damit großer Trägheit hat sich auf unvorhergesehene Weise bewegt und den Astronauten Pete Conrad eingeklemmt. Offenbar hat er einige Rippenbrüche davongetragen, und nun machen sich die Ärzte Sorgen, dass er den Wiedereintritt in die Erdatmosphäre mit der Apollo-Kapsel nicht überstehen könnte. Deswegen hat mich Paine vorhin angerufen und gefragt, ob wir mit dem *Starglider* hochfliegen und Conrad sanft herunterholen können.«

»Hmm«, machte Rhodan und überschlug, was das flugtechnisch bedeutete. »*Sanft* ist da vielleicht nicht ganz das richtige Wort.«

»Zweieinhalb g wären noch vertretbar, sagen die Ärzte.«

Rhodan rieb nachdenklich die Narbe an seinem Nasenflügel. »Gut, das sollte machbar sein. Aber ich sehe ein anderes Problem: Der *Starglider* kann nicht an die Raumstation andocken. Der Umstieg müsste also im Raumanzug erfolgen.«

»Das ist kein Hindernis«, erwiderte der General sofort. »Das kann er. Blind. Der war die letzten Tage mehr draußen als drinnen.«

Dem General schien entfallen zu sein, dass *Rhodan* dergleichen noch nie gemacht hatte. Aber Rhodan war sich sicher, dass er das schon irgendwie hinkriegen würde, und fragte nur: »Wann soll ich starten?«

»Morgen früh«, sagte General Pounder.

7

Der Start am frühen Morgen des 7. Juli 1970 war der erste Start des *Stargliders*, der auf die Minute genau berechnet wurde, um auf Anhieb so nahe wie möglich bei der Raumstation anzukommen.

Aber da sie derlei Pünktlichkeit noch nie geübt hatten, bekamen sie es natürlich auch nicht hin. Die B-52 startete drei Minuten zu spät, erreichte die Startflughöhe, die auf zehn Fuß genau eingehalten hätte werden müssen, um sieben Minuten zu spät, und dann stimmte auch der Winkel nicht ganz, in dem Rhodan abhob. Als er nach der zweiten

Schubphase im Orbit ankam, war FREEDOM-1 nur ein heller, H-förmiger Fleck in weiter Ferne, hoch über dem wolkenbedeckten Erdenrund.

Nun machte es sich doch bezahlt, dass Perry Rhodan seinerzeit im *Langley Research Center* ein Rendezvous-Training absolviert hatte. Er manövrierte, gab Schub, stieg und sank, und eine Stunde später schwebte er neben der aus der Nähe überaus eindrucksvoll aussehenden Raumstation.

Er schaltete das Funkgerät auf die Frequenz, auf der der Bordsprechfunk der Astronauten lief, und sagte: »*Starglider* an FREEDOM-1. Der Krankenwagen ist da.«

Es krachte in den Lautsprechern, dann meldete sich Armstrong: »Sind Sie das, Rhodan? Kommen Sie doch erst mal auf einen Kaffee rüber. So viel Zeit muss sein.«

»Klingt unwiderstehlich«, erwiderte Rhodan. »Ein Kaffee wäre jetzt genau das Richtige.«

Er fischte seinen Raumhelm aus der Verankerung, setzte ihn auf und überprüfte seinen Sitz sorgfältig. Jetzt galt es. Es war das erste Mal, dass sein Raumanzug mehr sein würde als nur das typische Kleidungsstück eines Risikopiloten der *US Space Force*.

Er checkte alle Systeme durch, versetzte den *Starglider* in einen stabilen Wartezustand. Dann schaltete er die Pumpen ein, die die Bordatmosphäre einsaugten und in die Tanks pressten. Binnen Minuten wurde das sirrende Geräusch, das sie machten, leiser und leiser und war bald nur noch als ferne Vibration über den Sitz zu spüren, während die Nadel der Druckanzeige gegen null sank.

Sein Raumanzug hatte sich entsprechend aufgebläht. Rhodan überprüfte ihn ein weiteres Mal, bewegte sich probehalber. Alles in Ordnung, wie es aussah. Er griff nach der Verriegelung der Luke und öffnete sie.

Ein Rest Luft war natürlich noch in der Kabine verblieben, der nun mit einem mehr spür- als hörbaren Puffen hinaus ins All strömte und weiße, frostige Beschläge an den Dichtungen zurückließ, die gleich darauf wieder verdampften. Rhodan griff nach einem langen, dünnen Stahlkabel, dessen Ende an einer frisch angebrachten Öse im Inneren der Kabine befestigt war, hakte das andere Ende an seinen Gürtel und kletterte dann behutsam durch die Luke hinaus.

Einen Moment musste er innehalten, teils, weil ihm der Anblick der tief unter ihm dahinziehenden Erde den Atem raubte, teils, weil ihn auf einmal Ehrfurcht vor der gewaltigen Größe der Schöpfung erfüllte. Wenn man nur jedem Menschen zeigen könnte, was er sah! Die Welt würde eine andere werden, eine bessere, und das ohne Propaganda, ohne neue Gesetze, ohne irgendeinen Druck, einfach nur durch Einsicht!

Dann schob er diesen Gedanken beiseite und konzentrierte sich auf die Aufgabe, zur Raumstation zu gelangen. Er peilte die Schleusenöffnung an, die vielleicht dreißig Meter entfernt sein mochte, und stieß sich ab, ganz leicht nur, damit der *Starglider,* der in dem Moment natürlich einen entsprechenden Impuls in die andere Richtung bekam, nicht zu schnell zu weit abtrieb.

Für alle Fälle hatte er eine Rückstoßpistole am Gürtel, doch er brauchte sie nicht. Er landete auf Anhieb bei dem Haltegriff neben der Schleuse, den er angepeilt hatte, löste das Kabel von seinem Gürtel und hakte es ein. Es war weit davon entfernt, gespannt zu sein, sondern hing lose und verdreht im All wie ein Faden, den jemand verloren hatte. All diese Arbeiten fühlten sich tatsächlich nicht viel anders an als die Trainings im Nullauftriebsbecken in Maryland, die er damals zusammen mit John Young durchlaufen hatte.

Rhodan hievte sich in die Schleuse, zog die Außenluke zu, verriegelte sie. Jemand spähte durch die handtellergroße Sichtscheibe der Innenluke; er erkannte nicht, wer es war. Auf jeden Fall klackte es hinter der stählernen Wand, eine Pumpe arbeitete, und Luft strömte ein.

Als die Innenluke geöffnet wurde, nahm Rhodan den Helm ab. Es war Armstrong, der ihn empfing; James McDivitt war im Hintergrund dabei, Pete Conrad in den Raumanzug zu helfen.

»Willkommen an Bord«, meinte Armstrong. »Wie viel Zeit haben Sie?«

»Zwanzig Minuten, schätze ich«, erwiderte Rhodan. So lange würde es dauern, bis der langsam abdriftende *Starglider* das Kabel gestrafft hatte. Dann, wenn das Kabel bis an seine Grenzen gedehnt war, würde es dem Fahrzeug einen Impuls in die Gegenrichtung geben, und es war zweifellos ratsam, wieder an Bord zu sein, ehe es die Raumstation berührte.

»Zwanzig Minuten?« Armstrong nickte zufrieden. »Das reicht für eine Schlossführung und einen gemütlichen Kaffee.«

»Wir sind nämlich ganz stolz, dass wir so gut eingerichtet sind«, rief McDivitt. »Und wir haben so selten Gäste.«

»Mir ist es eh lieber, wenn es langsam geht«, fügte Conrad hinzu, der sichtlich unter den Verrenkungen litt, die notwendig waren, um die verschiedenen Teile des Raumanzugs anzulegen.

Rhodan wollte sich diese Gelegenheit, die Raumstation zu sehen, natürlich nicht entgehen lassen, und folgte Armstrong, der behände vorausschwebte. Man merkte, dass die Astronauten schon seit einem Monat hier oben lebten; Armstrong kannte jeden Handgriff und wusste immer, wo er hinfassen musste, um voranzukommen.

Im Prinzip war die FREEDOM-1 eine lange Röhre, die durch dünne Zwischenwände in einzelne Räume oder Arbeitsbereiche unterteilt war. Begriffe wie »Boden« oder »Decke« hatten hier oben in der Schwerelosigkeit der Erdumlaufbahn allerdings keinerlei Bedeutung; die Wände waren mehr oder weniger ringsum von Instrumenten oder Staufächern bedeckt, und auch Sichtluken wiesen in alle möglichen Richtungen.

»Wir halten die Sichtluken verschlossen, wenn niemand hinausschaut«, erklärte Armstrong. »Die Aussicht ist zwar ziemlich spektakulär, aber man glaubt nicht, wie schnell man einen Sonnenbrand kriegt, wenn das Sonnenlicht direkt hereinfällt.«

»Verstehe«, erwiderte Rhodan, dem dieser Aspekt neu war. »Man lernt immer dazu, hmm?«

Armstrong dachte über diese Frage eine Weile nach, in seiner typischen Art, aus der sich nicht ablesen ließ, ob er sie überhaupt zur Kenntnis genommen hatte, und sagte schließlich: »In Bezug auf den Weltraum sind wir wie Kinder. Wir haben eine ganz neue Umgebung betreten und müssen erst lernen, welche Regeln hier gelten.«

An der Stelle, an der die beiden Module zusammengeflanscht waren, ragte eine besonders dicke Einschnürung in den Innenraum.

Armstrong tätschelte ein klobiges, fassförmiges Gebilde aus weißlackiertem Metall, das direkt dahinter montiert war. »Das ist der Wassertank, der Pete eingequetscht hat«, erzählte er. »Der war für die Startphase im Schwerpunkt befestigt. Als wir ihn ans Versorgungssystem anschließen wollten, ist es passiert.«

Rhodan nickte. Wenn der Tank mit Wasser gefüllt war, stellte er, auch wenn er nichts wog, eine träge Masse von mehreren hundert Kilogramm dar, die man nicht mal eben so mit bloßen Händen auffing.

Im *Modul Beta* sah es recht wohnlich aus. Vier Schlafsäcke hingen aufgespannt in netzartigen Konstruktionen; hier schliefen die Astronauten also. Es gab eine Wascheinheit, in der man sich einschließen und mit feuchten Tüchern abreiben konnte, eine Ventilationsanlage saugte hinterher die letzten Tropfen ab. Und es gab eine Toilette, aber Armstrong meinte mit dünnem Grinsen: »Wie man die benutzt, erklären wir Ihnen das nächste Mal.«

Als sie zurückkamen, leuchtete das Lämpchen an dem Heißwasserbereiter grün.

»Mit Milch? Zucker?«, fragte Armstrong. »Haben wir alles da.«

»Milch, bitte«, sagte Rhodan.

Die Zubereitung des Kaffees ging so vor sich, dass Armstrong einen Plastikbeutel aus einer Vorratsschachtel fischte, der löslichen Kaffee und Milchpulver enthielt, und mit einer genau dosierten Menge heißen Wassers auffüllte. Anschließend knetete man den Inhalt kurz durch, was dem Umrühren entsprach (wobei man besser einen Schutzhandschuh überstreifte, denn der Kaffee war natürlich heiß), dann saugte man den Inhalt durch ein dünnes Röhrchen mit simplem Ventil heraus.

»Schmeckt verblüffend gut«, konstatierte Rhodan. Und es tat auch gut; er war heute sehr früh aufgestanden, und es war grade die richtige Zeit für einen späten Vormittagskaffee.

»Zumindest weniger schlecht als befürchtet«, meinte McDivitt.

»Es macht den Aufenthalt hier oben entschieden angenehmer«, räumte auch Armstrong ein.

Pete Conrad war endlich fertig angezogen, nahm auch noch »einen Kaffee zum Abschied«, wie er es nannte.

»Ich hab ja ehrlich gesagt bis gestern gedacht, die *Space Force* sei reichlich überflüssig«, gestand er dann. »Ich muss meine Meinung wohl revidieren.«

McDivitt grinste. »Lob ihn lieber erst, wenn er dich heil runtergebracht hat.«

Rhodan orientierte sich kurz, glitt zu einer der Sichtluken, schob die Blende auf und spähte hinaus. Wie er es sich gedacht hatte: Das Seil war schon fast gerade gespannt.

»Danke für den Kaffee«, meinte er dann und reichte den leeren Beutel zurück. »Ich werd euch weiterempfehlen. Aber jetzt, glaube ich, sollten wir uns allmählich auf den Weg machen.«

Die Astronauten wechselten eigentümliche Blicke.

»Es hat was, das einfach so sagen zu können«, gab Armstrong zu. »Ohne Countdown, ohne Anweisungen aus Houston …«

Rhodan lächelte. »In fünf Jahren fliegt ihr auch so«, behauptete er, zweifellos ohne zu ahnen, wie prophetisch seine Worte sein sollten.

Conrad und er setzten ihre Helme auf, schwebten gemeinsam in die Schleuse und warteten, bis die Außenluke Grün zeigte. Conrad hakte sich mit einem Karabinerhaken in das Seil ein und begann, sich in einem Tempo, das ihn nicht überforderte, daran entlangzuziehen. Rhodan folgte ihm gemächlich, genoss den Ausblick auf die dunkle Welt zu ihren Füßen. Sie befanden sich gerade auf der Nachtseite der Erde, über einem offensichtlich dünnbesiedelten Gebiet, denn es leuchteten nur hier und da ein paar einsame Lichter … Das musste Asien sein, mutmaßte er, vielleicht Sibirien oder die Mongolei.

Endlich erreichten sie den *Starglider.* Conrad hievte sich an Bord und auf den hinteren Sitz, der schon in der optimalen Transportstellung verriegelt war, die die Ärzte ausgetüftelt hatten.

»Puh«, meinte er, als er endlich saß. »Kleiner Tipp – leg dich nie mit ’nem Wassertank an.«

»Werd’ dran denken«, versprach Rhodan und übernahm es, den Astronauten anzuschnallen.

Dann hakte er das Seil von der Öse in der Kabine los und warf es hinaus: Darum mussten sich die anderen beiden kümmern. Er zog die Luke zu, verriegelte sie und stellte die Bordatmosphäre wieder her. Zum

Schluss setzte er den Helm ab und half Conrad, den seinen ebenfalls abzunehmen. Auch das hatten die Ärzte empfohlen; auf diese Weise sollte vermieden werden, dass bei Druckunterschieden zwischen innen und außen der Raumanzug zusätzlich auf die gebrochenen Rippen drücken konnte.

»Danke«, sagte Conrad. »Aber, hey – du musst dich nicht aus Solidarität auch in Gefahr bringen!« Was er meinte, war, dass NASA-Astronauten üblicherweise den Wiedereintritt in die Erdatmosphäre mit geschlossenen Raumanzügen absolvierten, weil bei Beschädigungen am Raumfahrzeug die Gefahr eines explosiven Druckverlustes bestand.

Rhodan schüttelte den Kopf. »Ich fliege grundsätzlich ohne Helm. Sonst hat man ja nichts davon.«

Das brachte Conrad zum Lachen, obwohl ihm das sichtlich Schmerzen bereitete. »Verstehe«, stöhnte er. »Ihr nennt euch ja nicht umsonst *Risikopiloten.*«

»Genau«, meinte Rhodan und fuhr den Reaktor hoch. Mit ein paar Stößen aus den Steuerdüsen entfernte er sich von der Raumstation, was erheblich einfacher war, als sich ihr zu nähern. Er rief die beiden verbliebenen Astronauten noch einmal an, um sich endgültig zu verabschieden, dann drehte er den *Starglider* so, dass das Haupttriebwerk in Flugrichtung zeigte, und gab sanften Gegenschub.

Sie hatten die Stützmassentanks des *Stargliders* maximal gefüllt, weil Rhodan dessen große Schubreserven ausnutzen wollte, um den Wiedereintritt mit möglichst geringem Andruck zu bewerkstelligen. Hinter sich hörte er Conrad schnaufen und stöhnen, schon bei den vergleichsweise harmlosen Bremswerten, die das Triebwerk erzielte. Nie im Leben würde dieser Mann zweieinhalb g durchstehen!

Er bremste und bremste, während er den halben Erdball überflog, und sank dabei immer weiter, bis der Punkt kam, an dem er es für ratsamer hielt, den *Starglider* wieder in normale Position zu drehen. Von da aus ging er in einen ganz flachen Gleitflug, der ihn in einem breiten Bogen über den Ostpazifik und den westlichen Teil Nordamerikas hinwegführte, bis er eine Geschwindigkeit erreicht hatte, die es ihm erlaubte, an eine Landung zu denken.

»Wann geht das Abbremsen denn endlich los?«, ächzte Conrad irgendwann.

»Das haben wir schon hinter uns«, eröffnete ihm Rhodan. »Ich setze gerade zur Landung an.«

»Was? Ist nicht wahr.«

»Bitte anschnallen und das Rauchen einstellen«, sagte Rhodan schmunzelnd. »Wir erreichen Nevada Fields Space Port in wenigen Minuten.«

Conrad stöhnte auf. »Ich will auch zur *Space Force* …«

Der Krankenwagen wartete schon, Conrad wurde gleich in die medizinische Station des Stützpunkts gebracht und untersucht. Nach den ersten Röntgenaufnahmen waren die Ärzte verblüfft: Die Verletzungen waren schwerwiegender als gedacht, der Zustand des Patienten aber weitaus besser als befürchtet.

»Jetzt haben Sie was gut bei der NASA«, meinte Dr. Fleeps zu Perry Rhodan, nachdem er General Pounder Bericht erstattet hatte.

Die Raumfahrtbehörde revanchierte sich tatsächlich, und zwar, indem sie zwei Spezialisten für mehrere Wochen nach Nevada entsandte, um Dr. Lehmann und dem Entwicklerteam des STARDUST-Landers bei einem Problem mit dessen Computer zu helfen, an dem sich seine Leute bislang die Zähne ausgebissen hatten.

Das Dilemma war Folgendes: Als kritischste Phase der Operation Mondschuss galt seit jeher die eigentliche Landung auf der Mondoberfläche, die letzten fünf Minuten der Reise sozusagen. Alle Simulationen hatten ergeben, dass die Aufgabe, die schwere, große STARDUST sicher zu landen, ohne Computerhilfe nicht zu bewältigen war. Es existierte inzwischen auch ein Programm, das diese Unterstützung verlässlich leistete, nur war es viel zu umfangreich für jeden Computer, der sich an Bord des Raumschiffs hätte unterbringen lassen. »In zehn Jahren vielleicht«, meinten die Experten, »wenn die Entwicklung der Computertechnologie so weitergeht.«

Umgekehrt war es aber auch nicht möglich, die STARDUST von einem auf der Erde befindlichen Computer aus fernzusteuern, denn jedes Funksignal vom Mond, das etwa Positionsdaten des Raumschiffs übertrug, brauchte ungefähr eine Sekunde, bis es die Erde erreichte, was, da sich ein landendes Raumschiff bewegte, hieß, dass die Position in dem Moment, in dem sie im Steuercomputer ankam, schon längst veraltet war. Und jeder Steuerbefehl wiederum hätte eine weitere Sekunde gebraucht, um die STARDUST zu erreichen, was insgesamt zu völlig inakzeptablen Reaktionszeiten geführt hätte.

Perry Rhodan war dabei, als die angekündigten Spezialisten landeten. Es handelte sich um einen Mann und eine Frau, und den Mann kannte er: Dr. Ed Aldrin, NASA-Astronaut und Spezialist für Bahnberechnungen.

Aldrin erkannte ebenfalls Rhodan wieder, drückte ihm herzhaft die Hand und sagte: »Ich hab immer noch diesen Briefbeschwerer auf dem Schreibtisch stehen, den du mir damals zum Geburtstag mitgebracht hast, du weißt schon, den mit dem Mars-Globus.« Er grinste. »Und dann denk ich mir immer: Der Mars – das ist das nächste Ziel, wenn ihr erst mal auf dem Mond gewesen seid. Und da, da will *ich* hin, verstehst du? Auf den Mars.«

»Hab ich nichts dagegen«, meinte Rhodan lächelnd. »Vor allem, wenn ihr uns helft, unser kleines Problem zu lösen.«

»Das macht sie«, erwiderte Aldrin und wies auf seine Begleiterin, eine scheue, mädchenhafte Frau mit einer riesigen Brille, der eine gewaltige Flut von Haaren weit über den Rücken hinabfiel. »Wenn's jemand hinkriegt, dann Maggie.«

Drinnen im Computerzentrum stellte er sie dann offiziell vor. Ihr Name war Margaret Hamilton, und sie war die leitende Softwareentwicklerin des Apollo-Projekts. Sie trug ein Blümchenkleid und Sandalen, was unter den herrschenden Temperaturen angemessen war, sie aber wie eines jener Blumenkinder wirken ließ, die derzeit in San Francisco herumlungerten und Hasch rauchten, und nicht wie ein Wissenschaftlerin.

Allerdings nur, bis sie den Mund aufmachte. Dann verflog diese Assoziation im Nu.

»Ich habe mir das angeschaut«, erklärte sie, hievte einen ungefähr handspannendicken Ausdruck des Programms aus der gewaltigen

Stricktasche, die sie dabeihatte, und wuchtete das Ding auf den Tisch. Seitlich ragten buchstäblich Hunderte eingeklebter Lesezeichen in einem Dutzend Farben heraus, und als sie es aufschlug, sah man, dass sie praktisch jede Seite des Listings mit Farbstiften markiert und mit Bemerkungen vollgekritzelt hatte. »Sie verwenden sehr viele Tabellen, habe ich gesehen?«

»Ja«, sagte der Chefentwickler, ein blasser Zwei-Meter-Mann mit einem dünnen, flaumigen Kinnbart. »Das dient der Geschwindigkeitsoptimierung. Die Tabellen sind Ergebnisse numerischer Iterationen für verschiedene denkbare Situationen, die nicht in Echtzeit zu errechnen wären. Und diese Tabellen sind es, die das Programm so umfangreich machen. Ich wüsste aber nicht, wie Sie das wesentlich schlanker kriegen wollen. Geschwindigkeit oder Speicherplatz – wir können nur eins von beidem haben, und die Geschwindigkeit *brauchen* wir.«

»Das sehe ich genauso«, erwiderte Hamilton. »Meine Idee ist, eine Art *Semi-Fernsteuerung* zu implementieren. Wir unterteilen das gesamte Programm in viele kleine Module und ergänzen es um ein Analysemodul. Das Analysemodul bewertet die jeweilige Situation des Raumschiffs, löscht die Module, die sicher *nicht* benötigt werden, und lädt vom Hauptcomputer auf der Erde die Module nach, die *eventuell* gebraucht werden. Welche davon tatsächlich zum Einsatz kommen, entscheidet dann der Bordcomputer aus der Situation vor Ort.«

Der Chefentwickler machte große Augen und kauende Bewegungen mit dem Kinn, als müsse er das Gehörte auf diese Weise verdauen. »Verstehe«, stieß er schließlich hervor. »Das ist … das ist ziemlich clever, ja. Aber kommt das zeitlich hin? Ich meine, Sie müssen dafür ja doch gewisse Datenmengen transferieren, an die richtigen Speicherstellen laden und so weiter …«

»Ich glaube, dass es gehen müsste«, erklärte Hamilton. Sie zog ein paar Blätter voller Berechnungen hervor, die zwischen den Ausdrucken steckten. »Ich hab das hier mal durchkalkuliert. Es ist eine Frage der Anzahl und Größe der Einheiten. Der springende Punkt ist das Analysemodul. Das muss natürlich hundertprozentig funktionieren.«

»Mal ganz dumm gefragt«, warf Rhodan ein, wenn er schon bei der Besprechung dabei war, ohne sonderlich viel von Computern zu verstehen, »warum kann man die Landung nicht einfach dem Piloten überlassen? Macht man ja sonst überall auch.«

Hamilton warf Aldrin einen belustigten Blick zu; diese Frage war ihr wohl schon oft gestellt worden. Aldrin schmunzelte ebenfalls und erklärte: »Das Problem, Perry, ist die andere Schwerkraft, die auf dem Mond herrscht. Das, was man sieht, täuscht einen total, und man reagiert instinktiv falsch. Glaub mir, wir beschäftigen uns damit schon eine ganze Weile. Es ist fast ein Ding der Unmöglichkeit, das Fliegen unter dieser anderen Schwerkraft zu *üben*. Ich weiß nicht, ob du je unser LEM gesehen hast, unser *Lunar Excursion Module* …?«

»Ein Modell«, sagte Rhodan.

»Also, dann hast du ein Bild vor Augen.« Er breitete die Hände aus. »Wir haben dieses Ding entwickelt, aber verdammt nochmal, wir haben keinen gangbaren Weg gefunden, seine Flugeigenschaften hier auf der Erde zu testen! Wir haben ein zusätzliches Schwebetriebwerk eingebaut – vergiss es. Wir haben es an Helikopter gehängt – eine Totalpleite. Schließlich haben wir ein Pendant gebaut, das *Lunar Landing Training Vehicle*, das *LLTV*. Ist schon, na, sechs Jahre her. Die Zeit vergeht, was? Jedenfalls, das Ding hatte ein Triebwerk auf einer kreiselstabilisierten Plattform, dessen Schub auf ⅚ der Gewichtskraft geregelt war – damit ging's einigermaßen. Aber wir hatten drei Abstürze! *Neil Armstrong* ist mit dem Ding abgestürzt, und der ist ja nun weiß Gott kein schlechter Pilot.« Er machte eine wegwerfende Handbewegung. »Okay, ist ja jetzt ohnehin alles Geschichte. Aber du siehst das Problem?«

Rhodan nickte. »Und die Lösung. Den Computer.« Ein Computer würde sich nicht irritieren lassen, sondern stur seinem Programm folgen, Millionen von Berechnungen durchführen, die auf den physikalischen Gesetzen der Bewegung beruhten.

Aldrin wandte sich an die übrigen Teilnehmer der Besprechung. »Lassen Sie Margaret machen. Sie ist die Beste, die wir haben. Ich würde in kein Raumschiff steigen, dessen Software nicht von ihr stammt.«

Dr. Lehmann nickte gewichtig. »Also gut. Wir gehen so vor, wie Sie es vorschlagen, Mrs Hamilton.«

Am Dienstag, dem 5. November 1970, war es endlich so weit: Die »Generalprobe« der STARDUST stand an, zum ersten Mal in genau der Konstellation, in der sie auch zum Mond starten sollte. Die kegelförmige Rakete, die sich da auf Cape Kennedy auf der Startplattform 39A erhob, sah äußerlich genauso aus wie die Rakete, die vier Monate zuvor gestartet war, doch dieser äußere Eindruck täuschte. Nur die erste Stufe war identisch mit der ersten Stufe der Saturn VI, die zweite Stufe hatte zwar dieselben Abmessungen, enthielt nun aber den nuklear-chemischen Antrieb. Und bei der dritten und letzten Stufe schließlich handelte es sich um genau das Raumfahrzeug, das irgendwann auf dem Mond landen sollte, die eigentliche STARDUST (man sprach auch, wenn man nur diesen Teil meinte, vom »Lander«).

Dieser Flug nun war angekündigt als *STARDUST-0*, und die Mannschaft bestand aus Perry Rhodan, Reginald Bull, Michael Freyt und Conrad Deringhouse, also nur aus Piloten, da für diesen Probeflug keine Wissenschaftler vonnöten waren.

Der geplante Startzeitpunkt war 8 Uhr Ostküstenzeit, doch ein Tankdetektor meldete einen merkwürdigen Fehler, der untersucht werden musste, so dass der Start erst um 9 Uhr 07 erfolgte. Danach ging alles glatt. Die erste Stufe kehrte, sobald sie ihre Aufgabe erfüllt hatte und abgetrennt wurde, mit Resttreibstoff zurück zum Startplatz und landete wieder heil an drei großen, rotweiß gestreiften Fallschirmen. Allerdings achtete kaum jemand darauf, weil die Zündung der zweiten Stufe ein bislang nie gesehenes optisches Phänomen am Himmel hervorrief: Die Strahlgeschwindigkeit des nuklear-chemischen Antriebs war derart hoch, dass die ausströmende Stützmasse die dünne Luft in rund 90 Kilometern Höhe ionisierte und gewissermaßen Nordlichter erzeugte, nur dass sich diese kreisförmig über dem Himmel von Florida ausbreiteten, wie die Wellen um einen in einen stillen Teich geworfenen Stein, und in allen Farben des Regenbogens schillerten. Die Wissenschaftler hatten vorab angekündigt, dass es zu einem solchen Effekt kommen könnte, waren aber selbst überrascht von der betörenden Schönheit dieses Moments.

Das Schauspiel dauerte nur wenige Minuten, dann hatte die Rakete auch die Stratosphäre hinter sich gelassen, so dass die Partikel nichts mehr vorfanden, das sich hätte ionisieren lassen. Überdies schaltete die zweite Stufe eher ab, als sie es für einen Mondschuss getan hätte, wurde abgetrennt und kehrte gleichfalls zum Startplatz zurück, wo sie sanft auf dem Meer landete und von zwei Schleppern an Land geschafft wurde.

Die STARDUST umkreiste die Erde rund sechs Stunden lang. Die Piloten nutzten die Zeit, um sich mit der Steuerung des Raumschiffs unter Echtbedingungen vertraut zu machen; die Kabine war groß genug, um die Plätze nach Belieben tauschen zu können.

»Fliegt sich zu hundert Prozent wie im Simulator«, meinte Deringhouse schließlich, nachdem er die STARDUST eine Weile gesteuert hatte. »Das Einzige, was anders ist, ist die Schwerelosigkeit.«

Das sahen die anderen genauso. Die Konstrukteure des Simulators hatten einen wirklich guten Job gemacht, und das zu einem Zeitpunkt, als das Raumschiff erst auf dem Reißbrett existiert hatte!

»Sollen wir die Sache nicht abkürzen und einfach gleich weiterfliegen?«, schlug Bull vor und nickte in Richtung des Mondes, der gerade vor ihnen auftauchte und das erste Viertel zeigte, was ihn besonders plastisch aussehen ließ.

Sie lachten, und es war etwas in dem Gelächter, das einen spüren ließ, dass sie alle *verdammt* große Lust dazu gehabt hätten. Aber sie wussten auch alle, dass sie dafür nicht die Ausrüstung dabeihatten und vor allem nicht genug Stützmasse. Mit dem, was in den Tanks war, hätten sie den Mond wahrscheinlich erreichen können, aber es wäre nicht mehr genug übrig gewesen, um wieder zur Erde zurückzukommen.

»Ein andermal«, meinte Rhodan. »Der Mond läuft uns nicht davon.«

»Habt ihr übrigens die Entwürfe für die Station gesehen, die wir aufbauen werden?«, warf Michael Freyt ein. Er und seine Crew hatten kurz zuvor *Bridgestone Aerospace* besucht, eine ganz neu gegründete Firma, die das Mondfahrzeug und das aufblasbare Wohnzelt für die erste Mondmission entwickelte. »Paläste, sag ich euch. Am besten, wir bleiben gleich dort und machen ein Hotel auf.«

»Es wird eine Kuppel dabei sein, groß genug, um neue Sportarten zu erfinden«, ergänzte Deringhouse. »Baseball unter Mondschwerkraft oder so etwas.«

»Das klingt, als ob sie euch in den Urlaub schicken wollen, während wir noch richtig arbeiten müssen«, maulte Bull.

Freyt grinste breit. »Jeder, wie er's verdient.«

Schließlich setzten sie zur Landung an, dem letzten großen Test. Vorgesehen war, dass Rhodan die STARDUST in Nevada zu Boden brachte, doch er überließ das Steuer Freyt und begnügte sich mit dem Sitz des Copiloten. Während des Abstiegs konnte er aus den Augenwinkeln sehen, wie Bull nervös die Hände zu Fäusten ballte und wieder schloss, wie immer, wenn er nicht mindestens Copilot war.

Die Landung verlief so reibungslos wie der Start. Um exakt 12 Uhr 26 *Pacific Standard Time* landete die STARDUST auf dem Rollfeld des Nevada Field Space Port, bejubelt und beklatscht von der gesamten Besatzung des Stützpunkts. Eine fahrbare Tribüne wurde an das gelandete Raumschiff gerollt und arretiert, General Pounder hielt, die vier Risikopiloten neben sich, eine kurze Ansprache, in der er ankündigte, das nächste Mal werde es zum Mond gehen, *as soon as possible*, nämlich sobald die Ausrüstung für die Expedition fertig und getestet sei. An die Adresse der wenigen Reporter gerichtet, die sich die Mühe gemacht hatten, nach Nevada zu kommen, versprach er, den genauen Startzeitpunkt rechtzeitig bekanntzugeben. (Was er nicht erwähnte, war, dass es zum Plan gehörte, diesen Termin so lange wie möglich geheim zu halten.)

Anschließend beförderte General Pounder die gesamte Besatzung der STARDUST-0-Mission. Freyt wurde in den Rang eines Oberstleutnants erhoben, Deringhouse in den eines Leutnants, Bull zum Captain und Rhodan zum Major.

Als die Zeremonie vorbei war und sie alle nacheinander die Tribüne verließen, hielt Pounder Rhodan zurück und sagte: »Ach, übrigens, *Major* – auf Sie wartet eine ganz neuartige Mission.«

»Nämlich?«, fragte Rhodan neugierig.

»Der Präsident wird morgen die Existenz der *US Space Force* öffentlich bekanntgeben«, erklärte Pounder. »Und Sie gehen die nächsten Monate auf große Tour durch Funk und Fernsehen und machen die *Operation Mondschuss* zum Thema Nummer eins.«

8

Am nächsten Tag, dem 6. November 1970, erklärte Präsident Nixon offiziell, dass die Vereinigten Staaten von Amerika das Spektrum ihrer Streitkräfte um die *US Space Force* erweitert hatten, und erläuterte, dass sie dazu gedacht sei, im Falle einer militärischen Auseinandersetzung tätig zu werden, die sich im Weltraum abspielte oder diesen mit einschloss. Er kündigte außerdem eine neue Militärdoktrin an, die Antwort der USA auf Bedrohungen aus dem Weltraum betreffend.

Kaum je zuvor hatte eine solche Bekanntmachung derart unterschiedliche Reaktionen hervorgerufen. Die Kommentatoren in den amerikanischen Medien, die Nixon größtenteils kritisch gegenüberstanden, wunderten sich lautstark, was den Präsidenten zu diesem Schritt bewogen habe; seien ihm etwa die sprichwörtlichen grünen Männchen vom Mars erschienen? Die meisten Amerikaner fanden die *Space Force* irgendetwas zwischen überflüssig und lächerlich und sahen darin auf jeden Fall nur eine weitere Verschwendung ihrer Steuergelder.

Ganz anders der Rest der Welt.

In Europa überschlug man sich vor Begeisterung: die USA, das erste Land mit echten Weltraumstreitkräften! Das konnte ja nichts anderes bedeuten, als dass tatsächlich ein neues Zeitalter anbrach!

Die Sowjetunion wiederum kritisierte diesen Schritt – was niemanden überraschte – und bezeichnete ihn als weiteren Beweis für »die Kriegslüsternheit des kapitalistischen Imperialismus westlicher Prägung«.

Die heftigste Reaktion aber kam aus China. Dort nannte man den »amerikanischen Griff nach dem Weltraum« eine »Provokation«, auf die man »mit aller gebotenen Härte« reagieren werde. In den folgenden Wochen meldeten die Geheimdienste, dass chinesische Diplomaten heftige Reisetätigkeit entwickelten, doch niemand wusste, wozu und warum. Das sollte sich erst am 27. Januar 1971 klären: An diesem Tag, an dem zugleich das chinesische Neujahrsfest gefeiert wurde (es begann das Jahr des Schweins), gründete die Volksrepublik China in einem überaus prunkvollen Festakt in Peking die sogenannte

»Asiatische Föderation«, und der mittlerweile 78-jährige Parteiführer Mao Tse-tung kündigte an, man würde in einer machtvollen Anstrengung die Fähigkeit der Völker besagter »Asiatischer Föderation«, den Weltraum zu beherrschen, so weit steigern, dass der Westen es nicht wagen werde, den Frieden der himmlischen Sphären in Frage zu stellen.

Es dauerte ein paar Tage, bis durchsickerte, dass es sich bei dieser »Asiatischen Föderation« wohl eher um Augenwischerei handelte: Im Moment bestand die Föderation nämlich offiziell nur aus der Volksrepublik China und der Demokratischen Volksrepublik Nordkorea, und ein bloßer Blick auf die Landkarte genügte, um zu wissen, wer in dieser Föderation das Sagen hatte. Zwar hatte die *AF,* wie sie bald abgekürzt wurde, allen anderen asiatischen Staaten (mit Ausnahme Indiens) angeboten, der Föderation als gleichberechtigte Mitglieder beizutreten, aber es war nicht davon auszugehen, dass diese Offerte auf sonderliches Interesse stoßen würde.

Doch bleiben wir zunächst im November 1970. Während die Amerikaner noch nicht so recht wussten, was sie von Nixons Erklärung halten sollten, machte Perry Rhodan die Bekanntschaft eines gewissen Finlay Aaran Melcamp, eines PR-Beraters, den der General engagiert hatte, um Rhodans Pressetour zu organisieren.

»PR steht eigentlich nicht für *Perry Rhodan*, sondern für *Public Relations*«, erklärte dieser Rhodan unter dröhnendem Lachen, als sie sich das erste Mal begegneten. »Aber eine lustige Koinzidenz ist es schon. Ich bin jetzt also sozusagen PR-PR-Berater!« Das schien er unerhört witzig zu finden.

Finlay Aaran Melcamp, der seinen Namen mit Vorliebe mit FAME abkürzte, war eine überaus eindrucksvolle Erscheinung. Von unbestimmbarem Alter, grauhaarig, mit mächtigem Vollbart und einem ebenso mächtigen Bauch, sah er aus, als habe der Weihnachtsmann einen neuen Beruf ergriffen. Wenn er lachte – was er oft und gerne tat, am liebsten über seine eigenen Witze –, wackelten die Wände. Überdies demonstrierte er eine Vorliebe für exquisite modische Kleidung, was bestens zu seinem Metier passte: Er mochte ein Geck sein, aber er wusste, wie man auffiel und im Gedächtnis blieb.

Dieser Finlay A. Melcamp also unternahm es nun, eine Publicity-Tour für Perry Rhodan und, nach Möglichkeit, seine Crew zu organisieren. Er war der erste Mensch, den Rhodan kennenlernte, der ein privates Autotelefon besaß. Es war in der Mittelkonsole seines vergoldeten Cadillac montiert, und Melcamp machte regen Gebrauch davon, meistens während er eine prallvolle Rolodex-Kartei auf den Knien balancierte, in der jede Karte mit zahllosen, spinnenfein gekritzelten Notizen bedeckt war.

Es begann mit kleinen, kurzen Terminen. Ein Interview bei einem regionalen Radiosender hier, ein Gespräch vor der Kamera eines lokalen Fernsehsenders da, selten länger als ein paar Minuten. »Sie müssen sich ja erst eingewöhnen«, meinte Melcamp fürsorglich.

Das musste Rhodan in der Tat. Er fand das alles sogar äußerst gewöhnungsbedürftig – die aufwendigen Vorbereitungen, die hastigen Vorgespräche, das hektische Durcheinander abseits von Kamera oder Mikrophon, die Notwendigkeit, sich vor einem Fernsehauftritt in die »Maske« zu begeben und sich mit allerlei Puder und Schminke betupfen zu lassen, um nachher, mal ehrlich, nicht anders auszusehen als vorher, dann das gewichtige Herunterzählen, als hinge das Schicksal der Welt davon ab, dass die Sendung auf die Sekunde genau begann …

Und die Fragen! Ob er keine Angst habe, in den Weltraum zu fliegen? »Ich versuche, immer gut vorbereitet zu sein, dann gibt es keinen Grund, Angst zu haben.« Wieso er denke, dass er es schaffen werde, zum Mond und zurück zu kommen, wo es doch Apollo 8 *nicht* geschafft habe? »Ich glaube, dass Apollo 8 es normalerweise auch zurück geschafft hätte. Es hat sich sicher nur ein Unfall ereignet, wie er bei einem grundsätzlich risikoreichen Unternehmen wie einer Weltraumfahrt immer vorkommen kann. Damit muss man leben.«

Es konnte passieren, dass mitten in einem Gespräch, das tiefschürfend zu werden drohte, plötzlich eine Frage kam wie die, wie ihm denn seine Uniform gefalle, die Uniform eines Majors der *US Space Force?*

Was blieb Rhodan da anderes übrig, als gewinnend zu lächeln und zu erwidern: »Wie gefällt sie denn *Ihnen?*«

Alles in allem fand er die Welt der Medien sehr gewöhnungsbedürftig, und nach jedem Interview plagte ihn das Gefühl, nichts von den wirklich wichtigen Dingen losgeworden zu sein, sondern die Zeit nur belanglos verplaudert zu haben.

Doch Melcamp meinte: »Sie machen das großartig. Ehrlich.«

Also ging es weiter, zu größeren Fernsehstationen, zu Zeitungsredaktionen, zu größeren Rundfunkstationen. Nach und nach wurden die Auftritte länger, nahmen die Zuschauerzahlen zu. Einmal, als Melcamp Rhodan nach einem Interview bei KNBC in Los Angeles zurück ins Hotel fuhr, meinte der PR-Berater: »Es ist wirklich frappierend mit Ihnen, Rhodan. Ich hab so etwas noch nie erlebt. Auf der einen Seite sind Sie jemand, der überhaupt kein Problem damit hat, mit sich selbst allein zu sein – was man ja an sich heutzutage schon selten findet, außer vielleicht in Höhlen im Himalaya –, ich würd' sogar sagen, Sie legen manchmal eine richtiggehende Tendenz zum Einzelgänger an den Tag. Und auf der anderen Seite, verdamm' mich« – er versetzte seinem mit Wildleder überzogenen Lenkrad einen Hieb –, »sind Sie wie kaum sonst jemand imstande, schlagartig eine Verbindung zu einem Publikum aufzubauen, fast wie auf Befehl, von einer Sekunde auf die nächste. Also, wenn alle so wären wie Sie, dann wär mein Job überflüssig. Was mach ich denn? Ich mach Termine aus. Aber bald werd' nicht mehr ich die anrufen, sondern *die* werden *mich* anrufen. Oder gleich Sie. Warten Sie's ab. Sie sind auf dem besten Weg, berühmt zu werden. Sie sind sozusagen auf dem Weg in den Orbit, um's mal in Ihrer Sprache auszudrücken.«

Falls sich F. A. Melcamp wirklich Sorgen um seinen Job machte, tat er es unnötigerweise, denn es waren ja nicht alle so wie Rhodan. Das zeigte sich beim ersten Termin, zu dem alle vier Mitglieder der Mondlande-Crew in ein Fernsehstudio eingeladen wurden, wohlweislich bei einem winzigen Lokalsender in Colorado, Melcamps Strategie folgend, seine Klienten sich erst eingewöhnen zu lassen. Die drei anderen *hassten* es, waren brummig, maulfaul und abweisend und strahlten überdeutlich aus, das Ganze für weit unter ihrer Würde zu halten.

Hinterher verlor Rhodan ein paar deutliche Worte. Es mochte im Moment nicht genau der Job sein, für den sie alle sich beworben hatten, hielt er seinen Kameraden vor, aber es war ein Job, der nun einmal erledigt werden musste und den niemand anders als sie erledigen konnte, denn sie würden es schließlich sein, die als Erste zum Mond flogen in der Absicht, darauf zu landen. »Und diese Reise wird von den Steuern der Leute bezahlt, die uns zuschauen«, schloss er. »Das mindeste, was wir tun können, ist, ihnen zu erklären, was wir vorhaben und *warum* wir es vorhaben, und zu versuchen, darüber hinaus ein bisschen Sympathie für unser Unternehmen zu wecken.«

Beim nächsten Auftritt, der schon im Abendprogramm eines größeren Senders stattfand, war Manoli so verbindlich, wie es nur ein Arzt sein konnte. Bull gab sich ebenfalls einen Ruck, und siehe da, er zeigte »deutliche Anlagen zur Rampensau«, wie Melcamp es nachher nannte. Er war witzig, erzählte pointiert, und er und Rhodan spielten sich im Gespräch die Bälle nur so zu.

Nur Flipper konnte es einfach nicht. Er saß da wie eingefroren und brachte höchstens einsilbige Antworten zuwege, und auch nur, wenn er direkt angesprochen wurde.

Nach insgesamt fünf Auftritten des gesamten STARDUST-Teams gab Melcamp seine Bemühungen um Flipper auf. Er organisierte ein paar Termine mit Bull und Rhodan, aber zu den großen Talkshows schickte er Rhodan lieber alleine. Am 25. Dezember 1970, genau ein Jahr nach dem Verschwinden von Apollo 8 also, nahm ihn Merv Griffin in seine Show und widmete dem Gespräch mit »unserem Mann im All«, wie er Rhodan ankündigte, die gesamte Sendung, was er sonst eher selten tat. Es wurde eine ungewöhnlich tiefschürfende Unterhaltung über den Weltraum und die Rolle des Menschen darin, über den Aufbruch zu den Sternen und über den Mut, die Dinge zu tun, die getan werden mussten. »Ich glaube an die Menschheit«, waren Rhodans Schlussworte. »Wenn wir an einem Strang ziehen, anstatt uns gegenseitig zu bekriegen, dann gibt es nichts, was uns aufhalten kann.« Es war das erste Mal, dass Rhodan nach einem TV-Interview zufrieden war.

Die Merv-Griffin-Show wurde in Los Angeles produziert, und es kam, wie Melcamp es prophezeit hatte: Kaum war die Sendung zu Ende, meldete sich schon die nächste, und diesmal kein Geringerer als Johnny Carson, dessen *Tonight Show* die wichtigste und erfolgreichste Talkshow überhaupt war. Er wollte Perry Rhodan haben, egal wann, und so betrat dieser knapp zwei Wochen später dessen Studio in 30 Rockefeller Plaza in New York City. Weitere Studiogäste waren der Baseballspieler Willie »Pops« Stargell und der Autor Jerzy Kosinski, der seinen neuesten Roman *»Being There«* vorstellte, ein Titel, der Carson eine gute Überleitung bot, um Major Perry Rhodan anzukündigen, dem es auch darum ginge, *dort zu sein*, auf dem Mond nämlich.

An dieser Stelle muss der Verfasser dieser Zeilen, um seiner selbstauferlegten Verpflichtung zur Transparenz gerecht zu werden, eine persönliche Episode aus seinem ansonsten weitgehend ereignislosen Leben einflechten.

Es begab sich im Herbst 1970, anlässlich eines Rugbyspiels, das irgendwie wichtig genug war, dass dafür der Fernseher in der Gefängniskantine eingeschaltet wurde. Warum es wichtig war, weiß ich nicht mehr; zwar habe ich ein grundsätzliches Interesse an Zahlen und Statistiken, aber ich muss gestehen, dass es sich nicht auf Punkte, Tore und Ranglistenplätze von Sportvereinen erstreckt.

Trotzdem begab auch ich mich in die Kantine, um das Spiel zu verfolgen, nicht aus Interesse oder Begeisterung, denn auch dem Rugbysport an sich kann ich nichts abgewinnen, sondern einfach, weil es ein wenig Abwechslung im Einerlei des Gefängnislebens darstellte.

Kurz zuvor hatte einer der Wärter gekündigt, ein gewisser John Dickinson, der mich über zehn Jahre lang mit den aktuellen Zeitungen versorgt und von mir dafür Investmenttipps bekommen hatte. Diese hatte er tatsächlich befolgt (was man als Tippgeber eher selten erlebt), und seine Investments hatten sich in einer Weise ausgezahlt, dass er nicht mehr darauf angewiesen war, für seinen Lebensunterhalt zu arbeiten: In einer solchen Situation ist ein Job im Gefängnis keiner, den man freiwillig weitermacht.

Seither war ich auf der Suche nach einem neuen Vertrauensmann, der mir Zeitungen beschaffte, und ein wenig vom Tagesgeschehen abgeschnitten, was mir nicht gefiel. Deswegen setzte ich mich, da sich die Gelegenheit dazu ergab, neben den Neuen, der an Dickinsons Stelle getreten war, in der Absicht, ihm auf den Zahn zu fühlen. Der Neue war ein freundlicher junger Mann Anfang dreißig, der mir ein wenig leidtat, weil sich erfahrungsgemäß sowohl die Freundlichkeit wie auch die Jugend in diesem Job bald verloren.

Wir saßen also nebeneinander, und als der Schiedsrichter irgendetwas entschied, bei dem die anderen murrten und ächzten, beugte ich mich zu ihm hinüber und sagte: »Ich muss gestehen, ich kenne die Regeln gar nicht.«

Er lächelte und erwiderte schulterzuckend. »Ehrlich gesagt, ich auch nicht.«

»Dann haben wir ja was gemeinsam«, säuselte ich in der Hoffnung, so etwas wie einen Kontakt hergestellt zu haben.

Dann begann die Pause. Nachrichten aus aller Welt wurden eingeblendet. Die erste Meldung war, dass die USA einen neuen Versuch planten, zum Mond zu fliegen, und dass sie diesmal gleich darauf landen wollten.

Als ein Bild des designierten Kommandanten der Mission, eines gewissen Majors Perry Rhodan, eingeblendet wurde, fuhr mein Nachbar kerzengerade hoch und rief: »Hey! Den *kenn* ich!«

»Im Ernst?«, fragte ich verwundert.

Da die anderen nur mit unwilligen Blicken reagierten, ließ der Wärter sich wieder auf den Stuhl nieder und versicherte mir: »Ja, klar kenn ich den. Wir sind zusammen zur Schule gegangen. Das war mal mein bester Freund!«

Ich musterte ihn. »Heißt das, Mister Washington«, fragte ich, »dass Sie gar kein Brite sind?« Es hätte mich gewundert, wenn für den Dienst in einer Einrichtung wie einem Gefängnis Ausländer zugelassen gewesen wären.

Er wiegte den Kopf. »Doch. Aber erst seit kurzem. Meine Frau ist britische Staatsangehörige, dadurch ging es schneller. Aber geboren bin ich in den USA, in Manchester, Connecticut.«

»Na, so ein Zufall«, sagte ich.

Sein Blick bekam etwas Glasiges, wie es manchmal passiert, wenn sich jemand in Erinnerungen verliert. »Wir haben uns kennengelernt, als wir neun waren. Damals war noch Krieg im Pazifik. Ich hatte eine

Lupe zum Geburtstag bekommen und war draußen, hab mir Insekten damit angeschaut, Wespen, *so* groß! Und plötzlich ist er angekommen und wollte wissen, was ich mache …« Er schüttelte den Kopf, kehrte seufzend in die Gegenwart zurück. »Tja, und irgendwie haben wir uns aus den Augen verloren. Wie's halt so geht. Der eine schlägt diesen Weg ein, der andere einen anderen, und mit der Zeit entfernt man sich voneinander.«

So also lernte ich Leroy Washington kennen. In der Zeit, die folgte, brachte ich ihn noch manches Mal dazu, von seiner Kindheit zu erzählen und von seiner Freundschaft mit dem Raumfahrer, dessen Konterfei immer öfter in den Zeitungen auftauchte, und so kommt es, dass ich einige Dinge über Rhodans Jugend weiß, die er selbst längst vergessen hat.

Seit dem rätselhaften Verschwinden von Apollo 8 war permanent mindestens eines der leistungsfähigsten Teleskope der Welt auf den Mond ausgerichtet. So kam es, dass am 19. Februar 1971 das 193-cm-Teleskop des *Observatoire de Haute-Provence* im Südosten Frankreichs Leuchterscheinungen am Südpol des Mondes beobachtete, auf die man sich keinen Reim machen konnte.

Die entsprechenden Aufnahmen wurden vielfach kopiert und an Experten in aller Welt weitergegeben, die sich der Öffentlichkeit gegenüber zu Stillschweigen verpflichtet hatten. Man hatte entschieden, die Beobachtungen einstweilen geheim zu halten.

Einige der Experten meinten, es sähe aus wie eine Explosion. Doch was sollte auf dem Mond explodieren?

Andere fühlten sich an einen Lichtbogen erinnert – aber ein Lichtbogen, und sei er von noch so kurzer Dauer, von solch enormen Dimensionen? Was hätte ihn entstehen lassen sollen und, wichtiger noch, wie? Ein Lichtbogen bedarf zu seiner Bildung zwingend eines ionisierbaren Mediums, beispielsweise Luft, doch die gab es auf dem Mond nicht.

Die meisten vermuteten simple Spiegelungen. Die Abteilung für Bahnberechnungen der NASA tüftelte ein Szenario aus, wonach es zwar wenig wahrscheinlich, aber immerhin nicht grundsätzlich unmöglich war, dass ein schwerer Meteoritentreffer in Verbindung mit einer Zündung zum falschen Zeitpunkt Apollo 8 so stark vom Kurs abgebracht haben konnte, dass es in der Südpolregion zerschellt war. Die Bauteile des Raumschiffs boten mehr als genug Möglichkeiten zur Entstehung hervorragend spiegelnder Flächen, die bei entsprechendem Stand der Gestirne das Sonnenlicht zur Erde reflektieren konnten.

Nur die Frage, warum derartige Leuchterscheinungen dann in den Jahren zuvor noch nie beobachtet worden waren, ließ sich mit dieser Theorie nicht zufriedenstellend beantworten.

In der Hoffnung, mehr Licht in die Sache zu bringen, startete die NASA Ende März, ebenfalls unter strenger Geheimhaltung, in aller Eile eine weitere Mondsonde. Die Sonde, eine verbesserte Version jener Apparatur, die man noch 1969 auf die Reise geschickt hatte, folgte diesmal nicht der Route von Apollo 8, sondern wurde mit dem dafür notwendigen erhöhten Energieaufwand über dem Mond in eine Polarbahn gebracht, also eine Umlaufbahn, auf der sie den Mond von Pol zu Pol umkreiste, so dass nach und nach die gesamte Mondoberfläche unter der Sonde vorbeiziehen würde und abfotografiert werden konnte. Die größte Aufmerksamkeit gedachte man dabei aber natürlich auf den Südpol zu richten.

Doch – auch diese Sonde verschwand so spurlos wie zuvor Apollo 8. Sie erreichte den Mond, umkreiste ihn einmal, verschwand ein zweites Mal hinter dem Trabanten … und kam nicht wieder zum Vorschein.

»Auf dem Mond scheint ein Fluch zu lasten«, stellte Winston Clay fest, der Staatssekretär für Raumfahrtfragen, der dem Präsidenten direkt berichten würde. »Der Präsident möchte gern wissen, was Sie nun zu tun gedenken.«

Die Besprechung fand drei Tage nach dem Verschwinden der Mondsonde im *Two Independence Square* statt, der NASA Hauptverwaltung, einem niedrigen Gebäude im Independence Square Komplex in 300 E Street SW in Washington, D.C. General Pounder nahm als Chef der *US Space Force* daran teil, Thomas O. Paine als Administrator der

NASA – und Major Perry Rhodan als designierter Kommandant des ersten Mondlandeunternehmens.

»*Fluch* ist kein Begriff, mit dem man als Wissenschaftler etwas anfangen könnte«, meinte der NASA-Chef. »Der Start der Mondsonde war ein Schnellschuss, zu dem uns die Politik gedrängt hat. Wenn hier ein Fluch im Spiel war, dann lag er in der Hektik des Unternehmens begründet. Was man überhastet anpackt, geht nun einmal mit erhöhter Wahrscheinlichkeit schief. Ich würde die Konsequenz daraus ziehen, an dem Plan, den wir seit Dezember '68 verfolgen, umso präziser festzuhalten und uns aufgeregtem Aktionismus künftig zu verweigern.«

»Wir sehen ebenfalls keinen Anlass, unsere Pläne zu ändern«, erklärte Pounder.

»Ich schon«, sagte Rhodan.

Alle sahen ihn verdutzt an.

»Wir sollten«, fuhr er in aller Seelenruhe fort, »natürlich einen anderen Landeplatz anpeilen als bisher. Bisher drehen sich die Diskussionen der Wissenschaftler um Landeplätze in der Nähe des Äquators – *Mare Tranquillitates*, *Rima Hadley*, der *Fra Mauro* Krater und so weiter. Aber mit dem Kernantrieb der STARDUST stehen uns ganz andere Möglichkeiten offen als mit dem chemischen Antrieb der SATURN V. Es wäre kein Problem, in eine Polarbahn zu gehen und am Südpol zu landen.«

Er griff nach dem Mondglobus, der bei derlei Besprechungen immer auf dem Tisch stand, ob man ihn brauchte oder nicht, und drehte ihn so, dass alle die südliche Hälfte des Mondes sahen. »Hier zum Beispiel«, sagte er und sah nach, wo sein Finger wie von selbst gelandet war. »Der *Newcomb-Krater* käme meines Erachtens in Frage.«

»Hervorragender Gedanke«, pflichtete ihm Pounder bei. »Da das Raumschiff über ein Erkundungsfahrzeug verfügen wird, können Sie die Umgebung in weitem Radius absuchen.«

»Das wichtigste Hilfsmittel wird das Bordradar sein«, warf Paine ein. »Wenn die STARDUST mehrere Umkreisungen macht, den Südpol also mehrmals überfliegt – sagen wir, zehnmal, ehe sie zur Landung ansetzt –, dann sollten eventuelle Trümmer von Apollo 8 damit unbedingt aufgespürt werden können.«

»Und eine eventuelle sowjetische Mondbasis?«, wollte der Staatssekretär wissen. »Würden Sie die auch aufspüren?«

Pounder und Paine wechselten einen entsagungsvollen Blick. Keiner von ihnen glaubte daran, dass die Sowjets heimlich eine Mondbasis errichtet hatten, und sie kannten auch niemanden, der das ernsthaft glaubte.

Außer, leider, dem Präsidenten. Mittlerweile wusste man, dass Nixon auch in anderen Dingen zur Paranoia neigte.

»Ja«, sagte Paine ergeben. »Auch eine eventuelle sowjetische Mondbasis würden wir auf diese Weise aufspüren. Selbstverständlich.«

»Und falls es die Chinesen sind?«

Die chinesischen Anstrengungen in Richtung Raumfahrt waren nach allem, was man wusste, bestenfalls rudimentär zu nennen, trotz wiederholter markiger Worte aus Peking. Doch auch das weigerte man sich im Umkreis des Präsidenten zur Kenntnis zu nehmen.

»Auch, falls es die Chinesen sind«, bekräftigte Pounder.

»Dann machen Sie es so«, verlangte Clay. »Landen Sie am Südpol.«

9

Als Ausgleich für den mit den Fernsehauftritten in der Weihnachtszeit verbundenen Zeitaufwand erhielten die vier Risikopiloten des STARDUST-Teams Anfang März eine Sonderwoche Urlaub, die sie alle bei ihren Familien verbrachten. Rhodan fuhr nach Manchester, Flipper nach Oklahoma City; Bull und Manoli fuhren gemeinsam nach New York.

Als die vier sich am 14. März wieder im Trainingszentrum in Nevada einfanden, wirkte Clark Flipper total verändert. Der bis dahin eher introvertierte Astronom war völlig aus dem Häuschen, hielt jedem, der ihm über den Weg lief, seine linke Hand unter die Nase und vor allem den goldenen Ring, der daran prangte. »Ich habe geheiratet!«, verkündete er voller Stolz. »Und meine Frau ist schwanger!«

»Glückwunsch«, sagte Bully säuerlich. »Auch dazu, wie erfolgreich du uns allen bisher verschwiegen hast, dass du eine Verlobte hast!«

»Wir kennen uns schon seit der ersten Klasse.« Flipper sprudelte förmlich über vor Verliebtheit. »Ich hab' immer gewusst, die oder keine. Und nun hat sie mich endlich erhört!«

Sie hieß Yvonne, Yvonne Myers, nunmehr verheiratete Fletcher. Auf dem Foto, das Clark ihnen zeigte, lächelte eine schlanke, dunkelhaarige Frau verträumt in die Kamera.

Auch Rhodan gratulierte dem Kameraden, wie es sich gehörte, allerdings erfüllt von einer unguten Vorahnung. Zwei Wochen später wurde er bei General Pounder vorstellig und bat um ein vertrauliches Gespräch.

»Es geht um Flipper«, erklärte Rhodan, als sie in der unbequemen Besprechungsecke des Generals saßen und die Tür zu war. »Ich mache mir Sorgen um seinen psychischen Zustand. Seit seiner Heirat ist er wie ausgewechselt. Er ist nicht mehr bei der Sache, wenn wir im Simulator arbeiten. Man hat den Eindruck, am liebsten wäre er bei seiner Frau, um ihr bis zur Niederkunft die Hand zu halten. Ich denke, es ist keine gute Idee, jemanden in dieser Verfassung in eine Mondrakete zu setzen.«

»Was schlagen Sie vor?«, fragte der General. »Ihn auszuwechseln?«

»Ja«, sagte Rhodan unumwunden. »Es wäre schmerzhaft, aber auf lange Sicht für alle Beteiligten das Beste.«

»Und wen würden Sie an seiner Stelle haben wollen?«

Rhodan zögerte keine Sekunde. »John Recert. Er ist Ortungsspezialist und kennt sich gut in der Astronomie aus. Nicht so gut wie Flipper, klar, aber dafür hat er die besseren Nerven.«

Der General schob den Unterkiefer vor, wie immer, wenn er zu einem Entschluss gelangt war. »Ich werde mit den Psychofritzen reden. Sie hören von mir, Major.«

Inzwischen ließ sich erkennen, dass Melcamps Kampagne Erfolge zeitigte. Im Fernsehen hatte die Zahl der Dokumentationssendungen über den Mond und das STARDUST-Projekt deutlich zugenommen, wenn sich General Pounder auch wohl des Öfteren über massive sachliche Fehler darin ärgerte. Überdies begannen die Medien wieder, die verschiedenen Theorien zu diskutieren, das Verschwinden von Apollo 8 betreffend, und zwar mit einer bislang nicht gekannten Sorgfalt und Unaufgeregtheit.

Viel wichtiger fand Melcamp, dass die Gestalt der STARDUST-Rakete mittlerweile Eingang in die Gegenwartskultur gefunden hatte. Ein populäres Parfüm wurde in einer Glasflasche verkauft, die den Proportionen der Rakete nachempfunden war und sogar ihre schmalen Leitflächen andeutete. Ein Foto der STARDUST zierte das Cover der neuesten LP der britischen Rockband *The Rolling Stones, »Rocket Age«* (auf der allerdings nur eine Auswahl älterer Songs noch einmal veröffentlicht wurde, darunter das Lied *»2000 Light Years from Home«*). Bei Modenschauen wurden vermehrt Kleider in Kegelform vorgeführt, oft sogar in einem Design, das explizit Bezug auf den Mondflug nahm. Und das Magazin *Good Housekeeping* schrieb, Blumenvasen in Gestalt spitzer Kegel seien jetzt »in«.

Melcamp hatte im Auftrag der *US Space Force* außerdem Merchandising-Verträge ausgehandelt. Schlüsselanhänger in Form der STARDUST waren ein Renner, T-Shirts, Tassen, Kugelschreiber und dergleichen mit Abzeichen der *Space Force* oder dem Abbild der STARDUST verkauften sich ebenfalls ziemlich gut.

Eine Woche später wurde Rhodan zu General Pounder zitiert.

»Also«, begann der ohne Umschweife, »die Psychologen sind strikt gegen einen Austausch zu diesem späten Zeitpunkt. Der Mondschuss soll nach wie vor im Sommer stattfinden, und jetzt noch einen Mann im Team auszuwechseln würde ihrer Meinung nach bedeuten, ganz von vorn anfangen zu müssen. Das heißt –«

»Das ist Unsinn«, unterbrach Rhodan ihn. »Mit allem nötigen Respekt, General. Jemand mit Recerts Flugerfahrung braucht höchstens ein paar Wochen, um sich –«

»Hören Sie mir zu, Major Rhodan«, donnerte Pounder los. »Mir gefällt das so wenig wie Ihnen, aber ich werde einen Teufel tun und mich über den Rat der Experten hinwegsetzen. Flipper wird *nicht* ausgetauscht, Punkt. Die einzige gangbare Alternative ist, das gesamte Team auszuwechseln. Wenn Sie Flipper nicht hinkriegen, wird Team Freyt in die STARDUST steigen. Haben wir uns verstanden?«

Rhodan nickte. »Ja, General. Ich habe verstanden. Und ich werde tun, was ich kann, damit der Plan nicht geändert werden muss.«

Anfang April trafen die einzelnen Stufen der STARDUST-Rakete in Cape Kennedy ein.

Die erste Stufe, genannt SD-I, wurde von der Firma Boeing in der *Michoud Assembly Facility* in New Orleans gebaut und kam per Schiff an.

Die zweite Stufe, SD-II, wurde von North American Aviation in Seal Beach, Kalifornien, gebaut, und das Transportschiff musste den Umweg über den Panamakanal machen, genau wie die von Lockheed gebaute dritte Stufe, der *Lander*, abgekürzt SD-L.

Diese drei gewaltigen Bauteile verschwanden also im VAB, dem *Vertical Assembly Building*, wo sie von hochqualifizierten Montagetechnikern zu jenem schlanken Kegel zusammengebaut wurden, dessen Bild man zurzeit überall sah. Anschließend wurde die Rakete gemäß einer mehrere tausend Punkte umfassenden Checkliste auf Herz und Nieren geprüft.

In den Morgenstunden des 5. Mai 1971 schließlich öffneten sich die gewaltigen Tore, die hoch genug waren, um ein 45 Stockwerke hohes Gebäude passieren zu lassen. Aus dieser Öffnung schob sich nun der leicht bläulich schimmernde Kegel der STARDUST-Rakete zentimeterweise ins Tageslicht. Sie war an einem sie überragenden Gerüst befestigt, dem sogenannten mobilen Startturm, der wiederum auf einer beweglichen Transportplattform stand, bei der es sich um das größte und schwerste Fahrzeug der Welt handelte. Seine Basis allein war zwei Stockwerke hoch und hatte eine Fläche von 2000 Quadratmetern, das Fahrzeug selber wog 2700 Tonnen. Es bewegte sich auf insgesamt acht Raupenketten, zwei an jeder Ecke, wobei jedes einzelne Kettenglied mehr als zwei Meter breit war und fast eine Tonne wog.

Angetrieben von zwei relativ bescheidenen Dieselmotoren, hätte sich dieses Ungetüm mit maximal 1,6 Kilometer pro Stunde bewegen können, eine Geschwindigkeit, die man jedoch niemals ausreizte. Vom VAB bis zu einer der beiden Startrampen waren es rund 5,6 Kilometer, und für diese Strecke benötigte der *Crawler-Transporter,* der jeden Beobachter sowohl seiner Gestalt als auch seines gemächlichen Tempos wegen an eine mechanische Schildkröte denken ließ, im Schnitt zwischen fünf und acht Stunden.

Die Strecke verlief zwar weitgehend gerade, doch am Ende machte sie einen Bogen und stieg darüber hinaus um etwa fünf Grad an, um den 16 Meter über dem Meeresniveau liegenden Startplatz zu erreichen. Da es natürlich ausgeschlossen war, die zu transportierende Rakete derart weit nach hinten zu neigen, war der Transporter mit einem hydraulisch arbeitenden Ausgleichssystem ausgestattet, das die Plattform mit Hilfe einer vierzig Meter langen Wasserwaage jederzeit waagrecht hielt, und zwar auf zehn Winkelminuten genau.

So konnte man, wenn man sich an diesem Mittwoch in der Nähe von Cape Kennedy aufhielt, die STARDUST-Rakete den ganzen Tag über am Horizont dahinwandern sehen, vom frühen Morgen bis in die Abendstunden, und als sie den Startplatz erreicht hatte und es zu dunkeln begann, flammten gewaltige Scheinwerfer auf, damit die notwendigen Arbeiten abgeschlossen werden konnten: Von der anderen Seite wurde ein bewegliches Arbeitsgerüst herangeschoben, das sonst auf einem zwei Kilometer entfernten Platz abgestellt war, so dass nun zwei Gitterwerke die Rakete umfingen und gegen Windstöße und andere Widrigkeiten sicherten. Das Arbeitsgerüst verfügte über mehrere Plattformen, die an der Rakete auf und ab fahren konnten, um jede Stelle zu erreichen, die gemäß der nächsten umfangreichen Checkliste zu prüfen war. Die Routine sah vor, in den kommenden Tagen und Wochen jedes bewegliche Teil, jeden Schalter, jede Pumpe, jeden Sensor, jede Anzeige noch einmal zu überprüfen; die Rakete einem kompletten technischen Countdown zu unterwerfen, sie sogar aufzutanken, um jede einzelne Verbindungsstelle, jedes einzelne Ventil und jede einzelne Naht auf Dichtigkeit zu testen; und sie anschließend wieder leerzupumpen, bis es Zeit wurde, sie für den wirklichen Start zu betanken. Danach, nach dieser Belastung durch die ungeheuren Flüssigkeitsmengen, war es notwendig, die Rakete von neuem zu überprüfen, weil sich Leitungen, Röhren, Ventile verschoben haben konnten. Eine unbetankte Rakete bestand hauptsächlich aus leerem Raum und bewegte sich deswegen ständig, seufzte, quietschte, kreischte und knirschte und machte andere, niemals zuvor gehörte Geräusche.

Währenddessen fanden sich schon nach und nach Schaulustige ein, Urlauber, die sich rechtzeitig Zeltplätze in Sichtweite der Rakete sichern wollten, um den Start zum Mond mitzuerleben.

Sie ahnten nicht, dass ihnen eine gewaltige Enttäuschung bevorstand.

Irgendwann im Mai 1971, nach einem gewöhnlichen Arbeitstag, den sie zur Gänze im Simulator verbracht hatten, um einmal mehr den Mond zu umkreisen, auf ihm zu landen und wieder von ihm zu starten, saßen Rhodan, Bull und Flipper im *White Horse House*, mit dem Gefühl, sich diesen Abend der Entspannung redlich verdient zu haben. Die Phase der Flugtrainings war erst einmal abgeschlossen; am nächsten Tag würden sie in einer Halle, die man über einem nackten Stück Wüstenboden errichtet hatte, um das Sonnenlicht fernzuhalten, den Ausstieg aus dem Lander üben, das Ausladen des Mondfahrzeugs, die Entnahme von Bodenproben und so weiter, und das alles in aufgepumpten Raumanzügen. Genau wie die Flugtrainings würde auch das nur eine Wiederholung sein; sie hatten alles schon trainiert und waren nur noch gespannt darauf, was für neue Zwischenfälle Lehmann inszenieren würde, um ihnen das Leben schwerzumachen.

Inzwischen stand der Starttermin fest: Der 19. Juni 1971 sollte es werden, ein Samstag. Alle Vorbereitungen liefen auf Hochtouren. Die Nerven zitterten, auch jetzt noch, als sie in der angenehmen Kühle des *White Horse House* saßen, jeder einen Drink vor sich, und darauf warteten, dass die Anspannung des Tages von ihnen wich. Mit Ausnahme von Rhodan, der solche Beeinträchtigungen mühelos abschütteln konnte, von einem Moment zum nächsten.

Wie immer hatten sie ausgelost, wer fahren musste, und das Los hatte Clark Flipper getroffen, der sich deswegen mit einem Grapefruitsaft begnügte. Er dozierte über Sternpeilung, bis ihn Bull ermahnte: »Flipp – die Arbeit ist vorbei!«

»Hast ja recht«, gab Flipper zu. Er nippte an seinem Saft. »Übrigens war Yvonne heute wieder beim Arzt. Der hat gesagt, es ist alles okay, das Baby entwickelt sich bestens!« Er strahlte. Es verging kein Tag, an dem er nicht mindestens einmal mit seiner Frau telefonierte.

»Prima«, meinte Rhodan geduldig. »Ich bin mir sicher, dass ihr keinerlei Grund zur Besorgnis habt.«

Bull, der mit dem Blick zur Tür saß, hob die Augenbrauen. »Da wir gerade von Ärzten reden …«

Sie drehten sich alle herum. Eric Manoli hatte eben die Bar betreten und kam auf ihren Tisch zu.

»Doktor Manoli!«, rief Bull aus. »Was verschafft uns die Ehre?«

»Heute war mir danach«, gestand Manoli und rutschte neben Bull auf die Bank. Als hätte sie nur auf ihn gewartet, tauchte Patricia auf, die junge Bedienung mit dem kecken Pferdeschwanz, und Manoli bestellte ein Glas Rotwein bei ihr. Dann erzählte er, dass er von einer Unterredung mit Dr. Fleeps kam. »Von Kollege zu Kollege, versteht ihr? Ja, und dabei hat er erwähnt, dass die Experten, an die unser General Pounder so felsenfest glaubt, sich was Neues ausgedacht haben.«

»Hoffentlich nicht uns betreffend?«, meinte Bull.

Manoli musterte ihn mit hochgezogenen Augenbrauen. »Säße ich sonst hier?«

»Ähm …«, machte Bull. »Ich ziehe meinen Einwand zurück. Red weiter.«

Manoli faltete die Hände. »Sie wollen die Crew – also: uns – vierzehn bis fünfzehn Stunden vor dem Start in einen künstlichen Tiefschlaf versetzen. Wir sollen erst kurz vor dem Start geweckt werden und auf diese Weise völlig entspannt und optimal konzentriert starten.«

»Ist nicht dein Ernst!«, entfuhr es Bull.

»Sie bauen eigens einen speziellen Ruheraum. Schallisoliert, auf Idealtemperatur beheizbar, mit Entspannungsliegen aus porenaktiv atmendem Schaumstoff, auf denen wir nur mit einem leichten Nachthemd bekleidet unter einer dünnen, atmungsaktiven Decke ruhen sollen.« Patricia brachte den Wein. Manoli lächelte ihr dankbar zu. »Dazu eine Beleuchtungsanlage, die ganz sanft von Dunkel auf Hell übergeht.«

»Wie soll das ablaufen?«, wollte Flipper wissen, sein Glas nervös zwischen den Händen drehend. »Was, wenn wir nicht rechtzeitig aufwachen?«

»Das wird alles mit Medikamenten gesteuert. Sie werden uns Psychonarkotin geben, ein Mittel zum Schlafen und Entspannen, und zum Aufwachen einen Antagonisten.«

»Mit anderen Worten«, meinte Bull, »wir werden unter Drogen stehen, wenn wir abheben.«

Manoli nahm einen Schluck Rotwein, stellte das Glas wieder ab und machte eine wegwerfende Handbewegung. »Ach was, das sind keine starken Mittel. Medizinisch ist das unbedenklich. Es ist nur … Wieso *misstrauen* sie uns so? Wir bringen beste Leistungen bei allen Simulatorläufen, wir kommen mit allem zurecht, was uns Lehmann an Stöcken zwischen die Beine wirft, und trotzdem trauen sie uns die Mission nicht zu!«

»Weil wir Menschen sind, keine Maschinen«, sagte Perry Rhodan. »Wir sind der unberechenbare Faktor. Und den würden sie gerne auch noch in den Griff kriegen.«

Bull plusterte sich auf. »Perry, dagegen können wir protestieren! Wir können uns einfach weigern!«

»Theoretisch ja«, gab Rhodan zu und räkelte sich. »Aber ich muss sagen – ein Nicken in Richtung Flipper, der davon nichts mitbekam –, »so schlecht finde ich die Idee gar nicht. Alles, was uns Ruhe bringt, kann uns doch nur willkommen sein, oder?«

Bull und Manoli rissen die Augen auf. So hatten sie es offensichtlich noch gar nicht betrachtet: Es würde Flipper ruhig halten, zumindest bis sie unterwegs waren!

Bull lehnte sich zurück. »Also gut, Freunde. Ich bin zwar stets die Ruhe selbst, aber wenn ihr meint … Ich hab nichts dagegen.«

»Ja«, pflichtete ihm Manoli bei, »*so* gesehen ist es eine tolle Sache.«

Bull stieß ihn an. »Und immerhin hat's dich dazu gebracht, uns mal Gesellschaft zu leisten!«

Flipper blickte unsicher von einem zum anderen, schien nicht zu wissen, was er von dem plötzlichen Sinneswandel halten sollte.

»Ich hätte auch nichts gegen ein Schönheitsschläfchen vor dem Start einzuwenden«, bekräftigte Rhodan. »Ihr wisst ja, Mondtage sind verdammt lang …«

Flipper lachte. »Ja, das stimmt. Und die werden schon wissen, was sie tun. Yvonne sagt immer, das Wichtigste ist, dass man sich einen guten Arzt ausgesucht hat, dann –«

»Ach, Flipp«, unterbrach ihn Bull, »erzähl uns doch noch mal, wie du das mit der Sternpeilung machst.«

Anfang Juni ließ sich Rhodan eines Morgens nach einer langen Nacht über Mondkarten gerade in aller Ruhe ein verspätetes Frühstück schmecken, als er von einem ebenso pickligen wie nervösen Kadetten dabei gestört wurde, der ihm die Nachricht überbrachte, er solle bei General Pounder vorstellig werden, und zwar so schnell wie möglich.

Rhodan griff unbeeindruckt nach einem Bagel und schnitt ihn durch, in der Absicht, ihn deftig zu belegen. »Hat er gesagt, worum es geht?«

»Ähm, nein, Major«, erwiderte der Kadett zappelig. »Er hat nur gesagt, egal, was Sie gerade machen, Sie sollen alles fallen lassen und kommen.«

»Okay«, sagte Rhodan. »Danke.«

Der Kadett blieb abwartend stehen.

»Sie können gehen«, setzte Rhodan hinzu. »Ich finde den Weg alleine.«

Der Kadett nickte unsicher, dann verdrückte er sich.

Rhodan legte das Messer ab. Irgendetwas an der Sache alarmierte ihn nun doch. Der General ließ ihn oft antanzen, aber dies war das erste Mal, dass er ihm einen Boten hinterhergeschickt hatte.

Er stand auf, brachte sein Tablett zum diensthabenden Küchenchef und bat: »Hebt mir das auf, ich komm gleich wieder. Okay?«

Dann beeilte er sich.

Es war nicht weit bis zum Hauptgebäude, und schon im Treppenhaus herrschte eine ungewohnte, ungute Atmosphäre, eine Anspannung, die sich ausbreitete wie schlechter Geruch.

»Was ist denn los?«, fragte er Oberst Maurice.

Der zuckte mit den Schultern. »Ich weiß auch nicht«, erwiderte er. »Es sind jedenfalls drei Herren vom FBI da.« Er wirkte pikiert, wahrscheinlich, weil er bei der Besprechung nicht dabei sein durfte.

»Vom FBI?«

Das klang nicht gut. Gab es Hinweise auf einen bevorstehenden Anschlag? Wollte eine fremde Macht tatsächlich ihren Flug zum Mond verhindern?

Es war eine überaus beunruhigende Vorstellung, dass die Paranoiker am Ende womöglich recht behielten.

Rhodan beeilte sich. Hinter der Tür zu Pounders Büro wurde lautstark gestritten, aber die Auseinandersetzung verstummte im selben Moment, in dem er die Tür öffnete.

Sie saßen am Besprechungstisch: auf der einen Seite drei Männer in den billigen Anzügen aus Kunstfaser, die beim FBI eine Art Uniform zu sein schienen, auf der anderen Seite General Pounders wuchtige Gestalt.

»Das ist unnötig«, sagte einer der FBI-Agenten scharf.

»Was ist unnötig?«, schnappte Pounder zurück.

»Dass er dabei ist.«

»Im Gegenteil, das ist sogar *sehr* nötig.« Pounder nickte Rhodan zu. Er hatte einen hochroten Kopf, sah aus wie ein Dampfkessel kurz vor der Explosion. »Setzen Sie sich, Major!«

Rhodan schloss die Tür hinter sich und nahm neben dem General Platz. »Okay«, sagte er, »hier bin ich. Worum geht's?«

»Um Sie«, sagte der FBI-Mann.

Rhodan hob fragend die Brauen. »Können Sie das präzisieren?«

Der FBI-Mann beugte sich mit verschränkten Armen nach vorn, sah Rhodan finster an und erklärte: »Wir haben Anlass, an Ihrer Loyalität den Vereinigten Staaten von Amerika gegenüber zu zweifeln. Wir sind hier, um General Pounder zu empfehlen, Ihnen sicherheitshalber das Kommando der Mondlandemission STARDUST zu entziehen.«

Rhodan war mit einem Schlag hellwach, ganz da, in voller Verteidigungsbereitschaft. Dies war kein Geplänkel, erkannte er, sondern eine massive Attacke, die es mit allen Mitteln abzuwehren galt.

Er musterte sein Gegenüber. Der Mann hatte ein blasses, gerötetes Dutzendgesicht, hatte wohl hier in Nevada zu viel Sonne abgekriegt. Er schaute verkniffen drein, und etwas an seiner Haltung verriet, dass er kein gewöhnlicher Agent war, sondern höheren Ranges sein musste.

Rhodan beugte sich ebenfalls vor, stützte sich mit den Ellbogen auf der Tischplatte ab und fragte: »Ist das so eine Art Psychospielchen? Wollen Sie testen, wie ich reagiere, wenn ich mit absurdem Unsinn konfrontiert werde?«

Der Gesichtsausdruck des FBI-Manns wurde noch eine Spur verkniffener. »Wir haben bestimmt nicht den weiten Weg von Washington hierher gemacht, um *Spielchen* zu spielen«, entgegnete er.

Rhodan tat verdutzt. »Aber das *kann* nur eins von diesen Psychospielchen sein! Sehen Sie, ich bin im Alter von zwölf Jahren an die Militärakademie gegangen, gehöre also seit mittlerweile zweiundzwanzig Jahren den amerikanischen Streitkräften an. Ich habe in Vietnam gekämpft, jede Menge feindlicher Flugzeuge abgeschossen und eine ganze Schublade voller Auszeichnungen – und da kommen Sie daher und behaupten, Sie zweifelten an meiner *Loyalität?* Das ist das Absurdeste, was ich je gehört habe.« Er wartete gar keine Reaktion des FBI-Mannes ab, sondern wandte sich an General Pounder. »Sind Sie sicher, dass die vom FBI sind? Haben Sie die Ausweise überprüft? Ich glaube eher, die sind von *Candid Camera.*«

Das Dutzendgesicht funkelte Rhodan wütend an. »Die Tatsache, dass jemand beim Militär ist, sagt über seine Loyalität noch nichts aus«, erklärte er scharf. »Sonst gäbe es keine Überläufer, keine Spione und keine Deserteure.« Er streckte die Hand zur Seite aus. »Evans – die Akte.«

Der Mann neben ihm reichte ihm hastig eine Aktenmappe, die mit einem Gummi verschlossen war. Das Dutzendgesicht ließ den Gummi aufschnappen, ohne hinzusehen, zog dann ein großformatiges Foto heraus, das er über den Tisch schob. Es zeigte einen jungen Perry Rhodan in einer Kirche, umgeben von lauter Schwarzen.

»Das sind Sie am 13. Mai 1956 in der Dexter Avenue Baptist Church in Montgomery, Alabama, wie Sie einer Rede des Negerführers Martin Luther King beiwohnen. King war ein Kommunist, den damals noch kaum jemand kannte. Sie aber haben offenbar früh mit seiner Bewegung sympathisiert.«

Ein weiteres Foto kam über den Tisch gerutscht. Es zeigte Rhodan während des Marsches auf Washington. »Diese Aufnahme stammt vom Juni 1963, rund sieben Jahre später also. Sie marschieren hier gemeinsam mit Malcolm X, einem notorischen Verbrecher und offenen Feind des Staates, auf das Kapitol zu.«

»Gemeinsam mit wem?«, fragte Rhodan verdutzt nach.

Das Dutzendgesicht zeigte auf einen hochgewachsenen, schlanken Schwarzen, der finsteren Blicks neben Rhodan einherging. »Malcolm X alias Malcolm Little alias El Hajj Malik el-Shabazz. Ein militanter Schwarzenführer. Hat zum Bürgerkrieg zwischen Schwarzen und Weißen aufgerufen und wurde 1964 ermordet.«

»Und was beweist das?« Rhodan erinnerte sich nicht an den Mann. Gut, offenbar war er irgendwann neben ihm gegangen, aber sie hatten jedenfalls kein Wort miteinander gesprochen. »Bis jetzt nur, dass ich mindestens einmal eine Kirche besucht habe und dass ich einmal Gebrauch von meinem verfassungsmäßigen Recht gemacht habe zu demonstrieren. Und was Martin Luther King anbelangt – soweit ich weiß, haben sowohl Präsident Kennedy als auch Präsident Johnson mit ihm gesprochen, und zwar mehrfach. Verdächtigen Sie die auch mangelnder Loyalität?«

»Es geht noch weiter«, erwiderte das Dutzendgesicht kühl und holte die nächsten Fotos heraus.

Es waren Fotos aus – Paris!

Sie zeigten ihn zusammen mit den demonstrierenden Studenten. Eines zeigte ihn, wie er Steine weiterreichte, die andere aus dem Pflaster brachen. Und eines zeigte ihn, wie er einen Mann im Anzug – den stellvertretenden Polizeipräsidenten – aus einer teuren Limousine zerrte, mit einem wütenden, gewaltbereiten Ausdruck im Gesicht.

»Sie sind«, kommentierte der FBI-Mann, »nach Paris geflogen, um mit kommunistisch und sozialistisch eingestellten Studenten gemeinsame Sache zu machen.«

Rhodan war wie vor den Kopf geschlagen, nicht der Vorwürfe wegen, sondern allein angesichts der Tatsache, dass diese Fotos überhaupt *existierten*! Dass es jemand für nötig gehalten hatte, ihn zu überwachen, ihn, der damals noch nicht der landesweit berühmte künftige Mondfahrer Perry Rhodan gewesen war, sondern ein Niemand, ein Air-Force-Pilot von Tausenden!

»Aus Vietnam sind Äußerungen von Ihnen bekannt, in denen Sie den Sinn des Krieges gegen den kommunistischen Norden anzweifeln«, fuhr der FBI-Mann fort. »Sie haben wiederholt Sympathie mit den Bestrebungen des Kommunistenführers Ho Chi Minh zu erkennen gegeben und sich mehrfach geweigert, Ihnen zugewiesene Ziele anzugreifen.«

Rhodan schüttelte die Benommenheit ab, aber es fiel ihm schwerer als sonst. »Ich habe mich nicht *geweigert*«, korrigierte er, »vielmehr habe ich von einem Angriff *abgesehen,* wenn ich erkannt habe, dass es sich bei den mir zugewiesenen Zielen nicht um militärische, sondern um zivile Einrichtungen gehandelt hat.«

»Das können Sie nicht beurteilen, während Sie in einem überschallschnellen Jäger sitzen.«

»Das *kann* ich beurteilen, verlassen Sie sich drauf. Rund zwei Drittel der fraglichen Fälle sind von der Aufklärung nachgeprüft worden, und meine Einschätzungen haben sich ausnahmslos als richtig herausgestellt.«

»Und«, fuhr der FBI-Mann fort, als spiele Rhodans Einwand überhaupt keine Rolle, »Sie sind während Ihres Studiums in West Point durch Renitenz und Insubordination aufgefallen, was dazu geführt hat, dass Sie öfter und länger strafexerzieren mussten als die meisten Studenten dort. Es stand mehrfach zur Diskussion, Sie hochkant rauszuwerfen.«

Rhodan holte tief Luft, lehnte sich zurück. »Hier liegt offenbar ein Missverständnis vor. Ich will nicht zum Papst gewählt werden. Ich will nur ein Raumschiff zum Mond fliegen.«

»Und wir bezweifeln in höchsten Maße, dass Sie der Richtige dafür sind«, versetzte das Dutzendgesicht grimmig.

»Weil ich ab und zu so etwas wie eine eigene Meinung geäußert habe? Da wir gerade von Zweifeln reden: Was für ein Verständnis haben *Sie* eigentlich davon, was es bedeutet, Amerikaner zu sein? Was für ein Verständnis haben Sie davon, was *Freiheit* bedeutet?«

Der FBI-Mann sammelte seine Fotos wieder ein. »Die STARDUST ist das teuerste, technisch fortschrittlichste Vehikel, das je gebaut worden ist. Deshalb dürfen wir es nur jemandem anvertrauen, von dem wir sicher sein können, dass er loyal ist.«

In diesem Moment hieb General Pounder mit den flachen Händen auf den Tisch, dass es nur so knallte. »Genug der Diskussion«, bellte er. »Sie haben Ihr Anliegen vorgebracht, ich habe es zur Kenntnis genommen und bescheide es hiermit abschlägig.«

»Aber –«, begann das Dutzendgesicht.

»Nichts ›aber‹. Sie haben recht, die STARDUST ist das teuerste, technisch fortschrittlichste Vehikel, das je gebaut worden ist – aber genau deshalb gehört sie in die Hände des besten Piloten, den wir haben. Und dieser Pilot heißt Major Perry Rhodan. Ende der Diskussion.«

»General, wir müssen darauf bestehen –«

Jetzt platzte General Pounder wirklich der Kragen. »Himmel nochmal, sind Sie eigentlich von Sinnen?«, brüllte er den FBI-Mann an. Er wies auf Rhodan. »Das Gesicht dieses Mannes war inzwischen auf zehn Dutzend Titelseiten der größten Magazine und Zeitungen! Die ganze Welt wartet darauf, dass Perry Rhodan als erster Mensch den Mond betritt! Und da kommen Sie daher und verlangen, ich soll das alles umschmeißen, nur weil er vor fünfzehn Jahren mal zusammen mit einem Negerführer fotografiert worden ist? Ist Ihnen denn nicht klar, wie *das* das Ansehen Amerikas beschädigen würde?«

»Noch mal«, setzte der FBI-Mann an, »wir –«

»Nein, *ganz bestimmt* werden Sie nicht mit dem ganzen Unsinn noch mal von vorn anfangen«, brauste Pounder auf. »Packen Sie Ihren verdammten Kram und verschwinden Sie. Und zwar sofort, sonst lasse ich Sie vom Sicherheitsdienst hinauswerfen!«

Da sagten sie endlich tatsächlich nichts mehr, sondern sammelten ihre Akten zusammen und gingen.

Als sie das Büro verlassen hatten, stapfte Pounder eine Weile zornig auf und ab, dann blieb er stehen und stieß hervor: »Den Mann in Paris – haben Sie den verprügelt?«

»Ja«, sagte Rhodan.

»Wer war das?«

»Der stellvertretende Polizeipräsident. Er wollte tödliches Nervengas gegen die Studenten einsetzen.«

Pounder gab ein Ächzen von sich, das aus tiefsten Tiefen zu kommen schien. »Die Welt wird immer verrückter«, knurrte er dann und ließ sich auf den nächstbesten Stuhl fallen. »Noch so ein Ding, und ich flieg mit Ihnen zum Mond. Und bleib gleich dort.«

Die Ironie dieses Vorfalls, könnte man sagen, liegt darin, dass es ja später tatsächlich so aussah, als hätte das FBI zu Recht an Rhodans unbedingter Loyalität zu seinem Land gezweifelt.

Doch die Frage muss erlaubt sein, inwieweit die Konfrontation mit dem FBI Perry Rhodans spätere Entscheidungen beeinflusst hat. Er erinnert sich jedenfalls deutlich daran, dass er, obwohl General Pounder unverbrüchlich auf seiner Seite stand und nichts von alldem nach außen drang, das Büro mit dem Gefühl verließ, einen Stachel in seinem Fleisch sitzen zu haben. Anders als sonst fiel es ihm diesmal nicht leicht, das Erlebte zur Seite zu schieben. Es nagte an ihm, und er musste in den folgenden Tagen immer wieder an die Auseinandersetzung denken, an die Fotos, daran, dass man ihn all die Jahre hindurch immer wieder beobachtet hatte. Vor allem das war es, was ihn erschütterte und ihm das Gefühl gab, seinerseits von seinem Land verraten worden zu sein.

Er erinnerte sich noch gut an den Diensteid, den er geschworen hatte, hätte ihn jederzeit aufsagen können: *Ich, Perry Rhodan, schwöre, dass ich die Verfassung der Vereinigten Staaten gegen alle Feinde im In- und Ausland unterstützen und verteidigen werde und dass ich den Befehlen des Präsidenten der Vereinigten Staaten und den Befehlen der über mich ernannten Offiziere gemäß den Vorschriften und den Gesetzen der Militärgerichtsbarkeit Folge leisten werde. So wahr mir Gott helfe.*

Was bedeutete ein solcher Eid anderes, als dass er seinem Land unbedingte Loyalität geschworen hatte? Doch dieses Land hatte sich gerade eben in höchstem Maße illoyal *ihm* gegenüber gezeigt, indem es seine persönliche Freiheit und seine Privatsphäre missachtet hatte.

Perry Rhodan ist gewiss nie ein glühender Patriot und noch weniger ein Nationalist gewesen, aber es ist eine Tatsache, dass sein Gefühl der Verbundenheit mit seinem Vaterland nie so schwach war wie zum Zeitpunkt seines Flugs zum Mond. Es spricht viel dafür, dass die FBI-Agenten das, was sie fürchteten, durch ihr Verhalten mit ausgelöst haben.

Ein weiterer Grund, warum die Konfrontation mit den FBI-Leuten Rhodan noch tagelang beschäftigte, nein, nachgerade verfolgte und ihn in manchen Nächten schlecht schlafen ließ, war der Gedanke, das Dutzendgesicht und seine Assistenten könnten beim Präsidenten vorstellig werden und dort mehr Erfolg haben. Wenn der Präsident Pounder den Befehl erteilte, den Piloten der Mondmission auszuwechseln – oder gleich die ganze Crew –, dann würde der General gehorchen müssen.

Es war eine jener Situationen, in denen man den Atem anhalten möchte und die Welt gleich mit, in denen man heimlich die Daumen drückt und versucht, an etwas anderes zu denken – was Perry Rhodan normalerweise gut gelang, besser als den meisten Menschen, die er kannte. Doch diesmal nicht.

Aber die letzten Wochen und Tage vor dem Start vergingen, ohne dass ein solcher Befehl eintraf. Vernünftigerweise hätte Rhodan aufatmen können. Vernünftigerweise wurde es umso unwahrscheinlicher, dass ein solcher Befehl noch kam, je mehr Zeit verging und je näher der Start rückte.

Aber was lief schon vernünftig ab in der Welt der Politik?

Eine Woche vor dem Start, am 12. Juni, besuchten sie ein letztes Mal das *White Horse House*. Rhodan hatte den anderen immer noch nichts von dem Besuch der drei FBI-Agenten erzählt, und er hatte auch nicht die Absicht, es zu tun. Er entspannte sich, so gut er konnte, unterhielt sich angeregt mit Clark Flipper, ließ sich von Reginald Bull überreden, einmal einen richtig teuren Brandy zu probieren, und konnte sogar lächeln, als er hörte, wie Bully Flipp beschwipst versicherte: »Die Sterne werden uns gehören!«

Und dann verging ein weiterer Tag und noch einer und noch einer …

In der Woche vor dem Start rief ihn Neil Armstrong an, bedankte sich noch einmal für »den Besuch«, wie er es trocken nannte, erzählte, dass die gegenwärtige Besatzung der Raumstation inzwischen Instrumente installiert hatte, mit denen sie den Flug der STARDUST verfolgen würde, und wünschte ihm alles Gute für seine historische Mission.

»Danke«, sagte Rhodan. »Es stimmt – vor lauter Training vergisst man fast, um was für eine epochale Sache es geht.«

»Für einen Mann wird es nur ein Schritt sein«, meinte Armstrong. »Aber für die Menschheit ein großer Sprung.«

Und dann, endlich, war es Freitag, der 18. Juni 1971. Rhodan, Bull, Flipper und Manoli frühstückten gemeinsam und begaben sich um 10 Uhr 30, wie es der Plan vorsah, in die flugmedizinische Abteilung des Startkomplexes. Dort bat Dr. Fleeps sie, sich zu entkleiden und die leichten Nachthemden anzuziehen, die in den Umkleidekabinen bereitlagen, Hemden, die ihre Körper für die Zeit des entspannenden Tiefschlafs nirgends einschnüren würden.

Wenig später, bequem auf den Liegen ausgestreckt, bekamen sie das Psychonarkotin appliziert, und Rhodans letzter Gedanke, ehe er in den Schlaf sank, war: *Jetzt ist es zu spät, um den Piloten noch auszutauschen!*

Inzwischen hatten sich rund um Cape Kennedy Tausende von Schaulustigen versammelt. Hunderte von Reportern aus aller Welt waren angereist, sicherheitshalber etwas früher, weil, wie viel beklagt wurde, die Informationspolitik der *US Space Force* ziemlich widersprüchlich war: Wann genau sollte die Rakete denn nun starten? Am späten Abend, wussten die einen, am frühen Morgen, hatten andere gehört, auf jeden Fall aber irgendwann in der Nacht. Besser, man war zu früh da als zu spät, und so richteten sich die Reporter, nachdem sie ihre Kameras aufgestellt hatten, auf eine lange Wartezeit ein. Es wurde viel Kaffee getrunken, man tauschte Gerüchte, launige Bemerkungen und Visitenkarten und warf ab und zu einen Blick auf die von den üblichen Nebelschleiern umwehte Rakete in der Ferne. Die heute oder morgen zum Mond aufbrechen würde, man bedenke! Ab und zu befiel den einen oder anderen ein kurzer Moment der Ehrfurcht, einem historischen Moment beizuwohnen: Das erste Mal würden Menschen einen anderen Himmelskörper betreten.

Falls es *diesmal* glückte. Das war der andere Gedanke, der vielen kam und eine Gänsehaut über den Rücken jagte.

Was sie alle nicht wussten, war, dass der STARDUST-Lander auf der Spitze der Rakete, auf die all ihre Kameras gerichtet waren, kein funktionsfähiges Raumschiff war, sondern nur eine Attrappe, ein Modell aus Blech und Glas im Maßstab 1:1.

Auch hatte man die Rakete nicht betankt. Der Nebel, der sie umhüllte, stammte nicht von Kondensationen an eiskalten Tanks voll flüssiger Gase, sondern aus Nebelmaschinen, die mit Trockeneis arbeiteten.

Abgesehen von der dritten Stufe war es eine richtige Rakete, aber sie würde heute nicht starten. Dass man sie hier auf Cape Kennedy zusammengebaut und aufgestellt hatte, war Teil eines streng geheimen Plans, mögliche feindliche Mächte zu täuschen, die den Start zum Mond eventuell durch einen Anschlag zu verhindern suchten.

Um 16 Uhr Ostküstenzeit ging man daran, das Geheimnis zu lüften.

Es begann damit, dass eine ganze Flotte von Bussen vor dem Tribünenbereich ankamen. Sicherheitsleute stiegen aus, ließen sich von den wartenden Reportern die Presseausweise zeigen und baten sie dann, ihre Kameras einzupacken und in die Busse zu steigen.

»Wenn Sie den Start der STARDUST sehen wollen, kommen Sie bitte mit«, begründeten sie diese Aufforderung.

Natürlich waren die Journalisten skeptisch. »Was spricht gegen diesen Ort hier?«, wollte einer wissen.

Der Sicherheitsmann hob die Schultern. »Vor allem, dass die Rakete da drüben *nicht* die STARDUST ist.«

»Sondern?«

»Die STARDUST II. Die startet erst in einigen Monaten. Der genaue Termin steht noch nicht mal fest.«

Basses Erstaunen. »Und die STARDUST I?«

»Steigen Sie in die Busse. Wir bringen Sie hin.«

Weiteres Nachhaken stellte sich als sinnlos heraus, denn mehr wussten die Sicherheitsleute auch nicht. Sie wussten nicht einmal von der Attrappe auf der Spitze der Rakete. Der Lander der STARDUST II befand sich noch in Kalifornien und war bis zum Vortag den abschließenden Tests unterzogen worden. Man würde ihn unmittelbar nach dem Start der STARDUST I auf das Transportschiff bringen und hierhertransportieren. Die Rakete würde noch einmal zurück ins VAB gebracht, damit die Spitze ausgewechselt werden konnte.

Schließlich ließen sich die meisten Reporter dazu überreden, in die Busse zu steigen; nur ein halbes Dutzend Misstrauische blieben zurück. Die Busse fuhren zu einem Militärflugplatz, auf dem zwei normale Passagiermaschinen warteten.

Das erregte Verwunderung, ja, Verärgerung. Was das solle?

»Wir bringen Sie zum Startplatz der STARDUST I«, wiederholte der Sprecher der Sicherheitsleute über Megaphon.

»Wo soll denn der sein?«

»Tut mir leid, das weiß ich selber nicht«, erwiderte der Sprecher. »Eine Sicherheitsmaßnahme. Ich schlage vor, Sie lassen sich überraschen.«

Nicht einmal die Piloten wussten, wohin es gehen sollte; sie erhielten ihre Instruktionen erst nach und nach, während des Fluges.

Dieser Flug dauerte knapp sechs Stunden, doch wegen der Zeitverschiebung war es in Las Vegas, wo sie schließlich eintrafen, erst kurz vor 21 Uhr. Sie landeten auf dem McCarran International Airport, erhielten aber eine Sonderbehandlung abseits des normalen Flughafenbetriebs. Wieder warteten Busse, große, klimatisierte Reisebusse, die mit ihnen nordwärts in die Nacht fuhren. Diejenigen, die die Empfehlung, während des Flugs zu schlafen, ignoriert hatten, gähnten inzwischen ziemlich.

Rund eine Stunde später erreichten sie Indiana Springs. Verglichen mit dem lichtdurchfluteten Getümmel von Las Vegas wirkte der Ort wie das Ende der Welt, aber das war noch gar nichts gegen das, was danach kam. Es ging weiter nach Norden, mitten in die Wüste, in totes Niemandsland.

Die Aufregung wuchs. Niemand hatte ihnen das Fotografieren verboten, und sie hatten alle sowieso lichtempfindliche Filme dabei (man fotografierte damals mittels chemischer Emulsionen, eine heutzutage nahezu vergessene Technik), also brachten einige ihre Kameras zum Einsatz, auch, als sie Kontrollstellen mitten im Nichts passierten, wo man sie nicht kontrollierte, sondern einfach durchwinkte, vorbei an Schildern voller Warnungen vor unbefugtem Betreten militärischen Geländes.

Wenig später erklommen die Busse eine Hügelkette, hinter der geheimnisvolle Lichter die Luft schimmern ließen. Als sie sie überquerten, eröffnete sich ihnen ein Blick auf eine absolut utopische Szenerie, eine weite Ebene voller gewaltiger Gebäude und Scheinwerfer aller Art, und inmitten von alldem stand strahlend hell beleuchtet eine Rakete, die der auf Cape Kennedy glich wie ein Zwilling dem anderen.

»Meine Damen und Herren«, kam die Durchsage (unter den Reportern waren auch zwei Frauen), »willkommen auf dem *Nevada Fields Space Port.*«

Die Busse rollten mitten hinein in das überwältigende Lichtermeer und hielten abseits des Netzes von Start- und Landebahnen vor einem mächtigen Beobachtungsbunker, den man heute in »Pressebunker« umgetauft hatte. Das Bauwerk lag halb in der Erde, hatte massive, abgeschrägte Betonwände und darin schmale, mit Panzerglas gefüllte Schlitze, die einen Blick auf den Startplatz aus der Nähe erlaubten. Nach den Backofentemperaturen draußen, die ihnen allen auf den paar Schritten vom Bus ins Innere des Bunkers den Schweiß hatten ausbrechen lassen, herrschte hier drinnen angenehme Kühle; es gab Getränke und ein kaltes Büfett.

»Wie sollen wir alle von hier drinnen aus fotografieren?«, beschwerten sich die Reporter bei den Soldaten, die hier Dienst taten. »Unseren

Auftraggebern reicht es nicht, wenn wir den Start *sehen,* verstehen Sie? Die wollen *Bilder!*«

»Wir fahren diejenigen, die das wünschen, rechtzeitig zu einem Beobachtungspunkt oben auf den Hügeln, in sicherer Entfernung«, versicherte man ihnen. »Später wird es draußen auch nicht mehr so heiß sein.«

Auf einer improvisierten Bühne trat ein Offizier ans Mikrophon, der sich als Oberst Maurice vorstellte und sie alle im Namen der *US Space Force* begrüßte. »General Pounder wird etwa um Mitternacht persönlich zu Ihnen sprechen«, kündigte er an. »Bis dahin darf ich Sie einladen, sich an den Getränken gütlich zu tun und am Büfett zu bedienen.«

Man aß, trank, probierte mit den Kameras herum und diskutierte, was besser kommen würde: die üblichen Aufnahmen mit Teleobjektiv aus weiter Ferne oder aber Bilder aus nächster Nähe, wenn auch durch das dicke Glas beeinträchtigt? »Ich würd' mich am liebsten zweiteilen«, meinte einer.

Bis Mitternacht war das Büfett geplündert und der Getränkevorrat ernsthaft dezimiert. Die Zeiger der Uhr wanderten auf die 12 zu, ohne dass sich der General blicken ließ.

Er kam auch nicht, wie sich herausstellte. Vielmehr wurde kurz vor halb eins der große Bildschirm an der Wand hell, Pounders Konterfei erschien darauf und wünschte ihnen mit maliziösem Lächeln »einen schönen guten Morgen«.

Die Reporter waren enttäuscht, hatten sie doch mit dem persönlichen Erscheinen des Generals gerechnet und auf die Chance gehofft, ihre Fragen an den Mann zu bringen. Auch fühlten sie sich dadurch in ihrer Bedeutung als Augen und Ohren des Publikums missachtet. Immerhin, die Ton- und Sichtverbindung schien in beide Richtungen zu funktionieren, denn General Pounder reagierte auf ihre Unmutsbekundungen mit beschwichtigenden Gesten. Doch er blieb kurz angebunden, erzählte ihnen in lakonischem Tonfall eine Menge Dinge, die ohnehin allgemein bekannt waren – dass die Rakete drei Stufen hatte und STARDUST hieß, zum Beispiel –, und behauptete dann: »Major Perry Rhodan dürfte Ihnen allen ein Begriff sein. Er ist der Mann, der als erster Pilot der *Space Force* den Mond umkreist hat.«

Die Reporter musterten einander verwirrt. Das war ihnen neu. Einige brüllten Fragen in Richtung des Bildschirms: Wann denn das gewesen sei? Und wieso man nichts davon erfahren habe?

Pounder ignorierte die Einwürfe, stellte stattdessen die Crew vor, als ob nicht jeder Schuljunge im Land inzwischen die Namen hätte herbeten können: Captain Reginald Bull, Captain Clark Flipper, Leutnant Dr. Eric Manoli. Dass gleich ein vierwöchiger Aufenthalt auf dem Mond geplant war, war die erste wirklich neue Information. Blöcke wurden gezückt, Stifte huschten über das Papier.

Währenddessen rasselte Pounder die technischen Daten der einzelnen Stufen herunter, Abmessungen, Gewichte, Schubleistungen und so weiter, schneller, als man es hätte aufnehmen können. Nebenbei gab er endlich den Zeitpunkt des Starts bekannt: Um 3 Uhr sollte es losgehen. Er erwähnte auch den geplanten Landeplatz, aber der Name ging im allgemeinen Unmut unter. Immerhin versprach er, dass sie das alles nach dem Start noch in schriftlicher Form bekommen würden, dann schaltete er ab.

»Tja, das ist halt das Militär«, meinte ein altgedienter Reporter, der schon als Kriegsberichterstatter im Koreakrieg tätig gewesen war. »Alles im Kommandoton und immer nur das Nötigste.«

Ein Kollege schulterte seine Kameratasche. »Ich sag nie wieder ein schlechtes Wort über die Informationspolitik der NASA. Aber jetzt such ich mir erst mal einen besseren Platz.«

Rund drei Viertel der Reporter nutzten das Angebot, sich mit den Bussen auf einen Aussichtspunkt am Berg bringen zu lassen, die übrigen verteilten sich an den Sichtschlitzen und kurbelten ihre Stative hoch.

»Sir«, sagte Oberst Maurice eine Minute vor ein Uhr, »meines Wissens waren die Einzigen, die den Mond bislang umkreist haben, die drei Astronauten an Bord von Apollo 8. Mit dem sattsam bekannten Ergebnis.«

»Ihr Wissen trügt Sie nicht, Maurice«, erwiderte General Pounder. Sie standen nach der Ansprache an das Pressekorps wieder mitten in der Zentrale des Kommandobunkers und verfolgten die emsige Geschäftigkeit der letzten Startvorbereitungen.

»Darf ich fragen, wieso Sie dann den Reportern gegenüber behauptet haben, Major Rhodan habe als Erster den Mond umkreist? Das hat er höchstens im Simulator getan.«

»Und das gleich mehrfach, ja.« Pounder wandte sich seinem Stabschef zu. »Maurice, das ist ein Test. Ich hab die Nase voll von Journalisten, die irgendwas schreiben, ohne die geringste Ahnung zu haben. Setzen Sie die Damen von der Presseabteilung darauf an. Die sollen die Artikel, die in nächster Zeit über die Mondmission erscheinen, daraufhin sichten, ob jemand das, was ich behauptet habe, kritiklos übernommen hat. Alle, die das tun, kommen auf eine schwarze Liste und werden nicht mehr eingeladen. Und alle, die anrufen und in dieser Sache nachhaken, kommen auf eine grüne Liste und werden künftig bevorzugt behandelt. Alles klar?«

Maurice nickte, verwundert wie so oft angesichts der Entschlüsse seines Vorgesetzten. »Alles klar, General.«

Um 1 Uhr früh holten Dr. Fleeps und sein Team die vier Risikopiloten aus ihrem Tiefschlaf. Rhodan erwachte schlagartig, wie es seine Art war. Flipper fragte schlaftrunken nach seiner Frau und wollte wissen, ob sein Sohn schon auf der Welt sei. Manoli machte kein Aufhebens. Bull erwachte als Letzter und klopfte markige Sprüche. Alles wie gewohnt also.

Die vier wurden abschließenden Tests unterzogen, was etwa eine Stunde dauerte, dann durften sie sich ankleiden. Man begleitete sie zur STARDUST, wo sie gegen 2 Uhr 50 auf den Konturliegen im Cockpit Platz nahmen. Am Fuß der Rakete zogen sich gerade die Techniker zurück, die die Verankerung ein letztes Mal überprüft hatten. Die Instrumente vor dem Piloten, Rhodan, und dem Copiloten, Bull, erwachten zum Leben.

Und um 3 Uhr und 2 Minuten am Samstag, dem 19. Juni 1971 alter Zeitrechnung, startete die STARDUST schließlich.

II

Dem geneigten Leser wird nicht entgangen sein, dass wir uns mittlerweile im Bereich der allgemein bekannten Geschichte befinden. Der Verfasser dieser Zeilen möchte deswegen an dieser Stelle versichern, dass er nicht die Absicht hat, seine Leser mit ausufernden Wiederholungen dessen zu langweilen, was sie in der Schule gelernt haben und andernorts in schönster Ausführlichkeit nachlesen können, sondern sich darauf zu beschränken gedenkt, die nachfolgenden Ereignisse in eher summarischer Form ins Gedächtnis zu rufen, um sie durch eigene Betrachtungen zu ergänzen, vor allem in Hinblick auf Aspekte, die meiner Ansicht nach in der offiziellen Geschichtsschreibung zu kurz kommen oder gar keine Erwähnung finden.

Der 19. Juni 1971 ist sicherlich das Datum, das den meisten Menschen (und auch den meisten nichtmenschlichen Erdenbürgern) einfällt, wenn man sie nach dem wichtigsten Wendepunkt in der Geschichte der raumfahrenden Menschheit fragt.

Was die Raumfahrt anbelangt, haben wir bereits gesehen, dass die Antwort so eindeutig nicht ist. War nicht der 4. Oktober 1957 das bedeutendere Datum, der Tag, an dem mit Sputnik I der erste Satellit in eine Erdumlaufbahn gelangte? Oder gar – wobei sich hiergegen alles in uns sträubt, reden wir doch von einer fürchterlichen Waffe – der 20. Juni 1944, als die deutsche A-4-Rakete bis in eine Höhe von 174,6 km stieg und damit zum ersten Mal ein von Menschenhand geschaffener Flugkörper den Weltraum erreichte?

In dieser Weise könnte man weiterfragen: War der Tag der ersten Mondlandung wirklich bedeutsamer als, sagen wir, der 7. März 3460, als Erde und Mond das Sonnensystem durch den Twin-Sol-Transmitter verließen, was in der Konsequenz gleichbedeutend mit dem Untergang des Solaren Imperiums war? Bedeutsamer als das Jahr 3588, als die Kosmische Hanse gegründet wurde, ein Datum immerhin, auf dem (wenn auch relativ willkürlich) die heutige Galaktische Zeitrechnung basiert? Bedeutsamer als der 19. August 2400, als zum ersten Mal Menschen – wenn auch nicht ganz freiwillig – in eine andere Galaxis gelangten, nach Andromeda?

All dies waren fraglos bedeutsame Ereignisse, trotzdem kann meines Erachtens die Antwort nur lauten: Ja, der Tag der Mondlandung ist tatsächlich das bedeutsamste Datum in der Geschichte der raumfahrenden, der stellaren Menschheit. Und zwar, weil der Tag, an dem erstmals Menschen den Fuß auf einen anderen Himmelskörper gesetzt haben, zugleich der Tag ist, an dem die bis dahin planetare Menschheit gewissermaßen aus dem Ei geschlüpft ist und den ersten Atemzug kosmischer Weite getan hat. Es ist nichts weniger als der Tag, an dem die kosmische Menschheit *geboren* wurde – oder zumindest, um mit Ziolkowski zu sprechen, der Tag, an dem sie zum ersten Mal ihre Wiege verlassen hat. Von allen Schritten, die ein Mensch tut, ist der erste der bedeutsamste, und für die Menschheit als Ganzes gilt dies ebenso.

Wenn man aus der Höhe der Neptunbahn Ausschau nach der Erde hält und weiß, wo man suchen muss, entdeckt man mit etwas Glück irgendwann einen winzigen blassblauen Punkt, kleiner als jedes Staubkorn an der Scheibe des Bordobservatoriums, das man für dieses Vorhaben tunlichst aufsuchen sollte. Das ist die Erde aus dieser in kosmischen Dimensionen immer noch relativ geringen Distanz: ein unendlich kleiner Punkt, der auf eine Weise fragil wirkt, die schwer zu vermitteln ist; man muss es mit eigenen Augen gesehen haben, um zu spüren, wovon ich rede.

Je länger man diesen fernen, blauen Punkt betrachtet, desto unfassbarer kommt es einem vor, dass er lang genug existiert hat, damit sich Leben auf ihm bilden konnte. Und vollends erschütternd ist der Gedanke, dass sich vor dem 19. Juni 1971 *jedes* Ereignis der Menschheitsgeschichte auf diesem winzigen Punkt in der Dunkelheit abgespielt hat, dass jeder Mensch, der je gelebt hat, *dort* gelebt und (abgesehen von den drei Apollo-8-Astronauten) dort auch seine letzte Ruhe gefunden hat.

Der 19. Juni 1971 war der Tag, ab dem das nicht mehr galt. Und angesichts dessen, was wir heute über die Gefahren wissen, die aus dem All drohen – unter denen diverse aggressive Fremdspezies bei weitem nicht die bedrohlichsten sind, verglichen mit, sagen wir, einem Supernova-Ausbruch in mittelmäßigem Abstand –, ist die Vorstellung, wir könnten als Menschheit noch immer auf diesen einen, winzigen Punkt begrenzt sein, zutiefst erschreckend.

Der Start der STARDUST verlief reibungslos. Der einzige Zwischenfall war, dass sich Captain Flipper während der zweiten Beschleunigungsphase versehentlich in die Zunge biss; ein plumper Anfängerfehler. Rhodan verschob das geplante Korrekturmanöver, bis Dr. Manoli den Patienten verarztet hatte. Das war gleichzeitig eine erste Bewährungsprobe für die Datenübertragung zwischen dem Raumschiff und dem Kontrollzentrum in Nevada, aber wie sich zeigte, geschah der Abgleich der geänderten Steuerdaten rasch und reibungslos. Die *Semi-Fernsteuerung* funktionierte.

Die ersten beiden Stufen hatten die STARDUST sehr stark beschleunigt, da man im Sinne eines »überfallartigen Fluges« den Geschwindigkeitsvorteil des nuklearen Antriebs maximal ausnutzen wollte. Der Startzeitpunkt war so gewählt worden, dass die Raumstation eine möglichst lange Etappe des Fluges mit den dortigen Instrumenten verfolgen konnte; die NASA-Astronauten staunten nicht schlecht über den »Affenzahn«, den das Raumschiff der Konkurrenz erreichte.

Doch der Hauptvorteil des nuklearen Antriebs der STARDUST war nicht die mögliche Stärke, sondern die mögliche *Dauer* der Beschleunigung. Da nur wenig Stützmasse verbraucht wurde, um den notwendigen Impuls zu erzeugen, konnten die Risikopiloten mit moderaten Werten weiter beschleunigen und erreichten so Geschwindigkeiten, die man sich zuvor nicht hatte vorstellen können. Auf etwa halber Strecke war es freilich erforderlich, das Schiff zu wenden und mit dem Triebwerk voran wieder zu bremsen, um nicht mit Karacho am Mond vorbei in den interplanetaren Raum zu rasen, doch auch so dauerte es nur wenig mehr als *vier Stunden*, um den Mond zu erreichen, was für damalige Verhältnisse schier unglaublich schnell war.

Um 7 Uhr 24 schwenkte die STARDUST auf eine Kreisbahn von Pol zu Pol ein, beginnend mit einer Überquerung des lunaren Südpols, nach der das Raumschiff hinter dem Mond verschwand. Die Bahngeschwindigkeit in einem Orbit richtet sich freilich nicht nach dem

Antrieb des Raumschiffs, sondern einzig nach den Gesetzen der Bahnmechanik; genau wie Apollo 8 brauchte also auch die STARDUST etwa eine Stunde für einen Umlauf. Verständlicherweise hielt man auf der Erde den Atem an, als der Funkkontakt zur STARDUST abbrach, aber alles ging gut, das Raumschiff tauchte genau zum erwarteten Zeitpunkt über dem lunaren Nordpol wieder auf.

Die ganze Zeit waren die Radartaster der STARDUST auf die Mondoberfläche gerichtet: Hätte es irgendwelche Anzeichen einer feindlichen Militärbasis gegeben, man hätte sie bemerkt. Doch man fand keine solchen Anzeichen. Das überraschte niemanden an Bord und in Nevada auch nicht; man hatte diesen Punkt nur auf Drängen des Weißen Hauses ins Programm genommen und ihn automatisch abschnurren lassen, um kein weiteres Wort darüber zu verlieren. Nur ein Code wurde zur Erde geschickt: QQNSDQ (relevant war nur der Mittelteil; NSD stand für *no suspect detections,* keine verdächtigen Ortungen; die Umrahmung aus Qs diente lediglich dazu, diese Signale auch bei schlechtem Empfang leicht ausfiltern zu können), das war alles. Sie waren sozusagen »ganz umsonst« so schnell geflogen.

Doch das fanden Rhodan und seine Crew alles andere als tragisch. Immerhin hielten sie dank dessen nun einen, wie sie glaubten, schwer einholbaren Geschwindigkeitsrekord (rund 90 000 Stundenkilometer, was einer Spitzengeschwindigkeit von 27 Kilometer pro Sekunde oder Mach 79 entsprach; damals eine ungeheure Geschwindigkeit) und hatten gezeigt, was technisch möglich war. Während der planmäßigen fünf Umkreisungen des Mondes stellten sie allerlei Spekulationen an, wie sich dadurch die künftige Raumfahrt verändern würde, nicht ahnend, wie bald ihre Überlegungen hinfällig sein sollten.

Während der fünften Umkreisung wandten sie ihre Aufmerksamkeit der bevorstehenden Landung zu. Sicherheitshalber legten sie Raumanzüge an, setzten sogar die Helme auf und hielten sie in Alarmbereitschaft, was bedeutete, dass sich die Belüftungsöffnungen der Helme beim geringsten Druckverlust schließen und die internen Sauerstoffversorgungen aktiviert werden würden.

Über den westlichen Ausläufern des Mare Nubium begann der eigentliche Landeanflug. Rhodan fuhr die vier Teleskopbeine der

STARDUST aus. Die Signallampen, die den Datenaustausch mit dem Rechner unten in Nevada Fields anzeigten, flackerten wild, aber in beruhigendem Grün. Die *Semi-Fernsteuerung* lief rund. Die STARDUST fiel in einer weiten Parabel auf ihr Ziel zu. Geplant war, am Mondsüdpol, kurz hinter dem Newcomb-Krater, die Vorwärtsbewegung vollständig abgebaut zu haben und dann vertikal auf dem eigenen Gasstrahl zu landen. All dies würde automatisch erfolgen, vom Piloten nur überwacht.

Die Uhr zeigte 12 Uhr 16, als plötzlich ein Höllenlärm aus den Lautsprechern der Kommunikationsanlage brach, ein Heulen und Knattern, als sei ein ungeheurer Störsender direkt neben dem Raumschiff aufgetaucht. Die Signallampen der Fernsteuerung leuchteten von einem Moment zum anderen rot, und der Bordcomputer gab Alarm: keine Steuerdaten verfügbar. Die Verbindung zur Erde war abgebrochen.

Die Störung erfolgte just in der Phase, in der die STARDUST am verletzlichsten war. Ohne Steuerdaten würde sie über den Landepunkt hinausfallen und schließlich auf dem Mondboden zerschellen, und dies innerhalb der nächsten Sekunden.

Dies war vermutlich der Augenblick, in dem die Reaktion des Sofortumschalters Perry Rhodan so entscheidend war wie nie zuvor. Ohne jedes wahrnehmbare Zögern warf er den Hauptschalter herum, wodurch die Steuerung von der Automatik auf den Piloten überging, und übernahm es, mit der STARDUST eine Notlandung zu beginnen. Er hatte blitzartig erkannt, dass es hierzu keine Alternative gab. Das Raumschiff war schon zu tief, um noch einmal »durchstarten« zu können, also blieb nur, es auf Biegen oder Brechen hinabzubringen.

Dazu musste er es in annähernd senkrechte Position schwenken, mit der Nase in den Himmel also. Die hierzu notwendigen Module des Landeprogramms waren zum Glück verfügbar; das Schiff blindlings rein von Hand so auszubalancieren hätte auch ein Pilot wie Perry Rhodan nicht hinbekommen.

Wie viel Schub zu geben war, das jedoch lag in seiner Hand, und er gab so viel, wie die Triebwerke zu liefern imstande waren. Die nach unten gerichtete Kamera erfasste einen vorbeihuschenden Bergwall, dann sah man nur noch das weiße, infernalische Glühen des vom Boden zurückgeworfenen Triebwerksstrahls. Das Problem war, dass sie nicht landen durften, ehe ihre Vorwärtsbewegung nicht aufgezehrt war, denn wenn sie nicht senkrecht aufkamen, würden sie umkippen und zerschellen, zumindest aber nie mehr zur Erde zurückstarten können. Rhodan musste also die Höhe halten und zugleich – durch eine entsprechende Neigung entgegen der Bewegungsrichtung, quasi kopfüber – nach und nach abbremsen.

Das ganze Drama dauerte nur zwei Minuten, aber den Beteiligten kam es vor wie eine kleine Ewigkeit. Die STARDUST schlingerte und stampfte, aber sie wurde langsamer, und 82 Kilometer hinter dem Mondsüdpol, auf der Rückseite des Mondes, gelang es Rhodan endlich, das Schiff einigermaßen heil aufsetzen zu lassen.

Es war 12 Uhr 18, und dies war ihre Situation: Die Bordautomatik hatte aus der langen Liste im Voraus festgelegter Notrufcodes selbsttätig den Code QQRXQ ausgewählt und gesendet, der bedeutete: ›Angriff, Störung der Fernsteuerung, Absturz droht‹. Hier auf der Mondrückseite waren sie vom Funkverkehr mit der Erde abgeschnitten, konnten also nicht Bescheid geben, dass sie den Zwischenfall überlebt hatten. Und eine der Landestützen war schwer beschädigt.

Und das Erste, was Rhodan sagte, war: »Flipp – nimm dir sofort die Aufzeichnungen vor und finde raus, wo der unbekannte Störsender steht!«

Das Entsetzen auf der Erde über das Verschwinden des Mondschiffes war ungeheuer.

Wobei man davon erst mit Verspätung erfuhr. Teil des Sicherheitsplans war, dafür zu sorgen, dass die Reporter Nevada Fields nicht verließen, ehe die STARDUST den Mond erreicht hatte und es geklärt war, ob sich dort irgendwo eine geheime Militärbasis befand. Sonderlich viel Druck war dazu nicht nötig, denn als die Journalisten erfuhren, wie schnell die STARDUST den Mond erreichen würde, dass sie also nicht nur über den Start, sondern auch gleich über die Landung würden berichten können, blieben die meisten ohnehin freiwillig. Und den wenigen, die früher fortwollten, erklärte man einfach, sie müssten sich leider etwas gedulden, zur Zeit seien die Busse nicht einsatzbereit.

Nachdem das Signal QQNSDQ angekommen war, wurde die Sperre aufgehoben. Man bot einen Shuttle-Dienst nach Indiana Springs an, wo sich Hotels, Telefone und dergleichen fanden. Doch davon machten noch weniger Reporter Gebrauch, als vorher weggewollt hatten.

So kam es, dass die Journalisten fast alle miterlebten, wie die Verbindung zur STARDUST abbrach und nicht wiederhergestellt werden konnte. Irgendwie erfuhren sie auch von dem Notsignal QQRXQ und auch, was es bedeutete (es ließ sich tatsächlich nie klären, auf welchen Wegen diese an sich geheime Information durchgesickert war).

Angriff! Drohender Absturz! Und ab dann kein Pieps mehr von der STARDUST!

Da gab es kein Halten mehr. Die Reporter drängten in die Shuttle-Busse, fielen über das Städtchen Indiana Springs her, das eigentlich gerade seine übliche Siesta halten wollte, und telefonierten, dass die Drähte glühten.

Wenig später war das Schicksal der STARDUST überall auf der Welt die Topmeldung, egal ob in Zeitung, Radio oder Fernsehen und egal, in welchem Land. *Welcher Fluch lastet auf dem Mond?*, war eine der Schlagzeilen, an die sich der Verfasser dieser Zeilen erinnert, und: *Der Mond – ein Monster!* Kein Sender, auf dem an diesem Wochenende nicht eine ausführliche Debatte von Experten stattfand. Der Vorfall wurde als so ungeheuerlich empfunden, dass der Fernsehapparat in unserer Kantine zum ersten Mal für etwas anderes als eine Sportsendung eingeschaltet wurde. In der Diskussion, die allerdings nur wenige meiner Mitinsassen zur Gänze verfolgten, ging es hauptsächlich um die Frage, ob menschliche Wunschträume wie der, zu fliegen wie ein Vogel oder zum Mond zu reisen, Ausdruck einer ureigenen menschlichen Lebenskraft waren oder Ausgeburt menschlicher Hybris. Hatten wir das Recht, die Erde zu verlassen? Waren unserem Drang nach dem immer höher, immer weiter womöglich naturgesetzmäßige Grenzen gesetzt, die wir nur noch nicht als solche erkannt hatten? Hatten Menschen im Weltraum vielleicht einfach nichts verloren?

Ich weiß noch, wie ich dasaß und dachte: *Das ist eine gute Frage. Das ist womöglich sogar die wichtigste Frage überhaupt!*

Vermutlich infolge der Überlastung des Triebwerks der STARDUST während des Notlandemanövers war es im Inneren des Atomreaktors zu einem Leck in der Abschirmung gekommen, die bis dahin verhindert hatte, dass die austretende Stützmasse radioaktiv kontaminiert wurde. Dies war nun anders, was das Triebwerk in seiner Funktion nicht beeinträchtigte, aber zur Folge hatte, dass die Sensoren unterhalb des Raumschiffs ein deutliches Maß an Radioaktivität registrierten. Offensichtlich hatte man den Landeplatz verstrahlt, und zwar so stark, dass an ein sofortiges Aussteigen nicht zu denken war.

Man hatte mit einem solchen Vorfall gerechnet. Die STARDUST führte einen gewissen Vorrat einer Chemikalie mit, von der es hieß, dass sie die radioaktiven Rückstände binden und so dazu beitragen konnte, sie rascher unschädlich zu machen. Diese Chemikalie wurde ausgestäubt, dann hieß es warten. Aus heutiger Sicht darf man allerdings vermuten, dass besagtes Präparat praktisch nichts bewirkt hat; die Strahlung war einfach relativ kurzlebig und klang innerhalb weniger Stunden ab.

Nach rund 24 Stunden zeigten die Messgeräte Werte an, die es ungefährlich erscheinen ließen, sich in einem Raumanzug auf dem Boden rings um das Raumschiff aufzuhalten. Daraufhin verließ Perry Rhodan am 20. Juni 1971 um 13 Uhr 01 *Pacific Standard Time* (oder 21 Uhr 01 Greenwich-Zeit) die STARDUST und betrat als erster Mensch den Mond.

Es war zweifellos ein historischer Moment, aber angesichts der Situation, in der sie sich befanden, feierten sie ihn nur sehr zurückhaltend. Reginald Bull filmte Rhodan, wie er hinabstieg und den Fuß auf den Mondboden setzte, danach folgte er, gefilmt wiederum von Clark Flipper. Anschließend wurde die Kamera hinabgelassen, und entweder Bull oder Rhodan – da gehen die Erinnerungen auseinander – filmte, wie Flipper und Manoli ausstiegen. Man reichte einander die Hände, dann pflanzten Flipper und Rhodan in einiger Entfernung eine US-amerikanische Flagge auf. Das geschah eher nebenbei; ich bin mir gar nicht sicher, ob das in der offiziellen Darstellung überhaupt erwähnt wird. Tatsache ist, dass diese Flagge heute noch dort steht; der gesamte Landeplatz wurde später unter Denkmalschutz gestellt und in der ursprünglichen Form bewahrt. Da es auf dem Mond nur wenige erosive Kräfte gibt (in der Hauptsache nur die monatlichen Temperaturwechsel), verwehen die Trittspuren nicht, die die vier Risikopiloten hinterlassen haben.

Die vier Männer hatten die Wartezeit genutzt, um ihr Raumschiff auf Herz und Nieren zu überprüfen und sich einen Plan zurechtzulegen, wie sie weiter vorgehen würden. Der erste Schritt würde sein, das Raumschiff von außen auf Beschädigungen zu inspizieren und diese nach Möglichkeit zu reparieren, vor allem den offensichtlichen Defekt an einem der Landebeine. Der zweite Schritt würde sein, mit dem Mondfahrzeug so weit in Richtung Mondvorderseite vorzustoßen, dass sie Funkverbindung mit der Erde aufnehmen konnten.

Grundsätzlich hätte der Defekt des Landebeins einem Start nicht im Wege gestanden – sehr wohl allerdings einer zweiten Landung. Die Idee, einfach zu starten und sich gemächlich zum ursprünglich anvisierten Landeplatz beim Newcomb-Krater zu begeben, hatten sie verwerfen müssen, weil die Gefahr bestand, dass die Landestütze bei einer weiteren Landung abbrechen und die STARDUST damit unrettbar umkippen würde. Sie hätten höchstens gleich zur Erde zurückkehren können, was ihnen allen – Flipper ausgenommen – prinzipiell widerstrebte, nun, da sie schon einmal da waren, die ersten Menschen auf dem Mond.

Doch es gab noch einen anderen Grund, warum Rhodan sich gegen eine sofortige Rückkehr aussprach: Er wurde das Gefühl nicht los, dass derselbe Einfluss, der ihre Landung verhindert hatte, auch ihren Rückstart verhindern würde.

Kurz vor dem Start der STARDUST hatte es Gerüchte gegeben, die Asiatische Föderation – China also – habe eine eigene Mondrakete gestartet, dasselbe günstige Startfenster zum Mond nutzend, das auch sie genutzt hatten. Theoretisch war es also möglich, dass sie *nicht* die ersten Menschen auf dem Mond waren, sondern dass sich bereits irgendwo chinesische Astronauten eingerichtet hatten. Allerdings wollte das irgendwie keiner der vier Amerikaner glauben; niemandem konnte ein solches Unterfangen aus dem Stand gelingen, auch Chinesen nicht. Allenfalls den Russen hätten sie es technisch zugetraut, doch die schienen ihre Weltraumambitionen in letzter Zeit ziemlich zurückgefahren zu haben.

Was also war hier los? Das mussten sie nach Möglichkeit klären, ehe sie einen Rückstart wagten.

Da es im Inneren der STARDUST reichlich beengt zuging, hievten sie das aufblasbare Wohnzelt aus dem Lagerraum hinab auf den Mondboden und bliesen es auf. In dem Vakuum, das ringsum herrschte, genügte wenig Druckluft, um eine robuste Kuppel entstehen zu lassen. Die Außenseite glänzte, damit sich die ganze Konstruktion nicht übermäßig im Sonnenlicht aufheizte. Der schwerste Bestandteil war die Schleuse, die jeweils einer Person Platz bot.

In den klassischen Berichten heißt es lakonisch: *Sie bauten die Landestütze aus, reparierten sie und bauten sie wieder ein.* So einfach war das in Wirklichkeit allerdings nicht. Die Landebeine der STARDUST waren filigrane Gebilde aus zahllosen sehr dünnen, aber hochfesten Streben, so konstruiert, dass sich die gesamte Struktur nach Bedarf ein- oder ausfalten konnte, im ausgefahrenen Zustand stabil in Belastungsrichtung war und im eingefahrenen Zustand ein maximal kompaktes Paket. Bei Landebein Nummer 4 waren etliche Streben und Gelenke gebrochen, der ganze untere Teil bot einen so zerfaserten Anblick, dass man sich fragte, wieso das Raumschiff nicht umkippte.

Die größte Herausforderung bei der Reparatur war also, eine defekte Strebe nach der anderen zu reparieren, und zwar in einer Reihenfolge, die das Landebein allmählich *stärkte* und nicht zwischendurch so schwächte, dass es nachgab. Außerdem waren die technischen Möglichkeiten, die den vier Mondfahrern zur Verfügung standen, begrenzt; sie konnten den Stahl (es handelte sich um sogenannten *Molverdin*-Stahl, eine erst zwei Jahre zuvor entwickelte Legierung; damals einer der widerstandsfähigsten Werkstoffe, die es gab, und aufgrund seines Festigkeits-Gewichts-Verhältnisses besonders für stark belastete Bauteile in der Luft- und Raumfahrt geeignet) mit einiger Mühe bearbeiten, das heißt schweißen und umformen, aber vor den defekten Gelenken mussten sie kapitulieren.

Es waren in erster Linie Reginald Bull und Clark Flipper, die sich bei diesen Arbeiten hervortaten, der Pragmatiker und der Mathematiker also. Immer wieder standen sie vor dem zerfledderten Stützbein und diskutierten, welche Strebe durch welche ersetzt werden konnte, damit sich das Ganze später trotzdem wenigstens halbwegs einfalten lassen würde, auch wenn man einige Gelenke durch simple Schweißverbindungen (die bei Molverdin so simpel gar nicht waren) ersetzte.

Sie hatten für die Reparatur sechs Tage veranschlagt, schafften es aber in fünf und brachten den sechsten Tag damit zu, das Mondfahrzeug, ein panzerähnlich aussehendes Gefährt mit abdunkelbarer Stahlplastikkuppel und schmaler Ladefläche, auszuladen und auszurüsten, unter anderem mit Waffen: Sie hatten sogenannte Rak-Werfer dabei, Maschinenpistolen, die Explosivgeschosse in der Art winziger Raketen abfeuern konnten.

Rhodan bestimmte, dass er und Bull zur Mondvorderseite aufbrechen würden, während Flipper und Manoli zurückblieben. Sie führten Vorräte an Sauerstoff, Wasser und Lebensmittel für 21 Tage mit. Captain Flipper erhielt den ausdrücklichen Befehl – zur Sicherheit auch schriftlich –, nach eigenem Ermessen zu starten und den Rückflug zur Erde anzutreten, sollten Rhodan und Bull nicht nach spätestens achtzehn Tagen zurück sein.

Das mag nach reichlich Zeit klingen, doch es gilt zu bedenken, dass sie sich in einer relativ gebirgigen Gegend befanden, in der an ein geradliniges Vorankommen nicht zu denken war. Sie mussten allzu steilen Hängen, Kratern und sonstigen Vertiefungen aller Art ausweichen, Hindernisse umfahren und öfters auch einmal kehrtmachen, wenn es auf dem eingeschlagenen Kurs kein Weiterkommen mehr gab.

Rhodan übernahm das Steuer, Bull die Navigation. Sie legten ein hohes Tempo vor und schliefen unterwegs so wenig wie möglich. Trotzdem kamen sie nur langsam voran. (Später hat man die Strecke rekonstruiert, die sie gefahren sind – die Spuren ihrer Raupenketten waren noch nach Jahrzehnten zu erkennen –, und die entsprechende Karte war lange ein beliebtestes Souvenir für Mondtouristen. Heute ist eine solche Karte eine Antiquität, denn inzwischen tragen viele der Krater, Bergrücken und Mare andere Namen als damals.)

Nach rund dreißig Stunden Fahrt erreichten sie die Grenze zwischen Vorder- und Rückseite des Mondes. Man schrieb den 27. Juni 1971. Die Erde hing vor ihnen, dicht über dem Mondhorizont.

Rhodan steuerte das Mondfahrzeug auf ein erhöht liegendes Felsplateau und hielt an. Sie erinnern sich beide, dass sie von einem Gefühl von Dringlichkeit erfüllt waren, als sie die Parabolantenne ausfuhren und auf die Erde ausrichteten. Die Funkanlage ihres Fahrzeugs war leistungsfähig genug, um die Erde zu erreichen, wo zweifellos alle verfügbaren Empfangsantennen auf den Mond gerichtet standen, trotzdem schien es ihnen wichtig, ihre Funkleistung in einem Richtstrahl zu bündeln.

Dann schalteten sie das Funkgerät ein. Rhodan begann zu sprechen, eine ganz normale Meldung: »Major Perry Rhodan, Kommandant der STARDUST-Expedition, ruft Nevada Fields Bodenkontrolle – bitte kommen!«

Es war ihm natürlich klar, dass Nevada Fields nicht sofort antworten konnte, denn es würde ja allein wenigstens eine Sekunde dauern, bis ihr Funksignal die Erde erreicht hatte. Trotzdem wiederholte er seinen Ruf sofort, weil der Ruf an sich schon ihre wichtigste Botschaft war, besagte er doch: *Wir leben noch!*

Doch kaum hatte er zur Wiederholung angesetzt, erstrahlte wie aus dem Nichts ein intensives, grünlich fluoreszierendes Licht über ihnen. Ihre Antenne verschwand, löste sich einfach auf. Die Energie aus dem voll aufgedrehten Reaktor des Mondfahrzeugs, die nun keinen Auslass mehr hatte, tobte sich im Funkgerät selbst aus, das im gleichen Moment zu schmoren und zu brennen begann und die ganze Kabine im Nu mit giftigen Dämpfen füllte.

Wieder war es Rhodan, der blitzschnell die Stromversorgung unterbrach, seinen eigenen Helm schloss und dann dem Helm Bulls einen Schlag versetzte, dass ihm dieser über dem Kopf nach vorn zuklappte, stark genug, um sich automatisch zu verriegeln und die Sauerstoffversorgung zu aktivieren.

Im selben Moment war alles schon vorbei, das grünliche Leuchten verschwunden wie nie gewesen. Nur das Funkgerät kokelte und dampfte noch, bis Rhodan die Flammen mit dem Trockenschaum aus dem Bordfeuerlöscher erstickte. Anschließend ließ er die Klimaanlage die vergiftete Luft aus der Kabine absaugen und durch frische ersetzen. (Eine Vorrichtung, um die Kabinenluft schlagartig einfach abzulassen – was ein Vakuum hergestellt und die Flammen natürlich ebenfalls sofort erstickt hätte –, gab es im Mondfahrzeug aus Sicherheitsgründen nicht.)

Die anschließende Diskussion der beiden war naturgemäß heftig. Keiner von ihnen konnte erklären, was das gewesen war (heute wüsste es jedes Kind: ein Desintegratorstrahl), aber sie waren sich einig, dass die Theorie, es hier mit einer neuartigen Waffe der Asiatischen Föderation zu tun hatten, extrem unwahrscheinlich schien: Falls die Chinesen wirklich eine solche Waffe entwickelt hatten, würden sie sie nicht ausgerechnet auf dem Mond zum ersten Mal vorführen.

Die beiden Männer vermieden es aber gleichzeitig, darüber zu diskutieren, was es bedeutete, wenn *nicht* die Chinesen hinter diesem Anschlag steckten.

Rhodan sah jedenfalls seinen Verdacht bestätigt, dass irgendjemand es darauf anlegte, sie zu Gefangenen des Mondes zu machen. Wer sie nicht einmal funken ließ, argumentierte er, der würde sie erst recht nicht wieder starten lassen.

Was sollten sie nun also tun? Rhodan wartete mit einem simplen Plan auf: »Hinfahren, nachsehen und notfalls den Finger schneller krümmen als der Gegner.« Es gab, argumentierte er, keinen anderen Weg. Unternahmen sie nichts, würde ihnen in einigen Wochen der Sauerstoff ausgehen. Versuchten sie zu starten, würde das grüne Leuchten vermutlich die STARDUST zerstören. Also blieb nur die Konfrontation.

Eine Weile erörterten sie, wie hoch die Chancen sein mochten, sich auf dem Verhandlungsweg zu einigen. Wie wir wissen, entspricht es Rhodans Naturell, Konflikte nach Möglichkeit friedlich zu lösen, doch in diesem Fall sah er nicht, wie das gehen sollte, dazu erschien ihm das Verhalten des unbekannten Gegners zu unlogisch: Warum ließ man sie nicht funken? Die ganze Welt wusste, dass die STARDUST den Mond erreicht hatte; was sollte es also, ihnen die Kommunikation abzuschneiden? Das war das Verhalten von Irrsinnigen, und mit Irrsinnigen zu verhandeln war selber irrsinnig.

Schließlich zückte Bull die Mondkarte, nach der sie sich orientierten, und skizzierte einen Weg von ihrer momentanen Position bis zu dem Punkt, den sie auf ihrem bisherigen Kurs sorgfältig gemieden und umfahren hatten: die Position des unbekannten Störsenders, die Flipper anhand der Aufzeichnungen ermittelt hatte. Es würde etwa acht Stunden dauern, bis sie da waren, schätzte Bull.

»Erst schlafen wir acht Stunden«, befahl Rhodan. »Und dann rasieren wir uns sorgfältig. Ich will nicht, dass wir aussehen wie Wilde.«

Er ahnte also schon, womit sie es zu tun bekommen würden, auch ohne dass sie darüber gesprochen hatten.

Bull muss es zweifellos ebenfalls geahnt haben, doch er war noch nicht so weit, sich den Schlussfolgerungen zu stellen. Was das solle mit dem Rasieren, protestierte er.

Worauf Rhodan eine Bemerkung machte, die später berühmt werden sollte: »Asiaten haben nicht unseren starken Bartwuchs. Sie könnten sich daran stören.«

Nach diesen rätselhaften Worten verdunkelte er die Sichtkuppel, und sie machten sich daran, ihr Schlaflager zu bereiten.

Das Innere des Mondfahrzeugs bot naturgemäß nicht sonderlich viel Komfort. Aber die geringe Schwerkraft des Mondes, die Tatsache, dass sie nur zu zweit waren anstatt zu viert, wie es maximal möglich gewesen wäre, und die gute Klimaanlage wirkten doch zusammen, um ihnen acht Stunden einigermaßen erholsamen Schlafes zu verschaffen, ehe der Wecker ging.

Draußen war es immer noch hell, und es würde auch hell bleiben, denn sie befanden sich in der Nähe jener Formation, die man *Berge des Ewigen Lichts* nennt, weil sie so gut wie immer im Sonnenlicht liegen. Auf der Datumsanzeige der Borduhr stand Montag, 28. Juni 1971.

Sie rasierten sich gründlich, wie es Rhodan angeordnet hatte, nahmen ein ausgiebiges Frühstück zu sich und brachen auf. Unterwegs redeten sie nicht viel. Bull hatte die Mondkarte auf den Knien und das Fernglas in Händen, glich die sichtbare Umgebung mit der Karte ab und sagte gelegentlich Sätze wie: »Besser rechts herum« oder: »Dieser Abhang da sieht gut aus«. Auch Rhodan war schweigsam, wollte nur ab und zu die verbleibende Distanz zum Ziel wissen.

Sie hatten den Pol wieder hinter sich gelassen, fuhren zurück auf die erdabgewandte Seite des Mondes. Nach etwa 30 Kilometern zeigten die Infrarotsensoren unerwartete Werte an: Offenbar gab es irgendwo vor ihnen eine starke Wärmequelle. Und je mehr Peilungen sie machten, desto mehr sah es aus, als befände sich diese Wärmequelle mitten in dem Gebiet, in dem Flipper den Störsender lokalisiert hatte.

Zwischen ihnen und dem Ziel erhob sich der bis zu 600 Meter hohe Ringwall eines Kraters, der von der Erde aus nie zu sehen war. Es schien, als befände sich der bewusste Punkt im Inneren des Kraters.

Da nicht daran zu denken war, den steilen Wall zu erklimmen, weder mit noch ohne das Mondfahrzeug, suchten Rhodan und Bull einen Weg darum herum. Es gibt viele Mondkrater, deren Ringwälle nicht rundherum geschlossen sind, sei es, dass der Einschlag des verursachenden Asteroiden schräg erfolgt ist, sei es, dass ein kleinerer Asteroid den Ringwall getroffen und durchschlagen hat. Sie hofften, dass sie es hier mit so einem Fall zu tun haben würden. Rhodan äußerte den Gedanken, dass eine Mondexpedition schließlich schlecht beraten sei, an einem Ort zu landen, den man danach nicht für Exkursionen verlassen konnte; sie vertieften das Thema aber nicht.

Nach einer Weile entdeckten sie weiter nördlich tatsächlich eine breite Bresche in dem Wall, der das Zielgebiet umgab. Rhodan hielt an, und Bull meinte sofort: »Gute Idee.« Eine der vielen Situationen, in denen die beiden Männer einander wortlos verstanden: Es war zweifellos ratsam, nicht gleich mit einem dicken, lauten, glitzernden Fahrzeug einzufahren, sondern erst einmal vorsichtig um die Ecke zu spähen.

Sie schlossen die Raumanzüge. Jeder nahm einen Rak-Werfer, dann stiegen sie aus. Die Funkanlagen auf minimale Leistung gestellt und sich vorwiegend mit Gesten verständigend, stapften sie zwischen Felsbrocken und dem zerklüfteten Abhang vorsichtig weiter, auf die Bresche zu.

Es wurde eine ziemliche Klettertour, die sich nur dank der niedrigen Mondschwerkraft bewältigen ließ. Nach ungefähr einer halben Stunde waren sie hinter dem letzten Hindernis angelangt, das zwischen ihnen und dem Punkt lag, der Bulls tragbares Messgerät ausschlagen ließ. Sie überprüften noch einmal ihre Waffen, nickten einander schweigend zu und schoben sich dann um den Felsen herum.

Und sahen etwas, das zu begreifen sich ihre Gehirne weigerten.

12

Ihre Augen sahen es. Aber Augen sind nur Sinnesorgane, um die optische Wahrnehmung der Umwelt in elektrische Impulse zu verwandeln und entlang von Nervenbahnen ins Gehirn zu leiten, dessen Aufgabe es ist, diese Impulse zu interpretieren, also: zu *sehen*.

Und ihre Gehirne verweigerten den Dienst. Streikten. Versagten. Drehten durch.

Reginald Bull erlitt eine Art Zusammenbruch. Er erinnert sich, dass er plötzlich auf allen vieren am Boden lag, irre lallend und von dem Gefühl erfüllt, sich am Mond *festhalten* zu müssen, um nicht ins All abgetrieben zu werden, aber er weiß nicht mehr, wie er dorthin gelangt ist.

Perry Rhodan hatte sich instinktiv in Deckung geworfen, um nicht mehr sehen zu müssen, was er gesehen hatte, und kämpfte minutenlang um seine Beherrschung. Er war ein Sofortumschalter, doch auch diese Gabe hatte ihre Grenzen.

Während die beiden also um Fassung ringen, möchte ich noch einmal darauf zu sprechen zu kommen, was einen Sofortumschalter im tiefsten Grunde ausmacht. Dass eine enorme, ja, schier übermenschlich scheinende Reaktionsgeschwindigkeit dazugehört, haben wir mehrfach erwähnt. Dass sie darauf beruht, so meine Theorie, dass der Sofortumschalter einen direkteren, unverstellteren Zugang als andere zu etwas hat, das wir mangels besserer Begriffe »die Wirklichkeit« nennen, war ebenfalls schon Thema. Doch nun, da die beiden Männer mit einem Sachverhalt konfrontiert sind, der ihre bisherige Weltsicht aufs Äußerste herausfordert, ja, geradezu auf den Kopf stellt, macht sich ein Aspekt bemerkbar, den zu erwähnen sich bislang noch nicht Gelegenheit geboten hat, obwohl er ganz wesentlich ist, sozusagen die Grundlage aller anderen Aspekte dieser geheimnisvollen Gabe darstellt – nämlich die Fähigkeit, die Gegebenheiten einer Situation zu *akzeptieren.* Es ist das Akzeptieren-Können dessen, was ist, aus dem alles Weitere folgt: die Wahrnehmung der Situation in all ihren Einzelheiten, die wiederum Grundlage für zielführende Pläne sind, die wiederum Grundlage für adäquates Handeln sind.

Auch in dieser Situation, in diesem *Moment des Jahrhunderts,* wie es der amerikanische Schriftsteller Norman Mailer später nannte (in seinem 1974 erschienenen Roman *Die Tür auf dem Mond*, dem ersten literarischen Werk, das die Ereignisse auf dem Erdtrabanten zum Thema hatte), war es Rhodan, der als Erster wieder zielgerichtet zu handeln imstande war. Er richtete sich auf, packte Bull und zog ihn zu sich in die Deckung eines Felsblocks. Er schüttelte den Freund, bis er halbwegs zu sich kam, redete beruhigend auf ihn ein, nicht die Nerven zu verlieren; wenn das grüne Leuchten nach ihren Antennen greifen sollte, würde es vorbei sein.

Bull brauchte länger, deutlich länger. Keuchend und schwitzend saß er da, die Scheibe seines Helms von innen beschlagen, die Lüftung auf Hochtouren laufend.

Rhodan ließ ihm die Zeit, die er brauchte. Er stand auf, spähte erneut hinter dem Felsen hervor, setzte sich dem Anblick von vorhin von neuem aus, bewusst diesmal, innerlich gefasster. Was sah er? Eine gigantische Kugel aus einem Metall, das größtenteils dunkel glänzte und nur oben, wenn man den Kopf in den Nacken legte, ganz weit oben einen blaßrosa Schimmer zeigte. Die Kugel war fugenlos glatt, wies keine Vorsprünge, keine Aufbauten, keine Öffnungen auf, nur einen wulstigen Ring rings um den Äquator. Das Ganze stand auf ringförmig angeordneten Landebeinen, die aus dem unteren Drittel des Kugelkörpers ausgefahren worden waren.

Es war ein unwirklicher Anblick, ein Bild wie aus einem wilden Traum, doch Rhodan war imstande zu begreifen, dass dies die Wirklichkeit war, eine unwiderlegbare, alle Vorstellungen und Erwartungen sprengende Wirklichkeit, und dass damit nichts mehr so war wie zuvor.

»Du hast es gewusst«, hörte er Bull im Helmfunk flüstern. »Schon seit Stunden weißt du es, nicht wahr? Deshalb wolltest du, dass wir uns rasieren. Du hast es gewusst …«

»Beruhige dich«, sagte Rhodan, überlegte, ob es wirklich ein Risiko war, sich per Funk zu unterhalten, und kam zu dem Schluss, dass es wahrscheinlich keine Rolle spielte. »Ich hab es nicht gewusst, ich habe höchstens … sagen wir, mit einer *Vorstellung* gespielt. Dass und wie sie sich als Wirklichkeit herausgestellt hat, hat mich genauso umgeworfen wie dich.«

»Es ist ein Raumschiff«, stellte Bull das Offensichtliche fest. In dieser Situation war es notwendig, das Offensichtliche festzustellen, Worte zu sprechen, die das Unfassbare in vertraute Begriffe verpackten. »Es ist ein Raumschiff. Aber keins, das in Asien gebaut worden ist.«

»Nein«, sagte Rhodan.

»Es stammt überhaupt nicht von der Erde.«

»Nein.«

Er hörte Bull geräuschvoll einatmen, ein zitterndes Luftholen, gefolgt von einem hilflosen Kichern.

»Der Gedanke kam mir, als das grüne Leuchten unsere Parabolantenne hat verschwinden lassen«, erzählte Rhodan. »Niemand hätte ein solches Kraftfeld aufbauen, einen solchen Strahl senden können – kein *Mensch* jedenfalls.« Er musterte seinen Begleiter, der die Hände an den Helm gelegt hatte, als versuche er, sich die Ohren zuzuhalten. »Beruhige dich, Bully. Wir müssen damit fertig werden. Wir haben keine andere Wahl.«

Bull stand auf, sprang förmlich in die Senkrechte, trat neben Rhodan, doch sein Blick streifte das ungeheure Metallgebilde im Inneren des Kraters nur, um sich dann auf die Bresche in dessen Rand zu richten.

»Sie haben eine Bruchlandung hingelegt«, diagnostizierte er mit einem Hauch von Belustigung, von Befriedigung. »Schau dir das an.

Sie haben den halben Kraterwall abrasiert. Man mag sich gar nicht vorstellen, mit welcher Wucht …« Er hielt inne, starrte nur das fremde Raumschiff an. »Wer sind die? Wie sehen sie aus? Woher kommen sie?« Und mit düsterer Stimme setzte er hinzu: »Und … was *wollen* sie hier?«

»Auf jeden Fall«, stellte Rhodan kühl fest, »wollen sie offenbar verhindern, dass man auf der Erde von ihrer Anwesenheit erfährt. *Deswegen* haben sie uns am Funken gehindert! Wahrscheinlich sind sie davon ausgegangen, dass wir bei unserer … nun ja, *Landung* ihr Raumschiff bemerkt haben.« Er atmete tief durch. »Damit wird das, was uns so irrsinnig vorgekommen ist, auf einmal logisch.«

»Und warum *haben* wir es nicht bemerkt?«, griff Bull den Gedanken auf. »Wir haben den Mond fünfmal von Pol zu Pol umkreist, den Mondsüdpol also fünfmal überflogen, mit voll aktivierten Radartastern!« Er hielt inne, warf Rhodan einen Seitenblick zu. »Wir waren zu hoch, hmm?«

Rhodan nickte. »Nehmen wir an, sie haben eine Abschirmung, die sie vor Wahrnehmung aus der Ferne schützt. Aber vielleicht nicht mehr, wenn eine bestimmte Distanz unterschritten ist. Ich schätze, wir haben sie überflogen, und wenn wir nicht kopfüber geflogen und vor allem damit beschäftigt gewesen wären, nicht abzustürzen, hätten wir wohl einen Blick auf sie erhascht.«

»Da hätten wir aber Augen gemacht.« Bull sah hoch, versuchte, das Gebilde zu erfassen. »Grundgütiger – wie groß ist das Ding? Fünfhundert Meter, mindestens. Es ist fast höher als das Ringgebirge. Wie bringt man eine solche Masse in die Luft? In den Raum? Man könnte wahnsinnig werden bei dem Gedanken an die Maschinen, die die dort drüben haben müssen.«

Leise fügte er hinzu: »Und wir waren so stolz auf unseren kleinen Hüpfer … von der Erde zum Mond … so lächerlich stolz …«

»Und ich bin *immer noch* stolz«, erwiderte Rhodan mit ruhiger Bestimmtheit. »Dieses unfassbare Raumschiff da vorne beweist zunächst nur, dass es *möglich* ist, die Tiefen des Raums zu bereisen – damit sind tausend Zweifel, die uns heute noch behindern, auf einen Schlag weggewischt! *Es ist möglich!* Mich begeistert das eher, als dass es mich bedrückt. Da es möglich ist, werden auch wir Menschen es eines Tages schaffen. Und nun, da wir wissen, *dass* es machbar ist, umso eher!« Er wandte sich Bull zu. »Aber was das Raumschiff *nicht* beweist, ist, dass seine Insassen zwangsläufig wesentlich intelligenter sind als wir – so wenig, wie der Besitz eines Fernsehapparats beweist, dass du intelligenter bist als ein Indio vom Amazonas, der keinen besitzt! Das, was wir *wissen* – und eine Maschine ist nichts anderes als Materie gewordenes Wissen –, ist das Erbe vorangegangener Generationen; der größte Teil davon fällt einem einfach in den Schoß. Genauso wird es bei denen da vorne auch sein. Und wenn ich mir anschaue, wie die gelandet sind …«

Die Akzeptanz, die Rhodan ausstrahlte, strahlte auch auf Bull aus: ein Effekt, den im Lauf der Zeit viele Leute beschrieben haben, die mit Perry Rhodan zusammengearbeitet oder mit ihm einen Einsatz unternommen haben (wenn auch in den unterschiedlichsten Worten und selten so, wie ich es hier analysiere) und ihn in der Regel als ebenso wohltuend wie hilfreich für sich und den Erfolg der Gruppe erlebt haben. Vermutlich ist das einer der Gründe, warum Rhodan die Führungsrolle meist wie von selbst zufällt: weil er immer der Erste ist, der eine veränderte Situation vollumfänglich zu akzeptieren imstande ist.

Bull blinzelte, schien wieder zu sich zu kommen. »Du hast recht«, sagte er. »Die Bruchlandung macht sie fast menschlich.«

Bemerkenswert ist, dass die beiden kaum ein Wort darüber verloren, es hier mit dem Beweis der Existenz fremden intelligenten Lebens zu tun zu haben. Dass solches Leben irgendwo, weit entfernt in den Tiefen des Alls, existierte, davon waren fast alle Astronauten überzeugt, wie eigentlich die meisten, die in der Raumfahrt arbeiteten, und kaum jemand von ihnen hätte daran gezweifelt, dass man ihnen dereinst begegnen würde.

Das, was Rhodan und Bull so überwältigt hatte, war, ihnen *hier* zu begegnen, *jetzt* schon und so nahe bei der Erde. Darauf waren sie nicht gefasst gewesen.

»Trotzdem wär mir wohler, wenn das da vorne nur eine mickrige Rakete der Asiatischen Föderation wäre«, murrte Bull. Er atmete hörbar tief durch. »Okay, Kommandant – was jetzt? Ich muss gestehen, je mehr der Schreck nachlässt, desto neugieriger werde ich.«

»Ich auch«, sagte Rhodan. »Und deshalb werde ich mir die Sache einfach mal aus der Nähe ansehen.«

Damit stand er auf und trat, ohne Deckung und in voller Größe, hinter dem Felsblock hervor.

»Bist du *wahnsinnig?*«, rief Bull.

»Nein, da kann ich dich beruhigen«, erwiderte Rhodan gelassen. »Ich sehe nur unsere Lage völlig klar. Wir kommen hier nicht mehr weg, wenn diese Herrschaften da drüben es nicht wollen. Selbst wenn Pounder alle Hebel in Bewegung setzen sollte und noch dazu auf Volltouren und es schafft, die STARDUST II rechtzeitig loszuschicken, wird es Freyt und den anderen genauso ergehen wie uns. Also bleibt nur zu verhandeln. Oder zumindest unsere Neugier zu befriedigen.«

In dem Moment, in dem er das sagte, hörten sie jemanden lachen, ganz kurz nur und ganz leise, aber eindeutig eine dritte Stimme.

Bull war im selben Moment aufgesprungen, hatte die Waffe im Anschlag. »Hast du das gehört? Da ist jemand auf unserer Frequenz!«

Rhodan hob die Hände. Seine Waffe hing locker über dem Rückenteil seines Raumanzugs. »Na und? Was hast du denn gedacht? Natürlich hören sie mit. Deswegen habe ich ja auch dieses ausgedehnte Hörspiel mit philosophischen Dialogen aufgeführt. Sie wissen, dass wir mit dem Helmfunk keine Chance haben, die Erde zu erreichen, andernfalls hätten sie den längst auch zerstört. Sie wollen uns also offenbar nicht unbedingt ans Leben. Sonst hätten sie ja gleich das ganze Fahrzeug zerstrahlen können, nicht nur unsere Parabolantenne.«

Man beachte hier Rhodans Bemerkung (die er tatsächlich gemacht hat, das ist dokumentiert), das ausgedehnte Gespräch mit Bull bewusst im Hinblick darauf geführt zu haben, dass die fremden Lebewesen ihren Austausch höchstwahrscheinlich mithörten: Er hatte also nicht nur die Situation akzeptiert, hier auf intelligente Extraterrestrier gestoßen zu sein, sondern überdies auch sofort den Plan verfolgt, sie für sich einzunehmen, indem er seinerseits Intelligenz und Selbstbewusstsein demonstrierte.

Er machte eine einladende Geste. »Also, komm. Gehen wir sie höflich begrüßen.«

Bull ließ die Waffe immer noch nicht sinken. »Du kannst ja gehen«, meinte er widerborstig. »Ich für meinen Teil hab keine Lust, intelligenten Tintenfischen in die Fangarme zu laufen.«

»Du hast zu viele schlechte Filme gesehen«, erwiderte Rhodan. »Ich glaube kaum, dass tintenfischähnliche Lebewesen jemals Raumschiffe bauen werden.« (Aus welcher Überlegung er diesen Gedanken herleitete, ist unklar. Die Zukunft sollte jedenfalls zeigen, dass es derlei Zusammenhänge nicht gibt; es betreiben Wesen Raumfahrt, die körperlich weitaus exotischer gestaltet sind als Tintenfische. Vermutlich zielte seine Bemerkung einfach darauf ab, Bull zu beruhigen.) »Wir haben es mit intelligenten Fremden zu tun, nicht mit Monstern. Und – wir haben keine andere Wahl, möchte ich meinen.«

Bull schnaubte mehrmals, hörbar verstört. »Es widerstrebt mir, verstehst du? Es widerstrebt mir instinktiv.«

»Das verstehe ich gut. Die Scheu, sich ins Unbekannte zu begeben, ist zweifellos ein Instinkt, der dem Überleben unserer Art sehr nützlich war. Aber wir müssen auch imstande sein, über diesen Instinkt hinwegzugehen, wenn die Situation es erfordert.« Rhodan hob erneut die Hände. »Ich überlasse es dir, ob du mir folgen willst oder nicht. Ich erteile dir keinen Befehl in dieser Angelegenheit.«

Damit wandte er sich um und ging auf das fremde Raumschiff zu, mit weiten, gleichmäßigen, leicht hüpfenden Schritten, der geringen Schwerkraft entsprechend.

Nach einer Weile hörte er Bull rasch atmen, sah eine schattenhafte Bewegung aus den Augenwinkeln, als er den Kopf wandte. Reginald Bull schloss zu ihm auf, ohne ein Wort. Rhodan nickte ihm zu, Bull grinste schief zurück. In seinen Augen flackerte es, aller Selbstbeherrschung zum Trotz.

Sie hatten sich mächtig verschätzt, was die Distanz anbelangte! Das ungeheure Raumschiff war viel weiter entfernt, war *noch* viel größer, als sie gedacht hatten, und je näher sie ihm kamen, desto kolossaler ragte die glatte Kugel mit dem Ringwulst über ihnen auf, beängstigend in ihrer Masse, geradezu überwältigend.

Schließlich erreichten sie den scharfen Schatten, den das Raumschiff warf. Die Landebeine sahen aus der Nähe aus wie stählerne Türme, die auf dem Mondboden standen, auf riesigen, stählernen Tellern, die Felsen unter sich zermahlen und zerquetscht hatten beim Aufsetzen. Die dunkle Wölbung aus Stahl über ihren Köpfen war ein Anblick, der alle Instinkte des menschlichen Körpers dazu aufrief, so schnell wie möglich die Flucht zu ergreifen. Trotzdem gingen sie weiter.

Jetzt, da sie den Äquatorwulst von unten sahen, sahen sie auch die Reihe der gewaltigen Öffnungen darin, hinter denen sich konisch zulaufende Metallgebilde erahnen ließen, dem Triebwerk ihres eigenen Raumschiffs nicht unähnlich, nur viel, viel größer. Der Ring mochte fünfzig oder siebzig Meter über die Kugel hinausreichen; ihre STARDUST hätte mühelos zur Gänze in jede dieser Düsenöffnungen hineingepasst.

Sie gingen noch ein paar Schritte weiter, dann blieben sie stehen. Rhodans Blick glitt an der fugenlos glatten Außenhülle entlang auf der Suche nach etwas, an dem er verharren konnte, während er sich vorzustellen versuchte, was für Diskussionen dahinter wohl gerade stattfanden. Die Fremden hatten zugehört und damit bewiesen, dass sie nicht gänzlich desinteressiert an ihnen waren. Nun war es an ihnen zu entscheiden, wie es weitergehen sollte. Er wappnete sich mit Geduld.

Reginald Bull dagegen, in dessen Wörterbuch der Begriff ›Geduld‹ keine besonders wichtige Rolle spielte, reagierte anders. Er sah nach links, sah nach rechts, scharrte mit den Füßen und sagte schließlich laut und deutlich: »Unter Ihrem Schiff stehen zwei fürchterliche Ungeheuer mit Hunger im Bauch und Durst in der Kehle. Guten Tag auch. Mein Name ist Reginald Bull. Sie waren so freundlich, uns zur Notlandung zu zwingen. Wir kommen mit der Rechnung.«

Normalerweise hätte Rhodan daraufhin gelacht, aber in diesem Moment konnte er es nicht. Seine Kehle war trocken vor Anspannung.

Beide waren sie von Angst erfüllt, von der kreatürlichen Angst vor dem Unbekannten, die sich hier, in der spürbar lebensfeindlichen Umgebung, die der Mond ohnehin für Menschen darstellte, noch potenzierte. Bull hielt seinen Rak-Werfer im Anschlag, mit verkrampften Händen, und als ihm Rhodan deswegen einen mahnenden Blick zuwarf, zuckte er nur mit den Schultern.

Mit derselben schlagartigen Plötzlichkeit, mit der das grüne Leuchten ihre Kommunikation mit der Erde abgeschnitten hatte, erschien über ihnen ein helles, strahlend weißes Licht.

Vor Schreck griff auch Rhodan unwillkürlich zur Waffe; wie von selbst glitt sie in seine Hände, eine Bewegung, die er Tausende Male geübt hatte. Ärgerlich über sich selbst, schob er sie sofort wieder zurück auf seine Schultern und sagte leise: »Weg damit!« Wenn es eines gab, zu dem er fest entschlossen war, koste es, was es wolle, dann dazu, die erste Begegnung von Menschen mit Extraterrestriern nicht mit einer Waffe in der Hand stattfinden zu lassen.

Er sah hinauf. Nahe dem unteren Pol der Kugel, gute dreißig Meter über ihren Köpfen, war eine rechteckige, helle Öffnung entstanden, aus der sich ihnen nun etwas entgegenschob: eine schlanke, elegante Rampe, die einige Schritte vor ihnen auf dem Mondboden aufsetzte.

Es war eine Einladung.

Die Tür auf dem Mond stand offen.

ZWISCHENSPIEL (7)

November 1971 – London, Gefängnis Pentonville

Wenn man im Gefängnis lebt, bekommt man vom Lauf der Jahreszeiten so gut wie nichts mit, und das ist wahrscheinlich auch ganz gut so. Das Licht, das durch enge, vergitterte Fenster fällt oder durch matte, schmutzige Oberlichter auf einen herabrieselt, ist manchmal heller und manchmal dunkler; die Luft beim Freigang im Hof mal wärmer, mal kälter – das ist alles.

Im November war das Licht meist besonders grau und besonders düster, des Nebels wegen, der in den Straßen hing oder gar die ganze Stadt einhüllte. Inzwischen lag es schon an die vier Monate zurück, dass die Welt *nicht* untergegangen war, und es hatte etwas Enttäuschendes, dass trotzdem alles so weiterging wie zuvor. Da hüpfte die Menschheit als Ganzes dem schon sicher geglaubten Tod noch einmal von der Schippe – und *nichts* änderte sich?

Doch es hatte sich etwas verändert. Viel sogar. Nur waren es bis jetzt Veränderungen unter der Oberfläche, hinter den Kulissen, in den Tiefen des kollektiven Seelenlebens; Veränderungen, von denen ich in der Abgeschiedenheit meines Gefängnisdaseins noch nichts mitbekommen hatte. Der Schock des drohenden Atomschlags hatte viele Menschen wachgerüttelt, überall auf der Erde, hatte in ihnen die Überzeugung geweckt, dass es so wie bisher nicht weitergehen konnte. Dass ein neues Zeitalter anbrechen musste.

Dann kam ein Tag, der nicht so verlief wie alle übrigen Tage. Als wir vom nachmittäglichen Hofgang zurückkamen, winkte mich einer der Wärter heraus: Ich solle zum Direktor kommen. Sofort.

Das war eine aufwendige Prozedur, bei der es mehrere Gitterschleusen zu passieren galt, wobei ich jeweils von einem Wärter an den nächsten übergeben und von dem neuen dann durchsucht wurde, ehe es weiterging. Aber schließlich führte man mich ins Arbeitszimmer von Governor Brian Williams, wo ich einen Stuhl vor dessen mächtigen Schreibtisch angeboten bekam und mich gehorsam setzte, neugierig, worum es gehen mochte. Der Wärter blieb wachsam schräg hinter mir stehen.

Der Governor hatte in einer Akte gelesen, während ich hereingebracht wurde, und nicht aufgesehen. Das tat er jetzt. Er musterte mich missmutig und sagte schließlich: »Adams – ich habe hier eine Anweisung aus dem Innenministerium, Sie vorzeitig zu entlassen.«

»Sir?«, sagte ich verwundert, und zur Verwunderung hatte ich Anlass. Seit Januar hatte ich zwei Drittel meiner Strafe verbüßt, ein Zeitpunkt, ab dem die britische Justiz über eine Begnadigung nachzudenken gewillt war, vorausgesetzt, man reichte einen entsprechenden Antrag spätestens sechzig Tage vorher ein, was ich selbstredend getan hatte.

Der Bescheid, der mir einen Tag vor Weihnachten zugestellt worden war, hatte nur aus einem einzigen Wort bestanden: *Abgelehnt*.

»Ich versteh's auch nicht«, knurrte der Governor. »Aber die Anweisung ist korrekt, ich hab nachgefragt. Und hier steht *unverzüglich*. Mit anderen Worten: Heute noch.«

»Das kommt … überraschend«, gestand ich.

»Haben Sie jemanden, der Sie abholen kann?«, fragte der Governor im selben Moment, in dem er meine Karteikarte in die Finger bekam und sah, dass darauf keine Kontaktpersonen eingetragen waren. »Aha. Na, falls Ihnen noch jemand einfällt, sagen Sie's denen an der Pforte.«

»Jawohl, Sir.«

Er füllte ein Formular aus, versah es mit seiner Unterschrift und einem Stempel, dann reichte er es dem Wärter. Zu mir sagte er: »Also, Adams – packen Sie Ihre Sachen und kommen Sie nicht wieder. Wir brauchen den Platz für schlimmere Jungs, als Sie einer sind.«

Ich wurde zurück in den Gefängnisbereich geschleust, diesmal begleitet von besagtem Formular, dessen Anblick bei allen, die es in die Hand bekamen, sichtliches Erstaunen auslöste. Zum Schluss landete ich bei dem neuen Wärter, Mister Washington, der mich nun in meine Zelle und danach bis zum Ausgang zu begleiten hatte.

Aus meiner Zelle hatte ich nicht viel mitzunehmen. Zwei kleine Notizbücher, in denen ich hin und wieder einige Gedanken festgehalten hatte, eine Taschenuhr, die einmal meinem Vater gehört hatte, und die Zahnbürste, für alle Fälle.

Für ausführliches Verabschieden war weder Zeit, noch hatte ich das Bedürfnis dazu; der Einzige, dem ich Lebewohl sagte, war Crazy Bruce. Dann ging es wieder durch Gittertüren, andere diesmal, zu einer Theke, an der man mir die Sachen aushändigte, die ich am Tag meines Haftantritts hatte abgeben müssen; meine Kleidung von damals vor allem, die inzwischen zweifellos gänzlich aus der Mode war, mir aber immerhin noch passte.

»Was werden Sie jetzt tun, Mister Adams?«, fragte Mister Washington, nachdem ich mich umgezogen hatte.

»Das ist eine gute Frage«, sagte ich. Ich war 39 Jahre alt gewesen, als man mich zu zwanzig Jahren Haft verurteilt hatte, und hatte mich darauf eingestellt, das Gefängnis erst kurz vor dem Rentenalter wieder zu verlassen. Nun war ich erst 53 Jahre alt: Ich würde noch etwas Ernsthaftes mit meinem Leben anfangen müssen.

Ich musterte ihn. Leroy Washington war Mitte dreißig, aber man sah ihm an, dass auch er kein leichtes Leben gehabt hatte. Sein Haar zeigte erste graue Stellen, und in seinem Gesicht gab es ein paar Falten, die von tiefen Sorgen kündeten und wohl nie mehr verschwinden würden.

»Wissen Sie was, Mister Washington?«, sagte ich. »Ich glaube, ich werde versuchen, mich zu Ihrem Freund aus Kindertagen durchzuschlagen. Ich habe so das Gefühl, dass Mister Rhodan in einer Situation ist, in der er Hilfe braucht; die Hilfe von jemandem, der ein bisschen mit Geld umgehen kann.«

»Oh«, machte er und riss die Augen auf. »Denken Sie denn, Sie schaffen das? Ich meine, was man so hört, dürfte es nicht unbedingt leicht sein, bis zu ihm vorzudringen …«

»Mal sehen«, erwiderte ich zuversichtlicher, als vermutlich angebracht gewesen wäre. »Falls ich es schaffe: Soll ich ihm etwas von Ihnen ausrichten?«

»O nein«, rief er erschrocken aus. »Bloß nicht. Bitte.«

»Wieso nicht? Wenn Sie doch so gute Freunde waren …?«

Mister Washington schüttelte betrübt den Kopf. »Es liegt an mir, dass der Kontakt abgerissen ist. Ich hab ihn mal einfach *versetzt*! Und jetzt, wo er weltberühmt ist, der erste Mann auf dem Mond, der Mann, der den Atomkrieg verhindert hat und so weiter, da kann ich nicht plötzlich ankommen und sagen, hallo, weißt du noch? Wie sieht das denn aus? Er wird denken, ich will bloß profitieren, und das … ich will nicht, dass er das von mir denkt.«

»Verstehe«, sagte ich. »Betrachten Sie meine Lippen als versiegelt.«

»Vielleicht schaffen Sie es ja tatsächlich.«

»Vielleicht.«

»Ich wünsch' Ihnen auf jeden Fall alles Gute.«

»Danke«, sagte ich. »Ich Ihnen auch.«

Am anderen Ende des Gangs klapperte ein Schlüsselbund. Auf einmal war da ein mäßig helles Rechteck und der Geruch des Londoner Nebels.

Die Tür zu einem neuen Leben stand offen.

Ich war entschlossen, das Beste daraus zu machen.

STERNENREICH

I

Was mag in diesem Moment in Perry Rhodan vorgegangen sein? Welche Überlegungen, welche Gedanken sind ihm durch den Kopf geschossen? Welche Ängste haben ihn bestürmt? Wir wissen es nicht mit letzter Sicherheit. Wir haben nur seine Erzählungen und die Reginald Bulls, die später die Grundlage für die offizielle Geschichtsschreibung bilden sollten, die Ereignisse dieses historischen Tages betreffend. Aber es ist so eine Sache mit Erzählungen: Man neigt dazu, die Dinge in irgendeiner Form einzufärben, die Ereignisse im Rückblick anders darzustellen, als sie sich tatsächlich abgespielt haben – vielleicht amüsanter, vielleicht dramatischer, vielleicht, indem man bestimmte Aspekte unter den Tisch fallen lässt, damit man selbst besser dasteht …

Wie gesagt, wir wissen es nicht, und womöglich wissen Rhodan und Bull es selber nicht mehr, weil sich auch die Erinnerung an vergangene Momente verändert, wenn man sie oft erzählt, bei Menschen ohne fotografisches Gedächtnis jedenfalls.

Aber wir können uns fragen, wie es *uns* ergangen wäre an ihrer Stelle. Angenommen, wir wären Menschen des 20. Jahrhunderts gewesen, unter Mühen auf dem Mond gelandet, in einer Notlandung, die offenbar durch fremde Einwirkung ausgelöst wurde, wären der Spur dieser Einwirkung gefolgt, uns fragend, ob wirklich eine feindliche irdische Macht dahintersteckt, an die wir aber nicht recht glauben wollen, und hätten plötzlich vor dieser gigantischen Kugel aus Metall gestanden, dieser Manifestation einer unfassbar überlegenen Technik: Was dann?

Unzweifelhaft wäre auch uns in diesem Moment klargeworden, dass wir es mit etwas zu tun haben, das über die sattsam bekannten irdischen Zwiste hinausgeht.

Für uns heutige Zeitgenossen, die wir versuchen, uns in Rhodan und Bull hineinzudenken, gilt es zu bedenken, dass vor diesem Augenblick noch nie ein Mensch Kontakt mit anderem, vergleichbar intelligentem Leben gehabt hatte, jedenfalls nicht wissentlich. Auf der Erde gab es damals außer den Menschen nur halbintelligente Lebewesen – im Wesentlichen Delphine, Elefanten, einige Tintenfischarten und die anderen Primaten –, und von den diversen Besuchern aus dem All in der Vergangenheit wusste damals noch niemand. Der Anblick eines wahren Gebirges aus Stahl, einer Konstruktion von der Masse einer mittleren Vorstadt, die sich unzweifelhaft durch die Abgründe des Weltalls hierherbewegt hatte, *muss* also in Rhodan die Furcht wachgerufen haben, im Vergleich zu den Erbauern zu wirken wie ein Schimpanse im Vergleich zu einem Menschen: gewiss nicht dumm, aber ebenso gewiss nicht in derselben geistigen Liga spielend. Ein Schimpanse eben, für den es schon eine gewaltige mentale Leistung war, herausgefunden zu haben, wie er mittels eines Stabes an eine Banane auf der anderen Seite eines Gitters herankam.

Doch selbst in diesem Fall hätte es keine Alternative gegeben dazu, mit den Fremden Kontakt aufzunehmen und zu versuchen, sie umzustimmen, was ihre Rückkehr zur Erde anbelangte. Nichts zu tun hätte in einigen Wochen ihren sicheren Tod bedeutet, und die Idee, mit den ihnen zur Verfügung stehenden Waffen gegen dieses Gebilde zu kämpfen, war lächerlich. Die einzige Option, die sich vernünftigerweise bot, war der Versuch, eine Verständigung herbeizuführen, egal, wie die Fremden beschaffen sein mochten: dass sie eine solche Technik besaßen, ließ zumindest hoffen, dass sie auch über ein Äquivalent zu dem verfügten, was Menschen als Vernunft betrachteten.

Es hätte noch viele weitere Fragen gegeben, die im Raum standen, zum Beispiel: Wie lange waren die Fremden schon hier? Waren sie es gewesen, die Apollo 8 an der Rückkehr zur Erde gehindert hatten? Weder Rhodan noch Bull stellten diese Frage, aber jeder von ihnen wusste, dass der andere dasselbe dachte, und im Grunde gingen sie davon aus, dass es so gewesen sein musste. Auf einmal, so schien es, ergaben alle Ereignisse der letzten Jahre Sinn.

Nehmen wir also an, dass Perry Rhodan solche oder ähnliche Gedanken im Kopf herumgingen, während er auf das untere Ende der Rampe zutrat. Verlockend leuchtend ruhte sie vor ihm auf dem Mondstaub, und zugleich beängstigend, denn sie war schmal und führte doch in eine Höhe, die der eines zehnstöckigen Hauses entsprach, ohne ein Geländer oder eine sonstige Sicherheitsvorrichtung!

»Eine Einladung«, stellte er fest.

»Oder ein Intelligenztest«, meinte Bull.

Niemand war zu sehen, niemand sprach zu ihnen. Da war nur diese Rampe, von der nicht anzunehmen war, dass sie für alle Zeiten so bleiben würde. Es war eine Einladung zur Kontaktaufnahme. Und da der Versuch einer Kontaktaufnahme die einzige Option war, die sie hatten, tat Rhodan einen entschlossenen Schritt und setzte den Fuß auf das leuchtende Band.

Im nächsten Moment fühlte er sich angehoben. Instinktiv breitete er die Arme aus, um einem Sturz zu begegnen, doch unnötigerweise: Er stürzte nicht, vielmehr glitt er aufwärts wie auf einer Rolltreppe, nur dass seine Schuhe den Untergrund nicht einmal berührten.

Bull folgte ihm, und gleich darauf kamen sie oben an, in einem großen, sehr hell erleuchteten Raum. Das Tor schloss sich hinter ihnen, absolut geräuschlos, dann vernahmen sie das Zischen einströmender Atmosphäre. Gleichzeitig spürten sie, wie sie *schwerer* wurden. Das Raumschiff schien seine eigene Schwerkraft zu erzeugen, die ihnen nun, nach einer reichlichen Woche unter Mondschwerkraft, zu schaffen machte.

»Das glaubt uns kein Mensch«, flüsterte Bull. »Wobei nicht gesagt ist, dass wir je wieder mit einem reden werden. Was jetzt?«

»Verhandeln«, sagte Rhodan. »Unseren Verstand gebrauchen. Was sonst?«

Das Zischen verstummte, ihre Raumanzüge verloren ihre unangenehme Steife, die davon herrührte, dass der Innendruck sie im Vakuum aufblähte. Trotzdem durften sie nicht auf gut Glück die Helme öffnen, denn sie hatten keine Möglichkeit festzustellen, ob das Gasgemisch, in dem sie sich befanden, für Menschen atembar war. Womöglich, dachte Rhodan, war auch das ein Intelligenztest.

Bull dachte ebenfalls nicht daran, den Helm einfach zu öffnen. Immerhin hatte er die Waffe nach hinten über die Schulter gelegt, und er beschäftigte sich damit, die Umgebung einzuschätzen. »Eine Schleuse, genau so, wie wir sie auch bauen würden. Das heißt, es müsste sich ... ah!«

Auf der gegenüberliegenden Seite öffnete sich lautlos ein ebenso großes Tor wie das, durch das sie ins Schiff gekommen waren.

»So anders ist das alles gar nicht«, stellte Bull fest.

»Ähnliche Probleme werden überall im Universum zu grundsätzlich ähnlichen Lösungen führen«, meinte Rhodan. »Komm. Suchen wir nach den Unterschieden.«

Sie traten durch das Innentor in einen hohen Gang mit gewölbter Decke, der zu einem Schacht führte, in dem die Luft zu fluoreszieren schien. Die Wände glänzten perlmuttfarben und völlig kahl, der Boden war von einem stumpfen Weiß, und woher das grelle weiße Licht kam, war nicht auszumachen.

Ansonsten wirkte das Raumschiff wie ausgestorben.

Nach drei Schritten ertönte eine Stimme in ihren Kopfhörern, die in völlig akzentfreiem Englisch sagte: »Sie können Ihre Schutzanzüge öffnen. Die Luft ist für Sie atembar.«

Die Stimme, die klang wie die eines erstklassigen BBC-Sprechers, dirigierte sie durch das Raumschiff, ein Weg, der für die beiden Risikopiloten ein Abenteuer für sich darstellte.

Heute ist uns allen geläufig, wie ein Kugelraumer prinzipiell aufgebaut ist, aber Rhodan und Bull wussten es damals, im Jahr 1971 alter Zeitrechnung, natürlich noch nicht. Insbesondere wussten sie nicht, was es mit dem Schacht auf sich hatte, in dem die Luft so geheimnisvoll flimmerte. (Das Flimmern hatte keine technische Bedeutung, sondern diente nur als optisches Signal für den Benutzer. Wir folgen heutzutage derselben Logik, indem wir solche Schächte in einer bestimmten Farbe ausleuchten, in diesem sehr hellen, charakteristischen Blau, das wohl jeder kennt.) Als sie ihn erreichten, streckte Rhodan erst einmal vorsichtig die Hand hinein. Es fühlte sich seltsam an, aber er vermochte im ersten Moment nicht zu sagen, woran das lag.

»Was Sie vor sich sehen, ist ein Antigravschacht«, erklärte ihnen die warme, wohlklingende Stimme. »Er durchzieht das Raumschiff entlang seiner Achse von Pol zu Pol und stellt das Hauptfortbewegungsmittel zwischen den einzelnen Schiffsebenen dar. Als Raumfahrer dürften Sie mit Schwerelosigkeit kein Problem haben. Treten Sie hinein und stoßen Sie sich so ab, dass Sie sich aufwärtsbewegen. Ich werde Ihnen rechtzeitig sagen, in welcher Ebene Sie den Schacht verlassen sollen.«

Die beiden Männer musterten einander.

»Ein Test«, sagte Rhodan, sehr leise. Dass der Unbekannte sie sah, war offenkundig, dass er mithörte, was sie sprachen, stand zu vermuten – aber vielleicht hörte er nicht *alles*.

Bull verzog das Gesicht. »Ich habe Tests allmählich über.«

Sie streckten die Köpfe hinein und schauten sich die Sache erst einmal an.

An dieser Stelle gilt es, sich vor Augen zu halten, dass die Benutzung eines Antigravschachts, wie er heute in allen Lebensbereichen gang und gäbe ist, eine Kulturtechnik darstellt, die erlernt werden muss. Das mag seltsam klingen angesichts dessen, dass es eines der größten Probleme beim Betrieb eines öffentlich zugänglichen Antigravschachts ist, kleine Kinder davon abzuhalten, ihn als Lieblingsspielplatz zu benutzen (ein grundsätzlich unlösbares Problem), aber es stimmt nichtsdestotrotz: Schwerelosigkeit ist ein Phänomen, mit dem ein planetengebundenes Lebewesen in der freien Natur nie konfrontiert wird, im Gegenteil, die Gravitation ist ständig präsent, und die damit verbundenen Gefahren, vor allem die, aus großer Höhe zu Tode zu stürzen, Gegenstand zahlreicher instinktiver Reaktionen. Es bedarf eines Lernprozesses, um den Körper daran zu gewöhnen, in der Schwerelosigkeit keine Höhenangst zu empfinden, ein Lernprozess, den man am besten in den ersten Lebensjahren an der Hand seiner Mutter vollzieht.

Und nun stellen wir uns vor, wie die beiden Männer in einen Schacht spähten, der unter ihnen nach etwa zehn Metern in einer Bodenplatte endete, über ihnen aber Hunderte von Metern in die Höhe reichte! Sich darin nach oben zu bewegen und darauf zu vertrauen, dass die

Schwerkraft nicht plötzlich wieder einsetzen und sie abstürzen lassen würde, muss eine absolut gewöhnungsbedürftige Vorstellung für sie gewesen sein.

»Neben jedem Ausstieg ist ein großer Haltegriff«, stellte Rhodan fest. »Wir können uns von einem zum jeweils darüberliegenden hangeln. Dann haben wir im Notfall zumindest eine Chance.«

Bull ächzte. »Das glaubt uns *kein* Mensch«, wiederholte er. »Das werd' ich mir später wahrscheinlich selber nicht mehr glauben.«

Rhodan packte den Griff neben dem Einstieg, stieg in den Schacht hinein und stieß sich dann ab, in die Höhe, um gleich darauf den Griff des Ausstiegs unmittelbar darüber zu fassen. Jenseits der Öffnung lag ein weiterer leerer Gang.

Bull folgte ihm und klagte: »Ich bin völlig fertig, Großer. Meine Nerven sind am Ende.«

»Schieb es beiseite«, riet Rhodan ruhig. »Tu so, als sei alles ganz selbstverständlich.«

»Das sagt sich leicht.«

Rhodan fiel etwas ein. Schmunzelnd sagte er: »Wie war das? Du hast mal erzählt, wie deine erste Verabredung lief mit einer gewissen Franziska …?«

»Francesca«, korrigierte Bull ihn. »Die Tochter des spanischen Botschafters.«

»Francesca, genau. Du bist angekommen, sie hat dich in einen Smoking gesteckt, und ehe du dich's versahst, warst du auf dem ersten Botschaftsempfang deines Lebens.« Rhodan grinste. »Angeblich hast du damals auch so getan, als sei das alles ganz selbstverständlich für dich …«

Bull lachte auf. »Jetzt versteh ich, wie du das gemeint hast«, sagte er, stieß sich einmal kräftig ab und schoss an Rhodan vorbei in die Höhe, ohne sich um weitere Haltegriffe zu kümmern.

Rhodan tat es ihm gleich und merkte, dass er in seiner Bewegung von einer leichten, kaum spürbaren Kraft unterstützt wurde: Auch dieser Antigravschacht war mit etwas ausgestattet, das man heute im terranischen Sprachgebrauch als *Paternoster*-Schaltung bezeichnet (es würde an dieser Stelle zu weit führen zu erklären, woher dieser Begriff stammt), einer Einrichtung nämlich, die dafür sorgt, dass niemand hilflos in einem Antigravschacht hängen bleibt, weil er nichts mehr hat, von dem er sich abstoßen könnte, und auch dafür, dass niemand wie ein Geschoss durch die Gegend saust.

Sie stiegen aus, als die Stimme sie dazu aufforderte, und folgten einem weiteren leeren Gang, an dessen Ende sich eine Tür lautlos vor ihnen öffnete.

Dahinter trafen sie endlich den ersten der Außerirdischen.

Auf den ersten Blick wirkte das Wesen menschlich.

Auf den zweiten Blick kam es ihnen geradezu erschütternd fremd vor.

Sie standen vor einem hageren Mann, der Perry Rhodan um Haupteslänge überragte und auf verwirrende Weise zugleich sehr alt und sehr jung aussah. Er hatte langes, schneeweißes Haar und albinotisch rote Augen, war aber kein Albino im irdischen Sinne, denn er besaß samtbraune Haut von jugendlicher Straffheit und Glätte. Sein durchgeistigtes Gesicht und seine bedächtigen, fast hilflos wirkenden Bewegungen hingegen kündeten von Alter und Verfall.

Er stellte sich als »Crest« vor, hieß sie in seinem tadellosen BBC-Englisch willkommen und betrachtete sie dabei mit unverhülltem, aber wohlwollendem Interesse. Allerdings schien es Rhodan nicht das mitleidlose Starren eines Schmetterlingssammlers zu sein, der wissen will, ob die neu gefangenen Exemplare ein Gewinn für seine Sammlung sind, sondern eher der sanften Begeisterung eines Gärtners zu entsprechen, der neu aufgegangene, prächtige Blüten an einem Rosenstock entdeckt hat.

Immerhin.

Rhodan und Bull betrachteten ihn ihrerseits ebenfalls äußerst interessiert, und es ist aus heutiger Sicht bemerkenswert, dass er ihnen trotz seines grundsätzlich menschenähnlichen Aussehens so *fremd* vorkam. Wie heute natürlich jeder weiß, war Crest ein Arkonide, und obgleich Arkoniden in der Tat, biologisch und medizinisch betrachtet, vieles von Erdenmenschen unterscheidet, würde sie heutzutage niemand als *fremdartig* bezeichnen. Das Volk der Morannii, der Wanderpflanzen von Morann, mit ihren fünfblättrigen Blütenköpfen und ihren stachligen Armen – *die* erscheinen uns fremdartig. Die Marschiere-Viels von Last Hope – *die* erscheinen uns fremdartig. Die wirbellosen Nakken, die aufrecht auf einer verdickten Kriechsohle gleiten – *die* erscheinen uns fremdartig. Und so weiter. Aber gewiss nicht *Arkoniden.* Nicht einmal Leute, die aus irgendwelchen Gründen etwas gegen Arkoniden haben, würden diese als »fremdartig« bezeichnen.

Doch was wir hier erleben, ist der Blick von Menschen des 20. Jahrhunderts alter Zeitrechnung, ein Blick, der noch in erster Linie auf Unterschiede achtete, nicht auf Gemeinsamkeiten. Rhodan und Bull waren Kinder ihrer Zeit, und deswegen erschien ihnen Crest, der Arkonide, fremdartig.

Fremdartig erschien ihnen allerdings in diesem Moment vieles. Zum Beispiel, dass es so heiß und so hell war: Die Fremden, so schlussfolgerten sie, mussten von einer Welt mit einer sehr hellen, heißen, blauweiß strahlenden Sonne stammen.

Fremdartig kam es Rhodan auch vor, dass die zwei anderen Arkoniden, die sich außer Crest in diesem Raum aufhielten, sie bislang keines einzigen Blickes gewürdigt hatten. Jeder der beiden lag auf einer Liege und glotzte auf einen ovalen Bildschirm, der über seinem Gesicht hing. Dabei sah es nicht so aus, als hätten sie irgendwelche lebenswichtigen Prozesse zu überwachen, die man keine Sekunde lang aus den Augen lassen durfte, dazu war ihre Haltung viel zu entspannt, der Ausdruck ihrer Gesichter viel zu lethargisch, zu schläfrig: Sie wirkten eher, als stünden sie unter Drogen, und die flimmernden bunten Muster und leise zwitschernden Töne, die diese Bildschirme produzierten, schienen ihren Rausch entweder zu unterstützen oder überhaupt erst hervorzurufen.

Hier stimmte etwas nicht, sagte sich Rhodan. Zuerst der Eindruck von Leere und Leblosigkeit, als sie an Bord gekommen waren, und nun der Anblick dieser schläfrigen, interesselosen Wesen, neben denen selbst der kränkliche Crest quicklebendig und tatkräftig wirkte …

Er verfolgte diesen Gedankengang jedoch nicht weiter, denn in diesem Moment öffnete sich eine andere Tür, und eine arkonidische Frau betrat straffen Schrittes den Raum.

Wir wissen natürlich, um wen es sich handelte – es war Thora da Zoltral, die Kommandantin des arkonidischen Raumschiffs –, aber Perry Rhodan wusste es nicht. Er sah nur eine atemberaubend schöne, hochgewachsene, schlanke Frau mit goldroten Augen und langen weißblonden Haaren, die ihn auf den ersten Blick faszinierte.

Es war wohl unvermeidlich. Wir haben schon einmal erwähnt, dass Rhodan sich oft von exotisch wirkenden Frauen angezogen fühlt, und Thora, die Arkonidin, war in diesem Augenblick zweifellos die exotischste Frau im gesamten Sonnensystem. Liest man die klassischen Berichte über diese Begegnung genau, springt einem förmlich ins Auge, dass Rhodan sich auf der Stelle in sie verliebt haben muss, auch wenn er sich das natürlich nicht im mindesten anmerken ließ. Die im Freud'schen Sinne verräterischste Stelle ist die, als er, nachdem er mit Thora ein paar Einzelheiten ihrer Rückkehr besprochen hat und von Bull gefragt wird, was sie zu bereden hatten, sagt: »Vielleicht habe ich ihr einen Heiratsantrag gemacht.«

Diese Faszination war zu Beginn allerdings äußerst einseitig. Als Thora den Raum betrat, betrachtete sie Rhodan und Bull ungefähr so angewidert, als habe Crest zwei räudige Hunde voller Flöhe aufgelesen und als stünde zu befürchten, dass sie in Bälde den Teppich beschmutzen würden (tatsächlich gab es an Bord keine Teppiche). Für sie waren die beiden Erdenmenschen Kreaturen niederer Ordnung, und dass sie Crest erlaubt hatte, zwei davon an Bord zu holen, um sie näher in Augenschein zu nehmen, war lediglich ein Zugeständnis an dessen wissenschaftliche Neugier gewesen, das ihr inzwischen zu weit ging. Sie begegnete Rhodan und Bull mit kalter Verachtung und wollte, dass Crest sie wieder von Bord scheuchte; das weitere Schicksal der beiden war ihr dabei völlig gleichgültig.

Es war Rhodan also zweifellos sofort klar, dass es alles andere als leicht sein würde, das Herz dieser Frau zu erobern, die ihm nicht einfach nur ablehnend gegenüberstand, sondern ihn nicht einmal als ihresgleichen betrachtete, in ihm nur eine Art sprechendes Tier sah.

Wie man weiß, haben die beiden einige Jahre später geheiratet: ein frühes Beispiel für die ungeheure Beharrlichkeit, die Perry Rhodan an den Tag legen kann, wenn er etwas erreichen will, und sähe es zu Beginn noch so unmöglich aus.

Zwischen den beiden Arkoniden entbrannte ein heftiger Streit in ihrer eigenen, äußerst melodiösen Sprache. Als Crest sich erschöpft auf eine Liege niederlassen musste, mischte sich Perry Rhodan ein, was Thora zu einer heftigen Abwehrreaktion veranlasste: Sie hüllte sich in einen Energieschirm – und rief zwei Kampfroboter herbei, die in den Augen der beiden Erdenmenschen ebenso furchterregend wie bizarr ausgesehen haben müssen, herrschte zur damaligen Zeit im arkonidischen Imperium im Hinblick auf das Design von Robotern doch gerade die reichlich brachial wirkende Mode, solche Maschinen in der Form von zum Skelett abgemagerten Gestalten zu bauen, reduziert auf einen stählernen Brustkorb, ein überdimensionales Rückgrat und ein fassförmiges Beckenteil, die Gelenke der Gliedmaßen in Form übertrieben großer Kugeln betont und das Ganze gekrönt von grimmigen Stahlfratzen mit rotglühenden »Augen«.

Doch Rhodan ließ sich nicht im mindesten beeindrucken. Er sprach aus, was er an Schlussfolgerungen gezogen hatte: dass sie, die Arkoniden, hier offensichtlich notgelandet waren – davon kündete der abrasierte Kraterrand – und nicht mehr wegkamen, vermutlich, weil an Bord, abgesehen von Thora und Crest, völlige Lethargie herrschte, die aller Wahrscheinlichkeit nach zu Nachlässigkeit und Schlamperei geführt hatte.

Damit reizte er Thora zur Weißglut. Wie er, ein »Wilder«, es wagen könne, an Bord eines Forschungsschiffs des Großen Imperiums solche Behauptungen von sich zu geben! Überhaupt sei sie nicht berechtigt, mit Wesen seiner niedrigen Entwicklungsstufe zu kommunizieren. Wenn er nicht sofort gehe, werde sie Befehl geben, ihn zu vernichten.

Er sei jederzeit bereit zu gehen, erwiderte Rhodan, vorausgesetzt, sie sichere ihm zu, ihn mit seinem Raumschiff ungehindert starten zu lassen.

Das werde sie nicht, beharrte Thora, denn sie könne nicht gestatten, dass er auf seinem Planeten die Kunde von ihrer Anwesenheit verbreite.

Dann, erklärte Rhodan, sei es auch sinnlos zu gehen, denn ob er in einiger Zeit ersticke oder sie ihn gleich hier töte, käme auf dasselbe heraus. Sie könnten nun mal nicht auf dem Mond leben; hätten nur begrenzte Vorräte und nicht die technischen Mittel, aus Mondgestein Sauerstoff zu gewinnen und aus Staub Nahrungsmittel. »Wir beginnen gerade erst mit der Eroberung des Raums«, schloss er.

Dieser Satz elektrisierte Crest. Er fuhr auf, wollte, dass Rhodan wiederholte, was er eben gesagt hatte.

Rhodan tat ihm den Gefallen und fügte hinzu: »Eines Tages wird die Menschheit ebenfalls solche Riesenschiffe besitzen, darauf können Sie sich verlassen. Und wahrscheinlich schneller, als Sie es für möglich halten.«

»Warten Sie!«, stöhnte Crest.

Dann begann die Diskussion zwischen den Arkoniden aufs Neue. Diesmal schien es Crest zu sein, der die besseren Argumente hatte; die beiden Männer konnten richtiggehend zusehen, wie Thora in die Defensive geriet.

Bull zog Rhodan zur Seite. »Was ist jetzt wieder los? Wir sollten lieber verschwinden, solange wir noch können.«

»Und dann?«, raunte Rhodan. »Nein, wir bleiben. Sie verhandeln gerade über unser Schicksal, und Crests Wort hat offenbar Gewicht. Das ist gut. So ganz blicke ich noch nicht durch. Wieso sprechen sie unsere Sprache? Was bedeutet ›Großes Imperium‹? Das hört sich an, als würde die Menschheit seit Jahrtausenden ahnungslos am Rand enorm bedeutsamer Entwicklungen dahinleben. So, wie sie reden, muss es im All von intelligenten Wesen nur so wimmeln. Bully – das ist ein gewaltiges Spiel, in das wir hier geraten sind, ganz egal, wie es aussieht. Ich ahne ungeheure Möglichkeiten. Beherrsch dich! Wir bleiben, und wir reden mit. Wir sind hier die Vertreter der Menschheit, und ich möchte diese Menschheit groß, einig und stark sehen. Verstehst du?«

»Vollkommen«, murmelte Bull zurück. »Ich hätte übrigens auch nichts dagegen zu überleben.«

»Psst!«, mahnte Rhodan. »Ich glaube, die Entscheidung fällt gerade.«

Crest sagte etwas, das sehr hart und sehr endgültig klang, worauf Thora blass wurde und, als ihr Blick auf den Rhodans traf, geradezu peinlich berührt schien. Sie wandte sich abrupt um und entschwand, begleitet von ihren zwei klobigen Robotern.

Crest sank erschöpft zurück auf sein Lager. Er winkte Rhodan, zu ihm zu kommen. Rhodan beeilte sich, hatte tausend Fragen auf der Zunge, doch als er sich über den alten Mann beugte und sah, wie schlecht es ihm ging, sagte er stattdessen: »Sir, Sie müssen medizinisch untersucht und nach Möglichkeit behandelt werden. Meiner Crew gehört ein hervorragender Arzt an. Er ist noch in unserem Schiff, aber wir könnten ihn holen. Wie lange sind Sie hier schon, auf dem irdischen Mond?«

Mit jedem Moment der Ruhe schien es Crest besserzugehen. »Nach Ihrer Zeitrechnung ist es vier Monate her«, sagte er schließlich leise. »Es war eine Notlandung. Ungewollt. Wir haben die Zeit genutzt, anhand Ihrer Funksendungen die auf Ihrem Planeten benutzten Sprachen zu analysieren und zu erlernen.«

»Vier Monate!«, wiederholte Rhodan und wechselte einen Blick mit Bull, der langsam näher trat. Seine Gedanken rasten. Vier Monate, das hieß, es war irgendwann im Februar geschehen. Das grüne Leuchten fiel ihm ein, das von dem Teleskop in Frankreich registriert worden war! Das musste der Moment gewesen sein, in dem dieses Raumschiff den Bergwall, der seiner Landung im Wege war, zerstrahlt hatte!

Das hieß aber auch, dass die Fremden mit dem Verschwinden von Apollo 8 vor zweieinhalb Jahren nichts zu tun gehabt haben konnten.

Alles war wieder rätselhafter denn je.

Crest erklärte ihm, dass er die Menschheit aufgrund der Tatsache, dass sie mit dem Aufbruch ins All begonnen hatte, in eine höhere Entwicklungsklasse eingestuft hatte; eine Entscheidung, die ihm dank seines Ranges als Wissenschaftler zustand. Er hatte Thora angewiesen, diese Neueinstufung in den Datenbanken zu vermerken. Crests Entscheidung hatte zur Folge, dass es den Arkoniden nach den Gesetzen des Imperiums nicht länger untersagt war, mit den Menschen in Kontakt zu treten. »Das heißt, Thora kann Sie nicht mehr einfach vom Schiff jagen, und sie darf Ihnen auch den Start zurück nicht verwehren«, schloss Crest mit schwerer Zunge, aber stillem Triumph in den Augen.

Rhodan nahm diese Nachricht zur Kenntnis, aber freuen konnte er sich nicht darüber. Zu klar war ihm, dass ihr Wohl und Wehe untrennbar verbunden war mit dem Wohl Crests, der ihm außerdem inzwischen sympathisch geworden war.

»Sir«, drängte er, »Sie brauchen ärztliche Hilfe. Lassen Sie mich unseren Arzt holen.«

»Später«, sagte Crest. »Hören Sie erst zu.«

Und die beiden hörten zu. Sie erfuhren, dass Crest und Thora von einer Welt stammten, die *Arkon* hieß und unfassbare 34 000 Lichtjahre entfernt lag. Die Arkoniden beherrschten die überlichtschnelle Raumfahrt seit Zehntausenden von Jahren und hatten in dieser Zeit ein gewaltiges Imperium errichtet, eben das ›Große Imperium‹. Doch es war im Begriff zu zerfallen, teils durch Aufstände im Inneren, teils durch Angriffe von außen, vor allem aber, weil die geistige Kraft der Arkoniden erlahmt war, ihre Tatkraft geschwunden infolge von Degeneration und Dekadenz. Wichtige Dinge wurden vergessen, übersehen, nicht beachtet. Projekte wurden begonnen und scheiterten, weil man nicht mehr über die Fähigkeiten verfügte, die frühere Generationen noch besessen hatten.

»Wir mussten notlanden, weil eine Maschine versagte«, erzählte Crest leise, und er schien zu leiden, während er davon sprach. »Man kümmert sich nicht mehr um die Instandhaltung unserer Raumschiffe. Es ist nur ein minimaler Schaden, aber wir haben keine Ersatzteile an Bord. Sie sind einfach vergessen worden, wie alles vergessen wird, weil es niemandem mehr wichtig ist. Und so liegen wir hier fest.«

»Wir werden Ihnen diese Ersatzteile herstellen«, brach es aus Bull heraus. »Erklären Sie uns, was Sie brauchen und wie es gemacht wird, und Sie bekommen alles, was Sie brauchen. Unterschätzen Sie uns nicht! Die klügsten Köpfe der Menschheit werden sich darum kümmern. Die irdische Industrie hat ungeheure Kapazitäten. Was immer Sie benötigen, wir können es für Sie herstellen, da bin ich mir sicher.«

Der lebhafte Optimismus, der aus Bulls Worten sprach, schien Crest unmittelbar zu beleben. »Ich glaube Ihnen«, versicherte er. »Aber Sie müssen Thora überzeugen. Sie ist die Kommandantin. Ihr obliegen alle Entscheidungen, die mit dem Schiff zu tun haben.«

Sie erfuhren noch mehr. Sie erfuhren, dass man das bunte Geflimmer, dem sich die übrigen Arkoniden mit lethargischer Verzückung aussetzten, ›Fiktiv-Spiele‹ nannte, eine abstrakte Kunstform mit ungeheurem Suchtfaktor für diejenigen, die dafür empfänglich waren: Alle Willenskraft erlahmte, man wurde gleichgültig gegen alles, unempfänglich für Aufregungen wie für Ängste. Man wollte nichts mehr, nur noch das nächste Fiktiv-Spiel. Milliarden von Arkoniden verbrachten so ihre Tage, versorgt und gefüttert von Robotern, denen man die notwendigen Arbeiten überlassen hatte. Die Fiktiv-Spiele waren Symptom des Verfalls und beschleunigten ihn zugleich.

Eines war unübersehbar: Crest, der in seinem Leben viele fremde Intelligenzwesen jeder Entwicklungsstufe studiert hatte, war den Menschen in außerordentlichem Maße gewogen. Sein anfängliches, freundliches Interesse war dahin gediehen, dass er inzwischen mit dem Gedanken spielte, die Menschen (ein Wort, das damals noch synonym für *Terraner* stand: ein bis dahin noch eher ungebräuchlicher Begriff, der erst mit Beginn des 21. Jahrhunderts alter Zeitrechnung in den allgemeinen Sprachgebrauch überging, interessanterweise also zu einer Zeit, als die ersten Menschen auf anderen Planeten zu siedeln begannen und damit hinfort strenggenommen *keine* Terraner mehr waren) könnten die Erben des verfallenden Großen Imperiums werden.

Es kam bekanntlich nicht so, aber Tatsache bleibt, dass die Menschheit Crests unermüdlicher Unterstützung und seiner geduldigen Anleitung unendlich viel verdankt. Die Inschrift unter seiner Statue im *Crest Memorial Park* in Terrania lautet mit vollem Recht »Ein Freund der Menschen«.

2

Ab einem bestimmten Punkt ging dann alles sehr schnell. Es war nicht nötig, dass Bull mit dem Mondfahrzeug zurück zur STARDUST fuhr, um Dr. Manoli nachzuholen; Thora beförderte das gesamte Raumschiff kurzerhand mit Hilfe eines Transportfeldes über die Distanz von mehr als fünfzig Kilometern herbei, und wohl nur die Tatsache, dass Reginald Bull sie am Fuß der Rampe erwartete, rettete die beiden Raumfahrer darin vor dem Herzinfarkt. Trotzdem war es ein Schock. Rhodan und Bull hatten sich an all das Unerhörte nach und nach herantasten können, Flipper und Manoli mussten es von einem Moment zum nächsten bewältigen, was insbesondere Flipper ungeheuer schwerfiel. Manoli hatte den Vorteil, sich seelisch in ärztliche Routine retten zu können, indem er unverzüglich damit begann, Crest zu untersuchen.

Diese Untersuchung dauerte lange, nicht verwunderlich in Anbetracht dessen, dass man es mit einem Lebewesen von einem anderen Stern zu tun hatte. Nach mehreren Stunden tauchte Manoli wieder auf, blass und erschöpft, und erstattete Bericht. Die Fremden, erzählte er, unterschieden sich natürlich von Menschen, aber nicht so gravierend, wie er befürchtet hatte. Die Organe seien etwas anders angeordnet, das Skelett sei deutlich anders geformt, aber in ihren Adern kreise Blut, das dem menschlichen sehr ähnle – und das sei zugleich das Problem. Es handele sich in Crests Fall ganz klar um Leukämie, wie es Manoli bei seinem Anblick sofort geahnt hatte. Das Blutbild, das ihm gelungen war anzufertigen (die Ausrüstung, die er an Bord der STARDUST genommen hatte, war freilich auf derartige Fälle nicht ausgelegt; er hatte improvisieren müssen), beweise es eindeutig.

»Vor zwei Jahren«, fügte er hinzu, »hat ein Arzt in Australien, ein gewisser Doktor Frank Haggard, ein Anti-Leukämie-Serum entwickelt, das in diesem Fall helfen könnte. *Könnte*, wohlgemerkt. Aber es wäre zumindest eine Chance.«

Was er wohlweislich *nicht* erwähnte, war, dass Dr. Frank M. Haggard, der in der australischen Stadt Darwin eine Privatklinik betrieb, in Fachkreisen nicht unumstritten war, genauso wie sein Serum, das die für eine Zulassung erforderlichen Tests noch nicht durchlaufen hatte, weil ihm dazu die finanziellen Mittel fehlten. Haggard galt als eigenwilliger Mensch, der machte, was er für richtig hielt, und das war nicht immer unbedingt das, was die Ärztezunft als ›angemessenes Verhalten‹ betrachtete.

»Das heißt«, erkannte Rhodan sofort, »wir müssen Crest zur Behandlung auf die Erde bringen.«

Dieser Logik konnte sich auch Thora nicht verschließen, und sie wollte es auch nicht. Es war deutlich zu sehen, dass ihr sehr viel am Wohlergehen des alten Mannes lag. Dass beide demselben *Khasurn* angehörten (ein Begriff aus der arkonidischen Sprache, der mit »Sippe« nur sehr unzulänglich übersetzt ist), wussten die Menschen nicht, aber das war auch nicht der ausschlaggebende Punkt. Den erläuterte Thora Rhodan, nachdem sie ihn zu einer Unterredung unter vier Augen in einen Nebenraum gebeten hatte.

»Sie wollten wissen, was wir in Ihrem Sonnensystem suchen«, begann sie mit steinernem Gesicht. »Die Antwort lautet: nichts. Unser eigentliches Ziel lag woanders. Wir sind alten Hinweisen gefolgt, Hinweisen aus den Tiefen lange vergessener Archive auf einen Planeten, dessen Bewohner das Geheimnis der biologischen Zellerhaltung kennen, also der Lebensverlängerung. Mit anderen Worten, es geht um Crest. Er ist einer unserer bedeutendsten Wissenschaftler, einer der letzten großen Geister, und es ist für das Imperium von größter Wichtigkeit, sein Leben zu bewahren.«

»Nichts anderes ist auch mein Ziel«, sagte Rhodan. »Vorhin fiel eine Bemerkung, aus der ich schließe, dass Sie über Beiboote verfügen, mit denen sich die Erde innerhalb einer Stunde erreichen ließe …«

»Weitaus schneller«, korrigierte sie ihn eisig. »Aber schlagen Sie sich das aus dem Kopf. Ich kann Ihnen keines davon überlassen. Ich *kann* es nicht – die Gesetze des Imperiums stehen dagegen, und diese sind in den Bordcomputern fest verankert.«

»Dann nehmen wir unser eigenes Raumschiff«, entschied Rhodan. »Allerdings wird Crest dadurch unterwegs hohen Andruckkräften ausgesetzt sein …«

»Ich werde Ihnen einen Neutralisator mitgeben. Das ist kein Problem.«

»Ah, gut«, erwiderte Rhodan und wunderte sich ein bisschen, dass ihn das schon nicht mehr wunderte.

Da sie gerade dabei waren, sprach er auch gleich das Problem an, dass sie für ihre Mission noch weitere Dinge brauchen würden, unter anderem auch Zahlungsmittel oder besser gesagt, Tauschgüter, da so etwas wie arkonidische Banknoten (die es übrigens nie gegeben hat) auf der Erde höchstens Liebhaberwert haben konnten. Thora erklärte, sie habe Tauschgüter für Entwicklungswelten an Bord: Werkzeugmaschinen etwa mit vollautomatischer Steuerung und autonomer Energieversorgung für etwa achtzig Erdenjahre, diverse mikromechanische Güter wie Elementtaster, Bodenreformer, Schwerkraft-Neutralisatoren und dergleichen mehr.

Rhodan schwirrte der Kopf, aber er sagte nur: »Gut. Schicken Sie Ihre Roboter los. Werfen Sie über Bord, was sich noch im Laderaum der STARDUST befindet. Sechzig Tonnen Nutzlast sind das Maximum.«

»Ich werde nach Absprache mit Crest damit beginnen«, erwiderte sie. »Aber seien Sie gewiss, dass Sie, solange Sie für Crests Wohlergehen sorgen, jede Unterstützung von mir erhalten. Ich gebe Ihnen ein spezielles Funkgerät mit, über das Sie mich erreichen können, falls Sie in Schwierigkeiten geraten. Denken Sie daran, ich kann alle Waffen Ihrer irdischen Befehlshaber neutralisieren, jede irdische Macht hinwegfegen, wenn es sein muss. Eine einzige meiner Energiekanonen reicht aus, um jeden beliebigen Kontinent in einer Sekunde in einen glutflüssigen Ozean verwandeln. Es kostet mich nur einen Tastendruck.«

Rhodan lief ein Schauer über den Rücken bei ihren Worten. Er glaubte ihr jedes Wort. Und zugleich alarmierte ihn das, was sie gesagt hatte, auf eine ihm selber rätselhafte Weise.

»Nach Ihrer Notlandung hier«, fiel ihm ein zu fragen, und aus irgendeinem Grund stand ihm dabei die Vision vor Augen, wie sich menschengroße Wespen versammelten, die ihre Krallen gierig nach der Erde ausstreckten, »haben Sie da eigentlich einen Notruf abgesetzt?«

Wieso fiel ihm ausgerechnet jetzt das Spiel mit der Lupe ein, bei dem er damals Leroy kennengelernt hatte?

Ihr Blick verdüsterte sich. »Unser Hyperfunksender ist nicht in der Lage, von hier aus Arkon zu erreichen.«

»Das ist kein ›Nein‹«, hakte Rhodan nach.

Sie bedachte ihn mit einem zornig funkelnden Blick. »Ich warne Sie!

Maßen Sie sich nicht an, beurteilen zu wollen, wie eine Raumschiffskommandantin des Großen Imperiums ihre Arbeit zu tun hat!«

Rhodan hielt ihrem Zorn ungerührt stand. »Crest hat mir einiges darüber erzählt, wie Ihr Großes Imperiums an den Rändern aussieht. Der Notruf eines arkonidischen Forschungsschiffs könnte allerhand Leute auf die Idee bringen, dass hier Beute zu machen ist, und wenn diese Leute hier nicht nur ein Raumschiff, sondern einen ganzen besiedelten Planeten vorfinden, würde das äußerst unangenehm für die Menschheit werden. Wenn Sie an meiner Stelle wären, hätten Sie auch gefragt. Es ist nur logisch.«

Thora musterte ihn forschend und, so schien es ihm, in mehrfacher Hinsicht unschlüssig. Schließlich gestand sie unerwartet ruhig: »Ich habe versucht, unseren Stützpunkt auf Myra IV zu erreichen. Das ist eine Welt in einer Entfernung von etwa achthundert Ihrer Lichtjahre. Ich habe niemanden erreicht. Aber es war kein offener Notruf, sondern eine verschlüsselte Anfrage, die praktisch nicht zurückverfolgbar sein sollte.«

»Und wann wäre die Zeit für einen offenen Notruf gewesen?«

Sie kniff die Augen zusammen. »Später.«

Die Vorbereitungen für die Rückkehr zur Erde schritten rasch voran. Mit Hilfe des eindrucksvollen Transportfeldes wurde die STARDUST zu einer vom Raumschiff der Arkoniden ausreichend weit entfernten Stelle befördert, von der aus sie problemlos würde starten können. Die absurd aussehenden Roboter hatten den Laderaum von allem geleert, was sich noch darin befunden hatte, mit Ausnahme der Lebensmittelvorräte, und allerlei geheimnisvolle Ausrüstung eingeladen. Crest und Thora berieten sich in ihrer Sprache, während ein Roboter einen Raumanzug bereithielt, der groß genug war für Crest und weitaus eleganter als die Raumanzüge der vier Erdenmenschen.

Während all dies geschah und der Zeitpunkt ihrer Rückkehr näher rückte, war in Perry Rhodan ein denkbar kühner Plan herangewachsen.

Er war der Einzige von ihnen, der das Moment der Überwältigung bereits vollständig hinter sich gelassen hatte. Eric Manolis Gedanken kreisten ganz und gar um das Wohlergehen des ungewöhnlichsten Patienten, den er je gehabt hatte, was hilfreich war, aber für ihn zugleich eine Ausweichstrategie, um sich mit allen anderen Aspekten der Situation nicht auseinandersetzen zu müssen. Clark Flipper war ein Nervenbündel; er versuchte, sich zu beherrschen, aber man sah ihm an, dass er wie paralysiert war von all dem Neuen, Unerwarteten. Dass seine Gedanken die meiste Zeit wie besessen um seine Frau und das Baby kreisten, war *seine* Art, sich dem Ungeheuerlichen zu entziehen.

Einzig Reginald Bull ahnte zumindest umrisshaft die Gefahr, die Perry Rhodan glasklar sah, die er aber weder vor den beiden Arkoniden noch vor Flipper und Manoli mit ihm besprechen konnte: Wenn sie Crest zur Erde brachten und ihn in die Obhut der amerikanischen Regierung gaben, in die Hände der Geheimdienste und Militärs also, dann würde seine Heilung so ungefähr das Letzte sein, woran diese Leute interessiert sein würden. Vielmehr würde man alles daransetzen, ihm sein Wissen zu entreißen, und sowohl Rhodan als auch Bull wussten – Bull vermutlich erst recht, hatte er sich doch lange in Geheimdienstkreisen bewegt –, dass man dabei nicht zimperlich vorgehen würde.

Angesichts des fragilen körperlichen Zustands Crests wäre dies gleichbedeutend mit seinem Todesurteil gewesen.

Hinzu kam, dass die anderen Supermächte über kurz oder lang herausfinden würden, was vor sich ging, und wenn sie erfuhren, dass die amerikanische Regierung einen Außerirdischen »erbeutet« hatte, ein Wesen, das aus einer technisch unendlich überlegenen Zivilisation stammte und über militärisch hochgradig wichtiges Wissen verfügte, dann würden sie nicht zögern, einen Krieg zu beginnen, sei es, um den Außerirdischen oder zumindest sein Wissen in die eigenen Hände zu bekommen, sei es, um zu verhindern, dass die USA sich dieses Wissen zu eigen machten und damit einen uneinholbaren technologischen und militärischen Vorsprung erlangten.

Und bei all dem würden die Mächtigen der Erde nicht bedenken – weil sie es sich schlicht nicht vorstellen konnten –, dass Thora fürchterlich Rache nehmen würde, sollte Crest etwas zustoßen. Rhodan hatte gespürt, wie stark ihre Ehrfurcht und ihr Respekt vor dem alten Mann waren. Ihre Zuneigung zu ihm war die stärkste Emotion, die sie bewegte, stärker noch als ihr ausgeprägter Überlegenheitsdünkel. Er hatte keinerlei Zweifel daran, dass sie, auch wenn ihr Raumschiff mit ihr als einzig wirklich aktivem Besatzungsmitglied auf dem Mond festsaß, dennoch über genügend Machtmittel verfügte, um die Erde zu zerstören oder zumindest die menschliche Zivilisation auszulöschen.

Mit anderen Worten: Indem sie Crest mit an Bord und zurück zur Erde nahmen, schufen sie eine Situation, für die der Begriff *Spiel mit dem Feuer* noch ein viel zu harmloser Ausdruck war. Sie hielten buchstäblich die Zukunft der Menschheit in Händen!

All dies wurde für Rhodan im Lauf der Stunden von einer dunklen Ahnung zur sicheren Gewissheit, und auf dieser Grundlage entstand der Plan, den zu verfolgen er entschlossen war. Es war ein kühner, aber dennoch einfacher Plan, dessen simple Grundprämisse lautete: Sie würden Crest an *niemanden* ausliefern.

Man schrieb den 28. Juni 1971, als die vier Erdenmenschen und der Arkonide sich an Bord der STARDUST begaben und für den Flug zur Erde bereitmachten. Es war ein Montag. Auf der Erde galten sie seit nunmehr neun Tagen als verschollen.

Die Startvorbereitungen liefen ab, wie sie es im Simulator Hunderte Male geübt hatten. Sie arbeiteten die Checkliste ab, als sei nichts anders als sonst, als gäbe es nicht plötzlich einen fünften Sessel im Cockpit, ein elegantes, fast filigran wirkendes Möbel aus fremdartigen Materialien, auf dem ein ebenso fremdartiger Passagier angeschnallt saß.

Als der Raketenmotor der STARDUST zündete und das Raumschiff auf einem grell leuchtenden, irisierenden Feuerstrahl in den nachtschwarzen Mondhimmel stieg, sprangen die Uhren im Kontrollzentrum Nevada Fields gerade auf elf Uhr zehn. Eine Minute später nahmen sie Funkkontakt auf und hörten, nach den zwei Sekunden Verzögerung, mit denen zu rechnen war, Freudengeheul aus den Lautsprechern.

Dann schwenkte die STARDUST in die Rückkehrbahn zur Erde ein.

3

Rhodan hatte niemanden in seine Pläne eingeweiht, aber er wusste, dass Bull etwas ahnte. Bull ahnte irgendwie immer, was in Rhodan vorging. Sie verstanden einander blind, sogar in einer so extremen Situation wie dieser.

Später sollte Perry Rhodan von diesen Stunden des Rückflugs vom Mond einmal sagen, dass er, als ihn Bull unterstützte und vor den anderen deckte, einzig aus einer Ahnung heraus und im Vertrauen in ihn, begriffen hatte, dass Bully mehr war als ein Militärkamerad und Copilot, mehr noch sogar als ein Freund, sondern dass sie vielmehr schicksalhaft miteinander verbunden waren.

Rhodan gab per Funk einen knappen, einen *sehr* knappen Bericht über die Ereignisse auf dem Mond durch: dass sie auf der Rückseite hatten notlanden müssen, dass es Schäden am Schiff gegeben habe, die sie so gut wie möglich repariert hatten, und dass ein ausführlicher Bericht bis zur Landung in Nevada warten müsse; das Funkgerät sei defekt, irgendwie überlastet, ein Ausfall zu befürchten.

Und ohne dass sie sich abgesprochen hatten, bestätigte Bull das! »Mit der Endstufe stimmt was nicht«, behauptete er, der studierte Elektronikingenieur, mit gewichtigem Nicken. »Wenn die durchschmort, dann können wir unseren Bordcomputer vergessen. Besser, wir lassen das Ding nur auf niedriger Stufe laufen.«

Was alles Unsinn war, aber niemand von den anderen schien es zu bemerken.

Der Rückflug dauerte etwa vierzehn Stunden; länger als der Hinflug, weil sie diesmal keine Unterstützung durch zwei gewaltige Raketenstufen hatten, sondern allein mit dem Triebwerk der STARDUST flogen. Das kleine Gerät, von dem Crest gesprochen hatte, der sogenannte *Andruckneutralisator*, funktionierte tatsächlich: Sie beschleunigten, aber die Kraft, die sie in die Sessel hätte drücken müssen, blieb aus. Das war sehr ungewohnt und auch verwirrend, weil der Andruck den Piloten bis dahin immer das Gefühl vermittelt hatte, sich wirklich zu bewegen. Nun mussten sie sich ganz auf die Instrumente verlassen.

Flipper insistierte, sie sollten wenigstens durchgeben, dass sie auf dem Mond Außerirdische vorgefunden hätten.

»Damit es die ganze Welt mithört?«, versetzte Bull schroff. »Flipp, sei nicht albern. Pounder würde uns den Kopf runterreißen, wenn wir das machen.«

Daraufhin war Flipper still und versuchte zu schlafen, wie Rhodan es allen geraten hatte und wie einzig Crest es tat, der das ganze Abenteuer mit beeindruckender Ruhe über sich ergehen ließ. Flipper hingegen war von dem, was sie erlebt hatten, überfordert: Auch deswegen hatte Rhodan nicht einmal versucht, ihn in seinen Plan einzuweihen. Er wusste, dass er Flipper nicht hätte überzeugen können. Wenn es um Mathematik ging, war Flipper von einer genialen geistigen Gewandtheit – doch was das richtige Leben anbelangte, besaß er eine Reihe »fest verdrahteter« Denkweisen, von denen er nicht abzubringen war, und ein blinder Patriotismus gehörte leider dazu.

Was die vier Risikopiloten nicht wussten, was Rhodan aber ahnte, war, dass, wenige Stunden nachdem sich die STARDUST zurückgemeldet und auf Erdkurs begeben hatte, plötzlich Truppen der 5. US-Einsatzdivision auf dem Nevada Fields Space Port auftauchten und den gesamten Stützpunkt mit schwerem Gerät von der Umwelt abriegelten. Die Soldaten standen unter dem Kommando von Allan D. Mercant, dem Chef der IIA, des Geheimdienstes der NATO-Staaten, der auch höchstpersönlich im Kontrollbunker erschien und den Leuten der *US Space Force* untersagte, die STARDUST von dieser »Sicherheitsmaßnahme« in Kenntnis zu setzen.

Als General Pounder protestierte, erwiderte Mercant kühl: »Es ist Ihnen doch klar, dass da irgendetwas nicht stimmt, oder? Wir müssen auf alle Eventualitäten vorbereitet sein.«

General Pounder fragte nicht nach, an was für Eventualitäten der kleine Mann mit dem schütteren Haarkranz dabei dachte. Ihm war Rhodans Meldung selber merkwürdig vorgekommen – neun Tage verschwunden, und dann nur *das?*

Nun, man würde sehen, sagte er sich und bestätigte Mercants Frage, ob die STARDUST immer noch von der Erde aus ferngesteuert würde, mit einem knappen »Ja«.

In Nevada war es kurz nach Mitternacht des 29. Juni 1971, als die STARDUST in die Erdumlaufbahn eintrat und mit aller Kraft abbremste. Sie war noch einen halben Erdumfang von Nevada entfernt, hoch über Asien ostwärts rasend, als ein Signal auf den Konsolen des Kontrollzentrums aufleuchtete, das anzeigte, dass die Verbindung zwischen dem Bordcomputer der STARDUST und den Steuerrechnern am Boden nicht mehr bestand.

Gleich darauf kam die Mitteilung, die STARDUST komme vom Kurs ab und funke SOS auf der internationalen Notruffrequenz.

Clark Flipper begann zu toben, als er mitbekam, was geschah. »Zum Teufel, Perry, was *machst* du da?«, schrie er wieder und wieder und wäre wahrscheinlich aus dem Sitz und Rhodan an den Hals gesprungen, hätte dieser die Gurte nicht wohlweislich vorher verriegelt.

Rhodan hatte die STARDUST in Handsteuerung übernommen und die Datenverbindung zum Kontrollzentrum abgeschaltet. Das mit dem SOS war in gewisser Weise verräterisch, denn für Notfälle waren ja die diversen QQ-Codes vorgesehen, die, soweit sie nicht automatisch ausgelöst wurden, auf Knopfdruck gesendet werden konnten.

Doch das SOS sollte auch nicht Pounder täuschen, sondern die Russen und Chinesen.

Den schreienden, um sich schlagenden Flipper völlig ausblendend steuerte Rhodan das Raumschiff tiefer und auf einen neuen Kurs. Anders als auf dem Mond, wo die STARDUST auf dem Strahl ihres Triebwerks hatte reiten müssen, ließ sie sich hier in der Erdatmosphäre fliegen wie ein etwas plumpes Flugzeug. Nach einem brachialen Kurswechsel überflog er die tibetische Hochebene und landete, wie wir alle wissen, schließlich in der Wüste Gobi, in unmittelbarer Nähe des von dem Fluss Moringol gespeisten Goshun-Sees. Man schrieb den 29. Juni 1971 alter Zeitrechnung, als die STARDUST hier kurz nach 16 Uhr lokaler Zeit aufsetzte, im nördlichen China also, knapp südlich der Grenze zur Mongolei, an einer Stelle, an der es zu diesem Zeitpunkt nichts zu holen gab außer Felsen, Staub und Steinen.

Und wir müssen uns fragen: Warum ausgerechnet *hier*? Die rationale Argumentation lautet für gewöhnlich: weil er einen Ort abseits der damaligen Machtzentren brauchte, an dem er sich mit Crest und dessen arkonidischer Technologie verschanzen und seinen Plan, eine Dritte Macht zu begründen, die unabhängig von den bestehenden war, mit einiger Aussicht auf Erfolg umsetzen konnte.

Allerdings: Denkt man mit einer Karte der damaligen Welt vor Augen über diese Zielsetzung nach, fallen einem eine Menge Orte ein, die sich dafür genauso gut oder sogar besser geeignet hätten. Warum zum Beispiel ist Rhodan nicht in Afrika gelandet, wo es damals eine Menge Orte gab, die feindliche Streitkräfte nur mit äußerster Mühe überhaupt erreicht hätten? Warum hat er sich nicht gleich Australien ausgesucht, einen ebenfalls heißen, von Wüsten geprägten Kontinent, wo er es überdies nicht weit bis zur Klinik von Dr. Haggard gehabt hätte, dessen Hilfe er ja, wie er wusste, dringend brauchen würde? Auf jeden Fall hätte er nicht ausgerechnet auf dem Hoheitsgebiet Chinas – oder, wie es zu dem Zeitpunkt korrekt hieß, der Asiatischen Föderation – landen müssen. Auch wenn die Gobi weder wirtschaftlich noch militärisch von irgendeiner Bedeutung war, Peking hatte völkerrechtlichen Anspruch darauf und überdies die militärischen Mittel, diesen auch durchzusetzen. Die Landung der STARDUST in der Gobi war *invitation for trouble*, wie man damals gern sagte.

Warum also hat Perry Rhodan, der normalerweise so planvolle, kühle Denker, sich dafür entschieden? Meine starke Vermutung ist: weil er diesen Ort schon lange zuvor in seinen Träumen *gesehen* hatte – in Träumen, die durch die Präsenz des Teletemporariers Ernst Ellert induziert waren, des Mannes, dessen Geist durch die Zeit reisen konnte *und der aus der Zukunft kam*! Rhodan hatte in seinen Träumen gesehen, was Ellert in der Zukunft als Wirklichkeit erlebt hatte: die Weiße Stadt in einer Wüste, die aufgehört hatte, eine Wüste zu sein, weil arkonidische Technik es möglich machte, Wüsten zu begrünen. (Tatsächlich stellt die Urbarmachung des Geländes der Stadt Terrania und ihrer agrarisch genutzten Umgebung mehr Landgewinn dar als alle im ersten Jahrhundert des Raumfahrtzeitalters begründeten Siedlungen auf dem Mond und dem Mars zusammengenommen.)

Hier also landete Rhodan, eine Landung ohne den geringsten Rucker, was es fast unwirklicher machte, als es sich in einem Simulator angefühlt hätte. (Zu der Zeit waren viele Flugsimulatoren schon mit Hydrauliken ausgestattet, die die Steuerkabine im richtigen Moment nach vorn oder hinten neigten und mit einem kurzen Stoß auch den Augenblick des Aufsetzens zu imitieren suchten.)

Doch so ruhig die Landung mechanisch verlief, so wenig ruhig verlief sie akustisch. Captain Clark Flipper tobte, nannte Rhodan einen Verräter, der die STARDUST und ihre Technologie an die Chinesen ausliefern wollte, und war nur mit Mühe zu beruhigen. Als Rhodan schließlich dazu kam, seine Sicht der Dinge darzulegen und seinen Entschluss zu begründen, Crest auf keinen Fall an einen Staat auszuliefern, sondern lieber selbst einen zu gründen, pflichteten ihm Bull und Manoli bei, doch Flipper war nicht zu überzeugen. Er fügte sich nur ins Unausweichliche.

Auch alles andere, was über diesen Tag berichtet wird, ist wahr. Dass Perry Rhodan als Erster ausstieg und sich umsah, fast, als hätten sie eine neue Welt betreten. Dass er sich in diesem Moment ausmalte, wie an diesem Ort einst eine Stadt entstehen würde, von der aus Raumschiffe in die Tiefen der Galaxis vorstießen. Und es stimmt auch, dass er daraufhin die Schulterstücke mit den Rangabzeichen eines Majors von seiner Uniform entfernte. Es war nur eine Geste, aber sie war wichtig, wie es alle Gesten sind. Er tat es nur weit weniger dramatisch, als es in Aufführungen eifriger Schultheater gern dargestellt wird.

In der Hauptsache erfüllte ihn Sorge. Hatte er richtig entschieden? Hatte er das Richtige getan? Und vor allem: Würde er es schaffen, es durchzuziehen? Die Situation, in der sie sich befanden, war bei näherer Betrachtung geradezu verzweifelt aussichtslos: Sie hatten einen Außerirdischen zur Erde gebracht, dessen Wissen und Können einen derart bedeutsamen Machtfaktor darstellte, dass um ihn ein dritter Weltkrieg ausbrechen mochte – und zugleich war dieses Wesen auf den Tod krank, und selbst wenn es hier auf der Erde die Chance einer Heilung für ihn geben sollte – was mehr als ungewiss war –, so befand sich diese Chance im Moment noch auf einem anderen Kontinent.

Das Einzige, was zu ihren Gunsten sprach, war, dass sie über ein paar Ausrüstungsstücke verfügten, die einer der menschlichen um Jahrtausende vorauseilenden Technologie entstammten und wahre Wunder zu vollbringen versprachen. Sie besaßen zum Beispiel einen Schutzschirmprojektor, der eine unsichtbare Glocke aus Energie über ihnen errichten konnte, die praktisch alle Waffen abzuwehren vermochte, die es auf Erden gab – das zumindest hatte ihm Crest versichert. Sie besaßen drei sogenannte Hypno- oder Psychostrahler, ferner das Gerät zur Beeinflussung der Schwerkraft, das ihnen sämtliche Andruckkräfte während des Rückflugs erspart hatte, sich aber noch zu anderen Dingen einsetzen ließ. Aber keine wirklich gefährlichen Waffen, keine Roboter, keine Raumfahrzeuge: Verglichen mit dem, was sich noch auf dem Mond befand, hatten sie nur Spielzeug mitgebracht.

Trotzdem: Perry Rhodan war entschlossen, seine Karten so klug wie möglich auszuspielen. Die meisten davon, sagte er sich, würden sich als Joker erweisen.

Einen unbestreitbaren Vorteil hatte die Gobi immerhin: Es war heiß und trocken und damit ein Klima, das dem von Crests Heimatwelt nahekam. Es würde seiner körperlichen Verfassung guttun.

Crests erste Handlung war, den versprochenen Schutzschirm über der STARDUST zu installieren. Es handelte sich um einen einfachen Prallschirm, der unsichtbar blieb, solange er nicht beansprucht wurde, und alle denkbaren Geschosse, Raketen und dergleichen ebenso zuverlässig abhalten würde wie Eindringlinge, die zu Fuß kamen. Die Energieglocke hatte zunächst einen Radius von zwei Kilometern. Der notwendige Luftaustausch wurde durch Strukturlücken im oberen Drittel erreicht, die sich, solange keine Gefahr bestand, in einem solchen Rhythmus öffneten und schlossen, dass sie wie Ventilatoren wirkten – was freilich am Boden keinerlei erfrischenden Effekt mehr hatte.

Damit war das dringlichste Problem vorerst gelöst: Sie waren vor jeglichem Zugriff der Weltmächte in Sicherheit. Doch oberste Priorität musste Crests Heilung haben, denn mit ihm stand und fiel alles. *Er* war eigentlich jene »Dritte Macht«, die Perry Rhodan wenig später per Funk ausrief.

Er wählte seine Worte sorgfältig. Was die Welt erfahren durfte, war, dass Rhodan auf dem Mond außerirdische Gerätschaften gefunden hatte, deren Besitz eine außerordentliche Machtfülle verlieh, und dass er sie aus genau diesem Grund keiner der bestehenden Mächte zu überlassen gedachte.

Was die Welt vorerst jedoch *nicht* erfahren durfte, war, dass sie einen Außerirdischen mitgebracht hatten und dass dieser todkrank war. Bull und Rhodan sprachen nicht darüber, aber es war ihnen beiden klar, dass, falls Crest starb, ihr Spiel aus war. Selbst wenn Thora die Erde verschonen sollte, würden sie ohne Crest früher oder später aufgeben müssen und vor einem Kriegsgericht enden, wobei einzig offen war, in welchem Land dieses Gericht stattfinden würde.

Aber einstweilen lebte Crest noch, ja, er schien richtiggehend aufzublühen. Das Abenteuer, in dem sie nun steckten, machte ihm sichtlich Spaß.

Es dauerte nicht lange, bis chinesisches Militär auftauchte. Der Kommandant sprach leidlich Englisch und bot Hilfe an; schließlich hatte die STARDUST ja SOS gesendet. Perry Rhodan lehnte freundlich, aber bestimmt ab, und als er von dem Mann zu seiner nicht geringen Bestürzung erfuhr, dass die chinesische Mondrakete, über die sie sich auf dem Mond tagelang Gedanken gemacht hatten, kurz nach dem Start explodiert war, sprach Rhodan ihm und seinem Land sein Beileid aus. Anschließend informierte er ihn darüber, dass das Areal, auf dem sie sich befanden, von an nun als Hoheitsgebiet einer neuen, neutralen Macht zu betrachten sei, und sicherte der Asiatischen Föderation Nichteinmischung in ihre inneren Angelegenheiten zu.

Die beiden Offiziere waren, wie man sich lebhaft vorstellen kann, mehr als verblüfft. Sie hatten den Auftrag, die Mondrakete sicherzustellen und herauszufinden, ob ihre Landung der Versuch war, einen amerikanischen Stützpunkt auf chinesischem Gebiet zu installieren, oder ob die Mondfahrer tatsächlich Hilfe benötigten. Stattdessen mussten sie feststellen, dass sie es nicht mit Gestrandeten, sondern mit offensichtlich Verrückten zu tun hatten!

Verrückte allerdings, die sich nicht nur nicht vertreiben oder verhaften ließen, sondern im Gegenteil überaus geheimnisvolle Dinge mit ihnen anstellten. So waren sie irgendwie imstande, die Schwerkraft aufzuheben und Soldaten und Gegenstände durch die Luft schweben zu lassen – und außerdem besaßen sie die Frechheit, den Hubschrauber, mit dem die Offiziere gekommen waren, einfach zu konfiszieren!

Eine sofort eingeleitete Vergeltungsaktion wiederum scheiterte an einem unsichtbaren Hindernis, einer Art Glocke, die das gelandete amerikanische Raumschiff in einem Radius von zwei Kilometern umgab und undurchdringlich war, für Panzer wie für Kugeln. Worauf die Regierung der Asiatischen Föderation sofort bei der amerikanischen Regierung protestierte und verlangte, diese solle ihren illegal auf chinesischem Territorium errichteten Stützpunkt umgehend wieder abziehen, andernfalls man die diplomatischen Beziehungen zwischen Peking und Washington abbrechen werde.

So weit schien für Rhodan alles nach Plan zu gehen – wenn man so kühn sein will, die hastig ausgedachten, mehr oder weniger aus dem Ärmel geschüttelten Aktionen, die er und Bull unternahmen, mit der Bezeichnung »Plan« zu adeln. Aber sie mussten schnell handeln, denn die Zeit war definitiv *nicht* auf ihrer Seite.

Es scheint ihnen allerdings großen Spaß gemacht haben, die diversen Ordnungshüter mit Hilfe der arkonidischen Wundergeräte von einer Verblüffung in die nächste zu treiben. Insbesondere mit den Psychostrahlern hantierten Rhodan und Bull viel und auf eine Weise, die man heutzutage als kriminell betrachten würde: Um ihre jeweiligen Ziele zu erreichen, verletzten sie massenhaft die Würde und die Privatsphäre Unbeteiligter oder griffen gar in die geistige Selbstbestimmung der Betreffenden ein. Freilich, juristisch hätte man sie nicht belangen können, da es zu der Zeit noch keine Gesetze gegen derlei gab; warum hätte es sie auch geben sollen, da diese technischen Möglichkeiten noch gänzlich unbekannt waren? Heutzutage ist die Herstellung, der Vertrieb und der Gebrauch von Psychostrahlern streng reglementiert, und in der Praxis spielen diese Geräte auch kaum eine Rolle, da sie nicht so zuverlässig funktionieren, wie das in den alten Erzählungen klingt: Rhodan und Bull hatten seinerzeit einfach auch verdammt viel Glück. (Es sei an dieser Stelle erwähnt, dass entgegen anderslautenden Gerüchten die für Hypnoschulungen eingesetzten Geräte auf eine gänzlich andere Weise funktionieren als jene Psychostrahler, mit denen Rhodan und Bull in ihren wilden Zeiten hantierten: Weder kann man mit hypnopädagogischen Apparaten den Willen einer Person beeinflussen, noch kann man ihr mittels eines Psychostrahlers irgendwelches Wissen einflößen.)

Die erste große Aktion begann damit, dass Rhodan Bull fragte: »Sag mal, kannst du auch einen chinesischen Hubschrauber fliegen?«

»Klar«, sagte Bull, ohne zu zögern. »Warum?«

»Dumme Frage. Irgendwie müssen wir schließlich die Medikamente für Crest besorgen. Ich nehme nicht an, dass du zu Fuß durch die Wüste Gobi laufen wolltest, oder?«

Worauf Bull blass wurde. »Ich? Wieso ich?« Dann winkte er ab. »Ja, schon klar. Das ist natürlich eine Aufgabe, für die nur der Beste in Frage kommt …«

»Du nimmst mir die Worte aus dem Mund«, meinte Rhodan grinsend.

Kurz darauf brach Reginald Bull mit dem beschlagnahmten chinesischen Hubschrauber nach Australien auf. Er nahm Clark Flipper mit, der mit den weiteren Plänen Rhodans entschieden nichts zu tun haben wollte. Er wollte nur nach Hause zu seiner schwangeren Frau zurückkehren, und er war damit einverstanden, dass ihm Crest mittels eines Psychostrahlers einen posthypnotischen Block verpasste, der ihm für eine gewisse Zeit alle Erinnerungen an die Erlebnisse auf dem Mond nahm: Auf diese Weise, hatte sich Rhodan überlegt, würde es kein Risiko sein, den Kameraden schon jetzt gehenzulassen.

Wie man sich vorstellen kann, wurde es eine ziemlich halsbrecherische Reise. Bull musste immer wieder den Psychostrahler einsetzen, um die Besatzungen auf diversen Stützpunkten der Asiatischen Föderation dazu zu bringen, ihm den Hubschrauber aufzutanken und anschließend zu vergessen, dass er da gewesen war. Damit und mit viel Glück gelang es ihm tatsächlich, sich bis nach Darwin, Australien, durchzuschlagen.

Dort setzte er Clark Flipper, der sich den ganzen Flug gewundert hatte, wie er in einen chinesischen Hubschrauber kam und was das alles überhaupt sollte, in einem Hotel ab, besorgte ihm ein Flugticket in die USA und etwas Bargeld und schärfte ihm genau ein, wie er zum

Flughafen kam und wann es Zeit sein würde aufzubrechen. Nachdem sie das alles mehrmals durchgegangen waren, kam Bull zu dem Schluss, dass er Flipper sich selbst überlassen konnte, umarmte den blonden Riesen zum Abschied noch einmal und flüsterte ihm dabei ein Codewort ins Ohr. Dieses Codewort löste einen posthypnotischen Befehl aus, der bewirkte, dass Flipper fünf Minuten später auch ihn vergessen hatte und überzeugt war, einer Mathematikertagung wegen nach Australien gekommen zu sein. Die geistige Blockade, hatte Crest erklärt, würde mindestens drei Monate lang anhalten und sich dann allmählich wieder auflösen: Bis dahin würde das, was Flipper zu erzählen hatte, nach Rhodans Einschätzung ohnehin kein Geheimnis mehr sein.

Danach suchte Bull Dr. Frank M. Haggard auf. Das war einfach, der Arzt stand im Telefonbuch von Darwin, und wenn man sich seiner östlich der Stadt gelegenen Klinik näherte, wiesen einem Hinweisschilder vollends den Weg. Bull kam spätabends, aber der Mediziner, den man ohne weißen Kittel eher für einen Boxer gehalten hätte, war noch auf und empfing ihn, wenn auch mit nicht geringer Skepsis. Diese Skepsis vertiefte sich zunächst, da Bull bei ihm keinen Psychostrahler benutzte, sondern ihm einfach die Wahrheit erzählte, die sich für den Australier unglaubwürdiger angehört haben muss als jede Lüge: Sein später Gast kam gerade aus der – siebentausend Kilometer entfernten – Mongolei? Und brauchte das Anti-Leukämie-Serum für einen … *Außerirdischen*?

Doch nach und nach verstand der Arzt die Zusammenhänge, erkannte den Mondfahrer nun auch anhand von Fotos, die er in der Zeitung gesehen hatte, und begriff die Dringlichkeit von Bulls Anliegen. Das Problem, erklärte er ihm dann, sei aber, dass ihnen das Serum allein nicht viel nützen würde. »Dieser Crest müsste zu einer Kur in meine Klinik kommen.«

Bull schüttelte entschieden den Kopf. »Dr. Haggard – das ist ausgeschlossen. Die Geheimdienste der ganzen Welt sind hinter ihm her. Er wäre hier keine Sekunde lang sicher.«

»In dem Fall«, erklärte Frank M. Haggard, seit jeher abenteuerlustig und nie abgeneigt, unkonventionelle Wege zu gehen, »werde ich mit Ihnen kommen, Mister Bull.«

Bull stutzte. »Sie wollen – *was*?«

»Glauben Sie, ich lasse mir die Gelegenheit entgehen, eine außerirdische Intelligenz auf Herz und Nieren zu untersuchen?«

»Ja, und Ihre Klinik?«

»Ist gut genug organisiert, dass sie auch ohne mich läuft«, erwiderte Haggard leichthin, und als er die Verblüffung sah, die immer noch nicht aus Bulls Miene gewichen war, lachte er auf: »Geben Sie mir zehn Minuten, alles einzupacken, was wir brauchen. Dann kann es losgehen.«

Trotz des großzügigen Einsatzes des Psychostrahlers war Bulls Reise nicht ganz unbemerkt geblieben. Während Bull und Haggard mit den Vorbereitungen für die Rückkehr beschäftigt waren und damit, noch diverse Ersatzteile zu besorgen, die Crest brauchen würde, trafen Geheimagenten der Großmächte in Darwin ein. Diese hatten zwar Bulls Spur, seiner habhaft zu werden gelang ihnen aber nicht, denn dieser veranstaltete allerlei Firlefanz – unter anderem veranlasste er mit Hilfe des Psychostrahlers Polizeioffiziere, Kniebeugen zu machen, und hob in weiten Teilen der Stadt Darwin zeitweise die Schwerkraft auf – und schaffte es, in dem entstehenden Durcheinander zusammen mit Haggard und etlichen Kisten voller Ersatzteile auf einer Yacht zu entkommen und schließlich wohlbehalten zurück in die Gobi zu gelangen.

Der arme Clark Flipper hingegen fand ein tragisches Ende. Noch ehe er sein Flugzeug besteigen konnte, wurde er von Geheimdienstleuten verhaftet, die ihm in den anschließenden Verhören nicht glauben wollten, dass er sich nicht an eine Reise zum Mond erinnere und niemanden namens Perry Rhodan kenne. Man verhörte ihn unter Zuhilfenahme eines sogenannten *Mentalprojektors*, einer experimentellen Weiterentwicklung des Lügendetektors, und dieses Gerät löste bei dem Versuch, seine Gedächtnisblockade zu durchbrechen, einen Gehirnschlag aus, der ihn tötete.

Die von Studenten der Alten Geschichte am häufigsten gestellte Frage ist die, warum Perry Rhodan den Begriff »Dritte Macht« gewählt hat. Es *gab* damals doch bereits drei Supermächte: die USA, die Sowjetunion und die Asiatische Föderation. Wäre da nicht der Begriff »Vierte Macht« logischer gewesen?

Interessanterweise stellte diese Frage im Jahre 1971 niemand, jedenfalls nicht ernsthaft; eine Recherche in den erhaltenen Zeitungsarchiven bringt höchstens humoristische Bemerkungen in diese Richtung zutage. Damals wurde allgemein verstanden, was Rhodan mit seiner Wortwahl meinte: Es gab zwar drei Mächte, aber es gab nur zwei *Seiten* – den Westen mit den USA auf der einen Seite des Globus, und auf der anderen Seite den Osten mit der Sowjetunion und der Asiatischen Föderation, die zwar untereinander Differenzen hatten, im Zweifelsfall aber gegen den Westen zusammenhielten. An der Charakterisierung dieser beiden Seiten haben sich schon viele Historiker versucht; mir selbst hat immer die Definition am besten gefallen, wonach der Osten kollektivistisch eingestellt war und die Herrschaft beim Staat lag, der Westen hingegen den Individualismus unter einer Herrschaft des Geldes verkörperte. Jede der beiden Seiten versuchte, die andere auszuschalten, um selber die Welt zu dominieren, was dazu geführt hatte, dass beide Seiten ungeheure Arsenale an Waffen aufgehäuft hatten, die einander drohend gegenüberstanden und nur auf den Zündfunken zu warten schienen, der alles explodieren ließ.

In dieser Situation trat Perry Rhodan auf und brachte mit dem Begriff »Dritte Macht« zum Ausdruck, dass er einen *dritten Weg* sah, den zu beschreiten er die Absicht hatte, in einem ähnlichen Sinne, wie in der Juristerei oft von einem »Dritten« die Rede ist, ohne dass notwendigerweise genau zwei andere Parteien im Spiel sein müssen. Mit dem »Dritten« ist in einem solchen Fall ein *Außenstehender* gemeint, und so jemand versprach Rhodan zu sein: jemand, der weder die Vorherrschaft der einen noch der anderen Seite wollte, sondern etwas Drittes, nämlich, dass eine geeinte Menschheit zu den Sternen aufbrach und sich mit vereinten Kräften den Herausforderungen stellte, die das Universum für sie bereithielt.

Eine geeinte Menschheit war also Rhodans erstes Etappenziel: Aus heutiger Perspektive lässt sich kaum noch ermessen, was für ein ehrgeiziges Vorhaben allein das darstellte, so zerstritten und zersplittert, wie sich die irdischen Völker zeigten. Was brachte Rhodan dazu, zu glauben, er könne vollbringen, wovon so viele vor ihm geträumt und woran bislang alle gescheitert waren?

Es waren drei Dinge, wie er mir einmal, viele Jahre später, erklärt hat.

Erstens war er der Auffassung, dass die Gräben, die die Menschen voneinander trennten, größtenteils künstlich geschaffen waren, und zwar von Leuten, die eigennützige Interessen damit verbanden, nach dem Prinzip »Teile und herrsche« vorzugehen. Es gab schon zu Rhodans Zeiten die Beobachtung, dass, obwohl die Geschichte der Menschheit eine Geschichte der Kriege ist, nie zwei wirkliche Demokratien gegeneinander Krieg geführt hatten, was Rhodans Ansicht zufolge nur den Grund haben konnte, dass Menschen, wenn man sie nicht gegeneinander aufhetzt, dazu neigen, sich irgendwie zu verständigen und eher zu einem Kompromiss zu finden, als zu kämpfen.

Zweitens hatte ihn schon das wenige, was er in den paar Stunden an Bord des arkonidischen Raumschiffes erfahren hatte, zu der Überzeugung gebracht, dass die Menschheit nur vereint eine Zukunft haben würde. Offensichtlich existierten dort draußen auf fernen Sternen Mächte, die, sollten sie auf die Erde aufmerksam werden, sich nicht im mindesten für die feinen Unterschiede zwischen Russen, Amerikanern und Chinesen interessieren, sondern den Planeten in seiner Gesamtheit ihrer Herrschaft unterwerfen würden. Schon eine vereinte Menschheit, die erst am Anfang ihrer Entwicklung stand, würde sich schwertun, sich einem solchen Schicksal zu widersetzen; eine geteilte Menschheit würde jedoch keinerlei Chance haben, einer Fremdherrschaft zu entgehen.

Und drittens schließlich war ihm klar, dass sich Menschen am ehesten angesichts eines gemeinsamen Feindes verbünden – und Rhodan war bereit, diesen Feind zu spielen.

Wobei er die stille Hoffnung hegte, dass genügend Menschen durchschauen würden, dass es nur eine Art Spiel war, eine Drohgebärde für eine gute Sache sozusagen. Jedenfalls hatte er nie vor, sich zum Weltdiktator aufzuschwingen, obwohl ihm klar war, dass man ihm genau das unterstellen würde. Aber Rhodan hatte die Geschichte so gründlich wie kaum jemand studiert und wusste, dass Diktator ein Lebensentwurf war, der für ihn nicht den geringsten Reiz hatte.

Hinzu kam, dass ihm die Begegnung mit den Arkoniden und insbesondere mit Crest im Grunde keine andere Wahl ließ. Hier finden wir wieder das Motiv eines Perry Rhodan vor, der die Führung übernimmt, weil es *notwendig* ist, mit anderen Worten, aus einem Gefühl moralischer Verpflichtung heraus, dafür zu sorgen, dass ein entstandenes Problem bestmöglich gelöst wird. Und das Problem, das hier entstanden war, war ein gewaltiges, betraf es doch nicht weniger als die Zukunft der Menschheit. Wie es seine Art war, hatte Rhodan ohne Zögern den Weg eingeschlagen, von dem er überzeugt war, dass er der beste war, den er gehen konnte – doch das hieß nicht, dass die Dinge nicht trotzdem schrecklich schiefgehen konnten! Das war ihm klar. Doch er machte weiter, weil er wusste, dass es auf jede andere Weise *garantiert* schiefgehen würde.

Letzten Endes, glaube ich, leitete ihn die Hoffnung, mit der Einigung der Menschheit eine Idee zu verfolgen, deren Zeit nun, an diesem Wendepunkt der Geschichte, einfach gekommen war. Er vertraute darauf, dass nicht alles Geschehen reiner Zufall war, sondern dass es so etwas wie das Schicksal gab und dass es eine gestaltende Kraft darstellte.

Wir haben es mehrfach erwähnt: An der Militärschule war Perry Rhodan ein eifriger Student der Militärstrategie, der Geschichte und Politik gewesen (tatsächlich hätte er jederzeit seinen Lebensunterhalt als Dozent in einem dieser Fächer verdienen können), und er hatte sich schon in diesen jungen Jahren eine regelmäßige und kritische Zeitungslektüre angewöhnt. Allenfalls einzelne Ereignisse haben ihn überrascht, nie jedoch die sich daraus ergebenden politischen Entwicklungen.

Doch wie schnell der Konflikt eskalierte, den er ausgelöst hatte – das überraschte ihn dann doch. Und auch, dass nicht der Konflikt zwischen der Dritten Macht und dem Rest der Welt die entscheidende Rolle spielte, sondern der Konflikt der Atommächte untereinander.

Die Asiatische Föderation beschuldigte die USA, einen illegalen Stützpunkt auf ihrem Territorium installiert zu haben, und verlangte, dass die STARDUST innerhalb von vierundzwanzig Stunden verschwinden müsse.

Die USA beschuldigten die Asiatische Föderation hingegen, das Raumschiff illegal an sich gebracht zu haben, verdächtigten Perry Rhodan des Verrats und verlangten, die Asiatische Föderation müsse die STARDUST unverzüglich herausgeben.

Die allgemeine Paranoia schaukelte sich hoch.

Diplomatische Beziehungen wurden abgebrochen, Botschafter des Landes verwiesen.

Bald drohte man offen mit Vergeltungsmaßnahmen, mit Krieg gar.

Ultimaten wurden gestellt.

Es war, als seien alle Inhaber höherer Ämter in den betreffenden Ländern auf einen Schlag irrsinnig geworden.

Rhodan, der die Nachrichten über das Bordradio der STARDUST verfolgte, wollte seinen Ohren kaum trauen. Er besprach sich mit Crest, voller Sorge, wie der Arkonide reagieren würde, sollten die Atommächte tatsächlich bis zum Äußersten gehen. Würde Crest sein bisheriges Vertrauen in die Menschheit verlieren? Rhodan hätte es ihm nicht einmal verdenken können, stand er doch selber dicht davor.

Nach dem Gespräch versuchte er, die Situation zu entschärfen, indem er seinerseits drohte. Er bat Thora um Unterstützung, vereinbarte mit ihr einen genauen Zeitpunkt und Ort für eine Machtdemonstration und gab dann per Funk weltweit bekannt: »Hier spricht Perry Rhodan für die Dritte Macht. Dies ist ein Versuch, die Welt, die zum Kriege rüstet und damit den Untergang der Zivilisation riskiert, zur Vernunft zu bringen. Zur Warnung werde ich demonstrieren, dass ich in der Lage bin, die Nation, welche die erste Atomrakete startet, zu vernichten. Ich werde in genau einhundertfünfzehn Minuten in der Sahara nördlich des Ahaggar-Gebirges einen Krater von fünfzig Kilometern Durchmesser entstehen lassen. Alle Personen, die sich in diesem Gebiet aufhalten, werden ersucht, sich bis dahin so weit wie möglich zu entfernen. Nach dieser Demonstration, so hoffe ich, werden die Weltmächte ihre Positionen überdenken.«

In dem genannten Gebiet hielt sich nur eine algerische Militärstreife auf, die sich eilends in Richtung Tamanrasset zurückzog. Dafür tauchten etliche Flugzeuge auf, die meisten davon hastig von Nachrichtenagenturen gechartert.

Genau zum genannten Zeitpunkt donnerte eine gewaltige Wand aus grellem Licht aus dem Himmel herab, wie ein Wasserfall, nur dass er aus purer, glühender Energie bestand. Das Phänomen dauerte exakt sechzig Sekunden, zwang eines der Flugzeuge, das sich zu nahe herangewagt hatte, zu einer Notlandung, dann verlosch es wieder.

Übrig blieb ein tiefes Loch mit rotglühenden Rändern, aus dem es vulkanartig dampfte. Aus der Luft sah man, dass es genau kreisrund war und einen Durchmesser von exakt fünfzig Kilometern hatte.

Die Ultimaten verstrichen, ohne dass etwas geschah.

Dann kehrte Reginald Bull heil mit Dr. Haggard und dessen Laborausrüstung zurück, und die beiden Ärzte begannen sofort mit Crests Behandlung. Rhodan und Bull hielten die Stellung, versuchten, als politischer Partner der Weltmächte anerkannt zu werden und insbesondere, vernünftige Beziehungen zu Peking aufzubauen.

Vergebens.

Neue Anschuldigungen wurden erhoben, neue Protestnoten zwischen den Atommächten ausgetauscht.

Neue Ultimaten wurden gestellt, bis wann die STARDUST abgezogen beziehungsweise ausgeliefert werden solle. Auch die Sowjetunion forderte Washington nun ultimativ auf, ihre Besetzung chinesischen Territoriums zu beenden.

Im Unterschied zur ersten Eskalation wurde die STARDUST diesmal mit einbezogen. Die Besatzung solle den Energieschirm abschalten und sich ergeben, hieß es, andernfalls würden die diplomatischen Beziehungen zum Westblock abgebrochen.

»Wir wiederholen unser Angebot, diplomatische Beziehungen zwischen Peking und der Dritten Macht aufzubauen«, erklärte Rhodan über Funk, eine Mitteilung, die wieder auf der ganzen Welt zu empfangen war. »Außerdem wiederholen wir unsere Erklärung, dass wir im Besitz von Mitteln sind, jede kriegerische Auseinandersetzung zwischen den Mächten der Erde zu verhindern.«

Darauf kam keine Antwort aus Peking mehr.

Und am darauffolgenden Tag, am 22. Juli 1971 um 12 Uhr Pekinger Zeit, starteten die chinesischen Atomraketen.

Eine Minute und 18 Sekunden später, kurz nach Mitternacht in Washington, D. C., wurden die amerikanischen Atomraketen auf den Weg gebracht.

Weitere anderthalb Minuten später, um 7 Uhr 03 Moskauer Zeit, drückte man auch in der Sowjetunion auf den roten Knopf.

4

Dies war zweifellos Rhodans dunkelste Stunde in jener Zeit.

Als die Nachrichten vom Start der Atomraketen berichteten, schaltete er das Radiogerät aus und ging hinaus, musste das enge Cockpit der STARDUST verlassen, durchatmen. Draußen stand die Sonne hoch am weißlich blau glühenden Himmel; trotzdem war ihm, als sei er von Dunkelheit umgeben.

Er musste an seinen Vater denken und wie dieser vom Atombombentest am Bikini-Atoll erzählt hatte. *Es kommt mir vor, als hätte ich einen Blick in die Hölle getan*, hatte er gesagt und: *Diese Bomben einzusetzen, das ist mehr als ein Verbrechen. Das ist eine Sünde gegen Gottes Schöpfung.*

Eine Sünde. Ja, das war es. Die Mächtigsten der Erde hatten sich gerade versündigt.

Aber was half es noch, sich das zu sagen? Tatsache blieb, dass er das, was er um jeden Preis hatte verhindern wollen – den totalen Atomkrieg, die Selbstvernichtung der Menschheit in einem absurden, sinnlosen Schlagabtausch –, durch sein Handeln erst recht provoziert hatte! Wie viel Schuld traf *ihn* daran?

Er fühlte sich in diesen Minuten als Versager. Was hatte er für grandiose Pläne gehabt! Wie überzeugt war er gewesen, die Dinge im Griff zu haben! Er hatte sich in Sicherheit gewiegt, in einem Gefühl der Überlegenheit gesonnt, sich dank der arkonidischen Technik gefühlt wie ein Magier, der Unmögliches bewirken konnte und deswegen Unmögliches erstreben durfte.

Er hob den Blick zum Himmel, der so hell brannte und doch so dunkel auf seiner Seele lastete. Die einzige, die letzte Hoffnung, die nun noch blieb, war, dass die Wundertechnik der Arkoniden hielt, was Crest und Thora ihm versprochen hatten: dass sie rechtzeitig einen unsichtbaren, mit irdischen Messgeräten nicht wahrnehmbaren Schirm um die ganze Erde gelegt hatten, der freie Neutronen absorbierte. Ohne freie Neutronen gab es keine Kernspaltung, also konnten die Raketen zwar einschlagen, aber die Bomben nicht explodieren.

Dass das funktionierte, davon konnte sich Perry Rhodan wenig später mit eigenen Augen überzeugen: Offenbar waren etliche Raketen auf die Position der STARDUST gerichtet gewesen; sie schlugen in die Energiekuppel ein, zerschellten daran, zerplatzten, doch sie explodierten nicht. Flüssiger Treibstoff wurde frei, der auf der Außenseite der Kuppel herablief und dabei entflammte, harmlos verpuffte und allerlei Farbenspiele erzeugte, mehr nicht.

Er hörte Schritte hinter sich. Es war Bull, der ihm folgte, schwer atmend, mit Flecken am Hals, die Augen rot unterlaufen. »Es klappt offenbar«, stellte er mit kratziger Stimme fest. »Der Weltuntergang fällt aus.«

Rhodan sah ihn an mit dem Gefühl, dass seine Augen glühten. »Die Verantwortlichen«, erklärte er grimmig, »werden dafür eines Tages vor Gericht stehen. Verlass dich drauf.«

In dieser Hinsicht hat Rhodan, wie wir wissen, recht behalten. Die Gründung des Internationalen Gerichtshofs (aus dem später das Solare Hohe Gericht hervorgehen sollte) und die Prozesse gegen zahlreiche führende Politiker der damaligen Zeit, vor allem gegen diejenigen, die die Befehle zur Eröffnung des Atomkriegs gegeben hatten, beschäftigten die Welt fast die ganzen 80er Jahre hindurch. Es war ein Prozess der Veränderung, an dessen Ende die Einberufung der verfassunggebenden Versammlung in Terrania City im Jahre 1988 stand und im Jahre 1990 schließlich die Gründung des Solaren Imperiums.

Das *Solare Imperium*: ein ehrgeiziger Name, der zugleich Programm war. Und tatsächlich sollte sich Terra aus kleinsten Anfängen zu einer der führenden Mächte der Milchstraße entwickeln und das Imperium über tausendfünfhundert Jahre bestehen … um, wie alle Imperien, schließlich doch zu fallen.

Aber das ist eine andere Geschichte.

Wichtig ist nur, dass es die Erde immer noch gibt und die Menschen auch, in vielfältiger Gestalt und weit über das Universum verstreut. Den imperialen Zeiten trauert hingegen, soweit ich sehe, niemand mehr nach.

Doch all das war im Jahr 1971 alter Zeitrechnung nicht im Ansatz zu erahnen. Man hatte andere Sorgen. Das atomare Arsenal der Großmächte hatte sich in einer einzigen, schrecklichen Stunde größtenteils in Schrott verwandelt; in radioaktiven Schrott mitunter, denn die *chemischen* Sprengsätze, die in einer nuklearen Bombe enthalten sind, hatten natürlich funktioniert und ihr Bestes gegeben, um das spaltbare Material zur Zündung zu veranlassen. Da diese Zündung ausgeblieben war, lagen nun eine Menge deformierter Metallbehälter herum, die Uran oder Plutonium enthielten und aufwendig von Spezialkräften geborgen werden mussten.

Dennoch ging ein großes Aufatmen um die Welt. Das Schwert des Damokles war gefallen – und hatte Damokles verfehlt! Niemand hatte dergleichen je zu hoffen gewagt.

Die unmittelbare Folge war, dass sich die verfeindeten Großmächte verbündeten.

Und zwar gegen Perry Rhodan und seine Dritte Macht.

Es begann mit einem Propagandafeldzug. Die diversen Geheimdienste begannen, Journalisten aus aller Welt mit überaus unappetitlichen Behauptungen über die Person und den Lebenswandel dieses Perry Rhodan zu füttern, und auch dessen Gefährten vergaß man dabei nicht. Alles, was publiziert wurde, war frei erfunden, aber schon die alten Römer hatten gewusst: *Audacter calumniare, semper aliquid haeret* – verleumde nur dreist, es bleibt immer etwas hängen.

Die Rechnung ging zunächst auf. In den meisten Staaten des Ostblocks berichteten die Medien ohnehin treu, was die Regierung vorgab.

Aber auch im Westen, wo nominell Pressefreiheit herrschte, machten sich viele Zeitungen und Fernsehstationen in ihrem Bestreben, als Erste mit den Neuigkeiten an den Kiosken zu sein, nicht die Mühe, zu recherchieren, ob an den Vorwürfen etwas dran sein konnte, sondern übernahmen die Behauptungen der Regierungsorgane kritiklos.

Derweil trafen sich die führenden Politiker, Militärs und Geheimdienstler, um gemeinsame Aktionen gegen Rhodan zu planen.

Die erste Maßnahme war, ein permanentes Trommelfeuer auf die Energieglocke zu beginnen, die das Raumschiff schützte, mit dem Ziel, die Nerven der Renegaten zu zerrütten. Tag und Nacht wurde auf den Schutzschirm geschossen, verpulverte man täglich Millionenwerte in der Erwartung, dass die Eingeschlossenen es irgendwann nicht mehr aushalten und kapitulieren würden.

Derweil erlebte die Zusammenarbeit der ehemaligen Feinde ungeahnte Sternstunden. Führende Vertreter des Militärs und der Geheimdienste der Sowjetunion und der Asiatischen Föderation kamen nach Grönland. Sie wurden in dem bislang streng geheimen unterirdischen Hauptquartier der IIA, der International Intelligence Agency, des Geheimdienstes der NATO, willkommen geheißen, um unter dem Vorsitz von Allan D. Mercant gemeinsam mit ihren amerikanischen Kollegen Überlegungen anzustellen, was auf dem Mond tatsächlich passiert sein mochte und wie sie weiter vorgehen konnten.

Niemand glaubte mehr, dass die Landung der STARDUST ein Versuch des Westens war, einen Stützpunkt in China zu errichten. Und niemand glaubte mehr, dass die Chinesen Rhodan gekauft hatten, um sich in den Besitz amerikanischer Hochtechnologie zu bringen. Allen Anwesenden war klar, dass hier ein ganz neues Spiel nach ganz neuen Regeln gespielt wurde.

Rhodan hatte in diversen Funkgesprächen behauptet, auf dem Mond *Hinterlassenschaften* technisch überlegener, fremder Wesen gefunden zu haben: Doch war es nicht höchst unwahrscheinlich, dass die Mondfahrer, so intelligent, gut ausgebildet und generell zur Lösung von Problemen befähigt sie zweifelsohne waren, wirklich innerhalb weniger Tage enträtselt hatten, wie man eine Technik benutzte, die der irdischen um Jahrhunderte voraus war? War das nicht, als würde ein nur mit Pfeil und Bogen vertrauter Eingeborener aus dem Urwald treten, ein Automobil vorfinden und auf eigene Faust herausfinden, wie man damit fuhr?

Die Informationen, die die verschiedenen Geheimdienste zusammentrugen, erzählten tatsächlich eine ganz andere Geschichte. Man hatte Clark Flipper in Australien aufgegriffen und ihm vor seinem – selbstverständlich bedauerlichen – Tod die Aussage entrissen, Rhodan habe die Landung in der Gobi gegen den Willen der übrigen Besatzungsmitglieder erzwungen. Man wusste ferner, dass Reginald Bull, der Copilot, sich ebenfalls in Australien aufgehalten hatte. Und man wusste, dass seither ein gewisser Dr. Frank Haggard verschwunden war, ein in Darwin, Australien, ansässiger, ziemlich umstrittener Facharzt für Blutkrankheiten, und man hatte rekonstruiert, was dieser an Medikamenten und Gerätschaften mitgenommen hatte. Die plausibelste Theorie, die all diese Einzelheiten in ein Gesamtbild brachte, war die, dass Rhodan ein nichtmenschliches Lebewesen zur Erde gebracht hatte, das an einer Blutkrankheit litt, höchstwahrscheinlich an Leukämie.

»Ein Außerirdischer … auf der Erde!«, stieß jemand aus der Runde atemlos hervor. Es kam aus Richtung der sowjetischen Delegation.

»Das Problem«, sagte Allan D. Mercant mit steinerner Miene, »ist nicht der Außerirdische auf der *Erde* – sondern seine Artgenossen, die noch auf dem *Mond* zu vermuten sind. Meine Herren, wir müssen davon ausgehen, dass sich auf dem Erdtrabanten, genauer gesagt in der Nähe des Landegebietes der STARDUST, ein Stützpunkt außerirdischer, uns technisch haushoch überlegener Intelligenzen befindet. Diese sind die eigentliche Gefahr, nicht Rhodan und seine Rakete in der Gobi. Denken Sie an das Loch, das sie in die Sahara gebrannt haben, und fragen Sie sich, wo wir heute stünden, wäre der Strahl auf eine unserer Hauptstädte gerichtet gewesen! Wir wissen nicht, ob Rhodan ein Verbündeter der Fremden ist oder nur ihr Werkzeug, aber in jedem Fall laufen die Berechnungen unserer Strategiecomputer auf genau zwei Optionen hinaus, die uns zur Verfügung stehen. Die erste Option ist, zu versuchen, diplomatische Beziehungen zu den Fremden auf dem Mond aufzunehmen –«

»Zu Wesen, über die wir *nichts* wissen?«, rief Iwan Martinowitsch Kosselow aus, der Chef des sowjetischen Geheimdienstes KGB. »Die sich bis jetzt vor uns *versteckt* haben, ohne dass wir verstehen, warum sie das tun und was sie für Ziele damit verfolgen?«

»Ausgeschlossen«, befand Marschall Lao Lin-to, der Oberbefehlshaber der Luftwaffe der Asiatischen Föderation. »Das Risiko wäre unabsehbar.«

»Die zweite Option«, fuhr Mercant fort, »ist die, den Stützpunkt der Unbekannten mit geeigneten Mitteln anzugreifen und zu zerstören.«

Marschall Petronskij, der Chef der sowjetischen Luftwaffe, furchte die Stirn. »Und was sollen das für Mittel sein, nachdem unsere Atomwaffen nicht mehr funktionieren? Pfeil und Bogen?«

Mercant gab einem seiner Offiziere einen Wink. Dieser schaltete einen Bildschirm ein, auf dem sie die lautlose Wiedergabe eines Atombombentests von offenbar ungeheuren Ausmaßen verfolgten, der mit einem winzigen Atoll begann und mit einem Chaos aus Flutwellen unter einem monströsen Atompilz endete.

»Vor einigen Monaten«, erklärte der IIA-Chef, während sich auf dem Bildschirm Wolken aus Staub und Wasserdampf gen Himmel wälzten, »ist es amerikanischen Wissenschaftlern erstmals gelungen, eine sogenannte ›kalte‹ Kernverschmelzung auszulösen. Das bedeutet, dass wir eine Kernfusion entfesseln können, ohne dazu eine Kernspaltungsbombe als Zünder zu benötigen. Die Wissenschaftler nennen es eine Meso-Katalyse-Bombe, und da es lediglich der Prozess der Kernspaltung ist, der zwingend auf freie Neutronen angewiesen ist, heißt das, dass jenes geheimnisvolle Feld, das um die Erde liegt und freie Neutronen absorbiert, dieser Bombe nichts anhaben kann. Sie wird trotzdem detonieren, und zwar mit einer Sprengkraft von rund einhundert Megatonnen TNT – die gewaltigste Bombe, die je gebaut wurde.«

Die Vertreter der östlichen Mächte zogen unwillkürlich die Köpfe ein. In den Augen des russischen Oberkommandierenden funkelte es. Am 30. Oktober 1961 war auf der russischen Halbinsel Nowaja Semlja die stärkste bislang gezündete Wasserstoffbombe explodiert, die AN602, später auch *Zar-Bombe* genannt, die eine Sprengkraft von sechzig Megatonnen gehabt hatte. Der Atompilz hatte eine Höhe von 64 Kilometern erreicht, und die Druckwelle der Explosion hatte die Erde zweieinhalb umrundet.

Und nun besaß der Westen eine noch stärkere Bombe! Und nicht nur das, er besaß sie auch *alleine*!

»Präsident Nixon«, fuhr Mercant so gelassen fort, als bemerke er gar nicht, wie schockiert seine Gäste waren (obwohl ihm das selbstverständlich nicht entging), »präferiert die Option, den außerirdischen Stützpunkt auf dem Mond zu vernichten. Im Augenblick besitzen die USA drei dieser Bomben – aber nur *ein* Raumschiff, das imstande ist, *eine* davon zum Mond zu transportieren. Sollten die Sowjetunion und die Asiatische Föderation geeignete Raketen besitzen, würden wir Ihnen deshalb jeweils eine dieser Bomben zur Verfügung stellen, für einen gemeinsamen Schlag gegen die Unbekannten.«

Das verschlug ihnen vollends den Atem.

»Wir könnten innerhalb von zwei Wochen ein Mondschiff startklar machen«, erklärte Marschall Petronskij schließlich. »Es hat sechs Mann Besatzung und wird eine Nutzlast von zweiundneunzig Tonnen tragen können.«

Nun war es an den Amerikanern, überrascht zu sein. Sechs Mann Besatzung! Wieder einmal war die Sowjetunion raumfahrttechnisch einen Schritt weiter als der Westen.

»Sie hätten vor uns auf dem Mond sein können«, stellte Mercant fest.

»Das haben wir versucht«, gestand Petronskij. »Wir haben die günstige Konstellation im März für einen Flug zum Mond genutzt, aber unsere Rakete ist abgestürzt, ohne Nachrichten, ohne Hinweise. Wir haben seither gerätselt, was passiert ist, aber nach allem, was ich heute hier erfahren habe, muss ich davon ausgehen, dass unsere Kosmonauten Opfer der Außerirdischen geworden sind.«

»Im März?« Mercant wandte sich an seine Untergebenen. »Wieso wissen wir das nicht?«

Betretene Blicke. Schulterzucken. Im März hätte es technische Probleme mit der Raumüberwachung gegeben, erinnerte sich jemand.

»Vermutlich kein Zufall«, meinte Mercant.

Kosselow, der KGB-Chef, grinste dünn. »In der Tat nicht. Meine

Regierung wünscht, nur Erfolge bekanntzugeben und Fehlschläge zu verschweigen.«

Mercant nickte knapp, dann fragte er, an Marschall Lin-to gewandt: »Immerhin haben wir mitbekommen, dass Ihre Mondrakete kurz vor der STARDUST gestartet, aber noch vor Erreichen des Erdorbits explodiert ist. Mein Beileid an dieser Stelle. Wie steht es seither um Ihr Raumfahrtprogramm?«

Lin-tos Gesichtsausdruck war unergründlich. »Man hat mir versichert, dass die Fehlerquellen, die zum Versagen der ersten Mondrakete geführt haben, erkannt und beseitigt worden sind. Das verbesserte Schwesterschiff ist startklar. Es hat vier Mann Besatzung und kann eine Nutzlast von achtundfünfzig Tonnen befördern.«

»Dann können wir in dieser Angelegenheit zusammenarbeiten«, stellte Mercant fest. »Wichtig ist, dass wir die Starts unserer Raumschiffe so abstimmen, dass sie das Zielgebiet gleichzeitig erreichen und die Bomben gleichzeitig abwerfen. Der Stützpunkt der Fremden muss sich kurz hinter dem lunaren Südpol befinden; relativ genaue Koordinaten stehen uns anhand der Aufzeichnungen über den Flug der STARDUST zur Verfügung und werden Ihnen rechtzeitig übermittelt. Da es nicht notwendig sein wird, auf dem Mond zu *landen,* können die Raumschiffe manuell gesteuert werden; auf Funkverbindungen dürfen wir uns nicht verlassen. Bleibt nur die Frage, ob Ihre Regierungen damit einverstanden sind, mit dem Westen Hand in Hand zu arbeiten.«

Zwei Stunden später war diese Frage geklärt und die geplante Zusammenarbeit in die Form eines Abkommens gegossen. Im Grunde, sollte Allan D. Mercant später einmal sagen, habe in diesem Moment der Prozess der Einigung der Erde begonnen, in diesen letzten Tagen des Juli 1971, in denen sich die Großmächte so einig waren wie nie zuvor.

Einer der Mitarbeiter Mercants, die im Hintergrund an der Konferenz teilgenommen hatten, war Captain Albrecht Klein. Er war der bisher einzige amerikanische Agent, dem es gelungen war, zu Rhodan vorzudringen und das Territorium zu betreten, das dieser annektiert hatte und seither mit einem undurchdringlichen Kraftfeld schützte. Klein hatte damals den Auftrag gehabt, Rhodan entweder zum Aufgeben zu überreden oder ihn zu töten. Keines von beidem hatte er geschafft, aber er hatte einige Eindrücke von dem gewonnen, was unter der Energiekuppel vor sich ging. Er hatte den versammelten hochrangigen Militärs und Geheimdienstlern des Ostens Rede und Antwort gestanden, und sein Bericht war eine der wichtigsten Grundlagen der strategischen Überlegungen, die man angestellt hatte.

Nach der Konferenz, noch während oben auf dem Flugfeld die Jets der Gäste aus dem Osten abhoben, bat Captain Klein Mercant um eine Unterredung, um ihm eine Idee vorzutragen.

»Wir könnten parallel zu dem Angriff auf den Mond versuchen, Rhodan und seine Leute mit Hilfe eines biologischen Kampfstoffs auszuschalten«, schlug Klein vor. »Rhodan hat mich schon einmal empfangen – es könnte gelingen, dass ich mir unter einem Vorwand noch einmal Zutritt zu ihm verschaffe. Ich würde einen unauffälligen Druckbehälter in der Tasche haben, dessen Inhalt sich mit einem Knopfdruck freisetzen lässt. Ich selber müsste vorher geimpft werden. Sobald sich bei Rhodan und seinen Leuten die ersten Symptome einstellen, könnten Sie ihnen das Gegenmittel anbieten unter der Bedingung, dass sie kapitulieren und ihren Schutzschirm abschalten.«

Mercant musterte Klein lange und überaus eindringlich, wie es seine Art war, und Klein begriff, wieso der Abwehrchef in dem Ruf stand, Gedanken lesen zu können. Schließlich entschied der so täuschend harmlos wirkende Mann: »Gute Idee, Captain. Das machen wir.«

Danach hatte es Klein sehr eilig, in die Gobi zurückzukehren und seinen Plan umzusetzen. Die IIA funktionierte wie eine gutgeölte Maschine – innerhalb kürzester Zeit wurde ein geeigneter Kampfstoff ausgewählt und beschafft, Spezialisten für den Umgang damit an Ort und Stelle beordert, Absprachen mit den anderen Geheimdiensten getroffen. Klein würde nicht allein gehen, sondern von einem Agenten des russischen und einem Agenten des chinesischen Geheimdienstes begleitet werden. Mit beiden hatte er schon bei seinem ersten Auftrag zusammengearbeitet. Er ließ sich wie diese impfen und anschließend untersuchen, ob die Impfung Nebenwirkungen zeigte, und wartete ungeduldig die notwendige Zeit ab, bis sich die Antikörper gebildet hatten. Dann endlich konnten sie sich auf den Weg durch die Absperrungen begeben, die das chinesische Militär rings um die STARDUST errichtet hatte. Der Dauerbeschuss konzentrierte sich auf eine einzige Stelle der Energiekuppel; Hunderte von Agenten aller Parteien sorgten dafür, dass sich die drei ihr von der anderen Seite auf eine Weise nähern konnten, die von drinnen gesehen konspirativ wirken musste.

Die einzigen Waffen, die sie bei sich trugen, waren kleine, stählerne Druckbehälter in ihren Taschen, gefüllt mit Krankheitserregern aus einem amerikanischen Labor. Den Verschluss sicherte eine Rändelschraube, die sich mit nur einer Hand öffnen ließ.

Eine winzige Handbewegung, die genügen würde, um der Affäre Rhodan ein Ende zu bereiten.

5

Die Unterstellungen, die die Weltpresse über ihn kolportierten, gingen Perry Rhodan durchaus unter die Haut, vor allem, wenn er daran dachte, wie es seinen Eltern dabei ergehen musste. Wir wollen die Behauptungen an dieser Stelle nicht im Einzelnen wiederholen; sie sind unter dem Staub von Jahrhunderten begraben, und das sollen sie bleiben. (Wer es unbedingt darauf anlegt, mag sie in den alten Archiven aus jener Zeit aufstöbern; das positronische Gehirn NATHANs vergisst bekanntlich nichts, nicht einmal den perfidesten Unsinn.) Reginald Bull erging es nicht anders, nur reagierte er, wie man sich zweifellos leicht vorstellen kann, weitaus heftiger darauf. Über Manoli verbreitete man, er sei ein schlechter Arzt und deshalb zur *Space Force* gegangen; außerdem hatte man eine angebliche frühere Freundin von ihm aufgetan, die eifrigen Reportern unschöne Dinge über ihre Beziehung und seine Manneskraft in die Blöcke diktierte und von der Manoli stirnrunzelnd feststellte: »Ich habe diese Frau noch nie im Leben gesehen.«

Getreu dem Wahlspruch »Mitgegangen – mitgehangen« wurde auch Dr. Haggard mit publizistischem Dreck beworfen, doch der war dergleichen seit Jahrzehnten gewohnt und ging über alle Vorwürfe mit einem nonchalanten Schulterzucken hinweg. Das beeindruckte die anderen, und Reginald Bull erwähnte einmal, es habe ihm geholfen, in dieser Zeit »nicht auszurasten«.

Perry Rhodan sagte sich, dass dies alles der Preis dafür war, dass sich die Dinge in seinem Sinne entwickelten: Die Generalsekretäre und Präsidenten der Großmächte ahnten nicht, dass sie mit ihrem Bündnis gegen Rhodan den ersten Schritt in Richtung einer geeinten Menschheit getan und damit einen Prozess angestoßen hatten, der bald nicht mehr aufzuhalten sein würde.

Hinzu kam, dass die Propaganda, die Rhodan als »Weltfeind Nummer 1« darstellte, als Inkarnation des Bösen und Verruchten, vielen bald übertrieben vorkam und damit das Gegenteil des Beabsichtigten erzielte. Immer mehr Menschen stellten sich die einfache Frage, wieso Perry Rhodan, wenn dieser ein so abgrundtief schlechter Mensch war und man das angeblich schon immer gewusst hatte, je zum Kommandanten der ersten bemannten Mondexpedition bestimmt worden war? Viele hatten die Interviews im Fernsehen gesehen und erinnerten sich an einen Menschen, der ganz anders gewesen war, als er nun dargestellt wurde, nämlich an einen klar denkenden, in sich ruhenden, gelassenen Mann von Format und Charakter, der ein begnadeter Pilot war und ein hervorragender Schütze, eloquent, weltoffen und bisweilen auf eine trockene Weise humorvoll. Sie erinnerten sich an einen Mann, der ihnen eher als Vorbild erschienen war denn als Buhmann. Viele Leute besaßen noch T-Shirts mit Rhodans Konterfei darauf, wie sie vor dem Start zum Mond zu Hunderttausenden verkauft worden waren – und manche begannen, dieses T-Shirt wieder zu tragen!

Sie erinnerten sich auch daran, dass Rhodan vor dem Atomkrieg gewarnt und versprochen hatte, ihn zu verhindern: Hatte er dieses Versprechen denn nicht gehalten? War nicht er es, dem Millionen verdankten, noch am Leben zu sein?

Hatte Perry Rhodan nicht einfach *recht*?

Immer mehr fanden, dass es so war, und verbreiteten diese Meinung abseits der offiziell kontrollierten Kanäle. Fernseher wurden ausgeschaltet, wenn ein Politiker auf der Mattscheibe erschien, der auf Rhodan schimpfte. Versprechungen, die die Regierungen machten, wurden belacht oder mit einem Schulterzucken abgetan. Zeitungen, die mit Schlagzeilen gegen Rhodan aufmachten, blieben unverkauft liegen.

Doch das waren Strömungen, von denen die Männer unter der Energieglocke in der mongolischen Wüste einstweilen noch nichts mitbekamen; sie erfuhren ja nur das, was sich über die diversen Radiosender empfangen ließ.

In dieser Situation begann am Donnerstag, dem 26. August 1971, um Punkt zwei Uhr nachts ein erbittertes Bombardement aus allen Rohren.

Die STARDUST-Crew war in den ersten Tagen nach ihrer außerplanmäßigen Landung auf fremdem Territorium ausgiebig beschossen worden, doch dabei hatte es sich um unkoordiniertes, wildes Geballer gehandelt, das dem Energieschirm nicht sonderlich imponiert hatte und dem Rhodan und Bull auch durch den Einsatz des Schwerkraftneutralisators hatten begegnen können: Artilleriegeschosse folgen nun einmal nicht ihren vorgesehenen Bahnen, wenn sich unterwegs die Schwerkraft ändert. Entsprechend hatte sich die Umgebung des abgeschirmten Gebiets in eine Art Mondlandschaft aus Einschlagskratern fehlgegangener Geschosse verwandelt.

Doch diesmal, das merkten sie sofort, war es anders. Die Asiaten hatten dazugelernt. Sie verwendeten keine Kanonen mehr, sondern ferngesteuerte Raketen, die sich von einem Schwerkraftneutralisator nicht beeinflussen ließen: Mehrere tausend Werfer waren aufgefahren worden und feuerten in so koordinierter Weise, dass alle Einschläge nahezu denselben Punkt des Schirms trafen, der unter den Treffern nicht länger, wie bislang, unsichtbar blieb, sondern immer wieder aufleuchtete und dabei aussah wie eine Glaskuppel, die Sprünge bekam: zum Glück nur ein rasch verblassender optischer Effekt; der Abwehrschirm blieb einstweilen trotz allem undurchdringlich.

Aber die Erschütterungen der Detonationen pflanzten sich in die Kuppel fort, übertrugen sich auf den Boden, auf die Luft, erzeugten eine nervenzerfetzende Kakophonie im Innern der Abschirmung. Die Männer streiften sich die Ohrenschützer über, die sie in der Startphase des Mondschusses getragen hatten – ein Ereignis, das gerade mal zwei

Monate zurücklag und ihnen doch schon vorkam, als habe es sich in einem anderen Leben zugetragen.

Nur einer bekam von alldem nichts mit: Crest. Nach seinem Eintreffen hatte Dr. Haggard unverzüglich mit der Behandlung des Arkoniden begonnen und bereits feststellen können, dass dieser trotz seines nur entfernt menschenähnlichen Körperbaus gut darauf ansprach. Die Behandlung erforderte es, den Patienten zeitweise in Tiefschlaf zu versetzen, aber in diesem lag Crest nun schon viel zu lange, ein unmerkliches Lächeln auf dem schweißbedeckten Gesicht und ohne Anstalten zu machen, wieder zu erwachen.

Einerseits war das gut, denn sie besaßen nur vier Ohrenschützer.

Andererseits hatte der Reaktor, der den Energieschirm speiste, seit dem Beginn des permanenten, zielgenauen Bombardements auf eine Weise bläulich zu glühen begonnen, die Rhodan genauso unheimlich war wie den anderen. Crest hatte ihnen nach der Installation des Energieschirms zwar gezeigt, wie man ihn ein- und ausschaltete und wie man eine Strukturlücke öffnete und schloss, mehr aber nicht. Sie wussten nicht, ob das Glühen normal war, und falls nicht, was sie tun konnten. Und Crest schlief.

»Es ist mir ein Rätsel«, gestand Dr. Haggard. »Das Blutbild zeigt, dass das Serum wirkt; die Leukämie ist praktisch geheilt. Crests Kreislauf ist stabil, sein Herz schlägt ruhig und kräftig. Ich kann Ihnen beim besten Willen nicht sagen, warum er nicht aufwacht.«

»Wenn sein Kreislauf stabil ist«, fragte Rhodan, »was spricht dann dagegen, ihm ein aufputschendes Mittel zu spritzen?«

Eric Manoli schüttelte entschieden den Kopf. Haggard meinte: »Jedes Medikament, das wir einsetzen, ist ein im Grunde unkalkulierbares Risiko. Bei dem Serum hatten wir keine andere Wahl. Gut, es hat angeschlagen – ein kleines Wunder. Aber ich will unser Glück nicht überstrapazieren.«

Rhodan schaute zum Dach des Zeltes hoch, wo das unablässige Aufflammen der Explosionen durch den Stoff schimmerte, und überlegte, ob »Glück« wirklich das ihrer Situation angemessene Wort war. Dann sagte er: »Also gut. Ein paar Stunden warten wir noch.«

Dann verließ er das Zelt und beschloss, sich Thoras Zorn auszusetzen, indem er sie außerplanmäßig anrief, um sie um Rat zu fragen. Doch als er das Funkgerät einschalten wollte, musste er feststellen, dass es nicht mehr funktionierte. Lag das an den Erschütterungen, die unablässig durch den Boden kamen, als finde ein nicht mehr enden wollendes Erdbeben statt?

»Auch das noch«, meinte Bull, als Rhodan ihm davon erzählte. »Und jetzt? Hattet ihr nicht morgen früh um acht einen Anruftermin vereinbart?«

»Ja, eben«, sagte Rhodan beunruhigt. »Was glaubst du, was passiert, wenn sie anruft und wir uns nicht melden? Vor allem, wenn sie sieht, wie hier auf uns geschossen wird?«

»Sie wird über die Chinesen kommen wie die Rachegöttin höchstpersönlich.«

»Eben«, sagte Rhodan. »Und wir werden von Glück sagen können, wenn sie es dabei belässt und nicht gleich den ganzen Planeten in die Luft jagt, weil sie denkt, Crest sei tot.«

Worauf Reginald Bull ein ausgesprochen unfeines Schimpfwort benutzte und loszog, um zu versuchen, die Angriffe wenigstens zu stören. Doch seine Bemühungen waren vergebens. Die Truppen befanden sich außerhalb der Reichweite sowohl der Psychostrahler wie auch des Schwerkraftneutralisators – und andere Tricks hatten sie nicht mehr auf Lager. Die Offiziere der Asiatischen Föderation waren wirklich lernfähig.

So blieb ihnen nur, unter einer schwingenden Glocke auszuharren, auf die unablässig tausend Hämmer einschlugen, und bald schien die Frage nur noch zu sein, was zuerst nachgeben würde, ihre Nerven oder der immer bedrohlicher glühende Feldgenerator. Sie sahen keinen Mond und keine Sterne am Himmel; alles, was sie sahen, waren die pausenlos aufeinanderfolgenden Explosionen an der Energiekuppel, die die gesamte Umgebung in ein gespenstisches Blitzlichtgewitter tauchten. Die Erschütterungen fühlten sich an, als würden ihnen die Zähne aus dem Kiefer getrieben und die Knochen im Leib zu Staub zermahlen. Alle Versuche, sich abzulenken, endeten irgendwann damit, dass sie stumm die furchterregend glühende arkonidische Maschine anstarrten.

Kurz nach halb vier Uhr morgens schlug das Radargerät plötzlich an. Jemand näherte sich der Kuppel. Und als sie ihre Kopfhörer in ihren Empfänger stöpselten, hörten sie ein in all dem Dröhnen kaum verständliches Wispern: »Captain Albrecht Klein an Major Perry Rhodan – nicht schießen! Sie kennen mich … funke mit geringster Sendestärke … muss mit Ihnen sprechen …«

Reginald Bull war misstrauisch. Er hatte es damals für Leichtsinn gehalten, Klein den Zutritt zu gewähren. »Captain?«, fragte er. »Das letzte Mal war er noch Leutnant. Lass mich raten, wofür er befördert worden ist. Was will er schon wieder hier? Da ist doch was faul.«

Perry Rhodan war anderer Ansicht. »Mir hat er gefallen. Ich nehme den Transportwagen. Öffne eine Strukturlücke, wenn ich das Stichwort gebe.«

»Du bist wahnsinnig«, meinte Bull, aber da hatte sich Rhodan schon ausgestöpselt und auf den Weg gemacht. Immerhin nahm er einen der Rak-Werfer mit, ehe er in den Pritschenwagen stieg, den sie der chinesischen Armee in der Verwirrung der Anfangstage abgeluchst hatten. Ihr Reich war noch klein, aber die zwei Kilometer von der STARDUST bis zur Energiekuppel waren trotzdem eine Strecke, die man lieber mit einem Fahrzeug zurücklegte.

Es war nicht ein einzelner Mann, der, ganz in Schwarz gekleidet, durch die Strukturlücke gehuscht kam, sondern drei davon, einer von ihnen ein Asiate. Rhodan nahm sie mit seinem Psychostrahler unter Kontrolle und brachte sie ins Lager zurück.

Als er Kleins Bann aufhob, rief dieser: »Sir – ehe Sie etwas fragen, greifen Sie bitte in die Innentaschen unserer Kombis. Sie werden je eine Druckflasche aus Stahl finden, etwa handgroß. Unser Befehl lautet, den Inhalt dieser Flaschen innerhalb Ihrer Energiekuppel abzublasen.«

Er hatte noch nicht zu Ende gesprochen, als er schon in Bulls Waffe blickte. »Verdammt!«, schrie der über das allumfassende Dröhnen des Trommelfeuers hinweg. »Ich hab's doch gewusst!«

Rhodan rührte sich nicht, musterte Klein nur durchdringend.

»Captain Bull!«, rief Klein, die Hände erhoben. »Bitte … In den Innentaschen. Wir haben keine Zeit zu verlieren.«

Bull bedachte ihn mit einem grimmigen Blick, senkte dann die Waffe und nahm die gefährlichen Ladungen an sich.

»Was enthalten sie?«, fragte Rhodan so unvermittelt, dass Klein zusammenzuckte.

»Einen bakteriologischen Kampfstoff, der Sie innerhalb weniger Stunden ausgeschaltet hätte«, erwiderte Klein hastig. »Es war meine Idee.«

»Und was soll das jetzt?«, fuhr ihn Bull grob an. »Nur damit Sie's wissen, ich hätte Sie nicht hereingelassen!«

»Captain«, hakte Rhodan nach. »Haben Sie diesen Plan entwickelt, um unauffällig zu mir vordringen zu können?«

Klein nickte, merklich verblüfft. »Genau so ist es, Sir. Es war die einzige Möglichkeit, Sie zu erreichen, die mir eingefallen ist. Ich hatte natürlich nie vor, den Behälter zu öffnen. Hätte ich es vorgehabt, hätte ich es sicherheitshalber getan, ehe wir durch die Lücke in Ihrem Schirm gegangen sind –«

»Klein, wenn Sie das versucht hätten, lägen Sie jetzt tot vor der Kuppel.« Rhodan holte ein kaum handtellergroßes, fremdartiges Gerät aus der Tasche. »Das hier ist ein Durchleuchtungsgerät. Ich habe die Stahlflaschen deutlich gesehen. Keiner von Ihnen wäre mit der Hand auch nur in die Nähe des Verschlusses gekommen.«

Als er Bulls verwunderten Blick bemerkte, fügte er hinzu: »Das Ding stammt aus dem Fundus der medizinischen Geräte, die Manoli von Crest bekommen hat. Eric hat es mir vorhin geliehen, wenn auch nur ungern.«

Bull wies auf Kleins Begleiter, die immer noch teilnahmslos vor sich hin starrten. »Wen haben Sie da eigentlich mitgebracht?«

Klein, auf dessen Stirn die Zahl der Schweißtropfen immer weiter zunahm, wies auf den Asiaten. »Das ist Li Tschai-tung vom militärischen Geheimdienst der Asiatischen Föderation.« Er wies auf den anderen. »Und Peter Kosnow vom KGB. Wir sind uns anlässlich meines ersten Vordringens zu Ihnen vorigen Monat begegnet und haben nach ein paar berufsbedingten Missverständnissen festgestellt, dass wir alle dasselbe denken, nämlich, dass Sie das Richtige tun. Wir glauben, dass Ihre Dritte Macht bestehen bleiben muss, wenn die Menschheit eine Zukunft haben soll. Wir haben eine Art Bündnis geschlossen, Sie zu unterstützen, so gut wir können.«

»Und inwiefern stellt Ihr heutiges Kommen eine Unterstützung für uns dar?«, fragte Rhodan.

Klein holte tief Luft. »Wir sind gekommen, um Sie zu warnen. Vor einigen Stunden sind drei Raumschiffe zum Mond gestartet – ein russisches, ein chinesisches und ein amerikanisches, die STARDUST II. Jedes Raumschiff hat eine neuartige Atomwaffe an Bord und den Auftrag, sie auf Ihren Mondstützpunkt abzuwerfen. Sie müssen schnell handeln!«

Bull schüttelte den Kopf, ganz Skepsis und Unglauben. »Was reden Sie da, Mann? Drei Mondschiffe? Wie denn? Auf der ganzen Welt funktioniert kein Atomreaktor mehr, auch nicht der in der STARDUST.«

»Oberhalb von 120 Kilometern – doch.« Klein ließ sich erschöpft auf einen Stuhl sinken. »Oberhalb dieser Höhe funktioniert alles wieder. Haben Sie das nicht gewusst? Man hat herkömmliche Flüssigtreibstoffraketen als erste und zweite Stufen verwendet. Dann waren die Raumschiffe hoch genug, um den kernchemischen Antrieb zünden zu können. Bitte, lassen wir die Fragen nach unseren Beweggründen. Es geht vordringlich darum, Ihren Mondstützpunkt zu retten!«

»Erzählen Sie!«, verlangte Rhodan, und Klein erzählte, von der Konferenz in Grönland und von der Meso-Katalyse-Bombe. Sein Hals tat ihm inzwischen weh von der Notwendigkeit, das unablässige Donnern der Einschläge übertönen zu müssen. Trotzdem betonte er mehrfach, niemandem etwas von dem Arkoniden erzählt zu haben, den er bei seinem ersten Aufenthalt unter der Energiekuppel kurz gesehen hatte; die Analysten hätten ihre Schlussfolgerungen ganz eigenständig gezogen.

Rhodan und Bull hörten ihm aufmerksam zu, und je mehr sie erfuhren, desto mehr hatte Rhodan das Gefühl, das Ende seines Weges erreicht zu haben. Sie hatten mit hohem Einsatz gespielt und verloren.

Als Klein fertig war, nahm Rhodan den Psychostrahler und erlöste dessen beide Begleiter aus ihrem unwürdigen Dämmerzustand. Er begrüßte sie knapp und eröffnete ihnen dann: »Ich danke Ihnen für

Ihr Kommen und die gute Absicht dahinter, aber ich fürchte, wir sind mit unserer Macht am Ende. Die Maschine, die das Energiefeld erzeugt, sieht aus, als würde sie jeden Moment den Geist aufgeben. Das Funkgerät, das ich benötige, um mit dem Mond zu sprechen, ist außer Betrieb. Und Crest, der, wie Mister Mercants Analysten ganz richtig erkannt haben, schwer krank ist, liegt in einem Dämmerschlaf, aus dem die Ärzte ihn nicht zu wecken wagen. Wenn er nicht bis acht Uhr früh erwacht, werden wir kapitulieren. Crest darf nichts geschehen, sonst bricht ein Unheil über die Menschheit herein, das schlimmer ist als alles, was wir uns selber gegenseitig antun könnten.«

»Aber … aber Ihr Mondstützpunkt!«, stieß Kosnow hervor. »Ist denn da gar nichts zu machen?«

»Auf dem Mond wird man Mittel und Wege finden, den Angriff abzuwehren«, erwiderte Rhodan, obwohl er ein ungutes Gefühl bei dem Gedanken hatte, dass sich außer Thora nur nichtsnutzige Fiktivspiel-Süchtige und Roboter an Bord des arkonidischen Schiffes befanden. »Captain Klein, eine Bitte: Wenn Sie zurückkehren, halten Sie sich bereit für einen Funkspruch von mir kurz vor acht Uhr. Sollte es uns nicht gelingen, die Situation bis dahin zu bereinigen, werde ich mich melden und um einen Waffenstillstand bitten – «

»Darauf wird man nicht eingehen«, unterbrach ihn Li. »Entschuldigen Sie, Sir. General Tai-tiang hat klare Anweisungen, nur Ihre völlige Kapitulation zu akzeptieren.«

Rhodan nickte unwillig, so, als sei das nur ein bedeutungsloses Detail. »Nun, dann werde ich eben die Kapitulation anbieten. Wichtig ist nur, dass das Bombardement bis um acht Uhr früh aufgehört haben muss.«

Kosnow schüttelte wie benommen den Kopf. »Ich verstehe nicht … Wieso wollen Sie aufgeben? Halten Sie noch einen Tag aus, nur vierundzwanzig Stunden! Länger wird man das Feuer nicht aufrechterhalten können; schon jetzt sind die Nachschubprobleme ungeheuer …«

»Das mag sein«, erwiderte Rhodan, »aber entscheidend ist, was die Kommandantin des Raumschiffs auf dem Mond tut, wenn sie zum vereinbarten Zeitpunkt keine Funkverbindung zu uns bekommt und daraufhin nachschaut, was sich hier unten auf der Erde ereignet. Sollte sie dann dieses Feuerwerk zu sehen bekommen, ist davon auszugehen, dass sie die Nerven verliert – und dann Gnade uns Gott! Das könnte dann tatsächlich das Ende der Menschheit bedeuten, und das werde ich unter keinen Umständen riskieren.«

Klein, Li und Kosnow verließen die Energiekuppel an derselben Stelle, an der sie sie betreten hatten. Als sie in das Lager zurückkehrten, von dem aus sie aufgebrochen waren, wurden sie von Männern in Seuchenschutzanzügen erwartet. Sie mussten sich ausziehen; jedes Kleidungsstück, das sie ablegten, wurde mit einer langen Zange aufgenommen und sofort verbrannt. Dann schickte man sie durch einen Container, in dem sie durch eine Abfolge von chemischen Duschen und Bestrahlungen gründlich dekontaminiert wurden.

Anschließend kamen sie in einem erst seit einigen Wochen existierenden Bunker in Quarantäne und mussten, nachdem sie sich frisch eingekleidet hatten, durch eine Isolierscheibe hindurch Bericht erstatten. Sie behaupteten, Klein und Kosnow sei es es gelungen, ihre Druckbehälter unauffällig zu leeren, Li habe im letzten Moment davon Abstand nehmen müssen. Die Behälter hätten sie alle zurückgelassen.

»Gut«, sagten die Militärs auf der anderen Seite der Glasscheibe.

»Rhodan und seine Leute haben einen gesundheitlich angegriffenen Eindruck gemacht«, erklärte Klein, der als Initiator dieses Plans zugleich als Anführer ihres Trupps galt. »Ich rechne damit, dass sich spätestens bis acht Uhr morgens die ersten unmissverständlichen Symptome bei ihnen zeigen. Wir sollten dann an den Empfängern sitzen.«

»Das werden wir machen«, sagten die Militärs auf der anderen Seite der Glasscheibe.

Danach gab es nichts mehr zu tun. Die drei Männer legten sich auf die Betten, die bereitstanden, und bangten um Rhodan. Doch jeder bangte für sich, denn natürlich mussten sie davon ausgehen, abgehört zu werden.

Nach der Verabschiedung der drei Agenten dreier Geheimdienste kehrte Rhodan nachdenklich ins Lager zurück. Er fand Reginald Bull vor, der die Instrumententafel des Schutzschirmgenerators anstarrte, als könne er ihr all ihre Geheimnisse durch ein Blickduell entreißen. Rhodan ließ ihn. Er betrachtete die drei Druckflaschen, die immer noch auf dem Tisch lagen: drei matt schimmernde, präzise polierte Behälter, die jemand mit großer Sorgfalt hergestellt haben musste, damit sie mit einem hochgefährlichen Inhalt gefüllt als Waffe verwendet werden konnten – war das nicht eigentlich unfassbar? Gewiss, sie hatten Klein nur als Vorwand dienen sollen, aber dennoch …

Perry Rhodan musste plötzlich an Paris denken, an die Nacht der Studentenunruhen und an jenen Moment, in dem er eine der weißen Kisten geöffnet und die Patronen mit dem Nervengift gesehen hatte, die der Staat gegen seine eigenen Bürger hatte einsetzen wollen. Ein Widerhall jener Wut, die er damals empfunden hatte, wurde in ihm wach.

Nein, beschloss er. Nein, sie würden nicht kapitulieren. Es war an der Zeit, dass sich endlich grundlegend etwas änderte.

Er verstaute die drei Druckflaschen in einem der luftdicht verschließbaren Probenbehälter, den die STARDUST an Bord gehabt hatte und der eigentlich dafür gedacht gewesen war, Mondgestein zur Erde zurückzubringen. Dann ging er hinüber in das Zelt, in dem Manoli und Haggard immer noch am Lager des tief schlafenden Crest ausharrten. Sie hypnotisierten die Anzeigen der Instrumente genauso, wie es Bull gerade mit der Instrumententafel des Feldgenerators tat.

Es war ziemlich genau fünf Uhr, als er befahl: »Dr. Haggard, Sie werden jetzt alles in Ihrer Macht Stehende versuchen, um Crest aufzuwecken. Eric, du assistierst. Crest ist gesund, sein Kreislauf stabil – er *muss* innerhalb der nächsten drei Stunden erwachen.«

Haggard öffnete den Mund, um zu widersprechen, aber dann tat er es doch nicht. Ohne sich dessen in diesem Moment bewusst zu sein, hatte Rhodan mit seiner »Alabama-Stimme« gesprochen, so unbedingt wollte er, dass Crest wach wurde, und die beiden Ärzte gaben allen Widerstand auf.

Auf die ersten, sanften Mittel reagierte der Arkonide so gut wie nicht. Behutsam steigerten die beiden Ärzte die Dosierungen, wechselten zu stärkeren Mitteln, hatten selbst bei jeder Injektion Herzklopfen, während sich am Puls ihres außerirdischen Patienten nicht das Geringste änderte.

Kurz nach sieben Uhr öffnete Dr. Haggard eine metallene Schachtel, die bislang verschlossen geblieben war, nahm eine Ampulle heraus und sagte, während er die darin befindliche, glasklare Flüssigkeit aufzog: »Also … wenn das auch nicht wirkt, bin ich mit meinem Latein am Ende.«

Es handelte sich um eines der stärksten damals bekannten Mittel, das direkt die Reizleitung im Nervensystem beeinflusste, und diesmal zeigte sich eine Reaktion, wenn auch noch nicht die, auf die Rhodan hoffte. Er musste sich beherrschen, die Ärzte nicht zu drängen, die die empfohlenen Abstände zwischen den Injektionen abwarteten und Crest in dieser Zeit immer wieder und wieder aufs genaueste untersuchten, unter anderem mit dem Durchleuchtungsgerät, mit dem Rhodan die drei Agenten unauffällig auf Waffen überprüft hatte.

Und dann, um genau 7 Uhr 48, richtete Crest sich plötzlich auf und war hellwach, ohne jeden Übergang. Er sah sich um – und verzog das Gesicht zu einer Grimasse, während er hilflos die Hände hob!

Manoli riss entsetzt die Augen auf. Haggard tastete hastig nach einer der Spritzen, die er sich für den Notfall zurechtgelegt hatte. Nur Rhodan begriff sofort, was los war, riss sich den Schallschutzhelm vom Kopf und stülpte ihn Crest über. Er zuckte selber zusammen unter dem donnernden Lärm, die das Zelt erfüllte.

Crest entspannte sich, sagte etwas, aber natürlich war nicht zu verstehen, was. In diesem Moment kam Bull hinzu, erfasste die Situation und gab Rhodan seine eigenen Ohrenschützer, damit dieser sich bei Crest einstöpseln und ihm alles erklären konnte. Er selbst suchte sich aus dem Bestand der Ärzte etwas, das sich als notdürftiger Lärmschutz eignete, und fand eine Art Knetmasse, die er sich in die Gehörgänge stopfte.

Perry Rhodan erklärte inzwischen dem Arkoniden, was los war: Erstens, dass Crest sich als geheilt betrachten durfte. Zweitens, dass sie seit sechs Stunden unter schwerstem Punktbeschuss lagen – daher der

Lärm –, und drittens, dass der Schirmgenerator inzwischen hellblau glühte!

»Rufen Sie Thora, sie muss uns helfen«, sagte Crest. »Der Generator ist nur ein einfaches Modell, nicht imstande, die Energien entsprechend der Beanspruchung zu verteilen. Er ist überlastet, hält höchstens noch eine Ihrer Stunden durch. Rufen Sie Thora, sofort!«

»Das hätte ich längst gemacht«, erwiderte Rhodan. »Aber das Funkgerät ist ebenfalls ausgefallen.«

Crest sah ihn ungläubig an. »Das ist nicht möglich. Haben Sie den Reparaturmodus aktiviert?«

»Nein. Von so einem Modus höre ich zum ersten Mal.«

»Mein Fehler«, meinte Crest. »Ich habe zu viel vorausgesetzt. Auf Arkon ist es Standard, dass jedes Gerät eine Selbstreparatur durchführen kann. Ich habe nicht daran gedacht, dass Ihnen derlei unbekannt sein könnte.«

Rhodan bedeutete Bull, das Funkgerät herbeizubringen. (Die damaligen arkonidischen Hyperfunkgeräte waren, der herrschenden technischen Mode entsprechend, in Form annähernd würfelförmiger Kästen gebaut, mit einem ovalen Bildschirm und einer unnötig klobigen Antenne mit einer fluoreszierenden Kugelspitze: Heute begegnen wir diesem Design nur noch in Museen, und es reizt uns zum Lachen – übrigens auch Arkoniden.) Crest betätigte einen bestimmten Schalter, worauf ein grünes Schriftzeichen auf dem Bildschirm erschien.

»Die Reparatur läuft«, erklärte Crest.

Ein weiteres Zeichen gesellte sich hinzu.

Dann noch eines.

Rhodan sah auf die Uhr. Drei Minuten bis acht Uhr. »Wie lange dauert so eine Selbstreparatur?«, fragte er.

Crest machte eine fremdartige Geste. »Das kommt auf den Grad der Beschädigung an.«

Eine Minute vor acht Uhr verschwanden die Schriftzeichen. Der Bildschirm wurde schlagartig hell – und zeigte eine tobende Thora! Offenbar tobte sie schon eine ganze Weile. Rhodan versuchte, sie zu unterbrechen, ihr zu erklären, was los war, aber sie war außer sich, ließ ihn nicht zu Wort kommen, wollte Crest sprechen, sofort, ultimativ. »Meine Großmut ist erschöpft, Major Rhodan!«, schrie sie, laut genug, um das Donnern der Explosionen zu übertönen. »Geben Sie mir Crest! Und wehe, ihm ist etwas geschehen!«

»Er ist wohlauf, keine Sorge«, versetzte Rhodan und schob den Kasten so hin, dass Crest an seiner Stelle ins Blickfeld rückte.

Rhodan und Bull wechselten Blicke, während die beiden Arkoniden in ihrer Sprache miteinander redeten. Bull verzog das Gesicht. Obwohl er kein Wort gehört haben konnte, schien er zu verstehen, was vor sich ging. Er hob warnend den Zeigefinger gen Himmel, gen Mond, deutete mit den Fingern Explosionen an. Rhodan nickte. Als sich Thora etwas beruhigt hatte, versuchte er noch einmal, mit ihr zu sprechen, doch als sie ihn sah, schaltete sie kurzerhand ab. Und es half nichts, dass Rhodan sofort auf die Ruftaste hämmerte; sie meldete sich nicht mehr.

»Was soll *das* denn jetzt?«, wandte er sich, bebend vor Aufregung, an Crest.

»Sie ist bereits mit dem größten Beiboot des Schiffes gestartet«, erklärte Crest seelenruhig. »Die Roboter hatten das Bombardement bemerkt, deswegen hat sie ein paar Minuten vor der vereinbarten Zeit angerufen. Und als wir uns nicht gemeldet haben, nun …« Er machte wieder diese fremdartige, vage Geste. »In spätestens zehn Minuten wird sie hier sein und dafür sorgen, dass die Geschütze schweigen.«

»In zehn Minuten?« Das zu hören verschlug Rhodan einmal mehr den Atem. »Vom Mond bis zur Erde?«

»Ich habe sie gebeten, sich zu beeilen. Je eher das Trommelfeuer endet, desto besser.«

»Zweifellos«, erwiderte Rhodan mit mühsam gebändigter Ungeduld. »Aber die viel größere Gefahr droht gerade auf dem Mond. Drei irdische Raumschiffe sind unterwegs, um neuartige Fusionsbomben auf Ihr Raumschiff zu werfen – Bomben, die trotz Ihres Neutronen-Absorptionsfeldes explodieren werden! Der Fusionsprozess wird nicht durch eine Kernspaltung gezündet, sondern durch mesonische Katalyse bei vergleichsweise niederen Temperaturen.« Er schob Crest das Funkgerät hin. »Rufen Sie Thora an und warnen Sie sie, wenn sie von mir keine Anrufe annimmt!«

Crest musterte Rhodan zweifelnd. Zum ersten Mal zeigte er so etwas wie Beunruhigung. »Kalte Fusion? So weit sind Sie schon?« Er legte sich die Hand auf die Brust, als müsse er sich beruhigen. »Es kann nichts passieren. Man wird Ihre Raumschiffe rechtzeitig orten und den Angriff abwehren.«

»Und *wer* wird das tun, wenn Thora gerade mit einem Beiboot zur Erde unterwegs ist?«

»Die Bordpositronik«, sagte Crest. Er zögerte, dann zog er das Funkgerät heran und drückte die Ruftaste.

Vergebens.

»Die Bordpositronik wird tun, was notwendig ist«, wiederholte Crest. Es klang wie eine Beschwörung.

»Woher soll Ihre Bordpositronik *wissen*, was notwendig ist?«, fragte Rhodan zurück. »Die Raumschiffe, die da kommen, sind baugleich mit dem, mit dem wir gekommen sind. Da hat es genügt, den Funkverkehr zu unterbrechen und uns die eine oder andere Antenne wegzubrennen. Aber bei diesen Raumschiffen wird das nicht genügen! Deren Piloten sind gewarnt!«

Crest drehte an Reglern, drückte Tasten. »Ich erreiche Thora nicht«, gestand er. »Sie muss das Beiboot steuern, allein. Sie *kann* gerade keine Anrufe entgegennehmen.«

»Dann versuchen Sie, jemanden an Bord Ihres Schiffes zu erreichen!«

»Das brauche ich erst gar nicht zu versuchen«, sagte Crest und schob das Funkgerät wieder von sich. »Die liegen alle vor ihren Simulatorschirmen und bewundern ein weiteres Meisterwerk. Sie werden das Signal gar nicht beachten.«

Rhodan lag eine heftige Erwiderung auf der Zunge, aber er schluckte sie hinab, stand auf und verließ das Zelt. Hinter ihm stürzten sich die beiden Ärzte auf Crest.

Draußen war längst heller Tag; die Sonne war schon vor Stunden über der Gobi aufgegangen. Er hob den Blick zum Himmel, der in makellosem, geradezu idyllischem Blau erstrahlte, während immer noch

Rakete um Rakete auf die immer gleiche Stelle des Energieschirms einhämmerte. Zehn Minuten vom Mond bis zur Erde! Das hieß, das Beiboot musste jeden Moment am Firmament auftauchen. Rhodan war gespannt, was Arkoniden unter einem *Beiboot* verstanden.

Kurz darauf sah er es.

Und die Soldaten, die die STARDUST belagerten, sahen es auch.

Es war, man muss sich das vor Augen halten, das erste Mal, dass ein Kugelraumer auf der Erde landete. Heutzutage ist das den meisten ein gewohnter Anblick; selbst wer nicht in unmittelbarer Nähe eines Raumhafens lebt, bekommt öfters mit, wie diese aufgrund ihrer Größe weithin sichtbaren Vehikel in die Wolken hinaufsteigen oder sich daraus herabsenken. Da innerhalb der Atmosphäre im Normalfall nur die Bewegung mittels Feldantrieb erlaubt ist und überdies Geschwindigkeitslimits einzuhalten sind, wirken Starts und Landungen von Kugelraumern nicht bedrohlich, sondern eher wie ein Tanz stählerner Seifenblasen.

Das war am Morgen des 26. August 1971 alter Zeitrechnung anders. Thora verschwendete keinerlei Gedanken an irgendwelche Risiken, sondern kam mit Höchstgeschwindigkeit angeflogen und verzögerte mit maximalem Schub: Das heißt, was da vom Himmel herabkam, war eine feuerspeiende Metallkugel, bei deren Anblick niemand an eine Seifenblase gedacht hätte; vielmehr sah sie aus wie ein ungeheures Geschoss, das jeden Augenblick einschlagen und die Erde spalten würde. Das Beiboot, mit dem Thora kam, war eine Stahlkugel von etwa sechzig Metern Durchmesser – nicht ganz die Abmessungen eines Ozeandampfers, aber gewiss dessen Masse –, die mit mehrfacher Überschallgeschwindigkeit und also vollkommen lautlos herabstieß, immer größer und größer und noch größer wurde, eine Stoßwelle vor sich hertreibend, die endlich wie ein Orkan auf die Erde herabdonnerte, und was diese Stoßwelle nicht hinfortfegte, als das Raumschiff über der Energiekuppel zum Stillstand kam, das besorgte ein Wirbelsturm aus Prallfeldern, Anti-Schwerkraft-Feldern und Transportfeldern. Zehntausende von Soldaten erlebten, wie es war, schwerelos aus ihren Unterständen gefegt und in die offene Wüste hinausgetrieben zu werden. Geschütze wurden aus ihren Verankerungen gerissen und davongeschleudert, Stapel bereitliegender Munition in alle Himmelsrichtungen zerstreut.

So endete das Bombardement: durch den Eingriff einer Macht, die nicht von dieser Welt war.

Die STARDUST II unter dem Kommando von Oberstleutnant Michael Freyt war als Erste gestartet. Hätte der Antrieb der dritten Stufe, das kernchemische Triebwerk, nicht funktioniert, hätte das Raumschiff aufgrund seiner aerodynamischen Eigenschaften einfach wieder auf der Erde landen können, sogar mit der tonnenschweren Meso-Katalyse-Bombe an Bord. Die Raketen der beiden östlichen Großmächte wären dazu nicht imstande gewesen; im Fall einer Fehlfunktion hätte ähnlich wie bei den Saturn V-Konstellationen nur eine Kapsel mit der Besatzung an Bord zur Erde zurückkehren können, die dritte Stufe mit der Bombe hingegen wäre abgestürzt, und man hätte nur das Beste hoffen können. Deswegen starteten die sowjetische Rakete und die Mondrakete der Asiatischen Föderation erst, als durch den Flug der STARDUST II bewiesen war, dass die Annahmen über die Höhe des neutronenabsorbierenden Feldes stimmten.

Als alle drei Raumschiffe ihre Umlaufbahnen erreicht hatten, brachen sie, unterstützt durch die Raumstation FREEDOM-1 und einen sowjetischen Satelliten, zum Mond auf. Der Funkverkehr blieb den ganzen Flug über auf das absolute Minimum beschränkt. Die Flugbahnen der drei Raumschiffe, von denen das asiatische das schubschwächste und das amerikanische das schnellste war, wurden so aufeinander abgestimmt, dass alle drei zur gleichen Zeit in ihre lunaren Orbits eintraten. Nach einer Feinabstimmung der Positionen übertrug man ihnen die genauen Daten für zwei Kursanpassungen, ehe sie im Funkschatten des Mondes verschwanden. Die Kursänderungen brachten sie auf Umlaufbahnen, auf denen sie, aus drei Richtungen kommend, den Zielpunkt zur gleichen Zeit überfliegen würden.

Als Thora in einem Alarmstart zur Erde aufbrach, befanden sich die drei irdischen Raumschiffe noch weit unter dem Horizont, eine gute halbe Stunde von ihrem Ziel entfernt und weiterhin ohne Funkverbindung zur Erde. Sie bekamen weder etwas von dem Start des arkonidischen Beiboots mit noch von dessen Ankunft auf der Erde.

Als der infernalische Sturm vorbei war, waren Albrecht Klein und die anderen schier taub, aber sie befanden sich noch an Ort und Stelle. Die Bunker hatten dem Schlag standgehalten; wer sich in einem von ihnen aufgehalten hatte, dem blieb es erspart, sich durch viele Kilometer Wüste nach Hause schleppen zu müssen.

Mit vereinten Kräften brachen die drei die Tür ihrer Quarantänestation auf – schließlich wussten sie ja, dass keine Gefahr drohte – und wagten sich hinaus ins Freie, gerade rechtzeitig, um zu sehen, wie sich ein gewaltiger kugelförmiger Flugkörper durch die perlmuttfarben schimmernde Energiekuppel auf das Sperrgebiet herabsenkte und in der Nähe der STARDUST aufsetzte, die daneben wie ein Spielzeug aussah.

»Ich vermute«, sagte Li, »dass Rhodan nun doch nicht kapitulieren wird.«

Die anderen beiden nickten einträchtig.

Es bleibt zu vermerken, dass ihr »Scheitern« für keinen der drei Agenten irgendwelche persönlichen Konsequenzen haben sollte. Als sich zeigte, dass der Plan, Rhodan mittels eines biologischen Kampfstoffs auszuschalten, nicht funktioniert hatte, nahmen die Militärs dies nur schulterzuckend zur Kenntnis: So sehr hatte man sich schon daran gewöhnt, dass Perry Rhodans »Dritte Macht« unangreifbar war und Wunder vollbringen konnte!

Das Beiboot war eine kleinere Ausgabe des gestrandeten Forschungskreuzers, aber nach den damaligen irdischen Maßstäben immer noch ein Gigant. Rhodan und Bull standen in dem Schatten, den der stählerne Kugelkörper warf, während die Rampe ausfuhr. Gleich darauf kam Thora herabgeschritten, begleitet von einem guten Dutzend Roboter verschiedenster Bauart.

Es war kein Herankommen an die Arkonidin. Den Kopf stolz erhoben, die Augen immer noch funkelnd vor Entrüstung, jeder Zoll die hochmütige Siegerin in einem ungleichen Kampf, wollte sie nur wissen, wo Crest zu finden war. Rhodan und Bull, von den Robotern auf Distanz gehalten, zeigten auf das Zelt, das neben der armselig wirkenden STARDUST auf der sandigen Ebene stand. Rhodan versuchte, sie zu warnen, ihr zu erklären, dass Gefahr drohte, doch Thora hörte gar nicht hin. Sie runzelte unwillig die Stirn, bedachte ihn mit einem Blick, mit dem man Hunde betrachtete, die aus unverständlichen und offensichtlich bedeutungslosen Gründen bellten, und schritt einfach an ihnen vorbei.

Rhodan gab es auf. Er sah ihr nach, bis sie im Zelt der Mediziner verschwunden war, und er muss es mit einem äußerst seltsamen Lächeln getan haben, denn Reginald Bull sprach ihn darauf an: ob etwas vor sich gehe, von dem er nichts mitbekommen habe?

»Unsere überaus selbstbewusste Freundin macht gerade den größten Fehler ihres Lebens«, erwiderte Rhodan.

Bull runzelte die Stirn. »Was für einen Fehler?«

»Uns Menschen zu unterschätzen. Sie wird in Kürze ihre Meinung über unsere Primitivität und Minderwertigkeit revidieren müssen. Überlass mir das Reden. Wir warten einfach. Wenn mich nicht alles täuscht, wird sie demnächst angerauscht kommen und mit den Nerven am Ende sein.«

Bull war immer noch dabei, sich die allerletzten Reste der Knetmasse aus den Gehörgängen zu pulen. Er betrachtete ein Bröckchen davon, das er gerade zwischen den Fingern zerrieb, und meinte leise: »Verstehe. Du denkst, die Raketen werden ihr Ziel erreichen?«

»Es spricht mehr dafür als dagegen«, sagte Rhodan und nickte in Richtung des Zeltes. »Da. Sie kommt.«

Sie kam nicht einfach, sie stürzte mit wehenden Haaren aus dem Zelt und rannte auf die beiden Männer zu. Kurz vor ihnen blieb sie stehen, keuchend und etwas fröstelnd, als sei ihr kalt.

»Nachträglich willkommen auf der Erde«, sagte Rhodan so gemütlich, als hätten sie alle Zeit der Welt. »Und vielen Dank für Ihr Eingreifen! Die Ruhe nach dem stundenlangen Geschützdonner ist einfach herrlich. Was Crest anbelangt, er ist wieder gesund. Sie können ihn gern mitnehmen.«

Thora starrte Rhodan an, verwirrt, ratlos und auf einmal furchtsam. »Warum haben Sie mich nicht sofort gewarnt?«, stieß sie hervor. »Crest hat etwas von drei Raumschiffen gesagt, die –«

»Die je eine Meso-Katalyse-Bombe auf Ihr Raumschiff abzuwerfen gedenken, ganz recht«, versetzte Rhodan hart. Mit einer Plötzlichkeit, die die Arkonidin merklich erschreckte, war alle Gemütlichkeit von ihm abgefallen. »Ich wollte es Ihnen sofort sagen, als die Störung des Funkgeräts behoben war, aber Sie haben einfach abgeschaltet. Ihr Anti-Neutronen-Schirm wird gegen diese Bomben nichts ausrichten. Sie sollten dringend weitergehende Abwehrmaßnahmen veranlassen. Haben Sie die Raumschiffe schon geortet?«

Thora schüttelte fahrig den Kopf. »Kommen Sie«, rief sie, nein, *bat* sie. »Kommen Sie mit, bitte. Sagen Sie mir alles, was Sie wissen.«

Rhodan nickte Bull zu, dann rannten sie, Thora vorneweg. Es ging die Rampe hinauf und drinnen wieder in einen Antigravschacht, der sie direkt in der Kommandozentrale ausspuckte. Thora trat an ein Pult mit nur einer Handvoll erkennbarer Armaturen, berührte Metallelemente, drehte an Hebeln, wischte über mit fremdartigen Schriftzeichen hinterlegte Glasflächen. Nahezu übergangslos erzitterte der gewaltige Leib des Raumschiffs, brüllten Triebwerke auf, und auf dem Hauptbildschirm fiel die Oberfläche der Erde unter ihnen davon, wurde so rasch kleiner, als würde sie von einem Punkt aus eingesaugt.

Rhodan schwindelte. Dies war also ein Alarmstart, und trotzdem waren genau wie bei ihrer Rückkehr vom Mond keinerlei Andruckkräfte zu spüren – zum Glück, denn offenbar beschleunigten sie mit mehreren hundert g, die ohne Absorber Mus aus ihnen gemacht hätten! Das gewaltige Raumschiff ließ sich tatsächlich von einer einzigen Person steuern, brauchte kaum mehr Kontrollinstrumente als ein Automobil. Rhodan dachte an die langen Reihen von Schaltern, Anzeigeinstrumenten und Hebeln im Cockpit der STARDUST: All das, was sie mit Checklisten, Fachwissen und Sorgfalt unter Kontrolle zu halten sich mühsam antrainiert hatten, funktionierte in diesem Raumschiff allem Anschein nach automatisch. Es bedurfte keines Countdowns, keiner umfassenden Startvorbereitungen – dieses Raumschiff konnte einfach losfliegen und sein Ziel ansteuern!

Thora ließ ihm keine Zeit, sich seinen Schwindelgefühlen hinzugeben. Während sie steuerte, fragte sie ihn aus, wollte alles wissen, was er über die drei Raumschiffe und vor allem die Bomben erfahren hatte. Das war wenig genug; er verschwieg ihr nichts. Mit der Angabe der Sprengkraft einer der Bomben – einhundert Megatonnen TNT – schien sie etwas anfangen zu können, und die Zahl bereitete ihr offensichtlich durchaus Sorge.

»Wenn ich den Schirm eingeschaltet hätte …«, sagte sie, eher zu sich selbst. Rhodan schloss daraus, dass sie ihr Schiff ungeschützt zurückgelassen hatte.

Er sah sich nach Reginald Bull um. Der hockte in einen der Sessel, stierte auf den Schirm und schüttelte nur unentwegt den Kopf. »Grundgütiger«, hörte Rhodan ihn murmeln. »Wie machen die das? Wie um alles in der Welt ist so etwas möglich?«

Rhodan wandte sich wieder Thora zu und dachte: *Eines Tages werden auch wir wissen, wie!*

Der Mond kam näher, wurde riesengroß, füllte den Bildschirm aus. Andere, kleinere Schirme zeigten dreidimensionale Darstellungen, die, wie Rhodan erahnte, ihren Kurs abbildeten – die Strecke, die sie schon hinter sich hatten, in einem anderen Farbton gehalten als die, die noch vor ihnen lag.

Sie hatten die Strecke zum Mond tatsächlich innerhalb weniger Minuten zurückgelegt! Rhodan musste sich zwingen zu atmen.

»Da!«, entfuhr es Thora plötzlich. Sie wies auf einen Schirm, auf dem drei hellblaue Punkte leuchteten.

»Die Raumschiffe«, ließ sich Bull mit untypischer Ruhe vernehmen. »Sie sind schon fast über dem Südpol.«

»Ich kann Ihnen die Funkfrequenz nennen, auf der die Kommunikation mit der STARDUST läuft«, sagte Rhodan hastig. »Die anderen Schiffe werden dieselbe Frequenz benutzen. Wenn es uns gelingt, eine Verbindung herzustellen, kann ich versuchen, ihnen den Angriff auszureden.«

Thora schüttelte den Kopf. Ihre langen weißen Haare flogen. »Wir können keine Verbindung herstellen. Die Bordpositronik blockiert den Empfang Ihrer Raumschiffe!«

Die drei Raumschiffe bewegten sich antriebslos auf drei leicht unterschiedlichen Umlaufbahnen auf ihr Ziel zu. Soeben war die Erde über dem Mond aufgegangen, aber es kam keine Funkverbindung zustande: Genau, wie sie es nach dem Bericht von Major Rhodan erwartet hatten, wurden ihre Funkgeräte durch einen unerhört wirkungsvollen Störsender blockiert.

Auf ihre Mission hatte dies keinerlei Auswirkung. Jedes der Schiffe folgte einem auf die Sekunde genau definierten Angriffsplan, der keiner Kommunikation mehr bedurfte.

»Ortung erfolgt«, sagte Leutnant Recert, als die Zielkoordinaten ins Blickfeld kamen und er tatsächlich ein kugelförmiges Gebilde von enormen Abmessungen ausmachte. Er präzisierte die Koordinaten, und der Bordcomputer ermittelte von da aus rückwärts rechnend den exakten Abwurfzeitpunkt. Er wusste, dass in diesen Minuten seine sowjetischen und asiatischen Kollegen an Bord der anderen beiden Raumschiffe genau dasselbe taten.

»Zielortung abgeschlossen«, meldete er.

»Kommandant an Waffenoffizier«, sagte Oberstleutnant Freyt. »Erbitte Statusmeldung.«

»Waffenoffizier an Kommandant«, erwiderte Captain Rod Nyssen mit grimmiger Gelassenheit, während seine Finger über die nachträglich eingebauten Armierungskontrollen huschten. »Überspiele Bahndaten an Bombensteuerung. Überspielen abgeschlossen. Bereit zu feuern.«

Michael Freyt nickte. Trauer erfüllte ihn, dass sie etwas vernichten sollten, das alle der Menschheit bekannten Weltwunder in den Schatten gestellt hätte. Aber er hatte gewusst, worauf er sich einließ, als er dieses Raumschiffs bestiegen hatte, also schob er seine Gefühle beiseite und sagte: »Kommandant an Waffenoffizier – Feuer frei zum errechneten Zeitpunkt.«

»Bestätige«, sagte Rod Nyssen, dem es kaum anders erging. »Start erfolgt in zehn Sekunden … in fünf … drei … zwei … eins … Feuer.«

Das gewaltige Geschoss löste sich aus dem umgebauten Laderaum der STARDUST II. Flammen loderten aus dem Raketentriebwerk, ließen es davonjagen. In der Ferne sahen sie fast zeitgleich zwei weitere Lichter aufflammen … und gleich wieder vergehen.

Die Bomben waren unterwegs.

»Ausweichkurs!«, rief Freyt und zündete das Steuertriebwerk. Nun galt es, den Urgewalten zu entkommen, die gleich vor ihnen losbrechen würden.

Im Jahre 1962 hatten die USA eine Reihe von Atombombentests in großer Höhe durchgeführt, weil man wissen wollte, wie sich die Wirkungen solcher Explosionen von denen in Bodennähe unterschieden. Diese Tests liefen unter dem Namen *Operation Fishbowl*, und der Test, der die größte Höhe erreichen sollte, fand am 9. Juli unter der Bezeichnung *Starfish Prime* statt. An diesem Tag startete vom Johnston-Atoll, rund tausend Kilometer südwestlich von Hawaii gelegen, eine Thor-Rakete, die einen W49-Sprengkopf bis in eine Höhe von 400 Kilometer trug, wo er detonierte.

In dieser Höhe befindet man sich bereits im Vakuum des Weltraums. Eine Atomexplosion außerhalb einer Atmosphäre erzeugt keine Druckwelle und auch keinen »Atompilz«, sondern stellt in erster Linie eine Hitze- und Strahlungswaffe dar. Ohne die Wechselwirkung mit den Atomen der Atmosphäre wirkt die radioaktive Strahlung über eine weitaus größere Entfernung, und auch die Hitzestrahlung nimmt nur durch die Distanz ab.

Die Explosion von *Starfish Prime* war als helle, kugelförmige Lichterscheinung weithin zu sehen; es existieren zahlreiche Fotos davon. Es folgten polarlichtartige Effekte über Hawaii und Kwajalein, eine Aurora, die sich erst nach sieben Minuten wieder verflüchtigte.

Der bedeutendste Effekt war jedoch der EMP, den die Explosion auslöste, der *elektromagnetische Puls*. Man war bei den vorangegangenen Tests auf dieses Phänomen gestoßen, das von Physikern auch vorhergesagt worden war, und hatte also damit gerechnet – nicht jedoch mit der Stärke, in der es auftrat. Im weiten Umkreis unterhalb der Explosion wurden elektronische Geräte aller Art lahmgelegt. Die Auswirkungen waren noch auf der 1300 Kilometer entfernten Insel O'ahu wahrnehmbar. Auf Hawaii fielen Hunderte von Straßenlampen aus, wurden Alarmanlagen ausgelöst und Telefonverbindungen unterbrochen. Die bei der Explosion freigewordene Röntgenstrahlung sollte sich noch mehrere Jahre lang in der Magnetosphäre bewegen und insgesamt sieben Satelliten lahmlegen, darunter *Telstar,* den ersten zivilen Kommunikationssatelliten.

Die Gefahr, die ein EMP für die moderne Zivilisation darstellte, wurde von beiden damaligen Atommächten erkannt und war ein wesentlicher Antrieb, ein Abkommen zu schließen, keine atmosphärischen Atomtests mehr durchzuführen. Dieses Abkommen wurde am 5. August 1963 in Moskau unterzeichnet und in der Folge tatsächlich eingehalten.

Bedenken wir nun, dass *Starfish Prime* eine Sprengkraft von nur 1,4 Megatonnen TNT-Äquivalent hatte. Die drei Bomben hingegen, die am Morgen des 26. August 1971 über dem Südpol des Mondes explodierten, taten dies mit einer Sprengkraft von insgesamt über 300 Megatonnen! Sie trafen dicht über dem Zielpunkt aufeinander, und die erste Bombe, die detonierte, löste dadurch unmittelbar die Detonation der anderen beiden aus, so dass es sich im Grunde um eine einzige Explosion handelte.

Für einen Augenblick entstand eine Art künstliche Sonne. Ein ungeheuer intensiver, bläulich-weißer Glutpunkt blitzte auf, so durchdringend, als bräche an dieser einen Stelle das Gefüge des Weltalls selbst auseinander, dann dehnte sich das Ganze zu einem sonnenhellen Ball aus Fusionsgas aus, Hunderte von Millionen Grad heiß, und verwandelte das Gebiet des lunaren Südpols, in dem die Waffenoffiziere das außerirdische Raumschiff ausgemacht hatten, in einen kochenden Lavasee. Da sich die Bordpositronik auf die Wirksamkeit von Funkstörung, Schwerkraftfeldern und Anti-Neutronen-Feld verlassen, aber kein eigenes Energieschutzfeld aufgebaut hatte, bedeutete dies das Ende des arkonidischen Forschungskreuzers und seiner Besatzung.

Die Spuren jenes Angriffes sind bis auf den heutigen Tag zu sehen. Die Besatzungen der drei Raumschiffe haben sehr genau gearbeitet: Das betroffene Gebiet ist bemerkenswert klein, bedenkt man die ungeheure Gewalt der Bomben und dass es sich um die bis dahin mit Abstand gewaltigste Detonation der Geschichte gehandelt hatte.

Die Besatzungen der drei Raumschiffe entkamen, weil man in der Vorbereitung klug genug gewesen war zu erkennen, dass sie nicht – wie es Bomber auf der Erde getan hätten – *aufsteigen* durften, sondern dass sie im Gegenteil *tiefer* gehen und den Mond selbst zwischen sich und den Nullpunkt der Explosion bringen mussten. So geschützt, konnte ihnen die massiv freiwerdende radioaktive Strahlung nichts anhaben; diese verteilte sich im All und erreichte die Erde erst mit einiger Verzögerung und so verdünnt, dass sie nur noch von Messgeräten registriert wurde. Der Feuerball hingegen, der das arkonidische Raumschiff zerstörte, war groß genug, um von der Erde aus wahrgenommen zu werden – doch da das Unternehmen unter strenger Geheimhaltung stattgefunden hatte, waren es nur wenige Eingeweihte, die an diesem Morgen in Richtung Mond blickten.

6

Thora ließ sich nicht dazu hinreißen, angesichts der Zerstörung ihres Raumschiffs blindwütig Rache zu üben, eine Rache, die zweifellos fürchterlich gewesen wäre. Möglicherweise war diese Zurückhaltung dem Zureden Rhodans zu verdanken, wahrscheinlicher aber ist es, dass ihre Erziehung es nicht zuließ, sich so tief sinken zu lassen.

Rhodans Gegner ahnten nicht, dass sie ihm mit ihrer Aktion effektiv in die Hände gespielt hatten. Freilich war es ein glücklicher Zufall, dass Thora dem Angriff entgangen war (wobei es fraglich bleibt, ob der Angriff Erfolg gehabt hätte, wäre sie zu diesem Zeitpunkt an Bord des Schiffes gewesen), doch nun würde es nicht mehr geschehen können, dass die Arkoniden ihr Raumschiff einfach reparierten und wieder davonflogen, auf Nimmerwiedersehen. Sie würden bleiben müssen, und sie würden enger mit Rhodan zusammenarbeiten müssen, sollte sich ihr Traum von einer Rückkehr nach Arkon je erfüllen.

Außerdem hatte Thoras Rassedünkel durch diese Angelegenheit einen kräftigen Dämpfer erhalten. Es blieb ihr nichts anderes übrig, als zuzugeben, dass sie die Menschen und ihren Einfallsreichtum in gefährlicher Weise unterschätzt hatte.

Nebenbei erhöhte dies alles Rhodans Chancen, Thora doch noch zu erobern – wenn auch nur minimal.

Der größte Vorteil war jedoch, dass Perry Rhodan nun ein komplettes arkonidisches Raumschiff zur Verfügung stand und damit unendlich viel mehr technische Mittel als die wenigen Geräte, mit denen sie bis dahin hantiert hatten. Auch wenn es sich »nur« um ein Beiboot handelte, war es dennoch ein allen irdischen Raumfahrzeugen unermesslich überlegener Gigant, der einen Überlichtantrieb mit einer Reichweite von fünfhundert Lichtjahren besaß – nicht genug, um auch nur den nächsten arkonidischen Stützpunkt zu erreichen, aber unvergleichlich viel mehr, als man sich bislang hatte vorstellen können.

Und – das Raumschiff hatte Roboter an Bord, die nun begannen, unter dem mittlerweile auf einen Durchmesser von zehn Kilometer erweiterten Energieschirm in der Wüste Gobi eine Stadt zu errichten, aus nichts als dem Sand und den Steinen, die sie mittels arkonidischer Technik in Baumaterial umwandelten.

Es war Crest, der Rhodans Triumph vollständig machte. Der greise Arkonide, der gut auf die Haggard'sche Behandlung angesprochen hatte und sich auf dem Wege der gänzlichen Genesung befand, ließ Perry Rhodan und Reginald Bull mittels der im Raumschiff verfügbaren Geräte eine Hypnoschulung angedeihen. Er tat es gegen Thoras ausdrücklichen Protest, einerseits, weil er sich zu Dank verpflichtet fühlte, andererseits aber, weil er im Grunde gar keine andere Wahl hatte: Rhodan und Bull waren die besten Verbündeten, die die beiden Arkoniden in diesem Sonnensystem hatten, und verkörperten ihre einzige Chance, jemals wieder nach Hause zu gelangen. Diese Chance, das sah Crest sehr klar, konnte sich nur verbessern, wenn sie die beiden Menschen mit so viel Wissen und Fähigkeiten ausstatteten, wie es nur ging.

So vertrauten sich Rhodan und Bull den damals »Indoktrinatoren«

genannten Maschinen an, sanken für einige Stunden in einen tiefen Schlaf und erwachten mit den Grundlagen des arkonidischen Wissens im Kopf. Auf einmal wussten sie, wie all die Technik um sie herum in ihren Grundzügen funktionierte, ja, sie beherrschten auf einmal sogar die arkonidische Sprache! Das war damals ein ganz und gar unglaublicher Vorgang. Wissen einfach so ins Gehirn »eintrichtern« zu können war ein weiterer uralter Menschheitstraum, der hier in Erfüllung gegangen zu sein schien.

Dass Hypnoschulungen nicht ganz so bequem funktionieren, dass das Wissen, das nach dem Erwachen im Gehirn liegt, dort nur bleibt, wenn man es auch möglichst rasch nutzt und übt, fiel Rhodan und Bull nicht auf, denn in der Lage, in der sie sich befanden, *mussten* sie ja alles, was sie an neuem Wissen besaßen, sofort nutzen. Das, was man in der heutigen Hypnopädagogik die »Festigungsphase« nennt und was in der Ausbildung die weitaus meiste Zeit beansprucht, passierte also sozusagen von selbst.

Kurzum: Der Versuch seiner Gegner, Rhodans Machtbasis durch einen Angriff auf das auf dem Mond befindliche Raumschiff zu zerstören, hatte seine Machtbasis im Endeffekt enorm vergrößert.

In der Folgezeit zog Perry Rhodan die Führung langsam, aber beharrlich an sich. Er nutzte eine Kurzschlussreaktion Thoras (ein wirres, undurchdachtes Vorhaben, die Menschheit dazu »zwingen« zu wollen, ihr ein ausreichend fernflugtaugliches Raumschiff zu bauen), um ihr den Status als Kommandantin zu entziehen, was dadurch erleichtert wurde, dass er das Raumschiff dank der Hypnoschulung nun selbst fliegen konnte. In Crest hatte er dabei einen verlässlichen Unterstützer und Lehrer, in Reginald Bull, der immer mehr erkannte, dass Rhodan nicht nur stets planvoll handelte, sondern auch jederzeit einen neuen Plan hatte, einen verlässlichen Partner.

Rhodans Pläne waren alle auf ein glasklares erstes Ziel gerichtet: die Chance zur Einigung der Menschheit zu nutzen, die sich jetzt bot und so nie wiederkommen würde.

Doch man muss ebenso glasklar feststellen, dass Rhodan diesen

Plan, trotz all seiner unbestreitbaren Führungsfähigkeiten und trotz aller Machtmittel, die ihm dank arkonidischer Technologie zur Verfügung standen, nicht aus eigener Kraft hätte verwirklichen können. Dass es letzten Endes, mit allerlei Umwegen, Haken und Ösen tatsächlich gelang, verdankt sich drei Faktoren, die von außen hinzukamen, und nur auf einen davon hatte Rhodan irgendeinen Einfluss gehabt.

Nämlich auf den ersten Faktor: die allmählich wachsende Sympathie für ihn und seine Ziele, die sich in der Erdbevölkerung ausbreitete.

Perry Rhodan war in diesen Tagen ständiges Titelthema in den Medien, doch nun verschwanden die Verunglimpfungen. Gerade war ein totaler Atomkrieg glücklich verhindert worden; zahllose Helfer waren noch immer damit beschäftigt, die über die Welt verstreuten kaputten Bomben wieder einzusammeln – und in dieser Situation war den Regierungen nichts anderes eingefallen, als einen weiteren Atomschlag auf dem Mond zu veranstalten? Das stellte so etwas wie den letzten Tropfen dar, der das Fass zum Überlaufen brachte – viele Fässer, große Fässer, überall auf der Erde. Immer mehr Menschen aller Erdteile begannen, in Rhodan einen Hoffnungsträger zu sehen, einen, dem sie zutrauten, die Dinge *tatsächlich* zu ändern, und zwar grundlegend und zum Besseren.

So hatte Perry Rhodan trotz der Propaganda inzwischen viele Sympathisanten, nein, *Freunde* in aller Welt – und ihre Zahl nahm täglich zu, nicht zuletzt wegen solcher Aktionen wie zum Beispiel, dass er die Trümmer des im März 1971 auf dem Mond abgestürzten sowjetischen Raumschiffs SWESDA-1 barg und die Leichen der Kosmonauten zur Erde zurückbrachte, damit ihre Angehörigen sie beisetzen konnten.

Der zweite Faktor war hingegen etwas äußerst Geheimnisvolles, etwas, für das Rhodan nicht nur nichts konnte, sondern das ihn selber überraschte: das Auftauchen der ersten parapsychisch begabten Menschen.

Plötzlich traten Männer und Frauen in Erscheinung, die die Gedanken anderer lesen konnten (Telepathen wie z. B. John Marshall), die mit ihren Gedanken Materie beeinflussen oder bewegen konnten (Telekineten wie z. B. Anne Sloane) oder sich mit Gedankenkraft spontan an einen anderen Ort zu versetzen vermochten (Teleporter wie z. B. Tako Kakuta). Wie war das möglich? Man vermutete damals, dass diese Fähigkeiten durch die infolge der Atombombentests erhöhte radioaktive Strahlung im menschlichen Erbgut freigesetzt worden waren und ihre Träger sozusagen zu Vertretern einer neuen Stufe der menschlichen Evolution machte. Da man durch äußere Einflüsse bewirkte Veränderungen im Erbgut in der Biologie als *Mutationen* bezeichnet, nannte man diese parapsychisch begabten Menschen *Mutanten*.

Diese Hypothese ließ sich allerdings nie bestätigen. Eine erhöhte Radioaktivität in der Umwelt verursacht nach allem, was man weiß, einfach nur mehr strahlungsbedingte Krankheiten. Es ist bis heute kein Ansatz bekannt, der erklären würde, wie dadurch parapsychische Fähigkeiten freigesetzt oder ausgelöst werden könnten.

Umgekehrt sind zu verschiedenen Zeiten in der Geschichte parapsychisch Begabte gehäuft in Erscheinung getreten, und dann wieder Jahrhunderte vergangen, ohne dass sich auch nur ein Einziger bemerkbar gemacht hätte. Und das, obwohl es an erhöhter Strahlung selten mangelt.

Man weiß schlicht nicht, was der Grund für das Auftreten parapsychischer Begabungen ist. Es fällt nur auf, dass es oft in Umbruchszeiten geschieht – eine Beschreibung, die auf das zwanzigste Jahrhundert alter Zeitrechnung zweifellos zutrifft.

Der Begriff *Mutant* für solche Menschen, der damals geprägt wurde, hat sich, obwohl sachlich falsch, bis heute gehalten. Damals traten in allen Teilen der Welt parapsychisch höchst begabte Menschen in Erscheinung, und als ihnen klarwurde, dass sie ein besonderes Talent besaßen, wandten sie sich fast alle an Perry Rhodan, um sich ihm anzuschließen – und so wurde noch im Jahre 1971 das *Mutantenkorps* gegründet. Dieser freiwillige Zusammenschluss sollte die Palette der Wunderdinge, die Rhodan vollbringen konnte, in einen Bereich erweitern, der selbst die Arkoniden staunen ließ, und in den zahlreichen, teilweise atemberaubend riskanten Abenteuern der Anfangszeit eine ganz entscheidende Rolle spielen.

Und dann war da noch ein dritter Faktor.

Perry Rhodans Strategie hatte darauf abgezielt, der Gegner zu sein, der die Weltmächte und schließlich die ganze Menschheit zur Einigkeit zwang.

Am Ende waren es dann aber andere Gegner, die das bewirkten.

Echte.

Der auf dem Mond gestrandete arkonidische Kreuzer hatte Sekundenbruchteile vor seiner Zerstörung eine automatische Funkboje ausgestoßen, die einen offenen Notruf absetzte. Dieser Notruf war zwar nicht stark genug, um die Sphäre des arkonidischen Imperiums zu erreichen, aber immerhin stark genug, um – genau wie Rhodan es von Anfang an befürchtet hatte – allerlei gefährliche Wesen aus Weltraumtiefen ins Sonnensystem zu locken, die in einem gestrandeten Arkonraumer willkommene Beute witterten. Wesen, die sich angesichts eines bewohnten, aber technisch noch etwas rückständigen Planeten wie der Erde höchst erfreut die Hände reiben würden – oder was immer sie an Greifwerkzeugen besitzen mochten.

Die Ersten, die kamen, waren die *Fantan.*

Waren die Arkoniden erstaunlich menschenähnlich gewesen, waren die Fantan den Menschen erstaunlich *un*ähnlich: Sie glichen sich aufrecht bewegenden, mit lederartiger, geschuppter Haut bedeckten Zylindern, die in der oberen Hälfte allerlei schwer identifizierbare Sinnesorgane besaßen und sechs Extremitäten, die unterschiedslos zu allem benutzt werden konnten, wozu Menschen Arme, Beine und so weiter benutzten. (Ob sie sich, als sie die Erde auf die Schirme bekamen, diese Extremitäten voller Vorfreude rieben, ist nicht bekannt. Vermutlich nicht, da es so gut wie keine allgemein verbreitete Gestik gibt, nicht einmal innerhalb derselben Spezies.) Sie pflanzten sich ungeschlechtlich fort, galten als kriegerisch und bewohnten zwei benachbarte Sonnensysteme in etwa achthundert Lichtjahren Entfernung.

Und nun tauchten sie mit einem spindelförmigen Raumschiff im Sonnensystem auf, bei dem es sich, wie Crest wusste, um einen alten, seit Jahrhunderten ausrangierten arkonidischen Raumschifftyp handelte. Dennoch hätte sich die Erde gegen ihn nicht wehren können.

Rhodan dagegen schon.

Allerdings hatten ihn die Erfahrungen der vergangenen Wochen vorsichtiger gemacht, oder sagen wir besser, ihn eines falschen Gefühls grundsätzlicher Überlegenheit beraubt. Er würde sich den Invasoren mit dem arkonidischen Beiboot zum Kampf stellen, doch er kalkulierte nun auch ein, dass er diesen Kampf verlieren konnte, und traf vor dem Start verschiedene Vorbereitungen für diesen Fall. Eine dieser Vorbereitungen war, die Großmächte über die Gefahr zu informieren und dazu zu veranlassen, Atomalarm auszurufen. Die Erde sollte verteidigungsbereit sein, falls er versagte. Das gelang ihm, da er in der Zwischenzeit im Chef der IIA, Allan D. Mercant, einen heimlichen Sympathisanten gefunden hatte. Mercant wurde direkt bei Präsident Nixon vorstellig und überzeugte diesen, dieser wiederum informierte Generalsekretär Breschnew, den Vorsitzenden Mao Tse-tung und die übrigen Regierungschefs, die ihre Bevölkerungen ebenfalls in die Bunker schickten und die Luftabwehr in höchste Alarmbereitschaft versetzten.

Rhodans Sieg über die Fantan brachte der Dritten Macht die endgültige Anerkennung ein. Alle Gegenmaßnahmen wurden eingestellt, das Embargo aufgehoben.

Die Bedrohung aus dem All hatte die Menschheit enger zusammenrücken lassen. Angesichts kosmischer Dimensionen verlor das Konzept von Nationalstaaten seine Bedeutung.

Eine geeinte Menschheit, so schien es, war nur noch eine Frage der Zeit.

7

Gegen Ende dieses schicksalhaften Jahres begab es sich, dass ich, Homer G. Adams, wie bereits berichtet, überraschend begnadigt und aus der Haft entlassen wurde. Als ich an jenem Tag aus dem Gefängnistor auf die Straße trat, tat ich es mit dem festen Vorsatz zu versuchen, diesen Perry Rhodan kennenzulernen, von dem ich mittlerweile so viel gehört hatte und für dessen Ziele ich inzwischen eine gewisse Sympathie empfand.

Zuerst jedoch, noch am selben Abend, suchte ich meinen ehemaligen Partner Hiram Barry auf, der immer noch in demselben Herrenhaus in bester Lage in der Nähe der Themse lebte, in der Alderney Street im vornehmen Londoner Stadtteil Pimlico. Ich tat es nicht, weil ich auf Rache aus war, und auch nicht, um über die guten alten Zeiten zu plaudern, sondern um Geld einzufordern, 24 000 Pfund Sterling, die für mich aufzubewahren er mir vierzehn Jahren zuvor versprochen hatte.

Ich hatte keinerlei Bedenken, dass ich das Geld etwa nicht bekommen würde. Wenn auf das Ehrenwort eines Gangsters kein Verlass mehr war, worauf sonst hätte man sich noch verlassen sollen?

Trotz der späten Stunde empfing mich Barry, mindestens ebenso überrascht über meine vorzeitige Entlassung wie ich selbst, allerdings sichtlich weniger davon angetan. Er murrte und maulte, weil ihm meine Forderung im unrechten Moment kam, aber schließlich schrieb er einen Scheck über den genannten Betrag aus. Er hatte das Geld vierzehn Jahre lang besessen, hatte es zweifellos investiert und damit einiges an Zinsen und Renditen erwirtschaftet, doch das ließ ich ihm alles. Auch wenn mich das Spiel mit dem Geld seit jeher fasziniert, interessiert es mich doch kaum, es selber zu besitzen; wenn genug da ist für das Lebensnotwendige, verliert sich mein Impuls, mehr davon anzuhäufen, sofort wieder. Ich brauchte das Geld einfach für meine geplante Reise, die mich zunächst nach Tokio führen sollte, keine ganz billige Strecke, und für dies und das, was darüber hinaus notwendig werden würde, andernfalls hätte ich mir nicht einmal die Mühe gemacht, ihn zu behelligen.

Ich übernachtete in einem abgelegenen Hotel mit mäßigem, aber dennoch ungewohntem Komfort nach über vierzehn Jahren Zellenpritsche, wurde am nächsten Morgen bei der Bank vorstellig und löste den Scheck ein. Anschließend traf ich gewisse Vorkehrungen, da ich damit rechnete, dass Barry versuchen würde, mir das Geld wieder abzujagen oder mich womöglich gleich ganz aus dem Verkehr zu ziehen, zwei Triumphe, die ihm zu gönnen ich nicht die Absicht hatte. Dann bestieg ich das Flugzeug nach Tokio.

Nach allerlei Verwicklungen traf ich tatsächlich auf Perry Rhodan, den Herrn der Dritten Macht, der mich ohne zu zögern zu seinem Finanzminister ernannte. Was mit anderen Worten hieß, dass er kaum noch Geld hatte, um sein junges, staatsähnliches Gebilde zu unterhalten, und dringend hoffte, dass ich ihm welches beschaffen würde, und zwar *viel* davon.

Erst in diesem Moment hatte ich endlich das Gefühl, wieder in der Welt angekommen zu sein. Geld zu machen – damit war ich in meinem Element!

In einem anschließenden längeren Gespräch erfuhr ich dann einige Dinge, die mich verblüfften. So zum Beispiel, dass ich meine Freilassung nicht einer gnädigen Seele im britischen Justizministerium verdankte, sondern einer mit Hilfe eines arkonidischen Psychostrahlers vorgenommenen suggestiven Beeinflussung von Innenminister Reginald Maudling höchstselbst (der kurioserweise ein Jahr später zurücktreten musste, weil publik wurde, dass er in mehrere Finanzskandale verwickelt war, die dem ähnelten, für den ich 1957 verantwortlich gemacht worden war). Wie mir Rhodan erzählte, war es John Marshall gewesen, der dies in seinem Auftrag bewerkstelligt hatte.

Ursprünglich hatte man mich vor dem Gefängnis erwarten und in die Gobi-Wüste einladen wollen. John Marshall aber war Telepath und hatte meinen Gedanken entnommen, dass ich ohnehin vorhatte, in Rhodans Dienste zu treten. Er verzichtete also darauf, mich anzusprechen, und begnügte sich damit, mir zu folgen und über mich zu wachen, was sich im Lauf der Reise als große Hilfe herausstellen sollte.

Ich war, als ich von Rhodans Interesse an meiner Person erfuhr, davon ausgegangen, dass dieses Interesse von alten Zeitungsberichten herrührte, die während meines Prozesses erschienen waren und mich in reißerischer Weise als »erfolgreichsten Spekulanten aller Zeiten« und dergleichen porträtiert hatten. Doch wie sich herausstellte, hatte Perry Rhodan meinen Namen schon vorher gekannt: Während seines Studiums war ihm ein kleiner Aufsatz in die Hände gefallen, an dem ich lange gefeilt hatte und der 1957, kurz vor meiner Verhaftung, in einer obskuren Fachzeitschrift für Volkswirtschaft erschienen war. In diesem Aufsatz hatte ich darzulegen versucht, welche Faktoren das wirtschaftliche Wohlergehen eines Gemeinwesens meiner Ansicht nach tatsächlich bestimmen, weil ich diesbezüglich mit Adam Smith, dem Gründervater der Ökonomie, in vielen Punkten nicht derselben Meinung war. (Zum Beispiel hat es niemals und nirgends, weder hier auf Erden noch auf anderen Planeten, eine Tauschwirtschaft gegeben, wie er sie beschreibt, um daraus Sinn und Funktion des Geldes abzuleiten; seine Schilderungen sind reine Fiktion.) Optimale Prosperität, hatte ich postuliert, wird erreicht, wenn eine Balance gefunden wird zwischen Ermutigung und Sicherheit, zwischen Belohnung und Solidarität, wenn der Tatkräftige, Erfindungsreiche die Möglichkeit hat, seinen Beitrag zum Gemeinwesen zu leisten und davon zu profitieren, sich gleichzeitig aber jeder sicher sein kann, dass er nicht ins Elend geraten wird, wenn er Pech im Leben hat. Auf welchem Level dieses Optimum liegt, wird wiederum schlicht dadurch bestimmt, wie viel *Energie* produktiv genutzt wird, und der Nutzen von Gesetzen, Regierungsmaßnahmen, Subventionsentscheidungen und generell von politischen Strategien jedweder Art ist danach zu bewerten, inwieweit sie Möglichkeiten schaffen, dass Individuen dies tun können. Alles andere, so hatte ich geschrieben, sei nur Theaterdonner und Zierrat.

Ich war verblüfft zu erfahren, dass überhaupt jemand diesen Artikel gelesen hatte, denn ich hatte nie irgendeine Art der Rückmeldung darauf erhalten. Noch verblüffter war ich, dass ihn ausgerechnet Rhodan gelesen hatte, und nicht nur das – er hatte sich sogar den Namen des Verfassers gemerkt!

»Was erwarten Sie von mir, Sir?«, fragte ich daraufhin.

»Wir haben die arkonidische Technologie zur Verfügung, Fusionsmeiler zu bauen«, erwiderte Rhodan. »Das bedeutet Energie im Überfluss. Ich will, dass Sie diese Energie in Wohlstand umsetzen – zuerst für die Dritte Macht und dann für die ganze Welt.«

»Das werde ich«, versprach ich.

»Ich will, dass bis zum Jahr 2000 auf Erden niemand mehr hungert, niemand mehr ohne Zugang zu lebensnotwendigen Dingen wie Wasser und medizinischer Betreuung leben muss, niemand mehr *arm* ist.«

Ich schüttelte den Kopf. »Ich glaube, so lange wird es nicht dauern.«

Am nächsten Tag gründete ich die GCC, die *General Cosmic Company*, und begann, wieder das zu tun, was ich immer am liebsten getan habe: Geld zu scheffeln – für andere.

Ich verkneife es mir, in Einzelheiten zu gehen – das ergäbe ein anderes, noch viel dickeres Buch –, deswegen nur so viel: Es dauerte tatsächlich nicht so lange.

Nach John Marshall, dem Telepathen, lernte ich nach und nach auch die anderen Mitglieder des Mutantenkorps kennen, denn Rhodan hatte mich aufgrund meines fotografischen Gedächtnisses ebenfalls zum Mitglied dieser exklusiven Gruppe ernannt – wohl eher eine höfliche Geste, denn bei Lichte betrachtet, macht es keinen sonderlichen Unterschied, ob jemand, wie ich, die Börsenkurse oder Rohstoffpreise der vergangenen fünfzig Jahre im Kopf hat oder ob er sie in einer Liste nachschlägt; Letzteres ist lediglich ein wenig aufwendiger, kann aber im Endeffekt zum gleichen Ergebnis führen. Vergleicht man das mit jemandem, der, sagen wir, sich per Gedankenkraft aus einer von außen verschlossenen Kabine eines sinkenden Schiffs ins Freie befördern kann, so wird klar, dass dieser in einer ganz anderen Liga spielt, was geistige Kräfte anbelangt.

Nun, aber ich war eben dabei, und ich war nicht traurig darüber, handelte es sich bei den übrigen Mitgliedern dieses Korps doch ausnahmslos um höchst faszinierende Zeitgenossen. Bei einigen gewagteren Transaktionen, die ich damals im Interesse einer beschleunigten Gesundung der Finanzen der Dritten Macht unternahm, waren mir insbesondere die Telepathen eine große Hilfe: Es ist einfach von Vorteil, wenn man den Verhandlungsspielraum, den die andere Seite *tatsächlich* hat, von vornherein kennt.

Einer der interessantesten Angehörigen des Mutantenkorps war zweifellos Ernst Ellert, der Mann, der seinen Geist von seinem Körper lösen und damit durch Raum und Zeit reisen konnte – wahrhaft eine Ausnahmeerscheinung. Wir sind ihm in diesem Buch bereits begegnet, doch als ich ihn in Asien das erste Mal traf, ahnte ich natürlich von all diesen Zusammenhängen noch nichts, genauso wenig übrigens wie er selbst, denn für ihn hatte die Begegnung mit Perry Rhodan in Paris noch gar nicht stattgefunden, sondern würde es erst, irgendwann in seiner persönlichen Zukunft, die ihn durch unvorstellbare Abgründe von Raum und Zeit führen würde. Und Perry Rhodan wusste von seinem eigenartig traumhaften Zusammentreffen mit diesem Mann tatsächlich nichts mehr; für ihn war es, als Ernst Ellert auf dem Gebiet der Dritten Macht eintraf, schlicht eine weitere Begegnung mit einer ihm noch ganz und gar unbekannten Person.

Ellert stammte aus Deutschland, aus München, um genau zu sein, wo er sich als Feuilletonjournalist und Gelegenheitsdichter durchs Leben geschlagen hatte. Seine Fähigkeit, geistig in andere Zeiten zu reisen, hatte sich zuerst in Form lebhafter Träume bemerkbar gemacht. Irgendwann war ihm klargeworden, dass es sich um mehr als Träume handelte, und so ging er eines Tages das Wagnis ein, seine Fähigkeit im Kreis seiner vertrautesten Freunde zu demonstrieren. Er kündigte an, sich geistig in die Zukunft versetzen und ihr gemeinsames Treffen in einer Woche belauschen zu wollen. Die Freunde würden, meinte er, auf diese Weise überprüfen können, ob das, was er auf seinen geistigen Reisen sah, reine Phantasie war oder Wirklichkeit.

Er unternahm diesen Versuch auch tatsächlich; für seine Freunde eine gruselige Sache, hinterließ er doch einen reglosen Körper, dessen Puls zwar noch schlug, der aber so gut wie nicht mehr atmete und auf keine Weise zu wecken war. Doch als Ellert wieder »zurückkam« und aufwachte, konnte er ihnen von keinem Treffen berichten, denn, so hatte er gesehen, dieses Treffen würde nicht stattfinden! Stattdessen würde er sich in genau einer Woche in der Wüste Gobi befinden und mit Perry Rhodan sprechen!

Seine Freunde lachten herzhaft über das, was sie für einen gelungenen Scherz hielten … doch genauso kam es. Perry Rhodan hatte sich just um diese Zeit mit Hilfe der Mutanten, die sich aus eigenem Antrieb bei ihm gemeldet hatten, auf die Suche nach weiteren parapsychisch Begabten gemacht und, unter anderem, Ernst Ellert aufgespürt, in ebendieser Woche!

Ellerts besondere Gabe, *Teletemporation* genannt, erregte allenthalben Bewunderung. Ein Mann, der die Zukunft voraussehen konnte!

Was für ein ungeheurer Gewinn für die Dritte Macht! Wer sollte Rhodans Plänen nun noch Einhalt gebieten können?

Ich selbst war, muss ich sagen, skeptisch, oder sagen wir besser, mir war die Vorstellung eines absolut determinierten Universums, eines unabänderlichen Zeitablaufs zutiefst zuwider. Wenn alles, was geschah, ohnehin von vornherein feststand und nicht geändert werden konnte, welchen Sinn hatten dann Dinge wie Moral, freier Wille oder überhaupt Entscheidungen? Wozu sollte man ein Leben leben, das von Anfang bis Ende festgelegt war wie ein Film, der von einer Spule abrollt? Wozu sollte man lernen, wozu sich anstrengen ...?

Doch nach und nach stellte sich heraus, dass es nur so *ausgesehen* hatte, als sei die Zukunft vorherbestimmt. Sie *ist* es natürlich durch das, was wir in der Gegenwart tun oder lassen, aber da so viele Dinge im Spiel und die Zusammenhänge komplex sind, ist das, was geschieht, dennoch nicht *vorhersagbar.*

Außer man heißt Ernst Ellert.

Wie die anderen Mutanten nahm auch er an den Trainings teil, die Crest, der Arkonide, veranstaltete, der aus alten Abhandlungen einiges über das Phänomen parapsychischer Begabungen wusste und behutsam versuchte, die vorhandenen Talente zur Entfaltung zu bringen. Und obwohl Ellert ein ungewöhnlicher Fall war, über den auch alte arkonidische Schriften nichts berichteten, wurde er doch allmählich ... nun ja, *besser,* sagte man, wenngleich er selbst eher unglücklich über seine Entwicklung war. Denn: Je »besser« er wurde, *desto mehr verschiedene Zukünfte sah er*!

Anfangs, als er seine eigene Zukunft gesehen hatte, seine unwahrscheinliche Reise in die Gobi, die sich dann wirklich ereignet hatte, war sein Geist einfach der Spur der größten momentanen Wahrscheinlichkeit gefolgt, und die Zukunft hatte unausweichlich *ausgesehen.* Doch nun sah er viele Zukünfte – Dutzende, Hunderte, Tausende, Millionen und Milliarden, die alle ihren Dreh- und Angelpunkt in der Gegenwart hatten und deren Wahrscheinlichkeiten er nicht mehr erkennen konnte!

Ellert verzweifelte an seiner Gabe, fand sie umso nutzloser, je mehr seine Kräfte wuchsen. Zwar war Crest der Meinung, dass er sicherlich noch lernen würde, sich auch in den gewaltigen Räumen der Wahrscheinlichkeit zu bewegen, die sich vor ihm auftaten, doch Ellert beharrte darauf, dass er keinerlei Entwicklung bemerke, die zu dieser Hoffnung Anlass gebe.

»Ich bin der nutzloseste Mutant im ganzen Korps«, erklärte er in Momenten der Niedergeschlagenheit. »Es wäre besser, ich ginge zurück nach München, um wieder über Theaterpremieren zu schreiben.«

Niemand, auch er selber nicht, ahnte, welch wichtige Rolle er im Kampf gegen die wohl unheimlichste Macht spielen sollte, die die Menschheit je bedroht hatte.

Und auch nicht, welch tragisches Ende er nehmen sollte.

Wobei – *war* es denn ein Ende …?

Ich hatte mich unmittelbar nach jenem formlosen Handschlag, mit dem mich Perry Rhodan zum »Finanzminister« ernannt hatte, ans Werk gemacht. Ich hatte Büros in einigen großen Städten der Welt angemietet, Sekretärinnen und Sachbearbeiter eingestellt und begonnen, arkonidische Technologie in Geld zu verwandeln. Und es war, in aller Bescheidenheit, wirklich besser, dass ich diese Aufgabe übernahm, die Rhodan und seine Mitstreiter bislang selber und entsprechend amateurhaft angegangen waren.

Es war für mich sonnenklar, dass die arkonidische Technologie das Potential hatte, komplette Branchen grundlegend zu verändern: die Arbeitsweisen, das Preisgefüge, einfach alles. Die Regeln würden fast überall ganz neu geschrieben werden müssen, und in der Zeit des Übergangs konnte ich die Milliarden, die die Dritte Macht dringend brauchte, leicht verdienen.

Nehmen wir zum Beispiel den Tiefbau. Einen Tunnel durch einen Berg zu graben war von alters her eines der anspruchsvollsten Vorhaben und ein Gebiet, auf dem sich jede technische Neuerung sofort in enormen Gewinnsteigerungen niedergeschlagen hat. Alfred Nobel beispielsweise, der Stifter der nach ihm benannten Preise, hat sein Vermögen damit gemacht, den hochgefährlichen Sprengstoff Nitroglyzerin so weit zu zähmen, dass er sich in Gestalt des weitaus handhabbareren Dynamits für den Straßen- und Tunnelbau einsetzen ließ, womit sich die Geschwindigkeit, mit der solche Vorhaben umgesetzt werden konnten, drastisch erhöhte und die Kosten entsprechend sanken.

Ähnliches, sah ich voraus, würde nun wieder geschehen. Inzwischen gab es zwar Tunnelbaumaschinen, die sich mit gewaltigen Bohrmeißeln durch massiven Granit fressen konnten, doch ihr Betrieb war aufwendig, also teuer, und der erzielte Vortrieb betrug meist nur wenige Meter pro Tag. Mit dem arkonidischen Desintegrator hingegen ließen sich kilometerlange Tunnel innerhalb weniger *Stunden* aus dem Fels schneiden, Tunnel, die zudem von Anfang an unerhört glatte, saubere Wände besaßen, und das alles ohne Bohrköpfe, die sich abnutzten, verkanteten, abbrechen konnten und ständig ersetzt werden mussten, ohne die Notwendigkeit, Abraum abzutransportieren – kurzum, einen Tunnel zu bauen würde künftig eher einem Spaziergang ähneln als schwerer Arbeit. Alles, was man außer dem Desintegrator noch brauchte, war eine gute Absauganlage für den entstehenden molekularen Staub, den einzuatmen der Gesundheit nicht unbedingt zuträglich ist.

Diese Art Geräte, die sich ohne Zweifel als *Game Changer* herausstellen würden, *verkaufte* ich jedoch nicht, sondern *verlieh* sie nur – und zwar gegen eine Beteiligung der *General Cosmic Company* an der jeweiligen Firma; idealerweise in Höhe von mindestens 51 Prozent.

Fast alle Geschäftsleute, denen ich dieses Angebot unterbreitete, schnappten erst einmal nach Luft, weil es auf den ersten Blick klang wie die reinste Unverschämtheit. Denjenigen, die nicht sofort aufsprangen und empört das Weite suchten, rechnete ich vor, wie sich die Zusammenarbeit in monetären Dimensionen entwickeln würde, und danach unterschrieben sie fast alle sofort. Und die, die nicht sofort unterschrieben, taten es später und nach reiflicher Überlegung. Denn: Obwohl sie die Preise der gesamten Konkurrenz würden unterbieten können, würden sie Gewinne in bislang unvorstellbaren Größenordnungen machen – und gleichzeitig unweigerlich zu Marktführern aufsteigen, weil niemand mit herkömmlicher Technik gegen sie konkurrieren konnte.

So dauerte es nicht lange, bis die Milliarden in Richtung *Galakto-City* zu fließen begannen, wie die junge, rasch wachsende Hauptstadt der Dritten Macht demnächst heißen sollte.

Nun endlich konnte man geregelte Verhältnisse schaffen, indem man China das besetzte Territorium anstandsvoll abkaufte – zu einem stolzen Preis angesichts dessen, dass es sich um eine nutzlose Steinwüste handelte, in der keinerlei nennenswerte Bodenschätze zu finden gewesen wären. Aber Reginald Bull wollte unbedingt selbst mit der chinesischen Regierung verhandeln und mich nicht dabeihaben. Nun gut – in der Zeit, die er damit verbrachte, mit der chinesischen Unterhändlerin zu flirten, hatte ich das, was er zu viel bezahlte, schon wieder verdient.

Danach begann die Dritte Macht, eine Raumschiffwerft zu errichten, in der eigene Raumschiffe nach arkonidischen Plänen entstehen sollten. Zuerst würde man kleinere Einheiten bauen, einsitzige Raumjäger und dergleichen, aber das eigentliche Ziel war natürlich, fernflugtaugliche Raumkreuzer von der Größe des auf dem Mond zerstörten Schiffs.

Eine solche Werft kann selbstverständlich nicht isoliert produzieren, sondern bedarf einer gewaltigen Zulieferindustrie und einer weltweit vernetzten Logistik, und beides aufzubauen wurde meine nächste Aufgabe. Ich ließ neue Werke für bislang auf Erden noch nie produzierte Bauteile errichten, vorzugsweise in strukturschwachen Gebieten, wo es kein Problem war, Arbeitskräfte zu finden, sondern im Gegenteil Probleme löste, und gründete auch gleich entsprechende Ausbildungseinrichtungen, die, sobald wir imstande waren, arkonidische Indoktrinatoren nachzubauen, auch mit Hypnoschulung arbeiten würden.

Ein ständiger Engpass waren übrigens die Hyperkristalle, die für viele Geräte arkonidischer Technologie benötigt werden, um normaldimensionale Vorgänge in fünfdimensionale Vorgänge umzuwandeln und umgekehrt, also beispielsweise für Sprungtriebwerke, Hyperfunkgeräte oder auch Desintegratoren. Bis 1971 hatte niemand geahnt, dass es so etwas wie Hyperkristalle, also fünfdimensional schwingungsfähige Quarze, überhaupt gab, da diese sich weder chemisch noch klassisch-physikalisch von normalem Quarz unterscheiden, und leider stellte sich heraus, dass es auf der Erde nur sehr geringe Vorkommen davon gab. Als sich das herumsprach, kam es in vielen Gegenden zu einem wahren »Bergkristall-Rausch«, und zahllose Leute träumten davon, ein Hyperkristall-Vorkommen aufzustöbern und damit ihr Glück zu machen. Als müsse der Goldrausch von Alaska neu aufgeführt werden, wurde das alles begleitet von Geschäftemachern, Verkäufern dubioser Spürgeräte, Betrügern, die mit gefälschten Zertifikaten handelten, und so weiter.

Doch Hyperkristalle sind überall im Universum ein rares Gut, weswegen schon die alten Arkoniden allerlei Methoden entwickelt hatten, mit sehr wenig davon auszukommen. Auch diese Methoden übernahmen wir natürlich. Eine Hochrechnung, die ich anstellte, erbrachte das beruhigende Ergebnis, dass die auf der Erde auffindbaren Hyperkristalle ausreichen würden, Raumschiffe zu bauen, die andere Sonnensysteme erreichen konnten. Das würde ermöglichen, *dort* nach weiteren Hyperkristallen zu schürfen, und so würde daraus ein sich selbst erweiterndes System werden. Mit anderen Worten: Hyperkristalle waren zwar ein Engpass, doch dieser Engpass würde uns auf unserem Weg zu den Sternen nicht aufhalten.

Allerdings ahnten wir nicht, dass es etwas anderes gab, das sehr wohl imstande sein würde, uns aufzuhalten.

8

In den ersten Tagen des Januar 1972 unternahm Captain Brent Zimmerman, Leiter der Sicherheitsabteilung der IIA, einen routinemäßigen Patrouillenflug mit dem Hubschrauber. Es hatte in Grönland über den Jahreswechsel eine lange Periode heftiger Stürme mit Eisregen und starken Schneefällen gegeben, während deren an Hubschrauberflüge nicht zu denken gewesen war, so dass es nun, am ersten Tag mit erträglichen Winden und sogar ein paar durch die ansonsten dicke, graue Wolkendecke brechenden Sonnenstrahlen, höchste Zeit war, wieder einmal nach dem Rechten zu sehen.

Was an diesem Patrouillenflug nicht der Routine entsprach, war, dass Zimmerman ihn alleine unternahm; die von ihm selbst mitverfassten Vorschriften sahen dafür mindestens zwei Mann Besatzung vor. Doch das Hauptquartier der IIA war über die Weihnachtszeit schwächer besetzt gewesen als sonst, der Krankenstand war hoch, und es gab viel zu tun – also hatte Zimmerman die Luftüberwachung angewiesen, einfach per Funkpeilung ein Auge auf ihn zu haben, und war solo losgeflogen.

Als er auf seiner Route Pröven passierte, eine armselige, kaum 200 Seelen zählende Siedlung südöstlich von Upernavik, die auf Grönländisch Kangersuatsiaq hieß, kündigte er plötzlich per Funk an, zu landen, ohne einen Grund dafür anzugeben. Das widersprach dem Reglement eklatant, und hätten die Männer in der Luftüberwachung geahnt, welche Gefahr der Erde drohte, hätte dieser Regelverstoß sie warnen können.

Das, was ihm aufgefallen war – oder ihn *angezogen* hatte, die wahrscheinlichere Erklärung –, befand sich am unbewohnten Ende der Insel, die wie ein von Eis und Schnee bedeckter, schlafender Drache im Wasser des Nordatlantik lag. Zimmerman landete und stieg aus, in eine dicke Felljacke gekleidet und eine einhändig bedienbare Maschinenpistole in der Hand. Er ging auf sein Ziel zu …

… und verharrte. Ein Beobachter, wäre einer zugegen gewesen, hätte ihn schwanken sehen, und ihm wäre aufgefallen, dass der Leiter der Sicherheitsabteilung plötzlich einen ausgesprochen desorientierten Eindruck machte.

Das Ganze dauerte etwa fünf Sekunden und endete so abrupt, wie es begonnen hatte. Zimmerman richtete sich auf, sah sich um, als käme ihm plötzlich die grandiose Erhabenheit der grönlandischen Landschaft zu Bewusstsein, und begann, sich zu dehnen, zu recken und zu strecken, wie um sich zu überzeugen, dass noch alle seine Gliedmaßen funktionierten. Dann drehte er sich um, ohne sein ursprüngliches Ziel eines weiteren Blickes zu würdigen, und kehrte zum Hubschrauber zurück.

Dort blinkte bereits die Signallampe am Funkgerät: Man hatte versucht, ihn zu erreichen. Er meldete sich und erfuhr, dass Mercant gerade von einer Reise zurückgekommen war und ihn zu sprechen wünschte.

»Ich komme«, sagte Zimmerman, startete und nahm direkten Kurs auf den Umanak-Fjord, wo das Hauptquartier der IIA lag.

Kurz darauf wurde er in Mercants Büro im untersten Stockwerk der unterirdischen Anlage vorstellig. Mercant, der inzwischen über Zimmermans Flug informiert war, wollte wissen, was diesen veranlasst hatte zu landen, worauf Zimmerman erklärte, das sei nur ein Scherz gewesen.

»Ein Scherz?«, wiederholte Mercant, verwundert, da Captain Brent Zimmerman für allerlei bekannt war, aber nicht dafür, dumme Scherze zu machen; tatsächlich galt er eher als ausgesprochen humorlos, was für den Leiter einer Sicherheitsabteilung eine durchaus nützliche Eigenschaft war.

Mercant versank in tiefe Nachdenklichkeit und fragte dann plötzlich: »Sagen Sie, Captain – welchen Vorteil versprechen Sie sich davon, mich zu töten?«

Diese Frage ließ Zimmerman, der bis dahin ruhig auf dem Stuhl vor Mercants Schreibtisch gesessen hatte, geradezu explosionsartig aktiv werden. Seine Hand fuhr zur Hüfte, riss die Dienstpistole aus dem Halfter und wollte sie auf Mercant richten –

Doch er kam nicht mehr dazu, zu vollenden, was er begonnen hatte. Unterhalb der Schreibtischplatte, uneinsehbar für sein Gegenüber, hatte Mercant stets eine geladene und entsicherte Pistole hängen, und nach dieser hatte er gegriffen, während er seine Frage stellte. Als Zimmerman zum Angriff ansetzte, brauchte der Abwehrchef nur noch den Finger zu krümmen.

Auch im 20. Jahrhundert alter Zeitrechnung konnte ein Geheimdienstchef nicht einen Untergebenen und engen Mitarbeiter erschießen, ohne dass anschließend Fragen gestellt wurden. Kaum war der Knall des Schusses verhallt, stürmte schon der Posten ins Zimmer, der vor Mercants Büro Wache gestanden hatte. Mercant befahl ihm, nichts anzurühren, sondern Alarm auszulösen und Oberst Cretcher, den stellvertretenden Chef der IIA, sowie den Chefarzt des Stützpunkts, einen gewissen Dr. Curtis, zu rufen. Während die Sirenen auf allen Stockwerken zu heulen begannen, telefonierte Mercant mit der Wachkompanie und ordnete den Ausnahmezustand an. Alle Ausgänge waren zu verriegeln, niemand durfte das Hauptquartier betreten oder verlassen.

Als Cretcher und Curtis eintrafen, erklärte Mercant, was vorgefallen war. Der Anblick, der sich ihnen bot, entsprach seiner Darstellung: Das .45-er Geschoss hatte die dünne Vorderwand des Schreibtischs durchschlagen wie Papier und Zimmerman mitsamt dem Stuhl umgeworfen. In dessen lebloser Hand lag noch die Dienstpistole, entsichert.

Der Arzt stellte der Form halber den Tod Zimmermans fest, dann verständigten sie die Leute vom Labor, die die Spurensicherung übernehmen würden. Als diese eintrafen, gab Mercant ihnen die Pistole, die unter seinem Schreibtisch gehangen hatte, anschließend verließen Cretcher und er den Raum und gingen nach nebenan, wo sie unter sich waren.

»Es bleiben trotzdem Fragen, Allan«, stellte Oberst Cretcher fest. »Erstens – wie kam Zimmerman, einer Ihrer engsten und vertrautesten Mitarbeiter, dazu, Sie anzugreifen? Und zweitens – wie haben Sie es geschafft, diesem Angriff zuvorzukommen?«

Mercant nickte nachdenklich. »Das frage ich mich auch. Es war, als ginge eine … eine Art *Welle* von ihm aus. Vom ersten Moment an, als er ins Büro kam, hatte ich das überwältigende Gefühl, dass er vorhatte, mich zu töten.« Er betrachtete seinen Handrücken. »Ich hatte richtiggehend Gänsehaut. Verstehen Sie mich nicht falsch, es war nichts in seinem Verhalten, nichts in dem, was er gesagt hat … und trotzdem. Ich konnte nicht anders, als ihn einfach mit einer direkten Frage zu konfrontieren. Und als er daraufhin ausrastete … Was hätte ich anderes tun können, als ihn zu erschießen? Hätte ich es nicht getan, läge ich jetzt so da wie er, nur auf der anderen Seite des Schreibtischs.«

Der Oberst musterte ihn forschend. »Sie wissen, was man so über Sie sagt …?«

»Ja«, sagte Mercant.

»Sie könnten Gedanken lesen, heißt es. Wer weiß, vielleicht können Sie es ja tatsächlich? Vielleicht wären Sie auch so ein Fall für dieses … *Mutantenkorps*, das Rhodan um sich versammelt?« Rhodan hatte die Existenz dieses Korps bislang nicht öffentlich gemacht, aber in der Führung der IIA wusste man selbstverständlich darüber Bescheid.

Mercant winkte unwirsch ab. »Seien Sie nicht albern, Cretcher. Sie haben doch gelesen, was die Wissenschaftler sagen – es war die Radioaktivität der Atombomben, die diese Mutationen ausgelöst hat. Rhodans Mutanten, das sind alles junge Leute. Ich bin 1916 geboren; damals hat man sich im Krieg noch mit Schwarzpulver begnügt.« Er schüttelte den Kopf. »Uns muss vordringlich etwas ganz anderes interessieren, nämlich die Antwort auf Ihre erste Frage. Zimmerman hat heute einen Patrouillenflug unternommen, allein –«

»Allein?«

»Ja, allein. Und dabei muss irgendetwas mit ihm geschehen sein. Kommen Sie! Wir fliegen seine Route noch einmal ab. Die Luftüberwachung sagt, er sei bei Pröven gelandet, ohne mitzuteilen, aus welchem Grund.«

»Das wird ja immer toller!«

Sie machten sich auf den Weg zum Hubschrauberhangar. Als ihnen unterwegs Dr. Curtis noch einmal begegnete, forderte Mercant ihn auf, sie zu begleiten. »Gut möglich, dass wir den Rat eines Mediziners brauchen werden«, meinte er.

Sie benutzten dieselbe Maschine, mit der auch Zimmerman geflogen war, freilich nicht, ohne sie zuvor genauestens zu untersuchen. Sie folgten seiner Route mit äußerster Wachsamkeit und in ständiger Funkverbindung mit der Luftüberwachung. Die Sonne zeigte sich noch ein wenig mehr, die Luft war klar, der Wind wehte ruhig und gleichmäßig. Als sie Pröven erreichten, begannen sie, immer weitere Kreise zu ziehen, und schließlich war es Oberst Cretcher, der die Landespur im Schnee entdeckte. Keine hundert Schritte davon entfernt erhob sich ein halbkugelförmiges Gebilde, das an ein Iglu erinnerte, wie es die Eingeborenen aus Eis und Schnee bauten – nur dass dieses Ding unter dem Schnee, der es zur Hälfte bedeckte, schwarz schimmerte.

»Soll ich die Eingreiftruppe rufen?«, schlug Cretcher vor. »Alles abriegeln, und dann sollen die Techniker –«

»Ach was«, erwiderte Mercant ungeduldig und drückte den Hubschrauber nach unten. »Schauen wir uns erst einmal an, was das überhaupt ist!«

Während er zur Landung ansetzte, in sicherer Entfernung sowohl von dem schwarzen Iglu wie auch von der anderen Landestelle, gab Cretcher einen ausführlichen Bericht an das Hauptquartier durch und ordnete an, dass sich die Eingreiftruppe bereithalten solle. »Wenn wir uns bis in spätestens zwanzig Minuten nicht wieder gemeldet haben, rücken Sie an.«

Sie landeten, stiegen aus und näherten sich dem kaum mannshohen Gebilde. Mercant erreichte es als Erster, zog einen Handschuh aus und berührte es behutsam. »Irgendein Metall«, stellte er fest. Er zog den Handschuh wieder über, sah sich um. »Sonderbar. Wer baut so etwas, mitten in der Arktis?«

Cretcher vermied es, das schwarze Metallding anzufassen, ging nur darum herum, um es von allen Seiten zu betrachten. »Irgendwie fremdartig. Und nirgends ein Zugang oder ein Fenster. Nicht einmal eine Schweißnaht!«

»Wir werden höflich anklopfen«, sagte Mercant und zog seine Pistole. »Treten Sie zurück, meine Herren. Ich will wissen, was es damit auf sich hat.«

Als sie alle Deckung hinter einem Stein gefunden hatten, feuerte er sein Magazin auf die Halbkugel ab, doch außer einer Menge pfeifend davonjagender Querschläger erreichte er auf diese Weise nichts. Das Material hatte nicht einmal Kratzer abbekommen.

»Wir müssten Sprengstoff im Laderaum haben«, fiel Cretcher ein. »Vielleicht klappt es damit.«

Das tat es. Die Explosion riss die Halbkugel an einer Seite auf und stürzte sie um. Darunter fanden sie die Trümmer von allerlei technischen Gerätschaften – und die Überreste eines überaus fremdartigen Körpers.

Dr. Curtis legte seine Pelzhandschuhe ab, zog dünne Schutzhandschuhe über und nahm dann eine abgerissene Gliedmaße hoch, die wohl ein Arm gewesen war. Sie war unbekleidet, leicht behaart – und hatte sechs Gelenke. In den Trümmern waren noch mindestens fünf ähnliche Körperteile auszumachen.

»Das war kein Lebewesen von unserer Erde«, konstatierte der Arzt. »Und auch keines dieser Fantan-Wesen, nach allem, was wir über die wissen.«

»Sammeln Sie alles ein, was sich finden lässt«, befahl Mercant. »Ich fliege damit so schnell wie möglich zu Rhodan.«

Über die erste Begegnung von Allan D. Mercant und Perry Rhodan in der Gobi-Wüste gibt es einander in Details widersprechende Berichte. Ich halte mich im Folgenden an die Erinnerung Mercants, und ich werde gleich erklären, warum.

Mercant landete mit einer amerikanischen Langstreckenmaschine auf einer provisorisch angelegten Landebahn in der Nähe der Energiekuppel. Er hatte sich per Funk angemeldet, ohne seinen Namen zu nennen, da er wusste, dass der Funkverkehr der Dritten Macht, soweit er sich in dem der irdischen Technik zugänglichen Bereich abspielte, von den östlichen Geheimdiensten abgehört wurde, und er wollte zunächst nicht mehr Aufsehen erregen, als unbedingt nötig war.

An einer Strukturlücke des Energieschirms wurde er von Peter Kosnow in Empfang genommen, der einige Zeit zuvor den KGB verlassen hatte und in Rhodans Dienste getreten war, ein Schritt, seit dem er, wie Mercant wusste, in der Sowjetunion als *persona non grata* betrachtet wurde. Kosnow brachte ihn in eines der Gebäude, die die arkonidischen Roboter errichtet hatten, und dort in einen ausgesprochen schmucklosen Raum, von dem man ihm sagte, es sei Rhodans Büro.

Rhodan erschien gleich darauf. Sie schüttelten einander die Hand, dann fragte Rhodan Mercant nach dem Grund seines unerwarteten Besuchs.

»Ich bin hier«, erwiderte Mercant mit jener trockenen Kühle, die sein Markenzeichen war, wenn es um berufliche Dinge ging, »weil ich meinen Sicherheitschef erschießen musste.«

Damit hatte er Rhodans uneingeschränkte Aufmerksamkeit. Er erzählte ihm, was passiert war, und als er bei der Sprengung des schwarzen Metall-Iglus angelangt war, ließ er die Verschlüsse der Kühlbox aufschnappen, die er bei sich trug, und holte einen in einen Plastikbeutel verpackten Körperteil aus dem Eis, mit dem die Box gefüllt war.

Mercant erinnert sich, dass Perry Rhodan der Anblick der gruseligen Gliedmaße in höchstem Maße beunruhigte, ja, beinahe erschütterte, und dass er, während er den harten, grob behaarten Körperteil in die Hand nahm, murmelte: »Mir ist, als hätte ich das schon einmal gesehen.«

»Das hatte ich gehofft«, sagte Mercant erwartungsvoll, der davon ausging, dass Rhodan sich an eine Abbildung in den Unterlagen der Außerirdischen erinnerte oder dergleichen. Zwar wusste der NATO-Abwehrchef nichts von der Hypnoschulung, die Rhodan und Bull erhalten hatten, aber er wusste, dass sie das arkonidische Raumschiff fliegen konnten, ein eindeutiger Hinweis, dass ein enormer Wissenstransfer stattgefunden hatte.

Nachdem Rhodan eine Weile überlegt hatte, schüttelte er den Kopf und sagte: »Ach, nein. Ich habe mich geirrt.«

»Inwiefern?«, hakte Mercant nach.

»Als Kind habe ich einmal zusammen mit einem Freund durch eine Lupe hindurch Wespen beobachtet«, erzählte Rhodan. »Ich glaube, das war der Anblick, an den ich mich erinnert fühlte. Wir haben uns damals ausgemalt, was los wäre, wenn Wespen eines Tages so groß wie Menschen würden.«

Mercant war enttäuscht, verbarg es aber. »Wir haben unsere Entomologen befragt. Das hier war definitiv keine Wespe. Wir halten es für Überreste eines außerirdischen Wesens.«

Rhodan nickte und trat an die Sprechanlage. »Ich werde Crest bitten, sich das anzusehen.«

In den Berichten, die später Grundlage der offiziellen Geschichtsschreibung wurden, findet sich dieser kleine Austausch nicht. Allan D. Mercant erzählte mir jedoch einmal, dass es sich seiner Erinnerung nach so wie oben beschrieben abgespielt hatte, und ich glaube ihm aus folgenden Gründen:

Erstens ist klar, dass die offizielle Geschichtsschreibung geneigt war, ein Detail wie dieses unter den Tisch fallenzulassen, denn zum einen trägt dieser Austausch nichts Wesentliches zur Schilderung der politischen und militärischen Entwicklungen bei, und zum anderen kannte man Perry Rhodan als jemanden, dem man so gut wie nie Beunruhigung anmerkt, geschweige denn Erschütterung, konnte also leicht zu dem Schluss kommen, dass Mercants Bericht übertrieben war.

Ich kann das sogar verstehen, und wäre ich damals Chronist gewesen und hätte unter dem Zwang gestanden, möglichst viele Informationen auf knappstem Raum unterzubringen, hätte ich wahrscheinlich genauso gehandelt. Aus heutiger Sicht meine ich jedoch, dass Mercants Darstellung nicht nur stimmt, sondern sogar bedeutsam ist.

Denn zweitens: Warum hätte Perry Rhodan die Erinnerung an jene Begegnung im Sommer 1945 *erschüttern* sollen? An jenem Tag begann schließlich eine lange, sehr enge Freundschaft, die Perry Rhodan ebenso stark geprägt hat wie Leroy Washington; bei jeder anderen Gelegenheit, in der er sich an diesen Aspekt seiner Kindheit erinnerte, tat Rhodan es mit einem sanften, mitunter etwas wehmütigen Lächeln.

Andererseits, drittens, war Mercant bekannt sowohl für seine Beobachtungsgabe wie auch für seine Fähigkeit, Sachverhalte mit beeindruckender Nüchternheit darzulegen – für jemanden wie ihn eine wertvolle Eigenschaft, denn ein Geheimdienstler, der sich dem Wunschdenken hingibt, und sei es nur in Details, oder der seine Augen vor unangenehmen Tatsachen verschließt, und sei es nur ein bisschen, hat wenig Aussichten, das Pensionsalter zu erleben. Zudem hatte er keinerlei Grund, die Begegnung mit Rhodan anders zu schildern, als sie sich zugetragen hat.

Ich bin überzeugt, dass Mercant ganz richtig beobachtet hat: Perry Rhodan *war* erschüttert vom Anblick der Überreste des fremden Wesens. Doch diese Erschütterung rührte nicht, wie er glaubte, von der Erinnerung an die Wespen unter Leroys Vergrößerungsglas her, sondern war vielmehr das Echo einer Erinnerung, die er verloren hatte – nämlich die Erinnerung an die weniger als vier Jahre zurückliegende Begegnung mit Ernst Ellert im Mai 1968 in Paris, als dieser ihn vor einer ungeheuren Gefahr warnte, die der Menschheit drohte.

Wenig später kam Crest hinzu, außerdem John Marshall und Dr. Frank Haggard. Thora, die Rhodan ebenfalls hinzugebeten hatte, ließ ausrichten, sie habe noch zu tun und käme nach – was stimmen mochte oder auch nicht, in jener Zeit auf jeden Fall häufig vorkam: wohl um zu demonstrieren, dass sie, eine Kommandantin des Großen Imperiums, sich von einem Erdenmenschen nichts befehlen ließ.

Allan D. Mercant erzählte seine Geschichte also noch einmal. Als er damit fertig war, sagte Crest: »Ihr Captain Zimmerman war kein Verräter, Mister Mercant.« Er deutete auf dessen makabres Mitbringsel. »Er war ein Opfer dieses Wesens.«

»Und was ist das für ein Wesen?«, wollte Mercant wissen, beeindruckt von der Erscheinung des greisen Arkoniden, über den er zwar einiges wusste, dem er aber an diesem Tag zum ersten Mal begegnete: Auch er, ganz Kind seiner Zeit, war fasziniert davon, wie menschenähnlich und zugleich *fremd* Crest wirkte.

Crest faltete bedächtig die langfingrigen Hände. »Wir nennen diese Wesen *IVs, Individualverformer.* Selbstverständlich haben sie einen eigenen Namen für sich, aber dieser verweigert sich unserer Zunge und der Ihren, vermute ich, ebenfalls. Wir nennen sie so, weil sie die natürliche, angeborene Fähigkeit besitzen, ihr Bewusstsein in den Körper eines anderen Lebewesens zu versetzen, gewissermaßen einen fremden Geist dazu zwingen können, mit dem ihren zu tauschen. Captain Zimmerman muss diesem Wesen begegnet sein, und es hat Besitz von seinem Körper ergriffen. Es kann dabei nach einer kurzen Phase der Eingewöhnung – etwa fünf Ihrer Minuten – auf die Erinnerungen und Fähigkeiten des Übernommenen zugreifen und somit adäquat handeln. Das macht es so unerhört schwierig, eine Invasion der IVs überhaupt zu bemerken.«

In Dr. Haggards Augen leuchtete es – purer naturwissenschaftlicher Wissensdrang, um Mercant zu zitieren. »Und Captain Zimmerman? Was ist mit ihm geschehen?«

Crest sah auf den sorgsam verpackten Körperteil hinab, der auf dem langsam schmelzenden Eis lag, schloss dann den Deckel wieder und sagte: »Wie gesagt, die IVs erzwingen einen Tausch der Körper. Der Geist von Captain Zimmerman befand sich im Körper des IV, während dieser im Besitz von Captain Zimmermans Körper war und sich damit seinem Vorhaben widmete, Mister Mercant zu töten. Anders als der IV war Captain Zimmermans Geist aber nicht imstande, Besitz von dem anderen Körper zu ergreifen; dazu bedarf es jener Fähigkeit, die wir *Individualverformung* nennen. Er war also im Körper des IV eingeschlossen.«

Mercant begriff, dass er hier auf jemanden gestoßen war, der wirklich Bescheid wusste. »Verstehe ich das richtig?«, hakte er nach. »Als ich den Mann erschoss, den ich für Brent Zimmerman hielt, habe ich den IV, wie Sie es nennen, getötet? Und als wir später den Iglu entdeckten und, indem wir ihn sprengten, den Leib des Fremden zerrissen, haben wir damit zugleich Captain Zimmerman getötet – beziehungsweise dessen … Geist? Seele? Bewusstsein?«

»Nein«, sagte Crest. »Auch wenn wir nicht wissen, wie das funktioniert, ist es doch so, dass Körper und Geist trotz eines solchen Tauschs miteinander verbunden bleiben. Als Sie den Körper von Captain Zimmerman erschossen, töteten Sie den IV und den Menschen zugleich.«

»Kann man eigentlich telepathisch feststellen, ob jemand von einem IV übernommen wurde?«, meldete sich John Marshall zu Wort.

»Das ist schwierig«, meinte der Arkonide. »Im Moment der Übernahme selbst vermutlich schon. Danach aber können sich die IVs gegen Telepathie abschirmen. Viele vermögen es sogar, eine Kulisse täuschend normaler Gedanken aufzubauen.«

»Ich frage«, fuhr Marshall fort, der den Geheimdienstchef die ganze Zeit fixiert hatte, »weil Mister Mercant ja offenbar mit dem IV bis zu dessen Tod zusammen war. Wer sagt uns, dass dieser nicht noch rasch auf ihn übergesprungen ist?«

Mercant schüttelte unwillig den Kopf. »Wäre ich dann ausgerechnet hierhergekommen?«

»Wenn Sie es darauf abgesehen hätten, Perry Rhodan oder Crest zu übernehmen, wäre diese Frage Teil der Strategie.«

Crest hob die Hand, eine Geste, die die Debatte sofort stoppte. »Diese Gefahr besteht nicht. Die IVs können nur von ihrem eigenen Körper aus in einen fremden wechseln. Um einen anderen Menschen zu übernehmen, hätte der IV, der Captain Zimmerman kontrollierte, zuerst in seinen eigenen Körper zurückkehren müssen – ein Vorgang, der einer gewissen geistigen Vorbereitung bedarf und ihn Anstrengung kostet.«

Als daraufhin so etwas wie ein Aufatmen durch die Runde ging, fügte er hinzu: »Ich will nicht unerwähnt lassen, dass unter allen Feinden, die unser Imperium kennt, die IVs als die gefährlichsten gelten. Wir wissen bis zum heutigen Tag wenig, fast nichts über sie. Wir wissen, wie sie aussehen, wissen ungefähr, wie ihre spezifische geistige Gabe funktioniert, und wir wissen, dass sie Gruppenwesen sind, die einer direkten Auseinandersetzung nach Möglichkeit aus dem Weg gehen. Was wir nicht wissen, ist, woher sie kommen und ob sie mit ihrem stets rätselhaften Auftauchen und Verschwinden irgendeine Strategie verfolgen oder nicht. Sicher ist jedoch, dass sie Jahrtausende an Erfahrung im Unterwandern, Unterjochen und Ausbluten fremder Spezies haben, und diese Erfahrung leitet sie auch jetzt. Als sie auf Ihren Planeten aufmerksam geworden sind, haben sie wie immer damit begonnen, die Macht-, Einfluss- und Funktionsstrukturen Ihrer Gesellschaft zu analysieren. In dieser ersten Stufe ihres Vorgehens konzentrieren sie sich üblicherweise auf die Zentralfiguren einer Gesellschaft. Nach welchen Kriterien sie entscheiden, ob sie eine solche Zentralfigur geistig übernehmen und in ihrem Sinne handeln lassen oder ob sie sie ausschalten, ist unbekannt. Auf jeden Fall ist es nur logisch, dass sie recht früh auf Mister Mercant aufmerksam wurden. Als Chef des größten Geheimdienstes der Erde ist er jemand, dessen Lebensinhalt darin besteht, Bedrohungen für die Sicherheit der ihm anvertrauten Völker so früh wie möglich auszumachen, und folglich der natürliche Gegenspieler Nummer 1 der IVs.«

»Offenbar haben sie entschieden, mich zu töten«, stellte Mercant trocken fest.

»Offenbar«, bestätigte Crest und erklärte, dass es für die IVs die einfachste Sache der Welt sei, eine Führungsgestalt zu eliminieren: In praktisch jeder Gesellschaft, die überhaupt so etwas wie eine Sozialstruktur aufwies, gab es in der Umgebung einer solchen Gestalt andere, mit denen die Führungsfigur schon seit langer Zeit Umgang hatte und denen sie vertraute. Übernahm man einen solchen Vertrauten, konnte man eine plötzliche, völlig unerwartete und damit erfolgreiche Attacke gegen das Zielobjekt führen und das übernommene Wesen gleich wieder verlassen, das sich hinterher an nichts erinnerte und vor allem nicht erklären konnte, wieso es getötet hatte. »Es ist überaus erstaunlich«, schloss der Arkonide, indem er Mercant eindringlich musterte, »dass es Ihnen gelungen ist, diesen Anschlag zu vereiteln.«

»Es erstaunt mich selber«, gab Mercant zu.

»Dass Sie diese … *Welle von Tötungsabsicht* gespürt haben, wie Sie es nannten, lässt mich vermuten, dass Sie zumindest ein schwacher Telepath sind«, erklärte Crest.

Merchant, der sich dasselbe tatsächlich schon öfters gefragt hatte, fühlte Erleichterung, es jemand anders aussprechen zu hören. »Bin ich dafür nicht zu alt?«, fragte er dennoch. »Es heißt doch, es habe etwas mit den Atombomben zu tun.«

Crest wiegte den Kopf auf eine sehr fremdartig wirkende Weise. »Mutationen geschehen zu allen Zeiten.«

»Es würde jedenfalls viele merkwürdige Erlebnisse meiner Karriere erklären …«, meinte Mercant leise, mehr zu sich selbst. Dann richtete er sich auf und fragte: »Welcher Schluss ist nun aus alldem zu ziehen? Findet gerade eine Invasion statt, von der wir bislang nichts geahnt haben?«

»Ja«, sagte Crest schlicht.

Die anderen sahen ihn entsetzt an. Wie üblich war es Perry Rhodan, der den Schock als Erster überwand. Er sagte: »Ich schließe daraus, dass das ovale Raumschiff, das wir vor kurzem auf der Höhe der Mondbahn geortet haben, höchstwahrscheinlich ein Raumschiff der IVs ist.«

In diesem Augenblick betrat Thora den Raum. Mercant erinnert sich, dass ihn der Anblick ihrer fremdartigen Schönheit überaus beeindruckte; er hatte zwar schon Fotos von ihr gesehen, aber diese waren ihrer tatsächlichen Präsenz offenbar nicht gerecht geworden.

Sie grüßte die Anwesenden sehr kühl und sehr knapp, wie immer hart an der Grenze zur Arroganz, dann wandte sie sich in arkonidischer Sprache an Crest, der ihr ebenso antwortete. Mercant bemerkte mit Interesse, dass Rhodan eine kurze Bemerkung einwarf, und zwar ebenfalls auf Arkonidisch: Der Wissenstransfer war offenbar weiter gediehen, als er sich das bislang vorgestellt hatte.

Nach einem relativ kurzen Wortwechsel in der melodiösen Sprache der Fremden trat Crest an den Tisch, hob den Deckel der Kühlbox wieder ab und zeigte Thora den Inhalt.

Worauf Thora die blanke Panik befiel.

»IVs!«, rief sie aus, unwillkürlich einen Schritt zurückweichend.

Ihre heftige Reaktion verblüffte Mercant, aber es entging ihm auch nicht, dass sie die anderen, die sie schon länger kannten, regelrecht entsetzte: Dass ausgerechnet die stets beherrschte Kommandantin, die bislang in jeder Situation bewiesen hatte, Nerven aus Stahl zu besitzen, diese nun angesichts eines Teils einer IV-Leiche verlor, war beunruhigender als alles, was ihnen Crest über die heimtückischen Invasoren hatte erzählen können.

Und Thora wollte sich gar nicht mehr beruhigen. Es sei aussichtslos, gegen die IVs kämpfen zu wollen, stieß sie hervor und zitterte dabei regelrecht. Es sei noch nie gelungen, eine Invasion der IVs zurückzuschlagen; sie hätten bislang jedes Sonnensystem erobert, in dem sie sich einmal festgesetzt hätten, und keine Macht des Universums könne sie aufhalten. »Die Erde ist verloren«, behauptete sie. »Unsere einzige Chance ist, dieses System zu verlassen und ein neues zu suchen, das die IVs noch nicht entdeckt haben.«

Daran dachte Rhodan natürlich nicht im Traum, und das sagte er ihr auch.

Zur allseitigen Überraschung pflichtete Crest seiner Artgenossin bei. »Alle Kämpfe gegen IVs, von denen wir wissen, waren letzten Endes sinnlos«, erklärte er bedrückt. »Die IVs sind wie eine ansteckende Krankheit: im Grunde unbesiegbar.«

Ich war nicht dabei, aber ich kann mir nur zu gut vorstellen, welchen Ausdruck Rhodans Gesicht in diesem Moment bekam: den unerbittlicher Entschlossenheit. »Nun, das werden wir sehen«, sagte er mit gefährlicher Ruhe. »Vor vier Jahren hat die Menschheit den Plan gefasst, einer ansteckenden Krankheit, den Pocken, den Kampf anzusagen und nicht zu ruhen, ehe sie restlos ausgelöscht sind. Es ist ein enormes Vorhaben, aber es macht gute Fortschritte. Ich glaube nicht, dass es annähernd so schwer sein wird, mit den IVs fertig zu werden. Ein Mutant hat ihre Spur gefunden – also werden wir sie mit Hilfe der Mutanten besiegen.«

9

Und so begann der Krieg gegen die IVs.

Rhodan kontaktierte alle Geheimdienste, informierte sie über die Gefahr und teilte ihnen alles mit, was man über die Invasoren wusste. Crest zufolge musste man davon ausgehen, dass die IVs bereits einen Stützpunkt auf der Erde errichtet hatten, von dem aus sie ihre ersten Aktionen durchführten, sprich, von dem aus sie Menschen in strategisch wichtigen Positionen übernehmen würden, um den weiteren Verlauf der Entwicklung in ihrem Sinne zu lenken. Eine solche Übernahme bedurfte, sobald sich die IVs gut genug auskannten, nicht mehr unmittelbarer Nähe, sondern konnte auch aus großen Entfernungen stattfinden. Es war also von ausschlaggebender Bedeutung, Übernommene so früh wie möglich als solche zu erkennen, um zu verhindern, dass sie Unheil anrichteten. Dazu musste allgemein bekanntgemacht werden, dass der Prozess der Übernahme etwa fünf Sekunden dauerte und mit von außen deutlich wahrnehmbaren Merkmalen der Desorientierung verbunden war. Auch der Rücktausch bedurfte einer gewissen Zeit und eines gewissen »Kräftesammelns«, damit er gelang. Das waren bekannte Schwachpunkte, an denen Rhodan ansetzen wollte. Ferner wollte er versuchen, einen Telepathen in die Nähe eines Übernommenen zu bringen, der noch nichts von seiner Entdeckung ahnte: Vielleicht würden sie so mehr über die IVs und ihre Absichten erfahren.

Zur allgemeinen Überraschung war es ausgerechnet Ernst Ellert, der Mutant, der so sehr am Nutzen seiner Gabe zweifelte, dem in diesem Abwehrkampf die entscheidende Rolle zukam.

Die IVs verständigten sich telepathisch, aber sie *waren* keine Telepathen. Wenn sie einen Menschen übernahmen, hatten sie Zugriff auf dessen Erinnerungen und Fähigkeiten, was schlimm genug war, aber sie vermochten nicht die Gedanken anderer Menschen zu lesen – noch nicht einmal die des Menschen, in dessen Körper sie schlüpften, denn dessen Geist befand sich ja derweil in ihrem eigenen Körper und verharrte dort in einer Art Koma.

Doch dann stellte sich heraus, dass Ellert, wenn er seinen Geist vom

Körper trennte, imstande war, die Kommunikation der IVs untereinander zu belauschen. Er erfuhr, was sie vorhatten: Ihr erstes Ziel war, Unfrieden zu säen, die Menschheit, die gerade dabei war, sich vorsichtig aufeinander zuzubewegen, wieder zu entzweien, weil das all ihrer Erfahrung nach gemeinsame Abwehraktionen verhinderte und die Übernahme damit erleichterte. Die IVs rechneten mit siebzig bis hundert »guten Jahren«, wie sie es nannten, bis die Menschen alle tot und die Erde verbrannt sein würde und es Zeit wurde, satt und zufrieden weiterzuziehen.

Nur wo auf Erden sie sich versteckten, das erfuhr er leider nicht.

Obwohl mir Perry Rhodan bei meinen Geschäften von Anfang an freie Hand gelassen hatte, hielt ich es doch für ratsam, ihn über die wichtigsten Entwicklungen des wirtschaftlichen Imperiums, das ich im Begriff war aufzubauen, auf dem Laufenden zu halten, schon um nicht mit seinen politischen Zielen in Konflikt zu geraten. Da ich viele solcher Entwicklungen angestoßen hatte, nahm ich bereits im Januar 1972 die zu dieser Zeit noch recht beschwerliche Reise ins Herz der Dritten Macht auf mich.

So wollte es der Zufall, dass ich gerade in der Gobi weilte, als sich die Dinge im Kampf gegen die IVs unerwartet zuspitzten.

Rhodan und ich saßen über einem zugegebenermaßen etwas komplizierten Schaubild, in dem ich die vielfältigen Verflechtungen der Beteiligungen der GCC darzustellen versucht hatte, als jemand, den ich nicht kannte, den Kopf zur Tür hereinsteckte und sagte: »Li ist gerade in Las Vegas gelandet. Ankunftszeit drei Minuten nach elf Uhr abends.«

Rhodan, der meinen Ausführungen bis dahin ohnehin eher unkonzentriert gefolgt war, nickte dankend und sagte dann: »Mister Adams, es tut mir leid, aber ich fürchte, wir müssen unsere Besprechung vertagen.«

Es war offensichtlich, dass gerade Dinge von großer Bedeutung vor sich gingen, also rollte ich meine Skizze wieder ein und fragte: »Hat es mit der Invasion zu tun?«

»Ja«, sagte Rhodan im Aufstehen. »Kommen Sie einfach mit, dann sehen Sie, was uns beschäftigt.«

Ich wusste in groben Zügen über die IVs und die von ihnen drohende Gefahr Bescheid, da ich kurz zuvor in Grönland gewesen war, im Hauptquartier der IIA, um anlässlich eines Treffens der Regierungschefs der drei Großmächte darzulegen, in welche Richtung sich die Weltwirtschaft durch den Einfluss der arkonidischen Technologie entwickeln würde. Rhodan hatte mich im Vorfeld der Konferenz sowohl über die Fantan als auch über die IV informiert, um mir klarzumachen, dass wir eine Raumflotte brauchten, und das so schnell wie möglich. Das bereitete mir seither einiges Kopfzerbrechen, stellte ich es mir doch auch ohne äußere Bedrohungen schwierig genug vor, die Menschheit durch diese Zeit der Umstellungen zu dirigieren.

»Die Rede ist von Leutnant Li Tschai-tung«, erklärte mir Rhodan auf dem Weg in den Stabsraum. »Er ist unser Verbündeter beim Geheimdienst der Asiatischen Föderation und dient als deren Verbindungsoffizier bei der IIA. Vor ein paar Tagen haben wir erfahren, dass er spurlos verschwunden ist.«

»Spurlos verschwunden?«, wiederholte ich. »Das klingt beunruhigend. Grönland ist nicht ganz ungefährlich, hatte ich den Eindruck.«

»Richtig, deswegen hat man auch zuerst an die Möglichkeit eines Unfalls im Eis gedacht und Suchmannschaften losgeschickt. Die haben dort ausgefeilte Prozeduren für Notfälle dieser Art. Aber schließlich haben wir ihn in Tibet aufgespürt, in Batang. Und von dort aus hat er sich auf den Weg in die USA gemacht.«

Ich schüttelte verwundert den Kopf. »Eine denkbar umständliche Reiseroute.«

»Eben«, meinte Rhodan. »Wir müssen davon ausgehen, dass ihn ein IV übernommen hat, und offenbar hat sich sein Auftrag unterwegs geändert.«

Wir erreichten den Stabsraum. Er bot keinen sonderlich beeindruckenden Anblick. Ein paar Leute, die ich nicht kannte, saßen an Geräten, deren Funktion ich ebenfalls nicht kannte, die aber, wie man vermuten durfte, der Kommunikation dienten. Ein Teil von ihnen war in jenem, sagen wir, brutalistischen Stil gestaltet, der damals im Reich der Arkoniden Mode war, woraus ich schloss, dass sie aus den Beständen des Kugelraumers stammten.

Rhodan ließ sich von dem jungen Mann, der uns aufgeschreckt hatte, auf den neuesten Stand bringen, dann kehrte er zu mir zurück und erklärte halblaut: »John Marshall hält sich derzeit auf dem Nevada Space Port auf. Das ist der Raumhafen des Westens und eines der wichtigsten raumfahrttechnischen Forschungszentren, also durfte man vermuten, dass die IVs es als interessantes Ziel betrachten würden.«

»Und?«, fragte ich gespannt.

»So war es auch.« Er tat einen Seufzer, aus dem ich persönliche Betroffenheit herauszuhören meinte. »Sie haben ausgerechnet Dr. Lehmann übernommen, den geistigen Vater der STARDUST. Marshall war dabei, hat es direkt miterlebt, stellen Sie sich vor! Die beiden haben gerade Schach gespielt, als bei Lehmann plötzlich diese charakteristische Desorientierung eintrat.«

»Allerhand«, sagte ich.

»Nun, natürlich hat John Marshall als Telepath mehr mitbekommen als das«, fuhr Rhodan fort. »Sein Bericht ist äußerst aufschlussreich. Offenbar braucht ein IV doch geraume Zeit, ehe er sich komplexeren Wissens bedienen kann. In diesem Fall war es so, dass er zunächst völlig regelwidrige Züge auf dem Schachbrett gemacht hat. Marshall hat natürlich nichts gesagt, so getan, als sei ihm das entgangen. Ein paar Minuten später hat der IV, der Lehmann übernommen hat, dann zwar korrekt gespielt, aber sehr schlecht – dabei ist Lehmann eigentlich ein sehr guter Schachspieler.«

»Das heißt, auf dessen strategisches Wissen, das wir uns als Wissen höchster Abstraktionsstufe vorstellen müssen, hatte er noch keinen Zugriff«, konstatierte ich.

»Genau. Ich hoffe, dass uns solche Details irgendwann von Nutzen sein werden.« Rhodan nickte grimmig. »Aber die Dreistigkeit, mit der der IV das alles zu überspielen versucht hat! Diese Wesen sind offenbar die perfekten Heuchler.«

Einer von den Leuten an dem Geräten stand auf, ging zu einer Weltkarte an der Wand und steckte eine Nadel mit einem Fähnchen an eine andere Stelle. »Li«, sagte er, an Rhodan gerichtet. »Er hat ein Auto gemietet und verlässt Las Vegas Richtung Norden.«

»Danke«, sagte Rhodan, dann erklärte er mir: »Hier unterläuft den IVs gerade ein Fehler. Li will offenbar zu Lehmann – was in unserer Welt keinen Sinn ergibt, weil die beiden sich überhaupt nicht kennen. Das beweist uns, dass Li ebenfalls übernommen ist.«

»Die beiden IVs dagegen kennen sich vermutlich«, meinte ich.

»Ja. Was immer das bei diesen Wesen bedeuten mag.«

»Und was haben Sie nun vor?«

Rhodans Züge wurden hart. »Lehmann – der *echte* Lehmann – arbeitet an einem neuen, extrem energiereichen Triebwerkstyp. Zwar wird arkonidische Technik ihn in Bälde überflüssig machen, aber er will wohl beweisen, dass wir auch ohne sie weitere Erfolge erzielen würden. Nun hat der übernommene Lehmann für morgen einen außerplanmäßigen Testlauf angesetzt, also sobald Li eingetroffen ist. Wir vermuten, dass die IVs diesen Lauf auf eine Weise sabotieren wollen, die eine Zerstörung der gesamten Forschungsanlage zur Folge hat.«

»Und das wollen Sie verhindern«, mutmaßte ich.

»Nein«, sagte Perry Rhodan geheimnisvoll lächelnd. »Wir werden ihnen dabei *helfen*.«

Perry Rhodan bat mich, meinen Besuch in der Gobi zu verlängern, eine Bitte, der ich gerne nachkam, nicht nur, weil es mir wichtig war, unsere Besprechung zu einem Abschluss zu bringen, sondern auch, weil mich natürlich auch die Aussicht faszinierte, eine Auseinandersetzung mit den IVs sozusagen »live« mitzuerleben.

Mit Lis Eintreffen auf dem Nevada Space Port war nicht vor sechs Uhr morgens Ortszeit zu rechnen. Hier würde es dann kurz vor Mitternacht sein, und da sich bis dahin nichts tun würde, bekam ich erst einmal ein Quartier zugewiesen. Ich deponierte aber nur mein Gepäck und die Geschäftsunterlagen und machte mich etwas frisch; ich hatte es eilig, wieder in den Stabsraum zu kommen und mehr zu erfahren.

Stabsraum – das Wort klingt bedeutsamer, als es war. Tatsächlich bestand die »Stadt« damals nur aus einer Ansammlung flacher, barackenartiger Gebäude, die sich um die gelandete STARDUST scharten. Keines davon ist erhalten geblieben; an derselben Stelle befindet sich heute der *Landing Point Park*, eine dichtbewachsene, verträumte Insel der Stille inmitten der Millionenstadt Terrania. Der Punkt, an dem die STARDUST einst gelandet ist, wird durch eine schlichte Plakette markiert, darum herum wachsen Büsche und Bäume irdischen wie außerirdischen Ursprungs in selten anzutreffender Harmonie. (Viele Menschen denken, es sei das *Stardust Memorial* im Gobi-Park, das am Punkt der Landung stehe, doch das stimmt nicht, worauf übrigens auch eine Inschrift am Fuß des Denkmals hinweist. Dass es nicht sein kann, sieht man schon daran, dass der Gobi-Park vom Goshun-See, an dessen Ufer die Landung stattfand, etwa fünfzig Kilometer entfernt liegt.)

Zwischen diesen langgezogenen, schmucklosen Gebäuden also eilte ich den Weg zurück, den ich gekommen war, über staubige, größtenteils nur provisorisch befestigte Wege – und in Schweiß gebadet, denn ich war derart heftige Sonne nicht gewohnt, als Londoner nicht und gewiss nicht nach vierzehn Jahren Haft, deren Ende noch keine zwei Monate hinter mir lag. Ich erinnere mich, dass ich mich fragte, wieso der Energieschirm, von dem man zwar nichts sah, aber der nach wie vor bestand, eigentlich nicht auch gegen ein Übermaß an Sonnenlicht abschirmte. (Später erfuhr ich, dass dies natürlich durchaus möglich gewesen wäre und nur einer entsprechenden Einstellung bedurft hätte, auf die Rhodan jedoch verzichtete, um dem genesenden Crest die Bedingungen zu schaffen, die diesem am angenehmsten waren. Immerhin: Die für Menschen gedachten Quartiere verfügten allesamt über brauchbare Klimaanlagen.)

Als ich in den Stabsraum zurückkam, war die Nadel, die für Li stand, ein Stück weiter auf den Nevada Space Port zugewandert. Ansonsten tat sich noch nichts, und so fand Rhodan Zeit, mir die Hintergründe der Aktion zu erläutern.

Ernst Ellert, der, wie schon erwähnt, die Kommunikation der IVs zu belauschen vermochte, sah Grund zu der Annahme, dass ein *Teleporter* imstande sein müsste, der Spur eines flüchtenden IVs durch den Hyperraum zu folgen. Voraussetzung war allerdings, dass der Teleporter genau in dem Moment »sprang«, in dem auch der IV den Körper des von ihm beherrschten Menschen aufgab, um in seinen eigenen Körper zurückzukehren.

»Wenn sich das bewahrheiten sollte«, fügte Rhodan hinzu, »dann wäre es eine Möglichkeit, den Stützpunkt der IVs auf der Erde ausfindig zu machen. Und wenn uns das gelingt, besteht Hoffnung, die Invasion zu stoppen.«

Ich gab zu bedenken, dass die Welt groß war und es Milliarden von Menschen gab, die die IVs übernehmen konnten – wie wollte man rechtzeitig zur Stelle sein, wenn sich einer von ihnen *zurückzog*?

Rhodan nickte. »Genau deshalb bietet sich uns in Nevada heute eine vielleicht einmalige Chance. Lehmann und Li – oder genauer gesagt, die beiden IVs in ihnen – planen einen Anschlag auf das Forschungszentrum. Zweifellos haben sie vor, die von ihnen beherrschten Körper rechtzeitig vor dem großen Knall zu verlassen. Wir haben nun das Personal in der Versuchshalle teilweise durch unsere Mutanten ersetzt. Miss Sloane, die Telekinetin, wird vor Ort sein, ferner Ellert und Marshall und natürlich Kakuta. Seine Aufgabe wird es sein, zu teleportieren, sobald Marshall oder Ellert merken, dass die IVs die Flucht antreten.«

»Das klingt nach einer Aktion, bei der es auf jede Sekunde ankommt«, sagte ich.

»Allerdings«, bestätigte Rhodan. »Wir müssen die Katastrophe, die die beiden IVs herbeiführen wollen, so beschleunigen, dass sie panikartig das Weite suchen – und die Explosion dann doch verhindern. Beides wird in der Hauptsache die Aufgabe von Miss Sloane sein, da sie mit ihren geistigen Kräften auch in das Innere von Maschinen eingreifen kann.«

»Ein hohes Risiko«, attestierte ich nicht ohne Schaudern. Zwar ist mir Risiko als solches nicht unvertraut, allerdings nur auf dem Felde der Spekulation, wo man Risiken in Geldbeträgen ausdrücken und mit Wahrscheinlichkeitsrechnungen eingrenzen kann. Niemals war ich bis dahin jedoch in richtiggehende Kämpfe verstrickt gewesen – glücklicherweise, denn aufgrund meiner körperlichen Konstitution hätte ich in derlei Auseinandersetzungen unweigerlich den Kürzeren gezogen.

»Ein Risiko, ja«, gab Rhodan zu. »Aber ein noch größeres Risiko wäre, es nicht zu wagen. Das Schicksal der Menschheit könnte davon abhängen.«

Nun galt es zu warten, bis sich etwas tat. Im Rückblick kommt es mir vor, als hätten diese Stunden mehr an unseren Nerven gezerrt als die eigentliche Aktion. Von John Marshalls Team in Nevada kamen keine Neuigkeiten; dort war es mitten in der Nacht, und sie schliefen alle. Als es jenseits der Lamellenvorhänge dämmerte, gingen wir etwas essen; damals offen gestanden ein äußerst fragwürdiges Vergnügen.

»Sir, ich würde Ihre Versorgung mit Lebensmitteln gern besser organisieren, wenn Sie gestatten«, sagte ich zu Rhodan, ein Tablett mit einem, sagen wir, abenteuerlichen Menü vor mir, das jemand aus Dosen und militärischen Notrationen zusammengestellt hatte.

»Im Moment gibt es Wichtigeres«, meinte Rhodan nur. Ihm schien es zu schmecken.

Ich beschloss insgeheim, diese Weisung zu ignorieren. Schließlich würde ich, wenn alles gutging, noch öfters hierherkommen.

Als wir wieder zurückkamen, fand gerade reger Funkverkehr mit dem Kugelraumschiff der Dritten Macht statt, von dem ich wenig mitbekam und noch weniger verstand, weil mir damals alles, was mit der Navigation im Weltraum zu tun hatte, noch ein Buch mit sieben Siegeln war. Später erfuhr ich, dass Reginald Bull, der das Raumschiff pilotierte, den erdnahen Raum nach fremden Schiffen abgesucht hatte. Rhodan wies ihn an, spätestens zwei Stunden vor Mitternacht zurück zu sein.

Endlich, etwa vierzig Minuten vor Mitternacht, kam die Meldung, dass Li im Space Port angekommen war und die Kontrollen passiert hatte. Dr. Lehmann hatte ihn vorschriftsmäßig als Fachbesucher angemeldet, und die Wachleute, die nicht wussten, dass Li (der gut genug Englisch sprach, um für einen Amerikaner chinesischer Abstammung gehalten zu werden) ein chinesischer Geheimdienstler war, hatten keinerlei Verdacht geschöpft.

John Marshall meldete sich per Hyperfunk, erklärte, sie seien alle einsatzbereit. »Ernst vertritt den Elektriker an der Hauptschalttafel. Anne wird sich an einer der Kameras postieren, mit denen der Versuch dokumentiert werden soll; von dort aus hat sie den besten Überblick über die gesamte Anlage. Und Tako hält sich im Hintergrund, indem er den Mann spielt, der die Belüftung regelt.«

»Und Sie?«, fragte Rhodan.

»Ich werde Dr. Lehmann begleiten, wie üblich, und so tun, als hätte ich nichts von der Übernahme bemerkt.«

»Gut. Eins noch, Mister Marshall: Wir würden gern versuchen, die Ereignisse mit Hilfe des Duos Matsu-Yatuhin von hier aus zu verfolgen. Spricht aus Ihrer Sicht etwas dagegen?«

Der Telepath überlegte. »Hmm … Es müsste allerdings behutsam erfolgen. Und rein passiv. Sie sollten mich als Ankerpunkt nehmen.«

»Befürchten Sie, die IVs könnten das bemerken?«

»Ich gehe davon aus, dass ihre Konzentration dem Anschlag gelten wird. Und es wird so auf jeden Fall sicherer sein, als eine Hyperfunkverbindung herzustellen, die ein Raumschiff der IVs von weit her anmessen könnte.«

»Dann machen wir es so«, entschied Rhodan. »Alles Gute!«

Er ging und kehrte kurz darauf mit zwei weiteren Mitgliedern des Mutantenkorps zurück, nämlich der Telepathin und Späherin Ishy Matsu, einer zierlichen, mädchenhaft wirkenden Frau, der man ihre 26 Jahre nicht ansah, und dem Telepathen Nomo Yatuhin, einem mageren Mann mit schwarzen Haaren und schwarzen Augen, der, wie ich wusste, gerade mal zwanzig Jahre alt war, aber wesentlich älter wirkte.

Die übrigen Anwesenden nickten den beiden respektvoll zu, wie sie zwischen den Tischreihen hindurchgingen, um schließlich auf zwei Sesseln am Ende des Raums Platz zu nehmen. Jeder von ihnen streifte ein Mikrophonset über, wie es Funker damals trugen; jedes ihrer Worte sollte verstärkt wiedergegeben und zugleich aufgezeichnet werden. Sie nahmen einander bei den Händen, schlossen die Augen und versuchten, sich in jenen Zustand geistiger Versenkung zu versetzen, den Crest alle Mitglieder des Korps gelehrt hatte.

Lange Zeit geschah nichts. Es war still im Raum. Man hörte es ab und zu irgendwo knacken, weil die Hitze des Tages nachließ, hörte die Geräte summen, und hin und wieder scharrte eine Schuhsohle über den Boden oder knarrte ein Drehsessel. Das Licht war schon vorher gedämpft worden, die Anzeigen der Ortungsgeräte warfen ihren bunten Widerschein auf Gesichter und Bekleidung.

Dann sagte Yatuhin plötzlich in kehligem, stark akzentbehaftetem Englisch: »Es beginnt.«

Die beiden Telepathen boten ein Bild äußerster Konzentration.

»Sie betreten die Versuchshalle«, stieß Yatuhin hervor, die Augen weiterhin geschlossen. »John betrachtet den … Versuchsaufbau und wundert sich, weil es nicht wie ein Triebwerk aussieht. Er sieht sich um. Alle sind an ihrem Platz. Dr. Lehmann hält Li einen Vortrag … irgendetwas über die Menge an Energie, die freigesetzt werden kann … er tut so, als sei Li ein Wissenschaftler, ein Kollege … Li nickt, lässt sich nichts anmerken …«

»Vollendete Heuchler, diese IVs«, hörte ich Rhodan murmeln.

Mein Blick, erinnere ich mich, hing wie gebannt an den beiden Mutanten, die einander gegenübersaßen und an den Händen hielten, was, wie ich wusste, ihre Kräfte verstärkte. Der Gedanke, dass wir den Ereignissen, die sich in diesem Moment in der Wüste von Nevada, mehr oder weniger auf der anderen Seite der Erde also, zutrugen, durch nichts als reine Gedankenübertragung folgten, faszinierte mich. Dass derlei theoretisch möglich war, hatte ich zwar gewusst, aber dabei zu sein, mitzuerleben, wie es geschah, war dann doch noch einmal etwas anderes. (Tatsächlich war dies der Moment, in dem mir klarwurde, dass ich bei einigen anstehenden, schwierigen Geschäftsverhandlungen die Hilfe von Telepathen, wie schon erwähnt, gut würde brauchen können.)

»Er befiehlt, die Anlage zu aktivieren«, fuhr Yatuhin fort. »Stufe 1. John denkt über die Stufen nach, aber ich verstehe nicht ganz, was das bedeutet …«

»20 ist die höchste Stufe«, sprang ihm Ishy Mitsu bei. Sie hatte eine leise, aber glockenklare Stimme. »Ab Stufe 7 setzt eine nukleare Reaktion ein, die, wenn man sie beibehält, nach einigen Minuten unaufhaltsam wird.«

»Lehmann befiehlt, auf Stufe 7 zu gehen«, sagte Yatuhin, über dessen Gesicht schon der Schweiß lief. »Ernst ist an der Schalttafel … er gehorcht – aber der Hebel rutscht hinab bis auf Stufe 20! Lehmann schreit, verlangt, zurück auf Stufe 7 zu gehen … Li ist nervös … Ernst versucht, den Hebel zurückzuschieben, aber er ist blockiert …«

»Zwanzig Sekunden«, sagte Rhodan leise und sah auf die große Wanduhr, auf der der Sekundenzeiger in bedrohlichem Tempo von Strich zu Strich sprang. Wir alle taten es ihm gleich, während Yatuhin hektisch seinen Bericht fortsetzte.

»Die Maschine kommt ungeheuer in Gang … alles zittert und bebt … es wird unerträglich heiß … hinten springen Funken über, riesig, Lichtbogen fast … die Anlage dröhnt, dass man sein eigenes Wort nicht mehr versteht … Lehmann schreit, aber man hört ihn nicht mehr … jetzt bewegen sich die Verriegelungen an den Schutztoren … massiver Stahl … die Räder drehen sich wie von selbst … das ist Anne! Kein Entkommen für die IVs! Sie geraten in Panik … jetzt … jetzt … John spürt, sie lösen sich … geben die Körper frei … springen … er gibt Tako das Zeichen … Tako springt!«

»John sieht, wie er sich auflöst«, rief Ishy Matsu. »Es sieht anders aus als sonst. Langsamer. John winkt Anne abzubrechen. O nein … sie ist verzweifelt. Der Regler ist in der höchsten Position festgeschmolzen! Ihre Kräfte reichen nicht, ihn zu lösen!«

Yatuhin keuchte. »Die Energien steigen rasend schnell weiter … Messgeräte bersten … Splitter regnen herab … die Hölle bricht los … Anne tastet das Innere der Anlage ab, aber sie richtet nichts aus … der Hebel muss zurück in die Nullposition, sonst fliegt alles in die Luft!«

»Ernst eilt zur Schalttafel.« Nun flüsterte die zierliche Frau nur noch. »Er stemmt sich gegen den Hebel … mit aller Kraft … aber … doch! Jetzt bewegt er sich! Rutscht den ganzen Weg zurück auf null! Mit einem Schlag kommt alles zum Stillstand. Irgendwo zerbricht etwas mit lautem Knall, dann ist es still.«

Ein, zwei Atemzüge lang schwiegen die beiden nur, dann ließen sie einander los und schlugen die Augen auf.

»Der Kontakt ist verloren«, sagte Yatuhin, der geradezu gespenstisch aussah, so sehr hatte er sich verausgabt.

»Irgendetwas hat John so stark aufgewühlt, dass er den Kontakt abgebrochen hat«, ergänzte Matsu mit schweißglänzendem Gesicht. »Es fühlte sich an, als sei etwas Schlimmes passiert.«

Alle Augen richteten sich auf Rhodan. Der sagte mit steinerner Miene: »Wir warten. Mehr bleibt uns nicht übrig. Wir warten, bis sich entweder John Marshall oder Tako Kakuta meldet.«

Die Anspannung im Raum, während wir warteten, von allen Informationen abgeschnitten, war mit Händen zu greifen. Alle hypnotisierten wir die Wanduhr – oder war es sie, die uns mit ihrem ruckenden Sekundenzeiger hypnotisierte? Jedes Geräusch schien überlaut zu sein, jedes tiefe Atemholen, jedes Knarren eines Stuhls.

Die beiden Mutanten versuchten es noch einmal, vergebens.

»John blockt ab«, erklärte Ishy Matsu, während Nomo Yatuhin nur keuchend nach hinten sank, offenbar am Ende seiner Kräfte. »Und die anderen erreichen wir aus dieser Entfernung nicht.«

»Lassen Sie es gut sein«, sagte Rhodan. »Sie haben hervorragende Arbeit geleistet. Überfordern Sie sich nicht.«

Endlich schlug das Hyperfunkgerät an. Es war Tako Kakuta, der Teleporter, der sich meldete. Er klang reichlich verwirrt. »Kakuta hier«, nuschelte er. »Das war der seltsamste Sprung, den ich je erlebt habe. Wie lange war ich unterwegs? Ich habe das Gefühl, es sind Monate vergangen …«

Das war eine merkwürdige Frage für einen Teleporter, der es gewohnt sein musste, dass seine Sprünge *überhaupt keine* Zeit beanspruchten. Außerdem trug er natürlich eine Uhr bei sich, die ihm diese Frage hätte beantworten können; dass ihm das nicht einfiel, war ein deutlicher Hinweis, wie sehr ihn dieser Sprung im »geistigen Kielwasser« der beiden IVs mitgenommen haben musste.

Rhodan war blitzartig am Gerät. »Es sind sechs Minuten vergangen, seit wir von Ihrem Sprung erfahren haben«, sagte er mit hörbarer Ungeduld in der Stimme. »Mister Kakuta – haben Sie den Stützpunkt der IVs gefunden?«

»Ja, ja«, drang die Stimme des Japaners aus dem Gerät. »Es sind viele. Zwei Dutzend, schätze ich. Sie liegen alle da, in einer Höhle, in klirrender Kälte. Ich bin ins Freie gesprungen. Es ist schrecklich kalt und dunkel, kein Mond zu sehen, nur Sterne, und … oh, ich habe ein bisschen Nasenbluten! Ich kenne das. Ich muss mich in großer Höhe befinden … Ich denke, es könnte der Himalaya sein.«

»Geben Sie Peilsignale«, sagte Rhodan. »Wir kommen sofort.«

Damit spurtete er los. Schon während des Gesprächs hatten die Aggregate des Kugelraumers begonnen hochzufahren; offenbar hatte Reginald Bull an Bord mitgehört. Man spürte den Boden erzittern. Jemand zog die Lamellenjalousie hoch, und wir konnten zuschauen, wie Perry Rhodan die Rampe emporeilte, wie die Rampe blitzartig eingezogen wurde und das gewaltige Raumschiff gleich darauf abhob.

»Ich kann mich nicht daran sattsehen«, sagte jemand, »wie sich so ein Koloss in die Luft erhebt, als sei er so leicht wie ein Luftballon.«

»Strukturlücke schalten!«, befahl ein anderer drängend.

Jemand betätigte arkonidische Kontrollen auf eine Weise, die sehr geübt aussah. Als ich wieder zum Fenster hinausblickte, sah ich das Raumschiff davonschießen wie ein Korken, der aus einer Champagnerflasche knallt.

War eine halbe Stunde vergangen, als der Kugelraumer zurückkehrte, oder eine ganze? Ich weiß es nicht mehr; ich habe nicht auf die Zeit geachtet. Das Raumschiff sank durch eine Lücke im Energieschirm, setzte auf, und dann trat Rhodan heraus, zusammen mit Thora, was mich verwunderte, da ich nicht gewusst hatte, dass sie an Bord gewesen war. Dabei, sagte ich mir, war es nur logisch, die Arkoniden hinzuzuziehen, die mehr über die IVs wussten als wir.

Als Rhodan den Stabsraum betrat, hatten wir schlechte Neuigkeiten für ihn: Ernst Ellert war tot. John Marshall hatte es per Hyperfunk berichtet; das war es gewesen, was ihn so aufgewühlt hatte, wie die Telepathen bemerkt hatten. Ellert hatte sich gegen den glühend heiß gewordenen Hebel gestemmt und es schließlich geschafft, ihn zurück in die Nullposition zu bringen – gerade noch rechtzeitig, um allen, die sich in der Halle befanden, und wahrscheinlich auch vielen, die anderswo in dem Forschungszentrum arbeiteten, das Leben zu retten.

Doch die überschüssige Energie, die dadurch abgeblockt worden war, hatte sich einen anderen Weg suchen müssen, und dieser Weg war ein Lichtbogen gewesen, der von der Steuereinheit auf Ellert übergesprungen war, ihm den rechten Arm bis zum Ellbogen weggebrannt und ihn tot zu Boden geworfen hatte.

Ein schmerzlicher Ausdruck trat in Rhodans Gesicht. »Was ist mit den anderen?«, fragte er ernst.

»Alle wohlauf«, sagte man ihm. »Die Anlage ist beschädigt, stellt aber keine Gefahr mehr dar.«

»Was ist mit dem Stützpunkt der IVs?«, fragte ich. »Haben Sie ihn gefunden?«

Rhodan nickte. »Es waren zweiundzwanzig. Zwei haben wir mit Hilfe der Psychostrahler ruhiggestellt und gefangen genommen, einen haben wir erschossen. Bleiben neunzehn, bei denen Bull und Kakuta jetzt Wache halten.« Er wandte sich an einen der Männer an den Funkgeräten. »Miller, verständigen Sie Mercant. Es müssen dringend alle Anstrengungen verstärkt werden, Übernommene ausfindig zu machen. Die Polizeikräfte aller Länder sollen uns unterstützen. Wir müssen die IVs dazu bringen, in ihre Körper zurückzukehren, vorher können wir gar nichts tun.«

»Ist es nicht riskant, IVs gefangen zu nehmen?«, fragte jemand. »Was, wenn sie *uns* übernehmen?«

»Es ist ein Risiko«, gab Rhodan zu. »Aber nur so haben wir die Chance, mehr über sie zu erfahren. Und vielleicht können wir mit ihnen verhandeln, die Gefangenen austauschen gegen ein Abkommen, das Sonnensystem zu verlassen.«

Einer der Funker unterbrach. »Sir, hier ist noch einmal John Marshall aus Nevada!«

»Stellen Sie laut.«

Gleich darauf dröhnte John Marshalls gemächlicher, typisch australischer Zungenschlag durch den Raum. »Hier geht etwas ganz Merkwürdiges vor sich«, berichtete er. »Wir haben Dr. Fleeps gebeten, Ellerts Tod offiziell festzustellen – aber er weigert sich! Er behauptet, Ellert sei tot – und doch nicht tot.«

»Was heißt das?«, hakte Rhodan nach.

»Ellerts Körper weist keinen Herzschlag mehr auf und keine Atmung – aber er zeigt keine der anderen Todeszeichen, die sich inzwischen hätten einstellen müssen. Dr. Fleeps behauptet, er befinde sich in einem Zustand, der der Medizin bislang unbekannt sei.«

Das zu hören erfüllte uns alle mit großer Verwunderung – andererseits aber auch nicht. Jedenfalls meinte Rhodan nach einem Moment des Nachdenkens: »Hmm. Wenn ich es genau bedenke, hatte ich von Anfang an das Gefühl, dass Ernst Ellert ein sehr ungewöhnliches Kind der Schöpfung ist.«

Anderntags wurde Ernst Ellerts Körper in die Gobi gebracht. Man hatte ihn gesäubert und frisch eingekleidet, und abgesehen davon, dass ihm ein Teil des rechten Arms fehlte, sah er aus, als schliefe er. Immer noch gab es keinerlei Anzeichen von Totenstarre, im Gegenteil, obwohl man ihn in Nevada in einer Kühlkammer des medizinischen Zentrums untergebracht hatte, war seine Körpertemperatur konstant bei 25 °C geblieben.

»Das ist schon rein biologisch unerklärlich«, meinte Dr. Haggard. »Um seine Temperatur aufrechtzuerhalten, muss einem Körper in irgendeiner Form Energie zugeführt werden. Das ist der Grund, warum wir Nahrung brauchen!«

»Bei Ernst Ellert ist vieles unerklärlich«, befand Crest.

Perry Rhodan entschied, die Roboter, die unentwegt an seiner Stadt in der Wüste bauten, eine Art Mausoleum für Ernst Ellert errichten zu lassen. An einer besonders felsigen Stelle hoben sie einen fünfzig Meter tiefen Schacht aus, dessen Wände mit einer Schmelzglasur versehen wurde, die auch in Jahrtausenden noch eindringendem Grundwasser und anderem widerstehen würde (Grundwasser war nichts, was man damals in der Gobi vorgefunden hätte, aber die Zeiten mochten sich ja ändern). Am Boden dieses Schachtes bauten sie eine Kammer, vier auf vier Meter messend, in deren Mitte Ellerts regloser Körper aufgebahrt wurde. Instrumente aus arkonidischer Fertigung, geeignet, Jahrhunderte zu überdauern, wurden an ihn angeschlossen und würden aktiv werden, sollte er jemals wieder einen Atemzug tun. Die Kammer erhielt Sauerstoffvorräte, Energievorräte und Informationen, anhand deren sich Ellert jederzeit binnen dreißig Minuten aus dem Mausoleum würde befreien können. Dann wurde der Schacht mit Flüssigbeton verschlossen.

Während all dies geschah, versammelten sich die übrigen Mitglieder des Mutantenkorps in der Gobi, um von ihrem Kameraden Abschied zu nehmen, und da ich nominell auch dazugehörte, blieb auch ich, wobei ich die notwendigsten Anweisungen an meine Manager fernmündlich erteilte. So unvorhergesehen dieser Aufenthalt kam, war er doch eine wertvolle Lektion dahingehend, dass ich mich fürs alltägliche operative Geschäft noch entbehrlicher machen musste, als mir dies bislang gelungen war.

In dieser Zeit kehrte auch Reginald Bull aus dem Himalaya zurück, hohlwangig und ausgezehrt wirkend, und in seinen Augen loderte ein Feuer, als stünde er kurz vor dem Wahnsinn. »Wir haben sie alle getötet, alle«, berichtete er dumpf. »Aber noch einmal mach ich das nicht mit …«

Es war gelungen, so etwas wie ein Verhör der beiden überlebenden IVs durchzuführen, wenn es auch nicht viel mehr einbrachte als die Information, dass sich ein Ovalschiff der IVs auf dem Mond versteckt hielt – nur wo genau, das blieb ein Geheimnis. Als Rhodan den Gefangenen gestattete, unter Aufsicht von John Marshall telepathisch mit ihrem Kommandanten Kontakt aufzunehmen, weil er hoffte, mit diesem in Verhandlungen treten zu können, befahl dieser ihnen den Selbstmord, eine Anordnung, der sie mit Hilfe ihrer körpereigenen Giftstachel umgehend Folge leisteten. Seither gab es nach menschlichem Ermessen keine lebenden IVs mehr auf der Erde.

Als das Mausoleum vollendet war, fand vor ihrer pyramidenförmigen Abdeckung die offizielle Gedenkfeier statt.

»Ernst Ellert ist tot und irgendwie doch nicht, sagen die Ärzte, und wir wissen nicht, was das zu bedeuten hat«, erklärte Rhodan. »Was wir aber wissen, ist, dass er ohne zu zögern sein Leben gegeben hat, um das Leben vieler anderer zu retten, und damit ist er nach jeder Definition des Wortes ein Held. Was weiter geschieht, muss die Zeit zeigen, die ja sein eigentliches Medium war. Ich persönlich bin überzeugt, dass Ernst

Ellert kein Sterblicher im üblichen Sinne des Wortes war. Irgendetwas sagt mir, dass ich ihm eines Tages, irgendwo und irgendwie, noch einmal begegnen werde …«

Keiner von uns ahnte, wie sich diese Worte bewahrheiten sollten, und am allerwenigsten ahnten wir, dass die vielleicht bedeutsamste Wiederbegegnung bereits stattgefunden hatte und Perry Rhodan sich nur nicht mehr daran erinnerte.

Abends standen Rhodan und ich am Rande des Energieschirms. Auf dem provisorischen Flugfeld unmittelbar davor parkte eine Transportmaschine, die über einige Beteiligungen größtenteils der GCC gehörte. Sie hatte Lebensmittel gebracht – richtige Lebensmittel, *gute* Lebensmittel –, dazu Kühlschränke, Küchenutensilien, dies und das, und würde mich auf dem Rückweg nach Peking mitnehmen. Es war höchste Zeit, dass ich zurück nach New York kam und mich um verschiedene Dinge persönlich kümmerte.

Die Sonne war längst untergegangen, über uns leuchtete nur, unmerklich verzerrt durch den Energieschirm, ein überwältigend detailreicher Sternenhimmel, wie ich ihn selten zuvor gesehen hatte. Aufgrund meines verwachsenen Rückens war es mir unmöglich, einfach den Kopf in den Nacken zu legen, aber ich schaute trotzdem nach oben, verlor mich beinahe in dem Anblick. Für einen Moment hatte ich das Gefühl, dass es nur eines Schrittes, nur eines kleinen Sprunges bedurfte, um dort hinaufzugelangen. Als sei das Universum zum Greifen nahe.

Und das war es ja nun tatsächlich.

Dann sahen wir, dass das Flugzeug ausgeladen war und es Zeit wurde für den Abschied.

»Jetzt sind wir in der ganzen Zeit doch nicht zu unserer Besprechung gekommen«, stellte Rhodan fest.

»Das macht nichts«, erwiderte ich. »Ich glaube, im Grunde interessieren Sie all diese Details ohnehin nicht. Sie sind damit ausgelastet, die Menschheit zu den Sternen zu führen. Meine Aufgabe wird es sein, die wirtschaftlichen Grundlagen dafür zu schaffen.«

Er musterte mich kritisch. »Trauen Sie sich das denn wirklich zu? Ich will keineswegs in Abrede stellen, dass Sie ein guter Organisator sind, aber niemand kann die Wirtschaft eines ganzen Planeten organisieren. Derlei Experimente sind in den letzten Jahrzehnten selbst in viel kleinerem Maßstab kläglich gescheitert.«

»Darum«, sagte ich, »werde ich das auch gar nicht erst versuchen. Die *General Cosmic Company* ist nur ein Anfang, eine Zündladung gewissermaßen, um die Dinge ins Rollen zu bringen. Aber sollten Sie es schaffen, die Menschheit zu einen, wird es viel wichtiger sein, dass ein Wirtschaftsminister Spielregeln aufstellt, die dafür sorgen, dass die Tatkräftigen sich entfalten können und die Schwachen geschützt werden; Regeln, die niemanden bremsen, der etwas beizutragen hat, und niemanden im Stich lassen, der Pech hat; Regeln, die eine Balance bewahren zwischen Ermutigung und Sicherheit, zwischen Belohnung und Solidarität. Alles Weitere wird dann, davon bin ich überzeugt, von ganz alleine geschehen.«

»Schöne Worte, Mister Adams«, meinte Rhodan. »Aber man wird Sie an Ihren Erfolgen messen, nicht an Ihren guten Absichten. *Ich* werde Sie an Ihren Erfolgen messen.«

Ich musste lächeln. »Da habe ich keinerlei Bedenken«, erklärte ich. »Genau wie Sie, Mister Rhodan, glaube ich an die Menschheit. Wenn wir an einem Strang ziehen, anstatt uns gegenseitig zu bekriegen, dann gibt es nichts, was uns aufhalten kann.«

Er hob die Brauen. »Das habe ich einmal in einem Interview gesagt.«

»Ich weiß.« Ich nickte milde. »Aber ich habe diesen Satz 1957 *geschrieben.* Und zwar in jenem Aufsatz, der Sie bewogen hat, mich in Ihre Dienste zu nehmen.«

Dann schüttelte ich ihm die Hand und ging. Das Flugzeug wartete. Zeit, meine Arbeit fortzusetzen, zu tun, was ich konnte, damit wir das Universum, das in diesen Tagen in Reichweite gerückt war, auch wirklich ergreifen würden.

10

Bleiben wir in Gedanken noch einen Moment bei Ernst Ellert, diesem mysteriösen Mutanten, dessen Geist nicht nur den Raum und die Zeit durchstreift, sondern sogar Zukünfte, die niemals kommen werden. Der Versuch, sich vorzustellen, wie er die Welt erlebt, reizt dazu, über alternative Verläufe der Geschichte nachzudenken.

Zum Beispiel: Was wäre geschehen, wenn *nicht* Perry Rhodan als erster Mensch auf dem Mond gelandet wäre?

Das hätte ohne weiteres passieren können. Angenommen, mit Apollo 8 wäre alles gutgegangen und Bormann, Lovell und Anders wären heil zur Erde zurückgekehrt: Man hätte sie gefeiert – und das Apollo-Programm fortgesetzt wie geplant. Sobald das Landemodul fertiggestellt gewesen wäre, hätte man es noch einmal in der Erdumlaufbahn getestet, dann wäre man damit erneut zum Mond aufgebrochen. Apollo 10, spätestens Apollo 11 wäre dann tatsächlich gelandet, und ein Astronaut der NASA wäre der erste Mensch gewesen, der den Mond betrat. Das wäre vermutlich schon im Jahr 1969, spätestens 1970 passiert – die *US Space Force* hingegen wäre niemals gegründet worden, und Perry Rhodan wäre irgendein ziemlich guter, aber völlig unbekannter Pilot der US Air Force geblieben.

Doch das arkonidische Raumschiff wäre ja im Februar 1971 *trotzdem* hinter dem Südpol des Mondes notgelandet – wir hätten bloß nichts davon mitbekommen, denn alle Landepunkte, die die NASA ins Auge gefasst hatte, hatten sich in Äquatornähe befunden, da dies für die verwendete Technik energetisch am günstigsten war. Es hätte also für die Arkoniden auch keinen Grund gegeben, die Missionen der Erdenmenschen zu stören.

Die große Frage ist, was weiter geschehen wäre. Crest war schwer krank, und es gab an Bord kein Mittel, um ihn zu heilen. Thora wäre gewiss nicht auf die Idee gekommen, ausgerechnet auf der in ihren Augen primitiven Erde nach einem solchen Mittel zu suchen. Also wäre Crest vermutlich einige Zeit später gestorben, und Thora wäre als einzige handlungsfähige Person an Bord übriggeblieben. Hätte sie schließlich einen Weg gefunden, das Raumschiff zu reparieren und still und leise weiterzufliegen? Oder hätte sie irgendwann angefangen, offene Notrufe per Hyperfunk auszusenden in der Hoffnung, wenn schon keinen Stützpunkt des Imperiums, so doch vielleicht eines seiner patrouillierenden Robotschiffe zu erreichen?

Letzteres hätte dann genauso gut dazu führen können, dass die Fantan die Erde überfallen – oder, wie es Ellert gesehen hat, dass die IVs die Menschheit unterwandern und unterwerfen, ohne dass es jemand bemerkt.

Wir werden es nie erfahren.

Perry Rhodan hatte eine erste Schlacht gegen die IVs gewonnen, den Krieg gegen sie aber noch lange nicht. Es sollte noch bis 1974 dauern und einen blutigen Kampf um die Stadt New York erfordern, ehe die Invasoren besiegt und die letzten Ovalschiffe aus dem Sonnensystem vertrieben waren.

Ich bin allerdings nie das Gefühl losgeworden, dass unser Sieg bei allen Verlusten zu leicht errungen war, um ein echter Sieg zu sein. Ich glaube, die IVs sind nur gegangen, weil Rhodan zu viel über sie herausgefunden hatte und sie Gefahr liefen, berechenbar zu werden, was sie vielleicht als nachteiliger ansahen als den Verlust eines Sonnensystems. Von ihren militärischen Möglichkeiten her waren sie jedenfalls noch lange nicht am Ende, und in manchen schlaflosen Nächten plagt mich die Vorstellung, dass sie einfach nur abwarten, um eines Tages wiederzukommen, und dass wir dann eine böse Überraschung erleben werden.

In dieser ganzen Zeit kümmerte ich mich, wie eingangs erwähnt, nebenbei auch um das materielle Wohlergehen von Rhodans Familie und Freunden. Im Fall seiner Eltern war das kein sonderliches Problem; das Geschäft seines Vaters lief nach wie vor gut, und die Leute in Manchester, die Perry Rhodan von Kindesbeinen an kannten, hatten weit weniger auf die bösartige Propaganda gegeben, als Rhodan befürchtet hatte. Die Rhodans blieben auch nach der Anerkennung der Dritten Macht und der Gründung des Solaren Imperiums in Manchester; sie besuchten ihren Sohn zwar einige Male in Galakto-City beziehungsweise später Terrania, doch weder sagte ihnen das heiße Klima dort sonderlich zu, noch wollten sie auf ihr gewohntes Umfeld und ihren Bekanntenkreis in Manchester verzichten. Perry Rhodans Amtseinführung als Großadministrator am 1. Januar 1990 sollte zugleich das letzte Mal sein, dass sein Vater nach Terrania kam; Jake Rhodan war damals schon achtzig Jahre alt und nicht mehr sonderlich gut zu Fuß. Nachdem sein Sohn den Amtseid abgelegt hatte (das erste von zahllosen Malen, die er das tun sollte), umarmte Jake Rhodan ihn und meinte in seiner trockenen Art: »Lass es dir nicht zu Kopf steigen, Junge!« – ein Ratschlag, den, soweit wir wissen, Perry Rhodan sein Leben lang befolgt hat.

Jake Rhodan starb am 15. Januar 1994 im Alter von 83 Jahren an den Folgen einer Lungenentzündung. Mary Tibo Rhodan beschloss im Sommer 1995, im Alter von 81 Jahren, es doch einmal zu riskieren, den Weltraum zu bereisen, der ihren Sohn von Kindesbeinen an so fasziniert hatte. Sie besuchte die Marskolonie, wurde vom ersten Administrator der Marssiedler, Edwin »Buzz« Aldrin, feierlich empfangen und durfte sich im Goldenen Buch der Siedlung verewigen. Ihre letzten Jahre verbrachte sie in einem Heim in Hartford, wo sie am 4. April 2003 friedlich im Schlaf starb, 89 Jahre alt. Sie wurde in Manchester beigesetzt, nachdem sie in ihrem Testament einer Überführung in die Familiengruft der Tibos ausdrücklich widersprochen hatte. Die Stadt Manchester, die das Haus der Rhodans käuflich erworben hatte, wandelte es nach Mary Rhodans Tod in ein Museum um, das alljährlich viele Besucher anzog, nur einen nicht: Perry Rhodan, der von derlei Dingen absolut nichts hält.

Ich weiß, dass Perry Rhodan zumindest mit dem Gedanken gespielt hat, auch seinen Eltern eine lebensverlängernde Behandlung im Physiotron auf dem Planeten Wanderer zukommen zu lassen, obwohl ihm klar war, dass man ihm das als persönliche Bevorzugung ausgelegt hätte (zu Recht) und dass eine Fülle ähnlicher Ansinnen die Folge gewesen wäre (sehr wahrscheinlich). Doch seine Eltern, bei seiner ersten Rückkehr von Wanderer beide bereits hoch in den Sechzigern, nahmen ihm diese Entscheidung ab. Als sie erfuhren, was er erlebt hatte und was ihm widerfahren war – dass er die relative Unsterblichkeit erlangt hatte –, stellten sie klar, dass derlei für sie nicht in Frage kam.

»Es gibt eine natürliche Ordnung der Dinge«, erklärte ihm seine Mutter, »und die sieht nun einmal so aus, dass Menschen geboren werden, aufwachsen, altern und wieder abtreten. Wenn du bereit bist, aus dieser Ordnung auszusteigen, dann ist das deine Sache, und ich will dir da nicht reinreden und es auch nicht verurteilen. Aber für mich selber käme das nicht in Frage.«

Unausgesprochen, aber spürbar schwang darin die Hoffnung mit, in der anderen Welt, nach dem Tode, wieder mit ihrer Tochter vereint zu sein, um die sie immer noch trauerte.

Einmal geschah es, und zwar Anfang des Jahres 1975, dass mich Rhodan fragte, ob seine Mutter mir gegenüber jemals einen gewissen Leroy Washington erwähnt oder gar gewusst hätte, was aus ihm geworden sei.

»Das hat sie zwar nicht«, erwiderte ich, »aber was das betrifft, kann *ich* Ihnen weiterhelfen.«

»Sie?«, wunderte sich Rhodan.

Und, ich gestehe es, obwohl ich Leroy Washington versprochen hatte, ihn nicht zu erwähnen, erzählte ich doch, was ich über ihn wusste: dass er in London lebte, britischer Staatsbürger geworden war und als Gefängniswärter arbeitete, zwei Töchter aus erster Ehe hatte und eine aus zweiter und so weiter.

Rhodan vernahm es mit sichtlicher Bestürzung. »Es liegt an mir, dass der Kontakt abgerissen ist«, sagte er. »Ich war ständig so beschäftigt, habe es vor mir hergeschoben, mir gesagt, morgen, morgen werde ich ihm schreiben, und dann habe ich es doch nicht getan.«

»Ich glaube«, sagte ich, »da schenken Sie beide sich nichts. Er denkt nämlich ungefähr dasselbe von sich.«

Diesmal schob es Rhodan nicht auf, sondern rief Leroy noch am selben Tag an. Sie redeten eine geschlagene Stunde lang, und Rhodan lud ihn ein, nach Galakto-City zu kommen, mit all seinen Töchtern und seiner Frau; er würde ihm einen der neuen Space-Jets schicken. (Der Flughafen Heathrow, London, verfügte inzwischen auch über ein Terminal für Weltraumflüge, das erste in Europa.)

Doch dieses Telefonat fand im Mai 1975 statt, und am nächsten Tag gaben die Strukturtaster Alarm. Rhodan beschloss, dass es nötig war, mit dem arkonidischen Raumschiff loszufliegen und nach dem Rechten zu sehen; ein kurzer Ausflug nur, doch er brachte alle Terminpläne durcheinander. Rhodan musste Leroy anrufen und den Besuch absagen, versprach aber, sich unmittelbar nach seiner Rückkehr wieder zu melden, und *dann* würde es klappen!

Dieses Versprechen hielt er auch, nur: Auf der kurzen Expedition wurde Perry Rhodan in eine Suche verwickelt, die heute als das »Erste Galaktische Rätsel« bezeichnet wird und die damit endete, dass er den Planeten Wanderer fand, den Planeten des ewigen Lebens, und ihm die Superintelligenz ES die relative Unsterblichkeit gewährte. Bei ihrem Aufenthalt auf dieser eigentümlichen Welt verloren Perry Rhodan und seine Begleiter rund vier Jahre, das heißt, sie kamen erst im Mai 1980 wieder ins Sonnensystem zurück und waren äußerst verblüfft, da sie erst dort von der Zeitverschiebung erfuhren.

Nach dieser turbulenten Rückkehr dauerte es eine Weile, ehe Perry Rhodan wieder dazu kam, an persönliche Dinge zu denken. Als Erstes rief er Leroys Nummer in London an, doch Lakshmi Washington konnte ihm nur noch sagen, dass Leroy im März 1979 gestorben war, an Lungenkrebs. Vermutlich hatte er, wie viele andere Londoner auch, etwas von dem Plutonium eingeatmet, das aus einer der auf London gefallenen Atombomben ins Freie gelangt war, und war daraufhin wie fast alle, deren täglicher Weg sie ahnungslos durch die damit belasteten Straßen geführt hatte, an einem aggressiven Lungenkrebs erkrankt. Es sei ganz schnell gegangen, berichtete seine Witwe, eine Angelegenheit von wenigen Wochen von dem Moment an, in dem man es entdeckt hatte, und nicht einmal die neuen arkonidischen Behandlungsmethoden hätten angeschlagen.

Mit anderen Worten, Leroy Washington wurde ein Opfer jenes Atomkriegs, von dem man sagt, er habe nicht stattgefunden.

Perry Rhodan besuchte sein Grab, traf danach Leroys Töchter aus erster Ehe und bot ihnen ein Stipendium an (das er aus eigener Tasche finanzieren würde), falls sie in Terrania studieren wollten – und die Aufnahmeprüfung bestanden; dabei könne er ihnen nicht helfen. Eine der beiden, Viola Washington, die in London gerade Biologie studierte, nahm das Angebot an, wechselte nach Terrania, übersiedelte später auf den Mars und wurde, wie ich an anderer Stelle schon geschildert habe, zu jener großen Expertin für Terraforming, deren Name uns heute noch ein Begriff ist.

Da wir gerade dabei sind, ein paar der losen Enden aufzuwickeln, die jede Biographie hinterlässt, sei noch erwähnt, was aus den Astronauten der NASA wurde, die Rhodan kennengelernt hatte. Sowohl die NASA als auch die *US Space Force* gingen (ebenso wie die sowjetischen und die chinesischen Raumfahrtorganisationen) bekanntlich 1990 in der terranischen Raumflotte auf, und die meisten Astronauten und Risikopiloten wechselten ebenfalls dorthin: Wer mit einem *Starglider* oder einer Saturn V zurechtgekommen war, für den waren die viel einfacher zu fliegenden Raumschiffe arkonidischer Bauweise kein Problem.

John Young, mit dem zusammen Perry Rhodan in einem Tauchbecken in Maryland Aus- und Wiedereinstiegsmanöver bei Schwerelosigkeit geübt hatte, war schon 1981 nach Galakto-City gekommen, hatte den Aufbau der dortigen Raumakademie geleitet und war in der späteren Raumflotte Chef der Einsatzleitung, also derjenige, der über die Besatzungen der Raumschiffe entschied.

Manche NASA-Astronauten wechselten in die Wirtschaft, wo man intelligente, reaktionsschnelle Leute, die in jeder Krise die Ruhe bewahrten, ebenfalls gut brauchen konnte: James McDivitt etwa wurde Präsident einer Firma für Raumanzüge, Pete Conrad Vizepräsident von McDonnell Douglas, die ab 1976 Rümpfe für Raumjäger bauten und zur Endmontage nach Galakto-City lieferten.

Andere wandten sich der Politik zu: Neal Armstrong zum Beispiel, der spätere erste Senator für Nordamerika.

Und Edwin »Buzz« Aldrin ging bekanntlich zusammen mit den ersten Kolonisten zum Mars, in einer privat finanzierten Initiative, die hierfür lediglich Raumschiffe der Dritten Macht anmietete. Von ihm stammt das T-Shirt mit dem Aufdruck *Get Your Ass To Mars*, das in den frühen 80er Jahren wirklich *jeder* zu tragen schien.

Und natürlich dürfen wir unseren Ausflug in die ferne Vergangenheit nicht beschließen, ohne eine letzte Frage geklärt zu haben, nämlich: Was war denn nun tatsächlich mit Apollo 8 geschehen?

Es sollte bis zum Sommer 1974 dauern, ehe sich Gelegenheit fand, dieser Frage mit der gebotenen Gründlichkeit nachzugehen. Man rüstete einen der ersten Raumjäger aus terranischer Fertigung mit speziellen Ferntastern arkonidischer Bauweise aus, und es wurde zu einer obligatorischen Übung für Raumkadetten, damit den Mond zu umkreisen und nach Signalen Ausschau zu halten.

Am 9. November 1974 wurde der 22-jährige Raumkadett Omar Bashra schließlich fündig: Ausgerechnet im Ziolkowksy-Krater lag das Wrack des Raumschiffs begraben!

Der Ziolkowsky-Krater befindet sich auf der Rückseite des Mondes, etwa zwanzig Grad südlich des Äquators, ein gutes Stück westlich des großen Gagarin-Kraters. Er überlagert den vermutlich etwas älteren Fermi-Krater und ist eine der auffälligsten Landmarken auf der erdabgewandten Seite des Mondes, weil er einen ausgeprägt dunklen Kraterboden aufweist, einen sehr hellen, sehr prägnanten Zentralkegel und einen enorm terrassierten Kraterrand. Was man bis dahin nicht wusste, war, dass dieses Kratergebirge aus einem extrem eisenhaltigen Gestein bestand und zahlreiche blasenartige Höhlen aufwies, die man durch den starken optischen Kontrast aus der Höhe praktisch nicht sah und deren Inneres für herkömmliches Radar nicht zugänglich war. Den Spuren im basaltischen Lavaboden nach zu schließen war das Raumschiff Apollo 8 in der Nähe des Kraterrandes auf dem Kraterboden aufgeschlagen, mehrere Kilometer darüber hinweggerutscht und schließlich in eine der eben erwähnten Höhlen gedonnert, die dabei eingestürzt war und das Wrack unter sich begraben hatte.

Das Wrack zu bergen war aufwendig, da man keine Spuren zerstören wollte, die Hinweise darauf geben konnten, was geschehen war. Die Arbeiten, an denen auch Spezialisten der NASA beteiligt waren, dauerten mehr als drei Wochen. Schließlich war das Raumschiff freigelegt und wurde mit Hilfe eines Transportfelds herausgeholt.

Es war ein banger Moment, als die Männer die Luke der Kommandokapsel öffneten. Was würden sie finden? Astronauten, die nach dem Absturz noch gelebt hatten und unter all den Gesteinstrümmern am Ende elend erstickt waren? Diese Befürchtung bewahrheitete sich nicht. Das Innere der Kapsel war ein Trümmerfeld, und alles deutete darauf hin, dass der Aufprall die drei Männer sofort getötet hatte.

Doch was eigentlich geschehen war, wusste man immer noch nicht. Man brachte das Wrack unter größten Vorsichtsmaßnahmen zurück auf die Erde, um es zu untersuchen.

Danach dauerte es noch einmal zwei Jahre, ehe alle denkbaren Unglücksursachen ausgeschlossen waren – bis auf eine: Genau, wie es bei Apollo 7 gegen Ende der Mission vorgekommen war, hatten auch die Steuerdüsen von Apollo 8 eine plötzliche, irreguläre Bewegung der Kapsel verursacht – und zwar just in dem Moment, in dem das Haupttriebwerk gezündet worden war. Anstatt das Raumschiff in Richtung der Rückkehrbahn zu beschleunigen, trieb es der mächtige Stoß des Antriebs aus dem Orbit und auf die Mondoberfläche hinab, wo es keine Minute später aufschlug.

Es handelte sich um einen Konstruktionsfehler in der Steuerungseinheit, der sich – das war das Tückische daran – erst bemerkbar machte, wenn Feuchtigkeit in Form winziger Tropfen ins Innere gelangte. Das jedoch konnte nur unter Schwerelosigkeit geschehen, was es unmöglich gemacht hatte, den Fehler bei Tests auf der Erde zu bemerken. Und er trat auch erst nach einer gewissen Zeit auf, dann nämlich, wenn sich eine genügende Anzahl winziger Schweißtröpfchen von Astronautenstirnen gelöst und schwebend in kühleren Ecken des Raumschiffs gesammelt hatten.

Die sterblichen Überreste der Astronauten wurden auf der Erde an ihren jeweiligen Heimatorten beigesetzt. Auf dem Gelände der NASA errichtete man den ersten Mondfahrern ein Denkmal, das dort auch blieb, als die NASA der Solaren Flotte organisatorisch einverleibt wurde. Tatsächlich überstand es zahlreiche Umwidmungen des Geländes und sämtliche Baumaßnahmen darauf unbeschadet, bis es im August des Jahres 2437 während des großen Dolan-Angriffs, der die Erde so drastisch verändert hat wie keine andere Katastrophe der Neuzeit, zerstört wurde. Es wurde beim Wiederaufbau *nicht* neu errichtet, stattdessen fügte man dem sich in Terrania befindlichen Memorial für die

Pioniere der Raumfahrt eine Tafel (aus dem sehr raren sogenannten *Mondmarmor*) mit den Namen der drei Astronauten hinzu. Dort hängt sie meines Wissens noch heute, und eine Infosäule erzählt auf Wunsch die Geschichte des *wahren* ersten Flugs zum Mond.

DAS GRÖSSTE ABENTEUER (II)

In den Jahren 1973 und 1974 hatte Rhodan am Rande des Sonnensystems, auf dem Planeten Pluto, also so weit wie möglich entfernt von den Umtrieben der Erde und ihrer Umgebung, eine automatische Beobachtungsstation errichten lassen. Im Mai 1975 registrierten die dort installierten Messgeräte heftige Strukturerschütterungen in einer Entfernung von etwa 27 Lichtjahren, und zwar im Bereich des Riesensterns Wega. Es handelte sich um Störungen des Raum-Zeit-Kontinuums, wie sie charakteristisch waren für Raumschiffe, die aus dem Hyperraum in den Normalraum zurückkehrten.

Mit anderen Worten: Offenbar sammelte sich in der Nähe der Wega, dem neben Arcturus hellsten Stern des nördlichen Nachthimmels, eine regelrechte Raumflotte.

Noch fünf Jahre zuvor hätte man auf der Erde davon überhaupt nichts bemerkt, und selbst wenn, hätte man nicht das Geringste unternehmen können, weil eine solche Entfernung, Hunderte von Billionen von Kilometern, schlicht außerhalb jeder Vorstellung gewesen wäre.

Das hatte sich in der Zwischenzeit geändert.

27 Lichtjahre: Das betrachtete man mittlerweile als »unmittelbar vor der Haustüre«.

Man *musste* wissen, was sich dort abspielte. Es war immer noch damit zu rechnen, dass der Notruf des zerstörten Arkonkreuzers die Aufmerksamkeit weiterer raumfahrender Spezies auf die Erde gelenkt hatte oder, der schlimmste denkbare Fall, dass womöglich eines Tages arkonidische Robotraumer auftauchten, um Vergeltung zu üben.

So brach Perry Rhodan mit dem Mutantenkorps und seinen engsten Vertrauten zur Wega auf. Die GOOD HOPE, wie man das arkonidische Beiboot inzwischen getauft hatte, beschleunigte in Richtung des etwas oberhalb der Milchstraßenebene befindlichen Sternbilds der Leier und trat in etwa Jupiterentfernung von der Sonne (der Jupiter freilich befand sich an einer gänzlich anderen, weit entfernten Position) in den Hyperraum über. Es war die erste *Transition* eines von Erdenmenschen gesteuerten Raumschiffes.

Halten wir fest: Am 25. Mai 1975 gegen 15 Uhr 31 *GCT* (*Galakto City Time*) verließen erstmals Menschen der Erde mit Überlichtgeschwindigkeit das Sonnensystem.

Es war das größte aller Abenteuer – und es hatte gerade erst begonnen.